CATHARINA SUNDBERG

Die Wikingerin

Buch

Das bewegte Schicksal der jungen Bäuerin Estrid beginnt mit einem Sturm, der zwei ungleiche Schiffbrüchige, den Mönch Ansgar und den Wikinger Erik, vor ihre Tür treibt. Denn in dieser Nacht empfängt die schöne Estrid ein Kind, das nicht sein darf – den Sohn des Mönchs –, und verliert ihr Herz an den heißblütigen Erik, der jedoch schon nach kurzem wieder in See sticht, neuen Abenteuern entgegen. Als das Meer ihr bald darauf dann auch noch den kleinen Sohn nimmt, gibt es nur einen Menschen, der Estrid Liebe und Halt schenkt: den russischen Händler Orfrim. Und so folgt sie Orfrim in seine weit entfernte Heimat – wo das Leben jedoch ganz anders ist, als Estrid es sich erträumt hat …

Autorin

Catharina Sundberg arbeitete viele Jahre als Meeresarchäologin und Historikerin, wobei sie hauptsächlich nach Wracks von Drachenschiffen tauchte und die Kultur der Wikinger erforschte. Inzwischen ist die Autorin, die für ihre Romane bereits mehrfach ausgezeichnet wurde, Journalistin beim *Schwedischen Tagblatt.* Catharina Sundberg lebt in Göteborg.

Catharina Sundberg

Die Wikingerin

Wikingerblut
Wikingersilber
Wikingergold

Drei Romane in einem Band

Aus dem Schwedischen
von Friederike Buchinger

blanvalet

Die schwedischen Originalausgaben erschienen unter den Titeln *Vikingablot, Vikingasilver* und *Vikingaguld* bei Egmont Richter AB, Malmö.

Umwelthinweis:
Alle bedruckten Materialien dieses Taschenbuches sind chlorfrei und umweltschonend.

1. Auflage
Taschenbuchausgabe September 2006

Umschlaggestaltung: Design Team München
Umschlagfoto: Schlück/Ennis
Redaktion: Nike Müller
UH · Herstellung: Heidrun Nawrot
Satz: deutsch-türkischer fotosatz, Berlin
Druck und Einband: GGP Media GmbH, Pößneck
Printed in Germany
ISBN-10: 3-442-36488-4
ISBN-13: 978-3-442-36488-6

www.blanvalet-verlag.de

Wikingerblut

1. Kapitel

Haithabu anno 830

Etwas an den Truhen auf der Ladefläche war merkwürdig. Sie schaukelten und rutschten nicht, als der Wagen die Landungsbrücke erreichte, und obwohl dunkle Wolken über dem Meer hingen, spiegelte sich das Licht des Himmels in ihren Beschlägen. Der Kutscher hielt die Pferde an und glitt behände von seinem Sitz. Er nickte den Reisenden zu und streckte fordernd seine Hand aus. Ein dunkelhaariger Mann in einem weiten Umhang tastete nach seinem Lederbeutel und entnahm ihm ein paar Münzen. Der Kutscher musterte sie kurz und half ihm, die Truhen abzuladen. Als er fertig war, deutete er zur Landungsbrücke.

»Versucht es bei Erik Bernsteinhändler da drüben. Vielleicht nimmt er Euch an Bord.«

Er schielte ein letztes Mal auf die Beschläge der Truhen und murmelte leise vor sich hin. Dann schnalzte er laut den Pferden zu, ließ die Peitsche knallen und verschwand in Richtung Stadt.

Der Mann in dem weiten Umhang gab seinen Begleitern ein Zeichen, die Truhen zu bewachen, und ging mit langsamen Schritten hinaus auf die Brücke. Vorsichtig, gleichsam prüfend, betrachtete er das Schiff, bevor er sich zögernd nach achtern begab. Es war formschön gebaut, mit einer niedrigen Reling und gebogenem Steven. Es bot Platz für zwanzig Ruderer, Mast, Stütztau und ein großes Rahsegel. Obwohl das Schiff ganz flach im Wasser lag, wusste er, dass es weit und sicher übers Meer fahren konnte. Die Wikinger waren als Schiffsbauer und Seefahrer weithin berühmt.

Die Männer im Boot schielten neugierig zu dem Fremden hinauf. Er war hoch gewachsen und stattlich und bewegte sich mit einer ruhigen, zurückhaltenden Würde, als trüge ihn eine große geistige Kraft. Das schwarze Haar fiel ihm über die Schultern, und die tief liegenden Augen sahen sich aufmerksam um.

Er ging zu den Männern, die sich im hinteren Teil des Schiffes aufhielten.

»Erik Bernsteinhändler, wo kann ich ihn finden?« Er zog den Umhang enger um seinen Körper und musterte die Männer nachdenklich.

»Den Schiffer? Vor dem nimm dich in Acht; er kann wild wie ein Stier werden. Warte lieber, bis er seinen Rausch ausgeschlafen hat.«

Ein kleinwüchsiger Mann mit einem Kessel in der Hand nickte viel sagend in die andere Richtung. Dort saß eine zusammengesunkene Gestalt an den Mast gelehnt. Der Mann schien Mitte zwanzig zu sein. Er war breit und kräftig, ein klein wenig stupsnasig vielleicht und hatte einen dichten, herrlichen Bart. Seine Arme hingen schlaff über den Knien, und seine blonden Haare standen ihm lockig und zerzaust vom Kopf.

»Ein guter Mann, der Bernsteinhändler, aber das Bier macht ihn höchst übellaunig.« Der Kleingewachsene grinste breit.

Ein deutliches Grunzen war zu hören, und es kam Leben in die kauernde Gestalt. Mit einem Stöhnen erhob er sich, stützte sich einen Augenblick gegen den Mast und kam dann o-beinig und schwankend näher.

»Wer behauptet, ich wäre übellaunig?«

Er packte den Koch und hielt ihn wie einen Hund am Schlafittchen. Der Mann zappelte hilflos, und der Kessel fiel scheppernd auf die Planken. Aber der Bernsteinhändler ließ nicht los.

»Naa?« Saurer Atem strömte Höllendämpfen gleich aus seinem Mund, und der Koch drehte mühsam sein Gesicht zur Seite. Erik Bernsteinhändler feixte, zog den Koch noch näher an sich heran und hauchte ihm direkt ins Gesicht. »Verträgst du die gute Seeluft nicht?«

Seine Augen blitzten belustigt. Dann ließ er den Mann los und wankte murmelnd zurück. Im selben Moment bemerkte er den Fremden.

»Und wer seid Ihr?« Erik versuchte, mit seinem Blick Halt zu finden. Sein Kopf fühlte sich an wie Granit. Er fasste sich an die Stirn und seufzte. Dass er es nie lernte. Dänischer Met schmeckte herrlich nach Getreide und Honig, war erfrischend wie das beste Svea-Bier, aber am Tag danach war es die reine Ragnarök. Er beugte sich über die Reling, wölbte die Hand ins Meer und spülte seinen Mund aus. Dann tauchte er den ganzen Kopf unter Wasser. Der Fremde wartete geduldig, bis der Händler wieder auftauchte.

»Mein Name ist Ansgar. In meinem Gefolge befinden sich der Mönch Witmar und ein paar Kaufleute. Man sagte mir, dass Ihr nach Svealand wollt, nach Birka.«

Erik strich sich abwartend die Wassertropfen aus dem Bart. Dann schüttelte er seinen Kopf, dass es spritzte.

»Wir segeln morgen!«, antwortete er schroff, schnaubte in seine Hand und trocknete sich mit dem Hemd ab.

Das kalte Wasser tat gut, und er fühlte sich sofort besser. Seine Augen funkelten wachsam. Was wollte der Fremde? Etwas an ihm war seltsam. Er trug einen Umhang und ein einfaches Büßerhemd, aber er hatte das Benehmen eines wohlhabenden und reichen Mannes. Erik versuchte seine Gedanken zu sammeln.

»Ja, wir wollen nordwärts nach Birka«, fuhr er fort. »Unser Schiff ist geladen, und im Morgengrauen lichten wir Anker.«

Er sagte das nicht ohne einen gewissen Stolz in der Stimme. Sein Leben als Kaufmann hatte ihn auf den russischen Flüssen nach Osten geführt, und der Handel hatte ihn reich gemacht. Drei Jahre lang hatte er Felle und Bernstein gegen die Schätze des Ostens getauscht. Nun befand er sich endlich auf dem Weg nach Hause, nach Björkö und Birka.

Er lächelte bei dem Gedanken an das Silber, die Stoffe und Waffen, die er vorn im Boot verstaut hatte. All das zeigte den Erfolg seiner Geschäfte. Zukunft und Wohlstand waren gesichert. Er hatte guten Grund gehabt zu feiern. Auch wenn er sich besser an Svea-Bier gehalten hätte.

»Nehmt Ihr uns mit an Bord?« Der Mann in dem weiten Umhang beugte sich vor, sodass sein Büßerhemd sichtbar wurde. Er öffnete einen Beutel und streckte dem Schiffer eine Hand voll Silbermünzen hin. Das Geld glänzte in der schmalen, weißen Hand. »Seht, wir können Euch reich entlohnen.«

Erik Bernsteinhändler sah sofort, dass es viel Silber war, mehr, als er je zuvor für einen solchen Dienst geboten bekommen hatte. Warum war es dem Fremden so wichtig, nach Birka zu kommen? Dieser Mann verunsicherte ihn. Er strahlte eine seltsame Kraft aus. Sie umgab ihn wie ein Schimmer, ließ ihn gleichsam leuchten. Unbewusst wich Erik einen Schritt zurück, als wäre er auf etwas Rätselhaftes gestoßen.

Ansgar spürte seine Zweifel und griff rasch in seinen Lederbeutel, um weitere Münzen herauszuholen.

»Seht her, nehmt das dazu. Ich höre, Ihr seid ein tüchtiger Seefahrer!«

Erik konnte seinen Blick nicht von den Münzen lösen. Wenn er den Mann mit an Bord nahm, würde er einen guten Verdienst machen. Für einen, der zahlen konnte, fand sich immer ein Plätzchen. Schließlich griff er nach den Münzen. »Ihr könnt Eure Kisten an Bord bringen, wir verstauen sie in der Mitte des Schiffs«, sagte er. »Meine Männer kümmern sich darum. Spätestens um Mitternacht müsst Ihr zur Abfahrt bereit sein.«

Er verstummte, und sein Blick wanderte zu den schweren Eichentruhen.

»Prächtige Kisten, mein Herr. Eiche und goldene Beschläge. Ich sehe, Ihr habt wertvolle Fracht. Ich werde dafür sorgen, dass Ihr eine sichere Überfahrt habt.«

»Der Herr hat mir eine große Verantwortung übertragen. Danke, Schiffer.«

Ansgar bekreuzigte sich still und wandte sich wieder zu seinem Gefolge. Erik sah ihm lange nach. Prächtige Truhen, Büßerhemd und ein kostbarer Umhang. Irgendetwas stimmte nicht.

Birka schlummerte noch ruhig im frühen Morgen. Entlang den verschlungenen Straßen drängten sich an die hundert Häuser, dicht nebeneinander gebaut, mit nur wenigen Armlängen Abstand. Die Giebel bildeten zur Straße eine Mauer aus Holz und Lehmziegeln, und auf der anderen Seite begrenzte ein niedriger Bretterzaun Hausplatz, Schuppen und Werkstätten. Von zwei Seiten wurde die Stadt von Wällen, einem Gräberfeld und wogenden Wiesenhängen umgeben, auf der dritten Seite erhob sich der mächtige Burgberg. Unterhalb der Burg und westlich der Stadt befand sich der Hafen mit seinen langen, schmalen Landungsbrücken. Hier lagen Schiffe aus Kaupang im Westen, Haithabu im Süden und Holmgård im Osten. Birka war eine Stadt weit gereister Händler und Seefahrer, eine Stadt, die aus einem kleinen Hafen und Marktflecken erwachsen und zur größten des ganzen Reiches geworden war.

In den Gassen begann es zu lärmen. Kinder schrien, man hörte das Rasseln der Joche und Karren, und durch das Handwerkerviertel hallten schwere Hammerschläge. Bei den Bronzegießern und Perlenmachern stiegen dünne Rauchfahnen von der Feuerstelle auf. Der strömende Regen des Morgens hatte aufgehört, aber es tropfte noch immer von den Dächern und Balken. Die Eichenplanken der Straßen glänzten in der Frühlingssonne.

Eine große, schlanke Frau ging langsam die Hauptstraße entlang. Sie trug eine weiße, bestickte Leinentunika und ein rotes, bodenlanges Hängekleid. Ihr Haar war dunkel, ihre Haut glatt und ihre Züge ebenmäßig und rein. Auf den ersten Blick sah sie unendlich schön aus, doch dann bemerkte man die Schwermut um ihren Mund und die schwarze Verlassenheit in ihren Augen. Sie wich müde einer Pfütze aus, ging zwei Frauen aus dem Weg, die Honigkrüge trugen, überquerte schließlich den Holzbelag der Straße und betrat einen Hof. Dort ging sie in die Webstube. Ihr Gesicht war angespannt, ihr Blick suchend. Dann entdeckte sie es, das fertige weiche Leinen für das Brauthemd. Jemand hatte Spinnwirtel auf dem Stoff abgelegt, die sie verärgert auf den Boden fegte. Brauthemd. Ein seltsamer Glanz trat auf ihr Gesicht, und ihre dunklen, leicht schräg stehenden Augen wurden feucht. Sie sank neben dem Webstuhl nieder. Nein, jetzt führte kein Weg mehr zurück.

Menschen hatten sich von weit her aufgemacht, und seit einer Woche wurde der Hof vorbereitet. In ein paar Tagen sollte ihre Hochzeit stattfinden. Es hätte ein Fest werden können, an das man gerne zurückdachte, aber sie würde nicht den Mann heiraten, den sie selbst zuerst gewählt hatte – Erik Bernsteinhändler, ihr Verlobter. Ihr Vater, Gudmund der Mächtige, hatte einen Hof und einen Hektar Land für den Brautkauf gefordert, und Erik war gezwungen gewesen, auf Wikingfahrt zu gehen. Er war gen Osten gezogen, um sein Muntgeld zusammenzubringen, das Silber, das er dem Vater für den Brautkauf bezahlen musste. Mindestens einen Herbst, einen Winter und einen Frühling würde er fort sein, hatte er gesagt, aber dann würde er wiederkommen, reich genug, um einen Hof erwerben zu können.

Das erste Jahr hatte sie gewartet, voller Sehnsucht, aber glücklich und erwartungsvoll im Gedanken an seine Heimkunft. Dann beschlichen sie Ungewissheit und Sorge. An den Abenden war sie mit einer Laterne an den Strand hinuntergegangen. Bei Regen und Schnee hatte sie dort im Schein der Lampe gestanden, die hinaus aufs Meer leuchtete. Sie dachte, wenn er dort draußen wäre, könnte sie ihm so den Weg nach Hause zeigen. Das Licht sollte ihm helfen, zu ihr nach Birka zurückzufinden. Es kam vor, dass sie über sich selbst und ihre Sehnsucht lachte, an die Menschen von Birka denken musste, die hinter den Fensterluken über sie tuschelten, aber sie liebte Erik mehr als alles andere, und sie wollte ihn zurück.

Darum war sie auch noch bis weit in den vergangenen Sommer hinunter an den Strand gegangen und hatte aufs Wasser geblickt, nach einem Zeichen gesucht, gewartet. Aber Erik, ihr Verlobter, war und blieb verschwunden. Nach drei Sommern glaubte niemand mehr, dass er noch am Leben war.

Jorunns Blick fiel auf das Webschwert an der Wand. Sie stand auf und nahm es herunter; das Verlobungsgeschenk, das Erik für sie geschnitzt hatte, bevor er aufgebrochen war. Der Griff war mit Schnitzereien geschmückt, das Schwert selbst war mit grünen, sich windenden Schlangenlinien bemalt, die in zwei grinsende Drachenköpfe mündeten. Vorsichtig legte sie es auf ihre Knie und strich zärtlich darüber, erinnerte sich an den Moment, als er es ihr überreicht hatte. Wie stolz er gewesen war, seine Augen hatten geleuchtet, glücklich und schelmisch. Sie sollte diejenige sein, die seine Kleider webte, hatte er gesagt, sie – seine zukünftige Frau.

Jorunn zog das Schwert sanft über das weiche Leinen. Wie sehr sie ihn vermisste, wie sehr sie um ihn trauerte. Ihre ganze Kindheit hatten sie zusammen verbracht, auf dem Hof, draußen auf den Feldern, bei der Ernte, während der Mahd. Sie hatten zusammen gefischt, waren gemeinsam geschwommen und gerudert. Unzertrennlich. Und aus ihrer Nähe war Liebe erwachsen. Doch jetzt gab es nur noch eine schreckliche Leere. Sie ging zur Truhe an der Querwand und nahm eine Hose und ein leinenes Hemd heraus. Sie hatte die Kleider gewebt, während sie auf Erik gewartet hatte. Sie betrachtete sie traurig. Sie hatte sie ihm geben wollen, wenn er wiederkam. Lange stand sie mit den Kleidern im Arm da, dann schleuderte sie sie in die Feuerstelle. Sie sank auf die Bank, das Gesicht in ihren Händen vergraben. Schwermütig starrte sie ins Feuer, während die Flammen gierig den Stoff verschlangen. Sie war so glücklich gewesen, als sie seine Kleider webte, und hatte Träume über ihr Leben zu zweit geträumt. Sie sah ihn vor sich, sein lockiges Haar, seinen wachen Blick, das Lachen, das immer in seinem Gesicht lag. Und jetzt? Warum war Erik fortgeblieben? Was war ihm zugestoßen? Jorunn schloss die Augen und presste die Hände an ihre Brust. Jetzt würde sie einen anderen heiraten. Warum also dachte sie an Erik? Er war vergessen, fort! Aber dennoch, ihre Gedanken wollten nicht weichen. Was, wenn er wüsste, dass sie die Frau eines anderen werden sollte. Mit einem Mal fühlte sie sich, als hätte sie ihn verraten, einen Treuebruch so tief wie ein Abgrund begangen. Nein, sie musste an die Zukunft denken, nicht in der Vergangenheit verharren. Lange saß sie still da, griff schließlich nach dem Brauthemd, stand auf und ging.

Die Dämmerung ging in den Morgen über, und die Sonne erhob sich langsam über der Stadt. In Haithabu, wo die Straßen so eng waren, dass nicht einmal zwei Karren aneinander vorbeikamen, wurden die Türen und Fensterluken für den neuen Tag geöffnet. Die Gassen füllten sich mit Leben, und im Hafen trafen die Fischer mit ihrem Morgenfang ein. Die Schiffe schaukelten sanft in der Dünung, es roch nach Meer und Tang. Entlang der Kais standen Fässer, Körbe und Jutesäcke, und auf den schmalen Brücken, die ins Wasser ragten, waren Kisten und Tonnen abgestellt worden. Ein paar Hühner gackerten in ihren Holzkäfigen, und ein einsamer Hund sprang zwischen Gerümpel herum. Die Schiffe, die auf dem Weg nach Westen waren, würden später aufbrechen, Erik Bernsteinhändler und die, die nach Norden wollten, waren klar zum Ablegen.

Alle waren an Bord, die Last verstaut und die Truhen

des Fremden gut festgezurrt. Erik gab den Männern das Zeichen, sich an den Rudern bereitzumachen. Ein paar dunkle Wolken am Horizont verkündeten ein nahendes Unwetter, aber Erik ließ sich davon nicht aus der Ruhe bringen. Im Gegenteil, er liebte es, das Meer und die Mächte, die stärker waren als er selbst, herauszufordern. Er wusste, dass er sein Schiff beherrschte, und fühlte vor Anbruch der Reise eine tiefe innere Ruhe. Bei gutem Wind würden sie Björkö in weniger als zwanzig Tagen erreichen. Es sollte nicht mehr lange dauern, dann würde er endlich wieder zu Hause sein.

Ansgar hatte sich auf einer der Truhen niedergelassen und blickte gedankenverloren über das Ufer. Er ließ alles zurück, was ihm bekannt und vertraut war – für eine Fahrt ans Ende der Welt. Seine Gedanken wanderten nach Corbie zu seinen Klosterbrüdern, die ihn vor der Reise gewarnt hatten. Sie hatten ihn für seinen Wunsch, unter Heiden zu predigen, verachtet. Doch vielleicht waren sie einfach nur zu engstirnig.

Kaiser Ludwig der Fromme hatte persönlich nach ihm rufen lassen und ihn gefragt, ob er bereit sei, Christi Evangelium unter den Heiden zu verkünden. Dann hatte der Kaiser ihm Geschenke für den König der Svear mitgegeben und dafür gesorgt, dass ein Gefolge ihm auf der Reise Gesellschaft leistete. Schließlich hatte er ihn darum gebeten, sein Haar wachsen zu lassen. Mit Tonsur, blanker Kopfhaut, im Land der Heiden von Bord zu gehen war kaum ratsam. Ansgar lächelte vor sich hin. Der Kaiser hatte an alles gedacht. Nun war es an ihm, den Auftrag des frommen Regenten zu erfüllen und die Schweden zu bekehren. Ein kalter Wind blies über das Wasser. Jetzt führte kein Weg mehr zurück.

Sie ruderten aus dem Hafen. Als sie um die Landzun-

gen gebogen waren und die schützende Bucht hinter sich gelassen hatten, erfasste der Wind das Segel. Es frischte auf. Erik lehnte über die Ruderpinne gebeugt und steuerte ein wenig nachlässig, während er sich umsah. Achtern verschwand die flache, vom Wind gebeutelte Küste aus seinem Blick, vorne waren die Schiffe der Kaufleute schemenhaft zu erkennen. Zusammen waren sie fünfzehn Knorren, stattliche Handelsschiffe auf dem Weg nach Norden, ins Land der Svear. Das Rahsegel schlug gegen den Mast, die Gischt spritzte. Die Schiffe segelten dicht nebeneinander und bildeten eine mächtige Mauer gegen Meer und Feinde. Sie würden sich auf der Überfahrt gegenseitig begleiten, denn die Ostsee war berüchtigt für ihre Seeräuber.

Der Wind nahm zu, und der Adler pflügte schneller durch das Wasser. Erik setzte sich und hielt die Ruderpinne mit der rechten Hand. Das Schiff glitt leicht und geschmeidig durch die Wellen, und er genoss es, die Bewegungen des Bootes im Wasser zu spüren. Es brodelte und rauschte um den Vordersteven, knackte in Mast und Segel. Zufrieden strich er sich das Salz aus dem Bart und blinzelte in Richtung Horizont. Im Hafen zu liegen hatte seinen Reiz, aber am besten ging es ihm auf offener See. Erik summte vor sich hin und warf einen Blick nach vorn. Die Wolken waren näher gekommen und schimmerten jetzt dunkelblau und violett. Es würde keine leichte Überfahrt werden. Vielleicht konnten sie Birka früher erreichen als berechnet. Sein Blick verlor sich in der Ferne.

Birka, Heimat. Dort war Jorunn, seine Verlobte. Hoffentlich war sie nicht des Wartens überdrüssig geworden. Aber nein, sicher nicht nach dem Treueversprechen, das sie einander gegeben hatten. Und sie würde

sich bestimmt freuen, wenn sie all das Silber sah, das er mitbrachte. Genug Muntgeld für den Brautkauf, sodass sie endlich heiraten konnten. Das Silber reichte auch für einen eigenen Hof und ein gut gestelltes Leben in Birka. Ein beruhigendes Gefühl. Da Jorunn die Tochter eines der reichsten Männer der Stadt war, war sie ein Leben im Überfluss gewöhnt. Und er wollte ihr das Gewünschte bieten können. Erik atmete die feuchte Seeluft tief ein. Bald würde sie ihm gehören. Mit einem Mal sah er sie wieder vor sich und wurde von Sehnsucht übermannt, einem Gefühl, das so stark war, dass sein Körper schmerzte und er zu Stein erstarrte. Ohne Zweifel war er gern umhergezogen und hatte das Dasein als Wikinger genossen, aber wie nur hatte er es so lange ohne seine Jorunn ausgehalten?

Die Männer an Bord waren wortkarg und zurückhaltend. Sie hatten den gestrigen Tag fleißig getrunken, und ihre Sinne wurden von einer dumpfen Müdigkeit getrübt. Darüber hinaus verursachten die Wolken am Horizont Unruhe. Über ihnen lag etwas Bedrohliches. Es schien, als würde es Sturm geben. Sogar Ansgar, Witmar und die drei französischen Kaufleute, die sie begleiteten, verhielten sich abwartend. Sie schwiegen und wechselten nur die nötigsten Worte miteinander, eingewickelt in ihre Fellmäntel und Umhänge aus Lodenstoff. Erik, der eigentlich ein Gespräch anregen wollte, überlegte es sich anders, und seine Gedanken wendeten sich wieder den seinen zu Hause zu. Hielt sein Vater sich immer noch an die Sklavinnen, oder hatte er sich eine neue Ehefrau gesucht? Erik hatte seine Mutter nie kennen gelernt. Sie war nur wenige Tage nach seiner Geburt gestorben, und Harald glaubte noch immer, dass Erik schuld an ihrem Tod war. Sein fünf Jahre älterer Bruder war nie über

das Geschehene hinweggekommen und lehnte Erik ab. Harald war höhnisch, überheblich, spöttisch und hatte Erik gelegentlich einfach eine Tracht Prügel verpasst.

Erik bekam einen grimmigen Zug um den Mund, erinnerte sich daran, wie er sich abgekapselt hatte und meist allein gewesen war. Aber Jorunn vom Gudmundhof hatte es geschafft, all das zu verändern. Sie war fröhlich und unvoreingenommen gewesen und hatte ihn zum Lachen gebracht. Sie hatten Spaß zusammen gehabt, und er war sicherer und selbstbewusster geworden. Dann, als sie älter wurden, erwachte die Lust aufeinander, und Erik wurde bewusst, dass er Jorunn wollte und keine andere. Er wollte sie besitzen, ganz und gar.

Noch am selben Tag, an dem sie beschlossen hatten zu heiraten, war sein Vater hinüber zum Gudmundhof geritten und hatte die Hochzeit vorgeschlagen. Am folgenden Morgen hatten Jorunns Eltern ihre Zustimmung gegeben und einen Hof oder einen Hektar Land als Brautpreis gefordert. Und nun hatte er es endlich geschafft, das Silber zusammenzubringen, aber es hatte länger gedauert, als er hätte ahnen können.

Erik blickte sich auf dem Boot um. Die Männer saßen noch immer stumm und reglos da. Er mochte das nicht und kramte in den Taschen nach seiner Flöte. Eine Weile fuhr er mit den Fingern über das glatte Holz, dann begann er zu spielen. Es war eine fröhliche, muntere Melodie, die ihm schließlich eingefallen war. Aber Ansgar hörte nicht zu, er war ganz in seine Gedanken versunken. Erik legte die Flöte beiseite und beugte sich neugierig vor.

»Was führt dich nach Birka, Fremder?«

»Kaiser Ludwig schickt mich, Gottes Lehre unter den Heiden zu verkünden.«

»Der Kaiser? Der Kaiser hat dich nach Birka geschickt?«

Erik fiel es schwer, das zu glauben. Aber Ansgar hatte es so gesagt, der Mönch war nicht schwer zu verstehen. Er beherrschte die Sprache der Svear gut, wenn auch mit einer Mischung aus fränkischem und germanischem Akzent.

»Ja, der Kaiser wünscht, dass ich dort das Christentum predige und prüfe, ob das Volk bereit ist, den christlichen Glauben anzunehmen.«

Eriks Gesicht wurde finster. Er hatte zwar von den Braunkitteln gehört, die in Sachsen und im Danaland umherzogen und die Menschen bekehren wollten, aber dass diese Seuche sich jetzt sogar bis nach Birka ausbreiten sollte? Er sah den Mönch misstrauisch an.

»Christentum, warum?«

»Die Heiden leben im Aberglauben, opfern ihren Göttern Tiere und Menschen und ...«

»Opfern? So ist es Brauch. Wir sind glücklich mit unserem Glauben. Warum solltest du andere Lehren predigen?«

»Euer König hat nach mir geschickt.«

Erik merkte, wie der Ton zwischen ihnen schärfer wurde, spürte die Kühle in der Luft.

»Der König? In Birka herrscht Frieden. Du brauchst uns nicht beizubringen, wie man lebt!«, brach es irritiert aus ihm heraus. »Unsere Götter Odin, Thor und Frey wachen über uns. Wir brauchen keine anderen.« Erik machte eine kurze Pause und fuhr dann mit ruhiger Stimme fort: »Vielleicht kennst du unsere Götter nicht, aber bei uns opfern wir dem Gott, dessen Hilfe wir gerade benötigen. Unser mächtigster Gott ist Odin. Er ist der Gott der Weisheit, des Kampfes und des Todes. Ihm opfern wir im Kampf. Er weiß, was auf der Erde geschieht. Hugin und Munin, seine beiden schwarzen Raben, berichten ihm alles.«

Ansgar hob die Hand, um etwas zu sagen, aber Erik tat, als bemerkte er die Geste nicht, und sprach unbeirrt weiter:

»Die Götter wohnen in Asgård, dort leben auch Balder, der Gott des Friedens, und Thor, der Gott, den wir am meisten verehren. Er ist stark und schleudert seinen Hammer. Wenn es blitzt und donnert, ist er es, der mit seinem Wagen durch den Himmel fährt. Und Frey ...« Erik hielt inne, und ein kleines Lachen huschte über sein Gesicht. »Ja, Frey, das ist der Gott des Friedens und der Liebe, der ...«

»Ja, ja, ich kenne eure Verehrung für Abgötter«, unterbrach Ansgar ihn. »Aber ihr sündigt und habt unfreie Sklaven.«

»Nie habe ich erlebt, dass einer Frau das Liebesspiel missfallen hat«, wandte Erik schnell ein. »Und die Sklaven mögen unfrei sein, aber so ist es immer gewesen.«

Er verstummte. Wozu der Versuch, Menschen zu bekehren, die glücklich waren mit ihrem Glauben? Weder er noch die Menschen in Birka brauchten einen neuen Gott.

Ansgar schloss die Hände fest um seinen Rosenkranz. Er musste versuchen, sich gut mit dem Schiffer zu stellen, mochte er auch noch so heidnisch sein. Die Menschen hörten gerne auf einen, der in fremde Länder segelte. Darum hatte er gehofft, ihn bekehren zu können. Aber der Bernsteinhändler schien eigensinnig und stur zu sein. Ansgar holte tief Luft und fuhr fort.

»Aber eure Sklaven verrichten die schwerste Arbeit auf den Höfen, gerade wie es dem Hausherrn behagt.

Und die Sklavinnen sind das Eigentum eurer Männer, ganz nach deren Lust und Laune. So kann man nicht leben.«

Erik starrte den Mönch mit großen Augen an.

»Die Sklaven werden zum Arbeiten gebraucht. Wie sollten wir sonst klarkommen? Und die Sklavinnen? Ja, die Fleischeslust lässt sich nicht verleugnen. Kein echter Mann geht einer schönen Frau aus dem Weg. Auch du nicht, das sehe ich dir an!«

Erik lachte spöttisch, und ein Glitzern lag in seinen Augen. Ansgar predigte sicher, weil auf seinem Gewissen zahlreiche begangene Sünden lasteten. Kein Weib konnte einem Mann mit dieser Ausstrahlung widerstehen. Wenn der jemanden erlöste, dann auf der Schlafstatt.

»Seid nicht so ernst, Mönch«, sagte er spöttisch. »Das Leben ist herrlich. Genießt, was Euch geboten wird.«

Mit einem hellen Lachen zog er die Flöte hervor. Dann begann er zu spielen, laut und schrill. Aber Ansgar schwieg. Seine Finger tasteten nach dem Rosenkranz. Erik zog die Augenbrauen hoch und schob die Flöte zurück in die Tasche. Warum hatte er Ansgar mitgenommen? Der Mönch war auf dem Weg nach Birka, um neue Glaubenslehren zu verkünden. Das konnte Unglück mit sich führen.

Wolken senkten sich über das Meer, der Wind frischte auf, und große Schaumfetzen trieben achtern vorbei. Erik saß mit zusammengebissenen Zähnen am Steuerruder. Das Schiff hob und senkte sich mit den Wellen und fiel immer tiefer in die Wellentäler. Sie waren inzwischen weit von der Küste entfernt, ohne Möglichkeit, Windschutz zu suchen. Erik spähte übers Wasser.

Eines der Boote fehlte: der Schwan, Anunds Schiff. Lange hatte er nach dem schlanken Knorren aus Dorestad Ausschau gehalten. Er war leicht an seinem rindenfarbigen Segel und seiner wendigen Art, die Wellen zu kreuzen, zu erkennen. Wo war er jetzt? Obwohl der Schwan das schnellste Schiff von allen war, war er offensichtlich zurückgefallen. Anund war für seine Gier bekannt. Vielleicht hatte er zu schwer geladen. Dieser verrückte Krämer! Sie hatten vereinbart, während der Überfahrt zusammenzubleiben, um Seeräuber abzuschrecken. Jetzt hatten sie ein Schiff weniger. Das konnte gefährlich werden. Er warf einen hastigen Blick auf die Kisten in der Mitte des Schiffs. Hatte jemand bemerkt, wie sie an Bord gebracht wurden?

Ruder schlugen gegen die Ruderbänke, und Erik schreckte auf. Ansgar war auf dem Weg nach vorne, ein Kreuz in der Hand. In der anderen balancierte er ein Gefäß mit Weihwasser. Der Mönch war in ein fußlanges Messgewand geschlüpft. Es war aus weißem Stoff, Kragen und Ärmel waren mit kostbar bestickten Bordüren verziert. Die Haare wehten in sein Gesicht, und der Umhang schlug im Wind. Vorne am Steven stützte er sich gegen die Planken und zurrte das Kreuz fest. Mit eintöniger Stimme murmelte er etwas auf Lateinisch. Die Männer sahen ihm wortlos zu. Dann spritzte er Weihwasser über das Vorschiff und bat um eine ruhige Überfahrt. Ein Brecher schlug über dem Steven zusammen, und Erik fuhr zusammen.

»Was hast du vor, Mönch?«, brüllte er mit hochrotem Kopf. »Setz dich!«

Ansgar bekreuzigte sich und murmelte wieder etwas auf Lateinisch. Dann ging er zurück nach achtern. Die Männer starrten ihn an. Die wertvollen Kleider und die fremde Sprache hatten Eindruck auf sie gemacht. Seine Gelassenheit auch.

Mit einem entschlossenen Griff um die Ruderpinne steuerte Anund den Schwan auf die drei Langschiffe zu. Er segelte hart am Wind und legte sich mit dem Vorschiff neben das größte. Das rindenfarbige Segel knallte im Wind.

»Seid ihr bereit?«, schrie er durch die Hände.

»Endlich. Wir haben auf dich gewartet. Sind sie bewaffnet?«, fragte eine Stimme von unten aus dem Langschiff. Ein hoch gewachsener Mann in einem Lodenkittel beugte sich zu Anund vor. An seinem Gürtel hing ein Schwert.

»Die Kaufleute? Sicher, aber sie haben uns nicht viel entgegenzusetzen. Die schlagen wir schnell.« Anund lachte leise.

Der Hochgewachsene zog sein Schwert und betrachtete es kurz, bevor er es wieder in die Scheide steckte.

»Na, wir werden ja sehen, was sie können, aber sie müssten recht viele Schläge wechseln, um uns zu besiegen. Haben sie viel Silber in ihren Kisten?«

»So viel, dass es für uns beide reicht«, antwortete Anund rasch. »Hast du nicht gesehen, wie tief die Schiffe im Wasser liegen? Und der Kutscher sprach von kostbaren Geschenken.«

Der Hochgewachsene blies seine feisten Backen auf, strich sich über den Bart und grinste zufrieden. Die kleinen Augen funkelten.

»Obwohl wir mit dem Überfall vielleicht warten müssen. Wind und Wellen nehmen zu.«

»Ja, ein Unwetter zieht auf«, stimmte Anund zu und betrachtete nachdenklich den dunklen Himmel. »Mag sein, aber die Schiffe verlieren wir nicht außer Sicht. Wir folgen ihnen und warten auf die richtige Gelegenheit.«

Die Männer verstummten und lauschten. Der Wind wurde stärker, und die Wellen schlugen hart gegen die Schiffswand. Ein Windstoß fuhr über das Meer, und das Schiff krängte.

»Nein, hier können wir nicht liegen«, fuhr Anund fort und sah sich skeptisch um. Die Schiffe begannen gegeneinander zu schlagen.

»Abdrehen!«, brüllte der Hochgewachsene seinen Männern zu.

Ein Blitz kreuzte das Himmelsgewölbe, gefolgt von Donnergrollen und Windböen. Der Steuermann versuchte, den Wind optimal einzufangen, aber die Ruderpinne wackelte und schlug gegen seine Faust, und das Schiff gehorchte ihm nicht mehr. Im nächsten Augenblick hob sich die Reling backbord, rammte Anunds Schiff und splitterte. Das Schiff begann zu treiben. Anund beugte sich über die Reling und schrie:

»Wir warten, bis es sich wieder beruhigt hat. Folgt den Schiffen mit Abstand, aber lasst den Sturm uns nicht auseinander treiben.«

Der Hochgewachsene machte ein Zeichen, dass er verstanden hatte. Jetzt musste jeder allein dafür sorgen, das Unwetter so gut wie möglich zu überstehen.

Der Wind nahm zu. Donner rollte über das Wasser, grollend, dröhnend, während die Wellen wuchsen und der Wind sich gegen die Seile stemmte. Dann prasselte der Regen nieder, hart, peitschend. Erik zog seine Mütze in den Nacken.

»Schoten einholen!«, befahl er.

Seine Knöchel leuchteten rot, und die Steuerpinne

schnitt ihm in die Hand. Der Rumpf krängte heftig. Erik legte die Hände um den Mund und rief:

»Wir müssen den Göttern opfern!«

Der Koch gehorchte sofort. Entschlossen bahnte er sich seinen Weg zu den Vorratsfässern, konnte das Schloss des Fleischfasses öffnen und schleuderte den Inhalt heraus. Schweinefleisch und Hammelkeulen verschwanden im Kielwasser. Thors Zorn musste gestillt werden.

Das Unwetter folgte den Kaufleuten über das Meer. Es war, als wollten die Götter verhindern, dass die Schiffe irgendwie vorankamen. Wenn der Wind langsam wieder abflaute und der Seegang ruhiger wurde, dann nur, um von neuen Regenfällen oder einem neuen Unwetter abgelöst zu werden. Binnen zehn Tagen segelten sie mit hartem Wind aus Südwest an Danaland vorbei, hinein ins Baltische Meer und näherten sich dem Sveareich. Das tosende Wetter setzte Booten und Männern schwer zu, und nur der Bernsteinhändler und seine Besatzung schafften es ohne Riss im Segel. Erik forderte das Meer heraus, stellte seine Grenzen auf die Probe und verlangte sich und seinen Männern das Äußerste ab.

Sie hatten ihr Schiff so hart gesegelt, dass sie die anderen überholt hatten und nun weit vor ihnen lagen. Einen Moment beunruhigte es ihn, dass die anderen außer Sichtweite geraten waren, aber er tröstete sich damit, dass sie sie sicher bald einholen würden. Irgendwo in der trüben Regenfront mussten sie sein.

Als er eine Weile in den Regen geblickt hatte, entdeckte er achtern plötzlich einen dunklen Schatten. Er hielt inne, dann löste sich sein Gesicht in einem freudigen Lachen. Der Schwan, es war das rindenfarbene Segel! Der gierige Krämer Anund aus Dorestad hatte sie offenkundig gesichtet. Sehr gut, jetzt konnten sie zusammen fahren. Aufgeheitert blickte er nach vorne. In Höhe des Lastraumes war Ansgars gebeugte Gestalt zu sehen, die über der Reling hing. Sein dunkles Haar fiel ihm in die Stirn, und er übergab sich furchtbar. Erik begegnete Ansgars Blick.

»Ich bin kein Seemann«, sagte der Mönch entschuldigend und sank steuerbord zusammen.

»Fromm und gottesfürchtig zu sein hilft wohl nicht gegen Seekrankheit, wie?«, entgegnete Erik bissig.

Ansgar überhörte die Bemerkung. Im nächsten Augenblick zog sich sein Magen zusammen, und er musste sich erneut über die Reling erbrechen.

»Opfer du ruhig für Ran, Christenkotze ist sicher so gut wie jede andere«, bemerkte Erik trocken.

Die Abenddämmerung senkte sich langsam über das Wasser. Vor ihnen war Land in Sicht. Achtern war die dunkle Silhouette des Schwans erkennbar, und dahinter gingen Meer und Himmel in die beginnende blassgraue Nacht über. Erik suchte nach einem Platz, an dem sie ihr Lager aufschlagen konnten. Sein Blick hielt auch nach Feuern und nach an Land gezogenen Schiffen Ausschau, nach Stränden oder Buchten, in denen die Kaufleute vielleicht entschieden hatten, für die Nacht zu bleiben. Keine Schiffe. Bald ging die Dämmerung in eine dichte Dunkelheit über, und es wurde immer schwieriger, die Küste auszumachen. Sie hätten früher ihr Lager aufschlagen sollen. Eriks Finger trommelten ungeduldig auf der Ruderpinne, ein Windstoß kam vom Land. Dann hörte er etwas, lauschte, ahnte Geräusche von einem anderen Schiff. Die Kaufleute konnten nicht mehr weit sein. Die Unruhe wich, und er fühlte sich erleichtert.

In der Dunkelheit konnte er weder erkennen, dass es fremde Schiffe waren, Langschiffe, noch dass die Besatzung Kettenhemden und Helme trug und dass sie ihre Schwerter gezogen hatten. Er bemerkte ebenso wenig, dass die Männer ihre Schilde an der Reling aufgehängt hatten und ihre Speere bereithielten. Als er den schlanken Rumpf des Schwans aus der Dunkelheit auftauchen sah, winkte er ihm und deutete Richtung Strand. Dort, so wollte er sagen, dort in der Bucht, wo die Bäume ihre Zweige ins Wasser tauchen und der Strand in Wiesen übergeht, werde ich lagern. Er rief, aber er bekam keine Antwort. Der Schwan hielt direkt auf sie zu, ohne zu zögern oder auch nur einen Zoll zu weichen.

2. Kapitel

Versuchst du mich zu rammen, Unglücksrabe?«, brüllte Erik und warf sich auf die Ruderpinne. Aber Anund steuerte sein Schiff sicher gegen den Wind und kam mit dem Steven direkt am Adler zu liegen.

»Das hätte schief gehen können, du hättest …« Erik verstummte. Plötzlich bemerkte er mehrere andere Schiffe zugleich. Langschiffe!

Bewaffnete Männer mit Helmen und Schwertern, Schatten von Drachenköpfen. Feindliche Schiffe in der Gefolgschaft des Schwans? Erik witterte Gefahr. Hatte Anund sich mit Seeräubern eingelassen?

»Gib uns die Truhen, Erik!« Anunds durchdringende Stimme brach die Stille.

»Welche Truhen?«

Erik versuchte Zeit zu gewinnen. Die Kaufleute konnten nicht weit entfernt sein. Sie würden ihm beistehen. Vorsichtig tastete er nach der Axt an seinem Gürtel. Er hatte nicht vor, sich kampflos zu ergeben.

»Keine Kunststückchen. Die Truhen, habe ich gesagt!« Anund klang gereizter.

Erik zog die Hand zurück.

»Im Namen Gottes. Nein!« Ansgar sprang auf. »Die Truhen sind Geschenke Gottes. Niemand kann sie stehlen!«

Anund brach in höhnisches Gelächter aus.

»Was sagst du da, Mönch?«

»Unglück wird über Euch kommen, Ihr werdet in der

Hölle schmoren!« Ansgar bekreuzigte sich und hielt die Bibel mit gestreckten Armen vor seine Brust. »Niemand entgeht der Strafe Gottes. Kehrt um!«

»Hört, hört, was der da kräht! Wir müssen wohl zusehen, dass wir ihn zuerst zum Schweigen bringen!«, knurrte Anund und zog sein Schwert. Mit einem einzigen Hieb spaltete er die Bibel entzwei.

»Anund, komm zur Vernunft! Keiner hat Anspruch auf unsere Last. Du kannst in Birka handeln, du wie alle anderen«, sagte Erik fest und zog sein Schwert aus der Scheide.

»Kommt nur her, dann stech ich euch die Augen aus!«, schrie der Koch und drohte wild mit einem groben Eisenstab. Der kleine, dicke Mann sprang auf die Truhen, bereit zum Kampf.

Anund lachte und hob sein Schwert. Dann brüllte er: »Längsseits gehen!«

Im nächsten Augenblick stürmten die Männer das Schiff. Sie bahnten sich einen Weg zu den Kisten, stießen und schwangen die Schwerter gegen alle, die ihnen zu nahe kamen.

Erik duckte sich vor einer Axt und schaffte es, seinen Schild zu greifen, der an der Reling befestigt war. Ein brutaler Schwerthieb krachte ins Holz und spaltete den Schild beinahe in zwei Teile. Die Klinge blieb fest im Schildrand stecken und ließ sich nicht mehr herausziehen. Erik stürzte nach vorn und schwang den aufgespießten Schild wie eine Sense vor sich. Die Männer stürzten zu Boden, und er hieb mit dem Schwert nach ihnen. Einen traf die Schwertklinge in die Schulter, dass Knochensplitter flogen, einem anderen schlug er beide Beine ab.

»Pass auf!« Torkil, der Steuermann, schrie auf. Erik

sah den Speer in letzter Sekunde und sprang hoch. Die nadelspitze Waffe sauste zwischen seinen Beinen hindurch und bohrte sich in die Schiffswand.

»Nicht unpraktisch, solche O-Beine«, murmelte Torkil und zog den Speer aus dem Holz. Mit einem gewaltigen Wurf schleuderte er die Waffe in dieselbe Richtung zurück, aus der sie gekommen war. Der Mann, der zuerst geworfen hatte, fiel mit durchbohrtem Brustkorb um.

Oben auf den Truhen hielt der Koch noch immer den Angriffen stand. Er fluchte und brüllte und erstach den Ersten, der sich näherte, mit seinem Eisenspieß. Danach riss er Schwert und Schild an sich und schlug dem Nächsten die Arme ab. Er war so eingenommen vom Kämpfen, dass er nicht bemerkte, was hinter seinem Rücken geschah. Anund zielte sorgfältig. Als der Koch den Speer kommen hörte, war es schon zu spät. Die Speerspitze traf ihn in den Hals. Sein Blick erlosch, und er sackte auf den Kisten zusammen.

Im selben Moment ertönten Schreie und Ruderschläge vom Meer. Bogensehnen wurden gespannt, und ein Pfeilregen prasselte auf die Langschiffe herab. Erik blieb mit erhobenem Schwert stehen. Endlich! Die Kaufleute waren zu Hilfe gekommen.

Anund erkannte die Gefahr und rief seinen Männern zu, sich zu beeilen. Sie begannen, an den Truhen zu ziehen und zu zerren, um sie auf den Schwan hinüberzuhieven, gleichzeitig stürmten die Kaufleute über die Reling, die Schwerter bereit.

Stahl klirrte, und der Kampf wogte vor und zurück. Die Kaufmänner schlugen sich mannhaft und brachten viele von Anunds Männern zu Fall, doch sowie einer fiel, nahm ein anderer seinen Platz ein. Die Handelsmänner aus Birka und Haithabu schienen dem wenig entgegenzusetzen zu haben. Sie waren in der Minderheit und schlecht bewaffnet, die Gegner weit in der Überzahl.

Als die Kaufleute einsahen, dass der Widerstand zu groß war, begannen sie sich langsam zurückzuziehen. Nur Erik stand noch, fest entschlossen, sein Silber zu verteidigen. Er hieb mit der einen Hand und stach mit der anderen, bis das Schwert von Blut tropfte und der Griff der Streitaxt klebte. Ein kleiner Mann mit rotem Bart schleuderte seinen Speer und hätte beinahe getroffen, aber Erik wich aus und zog den Speer aus dem Schiffsboden.

»Das wird dein Tod sein«, schrie er rasend vor Zorn und warf die Waffe, die den Rotbärtigen in der Brust traf. Der nächste Mann, der ihn angriff, bekam das Schwert über die Stirn gezogen, das eine klaffende Wunde hinterließ. Erik packte ihn und warf ihn ins Meer. Die Feinde rückten näher, und die Reihen um ihn herum lichteten sich. Bald stand Erik allein da. Unauffällig zog er sich zum Mast zurück, um den Rücken frei zu haben.

»Ergib dich, Erik, und rette dich, solange du noch kannst!« Anund zeigte hinaus aufs Wasser, wo einige der Kaufleute schwimmend versuchten, das Ufer zu erreichen. »Du hast ohnehin alles verloren!« Anund sah gierig zu den Truhen und lachte laut.

Erik fühlte seinen Hass wachsen und wollte sein Schwert in den fetten Lumpen rammen. Einen Augenblick lang war es verdächtig still, dann hörte er Schritte. Erik sah gerade noch ein Kurzschwert aufblitzen, schaffte es, seinen Schild hochzuheben, und hörte, wie sich das Metall ins Holz bohrte. Im nächsten Moment zog Anund sein Messer aus dem Gürtel und stach zu. Erik warf sich nach hinten, stürzte gegen die Reling und fiel ins Wasser.

Als er wieder auftauchte, war es seltsam ruhig. Um ihn herum schwammen Tonnen und Gerümpel, weiter entfernt flohen die Kaufmänner in ihren Booten. Diese feigen Hunde, darauf, sich zu retten, verstanden sie sich, aber kämpfen konnten sie nicht. Erik fluchte laut. Gab es denn nichts, was er tun konnte? Plötzlich kam ihm eine Idee. Wenn es ihm gelänge, die Befestigung des Steuerruders zu durchtrennen und den Adler manövrierunfähig zu machen … Dann würde Anund den Adler vielleicht zurücklassen.

Erik blickte sich um, niemand hatte ihn bemerkt. Leise tauchte er unter die Wasseroberfläche und schwamm nach achtern. Als er wieder auftauchte, hatte er das Steuerruder fast erreicht. Lautlos fuhr er mit der Hand am Holz entlang. Jetzt konnte er die Lederschlaufe unter seinen Fingern fühlen. Er griff nach seiner Axt und machte sich bereit zuzuschlagen. Aber wo war sie? Er tastete seinen Gürtel ab. Dann das Messer? Doch der Gürtel hing seltsam locker und schlaff über seiner Hüfte. Da begriff er. Er hatte die Waffen beim Fallen verloren. Müde und resigniert begann er zum Ufer zu schwimmen.

Nachts konnte sie nur schwer Schlaf finden. Jorunn träumte, dass Erik auf dem Weg zu ihr war, froh und sorglos wie immer. In seiner Hand hielt er einen prächtigen Schmuck, glitzernd und strahlend, hell wie die Sonne selbst. Es war Eriks Hochzeitsgeschenk für sie, etwas anderes hatte er nicht. Als sie die Hand ausstreckte, um den Schmuck entgegenzunehmen, verwandelte er sich und wurde zu Stein. Erik ließ ihn auf die Erde fallen und zeigte seine leeren Hände. Sie versuchte, ihn zu umarmen, aber seine Gestalt verschwand vor ihren Augen. Stattdessen trat der Schatten eines anderen Mannes hervor, Harald Sigurdsohn, Eriks älterer Bruder. Ihn, Harald, würde sie heiraten.

Jorunn zuckte zusammen. Taumelnd und benommen richtete sie sich im Bett auf. Draußen war es Nacht, ein Vogel war draußen im Wald zu hören. Sie zitterte noch immer, was hatte sie geträumt? Jorunn schlug die Decke beiseite und ließ die Nacht ihre Haut kühlen. Es begann hell zu werden, und ein bleicher Schimmer lag auf ihrer nackten Brust. Sie lauschte, zögerte, fasste einen Entschluss. Sie zog sich an und schlich hinaus. Sie querte den Hofplatz und setzte sich auf ein Joch draußen am Brunnen. In ein paar Tagen sollte das Hochzeitsmahl gehalten werden, und von diesem Tag an würde ihr neues Leben beginnen. Die Unruhe vor dem, was sie erwartete, bedrückte sie. Zwar wurde Harald Sigurdsohn als tüchtiger Mann geachtet, und ihr Vater, Gudmund der Mächtige, hatte ihr zu dieser Hochzeit geraten, aber Harald war nicht Erik, der Mann, mit dem sie ihr Leben teilen wollte. Als Erik zwei Jahre fort gewesen war, hatte ihr Vater begonnen, von einer anderen Hochzeit zu sprechen. Eines Tages erzählte er, dass ein Mann in dieser Angelegenheit zu ihm gekommen war. Ein stattlicher Mann, dreißig Winter alt. Und er hatte Geld genug für den Brautkauf, nachdem er zwei silberne Armreifen geerbt hatte, als seine Mutter starb, und darüber hinaus war er der Erbe des elterlichen Hofes, der Sigurdshof. Jorunn wurde blass, begriff, dass es Eriks Bruder war, von dem ihr Vater sprach. Wie sollte sie jemals mit dieser Hochzeit einverstanden sein? Sie lehnte ab, weigerte sich zu glauben, dass Erik nicht zurückkommen würde.

Es vergingen ein weiterer Winter, ein Frühling und ein Sommer, und als der Herbst kam, hatten sie noch immer nichts von Erik gehört. Die Bucht fror zu, und der Winter brachte Schnee und Kälte. Kein Erik. Jorunn wurde von Zweifeln heimgesucht. Sollte sie Harald heiraten, trotz allem?

Als das Frühjahr kam und das Eis aufbrach, hatte sie sich noch immer nicht entschieden. Schiffe brachen auf, Schiffe legten an, aber kein Erik. Schließlich sah sie ein, dass er niemals wiederkommen würde. Unschlüssig und fast gleichgültig stimmte sie der Hochzeit zu. Sie gab auf. Harald war ein Weg aus der Trauer und Hoffnungslosigkeit. Wenn sie den Mann, den sie am meisten liebte, nicht haben konnte, dann war Harald eine gute Wahl. Etwas in seinem Aussehen erinnerte an Erik, und er war als tüchtiger und zuverlässiger Mann bekannt. Vielleicht würde sie mit der Zeit lernen, ihn lieb zu gewinnen.

Jorunns Gedanken wurden von einem gequälten Schrei unterbrochen. Er kam aus dem Kuhstall. Ohne zu zögern, eilte sie zum Stall, riss die schwere Tür auf und lief hinein. Die Schreie wurden lauter. Jorunn blieb unvermittelt stehen, plötzlich voller Angst vor dem, was sie erwarten würde. Das angsterfüllte Klagen ging in herzzerreißendes Schluchzen über. Jorunn holte tief Luft und näherte sich vorsichtig den Geräuschen. In einem der Verschläge lag eine Sklavin in den Wehen. Sie blutete stark und warf sich wimmernd auf dem Stroh hin und her. Neben ihr hockte eine alte Frau und redete ruhig auf sie ein. Das Kind war fast da. Die Alte zog mit aller Kraft, und ein schwarzhaariger Kopf wurde zwischen ihren Händen sichtbar. Die Sklavin schrie, presste und schrie wieder. Und plötzlich lag das Kind da, im

Stroh, blutig und schleimig. Die Alte hob das Kleine an den Füßen hoch und schnitt die Nabelschnur durch. Dann gab sie ihm einen Klaps und legte es der Mutter an die Brust. Die Sklavin wimmerte immer noch, und rote, breite Rinnsale suchten sich einen Weg in das Stroh und bildeten eine wachsende Blutlache. Die Alte brüllte etwas Unverständliches, drückte fest gegen den Unterleib der Frau und versuchte vergeblich die Blutung zu stoppen. Jorunn war wie gelähmt, sah, wie sich die Hände der Alten klebrig rot färbten. Der Blick der Sklavin war voller Ohnmacht und Schrecken. Mit einem Mal wurde Jorunn klar, was vor ihren Augen geschah. Sie zerrte ihr Hängekleid herunter, riss es an den Nähten auf und reichte der Alten die Stoffstücke. Dann sank sie auf das Stroh und ergriff die Hand der Sklavin. Das dunkelhaarige Mädchen war noch jung, vielleicht erst dreizehn, vierzehn Winter alt. Ihr Gesicht war blass und gequält, das kurze Haar glänzte vor Schweiß. Sie versuchte etwas zu sagen, aber sie war zu schwach. Jorunn strich ihr über die Wange und drückte ihre Hand, aber die Finger fühlten sich schlaff und leblos an. Ihre Augen wurden matter und glitten weg. Jorunn schüttelte sie, aber die Kräfte des Mädchens versiegten. Als sie schließlich aufhörte zu atmen, flüchtete Jorunn aus dem Stall. Ihr Herz klopfte laut. Hinter der Hausecke ließ sie sich fallen und erbrach sich.

Sie saß lange still im Gras, bevor sie die Kraft fand aufzustehen. Durchgefroren ging sie zum Brunnen und zog zitternd den Wassereimer hoch. Geistesabwesend wusch sie Hände und Gesicht, während ihre Gedanken zu Harald wanderten. Eines Tages würde sie sein Kind tragen. Wollte sie das? Das Kind würde kommen, weil sie ihn geheiratet hatte, kein Kind, das aus Lust und Liebe entwachsen war. Oder würde es ihm vielleicht gelingen, ihre Lust hervorzulocken und aus einem beginnenden Gefühl der Zusammengehörigkeit und Freundschaft Liebe werden zu lassen? Aber ihm zuliebe unter Schmerzen gebären, vielleicht sterben? Das frische, kalte Wasser kühlte wie Raureif, und mit einem Mal keimten Zweifel in ihr auf. Sie hatte der Hochzeit zugestimmt, aber vielleicht wäre sie trotz allem allein glücklicher gewesen? Wie wäre es gewesen, Eriks Kind zu gebären? Dann wäre so vieles anders gewesen. Und sie hätte sich darauf gefreut, sein Kind zu bekommen.

Die Männer hatten am Strand ein Feuer gemacht. Einige hockten davor, um ihre Kleider zu trocknen, andere lagen erschöpft im Sand. Die Verwundeten wanden sich und klagten. Ansgar kniete sich an ihre Seite, sprach Gebete und flüsterte tröstende Worte. Seine Hände zitterten. Wie hatte die Reise so schlimm anfangen können? Hatte Gott ihn verlassen, oder waren die Heiden gefährlicher, als man ihm berichtet hatte? Seine Lippen bebten, und er kniff den Mund fest zusammen. Er durfte keine Schwäche zeigen, musste stark sein. Still bereitete er die letzte Salbung derer vor, die im Sterben lagen. Dann sprach er ein Gebet über sie und salbte sie mit dem heiligen Öl. Ein zahnloser Krieger wich zurück, hob plötzlich seinen Kopf und flüsterte:

»Lass mich, Priester, du könntest Odins Zorn wecken.«

Dann sank sein Kopf zu Boden, und er hauchte seinen Atem aus. Ansgar starrte ihn mit großen Augen an.

Während Ansgar betete und tröstete, gingen Erik und Witmar zwischen den Schiffbrüchigen umher und versorgten ihre Wunden. Witmar war wütend und aufgebracht über das, was geschehen war, und konnte die Tränen nur schwer zurückhalten. Ansgars Begleiter war ein ziemlich kleiner und unansehnlicher Mann, rund um den Bauch, aber nicht fett. Sein Haar hatte er hoch aus der Stirn gestrichen, seine Haut war rötlich und hell. Jetzt war er verschwitzt und hatte rote Wangen, ein Schwerthieb hatte sein Bein getroffen, und er hinkte schwer. Nachdem er die Blutung gestillt hatte, kümmerte er sich jedoch nicht weiter um die Wunde. Seine Sorge für die anderen war größer. Zusammen mit Erik verband er Schwerthiebe und Stichwunden und deckte die Wunden mit Rindenstücken des Eschenbaums ab, bis der Blufluss gestillt war. Die Verletzten würden sich wieder erholen, sie waren nicht ernsthaft verletzt. Aber fünf Männer waren fort, fünf Männer waren nach Walhall geführt worden. Erik blickte finster aufs Wasser hinaus.

Das Meer war dunkel und leer. Keine Segel, kein Rauch irgendwelcher Feuer. Die Kaufleute waren nirgends zu sehen und Anund und seine Männer schon lange verschwunden. Erik verschränkte die Beine und starrte ins Feuer. Ein anhaltender Schmerz pochte hinter seinen Schläfen. Sein Schiff war fort. Was sollte er jetzt tun?

Seine Kleider klebten ihm am Körper, und er erhob sich. Abwesend zog er sich aus und begann die nassen Sachen auszuwringen. Anund, ein Seeräuber? Warum hatte der Kaufmann aus Dorestad sich auf so etwas eingelassen? Weil seine eigenen Fahrten missglückt waren? Seine Geschäfte waren schlecht gegangen, und als er eine Stadt in Friesland angegriffen hatte, hatten viele seiner Männer ihr Leben gelassen, ohne dass es ihm gelungen war, irgendeine Beute zu ergattern. Aber warum

Svear überfallen, die eigenen Leute? Waren es die Kisten des Fremden, die ihn zu dieser Tat angestiftet hatten? Erik ballte die Fäuste und fluchte. Niemals würde er diese Untat ungesühnt lassen! Er hatte alles verloren. Nach drei Jahren auf Wikingfahrt war er plötzlich wieder mittellos. Was sollte jetzt geschehen? Konnte er Jorunn noch zur Frau nehmen? Erik vergrub das Gesicht in den Händen und sank verzweifelt zusammen.

In seiner Not ahnte er all das, was ihn bei seiner Heimkunft erwarten würde. Keine Jorunn, kein Schiff, kein Hof. Nichts. Lange saß er mit gesenktem Kopf da, tief in Gedanken versunken. Dann stand er schwerfällig und mühsam auf, um nach den Verwundeten zu sehen. Mit dem Fuß stieß er gegen etwas Hartes, das auf dem Boden lag. Er beugte sich herab und hob es auf. Es war die Dose mit der Messingwaage, der zusammenklappbaren Waage, die er in seinen drei Jahren als Kaufmann benutzt hatte. Er spürte das kalte Metall in seiner Hand, das rostige Schloss der Dose. Würde er je wieder Verwendung für die Waage haben?

Die Männer, die um das Feuer saßen, unterhielten sich leise. Trinkwasser und einige Tonnen Fleisch hatten sie retten können, aber alles, was sie besessen hatten, war fort. Der Mond kam hinter den Wolken hervor und warf seinen fahlen Schein auf das Wasser. Erik folgte dem glitzernden Licht mit seinem Blick. Er dachte an alles, was dort draußen zurückgeblieben war, weil Anund, der Schuft, sie verraten hatte. Mochten Odins Raben ihm die Augen aushacken und ihn in Stücke reißen!

Funken stoben aus dem Feuer, und ein Zweig flammte auf. Ansgars hoch gewachsene Gestalt war im Schein des Feuers zu erkennen. Er hatte seinen Mantel auf dem Boden ausgebreitet und war ins Gebet versunken. Erik beobachtete ihn. *In Gottes Händen, der Herr wacht über dich.* Erik erinnerte sich an die Worte des Mönches, als er versucht hatte, die Männer an Bord zu bekehren. Was murmelte er jetzt, der Braunkittel? Dass sie froh sein sollten, dass sie lebten?

Erik bereute, dass er ihn an Bord genommen hatte. Er hätte wissen müssen, dass der geheimnisvolle Fremde Unglück mit sich brachte. Eine merkwürdige Ausstrahlung ging von ihm aus wie ein schlechtes Omen. Büßerhemd und Mantel hatten Ansgars vornehme Herkunft nicht verbergen können, und die Münzen im Lederbeutel klingelten verlockend an seinem Gürtel. Viele mussten das bemerkt haben.

Dann die verzierten, glänzenden Beschläge der Truhen. Das war nicht die Last eines armen Mannes. Jemand musste von dem Fremden und dem, was er bei sich hatte, erzählt haben. Der Kutscher?

Erik fröstelte und zog seine nassen Kleider wieder an. Stumm sah er aufs Meer hinaus, wo vorher die Schiffe zu sehen gewesen waren. Jetzt lag das Wasser dunkel und ruhig vor ihm, kein Schatten, kein Laut, nur der blasse Schimmer des Mondes.

»Sie haben alles mitgenommen. Die Truhen mit unseren Büchern und Schriften, das Zelt, in dem wir predigen sollten, und die Geschenke für König Björn.« Eine eintönig klagende Stimme scholl aus der Dunkelheit. »Wir haben vierzig Bücher mitgebracht und kostbare Gaben. Jetzt haben wir nichts mehr.«

Ansgar ballte die Fäuste um den Rosenkranz.

»Na, aber die Geldbörse hast du wohl retten können«, brummte Erik mit einem kurzen Blick auf den Lederbeutel an Ansgars Gürtel. »Du wirst keine Not zu leiden haben. Aber fünf meiner Männer sind tot.«

»Du hast mir eine sichere Überfahrt versprochen.« Ansgar konnte es nicht lassen, aufzutrumpfen, dieser halsstarrige Schiffer ärgerte ihn.

»Und du mir den Schutz des Herrn. Ohne dich und deine Kisten wäre niemand in Versuchung geraten, mein Schiff zu plündern.«

»Und wenn du ein besserer Seemann gewesen wärst, hätten wir die anderen Schiffe nicht außer Sicht verloren.«

Erik sprang auf. »Du, du …«

»Beruhigt euch!« Witmar eilte zu ihnen und legte seine Hand auf Eriks Schulter. »Das Unglück hat uns alle heimgesucht. Darum müssen wir uns vertragen und überlegen, was wir jetzt tun können.«

Erik setzte sich. Er hatte sich nicht beherrschen können und schämte sich fast für seinen Ausbruch. Witmar hatte Recht, sie mussten sich gegenseitig helfen.

»Hört zu«, sagte er müde. »Wir sind in Svealand, ein paar Tagesmärsche von Birka entfernt. Ich schlage vor, dass wir uns heute Nacht hier ausruhen und morgen mit unserer Wanderung beginnen.«

Eriks Männer nickten zustimmend, und somit war die Sache entschieden. Erneutes Gemurmel hob an, und nach einer Weile hörte man Ansgars flehende Stimme.

»Folgt mir, ich bitte euch!«

Unter Ansgars Gefolgschaft fanden sich einige, die umkehren wollten. Nun versuchte er sie umzustimmen. So schnell durften sie nicht aufgeben, wie sollte es ihnen sonst jemals gelingen, die Heiden zu bekehren? Er gab ihnen zu verstehen, dass er selbst unter keinen Umständen gedachte, die Reise abzubrechen.

»Unser Schicksal liegt in Gottes Händen, fürchtet euch nicht. Ich selbst werde nicht eher zurückkehren, als bis ich meine Mission erfüllt habe. Tut ihr dasselbe«, mahnte er.

Aber als sie am nächsten Morgen aufbrachen, war Witmar der Einzige aus Ansgars Gefolge, der den Weg nach Norden gewählt hatte.

Sie waren tagelang unterwegs gewesen, durch Nadelwälder und Sümpfe, über Wiesen und Moränen. Manchmal waren sie durch Bäche und Flussläufe gewatet, manchmal hatten sie Fähren benutzen müssen. Endlich näherten sie sich Birka. Die Landschaft lichtete sich vor ihnen, und ein paar Höfe tauchten auf. Sie lagen in einer dichten Gruppe beieinander, umgeben von Äckern und Weiden. Ein ausgetretener Pfad führte zu den Häusern. Als sie näher kamen, entdeckten sie einen kleinen Platz und nicht weit davon einen Brunnen. An einem der Höfe floss ein kleiner Bach vorbei. Erik blieb stehen, strich sich ein paar Kiefernnadeln aus dem Bart und sah sich um.

»Wir rasten«, sagte er mit lauter Stimme. »Hier können wir vielleicht etwas zu essen bekommen.«

Witmar sah erleichtert aus. Seine Wunde schmerzte. Das Bein war geschwollen, und er musste sich ausruhen.

Am Hof unten am Bach stieg Rauch aus dem Dachfirst auf. Estrid saß allein in der Wohnhalle und webte. Ihr blondes Haar fiel ihr über die Schultern, weich und geschmeidig, ihr Gesicht wirkte entspannt. Sie schlug mit dem Webschwert gegen ihre Arbeit und prüfte den Stoff. Er war glatt und fest. Ruhig zog sie den Garnstrang durch die Kette, seufzte und legte den Strang aus der Hand. Sie wischte sich etwas Schweiß von der Stirn und stand auf. Ihre lange Leinentunika lag eng am Körper, und unter den Armen und den Brüsten hatten sich nasse Flecken gebildet. Sie fuhr mit den Fingerspitzen über das Gewebte und betrachtete den Stoff. Bald würde es fertig sein. Summend ging sie zur Kochstelle und stocherte in der Glut. Die Knechte waren noch immer draußen auf dem Feld, Mutter und Vater auf dem Markt. Sie würden kaum vor morgen früh zurück sein. Unentschlossen schritt sie im Wohnraum auf und ab. Die Katze strich ihr um die Beine, und sie beugte sich herab, um sie zu streicheln. Dann entschied sie sich. Sie blies Leben in die Glut, legte ein wenig nach und ging, um Fleisch zu holen. Vom Vortag war noch Suppe im Topf übrig, und sie brauchte nur noch ein paar Fleischstücke hinzuzugeben. Sie nahm einige Fladen Brot vom Dachbalken und streckte sich nach Knäckebrot und Salz. Dann griff sie nach dem leeren Eimer und ging aus der Stube. Es fehlte noch Wasser für die Suppe.

Vor dem Haus blieb sie stehen. Am Waldrand unterhalb des Abhangs entdeckte sie Männer, die sie nicht kannte. Sie bewegten sich bedächtig und schienen nicht bedrohlich. Aber ihre Kleider waren schmutzig, ihre Haare und Bärte ungepflegt. Estrid stellte den Eimer ab und richtete sich auf. Ein blonder, kräftiger Mann mit lockigen Haaren löste sich von der Gruppe. Er kam langsam näher, als wollte er verhindern, dass sie Angst bekam. Sein Gesicht wirkte entschlossen und war wettergegerbt, sein Blick freundlich und warm.

»Ich bin Erik Bernsteinhändler aus Birka. Wir sind auf Seeräuber getroffen und haben unser Schiff verloren. Unser Leben und einen Teil des Proviants konnten wir retten, aber jetzt sind unsere Vorräte verbraucht.«

Er war ein paar Schritte von ihr entfernt stehen geblieben, wirkte fast zu schüchtern, um auf sie zuzugehen. Seine Augen waren grau, durchzogen von blauen Streifen. Er hatte eine Lachfalte über der Nasenwurzel.

»Habt Ihr ... ich meine, gibt es etwas für uns auf Eurem Hof?«

Essen für acht ausgewachsene Kerle. Estrid dachte an den Kessel und die Fleischstücke. Wenn sie die Suppe ordentlich strecken würde, würde es schon für alle reichen. Aber konnte sie es wagen, sie zu beherbergen, mehrere unbekannte Männer? Unbewusst machte sie einen Schritt zurück.

Ein dunkelhaariger Mann in Mantel und Büßerhemd trat vor. Er trug den Kopf hoch, war groß und schön. Seine Augen glühten dunkel. Er verbeugte sich.

»Die Münzen in diesem Lederbeutel sind alles, was mir geblieben ist. Ihr sollt sie bekommen, wenn Ihr uns etwas zu essen gebt.«

Estrid fühlte eine seltsame Wärme von ihm ausgehen.

»Wer bist du?«

»Ein Gesandter des Kaisers. Ich bin ins Land der Svear gekommen, um das Christentum zu lehren.«

»Das Christentum?«

Ansgar lachte. »Ja, ich spreche vom christlichen Glauben. Man betet nur zu einem Gott, das ist die neue Lehre. Keine Leibeigenen, keine Blutopfer. Vor unserem Herrn sind wir alle gleich.«

Estrid horchte auf, und ein erwartungsvoller Glanz trat in ihre Augen. Sie hatte gehört, dass es noch einen anderen Gott als Odin, Thor und Frey geben sollte, aber sie wusste nicht viel darüber. Neugierig musterte sie Ansgar. Vielleicht würde er ihr mehr davon erzählen können. Er blickte sie freundlich an, strahlte etwas Friedvolles und Behagliches aus. Auch die anderen schienen rechtschaffene Leute zu sein. Da konnte sie sie wohl ins Haus bitten?

Ansgar sah die junge Frau in ihrem Leinenkleid an.

Seine dunklen, eindringlichen Augen ruhten in ihren. Sie schlug den Blick nieder, räusperte sich und stemmte die Hände in die Seite.

»Fremder, wenn du mir den Eimer mit Wasser füllst, kann ich euch allen etwas zu essen geben.«

Sie ließ den Eimer auf dem Boden stehen und ging ins Haus. Jetzt brauchte sie mehr Rüben und mehr Fleisch, damit die Suppe für alle reichte.

Die Männer hatten sich auf die Bänke niedergelassen. Ansgar saß genau gegenüber von Estrid. Stumm betrachtete er die junge Frau. Sie musste 16, 17 Winter alt sein, hatte die fülligen Formen einer erwachsenen Frau. Ihr Kleid war aus einem dunklen, selbst gefärbten Stoff genäht, der Gürtel, an dem ein Schlüsselbund hing, war mit bronzenen Beschlägen verziert. Sie ging mit weichen Schritten durch den Raum, rührte das Essen im Topf um, stellte Bier und Met auf den Tisch und tat alles, damit die Fremden sich wohl fühlten. Ihr Gesicht war freundlich, voller Leben, und sie lachte oft. Wenn sie sich vorbeugte, waren flüchtig ihre weißen Schultern zu erahnen, und man sah ihren Busen im Ausschnitt. Ansgar ließ sie nicht aus den Augen und ertappte sich dabei, dass er sie nicht aus dem Blick verlieren wollte. Ihre Haut leuchtete im Schein des Feuers, und er konnte sie riechen. Er hatte sein Leben Gott gewidmet, aber Frauen ließen ihn nicht unberührt. Er senkte den Blick und stand auf, fürchtete, dass ihn jemand beobachtet haben könnte. Also setzte er sich so weit wie möglich weg, auf die kleine Bank am Kopfende des Tisches.

Estrid betrachtete die Männer in der Stube. Die Knechte waren vom Feld zurückgekommen, und am Langtisch unterhielten sich die Männer. Das Bier wurde in fröhlicher Eintracht geleert, und sie wusste, dass sie rechtschaffene Männer im Haus hatte. Sie genoss die Gesellschaft. Es war oft langweilig und eintönig auf dem Hof, aber nun waren Fremde hier, die viel zu erzählen hatten. Sie zog das Überkleid aus und ließ die Abendkühle in die Tunika strömen. Innen im Haus war es warm und stickig, und der Stoff klebte am Körper. Sie holte tief Luft und betrachtete etwas geniert die nassen Flecken. Dort wo das Leinen feucht war, schimmerte ihre Haut durch. Eigentlich sollte sie sich etwas anderes anziehen, aber der Wohnraum war zum Bersten voll, und die Gäste erforderten ihre Anwesenheit. Zögernd ging sie vor zur Längswand und schob die Fensterluke auf. Draußen begann es zu dämmern. Sie schloss die Luke und drehte sich um. Ansgar starrte sie an.

Verlegen senkte sie den Kopf, verwirrt von dem schweren Ernst, der in seinem Blick lag. Dennoch konnte sie es nicht lassen, in seine Richtung zu schielen. Jetzt, nachdem er den schweren Umhang abgelegt hatte, sah sie, dass er hoch gewachsen und schön war. Sein Blick war wach, mit einer Spur Wehmut darin, und unter dem dunklen Haar blickte ein weiches und sensibles Gesicht hervor. Er hörte aufmerksam zu und schwieg, aber als er das Wort ergriff, verstummten die Männer und lauschten ihm. In seinem Lachen brach der Ernst auf, und er strahlte Licht und Hoffnung aus. Der Glanz, der von ihm ausging, wölbte sich fast wie ein Regenbogen und hatte einen seltsamen Einfluss auf seine Umgebung. Die Männer hörten ihm andächtig zu, sogen seine Worte und Gesten auf, vergaßen ihre Umgebung und wurden von Ansgar in seinen Bann geschlagen. Estrid fiel es schwer, den Blick von ihm abzuwenden. Ihre Augen leuchteten, und ihre Hände bewegten sich ohne Unterlass.

Erik betrachtete stumm die Männer am Tisch. Er bemerkte die Wirkung, die Ansgar auf einige von ihnen hatte. Wie konnte das möglich sein? Das Gesicht des Mönches war fein gezeichnet, vielleicht sogar schön, aber seine Hände waren weiß und schmal und hatten wohl noch nie ein rechtschaffenes Tagewerk verrichtet. Wie konnte sich irgendjemand etwas aus ihm machen?

Erik versuchte, sich in Erinnerung zu rufen, was Ansgar über sich selbst erzählt hatte, über seine Mutter, die starb, als er gerade fünf Jahre alt geworden war, und über den Vater, der ihn in eine Schule geschickt hatte, damit er lesen lernte. Seitdem war Ansgar im Kloster gewesen und hatte unterrichtet, wie so viele andere Braunkittel auch. Er hatte sogar das Mönchsgelübde in Corbie abgelegt und geschworen, bis zu seinem Tod zu bleiben. Erik verzog den Mund zu einer Grimasse. Hätte Ansgar dieses Gelübde nicht einfach halten können? Warum war er so darauf versessen, nach Birka zu reisen und dem Volk im Norden zu predigen? War er tief gläubig, ein Mann, der für alle das Beste wollte, oder war er nur ein Gesandter der Macht, ein williges Werkzeug in den Händen des Kaisers?

Estrid füllte im Vorbeigehen die Schüsseln auf und stellte frisches Bier auf den Tisch. Die junge, schöne Frau ließ ihn Ansgar vergessen, und seine Gedanken wanderten zu Jorunn. Was sollte er ihr sagen, wenn er nach Hause kam? Jetzt, da er weder Schiff noch Silber hatte? Was, wenn er damals zu Hause geblieben wäre? Aber … Obwohl er gezwungen gewesen war fortzugehen, hatte er sich doch auf spannende Abenteuer gefreut. Vielleicht hatte er auch allen zu Hause zeigen wollen, was in ihm steckte. Nicht nur Harald war groß und stark und kam alleine zurecht, auch er selbst schaffte es, sein Leben ohne Almosen zu meistern. Erik zog die Messingdose hervor und fingerte nachdenklich am Schloss. Er hatte zu Jorunn gesagt, dass er nicht zurückkommen wolle, ehe er nicht das Muntgeld und genügend Silber zusammenhatte, um ihnen beiden ein gutes Leben bieten zu können. Sein Kopf sank ihm auf die Brust, und er steckte die Waage in seine Tasche zurück. Geistesabwesend griff er nach seinem Bier, hob das Horn und trank. Aus dem Augenwinkel sah er, dass Estrid zu Ansgar gegangen war und sich neben ihn gesetzt hatte. Erik bekam einen nachdenklichen Zug um den Mund. Hoffentlich verdreht der Mönch ihr nicht den Kopf, dachte er. Jetzt bekam das Mädchen sicher einiges vom Vater, vom Heiligen Geist und anderem Gewäsch zu hören. Denn einen richtigen Gott, auf den man sich verlassen konnte, hatte Ansgar nicht zu bieten. Obwohl der Christen-Narr auf dem Schiff gebetet hatte wie ein Wahnsinniger, hatten die Seeräuber alles mitgenommen, was er besaß. Wie erklärte er sich das? Und dass er, Erik, bei dem Geschäft alles verloren hatte? Nein, der Mönch verbreitete Irrlehren, sonst nichts. Er musste gestoppt werden, bevor er den Leuten völlig den Verstand raubte.

Um ihn herum stieg die Stimmung. Spielbretter und Glasfiguren wurden hervorgeholt, und Erik zog seine Flöte heraus. Jemand fand eine Fidel, und bald erklang Musik. Die Männer sangen und johlten und verschütteten Bier auf dem Tisch. Sie lebten wieder im Jetzt und hatten schon lange vergessen, was sie durchgemacht hatten.

Ansgar beobachtete das Schauspiel. Estrid sah ihn an.

»Warum singst du nicht?«

Er zuckte zusammen. Ihre Stimme klang warm und neugierig.

»Ich singe oft, wenn ich bete.«

»Dein Gott scheint so ernst.«

Er wusste nicht, was er antworten sollte, spürte ihre Nähe.

»Wir haben mehrere Götter«, fuhr sie eifrig fort. »Odin, Thor und Frey. Frey schenkt uns reiche Ernte, gesundes Vieh und viele Kinder. Er ist der Gott der Freude.«

Ansgar lachte, folgte einer plötzlichen Eingebung und rückte näher zu ihr heran. Über sich selbst erschrocken, zog er sich wieder ein wenig zurück.

»Natürlich darf man auch singen, wenn man an Christus glaubt. Ich habe nur einfach zugehört. Weiter nichts.«

»Aber kannst du dich nie einfach nur freuen?« Estrid sah ihn verwundert an und konnte nicht verstehen, dass er so ernsthaft und beherrscht war.

»Meine Freude ist es, Gottes Wort zu verkünden.«

»Und trotzdem wirkst du traurig. Sind alle Christen so?«

Sie musterte ihn mit kindlicher Neugier.

»Nein …« Ansgar verlor seinen Ernst und fing an zu lachen. Dann verstummte er und wusste nicht, wie er fortfahren sollte, spürte ihre Anwesenheit. Ein wenig unbeholfen, griff er nach seinem Bier, trank und begann mitzusingen. Er trank nie etwas anderes als Wasser, höchstens mit etwas Wein vermischt. Das Bier schmeckte bitter. Nachdenklich stellte er den Becher ab. Vielleicht hatte Estrid Recht, vielleicht war er zu ernst.

Die Nacht brach herein. Der Vollmond leuchtete am hellen Frühlingshimmel, und der Tau legte sich sacht über die Felder. Drinnen in der Wohnhalle bei Estrid Torhildstochter ging langsam das Bier zur Neige, und die Fröhlichkeit am Langtisch verebbte. Die Knechte standen steifbeinig auf und wankten nach Hause, und die Männer vom Schiff begannen betrunken, nach Schlafplätzen zu suchen. Estrid stand auf und blickte sich um. Der Tisch war ein einziges Durcheinander, Suppenschüsseln, Kellen und Töpfe lagen zwischen Krügen und Trinkhörnern verstreut, hie und da fanden sich angebissene Brotfladen. Die Katze strich unter dem Tisch herum und schnappte nach Krümeln und Fleischbrocken, und im Stall muhten die Kühe, die nicht gemolken worden waren. Noch war niemand vom Markt zurückgekehrt. Jetzt musste sie selbst sehen, wie sie die Bande aus dem Haus bekam. Entschieden ging sie zur Schlafbank und öffnete das Schloss. Darin lagen Schafsfelle und Kienhölzer. Sie wandte sich an Erik.

»Die Felle werden euch heute Nacht wärmen. Folgt mir, dann werde ich das Nebenhaus aufschließen!«

Sie ging vor, der Schlüsselbund baumelte an ihrem Gürtel.

»Kommt jetzt. Wir haben morgen einen langen Marsch vor uns.« Erik versuchte seine Männer zum Aufstehen zu bewegen.

Sie nickten träge, stützten ihre Ellenbogen auf die Tischplatte und kamen langsam auf die Beine.

Erik ging dicht hinter Estrid, fühlte ihre Weiblichkeit. Was wäre wenn. Er hatte schon zu lange keine Frau mehr gehabt. Vielleicht würde er sie haben können, wenn sich alle hingelegt hatten, sodass es kein anderer merkte. Wenn er sich nur eine Weile gedulden würde. Aber nein, nicht jetzt. Bald sollte er Jorunn wieder sehen. Sie war es, nach der er sich eigentlich sehnte.

Estrid schloss das Nebenhaus auf und verteilte die Felle. Erik nahm eins und ging hinein. Die anderen folgten. Estrid sah ihnen nach. Plötzlich übermannte sie die Einsamkeit auf dem Hofplatz, und sie fühlte sich müde. Es war spät geworden, ohne dass sie es richtig gemerkt hatte. Die Kühle der Nacht ließ sie frösteln, und sie eilte zurück ins Haus.

Das Feuer war heruntergebrannt. Sie schob den Riegel vor, hängte die Haken ein und trat an die Kochstelle. Ein Feuer für die Nacht würde ihr gut tun. Sie stocherte in der Glut, legte Holz nach und wartete, bis die Flammen aufloderten. Langsam begann sie, die Spangen ihres Kleides zu öffnen. Dann hielt sie inne. Aus dem Schein des Feuers tauchte ein Schatten auf, eine Männergestalt. Es war noch jemand im Raum. Sie drehte sich erschrocken um. Ansgar!

»Kannst du nicht schlafen?«, fragte sie, in ihrer Stimme schwang ein Anflug von Furcht. »Die Tür zum Stall ist offen, du kannst direkt hineingehen.«

»Sicher, ich bin schon auf dem Weg. Ich wollte dir erst noch etwas zeigen.«

Seine Stimme war weich und freundlich. Etwas glänzte in seiner Hand.

»Ich konnte es vor den Seeräubern verstecken. Das haben sie nicht gefunden.«

Er lächelte sie an.

Estrid erkannte ihn jetzt deutlicher und fühlte, wie seine Kraft den Raum füllte.

»Dieses Silberkreuz hat der Kaiser mir geschenkt. Ich trage es immer bei mir.«

Estrid schwieg. Sie hatten den ganzen Abend nebeneinander gesessen, warum wagte sie sich jetzt nicht weiter vor?

Ansgar fuhr fort, aber sie hörte ihn nicht. Das Feuer prasselte.

»Es ist ein schönes Kreuz, ich brauche es, wenn ich bete. Komm, sieh es dir an.«

Seine Stimme klang vertraulich und warm. Folgsam setzte sie sich neben ihn und bemerkte nicht, dass ihr Kleid sich geöffnet hatte. Das Kreuz funkelte in seiner Hand, der Schein des Feuers tanzte und glitzerte in dem glänzenden Silber. Sie nahm das Kreuz und befühlte es vorsichtig mit den Fingerkuppen. Keiner von ihnen sagte etwas. Ein Lachen flog über sein Gesicht. Ihre Blicke trafen sich. Estrid lächelte unsicher, spürte die Hitze und Wärme, scheute vor etwas Fremdem in seinem Blick zurück. Ansgar griff nach ihrer Hand. Dann war es, als würde etwas in ihm zerspringen, und er konnte sich nicht länger beherrschen. Er presste sie fest an sich und schob seine Hand in ihren Ausschnitt. Seine Hände streichelten und tasteten unter ihrem Kleid. Sie wich zurück, schob ihn abwehrend fort, aber er war wie berauscht. Er drückte ihre Hände zur Seite und öffnete seine Kleider. Estrid zitterte unter ihm, begriff, dass in der Dunkelheit der Nacht plötzlich alles ernst geworden war. Das Kreuz kratzte auf ihrer nackten Brust, und Ansgar drängte sie atemlos an die Wand. Sie spürte ihn, schnappte nach Luft, und er drang tief in sie ein.

3. Kapitel

Es begann zu dämmern. Der Himmel über den Höfen und Feldern verdunkelte sich, die Stadt versank in der Nacht. Birkas Straßen und Häuser spiegelten sich im Wasser innerhalb der Pfahlsperre, und ein dichter Geruch von Tang und Teer hing über dem Strand. Die langen Holzbrücken draußen am Hafen waren menschenleer, die Schiffe schaukelten sacht auf den Wellen. Gegen den blauroten Himmel erhob sich der Wall mit seinen Holzpalisaden.

Die Stadt wappnete sich für die Nacht. Die Wachen verriegelten das Stadttor mit einem schweren Schloss, oben vom Wachturm waren Kommandorufe zu hören, wenn die Männer sich ablösten. In den Gassen innerhalb des Stadtwalls verebbte langsam der Lärm der Karren und Gespanne. In den Straßen herrschte Ruhe. Die Rufe der Händler waren lange verstummt, Schafe, Hühner und Schweine in die Ställe gebracht worden. In den Häusern und Höfen duftete es aus Kesseln und Töpfen, Frauen und Gesinde bereiteten das Abendessen, Sklaven kümmerten sich um die Tiere im Stall. Unten im Handwerkerviertel am Wasser löschten Schmiede und Gießer die Glut ihrer Feuerstellen, Kaufleute und Seefahrer saßen noch in den Schankstuben. Ein paar einsame Wanderer waren noch auf den Straßen zum Marktplatz unterwegs, sonst war es leer und still.

Draußen vor dem Stadttor, an einem Hang im Südwesten, lagen einige prächtige Höfe.

Eine Bogenschusslänge davon entfernt, oben auf einem Hügel, war ein Dach zu sehen, das sich von allen anderen abhob. Es war das Torfdach des Badehauses, das zum Snemunhof gehörte. Aus einem Loch im Dachgiebel stieg Rauch auf, und durch die Wände drangen aufgeregte Männerstimmen. Innen roch es scharf nach Schweiß und Mann.

»Der Mönch muss aufgehalten werden. Er bringt nichts anderes als Unglück über uns.«

Gunnar Snemun grimassierte derart, dass die Narbe über seinem Mund im Feuerschein glänzte. Die Glut verströmte Hitze, und die Männer im Badehaus wurden unruhig.

»Ansgar kann uns gefährlich werden. Ich weiß nicht, warum man nach ihm geschickt hat. Wer die neuen Lehren annehmen will, kann schließlich nach Dänemark segeln und dort bleiben.«

Die anderen murmelten zustimmend.

Snemun griff nach dem Schöpflöffel, goss Wasser über die heißen Steine und schnaufte laut, als der Wasserdampf sich im Raum ausbreitete. Die Männer hielten die Luft an und schützten mit den Händen ihre Gesichter.

Snemun starrte eigensinnig in die Glut. Er war von kleinem Wuchs, hatte einen krummen Rücken, aber breite Schultern und Oberarme. Sein Gesicht hatte markante, entschlossene Züge, sein Blick war wach und aufmerksam. Er hielt den Kopf vornübergebeugt und stützte das Kinn in beide Hände. Sein weißer, ein wenig eingesunkener Körper glänzte von Schweiß. Snemun war beunruhigt, besorgt über das, was ihnen bevorstand, wenn die christlichen Lehren in Björkö gepredigt würden. Seine Gedanken drehten sich um den Hof und seine Besitztümer, die er unter mühevollen Anstrengungen erworben hatte. Seine Äcker brachten gute Ernte ein, der Hof war gepflegt, und seine Fischgewässer zählten zu den besten in Björkö. Sein Weib, die vier Kinder und das Gesinde lebten in Frieden und Wohlstand. Ein Mann, der mit neuen Lehren auftauchte, würde die bestehende Ordnung nur stören. Snemun dachte voller Unruhe an das Thing, an dem er oft für die Bauern von Björkö gesprochen hatte. Was, wenn die Christen dort Einfluss bekämen? Wie sollte das gehen?

»Ansgar, er ist die neue Lehre.« Snemun hob den Kopf und sah die anderen ernst an. »Der Mönch ist gefährlich. Er will, dass wir nur einem Gott dienen.«

Er fuhr sich mit seiner verschwitzten Hand über die Stirn. Die Erde unter den Nägeln saß noch immer fest.

»Heute regieren der König und die Häuptlinge über uns, und auf dem Thing können wir unsere Anliegen vorbringen. Aber wenn die Kirche Macht bekommt, dann herrschen die Braunkutten über uns, und keiner wird uns mehr zuhören.«

Seine Narbe leuchtete feuerrot, und seine Gesichtszüge waren hart geworden.

»Die Kirche, meine Freunde, stiehlt und rafft alles an sich. Sie verlangen ein Zehntel dessen, was ihr an Schätzen besitzt. Sie nehmen sich ein Zehntel des gesamten Getreides, das ihr erntet, ein Zehntel aller Fische, die ihr fangt, ja, ein Zehntel von allem, das mit Münzen aufgewogen werden kann. Das müsst ihr dieser Kirche bezahlen!«

»Der Kirche?«

»Das ist doch Diebstahl!«

Snemun hob die Stimme.

»Ja, nichts anderes als Diebstahl. Ich habe mit einigen

Kaufleuten gesprochen, die in Wolin und Dorestad gehandelt haben. Sie haben es selbst mit eigenen Augen gesehen!«

Snemun rieb sich über der Lippe. Die Narbe bereitete ihm immer Probleme, wenn er schwitzte. Dennoch war er glimpflich davongekommen. Die Schwertspitze hätte ihn auch höher treffen können.

»Ich glaube, es ist Hergeir, der Häuptling, der hinter alldem steckt. Er will mehr Macht.«

»Hergeir, Birkas eigener Führer?«

Mård Ohnebart, ein Mann mit spärlichem Bartwuchs, hohen Wangenknochen und lebhaften, braungrauen Augen, nahm die Hände vom Gesicht und stöhnte. Snemun ließ sich nicht beirren.

»Hergeir«, fuhr er fort, »ist machtbesessen, und sein Herz ist schwarz wie ein Rabe. Er war es, der nach dem Mönch schicken ließ.«

»Aber Hergeir ist der Häuptling des Königs hier in Birka. Ist das nicht Macht genug?«, wandte Mård Ohnebart ein. Er verstand nicht, warum Hergeir oder sonst irgendjemand etwas auf Björkö ändern wollen sollte. Birka war eine reiche und wohlhabende Stadt. Die Menschen lebten gut von Handel und Fischerei, und niemand musste betteln gehen. Obwohl sich an die tausend Kaufmänner, Bauern und Handwerker in den Straßen drängten, gab es nur selten Streit. Totschlag und Auseinandersetzungen wurden beim Thing geregelt, und was dort nicht gelöst werden konnte, machte man unter sich aus. Nur in Anliegen, die alle Svear angingen, bestimmten König Björn und seine Ratsherren. Warum sollte das jemand ändern?

Mård räusperte sich, und Snemun unterbrach ihn, noch bevor er etwas sagen konnte.

»Hergeir weiß genau, was er tut. Er hat wahrhaftig gehört, wie es in Danaland gegangen ist. Als König Harald seine Macht nicht mehr halten konnte, ließ er sich taufen und erhielt die Unterstützung der Kirche und des Kaisers. So konnte er aufs Neue König werden. Hergeir hat seine Lehre daraus gezogen. Mit Ansgars Hilfe will er die Macht über Björkö an sich reißen!« Snemun schien sich seiner Sache sicher zu sein. Die hellrote Narbe leuchtete.

»Hergeir … hm, kann er so hinterhältig sein?« Mård kratzte sich skeptisch über die Brust.

»Wenn es um Macht geht, kennt manch einer keine Grenze. Da ist nichts unmöglich«, warnte Snemun. Ihn beunruhigte, was im Gange war. Immer mehr Kaufleute hatten sich auf ihren Fahrten westwärts taufen lassen. Nach ihrer Rückkehr redeten sie über nichts anderes als die neue Lehre. Auch die gefangenen Christen hatten begonnen, offen über ihren Glauben zu sprechen. Auf Björkö lebten sie als Sklaven, aber es wurde getuschelt, dass sie zu Hause freie Männer gewesen waren. Die Irrlehren des Mönchs waren gefährlich. Wenn die Bewohner Birkas sich von Ansgar verführen ließen, würden die Sklaven freigelassen werden und das Thing der Stadt nicht mehr stattfinden. Stattdessen würden Hergeir und die Kirche über sie bestimmen. Sie mussten Ansgars Ziel im Keim ersticken, bevor er zu mächtig wurde. Es galt, schnell zu handeln.

»Der König erwartet Ansgar bald. Seine Boten sind schon auf dem Weg, um ihn willkommen zu heißen. Wir müssen ihnen zuvorkommen.« Snemun sah die andern auffordernd an.

»Was meinst du?«

»Wir halten Ansgar auf seinem Weg auf und sagen ihm, dass er nicht willkommen ist.«

»Und fragen, ob er nicht freiwillig umkehren möchte?«

Snemun deutete einen Schwerthieb durch die Luft an.

»Sollen wir ihn nicht predigen lassen, dann kann jeder, der will, ihm zuhören?« Einar Schwarzbart, ein schmächtiger Mann mit dunklem, abstehendem Barthaar und schwieligen Händen, nahm das Reisigbündel, das auf der Bank lag, und schlug es nachdenklich in seine Handfläche. »Die Leute bestimmen noch früh genug selbst, was sie glauben wollen.«

»Nein, nein! Das ist gerade das, was so gefährlich ist«, rief Snemun aufgebracht. »Ansgar wird so Streit und Zwietracht unter uns säen. Einer, der von seinem Glauben überzeugt ist, will auch andere mit sich reißen. Wir müssen etwas tun. Sonst wird Blut fließen!«

Die Männer verstummten. Dichter Wasserdampf hing im Badehaus, und es roch nach Schweiß. Die Birkenrute wurde herumgereicht, und die Männer schlugen sich damit, bis ihre Haut rot glühte. In Friesland und Danaland waren Menschen wegen ihres heidnischen Glaubens erschlagen worden. Sollte diese Finsternis, diese Unnachsichtigkeit nun auch Birka erreichen?

Snemun brach die Stille.

»Ich denke, wir stimmen darüber ab, was wir tun sollen. Dann soll das Los entscheiden, ob die Götter mit uns sind.«

Früh am nächsten Morgen ging eine Gruppe bewaffneter Männer zum Strand. Ein Boot legte ab, und die Segel wurden gehisst. Auf der anderen Seite der Bucht warteten gesattelte Pferde. Die ganze Nacht über hatte Snemun die Reise vorbereitet. Das Los war mit ihm gewesen, und sie hatten sich alle geeinigt, was zu tun war. Jetzt war er froh, endlich aufzubrechen.

Früh am Morgen schlich Estrid aus dem Haus und ging zum Bach hinunter. Ihr Gesicht war verquollen, und sie weinte leise. Sie fühlte sich schmutzig und wusch sich, bis ihr die Kälte auf der Haut brannte und ihr Körper feuerrot war. Lange stand sie über das klare, dunkle Wasser gebeugt, ohnmächtig und enttäuscht. Der Mann, zu dem sie so viel Vertrauen gefasst hatte, hatte sich plötzlich verändert. Sie hatte seine Anziehungskraft gespürt, die Verlockung und Wärme, die er ausstrahlte, und doch hatte sie nichts geahnt. Er war doch ein Gesandter Gottes, und seine plötzliche Verwandlung hatte sie überrumpelt. Würde sie je wieder einem Mann vertrauen können? Langsam erhob sie sich und ging ins Haus zurück. Niemand sollte etwas merken, niemand sollte jemals erfahren, was geschehen war. Sie schämte sich über sich selbst und ihren Körper.

Erik hörte sie kommen und sah ihr nach. Geflissentlich vermied sie es, jemandem näher zu kommen. Ihr Blick schien fern, und ihr weicher, gefälliger Gang von gestern war verschwunden. Stattdessen ging sie mit harten Schritten um den Tisch und sah die Männer so irritiert an, als könnte sie sie nicht schnell genug loswerden. Zuweilen blickte sie sich um, als würde sie auf jemanden warten. Ansgar war nirgends zu sehen. Erik überlegte erst, hinauszugehen und nach ihm zu suchen, erinnerte sich dann aber, dass der Mönch etwas von Beten und Fasten gemurmelt hatte. Außerdem wollte der Mönch mit Witmar reden. Sein Bein war angeschwollen, und das Gehen fiel ihm schwer. Da Estrids Mutter heilkundig war, waren sowohl Erik als auch Ansgar der Meinung, dass Witmar vorläufig noch auf dem Hof bleiben sollte. Wenn er wieder gesund war, würde er nachkommen. Eigentlich hatte Erik kein gutes Gewissen dabei, den Mönch zurückzulassen, aber er brauchte Ruhe und Pflege, und sie konnten nicht warten. Außerdem war es nicht Eriks Aufgabe, sich darüber den Kopf zu zerbrechen, schließlich war Witmar Ansgars Freund und Klosterbruder.

Erik löffelte langsam seine Grütze. Er fühlte sich schwerfällig und dumpf. Wie gewöhnlich hatte er zu viel Bier getrunken und war zu allem Übel auch noch mit einem gewaltigen Kater aufgewacht. Er fluchte und schob den Löffel in die Schüssel, dass es spritzte.

Als die Männer aufbrachen, kam Erik plötzlich eine Idee. Er zog die Dose mit der Messingwaage hervor und reichte sie Estrid. Er hatte darüber nicht nachgedacht, aber er mochte sie, und er wollte ihr gern ein Geschenk machen. Er wollte sie wieder fröhlich machen, sie wieder so sehen wie am Tag zuvor. Jetzt wirkte sie verwirrt und unsicher. Einen Moment lang streifte ihn der Gedanke, es könnte jemand bei ihr gewesen sein, aber nein, das war unmöglich. Die Männer hatten tief und fest geschlafen, und er hätte sicher gehört, wenn einer aufgestanden wäre.

Erik hielt ihr die Waage entgegen. Die glänzende Messingdose ruhte in seiner Hand. Estrids schwermütiger Blick wich für einen Augenblick, und ihre Augen strahlten. Sie öffnete den Mund und suchte nach Worten, als wollte sie ihm etwas anvertrauen, aber dann tat sie es doch nicht. Stattdessen brach sie in Tränen aus, schlug die Hände vors Gesicht und lief ins Haus. Verwundert steckte er die Dose in seine Tasche zurück. Was war mit ihr?

Eine Schar Reiter galoppierte entschlossen den Hügel hinauf. Schwerter und Speere blinkten in der Sonne,

Hufe schlugen gegen die Steine. Die Männer bogen in den Wald ein und ritten auf einem Trampelpfad weiter. An einem kleinen Felsen brachten sie ihre Pferde zum Stehen, stiegen den Berg hinauf und verschwanden zwischen mächtigen Eichen. Dort hielten sie, banden die Pferde an und ließen sich auf den Boden nieder, um zu warten. Snemun lächelte zufrieden. Ansgar und sein Gefolge mussten diesen Weg einschlagen, wenn sie zum Königshof wollten. Hier würden sie ihn aufhalten, bevor er königlichen Boden erreicht hatte.

Ansgar ging mit gesenktem Kopf. Sein Mantel streifte über den Boden, er atmete schwer. Immer und immer wieder quälten ihn seine Gedanken. Er wollte nicht daran denken. An die Hitze, die Lust, die Scham. Er war verzweifelt über seine eigene Schwäche, schämte sich seines tierischen Triebes. Die Erinnerung an den gestrigen Tag übermannte ihn, die Bilder wollten nicht weichen. Wieder spürte er Estrids Körper an seinem. Erinnerte sich, wie er von ihr verschluckt worden und in einem Strudel von Gefühlen ertrunken war. Bis zur Ekstase.

Als er wieder zu sich gekommen war, hatte Estrid unter ihm gelegen. Stumm, verwirrt. Erschrocken hatte er sich zurückgezogen, hatte versucht sie zuzudecken, um Vergebung zu bitten. Aber Estrid hatte nicht geantwortet, war stumm geblieben. Beschämt war er aus der Stube in den Viehstall hinübergeschlichen. Dort war er auf die Knie gefallen, hatte sich vor dem Herrn verbeugt und darum gebeten, dass der Höchste seine Untaten auslöschen möge. Die ganze Nacht hatte er sich den Gebeten und der Gewissenserforschung hingegeben.

Seit er sein Leben und seine Liebe Gott geschenkt hatte, war er davon überzeugt gewesen, dass er allen irdischen Sünden widerstehen konnte. Nur ein einziges Mal zuvor hatte er im Wahn gehandelt, aber damals war er noch jung gewesen und hatte nicht geahnt, was ihn erwartete.

Auf dem Weg ins Kloster Corbie war er in ein Wirtshaus gekommen. Eine üppige Bäuerin hatte ihm Essen und Herberge gewährt und seine Kleider geflickt. Sie hatte sich um ihn gekümmert, und er war einige Tage dort geblieben.

Eines Abends hatten sie sich bis spät in die Nacht unterhalten, und vielleicht hatte er mehr Wein als Wasser im Glas gehabt. Jedenfalls hatte er sich nicht entzogen, als sie ihn liebkoste. Als er in seine Kammer wollte, hatte sie ihn die Treppe hinauf ins Zimmer hineingeleitet. Dort half sie ihm aus seinen Kleidern und führte ihn zum Bett. Er hatte sich bester Dinge hingelegt und erst da bemerkt, wie die Flecken an der Decke gleichsam um seinen Kopf wirbelten. Es sang und rauschte in seinem Innern, und er rief nach ihr. Sie drehte sich in der Tür um und trat an seine Lagerstatt. Er hatte ihre Hand auf seiner Stirn gefühlt. Dann, ohne dass er genau wusste, wie, war sie bei ihm gewesen. In dieser Nacht umfing sie ihn und lehrte ihn, Freude und Verzückung im Körper einer Frau zu finden. Sein Genuss war so groß gewesen, dass er geglaubt hatte, dem Herrn in Seinem größten Geschenk begegnet zu sein. Erst später erkannte er den Fehler, begriff, dass solches Entzücken Sünde und das größte Vergehen war. Wer sein Leben dem Herrn geweiht hatte, musste der Wollust und Freude entsagen, um all seine Liebe ungeteilt Ihm, dem Allmächtigen, geben zu können.

Da hatte Ansgar sich dem Beten und Fasten hingegeben. Er hatte den Herrn gebeten, ihn von allen irdischen Versuchungen zu befreien, und bald darauf hatte er seinen inneren Frieden wiedergefunden. Seitdem war er sich sicher gewesen, unerschütterlich über alle weltliche Genüsse erhaben zu sein. Der gestrige Tag hatte gezeigt, wie sehr er sich getäuscht hatte. Ansgar verlangsamte seinen Schritt, sein Blick verfinsterte sich. Schuld. Musste er sich schuldig fühlen? Estrid hatte sich neben ihn gesetzt, und ihr Kleid war geöffnet gewesen, sodass er ihre Haut hatte sehen können. Das musste ihr bewusst gewesen sein. Seine Handflächen waren feucht, die Mönchskutte scheuerte. Diese Hure hatte ihn verführt. So war es! Er versuchte zur Ruhe zu kommen, aber seine Gedanken hörten nicht auf, ihn zu quälen. Die Einsamkeit war schwer zu ertragen. Wenn doch nur Witmar da wäre! Aber sein Bein hatte zu eitern begonnen, und die Heilung würde lange dauern. Ansgar seufzte und umschloss fest seinen Rosenkranz. Mochte der Herr ihm beistehen, ihm die Kraft und Stärke geben, die er brauchte.

»Sag, Mönch, solltest du nicht besser deinen Umhang ausziehen? Du schwitzt ja, dass es bis hierher stinkt!« Erik Bernsteinhändler kam von hinten näher. »Und du hast noch nichts gegessen, und Gebete gemurmelt hast du schon seit heute früh. Was ist los mit dir?«

Ansgar schwieg.

»Wir haben es bald geschafft, dann wirst du vor den König treten. Wenn ich du wäre, würde ich mich in den nächsten Fluss tauchen lassen.« Erik lachte spöttisch.

Ansgar blickte unbeirrt zu Boden.

»Gut, du willst also nicht baden. Armer König.« Erik hielt sich die Nase zu.

Der Mönch beschleunigte seinen Schritt.

»Irgendetwas wirst du wohl tun müssen. Oh, ich weiß!«

Erik verschwand im Wald und blieb für einen Moment fort. Als er zurückkehrte, hielt er etwas in der Hand.

»Steck dir etwas Wacholder hinters Ohr. Riech mal, was für ein Duft!« Erik hielt Ansgar einen Zweig unter die Nase. Dann lachte er und fing an zu singen. Der Braunkittel war schon den ganzen Tag nicht er selbst gewesen. Das freute ihn. Bisher, wenn er Ansgars Macht über seine Männer beobachtet hatte, war er beunruhigt gewesen. Jetzt fühlte er sich erleichtert. Der Mönch war menschlich, konnte sogar übellaunig sein. Vielleicht war er doch nicht so gefährlich?

Erik ließ seinen Blick über die Landschaft schweifen. Die Baumstämme schimmerten leicht violett, die Büsche würden bald ausschlagen. Zwischen Laub und jungem Grün wuchsen Buschwindröschen und Veilchen. Er atmete ein paar Mal tief und sog die frische, klare Luft ein. Jetzt war es nicht mehr weit bis Birka. Gegen Abend, allerspätestens bis Mitternacht, würde er zu Hause sein. Dann würde er Jorunn bald wieder sehen. Wie lange war er eigentlich fort gewesen? Mehrere Winter waren es geworden, mehrere Sommer auch. Ihm wurde plötzlich bewusst, dass das Silber ihn verblendet hatte und dass aus einem Jahr viele geworden waren. Aber er war überzeugt gewesen, dass er umso glücklicher mit Jorunn werden würde, je mehr Silber er mit nach Hause brachte. Er hatte im Hier und Jetzt gelebt. Er hatte keine Zeit und kein Versprechen gekannt, nicht einmal Platz für andere Menschen. Er war so von seinem Leben auf Fahrt erfüllt gewesen, dass er an nichts anderes dachte als daran, was ihm an diesem Tag nützte. Dass das, was er tat, andere Menschen traurig machen oder beunruhigen könnte, war ihm nicht in den Sinn gekommen. Für Erik war Birka immer noch derselbe Ort wie der, den er vor vier Jahren verlassen hatte. Und fast erwartete er, dass Jorunn am Strand stehen und winken würde.

Der Wald umhüllte sie mit Dunkelheit. Die späte Nachmittagssonne brach durch die Bäume und breitete ihre schrägen Strahlen über den Boden. Die Flechten auf den Felsen leuchteten silbergrau, und Gräser und Büsche wiegten sich sacht im Wind. Snemun lauschte. Er glaubte, etwas zu hören, fremde Geräusche, aus einiger Entfernung. Es klang wie knackende Zweige. Er setzte sich auf und horchte. Das Geräusch kam vom Waldrand. Vorsichtig spähte er den Hügel hinab. Männer mit üppigen Mähnen und Bärten schritten langsam den Weg herauf. Einer von ihnen trug einen dunklen Umhang und ging mit gesenktem Kopf. Snemun wartete. Die Männer kamen näher. Er musterte den Mann mit der weißen Kapuze. Seine Hände waren lang und schmal, und um den Hals trug er ein Kreuz an einer Kette. Ansgar? Snemun stieg lautlos in den Sattel. Die anderen folgten ihm. Sein Schwert hing schwer in der Scheide, der Speer zeigte spitz in den Himmel.

Sie warteten einen Moment. Die Männer kamen näher. Dann gab Snemun das Zeichen. Die Pferde brachen hervor und versperrten den Weg.

»Ansgar von Corbie?« Snemun zügelte das Pferd.

Ansgar blickte verwundert auf.

»Was wollt Ihr von mir?«

»Kehrt um! Wir wollen Euch hier nicht, niemand soll in unserem Land Irrlehren predigen!«

»Aber der Bote des Königs hat mich empfangen.«

Der Bote des Königs? Snemun wurde unsicher. Ein blonder, breitschultriger Mann trat vor. Seine Haare waren zerzaust, und seine braun gebrannten Wangen wurden von einem dichten, ungepflegten Bart bedeckt. Snemun hob die Brauen. Der Mann kam ihm bekannt vor. Wo nur hatte er ihn schon gesehen?

»König Björns Männer waren gerade hier. Sie haben uns willkommen geheißen und sind vorausgeritten, um den König zu benachrichtigen.«

»Nein!«

Snemun stieß zornig den Speer in den Boden. Sie waren zu spät gekommen. Der Gesandte des Königs war ihnen zuvorgekommen. Jetzt gab es nicht mehr viel, was er tun konnte. Wie sollte er, Snemun, Ansgar aufhalten, wenn der König selbst ihn willkommen geheißen hatte?

Snemun knetete die Zügel und starrte düster vor sich hin. Dann fiel sein Blick wieder auf den blonden Mann neben Ansgar. Er kam ihm irgendwie bekannt vor.

Plötzlich brach das Gesicht des Blonden in breites Lachen aus.

»Gunnar! Erkennst du mich nicht – ich bin es, Erik!«

Snemun wurde blass.

»Erik?«

Jetzt erkannte er ihn. Das blonde, lockige Haar, das wettergegerbte Gesicht. Erik lebte! Er hatte einen dichteren Bart als früher, war älter geworden und sah erschöpft aus, aber er war es! Snemun lächelte verwirrt.

Er dachte an Jorunn, die Eriks Verlobte gewesen war. Hoch und heilig hatte sie geschworen, auf ihn zu warten und sich um das zu kümmern, was ihm gehörte. Er selbst hatte mit ehrlichem Handschlag versprochen, Jorunn dabei zu helfen und über sie zu wachen, dass nichts

Böses geschehen würde, während Erik fort war. Aber als Erik nicht zurückkam, hatte er den Besitz des Freundes übernommen und auch nichts getan, um Jorunns Hochzeit zu verhindern. Bei allen Göttern der Asen, die Hochzeit von Jorunn und Harald! Was sollte er jetzt tun?

»Erik ... du hättest früher nach Hause zurückkehren sollen!« Snemun stolperte über seine Worte.

Erik bemerkte das Zögern, die befremdliche Stimme nicht.

»Aber jetzt bin ich da! Deck den Tisch und bring Bier herbei! Schickt eine Nachricht zu Jorunn. Um Mitternacht sind wir da!«

»Es ist zu spät, Erik!«

»Zu spät?«

»Ja, es geschehen ungute Dinge.«

»Ach was, das glaube ich nicht.«

Snemun schluckte. Wie sollte er das erklären? Er blickte zu Boden, dachte verzweifelt nach. Er selbst hatte vorgehabt, bei der Hochzeit dabei zu sein. Was sollte er nur tun? Sein Pferd wurde nervös, und er tätschelte ihm unbeholfen den Hals. Er musste Harald benachrichtigen, mit Jorunn sprechen, musste dort sein, bevor es zu spät war! Er öffnete den Mund, um etwas zu sagen, aber dann änderte er seine Meinung.

»Ach, kümmere dich nicht um das, was ich gesagt habe.« Snemun presste die Lippen zusammen. Dann drehte er sich heftig im Sattel um und rief. »Wir reiten zurück. Folgt mir!« Er nahm die Zügel auf, schlug dem Pferd hart die Fersen in die Flanken und verschwand mit den anderen am Fuße des Hügels.

4. Kapitel

Ein warmer Wind wehte durch die Halle, er roch nach Wacholder und Rauch. Die Festtafel drohte unter all dem Bier und Met zusammenzubrechen. Fleisch und Geflügel wurden in großen Schüsseln hineingetragen. Die Wände waren mit Laub und Zweigen behängt, Bänke und Tisch prächtig mit Birkenreisig und Webstoffen geschmückt. Vorfreude lag in der Luft. Wenn der Kaufmann Gudmund der Mächtige seine Tochter verheiratete, dann wussten die Gäste, dass sie reichlich bewirtet würden. Da würde das Essen für alle reichen, sogar für Gesinde und Sklaven.

Gudmund der Mächtige verheimlichte seinen Reichtum nicht. Er kleidete sich protzig, trug Ringnadeln in Silber und bewegte sich steif und stolz, wie es ihm für einen mächtigen Mann, der er schließlich war, angemessen schien. Seine Gesichtszüge waren grobschlächtig und eckig, sein breites Kinn und der Stiernacken verliehen ihm ein schroffes und grimmiges Aussehen. Er war klein und untersetzt, unter seinen dunklen, buschigen Augenbrauen glimmten wache, intelligente Augen.

Gudmund der Mächtige legte sich seinen Umhang über die Schultern und blickte über den Hofplatz. Als er seine Tochter entdeckte, hellte sich sein Gesicht auf, und seine Augen leuchteten. Er war stolz auf sein einziges Kind und hatte sich immer gewünscht, sie gut zu verheiraten. Nun würde sie einen rechtschaffenen Kerl bekommen. Er lachte laut und polternd und ging auf die Straße hinaus. Endlich würde die Hochzeit stattfinden.

Draußen auf dem Hofplatz hatten sich Spielmänner mit ihren Instrumenten eingefunden, und diejenigen, die mit Booten übergesetzt waren, sammelten sich lärmend unten am Strand. Der Met floss, die Sonne glitzerte auf dem Wasser, und über den Feldern lag ein schwacher Duft von Salz und Meer.

Dann erschien er – Harald, Helge Sigurdsohns ältester Sohn. Er ging mit ruhigem, festem Schritt, rieb sich die Nase, lächelte und lachte. Um die Schultern trug er einen tiefblauen Umhang, mit einer Ringfibel geschlossen, darunter einen braunen Kittel und schwarze Hosen, die an den Knien elegant geschürzt waren. An einem breiten Silbergürtel hing sein Schwert in der Scheide. Sein Griff glänzte und schimmerte bei jedem Schritt funkelnd in der Sonne.

Gleich hinter ihm ging Jorunn, dicht gefolgt von Haralds Vater und zwei Verwandten. Ihre Haut war dunkel, und ihre Augen leuchteten. Sie ging langsam und würdevoll, aufrecht und ohne sich umzusehen. Das hüftlange Haar war unter einem wogenden Schleier aus weißem Leinen verborgen, ihre Schultern bedeckte ein seidener Schal. Darunter leuchteten ein scharlachrotes Kleid und eine farbenprächtige Leinentunika. Ihre Kette aus Glas und Bernstein funkelte, über der Brust glänzten die ovalen Fibeln, die das Kleid hielten.

Jorunn war für ihre Schönheit bekannt. Jetzt war sie schöner denn je.

Die Musikanten begannen zu spielen, und das Gefolge schritt langsam vor zum Hofplatz. Der offene Platz war von einem Zaun umgeben und mit Blumen und jungen Birken geschmückt. Die Gäste folgten, versammelten sich im Kreis um das Brautpaar und warteten auf die Zeremonie.

Gudmund der Mächtige trat nach vorn und legte sein Schwert auf den Hügel. Harald nahm seines ebenfalls ab und legte es daneben. Die Männer musterten sich kurz, dann schritt Gudmund auf Harald zu.

»Heute sollst du meine Tochter heiraten. Möge Thor euch schützen!«

Mit diesen Worten überreichte er ihm ein silbernes Amulett, einen Thorshammer, an einer Kette befestigt. Harald nahm den prächtigen Schmuck entgegen und legte ihn sich um den Hals. Dann zog er einen Lederbeutel aus dem Gürtel und reichte ihn Gudmund.

»Hier ist das Muntgeld für deine Tochter. Vor Zeugen habe ich nun meine Mitgift entrichtet.«

Gudmund nahm das Geld mit einer Verbeugung und ergriff die Hand seiner Tochter. Behutsam legte er sie in die Haralds.

»Ich rufe unseren Gott Frey und euch alle als Zeugen. Und so will ich eure Ehe besiegeln.«

Gudmund trat ein paar Schritte zurück und blickte sie an. Mochten sie glücklich werden. Die Trauung hatte er nach altem Brauch auf heidnische Art vollzogen, obwohl er selbst bereits Christ war. Im Herbst hatte er sich in Haithabu taufen lassen, und zu gegebener Zeit wollte er alle auf dem Hof bekehren lassen. Hergeir, der Häuptling, hatte nach einem Mönch aus dem Frankenreich schicken lassen, und sowie der Gesandte des Kaisers in Birka ankommen würde, würde Gudmund ihn zu sich rufen und predigen lassen. Der Kaufmann lachte vor sich hin. Mit dem neuen Glauben würde es viel einfacher werden, in der Stadt zu handeln, und er selbst würde noch mächtiger werden. Gemäß dem Gebot des Papstes sah es der Kaiser am liebsten, wenn die Händler unter seiner Krone mit christlichen Kaufleuten Geschäfte machten. Gudmund zog ein seidenes Taschentuch hervor und trocknete sich zufrieden die Stirn. Dann richtete er seinen Blick wieder auf das Brautpaar. Vielleicht würden sie glücklich werden, vielleicht hatte Jorunn Erik wirklich vergessen. Ihr Gesicht verriet wenig Zweifel, ihre Hand lag sicher in Haralds. Jetzt lächelte sie und suchte seinen Blick. Eine warme Neugier glänzte in ihren Augen. Gudmund war froh über das, was er sah, schritt wieder nach vorn und legte seine Hand über die Hände des Brautpaars. Danach traten Familie und Freunde vor, und jeder Einzelne legte seine Hand auf die der anderen und wünschte ihnen Glück. Als Jorunn und Harald auf diese Art verbunden waren, ergriff Gudmund der Mächtige erneut das Wort:

»Zu Tisch, meine Freunde, es ist aufgetragen!«

Er hob seine Arme in Richtung der Halle. Nun war es Zeit für das Hochzeitsmahl. Es würde Essen und Trinken im Überfluss geben, bis es bei Einbruch der Dunkelheit Zeit für das Beilager wurde. Dann, zu dieser späten Stunde, würde das Brautpaar im ehelichen Bett die Eheschließung besiegeln. Der Gedanke stimmte ihn froh. Seine Tochter sollte es gut in ihrer Ehe haben. Bald würden die beiden den Sigurdhof erben. Haralds Vater war in die Jahre gekommen. Und wenn er selbst einmal nicht mehr sein würde, würde seine einzige Tochter ein ebenso wohl geordnetes und reiches Leben führen, wie sie es hier gehabt hatte.

»Lasst uns auf das Wohl des Brautpaares trinken, liebe Leute. Drinnen gibt es Bier!« Gudmund der Mächtige führte seine Gäste lautstark ins Haus.

Die Männer nahmen lärmend auf den Langbänken

Platz, schon heiter und berauscht vom Met. Sie waren laut und lebhaft und füllten behände ihre Trinkhörner wieder auf. Sie holten ihre Messer hervor und schnitten sich gierig Fleischstücke aus den überquellenden Schüsseln ab.

Jorunn, die mit den anderen Frauen auf der Querbank saß, lächelte den Männern zu. Hier im Warmen hatten sie ihre Umhänge und Kittel zu Boden gleiten lassen, saßen mit hochgekrempelten Ärmeln da und zeigten ihre behaarten Arme und schwellenden Muskeln. Sie suchte Haralds Blick. Ihre Augen waren dunkel, und ein neuer, fremder Glanz lag in ihnen.

»Das wird ein feines Lager. Du hast eine gute Wahl getroffen!« Einar Schwarzbart knuffte Harald freundschaftlich in die Seite. »Nur noch ein paar Stunden. Jorunn, was für ein Weib! Ich würde dir zwei geben, um sie zu bekommen.«

Er zwinkerte bedeutungsvoll und füllte sein Trinkhorn.

»Skål! Ein Hoch auf unsere Liebesgöttin Vâr und euer gemeinsames Glück!« Schwarzbart leerte sein Horn mit einem Zug, rülpste und schlang sein Essen in sich hinein. Helge Sigurdsohn, Haralds Vater, hustete hohl und führte den Becher zum Mund. Der Met linderte. Nun war sein ältester Sohn so gut wie verheiratet, und er selbst würde sich bald aufs Altenteil zurückziehen. Aber er war froh darüber, dass Harald den Hof übernehmen würde und nicht Erik, sein jüngerer Sohn. Harald war zuverlässig und verantwortungsbewusst und nicht so unbeständig wie Erik.

Helge Sigurdsohn unterdrückte einen Hustenanfall und spuckte auf den Boden. Natürlich vermisste er Erik, den Abenteuerlustigen, der immer glaubte, alles zu schaffen. Und er war untröstlich gewesen, als sein Sohn nicht zurückgekehrt war, trauerte um ihn, wie man nur um jemanden trauern kann, der einem wirklich nahe stand. Aber Erik und Jorunn? Nein, Erik war eine ruhelose Seele. Es hätte niemals gut gehen können mit ihnen. Selbst wenn es Erik gelungen wäre, sich einen eigenen Hof aufzubauen, wäre es ihm bald zu langweilig geworden, ihn in Stand zu halten. Dann hätte er sich an seinen Vater gewandt, um Hilfe zu erhalten, und bei einer Missernte hätten sie alle hungern müssen. Darüber hinaus war Jorunn verschwenderisch. Erik wäre es sicher nicht gelungen, sie zu zügeln, wenn sie sich von dieser Seite zeigte. Alles, was andere in dieser Gegend besaßen, wollte sie auch haben, aber wenn sie etwas bekommen hatte, wirtschaftete sie schlecht damit und verschwendete alles. Nein, Erik wäre ein schlechter Mann für sie gewesen. Harald hingegen war sparsam, ja geradezu geizig. Er würde sie sicher in ihre Schranken weisen.

»Skål, Helge!« Gudmund der Mächtige unterbrach ihn in seinen Grübeleien. Helge nickte, trank und fühlte, wie das Bier seine Kehle wärmte.

»Ist sie noch Jungfrau, was meinst du?« Einar Schwarzbart konnte seinen Blick nicht von Jorunn wenden. Er strich sich Bratenfett aus dem Bart und stieß Mård an.

»Eine Schönheit wie sie? Ne, die ist bestimmt nicht unberührt geblieben!« Mård Ohnebart feixte. Seine helle Haut war rot, die glatten Wangen glänzten vom Schweiß. »Du glaubst doch nicht etwa, dass Erik sich von ihr fern halten konnte …«

»Aber siehst du nicht, wie unnahbar sie ist, wie kalt ihre Schönheit?«, beharrte Schwarzbart.

»Leidenschaftlich ist sie zweifellos!«

Mård blickte hinüber zur Querbank, wo Jorunn in ein lebhaftes Gespräch vertieft war.

»Jede Wette, dass es bei ihr war wie bei der Jungfrau und dem Knäuel«, murmelte Schwarzbart und griff nach seinem Bier.

»Häh?«

»Hast du noch nie von der Jungfrau und dem Fadenknäuel gehört?« Schwarzbart wischte sich laut lachend den Schaum aus dem Bart, und Bierdunst waberte über den Tisch. »Na, von diesem Mädchen, das so besorgt um seine Jungfräulichkeit war.«

Mård blickte interessiert vom Tisch auf.

»Ne …«

Schwarzbart räusperte sich.

»Also, weißt du, es gab einmal ein Mädchen, das die Burschen nie in seine Nähe ließ. Nicht einmal bei der Sommersonnenwende oder anderswo bei einem Markt.«

Mård verzog seinen Mund.

»Sie war ein hübsches Mädchen, das kannst du mir glauben, und die Kerle versuchten alles, um sich an sie heranzumachen. Aber auf einem Markt vor nicht allzu langer Zeit wurde ein Pferdeknecht sauer und fragte geradeheraus, warum sie so feindselig zu den Männern war.«

Schwarzbart nahm noch einen Schluck Bier.

»Ja, da sagte das Mädchen, dass sie Angst um ihre Jungfräulichkeit hätte, die wolle sie um jeden Preis behalten.«

Mård grinste.

»Aber der Pferdeknecht begriff schnell und sagte, er könne ihr behilflich sein.«

»Ja-ha, und wie sollte das zugehen?«, wunderte sich Mård gespannt.

»Er versprach, ihre Jungfräulichkeit zusammenzunähen.«

»Zusammenzunähen?«

»Ja, er sagte, sie könne sich auf ihn verlassen, und wenn sie ihn nur machen ließe, würde er sie zunähen.« Schwarzbart merkte, dass er noch mehr Zuhörer bekommen hatte, und hob die Stimme. »Jaa, dann holte er ihn also raus, nahm sie zwischen die Beine und sagte, dass er nähen würde.«

Die Männer brachen in herzliches Gelächter aus.

»Jetzt lügst du, Schwarzbart«, schrie Mård enttäuscht. »Das hast du dir ausgedacht!«

Schwarzbart schüttelte energisch den Kopf.

»Nein, du, hör zu. Als der Pferdeknecht seine Sache erledigt hatte, sagte er zu ihr, dass sie sich keine Sorgen machen müsse, jetzt wäre sie sorgfältig genäht.«

»Ach, und du willst mir weismachen, dass sie das geglaubt hat?«

»Ja, er zeigte ihr einfach seine beiden Knäuel und sagte, dass er da wahrhaftig einen richtig starken und guten Faden drinhabe.«

Schwarzbart prustete vergnügt und schlug mit der Faust auf den Tisch, dass die Holzschüsseln hüpften. Dann verstummte er abrupt und wurde mit einem Mal ernst.

»Mit echten Pferdeknechten muss man vorsichtig sein. Ein unzuverlässiges Volk.«

»Ist das jetzt dein Ernst?« Mård knuffte ihn in die Seite.

»Ja, mit den Pferdeknechten und Sklaven auf dem Gudmundhof ist nicht zu spaßen. Das sind Christen, die zu Hause freie Männer waren. Keiner weiß, auf welche Ideen die kommen. Das kann gefährlich werden, wenn Ansgar hierher kommt.«

»Kann schon sein, aber an deine Geschichte glaube ich trotzdem nicht.« Mård reckte sich nach dem Bier. Ein Schwätzer war er, Einar Schwarzbart, und er log dreister als das schlimmste Hexenpack.

Ein Gewitter lag in der Luft, in der Ferne grollte es. Noch schien die Sonne unbeirrt, doch sie musste mit den sich auftürmenden Wolken wetteifern, die am Horizont aufzogen. Gunnar Snemun trieb sein Pferd an. Das Hemd hing nass an seinem Körper, der schwarze Hengst hatte Schaum vor dem Maul. Endlich tauchten Adelsö mit dem Königshof und das Schiff in der Bucht auf.

Der Fährmann hatte sich gemütlich auf der Brücke ausgestreckt und zuckte zusammen, als er die Männer kommen hörte. Widerwillig stand er auf.

»Kümmere dich um die Pferde!«

Snemun sprang vom Pferderücken und rannte zum Schiff. Die Ruder schlugen gegeneinander, als der Rumpf ins Wasser glitt. Wenn der Wind auffrischte, würde er Birka noch vor Einbruch der Dunkelheit erreichen. Dann würde er es schaffen. Solange Jorunn und Harald noch nicht zum Beilager gekommen waren und unter Zeugen das Ehebett bestiegen hatten, war die Eheschließung ungültig. Noch gab es eine Möglichkeit, die Hochzeit aufzuhalten.

Die Tür öffnete sich, und zwei königliche Reiter kamen herein. Ihre Wämser und Hosen waren staubig, die Kappen nass geschwitzt.

»Er ist gekommen!« Der größere der beiden trat an den Hochsitz und verbeugte sich.

Ein verschlossener, kleiner Mann mit schmalen, unruhigen Augen stand auf. Er lachte leer und verbindlich.

»Soo, Ansgar ist hier?«

»Ja, Häuptling, er kann jeden Moment eintreffen.«

Hergeir, Häuptling von Birka, lächelte zufrieden. Der Mönch hatte sich verspätet, aber immerhin hatte er den weiten Weg ins Sveareich bewältigt. Dem Himmel sei Dank hatte Birka endlich jemanden, der predigen konnte. Es war schwer gewesen, König Björn dazu zu bringen, einen Missionar aus dem Frankenreich einzuladen, aber schließlich hatte er sich einverstanden erklärt. Er hatte einen Boten zum Kaiser schicken lassen, der dann selbst den Mönch ausgewählt hatte, von dem er glaubte, dass er für diesen Auftrag geeignet war. Ansgar konnte nur ein fähiger Mann sein. Sobald er da war, würde er ihm etwas zu essen anbieten und ihn sich ausruhen lassen. Dann würde er ihn zum König führen. Es galt, König Björn vom ersten Moment an freundlich zu stimmen. So würde er niemals Verdacht schöpfen. Danach, vielleicht schon am nächsten Tag, würden sie nach Birka übersetzen. Hergeir ließ Essen und Trinken kommen und die Musikanten rufen. Ansgar sollte würdig empfangen werden.

Jorunn spähte durch die Türöffnung hinaus. Draußen verschwand die Sonne hinter den Wolken, und der Fjord glitzerte silbern. Die Wolken verdunkelten sich, schwer und träge, als warteten sie nur darauf, aufzubrechen.

Es war warm und feucht, Schweiß perlte ihr von der Stirn. Jorunn löste vorsichtig den Haarknoten und ließ das dunkle Haar herunterfallen. Sie sehnte sich danach, sich für einen Moment zurückzuziehen. Nun sollte sie bald als Jungvermählte auf den Sigurdshof ziehen. Endlich würde sie ihr Zuhause verlassen, ihren eigenmächtigen Vater und ihre unduldsame Mutter. Sie würde ihr eigenes Leben leben können, die väterlichen Ermahnungen und das schwierige Temperament ihrer Mutter loswerden. Aber wie sollte sie mit Harald zurechtkommen?

Sie betrachtete ihn in der Nische des Langtisches und dachte über das nach, was sie sah. Er war groß und schlank, hatte breite Schultern und kräftige Oberarme. Seine Haut war ebenmäßig, die Haare glatt und sein Mund schmal und dünn. Seine Augen waren eine Spur zu klein, aber leuchtend blau und glitzernd. Er hatte eine aufrechte und würdevolle Haltung, und um den Hals trug er eine Bärenklaue. Sie bringe ihm Glück, hatte er gesagt, und das Glück war mit ihm gewesen, nun, da er sie heiraten konnte. Harald merkte, dass sie ihn ansah, und zwinkerte ihr verschwörerisch zu. Verlegen blickte Jorunn auf die Tischplatte. Nein, Harald war nicht einfach irgendein Mann, viel mehr einer von denen, die den Frauen keine Ruhe ließen. Jetzt würde sie ihm gehören. Sie spürte eine neugierige Erwartung, fragte sich, ob er sie mit seiner Umarmung glücklich machen könnte und ob sie ihm viele Kinder schenken würde. Sie hielt ihre Gedanken zurück. Die Erinnerung an die blutende Frau im Stall kehrte zurück. Die Sklavin war verblutet. Die Bilder dieses furchtbaren Abends quälten sie noch immer. Die arme Frau. Sie war gestorben, und das Kind hatte man im Wald ausgesetzt.

Jorunns Gedanken wanderten zu Torhild, ihrer Mutter. Auch sie war einmal Sklavin gewesen. Sie war schön gewesen, und viele Männer hatten sich mit ihr vergnügt. Wie so viele andere Sklavinnen auf dem Hof, auf den sie verschleppt worden war, war sie schwanger geworden. Wer der Vater war, wusste sie nicht, und sie hatte versucht, das Kind loszuwerden. Es war ihr nicht gelungen, also hatte sie es ausgetragen. Aber das Kind kam tot zur Welt, und Torhild war lange Zeit danach kränklich geblieben. Zu guter Letzt war es dem Hausherrn zu viel geworden, und er hatte sie verkauft. So war sie auf dem Gudmundhof gestrandet. Dort hatte Gudmund der Mächtige sich in sie verliebt und sie zur Frau genommen. Sie war der Leibeigenschaft entkommen und eine freie Frau geworden. Dank der Ehe ihrer Mutter mit Gudmund war Jorunn selbst in Freiheit geboren worden, noch dazu auf einem reichen und wohlhabenden Hof. Ihr selbst war es gut ergangen, aber der Sklavin … Wenn der blutenden Frau im Viehstall ein wenig früher geholfen worden wäre, hätte sie vielleicht überlebt. Es gab heilkundige Menschen auf dem Hof. Stattdessen war sie gestorben. Jorunn schüttelte kaum merklich den Kopf und versuchte das schreckliche Bild zu verdrängen; die blutverschmierte Alte, die schreiende Sklavin. Wenn sie ihr doch nur hätte helfen können! Jorunn atmete schwer und sah fort. Die Zweifel waren wieder da. Wollte sie wirklich Haralds Kind gebären, ihm zuliebe die Qualen einer Geburt auf sich nehmen? Für Erik, ja, aber für Harald?

Nein, es war nicht richtig, jetzt daran zu denken. Sie stand auf und ging auf den Hofplatz hinaus, ihr Blick folgte gedankenverloren einer kreisenden Möwe. Aus der Ferne hörte sie Gesang und Fröhlichkeit. Sie lächelte ein wenig. Es war ein reiches und gelungenes Festmahl, von dem die Gäste sicher noch lange sprechen würden. Es fehlte an nichts, und dieses eine Mal hatte ihr Vater nicht gegeizt. Sie zog die Schuhe aus und ließ das strohige Gras des Vorjahres ihre Füße kitzeln. Es war nass und kalt und kühlte angenehm ihre Fußsohlen. Wenn sie sich einen Moment gesammelt hatte, würde sie wieder zu den Gästen hineingehen.

»Jorunn!« Es war Haralds Stimme. »Du musst reinkommen. Sie warten auf uns.«

Er lachte weich und umarmte sie. Sacht fuhren seine Hände über ihren Körper. Die hellblauen Augen glitzerten. Sie wehrte sich.

»Noch nicht!«

Jorunn schob ihn von sich fort.

»Komm!«

Harald ließ sich nicht entmutigen. Sie gehörte jetzt ihm. Mit einem festen Griff um ihre Taille zog er sie mit ins Haus. In der großen Halle blieb er stehen und nahm einen Becher voll Met.

»Du und ich, wir trinken aufeinander.« Er tastete suchend in seiner Tasche und zog einen kleinen Stoffbeutel hervor. Als sie sich umdrehte, schüttete er schnell ein wenig von dessen Inhalt in den Met. »Trink jetzt!«

Er nahm seinen eigenen Krug und prostete.

»Auf Vâr!«

Sie sah ihn unsicher an, legte dann den Kopf in den Nacken und trank.

Als sie den Hof erreichten, brach das Unwetter los. Ein Wolkenbruch prasselte nieder, und der Regen peitschte ihnen ins Gesicht, dass es schmerzte. Ansgar suchte verzweifelt Schutz.

»So kommst du schließlich doch noch zu deinem Bad«, rief Erik fröhlich. »Dein Gott scheint ein weiser Mann zu sein!«

Ansgar warf ihm einen verärgerten Blick zu.

Erik zog seinen Kittel über den Kopf, duckte sich und rannte zum Hof. Hergeir musste wohl zu Hause sein, niemand war bei diesem Wetter draußen. Die Männer folgten ihm, Ansgar ging ein Stück hinter den anderen. Er hatte sich auf den Empfang beim König gefreut, hatte sich eine feierliche Zeremonie vorgestellt, wie er würdigen Schritts und hoch erhobenen Hauptes vor den König der Svear treten würde. König Björn und Hergeir hätten ihn unter Ehrbezeugungen willkommen geheißen, und er selbst hätte seine kostbaren Geschenke überreicht. Nun kam er klatschnass und schmutzig hier an, seiner Gaben und all seiner Habseligkeiten beraubt.

Erik pochte an das Tor. Die Tür öffnete sich, und zwei Männer mit Kienfackeln tauchten in der Türöffnung auf.

»Bettler!« Sie schoben die Tür schnell wieder zu und verriegelten sie.

»Öffnet!«

Erik brüllte die stumme Hauswand an.

Eine Luke in der Langwand wurde aufgeschoben, und ein glatt rasiertes Männergesicht erschien dahinter.

»Sag Hergeir, dass wir angekommen sind, Ansgar und dann noch ich, Erik Sigurdsohn, der Schiffer.«

Die Luke wurde wieder geschlossen.

Die Männer mit den Fackeln kamen zurück und hielten die Tür auf.

»Gott segne Euch!« Ansgar glitt hastig an den Männern vorbei, fuhr sich mit den Händen durchs Haar und ordnete seinen Umhang. Hergeir wartete.

»Willkommen im Land der Svear! Wir konnten es kaum erwarten, Euch hier zu sehen.«

Der Häuptling reichte Ansgar beide Hände und führte

ihn in die große Halle. Sein Umhang hing regennass und schwer um seine Schultern, seine Lederschuhe hinterließen Spuren auf dem Fußboden.

»Wir haben von Eurer Mission in Danaland gehört«, fuhr Hergeir lächelnd fort. »Die Heiden hier oben sind ungehobelte Burschen. Es ist gut, einen Mann der Kirche hier zu haben.«

Der kleine, untersetzte Mann ging zum Tisch und kehrte mit einem Becher Met zurück. Sein graues Haar lag glatt gekämmt an der Kopfhaut.

»Soweit ich mich erinnern kann, warst du genauso heidnisch wie ich, als ich dich das letzte Mal gesehen habe«, murmelte Erik düster in seinen Bart und warf Hergeir einen finsteren Blick zu. Der Häuptling erregte Übelkeit in ihm. Er konnte nicht verstehen, warum König Björn sich mit solchen Leuten abgab. Hergeir war so unglaublich kriecherisch, dass wahrhaftig jeder misstrauisch wurde. Dass der König dies nicht bemerkte, stimmte Erik fast traurig. Nun denn, es war nicht seine Sache. Für ihn galt es, so schnell wie möglich ein Boot zu nehmen und nach Birka überzusetzen. Er wandte sich an den Häuptling.

»Meine Männer und ich müssen weiter nach Birka.«

Hergeir lächelte gefällig.

»Meine Fährleute rudern bei jedem Wetter. Ich werde dafür sorgen, dass sie sich um euch kümmern.« Er trat an einen hohen Holzschrank am schmalen Ende des Raumes und kam sofort wieder. In seiner Hand lag etwas Schimmerndes. Ein Bernstein. »Danke, dass du Ansgar zu uns geführt hast. Nimm dies zum Dank dafür.«

Er streckte ihm die Hand mit dem Stein hin.

Erik verbeugte sich und verzog seinen Mund. Eigentlich hätte er den Mönch in Haithabu zurücklassen sollen. Auf der anderen Seite hatte er jetzt wenigstens etwas, das er seiner Verlobten überreichen konnte.

»Beilager, Beilager!«

Die Gäste klatschten rhythmisch in die Hände. Lautstark und ausgelassen forderte die berauschte Gesellschaft das Brautpaar auf.

Harald suchte Jorunns Blick. In ihren Augen lag ein seltsamer Glanz. Sie schien weit weg zu sein und ihn gar nicht zu bemerken. Er sah zur Tür hinaus. Der Regen hatte aufgehört. Draußen auf dem Hofplatz waren einige Sklaven dabei, das Bett mit Laub zu schmücken. Dort sollte er endlich mit Jorunn zusammenkommen.

»Beilager, Beilager!« Die Gäste riefen immer erhitzter. Jorunn hielt sich die Ohren zu und stand auf.

»Beruhigt euch, liebe Leute. Lasst uns erst zu Ende essen. Dann werdet ihr schon was zu sehen bekommen!« Sie setzte sich hastig. Rote Flecken flammten auf ihrem Hals.

Harald lächelte amüsiert. Der Met schien seine volle Wirkung zu entfalten. Hoffentlich hatte er nicht zu viel von dem Pulver hineingegeben.

»Harald!«

Plötzlich fühlte er eine Hand auf seiner Schulter.

»Harald, komm mit nach draußen!«

Verwundert drehte er sich um. Snemun! Warum war er so spät zur Hochzeit gekommen?

»Willkommen, Freund, setz dich und nimm einen Schluck!« Er hob das Horn, dass das Bier spritzte.

Snemun schüttelte abwehrend den Kopf.

»Harald, ich muss mit dir sprechen!«

»Morgen. Geh lieber und begrüß Jorunn. Sie hat den ganzen Abend auf dich gewartet!«

»Ja, ja, ich werde schon noch mit ihr sprechen. Aber jetzt bist du es, mit dem ich reden muss!«

Snemun griff Harald am Handgelenk.

»Komm!«

Murrend folgte Harald ihm. Er wankte durch die Tür und stieß gegen den Türstock. Draußen auf dem Hofplatz stolperte er, rutschte auf dem nassen Gras aus und fiel. Schwankend kam er wieder auf die Füße. Er streckte die Arme aus, um das Gleichgewicht zu halten, und summte fröhlich vor sich hin. Er konnte nicht verstehen, was Snemun von ihm wollte, die Worte flogen gleichsam an ihm vorbei. Sie waren genau genommen erstaunlich schwer auseinander zu halten. Er wackelte mit dem Kopf und blickte erwartungsvoll zum Bett hinüber. Plötzlich horchte er auf. Erik? Snemun sagte etwas über seinen Bruder. Warum redete er jetzt von ihm?

»Harald, Erik ist zurückgekommen. Er ist auf dem Weg hierher. Er wird noch vor Mitternacht da sein.«

5. Kapitel

Was sagte er da? Gegen Mitternacht würde Erik kommen? Aber nein, Erik war tot. Harald schüttelte den Kopf. Snemun merkte, dass seine Worte keine Wirkung hatten.

»Harald!« Er griff den Freund und schüttelte ihn. »Du kannst Jorunn jetzt nicht heiraten. Sie ist Eriks Verlobte.«

Harald betrachtete ihn misstrauisch. Snemun war voll, ganz klar, sternhagelvoll. Das Bier drückte, und er ging ein paar Schritte zur Seite. Johlend ließ er den Strahl über den Hügel spritzen.

»Harald, hör zu!«

»Ja, ja …« Er zog die Hosen hoch.

»Du musst mit dem Beilager warten. Erik ist auf dem Weg hierher, und er glaubt, dass Jorunn immer noch auf ihn wartet.«

»Ja, ja, ich weiß, das sagtest du schon.«

»Du musst mir glauben, Harald, ich habe ihn selbst getroffen!«

Snemun wusste nicht, was er tun sollte. Harald hörte nicht zu. Er machte einen Schritt nach vorn und gab ihm eine schallende Ohrfeige.

»Was …!« Harald drehte sich blitzschnell um und schlug dem Kameraden die Beine weg. »Hornochse! Danke, dass du nur mein Bestes willst, aber ich habe nicht vor, deinen Rat zu befolgen!«

Er spuckte zornig aus und wankte ins Haus zurück.

Langsam wurde es dunkel. Zwei Schwäne flogen vom Wasser auf, und ihr Flügelschlag zerriss die Luft, bis er allmählich in der Ferne verklang. Erik sah ihnen lange nach. Weiße Schwäne über dem Birkafjord. Seine Wangen begannen zu glühen, und eine plötzliche Wärme durchfuhr seinen Körper. Endlich zu Hause. Seine Handflächen fühlten sich feucht an, und das Schlucken fiel ihm schwer. Er senkte den Blick, räusperte sich und sah erneut zögernd über das Wasser. Die Schwäne waren fort. Er zuckte mit den Schultern und schüttelte langsam den Kopf. Dann rief er nach den Männern und ging an Bord.

Die Fährmänner schoben das Boot ins Wasser. Die Rah glitt in die Höhe, und der Nachtwind füllte das Segel. Die Wasseroberfläche glitzerte, und die Dämmerung spiegelte sich in den Wellen. Die Bugwelle stieg und senkte sich, feine Schaumfetzen trieben vorbei und verschwanden achtern.

Erik streckte einen Arm aus und ließ seine Hand ins Wasser hängen. Jorunn. Jetzt sah er sie deutlich vor sich. Ihr Gesicht, ihr Blick, das dunkle, wallende Haar. Er stellte sich ihren Körper vor, und Sehnsucht übermannte ihn. Er wollte sie haben und verstand nicht, warum er freiwillig so lange fortgeblieben war. All die Jahre in der Fremde war ihm keine begegnet, die ihr glich. Jorunn war eigenwillig, anmutig, begehrenswert, sie verführte, aber konnte genauso abweisend sein. Sie lächelte und lachte oft, das war das Schönste an ihr, aber sie war auch nachdenklich und wehmütig. Als er sie zurückgelassen hatte, waren ihre Augen schwarz vor Verlassenheit gewesen. Und dennoch hatte sie sich nicht beklagt. Sie hatte dort gestanden, einsam und stark.

Der Wind wehte einen schwachen Duft von Feld und

nassem Moos herüber. Dort vorn wurde Birka in der Dunkelheit sichtbar. Äcker und Felder lagen im Dunkeln, aber der Stadtwall mit seinen Holzpalisaden zeichnete sich wie ein schwarzer Schatten gegen den Nachthimmel ab. Die hohen Klippen um die Burg wirkten schwarz und bedrohlich. Einmal, als feindliche Schiffe auf dem Fjord gesichtet worden waren, hatte er dort Zuflucht gesucht. Vor seinem inneren Auge hatte er Birka in Flammen stehen gesehen, Feuer, das in den Straßen wütete bis hinunter in das Handwerkerviertel am Hafen. Zum Glück aller war es nicht wirklich so ausgegangen, sondern der Feind war zurückgedrängt worden.

Erik sah sich um. Der rote Himmel war verschwunden, und ein Streifen Violett hatte sich zwischen Wolken und Meer ausgebreitet. Er strengte seine Augen an. Sie waren schon ganz nah. Die mächtigen Eichenpfähle der Sperre standen schwarz vor der Einfahrt zum Hafen, die Wellen schlugen und wollten das Schiff gegen das Hindernis treiben. Die Fährleute holten das Segel ein und legten die Ruder aus. Geschickt umruderten sie die Sperre, öffneten den gewaltigen Holzriegel und glitten leise bis an die Landungsbrücken.

Erik stand auf. In der Dunkelheit konnte er die Holzhäuser ausmachen, die Gassen und die Rauchwolken der entfernteren Höfe. Alles sah aus wie an jenem Tag, an dem er die Stadt verlassen hatte. Er atmete tief ein und wunderte sich, dass niemand gekommen war, um ihn zu begrüßen. Dann hörte er Lärm und Musik oben vom Hügel und begriff, dass ihn niemand hatte kommen hören.

Es war warm und stickig in der Wohnhalle. Bier- und Schweißdunst stand über leeren Fässern und dreckigen

Tischen. Hie und da lagen umgestülpte Trinkhörner, und unter den Bänken waren Knochen und Fischabfälle zwischen Wacholder festgetreten. Sklaven brachten neue Fässer, die Gäste riefen laut, sangen und johlten. Harald beugte sich über Jorunn.

»Komm«, sagte er und versuchte den Lärm zu übertönen. »Es ist so weit.«

Er streichelte ihren Nacken. Ein glücklicher Ausdruck ruhte auf ihrem Gesicht, ihre Augen glänzten glasig. Er drehte sie zu sich um und küsste sie. Sie reagierte bereitwillig, wimmerte leise. Benommen lehnte sie sich an seine Schulter. Die Wärme pulsierte in ihrem Körper, und sie fühlte sich berauscht und entspannt. Plötzlich hatte sie Lust, sich auf den Boden zu legen, hier und jetzt. Sie zog den Schal herunter, legte den Arm um seine Brust und versuchte ihn mit auf den Boden zu ziehen. Er wankte und sträubte sich dagegen.

»Nicht hier!«

Jorunn erahnte Stimmengewirr und Gelächter am Tisch. Die Geräusche wurden lauter und leiser. Das Licht der Fackeln blendete sie, und sie schloss die brennenden Augen. Eine mystische Dunkelheit umgab sie, und sie wusste plötzlich nicht mehr, wo sie war.

»Komm jetzt!« Harald zog sie mit sich, presste sie an sich und fuhr spielerisch mit seiner Hand unter ihre Tunika. Lustvoll glitten seine Finger über ihre Haut. Sie bewegte sich gefügig, stöhnte und war weit weg, ruhte in sich selbst. Er sah sie mit einem schwachen Lächeln an. Geschmeidiger als jetzt würde sie nicht mehr werden. Vorsichtig hob er sie hoch und trug sie aus der Stube hinaus.

Als die Gäste merkten, was nun geschehen würde, jubelten sie. Das Beilager war der Höhepunkt jeder Hochzeit. Damit würde die Eheschließung gültig, ein freudiger Moment, dem alle entgegenfieberten. Fröhlich lärmend standen sie vom Tisch auf und folgten dem Brautpaar. Die Musikanten stimmten einen Brautmarsch an, und die Stimmung stieg.

Schwarzbart und Mård drängten sich durch die Menge und gaben sich nicht eher zufrieden, bis sie die besten Plätze auf dem Hofplatz ergattert hatten.

»Hier ist es gut.« Schwarzbart lachte und knetete sich vergnügt seinen Bart. Hochzeit war das Beste, was es gab.

Vorsichtig legte Harald Jorunn auf das Bett und begann, sie auszuziehen.

Das hüftlange Haar fiel über ihre Schultern, Kleid und Tunika umrahmten sie mit ihren kräftigen Farben. Als er die Brustfibeln gelöst hatte, fiel der Stoff auf das Laubbett hinab und entblößte ihre nackte Haut.

Jorunn wehrte sich nicht. Ihr Gesicht war verschwitzt und glänzend, ihr Blick fern. Sie fühlte seinen Arm, streichelte ihn und lachte leise.

Harald spürte die Blicke der Gäste, hörte das erwartungsvolle Murmeln und sah sich leicht geniert um. Er war Zeuge vieler Hochzeiten gewesen, aber nun, da er selbst Bräutigam war, fühlte er sich plötzlich unsicher. Ein bisschen unbeholfen zog er sein Hemd aus, befreite sich von Gürtel und Hosen und stand nackt vor ihr.

Der Abendwind war kalt, und er fröstelte. Jorunn erahnte eine Gestalt vor sich und nahm den Geruch von Schweiß und Mann wahr. Berauscht richtete sie sich im Bett auf und zog ihn an sich. Sie schwebte, war sich selbst entglitten und konnte sich nicht länger steuern. Sie schlang ihre Arme um ihn, überschüttete ihn mit Küssen, biss und streichelte ihn, krallte sich fest in seinen Rücken. Sie forderte immer zügelloser, schrie und stöhnte.

Harald schnappte unter ihrer klammernden Umarmung nach Luft, schwitzte, erschreckt von ihrer Kraft. Was hatte er mit ihr getan? Das Pulver? Sie war die Frau, die er immer begehrt hatte, jetzt war sie ganz außer sich. Jorunn rollte sich über ihn, schrie und lachte.

Es ging ein heiteres Raunen durch die Menge, ein Murmeln, das immer lauter wurde. Bald polterten laute Lachsalven in die Nacht hinaus.

Harald wurde immer verwirrter, merkte, wie seine Lust nachließ. Dann war sie wieder über ihm, kratzte und heulte wie eine besinnungslose Hexe. Er versuchte sie mit seinem Körper niederzudrücken und dazu zu bringen, sich zu beruhigen, aber vergebens. Sie war kräftig wie ein Tier, und sein Verlangen und Begehren erloschen. Vorsichtig versuchte er sich zurückzuziehen, aber es war zu spät.

Harald war ein gut gebauter Mann, kräftig, muskulös, mit breiten Schultern und Oberschenkeln. Er hielt sich aufrecht und war stolz auf seinen starken, geschmeidigen Körper. Aber als nun der Beweis seiner Männlichkeit regieren sollte, war nur wenig zu sehen. Jeder, der noch Herr seiner Sinne war, konnte erkennen, dass jetzt, da er seine Manneskraft gebraucht hätte, nicht viel davon übrig war. Es ging ein enttäuschtes Raunen durch die Menge. Die Leute nörgelten, versammelten sich um das Bett, glotzten und zeigten. Plötzlich wurde Harald die Situation bewusst. Schnell riss er seinen Umhang an sich und schützte sich selbst und Jorunn.

Als Gunnar Snemun das Segel draußen auf dem Fjord entdeckte, eilte er hinunter zum Strand. Es musste Erik sein, kein anderer konnte so spät noch auf dem Weg nach Birka sein. Aus einiger Entfernung sah er, wie die Männer die Ruder ins Wasser ließen, das Boot langsam durch die Sperre lenkten und an der Brücke anlegten. Snemun wartete einen Moment. Erst als Erik die anderen verlassen hatte und allein den Hügel hinaufschritt, ging er ihm entgegen. Er zögerte. War es wirklich richtig, ihn hier zu treffen, oder war es besser, wenn Erik die Hochzeit selbst entdeckte? Er blieb stehen und strich sich nachdenklich über den Mund. Nein, es war sicher das Beste, ihn zu warnen.

»Erik!«

Snemun ging zu ihm und legte freundschaftlich den Arm um seine Schulter.

»Hör zu, Freund ...«, seine Stimme stockte, und er sah zu Boden, »Erik, das musst du verstehen. Jorunn wartet nicht auf dich. Sie glaubt, dass du tot bist.«

Erik zuckte zusammen, merkte, wie sich seine Muskeln spannten.

»Jorunn ...? Wovon sprichst du?«

Snemun räusperte sich, seinen Blick beharrlich gesenkt.

»Erik, nichts ist mehr so, wie es war, sie ...«

»Jorunn, wo ist Jorunn?«

Snemun machte ein paar Schritte zurück, antwortete nicht. Erik packte ihn und drehte seinen Arm mit eisernem Griff nach oben.

»Rede!«

Snemun schluckte und fand keine Worte.

»Erik, wir ... wir wussten nicht, dass du lebst. Jorunn, sie ... ja ...« Seine Stimme schien zu schweben, erstarb, und er nahm einen neuen Anlauf. »Erik, Jorunn hat sich verheiratet. Hörst du die Musik? Das ist ihre Hochzeit!«

»Lügner!« Erik riss den Arm herunter.

»Nein, nein«, rief Snemun und versuchte, sich loszumachen. »Es ist wahr. Wir glaubten, du seist tot!«

Erik schwitzte. Die Beine wurden ihm schwach, und er fühlte, wie sein Körper schwer wurde, gleichsam mit dem Boden verschmolz.

»Dein Vater hat Jorunn an Harald vergeben«, sagte Snemun düster. »Aber es ist deine eigene Schuld. Du hättest früher nach Hause kommen sollen!« Er befreite seinen Arm.

»Jorunn und Harald? Nein, nein, was ist das für ein Spiel, das du mit mir treibst?«, fragte Erik mit schneidender Stimme, seine Adern traten ihm auf die Stirn.

»Es ist wahr, Erik«, antwortete Snemun beherrscht. »Wir wollten dir nichts Böses, aber niemand hat geglaubt, dass du noch wiederkommen würdest.«

Erik lauschte, hörte den Lärm und die Musik, sah Snemuns ernstes Gesicht. Plötzlich begriff er, und ihm wurde klar, was Snemun so verzweifelt zu sagen versuchte. Das Lachen und Stimmengewirr, das durch die Nacht wogte, kam von Jorunns und Haralds Fest, ein Hochzeitsmahl! Und von allen Tagen, die gekommen und gegangen waren, seit er Birka verlassen hatte, war er ausgerechnet an diesem zurückgekommen! Die Musikanten spielten noch. Er hörte Händeklatschen und Lachen. Wie weit war das Fest gediehen? Hatten sie schon das Beilager eingenommen? Er unterdrückte einen Fluchtinstinkt und horchte. Wie von einer übernatürlichen Kraft gelenkt, wandte er sich dem Lärm, dem Schicksal zu.

Entschlossen begann er, den Hügel hinaufzugehen. Er hatte nicht vor aufzugeben, er würde kämpfen um das, was ihm gehörte.

Der Lärm nahm zu, Lachsalven und lautes Klatschen lösten einander ab. Die Fackeln leuchteten in die Nacht.

»Beilager, Harald! Weg mit dem Umhang«, rief die Menge bald schreiend, bald brüllend vor Lachen.

»Das kannst du besser, Harald!«

Vernarbte Wikinger reichten dem Paar Bier und Pilzpulver, und ein alter zahnloser Greis schlug sich vor Vergnügen auf die Schenkel. Erik hielt starr vor Entsetzen inne.

Der Hofplatz war von einem geschmückten Zaun umgeben, und an jedem Querbalken brannte eine Fackel. Oben auf dem Platz waren vier Öllampen angezündet worden, die ein prächtiges, mit Laub geschmücktes Brautbett beleuchteten. Die Decke war zu Boden gefallen, und dort, wo ihr eigentlicher Platz war, lagen Kleider und ein weiter, tiefblauer Umhang verstreut. Sein Mut sank, und Erik ging zögerlich näher. Das Brautpaar musste das Beilager schon eingenommen haben. Als er näher kam, bemerkte er heftige Bewegungen unter dem Umhang. Der Stoff hob und senkte sich wie Wellen im Sturm, und es sah aus, als würde ein heftiges Handgemenge darunter vor sich gehen. Jemand schrie, und es hagelte Schimpfworte. Im selben Moment wurde der Mantel weggerissen, und eine nackte Frau setzte sich auf. Sie drohte mit der Faust und fauchte.

»Und auf dich habe ich ein halbes Jahr gewartet!« Sie stemmte die Hände in die Hüfte und spuckte auf das Bett.

»Jorunn!« Erik schnappte verwirrt nach Luft.

Die Frau schwankte, und der Mann auf dem Lager versuchte, sie wieder unter den Umhang zu ziehen. Das war zu viel für Erik. Ohne zu überlegen, was er tat, stürmte er nach vorn und zog den Mantel fort. Mit einem einzigen kräftigen Griff hob er Harald aus dem Bett und stellte ihn auf die Füße. Dann verpasste er ihm einen Fausthieb, dass er zu Boden ging. Ohne den Gefallenen eines Blickes zu würdigen, stieg er auf das Bett.

»Jorunn, ich bin es, Erik!«

Jorunn kicherte und schlang die Arme um ihn, viel zu benommen, um zu begreifen, wer er war. Sie war sich lediglich darüber im Klaren, dass der Mann, den sie bis eben an ihrer Seite gehabt hatte, nichts für sie hatte tun können und dafür jetzt jemand anderes an seine Stelle getreten war. Angestachelt vom Jubel, der sie umgab, überschüttete sie nun Erik mit ihrer Erregung. Verwirrt fühlte er ihren warmen, nackten Körper und ihre pochende Begierde. Sie stöhnte, und ihre Hände tasteten. Beifall erscholl, und die Menge witterte etwas, das über das Gewöhnliche hinausging. Erik versuchte sie zu halten, sodass sie sich beruhigte, aber sie ließ sich nicht bändigen.

»Erik!«, schrie sie plötzlich. »Erik, bist du es?« Sie klammerte sich an ihn, bedeckte ihn mit Küssen. Die aufgekratzten Zuschauer sahen und hörten nicht, wer der Neuankömmling war, aber sie freuten sich lautstark, dass ein anderer den Platz des Bräutigams eingenommen hatte. Einige hatten nicht einmal gesehen, was passiert war, und glaubten, dass Harald nun endlich zum Zuge gekommen war. Die Musikanten stimmten eine neue Melodie an, die Gäste sangen, und die Stimmung stieg. Helge Sigurdsohn, der gesehen hatte, wie Harald am Beilager gescheitert war, hatte sich so für seinen Sohn geschämt, dass er den Platz bereits verlassen hatte, und Gudmund der Mächtige war schon so betrunken, dass er nichts mehr hörte oder sah. Aber Schwarzbart hatte begriffen, was geschah. Er befeuchtete seine Lippen und schrie:

»Worauf wartest du, Mann!«

Erik spürte die Frau in seinen Armen, hörte Jubel und Musik. Dann stand ihm die Situation klar vor Augen. Das Brautpaar hatte die Ehe noch nicht besiegelt. Er begriff sein Glück mit überbordender Freude. Er ließ sich hinreißen, legte Jorunn aufs Bett und zog rasch seine Kleider aus. Sie seufzte glücklich und machte sich bereit, ihn zu empfangen. Erik sah die Frau vor sich, fühlte die Wärme und Erregung, die von ihrem Körper ausgingen. Der Lärm um sie herum löste sich in nichts auf, als wären sie allein auf dem Platz. Jorunn, seine Frau! Er beugte sich über sie, und als Jubel in den Nachthimmel aufstieg und ihn ein Glücksgefühl erfüllte, gab er sich hin.

Erik betrachtete sein Zuhause aus der Ferne. Der Hof lag auf der Südseite eines kleinen Hügels, ganz außerhalb der Stadt. Das Haupthaus hatte ein neues Dach bekommen, und der gesamte Besitz war von einem neuen Zaun umgeben. Die Felder waren gepflügt und die Saat ausgesät. Wie immer war alles gut gepflegt und ordentlich.

Erik blieb stehen und sog den Geruch von Humus und Erde ein. Langsam nahm er das wohl bekannte Bild des väterlichen Hofes in sich auf. Er hätte glücklich darüber sein sollen, endlich wieder zu Hause zu sein. Aber Kränkung und ein unstillbarer Zorn brannten in seinem Herz. Der Vortag hatte in wildem Tumult geendet. Er erinnerte sich an Fackeln und die jubelnde Menge, Jorunn, die sich fest an ihn klammerte. Erst als die Erregung gewichen war, hatte er wieder klar denken können. Da erst hatte er begriffen, was geschehen war. Jorunn hatte Harald geheiratet, aber er selbst war es gewesen, der die Ehe besiegelt hatte. Er hatte sich die Frau eines anderen

Mannes genommen. Eine Frau, die ihm hätte gehören sollen. Sein erster Impuls hatte ihm gesagt, sie mitzunehmen und zu verstecken, aber Harald, der wieder zu sich gekommen war, hatte sein Schwert gezogen. Unbewaffnet war er nicht in der Lage gewesen, sich zu verteidigen, und hatte nach einem ungleichen Kampf fliehen müssen. Die Menschenmenge hatte sogar diesem Kräftemessen applaudiert und unter Jubel und Freude Harald und Jorunn weggetragen. Die Gäste waren wie eine mächtige, brausende Welle gewesen, und Erik hatte eingesehen, dass er nicht viel ausrichten konnte. Er musste den richtigen Augenblick abwarten. Im Lichte des nächsten Tages würde er das Geschehene klären und die Eheschließung für ungültig erklären lassen.

In dieser Nacht hatte er kaum Schlaf gefunden, und seine Glieder waren ungelenk und steif. Er streckte sich, massierte seine müden Gliedmaßen und schlug den Weg zur Wohnhalle ein. Als er näher kam, erkannte er alles wieder. Dort befand sich das Strohdach über dem Giebel, dort das Nebenhaus und die kleinen Grubenhäuser. Wie oft hatte sich ihm dieses Bild geboten, wenn er vom Meer nach Hause gekommen war? Eine dünne Rauchwolke suchte sich ihren Weg aus dem Abzugsloch im Dach und verflüchtigte sich im Wind. War jemand zu Hause?

Sein Schritt wurde langsamer, sein Blick unruhig. Wie würde er empfangen werden? War der Vater zornig? Erik hatte ihn selten anders als schroff und aufbrausend erlebt. Vielleicht war das der Grund, warum er es nie geschafft hatte, eine Frau im Haus zu halten. Erik erinnerte sich, wie er als kleiner Junge Ragnhild lieb gewonnen hatte, eine füllige und warme Frau, die mehrere Jahre bei ihnen gewesen war und sich um Haus und Hof gekümmert hatte. Sie hatte immer gut für ihn gesorgt und ihm immer etwas Gutes zu essen gegeben. Oft hatte sie Geschichten von anderen Ländern erzählt, und wenn er sich wehgetan hatte, war er auf ihren Schoß geklettert und getröstet worden. Aber im selben Jahr, in dem er neun Winter alt wurde, hatte der Vater Ragnhild fortgejagt und sich an ihrer Stelle eine andere Frau genommen. Erik hatte geweint und ihm nie verziehen, aber Harald war es gleichgültig gewesen. Er nannte seinen jüngeren Bruder eine Heulsuse und Erik Rotauge und fand, dass er kein ganzer Kerl war und allmählich erwachsen werden sollte.

Erik war jetzt fast da. Der Hofplatz war verlassen. Ein paar Schweine wühlten im Abfall vor dem Stall. Es roch scharf nach Stroh und Dung. Der väterliche Hof. Das Blut pochte in den Schläfen, und Unsicherheit beschlich ihn. Zuhause? Plötzlich spürte er eine Hand auf seiner Schulter und fuhr herum. Brynolf, der Hofknecht! Groß und dünn stand er vor ihm und grinste übers ganze Gesicht. Er blinzelte und zeigte seine morschen Zähne.

»Willkommen daheim, Erik. Schön, dich hier wieder zu sehen! Es gibt niemanden, der deine Heimkunft nicht mitbekommen hätte, wirklich …«

Erik lachte und wurde flammend rot.

»Harald war fuchsteufelswild, als er wach wurde«, fuhr der Knecht fort. »Wir mussten ihn in der Stube einschließen. Hätten ihn nicht zwei Mann zurückgehalten, wäre er mit dem Schwert zu dir gestürmt.«

»Hat er sich inzwischen beruhigt?«

»Jorunn ist bei ihm auf dem Hof. Sie versuchen so zu tun, als wäre nichts gewesen.«

»Das dürfte schwer werden.« Erik lachte grimmig.

Der Knecht blickte ihn ernst an.

»Sei vorsichtig. Harald wird versuchen sich zu rächen.«

Erik wich seinem Blick aus, sah über seine Schulter. Ein krummer, gebückter Mann war auf dem Weg in die Wohnhalle. Er war grauhaarig und dünn, sein Hemd hing ihm lose am Leib. Erik ging langsam hinauf zum Haus.

Sein Vater drehte sich um, als er jemanden kommen hörte. Er hielt inne und stützte sich gegen den Türstock.

»Ich habe dich zurückbekommen!«, murmelte er. »Du bist nach Hause gekommen.« Er umarmte ihn, schniefte und trocknete die Nase mit seinem Ärmel. Seine Hände zitterten.

»Komm!« Er schob den Sohn vor sich her ins Haus, ging zum Bierfass und füllte zwei Becher. Das Bier schäumte und tropfte zu Boden.

»Trink!«

Der Vater musterte ihn aufmerksam. Er wollte hören, was der Sohn zu berichten hatte. Es war wichtig, jetzt mit Erik zu sprechen, allein.

Erik sah sich um. Es war sauber und ordentlich um die Feuerstelle herum, neben der Tür stand ein Webstuhl.

»Du hast eine Frau im Haus?« Erik blickte seinen Vater fragend an.

»Nicht meine, aber eine«, antwortete er ausweichend. »Sie wird bald kommen. Jetzt lass hören!«

Erik lächelte ein wenig, berichtete schließlich.

Er erzählte von seinen Fahrten auf den russischen Flüssen, von den Märkten, Pelzen, von Bernstein und Silber, das er in Ladoga ergattert hatte. Sein Vater hörte zu, die Lider ruhten schwer über seinen müden Augen. Gelegentlich nickte er, schien stolz und zufrieden zu sein. Dann verdunkelte sich seine Miene. Besaß sein

Sohn kein Schiff mehr? War er überfallen worden? Erdreistete sich der Lümmel, mit leeren Händen nach Hause zu kommen?

Erik bemerkte die Veränderung, der Vater war wieder Helge Sigurdsohn, der Strenge und Gebieterische, der stets ermahnte, lenkte und richtete. Er verstand, was der Vater dachte. Er, Erik, war genauso armselig nach Hause gekommen, wie er fortgesegelt war. Dennoch hatte er Anspruch auf Jorunn erhoben und war sich nicht einmal zu fein gewesen, auch noch die Familie zu schänden. Vor aller Augen.

Erik ahnte, was kommen würde, und stellte das Bier auf den Tisch.

»Vater, Jorunn gehört mir. Ich bin gekommen, um sie mir zurückzuholen.«

Seine Stimme war schneidend, seine Hände verkrampft.

Helge Sigurdsohn fuhr sich übers Gesicht. Die erdigen Hände hinterließen schmutzige Streifen auf der Haut.

»Du wolltest ein Jahr fort sein, du bliebst drei.«

»Andere sind noch länger fortgeblieben als ich!«

»Ja, aber du hast dein Wort gegeben.« Der Vater sah ihn anklagend an. »Erik, es ist zu spät. Du kannst Jorunn jetzt nicht mehr einfordern!«

»Aber ohne Muntgeld hätte ich sie niemals heiraten können.«

»Das kannst du jetzt auch nicht!« Sein Vater schlug mit der Faust auf den Tisch.

Erik lehnte sich vor und packte den Vater hart an der Schulter. Er zitterte und schüttelte ihn zornig.

»Aber die Ehe ist ungültig. Du weißt selbst, wie es beim Beilager zugegangen ist.«

»Doch, doch! Das weiß ich gut. Du hast mich zum

Gespött aller gemacht.« Er sah ihn missbilligend an. »Erik, meine Vereinbarung mit Gudmund steht fest. Jorunn ist jetzt Haralds Frau.«

»Jorunn gehört mir.«

»Gehörte«, verbesserte sein Vater. »Und denk daran, nimmst du die Frau eines anderen, wirst du von jedem geächtet, gejagt und bedroht. Siehst du das ein? Komm zur Vernunft und versöhne dich jetzt mit Harald!«

»Niemals!«

Erik stand wütend auf, kehrte dem Tisch den Rücken und verließ mit schnellen Schritten das Haus.

6. Kapitel

Die Morgensonne tastete sich durch den Türspalt und warf ihr schräges Licht in die Halle. Eine Sklavin mit dunklen, markanten Gesichtszügen schob die Tür auf und betrat den Raum. In den Händen balancierte sie einen großen Waschbottich.

Sie ging an einer Reihe verzierter Pfosten an der Längsseite des Raumes vorbei, an den aufgestellten Steinen der Feuerstelle, und warf einen flüchtigen Blick auf den Langtisch, auf dem noch die Krüge, Kannen und Trinkhörner des gestrigen Gelages standen. König Björn blieb sich treu. Er hatte wieder gefeiert, sie erinnerte sich an den Krach und die Heiterkeit des Vorabends. Wie er gesungen hatte, mit glühenden Wangen und seinem goldenen Horn in der Hand. Er war der Einzige weit und breit, der drei Flöten auf einmal übertönen konnte. Am liebsten trat er allein auf, ein Vergnügen, das die anderen allerdings nicht teilten.

Der König war nicht oft auf Björkö, er wohnte auf Adelsö und hielt sich am liebsten hier in seinem Königshof auf. Das imposante Langhaus war größer und schöner als das irgendeines anderen Großbauern, doch damit gab er sich nicht zufrieden. Er wollte, dass sein Hof der größte und stattlichste war, den man je gesehen hatte, und war ununterbrochen damit befasst, ihn zu erweitern. In einem der Anbauten hatte er den Boden mit Kiefernholz ausgelegt. Diesen Raum hatte er zu seinem eigenen Schlafgemach gemacht.

Die Sklavin passierte den Raum mit dem Ring aus Götterstandbildern und blieb vor der Querwand stehen. Die Tür zum Schlafgemach war geschlossen. Drinnen knarrte der Bretterboden. Gedämpfte Stimmen drangen durch die Tür, ein Frauenlachen und die weiche Stimme des Königs. Sie sank auf die Langbank und murrte. Eine der Sklavinnen, die mit dem Frühstück hineingegangen war, war offensichtlich geblieben. Jetzt musste sie wieder warten. Wenn König Björn in dieser Stimmung war, brauchte er viel Zeit für sich.

Es war später Vormittag geworden, bis die Geräusche endlich nachließen und es still wurde. Die Sklavin wartete noch eine Weile, schob dann die Tür auf und ging hinein.

Mitten im Raum standen ein schwerer Eichentisch und einige Stühle, an der schmalen Wand befand sich ein gewaltiges Bett, mit verschlungenen Fabeltieren verziert. Überall an der Längsseite des Raumes entlang standen schwere Truhen mit prunkvollen Beschlägen, und die Wände schmückten bunte Wandbehänge. Der König saß halb nackt auf seinem Stuhl.

Er gab der Sklavin ein Zeichen, näher zu kommen, und sie kniete gehorsam vor ihm nieder. Er war verschwitzt, und seine Haut war blass, seine fetten Oberarme lagen schwer auf seiner Brust. Das Haar stand nass und strähnig ab, sein Gesicht wurde von einem grauen, aber gepflegten Bart bedeckt. Seine kleinen, blassblauen Augen musterten sie eine Weile, und in seine Augen trat sofort ein lüsterner Glanz.

Er lachte leise, beugte sich vor und streifte ihre Schultern mit den Fingerspitzen. Sie schlug die Augen nieder und hielt still, konnte sich nichts anderes vorstellen, als dass der König nur ein wenig fingern wollte. Aber noch hatte er Kräfte übrig. Gebieterisch befahl er ihr aufzustehen, und als sie auf die Füße gekommen war, fasste er sie an den Schultern und drehte sie um. Dann beugte er sie über den Tisch. König Björn hatte viele Frauen, aber an den Sklavinnen hatte er besonderes Vergnügen. Gekonnt warf er Gewand und Kittel beiseite, stieß einen vergnügten Ausruf aus und schritt freudig zur Tat. Doch er stellte bald fest, dass Frey offensichtlich gerade nicht bei Laune war oder etwas anderes nicht stimmte. Das Vergnügen war also nicht von langer Dauer, und der König ordnete enttäuscht seine Beinkleider. Vielleicht hatten gewisse Gedanken und Grübeleien ihm einen bösen Streich gespielt, denn, das fiel ihm plötzlich ein, heute war der Tag, an dem der Gesandte des Kaisers ihn besuchen sollte. Hergeir und Ansgar waren auf dem Weg. Er würde es gerade noch schaffen, sich zu waschen, bevor sie kamen. Verdrossen beugte er sich über den Bottich und begann die tägliche Waschung. Seufzend tauchte er den Kopf in das kalte Wasser und wusch Hände, Haar und Gesicht. Als er so weit war, schnäuzte er sich und spuckte in den Bottich. Während ihm das Wasser aus dem Bart tropfte, legte er den Arm um die Taille der Dunkelhaarigen.

»Jetzt, meine Schöne, kannst du den Waschbottich dem Nächsten bringen!« Er kniff sie liebevoll in den Po und schickte sie widerwillig aus dem Raum. Viel lieber hätte er den Tag mit dieser Schönheit verbracht als mit dem fremden Mönch. Aber jetzt war der Gesandte des Kaisers da, und jetzt musste er verzichten und auftreten, wie es sich für den König der Svear geziemte. Eigentlich hielt er nicht viel davon, dass ein Fremder nach Birka kam, ein Christ mit neuen Lehren, aber sein Häuptling Hergeir hatte ihn überredet. Damit die Kaufleute in Birka weiter Handel treiben konnten, war es wichtig, dass alle zu der neuen Lehre Zugang bekamen. Sonst würden sie sich vielleicht neue Handelsplätze suchen, hatte Hergeir gesagt.

König Björn grunzte und versuchte seine Haare in Ordnung zu bringen. Der knöcherne Kamm war voll loser Haare. Ihm wurde bewusst, dass sich mehr Haare im Kamm als auf seinem Kopf befanden. Bald würde er vielleicht ebenso kahl sein wie die Braunkittel mit ihren Tonsuren. Unlust überkam ihn. Nicht auszudenken, wenn es in Birka von Menschen mit Mönchskränzen nur so wimmelte.

Von draußen drangen Geräusche an sein Ohr, und er schlüpfte rasch in die restlichen Kleider. Schon hörte er Waffengerassel und schwere Schritte, die Wachen traten in die Halle. Der König legte sich seinen Umhang über die Schultern, band sich das Schwert um und ging hinaus.

In der Türöffnung hielt er inne. Seine Hände wurden unruhig, und der schwere Körper spannte sich. Ansgar!

Der Mönch war nicht der graue und sanfte Mann, den er sich vorgestellt hatte. Vor ihm stand eine ansehnliche, hoch gewachsene Gestalt mit einer eigentümlichen Ausstrahlung. Der Mönch lächelte und streckte beide Hände aus. Der König ergriff sie und erwiderte Ansgars Blick. Der Mönch lächelte noch immer, doch sein Lächeln spiegelte sich nicht in seinen Augen. Der König erstarrte. In diesem Moment begriff er. Das, was Ansgar getrieben hatte, diese lange, beschwerliche Reise nach Birka auf sich zu nehmen, war nicht seine Liebe zu Gott gewesen. Nein, Ansgar war jemand, der nach der Macht strebte, einer, der gefährlich werden konnte.

»Du gewinnst nichts, wenn du dich an ihm rächst!«

Jorunn ging katzengleich zur Schlafbank. In ihrem Kopf wüteten Messer, sie fühlte sich schwindelig, und ihr war übel. Am liebsten hätte sie sich hingelegt und geschlafen. Wegdämmern und vergessen. Aber ihr war klar, dass sie etwas tun musste. Sie musste Harald besänftigen. Gelang ihr das nicht, würde er sich an Erik rächen. Und das durfte nicht geschehen, ihrem Liebsten durfte nichts Böses zustoßen. Sie dachte an den Vortag. Erik war zurückgekommen, und er war genauso kraftvoll und überwältigend gewesen, wie sie ihn sich vorgestellt hatte. Dass er danach nicht unbewaffnet gegen seinen Bruder kämpfen konnte, sah sie ein, und es war klug von ihm gewesen, sich nicht auf einen Zweikampf einzulassen. Wenn er jedoch eine Waffe gehabt hätte, hätte er Harald sicher besiegt. Erik war stark. Noch immer spürte sie seinen muskulösen, kraftvollen Körper. Er war wie ein Sturm über sie gekommen und hatte sie in Höhen getragen, die sie nie zuvor gekannt hatte. Taumelnd vor Glück, hatte sie ihn empfangen. Würde sie es jemals wieder erleben, ein Gefühl, so stark, dass sie gar nicht verstand, wie es möglich sein konnte? Der Gedanke an das, was geschehen war, trieb ihr das Blut in den Schoß, und ihre Brust spannte sich. Wie sie sich nach Erik sehnte, wie sie ihn vermisste. Aber … Jorunn schloss die Augen und versuchte, ihren Atem zu beruhigen. Jetzt musste sie sich um Harald kümmern.

»Vergiss, was vorgefallen ist«, flüsterte sie und beugte sich über ihn. Unbeholfen glitten ihre Finger durch sein Haar, streichelten seinen Hals, seine Brust. Vor der Hochzeit hatte sie sich vorgestellt, wie es wohl sein würde, ihm nahe zu sein, mit den Händen seinen Körper zu berühren. Aber nach dem, was beim Beilager geschehen war, war alles anders. Der Mann unter ihren Händen fühlte sich rau und fremd an.

»Vergessen? Niemals!« Harald stieß sie fort und stand auf. »Ich werde Erik zum Zweikampf herausfordern. Du bist meine Frau, niemandes sonst.«

Rasend vor Wut, riss er Schwert und Schild von der Wand. Erik, der Hund, hatte ihn niedergeschlagen und ihn gedemütigt. Diese Tat würde er büßen. Er hatte diesen kleinen, selbstgefälligen Wicht noch nie leiden können. Als Kind hatte er so lange geheult, bis er bekam, was er wollte, und er hatte geschrien und geflucht, wenn irgendetwas nicht nach seinem Willen gegangen war. Erik würde ihn nicht ungestraft beleidigen. Harald verzog den Mund und spuckte aus. Die Leute hatten ihn ausgelacht, und er war zum Gespött der ganzen Stadt geworden. Mit dieser Schande konnte er nicht leben. Nein, das musste gerächt werden.

Jorunn schmiegte sich von hinten an ihn und fuhr mit ihren Händen unter sein Hemd. Ihre langen, weichen Finger streichelten ihn ruhig. Sie sagte nichts, drückte sich nur fester an ihn. Sie musste ihn auf andere Gedanken bringen. Nichts durfte Erik zustoßen, alles andere war ihr gleichgültig. Wie dumm sie gewesen war – zu glauben, sie könnte ihn vergessen. Das, was oben auf dem Hofplatz geschehen war, war Erinnerung genug. Nichts in ihr würde ihn jemals vergessen können.

»Ihr seid Brüder, Harald. Du kannst ihn nicht töten«, lockte Jorunn mit weicher und sanfter Stimme.

Harald schüttelte den Kopf. Listig war sie, sein Weib, eine Katze, die sich an seinem Rücken festkrallte. Aber sie würde sich ihm nicht in den Weg stellen können. Er stieß sie von sich, aber sie umarmte ihn erneut. Weich und anschmiegsam drückte sie sich an ihn, ihre Hände glitten über seinen Körper, ihre Finger vergruben sich in seinem Haar.

»Harald, besinne dich! Auch du hättest gehandelt wie Erik und verteidigt, was dir gehörte.« Jorunns Hände waren wie Schmetterlinge auf der Haut. Sie streichelten ihn, weckten die Hitze in seinem Blut. Das Schwert fühlte sich plötzlich groß und plump an, der Schild schwer. Jorunn bemerkte die Veränderung und nahm ihm lächelnd die Waffe ab. Stumm legte sie sie auf den Boden. Harald blickte sie an, und in seinen Augen strahlte ein neuer Glanz. Ihr weicher Leib war nah, ihre Brust wölbte sich schwer und üppig unter dem Leinen. Sie verströmte einen intensiven Duft nach Frau.

Wortlos wandte er ihr sein Gesicht zu und zog sie auf die Bank hinunter. Seine kräftigen Hände umfassten ihre Schultern und hielten sie fest. Jorunn war seine Frau, nur seine. Niemals würde Erik sich zwischen sie drängen können. Dass sie vom selben Blut waren und aus einem Geschlecht stammten, was kümmerte ihn das? Nein, beizeiten würde er seine Rache fordern. Nur Jorunn durfte nie davon erfahren.

»Komm«, flüsterte er. »Komm zu mir. Ich weiß, dass ich dich glücklich machen kann.«

Schwer legte er sich auf sie, einen lüsternen Zug um den Mund. Jorunn fühlte ihn bei sich und erstarrte. Aber er nahm es nicht wahr. Im nächsten Augenblick spürte sie seinen keuchenden Atem neben ihrem Ohr.

Das Feuer prasselte, und die Hammelkeule brutzelte in den Flammen. Erik hängte den Spieß höher und sah zu, wie der Rauch im Dach verschwand. Ein Teil zog durch das Stroh, der Rest suchte sich seinen Weg durch das Loch, das als Schornstein diente.

Das Haus, das Snemun ihm überlassen hatte, bot zwar ein Dach über dem Kopf, aber nicht viel mehr. Ein stechender, süßlicher Geruch lag in der Luft. Es roch nach Pferd und Moder. Das Stroh hätte erneuert werden müssen, die Wände waren undicht, und an einigen Stellen waren die Bänke verfault. Nur der Stall an der Schmalseite und die Tenne mit dem Vorratsspeicher waren in gutem Zustand. Aber hier konnte er bis auf weiteres wohnen, bis er sich etwas Eigenes gebaut hatte. Nach Hause auf den Hof zurückzukehren konnte er sich jedenfalls nicht vorstellen. Er starrte nachdenklich in die Glut. Wie seltsam sie gewesen war, seine Heimkehr, wie anders, als er es sich ausgemalt hatte.

Snemun ging in der Stube auf und ab und blieb vor dem alten und schmutzigen Langtisch stehen. Er fuhr sich ein paar Mal über den Mund, während er sich sorgfältig im Raum umsah. Die Narbe an der Lippe juckte.

»Das Haus steht leer, seit mein Vater tot ist, das merkt man. Aber fürs Erste wird es wohl reichen.«

Er lehnte sich an den Tisch. Er wackelte. Murrend zog er seine Axt aus dem Gürtel und schlug ein paar lose Holzzapfen fest.

»Du kannst hier so lange wohnen, wie du willst, im Gegenzug bitte ich dich um einen Gefallen.«

Erik drehte den Spieß um. Das Fett der Hammelkeule tropfte zischend ins Feuer.

»Ich habe dir versprochen, das Fischen zu übernehmen und den Handel. Was noch?«

»Wir müssen den Mönch loswerden.« Snemun rüttelte am Tisch. Jetzt stand er fest. »Wir müssen ihn vertreiben, bevor er den Leuten den Kopf verdreht.«

Snemun war ein Mann, der in die Zukunft blickte. Er ahnte Dinge und konnte vorhersehen, was sich ereignen würde. Jetzt hatte er gesehen, dass Ansgar großes Unheil über Björkö bringen würde.

»Den Mönch vertreiben? Dieses Netz wird sich nicht so leicht an Land ziehen lassen«, antwortete Erik nachdenklich. »Wenn er spricht, hören viele zu.«

»Gerade deshalb dürfen wir nicht zu lange warten«, entgegnete Snemun grimmig. Er nahm die Bänke am Tisch in Augenschein. Eine von ihnen sah brüchig aus. Er schlug auf ein morsches Astloch. Die Axt ging glatt hindurch.

»Ein Glück, dass wir noch nicht dazu gekommen sind, uns zu setzen!«, sagte Erik mit breitem Grinsen.

»Hör zu«, fuhr Snemun fort und senkte die Stimme. »Der Kaiser hat Ansgar zu uns geschickt, um Birka zu christianisieren. Wenn ihm das gelingt, kann es passieren, dass wir vom Frankenreich regiert werden und nicht länger unsere eigenen Herren sind. Es heißt, er wolle eine Kirche hier in Birka bauen.«

»Hier? Soll ihn doch der Troll holen. Das müssen wir verhindern«, sagte Erik, nun wieder ernst.

Snemun nickte stumm.

»Aber wie?«, fuhr Erik fort.

Sie saßen eine Weile schweigend da. Snemun erhob sich, ging vom Tisch zur Fensterluke und wieder zurück. Die Narbe an der Oberlippe war ganz rot geworden.

»Ich weiß!«, rief Erik plötzlich und sprang auf. In seinem Eifer stieß er gegen den Spieß, der kurz in der Gabel schaukelte, bevor er mit einem Krach fiel.

»Wir müssen das Volk dazu bringen, Ansgar zu misstrauen, ihn lächerlich machen, das wird am besten wirken«, redete er weiter und griff nach dem Spieß, um ihn wieder zurückzulegen. Brüllend ließ er los. Das Eisen war heiß, und er hatte sich ernsthaft die Hand verbrannt.

Der Sommer kam früh und brachte helle Abende und Wärme. In Birka wurden Türen und Fenster zu Sonne und Meer geöffnet, und draußen vor dem Stadttor leuchteten grüne Felder. Das Gras auf den Äckern war umgegraben, das Korn hatte bereits Ähren angesetzt. Auf der anderen Seite des Fjords flimmerte Adelsö im blaugrünen Dunst, und hinter den Holzzäunen des Königshofes blühten Obstbäume und Wiesenblumen.

Ansgar wanderte langsam hinauf zum Hof, er schwitzte stark unter der schweren Mönchskutte. König Björn hatte ihn zu einem Gastmahl geladen, nun blieb ihm nichts anderes übrig, als zu erfahren, was er im Sinn hatte.

Der König grüßte höflich und bat ihn in die Halle. Die Kühle im Königshof war angenehm, und Ansgar wischte sich erleichtert die Schweißperlen von der Oberlippe. Er blickte sich um. Der Saal war mit Blumen und Wandbehängen geschmückt, und in der Mitte des Raumes war ein prächtiger Langtisch gedeckt. Musikanten spielten, und Diener in fußlangen Kleidern trugen auf. Der König lächelte freundlich und bat den Mönch, direkt neben dem Hochsitz Platz zu nehmen. Dann nickte er Ansgar zu, damit er sich bediente. Der König betrachtete ihn neugierig.

Wild und Geflügel, Sauermilch und frisch gebackenes Brot, der Mönch würde diese Köstlichkeiten doch sicher essen mögen? Der König hatte noch dazu zwei Kannen Wein bringen lassen, dieses merkwürdige saure Getränk, das die Christen zu trinken pflegten. Er hatte ihn einem Kaufmann abgekauft, der von weither gekommen war, und freute sich, endlich Verwendung dafür zu haben.

Ansgar nahm sich von den Speisen, sah sich im Saal

um und erblickte den Ring mit den Götterstatuen. Odin, Thor und Frey waren aus großen Eichenstücken grob geschnitzt. Sie wirkten starr und bedrohlich. Götzenanbetung, heiliger Christ! Abscheu erfüllte ihn, und er blickte weg. Weiter hinten im Raum bemerkte er einige Spieltische. Es stimmte, die Barbaren waren nicht nur für ihr Lotterleben und ihre wilden Trinkgelage bekannt, sondern widmeten sich auch Brett- und Glücksspielen. Ansgar schnitt sich ein Stück Fleisch ab und begann zu essen. Heiden, dachte er. Es würde schwer werden, sie zu bekehren. Aber mit Gottes Hilfe würde es gelingen. Und wenn er sie erst ordentlich getauft hatte, würde der Kaiser ihn sicher reich belohnen. Dann konnte Kaiser Ludwig auf das Ende der Wikingerraubzüge hoffen, und mehr: Das Reich der Svear könnte ins Kaiserreich eingegliedert werden. Ansgar betrachtete nachdenklich die Götzenbilder. Sie würden dort nicht mehr lange stehen bleiben. Vergessen waren die Strapazen der Reise. Nun würde seine Mission endlich beginnen.

König Björns durchdringender Blick wanderte immer wieder zu Ansgar. Der Mönch hatte darum gebeten, eine Kirche bauen zu dürfen, und dieser Wunsch hatte sich schon unter den Leuten herumgesprochen. Eine Kirche in Birka! Nein, so etwas wollte hier niemand haben. Aber es würde schwer werden, dem Mönch etwas zu verweigern. Und irgendwo musste er ihn schließlich predigen lassen.

»Vater, seid Ihr sicher, dass Ihr eine Kirche benötigt?« Der König wandte sich zögernd an Ansgar.

»Wir haben unser Zelt verloren, das Zelt des Herrn, Euer Gnaden.«

König Björn versuchte, seinen Ärger zu verbergen. Dieser Mönch meinte offenbar, dass Zelt und Kirche dasselbe waren. Obwohl er fremd war, bat er auf eine Weise, die einer Forderung gleichkam. Bescheiden war er wahrlich nicht, der Braunkittel. Der König sah auf die Tischplatte hinunter. Oh, wie er es bereute, dass er den Mönch hatte rufen lassen.

Eine der Sklavinnen kam und trug neue Schüsseln auf. Der König hielt seinen Blick auf sie gerichtet. Ein Teil ihres Haares war zu einem Kranz aufgesteckt, der Rest fiel in einem langen Pferdeschwanz über den Rücken. Sie hatte dunkle, glänzende Augen, und ihre Haltung war scheu. Ihre Haut war blass, die Hände lang und schmal. Etwas Unbestimmbares umgab sie. Sie sah aus wie eine Seherin, vielleicht auch wie eine Hexe.

Der König lehnte sich zurück. Plötzlich sah er die Nebelschwaden in den Sümpfen vor sich, zwischen den Birken draußen auf Björkö. Außerhalb der Stadtmauern, jenseits der Höfe, lag das Schwarze und Dunkle, das alle fürchteten. Hexen, Trolle und Gespenster. Dort hielten sie sich auf, heimtückisch versteckt in den verzauberten, nassen Sumpfwiesen. Dorthin verirrte sich niemand mehr nach Einbruch der Dämmerung, und am Tag eilte man vorbei, ohne stehen zu bleiben. Der König trank mit großen Schlucken. Ein listiges Funkeln trat in seine Augen.

»Hört zu, Vater. Es gibt eine Lichtung, umgeben von Birken auf der Ostseite Björkös. Dort könnt Ihr Eure Kirche bauen. Und denkt daran, wir werden alles tun, was in unserer Macht steht, Euch zu helfen.«

Der König streckte sich und stellte vergnügt sein Weinglas ab. Sicherlich, bevor er so eine Entscheidung traf, hätte er erst seinen Rat befragen müssen, aber das beunruhigte ihn nicht. Seine Ratsmänner pflegten zu tun, was er sagte.

Ansgar bedankte sich und war erfreut. Wenn doch nur Witmar bei ihm wäre und seine Freude teilen könnte. Jetzt, wo er seine Kirche errichten würde!

Erik zielte und warf seinen Fischspeer. Die Wasserkaskaden funkelten. Sie glitzerten noch mehr, und eine Schlammwolke stieg vom Grund auf. Kleine Wellen breiteten sich auf der Oberfläche aus, und es wurde still. Viel zu still.

Der Hecht war weg. Er hatte ihn verfehlt, schon wieder!

Erik zog den Speer zurück. Nichts schien ihm mehr zu gelingen.

Vor kurzem hatte er gehört, was sich drüben auf dem Hof seiner Eltern zugetragen hatte. Vor einigen Wochen hatten sie sich geeinigt, sein eigener starrköpfiger Vater und Gudmund der Mächtige. Sie hatten sich getroffen, um die Ereignisse der Hochzeit zu besprechen, und beide meinten, dass Jorunn und Harald als rechtmäßig verheiratet anzusehen seien. Nichts von dem, was geschehen war, konnte daran etwas ändern. Zweifellos bedauerten sie Eriks Schicksal, aber gleichzeitig fanden sie auch, dass er selbst die Schuld daran trug. Dann hatten die Männer ihre Übereinkunft mit einem Handschlag besiegelt und sich ihr Wort gegeben, in Eintracht miteinander zu leben. Snemun hatte ihm alles berichtet.

Erik blickte über das Wasser, hielt die Hände schützend vor die Augen, um sie vor dem blendenden Licht zu schützen. Wenn sie nicht vor der Küste überfallen worden wären. Dann wäre er einige Tage vor der Hochzeit angekommen. Und dann! Und wenn …

Wenn?

Nein, jetzt konnte niemand mehr etwas ändern. Er

strich vorsichtig den Schlamm von den Widerhaken und spülte den Speer ab. Er konnte Jorunn nicht mehr zurückgewinnen. Er musste auf seine Frau verzichten. Zornig schleuderte er den Speer ins Wasser.

Erik stützte sich auf die Ruder und spähte auf den Fjord hinaus. Einige Frauen waren ins Wasser gegangen und standen vornübergebeugt, ihre Kleider in der Taille hochgesteckt. Sie wuschen. Ihre Hände wrangen und kneteten die Kleider, Schlaghölzer fuhren mit Hieben auf den Stoff nieder.

Er ruderte näher heran und hielt die tropfenden Ruderblätter über die Wasseroberfläche. Die Frauen bemerkten ihn nicht. Er blinzelte in das helle Licht, suchte nach Jorunn. Gebeugte Frauenkörper, pralle Oberarme, weiße Haut und wogende Brüste. Doch keine Jorunn. Hier gab es keine mit ihrem geschmeidigen Leib, keine mit ihrem dunklen, wallenden Haar. Nein, Jorunn war nicht hier, auch keine andere, die er von früher gekannt hätte.

Er schloss die Augen, resigniert und verzweifelt. In Gedanken sah er sie beide zusammen, so wie es damals gewesen war. Als sie sich einander angenähert hatten, Freunde und Vertraute geworden waren, damals, bevor er aufgebrochen war. Er erinnerte sich an die innige Wärme der Worte und Blicke, die sie miteinander gewechselt hatten, an Spannung und Verlangen, die aufflammten, wenn sie sich berührten. In einem solchen Moment der Nähe hatte er angefangen, von Hochzeit zu sprechen, und Jorunn hatte ihn fest und glücklich umarmt. Wie froh er gewesen war, als er begriff, dass Jorunn ihm gehörte. Dann ereilte ihn die Forderung des Gudmundhofes. Jorunn würde die seine werden, aber nur, wenn er ein ausreichendes Muntgeld aufbringen konnte. Und er hatte es so gut wie geschafft. Wenn nur Anund, dieser niederträchtige Hund, nicht gewesen wäre, der ihm alles geraubt hatte. Erik fühlte sich verlassen und fluchte zornig mit zusammengepressten Kiefern. Langsam ruderte er ans Ufer zurück und tauchte gedankenverloren die Ruderblätter ins Wasser. Die Sonne verschwand, duckte sich hinter einer hellen Wolkenwand, um gleich wieder hervorzukommen. Dann entdeckte er sie. Ja, sie war es.

Jorunn ging hinunter zum Wasser. Ihr Gang war geschmeidig, ein wenig wogend, ihre Haltung aufrecht und entschlossen. Sie trug einen großen Weidenkorb, erkannte ihn und blieb sofort stehen. Einen Augenblick lang starrte sie Erik überrascht an, dann wandte sie sich ab. Er versuchte ihren Blick zu fangen, doch vergeblich. Sie tat, als hätte sie ihn nicht gesehen.

Es knirschte laut, als der Kiel des Bootes auf den Strand schrammte, und ein paar Enten flogen erschrocken auf. Erik legte die Ruder beiseite und sprang an Land. Die Insel Grönsö lag nicht weit von Björkö entfernt, aber hier suchte nur selten jemand die Stille. Hier konnte er sich in eine Felsspalte legen und nachdenken. Er musste zur Ruhe kommen und überlegen, was er jetzt tun sollte. Langsam bahnte er sich einen Weg ins Innere der Insel. Trockene Zweige knackten, es duftete mild nach Birken und Kiefern. In einer Felsschlucht unter Eichen und Ahorn fand er Blaubeeren und beugte sich hinab, um sie zu pflücken. Sie schmeckten sauer und hart, und er spuckte sie wieder aus. Einen Steinwurf entfernt entdeckte er Moosbeeren. Sie waren wässriger und kleiner als die Blaubeeren, hatten aber eine wundersame Wirkung auf den Körper. Die Frauen sagten, sie seien gut für die Liebe. Er steckte sich ein paar in den Mund und sammelte eine Hand voll. Vielleicht würden sie seine Laune heben.

Er streifte auf der Insel umher, während der Tag verging und die Sonne im Westen sank. Die Natur umschloss ihn, erfüllte ihn, und es wurde ihm leichter ums Herz. Auf einer Lichtung setzte er sich ins Gras und blickte in den Himmel hinauf. Was sollte er tun? In Birka bleiben? Vielleicht würde er für einen der Kaufmänner arbeiten können. Kaufen und Verkaufen, das gefiel ihm. Aber irgendwie musste er sich genügend Silber beschaffen, um seine eigenen Geschäfte in Gang zu bringen. Wenn alles gut ging, würde er nach und nach ein eigenes Schiff ausrüsten können. Oder sollte er einen eigenen Hof erbauen? Erik setzte sich auf, rupfte einen Grashalm ab und ließ ihn durch seine Hand gleiten. Er musste von vorn beginnen, alles vergessen, was ihm widerfahren war. Snemun würde ihm vielleicht helfen können. Das müsste gehen. Und Jorunn?

Er warf den Grashalm fort, bereute es und nahm schnell einen neuen. Nein, er musste sie aus seinen Gedanken verbannen. Sie hatte ihm gehört, aber jetzt war sie die Frau eines anderen Mannes. Haralds Frau, die Frau seines Bruders. Erik schloss die Augen und sank zurück ins Gras. Was geschehen war, war seine eigene Schuld. Wenn er nicht so lange fortgeblieben wäre! Wenn …

Lange döste er im Gras, und er musste ein wenig geschlafen haben, denn sein Rücken war kühl, als er aufwachte. Vom Wasser drangen Geräusche zu ihm herauf. Ein paar Möwen flogen kreischend in den Himmel, und am Ufer knirschte Kies. Ein Ruder schlug ins Wasser. Er stand auf und blickte zum Strand.

Wie ein Traumbild stand eine Frau in den glitzernden Wellen.

Sie war allein. Ihr hüftlanges, dunkles Haar fiel ihr über die Schultern. Die schrägen, durchdringenden Augen betrachteten ihn stumm.

7. Kapitel

Sie sahen sich lange an. Keiner von ihnen sagte etwas. Erik atmete schwer. Jorunn! Er war ihr so nah, musste nur die Arme nach ihr ausstrecken und sie an sich ziehen. Sie würden sich ins Gras betten können, einander besitzen, wie sie es einst beschlossen hatten. Aber nun?

Jorunn senkte den Blick und rieb unbeholfen die Hände an ihrem Kleid. Erik. So stattlich war er. Seine Haltung, sein Körper, auf männliche Art vollkommen. Sein Gesicht war reifer, seine Züge klarer und entschiedener geworden, als sie sie in Erinnerung hatte.

Aber in seinem Blick lag etwas, das sie nicht kannte. Schmerz?

Jorunn sah ihn scheu an. Warum war sie ihm gefolgt? Um das Vergangene zu klären? Um sich von den Gedanken an das Geschehene zu befreien? Ja, sie wollte mit ihm sprechen. Sie musste mit ihm sprechen!

»Jorunn!«

Erik ging langsam auf sie zu. Er wollte sie berühren, sie umarmen, aber er streckte seine Hände nicht aus. Sie waren nicht länger verlobt. Sie gehörte einem anderen.

Wie ein Waldgeist lockte sie ihn, wie eine Urkraft zog sie ihn zu sich. Er fühlte die Wärme, spürte das Feuer, ein Feuer, das nicht brennen durfte. Plötzlich überwältigten ihn Ohnmacht und Zorn.

»Warum hast du nicht gewartet?« Er fasste sie hart an den Schultern.

Jorunn merkte die Veränderung, wurde unsicher.

»Nein«, murmelte sie, »nein, nein, so nicht.«

Er beugte sich über sie, schüttelte sie mit festem Griff.

»Du hast es versprochen!«

Jorunn schnappte nach Luft, spürte die Kraft und Wut in seinem Körper. Dann überkam er sie, der Zorn über die Ungerechtigkeit seiner Worte. Sie befreite sich aus seinem Griff und schlug ihm ins Gesicht.

»Warten? Oh, ja, ich habe gewartet. Aber du? Du bist nicht zurückgekommen, du Schuft!«

Er ließ sie mit einem verwunderten Ausdruck los. Sie hatte ihn geschlagen! Sie ... Er begegnete ihrem Blick und sah ihren Zorn und ihre Trauer. Dann verstand er. Sie liebte ihn noch immer, darum ... Seine Wange brannte.

Er zog sie heftig an sich.

Niemand würde es erfahren. Niemand würde es erklären müssen. Niemals.

Sie konnten einander nicht länger widerstehen.

Er zog sie fort vom Strand, zwischen die Bäume. Im Schutz der Blätter umarmten sie sich hitzig. Keiner von ihnen sagte etwas, sie wagten es nicht, die Gedanken in Worte zu formen. Er hatte die Glut entfacht, die schon immer da gewesen war. Eine Glut, die bei ihnen beiden zu Flammen und Funkenregen wuchs. Der Boden brannte, ihre Haut wurde heiß, und sie waren endlich beieinander.

Hinterher ruhte ihr Kopf auf seinem Arm, glücklich. Sie berührte ihn, streichelte ihn und erzählte von ihrem Warten, den einsamen Wanderungen am Strand. Sie versuchte, ihm klar zu machen, wie sie den Gedanken aufgegeben hatte, ihn jemals wieder zu sehen. Dann wurde ihre Stimme zögerlich und konnte die Worte kaum mehr tragen: Die Hochzeit mit Harald war ein Weg aus der Dunkelheit gewesen, ein Weg fort von dem, was sie verloren hatte und niemals wiederbekommen konnte.

Harald? Erik erstarrte und erschauerte fröstelnd. Plötzlich drehte er sich weg, fort von dem Waldgeist, der ihn verführt hatte. Geächtet? Nein! Er musste sie in Ruhe lassen, sie gehörte einem anderen. Jorunn war ein Traum, die Wirklichkeit sah anders aus. Er sprang auf und blickte sie aus großen, weit aufgerissenen Augen an. Die Freude verschwand aus seinem Blick, und er betrachtete sie mit bodenloser Verzweiflung. Sie gehörte ihm nicht, er musste sie vergessen. Er stand unschlüssig da, dann drehte er sich um und ging mit schnellen Schritten hinunter zum Strand. Hastig schob er das Boot ins Wasser und ruderte fort. Wie durch einen Schleier sah sie ihn verschwinden. Ruderschläge verklangen über dem See.

Sie schob das Zubettgehen hinaus. Blieb noch am Feuer, beschäftigte sich mit Kesseln und Schüsseln. Jorunn schaute in die Kammer, zögerte, wollte nicht zu Harald hineingehen. Sie scheute seine Umarmung, verspürte Widerwillen bei dem Gedanken an seine Lust. Er durfte sie nicht anfassen, nicht jetzt, noch nicht. Sie schlang ihren Schal fester um die Schultern und band die Haare zusammen. Und wenn ihr anzusehen war, was sie getan hatte? Sie durfte sich nicht verraten. Das konnte gefährlich sein. Wenn jemand etwas über sie beide herausfand, würde Erik in die Verbannung gezwungen, und an das, was mit ihr passieren würde, wagte sie nicht einmal zu denken. Sie schob die düsteren Gedanken beiseite und versuchte stattdessen, sich an Erik zu erinnern, die kurze Zeit, die sie gehabt hatten, noch einmal zu durchleben. Es gab keinen Zweifel, sie liebte ihn noch immer. Ob sie ihn jedoch jemals wieder treffen konnte? Vielleicht, wenn sie sich heimlich nach Grönsö schlichen? Aber …

Nein, das, was geschehen war, durfte nie wieder passieren, niemals. Jorunn streckte ihren Körper, holte tief Luft und sah zur Kammer hinüber, in der Harald wartete. Sie gehörte jetzt zu ihm. Sie senkte den Blick, presste die Lippen aufeinander, ihre Glieder verspannten sich in Abwehr. Sie zog den Schal um den Kopf, der Stoff roch nach Erik.

Vorsichtig fuhr sie mit dem Tuch über ihre Wangen.

Lange verharrte sie so, Eriks Geruch ganz dicht an ihrem Gesicht.

Die Nachmittagssonne warf lange Schatten über den Hofplatz, der das Nebenhaus verdunkelte. Vor dem Haupthaus saß Ansgar in der Sonne und knüpfte ein Netz. Hergeir, der Häuptling, hatte dafür gesorgt, dass er bei einem Kaufmann in einem schönen alten Haus am Hafen Herberge gefunden hatte. Der Händler selbst war auf Fahrt gen Osten und wurde nicht vor dem Frühjahr zurückerwartet, aber seine Frau kümmerte sich gut um ihn. Sie betrachtete es als große Ehre, einen Diener Gottes zu beherbergen, und versorgte ihn mit Speis und Trank und allem, was er sich wünschte.

Ansgar beobachtete das Spiel der Wolken über dem Hausdach. Das Haus, in dem er wohnte, lag mit der einen Schmalseite zur Straße, die andere grenzte an den Hofplatz. Das Gebäude war aus gutem Holz gezimmert, mit verziertem Dachfirst. Zum Hof gehörten außerdem zwei einzelne Grubenhäuser, in dem einen wurde gebacken, im anderen wurden die Vorräte aufbewahrt. Innen im Kaufmannshaus lag in der Mitte eine große Wohnhalle, von der kleine Kammern und ein Verschlag für die Tiere abgetrennt waren. In diesem Haus lebte Ansgar in viel größerem Wohlstand, als er es sich vorgestellt hatte, ganz anders als die einfache Klosterzelle, die er in Corbie bewohnt hatte. Doch obwohl er gut mit Essen und Herberge versorgt wurde, erschien ihm vieles schwer. In der Stadt wurden ihm Schimpfworte nachgerufen, und er wurde verhöhnt. Einmal, als er zum Wirtshaus unten am Hafen gegangen war, war eine Horde betrunkener Krieger über ihn hergefallen und hatte ihm mit dem Tode gedroht, wenn er nicht ins Frankenreich zurückkehren würde. Sicher, sie waren im Rausch gewesen, aber dennoch. Ansgar tröstete sich damit, dass er trotz allem glimpflich davongekommen war. Im Reich der Svear gab es Männer, die ihr Schwert zogen, nur weil ihnen jemand etwas Spöttisches hinterhergerufen hatte. Eine einfache Beleidigung war ihnen Grund genug für einen Zweikampf.

Ansgar fuhr gedankenverloren mit den Händen über das Netz. Wie sollte es ihm je gelingen, diese Barbaren zu christianisieren? Aber nein, er durfte nicht zweifeln. Der Svearkönig hatte nach ihm geschickt, und es gab viele, die seinen Predigten dankbar zuhörten. Viele von ihnen wollten sich taufen lassen.

Ansgars Gedanken wurden von einem leisen Lachen unterbrochen. Öyvind, der junge Sklave des Bronzegießers, war auf den Hof gekommen. Er schlenkerte beim Gehen mit den Armen, sein Gesicht war schwarz und rußig. Ansgar lächelte, grüßte freundlich und reichte ihm sein Seil und Ösen. Er sollte ihm mit dem Netz helfen und war eine angenehme Gesellschaft. Mit ihm fühlte Ansgar sich weniger einsam. Der Junge hörte gerne zu, wenn Ansgar erzählte, und zwischendurch sangen sie zusammen Psalmen. Glücklich hatte er Öyvind versprochen, dass er Chorknabe werden durfte, wenn die Kirche erst fertig war. Die Kirche, ja ... Ansgar betrachtete die Schlaufen vor sich. Warum hatte er noch immer keine Hilfe für den Kirchenbau gefunden? Wenn doch nur Witmar da wäre. Er hätte ihn jetzt gebraucht.

Harald war unzufrieden, er hatte noch immer nicht vergessen können, was bei der Hochzeit vorgefallen war. Erik hatte ihn zum Gespött aller gemacht, und er wurde ohne Unterlass an das Geschehen erinnert. Sowie er sich in der Stadt zeigte, wurde Gelächter laut. Die Einwohner flüsterten, feixten und starrten ihn frech an. Die Schimpfworte fanden kein Ende. Niemand forderte, dass Erik zur Rede gestellt werden sollte, nein, seinem Bruder brachte man dafür auch noch Hochachtung entgegen. Er selbst war es, der büßen musste. Sein Hass auf Erik wuchs. Dieser Hundsfott! Harald wollte Rache, wollte ihn töten. Aber das war unmöglich. Wenn Jorunn davon erfuhr, würde sie ihm niemals verzeihen. Und er wollte ihre Liebe gewinnen, wollte ihr gemeinsames Leben, das sie sich gerade aufbauten, nicht zerstören. Wenn sie herausfände, dass er Erik getötet hatte, würde er sie für immer verlieren. Nein, sein Bruder musste durch ein Unglück sterben, damit niemals jemand erfahren würde, wer dahinter steckte.

Als Harald eines Tages beobachtete, wie der groß gewachsene Sklave Odd Sote auf dem Gudmundhof einen der Hausknechte niederschlug, kam ihm eine Idee. Er wusste, dass der Sklave den anderen vom Gudmundhof missfiel und sie es gerne gesehen hätten, wenn er den Hof verlassen hätte.

Am nächsten Tag rief er Odd Sote zu sich. Der Sklave stand vor ihm und sah zu Boden. Er war groß und breit, hatte ein kräftiges Kinn, und seine Fäuste waren grob und hart wie Schleifsteine. Harald dachte an die, die behaupteten, dass Sote in einer anderen Stadt gewütet hätte und deshalb von dort verjagt worden sei. Das entsprach vermutlich der Wahrheit, aber er zählte zu den allerbesten Sklaven auf dem Gudmundhof und hatte deshalb bleiben dürfen. Sote konnte zupacken und tat, was man ihm auftrug, darüber hinaus war er zäh und stark wie kaum jemand sonst. Nun konnten seine Kraft und Stärke Verwendung finden. Haralds Blick verdunkelte sich, und das Weiß in seinen Augen funkelte.

»Ich kann dir die Freiheit zurückgeben«, sagte er leise, wissend, was das bedeutete.

Sote blickte ihn erstaunt an und fingerte ungeschickt mit den Daumen an seinem Gürtel herum. Harald Sigurdsohn, der Schwiegersohn Gudmunds des Mächtigen, stand hier vor ihm, gespannt und aufrecht. Seine Miene verriet nichts, seine Augen verhießen Vergeltung und Unglück.

»Kraft und Mut hast du«, fuhr Harald fort. »Wenn du tust, was ich dir sage, lasse ich dich gehen. Wenn du mich aber verrätst, werde ich dich töten lassen.«

Odd Sote trat unruhig von einem Fuß auf den anderen, seine Augen verengten sich zu schmalen Schlitzen. Nach langem Schweigen murmelte er schließlich eine Antwort und nickte.

Die Tage wurden kürzer, die Nächte waren schwarz und kalt. Die Vogelbeeren wurden reif, und Pilze schossen aus Baumstümpfen und Erde. Es ging auf den Herbst zu. Am Stadttor wanderten die Wachen auf und ab, um sich warm zu halten, und die Frauen auf dem Platz hatten ihre Leinenkleider gegen dicke Wollkleider getauscht. Am Brunnen holten sie Wasser und plauderten eine Weile, während die Kinder spielten und lärmten. In den Gassen zum Hafen hin luden die Gastwirte ihre Waren ein. Sie schleppten Fisch, Früchte und Gemüse in offenen Kisten und rollten große Tonnen mit Bier und Getreide herbei. In schönen Krügen trugen sie vorsichtig Honig. Es war noch früh am Tag, die Luft war diesig und kalt.

Unten im Hafen zog die Dämmerung vom See herauf, und über Brücken und Badehaus nieselte Tau. Die Straßen direkt am Strand waren glatt und rutschig, die Holzplanken glänzten grau. Ein paar Hühner gackerten, Schweine wühlten im Abfall, und an den langen Holzbrücken knarrten die Schiffe in ihren Vertäuungen.

Ansgar lauschte den Geräuschen, die vom Strand heraufdrangen, und betrachtete verschlafen die feuchte Holzwand der Kammer. Er fröstelte. Zitternd entstieg er dem Bett und schlang sich seinen Umhang fest um den Körper. Dann schlüpfte er in die Schuhe, fuhr sich mit dem Kamm durch die Haare und verließ den Raum. Vorsichtig öffnete er die Tür und trat hinaus.

Ein schneidender Nordwind zog durch die Gassen und zwang ihn, gebückt zu gehen. Aber er ging mit Gottes Frieden im Herzen. Er konnte sich über eine täglich wachsende Schar freuen, die ihn aufsuchte. Die schroffen Heiden mit ihrer rauen Schale kamen, um ihm zuzuhören und das Wort des Herrn zu empfangen. Jenen, die ihn mit Schimpfworten verfolgt hatten, schien es langweilig geworden zu sein. Dennoch beunruhigte ihn etwas. Noch immer hielt er seine Predigten auf der Allmende draußen vor der Stadt. Doch bald würde es zu kalt werden, um dort zu predigen. Am liebsten hätte er sofort angefangen, seine Kirche zu bauen, aber der König schien weniger erpicht darauf zu sein. Sicher, er hatte ihm Land gegeben und versprochen, ihn zu unterstützen, aber die Zeit verstrich, ohne dass etwas geschah. Sobald die Scheunen und Lager gefüllt und die Herbstsaat ausgebracht wäre, würde er ihm Männer zum Arbeiten schicken, hatte er gesagt. Aber würde er Wort halten? Bald musste er handeln, sonst würde die Kirche nicht vor Anbruch des Winters fertig werden.

Ansgar trat gegen einen Stein, der an einer Hauswand abprallte und in den Abwassergraben fiel. Ein blonder Knirps, der vor der Wand spielte, warf ihm einen missbilligenden Blick zu und flüchtete ins Haus. Ansgar sah ihm lange nach.

Draußen vor der Stadt pfiff der Wind ungebremst, und die kalte, feuchte Luft schlug ihm rau ins Gesicht. Ansgar zog den Umhang enger und beschleunigte seinen Schritt.

Die Allmende grenzte an ein paar kleine Felsen im Süden, einen Espenhain und dichtes Gebüsch auf der Ostseite. Es war ein großer, offener Platz, der von allen Seiten gut einzusehen war, und viele konnten seine Predigten hören. Ein Großteil derer, die anfangs nur aus Neugier zugehört hatten, waren wiedergekommen. Die meisten waren weit gereiste Kaufleute, aber es kamen auch Frauen, Gesinde und Sklaven. Ihre Zahl nahm stetig zu.

Ansgar bog vom Weg ab und betrat die Allmende. Während er dahinschritt, wurde er von großer Dankbarkeit dem Herrn gegenüber erfüllt. Hergeir hatte davon gesprochen, sich taufen zu lassen. Wenn Ansgar ihn für seinen Glauben gewinnen konnte, würden sich die anderen sicher zahlreich der christlichen Lehre anschließen. Vielleicht hatte er schon zum Mitwinteropfer eine richtige Gemeinde beisammen.

Nach einer Weile war er angelangt. Eine Schar Gläubiger wartete bereits. Er stieg auf eine flache Felsplatte, sammelte sich einen Augenblick in Stille und wandte sich dann an die Versammelten. »Meine Freunde, habt Vertrauen in Gott«, begann er. »Ob ihr, die ihr euch hier versammelt habt, Kaufleute oder Sklaven seid, Handwerker oder Bauern, hat keine Bedeutung. Vor Gott sind wir alle gleich. Er, der Höchste, zieht niemanden vor. Gott hilft allen, die Ihm ihr Herz zuwenden.«

Ansgars Stimme war leise und tief, ihr Klang weich und fast sinnlich.

»Gott ist euer Alles, eure Stütze, euer Trost. Er ist nicht wie Odin, Thor oder Frey, Er ist kein Gott, dem ihr opfern müsst. Christus wird immer mit euch sein. Wählt ihr Ihn zu eurem Gott, braucht ihr keine anderen Götter mehr.«

Ansgar hielt inne und betrachtete die, die gekommen waren, um ihn zu hören. Dort saßen Männer und Frauen, Alte und Junge. Alle hatten ihm ihre Gesichter zugewandt und warteten darauf, dass er weitersprach. Sie folgten ihm, und das beglückte ihn. Die Menschen hörten ihm zu. Er hatte nie genau überlegt, weshalb das so war. Er selbst sah sich nur als Verkünder des Herrn. Einer, der auserwählt war, die Botschaft des Allmächtigen zu verbreiten.

»Ihr, die ihr Sklaven seid und euch noch nicht habt bekehren lassen, lasst euch taufen, denn eines Tages wird der Herr sich eurer erbarmen und euch alle befreien. Denn das sollt ihr wissen: In der neuen Lehre gibt es keine Sklaverei. In einem christlichen Birka ist kein Platz mehr für Sklaven. Ihr alle werdet frei sein.«

In der Menge wurde Gemurmel laut. Die, die gebeugt und mit geschorenen Haaren dasaßen, lauschten andächtig. Sollte diese neue Lehre das Wunder sein, auf das sie gewartet hatten?

Ansgar betrachtete sie stumm. Vor ihm saßen Männer und Frauen, die rechtlos waren. Rechtlos gegenüber ihrem Besitzer und somit Eigentum und Handelsware des Hausherrn. Sie waren Leibeigene ohne Rechte, durften nicht über sich selbst bestimmen und niemals Waffen tragen. Eine Frau konnte sogar ihr Kind verlieren, wenn das der Wille des Hausherrn war. Er konnte befehlen, es im Wald auszusetzen. Ansgar sprach zu diesen armen Leuten, zu den niedrigsten, den Leibeigenen. Aber Ansgar sprach auch zu jenen, die ein Schiff, ein Haus, einen Hof besaßen. Er wollte alle überzeugen.

»Und ihr, die ihr Handel betreibt«, fuhr er mit lauter Stimme fort, »wisset, dass der Herr mit den Seinen ist. Ihr habt gesehen, wie Er Kaufleute auf See und weit fort in fernen Ländern geschützt hat. Nun könnt ihr selbst euch taufen lassen und diesem Gott hier in Birka dienen.«

Der Wind peitschte über das Feld und beugte das Gras. In der Ferne war Hundegebell zu hören. Ansgar war ganz in seine Predigt vertieft.

»Der neue Gott fordert keine Blutopfer. Kein Tier, kein Mensch muss mit seinem Leben für Frieden und eine gute Ernte bezahlen«, fuhr er fort. »Derjenige, der dem neuen Gott seine Liebe schenkt, erhält auch Seinen Schutz.«

»Glaubt ihm nicht!« Eriks höhnische Stimme brach die Stille. »Ansgar ist bei mir an Bord gewesen und hat den Herrn um eine sichere Überfahrt gebeten. Dennoch wurde mein Schiff geplündert, und wir haben alles verloren. Der neue Gott ist nicht stärker als einer unserer eigenen Götter.«

Ansgar erkannte den Schiffer, aber er tat, als bemerkte er ihn nicht. Stattdessen sagte er:

»Am Anfang schuf Gott Himmel und Erde, Er ist der Höchste. Übergebt Ihm eure Seele, und Er wird euch beistehen, was immer auch geschehen mag. Bei Missernten oder Seenot, Er …«

Das Hundegebell war näher gekommen. Es raschelte und lärmte im Gebüsch. Ansgar räusperte sich.

»Folgt dem Herrn, und ihr werdet die Seligkeit erfahren. In Gottes Reich gibt es keine Sklaven. Dort seid ihr alle frei!«

»Aber dort gibt es auch keine Höfe, um die man sich kümmern muss!«, rief Erik höhnisch und reckte seine Faust gen Himmel.

Das Hundegebell war nun ganz nah. Ansgar verstummte. Es knackte im Gestrüpp, und ein paar Schafe sprangen hervor.

»In Gottes Namen …«

»Määääh!«

Die Schafe trabten blökend den Abhang hinauf. Immer mehr strömten herbei, wie von einer unsichtbaren Kraft getrieben.

»Danket dem Herrn, preist Seinen Namen und vollbringt Seine Werke …« Ansgar blickte verwirrt auf die Schafherde.

»Christus sagt …«

»Määääh!«

Die Anwesenden standen auf und wichen vor den Tieren zurück, die verschreckt auf dem Abhang im Kreis liefen. Nun endete alles in einem einzigen Tumult. Ansgar konnte seiner Stimme unmöglich Gehör verschaffen. Er versuchte seinen Umhang hochzuhalten und die Schafe zu bremsen. Er lief auf die Tiere zu, stolperte und verlor Rosenkranz und Psalmbuch. Er fuchtelte und brüllte, aber die Tiere ließen sich nicht verscheuchen.

»Bääääh …« Das Blöken wurde lauter. Schafe, Hammel und Lämmer strömten über den Abhang.

»Bääää …« Die Tiere sprangen, blökten, irrten verschreckt über die Allmende.

Erik rief: »Hört nicht auf den Mönch. Ihr weckt nur den Zorn der Götter. Besinnt euch, solange noch Zeit ist!«

Aber er hätte gar nichts zu sagen brauchen. Die Menschen ergriffen die Flucht. Ein Teil von ihnen war erschrocken und erkannte in dem Geschehen eine Strafe. Ihre alten Götter rächten sich. In Angst und Bestürzung flüchteten sie. Andere verließen den Hügel verwirrt und verwundert. Kurz darauf war Ansgar allein. Verzweifelt suchte er nach dem Psalmbuch. Als er es endlich entdeckte, waren nur noch Reste davon übrig. Die Schafe hatten Blätter und Einband gefressen.

Es war eng beim Bernsteinhändler. Am Langtisch saßen Snemun, Schwarzbart und Mård und spielten Brettspiele, über der aus Steinen aufgeschichteten Herdstelle hing ein Kessel. Die Flammen des Feuers warfen lange flackernde Schatten auf den Erdboden, es roch nach Rauch, und ein bitterer Hopfendunst zog durch den Raum. Vom Tisch schollen laute Männerstimmen und fröhliches Gelächter herüber.

»Ein Teil Honig und vier Teile Wasser.« Erik summte vergnügt vor sich hin. Bald war der Met fertig. Jetzt musste er nur noch den Honig mit dem warmen Wasser in dem kleinen Holzfass mischen und dann alles zusammen im Kessel verrühren. Er ging zum Langtisch und gab Snemun einen leichten Klaps auf die Schulter.

»Ich muss jetzt umfüllen!«

»Kannst du mit dem Met nicht bis morgen warten, er ist ja doch frühestens in einer Woche fertig!« Snemun beklagte sich laut.

»Was ist das denn für ein Weibergewinsel? Wir wollen doch auch davon trinken, oder was? Komm schon, fauler Hund!«

Erik wischte sich den Schweiß aus dem Gesicht und nahm den Kessel vom Feuer. Er wartete, bis Snemun das Fass hingestellt hatte, und schüttete dann die Hälfte des Wassers dazu.

»Pass auf, Dreckschwein!« Snemun sprang schnell beiseite, mit nass gespritzten Beinen. Erik lachte, mischte den Honig unter, rührte um und goss anschließend alles zusammen in den Kessel zurück. Dann hängte er den Kochtopf wieder über das Feuer.

Die Ereignisse des Tages fielen ihm wieder ein, und er begann zu singen. Während er das Gebräu abschöpfte, sang er immer lauter, bis sich das Lied in fröhlichem Gelächter auflöste. Er fühlte sich leicht, zum ersten Mal seit langem.

»Komm jetzt, du bist dran!«, grunzte Schwarzbart von der Bank herüber.

»Ja, ja.« Erik trocknete sich achtlos die Hände am Kittel und setzte sich. Ruhig schüttelte er den Würfel in der Hand, bevor er ihn fallen ließ. Sechs! »Versuch erst mal, mir das nachzumachen!«

Er leerte seinen Becher, schenkte nach und ging pfeifend zurück zum Feuer. Auch der andere Kessel kochte. Er hob den Deckel. Darin lag das Leinensäckchen mit den Hopfenblüten, das Wasser war zur Hälfte verkocht. Er probierte vorsichtig. Das Gebräu war bitter.

»Komm her. Zeit zum Schütten!«

Mård Ohnebart stand widerwillig auf, zog ein großes Holzgefäß hervor und stellte es vor den Freund.

»Halt fest!« Erik goss den heißen Trank in das Fass und bewegte das Hopfensäckchen im Sud hin und her. Dann deckte er den Topf mit einem Tuch zu. Es duftete nach Honig und Hopfen.

Er drehte sich wieder zu den anderen, prostete ihnen zu und leerte erneut den Becher.

»Übrigens, Met verträgt er wohl auch nicht, dieser Mönch?« Erik rülpste laut.

»Mit Schafen hat er es jedenfalls nicht so«, murmelte Schwarzbart und grinste breit.

»Ja, dem haben wir's gegeben, dem Ansgar! Habt ihr sein Gesicht gesehen, als er bemerkte, dass die Schafe das Buch gefressen haben?« Erik lachte schallend.

»Und habt ihr gemerkt, wie nervös er war? Er wusste nicht, wie er sich verhalten sollte. Aber ich habe die Schafe ja auch direkt auf ihn zugetrieben«, sagte Snemun und setzte prustend den Becher ab. Ein Würfel sprang über die Tischkante und rollte über den Boden.

»Ah, aber ich habe dir geholfen. Stell dir vor, man würde auf seine alten Tage noch Schafhirte.« Schwarzbart bückte sich nach dem Würfel.

»Schafhirte, du? Höchstens Schafskopf!«

Erik feixte und fing wieder an zu singen. Er winkte mit den Armen und versuchte, die anderen mitzureißen. Beduselt begann er von der Bank zu rutschen. Snemun und Mård bekamen ihn zu fassen und zogen ihn auf die Bank zurück. Ja, das ähnelte Erik. Er hatte zu viel getrunken. Bald würde er unter dem Tisch liegen. Es war einer dieser Abende, an denen ihn nur der Schlaf vom Becher trennen konnte.

Aber er hatte schließlich einen Grund zu feiern. Endlich war es ihm gelungen, Ansgar in die Schranken zu weisen. Sie hatten ihn aufgefordert, nach Hause zurückzukehren, und hatten ihm sogar gedroht, doch er hatte so getan, als wäre nichts gewesen. Lange hatten sie beratschlagt, was sie tun sollten. Ihn zu überfallen war unklug, denn das würde die Kaufleute gegen sie aufbringen, und Beschimpfungen und Drohungen hatten nichts bewirkt. Schließlich war Erik auf die Idee mit den Schafen gekommen. Sie würden vor den Augen aller mit Ansgar Schabernack treiben. Etwas tun, das er nicht kontrollieren konnte. Dann erst würden die Menschen anfangen zu zweifeln.

Snemun stieß Erik in die Seite und hob den Becher.

»Skål, du Spaßvogel!«

Erik trank in großen Zügen, strich den Schaum aus dem Bart und lallte vergnügt:

»Vielleicht braucht es gar nicht mehr als das heute, damit sie ihn bald wieder in ein Schiff setzen.«

»Ach, komm, das erfordert noch größere Schandtaten als das.« Snemun wurde mit einem Mal ernst. »Aber dabei müssen wir vorsichtiger sein. Manch einer sucht bestimmt Rache.«

»Dann wählen wir den Zweikampf. Mein Schwert hat schon angefangen zu rosten. Es wird Zeit, es zu reinigen.« Erik ließ seinem Mundwerk freien Lauf, sorglos, wirr und belustigt. Dann schwankte er in Richtung Feuer, setzte sich jedoch rasch wieder. Ihn schwindelte.

»Mehr Met«, murmelte er undeutlich und hielt den Becher hoch. »Je mehr man trinkt, desto mehr Durst bekommt man.« Er sank auf den Tisch und gähnte. Es schaukelte. Alles schaukelte. Langsam rutschte er auf die Bank.

»Ja-ha, jetzt ist es wieder so weit!« Snemun betrachtete teilnahmsvoll seinen Freund.

»So kann er doch nicht liegen bleiben!« Schwarzbart versuchte, seinen Kameraden wachzuschütteln.

»Ach, lassen wir ihn in Ruhe!« Mård Ohnebart zuckte mit den Schultern.

»Nein, wir legen ihn auf die Schlafbank«, sagte Snemun entschieden und bekam ihn zu fassen, als er gerade zu Boden rutschen wollte. »Fasst mit an!«

Erik sträubte sich, aber die Männer trugen ihn lärmend weg. Als sie vor der Bank standen, ließen sie ihn mit einem Plumps fallen.

»Hier kannst du deinen Rausch ausschlafen und von Schafen träumen«, sagte Schwarzbart und zog die anderen lachend hinaus.

Odd Sote schlich sich aus seinem Versteck im Wald. Ein heller Vollmond leuchtete zwischen den Baumkronen, und er entdeckte rasch den Pfad. Lautlos glitt er zwischen den Stämmen hindurch, lief mit weichen, geschmeidigen Schritten. Die Axt, die an seinem Gürtel hing, behinderte ihn nicht. Er war stets heimlich bewaffnet, und das kalte Metall mit dem festen Holzgriff war ein Teil seiner selbst geworden.

Es war still. Entfernt konnte er Wind und Meer erahnen. Er erreichte eine Lichtung, durchquerte ein Birkengehölz und näherte sich der Brache hinter Snemuns Hof. Dort lag das alte Haus. Die Wände waren schief, das Dach eingesunken. Die Wohnhalle war leicht zu erkennen.

Plötzlich horchte er auf. Es raschelte im Gestrüpp, die

Nacht füllte sich mit Geräuschen. Er duckte sich und versteckte sich im Gebüsch. Drei Männer kamen den Pfad entlang. Sie torkelten und stützten sich gegenseitig an den Schultern. Gelegentlich lachte einer laut auf, sie sangen und lärmten und stanken nach Schweiß und Met.

Sote wartete, bis sie verschwunden waren. Dann zögerte er einen Moment, bevor er vorsichtig auf den Pfad zurückkehrte.

Die Tür stand offen, und es roch süß und muffig. Odd blieb in der Türöffnung stehen. Es war schummerig, Tisch und Bänke waren nicht zu erkennen. Er wartete, bis seine Augen sich an die Dunkelheit gewöhnt hatten, und schlich in den Raum. Die Glut leuchtete schwach in der Feuerstelle, und von der Schlafbank drangen Schnarchen und Prusten herüber. Odd Sote kicherte leise. Der Bernsteinhändler war voll, sternhagelvoll. Er würde nicht einmal rechtzeitig wach werden. Der Sklave zog vorsichtig die Axt aus dem Gürtel. Nichts rührte sich. Lautlos näherte er sich dem Bett.

»Töte ihn und flieh«, hatte er geflüstert, Harald vom Gudmundhof. »Und niemand darf erfahren, wer dahinter steckt!« Sotes Augen funkelten. Totschlag hatte ihn aus seiner alten Stadt vertrieben. Nun würde ein Mord ihn zu einem freien Mann machen.

Er stieß gegen ein Holzfass, und etwas Nasses, Klebriges rann seine Wade hinab. Erschrocken blieb er stehen, unruhig auf die Schlafbank starrend. Er hielt den Atem an. Nichts bewegte sich. Vorsichtig schlich er sich ans Kopfende. Was, wenn Erik ihn belauerte, wenn der Bernsteinhändler darauf wartete, dass er so nah kam, dass er sein Bein packen könnte. Dann würde er nur noch ziehen müssen, sich über ihn werfen und ihm ein Messer in den Rücken stechen. Sote wich zurück, spürte Widerwillen in der Magengegend. Das Fell hob und senkte sich noch immer. Odd Sote handelte rasch. Er trat einen Schritt nach vorn. Er hob den Arm und zielte. Dann schlug er mit einem gewaltigen Hieb zu.

8. Kapitel

Der Hof ruhte in nasskaltem Nebel, Nebengebäude und Umzäunung erhoben sich wie graue Schatten aus dem lehmigen Grund. Die Äcker waren gepflügt, der Wald war still. Langsam zogen die Wolken fort, gefolgt von Schneeregen, der zunahm und sich verdichtete. Die Holzwände der Wohnhalle glänzten vor Feuchtigkeit, und draußen auf dem Hofplatz lag die festgetretene Erde unter einer dünnen Eisschicht verborgen. Heute Nacht würde es Schnee geben.

Estrid ging gebeugt, den Arm voller Feuerholz. Mühsam öffnete sie die Tür zur Stube und trat ein. Ein eiskalter Wind pfiff durch den Raum, und sie schloss rasch die Tür. Hustend ging sie zum Feuer und legte Holz nach, sah sich dann nach ihrem Umhang um. Sie fröstelte, trotz ihres Wollkleides und des Kittels. Doch sie ließ den Umhang liegen. Sie sah ein, dass sie mit so vielen Kleidern am Leib zu unbeweglich wäre, um spinnen zu können. Seufzend griff sie nach dem Spinnrocken. Sie schob ihn unter den Arm, zog das Flachsbüschel zu einem langen Faden und befestigte ihn an der Spindel. Dann gab sie der Rolle Schwung und begann, mit steifen Fingern zu spinnen. Verbissen zog sie Flachsbausch um Flachsbausch in die Länge. Ihre Gedanken waren weit weg. Zwischendurch zog sie den Faden immer wieder zu weit, dass er riss und sie von vorn beginnen musste, aber sie spann unbeirrt weiter, als ginge sie all das nichts an.

Plötzlich hielt sie inne und fasste nach der Tischkante. Das Blut wich ihr aus dem Gesicht, und sie presste die Lippen aufeinander. Die Übelkeit überkam sie wie eine Welle, und sie stand schwankend auf. Es gelang ihr, die Tür zu öffnen, und draußen im Regen würgte sie und erbrach sich. Sie verharrte lange vornübergebeugt, während die Übelkeit immer wieder ihren Körper schüttelte. Als sie es endlich wagte, zurück ins Haus zu gehen, war sie durchnässt und fror. Sie nahm die Spindel und begann zu weinen. Die Tränen rannen ihr Gesicht hinab, und sie starrte leer und abwesend ins Feuer. Allmählich konnte sie es nicht länger verbergen, und ihre Mutter hatte begonnen, ihr verwunderte Blicke zuzuwerfen. Doch was sollte sie sagen? Ihre Eltern hatten Witmars Predigten angehört und waren zum christlichen Glauben übergetreten. Jetzt verdammten sie alles Leben, das in Sünde entstanden war. Niemals würden sie sich des Kindes annehmen.

Estrid bekam einen bitteren Zug um den Mund. Früher hätten sie das Kleine auf dem Hof willkommen geheißen, am liebsten einen Jungen. Nun sprachen sie von Sünde und Verdammnis und anderen seltsamen Dingen, von denen sie nie zuvor gehört hatte. Wer war er eigentlich, dieser neue Gott? Verurteilend und voller Ansprüche an die Seinen, das war alles, so viel verstand sie. Estrid mochte die Unnachgiebigkeit der neuen Lehre nicht. Eigensinnig hielt sie an ihrem alten Glauben fest. Als Witmar erzählte, wie er selbst und Ansgar den irdischen Verlockungen abgeschworen und ihr Leben dem Herrn geweiht hatten, hatte sie das Bedürfnis verspürt, laut zu schreien. Ansgar! Ja, wenn Witmar wüsste.

Sie dachte oft an das, was geschehen war, und verfluchte, dass sie sich von Ansgars Reden und seiner Ausstrahlung hatte betören lassen. Wenn es ihr nur geglückt wäre, ihn aufzuhalten, als er sie begehrte! Nun war seine Saat in ihr aufgegangen und war zu einem Leben herangewachsen, das sie nicht töten konnte.

Sie wollte nicht, dass ihr Kind leiden musste, nur weil ein neuer Geist in der Stadt herrschte. Wenn alles beim Alten geblieben wäre, hätte sie es zur Welt bringen können, ohne dass jemand sie dafür verachtet hätte, aber jetzt, ja, wie sollte es jetzt weitergehen? Estrid sah auf ihr Kleid hinunter, unter dem sich ihr Bauch wölbte. Sie konnte es nicht mehr lange verheimlichen. Ansgars Kind, das Kind der christlichen Lehre. Sie lehnte sich zurück, und ihr Kinn sank schwer auf die Brust. Der Spinnrocken glitt zu Boden und rollte unter den Tisch. Sie ließ ihn liegen.

Erik wachte davon auf, dass jemand gegen das Holzfass stieß. Mit benebeltem Verstand und den Kopf tief im Schaffell vergraben, wunderte er sich, dass die Kameraden wieder zurückgekommen waren. Dann lächelte er; natürlich, sie wollten mehr trinken, mehr Met! Er grinste breit und hob erwartungsvoll den Kopf. Doch er ließ ihn schnell wieder auf das Fell zurücksinken. In seinem Schädel flimmerte, pochte und dröhnte alles. Er rührte sich nicht, öffnete vorsichtig die Augen und versuchte, seinen Blick zu steuern. Vor ihm tauchte irgendetwas Dunkles auf, etwas seltsam Dunkles, etwas Schwarzes im Schatten der Nacht. Er starrte. Es bewegte sich lautlos auf ihn zu. Seine Gedanken rasten. Der Schatten war groß und gewaltig. Mård konnte es nicht sein, aber vielleicht Snemun? Nein, die Gestalt war ihm fremd. Erik nahm einen eigentümlichen Geruch wahr, den stickigen Dunst von Tier und Stall. Irgendetwas stimmte nicht, etwas befand sich im Raum, das dort nicht hingehörte, etwas, das nie zuvor bei ihm gewesen war. Diese Erkenntnis machte ihn kühl und wachsam. Vorsichtig hob er den Kopf. Und im selben Augenblick sah er die Axt aufblitzen. Er rollte zur Seite und spürte, wie das Metall seinen Rücken streifte. Als die Axt sich in das Holz grub, drehte er sich um und griff nach dem Schaft. Mit einem Schrei zog er die Axt heraus und zielte mit aller Kraft auf den Unbekannten. Der Hieb ging daneben, und im nächsten Moment war der Riese über ihm. Erik hatte Schwierigkeiten, in der Dunkelheit etwas zu erkennen, fühlte nur einen Arm über seinem Hals und bekam keine Luft mehr. Sein Kopf schmerzte, seine Beine gaben nach, und er merkte, wie er nach hinten gezogen wurde, die Arme in einem gewaltsamen Griff gefesselt. Erik stolperte, zerrte und versuchte einen Arm freizubekommen, aber der Griff um seinen Hals wurde fester, und er würde die Axt nicht mehr lange festhalten können. Benommen wankte er in den Raum, Richtung Metfass, den mächtigen Arm des Mannes wie einen Alb um den Hals. Dann sammelte er sich in einer letzten Anstrengung, nahm Anlauf und warf sich auf die Seite. Der Riese stolperte, das Metfass kippte um, und das klebrig süße Getränk ergoss sich auf den Boden. Beide Arme befreit, griff Erik sich wieder die Axt. Noch bevor der Fremde sein Gleichgewicht wiedergefunden hatte, spaltete er den gewaltigen Schädel des Mannes vom Scheitel bis zur Nasenwurzel.

Erik rang nach Luft, seine Augen brannten unter den Lidern. Mühsam drehte er den Toten um. Odd Sote! Er unterdrückte einen Schrei. Er hatte den Sklaven des Gudmundhofs getötet, einen der Hausknechte von Jorunns elterlichem Hof! Erik sank zitternd auf die Bank. Zwischen ihm und dem Sklaven hatte es keine ungeklärten Angelegenheiten gegeben, warum also hatte er sich in sein Haus geschlichen, um ihn umzubringen? Der Unhold hatte ihn ins Jenseits befördern wollen, als er schlief und sich nicht einmal verteidigen konnte. Wer steckte hinter einem solchen Verbrechen? Jemand vom Gudmundhof? Jemand, der etwas gegen seine Pläne hatte, Ansgar von Björkö zu vertreiben? Erik starrte den Toten an, sein Kopf arbeitete nur langsam. Sein Herz klopfte, und das Blut pochte in seinen Schläfen. Odd Sote? Mit einem Mal kam ihm ein schrecklicher Gedanke. Der Tod des Sklaven würde nicht ungesühnt bleiben. Bevor es hell wurde, musste er ihn im Wald unter Steinen versteckt haben. Dann würde niemand erfahren, auf welche Weise er verschwunden war. Erik stand auf. Er musste Sote so schnell wie möglich fortschaffen.

Gudmund der Mächtige legte den Pfeil an die Sehne und spannte den Bogen, dass sich die Enden fast berührten. Harald beobachtete ihn neugierig. Das Kinn vorgereckt, sein Stiernacken gerötet.

»Siehst du die Axt dort drüben?«, fragte der Schwiegervater und nickte in Richtung einer Axt, die im Hackklotz steckte, ungefähr achtzig Armlängen entfernt. »Ihr Schaft ist abgenutzt, und davon wird wohl kein Werkzeug besser.«

Gudmund ließ die Sehne los, der Pfeil schoss davon und spaltete den Schaft in zwei Teile.

»Man soll nicht an dem festhalten, was alt ist und seinen Zweck erfüllt hat«, lachte Gudmund und blickte zur Axt hinüber. Dann hielt er das Silberkreuz hoch, das er um den Hals trug. »Man munkelt, dass die Kirche im Frankenreich vorhat, nur noch Handel mit Christen zuzulassen. Es war gut, dass es uns gelungen ist, Ansgar hierher zu holen. Wie du siehst, habe ich meinen Thorshammer gegen das Kreuz getauscht, und ich werde dafür sorgen, dass alle auf meinem Hof getauft werden.«

»Du bist schon immer gerissen gewesen«, antwortete Harald lächelnd. »Und wer nicht von dem lernt, was rundherum geschieht, der wird nicht reich. Es ist an der Zeit, dass Birka endlich bekehrt wird.« Er betrachtete noch einmal die Axt. »Deinen Pfeil wirst du wohl nicht zurückbekommen.«

Er zog einen weiteren aus dem Köcher, spannte seinen Bogen und schoss. Mit einem trockenen, kurzen Knirschen zersplitterte Gudmunds Pfeil. Die Männer lachten laut.

Harald fühlte sich wohl in der Gesellschaft des Schwiegervaters, und genau wie die meisten anderen Männer in Birka übten sie viel. Da der Haraldhof und der Gudmundhof nah beieinander lagen, hatte es sich so ergeben, dass sie oft ihre Kräfte miteinander maßen. Sicher war Gudmund nicht mehr so schnell und gelenkig wie Harald, aber für sein Alter war er sportlich und kräftig. Beinahe jeden Tag waren sie gemeinsam beim Bogenschießen, Schwimmen, Laufen oder übten mit dem Schwert. Wer nicht mit Waffen umgehen oder schnell laufen konnte, konnte keinen Kampf um Schiff und Besitz gewinnen. Das wussten beide.

Gudmund der Mächtige betrachtete flüchtig seinen kaputten Pfeil und wandte sich dann an Harald.

»Das eine oder andere hast du schon gelernt, wie ich sehe, aber jetzt schießen wir aus größerer Entfernung.«

Er ging hinüber zu dem Platz, den das Gesinde seit langem nutzte, um den Göttern zu opfern. Die kleinen Holzstatuen von Odin, Thor und Frey standen immer noch da, ausgebleicht und modrig. Eine Weile musterte er sie schweigend: Thors roten Bart, die abgeblätterten, grauen Skulpturen von Odin und Frey. Sie waren schon lange nicht mehr neu angemalt worden, und ein paar angetrocknete, braune Flecken auf dem Holz verrieten, wie das Opferblut gespritzt hatte. Gudmund starrte die alten Götter an und stieß sein Messer in Odins Auge. Harald wich erschrocken zurück.

»Denk an das Mittwinteropfer ... die Leute auf dem Hof sind noch nicht bekehrt wie du«, stammelte er.

»Ansgar hat versprochen, uns alle zu taufen, darum haben wir für die hier keine Verwendung mehr.« Gudmund trat gegen die Statuen, dass sie wackelten. »Schau her, triffst du das Messer aus einer Bogenschusslänge Entfernung?«

Gudmund wog den Bogen in seiner Hand und zielte spöttisch auf das Messer. Er summte leise vor sich hin, froh und zufrieden über Haralds Gesellschaft. Er hielt viel von seinem Schwiegersohn. Natürlich war seine Tochter ihm das Liebste, aber da er keinen eigenen Sohn bekommen hatte, stand Harald ihm besonders nah. Er war ein Mann nach seinem Geschmack, und wenn sie sich im Bogenschießen, Schwimmen oder Kämpfen maßen, dann schienen sie viel gemein zu haben. Harald war ein Mann, mit dem man gern zusammen war und auf den man sich verlassen konnte.

»Ein Bogenschuss, das sind über 200 Armlängen. Das wird nicht leicht«, sagte Harald, während er den Abstand abschritt. Er wollte das Messer treffen, nicht Odin. Denn auch wenn er sich bekehren ließ und seinem alten Glauben abgeschworen hatte, so hatte er doch immer noch Respekt vor den alten Göttern.

Er zielte sorgfältig, aber seine Hände zitterten, als er den Bogen spannte. Er holte ein paar Mal tief Luft und versuchte es erneut. Der Pfeil schnellte mit Schwung davon, streifte das Messer, prallte gegen einen Stein und zerbrach mit einem lauten Knall. Odin war noch immer unversehrt.

»Hast du etwa Angst vor unserem alten Göttervater hier? Das ist ganz und gar unnötig!«, lachte Gudmund und schlug Harald freundschaftlich auf die Schulter.

»Nein, das ist es nicht. Ich war mit meinen Gedanken woanders.«

»Ach so? Dann willst du vielleicht mit mir reden?« Gudmund der Mächtige fuhr sich mit dem Handrücken über den Mund und sah Harald fragend an. »Ist etwas mit meiner Tochter? Bist du unzufrieden mit ihr?«

»Nun, Jorunn ist eine schöne und begehrenswerte Frau, aber sie kommt nicht wie eine richtige Ehefrau zu mir.«

»Nicht?«

»Ich weiß nicht, was mit ihr los ist, aber manchmal glaube ich, dass sie an Erik denkt.«

»An Erik, den Mistkerl?«

»Mistkerl? Ja, ein Hundsfott ist er und ein viel schlimmerer Schweinehund, als du ahnst«, erwiderte Harald.

Er betrachtete seinen Schwiegervater von der Seite. Er war klein und untersetzt, aber sehnig wie ein Weidenzweig. Gudmund war vierzig Winter alt, aber noch voller Manneskraft. Sein Alter war nur an den Falten rund um seine Augen erkennbar. Jetzt sah er ihn an wie ein Vater seinen Sohn, wenn er hofft, dass dieser sich ihm anvertraut. Harald ahnte, dass es an der Zeit war zu reden. Doch nicht über Jorunn. Er holte tief Luft, stützte sich auf den Bogen und sagte:

»Vor einer Weile hast du mich gefragt, was mit Odd

Sote geschehen ist«, begann er vorsichtig. »Damals wusste ich noch nicht, was ich jetzt weiß. Der Sklave ist tot. Und Erik hat ihn umgebracht.«

Gudmund blickte erstaunt auf.

»Erik? Dein Bruder hat den Sklaven getötet?«

Harald hob die Axt, die er am Gürtel getragen hatte. Es war eine stabile eiserne Axt mit breit geschliffener Schneide, eine, wie Sklaven sie verwendeten, wenn sie Holz für die Umzäunungen schlugen.

»Das hier ist Odd Sotes Axt. Der Knecht vom Snemunhof hat sie am Hügel unterhalb von Eriks Haus gefunden. Erik hat Sote mit seiner eigenen Axt erschlagen.«

»Aber warum?«

»Er wusste, dass er dein bester Sklave war. Er wollte sich schon lange dafür rächen, dass du Jorunn mir gegeben hast.«

»Aber es ist Odd Sotes Axt, es hätte ihn auch ein anderer als Erik töten können«, wandte Gudmund ein.

»Nein, Snemuns Knecht hat gesehen, wie Erik den Toten weggetragen und im Wald vergraben hat.«

Gudmund verstummte. Hatte Erik wirklich Sote umgebracht? Dann würde er ihm drei Felder für den Sklaven schulden. Wenn er nicht auf andere Weise dafür bezahlen wollte.

»Erik ist gerissen wie ein Fuchs. Er weiß, wie er dir am ehesten schaden kann«, fuhr Harald ruhig fort und merkte, dass seine Worte Wirkung zeigten. »Der Schurke weiß auch, dass du die neue Lehre nach Birka bringen willst. Er will allerdings, dass alles beim Alten bleibt. Zusammen mit einigen anderen steckt er hinter dem Widerstand gegen Ansgar. Unter anderem war er an dem Spuk mit den Schafen beteiligt. Das wissen alle. Ich will meinem Bruder nichts Böses, aber ich warne dich dennoch. Erik kann gefährlich werden.«

In Haralds Augen war ein listiges Funkeln getreten. Nicht weil er sicher war, dass man alles glauben konnte, was über Erik gesagt wurde, sondern weil er durch diese üble Nachrede Gudmund auf seine Seite ziehen konnte. Und Gudmund der Mächtige hörte ihm zu. Die Gerüchte in der Stadt waren auch ihm zu Ohren gekommen, aber er hatte nichts darauf gegeben. Jetzt hatte er Beweise. Stumm betrachtete er die Axt, die Harald in den Händen hielt. Dass Erik sich für so etwas hergab. Harald hatte Recht, Erik musste weg.

»Einen Sklaven zu verlieren ist schlimm genug. Aber nichts und niemand darf der Christianisierung Birkas im Weg stehen!«, entgegnete Gudmund scharf. »Deine Schilderung zeugt davon, dass dein Glaube stark genug ist, um sogar deinen eigenen Bruder zu opfern.«

»Ich verteidige keinen Unhold!«, antwortete Harald bestimmt.

»Ist dein Glaube stärker als Blutrache? Kannst du das schwören?«

Harald nickte und hielt Gudmunds Hand mit einem festen Händedruck.

Gudmund lächelte breit und umarmte den Schwiegersohn. Dann wandte er seinen Blick den Holzfiguren zu, das Messer steckte noch immer in Odins Auge fest. Gudmund hielt den Bogen vor sich, zielte und spannte die Sehne so straff, dass das Holz ächzte. Der Pfeil schoss davon, und der Griff des Messers splitterte bis zum Schaft. Noch lange zitterte der Pfeil in Odins einzigem Auge.

Die fahle Herbstsonne lag über Wald und Feldern und wärmte den dunkelblauen Himmel kaum. Björkö lag eingebettet in Herbstlaub, gelb und leuchtend. Harald Sigurdsohn legte die Bartaxt beiseite und hauchte in seine Hände. Sein Gesicht war kalt, sein Blick fern und nachdenklich. Gedankenverloren sah er sich um. Nun hatten sie das nötige Holz gefällt, die Stämme entrindet und die Eckpfosten aufgestellt. Aber er war nicht sicher, ob sie es schafften, die Kirche fertig zu bauen, bevor der Schnee kam. Der Platz für den Kirchenbau war schlecht gewählt, die Pfosten senkten sich oder versanken im Boden. Sie hatten Steinhaufen und Ringe um das Holz gelegt, aber nichts schien zu helfen. Nur dieser seltsame Mönch aus Corbie beklagte sich nicht. Wenn die Zimmerleute darüber murrten, auf so sumpfigem Boden zu bauen, antwortete er nur, dass es Gottes Wille sei. Der König hatte ihm den Grund überlassen, und darum war es auch im Sinne des Herrn, dort die Kirche zu errichten. Nur diejenigen, die entsagten und die Prüfungen auf sich nahmen, waren es wert, Gott zu dienen. Darum mussten sie weiterbauen.

Harald wunderte sich, dass sich alle damit abfanden. Vier erfahrene, handfeste Männer taten, was der Mönch sagte, auch wenn sich weit bessere Plätze zum Bauen fanden. Vielleicht weil Ansgar ihnen etwas anderes gab: Er sorgte sich um sie und hatte für jeden Einzelnen ein freundliches Wort. Während sie das Holz bearbeiteten, Löcher gruben und Pfosten aufstellten, sprach er zu ihnen, freundlich und aufmunternd. Er erzählte von Sünden und Versuchungen und von denen, die der neue Gott aus großer Not gerettet hatte. Die Männer hörten zu, und seine Worte klangen noch lange in ihnen nach. Ein Gott statt vieler, ein allmächtiger Gott, an den man sich mit allen Sorgen wenden konnte, ein Gott, der kein Blut forderte. Tag für Tag wuchs Haralds Vertrauen in die neue Lehre. Die Bärenklaue, die er stets um den Hals getragen hatte, hatte er vergraben und sich stattdessen ein Kreuz machen lassen. Als Gudmund der Mächtige alle auf seinem Hof hatte bekehren lassen, waren auch die Leute vom Haraldhof getauft worden. Nur Jorunn hatte sich geweigert.

Harald hatte versucht, mit ihr zu reden, aber das Gespräch hatte im Zorn und mit harten Worten geendet. Einmal hatte er sie in seiner Verzweiflung geschlagen, doch er verstand nicht, was für eine maßlose Wut ihn übermannt hatte. Danach war sie noch verschlossener geworden, und es hatte lange gedauert, bis sie ihm verzieh. Obwohl sie sich versöhnt hatten, ließ sie ihn wissen, dass sie nicht im Traum daran dachte, sich taufen zu lassen. Sie ließ ihn auch nicht mehr an sich heran, und jedes Mal, wenn er versuchte, sie zu umarmen, drehte sie sich weg. All das machte Harald sehr traurig, aber er hoffte, dass es sich mit der Zeit ändern würde. Denn er selbst war erfüllt von der neuen Lehre und hatte sich Gudmund dem Mächtigen und seinen Männern angeschlossen, die alles taten, um Birka christlich zu machen. Es war schwer ohne Jorunns Unterstützung.

Er hörte Schritte und sah auf. Ansgar war auf dem Weg zu ihm, lächelnd.

»Müde?«

»Nein, nur in Gedanken«, antwortete Harald und griff wieder nach seiner Axt. Er nickte in Richtung der aufgebockten Stämme. »Das wird ein gehöriges Stück Arbeit mit dem Holz, aber wir müssten es schaffen, bevor der Boden gefriert.«

Ansgar nickte.

»Mit eurer Erfahrung wird es gelingen, und vergiss nicht, dass Gottes Kirche nichts anderem ähneln soll.

Sie soll aus stehendem Holz errichtet sein, mit starken, gegabelten Pfosten, tief eingelassen in die Erde. Ihr Dach soll hoch sein, durchbrochen und weit in den Himmel emporstreben. Ihr sollt ein Haus bauen, das prächtiger sein wird als alle anderen.«

Ansgar wurde von lautem Rufen unterbrochen.

»Der König kommt!« Einer der Männer zeigte den Hang hinunter, wo der König und seine Wachen angeritten kamen.

»Es scheint, als bekämen wir Besuch«, sagte Ansgar, und ein breites Lächeln huschte über sein Gesicht. »Dann werden wir ihn wohl begrüßen müssen.«

Der König! Endlich kam er, der mächtige Führer dieser Barbaren. Vielleicht hatte er sich aus Neugier auf die neue Lehre zu ihnen aufgemacht, vielleicht wollte er Christi Evangelium hören. Warum sonst sollte er sich die Mühe machen, Adelsö zu verlassen?

Das Gefolge galoppierte auf den Kirchplatz und hielt an. Der König zügelte sein Pferd und saß ab. Der schwarze Hengst tänzelte, sein Fell dampfte. Die Wachen hielten sich abwartend im Hintergrund. Der König kam mit einem milden Lächeln auf den Lippen näher. Sein Umhang flatterte, der Gürtel mit dem Schwert glänzte in der Herbstsonne.

»Gottes Frieden, Vater. Ihr baut an der Kirche, wie ich sehe.« König Björn schlug einen leichten Ton an.

»Ja, Euer Gnaden, noch vor dem ersten Schnee werden wir fertig sein.«

»Ich sehe, Ihr habt die Männer Gudmunds des Mächtigen zur Hilfe bekommen.«

»Sowohl Hergeir als auch Gudmund haben mir in dieser Angelegenheit zur Seite gestanden.«

»Aha«, murmelte der König, dem es gar nicht gefiel,

das zu hören. Er lenkte das Gespräch rasch auf andere Dinge.

»Und wie kommt Ihr unter uns Heiden zurecht, Vater?«

Der König lächelte, spöttisch und mit steifem Nacken.

»Recht gut«, antwortete Ansgar kurz und knetete seine Hände. »Einigen gefällt es sicherlich nicht, dass ich predige, aber viele wollen auch von der neuen Lehre hören. Auf mehreren Höfen haben sich die Hausherren bekehren lassen und mit ihnen alle, die auf dem Hof leben. Das erfreut mich bis tief in mein Herz.«

»Gut!« Der König benetzte seine Lippen und überlegte, was er sagen sollte. War es schon so weit gekommen, dass das Gesinde den neuen Glauben annahm, nur weil der Bauer es tat? Er war zu fleißig in seinem Wirken, dieser Ansgar. Predigen durfte er – aber nicht zu viel. »Sagt, wird es Euch nicht zu einsam hier draußen, Vater?«

»Gott ist mein Begleiter.«

»Aber Gott kann Euch wohl nicht auf Weiberart Gesellschaft leisten?« Das Gesicht des Königs lebte auf, und seine Augen leuchteten. »Wir im Norden genießen unsere Frauen und Sklavinnen, und Ihr seid mein Gast ...«

Ansgar blickte verlegen zu Boden.

»Ja, und nachdem Ihr mein Gast seid, Vater, sollt Ihr wissen, dass ich Euch mit vielen schönen Frauen bewirten kann. Sagt einfach ...«

»Nein, nein!« Ansgar wurde rot. »Meine Liebe gehört nur Gott allein.«

»Schade, schade«, brummte der König und fuhr mit seiner haarigen Hand unter den Gürtel. »Na, wie gut, dass Ihr einen anderen Gott habt. Unser Frey wäre beleidigt gewesen!«

König Björn zuckte mit den Schultern und fand es an der Zeit, das Gespräch zu beenden. Er sah sich um und ging zu den aufgerichteten Pfosten in der Mitte. Seine goldbestickten Elchlederschuhe versanken im Lehm und wurden nass im Morast. Die Pfosten standen schief und würden wohl auch niemals gerade stehen. Innerlich lächelte er listig. In Wahrheit stand das Glück auf seiner Seite. Alles war gekommen, wie er es sich gedacht hatte. Ohne Schwierigkeiten war es ihm gelungen, den Kirchenbau auf diesem unzugänglichen Platz durchzusetzen. Niemand hatte sich zur Wehr gesetzt, nicht einmal Hergeir. Der König sackte tiefer in den Morast. Hergeir? Seltsam. Warum hatte der Häuptling nichts gesagt? Er, der sich darum bemüht hatte, Ansgar herzuholen, hätte sich darüber beklagen müssen, dass er die Kirche in diesen öden Sumpf verlegt hatte. Der König sog die klare Herbstluft durch die Nase ein, und ein skeptischer Zug spielte um seinen Mund. Hergeir konnte der Sache gar nicht gleichgültig gegenüberstehen. Die Gerüchte sagten, dass er sich taufen lassen wollte. Warum blieb er dann so ruhig?

Der König begann unsicher zu werden. Hergeir arbeitete eng mit den Kaufleuten zusammen und führte oft ihre Rede an. Vielleicht wartete er nur, bis der Mönch sie bekehrt hatte. Dann, wenn sich genug Männer dem neuen Glauben angeschlossen hatten, wollte der Häuptling vielleicht selbst die Macht übernehmen, Birka christianisieren lassen und seinen eigenen König verjagen? Was, wenn er eine Verschwörung vorbereitete? König Björn atmete heftig und fing an, unter seinem Umhang stark zu schwitzen. Nervös setzte er seine Besichtigung fort. Von nun an musste er auf der Hut sein. Es war höchste Zeit, Spione und Informanten nach Birka zu schicken. Er durfte keine Zeit verlieren. Der König hatte es plötzlich eilig. Mit ein paar schnellen Schritten war er neben seinem Pferd und stieg auf. Dann hob er die Hand zum Gruß, nickte seinen Männern zu und verschwand an der Spitze seines Gefolges überstürzt in Richtung Stadt.

Der Frost kam früh, schon Anfang November. Es war kalt, beißend kalt. Die Bucht fror zu, der Boden gefror, und in den Sümpfen ragte das Gras aus dickem, undurchdringlichem Eis. Dann begann es zu schneien. Der Schnee bedeckte Gräben und Sumpf mit einer weichen weißen Decke. Es wurde wieder warm, als ob die Natur es sich anders überlegt hätte, aber dann kehrte der Frost zurück. Harsch glitzerte silbern, und die Luft war klar und trocken. Darauf hatte der Häuptling gewartet. Jetzt war es leicht, sich einen Weg durch den Wald zu bahnen.

Es war windstill. Schwere Wolken zogen über den Nachthimmel, der zuweilen vom kalten Mondlicht erhellt wurde. Weit entfernt leuchteten Sterne.

»Sind die Männer bereit?« Hergeir wandte sich an Gudmund und sah sich unruhig um. Der Hofplatz lag im Dunkeln, aber im Hintergrund war der Gudmundhof groß und schwarz zu erkennen. Ein Hund bellte, und die Pferdehufe knirschten im Schnee. Sonst war es still.

»Wir sind so weit, Euer Gnaden«, antwortete der Kaufmann angespannt und versuchte, sein Pferd ruhig zu halten. »Wir sind zwölf Mann stark und haben Fuhrwerke und Schlitten dabei.«

»Gut«, sagte Hergeir erleichtert. »Danach wird niemand mehr an unserem Ernst zweifeln.«

»Nein, und die, die gegen uns sind, werden einsehen, dass wir stärker sind. Niemand wird uns daran hindern,

Birka zu bekehren.« Gudmund der Mächtige schloss die Faust um das Kreuz, das er um den Hals trug.

Hergeir nickte stumm und betrachtete die Männer auf dem Platz. Sie waren warm angezogen, mit Fellmützen, Umhängen und geschnürten Hosen aus Wolle. Am Gürtel trugen sie ihre Schwerter. Die Nacht war schon weit vorangeschritten. Es war Zeit aufzubrechen.

»Folgt mir!«, forderte der Häuptling sie auf und gab seinem Pferd die Sporen. Er übernahm zusammen mit Gudmund die Führung, und sie ritten in Richtung der Sümpfe. Die Fuhrwerke schepperten, und die Schlitten schlugen gegen Steine und Felsen. Ängstlich lauschte Hergeir nach Geräuschen und betete, dass niemand sie hörte. Wenn sie sich nur leiser vorwärts bewegen könnten. Noch hatte niemand sie gesehen, es durfte nichts schief gehen. Sie kämpften für das, was gut und richtig war. Deshalb durften sie nicht versagen. Er freute sich auf den Tag, an dem die Opfer aufhören und sich alle zum neuen Glauben bekennen würden! Dann würde Birka unter seiner Herrschaft erblühen. Ohne königliche Launen und Vorschriften …

Die Wolken trieben fort, und der Mond wurde sichtbar. Hergeir blickte himmelwärts. Es war beinahe Vollmond. Eine helle Kugel leuchtete über der schneebedeckten Landschaft. Wenn das Licht sie nur nicht verriet.

Als sie den Kirchplatz erreicht hatten, fanden sie das bearbeitete Holz auf dem Boden gestapelt und die zugeschlagenen Pfosten ordentlich aufeinander gelegt. Es war, wie er gehofft hatte, die List des Königs war ihnen zu Hilfe gekommen. Das Holz musste nur aufgeladen werden. Hergeir lachte leise vor sich hin. Jetzt würde er büßen, der König, dieser selbstgefällige Herrscher auf Adelsö. Ansgar, Gottes treuer Diener, hatte die lange und gefährliche Fahrt nach Birka auf sich genommen, um Gottes Wort zu verkünden. Während vieler Monate hatte er zur Freude der Sklaven und christlichen Kaufleute gepredigt. Aber dann, als er anfing, die Menschen um sich zu scharen, hatte der König alles getan, um ihn aufzuhalten. Dieser faule Blähbauch von König, der sich in Lust und Überfluss aalte, fühlte sich offenbar bedroht. Er wollte weiter von Adelsö aus schalten und walten und jedwedes Bestreben der Bewohner Birkas nach größerer Selbstbestimmung hintertreiben. König Björn wollte Ansgar mundtot machen, bevor die Christen zu mächtig wurden. Warum sonst hätte er dem Mönch den Sumpf als Bauplatz geben sollen? Der Bau würde misslingen, das wusste er, und so war es auch gekommen. Die Pfosten hatten sich gesenkt, und die halb fertige Kirche war eingestürzt. Die Zimmerleute waren gezwungen gewesen, das gesamte Bauholz aufzusammeln und von vorn zu beginnen. Jetzt standen die Pfosten da, eingeschneit und festgefroren, das Holz war aufgeschichtet. Holz, aber keine Kirche!

Hergeir hielt das Pferd an und drehte sich zu Gudmund.

»Hast du das gesehen? Sumpf. Nicht einmal ein Zelt würde hier aufrecht stehen. Und dieses Land gibt der König für Ansgars Kirche!«

Hergeir schnaubte verärgert.

»Ja, aber das wird ihm noch Leid tun!«, antwortete Gudmund ruhig. »Wir brauchen das Christentum. Wenn es Ansgar nicht gelingt, Birka zu bekehren, werden Wolin, Dorestad und andere Städte kommen und mächtiger werden als wir. Der König ist ein einfältiger Gesell, der das nicht begreift. Darum muss er weg.«

»Für immer«, stimmte Hergeir zu und betrachtete

mit wachsendem Zorn den erbärmlichen Kirchplatz. Der König, was für eine Memme, elendes Pack! Der Häuptling spuckte in den Schnee. Dann richtete er sich auf und gab seinen Männern ein Zeichen. Es war Zeit, die Last zu tragen. Die Männer arbeiteten stumm und verbissen. Sie wussten, worum es ging. Bevor die Nacht vorüber war, mussten sie das Holz fortgeschafft haben. Hergeir trieb sie zur Eile an. Es durfte nichts schief gehen. Als Häuptling von Birka musste er dafür sorgen, dass das Volk seine Kirche bekam.

Das konnte nicht wahr sein. Der König sprang auf, sodass die Tischplatte mit einem Knall zu Boden fiel. Was sagte der Bursche da, Hergeir hatte die Kirche abgetragen und auf seinen eigenen Grund gebracht? Der König stöhnte und ruderte mit den Armen.

»Nein, nein!«, wimmerte er, das Blut rötete seine Wangen.

Der Bursche starrte ihn erschrocken an und zog sich eingeschüchtert zur Tür zurück. Dass die Botschaft eine solche Wirkung haben konnte. Der König schritt in der Halle auf und ab und knetete seine Hände.

»Diese niederträchtige Laus, was für eine Ungeheuerlichkeit!«, schrie er wütend. Der Häuptling hatte sich gegen ihn erhoben, öffentlich dem König der Svear getrotzt. Hergeir war zur Tat geschritten, ohne ihn um seinen Rat zu bitten. Was für eine unerhörte Schmach! Der König fuhr sich mit einer müden Geste über die Stirn. Das durfte so nicht weitergehen. Der Häuptling musste beseitigt werden. Sofort.

Auf dem Haraldhof ging die Nacht in den Morgen über, und ein grauer Tag suchte sich durch Luken und Fensteröffnungen seinen Weg ins Haus. Harald lag wach, er hatte die ganze Nacht nicht schlafen können. Im Licht des frühen Morgens betrachtete er seine Frau. Sie schlief zusammengerollt, ihm den Rücken zugewandt. Abweisend, gleichgültig und kalt, diese Nacht wie so viele andere Nächte. Es war lange her, dass Jorunn zu ihm gekommen war, und er verstand nicht, warum. Er erkannte, wie verschlossen und abweisend sie war. Aber im Schlaf war nichts von ihrem Zorn zu sehen, nur ihre Weiblichkeit. Ihre weichen, weißen Arme schimmerten im Morgenlicht, ihre Brust hob und senkte sich in den gleichmäßigen Wellen des Schlafs. Plötzlich weckte sie Lust in ihm. Er brauchte sie, er sehnte sich nach ihr. Wenn sie ihn doch nur lieben und ihm in seiner Zuwendung zu dem neuen Gott folgen könnte. Wenn sie nur damit aufhören würde, ihn von sich zu stoßen. Er starrte sie an; nein, er ertrug ihre Kälte nicht mehr. Vorsichtig berührte er ihren Körper und legte für einen Moment seine Hand in ihre. Sie schlief noch immer, bemerkte ihn nicht. Unendlich langsam befreite er seine Hand und ließ sie über ihre Brust wandern, hinunter zu ihrem Bauch. Ihre Haut war warm, und er fühlte ihr Herz schlagen. Es schlug ruhig, und es bedeutete Leben und Hoffnung in der Dunkelheit. Doch dann wurde er ungeduldig.

»Ich bin dein Freund, ich will bei dir sein«, flüsterte er. Er sah sie zärtlich an und streichelte sie sanft weiter. Seine Hand glitt leicht über ihren Körper, so sacht und sanft, wie er sie nie zuvor berührt hatte. Jorunn wachte verwirrt und benommen auf und wollte sich dieser Zärtlichkeit öffnen. Der warmen Hand, die wie ein Schmetterling über ihre Haut tanzte. Es gab nur einen, der sie so streicheln konnte: Erik. War er endlich zu ihr gekommen?

»Bist du es?«, murmelte sie schlaftrunken und drehte sich auf den Rücken. Mit geschlossenen Augen streckte sie ihre Arme aus, um ihn zu umarmen. »Komm!«

Harald antwortete nicht und streichelte sie behutsam. Er war jetzt so nah, und sie war auf dem Weg zu ihm. Glücklich beugte er sich über sie.

»Meine Geliebte«, murmelte er fiebrig, und sein Griff wurde fester. Die Zartheit verschwand, und Begierde übermannte ihn. Keuchend öffnete er ihren Schoß, und Jorunn wurde mit einem Mal gewahr, was gerade geschah.

»Harald, nein!«, rief sie und wollte ihn von sich stoßen. Aber es gelang ihr nicht, Harald war zu kräftig. Sein heißer Körper drängte, fühlte sich hart und fremd an, aber vertrieb bald ihr Zögern. Harald war ihr Mann, sie wollte so sehr, dass alles gut wurde, sehnte sich nach Nähe und Wärme. Und er war so zärtlich zu ihr gewesen, vielleicht sogar …

Die Gedanken verebbten, und wachsende Wollust übermannte sie. Wenn ich nur nicht sein Kind empfange, dachte sie verwirrt, als sie keine Kraft mehr fand, ihn aufzuhalten.

Der Schnee glitzerte in der Sonne, und die Bäume warfen lange Schatten. Erik, der seit der Morgendämmerung unterwegs war, war schon mehrere Fallen abgegangen. Ringsum auf den Inseln war es ihm gelungen, ein Eichhörnchen und einen Hermelin zu fangen. Vergnügt wanderte er über die gefrorenen Sumpfwiesen. Er war gerne draußen und blinzelte zufrieden in den weißen Schnee. Die Kälte brannte auf seinen Wangen, und es knirschte unter den Füßen. Die Luft war rau, und sein Atem dampfte. Die Kälteperiode hielt schon eine ganze Weile an, und es schien ein langer Winter zu werden. Schon jetzt lag der Schnee höher, als er es je erlebt hatte. Er sah sich um und entdeckte etwas Dunkles in all dem Weiß. Er hielt inne und bückte sich. Ein abgebissener Eichhörnchenschwanz und frische Spuren im Schnee. Ein Baummarder! Er verfolgte die lang gestreckte, kaum sichtbare Spur mit dem Blick. Sie endete an einem Baum, unter dem Rindenspäne wie Eiderdaunen um den Stamm verstreut lagen. Gespannt blickte er nach oben. Vielleicht hatte der Marder das Eichhörnchen erwischt, dessen Kobel eingenommen und sein Tageslager dort aufgeschlagen. In diesem Fall könnte er ihn vielleicht herauslocken. Die Pelze, die er am Gürtel trug, kamen ihm plötzlich einfach und dürftig vor. Ein Marderpelz war mehr wert als seine beiden zusammen. Wie gern hätte er Jorunn den weichsten und feinsten Marderpelz geschenkt, den es gab. Eine solche Gabe würde ihr zeigen, dass er sie immer noch liebte, ja, fast noch mehr als damals, als er Birka verlassen hatte. Wenn sie ihren Pelz bekommen hatte, würde er die Reste zusammenpacken und verkaufen. Marderpelz; das würde ihm viel Silber auf dem Wintermarkt einbringen.

Erwartungsvoll spähte er in alle Löcher, versuchte, sich die möglichen Fluchtwege des Marders vorzustellen. Dann zog er sich vorsichtig zurück, den Pfeil im Bogen eingespannt. Er schob die Zunge zwischen die Zähne und pfiff einen kurzen Ton. Es rauschte in den Baumkronen, sonst war alles ruhig. Er versuchte es noch einmal, diesmal lauter. Leise strich er in großem Bogen weiter um den Baum und hielt inne. Ein Windstoß fuhr durch die Baumwipfel, und eine Wolke leichten Neuschnees rieselte zu Boden. Erik zuckte zusammen. War jemand hinter ihm her?

Er ließ den Blick über Boden, Bäume und einige Büsche auf einem einsamen Hügel schweifen. Plötzlich wusste er, wo er war, und fluchte.

In seinem Eifer, den Marder zu fangen, hatte er nicht beachtet, wohin ihn der Weg führte. Unter den schneebedeckten Büschen tief unten in der Erde lag Sote, der Sklave. Erik erinnerte sich; ihm fiel wieder ein, wie er mit dem Toten im Haus gesessen hatte, bevor er sich endlich zusammengerissen und Snemun aufgesucht hatte. Zusammen hatten sie Sote fortgetragen und ihn unter Erde und Steinen vergraben. Nur die Axt war verschwunden geblieben, sie mussten sie auf dem Weg verloren haben. Das hatte ihn lange beunruhigt, bis er schließlich nicht mehr daran gedacht hatte. Aber jetzt kehrten die Qualen zurück. Wann würden jene, die Sote geschickt hatten, es das nächste Mal wagen? Erik versuchte das Unbehagen abzuschütteln und drehte sich um. Wieder fiel Schnee vom Baum. Er sah auf, lauschte. Er glaubte, etwas zu hören. War der Marder über die Baumkronen geflüchtet? Nein, aber vielleicht bewegte er sich oben im Geäst. Es war keine Spur zu sehen, die von dem Baum wegführte. Vorsichtig ging Erik zum Stamm und fuhr mit der Hand über die Rinde. Plötzlich entdeckte er das Tier: den langen, schlanken Körper, den schönen, feinen Pelz. Erik spannte den Bogen, und der Pfeil schoss davon. Der Marder taumelte und fiel in den Schnee. Reglos blieb er liegen.

Erik jubelte. Ein echter Marderpelz. Das würde ihm auf dem Markt viel einbringen. Marder, Zobel und Eichhörnchenfell; diesen Winter hatte er das Glück auf seiner Seite gehabt. Wenn es ihm hold blieb, würde er sich zu gegebener Zeit ein neues Schiff kaufen können.

Er besah sich das Tier und untersuchte den Pelz. Der

Pfeil hatte keine Spuren hinterlassen. Pfeifend kniete er sich hin und begann das Tier zu häuten. Achtsam zog er das Messer an dem warmen Körper entlang, darauf bedacht, das Fell nicht zu beschädigen. Er arbeitete schweigend und konzentriert, den Blick fest auf das Tier geheftet, ohne die Männer zu bemerken, die näher gekommen waren. Erst als er aufstand, sah er die Reiter. Sie trugen Langröcke und Loden, waren mit Kurzschwertern und Äxten bewaffnet. Sie steuerten direkt auf ihn zu. Er erstarrte und tastete nach seinem Messer. Er würde sich nicht kampflos ergeben.

Ansgar war auf dem Weg nach Hause. Die Planken waren vereist, und er musste vorsichtig gehen. In den Werkstätten und Häusern war die Arbeit in vollem Gange. Es klopfte und lärmte aus Höfen und Nebenhäusern, Webstühle und Töpferscheiben klapperten. Ein paar Schweine wühlten in den Gräben vor den Hauswänden, und eine Gruppe Kinder sprang johlend an ihm vorbei. Sie kämpften mit Holzschwertern und jagten einander durch die Straßen. Ansgar sah ihnen lange nach. Dann ging er zum Wasser hinunter, wo Kürschner und Seiler arbeiteten. Er wollte den Weg an den schönen Handwerkerhäusern vorbei einschlagen. Draußen vor einem stattlichen Holzhaus lag ein Haufen Hirschknochen. Der Knochenschnitzer schien immer zu arbeiten und niemals eine Pause zu machen. Nadeln, Kämme und prächtige Griffel für die Wachstafeln – all das stellte er her. Den Sommer über hatte er seine Waren in einer Bude draußen auf der Straße verkauft, doch nun war die Klappe geschlossen. Sogar die Tür zur Schankstube war zu. Als Ansgar vorbeiging, klang von drinnen gedämpftes Murmeln heraus. Die Heiden waren eigentlich gesellige und versöhnliche Menschen. Nicht alle waren Barbaren. Viele waren friedlich und gastfreundlich und alltags nicht anders als das gemeine Volk im Frankenreich. Nein, er hielt sie nicht für Wilde. Sie waren, allen üblen Reden zum Trotz, tüchtige Menschen. Nur im Glauben waren sie irregeleitet. Ihre heidnischen Gebräuche waren grausam, aber allein deshalb waren sie noch keine schlechten Menschen. Wenn es ihm nur gelänge, sie zu bekehren, würde ihr Leben früher oder später dem der Dänen und Sachsen ähneln. Das Sveareich, diese barbarische Heimstatt im Norden, würde sicher bald zum Kaiserreich gehören.

Ansgar trat auf die Hamngatan und blickte zum Stadtwall mit den Holzpalisaden auf. Er zog sich von der Burg den Hügel hinunter um die ganze Stadt herum und machte schließlich weit draußen im Wasser einen Bogen. Er diente als mächtige Verteidigungsanlage mit mehreren Wachtürmen und war errichtet worden, um die Bewohner der Stadt vor Seeräubern zu schützen. Die Einwohner Birkas waren wohlhabend und vermögend, reicher als alle anderen Menschen im Norden. Mochte er Erfolg haben in seinem Streben und sie bekehren. Wenn er die Reichen für sein Anliegen gewinnen konnte, würden sie dafür sorgen, dass alle anderen auf ihren Höfen ebenfalls getauft würden. Vielleicht würden sie ihm sogar Geld geben. Wie wichtig war doch die Unterstützung der Mächtigen. Ansgar dachte an Hergeir, den Häuptling, der sein eigenes Land für den Kirchenbau zur Verfügung gestellt hatte. Dank seiner Hilfe hatte die Kirche fertig gestellt werden können.

Ansgar pries sein Glück. Er konnte die seinen nun in seiner schönen Kirche empfangen, und auf dem Wintermarkt würde er Hergeir taufen und alle anderen, die sich bekehren ließen. Eines Tages würden sich alle in der Stadt zu Gottes Wort bekennen. Die Götzenanbetung der Heiden war nichts für vernünftige, aufgeklärte Menschen, und die Bewohner Birkas konnten sich darüber erheben. Er musste ihnen nur zeigen, wie.

Ansgar hob den Blick und sah undeutlich das Gräberfeld unterhalb der Burg. Er rief sich ein Ereignis in Erinnerung, von dem Hergeir ihm erzählt hatte, das für die Leute hier nicht ungewöhnlich war. Als einer der Häuptlinge des Landes gestorben war, war er von einer Sklavin ins Grab begleitet worden. Als er sorgfältig ins Grab gebettet war und die Frau neben ihrem vornehmen Herrn niederkniete, hatte ihr jemand von hinten einen Stoß gegeben, dass beide unter einer dichten Schicht Erde und Torf begraben worden waren. Und dennoch hatte diese Frau einen schöneren Tod gehabt als die Sklavin, die der Sitte des Landes entsprechend zusammen mit ihrem toten Herrn verbrannt worden war. Ansgar wandte seinen Blick ab und erschauerte.

Entschlossen nahm er seine Wanderung Richtung Wasser wieder auf. Die Sonne glitzerte auf dem zugefrorenen Fjord, und Schnee und Eiskristalle funkelten. Er blieb stehen und genoss die Aussicht, ließ den Blick langsam über die Landschaft schweifen. Es war ein schönes Land, in das er gekommen war, ein Land, das sich hoch über die Barbarei erheben sollte. Mochte es in seiner Macht stehen, diese Menschen dazu zu bringen, das Wort Gottes anzunehmen. Erst dann würden sie ein besseres Leben führen können. Es war eine große und schwierige Aufgabe, die vor ihm lag, wenn sie ihm aber gelänge, würde der Kaiser ihn reich belohnen. Ansgar zog zufrieden seinen Umhang enger und kehrte um. Es war kalt geworden, und er sehnte sich nach einem warmen Honigtrunk aus dem Kessel. Ansgar eilte den Weg entlang, bog in die Köpmansgatan und erreichte sein Zuhause.

Vor der Tür stand eine Frau. Sie sah elend aus in ihrer Armut, ihre Kleider hingen verschlissen und zerlumpt an ihr herunter. Weiches, blondes Haar schimmerte unter einem grauen Kopftuch hervor. Eng an die Brust gepresst, trug sie ein Bündel in einen Wollschal gewickelt. Sie reckte ihm das Bündel entgegen und sah ihn flehend an. Stumm zog sie das Tuch vom Kopf.

9. Kapitel

Ansgar blickte sich hastig um. Niemand hatte sie gesehen. Schnell zog er Estrid zu sich in die Kammer. Das Kind schlief. Sein weiches, rundes Gesicht sah friedlich aus, sein Kopf war von dunklen Locken umgeben. Ansgar erstarrte, gepackt von einer plötzlichen Vorahnung. Das konnte doch nicht sein …? Er schob den Gedanken beiseite und sammelte seine Kräfte für die Begegnung mit der Frau. Estrid? Es war, als hätte er Angst davor, ihr Bild in sich aufzunehmen. Seit diesem unseligen Abend am Feuer hatte er sie verleugnet. Er hatte so viel Kraft darauf verwendet, sie aus seinem Bewusstsein zu verdrängen, dass er irgendwann davon überzeugt gewesen war, das Geschehene habe niemals wirklich stattgefunden. Nur im Traum hatte er gesündigt, in der Realität hatte der Herr ihn stark gemacht, und er hatte allen Versuchungen widerstanden.

Jetzt war sie hier.

Er starrte sie widerstrebend an. Estrid. Sie war schön in ihrer Wehmut, ihre Haltung gerade und würdevoll. Nur ihre Kleider waren zerrissen, ihr Gesicht müde und erschöpft.

Was wollte sie?

Sie sprach ruhig und gefasst:

»Meine Eltern haben mich vom Hof gejagt.« Sie legte das Kind vorsichtig auf die Schlafbank.

»Aber … das Kind«, stammelte er verwirrt.

»Es ist *Euer* Kind!«

Die Worte zerrissen ihn, würgten ihn. Du sollst nicht sündigen, du sollst nicht … Die Gewissheit traf ihn wie ein Peitschenhieb. Warum? Hatte der Herr ihn verlassen? In seinen Predigten hatte er gesagt, dass man nur eine Frau haben darf, die Frau, mit der man sein Leben teilt. Alles andere wäre Sünde. Wahrheit, Treue, Entsagung, das war die christliche Botschaft.

Er dachte an die christliche Gemeinde, die sich auf Björkö zu bilden begonnen hatte, an die Kirche auf Hergeirs Grund, an alles, auf das er verzichtet und das er ausgestanden hatte, um seine Mission im Land der Svear durchzuführen.

Und nun das.

Niemand würde ihm länger Vertrauen entgegenbringen. Er hatte gesündigt; er war nicht besser als all die Heiden, die er hatte bekehren wollen. Nein, er konnte nicht zu dem stehen, was geschehen war, er musste seine Tat leugnen. Für immer.

Entschieden verschränkte er seine Finger. Senkte seinen Blick.

»Das Kind ist nicht von mir!«

»Das Kind ist von dir!« Estrid stand aufrecht und stolz vor ihm. Ließ ihn ächzen.

Ansgar fand keine Schonung.

»Du lügst!«

»Nein, du musst mir helfen.« Estrid flehte. Aber ihre Stimme trug. Sie war stark. »Du hast gesagt, dass du den Menschen in der Not beistehst.«

»Aber …«

»Du hast gesagt, dass du ein Gesandter Gottes bist, dass du allen helfen kannst.«

Ansgar sah sie verwirrt an. Sie war so schön, ihr Gesicht so weich. Er musste sich zwingen, sie fortzujagen.

»Das Kind«, flüsterte sie und spürte seine Kälte.

»Das Kind …«, brauste er auf. »Setz es im Wald aus.«

Estrid starrte ihn an, ihre Pupillen weiteten sich, und ihr Gesicht wurde weiß vor Entsetzen. Sie schwieg, fand keine Worte, ihr ganzes Wesen bäumte sich auf gegen seine Worte. Raserei und Zorn packten sie, und sie wollte schreien.

»Dass der Troll dir die Zunge herausschneide!« Voller Verachtung beugte sie sich zu dem Kind und nahm es hoch. Dann trat sie vor ihn und spuckte ihm ins Gesicht.

Der Königshof lag in dichtem Neuschnee eingebettet. Abdrücke von Hufen und Füßen führten in unregelmäßigem Muster über den Hofplatz, ein paar Hasenspuren verschwanden im Wald.

Drinnen im Königshof knisterten Fackeln, und geschmiedete Öllampen erleuchteten den Saal. Ein angenehmer Duft von Rauch und Wacholder lag im Raum.

»Sag, wer ist eigentlich dieser seltsame Mönch, den du in Haithabu mitgenommen hast?«

König Björn lehnte sich über den Langtisch und blickte Erik aus schmalen Augen an.

Die Fackeln knackten, Harz und Holz prasselten.

»Ich …«

Erik wusste nicht, was er sagen sollte, und fürchtete etwas zu erzählen, das der König nicht hören wollte. Er wich seinem Blick aus und betrachtete mit Erstaunen die Pracht im Saal. Der Schein des Feuers brachte das Silber in den Webteppichen und Gobelins zum Leuchten. Er hatte gehört, was über den Königshof geredet wurde, doch niemals hätte er es sich träumen lassen, all das einmal selbst zu sehen. Und jetzt hatten die Wachen ihn auf Geheiß des Königs hierher gebracht. Den Grund kannte er nicht.

Erik schielte abwartend zu dem mächtigen Mann mit dem Marderpelzkragen. Der König atmete mit einem leicht pfeifenden Ton, sein Bauch wölbte sich schwer über den Gürtel. Um die Schultern trug er einen roten Rock aus Biberpelz, darunter blaue Hosen, die mit Bändern unter den Knien geschnürt waren. Das Schwert mit Knauf und Griff aus Silber war an einem Lederriemen um seine Taille gegurtet.

Worauf wollte er mit seiner Frage nach Ansgar hinaus?

Eine Sklavin brachte Met und reichte jedem einen Trinkbecher. Wortlos füllte sie die Gläser bis zum Rand.

»Met schenkt Unsterblichkeit, Urteilsvermögen und Weisheit«, lachte der König, ganz offensichtlich war er ihm freundlich gesonnen. Die Reiter hatten Erik zuerst erschreckt, sodass er sein Messer gezogen hatte. Er hatte geglaubt, dass sie hinter ihm her waren. Dass jemand sie dafür bezahlt hätte, ihn zu töten, so wie der Sklave damals. Aber sie hatten Erik nur gebeten, ihnen nach Adelsö zu folgen. Der König habe nach ihm geschickt.

Erik musterte den mächtigen Herrscher. König Björn wusste, dass er Ansgar an Bord gehabt hatte, und nun wollte er Erik dazu bringen, über den Mönch zu berichten. Aber was?

»Ansgar?« Erik drückte sich vor einer Antwort. »Ich kenne ihn kaum, aber so viel weiß ich, er ist ein Mann von starkem Glauben.«

König Björn prüfte den Schiffer mit wachsamen Augen. Bestimmt wusste der Bernsteinhändler mehr über Ansgar.

»Sag mir, Schiffer, was denkst du über den Mönch?« Der König fragte fordernd, lächelte verbindlich.

»Er ist ein Mann mit vielen Begabungen. Er hat meine Besatzung verzaubert«, erwiderte Erik, unruhig abwartend, was der König im Sinn haben mochte.

König Björn wurde ungeduldig und erhob sich. Er begann im Raum auf und ab zu schreiten, die Hände auf dem Rücken verschränkt.

»Folgen die Menschen ihm, und nehmen sie seine Lehren an?« Der König blieb stehen, so nah, dass Erik die Unsicherheit und Unruhe spürte, die von ihm ausgingen. Jetzt verstand er. Der König fürchtete Ansgar. Er hatte Angst vor der neuen Lehre, war unschlüssig gegenüber dem Neuen und Fremden, das der Mönch mit sich führte.

Erik schwieg einen Augenblick, dann antwortete er:

»Ansgar bringt alle dazu, zuzuhören. Er hat die seltene Fähigkeit, die Menschen mitzureißen. Die Versammlungen draußen auf Björkö werden immer größer.«

»Das habe ich befürchtet.« Der König nahm seine Wanderung wieder auf und betrachtete die Gobelins an seiner Wand. Er hatte sie von einem chasarischen Kaufmann aus dem Osten erhalten, einem Mann mit orientalischen Sitten und Gebräuchen. Dennoch hatte er diesen Mann ganz und gar nicht als Fremdling empfunden. Wohingegen Ansgar für ihn genau das war. Es war etwas Bedrohliches an diesem Mann, der Zwietracht säen und herrschen zu wollen schien. Der König trat ungeduldig von einem Bein aufs andere und sah den Schiffer auffordernd an. Der Bernsteinhändler sollte mehr erzählen.

»Ansgar ist ganz erfüllt von seiner Überzeugung. Er lehnt den heidnischen Glauben ab und will alle bekehren«, fuhr Erik fort, »obgleich wir gut leben, hier im Sveareich, und nichts Schlechtes daran ist, beim Alten zu bleiben.«

Der König setzte sich und stand sofort wieder auf.

»Ja, wir stehen einig um unsere Asen-Götter. Darum können wir die Erde nutzen und unsere Weiden einvernehmlich erhalten. Darum folgen wir den Gesetzen und Gebräuchen des Sveareichs. Der neue ...«, seine Stimme wurde unsicher, »der neue Glaube kann all das entzweien.«

Letzteres sagte der König leise zu sich selbst. Aber Erik hörte und begriff.

»Die Überzeugung eines Menschen ist nie das Leben eines anderen wert«, sagte er kühn. »Der neue Glaube darf das Alte nicht zerstören.«

Der König horchte auf. Der Schiffer hatte offenbar erkannt, was die neuen Lehren mit sich bringen konnten. Vielleicht hatte er sogar schlechte Erfahrungen mit dem Mönch gemacht? Der König kehrte zum Tisch zurück und trank den restlichen Met. Dann rief er nach der Sklavin, um Mundvorrat und Getränke bringen zu lassen. Er wollte alles hören, was der junge Mann zu berichten hatte. Über Ansgar, über Hergeir und über die neue christliche Gemeinde.

Es war spät am Abend, als Erik nach Björkö zurückkehrte. Er ging direkt zu Snemun. Der Freund sah seinen gehetzten Blick, warf seinen Umhang um und trat hinaus.

Die Bäume ragten schwarz und kahl in den Nachthimmel. Der Schnee knirschte unter ihren Schritten.

»Der König fürchtet Ansgar«, sagte Erik kurz.

»Woher weißt du das?« Snemun sah ihn erstaunt an. Die Kälte brannte auf ihrer Haut.

Erik berichtete von den Reitern, die ihn nach Adelsö gebracht hatten, und von dem Gespräch mit dem König, das mit der Zeit immer vertraulicher geworden war.

»Du warst beim König?« Snemun schüttelte den Kopf. »Meinst du, ich merke nicht, dass du nach Svea-Bier stinkst?«

Erik wurde wütend.

»Drei Wochen lang hatte ich Ansgar an Bord. Verstehst du nicht? Der König fühlt sich von dem Mönch bedroht. Er hat mich zu sich gerufen, um alles zu erfahren, was ich weiß.«

»Dich? Um so was herauszubekommen, hat er doch wohl andere Leute.«

Erik ging nicht darauf ein.

»Der König will, dass ich ihn wissen lasse, was auf Björkö vor sich geht, ich soll über alles berichten, was Ansgar sagt oder tut.«

Snemun warf Erik einen zweifelnden Blick zu, bemerkte jedoch den Ernst in den Augen des Kameraden. Plötzlich begriff er, dass Erik die Wahrheit sagte. Er blieb stehen und hielt ihn am Arm fest.

»Komm, wir gehen zu dir.«

Es begann zu schneien. Als Gunnar Snemun später die Stube verließ, um nach Hause zu gehen, reichte ihm der Schnee schon bis zu den Knöcheln.

Eine Männertraube bewegte sich langsam die Straße hinunter. Offenbar waren sie auf dem Weg in die Schankstube. Sie trugen Schilde und Schwerter und blickten sich beim Gehen unentwegt um. Sie verhielten sich leise und sprachen kaum miteinander. Bei der Schankstube hielten sie an. Sie standen eine ganze Weile dort, ohne hineinzugehen. Stattdessen beratschlagten sie sich und stapften ein Stück weiter die Straße hinunter. An einer Querstraße mit guter Aussicht auf das Wirtshaus hielten sie inne. Es war kalt, doch die Männer hatten keine Eile. Der Wind nahm zu, und der Schnee fiel dicht auf Dächer und Planken. Sie rührten sich nicht.

Ansgar sah die bewaffneten Männer nicht, als er ins Schankhaus eilte. Er suchte nach Estrid und war in Gedanken. Als er die Tür zum Wirtshaus aufstieß, entdeckte er sie. Das Kind lag ruhig neben ihr auf der Bank, auf dem Tisch standen eine Mahlzeit und Met. Sie aß und hielt ein Stück Brot in der Hand. Er zögerte und erschauerte bei dem Gedanken an ihre Begegnung am Vortag. Setz das Kind im Wald aus, er verstand das nicht. Er selbst wäre über eine solche Äußerung entsetzt gewesen. Jetzt waren es seine eigenen Worte. Er bereute sie bitter, schämte sich und begriff, dass er sie nicht gehen lassen durfte. Sofort nachdem sie seine Kammer verlassen hatte, hatte er darüber nachgedacht, wie er sie besänftigen konnte. Gleichzeitig, tief im Innern, versuchte er die schlichten Gedanken zu ersticken, die, die schrien, dass er das nur für sich selbst tat. Weil er fürchtete, sie könnte ihn sonst verraten. Ansgar zögerte in der Türöffnung.

»Nimm dich in Acht!«

Ein Mann mit dicken, lockigen Haaren und entschlossenem Gesicht drängte sich vor ihn. Der Schiffer!

Ansgar fasste ihn an der Schulter und versuchte ihn am Hineingehen zu hindern. Aber Erik rempelte ihn an, und er verlor das Gleichgewicht. Hilflos schlug Ansgar mit den Armen um sich und zog Erik im Fallen mit sich. Die Männer tasteten nach Halt, eng umschlungen in einem vergeblichen Versuch, die Balance wiederzufinden. Vergeblich. Sie fielen. Fibeln, Kittel und Umhang verhakten sich, rissen Löcher in den Stoff, und mit lautem Krachen stürzten beide über die Schwelle in die Halle. Ansgar schimpfte, das Büßerhemd kratzte, der Rosenkranz war gerissen. Die Perlen prasselten tänzelnd zu Boden. Estrid blickte verwundert auf. Sie war reichhaltig bewirtet worden, und der starke Met hatte sie aufgemuntert. Als sie die beiden Männer ineinander rasseln und zu Boden stürzen sah, stieg ein Lachen in ihr auf. Ihr Körper bebte, sie hielt sich den Bauch und prustete aus vollem Hals. Die anderen stimmten ein, und rasch war der ganze Raum von Heiterkeit erfüllt.

Erik konnte sich das Lachen ebenso wenig verkneifen. Benommen stand er auf und klopfte sich die Kleider ab, noch immer mit einem breiten Grinsen im Gesicht. Dann blieb er mit offenem Mund stehen. Estrid? Was hatte sie hierher geführt? Mit schnellen Schritten war er an ihrem Tisch.

»Estrid, was für eine Überraschung. Das müssen wir feiern!« Sein Gesicht hellte sich auf, und ohne zu fragen, was sie wollte, rief er die Wirtin zu sich.

»Bring mir zwei Hörner Met, voll bis zum Rand!«

»Betrittst du Wirtshäuser immer auf diese Art?«, fragte Estrid fröhlich, stand auf und umarmte ihn. Erik, wie gut, ihn zu sehen! Hier war der Schiffer, der ihr seine Kaufmannswaage schenken wollte. Nach wenigen Tagen in Birka hatte sie ihn wieder getroffen. Was für ein Glück sie hatte. In einer so großen Stadt war es gut, noch jemanden außer Ansgar zu kennen. Eine unbestimmte Schwere fiel von ihren Schultern, und mit einem Mal fühlte sie sich leicht und froh.

»Wie mir scheint, bist du gut in Birka angekommen«, sagte sie und lachte auf.

Erik wandte sich ihr mit einem Lächeln zu, das jedoch schnell erstarb. Erst jetzt fiel ihm auf, wie jämmerlich und ärmlich sie aussah. Ihre Kleider waren verschlissen, ihr Rücken gekrümmt, und das Gesicht, das ihn anblickte, war blass und fahl. Sie sah älter aus und war dünn geworden, ihr Blick tief und ernst. Aber obwohl es ihr schlecht ging, war sie immer noch schön. Die glatte Haut, ihr weicher, runder Körper. Ihre Brust lag schwer in ihrem Ausschnitt, ihr Busen wirkte üppiger, als er ihn in Erinnerung hatte.

»Ja, angekommen bin ich wohl, aber ich kann nicht behaupten, dass es gut war«, sagte er zweideutig.

»So?«

Erik öffnete den Mund, um zu antworten, aber im selben Moment fing das Kind auf der Bank an zu weinen. Estrid beugte sich hinüber und beruhigte es mit sanften, leisen Worten. Erik beobachtete sie verwundert. War das ihr Kind? Er wollte gerade fragen, aber Ansgar bemerkte seinen Blick und unterbrach ihn in seinen Gedanken.

»Estrid ist vom Hof fortgegangen. Ich habe ihr eine Herberge hier in der Stadt besorgt«, sagte er und stellte sich dicht neben sie. Sein Blick flehte um ihr Stillschweigen. »Sie ist hierher gekommen, um an der neuen Lehre teilzuhaben.«

Estrid hörte Ansgars beruhigende Stimme, erkannte den milden, aber ernsten Ton. Diese Stimme hatte sie einst dazu gebracht, zuzuhören. Estrid sah ihn erstaunt an. Aus seinen Augen strahlten Wärme und Mitgefühl. Wie war das möglich? Sie erinnerte sich an den Hass und die Verachtung, die gestern von ihm ausgegangen waren. Jetzt war er wie ein anderer. Wie konnte er sich so verändern?

»Ja, ich habe mein Zuhause verlassen«, fiel Estrid ein, »aber nicht der neuen Lehre wegen. Es gab für mich daheim auf dem Hof nicht viel zu tun, also bin ich hierher gekommen. Vielleicht finde ich hier Arbeit. Man sagt, dass es hier gute Möglichkeiten gibt. Und vielleicht weißt du ja, wo ich eine ordentliche Kammer finden kann?«

»Ich habe schon mit der Kaufmannsfrau gesprochen, bei der ich wohne«, unterbrach Ansgar eilig. »Dort wirst du es warm und gut haben.«

Er bemühte sich, gleichmütig zu klingen, während er seinen Worten größtmöglichen Nachdruck verlieh. Er war gezwungen, sie zu sich zu locken. Er musste. Vorsichtig drückte er ihren Arm.

»Lass uns weiterreden«, flüsterte er kaum hörbar.

Estrid ahnte, dass er etwas Wichtiges zu sagen hatte. Sie nickte stumm und senkte den Blick.

Erik schielte zu Ansgar. Warum flüsterte er? Der Mönch saß Estrid zugewandt, schien seltsam erpicht auf etwas zu sein. Erik sah die beiden neugierig an. Estrid. Was machte sie in Birka? Das Kind schien ihres zu sein. Warum hatte sie dann ihr Zuhause verlassen? Wer würde ihr hier in der Stadt helfen?

Er beobachtete sie in der Nische, bemerkte die Wehmut in ihrem Gesicht. Sie kam ihm so zerbrechlich und verlassen vor. Sie war nicht mehr die sichere, warme Frau, die sie in ihrer Stube aufgenommen hatte. Ihre Art erinnerte ihn daran, wie sie an dem Morgen gewesen war, als sie sich wieder auf den Weg gemacht hatten, damals, als er der plötzlichen Eingebung gefolgt war und ihr seine Kaufmannswaage hatte schenken wollen. Eine unvermittelte Wärme durchströmte ihn. Was auch immer Estrid nach Birka führte, er musste ihr zur Seite stehen. Er konnte nicht schweigend mit ansehen, wie Ansgar sie mit seinem Glauben umgarnte. Sie durfte nicht verführt werden. Entschlossen trat er zu ihr und blickte sie entschlossen an.

»Du hast uns beigestanden, als wir deine Hilfe brauchten. Jetzt will ich das wieder gutmachen.« Er lächelte, offen und freundlich, nahm ihre Hände in seine. »Mein Haus liegt draußen vor dem Stadtwall. Dort ist Platz für dich und das Kind.«

Ansgar räusperte sich und sagte mit lauter Stimme: »Wir haben im Kaufmannshaus schon alles für sie vorbereitet.« Beschützend legte er seinen Arm um ihre Schultern und sah sie zugleich auffordernd, fast befehlend an.

Estrid lächelte unsicher und zog ihre Hände zurück. Sie spürte Eriks Mitgefühl, und der Gedanke daran wärmte sie, aber sie musste mit Ansgar sprechen.

»Danke, Erik, ich glaube, dass ...« Weiter kam sie nicht, bis Ansgar ihr erneut Einhalt gebot.

»Estrid, komm mit mir. Ich habe schon angekündigt, dass wir auf dem Weg sind.« Die Stimme des Mönchs war fest, und es war deutlich zu hören, dass er keinen Widerspruch duldete. Ohne ihr Zeit für eine Antwort zu geben, stand er auf und streckte seine Hand aus. »Ich habe versprochen, dass wir nicht zu spät kommen.«

Lächelnd zog er Estrid von der Bank, und sie spürte seine Hand in ihrer. Sein Blick ließ ihren nicht los.

Erik musterte sie verwundert. Woher wusste Ansgar, dass Estrid nach Birka gekommen war? Warum hatte er es so eilig, sie mitzunehmen? Nun stand er neben ihr, schön und stattlich, mit funkelnden Augen.

Ein Gefühl von Abscheu erfüllte ihn, und er wandte sich hartnäckig an Estrid.

»Du folgst einfach der Hamngatan den Hügel hinauf und gehst durch das Stadttor. Auf der anderen Seite der Weiden, oben über dem Hang, liegt ein großer Hof und nicht weit davon ein altes Haus mit Strohdach. Das ist mein Haus. Dort gibt es reichlich Platz für dich und das Kind. Ich bin da, wenn du mich brauchst.«

Estrid nickte, ihr blondes Haar fiel über ihre Schultern. Dann nahm sie das Kind in den Arm und folgte Ansgar zur Tür. Dort drehte sie sich zu Erik um, um etwas zu sagen, aber Ansgar verstellte den Weg und schob sie hinaus.

Erik stand auf und deutete auf die Perlen, die auf dem Boden verteilt lagen.

»Vergiss deinen Rosenkranz nicht, Mönch!«, rief er ihm nach. Dann sank er auf die Bank zurück. Plötzlich fühlte er sich einsam.

Nachdenklich nippte er an seinem Bier. Estrids Kind. Das Bild des Kleinen stand ihm unvermittelt wieder vor Augen. Es war etwas Vertrautes an ihm. Erik starrte die Tischplatte an und versuchte nachzudenken, doch er wurde durch den Lärm und das Geschrei auf der Straße unterbrochen. Er lauschte, stand auf und ging hinaus. Es hatte aufgehört zu schneien. Ein Wanderer verschwand den Hügel hinauf, unten am Wasser lagen die Straßen leer und dunkel. Ein Straßenköter bellte, aber das Rufen und Schreien war verklungen. Die Straße war seltsam still. Erik duckte sich und hielt sich dicht an der Hauswand. Vorsichtig schlich er zum Hafen hinunter und kreuzte eine Seitenstraße. Plötzlich hörte er Schritte.

»Packt ihn!« Eine Stimme rief in die Dunkelheit, und im nächsten Augenblick stürzte eine Gruppe von Männern hervor und umringte ihn.

»Da ist er, der Heidenhund. Jetzt haben wir ihn.« Tjalve Tryggvessohn, Verwalter auf dem Gudmundhof, gluckste erfreut.

Erik wich zurück und bemerkte, dass die Männer mit Speeren und Äxten bewaffnet waren. Es waren fünf starke Kerle. Er würde sich nur schwer befreien können. Sie kreisten ihn enger ein. Erik schwitzte, sein Herz schlug ihm bis zum Hals. Die Männer waren vom Gudmundhof, und sie waren sicher nicht gekommen, um Brettspiele zu spielen.

Tjalve stützte sich auf seine Speeraxt und spuckte in den Schnee.

»Also, du versuchst das Wort Christi aufzuhalten? Das versucht niemand ungestraft! Jetzt wirst du erleben, dass dein Thor nicht viel wert ist.« Tjalve lachte höhnisch, hob die Axt und schlug zu.

Aber Erik war vorbereitet. Blitzschnell zog er den Kopf ein und sprang zur Seite. Dann tat er einen großen Schritt nach vorn und wand Tjalve die Waffe aus den Händen. Er schwang sie hoch über seinen Kopf in einem großen Bogen um sich herum. Die Männer mussten zurückweichen. Als der Kreis groß genug geworden war, machte er einen Satz, rammte die Axt wie einen Stab in den Boden und sprang gelenkig über die Männer hinweg. Bevor sie sich sammeln konnten, stand Erik wieder auf den Füßen. Geschwind wie ein Wiesel lief er den Hügel hinauf, die Männer hinter sich. Ein Speer schoss an seiner Schulter vorbei und bohrte sich vor ihm in die Straße. Erik blieb stehen, griff nach ihm und rammte ihn einem seiner Verfolger in den Bauch. Den nächsten Mann stoppte er mit dem Schwert. Mit einem Hieb trennte er ihm einen Arm vom Körper ab und lief weiter. Völlig außer Atem erreichte er das Ende der Straße und sah sich um. An einem der Häuser war ein Holzstapel aufgeschichtet. Die Männer kamen schnell näher. Erik umfasste das Schwert mit beiden Händen und kappte die Stützen, die das Holz zusammenhielten. Es knarrte, dann rollten die Scheite donnernd den Hügel hinunter.

Tjalve sah sie auf sich zukommen und versuchte auszuweichen, doch er stolperte und verlor sein Kurzschwert. Zwei seiner Männer, die ihm dichtauf folgten, scheiterten an einer Wolke aus Schnee. Erik konnte verschnaufen und wartete auf Tjalve.

»Ein Feigling bist du, mir mit fünf Mann aufzulauern«, schrie er noch immer atemlos. »So etwas vertrage ich ganz schlecht.«

Tjalve antwortete mit einem Hieb gegen seine Beine. Erik, der so geschickt war, dass er früher reihum über alle Ruder seines ganzen Schiffs gesprungen war, sprang schnell hoch. Dann zielte er sorgfältig und rief:

»Deine breite Nase ist genauso groß und voll wie dein Maul, da kannst du dich ruhig mit einer kleineren begnügen. Aber sieh dich vor, du könntest Nasenbluten bekommen.«

Im nächsten Moment hatte Erik Tjalve die Nase abgeschlagen und war eilig in den Gassen verschwunden. Er hörte erst auf zu rennen, als er das Stadttor hinter sich gelassen hatte. Seine Ehre hatte er verteidigen können, aber der Preis war hoch gewesen. Die Nase, die er dem Mann vom Gudmundhof verschafft hatte, würde mit einer einfachen Strafe auf dem nächsten Thing nicht wieder gutzumachen sein. Gudmund der Mächtige selbst würde dafür sorgen, dass eine solche Schandtat gerächt würde.

Es war spät geworden. Die Kaufmannsfrau hatte sich rührend um Estrid und das Kind gekümmert. Sie hatte in der Badestube angefeuert, die unglückliche Frau mit neuen Kleidern versehen und den Kleinen statt des verschlissenen grauen Wollschals in ein schönes Tuch in kräftigen Farben gewickelt. Der Kaufmann brachte oftmals Stoffe aus dem Osten mit nach Hause, und seine Frau besaß mehr Kleider, als sie selbst benötigte. Sie half dem Mönch gern. Schon seit Ansgar bei ihnen eingezogen war, war sie stolz darauf, ihn bei sich zu haben. Sie wollte nichts lieber, als ihm zu Diensten zu sein.

Während sie den Langtisch sauber machte, schielte sie neugierig zu Estrid hinüber. Sicher hatte die Frau mit dem Kind sich an Ansgar gewandt und ihn um Hilfe gebeten. Ihr wurde warm ums Herz. Ansgar sorgte sich um jeden. Sie dachte an Öyvind, den Jungen, um den er sich kümmerte. Und nun wollte er sich sogar dieser armen, bemitleidenswerten Frau annehmen. Was für ein gutherziger Mensch!

Sie bewunderte den schönen Mann aus dem Frankenreich, kam zu seinen Predigten und lauschte hingerissen seiner neuen Lehre. Nie zuvor hatte sie jemanden so reden hören wie ihn. Und sie konnte sich auch nicht daran erinnern, jemals jemanden gesehen zu haben, der sich so für die Armen und Schwachen einsetzte. Es konnte nur ein guter Gott sein, der diesen mächtigen Mann nach Birka gesandt hatte. Sie hatte vor zu warten, bis ihr Mann wieder nach Hause kam, aber dann, so hoffte sie, würden sie beide in die neue Gemeinde aufgenommen werden.

Ansgar trat ein, sein Gebetbuch in der Hand. Er lächelte freundlich, und sie tauschten einen einvernehmlichen Blick aus. Die Kaufmannsfrau nickte, verneigte sich tief und entfernte sich leise.

Das Kind schlief in einer Wiege am Feuer. Es dampfte aus dem Kessel, und der heiße Honigtrank wärmte. Estrid hatte beide Hände um den Becher gelegt und grübelte mit geschlossenen Augen.

Vielleicht hätte sie erst mit Ansgar sprechen sollen,

ruhig und leise, sie hätte ihm nicht einfach nur das Kind reichen sollen. Jetzt sah sie ein, dass sie womöglich überstürzt gehandelt hatte. Seit er in die Schankstube gekommen war und sie geholt hatte, war er der sanfte, sichere Gottesverkünder gewesen, zu dem sie damals so großes Vertrauen gehabt hatte. Im Grunde war er doch ein guter Mann. Und das, was zu Hause auf dem Hof ihrer Eltern geschehen war? Auch da war er sanft und freundlich gewesen, bevor er sich plötzlich verwandelt und sich hitzig auf sie geworfen hatte. Sie nahm einen Schluck aus dem Becher. Natürlich hatte sie selbst auch gespürt, wie sich das Gefühl wie eine Bogensehne zwischen ihnen gespannt und so weit gedehnt hatte, bis sie schließlich losschnellte. Sie musste an das Silberkreuz denken, das er ihr hatte zeigen wollen, und daran, wie sie sich neben ihn gesetzt hatte, ein wenig unruhig, zögernd. Sie war dennoch zu ihm gegangen; und sie hatte seiner Nähe nicht widerstehen können. Zu spät hatte sie erkannt, dass er nicht anders war als andere Männer. Sie hätte es wissen müssen.

Und nun hatte er sie aufgesucht und wollte alles wieder gutmachen. Sie lächelte erleichtert. Alles würde gut werden.

»Vergib mir«, sagte er leise und nahm ihre Hand. Seine Fingerspitzen fuhren über ihre Handfläche. »Ich war so überrumpelt. Ich wusste nicht, was ich sagen sollte.«

Sie sah ihn an, seine Hand brannte in ihrer.

Wieder spürte sie die Wärme und seine seltsame Ausstrahlung. Sie dachte an den Aufbruch von zu Hause, die lange Wanderung, das erste Treffen mit ihm. Jetzt war all das so lange her, war es überhaupt wirklich geschehen? Verzweiflung und Schwermut wurden zu einer Sinnestäuschung und schwanden. Rundherum war Licht.

»Ja«, sagte sie dann. »Ich vergebe dir. Ich kann nicht in Feindschaft leben.«

»Nein, Gott ist mit uns, Estrid«, sagte Ansgar lächelnd und drückte ihre Hand. Sein Blick ruhte fest in ihrem.

Mit einem Mal fühlte sie sich sicher. Sie saß schweigend da, wollte den Frieden nicht stören. Die Stille umschloss beide. Ansgar spürte ihre heiße Hand und machte sich vorsichtig los. Er sah das Kind in der Wiege an. Was sollte er sagen? Dass er für sie und den Kleinen sorgen würde, wenn sie ihn nur nicht verriet? Dass sie sich niemandem anvertrauen durfte? Niemals.

Er hörte sie atmen, spürte ihre Ruhe und Lieblichkeit. Was er vorgehabt hatte, ihr zu sagen, entglitt ihm, und er wurde von Verlangen erfüllt. Sein Atem ging schneller, und er musterte ihren Körper. Sie war schön, ihre Haut weich und weiß wie Milch. Sein Blick wanderte zu ihren Hüften und langsam wieder hinauf. Estrid hatte die Augen geschlossen und bemerkte seine Blicke nicht.

Die Kleider, die sie trug, waren zu groß, fielen ihr weit über Arme und Brust. Ansgar starrte, konnte nicht aufhören, sie anzusehen. Er betrachtete ihre Brust, sah, wie sie sich hob und senkte, rund und füllig. Er schwitzte, hatte vergessen, was er hatte sagen wollen. Wortlos legte er sein Gebetbuch beiseite, wagte kaum zu atmen. Vorsichtig streckte er seine Hand aus, um sie zu streicheln, hielt sie zitternd vor Estrid. Sie atmete ruhig, Schweißtropfen glänzten auf ihrer Haut. Die Borte um ihren Ausschnitt war feucht.

Ansgar konnte seinen Blick nicht abwenden, starrte auf die Rundungen, die unter dem Stoff verschwanden. Er beugte sich vor, gefangen.

Sie spürte seinen Atem vor ihrem Gesicht und sah auf. Erstaunt begegnete sie seinem Blick.

»Vergib«, murmelte er. »Vergib.« Dann stand er plötzlich auf und ging zum Feuer.

Estrid blickte ihm nach, sie zitterte. Wieder hatte sie seine sonderbare Kraft gespürt.

Ansgar konnte nicht schlafen. Er dachte an Estrid und daran, wie sie sich näher gekommen waren. Er hatte lange mit ihr gesprochen, über seinen Glauben, den Auftrag des Kaisers und über seine Befürchtungen wegen des Kindes. Gott der Allmächtige hatte ihn auserwählt, Seine Botschaft zu verkünden, und ihn ins Land der Svear geschickt, um zu predigen. Diese Mission durfte nicht misslingen. Deshalb war es Gottes Wille, dass niemals jemand etwas von ihrem gemeinsamen Kind oder dem, was zwischen ihnen gewesen war, erfahren durfte. Der geringste Zweifel an seiner Person konnte ihm schaden und das Volk daran hindern, sich der neuen Lehre zuzuwenden.

Er hatte versucht, bei ihr Verständnis zu wecken, und hatte sie um Vergebung und Stillschweigen gebeten. Gott sei Dank hatte sie ihm ihr Wort gegeben, und sie waren im Guten auseinander gegangen. Aber dennoch ... Etwas beunruhigte ihn, eine Ahnung, ein Gefühl.

Die ganze Nacht über schwebte er in einem Zustand zwischen Traum und Wirklichkeit. Im Traum war er von wilden Tieren umzingelt, die heulten und nach ihm schnappten, ihre Klauen wie Fischerhaken ausgefahren. Er wehrte sich, doch sie stürzten in seine Kammer, abgemagert, schwarz und ausgehungert. Sie rissen und zerrten an ihm, fauchten in die Nacht, und ihre scharfen Zähne bohrten sich tief in sein Fleisch. Bald hatten sie ihn in eine Ecke gedrängt. Sie hatten ihre Krallen gespreizt, ihre Augen leuchteten gelb und hasserfüllt. Ansgar brüllte und schrie, wie er noch nie zuvor geschrien hatte. Erst in den frühen Morgenstunden überwältigte ihn der Schlaf.

Als er aufwachte, war er nass geschwitzt, seine Schlafstatt zerwühlt. Da überkam sie ihn wieder, die Unruhe, die stärker war als alles andere. Estrid hatte begriffen, aber konnte er sich auch auf sie verlassen?

Was sollte er tun, wenn sie alles erzählte?

10. Kapitel

Zwei Mondwechsel waren vergangen, und bis zum dritten Vollmond des Jahres waren es nur noch wenige Tage. Kaufleute von weither waren bereits zum Wintermarkt unterwegs. König Björn verließ seinen Hof und schritt langsam auf die Landzunge hinaus. Den Hof im Rücken, wandte er das Gesicht zum Meer. Im Norden sah er Wacholderbüsche und Birkenreiser, die den Weg übers Eis markierten, im Süden konnte er eines der Wirtshäuser erahnen. Er lächelte vor sich hin; die Bauern von Birka wussten, wie man Reisende aus der Ferne behandelte. Schon Anfang November pflegten sie Pfosten in den Grund zu schlagen, Holz, das später meist ein gutes Stück aus dem Eis herausragte. Darauf errichteten sie Böden, Wände und Dächer und sorgten für Öfen und Feuerstellen. Drinnen hielten sie die Stuben warm und boten Met und Bier aus großen Fässern an. Manchmal erklangen lautes Gelächter und Geschrei, dass er befürchtete, das Eis würde brechen. So ging es monatelang, bis die Eisschmelze einsetzte und die Häuser aufgegeben werden mussten. Im Laufe des Frühlings trieben die Pfosten an Land, durchnässt und manchmal beschädigt, aber die Bauern nutzten das Holz wieder und bauten im nächsten Winter aufs Neue.

Dem König gefiel es, dass die Bewohner die Kaufleute bei Laune hielten. So etwas war wichtig für einen gelungenen Markt, und den diesjährigen hatte er schon seit langem vorbereitet. Mochte der Handel gut werden!

Neugierig betrat er das Eis und spähte nach Björkö. In der Katzenbucht hatten sich mehrere Kaufleute versammelt, andere kamen geritten oder stakten auf Schuhen mit Knochenkufen über das Eis. Es sah ganz so aus, als würde der Markt gut besucht werden. Früh am nächsten Morgen würde er das Marktgeld bekommen, das jeder Kaufmann bezahlen musste, um am Handel teilnehmen zu können. Das Silber, das er erhielt, war für alle ein Gewinn, für Adelsö und Birka. Er verteilte das Geld zwischen der Stadt, dem Königshof und seiner eigenen Leibwache. Ja, es diente dem Wohl des gesamten Sveareiches. Aber die Kirche, nein, die forderte den Zehnten von allen und behielt das Silber selbst. Das war Diebstahl und Raffgier. Und niemand würde beides bezahlen können, König und Kirche. Deshalb durften Ansgar und seine Anhänger nicht zu mächtig werden.

Erik zog den Schlitten langsam hinter sich her. Er war schwer beladen. Felle, Bänke, Platten und ein Holzgestell ragten weit über die Kufen hinaus. Hinter ihm stapfte Estrid mit dem Kind. Sie waren spät dran; schon längst hätten sie ihren Marktstand aufschlagen müssen. Er drehte sich um, um sie zur Eile anzuhalten, besann sich jedoch anders. Ein Lächeln flog über sein Gesicht.

Estrid hatte sich in einen Umhang aus Biberpelz eingewickelt, Kopf und Gesicht waren unter einem großen Kopftuch verborgen. Nur die Nase war zu erahnen. Sie rannte fast, um mit ihm Schritt zu halten.

Er musste nichts sagen, das war beinahe nie nötig. Sie schien auf unerklärliche Weise immer zu verstehen, was er wollte. Er rief sich in Erinnerung, was nach der Begegnung in der Schankstube geschehen war.

Schon am folgenden Tag hatte sie ihn aufgesucht und

um Herberge gebeten. Sie war wortkarg und verschlossen gewesen, als ob etwas Ernstes sie bedrückte, aber er hatte sie nicht mit Fragen bedrängen wollen. Er war es nicht gewohnt, Gäste im Haus zu haben, und hatte ihr ein wenig unbeholfen angeboten, in der Stube zu schlafen. Aber sie fand sich schnell zurecht und nahm sich mit derselben Tüchtigkeit der Haushaltung an wie damals, als sie ihn und seine Männer in ihr Haus gebeten hatte. Er fühlte sich wohl in ihrer Gesellschaft, und nachdem er sich mit Snemun beratschlagt hatte, bat er sie, den Winter über zu bleiben. Schon lange hatte er jemanden im Haus vermisst und war meist bei Snemun gewesen. Jetzt bekam er beides: Gesellschaft und jemanden, der sich um das Haus kümmerte.

Erik blieb stehen und wartete auf Estrid. Unter all dem Pelz sah sie wie ein Gaukler aus, aber sie hatte eigensinnig darauf beharrt, sich so auszustaffieren. Sie würden viele Stunden am Marktstand stehen, und sie wollte nicht frieren. Estrid wusste, was sie wollte, und wenn sie einmal eine Entscheidung getroffen hatte, war es schwer, sie davon abzubringen.

»Mit deinen Männerbeinen machst du einen Schritt, wenn ich zwei mache«, keuchte Estrid, als sie ihn eingeholt hatte.

»Dann bist du sicher doppelt so weit gelaufen«, sagte Erik lachend.

»Ja, das will ich meinen. Hast du das erst jetzt begriffen?« Sie lächelte ihn an.

Estrid war unbeschwerter geworden, dachte er und erinnerte sich an ihre langen einsamen Spaziergänge mit dem Kind. Damals, als sie gerade nach Birka gekommen war, lag so viel Wehmut in ihrem Gesicht, als würde sie eine große Sorge bedrücken. Aber das Düstere war gewichen, und sie hatte angefangen, beim Essen zu reden und zu lachen. Und sehr bald war sie ziemlich schlagfertig geworden.

»Erik!« Sie schob den Schlitten. »Zieh doch, sollten wir uns nicht beeilen?«

Erik nickte, beugte sich aber zum Kind.

»Er friert doch nicht etwa?«

»Noch nicht, aber wenn wir noch lange warten, hat er es die längste Zeit warm gehabt.«

Erik betrachtete den Kleinen. Sein rosiges Gesicht war gerötet, sein schwarzes Haar umspielte in weichen Locken die Wangen. Er war ein hübsches Kind, und Erik hatte ihn lieb gewonnen. Toste spielte gern, und wenn Erik ihn hoch in die Luft warf und wieder auffing, bekam er vor Lachen fast keine Luft mehr. Erik hatte sich so an ihn gewöhnt, dass er sich kaum vorstellen konnte, ihn nicht mehr bei sich zu haben. Wenn Toste größer war, würde er ihm vielleicht die Seefahrt beibringen.

Erik schmunzelte über seine eigenen Gedanken. Wie anders alles geworden war. Estrid und das Kind ließen ihn weniger an Jorunn denken. Er und Jorunn hatten sich seit dem Tag auf Grönsö nicht mehr umarmt, und wenn sie sich in der Stadt begegneten, sagten sie nicht viel. Er hatte nicht an Vergangenes rühren wollen, hatte nicht gewagt, das zu tun. Es gab zu viel Schmerz zwischen ihnen. Und der Marderpelz, den er ihr hatte schenken wollen – er hatte es sich anders überlegt. Es war, als wollte er nichts am Leben erhalten, was Vergangenheit war und niemandem mehr diente. Er hatte das Fell in das Bündel gepackt, das er verkaufen wollte.

Nur der Gedanke, dass sie das Lager mit seinem Bruder teilte, machte ihn zornig, und jedes Mal, wenn seine Gedanken zum Haraldhof schweiften, überkam ihn Verbitterung. Nein, es war das Beste, sie für immer zu vergessen.

Natürlich kam es vor, dass er Estrid mit Jorunn verglich. Aber der Gedanke war verständlich. Er mochte beide, selbst wenn er Estrid noch immer nicht richtig nahe gekommen war. Er hatte sie noch nie umarmt, und in den Augenblicken, in denen Nähe zwischen ihnen entstanden war, war sie plötzlich scheu und zögerlich geworden, und er hatte sich nicht aufdrängen wollen. Dennoch brauchte er eine Frau. Eine, die er gern haben und der er nah sein konnte. Früher war er zu den Sklavinnen auf dem Snemunhof gegangen, aber seit Estrid in sein Haus gekommen war, hatte er das nicht mehr getan. Mit ihrer bloßen Anwesenheit hatte sie ihn dazu gebracht, zu verzichten. Warum, das verstand er selbst nicht.

Pferde schnaubten. Erik blickte über die Eisfläche. Überall waren Pferde, Fuhrwerke und Schlitten zu sehen. In der Katzenbucht draußen vor Björkö standen Menschen in dichten Trauben. Männer mit spitzen, pelzbesetzten Hüten nebst Händlern in wallenden Umhängen und dicken Röcken. Einige hatten Bronze an ihren Ledergürteln oder Silberbeschläge an den Pelzmützen befestigt, andere trugen Umhänge mit großen, verzierten Ringfibeln. Erik bemerkte, dass auch Kaufleute von weit her gekommen waren, die bunte Kleider trugen, wie er es noch nie gesehen hatte. Vielleicht würden sie von ihm kaufen und ihn reich machen.

Als Erik und Estrid die Bucht erreichten, schlugen sie schnell ihr Zelt auf, danach stellten sie Bänke und Tischplatten auf und spannten zuletzt das Holzgestell mit den Fellen auf. Anders als die reichen Händler hatte Erik keine Bude, aber er tröstete sich damit, dass schließlich das zählte, was man zu verkaufen hatte.

»Schöne Pelze sind das!«

Erik erkannte Snemuns Stimme und fuhr herum. Der Kamerad trug einen Langrock und Pelzstiefel, Kappe und Fäustlinge. Die Narbe an seinem Mund war vor Kälte gerötet. Er begrüßte sie herzlich und nickte in Richtung Schlitten.

»Ich sehe, ihr hattet viel Arbeit«, sagte er und half ihnen, die Felle loszubinden. Im Schlitten waren Pelze in Zehnerbündeln, Kragen und Pelzmützen verstaut.

»Ja, aber ich hatte auch Hilfe von meinem Mädchen«, sagte Erik scherzhaft und legte den Arm um Estrid.

Estrid lachte und schlang ihren Arm um Erik.

»Ja, der Knabe hier braucht jemanden, der Ordnung hält«, platzte sie heraus. Dann errötete sie heftig und zog schnell ihren Arm zurück. Er war ihr so nah gewesen.

»Kommt jetzt, ihr faulen Ochsen«, fuhr sie fort und drehte sich verlegen um.

Die Männer halfen ihr, und nach getaner Arbeit wandte Snemun sich an Estrid.

»Ich brauche für einen Moment Eriks Hilfe, aber ich verspreche, dass wir gleich zurück sind!«

»Ich komme schon klar«, antwortete Estrid und reihte die Pelze behutsam in unterschiedlichen Bündeln auf. »Aber bleibt nicht zu lange. Sonst habe ich alle Pelze verkauft und den Lohn selbst eingesteckt.«

Die Männer lachten, und Erik wollte sie plötzlich gern in ihre Pläne einweihen.

»Komm schon!« Snemun griff Erik und zog ihn mit sich, bevor er etwas sagen konnte.

Die Männer erreichten das vorbereitete Eisloch vorn in der Bucht. Das Wasser glänzte schwarz, und eine dünne

Haut aus Tran schillerte an der Oberfläche. In einem großen Kreis rund um das Loch steckten Wacholdersträucher, und zum Wasser hin war Asche gestreut. In einem einfachen Holzfass wurde das Öl für die Salbung aufbewahrt, Hergeir hatte einen hübsch verzierten Tiegel für seine eigene Zeremonie.

Der Häuptling hatte entschieden, dass sich während der Markttage jeder, der wollte, taufen lassen konnte. Darum hatte er angeordnet, dass ein Wasserloch offen gehalten werden sollte. Sie hatten reichlich Tran ins Wasser gegossen, damit es nicht wieder zufrieren konnte. Hergeir hatte darauf bestanden, dass es eine prächtige Zeremonie werden sollte. Erhaben, schön. Die Gläubigen würden langsam zum Eisloch schreiten, auf die Knie fallen und sich vor Ansgar verbeugen. Der würde daraufhin seine Gebete lesen, sein Kreuz heben und sie taufen. Der Häuptling war sehr darauf bedacht gewesen, die Zeremonie auf die Markttage zu legen und nicht erst später im Jahr stattfinden zu lassen. Er wollte die Bekehrung zu einem großen Schauspiel machen, das auch andere dazu bringen sollte, sich taufen zu lassen. Gleichzeitig sollten die Kaufleute sehen, dass die Führer in Birka der neuen Glaubenslehre wohlgesonnen waren.

Erik und Snemun blickten sich um und vergewisserten sich, dass niemand sie gesehen hatte. Erst dann wagten sie sich hinunter zum Strand. Leise rollten sie eine Tonne heran, schlugen schnell das Schloss auf und vergossen Tran und Schweinefett rund um die Eiskante auf dem geschmückten Platz, an dem der Häuptling getauft werden sollte. Dann tauschten sie Hergeirs prächtigen Tiegel gegen einen anderen, der ganz genauso aussah. Nun war für die Taufe alles bereit.

Sobald die Kaufleute ihre Marktstände eröffnet hatten, kamen der König und sein Gefolge in der Katzenbucht an. Knappen in roten Gewändern traten vor bis zur Hütte des Königs und stellten sich an der prächtig geschmückten Terrasse auf. Dort teilten sich die Männer in zwei Reihen, verbeugten sich tief und zogen sich zurück, bis sie zwischen sich eine offene Gasse geschaffen hatten. In den Händen hielten sie wunderschöne Luren aus Horn, verziert mit Wimpeln und Goldgirlanden. Als König Björn erschien, hoben die Knappen die Luren hoch, dass Stoff und Girlanden ein farbenfrohes Dach für den König bildeten. Dann bliesen sie die Eröffnungsfanfare, und der König schritt langsam voran. Als er die Terrasse erreicht hatte, blieb er mit erhobenen Armen zu seinem Volk gewandt stehen. Die Menschenmasse jubelte, und er nahm ihre Huldigungen stolz und dankbar entgegen. Dann hielt er eine kurze Rede in verschiedenen Sprachen und hieß die Kaufleute aus nah und fern willkommen. Die Knappen bliesen wieder in ihre Luren, und auf ein Zeichen des Königs konnte der Handel beginnen.

Leder und Pelz, Elchgeweihe, Eiderdaunen und Eisen. Die Stände der Heiden bogen sich unter den Waren, teils aus den Wäldern im Norden, teils von den benachbarten Inseln. Auch die Handwerker Birkas boten ihre Erzeugnisse an. Schmiedearbeiten, Kämme, Perlenketten, Riemenschnallen und schöne, gegossene Kleiderfibeln waren ordentlich auf Tüchern und Leder ausgebreitet. Die Händler riefen und überboten einander, fremde Sprachen klangen über das Eis.

Erik stellte fest, dass mehrere Kaufleute aus Nowgorod und Wolin gekommen waren, außerdem Händler aus Dorestad und Haithabu. Sie hatten Salz und Kräuter mitgebracht und hatten auch Schwertklingen dabei. Einer verkaufte Becher und Spielfiguren aus Glas, ein anderer Vorratsgefäße und ein Dritter Schmuck aus Bernstein und Silber.

Erik nahm seine Kaufmannswaage aus dem Lederfutteral, klappte sie auf und fingerte gut gelaunt an den Waagschalen herum. Um sich ein Schiff und einen Hof leisten zu können, musste er all seine Waren verkaufen, jetzt und auf den kommenden Märkten. Das Leder war weich und geschmeidig, hatte nicht einen Insektenstich, und die Pelze waren nirgends beschädigt. Die feinsten hatte er von einem Händler im Norden gekauft, und viele hatte er selbst erjagt. Jetzt musste er sie nur noch verkaufen. Dann würde er wieder jemand sein, mit dem man rechnen musste. Aufgeräumt wandte er sich an Estrid.

»Und jetzt werden wir Handel treiben.«

Sie nickte und legte Toste an die Brust. Der Junge war in Pelz und Wolle gehüllt, dass nur noch seine Augen zu sehen waren. Sie hatte ihn nicht früher stillen können, denn sie hatte zu viel zu tun gehabt. Erik wartete ungeduldig, bis Toste angefangen hatte zu trinken, und wiederholte:

»Wenn man handelt, weißt du, darf man nie mehr sagen als unbedingt nötig.« Er sah sie mit wissender Miene an. »Und wenn man nichts zu sagen hat, dann ist man still.«

Estrid blickte ihn verwundert an.

Erik fuhr fort:

»Es ist besser, denjenigen reden zu lassen, der kaufen will. So lange, bis er zu viel gesagt hat.«

»Ja? Und wenn er etwas über das Leder da wissen will?« Estrid wiegte das Kind im Arm, summte leise vor sich hin.

»Na, dann musst du Gutes über die Ware erzählen.«

»Aber woher weiß ich dann, ob ich mehr sage, als ich darf?«

Erik zögerte. »Ach, sag einfach irgendwas.«

»Sag, das nennst du Kaufmannskunst?« Estrid warf ihm einen belustigten Blick zu und legte ihren Sohn wieder in den Schlitten. Natürlich würde sie Erik immer helfen, seine Ware zu verkaufen, doch am besten tat sie das auf ihre Art.

Wie es ihm früher gelungen war, reich zu werden, war ihr ein Rätsel. Er schien ihr viel mehr ein Träumer und Wikinger zu sein als ein Händler. Außerdem arbeitete er immer zu viel für andere; wie sollte da das Handeln klappen?

Erik war ein Sonderling, froh und übermütig wie ein Kind, aber auch still und ernst. In seinen Augen glänzte Wärme. Sie empfand es als großes Glück, ihn getroffen zu haben. Sie hatte es nie bereut, dass sie zu ihm gegangen war. Und er hatte sie sogar gebeten, den Winter über zu bleiben. Nun teilten sie Brot und Herberge, Stille und Gesellschaft, obwohl sie nicht wie Mann und Frau miteinander lebten. Manchmal hatte sie sich darüber gewundert. Stieß sie ihn fort, ohne es selbst zu merken? Was zwischen ihr und Ansgar gewesen war, saß tief, und vielleicht scheute sie noch die Nähe.

Als Estrid ein paar Wochen bei Erik gewohnt hatte, begann sie, ihm mit den Fellen zu helfen. Sie nähte Kragen und Pelzmützen und folgte Erik auch zum Snemunhof, wo sie zusammen mit Sigfrid, Snemuns Frau, webte. Sie verstanden sich gut, färbten Stoffe und webten Schals aus Leinen und Wolle. Einiges davon sollte nun verkauft und der Gewinn geteilt werden. So konnte Estrid Erik etwas Geld geben. Und sie wollte in Birka bleiben. Am liebsten wollte sie gar nicht mehr an ihre alte Heimat zurückdenken, noch weniger an ihre Eltern. Vater und Mutter hatten sie zwingen wollen, Kräuter zu nehmen, um das Kind abzutreiben, das sie erwartete. Als sie sich weigerte, hatten sie stattdessen versucht, sie mit einem Witwer im Nachbarort zu verheiraten. Seit ihre Eltern zum christlichen Glauben übergetreten waren, lehnten sie alles ab, was in Sünde empfangen war, und machten sich mehr aus dem Wort Christi als aus ihr.

Als das Kind geboren war und sie sich wieder stark genug fühlte, hatte Estrid ihr Zuhause verlassen. In Birka war Ansgar, und dort würde sie sicher Arbeit finden. Aber das Treffen mit Ansgar … nein, am liebsten wollte sie nicht daran denken. Obgleich ihr seither alles leicht von der Hand gegangen war. Dank Erik.

Um sie herum war der Handel in Gang gekommen. Salz wurde gegen Teer getauscht, Stoffe gegen Eiderdaunen, da und dort waren Krüge mit Honig zu sehen, und Saatgut fand neue Besitzer. Die meisten kauften und verkauften mit Münzen und Hacksilber, Silber, das ganz genau mit der Kaufmannswaage gewogen wurde. Sie wogen die Münzen wie Metall, um so die verschiedenen Währungen zwischen Ost und West wechseln zu können. So hatten sie es schon immer gemacht, aber in diesem Jahr hatte Birka seine eigene Münze erhalten, die silberne Birkamünze, die König Björn hatte prägen lassen. Eine runde Münze, deren Wert auf die Vorderseite gestempelt war.

Erik hielt sich dennoch an die Kaufmannswaage, wie viele andere Händler auch, wog Hacksilber und Münzen und teilte sie, bis die Schale mit Silber so viel wog wie die mit den Gewichten. Die Birkamünze mied er. Er hatte Gerüchte gehört, die besagten, dass neben Silber auch andere Metalle in der Münze waren. Da wollte er kein Risiko eingehen.

Eriks Felle glänzten verlockend auf dem Tisch, und er hatte von Anfang an viel zu tun. An Estrid hatte er viel Freude. Sie lockte Kaufwillige an, schäkerte und lachte, und Marder, Biber und Hermelin wechselten die Seite. Er sah sie zufrieden an. Nie hätte er geahnt, dass sie ihm eine so gute Hilfe beim Handeln sein könnte.

Später am Tag zog der König mit seinem Gefolge ein. Der Herrscher über das Reich der Svear und höchster Beschützer des Marktes wollte bei der Taufe anwesend sein. Die Knappen stießen ins Horn, und König Björn trat vor.

Mit seiner schrillen, ein wenig piepsigen Stimme verkündete er, dass der Häuptling Hergeir getauft werde und mit ihm die neu gegründete christliche Gemeinde.

In einen schweren Umhang mit Goldbordüren gekleidet, schritt der König mit seinem Gefolge langsam zum Wasserloch. König Björn verneigte sich tief und übergab dann den Platz an seinen Häuptling.

Hergeir hatte sich nicht aufhalten lassen. Obwohl die Opferverweigerer mit dem Zeichen des Kreuzes auf der Stirn versehen waren, hatte er sich nicht damit zufrieden gegeben. Er hatte mit der Taufe nicht länger warten können, und der König selbst musste gute Miene zum Geschehen machen. Birka war ein friedlicher Handelsplatz, und alle sollten sich hier willkommen fühlen. Diese Botschaft musste alle und jeden erreichen. Darum war er gezwungen, auch den Christen ihren Spaß zu lassen.

Die Menschenmenge drängte sich um das Wasser. Zuvorderst standen die, die getauft werden sollten, in weiße, bestickte Tuniken gehüllt. Hinter ihnen warteten die Bauern und Handwerker mit ihren Frauen und Kindern. Ganz hinten drängten sich Gesinde und Sklaven und versuchten, einen Schimmer des Wasserlochs zu erspähen. In der Mitte, nah an der Eiskante, kniete Ansgar. Er legte seine Stirn auf das Eis, und ihn durchströmte ein großes Glücksgefühl. Der Tag, auf den er so sehr gehofft hatte, war endlich angebrochen. All das hatte er Hergeir, dem Häuptling, zu verdanken. Er würde seine heidnische Beflecktheit fortspülen, vor den Augen aller getauft werden und damit auch andere ermutigen, sich bekehren zu lassen. Ansgar stand auf. Es war Zeit, die Taufe abzuhalten.

Ansgar begann mit den Armen. Einen nach dem anderen rief er vor zum Wasser, betete für sie, legte seine Hand auf ihre Köpfe und ließ sie ins Wasser tauchen. Zuletzt weihte er sie mit dem wohlriechenden Salböl.

Die Menge murmelte und drängte nach vorn, um diese seltsame Zeremonie zu sehen. Weiß gekleidet knieten sie nacheinander nieder und ließen sich ins Wasserloch tauchen. Es war ein seltsamer Anblick, wie sie weiß und von Wasser triefend über das Eis eilten, um sich in einer der Hütten aufzuwärmen. Das Wasser war gerade so tief, dass ein Mann darin stehen konnte, und mit jedem, der die christliche Taufe empfing, wurden mehr Schlamm und Lehm vom Grund aufgewirbelt. Hergeir sah besorgt, wie das Wasser immer trüber wurde, und wollte sich nicht länger gedulden. Jetzt wollte er selbst getauft werden. Er gab Ansgar ein Zeichen, sich bereitzumachen.

Die Menge verstummte, und das einfache Holzfass mit Salböl wurde gegen Hergeirs prächtig verzierten

Tiegel ausgetauscht. Die Männer des Königs bliesen in die Luren, und der Häuptling trat vor.

Er schritt langsam hinaus aufs Eis, bekleidet mit einer bodenlangen Tunika. Sie war aus Seide gewebt und mit feinen Silberstickereien verziert. Er war barhäuptig, seine Hände nackt, und an den Füßen trug er Schuhe aus Hermelin. Er ging langsam, stolz und würdevoll, aber auch ein wenig zögerlich, als wäre er gerührt und ergriffen. Ansgar war aufgestanden, die Menschenmenge wartete, neugierig und still. Hergeir sank aufs Eis nieder, kniete, und der Mönch betete auf Latein. Dann öffnete er den Tiegel, um ihn zu salben.

Ein grässlicher Gestank entströmte dem schönen Gefäß und breitete sich unter den Umstehenden aus. Es roch nicht sauer oder faulig, nicht nach Dung oder ranzig, es stank vielmehr so stechend, dass es eine Hexe hätte vertreiben können. Es war windstill, und der scharfe Geruch blieb rund um das Wasserloch hängen. Die Leute wechselten bestürzte Blicke. Es war, als hätte der Teufel selbst alle Gerüche der Hölle entfesselt, Kot duftete im Vergleich geradezu lieblich.

»Empfange nun das heilige Sakrament«, murmelte Ansgar und tat, als bemerkte er den Gestank nicht.

Hergeir nahm die Salbung hoch erhobenen Hauptes entgegen und gab sich alle Mühe, sich nicht die Nase zuzuhalten.

Ansgar sah sich um. Was war passiert? Einen widerwärtigeren Geruch hatte er noch nie erlebt. Betreten gab er Hergeir das Zeichen aufzustehen.

»Nun hast du deinen alten Lehren entsagt, nun sollst du durch den Heiligen Geist gereinigt und erneuert werden.«

Hergeir verneigte sich, hob die lange weiße Tunika an

und betrat den geschmückten Platz am Wasserloch. Vorn an der Eiskante geriet er ins Schlittern. Es ging so schnell, dass er nicht mehr bremsen konnte, und ohne zu wissen, wie ihm geschah, schoss er wie ein Pfeil ins Wasser. Ansgar streckte entsetzt seine Hand nach ihm aus, und der Menschenmenge entfuhr ein erstauntes »Oh!«.

Dann schlugen sich alle die Hände vor den Mund und drehten sich um – das alles hatte ziemlich komisch ausgesehen, und sie konnten ihr Lachen kaum unterdrücken. Es planschte, blubberte und gärte im Wasserloch, und Hergeirs Flüche waren weithin zu hören. Aber es gelang ihm, sich wieder auf das Eis zu ziehen, und er stellte sich aufrecht hin, als wäre nichts geschehen. Aber es war etwas geschehen. Jetzt trauten sich die Heiden, und ihnen entfuhr die eine oder andere Gemeinheit.

»Wie soll der da uns führen, wenn er noch nicht mal sich selbst im Griff hat?«

Zustimmendes Gemurmel erklang rund um das Wasserloch.

»Komische Art, Fische zu fangen«, meinte ein anderer.

»Habt ihr gesehen«, rief ein Dritter, »der ist so gründlich getauft worden, dass Gott ihm das Wasser sogar in die Knie gefüllt hat.«

Ansgar tat, als würde er nichts hören, und vollzog die Zeremonie mit allem Ernst und aller Würde, die er aufbringen konnte, während der nasse Hergeir mit den Zähnen klapperte, dass alle Umstehenden es hören konnten. Mit gefrorenem Hemd lief er schließlich, so schnell er konnte, davon, um sich in seiner Bude zu wärmen.

Ansgar blieb stumm zurück. In dem dunklen Loch, in dem Öl und Tran das Wasser in Regenbogenfarben brachen, legten sich die Wellen. Aber plötzlich begann es zu blubbern. Große Luftblasen stiegen an die Wasseroberfläche, wurden größer und zerplatzten. Die Menge verstummte und starrte mit weit aufgerissenen Augen.

»Ran ist erzürnt, die Götter wollen Rache!«, rief Erik mit dumpfer Stimme. »Niemand soll die neue Lehre ungestraft annehmen.«

Er drehte dem Wasserloch den Rücken zu und beeilte sich fortzukommen. Es brodelte in ihm, und er konnte sein Lachen kaum unterdrücken. Dann fing er an zu rennen. Er musste sich umgehend die Hände waschen, bevor jemand merkte, wie sehr sie stanken. Ihm war Iltispisse über die Hand gelaufen, als er den Tiegel des Häuptlings gefüllt hatte.

Am Abend feierte der König. Erik war ihm eine größere Hilfe gewesen, als er zu hoffen gewagt hatte. Ohne dass die Schmach zu Streit oder Zweikampf geführt hatte, hatte die Taufe ein jähes Ende gefunden. Was als würdevolle Zeremonie gedacht gewesen war, war in ein heiteres Schauspiel ausgeufert, und anschließend war die Taufe ins Stocken geraten.

Den ganzen Abend hatte König Björn in seiner königlichen Hütte gesessen und sich erfreut. Es gab Spaß, Zecherei und allerlei Belustigungen. Als ihm dann auch noch ein russischer Kaufmann bereitwillig eine der schönsten Sklavinnen verkaufte, die er jemals gesehen hatte, war der Tag bestens gelungen. Kurz gesagt, alles hatte sich gänzlich zu seiner Freude entwickelt. Der König stand auf und dichtete, lachte und sang, und alle priesen sein Talent – auch wenn, für alle hörbar, nicht allzu viel Können in seinem Vortrag zu finden war.

Als der Mond am Himmel stand und alle seine Männer betrunken waren, zog er sich vergnügt in seine Herberge zurück. Er stellte die Knappen zur Wache ab, leerte einen letzten Krug und ging dann nach seiner dunkelhäutigen Sklavin sehen. Er wälzte sich über sie, um den Osten auf seine Weise zu genießen. Aber er schaffte es nicht mal mehr, seine Hosen auszuziehen, bevor er eingeschlafen war.

Der Gottesdienst war vorüber. Ansgar und Öyvind traten an den Altar und sammelten die Kerzen ein. Öyvind nahm die alten fort und setzte neue ein. Es war zugig in der Kirche, die Kerzen brannten schnell herunter, und das Wachs lief über die Kandelaber.

»Danke, mein Sohn«, sagte Ansgar und blickte den Jungen freundlich an. Endlich war die Prüfung überstanden. Nach dem, was bei der Taufe geschehen war, hatte Ansgar sich vor Beschuldigungen und Spott von seiner Versammlung gefürchtet. Aber Gott sei Dank war nichts passiert. Vielmehr schien es, als hätte der Widerstand draußen auf dem Eis sie alle vereint. Die Christen und Neugetauften waren noch überzeugter, für das Neue zu kämpfen, an das sie glaubten, und sie hatten nicht vor, sich von Schimpfworten und Schandtaten unterkriegen zu lassen.

Ansgar schloss die Augen. Nein, er gedachte nicht, sich von seinen Gegnern besiegen zu lassen. Im Auftrag des Kaisers war er den langen Weg nach Birka gereist, um Christi Evangelium zu predigen. Und er hatte auch vor, sein Tun fortzuführen, welche Missetaten auch immer sich gegen ihn richten sollten. Er würde niemanden im Stich lassen, der getauft werden und die Lehre des Herrn hören wollte.

In der Kirche war es kalt, und Ansgar erhob sich fröstelnd. Im selben Moment bemerkte er, dass die Außentür geöffnet wurde. Eine kräftige Gestalt in einem weiten Umhang kam auf ihn zu. Sie war nur im Gegenlicht zu sehen, und die Gesichtszüge ließen sich nicht erkennen. In der einen Hand hielt er einen Wanderstab, in der anderen trug er ein Bündel. Der Fremde ging mit langsamen, verhaltenen Schritten. Ansgar starrte ihn an, dann eilte er ihm plötzlich entgegen.

»Witmar!«, rief er mit freudiger Stimme. »Wie sehr ich dich vermisst habe.«

Ergriffen umarmte er den Klosterbruder. Er hatte ihm mehr gefehlt, als er sich selbst eingestehen wollte. Der Begleiter war wie ein Freund für ihn geworden, wie ein naher Verwandter.

Witmar lächelte breit und legte seinen Stab auf die Kirchenbank. Dann klopfte er umständlich den Schnee von seinem Umhang und setzte sich.

»Lieber Bruder, es war einsam dort ohne dich, und als ich hörte, dass ein Kaufmann auf dem Weg zum Markt war, bin ich mitgefahren. Er hat mich den ganzen Weg im Schlitten gezogen.«

Ansgar hörte zu, den Blick auf Witmar gerichtet. Sein Klosterbruder war nicht mehr so rund und kräftig um den Bauch wie früher, sein Gesicht war ein wenig müde und eingesunken. Aber sein Blick war klar und fest.

»Wie geht es deinem Bein?«

»Ich habe es noch, immerhin, aber hinken muss ich wohl für immer. Es war ein schwerer Hieb. Aber genug von mir, jetzt will ich von deiner Mission in Birka hören.«

»Sie geht gut«, sagte Ansgar und setzte sich neben Witmar. Er vermied es, dem Kameraden in die Augen zu sehen. »Und Öyvind hier, den Jungen des Bronzegießers, habe ich zum Chorknaben gemacht. Er hilft mir beim Netzeknüpfen und ist auch bei den Predigten dabei.«

Der Junge stand etwas abseits und sah die beiden stumm an. Witmar nickte ihm freundlich zu und wandte sich dann wieder an Ansgar.

»Und bei dir ist also alles in Ordnung?«, fuhr er bemüht fort. »Haben wir nicht gesagt, dass wir immer ehrlich zueinander sein wollen? Ich habe gehört, was bei der Taufe vorgefallen ist.«

»Ach ja, das«, murmelte Ansgar und wurde rot. »Es wollen nicht alle die neue Lehre annehmen, und einige würden mich gern von hier verjagen. Deshalb versuchen sie, mich vor allen zum Gespött zu machen. Aber Mission in fremden Ländern … Keiner von uns hat wohl geglaubt, dass es einfach werden würde.«

»Nein, aber es hat auch keiner das Recht, Schabernack mit dir zu treiben. Niemand schmäht Gott den Herrn. Das darfst du nicht zulassen.«

»Das ist leicht gesagt«, antwortete Ansgar mit einem Hauch von Bitterkeit in der Stimme. »Aber …«

Witmar schwieg und legte seine Hand auf Ansgars.

»Du musst etwas tun, damit die Menschen Gutes von dir denken. Dann glauben sie auch Gutes von der neuen Lehre.«

»Ich habe mein Äußerstes gegeben, um dem Herrn zu dienen.«

»Das ist das eine. Aber du musst auch gute Taten unter den Menschen von Birka vollbringen, damit sie dich wertschätzen und achten«, sagte Witmar entschieden.

Gute Taten? Witmar hatte Recht. In Birka gab es einiges, was er tun konnte.

Am nächsten Tag verkaufte Erik fast nichts. Ein paar Tische entfernt bot ein friesischer Kaufmann seine Felle zu niedrigeren Preisen als alle anderen feil. Mit schnellen, wieselartigen Bewegungen bediente er die Kunden, zeigte Bund für Bund und legte alles auf den Tisch. Er gestikulierte und scherzte, und immer mehr Menschen versammelten sich um seinen Tisch.

Zunächst nahm Erik die Sache gelassen, was er selbst noch übrig hatte, würde er sicherlich trotzdem verkaufen können. Aber der Tag verging, und seine Waren blieben unverkauft.

Schließlich verließ er seinen Marktstand und drängte sich zu dem Mann vor. Die Stimme des Händlers war hell und weich, sein Gesicht freundlich und schmeichlerisch. Erik verfolgte seine Angebote genau. Wieso konnte er seine Felle so billig verkaufen? Verwundert schlich er sich vor, zog seine Handschuhe aus und fuhr mit den Fingern über die Pelze.

»Feine Pelze hast du da, Fremder.«

Der Mann nickte abwesend, viel zu sehr mit Handeln beschäftigt, um sich um Erik zu kümmern.

»Marder und Eichhörnchen, schwarzer Zobel und Hermelin. Das Glück war auf deiner Seite, Kaufmann.« Erik drehte die Felle um, tastete und fühlte. Dann wählte er einen schwarzen Zobel aus und roch daran. Da war ein schwacher, fremder Geruch.

»Kaufen kannst du, aber ich mag es nicht, wenn du an meinen Waren herumfingerst!«, fuhr ihn der Kaufmann an und entriss ihm das Fell.

Erik zog sich zurück, wartete ab. Dann trat er wieder an den Tisch. Er entschied sich für ein schwarz glänzendes Fell und breitete es vor sich aus. Ohne dass der Kaufmann es bemerkte, zog er ein Leinentuch heraus und fing an zu reiben. Erik drückte fest auf und zog das weiße Tuch schnell über den Pelz. Anfangs war er unsicher, aber dann sah er es. Bei jedem Strich wurde das Leintuch dunkler. Der Pelz war falsch, er war mit einer Pechfackel eingeräuchert worden und hatte so seinen schwarzen Glanz bekommen.

»Du beschäftigst dich also mit Taschenspielertricks, du Wicht.« Erik zog sein Schwert und rammte es mitten durch das Pelzbündel.

Die Menge wich erschrocken zurück.

»Das hier wird dich daran hindern, andere zu betrügen.« Erik hieb erneut zu, und Fellfetzen flogen über den Tisch. Dann steckte er sein Schwert in die Scheide und stiefelte davon.

Im nächsten Augenblick hörte er hinter sich Stollen knirschen. Es gelang ihm, sich auf die Seite zu werfen, und der Speer des Kaufmanns schlug ins Eis. Mit einer weiteren flinken Bewegung zog Erik sein Schwert.

»Nimm deine Waffe und wehr dich, Milchbart«, brüllte er und richtete einen Hieb gegen ihn, aber der Kaufmann zog seine Klinge rechtzeitig. Das Metall klirrte, und der Schlag war so hart, dass Erik beinahe sein Schwert verlor. Der Kaufmann war stärker, als er gedacht hatte.

Der Friese lachte höhnisch.

»Du hast lange genug gelebt, einer wie du hinterlässt keine Trauer.«

Der Kaufmann griff mit beiden Händen sein Schwert und schlug nach Eriks Kopf. Erik fiel nach hinten und schrie, als wäre er verwundet. Als der Kaufmann überrascht sein Schwert sinken ließ, schnellte Erik wieder vor und schlug ihm die Waffe aus der Hand.

»Deine Untat wird dich teuer zu stehen kommen!«, schrie Erik und zielte mit der Klinge auf seinen Kopf. Blitzschnell zog er sie zur Seite, und Kopfhaut und Haare fielen auf das Eis.

»Zu dumm, wenn man in deinem Alter schon eine Glatze hat!«, höhnte Erik boshaft, versetzte dem Mann einen Tritt und steckte sein Schwert wieder in die Scheide. »Du hast Glück. Eigentlich hätte das Schwert dein Schicksal werden sollen, aber ich will den Marktfrieden nicht stören.«

Hakon Jarl, ein Kaufmann aus Kaupang, hatte beobachtet, was sich zugetragen hatte, und ging lächelnd auf Erik zu. »Du schlägst gut, einen wie dich könnte ich auf meinem Schiff noch brauchen«, sagte er mit breitem Grinsen. »Aber da solltest du nicht so bescheiden mit dem Schwert umgehen. Da solltest du lieber den ganzen Kopf nehmen.«

Erik verzog den Mund, und seine Augen begannen zu funkeln. Der Mann vor ihm war groß und stattlich, in Pelz und feinstes Biberfell gekleidet. Auf dem Kopf trug er eine dicke Lederkappe, und unter seinem Pelz schimmerten ein bestickter Umhang und ein silberner Gürtel hervor. Erik holte tief Luft. Diesen Mann umgab nicht ein Hauch von Armseligkeit, dieser Mann war reich. Ein Anflug von Neid überfiel ihn, aber er vertrieb ihn schnell.

»Auf Heerfahrt ziehen, in der Mannschaft eines anderen?«, überlegte Erik zweifelnd. Natürlich war ihm dieser Gedanke schon gekommen, aber am liebsten wollte er doch sein eigenes Schiff und seine eigenen Männer. Er räusperte sich:

»In deiner Gefolgschaft würde ich wohl um Gold und Silber kämpfen, aber dieser Pelzhändler da ist es nicht wert, mein Schwert schmutzig zu machen.« Erik streckte seine Hand aus. »Erik Bernsteinhändler. Ich habe dich übrigens früher schon gesehen. Hakon Jarl aus Kaupang, richtig?«

Der Jarl nickte und nahm Eriks Hand mit festem Druck.

»Dieser Schuft dürfte keine falschen Pelze mehr verkaufen.« Erik nickte in Richtung des Friesen. »Es ist schon ohne solche wie ihn schwer genug, Silber zusammenzubringen.«

»Warum gehst du nicht auf Wikingfahrt?«

»Ich bin gerade erst zurückgekehrt. Ohne Schiff«, setzte Erik mit einer Grimasse hinzu.

»Du hast es verloren?«

Erik nickte.

»Ich verstehe, aber du willst sicher bald wieder auf See.«

»Ja, auf meinem eigenen Schiff.«

Hakon Jarl schmunzelte.

»Ich bin genauso. Ich habe immer ein eigenes Schiff gehabt. Dann wünsche ich dir alles Gute.« Der Jarl hob die rechte Hand zum Gruß und entfernte sich.

Erik sah ihm lange nach. Ihm kam der Gedanke, dass er vielleicht lieber einer Mannschaft angehört hätte, als auf dem Eis zu stehen und Felle zu verkaufen.

In der Herberge drängten sich johlende Reiter und Leibwachen. Es war warm und feucht in der Hütte; es roch nach Rauch und nasser Wolle. Hier wurden Becher gehoben und Hörner gelehrt. Die Feuerstelle verbreitete einen warmen Lichtschein. König Björn setzte seinen Krug ab und strich sich den Schaum aus dem Bart. Die Wärme des Feuers hatte sein Gesicht gerötet, und jetzt wurde die Farbe noch kräftiger.

»Was sagst du da, der Kaufmann versuchte falsche Pelze zu verkaufen?« Der König schlug mit dem Krug auf den Tisch. »Ein Kreuzträger, sagst du?«

Der Reiter nickte.

»Ja, er trug ein Kreuz um den Hals, Euer Gnaden.«

»Hm«, der König trommelte gegen den Krug, wandte sich dann an einen seiner Berater. »Ich finde, es ist höchste Zeit, dass wir diesen Gottesmännern zeigen, dass wir Heiden entscheiden, was Recht und was Unrecht ist. Er soll bestraft werden!«

»Es wäre schlecht, jetzt Ärger heraufzubeschwören, Euer Majestät.« Der Berater schüttelte den Kopf.

»Aber der Kaufmann kann doch damit nicht durchkommen?« Der König führte den Krug an seine Lippen, legte den Kopf in den Nacken und trank. Dann stellte er den Krug mit einem Rülpser auf den Tisch. »Nein, wir müssen all diesen Christenbrüdern da zeigen, dass man mit uns in Birka nicht einfach machen kann, was man will.«

Der König winkte zwei Wachen zu sich.

»Ich will, dass ihr den Schurken bestraft. Aber lasst es nicht sein Ende werden, seht nur zu, dass es ihm ordentlich wehtut.«

Der Kaufmann starrte in das dunkle Wasser. Seine Hände waren auf dem Rücken gefesselt, sein Oberkörper nackt. Über die Brust lief ein grobes Tau. Die Wachen hatten zwei große Löcher ins Eis geschlagen. Sie würden ihn in das eine Loch hineintauchen und aus dem anderen wieder hinausziehen.

Der Mann fror, vor Kälte stockte ihm der Atem. Seine Hände schmerzten, sein Körper brannte, und er zitterte vor Kälte. Er versuchte nicht daran zu denken, wie es sein würde, untergetaucht zu werden, die Haut am scharfkantigen Eis, das Wasser, das den Körper weiter auskühlte. Sie mussten ihn schnell ziehen, damit er aus dem anderen Wasserloch herauskam, bevor es wieder zufror. Er fluchte über sein Schicksal. Felle zu räuchern und zu schwärzen, damit war er nicht allein, er hatte oft genug gesehen, wie Heiden dasselbe taten. Aber er hatte sie nicht verraten, er hatte sich nicht in ihre Angelegenheiten eingemischt.

Rundherum standen die Männer des Königs und hielten Neugierige zurück. Gleichzeitig vergrößerten sie den Kreis, sodass alle etwas sehen konnten. Die Menschenmenge drängelte, rief Schimpfworte und schrie.

»Jetzt kannst du schwimmen lernen, Betrüger!«

Die Wachen schlugen auf ihre Schilde und mahnten zur Ruhe. Dann ging einer von ihnen vor zum Kaufmann und löste die Schnur um seine Handgelenke.

»Nun wirst du dir wünschen, du hättest einen Pelz an. Einen richtigen, nicht nur irgendeinen alten, rußigen Fetzen, was?« Die Wache gab ihm einen Stoß in den Rücken, sodass er direkt ins Wasserloch fiel, und noch bevor er die Lungen mit Luft füllen konnte, wurde er unter das Eis gezogen. Die Menge drängte nach vorn.

»Gebt dem Hund ein Christenbad!«

»Lasst ihn schwimmen, bis er sich seinen Mann abfriert!«

Die Masse johlte vergnügt, erfreut über das unvermittelt anberaumte Schauspiel.

Der Wachknappe am entfernteren Wasserloch zog langsam am Seil, nicht zu schnell, aber auch nicht zu langsam. Der Kaufmann durfte nicht zu früh herausgezogen werden, dann war es ja keine Strafe, aber er durfte auch nicht zu zögerlich gezogen werden, denn dann konnte er auf den Grund sinken und stecken bleiben.

Das Seil gab plötzlich nicht mehr nach, und das Gesicht des Knappen lief rot an. Zwei Wachen lösten sich aus der Menge und kamen ihm zu Hilfe. Breitbeinig und mächtig stellten sie sich neben ihn und ergriffen das Seil. Dann zogen sie, fest und ruckartig. Das Seil riss.

Die Menge verstummte, glotzte dämlich ins Wasserloch. Die Wachen wühlten und bohrten mit Stöcken und Stangen, und ein mutiger Jüngling sprang mit einem Seil um die Füße geknotet ins Wasser. Aber der Kaufmann blieb verschwunden. Erschrockene Rufe wurden um das Wasserloch laut. Die Erkenntnis entging niemandem. König Björn hatte einen christlichen Kaufmann umgebracht. Diese Tat würde nicht ungesühnt bleiben.

11. Kapitel

Gudmund der Mächtige klopfte den Schnee von seinem Lederrock und schleuderte zornig seinen Geldbeutel auf den Tisch. Schon wieder hatte Erik ihn zum Narren gehalten. Im Schwertkampf draußen vor der Schankstube hatte er drei seiner Knechte verloren, und darüber hinaus war Tjalve verletzt. Der Verwalter sah gar nicht schön aus. Die Schwertklinge hatte einen Teil der Nase und einen Teil der Oberlippe abgeschlagen. Er lispelte stark und konnte nicht einmal verständlich über sein Elend fluchen. Jedenfalls war das, was er sagte, kaum zu verstehen.

Gudmund seufzte, öffnete den Geldbeutel und schüttete den Inhalt auf den Tisch. Dann setzte er sich und betrachtete zerstreut die Münzen. Gelegentlich nahm er sie in die Hand und ließ sie durch die Finger gleiten. Aber er beachtete das Silber nicht, so erfüllt war er von seinen Gedanken an Rache. Es dauerte eine ganze Weile, bevor er sich endlich zusammennahm und anfing, das Geld zu zählen. Die Birkamünzen waren nicht wie Dinare, dünn und fein mit sprödem Klang, sondern etwas dicker, und es ertönte ein dumpfer Laut, wenn sie auf den Tisch fielen. Plötzlich kam ihm das Gebot des Königs in den Sinn, das er früher am Tag erlassen hatte. Jetzt durften die Kaufleute die Birkamünze nicht mehr beschneiden oder wiegen. Sie war die Summe wert, die darauf gestempelt war, und wenn man sie beschnitt, wurde sie wertlos. Gudmund betrachtete das Geld. Als

Kaufmann in Birka war er stolz darauf, dass die Stadt endlich ihre eigenen Münzen prägte, und er hatte alle Geschäfte mit der neuen Münze gemacht. Aber warum dieses Gebot? Gudmund der Mächtige starrte das Silber misstrauisch an, bereute fast, dass er nicht auf die alte Weise mit der Kaufmannswaage gehandelt hatte. Nachdenklich nahm er zwei Münzen und wog sie in der Hand. Dann ließ er sie auf den Tisch fallen.

Torhild, seine Frau, kam in die Stube, aber er begrüßte sie nicht. Noch einmal nahm er die Münzen und ließ sie auf die Tischplatte regnen.

»Was ist los mit dir, warum grüßt du nicht?«, wunderte sich seine Frau und trat zu ihm.

»Die Münzen, schau dir die Münzen an. Findest du, dass sie so klingen, wie sie sollen? Glaubst du, sie enthalten so viel Silber, wie der König darauf gestempelt hat?«

Torhild nahm eine Münze und betrachtete sie nachdenklich. Wortlos befühlte sie sie.

»Eine schöne Münze ist das, und sie wiegt so viel, wie sie soll. Lass sehn.« Sie löste ihr Messer vom Gürtel und schnitt eine Kerbe quer über die Rückseite der Münze. »Auch in der Kerbe glänzt es wie echtes Silber. Mehr kann ich dir dabei auch nicht helfen.« Torhild schüttelte den Kopf und legte die Münze zurück.

Aber Gudmund zweifelte. Wenn die Unsicherheit ihn einmal gepackt hatte, fiel es ihm schwer, zur Ruhe zu kommen. Er musste Gewissheit haben. Entschlossen fuhr er mit der Hand über den Tisch und füllte das Geld in den Beutel.

»Ketil, der Bronzegießer, kann mir vielleicht weiterhelfen«, murmelte er, stand eilig auf und ging hinaus.

Ketil empfing ihn in seiner Werkstatt unten am Hafen. Gudmund bat ihn, drei Birkamünzen zu schmelzen, dann setzte er sich und wartete. Lange saß er bei dem Alten und sah zu, wie er die Münzen in einer Gussform schmolz. Der sehnige Mann trat fest auf den Blasebalg, bis das Feuer weiß und das Silber flüssig wurde. Dann hielt er Gudmund die Gussform mit den schimmernden Tropfen hin.

»Hier hast du dein Silber«, sagte er und betrachtete den Kaufmann neugierig. »Aber du wirst noch eine Weile Geduld haben müssen, bis es abgekühlt ist.«

Die Gussform war immer noch heiß, als Gudmund seine Kaufmannswaage hervorholte und sie auseinander klappte. Mit verbissenem Gesicht begann er zu wiegen: das Silber der eingeschmolzenen Münzen in der einen Waagschale und drei Birkamünzen in der anderen. Mit zusammengepressten Lippen starrte er auf die Waagschalen. Das Silber wog weniger, als es sollte. Wieder wog er das glänzende Metall, aber die Waagschale war mit den drei Münzen erneut schwerer als das Silber. Sie waren mit einem zu hohen Silberwert versehen. Mit jeder einzelnen betrog der König die Kaufmänner um mindestens ein Zehntel des Silbers!

Gudmund schloss und öffnete seine Hände und fluchte. Um des Handels und um Birkas willen. Die Zeit drängte, der König musste weg.

Auf dem Haraldhof war alles still. Der Wind strich über den Boden und wirbelte Schnee auf. Das Weiß schwebte über den Hof, fing sich an den Hauswänden und kam zur Ruhe. Die Schneewehen wuchsen immer höher, bis sie einzustürzen drohten. Am Grubenhaus lag der Schnee dick und schwer. Aus einem der Schuppen kroch eine dünne Rauchfahne.

Jorunn, die auf dem Weg zur Wohnhalle war, verlangsamte ihren Schritt. Ein seltsamer Geruch stach ihr in die Nase. Sie ging hinüber zum Schuppen und blieb an der Schwelle stehen. Drinnen lärmte ein Schleifstein, und Funken wirbelten um den Amboss.

Harald hörte sie nicht kommen. Er stand tief über einen Speer gebeugt, die Schneide kratzte gegen den Schleifstein. Jorunns dunkle, schmale Augen betrachteten ihn regungslos. Nicht ein Wort kam über ihre Lippen. Die blanke Speerspitze glänzte und ließ sie erschrocken zurückweichen. Sie blickte sich beunruhigt um.

Hier drinnen wurden Sensen und Harken, Äxte und Hacken aufbewahrt, doch hinten an der Holzwand entdeckte sie Waffen. Speere und Schwerter lehnten an der Wand, und auf den Bänken lagen blank geschliffene Messer. Jorunn schluckte, öffnete den Mund und schloss ihn wieder. Vielleicht durfte sie das nicht sehen. In den letzten Tagen war Harald einsilbig gewesen. Wenn sie ihn gefragt hatte, was ihn bedrückte, hatte er ihr nur den Rücken zugewandt. War es das, was ihn so beschäftigt hatte? Aber gegen wen wollte er kämpfen? Jorunn drehte sich in der Türöffnung um und ging zurück in die Stube. Sie würde ihn nicht jetzt fragen, sondern später, wenn sie glaubte, eine ehrliche Antwort erhalten zu können.

Spätabends, als sie zu Bett gegangen waren, schmiegte sie sich eng an ihn mit ihrer Sorge.

»Warum schleifst du im Schuppen Waffen?«, fragte sie leise.

Haralds Augen glänzten, wach und misstrauisch. Er konnte es ihr nicht anvertrauen. Die Vorbereitungen, Gudmunds Treffen mit Hergeir. Nein, er hatte geschworen, nichts zu verraten. Er konnte nicht mit Jorunn über eine Verschwörung sprechen, die er auch niemandem sonst offenbaren durfte.

»Warum ich Waffen schleife?«, entgegnete Harald abweisend und setzte sich im Bett auf. »Das ist meine Sache.«

»Aber ich bin deine Frau. Deine Feinde sind auch meine Feinde.«

»Das hier ist nichts für Weibsvolk.« Haralds Augen verdunkelten sich, doch sie bemerkte nichts.

»Aber wenn ich nichts weiß, wie soll ich dir dann helfen können?«, erwiderte sie verzweifelt und sah ihn hilflos an.

Eine Zeit lang hatte sie geglaubt, dass ihr Zusammenleben mit Harald gut gehen konnte. Nun war sie im Begriff, diesen Glauben zu verlieren. Ein Sommer, Herbst und Winter unter demselben Dach hatten ihr keine Freude geschenkt, und obwohl sie sich große Mühe gab, eine gute Ehefrau zu sein, hatte sich nicht viel geändert. Als Harald sich bekehren ließ und sie sich geweigert hatte, dasselbe zu tun, war er gehässig und grob zu ihr geworden. Sie wollte sich jedoch nicht seinetwegen taufen lassen. Diese neue Lehre war weder besser noch schlechter als die alte. Die Heiden schlugen sich und brandschatzten auf ihren Heerzügen, aber das taten die Christen auch. Der Unterschied bestand lediglich darin, dass die Christen dies mit ihrem Glauben rechtfertigten. Nein, sie selbst betete weder Christus noch das Göttergeschlecht der Asen an. Ihr hatte keine höhere Macht jemals helfen können. Was in ihrem Leben geschah, konnten Odin, Thor und Frey nicht bestimmen, und der neue Gott konnte das auch nicht. Sie musste sich auf sich selbst verlassen.

Als es Harald nicht gelungen war, sie zu überreden,

hatte er sie bedroht und geschlagen. Er, der sich als wahrer Christ betrachtete, fromm und sanft. Jorunn strich sich die dunklen Haare aus dem Gesicht und betrachtete Harald von der Seite. Wenn sie Zeugen finden könnte, dass er die Hand gegen sie erhoben hatte? Dann könnte sie sich vielleicht scheiden lassen. Aber wohin sollte sie dann gehen? Erik teilte sein Dach schon mit einer anderen Frau, und allein mit Gesinde und Sklaven auf dem Gudmundhof wohnen ... Nein, das war ihr zuwider. Vielleicht würde sich mit der Zeit alles zum Besseren wenden, wenn sie nur Geduld hatte. Ihre Gedanken wanderten zu Erik, wie schon oft zuvor. Im Traum konnte sie ihn ganz dicht bei sich fühlen, wurde von Liebe und Hitze getragen, bis sie aufwachte und erkannte, dass der Körper neben ihr abweisend und kalt war.

Warum hatte Erik sich in das Schicksal gefügt, das sie beide heimgesucht hatte? Hätten sie nicht doch einen Ausweg finden können? Erik hatte gefürchtet, geächtet zu werden, er wäre fortgejagt worden, und jeder hätte das Recht gehabt, ihn zu töten. Aber hätten sie nicht gemeinsam fliehen können? Hatte er sie nicht genug geliebt? War er deshalb so lange fortgeblieben und hatte sich bald schon eine andere Frau gesucht?

Nein, sie durfte sich nicht selbst dafür verurteilen, dass sie auf dem Haraldhof blieb. Sie hatte keine Wahl.

Harald saß aufrecht und starr neben ihr, der Geruch seines Körpers war stark und fremd. Jorunn scheute sich, zögerte einen Moment, streckte dann ihre Hand aus, um sich ihm wieder zu nähern.

»Harald, ich will dir doch beistehen. Nur darum frage ich, gegen wen du kämpfen willst.«

»Es geht dich nichts an.« Haralds Stimme klang barsch und unwirsch.

»Und all die Waffen im Schuppen?«, beharrte sie und drückte seine Hand.

Harald zog seine Hand zurück und starrte sie böse an. Dann, ohne Warnung, schlug er ihr hart ins Gesicht.

»Schweig, Weib, und wenn du über das sprichst, was du gesehen hast, wird dir das übel bekommen.«

Jorunn rang nach Luft. Sie spürte, wie Blut über die Wange lief. Ihr kamen die Tränen, aber sie brachte keinen Laut heraus. Dann griff sie nach ihrem Schaffell und rannte hinaus.

In dieser Nacht versteckte sie sich im Stall und machte vor Entsetzen und Schrecken kein Auge zu. Die Erinnerung an Haralds hasserfüllten, starren Blick und das Zucken in seinem Gesicht machte ihr Angst. Warum hatte er sie geschlagen? Weil sie seinen Glauben nicht teilte? Oder weil er tief in seinem Innern wusste, dass sie Erik noch immer liebte? Sie hatte gefragt, weil sie ihm helfen wollte, weil sie so gern als gute Frau an seiner Seite stehen wollte. Und dann das … was war mit ihm geschehen? Harald war so anders geworden. Es schien, als wäre der neue Glaube ihm zu Kopf gestiegen, und er rechtfertigte jede Handlung mit Gottes Wort. Er hatte sogar davon gesprochen, jene zu vernichten, die nicht zur neuen Lehre übertraten. Bisher hatte sie seinen Worten nicht geglaubt. Nun verstand sie, dass es ihm ernst war.

Vorsichtig fuhr sie mit dem Finger über die Wunde. Sie schmerzte und pochte, aber blutete nicht mehr. Müde stand Jorunn auf und schleppte sich durch den Stall. Ein kalter Vollmond schickte sein bleiches Licht durch die Fensterluken und warf helle Felder auf den Erdboden. Zuerst sah sie nicht viel in der Dunkelheit, aber dann entdeckte sie etwas Eigentümliches. Vor dem

Verschlag lagen Zaumzeug und Sporen gestapelt. Das Leder glänzte vor Schaffett, und die Sporen waren mit neuen Riemen versehen worden. Nichts von alledem hatte am Vortag dagelegen. Jorunn blieb wie versteinert stehen, die Hände vor der Brust geballt. Die geschliffenen Waffen im Schuppen und das gebrauchsfertige Zaumzeug konnten nur eines bedeuten.

Draußen war es dunkel, und es hatte aufgehört zu schneien. Drinnen in dem kleinen, strohgedeckten Haus auf dem Snemunhof war es warm und heimelig. Auf dem Boden lag duftender Wacholder, und zuweilen sprangen Funken von den Fichtenzweigen im Holzfeuer. Die Truhen drüben an der Querwand und die selbst gewebten Wandbehänge waren im Dunkeln kaum zu sehen. Eine der Truhen stand offen.

Estrid beugte sich hinunter, legte den Geldbeutel hinein und verschloss sie. Das Schloss quietschte, als das Eisen einrastete. Sie drehte sich zu Erik und lächelte.

»Welch ein Jammer für echtes Silber. Still und andächtig sollte es sein. Und jetzt klingt das Schloss wie ein alter, winselnder Greis.«

»Oder wie Hergeir nach der Taufe.« Erik musste bei dem Gedanken an den Häuptling laut lachen und legte sein Schnitzmesser beiseite. Dann wurde er wieder ernst. »Die Taufe ist zwar ein bisschen anders gelaufen, als er sich das gedacht hatte, und vielleicht hätten wir dieses Christenvolk auch für immer mundtot gemacht, wenn der König nicht gewesen wäre. Wenn er nur darauf verzichtet hätte, den Kaufmann zu bestrafen. Sein Tod hat viele gegen den König aufgebracht.« Erik sah Estrid nachdenklich an. »Außerdem behaupten die Kaufleute, dass der König sie mit der Birkamünze betrogen hat. Es wäre nicht genug Silber darin.« Erik hielt inne und starrte ins Feuer. Das Holz war trocken und brannte gut, und ein schwacher, flackernder Schein erhellte den Raum. Eine Weile sah er den Flammen zu, dann wandte er sich wieder an Estrid. »Jetzt halten die Christen noch enger zusammen als je zuvor. Es heißt, sie wollten eine christliche Gemeinde gründen und sie beim Thing anerkennen lassen.« Er verstummte und wirkte mit einem Mal müde.

Estrid befestigte den Schlüssel an ihrem Gürtel und setzte sich an den Langtisch.

»Fast alle Felle sind verkauft, die Truhe ist voller Geld, und du klagst über die Christen. Freu dich über deinen Erfolg, gegen die anderen Dinge kannst du nicht viel unternehmen.«

»Und ob ich das kann«, erwiderte Erik stur. »Gudmund der Mächtige schickt fünf seiner besten Knechte aus, um mich zu töten. Er hat eine Menge Leute bei diesem Wagnis verloren.«

»Ja, ich habe von dem Heldenstück gehört«, entgegnete Estrid schmunzelnd, »zwölfmal mindestens. Aber die Christen, die sind Sache des Königs. Und Ansgar … ja, früher oder später werden die Menschen schon dahinter kommen, was für Irrlehren er verbreitet.«

In Eriks Augen trat ein wachsamer Glanz.

»Was meinst du?«

»Ansgar blendet uns mit schönen Worten und verspricht viel. Aber warum ist er überhaupt hier? Unseretwegen oder um seiner selbst willen?«

Erik blickte diese Frau, die da an seinem Tisch saß, erstaunt an. Wie kam Estrid auf solche Gedanken, war es Ansgar doch nicht gelungen, ihr den Kopf zu verdrehen? Er griff nach seinem Messer und fuhr fort, an seinem

Tiegel zu schnitzen. Ihm fiel plötzlich auf, dass er und Estrid, obwohl sie sich oft bis spät in die Nacht unterhalten hatten, nur sehr wenig von Ansgar und der neuen Lehre gesprochen hatten. Anfangs war sie verstummt, sobald er Ansgar erwähnt hatte, und von sich aus sprach sie nie von ihm. Jetzt hingegen wirkte sie seltsam redselig.

»Glaubst du nicht an Ansgar und seine Mission? Meinst du, die Einwohner Birkas werden sich von ihm abwenden?«, fragte Erik neugierig.

Estrid zögerte. Sie trug die Suppe auf und rührte im Topf, bevor sie antwortete.

»Ansgar verführt möglicherweise zu Anfang. Er spricht von sich als dem Gesandten Gottes und des Kaisers. Bete zu Gott, und alles wird gut, predigt er, und mit diesem Versprechen hat er sicher viele bekehren können. Die Kaufleute hören des Geldes wegen zu und die Sklaven, weil sie hoffen freizukommen. Aber die anderen? Warum sollten sich die Menschen in Birka taufen lassen und einen Gott anbeten, der ihnen nichts zurückgibt?« Estrids Stimme klang scharf wie der Splitter eines Feuersteins. »Wir Svear opfern unseren Göttern für eine reiche Aussaat und Ernte, für neues Leben und gute Gesundheit. Und sieh doch, wie reich und wohlhabend die Menschen in Birka sind. Der neue, fremde Gott dagegen, wie entlohnt er uns? Ansgar sagt, er gibt uns Frieden im Himmelreich ...« Estrid blickte auf, ihre Augen funkelten. »Frieden im Himmel, ja, aber was haben wir hier in Birka davon?«

Erik brach in Gelächter aus. Estrid trocknete die Hände an ihrem Kleid ab und nahm die Löffel von der Wand. Ihre Wangen glühten, und ihre Lippen waren fest aufeinander gepresst.

»Nein, du«, fuhr sie schroff fort, »Ansgar will nur ein mächtiger Mann in seiner Kirche werden. Die Mission im Norden ist bloß ein Schritt auf diesem Weg. *Unser* Wohl will er nicht.«

Erik sah Estrid mit großen Augen an. Er hatte nicht einmal geahnt, dass sie über diese Dinge nachdachte. War es das, was sie bei ihren einsamen Wanderungen mit dem Kind beschäftigte? Jetzt sprach sie aus, was er selbst gedacht hatte, aber nie richtig in Worte fassen konnte. Er wurde von einer plötzlichen Wärme durchströmt. Estrid sprach seine Sprache, sprach ihm sogar aus der Seele. Er lächelte sie an, schlug dann verwirrt die Augen nieder. Ihre ungewohnte Kraft hatte ihn plötzlich verunsichert. Erik legte das Messer zur Seite. Den Tiegel, ja, den würde er ihr geben, wenn er fertig war. Er wollte ihr etwas schenken. Sie hatte für ihn gesorgt, und seit sie bei ihm eingezogen war, war er wieder guten Mutes. Dennoch hatte er ihr seither noch keinen Dank für all das, was sie tat, erwiesen. Auf irgendeine Art hatte er es ganz selbstverständlich angenommen. Jetzt plötzlich nahm er die Frau in seinem Haus wahr, sah sie mit neuen Augen. Auf einmal merkte er, wie schön sie war, sie begann gleichsam zu leuchten. Ja, Estrid strahlte, ihr Blick war warmherzig und schalkhaft, und das Haar fiel ihr weich und weiblich über die Schultern. Sie hatte etwas Starkes und Flammendes, das tief aus ihrem Innersten kam, eine Kraft, die ihr eine ganz eigene, ungewöhnliche Schönheit verlieh. An diesem Abend erkannte er sie, spürte sie, diese Kraft, als hätte sie all das bisher vor ihm versteckt. Er betrachtete sie schweigend, nahm ihr warmes Lächeln wahr, ihr rundes Gesicht und den wachen, offenen Blick, fand plötzlich, dass sie anziehend war. Die Frau vor ihm war voller Leben. Ihn überkam das unvermittelte Verlangen, sie zu umarmen und ganz nah bei sich zu haben. Die ganze Zeit war sie da gewesen, doch er hatte sie nicht gesehen. Wie hatte er so blind sein können?

Erik aß schweigend seine Suppe, brach sein Brot und war weit weg in seinen Gedanken. Als er gegessen hatte, stand er auf, ging zur Feuerstelle und wieder zum Tisch, nahm das Schnitzmesser und den Tiegel in die Hand, um sie gleich wieder auf den Tisch zu legen. Dann setzte er sich neben Estrid auf die Bank. Seine Hände zuckten nervös.

»Was du über Ansgar gesagt hast; du hast Recht«, murmelte er. »Aber was hat dich dazu gebracht, über all das nachzudenken?«

Seine Augen waren ernst, und sein Blick ruhte in ihrem.

»Ansgar, ach …« Estrid verschloss sich wieder, sie wollte jetzt nicht darauf antworten.

Erik fühlte ihre Nähe und wollte nicht, dass das Schweigen sie wieder mit sich nahm. Er fasste sie an den Schultern und sagte leise:

»Du musst nicht antworten, ich habe mich nur gewundert.«

Ihre blauen Augen glänzten, und auf ihre Wangen waren rote Flecken getreten. Ihr dickes, strohblondes Haar war nachlässig im Nacken hochgesteckt, und eine breite Strähne fiel ihr in die Stirn. Auf der Nase schimmerten ein paar Sommersprossen. Er blickte in ihr Gesicht, musterte sie, als wäre es das erste Mal. Es strömte eine besondere Fröhlichkeit aus. Sie lächelte, und er spürte ihre Wärme und Weichheit. Unbeholfen strich er über ihre Wange, ließ seine Hand an ihrem Hals hinuntergleiten, weiter bis zu ihrem Ausschnitt. Er wusste nicht, wie ihm geschah, er hatte sie nie zuvor berührt. Sie saß stumm da und schien zu warten. Vorsichtig beugte er sich über ihr Gesicht und küsste sie. Dann nahm er ihr Gesicht in seine Hände. Ihre Augen blickten ihn sanft und klar an.

Estrid fühlte Eriks suchende Hände. Verwirrt nahm sie seine Liebkosungen entgegen, noch immer durcheinander und unsicher. Sie hatten so viele Abende zusammen verbracht. Warum jetzt? Sie hatte Angst, bald benutzt und bald enttäuscht zu werden. Sie wollte etwas sagen, aber dann bemerkte sie seinen Ernst, und ihre Gedanken zerstreuten sich. Sein Blick war voller Wärme und Zärtlichkeit, sein Gesicht leuchtete. Eine wundersame Freude durchströmte ihren Körper, und sie streckte sich ihm entgegen. Dieses Mal konnte sie sich nicht täuschen.

Erik nahm sie gefangen, küsste ihren Mund, ihre Wangen, ihren Hals. »Estrid!«, murmelte er. Ihre Lippen schmeckten salzig. Die Zärtlichkeit machte ihn schwach, und er zitterte in der Umarmung, verwirrt von seinen eigenen starken Gefühlen. Stumm reichte er ihr die Hand. Estrid schloss sie in ihre und spürte, wie alles, was gewesen war, dem Jetzt wich. Das mit Ansgar war, als wäre es nie geschehen, etwas Jenseitiges. Nun war sie bei Erik. Auf einmal besaß er eine unerklärliche Macht über sie. Als er sie wieder umarmte, kam sie ihm stürmisch entgegen. Sie wollte ihm gehören.

Lange lagen sie unter dem Fell. Er streichelte sie sanft, verwundert und glücklich über das, was geschehen war. Sie kroch dicht an ihn heran und legte ihm lachend den Arm um den Hals. Er wusste nicht, was er sagen sollte, war noch immer verwirrt in Herz und Verstand. Am liebsten wollte er über sie und sich und über das, was passiert war, sprechen, aber er fand keine Worte. Sie liebkosten sich und sprachen über alltägliche Dinge. Dabei fiel ihm wieder ihr Gespräch am Tisch ein. Er blies ihr leicht ins Haar und sagte:

»Ansgar hat dich nicht verführt. Du hast scharfe Augen, du. Aber warum hast du nicht schon früher über ihn geredet?«

Estrid zog seine Arme noch fester um sich und antwortete leise:

»Wir Weiber machen nicht viel Gerede um die Dinge, wir sehen, was wir sehen. So einfach ist das.«

Erik lächelte und biss sie neckend ins Ohr.

»Aber ich verstehe nicht, was dich dazu gebracht hat, den Mönch zu durchschauen?«

»Ansgar? Merkst du nicht, dass er zwar schöne Worte im Mund führt, aber kein Rückgrat hat? Solche Leute sind gefährlich.«

»Ja, aber woran erkennst du das?«, wandte Erik ein.

»Er lächelt zwar verbindlich, aber seine Augen bleiben kalt«, antwortete Estrid und streichelte ihm über den Rücken.

»Ja, aber, wie geht das?«, fragte Erik und spürte, wie seine Lust unter ihren Händen erneut erwachte.

»Kein ehrlicher Mensch lächelt immer. Und kann ein rechtschaffener Mann jemals Gesandter des Kaisers werden? Ach nein, lass uns über etwas anderes reden.«

Sie drückte sich fest an ihn und fuhr über seine Brust. Er hatte kaum Haare auf der Brust, nur ein paar, und die waren blond. Aber ihr gefiel das, die glatte Haut fühlte sich warm und weich an.

»Du musst sicher viel mit ihm geredet haben«, versuchte Erik erneut, er wollte das Gespräch über den Mönch noch nicht beenden. Er erinnerte sich, wie er in der Schankstube auf Estrid und Ansgar gestoßen war. Damals schien ein unausgesprochenes Einverständnis zwischen den beiden zu herrschen.

»Sei jetzt still!« Estrid legte ihm die Hand auf den Mund und streichelte ihn weiter.

Erik wollte noch mehr wissen, aber er kam vom Fragen ab. Ihre Hände waren erfahrener, als er gedacht hatte.

Im Morgengrauen wurden sie von harten Schlägen gegen die Tür geweckt. Erik ging schlaftrunken ans Fenster, zog die Klappe auf und spähte hinaus. Es war noch dunkel. Als seine Augen sich an die Dunkelheit gewöhnt hatten, gewahrte er eine Frau. Er erkannte ihre aufrechte, schlanke Gestalt. Jorunn! Was wollte sie hier? Leise schlich er hinaus.

Jorunn lächelte ihn schwach an, ihre Hände in die Seite gepresst. Sie suchte nach Worten, zögerte, es fiel ihr schwer, das über die Lippen zu bringen, was sie sagen wollte. Harald hatte sie bedroht. *Wenn du über das sprichst, was du* gesehen *hast, wird dir das übel bekommen*, hatte er gesagt. Aber sie konnte nicht schweigen, sie musste Erik warnen. Trotz der Gefahr hatte sie ihn aufgesucht.

»Erik, ich muss dich warnen.« Ihre Stimme trug die Worte kaum.

»Mich warnen?« Erik sah sie erstaunt an.

»Harald hat sich gerüstet. Der ganze Hof ist voll von Waffen.«

»Waffen?«

Erik blickte sie misstrauisch an. Warum kam sie jetzt? Hätte sie nicht früher kommen können oder gar nicht? Warum gerade jetzt, wo er endlich Frieden bei einer anderen Frau gefunden hatte? Sogar bei Nacht war sie noch dieselbe, dunkel, schön und begehrenswert. Das Atmen fiel ihm schwer. Sie störte ihn. Plötzlich begann sie zu schluchzen. Die Worte kamen leise und unzusammenhängend, zögernd zuerst, aber dann konnte sie sie nicht länger zurückhalten. Sie erzählte ihm von den Waffen im Schuppen und wie Harald sie geschlagen hatte. Alles, was sie in ihrer Einsamkeit ertragen hatte, brach aus ihr heraus. Dann lehnte sie sich an Erik, suchte seinen Schutz und seine Wärme. Erik legte den Arm um sie und versuchte zu trösten, spürte sie ganz nah bei sich. Lange standen sie so da, ohne dass einer von ihnen sich dem anderen entzogen hätte.

Von der Fensterklappe verborgen, beobachtete Estrid die beiden. Ihre Augen weiteten sich und wurden fast schwarz. Ihr Blick ging geradewegs durch die beiden hindurch, als wären sie gar nicht vorhanden, als hätte es sie nie gegeben. Erik, nein! Sie wollte sich abwenden, aber ihr fehlte die Kraft. Sie war ganz starr, wie ein Tier, das Gefahr witterte. Ihr Herz klopfte, die Hände zitterten, und die Zunge klebte am Gaumen. Erik, nein! Wie sie sich in seine Arme gelegt hatte, wie sie ihn geliebt hatte, mit der Gewissheit, dass sie sich endlich gefunden hatten. Und dann … Nein, sie wollte das nicht glauben, wollte ihm vertrauen, aber was sie mit eigenen Augen gesehen hatte, konnte sie nicht ungesehen machen. Als er in die Stube zurückkehrte, hatte sie ihm den Rücken zugedreht und so getan, als würde sie schlafen. Sie konnte ihn nicht berühren, ihn nicht ansehen, wollte nur noch fort, weit, weit fort.

Am Morgen war der Himmel wolkenverhangen. Sie lagen tief über Inseln und Meer und schienen von einem

Unwetter niedergedrückt zu werden. Bald brachen Blitze durch die Wolkendecke, und über Björkö und Birka öffnete sich eine helle, rötliche Fläche. Der helle Bogen verdunkelte sich und wurde rot wie Ochsenblut. Die Alten und Erfahrenen blickten zum Himmel und warnten vor Thors Zorn, während Kaufleute aus Ost und West überlegten, ob sie sich auf das Eis hinausbegeben sollten. Aber es kamen weder Wind noch Schnee, und jene, die von einem Omen am Himmel gesprochen hatten, verstummten bald. Der Handel musste weitergehen, schließlich bildete er das Fundament für Birkas Wohlstand.

Es hatte noch immer nicht zu schneien begonnen, als Jorunn zum Markt wanderte. Sie blieb am Stadttor stehen und blickte über den Fjord. Von hier oben, aus großer Entfernung, ähnelte der Marktflecken einem kleinen Dorf. Buden und Zelte waren in Reihen an einer geraden, flach getretenen Schneestraße angeordnet, und Menschen mit Schlitten gingen auf der Marktstraße hin und her. Einige hockten in ihren Buden, die größten bargen sogar Platz für Kisten, Tonnen und eine Feuerstelle. Sie waren wie kleine Herbergen, und viele der weit gereisten Händler wohnten während des Marktes in diesen Hütten.

Jorunn schlenderte durch das Stadttor und langsam durch den Ort. Ein Straßenköter bellte, ein paar Kinder spielten im Schnee, und auf dem Platz waren einige Kaufleute mitten in einem lebhaften Geplänkel. Aus der Schankstube unten am Hafen klangen Gesang und Heiterkeit.

Langsam ging sie über das Eis. Sie fror und fühlte, wie die Schwermut an ihren Kräften zehrte. Noch hatte sie ihre innere Ruhe nicht wiedergewonnen, und sie zitterte bei dem Gedanken an die nächtliche Begegnung mit Erik. Sie hatte geglaubt, dass das, was zwischen ihnen gewesen war, verglüht wäre, aber als er den Arm um sie gelegt hatte, um sie zu trösten, war es gewesen, als wäre alles wieder zum Leben erweckt worden. Erik ... Nein, es war besser, zu vergessen, an ihn zu denken schmerzte zu sehr.

Sie ging an den Marktständen und den einfacheren Buden vorbei, bis sie endlich die Hütte ihres Vaters mit dem geschnitzten Falken über der Tür erreichte. Fröstelnd trat sie ein und versuchte das Feuer wieder anzufachen. Dann stellte sie Honigkrüge und Glasperlenketten auf die Platte an der Verkaufsluke. Als sie damit fertig war, wanderten ihre Gedanken zu Harald. Sie hatten nicht über das gesprochen, was geschehen war. Er hatte sie nicht um Vergebung gebeten und ging ihr aus dem Weg, wenn er sie sah. Sie selbst fürchtete seine Nähe und war besorgt um das, was geschehen würde. An dem Morgen nach der schrecklichen Nacht hatte sie bemerkt, dass die Waffen und alle Pferde fehlten, und hatte begriffen, dass Harald mit dem Verwalter und einigen Sklaven fortgeritten war. Sie war mit dieser Nachricht zu Erik geeilt, sicher, dass die Waffen bald zum Einsatz kommen sollten.

Jorunn öffnete die Klappe und lugte hinaus. Nur wenige Kaufleute waren auf dem Eis zu sehen, und sie bereute das Versprechen, das sie ihrem Vater gegeben hatte. Gudmund hatte sie gebeten, beim Verkauf zu helfen, weil er sich unwohl fühlte, und sie hatte seine Bitte nicht ausschlagen können. Warum schlossen sie die Hütte nicht einfach für einen Tag? Geld hatte er genug. Jorunn seufzte und lehnte sich hinaus. Wenn Erik nur bei ihr gewesen wäre. Sie brauchte ihn. Ihr traten Schleier vor die Augen, und sie konnte ihre Tränen nicht zurückhalten. Sie liefen ihre Wangen hinab, und alles verschwamm zu einem weißen Licht. Verzweifelt sank sie hinter der Luke zusammen und barg ihr Gesicht in den Händen. Warum, wollte sie schreien, warum war alles so gekommen?

Sie wusste nicht, wie lange sie so dagesessen hatte, als ein entferntes Geräusch sie aufhorchen ließ. Es klang, als würden Pferde kommen. Sie wischte die Tränen mit ihrem Wollschal fort und stand auf. Am Strand, unweit vom Stadttor im Norden, ritt eine Gruppe Männer über das Eis. Zuerst freute sie sich, dass mehr Leute zum Markt kamen. Doch dann fiel ihr etwas auf. Die Reiter trugen Speere und Schilde. Und die Pferde … Sie rang nach Luft. Zwei von ihnen gehörten zum Haraldhof. Sie verharrte einen Augenblick, dann wusste sie, was zu tun war. Hastig schloss sie die Klappe und löschte das Feuer. Mit entschlossenen Schritten eilte sie zurück in die Stadt.

König Björn stieg vom Pferd und rieb sich seine schmerzenden Hände. Skeptisch betrachtete er den Himmel und ahnte den Geruch von Unwetter. Die Wolken waren dunkel und bedrohlich, der rote Horizont verkündete Unheil. Er band sein Pferd vor seiner Hütte an und ließ die Wachen draußen zurück. Dann betrat er den Vorplatz und ging ins Haus. Es war länger und breiter als alle anderen, und ein Langtisch und ein Bett mit Polster standen darin. An den Wänden hingen zwei orientalische Wandbehänge. Der größte, den der König am liebsten mochte, zeigte einen Samurai, der von drei leicht bekleideten Frauen umgeben war. Aber an diesem Tag sah der König nicht einmal den an. Stattdessen setzte er sich auf die Bank und zupfte zweifelnd an seinem Kinnbart, während er zu denken versuchte. Am Morgen hatte der Bernsteinhändler ihn wissen lassen, dass es Männer in Birka gab, die sich rüsteten. Mehrere Kreuzträger hätten sich bewaffnet, hatte er gesagt. Der König konnte es nicht glauben. Es wollte doch wohl niemand die neue Lehre mit Gewalt einführen? Wer stand hinter einer solchen Schandtat? Hergeir? Aber der würde es kaum auf ein Schwerterrasseln auf dem Marktplatz ankommen lassen. Den Marktfrieden zu brechen wäre ein großer Schaden für Birka. Oder hatte der Glaube ihn aller Vernunft beraubt? Dass sein Volk seit dem Gebot zur Birkamünze in Aufruhr war, wusste er, aber den Gewinn aus dem Münzhandel gedachte er zum Wohle Birkas zu verwenden. Deswegen musste doch niemand zu den Waffen greifen. Und den Christen, denen hatte er ihre Predigten doch zugestanden. Nein, Erik Bernsteinhändler musste eine falsche Nachricht erhalten haben.

Plötzlich stieß der Wind die Tür auf, und Schnee wirbelte über die Schwelle. Der König stand auf und spähte hinaus. Bei den Buden der Reichen war der Handel in Gang gekommen, doch mehrere der kleinen Stände waren geschlossen. Es waren nur vereinzelt Menschen unterwegs. Fröstelnd zog sich der König seine Pelzmütze über die Ohren. Vielleicht sollte er besser aufbrechen, sich drüben im Königshof ausruhen und abends zum Festmahl wiederkommen?

Das Versteck war durch einen großen Felsen geschützt und bot ihnen dennoch freie Sicht nach Westen. Gudmund pries Harald dafür, dass er sie hierher geführt hatte. Niemand hatte sie bemerkt, noch nicht. Die Pferde schnaubten und zerrten unruhig am Zaumzeug. Die

Kälte quälte sie, und es gefiel ihnen nicht, stehen zu müssen. Aber Gudmund der Mächtige wartete. Er würde auch den ganzen Tag warten, wenn er dazu gezwungen sein würde. Diese Gelegenheit würde er sich nicht entgehen lassen. Der Kaufmann reckte das Kinn vor und blickte übers Eis. Er konnte von Björkö über den ganzen Fjord bis hinüber nach Adelsö sehen. Unten auf dem Eis waren die Buden und Marktstände deutlich zu erkennen. Früher oder später würde der König sich zeigen. Gudmund rieb sich seinen Stiernacken, er sah verbissen aus. Hergeir wollte die Führung über Birka übernehmen. Wenn das gelang, würde Gudmund sein engster Ratgeber werden. Alles war vorbereitet. Aber Gudmund zweifelte, rutschte unruhig im Sattel hin und her. Hergeir glaubte, dass sie die Unterstützung der Männer in Birka sicher hatten. Aber was, wenn er sich irrte und das Volk gegen sie war? Gudmund richtete sich auf und versuchte, die unguten Gedanken zu vertreiben. Er war einfach nur müde. Sie hatten nichts zu befürchten.

Harald beobachtete seinen Schwiegervater. Ihm fiel auf, dass mit ihm etwas nicht in Ordnung war. Er ritt zu ihm und legte die Hand auf seine Schulter.

»Ist es noch nicht an der Zeit?«

Gudmund der Mächtige knetete das Zaumzeug und lächelte ein hastiges, ausweichendes Lächeln.

»Doch, sicher«, erwiderte er leise und deutete auf den See. Ein kleines Gefolge, das in Richtung Adelsö ritt, war aufgetaucht. »Dort, das muss der König sein. Wir warten noch einen Moment, dann reiten wir hinterher.«

König Björn und sein Gefolge waren so weit über den Björköfjord geritten, dass der Königshof bereits durch die Bäume zu sehen war. Das stattliche Gebäude stand imposant auf der Höhe, mit Sicht über das Wasser. Der König war stolz auf seinen Hof. Die Wände waren aus lehmgefülltem Flechtwerk, wie im Süden bei den Dänen, und ruhten auf Balken aus starkem Sveaholz. Von außen wurden sie von schräg gestellten Pfosten gestützt, die der König mit grinsenden Drachenköpfen hatte verzieren lassen. Hergeir hatte ihn verhöhnt, weil er Holzschnitzer damit beauftragt hatte, die Pfosten zu schmücken, aber der König hielt dagegen, dass Schönheit und Pracht für jemanden, der über andere herrschte, wichtige Dinge waren. Das Volk brauchte etwas, das es bewundern konnte, und einen so prächtigen Hof wie den Königshof gab es nirgends sonst im ganzen Reich.

Der König ritt gemächlich weiter, gefolgt von seinen zuverlässigsten Waffenknappen. Fünf Mann begleiteten ihn, den Rest der Wachen hatte er auf dem Eis zurückgelassen. Er wollte Hergeir zeigen, dass der Markt nicht nur für Birka und Björkö eine Rolle spielte. Das hier war eine Angelegenheit, die das gesamte Reich der Svear betraf. Und die Männer des Königs waren überall, auch wenn er selbst sich zurückgezogen hatte. König Björn trieb sein Pferd an, erfüllt von der Sehnsucht nach einem Horn voll Fruchtwein am Holzfeuer. Mit Kälte hatte er sich noch nie anfreunden können, und die Winter verbrachte er am liebsten vor der Feuerstelle.

Es begann zu schneien, stark und dicht, was das Vorankommen erschwerte. Sie ritten eine Weile schweigend, mit gesenkten Köpfen und zusammengekniffenen Augen. Nur der Wind war zu hören, ein Wind, der immer stärker wurde. Plötzlich bemerkten sie ein neues Geräusch. Der König horchte auf. Es klang wie Hufgetrappel.

Der Schnee wurde immer dichter, und der Königshof

verschwand hinter einer weißen Wand. König Björn murrte und wischte sich den Schnee aus den Augen. Das Geräusch von Hufen näherte sich, es donnerte und grollte wie Thor persönlich. Der Schnee ließ nach, und eine Gruppe bewaffneter Reiter wurde kurz sichtbar. Dem König wurde mulmig. Wenn Erik doch Recht gehabt hatte?

Die Reiter kamen schnell näher, und lautes Rufen durchschnitt die Luft. Ein Speer flog über seinen Kopf hinweg und bohrte sich ins Eis. Sein Pferd bäumte sich auf, und der König hatte große Mühe, sich im Sattel zu halten. Hätte er nur die Wachen nicht bei der Hütte zurückgelassen. Die fremden Reiter schienen mindestens doppelt so viele zu sein wie die Knappen an seiner Seite. Ratlos suchte er nach einer Fluchtmöglichkeit. Früher war er stark und kühn gewesen und hatte sein Schwert so schnell gezogen, wie eine Schlange zuschnappen konnte, aber jetzt litt er unter einem Hängebauch und an Gicht und benötigte Zeit zum Denken und Handeln. Ein neuer Speer landete dicht neben ihm, und sein Pferd zuckte zusammen.

»Wehrt euch, Knappen!«, schrie er benommen und zog sein Schwert aus der Scheide. Dann umfasste er den Griff mit beiden Händen und schwang die Waffe vor sich. Aber niemand fiel von seiner Hand, denn er selbst schwankte derart, dass er beinahe vom Pferd rutschte. Der König dankte dem Schneefall dafür, dass ihn keiner so gesehen hatte, und ging schnell zum Einhandgriff über.

Die Feinde kamen von allen Seiten. Sein Pferd wurde von einem Speer getroffen und sank tot zu Boden. Der König, der in den Steigbügeln festhing, fiel kopfüber, das Schwert in der Hand, und wenn Odin nicht mit ihm gewesen wäre, wäre er zweifellos sein eigenes Schicksal geworden. Ganz durcheinander kam der König auf die Beine und griff wieder nach seinem Schwert. Am liebsten wäre er einfach geflohen, aber nachdem er später kein heiteres Lied mit einem solchen Inhalt hören wollte, sammelte er sich und stürzte sich in die Schlacht. Im Schneegestöber versuchte er verzweifelt, die Angreifer auszumachen, aber alles, was er sah, waren die wogenden Schatten von Reitern und Pferden. Der Schnee nahm wieder zu, und der Eiswind war schneidend. Jemand stürzte sich auf ihn, und er hieb mit dem Schwert nach ihm. Der Mann stöhnte und sank vor seine Füße. Dem König entfuhr ein erstaunter Ausruf. Der Verwundete war einer der Christen, die Hergeir hatte taufen lassen. Der König fluchte laut. Er hatte Ansgar hier predigen lassen, und jeder, der wollte, hatte sich bekehren und taufen lassen können, und zum Dank legten sie sich in einen Hinterhalt. Als der nächste Reiter sich näherte, war der König außer sich vor Zorn. Ohne zu zögern, fasste er das Schwert mit beiden Händen, rief Odin um Hilfe an und hieb dem Angreifer in den Fuß. Sicherlich hatte er höher gezielt, aber das musste schließlich niemand erfahren. Jetzt hatte der König Gefallen an der Sache gefunden und rauschte kühn unter die Kämpfenden. Schaum stand ihm vor dem Mund, und er kämpfte wie ein Berserker im Pilzrausch. Aber sein Mut rechnete sich nicht, die Reiter waren in der Überzahl und obendrein besser gerüstet. Der Begleiter des Königs, Atle, begriff, dass der Kampf böse enden würde.

»Der Kampf wendet sich gegen uns, Herr«, rief er, aber König Björn kämpfte wie besessen weiter. Atle blinzelte in den Schnee. Vielleicht konnten sie sich zurückziehen und im Schneegestöber verschwinden?

Wenn nicht, würde der König bald den Todesstoß erhalten. Atle rammte seinem Pferd die Sporen in die Flanken und lenkte es direkt auf den König zu, beugte sich hinunter und zog seinen Herrn auf den Pferderücken.

»Was soll das?«, schimpfte der König, aber Atle antwortete nicht, sondern ließ die Zügel schießen. Sie waren nicht weit gekommen, als das Pferd scheute und sie beinahe abgeworfen hätte. Der Weg nach Adelsö war versperrt. Seite an Seite, Brust an Brust standen Reiter und Pferde, so dicht, dass nicht einmal eine Schwertklinge zwischen ihnen Platz gefunden hätte.

Der König schrie, und Atle drehte um, aber obgleich es ihm gelang, die Richtung zu wechseln, scheute das Pferd erneut. Eine schwere schwarze Rauchwolke quoll über das Eis. Der König hustete und riss die Augen auf. Vor ihnen tauchte ein Pferdegespann vor einem großen brennenden Feuerball auf.

Plötzlich war alles Rauch und Feuer. Das Pferdegespann ging durch. Die Tiere zogen einen Schlitten mit brennenden Reisigbündeln und Teerfässern. Die Pferde spürten die Flammen und versuchten, außer sich vor Angst, vor dem Feuer zu fliehen. In wildem Schein galoppierten sie geradewegs auf die Christen zu. Das Feuer wütete, und gewaltige Flammen leckten an den Reitern und Pferden. Schreckensschreie wurden laut, die feindliche Mauer brach auf und wurde auseinander getrieben. Die Christen ergriffen die Flucht. Gudmund der Mächtige, der den König bereits umringt und besiegt gewähnt hatte, wurde von alldem überrumpelt, und noch bevor etwas tun konnte, bäumte sich sein Pferd auf und warf ihn ab. Das Feuer schien überall zu sein, es verbrannte Kleider und Umhänge, versengte Hände und Haar. Gudmund wollte Luft holen, aber der Rauch brannte und stach in der Lunge. Er versuchte zu schreien, doch er brachte keinen Laut heraus. Heiliger Christ, hilf mir, betete er stumm und irrte wankend über das Eis. Er suchte im Rauch nach seinem Pferd, seiner einzigen Rettung. Fand er es nicht, würde er entweder umgebracht oder gefangen genommen werden. Wenn es ihm jedoch gelänge, sein Pferd einzufangen und zu fliehen, würde vielleicht niemand erfahren, wer hinter dem Überfall steckte. Plötzlich entdeckte er es, schnaubend und bebend, nicht weit von ihm. Gudmund der Mächtige fasste neuen Mut, ihm glückte es, sein Tier zu fangen, und er saß auf.

»Reitet zurück!«, schrie er mit heiserer Stimme und gab den Männern ein Zeichen, ihm zu folgen. Aber sie brauchten niemanden mehr, der sie zur Eile antrieb. Sie preschten im gestreckten Galopp davon und verschwanden in Richtung Björkö.

Allein auf dem Eis standen König Björn und seine Knappen. Er hatte Ruß im Bart, ein Arm war versengt, und ihm war herrlich schwindelig. Der Schlitten brannte noch immer, doch den Tieren war es gelungen, sich loszureißen. Der König stieg vom Pferd und näherte sich vorsichtig den Flammen. Er fuhr sich mit rußiger Hand übers Gesicht und staunte mit weit aufgerissenen Augen. Er konnte kaum glauben, was er sah. Was ihn gerettet hatte, war kein Feuerschlitten gewesen. Vor ihm brannte ein altes, leckes Boot auf Kufen.

12. Kapitel

Zwei Tage lang wütete der Sturm. Der Handel stockte, und die Menschen saßen frierend und ängstlich in ihren Häusern. Auf dem Fjord verbarg eine dichte Schneedecke alle Spuren des Geschehens, und wenn die Verwundeten nicht gewesen wären, hätte niemand geglaubt, dass der König überfallen worden war. Aber so wusste man es. Bewaffnete Kreuzträger hatten versucht, den König umzubringen, und im Schneesturm waren darüber hinaus zwei Kaufleute auf dem Eis erfroren.

In den Schankstuben und an den Langtischen wurde über nichts anderes gesprochen. Die Heiden meinten, dass die Asen sich an dem neuen Gott gerächt hatten. Andere behaupteten, dass die alten Götter nicht mehr stark genug waren, um die Menschen der Stadt zu schützen, und dass es deshalb besser war, sich bekehren zu lassen. Unruhe und Missstimmung lagen schwer über der Stadt, und der Bedrückteste von allen war der König selbst.

König Björn saß niedergeschlagen auf seinem Königshof und starrte die Wand an. Er war noch immer ganz mitgenommen von dem Überfall und ärgerte sich über die beiden Kaufleute, die auf dem Eis verschwunden waren. Ein Wintermarkt sollte Freude und Vergnügen bereiten und die Kaufleute reich machen, aber nicht Sorge und Elend mit sich bringen.

Der König jammerte erbärmlich und tat sich selbst Leid. Zu all dem Übel für Birka gesellte sich sein eigener

Kummer. Die Händler hatten sich geweigert, die Birkamünze anzunehmen. Sie hatten sie in zwei großen Tonnen gesammelt und unter großem Tumult zum Königshof gebracht. Die Unzufriedenheit der Kaufleute beunruhigte den König. Sie waren es, die Geld hatten. Die Münzprägung war schlecht vorbereitet gewesen, das war richtig, er hätte dafür sorgen müssen, die Kaufleute von Anfang an auf seine Seite zu ziehen. Nun galt es, ihr Vertrauen zurückzugewinnen. Der König fuhr fort, sich zu bemitleiden. Zu allem Elend hatte er seine orientalische Sklavin im Brettspiel verloren und wurde von schrecklichen Zahnschmerzen geplagt. Warum kam immer alles Unglück auf einmal, warum nie eins nach dem anderen?

Es zog in seinem Zahn und stach, als bohrte sich ein Kurzschwert hinein, und der König hielt sich missgelaunt die Wange. Zahnschmerzen statt Todesstoß. Vielleicht sollte er froh darüber sein, die Schlacht auf dem Eis überlebt zu haben. Aber die Unsicherheit nagte an ihm. Warum hatten sich die Christen gerüstet? Hatte er den Göttern nicht genug geopfert, oder hatte ihr Widerwillen gegen den neuen Gott ihn in dieses Unglück gestürzt? Der König wiegte sich langsam in seinem Stuhl hin und her und umklammerte die Armlehnen. Das Problem war Ansgar. Seine neue Lehre hatte Zwist unter die Menschen gesät und sie aufgewiegelt. Wären Erik und seine List mit dem Feuerschlitten nicht gewesen, hätte er selbst sein Leben lassen müssen.

Wenigstens dabei waren die Götter mit ihnen gewesen, und der König erkannte in dem Vorfall Omen und Warnung. Jeder, der den geringsten Verstand besaß, musste begreifen, dass der König überlebt und die Kreuzträger verloren hatten. Daraus mussten die Leute doch den richtigen Schluss ziehen und sich an den alten Glauben halten? Dieser Heilige Geist konnte schließlich nicht viel wert sein, wenn sein eigener, frisch getaufter Untertan das Leben verlor, noch bevor das Taufwasser auf seinem Kopf getrocknet war. Die Kaufleute, die erfroren waren, waren unter den Ersten gewesen, die Ansgar getauft hatte, kurz bevor Hergeirs Zeremonie begonnen hatte. Hergeir? War er für den Überfall verantwortlich? Der Häuptling? Ja, wer sonst sollte es sein? Fromm war er über alle Maßen, und hatte er nicht gesagt, ganz Birka sollte unter ihm christlich werden? Seine Ergebenheit war so groß, dass er wünschte, alle würden seinen Glauben teilen. So ein Mann stellte eine Bedrohung für den König und die bestehende Ordnung dar.

Der König murrte und schnippte eine Laus vom Hosenbund. Wie sollte er am besten dem Führer dort drüben in Birka begegnen? Mit Macht oder kostbaren Geschenken? Vielleicht war es das Beste, ihn einzusperren? Der König kratzte sich nachdenklich einen Läusebiss und grübelte. Ließ er Hergeir töten, würde er die Kaufleute in Birka gegen sich aufbringen. Das war nicht ratsam. Fett und satt kämpft man nicht. Am ehesten konnte Hergeir vielleicht besänftigt werden, wenn er direkt nach Ansgar zum Oberhaupt der Kirche auserwählt wurde und reichlich Silber für seine Kirche bekam. Wogegen sollte er dann noch kämpfen? War das möglicherweise ein Ausweg?

Das viele Denken machte den König müde, und nach einer Weile war er eingeschlafen. Er wachte erst am späten Nachmittag wieder auf, als einer der Knappen hereinkam und mitteilte, dass Besuch gekommen war. Schlaftrunken blickte der König zur Tür und erinnerte sich widerwillig daran, dass er nach Torulf Läusebart hatte schicken lassen, dem Zähnezieher. Die Zahnschmerzen, die ihn letzte Nacht gequält hatten, überkamen ihn erneut, und in seinem Kopf schwirrten wieder düstere Gedanken. Der Läusebart war bestimmt ein netter Mann, aber der König fürchtete um seine Zähne. Er wusste, dass Frauen nicht viel von zahnlosen Kerlen hielten, und mit Lücken im Mund zischte es so unwürdig bei den s-Lauten, wenn man redete.

»Genügt es nicht, einfach den Zahn zu besprechen?«, fragte der König wimmernd, als der Zähnezieher eintrat.

Torulf Läusebart, ein großer, kräftiger Mann, schüttelte den Kopf und bat den König, ganz weit aufzumachen. Dann beugte er sich darüber. Gestank von Met und altem Fisch schlug ihm entgegen.

»Hmm«, murmelte Läusebart und befühlte den Zahn mit dem Finger. Er war rau und scharfkantig wie ein feuergesprungener Stein.

»Aaaua«, schrie der König so laut, als hätte ihm jemand ein Schwert in den Bauch gerammt.

»Sieht schlecht aus, Euer Gnaden«, sagte Läusebart und legte seinen starken Arm um den Hals des Königs. »Ohne Zahn wird's wohl am besten sein.«

Mit diesen Worten zog er ein kleines Messer heraus und schnitt rund um den faulen Schneidezahn. Dann griff er nach einer Zange und kniff zu. Es knackte im adligen Maul, und der König schrie.

»Na also, hier ist er«, sagte Läusebart und hielt einen vergammelten Beißer hoch, der schon bessere Tage gesehen hatte. »Jetzt sollte auch der Schmerz verschwinden.«

»Diese Zange ist wohl für Pferde gedacht«, grunzte der König sauer und streckte fordernd die Hand aus. Torulf Läusebart hatte immer etwas Starkes zu trinken dabei, und der König musste seinen Schlund ganz dringend ordentlich spülen. Beor, Fruchtwein, hatte genau die nötige Stärke.

»Ich habe gehört, dass Ansgar vorhat, ein Treffen auf Hergeirs Hof abzuhalten«, sagte Läusebart und wischte das Blut von der Zange. »Er hat Sorge, dass die Neugetauften, nach dem, was auf dem Eis passiert ist, ihrem neuen Glauben entsagen.« Läusebart legte sein Werkzeug beiseite und reichte dem König eine Kanne mit Fruchtwein.

»Ah ja?«, sagte der König und horchte auf. »Der Mönch gibt nichts auf Warnungen und Zeichen. Für die Christen hat es auf dem Eis schlecht geendet. Ich an seiner Stelle hätte mich auf den Heimweg gemacht.« Der König nahm einen großen Schluck Wein und schmatzte zufrieden. Der Trank schmeckte so, wie er sollte.

»Scheint ein zähes Volk zu sein, diese Christen«, fuhr Läusebart fort und warf einen bekümmerten Blick auf die Kanne. Der König würde doch wohl nicht alles trinken wollen? »Aber woher sollen die Leute wissen, was sie glauben sollen?«, sagte er gedankenschwer. »Unglücksfälle suchen anscheinend beide heim, Heiden *und* Getaufte.«

»Vor höheren Mächten sind wir alle klein«, erwiderte der König philosophisch.

»Sollen wir dann beim Alten bleiben oder das Neue annehmen?«, fragte Läusebart unschlüssig.

»Ja, ich persönlich opfere am liebsten für Thor und Frey und lasse es mir gut gehen«, murmelte der König und befühlte mit der Zunge die Stelle, wo der Schneidezahn gesessen hatte. Die Lücke war groß. »Dennoch«, setzte er nachdenklich hinzu, »der Heilige Geist ist stark, im Frankenreich glauben fast alle an ihn. Wenn er erst einmal hier ist, wird er wohl auch bleiben. Seine Irrlehren zieht man dem Volk nicht so leicht wie einen Zahn.« Der König verstummte und blickte düster vor sich hin. Dann hob er die Kanne, lehnte sich zurück und leerte den Fruchtwein in einem einzigen Zug. Läusebart sah bekümmert zu, wie der Wein restlos im Schlund des Königs verschwand, und ging niedergeschlagen zur Tür. Das nächste Mal musste er daran denken, Becher mitzunehmen.

Jorunn saß gedankenverloren in der Wohnhalle. Unter dem Kessel über der Feuerstelle züngelten Flammen, und es duftete schwach nach Rüben. Das Fleisch lag zum Braten bereit. Sie waren gut versorgt hier auf dem Haraldhof, und ihnen fehlte es weder an Getreide, Fleisch noch Fisch. Vielleicht sollte sie einfach zufrieden sein? Aber unter ihren Augen lagen dunkle Schatten.

Der Webstuhl an der Tür war leer, und die Spindel war ohne Wolle. Sie schaffte es nicht, die Wolle zu kämmen, nicht zu spinnen, nicht einmal den Haushalt bewältigte sie. Getreide, Fleisch oder Fisch in den Topf, was sollte sie sich darüber den Kopf zermartern. Vor der Hochzeit war sie tüchtig im Haus gewesen, in vielem anderen nicht weniger. Sie hatte bei Aussaat und Ernte geholfen, gewebt, Bordüren gestickt und Perlenketten gefädelt. Wie flink und sicher hatten ihre Hände die Perlen zu buntem Schmuck zusammengefügt, und wie gewandt waren ihre Finger über Wolle und Leinen geflogen. Aber jetzt lag alles unberührt da.

Müde holte sie Tischplatte und Böcke und legte das Glättbrett und das faltige Tuch auf den Tisch. Dann begann sie langsam, den Glättstein auf den Stoff zu pressen. Das hübsch geschnitzte Brett aus Walrossknochen hatte sie von Harald zur Hochzeit bekommen. Die Hochzeit? Ach, wie sehr sie es bereute, sich auf diese Ehe eingelassen zu haben. Aber sie hatte doch nicht ahnen können, dass er sich so veränderte? Jorunn presste die Lippen zusammen und versuchte, die Tränen zurückzuhalten. Nun lebte sie mit einem Fremden, einer verschlossenen Seele, die nichts sagte und sie nur mit schwarzen, misstrauischen Blicken musterte. Nicht einmal als er mit versengten Kleidern und verwundetem Arm vom Eis zurückgekommen war, hatte er ihr erzählt, was geschehen war. Er schien sich für immer verschlossen zu haben. Oder wusste er mehr, als er sie ahnen ließ? Erschrocken dachte Jorunn daran, wie sie ihrer Rede freien Lauf gelassen hatte. Alles, was sie gesehen und gehört hatte, hatte sie Erik erzählt. Was, wenn Harald das erfuhr … nein, daran durfte sie nicht denken.

Jorunn rieb den Glättstein vor und zurück und versuchte das Tuch zu glätten. Harald und ihr Vater handelten in Hergeirs Auftrag, so viel hatte sie verstanden. Und der Häuptling hatte sich seinerseits mit den reichen Kaufleuten von Birka zusammengetan. Gemeinsam hatten sie versucht, den König zu stürzen. Sie wünschte, sie hätte nichts gesehen und nichts gehört, und fürchtete sich, weil sie getan hatte, was sie tun musste. Als sie gesehen hatte, wie eine Schar Reiter dem König gefolgt war, hatte sie Erik gewarnt, obwohl sie Gudmund und Hergeir erkannt hatte, Männer aus ihrem eigenen Geschlecht, ihrer eigenen Familie. Von ihrem Glauben verblendet, wollten sie die neue Lehre mit Gewalt durchsetzen, obwohl nur ein kleiner Teil des Volkes hinter ihnen stand. Machtlüstern und selbstgerecht setzten sie sich über die eigenen Gesetze hinweg.

So etwas konnte sie nicht dulden. Und Erik – ein Mann, der treu zum König stand –, ihn würden sie sicher töten. Nein, sie hatte keine Wahl gehabt, sie war gezwungen gewesen, sie zu verraten. Wenn jedoch jemand erfuhr, dass sie es war, die Erik gewarnt hatte, dann …

Jorunn faltete den Schal zusammen und biss sich in die Nagelhaut, bis sie blutete. Sie musste auf der Hut sein und durfte niemandem trauen.

Das alte Haus mit dem Strohdach bog sich unter dem schweren Schnee. Weißer Rauch stieg aus dem Abzugsloch, und hinter den Fensterklappen leuchtete mattes, goldenes Licht. Im Haus knisterte das Feuer, und an der Querwand brannte eine Öllampe. Sie steckte im Erdboden neben Tostes Bett.

Erik wiegte schweigend das Kind. Er hatte sich große Mühe gegeben und eine hohe, stattliche Wiege für den Jungen gezimmert. Sie war aus Kiefernholz, an Kopf- und Fußende geschnitzt und schaukelte herrlich auf gebogenen Asthölzern.

»Das Kind wird noch seekrank«, brummte Estrid, die auf einem Schemel bei ihren Näharbeiten saß.

»Wenn dein Kind einmal ein Wikinger werden soll, dann ist es nur gut, wenn er sich jetzt schon daran gewöhnt«, sagte Erik belustigt.

»Deine Kinder kannst du mit auf Wikingfahrt nehmen, aber Toste ist mein Kind.« Estrids Stimme war schneidend und ihre Augen ohne Glanz.

Erik verstummte. Warum war sie so? Vor ein paar Tagen hätte sie noch gelacht. Ruhe und Frieden, die sie beieinander gefunden hatten, waren plötzlich verschwunden. Erik hielt die Wiege an und starrte in den Raum. Es war sein Fehler. Das Treffen mit Jorunn hatte ihn verwirrt. Als er danach wieder zu Estrid gekommen war, war sie verändert, und den Umarmungen zwischen ihnen fehlte das warme, sanfte Gefühl, das vorher da gewesen war. Alles, was er über die Liebe sagte, klang falsch und plump.

Auch Estrid spürte das und wies ihn ab. Sie hatte gehofft, dass er etwas sagen würde, dass er von der Begegnung mit Jorunn erzählen oder um Verzeihung bitten würde. Dass er nur nicht so tat, als wäre nichts gewesen, als wäre Jorunns Besuch in dieser Nacht ohne Bedeutung. Durch die Fensterluke hatte sogar Estrid erahnen, fast spüren können, was für eine Spannung zwischen ihnen lag.

Dass sie früher verlobt gewesen waren, wusste sie, aber sie hatte geglaubt, dass sie sich darüber keine Gedanken machen musste, da es schon so lange her war. Aber Erik war so eigenartig gewesen nach diesem nächtlichen Treffen. Und es schien, als hätte er sie seither mehrmals gesehen. Aber immer wenn sie versuchte, mit Erik darüber zu sprechen, hatte er ausweichend geantwortet und ihr nichts sagen wollen.

Enttäuscht hatte sie sich zurückgezogen. Was zwischen ihnen gewesen war, gab es nicht mehr. Sie verstand das nicht, hatte so tief an ihre Freundschaft und Liebe geglaubt. Aber nun?

Erik merkte, was passieren würde. Er wollte es nicht, doch Jorunns Kraft war zu groß. Sie hatte sich ihm anvertraut und seinetwegen ihre Nächsten verraten. Jorunn war die Frau, mit der er eigentlich sein Leben verbringen wollte. Er konnte sie nicht länger aus seinem Herzen verdrängen. Arme Jorunn, sie brauchte ihn jetzt. Und er wollte ihr nahe sein.

Aber er konnte das, was geschehen war, nicht mit

Estrid teilen. Was Jorunn getan hatte, durfte er niemandem erzählen, nicht einmal der Frau in seinem eigenen Haus … Das hatte er ihr versprochen. Wenn Jorunns Verrat aufgedeckt wurde, würde sie mit dem Leben bezahlen.

Erik dachte auch an Harald, seinen Bruder. Wie hatte er die Hand gegen Jorunn erheben können? Als Junge war er gewalttätig gewesen, aber Erik hatte geglaubt, dass das zur Kindheit und Jugend dazugehörte. Er selbst hatte sich immer einen Bruder gewünscht, der Freund und Verbündeter war, einen, den er bewundern und auf den er sich verlassen konnte. Stattdessen waren sie wie zwei Inseln, die durch abgrundtiefes Wasser getrennt waren. Nach der Hochzeit hatten sie nicht mehr miteinander gesprochen. Und jetzt, nein, jetzt gab es nicht einmal mehr Hoffnung auf eine Versöhnung. Das einzige, was geblieben war, war Hass.

Erik zog den Docht der Öllampe lang und betrachtete das Kind. Tostes Augen waren dunkel und schön, das schwarze Haar fiel weich um seinen Kopf. Wenn Erik Jorunn geheiratet hätte, hätten sie vielleicht einen Sohn wie Toste bekommen. Ein Lächeln glänzte in seinen Augen, und er streichelte dem Kleinen über die Wange. Einmal hatte er Estrid gefragt, wer der Vater des Kindes war, aber sie hatte sich geweigert zu antworten. Toste sah ihr nicht sehr ähnlich, dennoch hatte er etwas Vertrautes an sich. Früher oder später würde sie es ihm sicher sagen.

Erik seufzte tief. Wenn Estrid und er nur wieder zueinander finden könnten. Er wollte nicht auf sie verzichten, ihr helles Lachen, ihre Klugheit, Wärme und Fürsorge. Nein, er brauchte sie. Immer war sie da gewesen, um ihm zu helfen. Er lächelte bei dem Gedanken an den Feuerschlitten. Als Estrid hörte, dass der Gudmundhof sich rüstete, hatte sie sich mit Erik zusammengesetzt und Pläne geschmiedet. Der König musste gewarnt werden, und auch sie selbst mussten auf der Hut sein, fand sie. In der Stadt ging das Gerücht, dass Erik im Dienste des Königs stand. Wenn der König aus dem Weg geräumt würde, müssten sicher auch viele seiner getreuen Männer sterben. Darum mussten sie alles tun, um den König zu retten. Während sie sich unterhielten, kam Erik etwas in den Sinn, das er in Serkland gesehen hatte. Dort war er Zeuge geworden, wie eine Gruppe Chasaren angegriffen wurde. Um sich zu verteidigen, hatten die Chasaren einen brennenden Schlitten zwischen die Feinde geschickt. Es war große Verwirrung entstanden, und obwohl es mehr als doppelt so viele Feinde waren, waren sie geflohen. Als Estrid davon hörte, sagte sie mit fröhlichem Lachen:

»Erik Schiffer, was willst du mit einem Schlitten? In einem Boot ist mehr Platz für Brennmaterial, und ein geschickter Kerl wie du setzt einfach Kufen darunter. Wenn die Chasaren das schaffen, dann können wir das auch.«

Snemuns alter Spitzkahn musste genügen, und zusammen mit dem Kameraden machten sie Teertonnen und Reisig fertig. Im Morgengrauen waren sie bereit. Als Jorunn ein paar Stunden später von den Reitern berichtete, die dem König folgten, spannten sie die Pferde an und ritten hinterher. Erik kicherte leise vor sich hin. Zusammen mit Snemun hatten Estrid und er den König gerettet. Und Jorunn – ohne sie wäre es nicht gelungen. Eines Tages würde er das alles Estrid vielleicht erzählen können. Beide, Estrid und Jorunn, hatten ihn unterstützt, zwei Frauen, die ihm nahe standen. Warum nur war er so unzufrieden? Sollte er nicht glücklich und zufrieden sein? Oder war ihre Liebe zu viel für ihn geworden, engte sie ihn ein, obwohl er eigentlich frei sein wollte? Waren es vielleicht gerade ihre Wärme und Ergebenheit, die ihn bedrängten? Plötzlich hatte er das Bedürfnis, von beiden in Ruhe gelassen zu werden.

Du schlägst gut, einen wie dich könnte ich auf meinem Schiff noch gebrauchen. Erik erinnerte sich an die Worte des Kaufmanns auf dem Wintermarkt. Die Stube kam ihm auf einmal stickig und eng vor. Er stand auf und ging zur Tür. Estrid sah ihn fragend an. Er lächelte hastig, murmelte eine Entschuldigung und verschwand nach draußen.

Die Brunnenkurbel quietschte, als der Sklave das Wasser heraufholte, sonst war es still. Die Menschen, die sich auf dem Hofplatz versammelt hatten, standen eng beieinander, fröstelnd, wartend. Das Unwetter war abgeflaut, und der Hof des Häuptlings war schneebedeckt. Ansgar hatte noch nicht begonnen zu sprechen.

Drei Tage waren vergangen, seit Hergeir ihn zu sich gerufen und berichtet hatte, was vorgefallen war. Brutale Christen hatten den König überfallen, und zwei der gerade getauften Kaufleute waren auf dem Eis verschwunden. Nun wurden die Übrigen, die sich hatten taufen lassen, von Zweifeln gepeinigt. Und als Gesandter des Kaisers und Vertreter Gottes in Birka war Ansgar der Einzige, der sie beruhigen konnte. Darum wollte Hergeir, dass er das Wort an die christliche Gemeinde richtete. Ansgar faltete die Hände und blickte unruhig über den Platz. Wahrscheinlich dachte er an seine Predigt, aber es würde nicht leicht werden. Witmar beugte sich vor.

»Denk daran, was ich dir gesagt habe: eine gute Tat,

ein Wunder des Herrn oder Fürsorge für die, die schwer getroffen wurden. Einzig das kann die Zweifler trösten oder überzeugen«, flüsterte er und legte seine Hand auf Ansgars Schulter.

»Der Herr ist mit mir«, erwiderte Ansgar knapp. Er hielt nicht viel von den Mahnungen des Klosterbruders, er wollte am liebsten nach seinem eigenen Ermessen handeln.

»Aber du weißt, dass ich immer an deiner Seite bin, wenn du mich brauchst«, fügte Witmar mild hinzu. »Es könnte schwieriger werden, als du glaubst.«

»Ja, ja«, antwortete Ansgar ausweichend. Er überlegte, was er sagen sollte. Dann hob er den Kopf zum Himmel und bat den Höchsten um seinen Segen. Dies war eine schwere Prüfung, und er benötigte jede Unterstützung, die er bekommen konnte.

Würdevoll und mit geradem Rücken stieg er auf den Wagen, den Hergeir für ihn hatte holen lassen. Ansgar selbst hatte darum gebeten. Während er sprach, wollte er über den Leuten stehen, so wie Gott über ihnen allen stand. Ansgar hob die Hände und bat um Schweigen.

»Ein schweres Unglück ist uns widerfahren. Ein Berserker und Unhold hat versucht, den König zu beseitigen«, begann er. »Das ist eine Schandtat, das Werk eines Wahnsinnigen.« Er machte eine kurze Pause, um die Worte wirken zu lassen, und erhob dann die Stimme. »Unholde gibt es in allen Ländern und in jedem Glauben, aber eines Menschen Glauben darf niemals Gewalt rechtfertigen«, fuhr er fort. »Darum verdamme ich diese abscheuliche Tat – ich, genau wie euer Häuptling und alle, die ihr hier versammelt seid. In Birka sollen Heiden und Christen zusammen leben und sich aneinander erfreuen. Keiner soll den anderen töten.«

Gudmund der Mächtige stand ein wenig abseits und versteckte ein schlaues, vergnügtes Lächeln. Gott sei gepriesen. Ansgar schien nicht zu ahnen, wer hinter dem Überfall steckte. Stattdessen hatte Hergeir den Mönch für seine eigenen Interessen eingesetzt, um die Zweifler zu beruhigen. Die Klugheit des Häuptlings freute Gudmund, er benötigte Hergeirs Unterstützung.

Er selbst war noch immer aufgebracht wegen der Geschehnisse auf dem Eis, und jeden Tag dankte er Gott, dass er unbeschadet davongekommen war. Noch dazu, ohne dass ihn jemand bemerkt hatte. Dem Herrn sei Dank, der Name Gudmunds des Mächtigen würde niemals mit dem Überfall in Verbindung gebracht werden können. Der Sturm hatte alle Spuren zerstört, und die Männer hatten auch die Verwundeten mitgenommen, als sie in die Stadt zurückgeritten waren. Der Hinterhalt war also kein Aufstand gegen den König mehr. Nein, die Tat war von einem Unhold oder Berserker begangen worden. Das war die Erklärung, die die Leute hören wollten. Und die Wahrheit? Ja, die sollte am besten im Verborgenen bleiben.

Gudmund blickte auf. Ansgar schwieg und breitete seine Hände aus. Sein Blick war finster und starr, sein Körper leicht nach vorn geneigt. Die Menschenmenge wartete, unruhig von einem Bein aufs andere tretend.

Als Ansgar merkte, dass sein Schweigen die Anspannung wachsen ließ, wartete er noch einen Augenblick länger, bevor er fortfuhr.

»Nach dieser Untat sind zwei christliche Kaufleute auf dem Eis erfroren. Sie haben sich im Sturm verirrt. Glaubt nicht, dass das Thors Zorn oder die Rache der alten Götter war. Wir selbst sind es, die dieses Unglück über uns gebracht haben. Wir waren nicht stark genug im Glauben. Wir haben unser Leben nicht ungeteilt in die Hände des Herrn, des Höchsten, gelegt.«

Gemurmel wurde laut, die Menge raunte, die Gesichter, die sich ihm zuwandten, waren voller Zweifel. Ansgar merkte, wie seine Wangen sich röteten und wie seine Worte ihm Kraft gaben und ihn vorwärts trieben.

»Ihr sollt nicht an Gott dem Allmächtigen zweifeln. Er hilft einem jeden von euch, der Vertrauen zu ihm hat. Aber ihr müsst stark im Glauben sein. Es ist nicht genug, sich taufen zu lassen. Ihr, die ihr euer Leben Gott widmet, müsst euch zusammentun und eine christliche Gemeinschaft hier in Birka gründen. Erst dann kann der Herr sehen, dass es euch ernst ist mit eurem Glauben und dass ihr bereit seid, die alten Götter aufzugeben.«

Hergeir lauschte erleichtert. Ansgar hatte die Fähigkeit, so zu den Leuten zu sprechen, dass sie begriffen. Die Christen brauchten etwas, das sie in ihrer schweren Stunde stützte, und der Mönch war mit ihnen und gab ihnen wieder Hoffnung. Hergeir lächelte vergnügt. Der Mönch, der Gesandte Gottes und des Kaisers, würde sie alle retten.

Ansgar betrachtete jene, die sich vor ihm versammelt hatten. Dort standen Hergeir, der Häuptling, Gudmund der Mächtige und viele Kaufleute, die er wieder erkannte, aber auch Gesinde und Sklaven waren in Scharen gekommen. Mindestens zweihundert Alte und Junge hatten sich auf dem großen Hofplatz eingefunden. Keiner von ihnen durfte den Platz verlassen, ohne fest von seinem Glauben überzeugt zu sein.

Ansgar machte unmerklich eine Bewegung in Hergeirs Richtung. Der Häuptling verschwand und kehrte kurz darauf zurück, umgeben von Feuer und Rauch. Er trug einen Kessel mit brennender Kohle. Ein erwartungsvolles Raunen ging durch die Versammlung. Ansgar drehte sich zu Hergeir und nickte. Der Häuptling hob den Kessel, stürzte das Gefäß um und ließ die glühende Kohle in Ansgars Hände fallen.

Die Kohle fühlte sich wie scharfkantige Steine an, aber Ansgar verzog keine Miene. Er war wie in Trance. Nichts durfte seine Mission gefährden, nicht der Hauch eines Zweifels durfte unter den Versammelten keimen.

»So wie der Herr Seine Hand schützend über mich hält, so wird Er auch euch helfen«, stieß er hervor, während die schwarze, glühende Kohle zischend zu Boden fiel. Danach hob er seine Hände in die Höhe. Alle konnten sehen, dass sie nicht verbrannt waren.

Ansgar senkte die Stimme. Nun hatte er alles gesagt, was er sagen wollte, und hatte mit seiner Handlung gezeigt, was er mit Worten nicht zu sagen vermochte.

Stumm stieg er vom Wagen, bekreuzigte sich und blickte über den Platz. Die Menge war ergriffen von dem Wunder, das vor ihren eigenen Augen geschehen war. Kein Zweifel, kein Spott waren zu hören. Ansgar begriff auf einmal, dass er gewonnen hatte. Die Christen folgten ihm und würden ihn nicht im Stich lassen. Bald würden sie sich zu einer eigenen Gemeinde versammeln, dann hatte er, ein Mönch aus dem Kloster von Corbie, die erste christliche Gemeinde im Reich der Svear gegründet. Ein Lächeln glänzte in seinen Augen. Der Kaiser würde ihn sicher reich belohnen.

Als die Menschen sich zurückgezogen hatten, verharrte Gudmund der Mächtige auf dem Platz. Er wartete auf Hergeir und ging mit ihm ins Haus.

Sie setzten sich an den Langtisch in der Halle, und eine der Frauen brachte ihnen Met. Gudmund wartete, bis sie gegangen war, und sagte dann:

»Noch weiß niemand, dass wir im Hinterhalt lagen. Das ist unser großes Glück.«

»Nein, das stimmt nicht.« Der Häuptling schüttelte den Kopf und fuhr sich nachdenklich mit der Hand über die dünnen grauen Haare. Sie waren vom Schnee durchnässt. Er seufzte und holte tief Luft, bevor er fortfuhr. »Jemand muss unsere Pläne gekannt haben. Jemand, der bereit war, den König zu verteidigen.«

»Mit einem Feuerschlitten«, sagte Gudmund höhnisch.

»Genau das, ein Feuerschlitten, aber wie war das möglich?«

Gudmund verschränkte die Hände, und sein Stiernacken nahm eine flammend rote Farbe an. Ein Feuerschlitten?

»Vielleicht hat jemand den Kampf gesehen und ist dem König zu Hilfe gekommen«, schlug er unschlüssig vor.

Hergeir verneinte.

»Hat in diesem Unwetter jemand etwas sehen können? Nein!« Der Häuptling schlug zornig mit der Hand auf den Tisch. »Jemand muss von unseren Plänen gewusst haben und uns gefolgt sein. Nur so kann es zugegangen sein.«

Gudmund schwieg, ihm war nicht wohl zu Mute, und er spürte eine quälende Unruhe in sich aufsteigen. Hergeir hatte Recht, nur jemand, der ihnen wirklich nah gekommen war, hätte etwas erkennen können. Und außerdem musste es eine Weile gedauert haben, den Feuerschlitten vorzubereiten.

»Aber wer hätte etwas von dem Hinterhalt wissen können?«, stammelte der Kaufmann verwirrt.

»Nun, das Boot mit dem Feuer gehörte zu Snemuns Hof«, antwortete Hergeir kurz.

»Boot?«

»Ja, es war ein Spitzboot mit Kufen, kein Schlitten, wie du meinst. Einer der Fischer unten am Hafen hat die Reste wiedererkannt. Er sagte, das Boot müsse Snemun gehören, dem Großbauern oben auf dem Hügel.«

»Aber jeder hätte das Boot nehmen können«, wandte Gudmund zweifelnd ein.

»Das ist wahr«, stimmte der Häuptling schroff zu und lehnte sich schwer über den Tisch. »Aber es muss jemand gewesen sein, der bekannt dafür ist, dem König zur Hand zu gehen.« Hergeir verstummte, und die Männer tranken schweigend ihren Met.

Gudmund leerte seinen Becher und wünschte sich fort. Hätte er sich nur nicht von diesem Feuerschlitten überraschen lassen. Nun hatte ein Schlitten, nein, ein alter Kahn, sie alle zum Narren gehalten. Ein Boot? Plötzlich lichteten sich seine Gedanken, und er stieß einen leisen Pfiff aus.

»Ich glaube, ich weiß, nach wem wir suchen«, sagte er plötzlich. »Nach einem königstreuen Schiffer, der mit Snemun bekannt ist.« Gudmund blickte den Häuptling herausfordernd an.

»Bist du sicher?«

Gudmund nickte.

Hergeir sah ihn durchdringend an, und seine kleinen, scharfen Augen verengten sich zu Schlitzen. Dann räusperte er sich, aber seine Stimme war schwach, als er sagte:

»Nimm ein paar meiner Männer mit. Seht zu, dass ihr ihn aus dem Weg schafft!«

13. Kapitel

Ich habe über das nachgedacht, was du mir geraten hast«, sagte Ansgar ein paar Tage später zu Witmar.

Sie saßen im Kaufmannshaus, jeder auf seinem Schemel, das Netz vor sich. In der Halle war es dunkel und kalt, nur die Herdstelle verströmte einen schwachen Lichtschein. Die Klosterbrüder konnten ihre Herberge bei dem Kaufmann teilen, und so knüpften sie gemeinsam Netze und aßen oft zusammen. Gelegentlich halfen sie einander auch beim Unterrichten in der Kirche.

Ansgar stand auf und ging zur Feuerstelle. Nachdenklich stocherte er in der Glut. Die Feuerstelle war groß und hielt sie warm, aber es zog kalt am Rücken.

»Ja, ich habe nachgedacht«, fuhr Ansgar fort und legte ein paar Scheite nach, bevor er sich wieder setzte.

»So?«, erwiderte sein Klosterbruder fragend.

»Du hast mit mir über gute Taten gesprochen, dass derjenige, der Gottes Lehre verkünden will, Gutes tun muss, um andere zu überzeugen.«

Ansgar machte eine kurze Pause und knüpfte eine Schlaufe ins Netz. »Das stimmt, aber es wird nicht leicht. Erinnere dich, dass die Seeräuber unsere Truhen genommen haben, die Geschenke für den König, alles, was wir besaßen.«

»Ja, wir können froh sein, dass wir mit dem Leben davongekommen sind. Sieh her«, sagte Witmar und hob sein Bein, dass die Narbe des Schwerthiebes zu sehen war.

Ansgar betrachtete widerwillig die rote Haut.

»Ja, aber der Herr war mit uns«, setzte er ernst hinzu, »und hier in Birka habe ich Ihm treu gedient. Ich habe einsam und arm gelebt, wie hinter den Klostermauern im Frankenreich. Ich habe gefastet und die Botschaft des Herrn verkündet, und die Netze, die ich während meiner Gebete geknüpft habe, habe ich den Heiden geschenkt. Was noch soll ich deiner Meinung nach tun?«

»Die glühende Kohle hat viele in ihrem Glauben gestärkt. Nur einer, der von Gott gesandt ist, kann solche Schmerzen aushalten. Aber du musst mehr beten und größere Almosen geben.«

Es wurde still, nur das Geräusch der Hände, die über das Netz eilten, war zu erahnen.

»Die Seeräuber«, rief Ansgar plötzlich, »sie haben mir nicht alles geraubt. Hier!« Er zeigte sein Silberkreuz, das er an einer langen Kette um den Hals trug. »Vielleicht kann dieses Silber mir helfen, etwas zu tun, wovon ich schon immer geträumt habe.«

Witmar blickte auf und betrachtete das Kreuz.

»War nicht die Reise zu den Heiden dein größter Traum?«, fragte er dann.

»Gottes Wort unter den Heiden zu verkünden, das tue ich im Namen Jesu Christi. Und jeder Einzelne, den ich für den Herrn gewinne, erfüllt mich mit dem größten Glück. Aber mein Traum ist es, die Schar von Gläubigen zu vergrößern, bis der ganze Norden christlich ist. Und um das zu erreichen, muss ich die Sklaven befreien.« Er nahm die Kette mit dem Silberkreuz und hielt es Witmar direkt vor die Augen. »Mit dieser Kette werde ich Öyvind freikaufen. Verstehst du?«

»Du willst den Jungen des Bronzegießers freikaufen?«, rief Witmar.

»Ja«, antwortete Ansgar, und seine Augen glühten. »Öyvind ist der Sohn einer kranken Witwe. Als sein Vater gestorben war, hat der Bronzegießer ihn als Sklaven in seinen Dienst genommen. Aber der Rauch schmerzt Öyvind in den Augen, und er würde der Werkstatt gern entkommen.«

Witmar ließ seine Arbeit sinken und blickte Ansgar nachsinnend an. Schon in Corbie hatte er höchste Achtung vor seinem Bruder gehabt. Nun wuchs seine Bewunderung. Nicht dass Ansgar nicht stur und eigensinnig war und mitunter allzu viel im Gedanken an seinen eigenen Vorteil tat. Aber er hatte auch die Fähigkeit zur Sorge um andere.

»Mit einigen Gliedern aus der Silberkette kann ich für Öyvind bezahlen«, fuhr Ansgar leidenschaftlich fort. »Dann kann er immer mit uns in der Kirche sein, als Chorknabe dienen und am Unterricht teilnehmen.«

»Das ist eine gute Idee. Und wir können auch andere Jungen freikaufen und zum rechten Glauben erziehen. Das ist eine gute Tat und im Sinne der Christen«, fiel Witmar ein.

»Dann können diese unsere Söhne das christliche Erbe weiterführen.« Ansgars Augen strahlten, und er umarmte Witmar.

Seine Mission würde weitergehen, weit über sein eigenes irdisches Leben hinaus.

Einige Wochen später war Öyvind frei. Der Junge suchte Ansgar sofort auf und fiel vor seinen Füßen auf die Knie. Sein größter Wunsch war es, nun Ansgar zu dienen, zum Dank für seine Freiheit. In der ganzen Stadt wurde darüber gesprochen, dass der Mönch den Sklaven freigekauft hatte. Nach diesem Tag kamen mehr Sklaven als je zuvor zu Ansgars Predigten, und die Bauern waren über diese Neuerung sehr beunruhigt. Die Sklaven verrichteten die schweren Arbeiten auf den Höfen und in den Werkstätten. Wie sollte es weitergehen, wenn sie befreit wurden?

In diesem Jahr kam der Frühling zeitig. Schon bald nach dem Markt brach das Eis, und die Wärme schmolz den Schnee von den Feldern. Der Himmel war klar, mit weißen Wolken, und die Sonne glitzerte bleich und noch kalt über den Björköfjord. Die Strände lagen leer und verlassen, nur im Wasser unterhalb des Burgberges waren Fischer zu sehen, die ihre Netze auswarfen.

Hinter den Stadttoren hingegen herrschte lebendiges Treiben. Überall eilten Leute zwischen Häusern und Schuppen umher, und bisweilen erschollen Rufe, wenn die Pferdegespanne versuchten, sich ihren Weg durch die Menge zu bahnen. Karren knarrten, Pferde schnaubten, und auf den Holzplanken lärmten Kinder zwischen Tonnen und Gerümpel. Vollkommen unvermittelt öffnete sich eine Klappe, und der Abfall vom Vortag spritzte gegen die Hauswand. Ein Kaufmann in grünem Lodenkittel sprang schnell zur Seite und fluchte laut, als er die Flecken auf dem Stoff bemerkte.

Am Brunnen unten auf dem Platz waren ein paar Frauen beim Wasserholen. Sie schwatzten und lachten, während die Kinder ungeduldig an ihren Kleidern zerrten. Eine der Frauen öffnete ihren Dutt und ließ die Haare in der Sonne glänzen. Sie stand still, ihr Gesicht der Frühlingssonne zugewandt. Die Fibeln, die ihr Kleid zusammenhielten, funkelten.

Einige Straßen entfernt schleppten Sklaven in weißen Kitteln Stroh und Mist aus Ställen und Nebengebäuden heraus, und unten im Hafen klangen Rufe und Gelächter aus den Booten der Schiffer. Die Seiler spleißten neue Seile, die Böttcher legten letzte Hand an ihre Tonnen, und aus den Schankstuben drangen entferntes Stimmengewirr und Fröhlichkeit. Es roch nach Frühling und Teer.

Draußen vor der Stadt waren die Felder noch kahl und feucht, im Norden waren sogar noch einige Schneeflecken übrig geblieben. Das Holz leuchtete violett, und das Gras des Vorjahres bedeckte gelb und platt die Hügel. Weiter draußen waren Männer zu sehen, die Äcker und Weiden rodeten, andere standen über Zäune und Werkzeuge gebückt.

An einer Holzbrücke, nicht weit von Snemuns Hof entfernt, lag eine tiefe Senke. Ein Mann mit Köcher und Bogen ging vorsichtig über die Brücke und verschwand im Gebüsch. Er ging lautlos, den Rücken der Stadt zugewandt. Gelegentlich hielt er inne und lauschte, um seine Wanderung fortzusetzen. Er hatte Rückenwind, dichte Sträucher und Büsche nahmen ihm die Sicht, sodass er nur ein paar Armlängen weit sehen konnte. Seine Sinne waren verschlossen und seine Gedanken weit weg. Vielleicht hätte er sonst die Männer bemerkt, die vor ihm in den Wald ritten.

Der Boden war weich und gab nach, und überall waren noch tiefe Wasserlöcher, Eis- und Schneereste des Winters zu sehen. Erik blieb stehen, glitt leise vorwärts durch die Bäume, um die Tiere nicht aufzuschrecken. Seine Lederschuhe sanken ein, und er zog sich vorsichtig auf trockeneren Boden zurück. Geräuschlos wich er Zweigen und Büschen aus. Er ging mit weichen, federnden Schritten, und sein Pfeilköcher aus Hirschleder fühlte sich leicht an. Ein paar Vögel sangen, sonst war es still. Er war seit über einer Stunde auf der Jagd, ohne

Beute gemacht zu haben, aber das bekümmerte ihn nicht. Er war unterwegs, um seine Gedanken zu zerstreuen. Ständig tauchten Jorunn und Estrid in seinen Gedanken auf, und er brauchte ein wenig Einsamkeit und Ruhe.

Nachdem er eine Weile gelaufen war, bemerkte er frische Spuren auf dem Boden. Pferdehufe. Warum war jemand hier entlanggeritten, statt den Pfad zu benutzen? Erik hielt inne und sah sich um. Hatte jemand beobachtet, wie er diesen Weg gewählt hatte?

Es war besser, vorsichtig zu sein. Wer den König töten wollte, war sicher auch hinter seinen Anhängern her. Die Senke machte einen weiten Bogen. In dem Teil, der ins Innere der Insel führte, wurde der Berg sichtbar. Dort gab es einen Felsvorsprung zwischen zwei Bergseiten, der eine schützende Grotte bildete. Da würde er sich verstecken können. Lautlos schlich er dorthin, aber ... Wenn er sich dort verstecken konnte, konnte ein anderer das auch. Was, wenn ... Sein Körper spannte sich, seine Muskeln zuckten unter der Haut. Schnell zog er sich zurück, um sich der Klippe von hinten zu nähern. Er lauschte mit gespanntem Bogen. Alles war ruhig. Er blickte sich suchend um und tastete nach etwas, mit dem er werfen konnte. Seine Hand umschloss einen Stein. Er zögerte und warf ihn dann direkt auf die Felsspalte. Lauschte, hörte keinen Laut. Er wartete erneut, bevor er einen größeren Stein schleuderte, der den Berg hinunterrollte und mit einem dumpfen Schlag auf den Boden prallte. Ein heulender Laut erklang, und im nächsten Augenblick wurde die Luft von Pfeilen zerrissen.

Erik duckte sich und wartete. Er ahnte das Geräusch von Hufen und hörte, wie eine Gruppe von Reitern näher kam. Er blickte über die Felskante. Am Kopf der Gruppe ritt Gudmund der Mächtige, hinter ihm Harald mit seinen Knechten. Harald und Gudmund! Die Unholde hatten ihm aufgelauert. All der Hass, der sich in ihm aufgestaut hatte, richtete sich nun gegen die Männer unter ihm. Gudmund, dieses Scheusal, hatte ihn seiner Verlobten beraubt und dafür gesorgt, dass er nun seinen eigenen Bruder zum Feind hatte. Durch das Schwert sollte er sterben! Und dieser Hundesohn hatte wahrlich noch Schlimmeres zu verantworten. Der Kaufmann hatte versucht, den König zu töten, um sich mit Gewalt seine Macht anzueignen. Jetzt hatte er sich in einen einfachen Hinterhalt gelegt. Wenn er wenigstens Manns genug gewesen wäre, ihn zum Kampf herauszufordern!

Erik spannte den Bogen, zielte, zögerte und senkte ihn wieder. Dieser selbstgerechte, reiche Mann dort unten war Jorunns Vater. Er konnte ihn nicht heimtückisch erschießen. Nein, er würde den Stiernacken in einem ehrlichen Zweikampf besiegen. Erik stand auf und brüllte.

»An einen Halunken wie dich verschwende ich keine Pfeile. Aber ich fordere dich zum Zweikampf heraus.«

Gudmund fuhr herum und stieß einen Schrei aus.

»Da ist er, der Heidenhund.« Gudmund hob seinen Speer, und ein höhnisches Lachen breitete sich auf seinem mürrischen, kantigen Gesicht aus.

»Zweikampf? Nein, du bist keinen Zweikampf wert. Du hast meinen Sklaven erschlagen und versucht, das Christentum aufzuhalten. Dafür wirst du sterben.«

Erik blieb ruhig stehen.

»Dass ich etwas gegen die neue Lehre habe, geht dich nichts an. Es gibt kein Gesetz in Birka, das mir den Glauben vorschreibt. Und Sote. Ja, er gehörte zu deinem Hof – Hinterhalt und Mord gegen Bezahlung haben denselben Schmied. Du warst es wohl, der ihn angeheuert hat. Ein Barbar bist du, und als Barbar wirst du sterben. Aber zum Zweikampf bist du wohl einfach zu feige.«

»Zügel deine Zunge, Schweinehund. Ein Halunke bin ich nicht – und um das hier hast du gebeten.« Gudmund holte Schwung aus der Schulter und schleuderte den Speer in einem gewaltigen Wurf.

Erik bemerkte die Handbewegung und warf sich zur Seite. Er rollte weiter und kam auf die Knie. In der nächsten Bewegung spannte er den Bogen und schoss den Pfeil ab. Gudmund schrie auf und fiel schwer verletzt zu Boden. Erik griff einen neuen Pfeil, aber Harald war schneller. Er hatte sich vor den Gefallenen gestellt. Erik senkte den Bogen. Die beiden Brüder sahen sich schweigend an, zögerten mit ihren Waffen. Erik handelte zuerst, hob den Bogen und schoss den Pfeil steil in die Luft. Dann drehte er sich um und begann zurück zum Hof zu gehen. Harald zauderte, machte dann einen Satz nach vorn und schleuderte seinen Speer. Er flog in einem weiten Bogen und landete direkt vor den Füßen des Bruders. Erik hob ihn auf, wog ihn in der Hand und warf ihn zur Seite. Harald fluchte und bedauerte, dass er den Speer nicht schon früher geworfen hatte.

Die ganze Nacht wachten Torhild und Harald an der Seite Gudmunds des Mächtigen. Gegen Mitternacht kam er wieder zu sich.

»Wenn meine Stunde gekommen ist und Gott es so will, muss ich sterben«, keuchte er. »Aber ich habe noch viele Wünsche.« Sein Atem ging stoßweise, und es fiel ihm schwer, Luft zu holen.

»Torhild«, sagte er müde, »du weißt, dass Harald wie ein Sohn für mich war – der, den wir nie bekommen haben. Ich will, dass er unser Erbe weiterführt. Das Haupthaus mit Nebengebäude, Werkstätten und Grubenhaus sollen in deiner Hand verbleiben. Aber die Felder und Häuser auf den anderen Höfen will ich Harald geben.«

Seine Stimme wurde matter, und sein Blick flackerte. Harald blickte verwirrt zu Torhild. Wollte Gudmund seiner Frau das wirklich antun?

Aber Torhild schien einverstanden zu sein und nahm Gudmunds Hand in ihre. Es war, als wäre sie damit zufrieden und erleichtert darüber, Gudmunds gewaltigen Besitz nicht führen zu müssen.

»Wenn das dein Wille ist, dann soll es so geschehen«, sagte sie leise und drückte seine Hand. »Aber noch ist deine Zeit nicht gekommen. Der Heilige Geist ist mit dir.«

Gudmund der Mächtige hob mühsam den Kopf.

»Harald«, flüsterte er, »du sollst den Kampf weiterführen, den wir begonnen haben. Birka muss bekehrt werden, und der König …« Seine Stimme erstarb.

Gudmund atmete in kurzen Stößen, rang nach Luft und schien nicht mehr zu können. Aber dann gelang es ihm, kaum hörbar hervorzupressen:

»Und der König, vertreib ihn oder räum ihn aus dem Weg. Birka wird nicht eher christlich, bis er verschwunden ist.« Gudmund sank zurück, und das Leintuch über seinem Bauch färbte sich tiefrot.

Die ganze Nacht fantasierte er und atmete schwer bis zum Morgengrauen. Er rang ein paar Mal nach Luft, dann war es still. Gudmund der Mächtige war tot.

Jorunn weigerte sich zu kommen, als Torhild sie rief, damit sie sich von ihrem Vater verabschiedete. Zu viele Sorgen und zu viel Unglück hatte ihr Vater über sie gebracht.

Im Sommer diesen Jahres war es König Björn wichtiger als gewöhnlich, zum Thing zu laden. Er war beunruhigt darüber, dass Ansgars Gemeinde stetig wuchs, und er wollte die Sache mit seinem Volk klären. Die Errichtung der Kirche hatte er nicht mehr verhindern können, nachdem sie auf Hergeirs Grund erbaut worden war. Aber er hoffte, dass das Volk die christliche Gemeinde beim Thing nicht anerkennen würde.

Die Christen sollten ruhig ihren Gott anbeten dürfen, neben den alten Göttern, das konnte sowohl für die Menschen als auch für die Stadt von Vorteil sein. Aber es durfte nicht so weit kommen, dass die neue Lehre die alte verdrängte.

Der König hatte gehört, dass Ansgar den alten heidnischen Glauben durch das Christentum ersetzen wollte, und manche behaupteten sogar, er habe Schmuck mit Thorshämmern eingezogen. Unter denen, die sich hatten taufen lassen, gab es mitunter auch welche, die meinten, dass die bestraft werden sollten, die noch immer den alten Asengöttern dienten. Diese Unduldsamkeit erschreckte den König. Warum konnten nicht einfach beide Glaubenslehren Seite an Seite leben, so wie es für das Volk das Beste wäre? Er war die Zwietracht leid, die mit der neuen Lehre gekommen war, und hatte entschieden, dass nach den Thingverhandlungen Odin, Thor und Frey mit großen Opfern gehuldigt werden sollte. Er hatte auch Ansgar einladen lassen, um ihm zu zeigen, wie mächtig der alte Glaube war. Vielleicht würde das den Mönch ein wenig demütiger gegenüber anderen Glaubensrichtungen stimmen.

König Björn hatte sogar aus nah und fern Schamanen, Gaukler, Fiedler und Geiger eingeladen, zusammen mit allerlei zauberkundigem Volk. Er wollte, dass ein großes

Fest gefeiert wurde, ein Opferfest, von dem man noch lange sprach.

Die Mittsommersonne flimmerte im heißen Sommerdunst und tauchte die Stadt in Hitze. Kein Wind, kein Lüftchen wehte in den Straßen, und aus den Gräben stieg ein dichter Gestank von Dreck und Abfall auf. Fliegen schwirrten, Hunde strichen an den Häusern entlang, und bei den Händlern am Marktplatz wühlte eine Gruppe Schweine in Essensresten.

Draußen vor der Stadt schien die Luft stillzustehen. Die grünen Wiesen lagen üppig unter dem hellblauen Himmelsgewölbe, und vereinzelt flogen bunte Schmetterlinge von Gräsern und Feldblumen auf. An den Hängen war das Heu noch immer nicht eingeholt. Unten im Hafen lagen Ruderboote und Spitzkähne auf dem spiegelglatten Wasser, und weiter draußen waren Knorren und Langschiffe an den Landungsbrücken und Pfählen vertäut. Am Kai und auf den Strandwegen wimmelte es von Passanten, deren Stimmengewirr sich mit Rufen und Lachen mischte. Die Verhandlungen würden bald beginnen, und die Menschen bewegten sich lärmend zur Thingstätte. Die Männer in ihren bestickten Röcken und geschnürten Hosen waren nass geschwitzt, die Frauen ächzten in ihren langen Kleidern. Einige Hunde bellten, ein Kind schrie, und alle spürten die Aufregung, die in der Luft lag.

Oben auf dem Thingplatz hatte der König bereits seine Leibwache versammelt. Er selbst saß in goldverziertem Umhang und bestickten Hosen im Schatten eines großen Baumes. Seine Stirn war verschwitzt, seine Hände klebrig und feucht. Die Warterei ermüdete ihn.

Als alle draußen auf dem Feld Platz genommen hatten, erhob er sich. Die Knappen hoben die Luren, und der König schritt vor zu seiner laubgeschmückten Hütte. Ein Herold verkündete dem Volk, welche Angelegenheiten den Tag über aufgegriffen werden sollten, dann konnten die Verhandlungen beginnen. Zunächst befasste sich der König mit den kleineren, nicht ganz so wichtigen Fragen. Der eine oder andere armselige Dieb wurde rasiert und geteert, aber der König erließ ihnen großzügig das Spießrutenlaufen. Dann wurde es Zeit für die Angelegenheiten, die die Bewohner der Stadt betrafen. Einwohner traten vor und brachten ihre Meinung zu Feldfrüchten und Weideland zu Gehör, zu den Wirtshäusern der Stadt, zum Eichenholzbelag auf den Straßen und zu der Notwendigkeit, im Hafen neue Brücken zu bauen. Der Wasserstand war nun schon sehr lange niedrig geblieben, und die Brücken mussten weiter ins Wasser hinaus verlängert werden.

Der König hörte zerstreut zu und scheuchte Fliegen aus seinem Gesicht. Seine Gedanken waren anderswo. Ansgar hatte den Wunsch geäußert, dass das Thing die neue christliche Gemeinde Birkas bestätigen sollte. Gerade so, als hätte der König nichts Besseres zu tun. Christenmänner hatten versucht ihn umzubringen, und jetzt wollten sie ihre Versammlung vom Thing anerkennen lassen. König Björn zog eine Grimasse, die Zähne und Zahnfleisch entblößte. Niemals hätte er sich damit einverstanden erklärt. Aber nach Björkörecht war es Sache des Volkes, in dieser Frage zu entscheiden, nicht allein seine – in dieser ebenso wie in vielen anderen Dingen. Der König hatte lediglich das zu verkünden, wozu das Volk Stellung beziehen sollte.

König Björn hörte noch eine Weile geduldig zu, aber als die Beschlüsse in den alltäglicheren Aufgaben wohl gefasst waren, gab er dem Herold ein Zeichen, dass er selbst übernehmen wollte. Die Knappen befeuchteten ihre Lippen und bliesen in die Luren, woraufhin der König das Wort ergriff:

»Meine Freunde von Birka«, begann er und blickte über die Menge. »Ich will nun eure Ansicht über die neue Lehre hören, die hier in der Stadt gepredigt wird. Der Moment ist gekommen, in dem wir beschließen müssen, ob wir den neuen Glauben anerkennen wollen oder nicht. Ich bitte einen jeden von euch, der es wünscht, seine Meinung dazu zu sagen.«

Unter den Versammelten wurden Stimmen und Gemurmel laut, und eine ganze Horde Männer meldete sich zu Wort.

Es traten mehrere vor und lobpreisten ihre alten Götter für das Glück und die Erfolge, die ihnen widerfahren waren. Sie fanden, dass Birka seine alten Asengötter und den uralten Glauben behalten sollte, dem schon ihre Vorfahren seit jeher gefolgt waren. Von einer neuen Heilslehre wollten sie nichts wissen. Andere dagegen standen auf und sprachen hingebungsvoll von der neuen Lehre und wünschten sich, dass auch andere zahlreich in Birka bekehrt würden. Sie wollten das Christentum durch das Thing bestätigt sehen. All diese Reden dauerten, und die Sonne ermüdete viele.

König Björn schwitzte, die Leibwachen stampften mit ihren durchweichten Lederschuhen, und der eine oder andere, der sich schon zu viel Bier hatte schmecken lassen, erleichterte seine volle Blase. Aber die Ungeduld kümmerte den König nicht. Er achtete genau darauf, dass jeder sein Anliegen vorbringen durfte. Zum Schluss wurde es dann aber selbst dem König zu viel, er fuhr sich mit einem seidenen Taschentuch über die Stirn und rief:

»Untertanen! Meint ihr, dass wir hier in Birka unserem alten Glauben entsagen und die neue Lehre annehmen sollen?«

Ein missmutiges Murren brach unter den Versammelten aus, gefolgt von groben Worten und Protesten. Dem König fiel es schwer, die Ordnung wiederherzustellen. Er fuhr fort:

»Seid ihr der Ansicht, dass wir die christliche Gemeinde hier auf Björkö anerkennen sollen, auf dass sie hier eine sichere Heimstatt hat und wachsen kann?« Es kamen neue Diskussionen auf, und in den hinteren Reihen wurde heftiger Tumult laut.

Reiche, Bauern und Handwerker traten vor und sprachen bald zum Vorteil der neuen Lehre, bald darüber, wie gefährlich der Glaube an den Heiligen Geist war und dass er die alten Götter erzürnen würde. Die Aufregung wuchs mit jeder Äußerung, und schließlich musste der König mit barscher Stimme zur Ruhe mahnen.

»Sollen wir also«, rief er und fuhr sich hastig über den Bart, »die neue Lehre an der Seite der alten leben lassen? Jeder Einzelne, der sich bekehren und taufen lassen möchte, soll willkommen sein. Damit würdigen wir den neuen Glauben, aber reizen unsere alten Götter nicht, indem wir die christliche Gemeinde hier auf dem Thing anerkennen. So wird der neue Gott nur ein weiterer unter unseren alten Göttern sein.« Der König holte tief Luft und hob die Stimme. »Ist das ein Vorschlag, auf den wir uns einigen können?«

In der Menge wurde es still, dann tat ein jeder lautstark seine Meinung kund. Ein alter, bärtiger Mann rief mit sonorer Stimme, dass das ein vernünftiger Vorschlag sei. Eine knochige, magere Frau stimmte ihm zu, und mehr und mehr schlossen sich den beiden an. Die wenigen Proteste, die es gab, ertranken im johlenden Beifall der Menge. König Björn wirkte mit einem Mal erleichtert und vergnügt. Er hatte sich große Mühe gegeben, die Versammlung so zu befragen, dass das Ergebnis nach seinen Wünschen geriet. Nun sah er, dass auch das Volk Ansgars Gemeinde nicht durch das Thing anerkannt wissen wollte. Und damit, dachte der König, würde sich alles Übrige gewiss mit der Zeit von selbst erledigen, während er selbst noch eine ganze Weile sicher auf Adelsö saß. König Björn forderte Ruhe und rief mit schriller Stimme:

»Ich habe euren Willen gehört, und so soll es geschehen. In Birka soll ein jeder seinen Glauben predigen dürfen, ohne dass wir die eine Lehre der anderen vorziehen.« Er gab ein Zeichen, dass der Beschluss gefasst war und dass die Beratungen des Tages damit beendet waren.

Die Knappen hoben wieder die Luren, und gleich darauf ertönten die Hornstöße, die verkündeten, dass die Verhandlungen abgeschlossen waren.

Etwas abseits von den festlich gekleideten Menschen stand Harald, umgeben von den Bewohnern des Gudmundhofs. Seine Kleider waren faltig, und Kittel und Hosen verströmten den Geruch von Schweiß. Sein Gesicht war wie versteinert und wirkte verbissen. Ihn umgab etwas Unangenehmes und Bedrohliches.

Dass die christliche Gemeinde nicht vom Thing anerkannt wurde, war eine große Enttäuschung und steigerte seinen Hass gegen den König. Harald starrte zornig vor sich hin. Er hatte nicht vor aufzugeben. Schon bald würde er einen bewaffneten Aufstand anführen können.

»Hast du Harald dort drüben gesehen«, flüsterte Estrid und knuffte Erik in die Seite. »Da, nur ein paar Ellen entfernt. Er sieht nicht gerade fröhlich aus.«

»Der Schurke hat sicher Böses im Sinn. Von einem, der Speere nach dem eigenen Bruder wirft, kann man nichts Gutes erwarten.« Erik spuckte die Worte fast aus. »Aber jetzt kann er gefährlich werden. Er hatte gehofft, dass Ansgars Gemeinde anerkannt werden würde.«

»Wird er sich nicht noch beruhigen?«, fragte Estrid unruhig.

Erik lächelte die Frau neben sich kurz an. Estrid war klug, manchmal dachte sie allerdings mit dem unschuldigen Verstand eines Kindes. Sie hatte nicht verstehen wollen, dass er Gudmund getötet hatte. Erst als sie begriff, dass er es getan hatte, um sein eigenes Leben zu retten, hatte sie sich beruhigt. Und dann, als sie begriff, dass sie ihn fast verloren hätte, wich ihre Schroffheit Warmherzigkeit und Güte.

Nach diesem Ereignis hatten sie wieder zueinander gefunden, und Erik hatte die Ruhe zurückgewonnen, die er vermisst hatte. Aber ganz sicher konnte er dennoch nicht sein. Harald hatte Gudmunds Rolle übernommen und führte nun die Christen an. Außerdem forderte er Genugtuung für Gudmunds Tod. Und er würde sich niemals mit einer Geldstrafe zufrieden geben. Er wollte Blutrache.

»Harald, nein, er wird nie Ruhe geben«, antwortete Erik nach einer Weile. »Ich kenne ihn viel zu gut. Er wird bis in den Tod für seine Rache und die Sache der Christen kämpfen.«

»Sag so etwas nicht«, sagte Estrid und schmiegte sich eng an ihn. »Ich habe Angst. Du darfst nicht zulassen, dass dir etwas zustößt.«

Erik strich ihr sanft übers Haar.

»Sorge dich nicht. Jetzt ist Thingfrieden, und niemand darf kämpfen. Wenn die Zeit kommt, werde ich mich um den Schurken kümmern. Vergiss Harald, heute Abend gibt es ein Fest, wir wollen uns freuen und Spaß haben.« Er beugte sich zu ihr hinab und küsste sie.

Ansgar saß auf dem Abtritt und verrichtete seine Notdurft, den Kopf tief in seine Hände vergraben. Im Hintergrund waren Flöten und Trommeln zu hören und das wilde Gejohle der Menge. Er verabscheute diesen Lärm und fühlte sich unpässlich. Sein Magen hatte ihm schon den ganzen Tag Schwierigkeiten bereitet. Und jetzt war er auch noch gezwungen, dem Opferfest beizuwohnen. Ihm blieb keine Wahl, König Björn hatte ihn persönlich in den Königshof geladen. Dieser Heuchler! *Natürlich bekommt Ihr Eure Gemeinde, Vater*, hatte er am Morgen mit seiner gespaltenen Zunge gesagt. *Ich werde dafür sorgen, dass sie beim Thing anerkannt wird*.

Dann hatte er die Fragen an das Volk so gestellt, dass sie gar nicht anders antworten konnten als so, wie der König es wollte. Die christliche Gemeinde wurde also nicht vom Thing anerkannt. Hier gab es nur das vage Versprechen, dass die Christen frei predigen durften, genau wie alle anderen. Pfui! Ansgar wollte dem verlausten Hund ins Gesicht spucken. Sein Zwerchfell verkrampfte sich, und er stöhnte jämmerlich. Sein Bauch hatte sich zu einem Blasebalg aufgebläht. Nein, es war nicht einfach, fromm zu sein und seinen Zorn zu zügeln.

Ansgar versank in Grübeleien. Vielleicht war er ungerecht. Kurz nach der Thingverhandlung hatte er den König aufgesucht und sich beklagt. Kaiser Ludwig der Fromme hatte große Erwartungen in die Mission in Birka und hatte sich Hoffnungen gemacht, dass er, Ansgar von Corbie, dort eine christliche Gemeinde errichten würde. Bevor ihm, dem Gesandten des Kaisers, das nicht geglückt war, konnte er auch nicht zurückkehren. Konnte ihm der König nicht aus dieser Klemme heraushelfen?

König Björn hatte teilnahmsvoll zugehört und anschließend eilig seine Ratsherren herbeirufen lassen. Nach einer hastigen Beratung beschloss der König, mit der Zustimmung seiner Ratsherren, in Runen ritzen zu lassen, dass er, Ansgar von Corbie, die erste christliche Gemeinde im Reich der Svear gegründet hatte. So hatte man sich darauf geeinigt, dass es, auch wenn die Gemeinde auf dem Thing nicht anerkannt worden war, in Birka dennoch eine Gemeinde und eine Kirche gab. Damit sollte sich der Kaiser zufrieden stellen lassen. Dann hatte König Björn ihm einen Buchenholzstab überreicht, auf dem er und seine Ratsherren in Runen Ansgars gute Taten in Birka bezeugten. Vielleicht sollte er sich damit begnügen, aber er war dennoch enttäuscht. Er hatte mehr erwartet.

Draußen schwoll der Lärm an. Ansgar erhob sich müde, richtete seine Kleider und schüttelte seine Abscheu ab. Er hatte versprochen, beim Opferfest anwesend zu sein. Nachdenklich trat er aus dem Abtritt. Er wollte sich noch waschen und die Abendgebete sprechen. Dann nahte die Begegnung mit dem König.

»Ah, Vater, willkommen!«, rief König Björn, als er wenig später den Mönch erblickte. Er reichte ihm ein Horn, bis zum Rand mit echtem Met gefüllt. »Skål!«, rief er freimütig und hob sein goldverziertes Horn hoch vor den Kopf. Dann prustete er und leerte den Trank mit ein paar großen Zügen.

»Skål«, nickte Ansgar matt und nippte vorsichtig am

Met. Unschlüssig blickte er sich um. Die Wolken waren dunkel und schwer, und es dämmerte bereits. Überall flackerten Kerzen und Feuer, und Schatten tanzten zwischen den Bäumen. Es sah heidnisch und beängstigend aus. Der König bemerkte Ansgars Zaudern, wischte sich den Schaum aus dem Bart und sagte stolz:

»Vater, lasst mich Euch zu unserem Harg führen, unserem Opferplatz.« Mit diesen Worten griff er ausgelassen Ansgars Arm und führte ihn zu einer großen Ansammlung von Steinen, die um drei hohe Holzhaufen gelegt waren. Der König verlangsamte seinen Schritt und geleitete ihn zwischen die Götterstatuen. Ansgar begriff, dass das eine Art Altar sein musste, ein Platz, an dem die Heiden zu ihren Göttern beteten und ihnen Opfer brachten. Feuer glommen, und der Vollmond flackerte im Rauch, magisch und dunkel. Ansgar fühlte Unwillen gegenüber diesem Spuk, seine Wangen glänzten rot. Direkt vor ihm stand Thor, links und rechts daneben saßen Odin und Frey, umgeben von Rauch. Odin war mit kräftigen Farben bemalt, und auf seinen Schultern waren zwei Raben zu erahnen. Ansgar betrachtete den einäugigen Holzgott und schauderte. Odin war nicht weiß, sanft und schön wie Jesus Christus, nein, dieser Heidengott war bärtig und hässlich. Aber Frey, der Gott der Liebe, war er vielleicht dennoch stattlich? Ansgar sah hinüber zu dem sitzenden Asengott. Aber, heiliger Jesus, wie er aussah! Dieser Gott des Friedens und der Wollust saß da, in schimpflicher Freude, seine Männlichkeit schändlich entblößt. Ansgar senkte den Blick und tat, als würde er in eine andere Richtung blicken.

»Thor herrscht über Donner und Blitz, Wind und Sonnenschein. Ihm opfern wir, wenn Seuchen oder Hungersnöte drohen«, leierte der König herunter und fingerte an seinem Hals nach der Kette mit dem Thorshammer. »Ich trage ihn immer. Viele verehren ihn.«

Der König zeigte Ansgar den Silberschmuck.

»Odin …« Der König machte eine kurze Pause und nickte zu der Figur mit dem starrenden Auge. »Odin ist der Gott der Weisheit, des Kampfes und des Todes. Ihm opfern wir im Krieg. Er ist es, der uns die Kraft und Stärke gibt, unsere Feinde zu bekämpfen.«

Ansgar betrachtete voller Abscheu die vergoldete Holzskulptur. Sein Blick versuchte zu entkommen, er wollte nichts mehr sehen und nichts mehr hören.

»Und dann haben wir noch Frey«, fuhr der König munter fort. »Er schenkt uns Frieden und Genuss. Er ist ein herrlicher Gott, der uns alle glücklich macht. Ihm huldige ich am allermeisten.« Der König stieß Ansgar viel sagend in die Seite.

Ansgar, der völlig unvorbereitet war, machte vor Schreck einen Satz nach hinten und trat schief auf. Ein stechender Schmerz durchfuhr seinen Körper. Hatte er sich jetzt auch noch den Knöchel verstaucht? Er kniff den Mund zusammen, stützte sich mit der Hand ab und hob den Fuß. Der König konnte sich das Lachen kaum verkneifen.

»Und Ihr, der Ihr von Euch selbst sagt, dass Ihr ein Mann der reinen Lehre seid, Vater … Ja, gerade Ihr solltet Euch vielleicht auf etwas anderes stützen.«

Ansgar blickte hoch, und das Blut schoss ihm ins Gesicht. Beschämt nahm er die Hand von Freys Männlichkeit.

Die Musik wurde lauter, und Heidenpriester tauchten auf, warfen kleine Zweige auf den Boden und riefen die Götter an. Der König erklärte, dass sie das taten, weil sie hören wollten, welche Opfer die Götter verlangten. Anschließend stimmten die Priester einen eintönigen Gesang an, tunkten Birkenreiser in eine große Schale und weihten den Altar mit Opferblut. Ein Silberring oben auf dem Altarstein wurde dunkelrot gefärbt, bis er in Opferblut schwamm. Ansgar schluckte und brachte kein Wort heraus.

»Kommt«, sagte der König und zog den Mönch fort. »Lasst mich zeigen, wie wir die Götter besänftigen.«

Sie schritten in die zunehmende Dunkelheit. Der Vollmond leuchtete über dem Wald, und die Feuer loderten Funken sprühend in den Himmel. Auf einer Lichtung zwischen Eichen stand ein großer Opferstein. Ringsherum brannten Feuer, und festlich gekleidete Menschen drängten sich schwitzend im Licht. Schafe blökten, Ochsen brummten, und Pferde zerrten an ihren Halftern. Noch einmal spürte Ansgar seinen Widerwillen wie eine schwere Plage, und er sehnte sich nach Ruhe und Frieden in seiner eigenen Kirche. Im Feuerschein tauchten schattenhafte Gestalten auf, und er erkannte die Heidenpriester. Wiegend näherten sie sich den Opfertieren. Die Geschöpfe schienen zu ahnen, was sie erwartete, sie zerrten unruhig an den Seilen und stießen schrille, angstvolle Rufe aus. Der Gesang der Priester steigerte sich, und unter lauten Beschwörungen zogen sie lange Messer hervor. Die Dolche wurden erhoben und zeichneten verschlungene Muster in den Himmel, bevor sie gesenkt und in die Tiere gestoßen wurden. Jubel übertönte laute Schreie, und Menschen drängten sich um die warmen Tierkörper. Auf ein Zeichen der Priester stürzte sich die Menge auf die Tiere. Unter Rufen und Gelächter rissen sie so viel Fleisch an sich, wie sie erwischen konnten.

Ansgar wich vor dem grässlichen Schauspiel zurück und unterdrückte einen Entsetzensschrei, als der König ihm ein Stück Fleisch reichte. Niemals würde er es über sich bringen, rohes Fleisch zu essen, noch weniger, es in der Achselhöhle zu wärmen, wie der König vorschlug. Nicht einmal gebratenes Fleisch würde er in dieser Nacht hinunterbringen. Ihm war seit langem der Appetit vergangen. Hörner wurden geleert, Bier und Met flossen in Strömen, und das Volk hoffte, dass die reichen Opfergaben ihnen Frieden und eine gute Ernte schenken würden. Der Mond stieg höher, und die eintönigen Gesänge der Priester gingen in Lieder über, die alle kannten.

Ein Vorsänger begann, dann stimmte die Menge ein. In diesem Augenblick bereute Ansgar, die Sprache der Svear studiert zu haben. Unüberhörbar laut und klar stimmte der Sänger eine Schändlichkeit nach der anderen an, und das Volk sang aus voller Kehle mit. Ansgar stöhnte, fühlte Ekel aufsteigen. Solche Lieder gab es ganz sicher nicht auf Lateinisch, das konnte er beschwören, denn schimpflichere Dinge konnte man gar nicht dichten. Glücklicherweise stimmten die Fideln an, Harfen und Flöten fielen ein, und bald waren die Worte nicht mehr zu hören. Ansgar atmete leichter, aber ahnungslos, wie er war, hatte er sich zu früh gefreut.

Im nächsten Moment traten ein Priester und eine Frau aus der Menge, und Ansgar ahnte neue Schrecken. Sie bewegten sich heftig im Takt der Musik und umarmten einander unter dem Jubel des Volkes. Bald tanzten sie mit so sündigen Bewegungen, dass Ansgar der Atem stockte. Ihm stieg die Röte in die Wangen, und er blickte zu Boden. Die Fideln wiederholten ihre Melodie wieder und wieder, die Trommler schlugen, und die Menschenmenge sang hitzig und wild. Schließlich konnte er es nicht lassen, hinzusehen. Das Paar am Opferstein hatte sich vereinigt, eng umschlungen gaben sie sich der Art von Sünde hin, die großer Entsagungen und vieler Gebete bedurfte, um wieder gutgemacht zu werden. Aber sowohl Priester als auch Publikum ließen sich mit großer Begeisterung gehen, und als der Priester einen freudigen Moment später den Opferstein mit seinem Samen begoss, jubelten alle. Ansgar starrte mit wildem Blick und glühenden Wangen. Die Röte flammte über sein ganzes Gesicht, eine Farbe, die ins Hochrote überging, als er plötzlich bemerkte, dass er ganz und gar nicht unberührt von dieser Art Auftritt geblieben war. Hastig wandte er sich ab und fächelte sich hektisch Luft mit seinem Mantel zu. Hoffentlich hatte ihn niemand beobachtet.

Nach der Zeremonie wurde ein Wagen mit großen Eichenfässern hervorgezogen. Die Zapfen wurden herausgeschlagen, und jeder durfte sich nehmen, so viel er wollte. Die Hitze stieg, die Trommeln donnerten, und die Menschen wogten und drückten sich aneinander. Der Rhythmus wurde schneller, und in Rauch und Dunkelheit umarmten Männer und Frauen einander fiebrig. Ansgar sah sich verwirrt um, wusste nicht, wohin er sich wenden sollte. Er suchte aufgebracht nach dem König, aber der stand auf dem Bierkarren und sang, von ihm war kaum Hilfe zu erwarten. Ansgar zögerte, dann ging er. Mit großen, würdevollen Schritten verließ er das Opferfest. König Björn sollte nicht auch noch das Vergnügen haben, ihn gedemütigt zu sehen.

Erik sang, die Arme fest um Estrid geschlungen, und schwankte im Takt mit der Musik. Er sang laut, und bei jedem Refrain griff er Estrid fester um die Hüfte. Sogar

Snemun und Mård sangen mit, während ihnen Bratfett und Met aus dem Bart tropften. Nur Schwarzbart blieb stumm. Er starrte ein junges Mädchen mit hellem rundlichem Gesicht an. Sie hatte einen roten, üppigen Mund, das dunkle Haar fiel ihr weich über die Schulter. Er konnte den Blick kaum von ihr abwenden.

Erik hob sein Horn.

»Trinkt, Freunde. Der Mönch wird nicht mehr lange unter uns sein«, rief er und wies in die Dunkelheit, in die Ansgar verschwunden war.

»Es zahlt sich immer aus, gegen den zu kämpfen, der im Unrecht ist«, erwiderte Snemun und erhob sein Horn auf Thor.

»Und wer bestimmt, was Recht ist?«, wandte Estrid kurzerhand ein.

Für einen Moment war es still.

»Ja, Ansgar jedenfalls nicht«, antwortete Erik entschieden.

»Ach, hört auf, euch über den Mönch zu streiten. Es gibt Wichtigeres«, knurrte Schwarzbart und schielte nach der Jungfrau. »Außerdem reist Ansgar sicher bald. Er wäre dumm, wenn er nicht begriffen hätte, dass er lange genug hier gewesen ist.«

»Und wenn er nicht von sich aus geht, dann werde ich wahrhaftig selbst dafür sorgen«, kicherte Estrid, vom Bier berauscht.

»Wie denn?«, fragte Mård wissbegierig.

»Das kannst du?«, lachte Schwarzbart ungläubig. »Nein, meine Freunde, jetzt muss ich mich um wichtigere Angelegenheiten kümmern.« Er hob den Becher zum Gruß und lenkte seinen Schritt auf die Jungfrau zu. Nach einer Weile verschwanden auch Mård und Snemun.

Erik hatte den Arm um Estrid gelegt.

»Wie bringst du Ansgar dazu, abzureisen?«, fragte er neugierig.

»Willst du das wirklich wissen?«, fragte Estrid gedankenlos.

»Das weißt du doch, sonst finde ich keine Ruhe«, antwortete er lachend.

Estrid horchte auf, sie fühlte sich sicher in Eriks Arm. Sie war selig und freudetrunken und wiegte sich beschwingt im Takt der Musik. Sollte sie es ihm erzählen? Sie hatte schon lange darüber nachgedacht, ihm zu sagen, wie es gewesen war. Vielleicht war dies der richtige Augenblick. Er sollte es erfahren, schließlich liebte er den Jungen. Außerdem wollte sie, dass er wusste, wie sehr sie ihm vertraute. Sie waren einander so nah gekommen, dass sie jetzt bereit war, ihm etwas anzuvertrauen, das früher im Verborgenen gelegen hatte. Sie lehnte sich an ihn.

»Erik«, murmelte sie dumpf. »Das Kind … hast du nicht bemerkt, wem Toste ähnelt?«

14. Kapitel

Von allen Männern Ansgar? Nein, das konnte nicht wahr sein. Erik wich entsetzt zurück. Er musste sich verhört haben. »Halt mich nicht zum Narren, Estrid, wer ist der Vater des Kindes?« Eriks Stimme hatte plötzlich einen schneidenden Klang.

»Ich sagte es doch, glaubst du mir nicht?«, fragte Estrid leise und warf ihm einen ängstlichen Blick zu. Vielleicht hätte sie besser doch nicht mit ihm darüber geredet.

»Du lügst!« Erik starrte sie mit dem verwirrten Blick eines Betrunkenen an. Hatten sie und Ansgar ...? Wie blind war er gewesen, er hätte es wissen müssen. Der Mönch hatte sie immer so seltsam berührt.

»So, du lässt dich also mit Kreuzträgern ein?« Er sah sie höhnisch an.

»Es ist nicht so, wie du denkst«, antwortete sie verstört.

»Da kommt er daher, der Mönch, und redet von Hingabe an den Herrn, predigt Treue und Entsagung, und dann rollt er sich mit dem erstbesten Weib auf den Bauch. Er ist ein noch größerer Heuchler, als ich gedacht hätte. Und du ...« Er packte sie. »Hast du deinen Spaß gehabt, ja? Antworte!«

Estrid schwieg.

»Nun, sag was. Wie war er denn?«

Estrid befreite sich aus seinem Griff. Die Demütigung schnürte ihr den Hals zu.

»Hör zu! Es ist nicht so, wie du denkst, er hat mich überrascht.«

»Ist er unter der Türschwelle durchgekrochen? Nein, ich verstehe schon. Einer wie Ansgar verführt in Wort und Tat. Aber dich mit ihm teilen, das will ich nicht.« Bebend vor Wut, stieß Erik sie von sich fort.

»Hör doch, so war es nicht … ich …« Estrid stockte, es fiel ihr schwer, ruhig zu bleiben.

»Nein, du, das will ich mir nicht anhören.« Erik unterbrach sie, bevor sie etwas hatte sagen können.

Estrid starrte ihn an. Sie zitterte vor Abscheu, und die Ungerechtigkeit brannte auf ihren Wangen. Sie trat einen Schritt auf ihn zu, ballte die Faust und schlug fest zu. Dann ging sie, ohne sich umzudrehen.

Erik fuhr sich mit der Hand über die Wange. Er blutete. Missmutig beugte er sich nach ein paar Blättern, um das Blut zu stillen. Estrid, der er restlos vertraut hatte, hatte in den Armen des verhassten Mönchs gelegen. Toste war Ansgars Kind, der liebe, gute Knabe war der Sohn des Mönchs. Wie sollte er ihn jemals wieder ansehen können, ohne an Ansgar zu denken? Und warum erzählte sie das gerade jetzt, da sie wieder zueinander gefunden hatten?

Die Enttäuschung übermannte ihn, und Tränen stiegen ihm in die Augen. Schwerfällig ging er zum Eichenfass, füllte den Becher bis zum Rand und leerte ihn in einem Zug. Um ihn herum spielte Musik, und es murmelte und kicherte hinter Büschen und Bäumen. Er blickte sich um, ratlos. Er fühlte sich einsam und verlassen. Der Rauch hing tief über dem Festplatz und stach in der Nase. Er hustete, füllte den Becher aufs Neue und wankte zwischen die Bäume. Dort sank er nieder und legte den Kopf auf den Boden, um zu schlafen.

Jorunn fand ihn neben einem Baumstumpf ruhend. Er hatte seine Tunika ausgezogen, Schweiß glänzte auf seiner Haut. Neben ihm stand ein leerer Becher. Sie betrachtete ihn erstaunt. Warum lag er allein hier? Es musste etwas passiert sein. Als sie ihn das letzte Mal gesehen hatte, hatte er Estrid im Arm gehalten und mit Snemun und Schwarzbart angestoßen. Plötzlich wurde Jorunn unruhig, entdeckte das Blut auf seiner Wange. Sie vergaß Harald und die anderen vom Gudmundhof. Erik brauchte vielleicht Hilfe.

Sie blickte hastig über ihre Schulter, um sich zu vergewissern, dass niemand sie gesehen hatte, und beugte sich über ihn. Als sie ihm so nah war, wurde sie von dem großen Verlangen erfüllt, ihn zu berühren. Sanft strich sie über seine Wange und ertastete mit den Fingern die Wunde. Er schlug nach ihrer Hand, grunzte und rollte sich auf die Seite. Sie setzte sich und hob seinen Kopf auf ihre Knie. Vorsichtig befühlte sie die Wunde. Das Blut war getrocknet, es war wahrscheinlich nichts Gefährliches. Erleichtert atmete sie auf und merkte, dass sie ihn nicht wieder loslassen wollte. Sie spürte seine Wärme auf ihrer Haut und lehnte sich vorsichtig näher an sein Gesicht. Lange saß sie so da, ihr Gesicht ganz nah an seinem. Dann fing sie an, ihn zu streicheln. Ihre Hand fuhr über seine Wange, in dieser Berührung lagen die Zärtlichkeit und Wärme, die sie immer für ihn empfunden hatte, ein Gefühl, das sie vergeblich versucht hatte zu vergessen und zu zerstören.

Erik lag reglos. In seinem berauschten Zustand nahm er die warme Berührung wie etwas Fernes, die sanften Frauenhände wie etwas unendlich Entlegenes wahr. Er wollte nicht aufwachen, er wünschte sich, eins zu werden mit diesem lieblichen Gefühl. Langsam kam er zu

Bewusstsein und ahnte die Hände, die da waren, weich und anschmiegsam. Er roch den Geruch von Laub und Erde und wusste, wo er war, spürte, dass jemand über ihn gebeugt saß.

Unsicher versuchte er mit dem Blick Halt zu finden. Eine Frau? War die Freude des Opferfestes auch zu ihm gekommen? Eine Frau. Sein Kopf hämmerte, der Boden kühlte ihn. Die Frau streichelte ihn unentwegt. Wer war sie? Seine Sinne erwachten, und er streckte neugierig die Hand aus.

Jorunn ergriff sie, liebkoste mit ihren Fingern seine Handfläche. Sie hatte sich auf gefährliche Pfade begeben. Harald, der sie nicht allein zum Opferfest hatte gehen lassen, hielt sich in der Nähe auf. Er konnte jeden Moment auftauchen. Noch konnte sie gehen und sich in der Dunkelheit fortschleichen, noch war Zeit, sich auf den Weg zu machen. Aber sie rührte sich nicht. Der Mann vor ihr hielt sie zurück.

»Erik«, flüsterte sie, »ich bin es, Jorunn.« Sie wusste nicht, ob er sie hörte, fühlte nur, wie der Griff um ihre Hand fester wurde. Im nächsten Augenblick setzte er sich auf. Seine Augen weiteten sich, sein Mund öffnete sich verwirrt. Langsam nahm er ihr Bild in sich auf, unendlich langsam, als ob er nicht glauben konnte, was er sah. Dann begriff er. Jorunn. Er streckte die Arme aus und zog sie zu Boden.

»Nein, nein«, keuchte sie und wusste, dass diese Worte nichts bedeuteten.

Er sah sie an, ihr Bild flimmerte vor seinen Augen.

»Jorunn«, flüsterte er und öffnete seine Kleider.

Der Geruch von Met mischte sich mit dem Duft von Nadeln und Laub. Sie lag unter ihm, fühlte ihn, lachte vor Rausch und Freude. Dann drückte er sie fester auf den Boden, atmete heftig und drang in sie ein. Jorunn zog ihn dicht an sich. Die Erde unter ihr war hart, und der Mond schaukelte im Rauch.

Als die Sonne durch den Morgendunst brach, erwachte Estrid, steif und verfroren. Sie streckte ihre Hand nach Erik aus. Er war nicht da, der Platz neben ihr war leer. Müde richtete sie sich auf und sah sich um. Entfernt sang ein Vogel, und noch immer stieg Rauch sacht von den Feuern auf. Unter Büschen und Bäumen schliefen Männer und Frauen oder lagen in zärtlicher Vereinigung beisammen. Toste wimmerte leise, und sie blickte auf ihn nieder.

Sie musste wieder an den Vortag denken, an Eriks wüstes Auftreten, das sie so enttäuscht hatte. Unvermittelt überfiel sie der Schmerz, der schwere Kummer, jemanden verloren zu haben. Sie hatte geglaubt, dass er ihr Vertrauter war, jemand, auf den sie sich verlassen konnte. So hatte sie ihre Vertrautheit bei der Arbeit, am Langtisch und abends vor dem Holzfeuer gedeutet, so hatte sie ihre Nähe in den zärtlichen Stunden erlebt. Und dann das!

Er hatte sie nicht einmal ausreden lassen. War sie ihm gleichgültig geworden? War es doch Jorunn, nach der er sich sehnte, trotz allem? Estrid konnte die Tränen nicht zurückhalten. Freude, Lachen, Nähe und die schönen Stunden, die sie zusammen verbracht hatten, war all das nun vorbei? Sollte sie nie wieder ihre Gemeinschaft und hingebungsvolle Liebe erfahren? Das Gefühl, das zwischen ihnen gewachsen war, hatte sie mit Vertrauen erfüllt, und ahnungslos hatte sie ihm ihr Geheimnis anvertraut. Sie hatte erwartet, seinen Arm um ihre Taille zu spüren, seinen Kopf an ihrer Brust. Stattdessen hatte er sie beleidigt. Warum? Was mit Ansgar geschehen war,

war lange her, Vergangenheit, aber Erik hatte sie nicht einmal erklären lassen. Weshalb war er so zornig geworden? Sie schauderte bei dem Gedanken, dass er vielleicht nie zu ihr zurückkehren würde.

Zu ihrer Familie konnte sie nicht mehr, niemals. Aber in Birka alleine für sich sorgen? Wie sollte das gehen? Hoffentlich durfte sie bei Snemun auf dem Hof bleiben!

Toste bewegte sich in ihrem Schoß und begann zu weinen. Sie strich ihm sanft und beruhigend über die Stirn und tröstete sich damit, dass sie wenigstens ihr Kind hatte. Während ihr die Tränen über die Wangen liefen, nahm sie ihn hoch und wiegte ihn leise.

Als Harald Jorunns Blick begegnete, wusste er, dass etwas geschehen war. Finstere Gedanken krochen in ihm hoch. Die glänzenden Augen, ihre geröteten Wangen. Wer hatte sie umarmt, wem hatte sie sich in dieser Nacht hingegeben?

Er hatte sie während des Opferfestes aus den Augen verloren, und obwohl er lange nach ihr gesucht hatte, hatte er sie nicht finden können. Dunkelheit und Rausch hatten ihn durcheinander gebracht, und er hatte sich im Wald verirrt. Schließlich hatte er sich schlafen gelegt, müde, erschlagen und viel zu erschöpft, um zu denken. Am Morgen hatte er bemerkt, dass er nur ein paar Armlängen vom Opferstein entfernt geschlafen hatte. Benommen war er aufgestanden und an den schwach rauchenden Feuern vorbeigegangen. Überall lagen ausgetrunkene Becher und abgenagte Knochen. Auf dem Opferplatz grienten die Pferdeköpfe von ihren Pfählen. Es stank nach Blut und Met. Er hatte lange gesucht, bis er Jorunn schließlich an der Brücke vor dem Königshof entdeckte.

In dem grauen Morgenlicht schien ihre Schönheit so prächtig wie die einer Statue, strahlend und farbenfroh. Sie trug eine rote Tunika, und das lange, wallende Haar glänzte wie Tau. Ihre Haut war weiß, ihre Augen schwarz, und die silbernen Armreifen funkelten. Es schien, als wartete sie auf ihn, und voller Freude ging er ihr entgegen. Dann musterte er sie mit klarem Blick. Es war etwas geschehen. Ihr Lächeln war falsch, ihr Blick wich ihm aus, fast verschämt.

Ein Stich durchfuhr sein Herz. Sie verbarg etwas vor ihm. Seine Sinne verdüsterten sich, und Schweigen umschloss alle Worte. Er schob das Boot ins Wasser und gab ihr mit einem Nicken zu verstehen, dass sie sich setzen sollte. Dann ruderte er mit starrer Miene auf den Fjord hinaus, nach Hause, nach Birka. Sein Atem ging heftiger. Jorunn sah ihn unruhig an und erriet, was er ahnte. Aber sie war fest entschlossen, ihm nichts zu sagen. Sie hatten einander während des Opferfestes verloren, aber es war nichts passiert. Nichts. Und sie hatte lange nach ihm gesucht, vergeblich. Sie versuchte Mut zu schöpfen, doch sie spürte, dass Harald sie anstarrte.

»Mit wem hast du die Nacht verbracht?«, fragte er plötzlich hasserfüllt. Jorunn schüttelte den Kopf, ihr Blick wich ihm aus.

»Mit niemandem. Ich habe dich gesucht, aber nicht gefunden. Du warst plötzlich verschwunden.«

»Versuch nicht, mich zu täuschen, du weißt, wovon ich spreche.« Harald sah sie verbissen an und tauchte die Ruder wütend ins Wasser.

»Ich bin nicht die, die etwas verbirgt, sondern du, Harald. Du gibst dich deinen Gebeten hin und kommst nachts nicht mehr zu mir. Du sprichst nicht über das, was du tust, und sagst nicht, wohin du gehst. Du hältst mich außen vor, du siehst mich nicht. Nicht einmal dann, wenn du einen Schwerthieb in den Fuß bekommst. Erik war niemals so.«

Noch während sie dies sagte, bereute Jorunn ihre Worte. Haralds Lippen wurden weiß, und er fixierte sie mit starrem Blick.

»Ich verstehe, Erik ist immer noch in deinen Gedanken. Mit ihm bist du zusammen gewesen. Vielleicht warst du es ja auch, die ihrer Zunge freien Lauf ließ und den König vor dem Hinterhalt gewarnt hat?«

Jorunn spürte, wie ihr das Blut aus ihrem Gesicht wich. Er hatte sie seinen Verdacht bisher nie ahnen lassen. Jetzt hatte er sie durchschaut. Angst kroch ihr unter die Haut.

»Nein, nein!«, schrie sie. Harald sah, wie sie sich duckte, und bemerkte ihren verschreckten Blick. Plötzlich kannte er die Wahrheit. Sie spaltete und zerriss seine Sinne. Jorunn hatte ihn verraten, Jorunn hatte Erik gewarnt. Er sprang auf, das Boot krängte.

»Erik … du liebst ihn noch. Ihn, der dich drei Jahre im Stich ließ und deinen Vater getötet hat. Einen solchen Hund hast du lieb!«

Er kam hasserfüllt auf sie zu, die Finger zu Klauen gekrümmt. Jorunn sah seinen flackernden Blick und das zuckende Gesicht. In diesem Augenblick wusste sie, dass kein Wort mehr helfen konnte, nichts. Es war zu spät.

Sie wollte etwas sagen, sich wehren, aber die Worte gehorchten ihr nicht. Hilflos registrierte sie, wie er seine Hände öffnete und schloss und wie der Wahnsinn seinen Blick verschleierte. Er wollte sie schlagen, und er wollte hart schlagen.

Ein starker Geruch nach Maische strömte ihr ins Gesicht, als er sich vorbeugte und zuschlug. Instinktiv hielt sie sich schützend die Hände vors Gesicht. Der erste Schlag traf den Kopf. Ihre Hände wurden zur Seite gerissen und ihr Gesicht entblößt. Beim nächsten Schlag schürften seine Knöchel ihre Haut auf. Das Blut hielt ihn nicht auf, steigerte seine Raserei. Seine Fäuste prügelten auf ihr Gesicht und ihren Körper ein, er trat und schlug, bis sie schwankte und wimmernd zusammenbrach. Sie sank auf den Schiffsboden, wehrlos dem nächsten Schlag ausgesetzt. Harald hörte nicht auf. Der Schmerz und die Verzweiflung, die sie in ihm geweckt hatte, rauschten durch seinen Körper und machten ihn blind. Außer sich vor Zorn, riss er eines der Ruder an sich und stieß es ihr in den Leib. Ihre Kleider rissen, Jorunn schrie, aber er konnte sich nicht bremsen. Ihr Gesicht platzte auf, Blut spritzte aus der Wunde, doch er beruhigte sich nicht. Erst als ihm das Ruder aus der Hand rutschte und das Boot fast kenterte, besann er sich.

Starr vor Schreck sah er Jorunns gemarterten Körper, das entstellte Gesicht, seine blutigen Hände. Jorunn, seine eigene Frau …

Von Ohnmacht erfüllt, trat er zu ihr, unfähig zu begreifen, was geschehen war. Er sprach zu ihr, streichelte sie und versuchte ihr das Blut abzuwaschen. Jorunn! Ihr Gesicht war schwer verwundet, ihr Körper rot und geschwollen, aber sie atmete schwach. Vorsichtig deckte er sie mit seinem Umhang zu und setzte sich an die Ruder. Niemand durfte etwas erfahren, niemand durfte etwas sehen. Was geschehen war, hatte nie stattgefunden. Verzweifelt begann er nach Birka zu rudern. Seine ganze Welt war ins Wanken geraten.

Zitternd musterte er die zusammengesunkene Frau. Seine Geliebte. Nein, es war nichts passiert, alles würde werden wie vorher, und sie würde zu ihm zurückkehren. Er würde sie um Vergebung bitten, wieder gutmachen, was geschehen war, sich um sie kümmern und sie lieben. Für immer. Wenn sie nur wieder gesund wurde. Der Gegenwind nahm zu, und das Rudern war schwer und mühsam. Harald keuchte und blickte unruhig übers Wasser. Ab und zu schlugen die Wellen über den Steven, aber er bemerkte es nicht. Birka, Björkö, endlich nahten die Pfahlsperren. Harald spähte zum Strand und hielt Ausschau nach einer leeren Brücke, einem Platz, an dem sie niemand anlegen sah.

Im selben Moment hörte er einen Schrei.

Jorunn war aufgestanden. Das dunkle Haar hing blutig herunter, die zerrissenen Kleider flatterten um ihren Körper. Harald erschauerte beim Anblick der taumelnden Frau. Sie wimmerte, ihr Blick war gebrochen und irr. Harald ließ die Ruder los, um sie zu stützen, aber er war nicht schnell genug. Jorunn schwankte, glitt über die Reling und versank im Wasser. In diesem Augenblick stieß das Boot gegen die Sperre, und Harald verlor das Gleichgewicht. Als er wieder auf die Füße kam, war Jorunn verschwunden.

Verstört blickte er über die Wellen. Sie musste ganz in der Nähe sein. Er hastete nach achtern, vielleicht war das Boot abgetrieben worden. Die Wellen waren dunkel und hatten Schaumkronen. Keine Jorunn. Vielleicht wurde sie nur von den Pfählen verdeckt? Dann würde er sie gleich finden. Er würde sie einfach ins Boot ziehen und sie wärmen, die Wunden waschen und dafür sorgen, dass sie keine Schmerzen hatte. Aber wo war sie? Er blickte sich suchend um. Seine Augen tränten. Sie war bei ihm gewesen, ganz nah. Wenn er doch nur um Vergebung bitten, sie wieder im Arm halten könnte. Jorunn! Er fiel auf die Knie und betete zu Gott dem Allmächtigen. Aber das Wasser blieb still. Jorunn war verschwunden.

Bleich und reumütig kehrte Erik nach Birka zurück. Er hatte Estrid auf Adelsö nicht gefunden, und er nahm an, dass sie mit einem der Fährmänner übergesetzt haben musste. Warum sollte sie auch auf ihn warten? Erik fluchte über sich selbst. Wie sehr er bereute. Arme Estrid. Und Jorunn ... Was zwischen ihnen geschehen war, hätte niemals passieren dürfen. Aber sie hatte ihn verführt. Hitze und Verlangen hatten ihn überkommen, und ihre Umarmung war voller Begehren gewesen. Aber als der Rausch sich gelegt hatte, war alles so anders gewesen. Sie hatten sich nichts zu sagen gehabt. Es war, als könnten sie nicht über sich sprechen, nicht über das, was zwischen ihnen gewesen war. Stattdessen unterhielten sie sich über Ereignisse wie den Tod Gudmunds des Mächtigen und den Überfall auf den König. Erik erzählte, wie er gezwungen war, Gudmund zu töten, um nicht selbst zu sterben. Und Jorunn hatte zugehört. Sie war nicht verbittert und hatte ihn nicht angeklagt, nicht einmal geweint. Es war, als wäre ihr der Tod des Vaters gleichgültig. Erst als sie ihm sagte, dass Harald sie geschlagen hatte, konnte sie ihre Tränen nicht länger zurückhalten. Sie weinte, den Kopf an seine Brust gelehnt, haltlos und verzweifelt. Nachdem jeder das seine berichtet hatte, verstummten sie. Sie hatten aus einem Brunnen geschöpft, der nun versiegt war, so als wären sie sich fremd geworden. Verlegen versuchten sie einander zu erreichen, aber Gedanken und Worte trieben vorbei und lösten sich in nichts auf. Das Schweigen wurde dichter, und Erik bemerkte plötzlich, dass er an Estrid dachte. Jorunn nahm die Veränderung wahr, wurde verschlossen und abweisend. Dann hatten sie sich getrennt, unbeholfen und verwirrt, beide voller Schuldgefühle. Jorunn eilte zurück zu Harald und er zu Estrid.

Auf der Fähre nach Björkö dachte Erik an Jorunn und an das, was geschehen war. Das starke Gefühl, das einmal zwischen ihnen bestanden hatte, war plötzlich verschwunden. Wie war das möglich? Lag es an Estrid? War sie ihm trotz allem wichtiger, als er geahnt hatte? Er vermisste sie, erinnerte sich daran, dass sie ihm etwas über Ansgar und das Kind hatte sagen wollen und er sich nicht einmal die Mühe gemacht hatte, ihr zuzuhören. Beschämt sah er ein, wie schlecht er sie behandelt hatte. Wie sollte er das wieder gutmachen? Er war ein Scheusal; würde sie ihm je verzeihen können?

Als er an Land kam, schlug er den Weg ins Handwerkerviertel unten am Hafen ein. Ketil Bronzegießer war bei der Arbeit. Auf der Bank lagen Riemenschnallen und Ringnadeln, am Herd einige Werkzeuge. Der Alte sang vor sich hin, während er einen Tiegel über dem Feuer balancierte. Das Metall schmolz. Erik wartete, bis Ketil die rot glühende Masse in die Gussform gegossen hatte.

»Bronzespangen, hast du so was?«, fragte er und sah sich um. In der Werkstatt lagen Wachs, Lehm und Reste von zerschlagenen Gussformen herum. Er bückte sich, nahm eine der Formen und betrachtete sie im Licht. Dann pfiff er und reichte dem Bronzegießer die Form.

»Genau so eine Spange, die ist nach meinem Geschmack.«

Der Alte wischte sich den Schweiß von der Stirn, trocknete seine rußigen Hände und besah sich die Form.

»Meine schönste Spange. Ich sehe, du hast eine schöne Frau.« Ketil Bronzegießer fuhr mit den Fingern über das Muster in der Form. »Gerade diese hier habe ich verkauft, aber du kannst eine ebenso schöne bekommen. Dafür will ich im Gegenzug ein Fell von dir.«

Erik nickte und gab ihm die Hand darauf. Der Alte lächelte und suchte die Bänke der Werkstatt ab. Nach einer Weile fand er, was er suchte. Zufrieden reichte er ihm eine verzierte Fibel, mit Vögeln und Schlingen geschmückt.

»Mit dem Weibsvolk muss man sich gut stellen, sonst fliegen sie auf und davon.« Der Bronzegießer zeigte auf den Vogel und lachte laut.

Erik besah sich die Spange und drehte sie ein paar Mal in der Hand. Sie war schwer und schön. Er nickte anerkennend, nahm den Schmuck und verabschiedete sich.

Wie Recht er hatte, der Greis – das, was man am liebsten hatte, musste man gut behandeln. Mit schnellen, entschiedenen Schritten ging er den Hügel hinauf zu seinem Haus. Estrid war sicher zornig und verärgert, vielleicht würde sie ihm nie verzeihen. Unvermittelt ergriff eine große Unruhe von ihm Besitz, und sein Herz pochte, dass es schmerzte. Was, wenn sie ihn verließ? Er beschleunigte seinen Schritt und kam keuchend oben auf dem Hügel an. Es schimmerte Licht durch die Fensteröffnung, und er atmete erleichtert auf. Einen Augenblick verharrte er vor dem Haus, bevor er seinen Mut zusammennahm und die Tür öffnete. Der Duft von Wacholder und frischem Brot schlug ihm entgegen, das Feuer knisterte im Herd. Sie saß mit dem Rücken zur Tür an der östlichen Giebelwand, Toste in ihrem Arm verborgen. Sie sang für den Kleinen, und ab und zu beugte sie sich über ihn und küsste sein Haar. Erik beobachtete sie und spürte Zärtlichkeit in sich aufsteigen. Dann richtete er sich auf und ging zu ihr. Wortlos legte er die Spange auf ihre Knie.

»Vergib«, murmelte er.

Jorunns versehrter Körper wurde einige Tage später an Land gespült. Männer, Frauen und Kinder versammelten sich am Strand. Neugierig starrten sie die Tote an. Sie erkannten Jorunn, die Tochter Gudmunds des Mächtigen. Viele hatten sie beim Opferfest gesehen, doch nun war sie tot. Es fiel ihnen schwer, das zu glauben, eine so junge und schöne Frau.

Ein alter Greis konnte berichten, dass er gesehen hatte, wie Jorunn zusammen mit Harald auf Adelsö in ein Boot gestiegen war, ein anderer wusste, dass Harald in Björkö allein an Land gegangen war. Harald selbst hatte gesagt, sie sei über Bord gefallen und ertrunken. Harald war ein tüchtiger Kerl, und wenn er etwas sagte, dann entsprach das auch der Wahrheit. Aber dennoch. Alle sahen, dass Jorunn übel zugerichtet war.

Raunen und Gemurmel wurden laut. Der Körper war verletzt worden, als er von den Wellen gegen die Pfähle geworfen worden war, sagten einige. Andere flüsterten, dass Jorunn vielleicht umgebracht worden war. Misstrauen und Zweifel hingen über der Stadt, und Gerüchte wurden durch die Straßen getragen. Doch niemand hatte etwas gesehen, und niemand hatte etwas gehört. Und niemand hatte Gewissheit. Nach einer Weile verebbte das Gerede.

Jorunns Tod veränderte Erik. Am Anfang weigerte er sich, ihn zu akzeptieren. Später plagten ihn Kummer und Schuldgefühle. Warum hatte er sie gehen lassen, warum hatte er sie nicht mitgenommen? Dann wäre das nicht passiert.

Er lag schlaflos in düsteren Gedanken, unfähig, die

Sorgen von sich fern zu halten. Es gab keine Jorunn mehr, sie, die einst seine Verlobte gewesen war. Er trauerte und wurde still und wortkarg.

Jorunn hatte Angst vor Harald gehabt. Ob er etwas mit ihrem Tod zu tun hatte? Oder war sie wirklich ertrunken? Erik grübelte, und Estrid bemerkte, wie er litt. Zuerst ließ sie ihn in Frieden, aber als sie merkte, dass er immer tiefer in Grübeleien versank, besann sie sich anders.

»Es hilft nichts, allein zu trauern. Lass mich wissen, was dich bedrückt«, sagte sie eines Abends und setzte sich neben ihn auf die Schlafbank.

Erik schüttelte den Kopf, seufzte tief und verbarg sein Gesicht in den Händen. Estrid fuhr ihm liebevoll durch die Haare.

»Ist es wegen Jorunn? Du musst es nicht verbergen. Ich weiß, wie viel sie dir bedeutet hat«, fuhr sie mit fester Stimme fort.

Erik saß noch immer stumm da, das Gesicht in den Händen vergraben. Estrid rückte dicht an ihn heran, so wie sie es immer tat, wenn sie sich ganz nah waren.

»Du musst nichts sagen, aber vielleicht würde es dir helfen«, sagte sie sanft.

Erik nahm die Hände vom Gesicht. Ein leichtes Lächeln glomm in seinen Augen. Estrid wollte ihm helfen, wie immer. Vielleicht war es gut, ihr alles zu erzählen. Er nahm ihre Hand.

»Jorunn war meine Verlobte«, sagt er abwesend mit wehmütiger Stimme. »Sie …«

Erik biss sich auf die Unterlippe und verlor sich in Gedanken. Es war schwer, darüber zu sprechen. Estrid drückte seine Hand und lächelte ihn aufmunternd an. Er schwieg lange, doch dann war ihm, als müsste all das Dunkle, Schmerzhafte hinaus.

Seine Stimme bebte vor Bitterkeit, als er begann. Er schilderte, wie Jorunn und er sich auf die Hochzeit vorbereiten wollten, und wie er gezwungen wurde, auf Wikingfahrt zu gehen, um sich das Muntgeld zu beschaffen. Er ließ nichts aus, und obwohl ihm die Scham auf den Wangen brannte, erzählte er ihr, was auf dem Opferfest geschehen war.

Estrid hörte zu, ohne ihn zu unterbrechen, und er wunderte sich, wie leicht es war, sich ihr anzuvertrauen.

»Aber beim Opferfest, da war es anders, als du es dir vorgestellt hattest?«, fragte sie vorsichtig. »Jorunn und du, ihr habt euch nicht wieder gefunden wie früher?«

»Nein. Was ich für Liebe hielt, war vielleicht nur die Sehnsucht nach etwas, das ich nicht bekommen konnte, etwas, das es vielleicht nicht einmal gab.« Er lächelte eine Spur verlegen.

Estrid sagte nichts und streichelte seine Hand. Aber ihre Augen blickten ernst.

»Was man nie bekommen kann, ist immer besser als etwas anderes«, sagte sie dann ruhig. »Aber man darf auch nicht die Augen verschließen vor dem, was man hat«, setzte sie hinzu, und ihre Augen glitzerten wie Katzengold.

Erik musste lachen.

»Nein«, sagte er und küsste sie leicht auf die Wange. »Du hast Recht. Manchmal können sogar scharfe Augen blind sein.« Er zog sie dicht zu sich und streichelte sie schweigend. Eine tiefe Zärtlichkeit erfüllte ihn, und er drückte Estrid fest.

»Estrid«, murmelte er und sah ihr ins Gesicht. Sie nahm seinen Kopf zwischen ihre Hände und betrachtete ihn innig. Erik, dachte sie, du darfst zu keiner anderen

Frau gehen, nie mehr. Das ertrage ich nicht. Bei mir sollst du sein, bei mir bist du zu Hause. Verstehst du? Die Gedanken überwältigten sie, aber sie sagte nichts. Stattdessen beugte sie sich vor und drückte behutsam ihre Lippen auf seine. Sie küsste ihn sanft und merkte, wie seine Unruhe verschwand. Erst war er ganz still, aber dann erwachte in der Begegnung ihrer Lippen die Lust. Als er ihren Mund öffnete, schloss sie die Augen, als wollte sie ihn für ewig festhalten. In diesem Moment war das Gefühl zwischen ihnen ein kostbarer Schatz, den sie für immer bewahren wollte. Mit einem Mal fühlte sie sich glücklich und wollte sich der Freude und der Wärme, die ihr entgegenströmte, öffnen. Sie löste ihre Kleider, und als er sie suchte, glitt sie ihm auf einer Woge der Glücks entgegen.

Vom Holzfeuer war nur noch Glut übrig geblieben, und Erik musste es neu anfachen, bevor sie sich wieder an den Langtisch setzen konnten. Inzwischen hatte Estrid Eier aus dem Hühnerstall geholt und Butter, Brot und Sauermilch auf den Tisch gestellt. Dazu einen kleinen Krug mit Honig. Der gute, süße war zwar ein Reicheleuteessen, aber in ihrer Freude fühlte sie, dass dies der richtige Moment für eine solche Köstlichkeit war.

Sie blickte Erik an und lächelte warm. Er saß am Tisch, folgte ihr mit dem Blick und knetete unruhig seine Hände. Er muss doch immer etwas in den Händen haben, um sich ruhig zu halten, dachte sie zärtlich, erkannte aber, dass ihn noch immer etwas zu bekümmern schien. Es ist nicht nur Jorunn, um die er trauert, es gibt noch etwas anderes, dachte sie. Sie stand auf, ging zu ihm und stellte sich hinter ihn. Dann blies sie ihm leicht in den Nacken.

»Es scheint, als wäre es nicht nur Jorunn, an die du

denkst, du grübelst noch über etwas anderes«, sagte sie leise.

Erik sah auf.

»Ja, ich denke daran, dass sie vielleicht noch leben würde, wenn ich sie nicht hätte gehen lassen.«

»Ja, und wäre die Trockenheit nicht so schlimm, würde die Ernte prima werden, sagte der Bauer.« Estrid richtete sich auf. »Erik, so darfst du nicht denken. Es war ein Unfall.«

»Nein, das glaube ich nicht. Jorunn war geschickt im Wasser, und als Kinder sind wir sogar bis Grönsö geschwommen. Es muss etwas passiert sein. Sie war so schwer verletzt, sie hätte nicht so ausgesehen, wenn sie nur gegen die Pfähle gestoßen wäre.«

Erik verstummte, versuchte das Bild von Jorunns übel zugerichtetem Körper zu vertreiben. Er wünschte, er hätte sie nicht gesehen, wäre nicht zum Strand hinuntergegangen.

»Aber wie hätte sie sterben können, wenn sie nicht ertrunken wäre?«

Estrid setzte sich neben ihn und nahm seine Hand.

»Harald muss sie geschlagen haben. Vielleicht hat er herausgefunden, wo sie in der Nacht gewesen ist oder dass sie es war, die den Hinterhalt gegen den König aufgedeckt hat. Dann hat er sie geschlagen, rasend vor Zorn und Eifersucht. Nur so kann es gewesen sein.«

»Bist du sicher?«

»Nein, ich ahne es nur. Aber ich muss Gewissheit haben, sonst finde ich niemals Ruhe. Und darum gibt es nur einen Ausweg. Ich muss die Wahrheit aus Harald herauszwingen.«

Estrid zog ihre Hand zurück und sah ihn erschrocken an.

»Nein, das kann böse ausgehen!«

»Es ist schlimmer, keinen Frieden zu finden.«

In dieser Nacht konnte Erik keinen Schlaf finden. Er wurde von dem Mahr geritten, und seine Kleider färbten sich dunkel vor Schweiß. Früh am Morgen stand er auf, nahm Speer und Schild von der Wand und steckte sein Schwert in die Scheide. Ohne Estrid zu wecken, schlich er sich zum Stall. Lautlos sattelte er sein Pferd und ritt davon. Niemand sollte etwas erfahren. Er wollte allein reiten.

Der Gudmundhof lag auf einer Ebene hoch über den anderen Höfen, nicht weit vom Haraldhof. Es war ein großer und schöner Hof mit viel Land und zahlreichen Nebengebäuden. Nach dem Tod Gudmunds des Mächtigen führte Harald den Besitz des Schwiegervaters und den Hof, den Torhild geerbt hatte. Er war mächtig und vermögend, sein Bruder. Eriks Hand schloss sich noch fester um den Speer. Harald besaß mehrere Höfe und viele Felder und Weiden. Er selbst dagegen lebte von der Gnade seiner Freunde. Nein, bald sollte eine neue Ordnung herrschen.

Erik ritt entschlossen auf den Hofplatz. Er war von einem hohen Zaun umgeben, und innen ließen sich die Nebenhäuser mit ihren Torfdächern erahnen. Im Norden lagen das Grubenhaus und die Schmiede. Das Gatter stand offen. Erik hielt sein Pferd an. Das große Holztor war sonst immer verschlossen. Zögernd ritt er weiter und sah sich um. Der Hofplatz war leer, nur unten auf der Koppel standen ein paar Kühe und grasten. Er saß ab und ging langsam auf das Hauptgebäude zu. Alles war so still. So seltsam still. Erik blickte sich wachsam um. Es konnte ein Hinterhalt sein. Vorsichtig schlich er sich zur Wohnhalle. Von dort waren Geräusche zu hören. Mit erhobenem Schwert und dem Schild vor sich trat Erik über die Schwelle.

15. Kapitel

Der Himmel hing dunkel und grau über der Anhöhe, das Gras schimmerte nass. Der Weg war glatt und lehmig. Ein Karren ächzte auf dem Weg bergauf, und ein Hund kläffte ihm hinterher. Der Regen fiel ruhig. Ansgar und Witmar stapften langsam zur Kirche hinauf. Als der Regen stärker wurde, blieben sie stehen und schlugen ihre Mönchskapuzen hoch, dann nahmen sie ihre Wanderung wieder auf. Witmar hinkte, und Ansgar stützte ihn.

»Der König hat mich wissen lassen, dass der Kaiser ein neues Stift nördlich der Elbe einrichten will. Dort will er eine Kirche für alle Barbaren bauen«, sagte Ansgar an den Klosterbruder gewandt.

»Eine Kirche im Norden? Was sagst du da?« Witmar machte vor Überraschung einen Schritt zur Seite und stolperte in einen Jungen, der mit einem Reisigbündel an ihm vorbeilief.

»Ja, so ist es«, entgegnete Ansgar zurückhaltend. »Der Beschluss soll bald in Diedenhofen gefasst werden.«

»Aber woher weißt du das?«, fragte Witmar zweifelnd.

»Ein kaiserlicher Bote aus Hamburg hat den König besucht und ihm dies mitgeteilt. König Björn hat mich sofort rufen lassen.«

Witmar lachte.

»Ja, ich verstehe den König. Er will vermutlich, dass du gleich morgen abreist.«

Ansgar antwortete nicht und ging stumm weiter. Dann blieb er auf dem Hügel stehen, um zu verschnaufen. Vom Pfad aus konnte er seine Kirche sehen, dort wo sie sich über den Hügel erhob. Gemeinsam mit Hergeir hatte er ein ansehnliches Gebäude zu Stande gebracht. Die Kirche war aus stehenden Brettern zusammengefügt, hatte ein geschlossenes Dach und schöne Holzschnitzereien über dem Eingang. Groß war sie nicht, diese Heimstatt des Herrn, aber dessen ungeachtet hatte Ansgar sie in sein Herz geschlossen. Es war *seine* Kirche, die erste, die im Reich der Svear errichtet worden war. Er sollte sich freuen, und vielleicht wäre er auch glücklich gewesen, wenn nicht die Arbeit in der Gemeinde so schwer geworden wäre. Nach dem Überfall auf den König war er auf harten Widerstand gestoßen. Immer mehr drohten ihm und forderten ihn auf zu gehen. Man gab ihm für vieles, was geschehen war, die Schuld. Wäre er, der Verkünder der neuen Lehre, nicht mit seinem Irrglauben gekommen, hätten sich auch keine christlichen Verbrecher gegen den König erhoben. Auch wären keine Familien und Blutsbande an dem neuen Glauben zerrissen. Aber nun hatte er, Gottes Gesandter, Irrlehren gepredigt und Zwietracht unter den Menschen der Stadt gesät. Es war das Beste, wenn er aufbrach und nie mehr zurückkehrte.

Der Hass, der sich gegen ihn richtete, war schwer zu ertragen, und sogar die Heiden, die sich ihm gegenüber großzügig und freundschaftlich gezeigt hatten, kehrten ihm den Rücken. Ansgar dachte an die Klosterbrüder, die ihn davor gewarnt hatten, unter den Barbaren zu predigen. Jetzt verstand er sie.

»Dass ich aufgebe, darauf haben viele gewartet, seit ich hier bin«, antwortete er müde, »aber die Heiden vor dem Wahn des Teufels zu erretten ist wichtiger als alles andere.«

»Dann solltest du in der neuen Kirche im Norden wirken. Vielleicht kannst du dort nützlicher sein«, schlug Witmar vor.

Ansgar sah seinen Klosterbruder anerkennend an. Witmar verstand.

Ihm hatte er nicht einmal berichten müssen, er ahnte schon. Ansgar faltete seine Hände und blickte über die Landschaft.

»Du ahnst, dass ich mehr zu sagen habe«, erwiderte er dann lächelnd und wandte sich wieder an Witmar. »Es ist wahr. Der Bote hatte eine Note des Kaisers bei sich. Darin stand, dass das neue Stift einen Erzbischof braucht.«

»Der Kaiser hat also dich berufen?«, fragte Witmar.

Ansgar nickte.

»Als Erzbischof dort würde ich alle Völker im Norden führen, während Hergeir die Mission in Birka übernehmen könnte.« Ansgar nahm seine Wanderung wieder auf. »Ich glaube, wir haben hier an diesem Ort getan, was wir tun konnten. Nun müssen wir weiter. Im Frankenreich können wir alle bekehren, Slawen, Dänen und Svear. Und die neue Kirche soll offen für *alle* Heiden sein, auch für die christliche Gemeinde in Birka.« Ansgar sah seinen Klosterbruder leidenschaftlich an.

Witmar zögerte mit seiner Antwort.

»Ich verstehe«, sagte er dann und betrachtete Ansgar nachdenklich. »Ich verstehe«, wiederholte er. »Du hast einen Entschluss gefasst. Wann brechen wir auf?«

Die Halle war leer, aber aus der Kammer drangen jammernde Laute. Mit dem Rücken zur Wand, schlich Erik zur Tür. Ein saurer Gestank ging von dort aus. Vorsichtig öffnete er die Tür und schaute hinein. Der festgestampfte Erdboden war dicht mit breiten Kiefernholzplanken ausgelegt, und an den Wänden hingen bunte Wandbehänge. Am andern Ende des Raumes standen Truhen und verzierte Stühle mit Armlehnen. Das hier war keine gewöhnliche Kammer, sondern der Raum eines reichen Kaufmanns. Hier hatten sie also gewohnt, Gudmund der Mächtige und seine Frau Torhild. Erik ging ein paar Schritte weiter und erblickte das Bett mit den hohen Bettpfosten. Das Klagen kam von dort, gefolgt von hohlem, blechernem Husten. Dort lag eine Frau, zur Hälfte unter Fellen und Kissen verborgen. Sie setzte sich mühsam auf und drehte sich zur Tür, als sie jemanden kommen hörte. Ihr Gesicht war bleich und fahl, und die gelbe Haut spannte über den Wangenknochen. Ein paar graue Haarsträhnen waren unter einem schmutzigen Kopftuch zu sehen. Erik blieb wie angewurzelt stehen. Torhild! Hier war sie, die Hexe, sie, die immer so auf ihren Stand bedacht gewesen war. Nun lag sie hier in Schande und Erbärmlichkeit.

»Erik der Schiffer!«, zischte sie, und ihre Augen weiteten sich. »Wagst du dich her, du, der du Gudmund getötet hast!« Ihre dünne Stimme barst in einem furchtbaren Hustenanfall.

»Wo ist Harald?«, fragte Erik barsch, ohne sich um ihr Keifen zu kümmern.

Torhild schwitzte im Fieber, und ihr Atem ging schwer.

»Und das soll ich dir sagen?« Sie griente boshaft.

»Wo ist Harald«, wiederholte Erik und machte drohend ein paar Schritte auf sie zu.

»Ich weiß es nicht. Er ist früh in den Wald geritten, die

Knechte hat er auch mitgenommen. Aber treffen wirst du ihn gewiss. Er wird sich an dir rächen, und Kreuzträger gibt es viele.«

Erik musterte die Frau im Bett voller Abscheu. Er hatte sie nie gemocht. Einst hatten sie und Gudmund der Mächtige die gewaltige Mitgift für Jorunn gefordert, das Muntgeld, das so hoch war, dass er gezwungen war, auf Wikingfahrt zu gehen. Torhild hatte Schuld an viel Bösem. Nun musste sie selbst leiden. Das gefiel ihm.

»Harald ist also mit Waffen und Pferden in den Wald gezogen? Er, der für dich sorgen sollte, als wäre er dein eigener Sohn«, höhnte Erik spitz. »Nun werden sich wohl die Sklavinnen um dich kümmern.«

Er ging zur Tür. Das alte Weib wusste nicht viel, das war ihm klar. Aber über eine Sache hatte er Gewissheit gewonnen. Harald hatte sich in den Wald zurückgezogen, um Männer für seine Sache zu gewinnen. Eines Tages würde er mit einem großen, bewaffneten Gefolge wiederkommen. Harald, sein Bruder, war nicht mehr länger Bauer auf dem eigenen Hof. Er war ein Aufrührer geworden.

Die Augustsonne brannte heiß, und die Felder auf Hergeirs Land waren trocken und versengt. In der Kirche war es kühler, und Ansgar blieb nach seiner Predigt lange dort. Er wollte ein wenig Ruhe haben. Nachdenklich saß er in einer der Kirchenbänke und betrachtete den Altar. Zwei große silberne Kerzenleuchter bildeten den Rahmen für den Wandteppich, auf dem Jesus am Kreuz zu sehen war. Die Kaufmannsfrau hatte ihn für Ansgar gewebt. Er lächelte bei dem Gedanken daran. Sie war eine der etwa zweihundert Seelen, die er für seine Gemeinde gewonnen hatte. Wenn er doch noch mehr für seine Sache hätte einnehmen können, aber nun kam es ihm eher so vor, als müsste er sich über jeden freuen, den er nicht wieder verloren hatte.

Hergeir, der Häuptling, hatte schon seit langem keine Geduld mehr. Die neue Lehre durfte nicht nur neben der alten bestehen, meinte er. Um wirklich voranzukommen, hatte er gesagt, musste der Asenglaube ganz und gar ausgerottet werden. Darüber hinaus hatte Ansgar Gerüchte gehört, nach denen sich einige Christen im Wald versteckten, um sich zu rüsten. All das beunruhigte ihn, und er hatte dem Häuptling deutlich gemacht, dass der neue Glaube mit friedlichen Mitteln durchgesetzt werden musste. Birkas Bewohner konnten nicht alle auf einmal bekehrt werden, man musste geduldig und beharrlich arbeiten, um neue Anhänger zu finden, sonst konnte die Mission ein Misserfolg werden. Worte statt Gewalt, hatte er gepredigt. Aber Hergeir schien nicht zu hören.

Ansgar stand auf, griff nach einem Leinentuch und begann einen der Kerzenleuchter sorgfältig zu polieren. War der Häuptling wirklich der richtige Mann, um seine Rolle in Birka zu übernehmen? Nein, das würde nicht gut gehen. Sobald er wieder in seiner Heimat war, musste er dafür sorgen, dass ein Missionar aus dem Frankenreich hergeschickt wurde.

Auf seinem Heimweg strich er auf Nebenstraßen zum Hafen hinunter. Er sah sich um in der Stadt, die er bald verlassen würde. Ein Kürschner kam ihm entgegen, den Arm voller Pelzwerk, und ein Sklave schleppte zwei Körbe mit Holz. Ein paar Frauen mit Kopftüchern gingen so dicht an ihm vorbei, dass er ihnen ausweichen musste. Er begegnete ihren Blicken; sie waren schmähend und schwarz. Am Marktplatz verlangsamte er seinen Schritt und blickte zum Brunnen. Dort standen Alte und Junge ins Gespräch vertieft. Eine junge Frau mit blonden Haaren hielt ein kleines Kind auf dem Arm. Ansgar wurde blass und schluckte schwer. Estrid! Er atmete schneller, das Herz raste in seiner Brust. Die Erkenntnis packte ihn mit verheerender Kraft. An dem Tag, an dem er reiste, würde er sie und das Kind für immer verlassen. Sein eigenes Kind verlassen, das nicht einmal getauft war. Und wenn er fort war, würde Estrid dann ihr Versprechen halten und nie erzählen, was geschehen war?

Ansgar blickte ihr stumm nach, als sie Richtung Stadttor verschwand. Er wollte ihr nachlaufen, sie aufhalten, doch er beherrschte sich. Er würde nicht jetzt mit ihr sprechen, sondern sie bei einer günstigeren Gelegenheit aufsuchen.

Am nächsten Morgen wartete er, bis sie allein war. Lange betrachtete er das kleine Haus mit seinem schiefen Rücken und dem Strohdach. Er stellte sich vor, wie sie hier mit dem Kind wohnte, einem Kind, dessen Vater er selbst war. Seine Hände klebten, und Schweiß stand ihm auf der Stirn. Unentschlossen näherte er sich dem gezimmerten Häuschen. Er schlug die Mönchskappe herunter, strich sich die Haare aus der Stirn und holte tief Luft. Er klopfte an. Er hörte Schritte, es ging jemand zur Tür. Als sie aufgeschlagen wurde, sah er sie. Estrid. Sie blieb auf der Schwelle stehen.

»Ansgar! Dass du jetzt kommst …«, brach es aus ihr heraus, bevor sie ihre Zunge zügeln konnte. Sie trug den Kleinen auf dem Arm, ihre Wangen glänzten rot. Wie schön sie war. Sie strahlte eine jugendliche Schönheit aus, die ihn alt erscheinen ließ. Ihr Gesicht war frisch, ihre Haut glatt und das Haar im Nacken zu einem Knoten geschlungen. Ihre Leinentunika war mit geklöppelter Spitze verziert und schmiegte sich an ihren Körper, das lange blaue Kleid harmonierte mit ihren blauen Augen. Er sah sie verstohlen an, erinnerte sich, wie sehr er sie begehrt hatte. Nun wollte er ihr so viel sagen und fand keine Worte.

»Estrid«, murmelte er, verstummte und blickte verlegen zu Boden. Wusste nicht, was er sagen sollte. Dann platzte es aus ihm heraus, schnell und ohne Zusammenhang: »Ich bin gekommen, um den Kleinen zu taufen.«

Sein Blick richtete sich auf das Kind. Sein Kind. Ein Kind, in Sünde empfangen, ein Kind, das er nicht hatte anerkennen wollen. Er sah sie freundlich und offen an, sein dunkles Haar fiel ihm in vollen Locken in die Stirn. Seine Nase war ein wenig klein, die Lippen voll und wohlgeformt, und seine braunen Augen glitzerten. Ansgar starrte ihn an und trat erstaunt einen Schritt zurück. Bei Gott, wie sehr ihm das Kind ähnelte: das Haar, die hohe Stirn, die braunen Augen. Jeder, der sich jemals auf den Gedanken einlassen würde, konnte erkennen, dass das Kind seines war. Estrid sah seinen Blick, aber sie blieb ruhig. Ansgars Hände zitterten. Eine seltsame Wärme durchströmte ihn. Sein Kind. Plötzlich wollte er den Kleinen streicheln. Ihm war, als wollte er sich zu Estrid und dem Kind bekennen. Warum hatte er sie verleugnet? Warum verlangte der Herr ein solches Opfer?

Toste krähte und betrachtete Ansgar aus seinen großen, braunen Augen.

»Unser Sohn wird nicht getauft werden«, sagte Estrid bestimmt und verwehrte ihm ihr Haus.

Verwirrt sah er sie an, sein Blick irrte flackernd umher, dann wandte er sich wieder ihr und dem Kleinen zu.

»Obgleich …«, murmelte er, aber die Worte, die ihm immer beigestanden hatten, hatten ihn verlassen.

Estrid drückte Toste eng an sich.

»Dein Herz mag dem neuen Gott zugewandt sein, aber in dieses Haus kommt er nicht.«

Estrid fiel auf, wie verwelkt und geschrumpft Ansgars stattliche Gestalt wirkte. Aber sie ließ sich nicht erweichen. Ihr Blick war immer noch kalt.

»Einst habe ich dich gesucht«, fuhr sie fort, »aber da wolltest du mich nicht wiedererkennen. Der Heilige Geist war dein Leben, dein Ein und Alles, und bei dir fanden weder ich noch Toste Platz. Du hast uns verleugnet. Nun ist es zu spät. Geh deiner Wege und trete mir niemals wieder unter die Augen!«

Kurz flackerte Wehmut in ihrem Blick, dann verdunkelte er sich, und ihre Gesichtszüge wurden wieder hart und schroff. Estrid drehte sich um und schlug die Tür hinter sich zu. Verzweifelt hörte er das Türschloss klappern.

Ein nasskalter Wind fegte über die Stadt an dem Tag, als Ansgar Birka verließ. Die Wellen rollten aschgrau heran, der Himmel verbarg sich hinter Wolken. Der Herbstmorgen war eisig kalt, und Nebel hing silbrig über den Feldern und Höfen. Unten im Hafen peitschte der Wind.

Erik lief unruhig auf der Brücke auf und ab und warf gehetzte Blicke in die Straßen. Warum zögerte er, der Mönch? Eriks Blick schweifte über das Meer und fiel auf die Schiffe an den Pfosten. Ihre Rümpfe schaukelten langsam in der Dünung, und die mächtigen Steven hoben sich über das Wasser. Bald würde der Mönch fortsegeln. Erik konnte es kaum glauben. Wie lange hatte er auf diesen Moment gewartet, und jetzt war es endlich so weit, ohne Kampf, ohne Blutvergießen.

Der Widerstand gegen Ansgar war mit jedem Tag größer geworden, und nun wollte der Braunkittel die Stadt verlassen, solange er sein Haupt noch tragen konnte.

»Erik, hier bist du!«, rief Snemun erfreut und lief ihm vergnügt entgegen. »Hast du gesehen, er fährt jetzt, der Mönch, und ganz von selbst.«

»Nicht einen Tag zu früh«, antwortete Erik mit einem breiten Grinsen. »Vielleicht wird alles wieder so wie früher.«

»Ach, wohl kaum wie früher«, gab Snemun zurück, setzte sich auf die Brücke und ließ die Beine baumeln. »Dazu ist Ansgar wohl zu schlau. Dass er fährt, bedeutet nicht, dass er seine Mission aufgibt.«

»He, mach mir nicht meine gute Laune kaputt. Das Schiff ist zum Ablegen bereit. Er geht für immer, verstehst du das nicht?« Erik ließ sich neben seinen Kameraden auf der Brücke nieder.

»Ansgar soll Erzbischof werden und Oberhaupt der christlichen Kirche des Nordens. Da gibt er wohl kaum den Gedanken auf, Birka zu bekehren. Er schickt einen anderen oder kommt selbst zurück, da bin ich mir sicher.«

»Dass das nie geschehen möge!«, stöhnte Erik und spuckte in hohem Bogen ins Wasser. In seinem Innersten ahnte er jedoch, dass sein Kamerad Recht hatte. Das Christentum würde nicht einfach mit Ansgar verschwinden, es war wie ein Unkraut, das gediehen war und nur schwer auszurotten sein würde.

»Auch wenn Ansgar fährt, so bleiben doch Hergeir und die Gemeinde der Christen. Außerdem, wer weiß, wann Harald zurückkommt. Es heißt, er würde von Ort zu Ort ziehen und um Männer werben. Der Kampf gegen das Christentum hat gerade erst begonnen«, meinte Snemun und schnitt eine Grimasse.

Erik knurrte und bekam einen missmutigen Zug um den Mund.

»Harald, pfui auf diesen Tölpel! Und das soll mein Bruder sein.« Er spuckte nochmals aus und sah grimmig über den Fjord.

Der Wind nahm zu, und Eriks Blick fiel wieder auf das Boot. Segeltuch, Tonnen und Kisten standen bereits an ihrem Platz, die Ruder lagen bereit. Zunächst würde das Schiff Kurs auf Tälje nehmen. Von dort aus würde es weiter nach Süden fahren, den Wind im Rücken.

Fast beneidete er die Mannschaft an Bord und witterte die Gerüche von Schiff und Meer. Er wandte sich an Snemun.

»Hör mal! Kreuzträger und Landstreicher, vergiss sie. Lass uns wenigstens heute fröhlich sein. Wir werden uns noch früh genug um das Pack kümmern müssen. Und rüsten die, so rüsten auch wir.«

Er wurde von Lärm unterbrochen, der vom Strand herüberklang, und kurz darauf erschienen Ansgar und Witmar auf der Brücke. Sie trugen bodenlange Kutten, um die Taille ein Seil geschlungen. Ein junger Knabe in einem Kittel begleitete sie.

Ansgar ging langsam und mit hoch erhobenem Kopf, gefolgt von einer großen Menschenmenge. Erik beobachtete ihn aus kalten Augen. Dieser Mönch sollte nie wieder nach Birka zurückkehren, nicht wenn es nach ihm, Erik dem Schiffer, ging. Ein schlaues Lächeln huschte über sein Gesicht, und er sprang hastig auf die Füße. Entschieden drängte er sich durch die Menge und stellte sich dem Mönch in den Weg. Als Ansgar an ihm vorüberschritt, beugte er sich vor und raunte mit leiser Stimme:

»Hier wirst du nie mehr willkommen sein, Mönch.

Verlass Birka, so wie du Estrid und das Kind verlassen hast. Das ist am besten für uns alle.«

Ansgar trat einen Schritt zurück, er wurde blass, und seine Kehle war wie zugeschnürt. Witmar fasste seinen Arm und sah ihn beunruhigt an.

»Was fehlt dir?«, fragte er ängstlich und stützte den Kameraden.

Ansgar rang nach Luft, schluckte, richtete sich aber wieder auf.

»Nein, nein, es ist alles in Ordnung. Lass uns an Bord gehen.«

Mit diesen Worten schob er Erik beiseite und setzte seinen Weg über die Brücke fort. Ansgar spürte, wie sein Herz raste und sein Mund trocken wurde. Aber in seinem Innern fühlte er eine große, lodernde Kraft. Niemand durfte sich ihm in den Weg stellen. Niemand.

Ansgar, Hergeir und Witmar schritten zum Schiff, und die Gläubigen, die sich zum Abschied versammelt hatten, drängten sich um sie. Die ganze christliche Gemeinde war gekommen, die Menschen standen überall auf der Brücke und am Strand. Einige der Frauen weinten, andere guckten stumm, viele beteten kniend. Gerührt blickte Ansgar auf die seinen. Viele würden ihn vermissen: Kaufleute, Frauen und die Sklaven, die sich hatten bekehren lassen. All diesen Menschen hatte er eine neue Lehre schenken können, die ihrem Leben einen neuen Sinn gab. Sein Tun war nicht umsonst gewesen. Und Öyvind … Ansgar schaute zur Seite. Der Junge würde ihm fehlen, und er fühlte große Schuld, weil er ihn verlassen musste. Aber seine Mutter lebte irgendwo im Frankenreich, und Ansgar hatte versprochen, sie zu suchen. Wenn es ihm gelang, sie zu finden, würde er einen kaiserlichen Boten oder einen Schiffer benachrichtigen, der auf dem Weg nach Birka war. Der könnte auf der Rückreise Öyvind mitnehmen. Dann würde er selbst den Knaben zu seiner Mutter bringen.

Bis auf weiteres sollte der Junge in Hergeirs Obhut bleiben. Öyvind hatte geweint, als Ansgar ihn zum Häuptling gebracht hatte, und auch er selbst war den Tränen nah gewesen. Er litt darunter, ihn zurückzulassen. Sollte er den Jungen vielleicht trotz allem mitnehmen? Nein, Ansgar verwarf den Gedanken und wandte sich an den Häuptling.

»Kümmere dich gut um Öyvind. Ich werde für euch beide beten. Und vergiss nicht, Gott dem Allmächtigen so zu dienen, wie ich Ihm gedient habe. Möge der Herr mit dir sein.«

Mit diesen Worten umarmte er Hergeir und küsste ihn auf beide Wangen. Öyvind, der stumm neben ihnen gegangen war, sah den Mönch traurig an. Er versuchte etwas zu sagen, aber die Worte wollten ihm nicht gehorchen. Stattdessen brach er in Tränen aus.

»Ich werde für dich beten, Öyvind«, sagte Ansgar gerührt und breitete seine Arme aus. Er drückte den Jungen fest und innig, und als er ihn losließ, musste er wegsehen. Seine Augen verschleierten sich, und er merkte, dass er weinte. Nein, er konnte nicht ohne den Jungen fahren, konnte Öyvind nicht im Stich lassen. Ansgar blieb stehen, seine Hände zitterten.

»Hergeir, ich nehme den Jungen mit mir, ich kann ihn nicht bei dir lassen«, brachte er schließlich heraus.

Der Häuptling starrte ihn verblüfft an, befeuchtete seine Lippen, um etwas zu sagen, doch er stockte. Verwirrt legte er seine Hände auf die Schultern des Jungen und trat mit ihm vor zu Ansgar. Dann ließ er die Hände sinken und tat ein paar Schritte zurück.

»Du bist es, der über den Jungen bestimmt«, sagte er ruhig.

Ansgar strich Öyvind unbeholfen über die Wange. Dann lächelte er breit, und seine Augen strahlten.

»Wenn du willst, kannst du mit mir reisen«, sagte er ernst. »Vielleicht ist es besser, wenn wir gemeinsam versuchen, deine Mutter zu finden.«

Öyvind blickte zweifelnd auf. »Ich darf reisen?«, stammelte er.

»Es ist mir ernst«, antwortete Ansgar. »Ich habe mich anders entschieden. Du kannst mit mir kommen, ich verspreche es. Hol deinen Lederbeutel und deine Kleider. Ich warte auf dich.«

Der Junge verharrte einen Augenblick, während seine großen dunklen Augen sich vor Erstaunen weiteten. Dann breitete sich ein seliges Lächeln über sein Gesicht, und er rannte davon.

Als das Schiff eine Stunde später ablegte, stand Öyvind am Vordersteven. Seine Augen leuchteten, und er konnte kaum stillstehen.

Die Männer tauchten die Ruder ins Wasser, und als sie die Sperre passiert hatten, zogen sie die Ruder wieder ein und hissten das Segel. Das Schiff entfernte sich, und bald blähte der Wind das Segel.

Ansgar blickte mit geradem Rücken zu der Stadt hinüber, die achtern verschwand. Mit einem zufriedenen Lächeln wandte er sich an Öyvind.

»Im Frankenreich ist immer noch Sommer. Dort wirst du dich wohl fühlen.«

»Ja, ich weiß«, lachte Öyvind. »Du hast es mir ja oft genug erzählt.«

Ansgar lächelte, und der Anblick des Jungen erfüllte ihn mit Wärme. Dank Öyvind würde die Sehnsucht nach all den anderen, die er bekehrt hatte, nicht so groß sein. Kurz wanderten seine Gedanken zu Estrid und dem Kind, aber er verscheuchte sie schnell wieder. Er hatte seinen Auftrag in Birka vollendet. Nun lag seine Zukunft in den Händen Gottes und des Kaisers.

Als das Schiff an Adelsö vorüberglitt, ließ König Björn mit Flaggen und Musik salutieren. Seit der Bote aus Hamburg gekommen war und die Nachricht von der neuen Kirche im Norden überbracht hatte, freute er sich. Schon da war ihm klar geworden, dass Ansgar fortgehen würde.

Zwei Langschiffe sollten den Mönch auf seiner Fahrt gen Süden begleiten. Diese Schiffe schickte der König, um Ansgar vor neuen Überfällen zu schützen. Der Kaiser würde ihm sicher wohlgesonnen sein, wenn er erfuhr, wie besorgt der König der Svear um den Mönch war. Das Gefolge erfüllte jedoch noch einen anderen Zweck. Die Männer an Bord sollten dafür sorgen, dass Ansgar das Land tatsächlich für immer verließ.

Als das Schiff vor dem Hafenpier auftauchte, wollte der König dem Mönch Lebewohl sagen. Aufgeräumt nahm König Björn in seinem prächtigsten Schiff Platz und ließ sich von den Knappen auf den Fjord hinausrudern. Wohlbehalten auf Ansgars Schiff angekommen, überschüttete er den Mönch mit Worten und Ehrbezeugungen, und als Erinnerung an die Zeit in Birka überreichte er ihm eine kleine, geschnitzte Holzskulptur. Odin. Leise kichernd betrachtete er Ansgars betretene Miene, hob die Hand zum Gruß und kehrte ins königliche Boot zurück. Während er sich zum Hafen zurückrudern ließ, schweiften seine Gedanken wieder zum Nachmittag. Eine neue Sklavin war im Königshof eingetroffen, und selten hatte er etwas so Schönes gesehen.

Den restlichen Tag würde er ganz sicher Frey huldigen. Wie gut, dass es Ansgar nicht gelungen war, ihn zu bekehren.

Der Winter kam, und Kälte und Dunkelheit senkten sich über Birka. Im spärlichen Licht der Kienhölzer saßen die Frauen bei Näharbeiten oder webten, während die Männer Netze knüpften und Werkzeug schnitzten. Gelegentlich brach Erik auf, um zu jagen, doch er nahm lieber Schneestollen oder Knochenkufen und begab sich aufs Eis hinaus, um zu fischen. Ein paar Mal hatte er das Pferd vor den Schlitten gespannt und Estrid und Toste mit nach Adelsö genommen, und sie waren auch zusammen draußen Ski gelaufen. Aber mit Snemun ging er am liebsten angeln.

Wenn sie bei ihren Ruten saßen, sprachen sie oft über die Zukunft und was sie tun mussten, um das Rüsten der Christen zu stoppen. Von Harald hatte man immer noch nichts gehört, aber es wurde berichtet, dass er in Tälje und Uppsala gesehen worden war. Dort scharte er christliche Männer um sich. Ein anderes Gerücht wusste, dass er von Stadt zu Stadt ritt und unter den Neugetauften um Mitstreiter warb. König Björn sollte gestürzt werden und die christliche Lehre den Asenglauben ablösen.

»Ich hätte ihn töten sollen, damals im Wald«, sagte Erik unzufrieden und schlug seine Axt hart ins Eis.

»Pass auf den Schaft auf!«, rief Snemun, der ein Stück entfernt ein Loch schlug. Das Loch im Eis durfte nicht zu groß werden, aber auch nicht zu klein. Gerade so, dass man bequem einen großen Hecht herausziehen konnte.

»Da glaubte ich noch an Bruderschaft und Versöhnung und schoss den Pfeil steil in die Luft«, fuhr Erik bitter fort. »Wie ich diesen Streich bereue. Hätte ich Harald damals getötet, würde Jorunn vielleicht noch leben, und wir hätten es nicht nötig, uns jetzt wegen dieser Kreuzträger im Wald zu beunruhigen.«

»Es ist nicht einfach, vorher schon alles zu wissen, was man hinterher weiß«, antwortete Snemun und hieb die Axt mit aller Kraft, dass die Klinge das Eis durchschlug. Wasser strömte aus dem Loch nach oben. »Aber die Kreuzträger rüsten sich, und darum müssen wir etwas unternehmen, um Birkas Frieden zu sichern.«

Erik, der inzwischen auch ein Loch ins Eis geschlagen hatte, griff nach seiner Angelrute und ließ Leine und Köder im Wasser verschwinden.

»Ich bin es leid, über Harald und seine Christen zu sprechen«, erwiderte er hitzig. »Was ich brauche, ist Silber. Ich habe es satt, mein Dasein in dieser Hütte hier in Birka zu fristen. Ich habe kein Schiff, keinen Hof, aber wohne zusammen mit einer Frau und einem Kind, für die ich sorgen muss. Harald kommt noch früh genug zurück, und dann begegnen wir ihm mit bewaffnetem Gefolge. Aber so weit wird es noch lange nicht sein.«

Snemun wickelte seine Leine ab, setzte sich in die Hocke und ließ sie auf den Grund sinken.

»Ja, ich verstehe«, sagte er dann. »Du willst auf Wikingfahrt. Gibst du dann den Kampf gegen die Kreuzträger auf?«

Erik hob und senkte die Schnur, indem er kurz und kräftig daran zog.

»Nein, nein, aber ich brauche Silber.«

»Und was ist, wenn die Christen angreifen?«, warf Snemun ein.

»Dann erschlagen wir sie und plündern sie bis auf die nackte Haut.« Erik hob seine Angelrute und wedelte sie durch die Luft wie ein Schwert.

Es ging auf den Frühling zu, und noch immer hatten sie nichts von Harald gehört. Auf dem Gudmundhof war Torhild genesen und hatte die Führung wieder übernommen, doch weder sie noch das Gesinde wussten etwas Neues zu berichten. Der Fjord war noch zugefroren, nur draußen auf dem Meer war das Eis schon aufgebrochen. Auf den Feldern glänzte und glitzerte der Harsch, in der Stadt selbst war der Schnee grau und schmutzig. Als das Tauwetter einsetzte, stieg Gestank von Abfall und Kot aus den Straßen auf.

Es war klar und kalt an dem Tag, als die zwei Kaufmänner übers Eis in die Stadt kamen. Sie betraten die Schankstube unten am Hafen, wo sie sich sofort Met bestellten. Während sie sich ihre Bäuche füllten, erzählten sie jedem, der es hören wollte, was sich im Inland zugetragen hatte. So erfuhren die Bewohner Birkas, dass Harald und seine Männer bei einem Festmahl verbrannt worden seien, nicht einmal eine halbe Tagesreise von Uppsala entfernt.

Einige Männer wollten sich taufen lassen und hatten Harald und seine Knechte deshalb zu einer prächtigen Mahlzeit eingeladen. Als sie in die Halle traten, waren sie überredet worden, Umhänge und Schwerter abzulegen, woraufhin sie sich an den Tisch gesetzt hatten.

Den ganzen Abend über aßen und tranken sie reichlich und hatten viel Freude, während die Gastgeber ihnen immer wieder die Hörner füllten. Schließlich waren Harald und seine Männer so betrunken gewesen, dass sie unter die Bänke gefallen waren, worauf die

Gastgeber sie ins Nebenhaus geführt hatten, damit sie dort ihren Rausch ausschlafen konnten. Dann, als die Männer schliefen, hatten sie das Haus in Brand gesetzt. Selbst die, die wach wurden, konnten sich nicht mehr nach draußen retten, und Harald und sein Gefolge waren verbrannt.

In Birka herrschte große Bestürzung unter den Christen, und viele fragten sich, wie Harald und seine Leute in eine solche Falle hatten geraten können.

Hergeir richtete eine Gedenkstunde für Harald in der kleinen Holzkirche aus, und die Gläubigen versammelten sich zahlreich, um für den Toten zu beten. Aber weitaus mehr waren darüber beunruhigt, wie es nun weitergehen sollte. Wer sollte nach Harald die Führung übernehmen? Sollten die Christen gerächt werden, oder sollte die Mission von nun an einen friedlicheren Weg einschlagen?

Als Erik vom Tod des Bruders hörte, war er fast enttäuscht. Er hatte Harald selbst ins Jenseits befördern wollen. Doch dann kam ihm die Geschichte seltsam vor. Harald war stets misstrauisch Fremden gegenüber gewesen. Für gewöhnlich trank er auch nicht so viel. Und noch viel weniger ließ er sich überlisten. Dennoch war er das Opfer einer Brandstiftung geworden. Vielleicht hatte der neue Glaube ihn leichtsinnig gemacht. Er hatte ihn auch in anderen Dingen sehr verändert, und möglicherweise ließ ihn die neue Lehre glauben, alle wären gutherzig. Auf diese Weise hatte er sich hereinlegen lassen.

Erik zweifelte, aber nachdem man von seinem Bruder nichts mehr hörte, begann er der Geschichte Glauben zu schenken. Er würde niemals seinen eigenen Bruder töten. Dies war anderen vor ihm gelungen.

Zwei Winter waren seit Eriks Rückkehr nach Birka vergangen, und er hätte eine ganze Menge Geld beisammenhaben müssen. Doch das Glück ließ ihn im Stich, auf der Jagd wie beim Fischen, und auf dem Wintermarkt hatte er nicht alle seine Felle verkaufen können. Er hatte auch diesmal wieder billige Pelze aus dem Norden eingekauft, beim Handeln jedoch keinen Gewinn machen können. Die Tage vergingen, und er begann das Leben, das er führte, in Frage zu stellen. Woher sollte er je genügend Silber für ein eigenes Heim nehmen?

Zweifel nagten an ihm, und er wurde unruhig und rastlos. Zusammen mit Estrid empfand er Freude und Glück, er sollte zufrieden sein. Aber sie konnte seine Unruhe nicht stillen. In ihm loderte eine Kraft, die stärker war als alles andere, eine Urkraft, die drohte, ihn zu zerreißen. Er musste hinaus und fort.

Ein grauer Dunst hing über den zwölf Schiffen, die vor Tälje lagen, bereit zum Ablegen. Es waren Langschiffe mit dreißig oder zwanzig Bänken, schnelle Boote, die überall vorwärts kamen. Aber die Schiffe waren eingeschlossen. Ein dünner Gürtel Frühjahrseis lag immer noch draußen in der Bucht, und weißer Raureif umgab Schiffskörper und Masten wie eine dünne Haut. Das Frühjahr nahte, aber das Eis war noch nicht überall aufgebrochen.

Ein breitschultriger Mann mit glattem blondem Haar und groben Händen ging am Strand auf und ab. Immer wieder spähte er über die Bucht, als wartete er auf etwas, doch dann drehte er sich wieder dem Land zu. Um den Hals trug er das Kreuz Christi, und ab und zu schien sein Gesicht zu zucken.

Ungeduldig ging er zu einem dunkelhaarigen Krieger,

der seine Hände an der Feuerstelle wärmte. Der Mann hatte eine vernarbte Oberlippe und eine übel zugerichtete Nase. Tjalve Tryggvessohn, der einst Verwalter auf dem Gudmundhof gewesen war, wurde nunmehr Tjalve Nasenlos genannt, nachdem er seine Nase bei einem Schwertkampf fast gänzlich eingebüßt hatte. Seit diesem Vorfall war er mürrisch und empfindlich und hatte geschworen, die Tat zu rächen.

»Das Eis muss jetzt aufgehen. Wir können hier nicht mehr lange versteckt liegen«, sagte Harald Sigurdsohn an den Verwalter des Gudmundhofes gewandt. »Es genügt, wenn uns ein einziger Mann verrät, damit alle wissen, dass wir leben. Wir müssen bald von hier verschwinden. Nur weil zwei Kaufmänner erzählt haben, dass man uns verbrannt hat, müssen noch lange nicht alle glauben, dass wir tot sind.«

»Das Eis liegt immer noch in der Bucht, und der Björköfjord ist auch noch nicht aufgegangen«, antwortete Tjalve und stand auf. Gemächlich zog er seine Handschuhe an.

»Aber wir können Birka nur einnehmen, wenn wir sie überrumpeln«, erwiderte Harald.

»Trotzdem müssen wir erst mal dahin segeln können«, erwiderte Tjalve trocken. »Hast du vergessen, dass wir das Haus angezündet haben, als die Sklaven noch darin schliefen? Alle glauben, dass wir die Toten waren.«

»Du hast Recht, diese List war schlau eingefädelt«, erwiderte Harald beruhigt und ließ die Schultern fallen. »Aber wir müssen trotzdem vorsichtig sein. Mit zwölf Mannschaften sind wir so viele, dass es unmöglich ist, allen zu vertrauen.«

Die Männer verstummten und starrten auf die Bucht.

Weit draußen hatte das Eis zu schmelzen begonnen. Mit einem Wetterumschwung und scharfem Wind würden sie innerhalb einer Woche aufbrechen können.

Nach mehreren Tagen mit hässlichem Wetter kamen milde Winde aus Süden auf. Auf Björkö schmolz der Schnee in den Gräben und auf den Feldern, und oben auf dem Hügel ließ das Tauwetter auch die letzten Schneewehen verschwinden. Im Hafen und unten am Strand roch es nach Holz und Teer. Schiffskörper wurden abgedichtet, Taue verknüpft und Masten und Rahsegel in Ordnung gebracht. Das Eis würde in Kürze aufbrechen, und die Schiffe wurden zur Fahrt gerüstet.

Als der Wind den Frühling und den milden Duft von feuchter Erde brachte, nahm Erik Toste in den Arm und ging auf den Burgberg hinauf. Dort, von der höchsten Stelle Björkös, blickte er über das Meer, das in der Ferne verschwand. Yorvik und Ribe, Dorestad und Wolin, irgendwo weit, weit draußen lagen die großen Handelsstädte. Er erinnerte sich an die lärmenden Märkte, das Gedränge, Rufen, Lachen. Wenn er auf Wikingfahrt ginge, könnte er das Silber, das er brauchte, vielleicht in einem einzigen Jahr beschaffen. Ein einziges Jahr!

Du schlägst gut, ich brauche Männer für meine Mannschaft. Erik dachte an die Worte des Kaufmanns Hakon Jarl vom letzten Jahr. Damals war er nicht gefahren, sondern bei Estrid geblieben. Aber jetzt? Erik stapfte hinunter zum Hafen, strich um die Schiffe und sog den Duft des Meeres ein. Bald würde das Wasser offen liegen. Erik sah sehnsüchtig über den Fjord, und obwohl er Toste bei sich hatte, wählte er schließlich den Weg an der Schankstube vorbei. Ein Horn Bier mit den Schiffern im Wirtshaus, und es würde ihm sicher besser gehen.

Während Toste schlief, redete er mit den Männern über seine Jahre auf See, schmunzelte und lachte und erlebte einen seltsamen Rausch von Freude. Erst als Toste aufwachte und Hunger hatte, konnte er sich aufraffen, nach Hause zurückzugehen.

Estrid empfing ihn mit unruhigem Schweigen. Am Abend schmiegte sie sich dicht an ihn und legte ihren Kopf auf seine Brust. Sie schliefen eng umschlungen ein. Nachts wachte sie auf und umarmte ihn und schien seine Gedanken zu erahnen. Sie hielt ihn fest, als wollte sie ihn nie wieder loslassen, und drückte ihren Körper an seinen. Seine Haut war warm, und sie spürte seinen ruhigen Atem.

»Erik«, flüsterte sie und weckte ihn mit sanften, sinnlichen Bewegungen.

Erik fühlte die glühende Haut an seinem Körper und nahm den Duft nach Frau wahr. Schlaftrunken drehte er sich zu ihr und liebkoste sie. Er spürte ihre Lust und sank zu ihr in die Nacht. Sie trafen sich hitzig und schliefen verschwitzt in den Armen des anderen ein. Aber Estrid schlief unruhig, und ein wehmütiger Zug umspielte ihren Mund.

Zwei Tage später brach das Eis vor der südlichen Landzunge auf, und das erste Schiff segelte nach Birka. Es war ein stattliches Kriegsschiff mit dreißig Bänken, der Falke; sein Bauherr und Eigner war der norwegische Kaufmann Hakon Jarl aus Kaupang. Er war mit seinen Männern auf dem Weg gen Süden. Erik lief ihm am nächsten Tag in der Schankstube über den Weg.

»Erinnerst du dich?«, rief er fröhlich, als er den Kaufmann erblickte. »Du warst der Ansicht, dass ich gut mit dem Schwert umgehen kann, aber segeln kann ich auch. Hast du noch immer Platz in deiner Mannschaft?«

Als Erik an diesem Abend nach Hause kam, wusste Estrid, was geschehen war, noch bevor er etwas sagen konnte. Mit wachsender Unruhe hatte sie bemerkt, wie er immer länger im Hafen geblieben war, ohne einen Grund dafür zu haben. Da begann sie zu ahnen. Und an jenem Abend strahlte sein Gesicht in einem neuen Glanz. Estrid wartete auf das, was er ihr zu sagen hatte, wie auf einen Schlag ins Gesicht.

»Ich habe einen Platz an Bord bekommen«, murmelte er und sah auf die Tischplatte. »Aber ich bleibe nicht lange fort«, setzte er hastig, fast atemlos hinzu. »Wir wollen gen Süden, an die fränkische Küste. Der Schiffer kennt einen Platz, an dem wir reichlich Silber bekommen können.«

Estrid blickte ihn müde an, war nicht überrascht, aber fühlte dennoch große Sorge. Sie schlug die Augen nieder, wollte nicht, dass Erik sah, wie sehr sie diese Nachricht traf. Dann erhob sie sich und schritt langsam durch den Raum, die Hände auf dem Rücken verschränkt. Sie sprach kein Wort. Nach einer Weile blieb sie hinter ihm stehen und schlang die Arme um seinen Hals.

»Fahr du, aber ich habe nicht viel Geduld, also bleib nicht zu lange fort.« Danach küsste sie ihn, richtete sich stolz auf und ging hinaus. Erik sah ihr lange nach, plötzlich verwirrt.

Vier Tage später lichtete Hakon Jarl Anker. Er hatte fünf Schiffe als Begleitung gewonnen, sodass insgesamt sechs Langschiffe nach Süden segeln würden. Das Eis war aufgebrochen, und ein milder Frühlingswind wehte über den Fjord.

Erik hatte sich für die Wikingfahrt gerüstet und

Schwert, Bogen und seinen Elchlederhelm mit an Bord genommen. Am Gürtel trug er die Kaufmannswaage und einen Lederbeutel mit Münzen. Im Schiff stand auch seine Kiste mit dem aus gewalktem Wollstoff genähten Schlafsack, Angelschnur, Schuhen und Kleidern. Alles war so, wie Estrid meinte, dass er es brauchte.

Er setzte sich ans Ruder, sog die frische Luft durch die Nase und atmete Meer und Salz.

Endlich unterwegs.

Er fühlte sich so glücklich wie seit langem nicht mehr.

Das Meer verhieß Freiheit und Unbekanntes. Nun lag seine Zukunft in der Hand des Schicksals.

Unmittelbar hinter den Palisaden setzten sie Segel, und während der Vordersteven stieg und sank, spähte Erik achtern zum Ufer. Wo war Estrid? Sie hatte gesagt, dass sie Abschiede nicht mochte. Aber trotzdem, hätte sie nicht am Strand stehen können? Erik spürte, dass er sie vermissen würde. Sie hatten so viel Nähe und Freude beieinander gefunden, sich zusammen so wohl gefühlt … Und nun? Sie benötigten Geld für Schiff und Hof, das war auch Estrid klar, aber sie wollte dennoch nicht, dass er fuhr. Erik war auch nicht glücklich darüber, sie und das Kind zu verlassen, aber es wäre schlechter gewesen, zu Hause zu bleiben. Und Snemun hatte versprochen, seiner Familie beizustehen.

Hätte sie nicht wenigstens kommen können, um Lebewohl zu sagen? Er hatte doch versprochen, nicht so lange fortzubleiben. Erik sank auf seine Kiste. Kalte, frostige Winde pfiffen über das Wasser, und achtern schwamm eine große Eisscholle vorbei. Erik fröstelte. Sie waren früh im Jahr aufgebrochen. Das Eis in den

Schären und in den Buchten war gerade erst aufgegangen. Er hob den Blick. Das Segel blähte sich stramm und gewaltig im Wind, flatterte kurz und straffte sich wieder. Noch einmal sah er zum Ufer hinüber. Wie froh er gewesen wäre, wenn Estrid dort gestanden hätte. Hätte sie nicht wenigstens seinetwegen zum Strand kommen können, um zu zeigen, dass sie ihn gern hatte? Für einen Augenblick schien seine Begeisterung für die Seefahrt zu schwinden.

Lautes Rufen riss Erik aus seinen Gedanken. Vor ihnen war ein großes, fremdes Schiff aufgetaucht. Es hatte einen breiten Bug und hielt mit vollen Segeln auf Adelsö zu. Es waren sicher keine Seeräuber, die wären im Langschiff gekommen. Aber ein so prachtvolles Schiff war in dieser Gegend nur selten zu sehen. Offenbar hatte es eine schwere Last an Bord. Als das Schiff näher kam, sah er, wie tief es im Wasser lag. Etwas Rundes, Großes glänzte beim Mast, und er musste sich gegen die Sonne die Hand vor die Augen halten. Dann erkannte er, was es war. Eine Kirchenglocke!

Eriks Augen weiteten sich. Eine Kirchenglocke im Heidenland? Das Metall schimmerte, und der Wind schlug gegen den Klöppel. Eine Christenglocke vor Birka? Plötzlich wurde ihm alles klar.

Die gewaltige Glocke war für die Kirche in Birka und die neue Gemeinde auf Björkö bestimmt. Er hatte Kirchenglocken in Dorestad gesehen, hatte sie lärmen hören und sich darüber gewundert, wofür die Christen diese seltsamen Monstren brauchten. Er fluchte leise, als er die Bedeutung dieser Schiffslast erkannte. Ansgar hatte seine Mission in Birka nicht aufgegeben. Im weit entfernten Frankenreich wollten der Kaiser und sein Gesandter, dass die christliche Gemeinde in Birka fortbestand. Vielleicht würde Ansgar sogar neue Priester schicken, wie Snemun vorhergesagt hatte. Kreuzträger, die Ansgars Unterricht fortführten und die Gemeinde und Versammlung, die er einst gegründet hatte, bewahrten.

Erik spuckte ins Wasser. Der Kampf war noch nicht überstanden. Dieses Mal würde er wirklich dafür sorgen müssen, dass er nicht zu lange fortblieb.

Während das Schiff im Gefolge Hakon Jarls nach Süden ins Frankenreich segelte, hissten zwölf Langschiffe eine halbe Tagesreise von ihnen entfernt die Segel. Mit Drachenköpfen am Steven und straffen Segeln hielten sie nördlichen Kurs auf Birka.

16. Kapitel

Erik stand im Boot und hatte die Ruderpinne zwischen die Knie geklemmt. Seine Locken wirbelten ihm um den Kopf, und er pfiff laut vor sich hin. Hakon Jarl lachte breit. Er verstand die Freude des Schiffers am Ruder.

Er selbst hatte fast sein ganzes Leben lang Handel getrieben, und obwohl er ein vermögender Mann war, fuhr er immer noch zur See. Er liebte das Meer und die Herausforderung, unbekannten Menschen in fremden Ländern zu begegnen. Mittlerweile war er nicht mehr so schnell mit Speer und Schwert wie früher, und durch sein rotes Haar zogen sich graue Strähnen. Außerdem hatte er den Daumen der linken Hand verloren und konnte das Schwert nicht mehr mit beiden Händen führen. Aber er war umso glücklicher, einen Mann wie Erik bei sich zu haben. Der Bernsteinhändler war geschickt mit dem Schwert und kannte sich noch dazu am Steuer aus. Dass er darüber hinaus auch noch sang, Flöte spielte und immer guter Laune zu sein schien, machte die Sache nicht eben schlechter.

»Nicht übel, wieder auf See zu sein, oder?«, sagte Hakon und legte seine Hand freundschaftlich auf Eriks Schulter.

»Es fühlt sich an, als hätte ich ein verlorenes Liebchen wiedergefunden!«

Die Männer lachten herzlich, und Erik setzte sich auf die Achterducht. Er blickte übers Wasser. Sie segelten noch immer innerhalb der Schären, und graue Inseln und nackte Felsen tauchten zu beiden Seiten des Schiffes auf. Sechs Langschiffe hatte der Jarl gerüstet, Schließlich war er ein wohlhabender Mann. Erik beobachtete ihn von der Seite. Seine Züge waren klar, die Nase gerade und der Mund ein wenig gebogen. Seine graublauen, tief liegenden Augen funkelten wach. Der Jarl war etwas in die Jahre gekommen, aber sein Verstand war flink wie der eines Knaben. Erik war zufrieden. Hakon Jarl war ein Mann nach seinem Geschmack.

»Noch einen Tag oder zwei, dann erreichen wir offenes Meer«, fuhr der Kaufmann gedankenvoll fort. »Aber um diese Jahreszeit ist die See grimmig. Hoffentlich ist der Wind nicht zu stark.«

»Nein, ein zugefrorenes Schiff segelt nicht weit. Übrigens, bald sollten wir unser Nachtlager aufschlagen. Es beginnt schon zu dämmern.«

»Ja, Hauptsache, wir finden eine geschützte Bucht, wo wir unsere Boote hochziehen können«, stimmte Hakon Jarl zu und spähte Richtung Ufer.

»Eine Bucht ohne Eisschollen«, ergänzte Erik und sah sich um.

Lange spähten sie in alle Himmelsrichtungen. Plötzlich glaubte Erik, weit vor sich ein Segel zu sehen. Nein, er hatte sich sicher getäuscht. Um diese Jahreszeit hatte kaum jemand sein Boot zu Wasser gelassen. Und wenn man überhaupt irgendwohin segelte, dann nach Süden. Dieses Schiff schien jedoch auf dem Weg nach Norden zu sein. Aber im Norden und Osten lag noch immer Eis. Erik blinzelte. Vor ihm lag nur das dunkle, aschgraue Meer. Kein Schiff war zu sehen. Er musste sich geirrt haben.

Hakon Jarls Schiff passierte ein paar steinige Schären

und segelte auf den offenen, ungeschützten Fjord hinaus. Dort war die See rau, und nach einer Weile entschied Hakon, abzufallen und zwischen den Inseln Windschatten zu suchen. Von weitem entdeckte er eine Insel mit Sandstrand und einige höher gelegene Felsplatten. Dort würden sie ihr Lager für die Nacht aufschlagen können.

Die Schiffe steuerten auf das Ufer zu, die Segel wurden eingeholt, und die Männer kletterten von Bord. Frierend zogen sie die Boote auf den Strand. Dann sammelten sie Holz für die Lagerfeuer. Erik holte Feuerstahl und Flintstein hervor, um Feuer zu machen. Er hielt plötzlich inne. Waren das, was er auf dem Wasser zu sehen geglaubt hatte, möglicherweise doch feindliche Schiffe? Sie mussten vorsichtig sein. Wind blies über den Strand, und Wellen schwappten ans Ufer. Von den Booten drangen Lachen und Gemurmel der Männer herüber. Erik horchte auf. Da war auch noch ein anderer Laut, etwas, das wie Ruderschläge auf dem Wasser klang. Er hob die Hand, und die Männer verstummten. Dann hörten sie es auch; schweres, taktfestes Rudern.

Hakon Jarl spähte über das Wasser und presste die Lippen zusammen. Seine Schiffe waren mit Pelzen, Wachs und Honig beladen, und die Schiffskasse war ebenfalls gefüllt. Das Letzte, was er jetzt gebrauchen konnte, wären feindliche Schiffe. Doch wenn es nötig sein würde, würde er sich nicht kampflos ergeben.

Erik lauschte unruhig. Dann gab er Hakon Jarl mit einem Zeichen zu verstehen, dass er nachsehen wollte, wer die Fremden waren. Geduckt lief er über den Strand, kletterte auf einen der Felsvorsprünge und versteckte sich hinter einigen Büschen. Vorsichtig schob er die Zweige beiseite. Vor ihm lag das dunkelgraue Meer, eingehüllt in feuchten Dunst. Etwas weiter entfernt waren eine Bucht und zwei kleinere Inseln zu sehen, umgeben von Schären und Felsen. Möwen schrien in der Luft, und ein kalter Wind ließ ihn zittern. Es waren keine Schiffe zu sehen, nur kaltes, ödes Meer. Dann plötzlich bemerkte er eine Bewegung, etwas, das über eine Landzunge herausragte. Ein Langschiff. Im nächsten Augenblick tauchten weitere Schiffe auf. Waren es die, die er schon früher gesehen hatte?

Es waren weder Handelsschiffe aus fernen Ländern noch Knorren oder Fischerboote. Es handelte sich um flache, schlanke Langschiffe, die schnell über die Wellen ritten. Die Männer ruderten gleichmäßig gegen den Wind, die Schilde hingen an der Reling bereit. Das waren Drachenschiffe auf Heerzug!

Von bösen Ahnungen erfüllt, starrte er die flachen, prächtigen Schiffe an. Sie fuhren nördlichen Kurs und hatten dieselbe Fahrrinne gewählt wie sie selbst, in einem schmalen, tückischen Gewässer, das nur wenige kannten. Die fremden Schiffe hatten offensichtlich Schiffer, die die Gegend gut kannten. Aber Kriegsschiffe auf dem Weg nach Norden? Zu dieser Jahreszeit? Es lag noch fast überall Eis, außer vor Tälje und Birka, und wollte man nach Tälje, dann war das der falsche Weg. Aber Birka … Schlagartig wurde Erik klar, was sich anbahnte. Es mussten die Christen sein, die sich gerüstet hatten. Nun wollten sie die Stadt angreifen, bevor die Seeleute ihre Schiffe ins Wasser gebracht hatten. Birka sollte überrumpelt werden.

Erik schluckte, ein schweres, würgendes Gefühl überkam ihn, und sein Mund wurde trocken. Estrid und das Kind? Wer war in Birka, der sie verteidigen konnte? Würde die Stadt einem Angriff vom Meer standhalten können? Der Wind kühlte seinen Körper aus, doch davon spürte er nichts.

Die feindliche Flotte musste aufgehalten werden!

Lautlos glitt er den Hügel hinab und lief gebückt zurück zu den anderen.

»Feindliche Schiffe«, keuchte er. »Zwölf Drachenschiffe auf dem Weg nach Norden. Sie segeln nach Birka.«

Die Männer brachten kein Wort heraus. Hakon Jarl rieb sich den Bart und sah ihn zweifelnd an.

»Bist du sicher?«, fragte er dann.

Erik nickte.

»Da draußen sind zwölf Kriegsschiffe.«

»Hoffentlich entdecken sie uns nicht«, murmelte der Jarl mit zusammengebissenen Zähnen. »Wir können zwar kämpfen, aber zwölf Langschiffe aus dem Weg zu räumen verlangt das Wohlwollen der Götter und von vielen eine Reise nach Walhall.«

»Das mag sein, aber wir können die Boote weiter den Strand hinaufziehen und sie hinter Ästen und Büschen verstecken«, schlug Erik drängend vor. »Wenn wir nicht entdeckt werden, können wir sie überrumpeln. Wenn sie uns jedoch zuerst angreifen, dann ...«

Hakon Jarl schwieg. Er trug eine Angst in sich, eine Zögerlichkeit, die dem Gedanken an all das entsprang, was er zu verlieren hatte.

Erik bemerkte dies.

»Hör zu, es ist ein guter Vorschlag, und die Zeit ist knapp.«

In den Augen des Jarls funkelte es, und er entschied sich schnell.

»Seht zu, dass ihr die Schiffe hochzieht, und versteckt sie!«, befahl er. »Passt auf, dass euch niemand sieht.

Wenn ihr fertig seid, treffen wir uns dort hinter der Felsplatte.« Er wies auf einen Felsen Richtung Inselmitte.

Die Männer innerhalb jeder Mannschaft waren gut aufeinander eingespielt, und es dauerte nicht lange, bis alle Schiffe den Strand hinaufgezogen worden waren. Immer wieder warfen sie unruhige Blicke aufs Meer, während sie die Masten umlegten und die Schiffsrümpfe sorgfältig abdeckten. Anschließend nahmen sie Fichten- und Wacholderreisig und verwischten ihre Spuren im Sand. Dann ließen sie sich im Schutz des Hügels nieder, um zu warten.

Das Meer war kalt, und in den Felsschluchten lag bisweilen noch Schnee. Die Kälte brannte auf der Haut, die verschwitzten Wollkleider wurden steif, und alles, was nass war, gefror im Wind. Einer nach dem anderen begann zu frieren, aber keiner traute sich, Feuer zu machen. Nichts durfte sie verraten.

»Komm!« Hakon Jarl gab Erik ein Zeichen, ihm zu folgen. »Wir müssen nachsehen, was es für Schiffe sind.«

Leise schlichen sie den Fels hinauf und legten sich hinter ein paar große Büsche. Sie stützten sich auf die Unterarme, und Erik fiel nasser Schnee in den Lodenrock, aber er nahm sich nicht die Zeit, ihn abzuschütteln. Am Fuße des Berges waren die Schiffe zu erahnen.

»Bei allen Raben Odins!«, keuchte er und sank wieder auf den Bauch. Nur ein paar Bogenschusslängen entfernt, lag die ganze feindliche Flotte auf einer Insel versammelt. Die Männer hatten die Schiffe auf den Strand gezogen und machten Feuer. Einige hantierten mit Kesseln und bereiteten das Essen vor, andere ruhten sich aus oder sahen nach ihren Waffen. Als Schutz gegen den Nordwind hatten die Männer ein großes Segel neben den Kochfeuern gespannt. Auf das gewaltige Segeltuch war ein großes Kreuz gemalt. Das Kreuz des Heiligen Geistes und der christlichen Kirche.

»Kreuzträger ...«, murmelte Hakon Jarl leise. »Zwölf Schiffe unter dem Christuskreuz. Das sind mindestens 250 Mann da unten, 250 Gottestreue, die für die christliche Lehre kämpfen.«

»Ja, zum Vergnügen sind die nicht unterwegs«, bemerkte Erik trocken. »Und wir sind knapp 80 Mann in unseren Schiffen. Auf See können wir sie nicht schlagen. Wir müssen sie mit einer List überrumpeln.«

»Das wird nicht einfach«, murmelte Hakon Jarl nachdenklich und sank auf den Felsen. »Das Beste wäre, einfach zu warten, bis sie weitersegeln.«

»Und zulassen, dass sie Birka überfallen? Nein, nein«, rief Erik in verzweifelter Besorgnis und dachte an Estrid und das Kind. Wenn die Kreuzträger sie töten würden! Das durfte nicht geschehen. Was ihm selbst zustieß, war eine andere Sache, aber Estrid und Toste, nein!

Erik griff Hakons Schulter und schüttelte ihn.

»Wenn diese Unheilsbringer uns entdecken und angreifen, können uns nicht einmal mehr die Götter helfen. Um sie besiegen zu können, müssen wir zuerst zuschlagen«, sagte er entschieden.

»Und was meinst du, wie wir die Kreuzträger überwältigen sollen?«, fragte Hakon Jarl zweifelnd und befreite sich aus Eriks Griff.

Er stützte sich auf und blickte über den Berg. Die Männer mit den Drachenschiffen waren in eine tiefe Bucht zwischen zwei Inseln gesegelt. Dort lagen sie im Windschatten, aber dort würde es auch einfach sein, sie anzugreifen. Erik hatte etwas Ähnliches schon einmal gesehen.

»Wir hindern sie daran, fortzusegeln«, sagte er grübelnd. »Dann haben wir sie im Sack.«

»Und wie soll das zugehen?«, fragte Hakon Jarl skeptisch.

Erik kicherte, und seine Augen funkelten listig.

»Das wird schon klappen. Ich habe da eine Idee«, murmelte er.

Ein halber Mondwechsel war vergangen, seit Erik aufgebrochen war. Estrid hatte sich noch immer nicht an ihr neues Leben gewöhnt, es kam ihr leer und langweilig vor ohne ihn. Sie vermisste Erik sehr, und um sich zu zerstreuen, ging sie oft zu Snemuns Hof. Dort webte sie mit Sigfrid, Snemuns Frau, denn in ihrer Gesellschaft war die Sehnsucht nach Erik nicht mehr ganz so schwer zu ertragen. Estrid hatte sich in Gesellschaft der Nachbarin immer wohl gefühlt, und seit Erik fort war, verrichteten sie einen großen Teil ihrer täglichen Arbeiten gemeinsam.

An diesem Morgen hatten sie beschlossen, zum Steg zu gehen, um Wäsche zu waschen, und machten sich plaudernd und lachend auf den Weg. Der Wind war kühl, und Estrid fröstelte. Als die Sonne geschienen hatte, hatte Frühling in der Luft gelegen, doch nun war es plötzlich wieder kalt und klamm.

»Hast du einen Wollschal? Die Kälte bringt mich um«, sagte Estrid frierend an Sigfrid gewandt. »Wir müssen doch nicht alles heute waschen, oder? Ich habe überhaupt keine Lust, meine Hände in dieses Eiswasser zu tauchen.« Estrid blickte grimmig auf die Eisschollen, die sich weiter vorn in der Bucht gesammelt hatten.

Snemuns Frau verzog den Mund. Ihr rotes Haar leuchtete, und ihre hellblauen Augen glänzten.

»Das wäre ja noch schöner, was ist los mit dir? Seit wann fürchtest du dich vor ein wenig kaltem Wasser?«

Sigfrid war keine anmutige Frau. Ihr kräftiges Gesicht, ihre breite Nase und die straffe Haut ließen sie grob und männlich erscheinen, aber wer sie kennen lernte, fand schnell, dass sie schön war. Die kleine, leicht nach vorn gebeugte Frau begegnete allen mit Wärme und Fürsorge, und ihre schnelle Zunge brachte viele zum Lachen. Dass sie und Estrid die Gesellschaft der jeweils anderen suchten, beruhte nicht nur auf dem Umstand, dass sie Nachbarinnen waren. Beide waren eigensinnig und stark und schätzten einander hoch.

»Was mit mir los ist?«, sagte Estrid. »Ja, Erik ist fort, und keiner weiß, wann er wiederkommt. Als wir endlich anfingen, wie Mann und Frau zu leben, segelte er seiner Wege. Es gibt wahrhaftig das eine oder andere, das ich gerne mit ihm besprechen würde.«

»Männer bleiben Männer«, unterbrach Sigfrid und versuchte zu trösten. »Früher zog Snemun auch auf Heerfahrt, aber ein Schwerthieb in die Wade und die Wunde an der Lippe haben ihn auf andere Gedanken gebracht. Von dem Tag an hielt er mehr davon, sich auf dem Hof nützlich zu machen. Erik wird sicher auch bald einsehen, dass er nicht für immer Wikinger spielen kann.«

»Erik? Ha, der Mann wird spielen, bis er nicht mehr kann, da bin ich mir sicher. Deshalb habe ich auch nie versucht, ihn zum Bleiben zu bewegen. Das wäre niemals gut gegangen.« Estrid beugte sich zum Korb und nahm ein paar Wäschestücke heraus. »Aber ich habe mich nicht von ihm verabschiedet«, fuhr sie fort. »Ich wollte ihm zeigen, dass ich nicht selbstverständlich für ihn da bin. Das wird ihn sicher beunruhigen, und wenn er mich lieb hat, kommt er gewiss bald zurück.«

Estrid betrachtete die Kleider in ihrer Hand, ein paar schmale Hosen, einen Kittel, eine Tunika und ein paar Wollstrümpfe. Sie konnte Erik noch in den Sachen riechen.

»Eriks alte zerlumpte Kleider«, sagte sie und lächelte schief.

»Tja, er hat dir offenbar einiges zur Erinnerung dagelassen«, erwiderte Sigfrid säuerlich und band sich ein Kopftuch um die Haare. »Ist das alles, was du zum Abschied bekommen hast?«

Estrid kniete sich ans Wasser und begann langsam, die Kleider zu waschen.

»Nein, Erik hat mir auch diesen Schmuck geschenkt«, sagte sie und zog ein Bernsteinamulett hervor, das sie um den Hals trug. Sie legte den Kopf in den Nacken, damit Sigfrid es sehen konnte. »Aber er hat mir noch etwas anderes geschenkt.«

»So?«, fragte die Nachbarin erstaunt.

»Ja, Erik ...«, hob Estrid an und vergaß plötzlich die Kälte. »Ich ahnte, dass er fortsegeln und vielleicht für lange Zeit nicht wiederkommen würde. Vielleicht sogar niemals. Der Gedanke war so schwer zu ertragen. Deshalb wollte ich von ganzem Herzen etwas haben, das ihm gehört.«

»Du sprichst in Rätseln, Estrid, oder ist es das, was ich glaube?«, fragte Sigfrid und sah sie forschend an.

Estrid lächelte eine Spur verlegen.

»Ja, es ist, was du glaubst«, erwiderte sie ruhig. »Ich erwarte sein Kind. Und ich weiß, was auch immer geschieht, dass ich dafür sorgen werde.«

Sigfrid nahm Estrid in den Arm.

»Ich glaube an dich. Was auch passiert, du wirst es schaffen. Und ich werde dir helfen.«

Estrid nickte stumm und blickte sie dankbar an.

»Ich habe schon darüber nachgedacht, was ich gern tun würde. Auf dem Markt haben wir ein gutes Geschäft gemacht. Können wir nicht eine Webstube im Hafen aufmachen?«, schlug sie freudig vor.

»Oder eine Schankstube, Lederwerkstatt oder Kammmacherei«, setzte Sigfrid hinzu. »Doch, es gibt viele Dinge, die wir tun könnten!«

Die Frauen sahen sich an und fingen an zu lachen. Sie wussten, dass sie etwas finden würden. Sie arbeiteten gern zusammen.

»Jetzt lassen wir die Wäsche Wäsche sein«, beschloss Sigfrid und stellte den Korb beiseite. »Wir haben viel zu bereden. Das hier hat Zeit bis morgen. Lass uns nach Hause gehen und uns etwas Gutes gönnen!«

»Ja, ein Bier, das schon lange mit viel Honig darin gezogen hat«, kicherte Estrid vergnügt.

»Oder ein paar Schlucke Met!«

Die Frauen trugen die Wäschekörbe ins Badehaus und kehrten fröhlich plaudernd zum Snemunhof zurück.

Das Schiff näherte sich dem Strand, lautlos und ruhig. Nicht einmal das Eintauchen der Ruderblätter war zu hören. Einem Geisterschiff gleich glitt Hakon Jarls Knorren sachte in die Bucht. Der Eiswind hatte zugenommen, und es war noch kälter geworden. Erik schlug seinen Kragen hoch und zog die Fellkappe in die Stirn. Wie die anderen hatte er sich das Gesicht mit Fett eingeschmiert. Der Wind war kalt, sie würden sicher nass werden und frieren. Doch das Fett linderte die Kälte. Sie mussten einfach an alles denken. Der Plan durfte nicht misslingen.

Vorsichtig hob Erik den Kopf und spähte zu den prächtigen Drachenschiffen hinüber. Sie waren hoch auf den Strand gezogen worden. Auf den Booten rührte sich nichts. Wie Erik vermutet hatte, schliefen die Männer nicht an Bord, sondern hatten sich ihr Lager an Land eingerichtet. Erik stieß Hakon in die Seite und zeigte zur Insel. Nicht weit vom Strand, hinter einem Felsen, hatten die Männer einen Windschutz errichtet. Sie hatten Reservesegel in den Bäumen festgebunden, sodass sie ein Dach bildeten. Unter dem unruhig flatternden Segeltuch lagen die Männer und schliefen, tief in ihre Schlafsäcke verkrochen. Ein paar Feuerwachen behielten die Feuer im Auge, sonst war alles still.

Unruhig hielt Erik nach weiteren Lagerplätzen Ausschau, aber er konnte nichts entdecken. Am Lager war alles friedlich. Die Christen schienen nicht mit einem Überfall vom Meer aus zu rechnen. Um diese Jahreszeit waren nur wenige Schiffe auf dem Meer unterwegs, und die Männer hatten nicht einmal Wachen bei den Booten zurückgelassen. Das war gedankenlos und leichtsinnig, und Erik grübelte, wer nun nach Haralds Tod die Christen anführte. Konnte es Tjalve sein, der Verwalter vom Gudmundhof, oder war er mit Harald verbrannt? Nun, es konnte ihm schließlich egal sein. Feind war Feind.

Ein letztes Mal blickte Erik sich um, dann gab er ein Zeichen, und die Männer füllten ihre Lederrucksäcke mit Wasser. Bevor der Mond hinter den Wolken hervortrat, mussten sie die Boote erreicht haben.

Weiter draußen, an der schmalsten Stelle der Bucht, war noch ein weiterer Knorren zu erahnen, der lautlos über das Wasser glitt. Hakon Jarl und seine Männer hatten alle Seile zusammengetragen, die sie an Bord ihrer Schiffe finden konnten, und sie zu einem dicken Tau von vierzig Armlängen verknüpft. In der Mitte hatten sie mehrere ellenlange Ketten befestigt, die von ihren Kochstellen stammten. Nun konnten sie das gewaltige Seil ausspannen, ohne dass es sich verhedderte.

Die Männer ruderten zum westlichen Strand, und vier von ihnen sprangen an Land. Sie trugen das Tauende langsam den Strand hinauf, bis sie ein paar große Kiefern erreichten. Sie spannten das Tau rund um die beiden größten Bäume, befestigten es mit einem halben Schlag und einem Palstek und schlichen sich lautlos zum Boot zurück. Wohlbehalten an Bord, ruderten die Männer das Schiff auf die andere Seite der Bucht, sodass das Tau sacht ins Wasser glitt. In regelmäßigen Abständen beugten sich zwei Mann über die Reling und befestigten ein leeres Holzfass an dem Seil. Doch das Tau durfte nicht zu schwer werden, damit es nicht sank. Nichts durfte schief gehen.

Der andere Strand war steinig und konnte nur schwer angelaufen werden. Das Seil ließ sich nur mühsam an Land ziehen. Es war noch schwerer vom Wasser, acht Mann mussten es an einer Eiche befestigen. Als die Männer das vollbracht hatten, lag das Seil quer über die Bucht gespannt, einen halben Mann über der Wasseroberfläche. Hakon Jarls Männer schoben das Boot ins Wasser und zogen sich vorsichtig am Seil entlang. Rasch lösten sie die Holzfässer. Jetzt konnte niemand mehr sehen, was sich in der Nacht verbarg.

Ein paar Bogenschusslängen entfernt, schlichen Eriks Männer zu den hochgezogenen Langschiffen am Strand. Wortlos trat jeder zu einem Schiff. Sie öffneten ihre gefüllten Lederrucksäcke und ließen das Wasser über Segeltuch und Taue rieseln, bis Stoff und Hanf mit Wasser getränkt waren. Die Männer arbeiteten leise und schnell und durchnässten selbst Duchten und Rudergriffe. Bei dem eisigen Wind würden Schoten und Segel bis zum Morgengrauen eingefroren sein.

Erik war als Erster fertig und lief geduckt zurück zum Boot und freute sich diebisch. Gegen eine solche Hinterlist würde nicht einmal der Höchste etwas ausrichten können. Und wenn er vom Himmel steigen würde, würde er ausrutschen. Der ernsten Situation zum Trotz brodelte Erik innerlich vor boshaftem Vergnügen, und er musste tief Luft holen, um nicht in lautes Lachen auszubrechen.

Die Männer kehrten nacheinander zum Boot zurück, ohne dass die Feuerwachen sie bemerkt und Alarm geschlagen hatten. Lautlos verschwand Eriks Schiff in der Nacht.

Auf der Insel trafen Hakon Jarl und Erik wieder aufeinander. Der Wind wehte immer noch kräftig, und die Männer ließen sich hinter den Klippen nieder.

»Jetzt haben wir sie«, sagte Erik und rieb sich vergnügt die Hände.

»Ja, aber noch haben wir den Sack nicht zugeschnürt«, wandte Hakon Jarl nüchtern ein. »Wir dürfen auf keinen Fall entdeckt werden, bevor wir angreifen können.«

Erik schüttelte den Kopf und lächelte siegesgewiss.

»Nein, nein. Die Schiffe sind bereit, und sobald alle Taue gefroren sind, können wir sie überfallen.« Er hielt zwei Seile in die Höhe. »Ich habe diese beiden auch mit Wasser übergossen. Jetzt müssen wir nur noch warten, bis sie vereist sind.«

»Du denkst wirklich an alles«, entgegnete Hakon vergnügt. »Ja, sechs Schiffe gegen zwölf. Es könnte tatsächlich gelingen.« Dann blickte er zu Erik hinüber und begann zu lachen. Wahrscheinlich hatte er sich umsonst Sorgen gemacht.

Harald Sigurdsohn vom Haraldhof wachte von der Kälte auf, die in seinen Schlafsack kroch. Am Abend hatte er nicht darauf geachtet, wohin er ihn gelegt hatte, und ein scharfer Stein hatte ein Loch am Fußende hineingerissen. Verschlafen starrte er in die Nacht. War er erst einmal wach, fiel es ihm schwer, wieder einzuschlafen.

Der schneidende Nordwind frischte auf, und das Segel über seinem Kopf flatterte wild. Harald richtete sich auf und sah zum Strand hinunter. Dort lag sein Schiff. Heerfahrt. Es hatte ihn große Mühe gekostet, eine Flotte zusammenzustellen, doch nun waren sie endlich auf dem Weg nach Birka. Hoffentlich erreichten sie die Stadt, bevor das lausige Wetter in einen Schneesturm überging. Als das Eis aufgebrochen war, hatte er geglaubt, die Kälte sei endgültig vorüber, aber jetzt schien es, als sei der Frost noch einmal zurückgekehrt. Das war ein großer Dämpfer, obwohl bei diesem Wetter andererseits auch niemand eine Flotte vom Meer erwarten würde. In Birka würden die Turmwachen sich vermutlich nicht einmal darum kümmern, den Fjord im Auge zu behalten. Nein, zu dieser Jahreszeit tranken sie für gewöhnlich lieber etwas Warmes oder versuchten sich anderweitig warm zu halten, als nach Feinden Ausschau zu halten. Harald schmunzelte. Am Abend des nächsten Tages würden sie zuschlagen. In der Dunkelheit würden seine Späher erst Hergeir und seine Männer warnen, dann würde seine Flotte lautlos in den Hafen gleiten. Mit den Schiffen draußen vor der Stadt und Hergeir und seinen Verbündeten überall auf ganz Björkö würden sie jeden Widerstand schnell niederschlagen können. Und wenn Birka erst eingenommen war, würde der König auf Adelsö ihnen nicht mehr viel entgegenzusetzen haben. Nein, die Tage dieses verlausten Heiden waren gezählt.

Er fror in seinem undichten Schlafsack und tastete verschlafen nach einem Gegenstand, um das Loch abzudichten. Sein Geldbeutel! Er leerte ihn und stopfte die Münzen in seinen Schuh. Dann formte er einen Stopfen aus dem Leder und steckte ihn in das Loch. Jetzt würde er endlich schlafen können. Er warf einen letzten Blick auf das Meer und kroch wieder in den Lodenstoff. Der Mond, der aus den Wolken hervorlugte, spiegelte sich im Wasser, und die Wellenkämme schimmerten. Die Wellen schlugen hoch. Vielleicht sollten sie die Boote lieber weiter hinaufziehen? Nein, noch herrschte keine Gefahr. Sein Blick wanderte weiter zu den Lagerfeuern. Dort hockten die Wachen vor den Flammen und versuchten sie am Leben zu halten. Nur das Feuer weiter unten am Strand war ausgegangen. Harald fluchte. Diese verdammte Feuerwache, dem Mann würde eine Lektion gut tun. Die Feuer mussten brennen. Wollte der faule Idiot, dass sie alle erfroren? Im selben Moment fiel ihm ein, dass es Tjalve war, der die Wache unten am Strand hatte. Herrgott, der Verwalter des Gudmundhofes musste eingeschlafen sein. Wenn er ihn nicht aufweckte, konnte er am Morgen tot sein. Widerwillig kroch Harald aus seinem Schlafsack und wankte Richtung Ufer.

Plötzlich meinte er, fremde Geräusche vom Wasser zu hören. Verwirrt hielt er inne und lauschte.

Hakon Jarls Schiff kam vorsichtig näher. Die Ruder durchbrachen unhörbar die Wasseroberfläche. Die Männer an Bord wussten, dass ein einziger Laut ausreichen konnte, um sie zu verraten. Würden sie entdeckt, wäre die Schlacht verloren.

Die Schiffe waren gut gerüstet. Auf jedem einzelnen standen zwei Tonnen im Bug. In der einen war Teer, die andere war gefüllt mit Krähenfüßen, gespreizten Eisenstücken, die, ganz gleich, wie man sie auch warf, immer mit einer der nadelscharfen Spitzen nach oben landeten. Die Männer selbst trugen Äxte und Schwerter, an der Reling lehnten Speere, Bögen und Schilde bereit.

Die Männer ruderten leise und schnell. Als sie das äußerste Ende der Bucht erreicht hatten, teilten sie sich in zwei Gruppen. Drei Schiffe folgten Hakon Jarl, der in den östlichen Teil der Bucht ruderte, die anderen Schiffe folgten Erik nach Westen. Es war stürmisch, und der Mond war hinter dunklen Wolken verschwunden.

Jetzt hörte er das mystische Geräusch wieder. War es möglich, dass etwas über das Meer näher kam? Harald starrte in die Bucht. Für einen Moment ließ der Wind nach, und Harald glaubte, Ruderschläge zu hören. Nein, er musste sich irren, nicht um diese Jahreszeit. Aber … Plötzlich wurde er skeptisch. Was wäre, wenn jemand gesehen hatte, wie sie sich rüsteten? Wenn jemand sie aufhalten wollte? Da draußen waren möglicherweise Schiffe unterwegs.

Mit zwei Schritten war er bei Tjalve und schüttelte ihn.

»Auf, du fauler Hund.«

Tjalve bewegte sich träge und murmelte etwas Unverständliches.

»Auf, hab ich gesagt!« Harald versetzte ihm einen Tritt in den Magen. Tjalve keuchte vor Schmerz und war mit einem Schlag hellwach.

»Hörst du was?«, fragte Harald angespannt.

Tjalve lauschte und schüttelte den Kopf.

»Siehst du denn etwas?«

Tjalve kam schwankend auf die Beine, rieb sich die Augen und blinzelte verschlafen über die Bucht. Er konnte nichts Ungewöhnliches bemerken. Wovon redete Harald da? Widerwillig trat er ans Ufer und spähte in die Dunkelheit. Das Meer war dunkel, weiße Wellenkämme ließen sich weiter draußen an der Landzunge erahnen. Aber dort? Im nächsten Augenblick entdeckte er etwas Fremdes, das sich ihnen auf dem Wasser näherte.

»Schiffe«, stieß er hervor. »Bewaffnete Schiffe!«

Nun sah Harald sie auch: dunkle Schiffskörper und Reihen von Rudern, die sacht ins Wasser getaucht wurden.

»Gott steh uns bei«, brach er hervor und blickte bestürzt zu Tjalve. »Die Schiffe sind auf dem Weg in die Bucht.«

»Und sie sind für den Kampf gerüstet«, rief Tjalve erschrocken aus.

»Feinde …«

Die Ruderschläge kamen immer näher, die Männer standen wie versteinert. Harald starrte, er bekam keinen Laut heraus. Dann begriff er, was gerade geschah.

»Macht euch zum Kampf bereit«, schrie er schrill und rannte zu den Booten. Tjalve seinerseits eilte zum Lager hinauf und rüttelte Leben in die Männer. Schlaftrunken griffen sie nach ihren Waffen.

Haralds Männer waren gut in Form, und jeder wusste, was von ihm erwartet wurde. Nordwind wehte hinaus aufs Meer. Sie würden geradewegs auf die Feinde zusegeln und längsseits gehen. Unter Schreien und Rufen liefen sie hinunter zum Strand und schoben ihre Boote ins Wasser.

»Vernichtet die Schiffe bis auf den letzten Mann!«, brüllte Harald hitzig und zog sich auf sein Schiff. Den Feind würden sie bald in die Flucht geschlagen haben.

»Hisst die Segel!«, befahl er und griff nach der Rahstange.

Aber weiter kam er nicht mehr, seine Beine gaben nach, und er fiel kopfüber. Tjalve reichte ihm die Hand zur Hilfe, rutschte jedoch selbst aus. Die Männer stolperten übereinander, einige fielen vornüber auf die Nase, andere kopfüber, die Füße in der Luft. Schiffsboden und Duchten waren rutschig wie Seife, und die Männer fanden keinen Halt. Als sie unter großen Anstrengungen die Segel hissen wollten, war das Schot eisig und glitt ihnen aus den Händen. Alles war von einer dünnen Eisschicht überzogen.

»An die Ruder!«, brüllte Harald zornig und schleuderte die unbrauchbaren Seile fort. Er rutschte wieder aus. »Zur Hölle, was ist das glatt!«, konnte er noch sagen, bevor er mit der Nase gegen einen Balken auf Deck schlitterte.

Als Erik die Schiffe vom Strand ablegen sah, wurde er blass und fluchte laut. Was war schief gegangen? Wie in aller Welt waren sie entdeckt worden? In einem Enterkampf Mann gegen Mann würden sie nicht viel entgegenzusetzen haben.

»Die Krähenfüße, macht die Krähenfüße bereit«, rief er. »Aber wartet, bis die Schiffe ganz nah herangekommen sind.«

Sogar Hakon Jarl ließ Schimpfworte hageln, als er sah, dass die Kreuzträger ihre Langschiffe ins Wasser schoben. Mochten die Drachen prächtig zugeeist und schwer zu manövrieren sein. Wie sonst sollte ihr Plan gelingen?

Hakon sah sich unruhig um. Im Westen schien Erik seine Schiffe gut beisammenzuhalten. Er selbst hatte seinen Teil der Bucht taktisch günstig abgeriegelt. Auf diese Weise würden sie die feindliche Flotte spalten oder die Kreuzträger zwingen, geradeaus zu rudern. Erneut spähte er zum Ufer. Sämtliche Schiffe hatten den Strand verlassen. Die Zeit war gekommen.

Mit voller Kraft schlug er zwei Speere aneinander. Kurz waren nur das Meer und der Wind zu hören, aber dann antwortete Erik auf die gleiche Weise. Im nächsten Augenblick hörten die Ruderer in den Schiffen achtern auf zu rudern. Sie warteten einen Moment und begannen dann vorsichtig, sich der feindlichen Flotte von hinten zu nähern. Lautlos schlossen sie in der Dunkelheit hinter Haralds Schiff auf. Die Christen waren in der Falle gefangen. Achtern und seitlich befanden sich Hakons und Eriks Schiffe, vor ihnen lag das Tau unsichtbar, scharf und eisig.

Die Christen bereiteten ahnungslos ihren Angriff vor. Angespannt starrten sie über das Wasser, die Speere bereit. Dann schossen Hakons und Eriks Männer ihre Pfeile ab. Aus allen Richtungen prasselten sie pfeifend auf die Feinde nieder. Mehrere von Haralds Männern wurden getroffen. Manche verletzt, andere fielen tot um. Die Christen griffen nach ihren Bögen und antworteten mit einem heftigen Gegenschlag. Aber in der Dunkelheit konnten sie kaum etwas erkennen, und ihre Pfeile richteten nur wenig Schaden an. Da erst begriffen die Männer, dass sie umzingelt waren, und versuchten verzweifelt, dem Pfeilregen zu entkommen. Mit voller Kraft ruderten sie vom Feind fort – direkt auf das Tau in der Dunkelheit zu.

Als die ersten Drachen gegen das Reep stießen, gingen einige der Männer über Bord, andere stolperten kopfüber übereinander. In großer Verwirrung versuchten sie, wieder auf die Beine zu kommen, aber viele rutschten mit der Waffe in der Hand aus oder wurden von den Pfeilen der Heiden getötet.

»Zum Angriff!«, brüllte Harald heiser, doch die Männer hörten ihn nicht. Die, die noch in der Lage waren zu kämpfen, schossen auf die feindlichen Schiffe im Dunkeln, andere warfen ihre Speere. Aber auch diese Waffen verursachten kaum Schaden.

»Entert sie, tötet sie!«, rief Harald heiser, aber die Männer hörten ihn nicht. Als sie sahen, dass die Feinde näher kamen, versuchten sie wegzurudern. Aber Ruder und Seile glitten ihnen aus den Händen, und ihre Schiffe stießen zusammen oder verfingen sich im Tau.

Dann holten Erik und Hakon zu ihrem nächsten Schlag aus. Flink schleuderten sie die Krähenfüße und rollten die Teerfässer nach vorn. Haralds Männer sprangen auf, die Schilde vor der Brust, aber ehe es zum Schwertkampf kam, hatten Erik und Hakon ihre Schiffe wieder zurückgerudert.

Die Christen konnten sich kaum wehren. Sie rutschten auf dem glatten Schiffsboden aus und verletzten sich an den Krähenfüßen. Viele wurden von Speeren und Pfeilen getroffen. Sie verzeichneten große Verluste und wurden nervös. Ohne Haralds Befehl abzuwarten, nahmen die Männer die Ruder auf und versuchten erneut, aus der Bucht zu gelangen. Sie schlugen auf das Tau ein, doch bevor es ihnen gelungen war, das Reep zu zerschlagen und die Ketten zu lösen, ertönte eine kraftvolle Stimme:

»Klar im Vorschiff!«

Die Männer am Vordersteven der Schiffe des Jarl holten schnell Kessel mit glühender Kohle, die sie im Vorraum versteckt hatten. Dann tauchte die ganze Besatzung, Mann für Mann, ihre Brandpfeile in den Teer und zündete sie mit der Kohle an. Der Teer zischte, und das Leinzeug fing Feuer. Rasch spannten die Männer ihre Bögen.

»Jetzt!«, schrie Hakon, und flammende Pfeile zerrissen den Himmel. Wie böse Omen gingen sie auf die Schiffe des Gegners nieder und entflammten die Teerfässer.

Harald, der vergebens versuchte, seine Männer zum Kämpfen anzuhalten, erkannte die Gefahr. Seine Lippen wurden weiß, und sein Gesicht begann zu zucken. Hastig sah er sich um. Achtern glitzerte das Wasser. Eine Lücke war zwischen den feindlichen Schiffen entstanden. Vielleicht konnte er dort entkommen.

Ein Brandpfeil flog auf sein Boot zu und bohrte sich ins Holz. Mit einem Satz sprang er herbei und zog ihn wieder heraus. Jetzt galt es, keine Zeit zu verlieren. Er musste fliehen.

Während der Rest der Flotte vorn kämpfte, gab er seinen Männern ein Zeichen, rückwärts zu rudern. Still und leise glitt das Schiff aus dem Kampfgetümmel. Ohne entdeckt zu werden, umrundeten sie die Landzunge im Osten und verschwanden in der Dunkelheit. Hinter ihnen flackerten hohe Feuer in den Himmel. Die Schiffe brannten in der Bucht.

Harald verzerrte sein Gesicht, seine Augen füllten sich mit Tränen, seine Haut kribbelte, und sein Mund öffnete und schloss sich lautlos. Die Tränen brannten hinter den Lidern, und verzweifelt ballte er die Fäuste. Es waren seine Schiffe, die dort loderten. Die christliche Flotte gab es nicht mehr. Der Überfall auf Birka war zunichte gemacht worden.

Außer sich vor Schmerz, starrte er auf das mächtige Schauspiel. Bei Gott, er hatte viel verloren! Jetzt musste er von vorn anfangen, eine neue Mannschaft für seine Sache anwerben. Und es würde viel Zeit brauchen, um eine neue Flotte zu rüsten.

Harald faltete die Hände und blickte gen Himmel, in einem verzweifelten Versuch, Kraft zu schöpfen. Nein, er würde nicht aufgeben, niemals. Bleich und erschöpft wandte er sich an seine Mannschaft und befahl ihnen, nach Tälje zurückzurudern.

Als der Morgen graute, konnte jeder sehen, dass die christliche Flotte eine schwere Niederlage erlitten hatte. Verbrannte Schiffe waren in der Bucht gesunken, Wrackteile und tote Körper waren an die Strände gespült worden. Erik stand am Ufer und betrachtete die Verwüstung.

Fast wäre es ein Sieg auf ganzer Linie gewesen. Sie hatten die Christen mit Mann und Maus vernichtet und die, die nicht durch Speer und Schwert gefallen waren, waren in den Flammen umgekommen. Birka war gerettet, aber die Schlacht war noch nicht gewonnen. Ein Schiff hatte entkommen können, Haralds, das Schiff seines Bruders.

Zuerst hatte Erik geglaubt, Hakon wollte ihn auf den Arm nehmen, als er berichtete, dass seine Männer Harald erkannt hatten. Sie hatten einen Brandpfeil auf sein Schiff geschossen, und Harald selbst hatte ihn herausgerissen. Dann war das Schiff in der Dunkelheit verschwunden.

Harald lebte also? Ja, die Kaufleute in der Schankstube, die erzählt hatten, wie Harald und seine Männer verbrannt waren, waren sicher seine Handlanger gewesen. Harald war schlau wie ein Fuchs, und der Brand war sicher seine Idee gewesen. Eine heimtückische List verbarg sich hinter der ganzen Lügengeschichte.

Die Freude über den Sieg verebbte, und Erik schleuderte zornig einen Stein ins Meer. Er schnellte mit ein paar Sprüngen über die Wasseroberfläche und verschwand. Er griff nach einem zweiten, jedoch ohne ihn zu werfen. Nachdenklich wog er ihn in der Hand. Der Kampf um die neue Lehre würde weitergehen.

Harald hatte sicher vor, einen neuen Versuch zu wagen. Die Kreuzträger würden erneut rüsten und eines Tages nach Birka zurückkehren. Vermutlich würden sie nicht in diesem Sommer angreifen und auch nicht im nächsten. Aber früher oder später würden Harald und seine Männer wiederkommen.

Ein Vogelschwarm zog am Himmel vorüber, und Erik folgte ihm mit dem Blick. Die Vögel waren auf dem Weg nach Norden. Er konnte ihre Flügelschläge hören. Ob sie nach Birka flogen? Vielleicht sollte er umkehren. Estrid und Toste würden sich sicher freuen, ihn zu sehen, und er selbst … Ja, sollte er zurückgehen, zu Estrid und dem Kind?

Er schleuderte den Stein in die Luft und fing ihn wieder auf. Nein, die Gefahr war gebannt. Estrid und Toste waren gerettet, und es würde einige Zeit dauern, bis die Christen wieder gerüstet waren. Er konnte die Reise ins Frankenreich fortsetzen und trotzdem noch immer rechtzeitig heimkehren, um Birka zu verteidigen. Schließlich musste er nicht so lange fortbleiben.

Er sah hinaus aufs Meer und spürte, wie das Abenteuer sein Herz erfüllte. Als er sich zu Hakon Jarl umwandte, funkelten seine Augen, und ein breites Lächeln erhellte sein Gesicht.

»Hakon, worauf warten wir? Ist es nicht an der Zeit, weiterzusegeln?«

Nachwort

Der historische Roman WIKINGERBLUT schildert die Zeit um 830, als Ansgar nach Birka kam, um das Christentum zu predigen. Der Mönch Ansgar, König Björn, Hergeir und ein Schiffer, der Ansgar nach Birka brachte, existierten wirklich. Ebenso basiert ein Großteil des beschriebenen Geschehens auf historischen Fakten. Die Hauptpersonen sowie ihre Erlebnisse hingegen sind frei erfunden.

Für alle, die mehr über Birka in dieser Zeit wissen möchten, gibt es viel zu lesen:

Schamoni, Wilhelm (Hrsg.): Das Leben des heiligen Ansgar von seinem Nachfolger Rimbert, Patmos 1965.

Wahl, Mats: Die Leute von Birka. So lebten die Wikinger, Oetinger 2002.

Hansen, Konrad: Die Welt der Wikinger, Sabine Groenewold Verlage 2002.

Lindh, Knut: Wikinger. Die Entdecker Amerikas, Piper 2002.

Simek, Rudolf: Die Wikinger, C. H. Beck 2002.

Wikingersilber

Für meine Mutter

1

Eine junge Frau eilte atemlos den Berg hinauf. Büsche und Gestrüpp zerschrammten ihr Arme und Beine, sie stieß gegen Steine und Felsblöcke. Doch von alledem spürte sie nichts. Erst als sie den Burgberg erreicht hatte, blieb sie keuchend stehen. Unruhig spähte sie über das spiegelglatte silbrig glänzende Meer. Der hellgraue Himmel tauchte am Horizont in die Wasseroberfläche, und der Fjord ruhte im Nebel. In der Ferne lag das Festland, in Wolken gehüllt. Das Licht wechselte, geheimnisvoll und schicksalsschwer.

Sie sah sich um. Am Fuße des Burgberges lag die Stadt, ein Gitter aus Häusern und Gassen, im Süden schlängelte sich der Wasserlauf nach Tälje hinab. Auf der anderen Seite des Fjordes verbarg der regenschwere Dunst Hof und Ländereien des Königs. Die Frau spähte zunächst suchend umher, fixierte unverwandt einen Punkt draußen auf dem Wasser. In der Trübe zwischen Himmel und Meer ließ sich der Schatten eines Schiffs erahnen. Ein fremdes Schiff. Ihr Blick heftete sich an den Mast, und sie begann zu zittern. Das Segel war nicht aus Wolle gewebt und nicht mit Rindensaft gefärbt. Das Segeltuch war schwarz.

Von weitem schien es, als würde das Schiff weder gerudert noch gesegelt. Lautlos glitt es über den Fjord. Die Frau erschauerte. Sie hörte weder Männerstimmen, noch Ruderschläge, noch Wellen. Verwirrt strich sie mit den Händen ihre Rockfalten glatt, ohne Notiz davon zu nehmen. Sie fröstelte in der Kühle des Abends. Wieder sah sie auf das Wasser hinaus. Etwas glänzte unter der Rahstange, etwas, das aussah wie ein Kreuz. Ein Christenkreuz auf dem Segeltuch? Eine seltsame Unruhe erfasste sie. Nein, das war nicht das Schiff, auf das sie wartete. Das, was sie hier sah, war etwas Böses und Erschreckendes.

Die Morgendämmerung brach bereits an, doch Estrid hatte noch immer keine Ruhe gefunden. Was hatte sie dort draußen im Fjord gesehen? Befanden sich die Christen auf dem Weg nach Birka? Sie war noch lange auf dem Burgberg geblieben, bis die letzten Strahlen des Abends Meer und Land violett gefärbt hatten. Aber das schwarze Segel war nicht mehr zu sehen, und alles blieb ruhig. War es Einbildung gewesen, oder hatte sie das Farbenspiel der Dämmerung genarrt? Nein, sie hatte ganz sicher ein Schiff gesehen, ein seltsames Gefährt mit einem dunklen Segel, auf dem für einen Augenblick ein Christenkreuz aufgeleuchtet war.

Estrid wurde unruhig, und ihre Hände gruben sich fester in ihr Fell. Als sie das Schiff weit draußen auf dem Fjord zu erkennen glaubte, hatte sie es für Eriks gehalten, für das Schiff ihres Liebsten. Sie hatten lange ein Dach miteinander geteilt, bis er vor zwei Wintern auf Wikingfahrt gegangen war, und seitdem hatte sie nichts mehr von ihm gehört. Müde strich sie sich die Haare aus dem Gesicht. Wie sehr sie ihn vermisste, wie sehr sie sich wünschte, er wäre wieder zu Hause. Aber das letzte Mal war er erst nach drei Wintern zurückgekehrt, und seine Verlobte Jorunn war schon die Braut eines anderen geworden. Estrid konnte nicht anders, als sich selbst auszulachen. Nur weil nun sie seine Frau war, bildete sie sich wirklich ein, er würde dieses Mal früher heimkehren? Dieser Mann würde kommen, wann es ihm gefiel und keinen Tag früher. Wenn er überhaupt …

Sie seufzte tief und wehmütig. Obwohl soviel Zeit vergangen war, hoffte sie noch immer. Hoffte und sehnte. Aber das, was sie gesehen hatte, war ein Zeichen dafür, dass etwas Schlimmes geschehen würde. Ein Omen.

Die Festung suchte hoch oben auf dem Berg Halt. Die spitzen Pfähle der Palisaden ragten bedrohlich über die Felskante, innerhalb des Wallgrabens erhob sich groß und mächtig der Befestigungsturm. Der weiße Kalksteinfelsen strahlte in der Sonne. Stellenweise waren große Felsbrocken den Abhang hinuntergestürzt, und über dem Eingang zu einer tiefen Schlucht klammerten sich ein paar wuchernde Büsche an den Fels. Hinter diesem dichten Blätterwerk erstreckte sich ein neu gegrabener Tunnel. Er war von außen unsichtbar, und nur wer von der Öffnung wusste, konnte den Weg in den Berg finden. Am Eingang surrte ein Fliegenschwarm, und gelegentlich machte sich eine davon auf zu den fremden Gerüchen im Tunnel. Schwere, dumpfe Hammerschläge drangen aus der Tiefe.

Ein kräftig gebauter Mann um die dreißig war damit beschäftigt, mit der Rückseite seiner Axt einen Keil in den Berg zu treiben. Er hatte helles Haar und eine Stupsnase, und der Schweiß rann ihm über Schultern und Rücken. Seine Hände und Unterarme trugen Schrammen und Kratzer, und die Fliegen ließen ihm keine Ruhe. Zwischendurch fluchte er und schlug nach ihnen, doch dann arbeitete er ungeduldig weiter. Schließlich wurde er müde, streckte sich und stützte sich nachdenklich auf seine Axt. Sie hatten jetzt schon lange gegraben, der lange schmale Tunnel führte direkt unter das Fundament der Festung. Im Tunnelgang und in dem tiefen Schacht waren die Decken und Wände mit Pfosten und Brettern abgestützt. Erik Bernsteinhändler lächelte, und seine Augen funkelten. Noch wähnten die Feinde sich sicher in ihrer Burg, aber bald würden sie eines Besseren belehrt. Sie würden überlistet und besiegt werden, obwohl sie weit in der Überzahl waren. Einen Feind zu schlagen, der größer und stärker war, das gefiel Erik besser, als jemanden zu besiegen, dem er von Anfang an überlegen war. Und jetzt würden sie endlich die Rache von ihm und seinem Verbündeten Hakon Jarl zu spüren bekommen. Diese räudigen Hunde dort oben verdienten nicht zu leben.

Die Fliegen surrten, und die Hitze klebte an seinem Körper. Erik keuchte und wedelte irritiert eine blauschwarze Fliege fort, die sich immer wieder auf die Schrammen an seinem Arm setzte. Jedes Mal, wenn er nach ihr schlug, flog sie nur auf, um in einem weiten Bogen zu seiner Wunde zurückzukehren. Schließlich wurde es Erik zuviel. Als die Fliege sich auf einer der Holzstützen niedergelassen hatte, hieb er zornig mit der Axt zu. Die Fliege flog auf, aber das Brett wackelte und fiel. Im Fallen riss es einige der anderen Stützen mit, und plötzlich war ein polterndes Krachen zu hören, und eine Staubwolke quoll aus dem Berg. Zunächst glaubte er, die ganze Wand würde einstürzen, und kauerte sich zusammen. Dann merkte er, dass nur wenige Steine in die Tiefe gerissen worden waren. Und der Lärm? Er wurde unruhig. Hatte der Feind ihn gehört? Reglos wartete er mit der Axt in der Hand. Jede Faser seines Körpers war angespannt, er war bereit zur Flucht. Mit angehaltenem Atem und geschlossenen Augen lauschte er auf fremde Geräusche. Alles schien ruhig. Erleichtert blickte er auf und wischte sich den Schweiß aus dem Gesicht. Der Staub legte sich langsam und bedeckte die umgestürzten Bretter mit einer grauen, feinkörnigen Asche. Erik erstarrte. Über dem Bretterhaufen surrte die Fliege.

»Mistvieh!«, grunzte er und konnte sich ein Grinsen nicht verkneifen. Dann wurde er wieder ernst, nahm seinen Dolch aus dem Gürtel und zielte. Im nächsten Moment flog das Messer durch die Luft und spaltete die Fliege in der Mitte. Zufrieden ging er zum Bretterstapel, zog den Dolch aus dem Holz und steckte ihn in den Gürtel zurück. Das hätte auch schief gehen können, sie durften sich jetzt nicht verraten. Monatelang hatten sie sich immer weiter in den Fels vorgearbeitet, um zum Fundament der Festung vorzudringen, und jeden Tag konnten sie fertig werden. Sie mussten nur noch das Feuer anzünden, und wenn es erst einmal entfacht war, würde die Festung fallen. Dann würde er endlich nach Birka zurückkehren können.

Während der zwei Jahre auf Wikingfahrt waren er und Hakon Jarl auf ihren Schiffen die Loire flussaufwärts ins Frankenreich gesegelt, um Handel zu treiben. Aber überall hatte der alte Kaiser Karl der Große Wachtürme errichten, Warnfeuer anzünden und Garnisonen rüsten lassen, um die Nordmänner daran zu hindern, bis ins Landesinnere vorzudringen, und Erik und der Jarl waren nicht weit gekommen. Als sie zu einigen Kaufleuten unterwegs waren, um mit ihnen zu handeln, waren sie plötzlich überfallen worden. Natürlich hatten sie davon gehört, dass die Franken die Männer aus dem Norden fürchteten, seit Seeräuber begonnen hatten, an den Küsten zu wüten, aber die fränkischen Kaufleute konnten doch friedliche Händler von Kriegern unterscheiden, die Böses im Sinn hatten? Die Franken hatten zehn Männer des Jarls getötet und waren dann triumphierend mit der Ladung und der ganzen Schiffskasse von dannen gezogen.

Mit der Zeit hatten Erik und der Jarl in Erfahrung gebracht, dass die Lumpen Zuflucht in einer Festung hoch oben auf einem Bergfelsen gesucht hatten. Da hatte der Jarl beschlossen, all das, was sie so schmählich verloren hatten, wieder zurückzurauben. Erik schielte zur Festung hinauf. Die Bauern der Gegend prahlten damit, dass die Soldaten Unmengen geplünderter Schätze dort oben horteten; Silber, Wein, Stoffe und Wandbehänge. Es wäre sicher nicht übel, all das in Beschlag zu nehmen, und er gönnte seinem Verbündeten, dem Norweger Hakon Jarl, die Schätze. Der reiche Kaufmann aus Kaupang war es, der mit Silber im Wert von fast vierzig Feldern ins Frankenreich aufgebrochen war, und seit dem Überfall hatte er um seine Ladung getrauert. Bernstein, Pelze und Silber waren den Räubern in die Hände gefallen. Die Franken hatten sich als Händler ausgegeben und waren dann plötzlich zum Angriff übergegangen. Solche Taschenspielertricks konnte er nicht leiden, und er hatte geschworen, Rache zu üben. Vorher würde keiner von ihnen das Frankenreich verlassen. Doch nachdem die Feinde weit in der Überzahl waren, hatten sie nicht sofort angreifen können und waren ohne Unterlass seit Herbst mit dem Graben ihres Tunnels beschäftigt gewesen.

Erik wurde von einer barschen Stimme aus seinen Gedanken gerissen.

»Schlimm, wie es um dich herum staubt und donnert«, bemerkte der Jarl und grinste breit. »Das klingt ja, als hättest du Thor selbst mit Hammer und Wagen losgelassen. Hast du noch nie darüber nachgedacht, dass wir entdeckt werden könnten?«

Eriks Wangen wurden heiß.

»Ach was, die sind plötzlich umgekippt«, sagte er verlegen mit Blick auf den Steinhaufen.

»Na, von allein werden sie wohl kaum dorthin gelangt sein«, erwiderte der Jarl trocken und musterte Erik mit freundschaftlichem Blick. »Fass mit an, wir müssen uns beeilen. Sie können den Tunnel jederzeit entdecken.«

»Da hast du Recht. Lass uns heute oder morgen Feuer legen. Ich will nicht vergebens so lange gegraben haben.«

»Wer will das schon«, brummte der Jarl und begann, Steine auf einen Karren zu laden. »Aber vergiss nicht, dass es deine Idee war.«

»Ja, ich und meine glänzenden Ideen«, sagte Erik mit einem schiefen Grinsen. »Manchmal wünschte ich, meine Zunge würde mehr ruhen als reden.«

»Ja, du, das wünschen wir uns alle. Aber einige von uns haben auch gelernt zu schweigen«, antwortete der Jarl mit einem kurzen Lachen.

»Wie macht man denn das?«, flachste Erik.

»Weiß nicht. Nein, Erik, ändere dich nie. Du bist mein engster Freund und ohne dich wären wir alle schon lange tot. Außerdem glaube ich, wir werden die Räuber da oben überlisten. Das ist allein dein Verdienst.«

Erik sah Hakon Jarl dankbar an. Sie waren sich vor drei Wintern begegnet, und seit sie zusammen auf Fahrt gewesen waren, war eine tiefe Freundschaft zwischen ihnen gewachsen. Der Jarl war älter, erfahrener und ein kluger, schnell entschlossener Mann, der Erik in allem stützte. Obwohl nur vierzehn Winter zwischen ihnen lagen, war der Jarl wie ein Vater für ihn. Er war der fürsorgliche Vater, den er nie gehabt hatte; einer, der zuhörte, der es gut mit einem meinte und nicht nur zu seinem eigenen Vorteil schaltete und waltete. Wenn sein Vater nicht gewesen wäre, hätte er Jorunn heiraten können, seine Verlobte. Sein Vater aber, der Hund, hatte ihn daran gehindert. Jorunn war seine erste Frau gewesen, und er hatte lange um sie getrauert. Dann war glücklicherweise Estrid in sein Leben getreten. Sie war gut und tüchtig, und er liebte und achtete sie sehr. Jedes Mal, wenn er an sie dachte, wurde ihm heiß und schwindelig, und nur mit Mühe konnte er sich wieder seiner Arbeit zuwenden.

Schweigend luden sie die Steine auf den Karren, und nachdem sie den Gang geräumt und die Wände abgestützt hatten, gingen sie noch tiefer in den Tunnel hinein. Dort fuhr Erik damit fort, Keile in den Berg zu treiben. Steinstaub wirbelte auf und drang in Nase, Augen und Mund. Der Berg war porös, anders als die Steinmauern der Burg oben auf dem Felsen. Das alte Befestigungswerk war keine gewöhnliche Holzbastion, sondern eine Festung, die Karl der Große auf altem römischem Mauerwerk hatte errichten lassen. Diese Verteidigungsanlage würde nur schwer einzunehmen sein. Erik senkte seine Axt und betrachtete den langen, holzgestützten Tunnel, der in der Dunkelheit verschwand. Sie zählten nur siebzig Mann, während man von dem Grafen sagte, der dort oben herrschte, er habe über hundert bewaffnete Krieger. Und das Befestigungswerk bestand aus stabilen Grundmauern. Die Grundwälle der Festung waren ohne

Mörtel gemauert, und die Steine wurden von großen Holzbalken gestützt. Außerdem waren die Palisaden und ein Großteil des Pfahlwerks aus Holz. Wenn sie nur weit genug unter die Festung gelangen und das Bauholz anzünden konnten, würde alles einstürzen. Auf diese Weise hatten die Feinde Fluchtburgen zu Hause in Götaland und im Sveareich eingenommen. Dann sollte die List wohl auch hier im Frankenreich gelingen.

Erik strich sich etwas Grus aus dem Bart und spuckte auf den Boden. Dann wandte er sich an den Jarl.

»Es wird nicht leicht, aber ich glaube, wir schaffen es«, sagte er nachdenklich.

Hakon Jarl spähte in den Tunnel.

»Ja, die wähnen sich da oben in Sicherheit, dabei werden sie wahrhaft noch Blut und Wasser schwitzen«, antwortete er vergnügt.

Seit dem Überfall war er in düsterer Stimmung gewesen. Der Gram saß tief, und er war oft wortkarg, mürrisch und missmutig gewesen. Aber jetzt fühlte er einen Funken Hoffnung in sich aufkeimen. Endlich waren sie so weit gekommen, dass sie die Festung einnehmen und sich das Silber zurückholen konnten. In Kürze würde er wieder auf seinem mit Waren beladenen Schiff als Kaufmann segeln.

»Noch ein paar Felsbrocken und dann können wir anzünden«, fuhr der Jarl zufrieden fort, »und wenn das Feuer sich ausgebreitet hat, gehen wir auf der anderen Seite des Wallgrabens zum Angriff über.«

»Ja, aber wir dürfen unsere Wikingerehre nicht vergessen«, bemerkte Erik nachdenklich. »Keine Kaufleute, Bauern oder Frauen töten und auch niemanden angreifen, der schon kämpft.«

»Ach, Ehre, davon weiß ich nichts«, brummte der Jarl. »Die haben sich als Kaufleute ausgegeben und uns dann heimtückisch überrumpelt. Es wird schwer sein, mit solchen Lumpen Nettigkeiten auszutauschen.«

»Nun, stellen sie sich zwischen mich und das Silber, gedenke ich durchaus, mein Schwert zu gebrauchen«, antwortete Erik. »Edel kann man sein, aber mit Maß.«

»Das kannst du laut sagen«, meinte der Jarl mit einem Lachen. Dann beugte er sich über einen Stein und rollte ihn rückwärts zur Tunnelöffnung. Dort blieb er stehen und verschnaufte, bevor er den Stein vorsichtig über die Kante stieß.

»Die Bogen sind bereit, und wir haben für jede Schiffsmannschaft neue Pfeile fertigen lassen«, sagte er außer Atem, als er zurückkehrte. »Wir können schon morgen angreifen.«

»Ich weiß«, murmelte Erik. Er schritt weiter in den Tunnel hinein, dorthin, wo die Männer dabei waren, den Schacht auszuweiten. Er sah ihnen schweigend zu und ging zum Jarl zurück.

»Wir haben auch hier drinnen nicht mehr viel zu tun. Es ist an der Zeit, Reisig für das Feuer zu sammeln«, sagte er kurz.

»Auf diesen Tag habe ich lange gewartet«, antwortete der Jarl lächelnd und blickte auf. »Jetzt gibt es kein Zurück mehr.«

Aber Erik hörte ihn nicht. Er hatte den Tunnel schon verlassen, um nach Brennholz zu suchen.

Birka lag friedlich in dichten Regendunst gehüllt, und die Eichenplanken in den Straßen glänzten nass. Einige Sklaven, die die Hafenstraße hinaufgingen, duckten sich unter den Regenböen, und im Fjord schwollen die Wogen bedrohlich an. Die Brücken waren menschenleer, die Schiffe ächzten und wurden in ihrer Vertäuung vor- und zurückgeworfen. Erst am Nachmittag ließ der Wind nach, und die klare Augustsonne brach durch die Wolken. Weit weg vor Adelsö fuhren einige Fischerboote auf den Fjord hinaus, und weiter südlich segelten zwei Langschiffe. Ihnen folgte dichtauf ein Schiff, das sich von den anderen unterschied. Es war kürzer, hatte einen breiten Bug und hatte schwere Last geladen. Es hielt Kurs auf Birka.

Als es sich dem Ufer näherte, kamen Frauen und Kinder aus der Stadt herbeigelaufen. Die Segel wurden eingeholt, die Ruderblätter eingetaucht, und die Männer ruderten an der Sperre vorbei in den Hafen. Ein fremder Mann mit spitzem Hut und langem Kaftan stieg an Land und musterte die Umstehenden. Unter all diesen Männern, Frauen und Kindern war niemand gekommen, um ihn zu begrüßen. Er war allein und schien keine Eile zu haben. Neugierig blickte er an Land. Die Stadt war größer, als er es sich vorgestellt hatte, und die Häuser waren bis an den Kai gebaut. Eine breite, mit Planken ausgelegte Straße führte an den Gebäuden vorbei am Wasser entlang, schmalere Straßen, die in lange Bootsanleger draußen im Fjord mündeten, schlängelten sich aus der Stadt. Ein intensiver Geruch lag über der Stadt, ein feuchter, stechender Duft von Tier und Dung. Holzhäuser säumten dicht gedrängt die Gassen, so wie zu Hause. Andere waren aus lehmgefülltem Flechtwerk errichtet. Sie hatten gekreuzte Giebel, und ihre Türen und Schmalseiten zeigten zum Kai.

Die vorübereilenden Menschen waren stattlich gewachsen und hellhäutig. Die Frauen hatten langes Haar, und einige von ihnen verbargen es unter einem Tuch. Sogar das Haar der Männer war lang, reichte bis auf die Schulter oder bis zum Kinn. Manche hatten Bärte, andere nicht. Gelegentlich waren ein paar Sklaven mit Joch zu sehen, und etwas weiter straßaufwärts verschwand eine Gruppe Frauen mit ihren Körben in einen Hof. Ein Hund bellte, und zwei Schweine wühlten in einem Abfallgraben. Alles sah friedlich aus, nur der Stadtwall verriet anderes.

Der hölzerne Verteidigungswall mit seinen hohen Wachtürmen umgab wie ein Halbmond die ganze Stadt. Im Süden erhob sich eine mächtige Burg über dem Steilhang eines Felsens. So schützte sich die Stadt vor Seeräubern.

Der Fremdling holte tief Luft und hielt inne. Das also war Birka, die vornehmste Stadt im Reich der Svear, wo sich Kaufleute aus aller Welt auf großen Märkten trafen. Wo jeder, der das richtige Gespür hatte und etwas vom Handel verstand, vermögend werden konnte. Er hatte gehört, dass in Birka alle Menschen wohlhabend und reich waren. Konnte das wirklich stimmen?

Kaufleute in seiner eigenen Heimatstadt Aldeigjuborg hatten berichtet, dass die Wikinger, die die Flüsse im Gårdarik, dem Reich der Rus, hinaufsegelten, mehr für die Felle und Pelze nahmen, als man hier für sie gezahlt bekam. Darum hatte man ihm den Rat gegeben, selbst den langen Weg nach Birka auf sich zu nehmen, um zu Reichtum zu kommen. So hatte es sein Onkel Issuchiya getan. Das war vor einigen Wintern gewesen, und Gerüchte besagten, dass inzwischen ein wohlhabender Mann aus ihm geworden war. So groß war sein Erfolg gewesen, dass niemand wusste, ob er jemals wieder nach Hause zurückkehren würde.

Orfrim betrachtete die heimgekehrten Seeleute. Einige von ihnen umarmten ihre Frauen und Kinder, andere hatten schon begonnen, Anhänger und Karren zu beladen. Reglos lauschte er dem Lärmen. Die Stimmen waren fremd, und verschiedene Sprachen drangen an sein Ohr. Birka war eine Handelsstadt, in der sich Kaufleute vieler Muttersprachen trafen, in der Männer wie er selbst ihr Glück versuchten.

Sein Onkel wusste nicht, dass er gekommen war. Orfrims Reise nach Birka war nicht geplant gewesen, er war kurz entschlossen aufgebrochen, als sich die Gelegenheit bot. In Aldeigjuborg war er mit einem Händler vom Mälarsee ins Gespräch gekommen, der auf dem Weg nach Birka war. Die Männer hatten einander gesucht und gefunden und viele Becher zusammen geleert. Als Orfrim gehört hatte, dass noch Platz an Bord war, konnte er der Versuchung, westwärts zu reisen, nicht widerstehen. Sein Vater war Kaufmann, genau wie sein Onkel. Und jetzt wollte er selbst auch in den Kaufmannsstand treten.

So kam es, dass er, achtundzwanzig Winter alt, die Heimat verließ, um die lange Reise nach Birka anzutreten. Er hatte Glas, Stoffe, Kräuter und Hacksilber zum Handeln mitgenommen und war fest entschlossen, Erfolg zu haben. Deshalb gedachte er, länger zu bleiben. Erst wenn er das Vertrauen der Svear gewonnen hatte, würde er Gewinne erzielen, vorher nicht. Orfrim warf einen letzten Blick auf die Stadt und wandte sich an den Schiffer.

»Hier, nimm das für die Reise«, sagte er in der Sprache

der Nordländer und reichte ihm eine Hand voll Silbermünzen. Die Dirhams glänzten in seiner Hand und Brynolf, der Schiffer, fuhr sich über den Mund und griff mit funkelnden Augen eilig nach den Münzen.

»Danke, danke«, murmelte er und schlug Orfrim freundschaftlich auf die Schulter. »Ja, Bruder, das ist meine Heimat, mögest du dich wohl fühlen. Siehst du das Gabelhaus dort drüben? Das ist mein Heim, und dort werde ich ein Fest zu meiner Heimkehr halten. Sei mein Gast!« Brynolf streckte einen Arm aus und deutete auf ein Holzhaus. »Aber«, fuhr er fort, »jetzt sieh dich erst einmal in der Stadt um. Also, worauf wartest du, wir bewachen unterdessen deine Kisten.«

Orfrim sah Brynolf dankbar an. Offensichtlich war das, was man über die Gastfreundschaft der Wikinger hörte, wirklich nicht übertrieben. Hier würde er sich nicht wie ein Fremder fühlen müssen. Langsam begann Orfrim den Kai entlangzuschlendern. Es war schon später Nachmittag, aber im Hafen wurde noch immer gearbeitet. An einem der Bootsanleger war die Mannschaft dabei, Felle und Tuch an Bord zu laden, etwas weiter entfernt trugen ein paar Männer Tonnen und Säcke in ein Lagerhaus. Aus einer Schmiede drangen schwere Hammerschläge. Eine blonde Frau in einem Leinenkleid ging vorüber, und ihm fiel auf, wie groß und schön sie war. Er sah ihr nach, verführt von ihren fließenden, weiblichen Bewegungen. Er hatte so viel von den freien Frauen im Sveareich gehört, von ihrer Schönheit und Stärke. Jetzt freute er sich darauf, sie kennen zu lernen!

Orfrim setzte seine Wanderung fort und sah belustigt einer Gruppe von Kindern zu, die unter fröhlichem Lachen an einer Hauswand Ball spielten. Nebenan lag ein

Wirtshaus. Es war nicht groß, aber es wirkte gemütlich und einladend. Auf dem Hofplatz spazierten ein paar Hühner, dahinter war das Haupthaus des Hofes zu sehen. Die Tür zum Wirtshaus stand offen.

Estrid stand mit dem Rücken zur offenen Tür und war dabei, Met und Brotkrumen von einem Tisch zu wischen. Die Männer aus dem Norden, die mit Eisen und Pelzen handelten, kleckerten mehr als die Kaufleute vom Mälarsee. Andererseits waren sie eine unterhaltsame Gesellschaft, scherzten viel und aßen und tranken reichlich. Sie richtete sich auf und musterte erschöpft den Raum. Der Rauch der Herdstelle hing grau unter dem Dach, und das gebratene Fleisch duftete am Bratspieß. Auf der Bank hinter dem Dachpfosten leerte eine Gruppe Männer ihr Horn, und an der Querwand saßen ein junger und ein älterer Mann und spielten ein Brettspiel. Ihre Gesichter waren verschwitzt, und sie hatten ihre Ärmel aufgekrempelt. Ihre geschnürten Hosen klebten feucht an den Waden. Estrid lächelte ihnen freundlich zu, aber sie bemerkten sie nicht.

Summend trat sie an die Feuerstelle und drehte den Grillspieß. Das Fett tropfte zischend auf die Steine. Sie hatte bemerkt, dass die Gäste immer dann Essen bestellten, wenn der Bratgeruch sich im Schankraum ausbreitete. Deshalb ließ sie das Fett lange tropfen. Und nie fragte sie einen Gast, ob er essen wollte, wenn er gerade erst zur Tür hereingekommen war. Lieber servierte sie mehrere Horn voll Met, bevor sie ihnen etwas zu Essen anbot. Dann aßen und tranken sie mehr als in umgekehrter Reihenfolge.

Estrid war glücklich darüber, in der Schankstube arbeiten zu können. Sie und ihre Nachbarin Sigfrid hatten das kleine Lokal gemietet, nachdem der vorherige Besitzer gestorben war. Da jedoch die Frau des Verstorbenen einen Teil des Verdienstes für sich beanspruchte, träumten sie schon von ihrem eigenen Wirtshaus. Aber sie und Sigfrid mussten noch warten, bis ihre Zeit gekommen war, denn sie hatten noch nicht genügend Geld. Und vielleicht war es sogar klug, erst eine Schankwirtschaft zu mieten. Estrid war schon aufgefallen, dass die Gäste sich lieber in einem kleinen Raum drängten und dort tranken als in einem großen. Also hatte sie zwei neue Tische aufgestellt, und schon nach kurzer Zeit zählte ihr Wirtshaus zu einem der bestbesuchtesten. Estrid freute sich darüber, sie hatte gern ein reges Leben und Treiben um sich. Es war spannend, die Menschen der Stadt kennen zu lernen und weit gereisten Kaufleuten aus fernen Ländern zu begegnen. Manchmal füllten die Sprachen der Franken und der Slawen gleichzeitig den Raum. Neugierig versuchte sie, ein paar Brocken aufzuschnappen und so viel wie möglich über die fremden Länder zu erfahren. Das Unbekannte schreckte und lockte sie zugleich.

Ein Geräusch riss Estrid aus ihren Gedanken. In der Tür stand ein Mann, den sie noch nie gesehen hatte. Estrid blickte ihn unschlüssig an. Der Fremde hatte etwas Eigenartiges an sich. Seine Schritte waren selbstbewusst, sein Aussehen stattlich. Er hatte eine hohe Stirn, kräftige, kantige Wangenknochen, und unter seiner großen, ein wenig gebogenen Nase lag ein weicher, wohlgeformter Mund. Seine Kleidung unterschied sich von der aller anderen. Er trug einen spitzen Hut mit Silberstickereien und über den Schultern einen Kaftan mit Silberknöpfen. Um die Taille hatte er eine prächtige, mit Blech verzierte Schärpe mit Beschlägen geschlungen, und in einem davon hing ein Messer. Die Schärpe schlug ihm beim Gehen leicht gegen die Beine. Der Fremde nahm den Hut ab und setzte sich auf die Bank neben der Feuerstelle.

Er musterte den Raum, und als er Estrid erblickte, huschte ein freundliches Lächeln über sein Gesicht. Sein Blick war erhaben, und aus seinen großen, dunklen Augen leuchtete eine unerhörte Kraft. Die Anwesenheit des Fremden war im Raum zu spüren, und die Gespräche an den Tischen verstummten. Die Männer sahen hoch und betrachteten ihn schweigend. Estrid fuhr sich hastig durch die Haare, trocknete ihre Hände am Kleid und ging auf ihn zu.

»Wein oder Bier?«, fragte sie.

»Ich dachte, man trinkt Met in diesem Land«, antwortete er mit funkelnden Augen. »In rauen Mengen.«

Er sprach ihre Sprache, wenn auch mit starkem Akzent. Er kam aus dem Osten, vielleicht aus dem Gårdarik. Sie war neugierig, aber sie fragte nicht. Stattdessen trat sie an das Wandregal und holte das größte Horn, das sie hatte, herunter. Vorsichtig füllte sie es bis zum Rand.

»Ist das genug Met?«, fragte sie lächelnd und reichte ihm das Horn.

»Haben die Ochsen in eurem Land keine größeren Hörner?«, sagte er scherzend, und seine Mundwinkel zuckten dabei ein wenig.

Estrid sah ihn verdutzt an und brach in Gelächter aus.

»Nein, aber vielleicht beherrscht Ihr ja die Kunst, sie zu verlängern?«

Er lächelte zurück und sie sah ihn belustigt an.

»Etwas zu essen?«, fragte sie hastig und vergaß, dass er seinen Met noch gar nicht ausgetrunken hatte.

»Ja, ich bin so hungrig wie eine ganze Mannschaft«, antwortete er erfrischt und leerte das Horn. Der Met war süß und bitter zugleich, ein sonderbarer Geschmack, den er noch nie zuvor geschmeckt hatte. Aber er mundete ihm. Orfrim schmatzte zufrieden und musterte die Gaststube. Rundherum standen Bänke mit fröhlichen Gästen, unterm Dach hingen Brote und geräuchertes Fleisch. Das Wirtshaus war weder groß noch schön, aber hier gab es Wärme und Behaglichkeit. Sein Blick fiel auf die Wirtin. Mit federnden Schritten durchquerte sie den Raum, lächelte und unterhielt sich mit den Gästen. Sie hatte helle Haut, eine rundliche Figur und trug ein rotes Schürzenkleid, das von zwei großen ovalen Fibeln gehalten wurde. Ihre weiße Leinentunika spannte über ihrer Brust, und er konnte seinen Blick nicht abwenden. Ihre Anwesenheit ließ plötzlich Lust in ihm aufsteigen; ihre funkelnden blauen Augen, die fließenden Bewegungen ihres Körpers und diese besondere Wärme, die von ihr ausging. Sie zog die Blicke der Männer auf sich, doch sie schien das gar nicht zu bemerken. Orfrims Gedanken wanderten in seine Heimat. Die Frauen zu Hause verhüllten ihren Körper und ihren Busen, anders als hier in Birka. Und die Wirtin ... Es war, als würde der Stoff des Kleides ihre Figur eher noch betonen als verbergen. Er beugte sich vor, um Estrid besser sehen zu können, und er merkte zu spät, dass er den Met verschüttet hatte. Kurz darauf scholl heiteres Gelächter zu ihm herüber.

»So würdigt Ihr also unseren Met«, stellte die Wirtin lächelnd mit Blick auf die Tischplatte fest. Kichernd wischte sie den Met auf. Als sie sich vorbeugte, wogte ihre üppige Brust vor seinem Gesicht. Er spürte ihre Nähe, und der Duft nach Frau stieg in seine Nase.

»Ihr sollt neuen Met bekommen«, sagte sie und blickte ihn freundlich an. »Übrigens, ich heiße Estrid.«

»Danke«, antwortete er verwirrt. »Orfrim … Ich bin gerade erst in der Stadt angekommen.« Er lächelte sie an und zeigte zur Feuerstelle, wo das Fett vom Grillspieß tropfte. »Das riecht gut, und ich bin hungrig, gebt Ihr mir einen Bissen?«

»Den ganzen Ochsen oder nur einen kleinen Happen?«, zog Estrid ihn auf.

»Den ganzen Ochsen«, antwortete Orfrim, und nun mussten sie beide lachen.

In der Stadt war es ruhig geworden, und nicht eine einzige Teerfackel brannte in den Gassen. Ein silberner Mond lag über den Hausdächern, und in der Ferne schimmerte der Stadtwall mit seinen Holzpalisaden. Jenseits des Stadttors waren ein paar Höfe in der Nacht zu erahnen. Sie lagen dicht gedrängt oben auf dem Hügel, und der Rauch der Holzfeuer hing über Hofplatz und Häusern. Es war noch lang, bis der Morgen zu dämmern begann.

In einem Haus mit konkav gebogenem First schwelte die Feuerstelle. Plötzlich schlugen Flammen hoch, und das Feuer prasselte. Estrid wachte auf. Sie stützte sich auf die Ellenbogen und warf einen verschlafenen Blick auf die Feuerstelle. Offenbar hatte sie nicht genug Asche auf die Glut gestreut und das Feuer war erneut zum Leben erwacht. Die Flammen warfen ein Schattenspiel an das Dach, das Harz knisterte spröde. Estrid wandte ihren Blick zur Schlafbank. Die Gesichter der Kinder waren friedlich, ihr Atem ging tief und ruhig. Sie lächelte. Wie sehr sie ihre Kinder liebte: Toste mit seinem kindlichen

Ernst und den dunklen Augen und Rurik, den Kleinen, lebendig, fröhlich und munter.

Leise trat sie an die Bank. Ruriks lockiges Haar schimmerte unter dem Fell hervor, sein Gesicht war zart und rosig. Rurik war Eriks Kind, er hatte die gleichen blonden Haare und die gleiche Stupsnase, das gleiche offene und fröhliche Wesen. Erik würde sicher vernarrt in den Jungen sein. Er hatte den Kleinen noch nicht gesehen und ahnte nicht einmal, dass es ihn gab. Als er seiner Wege gezogen war, hatte Estrid noch nicht gewusst, dass sie schwanger war. Und jetzt war Rurik ihre Wärme und Sicherheit und Erinnerung an das, was einmal gewesen war.

Sie beugte sich über die Wiege. Am liebsten hätte sie ihn in den Arm genommen und gestreichelt, seine warme Haut gespürt. Aber sie ließ ihn schlafen. Sie würde ihn ohnehin bald stillen müssen.

Toste regte sich auf der anderen Seite der Bank und wimmerte leise. Sein Fell war halb auf den Boden gerutscht. Estrid beugte sich hinunter und hob es auf. Sanft strich sie ihm über die Wange. Er war warm und verschwitzt. Vielleicht hatte er das Schaffell weggestrampelt. Vorsichtig beugte sie sich über ihn und küsste ihn. Der kleine, liebe Kerl. Obwohl er gerade vier Winter alt war, übte er bereits eine seltsame Wirkung auf seine Umgebung aus. In Birka, wo die meisten Kinder blond waren, fiel sein dunkler Wuschelkopf auf. Frauen und Männer blieben auf der Straße stehen und wollten ihm über den Kopf streicheln, aber er blickte sie aus großen, ernsten Augen an, und sie wurden unsicher und ließen ihn in Ruhe. Toste war ein hübsches Kind, er hatte die gleiche eigenartige Ausstrahlung wie sein Vater. Estrid hing ihren Gedanken nach.

Toste war Ansgars Sohn, der Sohn des Mönchs, der nach Birka gesandt worden war, um die Heiden zu bekehren. Aber der Mann, der Güte und Aufopferung gepredigt hatte, verleugnete sein eigenes Kind. Stattdessen war Erik wie ein Vater für den Jungen gewesen – bis er auf Wikingfahrt gegangen war. Estrid sah den Kleinen an. Die Liebe zu einem Mann konnte eine ungeahnte Kraft haben, konnte brennen und lodern, aber wie lange? Die Liebe zu einem Kind war ewig.

Sie strich nachdenklich über Tostes dunkles, weiches Haar. Es erinnerte sie an das des Fremden. Für einen Moment sah sie Orfrims Gestalt im Wirtshaus vor sich. Neugier blitzte in ihren Augen auf. Wer war er? Ein Kaufmann aus dem Gårdarik. Aber dennoch hatte er sie verstanden, als sie mit ihm gescherzt hatte. Obwohl sie in so verschiedenen Welten lebten, schienen sie auf die gleiche Art zu denken.

Toste seufzte leise, und Estrid setzte sich vorsichtig neben ihn. Er atmete ruhig und friedlich, und sie wurde von Zärtlichkeit erfüllt. Den Göttern sei Dank hatte sie die Kinder. Doch wie mochte es Erik ergehen?

Würde er jemals zurückkommen, mit soviel Silber, dass es für ein gutes Leben für sie beide reichen würde? Und wenn dieser Tag endlich gekommen war, würde er sich dann zur Ruhe setzen können?

Würde er nicht bald wieder auf Wikingfahrt gehen wollen?

Estrid stand auf und kehrte leise zu ihrem Bett zurück. Sie lag noch lange wach und dachte an Erik. Sie sehnte sich nach ihm, wollte sein Lachen hören und ihn nah, ganz nah bei sich spüren.

Sicher bewältigte sie die Arbeit auf dem Hof und mit

den Kindern auch allein, doch wie lange würde sie das noch schaffen? Hoffentlich kam er bald nach Hause. Aber als sie wieder einschlief, sah sie nicht Erik vor sich, sondern ein fremdes Schiff mit schwarzem Segel.

2

Vielleicht hätte dieser Tag niemals dämmern dürfen. Die Hitze brannte in der Stadt, und die Nachmittagsbrise brachte keine Kühlung. Auf den Straßen glühten die Planken unter den Füßen, und über den Gassen hing ein unangenehm stechender Geruch. Unten am Platz zankten sich zwei Kaufleute, ein Hund kläffte einsam.

Richtung Adelsö türmten sich die Wolken am Himmel. Die Sonne verschwand, und ein harter Wind peitschte die Wellen über den Fjord. Ein paar Möwen kreischten und zogen tief über dem Wasser ihre Kreise. Schwüle und Unruhe lagen in der Luft.

In dem Haus mit konkav gebogenem First saß Estrid und webte. Die Wärme machte sie schläfrig, und obwohl sie ihr Hängekleid ausgezogen hatte, fühlte sie keine Abkühlung. Die Arbeit ging nur langsam voran, sie machte Fehler und musste wieder von vorn beginnen. Ab und zu warf sie einen wachsamen Blick auf Rurik, während sie gleichzeitig nach Toste schielte. Er spielte mit seinem kleinen Holzpferd, das Erik ihm geschnitzt hatte.

Lachend schob er das kleine Pferd auf dem Boden vor und zurück. Estrid sah ihm zu und lächelte. Mit Toste und Rurik in der Nähe fühlte sie sich weniger allein. Wohl hatte sie Sklaven vom Nachbarhof, die ihr halfen, und Sigfrid, ihre Nachbarin, war ihr eine liebe Gesellschaft. Aber dennoch, ohne Erik fühlte sich so vieles um sie herum grau und leer an.

Estrid hatte ihr Zuhause verlassen, weil ihre Eltern das Kind abgelehnt hatten, das sie erwartete. Als eben getaufte Christen konnten sie kein Kind annehmen, das in Sünde empfangen war, und so war Estrid nach Birka geflüchtet. Hier hatte sie Erik getroffen, er war für sie da gewesen, und sie waren sich näher gekommen. Aber jetzt …? Sie sah auf. Draußen trieben die Wolken schwer und schwarz über den Fjord. Gewitterwolken, dachte sie, darum ist mein Herz so schwer.

Eine heftige Windböe schlug die Tür auf, die angelehnt gewesen war. Im selben Augenblick stieß Toste einen zornigen Schrei aus. Das Holzpferd hatte sich in der Bank festgeklemmt, und wie sehr er auch daran zog, er bekam es nicht wieder frei. Estrid legte das Garn beiseite, nahm den schreienden Toste in den Arm und hob ihn hoch über ihren Kopf. Dann ging sie zur Vorratskiste, hob das Schloss an und holte ein kleines Spielzeugboot hervor. Auch das hatte Erik geschnitzt, und sowie Toste das Schiff entdeckte, stieß er einen Freudenschrei aus.

»Boot!«, rief er und griff nach dem Holzschiff. Estrid lächelte und setzte ihn wieder auf den Boden. Dann ging sie zum Webstuhl zurück, um zu weben. Aber die Webfäden bildeten ein unregelmäßiges Muster, das zusammenfloss und sich vor ihren Augen auflöste. Bald konnte sie sie nicht mehr erkennen; sie weinte über Erik und ihre eigene Einsamkeit.

Sie war so sehr in ihrem Kummer versunken, dass sie nicht merkte, wie Toste sich durch die offene Tür schlich. Mit dem kleinen Holzboot unter dem Arm sprang er fröhlich zum Brunnen hinunter.

»Boot, Wasser«, summte er vor sich hin, und seine Augen glitzerten vor Freude. Er stolperte und fiel, aber schnell war er wieder auf den Beinen. Toste wollte sein Schiff ins Wasser setzen und auf dem Meer segeln lassen, wie Erik, wie sein Vater. Die Tränke, wo die Tiere Wasser bekamen, war leer, aber in der Holzrinne, die zum Brunnenrand führte, stand noch eine kleine Wasserpfütze. Toste setzte das Boot hinein, aber es legte sich sofort auf die Seite. Das Wasser war zu flach.

»Wasser«, murmelte er und blickte zum Brunnen hinauf. Er kletterte auf die Holzrinne und erreichte die Brunnenöffnung. Die Abdeckung lag schief auf, und er konnte über die Kante spähen. Er legte das Boot auf den Deckel und sah hinunter. Tief unten schimmerte die Wasseroberfläche. Das Wasser war dunkel und Furcht einflößend, kalte Luft stieg auf. Plötzlich wurde er unruhig.

»Mama!«, schrie er ängstlich und streckte sich nach dem Boot. Im Wasser spiegelten sich die dunklen Wolken. Toste wollte zurück ins Haus, zurück zu Estrid. Aber das Boot war vom Brunnendeckel gerutscht, und er musste sich ganz lang machen, um es zu erreichen. Aber er bekam es noch immer nicht zu fassen. Unbeirrt stieg er weiter die Rinne hinauf und beugte sich vor. Gerade als er das Boot erreicht hatte, rutschten seine Füße ab.

Es war, als befänden sich Beine und Füße in freiem Fall, als gäbe es nirgends einen Halt. Er fiel. Die Brunnenkante schrammte an seinem Bauch entlang, und die Kühle des Wassers schlug ihm ins Gesicht. Seine Augen weiteten sich und sein Körper spannte sich wie ein Bogen. Ein herzzerreißender Schrei drang aus seiner Kehle, prallte gegen die Brunnenwände und wieder zurück. Im nächsten Moment traf ihn das eiskalte Wasser wie ein harter Schlag. Er ruderte mit den Armen und schrie, aber als er den Mund aufmachte, um Luft zu holen, füllten sich Nase und Mund mit Wasser. Mama, wollte er schreien, Mama, aber er brachte keinen Laut über seine Lippen.

Der Snemunhof flimmerte in der Hitze, und das Gewitter ließ sich in der Ferne erahnen. Ysja, die Haussklavin, war im Stall und machte zwischen den Tieren sauber. Die Hitze ließ ihre Haut glänzen, und ihre weiße Tunika war verschwitzt. Sie trat auf den Hofplatz hinaus, um sich abzukühlen. Die anderen vom Hof waren bei der Heuernte und sie war allein, so wie der arme Hund, der in der Hitze lag und hechelte. Er war klein, sein Fell war leicht räudig und er hatte große, glänzende Augen. Am liebsten hätte sie sich neben ihn gelegt und ihm die Ohren gekrault, aber das gehörte sich nicht. Nicht für eine Sklavin, eine unfreie Frau. Solche wie sie hatten immer zu arbeiten, das war es, was auf dem Snemunhof erwartet wurde. Dann fiel ihr ein, dass es jetzt anders war. Sie war keine Sklavin mehr, sie war frei. Zwanzig Winter alt, hatte sie ihre Freiheit wiedergewonnen. Da hatte sie schon ihr ganzes Leben auf dem Hof gearbeitet und wurde als gute und zuverlässige Hilfe im Haus geachtet. So sehr vertraute man ihr, dass Snemun sie Sigfrids Schlüssel zu den Vorräten tragen ließ, wenn Sigfrid in der Schankstube war. Als Sklavin, die hier geboren war, hatte sie darüber hinaus größere Verantwortung getragen und größeres Ansehen genossen, als die gekauften Sklaven auf dem Hof. Sie war auch keiner dieser armen Teufel, die nichts besitzen durften. Sie hatte ein Anrecht auf eigene Besitztümer, und als eine auf dem Hof Geborene war sie außerdem ein Vierfaches wert als die anderen

Sklavinnen. Die Wiedergutmachung für sie war ebenso groß wie die für einen männlichen Sklaven, während ihre Sklavenschwestern nicht mehr wert waren als ein halber Ochse.

Lange hatte ihr ihre Stellung auf dem Snemunhof gefallen, selbst dass ihr Herr über sie verfügen konnte, wie er wollte, nahm sie gelassen. Es war, wie es eben zu sein hatte, und Snemun war ein guter Mann, besser als viele andere Großbauern. Als sie merkte, dass sie sein Kind erwartete, freute sie sich sogar auf die Geburt. Schon lange hatte sie sich ein Kleines gewünscht, und auch als der Kleine mit verkrüppelten Armen zur Welt kam, konnte sie sich nichts anderes vorstellen, als dass Snemun sie das Kind behalten lassen würde, dass er es nach alter Sitte auf seine Knie heben und anerkennen würde. Und darum fürchtete sie nichts, als sie ihm ihr Neugeborenes zeigte. Er sagte jedoch:

»Setzt das Kind im Wald aus!«

Als der Kleine fortgetragen wurde, überkam sie eine so unbeschreibliche Verzweiflung, dass Finsternis sie umfing. Schweigend verrichtete sie ihre Arbeiten, während der Schmerz sie innerlich auffraß. Sie veränderte sich, wurde boshaft, zornig und unzugänglich.

So groß war ihr Kummer, dass sie zu einer Last für die anderen wurde, und schließlich bat Sigfrid Snemun, sie freizugeben. Sie war ihre beste Sklavin gewesen, aber nun …

Als sie frei war, war sie dennoch bei ihrer alten Arbeit geblieben, denn sie hatte nichts anderes gefunden, wohin sie hätte gehen können, und sie hatte kein Geld für Nahrung. Wann immer sie konnte, ging sie zum Hafen hinunter, um zu sehen, wer in die Stadt gesegelt kam.

Am liebsten wollte sie einen Kaufmann oder einen Großbauern auf einer der Inseln heiraten und ein neues Leben als freie Frau beginnen.

So kam es, dass sie draußen auf der Brücke saß, mit den Beinen baumelte und mit Großbauern oder Kaufleuten, die in der Stadt zu tun hatten, ins Gespräch kam. Und sie war hübsch, hatte ein kleines, rundes Gesicht und große Augen und verstand es, mit den Männern ins Gespräch zu kommen. Sie ließ sich mit dem einen oder anderen ein, weil sie hoffte, dass einer von ihnen sie mitnehmen würde, aber bisher hatte sie weder Nahrung noch eine Bleibe gefunden.

Sie betrachtete den Hofplatz, legte den Kopf nach hinten und ließ sich den Wind durch die Haare wehen. Seit Snemun sie freigegeben hatte, hatte sie ihre Haare wachsen lassen und genoss es, die langen, dunklen Haare auf ihren nackten Schultern zu spüren. So stand sie eine Weile da, stützte sich auf die Mistgabel und träumte sich fort, als sie plötzlich einen Schrei hörte. Es war der Schrei eines Kindes, der gellend und angsterfüllt die Luft zerriss. Dann war es still. Verwirrt sah sie sich auf dem Hof um. Ein Schwarm Fliegen flog vom Misthaufen auf, und eine Katze schlich an ihr vorbei in den Stall. Weit entfernt glaubte sie das Gewitter zu hören, aber sonst war alles ruhig. Ein einzelner Schrei? Es hatte sich dumpf und hohl angehört und schien vom Nachbarhof gekommen zu sein, nicht weit vom Brunnen entfernt. Der Brunnen? Es war doch wohl nicht …?

Ysja ließ die Mistgabel fallen und rannte los. Ohne zu denken, ohne sich aufhalten zu lassen, hastete sie auf den Nachbarhof. Sie sah sich um. Ein paar Hühner gackerten, und ein Schwein suhlte sich in der Abfallgrube an der Hausecke, aber niemand war zu sehen. Atemlos erreichte sie die Tränke und entdeckte nasse Flecken auf dem Holz. Sie blickte auf und bemerkte, dass der Brunnen nicht abgedeckt war. Der Deckel lag schief. Ihr stockte der Atem, und ihre Kehle schnürte sich zu, doch sie schob rasch die Abdeckung beiseite. Es war schwarz dort unten, und ihre Augen mussten sich erst an die Dunkelheit gewöhnen. Aber dort! Sie erahnte etwas, das im Wasser schwamm. Ein Junge mit einem grünen Kittel. Der kleine Kerl hatte geschrien, aber niemand hatte ihn gehört. Sie sah sich nach Hilfe um, aber der Platz war immer noch verlassen. Der Brunnen war nicht tief, vielleicht konnte sie ihn selbst retten?

Sie nahm eine Leiter, die vor dem Stall stand, trug sie zum Brunnen und schob sie mühsam über den Rand. Die Leiter wackelte, als sie hinunterstieg, und drohte umzukippen, aber Ysja gelang es, sich an der Brunnenwand abzustützen, und sie fand das Gleichgewicht wieder. Vorsichtig beugte sie sich über das Wasser und griff nach dem grünen Kittel. Langsam zog sie den Jungen zu sich und legte den Arm um seine Taille. Als sie sicher stand, kletterte sie schnell mit ihm nach oben.

Kein Leben, kein Laut kam von dem Kleinen, und sein Körper hing schwer und schlaff in ihren Armen. Mühevoll zog sie ihn über den Brunnenrand und legte ihn auf den Boden. Das kalte Wasser rann aus ihren Kleidern und tropfte auf sein Gesicht, aber sie bemerkte davon nichts. Die Lippen des Jungen waren blau, und er atmete nicht. Sie musterte ihn kurz, hob den Kleinen an den Beinen hoch, den Kopf nach unten. Sie schüttelte ihn und schlug ihm auf den Rücken, bis das Wasser aus seinem Mund lief. Er muss es schaffen, dachte sie, und schüttelte verzweifelt weiter. Er röchelte, hustete und schnappte nach Luft. Das bleiche Gesicht veränderte sich, und er fing an zu atmen. Sie stellte ihn wieder auf die Füße, umklammerte den kleinen Kinderkörper und wärmte ihn. Sein blasses, bläuliches Gesicht bekam wieder Farbe, und er atmete weiter. Lange stand sie mit ihm da, dicht an sich gedrückt, und fühlte sein Herz schlagen. Er war ein hübscher Junge, mit großen dunklen Augen.

»Mama«, murmelte er und Ysja hielt ihn fest in ihren Armen.

»Mama«, flüsterte er wieder mit schwacher tonloser Stimme. Eine seltsame Wärme durchströmte Ysja, und sie lächelte glücklich. Sie hatte ihn gerettet, hatte diesem kleinen Kind das Leben wiedergegeben.

Der Hofplatz lag verlassen da, die Katze war nicht mehr zu sehen, und das Schwein war immer noch damit beschäftigt, den Abfall zu durchwühlen. Niemand hatte etwas gesehen, niemand hatte etwas bemerkt. Diese Gewissheit überkam sie mit verheerender Kraft. Ihre Augen füllten sich mit Tränen, und sie zitterte vor Freude und Aufregung. Vorsichtig legte sie den Jungen auf die Erde, eilte mit der Leiter zum Stall zurück und achtete genau darauf, keine Spuren zu hinterlassen. Sie nahm den Kleinen vorsichtig auf den Arm, wickelte ihn in ihr Tuch und drückte ihn fest an sich. Ein letztes Mal sah sie sich um, dann lief sie lautlos davon.

Eine Grille zirpte in der Nacht, und der schwache Geruch der Weinreben lag über dem Berg. In der Burg waren von ferne eine Flöte und das Poltern von Männerstimmen zu hören. Die Stimmen wurden von hellem Frauenlachen unterbrochen, gefolgt von Gesang und Rufen. Niemand schien den Feind im Dunkeln zu ahnen.

Erik sah sich wachsam um. Die Fundamente der Festung lagen frei, die Holzstämme offen. Die Männer waren bereit. Eine Gruppe hatte sich bereits zusammen mit Hakon Jarl zum Wallgraben geschlichen. Erik selbst wartete mit seinen Männern in der Nähe des Berges. Undeutlich konnte er den Lichtschein der Fackeln hinter den Palisaden und den Turm in der Mitte erkennen, der sich als dunkle Silhouette am Himmel abzeichnete. Die Christen bauen Türme, um ihrem Gott näher zu kommen, dachte er für sich. Aber wie sollte ein Gott in seinem Himmel den Unterschied zwischen einem hohen und einem niedrigen Turm erkennen? Und was geschah mit all den Gottesgläubigen, die auf dem flachen Land lebten? Nein, Erik verstand ihn nicht recht, den christlichen Glauben, in dem ein einziger Gott für alles zuständig sein sollte. Da fühlte er sich mit Odin, Thor und Frey doch sicherer, die jeweils über das ihre herrschten. Die Männer hatten Odin geopfert. Er war der Göttervater, ihm opferte man im Kampf, und nun benötigten sie seine Kraft. Thor hingegen konnte ihnen eine gute Ernte sichern, und Frey, ja, er war der Gott der Liebe und der Fruchtbarkeit. Wer nur wenig hatte, um das er sich kümmern musste, konnte es besser machen als ein Gott, der an alles Mögliche denken musste, grübelte Erik weiter.

Er schielte zum Wallgraben hinüber. Nichts rührte sich, alles war ruhig. Dann waren plötzlich Schritte und Waffenklirren zu hören. Drei Vögel flogen kreischend auf. Hakon Jarl hatte das Zeichen gegeben. Mit wenigen schnellen Schritten hatte Erik die Tunnelöffnung erreicht und lief hinein. Die Männer folgten ihm. Neben den Reisighaufen blieb er stehen, schlug Flint und Feuerstahl aneinander, dass Funken in den Zunder stoben. Es begann zu rauchen, und nachdem er einen Moment geblasen hatte, züngelten die ersten Flammen empor. Erik zündete seine Fackel an und reichte sie den anderen. Als alle brannten, zogen sie sich leise zurück.

»Jetzt!«, flüsterte Erik, und die Männer warfen ihre Fackeln in hohem Bogen auf die aufgeschichteten Reisighaufen. Es knisterte in dem trockenen Reisig, und helle Flammen schlugen hoch. Das Feuer breitete sich rasch aus, und die Männer beeilten sich, aus dem Tunnel zu kommen. Dichte Rauchwolken suchten sich ihren Weg zur Festung. Jetzt gab es kein Zurück mehr.

Ein großer dunkler Mann in Kettenhemd und Helm hielt seinen Bogen fest umschlossen, während er seinen Blick schweifen ließ. Sein Gesicht war füllig und erschöpft, seine Augenlider schwer. Er befeuchtete seine Lippen, richtete sich auf und ließ seine Blicke über die Palisaden wandern, bis zum Fuß des Berges hinunter. Es war dunkel und still da draußen, nicht einmal der Wind in den Bäumen war zu hören. Die Nacht schien ruhig zu werden.

Er gähnte ausgiebig und fragte sich, wie er es schaffen sollte, sich weitere Stunden wach zu halten. Er hasste es, Wache zu schieben.

»Soldat Brenou, es ist Zeit für unsere Wachrunde.« Sein Kamerad Brel knuffte ihn in die Seite.

»Ja, ja«, murrte Brenou schleppend und machte sich bereit. Wann würden die Nordmänner aufgeben? Seit bekannt geworden war, dass die sich in der Gegend aufhielten, waren sie gezwungen worden, Wache zu gehen. Tag und Nacht, Herbst, Winter, Frühjahr und Sommer. Er spuckte zornig aus. Als Soldat mit eigener Rüstung wollte er kämpfen und nicht nur eine Befestigungsanlage auf einem Hügel bewachen. Langsam wanderten die Männer auf der Festung auf und ab und blickten hie und da über die Palisaden. Die Wikinger hatten in den letzten Tagen pausenlos gelärmt, ihre Schwerter gegen ihre Schilde geschlagen und die Festung ohne Unterlass mit Pfeilen beschossen. Aber einen Angriff hatten sie nie zuwege gebracht. Versuchten die Wikinger, sie hier in der Burg mürbe zu machen oder bereiteten sie einen Sturmangriff vor?

Brenou schüttelte müde den Kopf. Die Nordmänner hatten schon früher versucht, sie zu besiegen, aber da war er selbst dabei gewesen und hatte sie mit Teer und Pfeilen verjagt. Er seufzte. Dass diese Wikinger nicht endlich aufgaben, niemals würden diese Heiden die Christen besiegen können. Das ganze Frankenreich war christianisiert, das Volk stand treu hinter seinem Kaiser, und die Festungen, die Karl der Große hatte bauen lassen, waren keineswegs einfache Holzbastionen. Sie waren aus massivem Holz und Stein errichtet und standen auf festem Grund, mit denen konnten es nicht einmal die Wikinger aufnehmen.

Diese Barbaren aus dem Norden hatten Lindisfarne im Westen geplündert und Dorestad und die ganze friesische Küste bedroht. Aber es würde ihnen niemals gelingen, bis ins Herz des Frankenreiches vorzustoßen. Nein, die Wikinger würden niemals siegen, davon war er überzeugt.

Brenou blies zufrieden seine Wangen auf und pustete die Luft geräuschvoll wieder aus. Am besten gaben diese

Krieger endlich auf, damit er nachts wieder schlafen durfte. Die Kettenhemden der Männer rasselten leise beim Gehen, die Schwertscheiden schaukelten an ihren Hüften. Bei Tag hatten die Männer eine gute Aussicht von der Festung, und manchmal konnten sie sogar Wildschweine oder Rehe entdecken. Aber jetzt? Es war abnehmender Mond, und Wolken trübten den vorhin noch so klaren Sternenhimmel. Was verbarg die Dunkelheit?

Die Männer blieben am nördlichen Ende der Festung stehen, dort, wo die Wikinger sie tagsüber angegriffen hatten. Jetzt schien alles ruhig zu sein. Erleichtert passierten sie das schwere Eichentor am Wallgraben und erreichten den Turm, wo die Mönche sich aufhielten. Ein schwacher, eintöniger Gesang drang von drinnen heraus. Sie hörten einen Moment zu, aber plötzlich hatte Brenou es eilig. Er wies mit dem Daumen zum Abtritt und warf dem Kameraden einen entschuldigenden Blick zu.

»Faule Pflaumen«, sagte er zur Erklärung und hob die Hände.

»Musst du mal?«, brummte der Kamerad irritiert. Brenou nickte kläglich.

Der Abtritt war aus Holz und als abgetrennter Anbau auf der Bastion errichtet worden. Der kleine Erker ragte über den Wallgraben, und von unten schien es, als würde er jeden Moment hinunterfallen. Innen lief eine Holzbank mit zehn Löchern an der Wand entlang. Brenou wäre es lieber gewesen, wenn das Häuschen wie die Grundmauern aus Stein gewesen wäre, aber ihr Anführer, der mächtige Lorraine, fand, dass eine dünne Holzwand reichen musste. Doch die war schnell gefault. Mehrere Planken hatten sich gelöst, und der Wind hatte freien Zugang. In Frost und Sturm wurde es doch recht kühl an wichtigen Dingen. Trotzdem hatte noch niemand die Wand gerichtet und die Nonnen, deren Ruhequartier sich im darunter liegenden Stock befand, waren gründlich verärgert darüber. Ihnen leuchtete nicht ein, warum ausgerechnet der Abtritt ganz nach oben gebaut worden war, wo sie doch selbst wünschten, Gottes Himmel näher zu kommen. So wurde ihnen ihre Nähe zu Gott verdorben und ab und zu auch ihre Aussicht.

Brenou und Brel ließen sich nieder und begannen ein leises Zwiegespräch. Aber kaum dass sie sich gesetzt hatten, überkam Brel das Gefühl, dass etwas nicht stimmte. Es roch seltsam. Er blähte die Nasenflügel. Rauch, dachte er erschrocken und spähte durch die Öffnung in der Wand. Draußen war es dunkel, schwarze Nacht, nichts, was auf Feuer hindeutete. Aber – er hielt inne – waren das nicht dunkle Rauchwolken, die der Wind da vorübertrieb?

»Es brennt«, sagte er beunruhigt und packte den Kameraden am Arm.

»Ja, ich habe viele Pflaumen gegessen«, grinste Brenou.

»Riechst du den Rauch nicht? Es brennt irgendwo!«, rief Brel erschrocken aus.

Nicht weit von ihnen entfernt wurde ein Bogen gespannt.

»Kein Feuer kann schlimmer sein, als das hier!«, stöhnte Brenou mit sich selbst beschäftigt. »Ich glaube, ich muss …«

Aber im selben Moment traf ihn ein Pfeil genau dort hinten. Brenous Stimme kippte in einen schrillen Schrei, und eine weiße Feuerzunge schlug ihm vom Steißbein bis zum Haaransatz.

»Mein Gott, das ist das Fegefeuer!«, rief er und brach geradewegs durch die Wand. Mit rudernden Armen stürzte er den Wallgraben hinab.

Unterhalb der Burg auf einem Felsvorsprung war ein glucksendes Lachen zu hören. Erik senkte den Bogen.

»Ich konnte einfach nicht widerstehen«, feixte er und versuchte, sich das Lachen zu verbeißen.

»Ich habe doch gesagt, dass wir nicht nur einen treffen können. Jetzt müssen wir den anderen auch herunterholen, bevor er Alarm schlägt«, murrte Vidar Gille, Steuermann in Eriks Mannschaft. Lautlos zielte er und schoss. Es ertönte ein weiterer Schrei, und die andere Wache folgte Brenou in den Wallgraben.

»Und ich glaubte, es würde schwierig werden, die Wachen zum Schweigen zu bringen«, murmelte er und sah dem Fallenden nach.

»Wenn die Not am größten, ist Hilfe am nächsten«, antwortete Erik lakonisch.

Die Flammen breiteten sich aus, und schwere Rauchwolken zogen zur Festung hinauf. Der Wind wehte über den Berg und trug den Rauch über die Mauern. Im nächsten Moment ertönten Hörner, gefolgt von eiligen Schritten und Waffengerassel. Die Kreuzträger nahmen lärmend ihre Stellungen auf der Brüstung ein. Einige trugen Speere, andere Schwerter und Bogen. Unruhig spähten sie hinunter, aber bei dem Rauch war nichts zu erkennen. Keine Feinde, keine Enterhaken; nur dichter, schwelender Rauch. Die Männer wurden unsicher. Schreiend warfen sie Krähenfüße hinunter, gossen Teer über die Palisaden und feuerten eine Pfeilsalve ab. Doch der Feind gab sich nicht zu erkennen. Unter ihnen war nichts als stechender Rauch.

Erik wartete noch eine Weile geduldig ab, dann gab er seinen Männern das Zeichen. Auf sein Signal hin stießen sie einen Furcht erregenden Kampfschrei aus und schossen ihre Pfeile ab. Während die Pfeile noch über die Brüstung prasselten, waren Erik und seine Männer schon auf dem Weg. Leise schlichen sie sich auf die andere Seite der Burg.

Die Kreuzträger schossen auf gut Glück in die Dunkelheit. Sie hatten noch immer nicht herausgefunden, wo der Feind sich befand. Unruhe breitete sich aus. Große Rauchwolken krochen über die Palisaden, drangen in die Gewölbe und Gebäude und trieben weiter hinauf zum Burghof. Hunde bellten, Hühner gackerten, und Menschen und Tiere flüchteten auf dem Steinpflaster. Eine junge Frau mit langen schwarzen Haaren und angsterfüllten Augen stolperte und blieb liegen. Im Fallen gelang es ihr, ihr jüngstes Kind zu schützen, die anderen rannten schreiend weiter. Der Rauch quoll über die Palisaden, der rote Hahn wütete. Das Feuer hatte sich festgesetzt und dort, wo niemand es sah, fraßen sich die Flammen immer tiefer zwischen den Steinen in die Holzbalken.

Der Rauch wurde immer dichter, und die Hitze schlug wie eine große Woge über den Fliehenden zusammen. Manche suchten Schutz in den Kellergewölben, andere sprangen schreiend in den Wallgraben. Oben auf der Brüstung schleuderten die Kreuzträger Pfeile und Krähenfüße, während der Rauch in ihren Augen brannte und das Atmen erschwerte. Sie standen noch immer auf ihren Posten, fest entschlossen, sich bis zum letzten Mann zu verteidigen.

Am Wallgraben warteten Hakon Jarl und seine Männer auf die Flüchtenden. Sie hörten Rufe und Schreie, als die schweren Eichentore geöffnet wurden, und im nächsten Augenblick strömte ihnen eine schreiende Menschenmenge entgegen. Unbewaffnete Mönche in langen Mänteln und Frauen mit Kindern im Arm zuerst, gefolgt von blökenden Schafen, Ziegen, bellenden Hunden, Schweinen, Katzen und Hühnern, überall herrschte ohrenbetäubender Lärm. Erik senkte den Bogen und wartete auf die bewaffneten Krieger, doch es war keiner zu sehen. Irgendwo dort drinnen lauerte der Feind. Schnell eilte Erik zum Tor, hielt plötzlich inne und sah sich wachsam um. Ihm schien, als versteckte sich jemand in der Toröffnung. Dann erkannte er den blinkenden Speer und das zum Schlag erhobene Schwert. Sein Mund wurde trocken, Schweiß perlte unter seinem Helm. Wie viele es waren! Wie sollten er und der Jarl das bewältigen? Erik schluckte, holte tief Luft und wandte sich an Hakon. Der nickte mit zusammengebissenen Zähnen, brüllte dann seinen Männern etwas zu und stürzte sich in die Schlacht. Erik folgte ihm.

Eigentlich brauchte niemand von ihnen Angst vor dem Tod zu haben. Die, die durch das Schwert fielen, kamen nach Walhall, wo sie ewig lebten und kämpfen, essen und trinken konnten, soviel sie wollten. Nein, ein Wikinger hatte nichts zu fürchten. Aber als Erik sich in den Kampf begab, fühlte er sich plötzlich unsicher. Das hier war etwas anderes als eine Seeschlacht. Draußen auf dem Meer zu kämpfen, das konnte er, aber ein Kampf an Land, gegen normale Krieger, war etwas ganz anderes.

Ein Speer landete vor seinen Füßen, und er sprang zur Seite. Im nächsten Moment hieb ein Mann gegen Eriks

Helm, dass es schepperte. Erik kam wieder zu sich und fluchte laut. Brüllend hielt er seinen Schild schützend vor sich und schlug mit dem Schwert zu. Ein kräftiger Mann im Kettenhemd büßte seinen Arm ein, ein anderer zog sich einen tiefen Hieb in den Oberschenkel zu. Dann lärmte es über Eriks Kopf, und ein großer Krieger mit wildem Bart griff ihn an. Sein Schlag traf ihn an der Hüfte, Erik fiel und blieb liegen. Der zottige Hüne musterte zufrieden den Gefallenen, drehte ihm den Rücken zu und hob sein Schwert gegen den nächsten. Aber er kannte Eriks Wesen schlecht. Sofort kam Leben in den Gefallenen. Ein Schwert blitzte auf, und dem Zottigen gelang es kaum, Eriks Hieb zu parieren. Die Schwertklingen schlugen metallen aufeinander, aber keiner wollte sich ergeben.

»Du bist mir ja ein Starker«, keuchte Erik mit zusammengepressten Lippen und schlug dem Schwarzbärtigen seinen Schild ins Gesicht. Der Mann fluchte durch seine aufgeplatzten Lippen und spuckte nebenbei einen Zahn aus. Dann rief er den Teufel und anderes Ungetier an und richtete einen Hieb gegen Eriks Bein.

»Nein, das will ich noch behalten«, zischte Erik zur Antwort und sprang auf, als hätte ihm jemand einen Feuerhaken in den Rücken gestoßen. Rasend vor Wut hieb er auf den rechten Arm des Mannes ein, doch der Hüne holte mit seinem Bein zu einem gewaltigen Tritt aus. Aber Erik konnte sich ducken und zielte mit seinem Schwert auf den Fuß des Fremden, der sauber abgetrennt hinunterfiel. Verblüfft starrte er den armen Mann an. Natürlich hatte er die Klinge geschliffen, aber dass sie so scharf war, hatte er nicht geahnt.

Attacke folgte auf Attacke, aber nach und nach gelang

es Erik und Hakon, Oberhand zu gewinnen. Langsam trieben sie unter dem Einsatz ihrer Schwerter die Männer vor sich her. Viele Krieger wurden getroffen und fielen, andere kämpften unverdrossen weiter.

»Leben kann man haben und verlieren, aber jetzt geht es ums Silber!«, brüllte Erik Hakon atemlos zu.

»Und ums Gold, wenn sie denn welches haben«, fügte Hakon hinzu, während er sein Kurzschwert in einen Franken stieß.

»Schau, dort!«, rief Erik plötzlich und deutete auf einen Mönch, der hustend aus dem Turm wankte. »Vielleicht haben wir für den Verwendung.« Mit einem Satz war Erik bei ihm und packte ihn am Mantel.

»Gnade, verschont mich, Jesu Christ«, wimmerte der Mann außer sich vor Angst.

»Wenn du uns sagst, wo ihr euer Silber versteckt, lassen wir dich laufen«, antwortete Erik in der Sprache der Franken und packte den Mönch um den Bauch. »Aber wenn du mich reinlegst, verpasse ich dir eine Tonsur, die erheblich größer ist als die, die du schon hast.«

Der Mönch sah Erik entsetzt an, zweifelnd, ob er richtig verstanden hatte. Erst als Erik eine Silbermünze aus seiner Tasche zog, nickte er erleichtert und zeigte zum Keller. Dann fiel er auf die Knie und bettelte um sein Leben.

»Gnade, Gnade!«, stammelte er. »Ich werde dafür beten, dass ihr in den Himmel kommt.«

»Danke, mir gefällt es hier unten recht gut«, antwortete Erik trocken und zerrte den Mönch mit sich zum Turm. »Zeig mir das Silber, damit hilfst du mir am meisten.«

Während um sie herum die Männer kämpften, eilten

Erik und Hakon zum Turm, dem Mönch auf den Fersen. Einige ihrer Männer folgten. Sie stürmten durch die Tür, und drinnen deutete der Mönch ihnen eine schmale Treppe.

»Dort hinunter«, winselte er, und ein schwaches Grollen ertönte unvermittelt aus dem Berg.

»Los, wir müssen uns beeilen«, sagte Erik atemlos und hielt den Mönch wie einen Schutzschild vor sich. Sie stolperten die Treppe hinunter und folgten einer Reihe brennender Fackeln, die ihnen den Weg durch den Keller erleuchteten. Vor ihnen öffnete sich ein großes Gewölbe, und der Mönch führte sie an einigen Räumen vorbei, bis er schließlich vor zwei verzierten Eisengittern stehen blieb. Hinter der Tür lagerten unzählige Fässer, und ganz hinten schimmerten Stoffballen, Säcke und Truhen.

»Das Silber, dort drinnen!«, keuchte der Mönch aufgeregt und starrte schwankend in den Raum.

Hakon Jarl schloss seine Hände fest um das Gitter und zog. Die Türen waren verschlossen.

»Zweifellos sagt dieser Mönch immer die Wahrheit, sonst müssten diese Gitter nicht verriegelt sein«, fasste Erik die Situation neunmalklug zusammen.

»Liegen dir noch mehr Weisheiten auf der Zunge?«, fragte der Jarl barsch.

»Oder die Schlüssel vielleicht?«

Erik sah hinüber zur Treppe und bemerkte, dass der Rauch zunahm.

»Hör zu«, sagte er. »Das Feuer breitet sich aus, und die Kreuzträger wollen sicher ihre Kostbarkeiten retten, bevor sie fliehen. Wir lassen sie das Silber herausholen und überfallen sie später«, schlug er vor.

»Ja, aber das hier ist kein besonders günstiger Platz, um lange zu warten«, antwortete der Jarl gereizt.

»Glaub mir, wir werden nicht bis morgen warten müssen ...«

In dem Moment wurden Schritte auf der Treppe laut.

»Am besten wir verstecken uns«, sagte Erik leise, griff nach dem Bart des Mönchs und hielt ihm den Mund damit zu.

»Umpf«, murmelte der Mann, halb erstickt von den Barthaaren. Vorsichtig zogen sie sich zurück, bis sie einen zellenartigen Nebenraum einige Ellen entfernt erreichten. Das war knapp. Einen Augenblick später hörten sie aufgeregte Stimmen, und zwei Wachen tauchten auf. Hustend traten sie an die Gittertür. Ein kleiner, breitschultriger Mann kramte einige Schlüssel hervor und blieb stehen. Ein unheilvolles Geräusch drang vom Boden herauf, gefolgt von einem dumpfen Grollen. Rauchfahnen züngelten aus dem Berg. Der Boden wurde erschüttert, die Zellenwände bebten.

»Raus!«, stöhnte der Jarl heiser. »Wir werden sonst eingeschlossen!« Erik hob abwehrend die Hand.

»Lass sie erst aufschließen!«, flüsterte er. Der Kleine steckte den Schlüssel ins Schloss und drehte ihn herum. Die Eisentür knarrte, während der Boden erzitterte und große Risse in der Decke sichtbar wurden. Steine fielen herab und dunkler, stechender Rauch quoll in den Keller. Das war zu viel für die Wachen. Ohne sich umzusehen rannten sie erschrocken aus dem Raum und flohen die Treppe hinauf. Hinter sich hörten sie Steine und Mauerwerk in die Tiefe stürzen.

Der Jarl hob die Hand, um seine Augen vor dem wirbelnden Steinstaub zu schützen.

»Wir müssen raus!«, brüllte er, über sein Gesicht strömte der Schweiß.

»Nicht ohne das Silber«, hustete Erik zur Antwort und rannte in das Gewölbe. Zertrümmerte Truhen, Säcke und eine dicke Schicht Staub lagen auf dem Boden. Erik tastete sich vorwärts und bemerkte eine seltsame Vertiefung im Steinboden. Dort war fast kein Staub zu sehen. Er folgte der Kante mit den Fingern. Luft drang aus den Ritzen.

»Beeilt euch!«, rief er. »Ich habe etwas gefunden.«

Hakon kroch zu ihm, wischte den Staub beiseite und fuhr mit der Handfläche über die Steine. Der harte Boden kühlte seine Hände, bis es plötzlich wärmer wurde. In den Boden war eine Holzklappe mit einer Einkerbung in der Mitte eingelassen. Seine Finger entdeckten einen schweren Eisenring.

»Hier ist eine Luke«, sagte Hakon aufgeregt. »Hilf mir ziehen!« Erik ergriff den Ring, und gemeinsam versuchten sie mit aller Kraft, die Luke zu öffnen. Das Holz ächzte und knarrte, dann gab die Klappe nach. Erik beugte sich vor und blickte über die Kante.

»Das kann doch nicht wahr sein!«, murmelte er.

Widerwillig rückte er ein Stück zur Seite, damit der Jarl auch etwas sehen konnte. Der ganze Boden der Höhle dort unten war mit Silber bedeckt. Armringe, Münzen und lange, schwere Ketten, alles aus dem hell funkelnden Metall. Darunter waren sogar Stoffe, Perlen, Glas und andere Schmuckstücke zu sehen.

Erik machte den Mund auf und schloss ihn wieder, unfähig, einen Ton zu sagen.

»Beeilt euch!«, rief jemand hinter ihnen. »Der Turm kann jeden Moment einstürzen.«

Erik und Hakon hörten nicht, stattdessen ließen sie sich in die Kellerhöhle hinunter und begannen, das Silber hinaufzuschaffen. Sie nahmen mit, so viel sie konnten, dann machten sie Platz für die anderen. Die Männer leerten Fässer und Säcke und füllten sie bis oben hin mit den Kostbarkeiten. Jeder nahm, so viel er tragen konnte, und rannte zum Ausgang. Vorneweg lief Erik. Plötzlich blieb er stehen. Große Felsbrocken waren herabgestürzt und blockierten den Weg nach draußen. Die Männer saßen in der Falle.

3

Estrid sah zerstreut zur Wiege hinüber. Rurik schlief noch, sie würde ihn erst später stillen müssen. Sie strich über die Kette und fühlte den Stoff. Dann streckte sie sich nach dem Webschwert und rief Toste. Keine Antwort. Unruhig blickte sie sich um. Der Junge war nicht im Raum. Im selben Moment entdeckte sie die offene Tür. Er war doch nicht allein zum Snemunhof gelaufen? Einmal hatte der Lauser sich weggeschlichen, ohne dass sie es gemerkt hatte. Verzweifelt war sie umhergeirrt, hatte nach ihm gesucht, und erst gegen Abend hatte sie sein vertrautes Lachen wieder gehört, als Sigfrid mit ihm nach Hause kam. Toste war mit einer der Sklavinnen Boot gefahren, und dieser Tollpatsch hatte niemandem Bescheid gesagt. Jedenfalls nicht, bis es Zeit fürs Abendessen war und ein glücklicher, rotwangiger Knabe zusammen mit der Sklavin in die Wohnhalle gekommen war. Da erst hatte Sigfrid Estrid gnädig wissen lassen, wo Toste war. Aber wo war er jetzt? Er wusste, dass er den Hof nicht ohne sie verlassen durfte. Sie ging hinaus. Der Hofplatz lag verlassen, aber die Tür zum Stall war nur angelehnt. Doch dort war niemand, und schnell war sie wieder draußen auf dem Hof.

Eine wachsende Unruhe stieg in ihr auf, und sie blieb stehen, um zu lauschen. Kein Laut war zu hören, nur das leise Grollen des fernen Gewitters.

Toste hatte das Holzboot mitgenommen, aber es war weit bis zum Wasser. Er war doch wohl nicht …

»Toste!«, schrie sie gellend auf, starr vor Schreck. »Toste!«, rief sie wieder und lief zur Tränke.

Estrid lauschte, hoffte, Tostes Stimme zu hören. Aus der Ferne hörte sie das Knarren der Wagen in der Stadt und das Rauschen des Windes über den Feldern. Aber Toste, nein, kein Laut.

Atemlos erreichte sie die Tränke, ließ ihren Blick über die Wasserlache und den Brunnen schweifen. Kein Toste. Sie ging zum Brunnen, sah, dass die Abdeckung schief lag, und wagte kaum nachzusehen. Dann holte sie tief Luft und blickte über den Rand in die Tiefe. Ihre Kehle war wie zugeschnürt, und Estrid kam der Gedanke, dass er vielleicht tot dort unten lag. Aber die Wasseroberfläche war glatt und dunkel, und sie atmete erleichtert auf. Dann kehrte die Angst zurück, und sie sah sich hilflos um. Wo war Toste? Estrid war bleich, und die Unruhe ließ sie am ganzen Körper zittern. Hastig eilte sie zum Haus zurück, holte Rurik aus der Wiege und rannte zum Snemunhof. Toste! Er musste dort sein!

Ysja saß am Strand und blickte auf den Fjord hinaus. In der Ferne sah sie den Fährmann von Adelsö kommen. Das Festland, dachte sie, wenn sie nur erst das Festland erreicht hatte, dann war sie in Sicherheit. Sie strich sich die Haare aus dem Gesicht und beugte sich über den Kleinen. Er atmete, lag jedoch matt und leblos in ihren Armen. Aber sie war nicht beunruhigt. Er würde überleben, und sie war es, die ihn gerettet hatte. Ysja wurde von einem plötzlichen Stolz erfüllt, dem Gefühl, etwas geschafft zu haben, was niemand außer ihr vermocht hatte. Niemand würde ihn ihr je wieder nehmen dürfen, niemand. Jetzt gehörte er ihr! Endlich hatte sie das Kind bekommen, das sie sich so sehnlich gewünscht hatte. Ysja wiegte den Kleinen, und ein tiefer Friede kam über sie. Der Verlust ihres eigenen Kindes hatte sie gequält und gemartert. Als man ihr die Nachricht überbracht hatte, dass das Neugeborene bei den Wölfen ausgesetzt werden sollte, hatte sie gefleht, geschrien und gebettelt, aber niemand war ihr zu Hilfe gekommen. Als sie später gehört hatte, dass es tot war, war sie in ihren Kummer versunken und nicht mehr fähig gewesen, ihre Pflichten zu erfüllen. Immer wieder wurde sie von schlimmen Träumen gequält, und vor ihrem inneren Auge hatte sie gesehen, wie ihr Sohn von wilden Tieren gefressen wurde. Ein anderer Traum war noch entsetzlicher. Da war er noch nicht gestorben, als die Tiere über ihn herfielen. In diesen Nächten wachte sie schreiend auf.

Ysja betrachtete liebevoll das Kind, das sie im Arm hielt, und strich ihm über die Wange. So hübsch war er, so feine Haut, und was für wunderbare dunkle Augen er hatte. Jetzt gehörte er ihr, endlich hatte sie Ruhe gefunden. Und sie pries ihr Glück. Niemand hatte sie gesehen. Als sie den Jungen herausgeholt hatte, war sie ins Grubenhaus gerannt und hatte ihr Kleid, Lederschuhe und ihren Schal an sich gerissen. Ihre Habe, Spanholzdose, Löffel und Spindel ließ sie zurück. Niemand sollte den Verdacht schöpfen, dass sie fort war, ehe sie sich auf dem Festland in Sicherheit gebracht hatte.

Als sie sich dem Hafen näherte, wickelte sie den Kleinen in ihren Schal, dass er kaum zu sehen war. Er wimmerte ein bisschen, aber er beruhigte sich schnell, zu erschöpft, um zu protestieren. Als er schlief, eilte sie zum Strand an den Fähranleger. Mit dem Kind im Arm wartete sie darauf, dass der Fährmann von Adelsö zurückkam.

Ein grobschlächtiger Mann tauchte in der Ferne mit seinem Boot auf dem Fjord auf, und Ysja ging ans Ufer und bat um eine Überfahrt. Er knurrte, noch einmal fortrudern zu sollen, aber als auch zwei Kaufleute und ein Großbauer übersetzen wollten, gab er nach. Ysja setzte sich achtern und starrte ins Boot, wohl wissend, dass sie den Fährmann nicht für die Überfahrt bezahlen konnte. Sobald das Boot das Land erreichte, musste sie rennen.

Der Felsblock war schwer und ließ sich kaum bewegen. Das Feuer kam immer näher, und der Rauch quoll dick und stechend in das Kellergewölbe. Das Atmen wurde immer schwerer.

»Los, fasst an!«, trieb Erik seine Männer an, die hustend und schweißüberströmt versuchten, die gewaltigen Blöcke anzuheben. Sie stemmten sich mit den Schultern dagegen, aber sobald sie ein paar Felsbrocken weggeschoben hatten, fielen wieder andere hinunter. Der Gang blieb versperrt.

»Es muss hier doch Geheimgänge geben!«, schrie Erik den Mönch an, der zitternd im Rauch umherirrte und Jesus Christus anrief. Der Mönch schüttelte nur den Kopf und faltete die Hände. Verzweifelt sank er zum Beten auf die Knie.

»Deine Gebete scheinen mir nicht viel zu taugen, sing lieber ein Lobpreis auf Odin!«, zischte Erik zornig.

Das Donnern und Fauchen des Feuers wurde immer lauter. Ihnen lief die Zeit davon. Hakon Jarl blickte das Gewölbe hinunter bis zur Treppe, von wo sie gekommen waren. Ganz hinten erahnte er den zellenähnlichen kleinen Raum, in dem sie zuvor gewartet hatten. Auch dort gab es nur Steinboden und Felswände. Oder? Hatte er da drinnen nicht etwas Hölzernes gesehen, etwas, das anders war als der Rest?

Was, wenn ...

»Erik!«, rief er und rüttelte den Kameraden. »Ich glaube, es gibt eine Tür in dem Raum dort drüben. Komm!«

Mit tränenden Augen und Lungen voller Rauch fingen die Männer an zu rennen, Hakon zuerst, Erik hinterher.

»Da ist es!«, keuchte der Jarl und blieb stehen. Erik schob sich an ihm vorbei und wankte rotäugig in die Zelle. Aus allen Richtungen quoll abscheulicher Rauch, und er kniete sich hastig auf die Erde. Atemlos fuhr er mit den Händen über das Mauerwerk. Seine Finger glitten hastig über die Wände, über Holzbalken und kantige Steine und wieder über Mauerwerk. Er durfte nicht aufgeben. Wieder tastete er mit seinen Händen den kleinen Raum ab. Jetzt fühlte er etwas. Seine Hand war gegen einen Eisenbeschlag gestoßen, und er glaubte, frische Luft zu spüren. Hier befand sich eine Tür, aber bot sie auch einen Weg nach draußen? Mit aller Kraft warf er sich gegen die Eichentür. Sie ächzte, und es knirschte im eisernen Riegel, aber es rührte sich nichts.

»Nein!«, heulte er wütend auf und trat gegen das Holz. Dann holte er Schwung und rammte mit der Schulter dagegen. Ein stechender Schmerz durchzuckte seinen Körper, aber die Tür gab nicht nach.

»Kommt her!«, keuchte Erik und gab den anderen ein Zeichen. Die Männer eilten herbei und warfen sich gegen die Tür. Diesmal quietschte es, und sie öffnete sich einen Spalt breit. Sie blieb verschlossen, aber die Senkungsrisse in der Steinmauer hatten dazu geführt, dass die Türbeschläge nicht mehr fest in der Wand verankert waren. Entschlossen versuchten es die Männer erneut.

Die mächtige Eichentür knarrte, und der Spalt zur Wand wurde größer. Dann strömte ihnen frische Luft entgegen. Hier war ein Gang, und er führte von dem Rauch fort.

Estrid sank schluchzend auf die Bank, den Kopf in den Händen. Toste war fort. Sigfrid beugte sich über sie und versuchte, sie zu trösten, aber Estrid antwortete nicht, und ihre Schultern bebten vor Weinen.

Den ganzen Tag hatten sie nach dem Jungen gesucht, und Snemun hatte das Gesinde ausgeschickt, um ihn zu finden. Aber niemand hatte eine Spur von Toste gesehen. Estrid war das Spielzeugboot eingefallen, und sie hatte mit Sigfrid den Strand abgesucht. Vielleicht hatte er es bis zum Ufer geschafft, es konnte ja sein, dass ihm jemand geholfen hatte. Sie umrundeten ganz Björkö, fragten die Waschfrauen am Waschsteg und die Männer im Hafen, aber niemand hatte das Kind gesehen. Erst als die Dämmerung sich über die Stadt senkte, hatte Sigfrid etwas am Ufer entdeckt. Sie ging auf die Knie und fischte mit einem Stock einen Gegenstand aus dem Wasser. Als sie ihn in der Hand drehte, wich sie bestürzt zurück. Es war Tostes Spielboot.

Estrid war an ihre Seite getreten und beugte sich vor. In diesem Moment schrie sie auf, so laut und verzweifelt, dass alle anderen Geräusche verstummten und es ganz still wurde. Estrid nahm das Holzboot, ihre Hand brannte. Das war das kleine Spielzeugboot, das Erik für Toste geschnitzt hatte. Zitternd sah sie auf den Fjord. Der Junge musste zum Wasser gegangen sein, an der Wasserkante gespielt haben und dann hineingefallen sein. Bei ablandigem Wind war die Strömung um die Landzunge stark, und er war sicher von ihr mitgezogen worden. Estrid hielt das kleine Boot in ihren Händen. Ihr krampfhafter Griff ließ die Knöchel weiß werden, und das Holz schnitt ihr tief in die Hand. Aber sie spürte nichts davon. Toste, ihr geliebter Junge, der am Morgen noch gespielt und gelacht hatte, war nicht mehr da. Er war ertrunken.

Estrid war verzweifelt. Sigfrid wärmte Met im Kessel und sorgte dafür, dass sie viel trank. Dann schlief sie endlich ein, erschöpft und verweint.

Auch Sigfrid war traurig. Sie hatte beide sehr gerne, Estrid und Toste, und was passiert war, hatte auch sie sehr getroffen. Sie musterte Estrid, die zusammengekrümmt auf der Schlafbank lag. Was sie schon hatte durchmachen müssen. Warum mussten manche so viel ertragen und andere nicht? Estrid, die so ein guter Mensch war und immer für alle das Beste wollte; war ihr nicht schon genug Unglück widerfahren? Irgendwann musste doch auch sie einmal glücklich werden.

Am folgenden Morgen entdeckte Sigfrid, dass die Haussklavin Ysja fehlte. Nachdem ihre Sachen noch da waren, gingen alle davon aus, dass sie später zurückkommen würde. Sie war nicht mehr sie selbst gewesen, seit sie ihr Kind verloren hatte, und die, die sich das Dach mit ihr im Grubenhaus teilten, hatten mehr als einmal vermutet, dass sie allmählich wahnsinnig wurde. Bisweilen reagierte sie nicht mehr auf Ansprache. Manchmal saß sie mitten unter ihnen und war doch ganz woanders. Nun glaubten sie, dass sie irgendwohin gegangen war, wo sie für sich sein konnte, oder vielleicht war sie auch wieder am Hafen. Sie wussten, dass sie immer wieder zu den Booten spazierte und dass sie sich manchmal den Seeleuten anbot. Vielleicht war sie mit einem von ihnen mitgegangen? So wie es aussah, wurde sie von niemandem vermisst. Die Sklaven auf dem Hof hatten finster mit angesehen, dass man ihr mehr vertraute und sie besser behandelte, als sie selbst, und sie schließlich ganz freigab. Untereinander redeten sie schlecht über Ysja und fragten sich, warum sie die Freiheit bekommen hatte, sie selbst jedoch nicht. Snemun und Sigfrid ihrerseits hatten sie freigegeben, nachdem sie nicht mehr glaubten, sie noch verkaufen zu können, sie aber auch nicht länger auf dem Hof behalten wollten. Sie machte ihnen Angst mit ihrem dunklen, starren Blick, und alles um sie herum atmete Trauer und Unglück. Jetzt war sie verschwunden. Man fragte vage nach ihr, aber niemand begann, sie zu suchen. Früher oder später würde sie schon zurückkommen, oder sie war für immer einem der Männer im Hafen gefolgt. Denn hässlich war sie nicht. Sie hatte schöne lange, dunkle Haare, ihre Haut war fein und ihr Mund rund und voll. Obwohl sie lange Sklavin gewesen war, war ihr Körper immer noch der einer jungen Frau. Sie trug ihre Brust meist hochgebunden, und ihr Gang und die Art, die Männer anzusehen, gefiel ihnen. Manche, die eine scharfe Zunge besaßen, meinten, dass sie jetzt wohl die Männer der See denen auf dem Hof vorzog, aber als das Gerede über sie verstummte, geriet sie bald in Vergessenheit. Auf dem Snemunhof hatte man genug mit der Sorge um Toste zu tun.

Menschenmassen bewegten sich zum Hafen hinunter. Wie ein Fluss auf dem Weg zum Meer suchte sich die Menge einen Weg zur Brücke. Estrid betrachte die vielen Menschen. Sie war abgemagert, blass und verhärmt, und ihre Haltung war teilnahmslos und müde. Verwundert besah sie sich das Schauspiel vor ihren Augen. Vorn liefen die Kinder und Frauen, dann kamen die Sklaven und die prächtig ausgestatteten Kaufleute in ihren bunten Röcken.

Ihr Blick wanderte nach Adelsö und wieder nach Björkö zurück. Sie blickte oft über das Meer. Tief drinnen hoffte sie noch immer, dass Toste lebte und zurückkommen würde, denn seine Leiche war nie gefunden worden. Manchmal träumte sie, dass jemand, der nach Birka gesegelt kam, Toste bei sich hatte, und einmal hatte sie Erik gesehen, der mit dem Jungen heimgekehrt war. Aber all das waren nur Träume, Erik und Toste waren beide fort. Sie seufzte, und noch einmal glitt ihr Blick aufs Wasser hinaus. Da sah sie es.

Weit draußen segelte ein Schiff, mit hohem Rumpf und markantem, geradem Steven. Am Mast hing ein großes, dunkles Segel, geschmückt mit einem Christenkreuz. Für einen kurzen Augenblick blitzte es auf wie eine Flamme. Dann verschwand die Sonne hinter den Wolken. Estrid blieb mit hängenden Armen stehen. Dieses Mal war es keine Sinnestäuschung und auch kein Omen. Das geheimnisvolle Schiff war dort draußen. Sie unterdrückte einen Schrei und begann zu rennen.

Außer Atem erreichte sie den Snemunhof und nahm sich nicht einmal die Zeit zu grüßen.

»Das Schiff, seht ihr das Schiff«, stammelte sie nach Luft schnappend und zeigte aufs Wasser.

Sigfrid und ihr Mann Gunnar standen hinter dem Schuppen und hängten Netze auf. Eine Katze strich miauend um ihre Beine, und Snemun warf ihr ein Stückchen Hering zu. Als er Estrid rufen hörte, sah er auf. Sein

Blick wanderte über das Meer. Seine Hände erstarrten, und die grauen Augen verdunkelten sich.

»Dann war es also doch wahr«, murmelte er tonlos, den Blick fest auf das Schiff gerichtet.

»Was meinst du?«, fragte Sigfrid voller Unbehagen. Wenn Snemun dieses Zögern in der Stimme hatte, dann drohte Unheil. Ihr Mann war ein guter Bauer, der allen wohlgesonnen war. Er hatte viele Freunde, wurde als tüchtig und zuverlässig geachtet und kümmerte sich sorgsam um seinen Hof und sein Gesinde. Über seinen Besitz wachte er genau, und was Hof und Fischerei ihnen gaben, versorgte sie alle fast ganz und gar. Nur selten musste er etwas von den Bauern der anderen Inseln kaufen. Mit den Jahren war er ein wohlhabender Mann geworden, einer der mächtigsten der Stadt. Wenn etwas Unerwartetes geschah, war er der Erste, der die anderen warnte. Jetzt ahnte er nichts Gutes. Die Narbe an seiner Lippe hatte sich rot gefärbt. Langsam richtete er sich auf und wischte sich die Hände am Hosenboden ab.

»Einer der Kaufleute hat gesagt, er habe ein fremdes Schiff mit Kreuz auf dem Segel gesehen, aber ich wollte ihm nicht glauben«, sagte Snemun besorgt. »Offenbar sind sie wieder da, die Kreuzträger.« Er machte ein Stück Tang los und schleuderte es auf den Boden. »Endlich ist Ansgar fort, und schon schickt der Kaiser neue Missionare hierher. Warum? Das führt nur zu Streitereien!«

»Es muss ja nicht gleich so schlimm werden«, meinte Estrid tröstend. »Nur wenige haben Ansgars Kraft und Ausstrahlung. Und wenn es ihm nicht gelungen ist, uns zu bekehren, dann gelingt es keinem.«

»Estrid hat Recht«, stimmte Sigfrid gefasst zu. »Lass uns nicht in allem, was geschieht, nach Unglück suchen.

Die Christengemeinde ist nicht groß, und auf den Häuptling hört niemand.«

»Hergeir, nein, aber er ist dennoch unser Häuptling, und er bestimmt hier in Birka«, wandte Snemun ein. »Er ist schlau wie nur wenige und hat sich darüber hinaus taufen lassen.«

»Hergeir, dieser Taugenichts. Sein Knie beugen und beten, das kann er, sonst nichts«, knurrte Sigfrid, aber ihre Stirn lag in Falten, und ihre sonst so warmen und freundlichen Augen waren dunkel geworden. Sie war besorgter, als sie zeigen wollte.

Snemun drehte sich um und setzte die Arbeit am Netz fort. Seine Schultern waren nach vorn gesackt, und die Narbe flammte rot über seinem Mund, wie immer, wenn er aufgebracht war. Grunzend versuchte er, einen Barsch loszumachen, der festsaß.

»Die Gesandten des Kaisers werden hier in der Gegend umherlaufen und versuchen, die Leute zu fangen«, sagte er mürrisch. »Ich habe es so satt.«

»Oder liegt es daran, dass du deine Fische nicht an die Christen verkaufen kannst?«, fügte Sigfrid spöttisch hinzu. »Den einen oder anderen Christen in Birka wirst du wohl verkraften?«

»Nein, ich will keine Missionare hier haben, die Streit und Zwietracht in den Sippen und Familien säen. Denk an Harald Sigurdson, der die Waffen ergriffen hat, um Birka zu bekehren. Fast hätte er großes Unheil über uns gebracht.«

»Harald, ja. Ich kann nicht glauben, dass dieser Wahnsinnige Eriks Bruder ist. Aber Harald ist nicht mehr gesehen worden, seit er vor zwei Wintern seine Flotte verloren hat, also, wir haben nichts zu fürchten. Lasst uns wenigstens erst einmal sehen, wer da gekommen ist, bevor wir den Mut sinken lassen«, sagte Estrid und richtete den Blick wieder aufs Wasser.

Vom Snemunhof hatte sie eine gute Aussicht über die Stadt. Die Sonne schien auf die gezimmerten Holzhäuser und warf dunkle Schatten in die Gassen. Überall waren Menschen auf dem Weg zum Strand zu sehen. Ein weiteres Schiff war zum Hafen unterwegs: Das Langschiff des Königs näherte sich von Adelsö auf der anderen Seite des Fjordes. Es war mit Wimpeln und Fahnenstangen geschmückt. König Björn wollte die Christen offenbar willkommen heißen. Estrid stemmte die Hände in die Hüften und wandte sich den anderen zu.

»Wir brauchen gar nicht hinunter zum Hafen zu gehen. Von hier aus können wir alles sehen«, sagte sie knapp.

Nach einer Weile erreichte das Schiff Birka. Das Segel wurde eingeholt, die Ruder ausgelegt, und das Schiff glitt langsam an der Sperre vorbei auf die Brücke zu. Als das Schiff anlegte, ertönten Luren und Fanfaren.

»König Björn wartet mit Tand und Putz auf, er, der auf unserer Seite stand und gegen Ansgar gekämpft hat«, sagte Snemun grimmig. »Wieso empfängt er diese Christen da?«

»Der König wird schon einen Grund haben«, bemerkte Estrid. »Die Missionare Kaiser Ludwigs des Frommen brauchen einen würdigen Gegner. Denk an den Handel. Wer die Macht hat, kann nicht immer tun, was er will, er muss sich auch nach dem richten, was von ihm erwartet wird. Und er ist schlau, unser König Björn.«

Snemun murrte und kämpfte mit Barsch und Netz.

»Eine kleine christliche Gemeinde kann ich aushalten, aber wenn diese Kreuzträger da versuchen, alle hier in dieser Stadt zu bekehren, dann werde ich sie aufhalten, so wahr ich hier stehe.« Er bekam den Barsch los und wog ihn nachdenklich in der Hand. »Wenn Erik nur hier wäre«, fuhr er fort. »Zusammen hätten wir den Tonsuren da unten den Spaß schon verdorben …«

»Ach ja?«, fiel Estrid ein. »Hast du Sigfrid und mich vergessen? Wir haben dir das letzte Mal beigestanden, als die Kreuzträger hier waren. Ohne unsere Hilfe wäre das böse ausgegangen. Seltsam, wie kurz doch manchmal das Gedächtnis der Männer ist. Und wer weiß, ob Erik überhaupt zurückkommt. Du solltest dich besser gut mit uns stellen.«

Estrids Ton war fest und entschieden, und sie warf Snemun einen scharfen Blick zu, sodass er unbewusst einen Schritt zurückwich.

Sigfrid brach in lautes, schallendes Gelächter aus. Trotz der Sorge um Toste war ihre Freundin noch ganz die Alte. Estrid sagte, was sie dachte, und ging nichts und niemandem aus dem Weg. Sie waren Nachbarn, hatten zusammen gewebt und mit gutem Gewinn Stoffe und Kleider auf dem Markt verkauft. Sie fühlten sich wohl zusammen, und kurz nachdem Erik Birka verlassen hatte, hatten sie ein Wirtshaus am Hafen gemietet. Auch dieses Wagnis schien gut zu gehen. Estrid und sie hatten viel gemeinsam, und obwohl sie sich oft sahen, wurden sie ihrer Gesellschaft nicht müde. Sicher kabbelten sie sich auch, aber sie sprachen geradeheraus und offen miteinander, und keine von beiden hatte Angst, der anderen die Wahrheit zu sagen. Vielleicht war deshalb aus dem, was einmal als Nachbarschaft begonnen hatte, eine warme und innige Freundschaft erwachsen.

Snemun grunzte etwas und sah wieder zum Hafen hinunter. Das Schiff hatte jetzt angelegt, und eine dichte Menschentraube bahnte sich einen Weg durch die Gassen. Sie wollen wohl zur Kirche, dachte er, zu der Kirche, die Birkas Häuptling Hergeir auf seinem eigenen Grund hatte bauen lassen.

»Sollen jetzt lateinische Messen und das Geschwätz dieser Milchbärte in den Gassen stattfinden?«, fuhr Snemun fort. »Diese Tonsuren versuchen immerzu, die Leute in ihre Versammlungen zu locken. Und dann leiern sie ihre Sprüche von den Sünden auf Erden und dem Paradies im Himmel herunter.«

»Vielleicht sollte ich einen Gott preisen, der die Erde zum Paradies gemacht hat und uns im Himmel sündigen ließ«, sagte Estrid bitter. »Also, ich meinte, dort auch«, setzte sie mit einem Lachen hinzu. Snemun warf Estrid einen anerkennenden Blick zu und schmunzelte.

»Wir werden wohl abwarten müssen, aber wenn sie sich nicht damit abfinden, eine von vielen Heilslehren in Birka zu sein, dann ...«

»... wird ihnen das schlecht bekommen«, fiel Estrid ein. »Ja, ja, das wissen wir, du sagtest es gerade. Beruhige dich, wir werden dir beistehen.«

Eine Weile betrachtete sie schweigend die Schiffe unten im Hafen, dann ging sie zum Netz und half Sigfrid und Snemun dabei, es sauber zu machen. Sie arbeiteten schweigend, wussten, dass ihnen etwas Ernstes bevorstand.

Die Männer ruderten entschlossen über das Wasser. In gleichmäßigem Rhythmus war das Geräusch der Ruderblätter zu hören, die die Wasseroberfläche durchbrachen. Sie fuhren mit der Strömung, und die Männer mussten sich nicht anstrengen. Erik saß mit der Hand an der Steuerpinne und betrachtete die anderen Schiffe. Nachdenklich fuhr er sich mit der Hand durch den Bart, während sein Blick den Abstand zwischen Reling und Wasseroberfläche maß. Die Schiffe lagen zu tief im Wasser. Auf einem Fluss zu rudern war nur eine Sache. Draußen auf dem Meer zu segeln eine ganz andere. In Freude und Siegestaumel hatten sie zuviel Beute gemacht. Überall standen Kisten mit Silber und geplünderten Gütern. Es war sogar schwierig geworden für die Mannschaft, Platz für die eigenen Kisten zu finden. Kein Wunder, dass die Reling beinahe ins Wasser tauchte.

»Ich glaube, wir sind zu schwer beladen«, sagte Erik und drehte sich zu Hakon um. »Draußen auf See könnte das schwierig werden.«

»Wir schaffen die Überfahrt schon, auch wenn es stürmisch wird«, erwiderte der Jarl und betrachtete die Truhen. »So wie wir für diese Kostbarkeiten gekämpft haben, können wir sie nicht ohne guten Grund zurücklassen.« Freundschaftlich legte er seine Hand auf Eriks Schulter und ging zu den Bierfässern im Vorschiff.

»Hier, nimm einen ordentlichen Schluck, den hast du dir verdient!« Erik hob abwehrend die Hand.

»Wenn wir nichts unternehmen, kann das böse enden. Lass uns einen Teil des Silbers vergraben. Wir können es bei der nächsten Fahrt mitnehmen …«

»Das Silber, bist du noch bei Trost, was passiert, wenn wir nach Osten segeln?«, protestierte der Jarl und tastete nach dem Elchhorn. Erik verstummte. Hakon Jarl hatte Recht. Das Silber zu vergraben war nicht gut durchdacht. Andererseits – ein Sturm, ein paar hohe Wellen und dann … Sie mussten etwas tun.

»Hör zu, ich habe einen besseren Vorschlag«, erwiderte der Jarl, schlug den Zapfen aus dem Bierfass und füllte sein Horn. »Wir können die Fahrt nach Birka nicht wegen des Silbers abbrechen, aber sollte ein Unwetter aufkommen, verspreche ich, sofort einige der Kisten zu versenken.«

»Und wenn der Sturm ganz plötzlich kommt?«

»Kisten versenken schaffen wir immer«, antwortete der Jarl entschieden. »Lass uns lieber feiern. Selten war ich so glücklich wie jetzt. Denk doch, es ist uns gelungen, mit all dem Silber aus der Burg zu kommen. Meine Männer müssen die besten aller Wikinger sein.« Der Jarl trank in großen Zügen und küsste das Fässchen. Der rotbärtige Nordmann strahlte vor Freude. Er hatte seine Rache bekommen und darüber hinaus noch reiche Beute gemacht. Ein Mann in seinem Alter konnte vom Leben nicht mehr erwarten. Er reichte Erik das Horn.

»Erik, jetzt schlagen wir das Lager für die Nacht auf, damit die Männer sich ausruhen können. Und morgen verlassen wir zeitig die Küste. Dann sind es nur noch ein paar Tage auf See, bevor wir zu Hause sind. Hier, trink jetzt!«

»Zwanzig Tage hartes Segeln«, murrte Erik. »In Schiffen ohne Freibord.«

Der Jarl hörte ihn nicht, lachte und schwang das Horn, dass das Bier spritzte. Erik schwieg. Wenn der Jarl sich einmal entschieden hatte, nutzten Widerworte wenig. Aber er konnte seine Meinung noch ändern, wenn er nur Zeit hatte nachzudenken. Vielleicht würde er sich besinnen.

Gegen Abend erreichten die Männer eine kleine Bucht. Grüne Zweige tauchten ins Wasser, und dahinter war ein breiter Sandstrand zu sehen. Erik zeigte an Land.

»Sollen wir dort lagern?«

Der Jarl nickte zustimmend.

Die Männer ruderten ans Ufer und zogen die Schiffe auf den Strand. Im Siegesrausch zündeten sie ein Feuer an und hängten Kessel auf. Der Koch bereitete einen Topf mit Fleisch und Gemüse zu, und bald breitete sich der Geruch von Essen im Lager aus.

Erik hob den Kopf und sah zum Kessel hinüber. Hammelfleisch und Grünzeug, das hatte er oft mit Estrid und Toste zusammen gegessen. Seine Gesichtszüge hellten sich auf. Estrid. Mit einem Mal sah er ihr Gesicht vor sich, die hellblauen Augen, ihren runden weichen Körper. Er dachte an ihr fröhliches Wesen, ihren Schalk und daran, wie sie ihm beigestanden und Rat gewusst hatte, was auch immer geschah. Wie oft hatte er sich nach seiner Frau gesehnt, die Leere gefühlt, ohne sie und den Jungen. Jetzt, da sie sich dem Reich der Svear näherten, wurde die Sehnsucht noch größer. Sie war weich, warm und gut zu ihm und empfing ihn immer mit Freude. Noch zwanzig Tage, nur noch zwanzig Tage. Lächelnd kramte er in seinen Taschen nach der Flöte. Einen Moment trommelte er mit den Fingern auf das Holz, dann befeuchtete er die Lippen und begann zu spielen. Es war eine fröhliche Melodie, die die Spielleute zu Hause gespielt hatten. Sofort fiel die Mannschaft mit Gesang ein. Als der Mond am Himmel aufstieg und die Sterne über ihnen leuchteten, war die Musik weit durch die Nacht zu hören. Die Männer sangen und tranken auf die Götter und alle Siege, an die sie sich erinnern konnten, und Bier- und Weinfässer wurden unter Lachen geleert. Im Rausch verschwand die Wachsamkeit, und bald vergaßen die Männer, dass sie sich im Feindesland befanden.

4

Alles war still, der Mond glänzte silbern. Hinter einer Landzunge machte der Fluss eine Biegung und strömte breit und mächtig ins Meer. Hinter der Flussbiegung, versteckt hinter Bäumen und Büschen, ragte ein mächtiges Bauwerk aus Holz empor. Die Palisaden waren vom Wasser aus nicht zu sehen, aber jeder, der Wache hielt, konnte den Fluss durch die Bretter glitzern sehen.

Ein Mann spähte wachsam über die Festung. Er war groß und stattlich, wie die Bewohner des Nordens. Er hatte hellblaue Augen und trug einen Kittel und Hosen. Wenn er aufgebracht war, flog ein nervöses Zucken über sein Gesicht. Der Mann hatte eine Axt am Gürtel stecken, und ein schweres, zweischneidiges Schwert hing in der Scheide. Obwohl er ein hellhäutiger Nordmann war, hielt er Wache im Frankenreich. Er war einer der bekehrten Wikinger, die sich mit den Franken zusammengetan hatten. Seine Aufgabe bestand darin, die Überfälle der Heiden auf die christlichen Festungen des Landes zu vereiteln. Im Gegenzug genoss er den Schutz der Großbauern und Grafen und konnte nebenbei reiche Beute machen. Und Harald Sigurdson aus dem Reich der Svear brauchte viel Silber. Er hatte mit Hergeir, dem Häuptling von Birka, die Abmachung getroffen, eine große Flotte zu rüsten. Wenn es ihm gelungen war, genug Männer und Schiffe zu beschaffen, würde er nach Birka zurückkehren. Gemeinsam mit dem Häuptling wollte er dann die

Stadt einnehmen. Es war an der Zeit, die Bastion der Svear zu christianisieren und den Abgottglauben der Heiden auszurotten.

Harald Sigurdson stand breitbeinig und gebückt, die Hände auf dem Rücken verschränkt. Er lauerte im Hinterhalt und konnte in kurzer Zeit ausgiebig Beute sammeln, ohne zu viele der Seinen zu riskieren. Zu Anfang hatte er nur zwei Langschiffe gehabt, nun befahl er über acht Kriegsschiffe mit Mannschaft. Viele von ihnen hatte er von dieser Festung aus eingenommen.

Harald nahm seine Wanderung wieder auf und spähte gelegentlich über die Palisaden. Die Luft war mild, und der Wind trieb einen Duft von Wald und Feld zu ihm hinauf. Harald lief stumm und nachdenklich weiter und blieb zuweilen stehen, um zu lauschen. Plötzlich hörte er etwas. Seine Augen wurden schmal, die Haut in seinem Gesicht spannte sich.

Ein Nachtvogel flog kreischend aus einem Baum auf, und das Spiel der Grillen war laut und nah. Nein, er hatte sich offenbar geirrt. Einen Moment hatte er wirklich geglaubt, Flötenmusik und Gesang seiner Heimat zu hören. Aber er musste sich getäuscht haben, die Nordmänner waren vorsichtiger. Und dennoch … Er blieb stehen, die Hand am Schwert. Plötzlich war es wieder da. Es klang wie eine Flöte und grölende Männerstimmen.

Die stechenden hellblauen Augen blitzten in der Nacht. Schnell zog er sich zum Lager zurück. Jetzt war er sich seiner Sache gewiss. Dort draußen lagen Schiffe mit reicher Beute.

Der Abend legte sich mild über Birka. Ein Vogelschwarm zog am Himmel vorüber, und entfernt rief ein Reh. In der

Schankstube hing dichter Rauch, und das Fleisch am Grillspieß ging zur Neige. Aber die Männer machten keine Anstalten zu gehen. Sogar der Fremde aus dem Gårdarik blieb sitzen. Sein Horn war leer, und er fingerte zerstreut an einem Stück Brot herum. Estrid brachte ihm eine Kanne Met und musterte ihn neugierig. Sie hatte ihn einige Zeit nicht mehr gesehen und sich gefragt, was geschehen war. Jetzt freute sie sich, dass er zurückgekommen war. Plötzlich hatte sie Lust, mit ihm zu plaudern.

»Sag, was führt dich hier in die Stadt?«, fragte sie und setzte sich an die andere Seite des Tisches.

»Handel«, antwortete Orfrim lächelnd.

»Und woher kommst du?«, fuhr Estrid fort.

Meine Familie lebt in Aldeigjuborg, wollte er eigentlich sagen, aber er verschluckte sich an den Worten. Für einen Augenblick wanderten seine Gedanken zu Olga, seiner Frau, und Boris und Nikita, ihren beiden Kindern. Aber er wollte nicht über seine Familie im Gårdarik sprechen, nicht jetzt. Hier in Birka wollte er ein neues Leben leben, ohne die Last der Vergangenheit.

»Ich bin in Aldeigjuborg geboren und betreibe Handel in Grobin und dem Kalifat«, antwortete er ausweichend, verwirrt darüber, dass er die Vergangenheit plötzlich verleugnete. »Mein Vater kommt aus Itil an der Wolga, wo er Handel mit den Rus und Chasaren und den reichen Kaufleuten aus Bagdad getrieben hat«, fuhr er fort.

»Kalifat? Also Serkland?«, fragte Estrid.

Orfrim nickte.

»Die Gruben im Osten gaben reichlich Silber her, und mein Vater hat dafür gesorgt, diese Reichtümer gegen Honig, Felle und Sklaven zu tauschen. Manchmal hat er sogar mit Seide handeln können. Aber meist waren es die anderen Kaufleute, die den Gewinn mit nach Hause genommen haben, und so sind wir auf den Gedanken gekommen, nach Westen, nach Aldeigjuborg, zu ziehen, wo mein Onkel Issuchiya ein Handelshaus hatte. Er war Kaufmann dort, und es lief gut für ihn. Außerdem war mein Vater Muslim, und dort hatten viele Menschen denselben Glauben. Also brach mein Vater in Itil auf, und wir ließen uns in Aldeigjuborg nieder.« Orfrim machte eine Pause und nahm einen Schluck aus seinem Horn. »Dort an der Wolchow«, fuhr er fort, »wohnten schon Slawen und Rus, die wie wir Handel trieben, so dass mein Vater nicht so reich wurde, wie er gehofft hatte, und sogar mein Onkel hatte ein paar schlechte Jahre. Nach einer Weile war mein Onkel es leid und zog hierher nach Birka. Onkel Issuchiya hatte gehört, dass man hier reich werden konnte, und nun, nach einiger Zeit, hat es mich gereizt, ihm zu folgen.«

Orfrim verstummte und sah Estrid nachdenklich an. Sein Blick wanderte über ihr Gesicht, ihre Schultern und über ihre Brust bis zur Taille. Sie war so anders als die Frauen zu Hause. Seine erste Frau, Elena, war einmal betörend schön gewesen; dunkel, schmal und zierlich. Aber nachdem sie ihr Kind geboren hatte, war sie kühl und abweisend geworden und hatte ihn nicht mehr so nah an sich herangelassen. Seine zweite Frau, die zusammen mit dem Kind gestorben war, das sie erwartete, erinnerte auch nicht an Estrid. Die Wirtsfrau war anders, eine Frau wie sie hatte er noch nie zuvor gesehen. Auch seine jetzige Frau ähnelte ihr nicht. Orfrim blickte auf. Estrid schien so aufrichtig und sah ihm ungeniert in die Augen, ohne seinem Blick auszuweichen.

»Bist du auf der Durchreise oder lässt du dich hier in Birka nieder?«, unterbrach sie seine Gedanken, und Wissbegierde blitzte in ihren Augen auf.

Orfrim lächelte hastig und merkte, wie sehr sie ihm gefiel. Ihr Gesicht strahlte Empfindsamkeit und Wärme aus.

»Ich werde mich als Kaufmann versuchen. Ich habe Glas, Silber und Seide dabei – eben das, von dem ich hörte, dass es euch hier im Norden gefällt«, vertraute er ihr an.

»Glas?«

»Ja, Trinkbecher. Vielleicht auch für den Schankraum hier.«

Estrid schüttelte lachend den Kopf.

»Da kennst du die Wikinger schlecht«, entgegnete sie fröhlich. »Sobald sie ausgetrunken hätten, würden sie das Glas an die Wand werfen.«

»Meine Gläser nicht.«

»Dann müssen sie sehr schön sein.«

»Ja, sonst hätte ich sie nicht mitgenommen«, gab er belustigt zurück. »Du wirst schon sehen.«

»Abgemacht«, lachte Estrid. »Hast du eine Bude, oder willst du nur auf den Märkten verkaufen?«

»Ich hatte gehofft, meine Waren gemeinsam mit meinem Onkel verkaufen zu können. Er lebte in einem großen Haus, draußen vor der Stadt und hatte erzählt, dass man als muslimischer Kaufmann gute Geschäfte hier in Birka machen könnte. Aber im letzten Winter ist er einer Krankheit erlegen, und das habe ich nicht gewusst, als ich hierher aufgebrochen bin.«

Estrid faltete die Hände und sah ihn bedauernd an. Schweigen senkte sich über sie, und das Gemurmel der

Gäste drang nur noch gedämpft an ihre Ohren. Dann, ohne dass sie wusste, wie ihr geschah, beugte Estrid sich zu ihm und griff seine Hand.

»Das muss schwer für dich gewesen sein«, sagte sie mitfühlend. »Jemanden zu verlieren, und dann die Einsamkeit ...« Sie beherrschte sich und zog geniert ihre Hand wieder zurück. Dann beugte sie sich abermals nach vorn. »Weißt du«, sagte sie, »ich habe meinen Sohn verloren, und der Mann, mit dem ich mein Leben geteilt habe, ist auch fort. Aber ich habe Freunde. Du kennst niemanden hier und bist neu in der Stadt, ich kann mir vorstellen, wie schwer das ist.« Sie schwieg und sah ihn ernst an. »Wenn du dich allein fühlst, dann denk daran, dass du hierher kommen kannst. Hier sind immer freundliche Leute, und du kannst ein Zimmer im Hof mieten.« Sie machte eine Pause, streckte sich nach der Kanne mit Met und füllte sein Horn. »Trink jetzt!«, forderte sie ihn auf und sah zu, wie er das Horn leerte.

Was für ein Schicksal, dachte sie. Den ganzen Weg bis nach Birka zu reisen, um unvermittelt ganz allein dazustehen. So war es auch für sie gewesen, damals vor einigen Wintern. Mit Toste im Arm war sie nach Birka gezogen; hatte ihr Zuhause verlassen, nachdem Mutter und Vater das Kind verdammt hatten, das sie geboren hatte. Und wenn Erik nicht gewesen wäre, hätte sie es vielleicht nicht geschafft. Sie hatte Glück gehabt.

»Birka ist ein guter Ort, und die Menschen hier sind freundlich. Du wirst dich bald zurechtfinden«, fuhr sie fort, im Versuch, ihn zu trösten.

Orfrim trank ein paar Schluck und sah Estrid lange an.

»Ich wohne bei Issuchiyas Witwe, seit ich hier angekommen bin, aber ich fühle mich dort nicht wohl«, erwiderte er nachdenklich. »Jetzt hoffe ich, seine Geschäfte übernehmen zu können. Aber ohne Hilfe wird es schwer werden, hier in Birka Handel zu treiben. Ich habe zwar gute Geschäfte in meiner Heimat machen können, aber nicht in einem fremden Land.«

Orfrim verstummte und hing seinen Gedanken nach. Er drehte das Horn in der Hand hin und her, ohne daraus zu trinken. Stattdessen blieb sein Blick an zwei Männern hängen, die Schach spielten. Der ältere der beiden trug einen Kaftan. Vielleicht kam er aus dem Osten, und es gab möglicherweise viele aus dem Gårdarik hier.

Estrid sah seine Unsicherheit und verspürte eine unerwartete Wärme für diesen Fremden.

»Du bist so weit gereist, du kannst jetzt nicht aufgeben. Du findest bestimmt bald Rat«, versicherte sie freundlich.

Orfrim nickte schweigend. Sicher hatte sie Recht, die Wirtsfrau. Er war nicht der einzige Kaufmann, der allein in die Stadt gekommen war. Viele hatten es geschafft. Dann würde er es auch schaffen. Er musste nur so listig und ausdauernd wie ein Schachspieler sein. Orfrim legte den Kopf in den Nacken und trank. Der Met sorgte dafür, dass er sich schnell besser fühlte. Seine Gedanken wurden klarer. Estrid hatte etwas von Kammern erwähnt, die man mieten konnte. Im Wirtshaus gab es Kaufleute aus Ost und West. Wenn er hier eine Unterkunft mieten würde, könnte er vieles erledigen, und Estrid würde ihm etwas über den Handel hier in der Stadt erzählen können. Vielleicht konnte er hier wohnen, bis die Angelegenheit mit dem Laden geklärt war. Er blickte Estrid an, und das Lächeln kehrte in seine Augen zurück.

»Du hast Recht. Wenn ich schon mal hier bin, sollte

ich auch bleiben.« Er nahm ihre Hand und drückte sie fest, und ihm war bedeutend leichter ums Herz.

»Fein!«, entgegnete Estrid und ließ ihre Hand in seiner liegen. »Dann willst du vielleicht auch eine Kammer hier mieten?«

Orfrim nickte.

»Gut, ich kümmere mich darum, aber erst muss ich nach meinen anderen Gästen sehen.«

Estrid erhob sich, und zum ersten Mal seit Tostes Tod wich der Schmerz in ihr etwas anderem. Sie ertappte sich dabei, wie sie sich darüber freute, dass er bleiben würde. Während sie die anderen Gäste bediente, blickte sie gelegentlich zu seinem Tisch hinüber und lächelte. Er begegnete ihrem Blick, zuversichtlich und erwartungsvoll. Mit der Wirtin, dachte er, mit dieser Frau sollte er sich gut stellen. Sie konnte ihm vielleicht helfen, reich zu werden.

Die Kirchenglocke läutete, und die Christen versammelten sich vor der Holzkirche auf Hergeirs Grund. Oben auf dem Hügel stieg die Sonne im Westen immer höher in den Himmel, und innerhalb des Stadtwalls tönten die Geräusche der Stadt. Das Lachen und Murmeln der Menschen, Karren, die gegen die Eichenplanken klapperten, und Krämer, die mit heiserer Stimme ihre Waren feilboten. In Birka wurden keine Ruhetage begangen, hier waren die meisten Einwohner Heiden.

Bischof Gautbert, ein kleiner, beleibter Mann mit eng stehenden Augen und leicht wiegendem Gang, trug wie stets sein bodenlanges Gewand. Seine Fülle schien eine Last für seinen Körper zu sein und wölbte sich mächtig unter seinem Umhang. Er hatte kahle Schläfen, eine breite Stirn und einen hellen, stechenden Blick. Sein Gesicht war feminin und bartlos.

An seiner Seite ging ein junger, hübscher Priester, sein Neffe Nithard. Nithard hatte freundliche, nussbraune Augen und volles schwarzes Haar. Er war hoch gewachsen, aufrecht und sehr männlich. Er war ein tüchtiger Mann, flink im Netze knüpfen, geschickt in Holzarbeiten und darüber hinaus ruhig, einfühlsam und verständnisvoll. Und vor allem hatte er die Fähigkeit, anderen zuzuhören. In seiner Heimat hatte er hohes Ansehen genossen, und es hatte viele traurig gemacht, dass er seine Gemeinde verließ, um nach Birka zu reisen. Er war beliebt und zuverlässig und hatte einen ausgeprägten Sinn für Gerechtigkeit. Dennoch hatte er eine Eigenschaft, die ihm großen Verdruss bereitete: Er hatte eine Schwäche für Frauen. Meist fiel es ihm schwer, sie sich aus dem Kopf zu schlagen, und so konnten Frauen und große Gefühle ihn immer wieder irreführen.

Die Männer erreichten den Kirchhügel und begrüßten Hergeir. Der grauhaarige Häuptling empfing sie mit offenen Armen und küsste sie zur Begrüßung auf beide Wangen.

»Seid willkommen in unserer Gemeinde«, sagte er schmeichlerisch.

»Es ist uns eine Ehre, hier sein zu dürfen«, antwortete Gautbert höflich. »Ihr habt Ansgars Erbe gut verwaltet, wie ich sehe. Dank Euch, Herr Häuptling, war seine Mission nicht vergebens.«

»Nein, seine Gemeinde lebt weiter. Kein Christ kann in Frieden mit sich selbst leben, ehe nicht ganz Birka christlich ist«, sagte Hergeir ernst. »Was sind zweihundert Christen, wenn es noch sechshundert Heiden gibt?«

Gautbert nickte zustimmend.

»Ja, das ist ein großer Kummer, aber diese Barbaren werden wir bald bekehren. Deshalb, Bruder, können wir uns nicht mit einer Kirche auf Eurem Grund begnügen. Wir müssen eine neue bauen, am besten aus Stein wie im Frankenreich.«

»Eine Kirche aus Stein?« Hergeir blickte den Bischof erstaunt an. Er hatte von Reisenden aus dem Süden gehört, dass es Steinkirchen mit runden Gewölben gab, doch wie sollten sie so etwas in Birka bauen?

»Ja, eine solche Kirche wäre schön«, erwiderte er höflich. »Aber das könnte die Asengläubigen reizen. Vielleicht wäre es besser, damit zu warten, bis unsere Gemeinde größer geworden ist.«

»Nein, keineswegs«, erwiderte Gautbert und sah Hergeir herausfordernd an. »Wer baut, zeigt große Macht, und wenn wir ein größeres Heiligtum als die anderen errichten, kommt das Volk zu uns. Was sind ein Tempel der Heiden und ihre Asen gegen den Heiligen Geist und seine mächtige Steinkirche?« Der Bischof breitete schwungvoll die Arme aus, und Nithard räusperte sich im Hintergrund. »Etwas anderes, Häuptling«, fuhr Gautbert fort, und die eng stehenden Augen musterten Hergeir. »Ich habe Frauen gesehen, die selbstständig über Haus und Hof herrschen. Ist das nicht ein bisschen viel Macht für eine Frau? Eine Frau gehört zu ihrem Mann, und sie kann nicht nach ihrem Kopf bestimmen.«

»Herr Bischof, alles auf einmal kann man vielleicht nicht ändern. Vielleicht sollten wir die Frauen erst bekehren? Bis dahin könnte es schwierig werden, sie von den Aufgaben, denen nachzukommen sie gewohnt sind, fern zu halten«, antwortete Hergeir vorsichtig.

»Sagt das nicht. Gottes Wille ist groß, und die Frauen in dieser Stadt haben zu viele Freiheiten. Aber lasst uns mit denen beginnen, die schon getauft sind. Die anderen kommen noch früh genug zu uns.«

Bischof Gautbert lächelte und wandte sich an die bunte Schar, die sich auf dem Kirchhügel eingefunden hatte. Die meisten schienen Kaufleute und Sklaven zu sein, aber es war auch eine große Gruppe von Frauen und Kindern verschiedenen Alters darunter. Gut, jetzt sollen sie Gottes Wort in der Kirche hören, dachte der Bischof, und anschließend beabsichtigten er und Nithard, sich in die Stadt zu begeben und dort zu predigen. Alle sollten bekehrt werden.

»Gott der Allmächtige hat uns hierher geführt. Wir werden das Volk schon dazu bewegen zuzuhören. Barbaren zu zähmen ist uns schon früher gelungen«, fügte der Bischof lächelnd hinzu. Dann nickte er Nithard zu, und gemeinsam mit Hergeir betraten sie die Kirche.

Es begann zu dämmern, und die letzten Sonnenstrahlen verschwanden hinter den Hausdächern. Es wurde still in Birka. Orfrim schritt langsam die Straße hinauf, an einem Karren mit zwei kleinen Jungen auf der Lastfläche vorbei. Eine Sklavin ging mit einem Korb im Arm an ihm vorüber, und er sah ihr lange nach. Anders als die Sklaven im Gårdarik hatte sie geschorenes Haar. Rasch eilte sie in einen Hof, ihr Gewand umflatterte ihre Beine. Ein Windstoß blies ihren Rock hoch, und er sah ihre weißen Schenkel. Sein Blick blieb an ihnen haften, und er begann, sich unruhig zu fühlen. Er war schon seit mehreren Wochen in der Stadt und hatte sich noch keine Frau geholt. Das war viel zu lange. Er musste dafür sorgen, dass er Ordnung in sein Leben brachte und in Birka heimischer wurde, sonst würde er nie zur Ruhe kommen.

Orfrim verlangsamte seinen Schritt und blieb vor Brynolfs Langhaus stehen. Das Haus war aus senkrechten Wandpfosten und waagerechten Planken gebaut. Es war ein stattliches Gebäude, das ihn an die Häuser erinnerte, die die Nordmänner in Aldeigjuborg errichtet hatten. Für einen Moment dachte er an zu Hause, schob aber den Gedanken schnell fort.

Nein, er war in Birka, und hier würde er jetzt leben, nirgends sonst.

Gemurmel und Lärm drangen auf die Straße, und er ahnte den Geruch von Fleisch. Plötzlich fühlte er sich hungrig und öffnete die Tür einen Spalt breit. Hier wohnte er also, Brynolf, der Schiffer. Seit langem hatte er von einem Fest zur Feier seiner Heimkehr gesprochen, aber daraus war nichts geworden, denn er hatte das Krankenlager hüten müssen. Aber er hatte sich wieder erholt und schließlich eine Nachricht geschickt, dass das Gastmahl stattfinden würde. Orfrim freute sich, ihn zu treffen. In Brynolfs Gesellschaft fühlte er sich immer gut, und er vermisste seinen Verbündeten.

Orfrim öffnete die Tür. Lachen und polternde Männerstimmen schlugen ihm entgegen, und er blieb in der Tür stehen. Vor ihm erstreckte sich die Halle, ein tiefer Raum mit Dachpfosten, Bänken und einem Langtisch. Zehn Männer mit aufgekrempelten Ärmeln saßen auf den Bänken am Tisch, und auf der Querbank unterhielt sich eine Gruppe Frauen.

Bunte Wandteppiche hingen an den Wänden, frisches Wacholderreisig lag auf dem Boden. Über dem Feuer verströmte ein Grillspieß seinen Duft, und an einer Kette hing ein großer Kessel. An den Wänden standen Truhen, Fässer und Tonnen auf dem Boden. Orfrim trat ein. Obwohl es noch nicht spät war, war es unbeschreiblich laut. Ein Dunst von Schweiß und Mann mischte sich mit dem Geruch der Feuerstelle. Eine füllige Frau mit Bernsteinaugen sang aus vollem Hals, während sie den Kessel bewachte, eine dunkelhaarige Jungfrau füllte Met in ein Horn. Sie trug ein Hängekleid, das von zwei verzierten Spangen gehalten wurde, und ihre Schultern bedeckte ein kurzer, fransiger Schal. Darunter hatte sie eine ausgeschnittene Bluse an. Sie war ihr über die Schulter gerutscht und gab ein Stück ihres Busens frei.

Orfrim starrte auf die nackten, weißen Arme und die Andeutung der weich gerundeten Brust. Er atmete heftig. Wie konnten diese Heiden mit der Nase im Bier dasitzen, wenn solches Weibsvolk in ihrer Nähe war?

»Orfrim, willkommen!«, grüßte Brynolf lächelnd und reichte ihm ein großes Horn. »Viel zu trinken sollst du haben, und noch mehr!«, rief er und füllte das Horn des Kaufmanns bis zum Rand. Dann blinzelte er vielsagend in Richtung der Bänke. Im Dunkeln glaubte Orfrim, noch mehr Frauen zu erkennen. Es waren die Sklavinnen, die Brynolf aus Kurland mitgebracht hatte. Weshalb waren sie hier?

»Willst du die nicht verkaufen?«, wunderte sich Orfrim und hob das Horn.

»Manchmal ist es lustiger, mit den Geschäften zu warten, oder nicht?«, antwortete Brynolf zweideutig. »Jetzt trink und iss ordentlich. Das kannst du brauchen. Habe vom Tod deines Onkels gehört. Wenn ich dir helfen kann, ich stehe dir gerne bei …« Brynolf prostete Orfrim zu und winkte eine der Sklavinnen herbei. »Sorge dafür, dass es meinem Gast an nichts fehlt!«

Das Mädchen nickte stumm.

Eine Sklavin in bodenlangem Kleid trug eine Schüssel mit Fleisch zum Tisch. Ein dunkler Kerl mit einer Sklavin auf dem Schoß bemerkte den Geruch und weitete seine haarigen Nasenflügel. Mit einer flinken Handbewegung schob er das Mädchen beiseite und zog sein Messer hervor. Mit einem einzigen Hieb schnitt er sich ein saftiges Stück vom Braten ab. Brynolf sah ihm vergnügt zu und wandte sich dann an Orfrim.

»Hier, probier unser Fleisch. Es ist kein Schwein, du kannst es ruhig essen. Und besseres Essen als das meiner Frau gibt es nicht.«

Brynolf schnitt dem Schiffskameraden ein Stück ab. Ihm fiel eine der Sklavinnen ins Auge, die eine Kanne Met in den Händen hielt. Schnell streckte er seinen Arm aus und zog sie zu sich heran. Wollüstig gab er dem Mädchen einen schmierigen Kuss auf den Mund und leckte sie hinter dem Ohr. Danach ließ er sie einschenken und ließ sie lachend laufen. Seine Frau sah, was geschah, aber nichts in ihrem Blick verriet, was sie dachte.

Orfrim starrte mit großen Augen. Natürlich hatte er gehört, dass die Wikinger unersättlich waren, was Frauen betraf, aber er hatte gedacht, dass das Gerede übertrieben war.

»Deiner Frau scheint es nichts auszumachen, dass du andere Frauen umarmst«, bemerkte Orfrim verwirrt und nickte zu der Sklavin hinüber. Brynolf lehnte sich zurück und lachte laut und herzlich auf.

»Mein Freund, in diesem Land sind Männer und Frauen gleich. Und so etwas wie Eifersucht kennen wir nicht.

Unsere Frauen haben die freie Wahl und bleiben nur so lange bei ihren Männern, wie es ihnen gefällt. Meine Frau kann mich verlassen, wann immer sie will, und wenn ich getrunken habe, hat sie nichts dagegen, dass ich zu einer anderen gehe. Jetzt sind wir verheiratet, aber bis es soweit war, musste sie wahrhaft niemanden abweisen.«

»Meinst du, dass …«

»Aber sicher«, antwortete Brynolf in leichtem Ton. »Bevor eine Frau heiratet, kann sie viele Männer haben, danach sollte man sich jedoch nicht mehr mit ihr einlassen. Denn dann kann man geächtet werden.«

»Und wenn sie einen Sklaven nimmt, was passiert dann?«, fragte Orfrim neugierig.

»Ja, wird sie schwanger, dann wird das Kind ein Sklave.«

»Und wenn du dann ein Kind mit einer Sklavin bekommst?«, fragte Orfrim weiter.

»Das ist etwas anderes. Das Kind gehört dann zu uns. Also, du siehst, uns geht es gut hier in Birka.«

Brynolf lachte wieder und zwinkerte Orfrim vielsagend zu.

Orfrim schluckte und wusste nicht, was er mit all dem Neuen anfangen sollte. Seit er ein kleiner Junge war, war er daran gewöhnt, dass Frauen sich im Haus aufhielten. Und wenn sie sich ein seltenes Mal draußen zeigten, dann mussten sie verschleiert sein. Aber hier! Was er hier mit eigenen Augen sah, ließ sich kaum verleugnen. Der Raum troff vor Lust und Gerüchen. Jedes Mal, wenn eine Sklavin mit Speisen oder Met kam, reckten sich gierige Hände nach ihr. Bald kniff ihr einer in den Hintern, bald hatte sie eine haarige Hand an der Brust. Und das schon früh am Abend. Scham schienen diese Wikinger nicht zu kennen.

»Gut, wieder auf den Beinen zu sein«, konstatierte Brynolf mit einem breiten Grinsen und schnitt in den Braten. Wie ein ausgehungerter Hund begann er das Fleisch vom Knochen zu nagen. Rundherum stieg die Stimmung, und jeder ließ es sich gut schmecken. Fleisch, in Laub gekochter Fisch, Gemüse und Äpfel verschwanden geräuschvoll in hungrigen Schlünden. Die Männer schlangen begierig alles hinunter. Hier gab es Speisen im Überfluss. Brynolf aß mit vollen Backen und bat alle, reichlich zu trinken. Dann stand er plötzlich auf, zog sich eine Fleischfaser aus den Zähnen und sang:

»Auf dem Seepferd zogen wir ostwärts, ohne den Adler zu füttern …«

Dann unterbrach ihn ein gewaltiger Hustenanfall, und sein Gesicht lief feuerrot an. Prustend und nach Luft schnappend beugte er sich vor, als wäre ihm etwas in die Luftröhre gerutscht. Ein großer Mann, der riesigste, den Orfrim jemals gesehen hatte, trat zu Brynolf und schlug ihm kräftig auf den Rücken. Als das nichts half, hob er den Schiffer hoch, drehte ihn um und schüttelte ihn wie einen Sack Rüben. Schließlich legte der Riese Brynolf spöttisch über seine Schulter und tätschelte ihm tröstend den Kopf. Große Heiterkeit breitete sich in der Halle aus, und als der Hüne Brynolf zu guter Letzt losließ, verkündeten die Männer lautstark ihren Beifall. Manch einer hätte ihn dafür zum Zweikampf herausgefordert, aber Brynolf stand lachend auf.

»Ja, wie ihr seht, tauge ich nicht zum Singen, aber hört mal ihm zu!«, rief er fröhlich und winkte einen kleinen, mageren Mann vom anderen Ende der Halle herbei. Der

Mann trug einen grünen Umhang und gewickelte Hosen, in der Hand hielt er eine Laute. Flink kletterte er auf die Bank, hob seine Hände und schlug ein paar Akkorde an. Die Männer klatschten, dann wurde es still.

»Das hier scheint mir das Beste der Havamal-Lieder zu sein«, sagte der Skalde, räusperte sich und begann zu singen:

»Einer Jungfrau Wort darf keiner glauben,
nicht was ein Weib ihm singt;
wie ein rollendes Rad ist ihr Herz;
und unbeständig ihre Brust.«

Als Begleitung spielte er eine einfache Melodie. Die Töne klangen wehmütig, fast klagend.

»Ja, Weibsvolk, ihr wisst!«, sagte der Skalde und strich mit den Fingern über die Saiten. »Aber hört jetzt dies!«

Darauf wechselte er in eine lustige Melodie. Die Männer fielen in seinen Gesang ein, und jede Strophe wurde von lautem, schallendem Gelächter unterbrochen. Die Worte strömten so rasch, dass Orfrim Schwierigkeiten hatte, sie zu verstehen.

»Worüber lacht ihr?«, fragte er, an Brynolf gewandt.

»Über Gautbert und Nithard, das Priestergesindel, das Ansgar hier nach Birka geschickt hat.«

»Ansgar?«

»Ja, Ansgar, der Mönch, der Erzbischof von Bremen geworden ist. Er will uns Heiden bekehren. Vor einigen Wintern war er selbst hier. Und jetzt lässt er Gautbert und Nithard seine Mission fortführen.«

»Aber in Birka leben doch nicht nur Heiden?«, fragte Orfrim, dem die Asengötter der Bewohner Birkas selbst fremd waren.

»Nein, die Christen haben hier eine Kirche errichtet.

Und Hergeir, unser Häuptling, ist Christ. Als Ansgar in Birka war und gepredigt hat, haben viele sich taufen lassen.«

Orfrim schwieg. Er selbst wandte sich zu Allah, aber darüber sprach er nicht gerne. Als Kaufmann wollte er sich mit allen gut stellen. Das Gesicht des Troubadours hatte Farbe bekommen. Er schüttete seinen Met hinunter und sang immer lauter. Dann schlug er plötzlich kräftig auf die Laute, stieg auf den Tisch und rief freimütig:

»Bischof Gautbert bat soviel auf den Knien,
dass sein ganzer Mann im Schnee drinnen hing,
und als eine Jungfrau zur Kirche hin kam,
da war sein Stab vom Eise ganz lahm.«

Rohes Lachen polterte durch die Halle, und der eine oder andere warf lüsterne Blicke auf die Sklavinnen.

»War das eine Wikingerweise?«, fragte Orfrim erstaunt.

»Nein, nein, ein Spottvers. Wenn wir Lieder über Gautbert und Nithard dichten, dann machen wir uns ihre Weisen zu Eigen«, antwortete Brynolf erheitert. »Bruder«, fuhr er fort und legte den Arm um Orfrim, »wir hier in Birka wollen, dass ein jeder seinen Glauben haben darf. Du betest zu Allah, wir opfern Odin, Thor und Frey. So soll es sein. Aber Ansgars Anhänger, Gautbert und Nithard, behaupten, dass man nur einem einzigen Gott huldigen darf. Darum dichten wir Spottlieder auf sie. Am liebsten wäre uns, wenn sie verschwinden würden, aber der König hat sie schon empfangen. Er meint, dass wir das Christentum um des Handels willen brauchen.«

»Warum das?«, horchte Orfrim auf, und plötzlich wurde ihm unbehaglich zu Mute.

»Gemäß der römisch-katholischen Kirche dürfen Christen nur mit Kaufleuten handeln, die sich haben bekehren lassen, und auch wenn sich nicht alle an dieses Gebot halten, wollen doch viele Kaufleute sagen können, dass sie getauft sind. Ich selbst handele deshalb fast nur mit Heiden.«

»Also sollte man am besten Christ sein, um mit Christen zu handeln, und Heide, um mit Heiden zu handeln«, fasste Orfrim nachdenklich zusammen.

»Ja, so ist es«, lachte Brynolf. »Obgleich die meisten Kaufleute von hier nur dann Christen sind, wenn sie müssen.«

»Aber was macht dann ein muslimischer Kaufmann?«

»Mach dir keine Sorgen. Waren aus dem Osten wollen alle haben, da kümmert sich keiner um das, was die Kirche sagt.« Brynolf schwieg und leerte sein Horn.

»Psst, hör zu!«

Der Troubadour auf dem Tisch geriet ins Schwanken, brachte aber schließlich sein Bein auf die Platte zurück und stand wieder fest. Mit geröteten Augen beugte er sich über seine Laute.

»Habt ihr das schon gehört?«, sagte er schleppend und lachte vor sich hin.

»Zu Gautbert die Sklavin ging in den Hag,
lernt das Beten zu Gott, jeden einzelnen Tag,
doch ziemlich durchtrieben war des Bischofs Brauch
und jetzt trägt sie die ganze Predigt im Bauch.«

Den letzten Vers trug der Troubadour laut und schrill vor, und die Männer prusteten vor Vergnügen.

»Gautbert, Bruder Wichtig, das hat gesessen«, bemerkte ein buckliger Mann mit spitzer Nase.

»So wie der es auf die Frauen hier in der Stadt abgesehen hat, geschieht es ihm ganz recht, Lieder gedichtet zu bekommen«, sagte ein anderer.

»Wenn er hier bestimmen dürfte, würden die Frauen nur noch beten und sonst nichts«, sagte ein dritter.

»Gautbert glaubt wohl, Gott melkt die Kühe und kümmert sich um unsere Höfe«, fügte der Spitznasige hinzu.

Brynolf, der das Gespräch verfolgt hatte, wandte sich an Orfrim. Er wurde ernst.

»Du solltest wissen, dass wir stolz sind auf unsere Frauen. Sie kümmern sich um Haus und Hof, Handel, Gesinde, ja, sie beschicken alles. Ohne sie könnten wir niemals auf Wikingfahrt gehen. Das Priesterpack sollte besser schweigen.«

»Und die Sklavinnen?«, fragte Orfrim und ließ seinen Blick durch den Raum schweifen. Auf einer Bank an der Querwand war einer der Gäste gerade dabei, sich mit der Sklavin zu verlustieren, die Brynolf vorher am Ohr geleckt hatte. Und dieser Gast begnügte sich nicht mit dem Ohr, absolut nicht. Orfrim starrte.

»Die Sklavinnen? Ja, da gibt es gute und schlechte. Wir brauchen sie zum Arbeiten und ... na, du siehst ja selbst.« Brynolf feixte in Richtung Wand hin. »Ob ich ..., nein, jetzt wollen wir singen!«

Brynolf gab dem Spielmann ein Zeichen, um weiterzumachen, und lehnte sich zurück zum Zuhören. Das Gemurmel verstummte. Der Sänger stimmte einige heidnische Gesänge an und anschließend eine Reihe unsittlicher Lieder. Je weiter der Abend fortschritt, desto rauer wurden die Verse. Wärme stieg zum Dach, und der Dunst von Met hing schwer über dem Tisch.

Die Frauen eilten mit Speis und Trank vorbei, und Orfrim bemerkte, dass die Männer immer gieriger wurden. Eine der Frauen, die eine große Fleischplatte hereintrug, ging ein wenig zu langsam und spürte plötzlich mehrere Hände unter ihrem Kleid. Als sie sich herauszuwinden versuchte, erging es ihr nicht besser. Sie fiel auf die Nase, und sofort war einer über ihr. Sie hatte alle Mühe, sich zu befreien, und als sie erneut das Essen herbeitrug, rannte sie fast am Tisch entlang.

Es gab auch solche, die sich willig ins Spiel der Männer einfanden. Aber auch für die Sklavinnen, die all das gewohnt waren, wurde es immer schwieriger, die Speisen auf den Tisch zu stellen, und wenn einer der Männer sie lachend hoch über seinen Kopf hob, quiekten sie in den höchsten Tönen. Zum Schluss griffen sich die Erprobten Frau und Essen gleichzeitig und verschwanden in einer Ecke, während die anderen mit Weib und Trank gleich auf den Boden fielen.

Benommen und verwirrt betrachtete Orfrim das Treiben, das sich um ihn herum abspielte. Es schien, dass Brynolf jedem, dem der Sinn danach stand, seine Sklavinnen anbot, als gehörte das einfach zur Gastfreundschaft. Aber schämten sich diese Wikinger denn nicht voreinander, war es für sie nichts anderes als gemeinsames Essen und Trinken?

Orfrim wusste nicht, was er glauben sollte. Im Osten hatte er mehr als einmal die Belohnung eines Kaufmanns erlebt, aber dort war die Liebe ein persönlicher Genuss und eine schöne Kunst. Die Wikinger hingegen schienen kaum zimperlicher zu sein als Pferde auf der Koppel.

Später am Abend schliefen mehrere Männer bereits. Einige schnarchten, den Kopf an eine runde Frauenbrust gelehnt, andere hatten sich mit den Händen in Spangen,

Stoff und Kleidern verfangen und kamen nicht los. Die, die noch nicht eingeschlafen waren, sangen, torkelten und tanzten, andere tranken, schmusten oder saßen in einer Ecke und grübelten. Ein schwer betrunkener Mann fiel wie ein nasser Sack auf sein Mädchen, das fast keine Luft mehr bekam. Sie musste schließlich die Ringfibel des Betrunkenen von seinem Umhang lösen und ihn damit in den Hintern pieken. Der Mann sprang auf, stolperte grölend rückwärts in die Kochstelle, verbrannte sich am Holzfeuer und fuhr wie ein gut gezielter Speer zur Tür hinaus. Ein schwacher Geruch von verbrannter Kleidung breitete sich in der Halle aus.

Brynolf lachte und schielte zu Orfrim. Der muslimische Kaufmann saß allein und schien nicht am Geschehen teilzunehmen. Der Schiffer wurde von Mitleid gepackt, fing hastig die schönste seiner Sklavinnen ein und hielt sie fest.

»Hier, die ist etwas für dich, Orfrim«, lallte er, hob das Mädchen in die Luft und setzte sie schwungvoll auf Orfrims Knie. »Sie gehört dir, dir allein!«, setzte er aufgeräumt hinzu. Orfrim spürte die Verlockung, angetrieben von dem warmen Frauenkörper so dicht an seinem. Etwas verlegen legte er ihr den Arm um die Hüfte, aber er fühlte durch den Stoff, dass sie zitterte. Stumm stand er auf und führte die Sklavin durch die Tür.

Das Mädchen war jung, vielleicht fünfzehn, sechzehn Winter alt, aber sie hatte das Gesicht einer erwachsenen Frau. Ihre Augen waren dunkel, ihr Blick scheu und unsicher. Plötzlich tat sie ihm Leid.

»Geh wohin du willst«, sagte er leise und strich ihr leicht über die Wange.

Das Mädchen stand still, erstaunt, aber dann verstand

sie. Schnell lief sie zu einem der Grubenhäuser. Orfrim sah ihr lange nach. Er verweilte noch auf dem Hofplatz, bevor er zu Brynolf und den anderen zurückging. Der Schiffer hatte seine Gastfreundschaft bewiesen, aber er hatte sie nicht angenommen. Das durfte er ihn nicht ahnen lassen.

Die Küste war bald verschwunden, und die Gischt schäumte am Bug. Die sechs Schiffe lagen dicht versammelt, und es blies ein kräftiger Südwestwind. In den großen, langen Wellen der Dünung neigten sich die schwer beladenen Boote, und es dröhnte und sang im Schiffsrumpf. Erik hielt das Steuer fest und pfiff vergnügt. Bei diesem Wind würden sie bald zu Hause sein. Er freute sich auf die Heimkehr und darauf, die Seinen wieder zu sehen.

Toste war inzwischen vier Winter alt, und im nächsten Frühjahr würde er mit hinaus zum Fischen kommen können. Und Estrid? Sein Blick hellte sich auf, und ein Lächeln flog über sein Gesicht. Seit Jorunns Tod war sie die Frau, die ihm am nächsten stand, die er mehr liebte als jemanden sonst. Wie oft hatte er sie auf seiner Fahrt vermisst. Bald würde er sie wieder umarmen können und mit ihr zusammen Freude, Gespräche und Lachen teilen. Dieses Mal würde er endlich dafür sorgen, dass die Hochzeit stattfand. Viele Male hatte er es bereut, dass sie die Hochzeit nicht ausgerichtet hatten, bevor er abgereist war, aber sie hatten beide mit ihrer Familie und Sippe gebrochen, und so war es nie zu einer Heirat gekommen. Seine eigene Mutter war tot, und sein Vater, der in Birka lebte, war schwachsinnig und gebrechlich. Estrid ihrerseits stammte von einem Hof auf dem Festland, mehrere Tagesreisen von der Stadt entfernt. Ihre Schwester war schon als Kind gestorben, und seit ihre Eltern sie verstoßen hatten, verband sie nichts mehr mit ihrem Heim.

Erik traf eine Welle, die über den Steven schwappte. Wasser spritzte ihm ins Gesicht. Er wischte es mit dem Handrücken fort und verlor sich wieder in seinen Gedanken. Estrid hatte keine Geschwister, er selbst aber hatte einen fünf Jahre älteren Bruder. Sein Bruder Harald war auf Heerfahrt gezogen, und niemand wusste, wo er war. Aber Erik vermisste ihn nicht. Harald Sigurdson war ein Ungeheuer, das er am liebsten gar nicht gekannt hätte. Vor einigen Wintern hatte er Eriks Verlobte Jorunn zur Frau genommen, etwas, das Erik niemals verzeihen konnte. Zwei Winter darauf war Jorunn tot und übel zugerichtet am Strand gefunden worden. Erik glaubte, dass sein Bruder dahinter steckte, aber es war ihm nie gelungen, Gewissheit zu bekommen. Als wäre Jorunns Tod nicht schlimm genug gewesen, hatte Harald auch noch versucht, ihn zu töten. Harald, der für die Christen kämpfte, ertrug es nicht, dass Erik die Kreuzträger bekämpfte, und hatte versucht, ihn aus dem Weg zu schaffen. Darüber hinaus hatte sein Bruder vor ein paar Wintern versucht, Birka anzugreifen, aber Erik und Hakon Jarl war es gelungen, ihn aufzuhalten. Leider war Harald selbst ihnen entkommen. Was anschließend mit ihm geschehen war, wusste niemand.

Das Segel flatterte, und Erik hob den Blick. Warum sollte er jetzt an Harald denken, wo Glück und Freude ihn zu Hause erwarteten. Bald würde er wieder in Birka sein.

Der Wind nahm zu, und als sie die Landzungen umfuhren, um in günstigen Wind zu kommen, bemerkte Erik mehrere Schiffe, die sich dicht an der Küste hielten. Er fiel ab, um ihnen auszuweichen, entdeckte aber im selben Moment vier weitere Schiffe, die aus der entgegengesetzten Richtung kamen. Die fremden Seeleute hielten direkt auf sie zu.

»Sie sind bewaffnet«, hörte er Hakons unruhige Stimme.

»Feindesschiffe?«, fragte Erik ungläubig, aber noch im selben Augenblick wurde ihm klar, dass die Fremden einen Angriff planten. Einige der Schiffe hielten sich dicht am Ufer, um nicht eingekreist zu werden, die restlichen näherten sich von der anderen Seite. Eriks und Hakons Blicke trafen sich. Sie waren in eine Falle geraten, der Feind wartete nur noch darauf, den Sack zuzumachen.

»Wir wenden«, beschloss Hakon Jarl nervös und stellte sich an den Vordersteven, um der Mannschaft Zeichen zu geben. Erik warf sich gegen die Steuerpinne, aber das Schiff reagierte schlecht.

»Zur Hölle!«, fluchte er mit zusammengebissenen Zähnen. »Ich bekomme sie nicht gedreht, wir sind zu schwer beladen. Werft die Kisten über Bord!«

»Nein, wir sind nicht schnell genug. Macht euch zum Kampf bereit!«, schrie Hakon zur Antwort und schlug zwei Speere aneinander, das Signal für die anderen.

Aus der Ferne waren kurze Kommandorufe zu hören, die Segel wurden eingeholt und die Ruderluken geöffnet. Dann tauchten die Feinde die Ruder ins Wasser.

»Bei Odins Raben«, fluchte Erik, den Blick unverwandt auf die Schiffe gerichtet. So kurz vor der Heimkehr nach Birka und dann das! Fast glaubte er, sich alles nur einzubilden, als würden die Schiffe einfach wieder verschwinden, wenn er nur die Augen schloss. Aber er hörte die Rufe und sah, wie sich die großen, fremden Kriegsschiffe gruppierten.

Erik schluckte, das Blut pochte in seinen Schläfen. Vor fünf Wintern war er von Seeräubern überfallen worden und hatte alles verloren, was er besaß. Niemals wieder durfte so etwas geschehen. Mit grimmigem Blick zog er sein Schwert aus der Scheide. Dieses Mal würde er lieber sterben, als mit leeren Händen heimzukehren.

5

Zuerst erklang ein Knacken von stark gespanntem Holz. Dann sangen die Bogensehnen, und ein Pfeilregen verdunkelte den Himmel. Die Männer auf Hakons Schiff hoben ihre Schilde über die Köpfe, und die Pfeile prasselten wie Hagel auf sie nieder. Im nächsten Moment rannten Hakons Männer zum Bug, um auf die anderen Schiffe zu zielen. Erik war als Erster vorne. Am Vordersteven hielt er inne und riss die Augen auf. Die Schiffe vor ihnen waren nicht von Franken gefertigt. Sie hatten lange, schmale Rümpfe und waren nach Art der Klinkerbauweise gezimmert. Drachenschiffe! Erik stieß Hakon Jarl hart in die Seite.

»Hast du gesehen? Langschiffe mit Wikingern. Sind die nicht ganz bei Trost?«

Der Jarl senkte seinen Schild und gab seinen Männern ein Zeichen, den Kampf einzustellen. Dann rief er hinüber.

»Legt eure Waffen nieder, seht ihr nicht, dass auch wir Nordmänner sind?«

Aber die Männer auf den Drachenschiffen machten keine Anstalten, den Angriff abzubrechen. Sie banden ihre Schiffe zusammen, und die Ketten rasselten, als die Enterhaken fertig gemacht wurden. Hakon Jarl schien die Gefahr nicht zu erkennen.

»Nordmänner! Wir sind Wikinger aus dem Sveareich. Lasst uns Bier und Met miteinander teilen!«, rief er weiter und hob ein Bierfass als Erkennungszeichen in die Höhe. Zur Antwort schleuderte ein großer, rotbärtiger Mann seinen Speer. Er bohrte sich ins Holz, und das Bierfass fiel auf die Planken. Die goldbraune Flüssigkeit spritzte in hohem Bogen über die Füße des Jarls. Im gleichen Moment flogen die Enterhaken über die Reling, und die Schiffe stießen zusammen.

Mit einem Mal wusste Erik Bescheid. Er hatte von christlichen Wikingern im Frankenreich gehört, die gegen Sold und ein wenig Land dem Feind zu Diensten standen, aber er hatte es nicht glauben wollen. Jetzt sah er ein, wie sehr er sich geirrt hatte.

»Ihr Höllenhunde!«, schrie er erbittert, als die Feinde auf das Schiff stürmten. »Solchen Abschaum wie euch ...«

Weiter kam er nicht, dann traf ihn ein Speer in die Schulter. Erik schwankte und versuchte ihn herauszuziehen, doch er fiel umnebelt ins Vorschiff. Auch der Mann neben ihm wurde getroffen und brach über ihm zusammen. Der Speer brach ab, und seine Schulter brannte wie Feuerzungen. Erik wollte den Sterbenden beiseite schieben, um die Speerspitze zu entfernen, aber Schmerz und Übelkeit übermannten ihn. Stöhnend sank er gegen die Schiffswand.

Weit entfernt hörte er das Laufen von Füßen, das Klingen der Schwerter und wütende Rufe, die sich mit den Schreien der Verwundeten mischten. Der Lärm stieg und sank wie die Brandung, und die weiße Feuerzunge brannte tief in seiner Schulter. Sacht glitt er in einen weißen Nebel. Als noch ein Verwundeter auf ihn stürzte, hatte er schon das Bewusstsein verloren.

Es war spät am Nachmittag, und Estrid saß allein in der Werkstatt im Snemunhof. Ihre Hände glänzten von dem nassen Ton, das Brett war grau und klebrig. Was eine Schale hatte werden sollen, war nicht mehr als ein großer Lehmklumpen mit einer Delle in der Mitte. Sie bekam den Ton nicht in den Griff. Bald glitt der Klumpen zur Seite, dass das Loch schief wurde, bald fasste sie ihn zu fest an, dass die Wand des Gefäßes riss. Zweimal hatte sie wieder von vorn anfangen müssen, jetzt konnte sie nicht mehr. Müde verbarg sie ihren Kopf in den Händen. Die schmutzigen Finger hinterließen Streifen auf ihren Wangen, und kleine Lehmklumpen blieben in den Haaren kleben. Aber das kümmerte sie nicht. Sie war in ihren Gedanken weit weg. Es war, als würde sie in der Stille der Hütte etwas suchen, einen Frieden, den es nicht mehr gab.

Seit Tostes Tod war Estrid immer öfter auf den Snemunhof gekommen. Sigfrid oder das Gesinde kümmerten sich um Rurik, und sie konnte ungestört in der Hütte sitzen. Sigfrid und Snemun wollten ihr Zeit zum Trauern geben, und in dem dunklen, kühlen Holzhäuschen konnte sie Ruhe finden. Hier weinte sie mal still und leise, mal haltlos und verzweifelt. Eines Tages würde sie vielleicht Kraft aus dem Schmerz schöpfen und weitermachen können, aber gerade jetzt fühlte sich die Einsamkeit an wie eine zerstörerische Finsternis. Toste war fort, verschwunden.

Wie hatte das passieren können? Wie sehr sie gesucht hatte an diesem Nachmittag, und die Leute vom Snemunhof hatten die ganze Gegend abgesucht, doch von ihrem Kind keine Spur.

Tränen stiegen ihr in die Augen, und sie presste die

Lippen zusammen. Für immer wollte sie diesen furchtbaren Tag vergessen, an dem alle aus dem Haus gelaufen waren, um zu suchen.

Sie hatten auf den Nachbarhöfen gesucht, in den Nebengebäuden, in Felsspalten, Gräben und Wasserlöchern, und Snemun hatte sogar die Strände der Insel absuchen lassen, aber kein Toste. Zuletzt waren Gunnar, Snemun und seine Männer zu allen Häusern auf Björkö geritten und hatten nach ihm gefragt, aber wohin sie auch gekommen waren, niemand hatte etwas gewusst. Niemand hatte Toste gesehen.

Einer der Sklaven hatte bemerkt, dass das Gatter zum Strand offen stand, und plötzlich hatte ein entsetzlicher Verdacht sie erfasst: Toste war hinunter zum Wasser gelaufen.

Als sie das Spielzeugboot in Sigfrids Hand gesehen hatte, war die Gewissheit über sie gekommen. Ihr Junge war ertrunken. Und trotzdem konnte sie es nicht glauben. Für sie lebte Toste immer noch. Der Junge, den sie geboren und gestillt hatte, konnte er wirklich tot sein?

Sie wollte nicht um ihn weinen. Sie wünschte sich, einfach die strahlende Erinnerung an ihn zu bewahren; sein Lachen, sein ernstes und nachdenkliches Gesicht. Für sie sollte er für immer leben.

Estrid spürte Tränen in sich aufsteigen, sie schluchzte und fuhr sich übers Gesicht. Wie sollte sie ohne Erik und ohne Toste leben? Die Sehnsucht und die Trauer nahmen ihr jede Kraft. Sie betrachtete das halb fertige Gefäß vor sich und versuchte, es mit den Daumen zu formen. Sie arbeitete mit kurzen, gleichmäßigen Bewegungen und drückte plötzlich zu fest. Unvermittelt wurde sie ärgerlich auf sich selbst, wütend darüber, dass sie sich so sehr in ihre Verzweiflung fallen ließ. Das musste ein Ende haben, sie musste nach vorn sehen, musste aufhören zu trauern. Trauer konnte ihr das Herz nicht leichter machen. Sie brauchte ihre Kraft, um weiterleben zu können. Es war Zeit zu vergessen und die Sinne für etwas Neues zu öffnen. Müde starrte sie auf die Schale vor ihren Knien und konnte sich ein schiefes Lächeln nicht verkneifen, als sie den unförmigen Lehmklumpen sah. Besonders geschickt darin, Schalen und Becher zu töpfern, war sie nicht. Nein, es war besser, wenn sie mehr in der Schankstube arbeitete.

Seit Tostes Tod hatte Sigfrid ihr viel Arbeit abgenommen. Das musste jetzt ein Ende haben. Nun musste sie ihre früheren Aufgaben wieder aufnehmen. Und sie würde nicht so viel arbeiten wie früher, sondern noch mehr. Wenn sie morgens früher öffnen und abends später schließen würden, könnten sie viel mehr verdienen und eines Tages das Wirtshaus kaufen. Bei diesem Gedanken fühlte Estrid sich wieder leichter. Sie würden das ganze Wirtshaus selbst übernehmen! Das musste funktionieren. Bis jetzt hatten sie das Glück auf ihrer Seite gehabt. Das Wirtshaus war oft voll, und wenn sie auf den Märkten Pelze und Webarbeiten angeboten hatten, hatten sie alles verkaufen können. Da konnten sie doch auch ihr eigenes Wirtshaus betreiben? Estrid riss den Lehmklumpen vom Brett und knetete den Ton zu einem festen Ball. Dann warf sie ihn in die Luft und trat danach, dass es spritzte.

Hakon Jarl hatte nicht bemerkt, dass Erik gestürzt war, sondern kämpfte mit aller Kraft und voller Zorn. An Bord des Schiffes kämpften seine Männer wie tollwütige

Hunde. Diese treulosen Männer, die den Franken dienten, verdienten nicht zu leben. Hakon Jarl schwang sein Schwert durch die Luft, wich Gegenschlägen aus und hieb auf alles ein, was er erreichen konnte. Ein Mann mit Christenkreuz auf der Rüstung stürzte auf ihn zu, das Schwert hoch erhoben, aber Hakon konnte es abwehren, brachte seine Schwertspitze unter den Knauf und schleuderte das Schwert des anderen in die Luft. Als der Christ erstaunt seiner Waffe nachsah, rammte Hakon ihm sein Kurzschwert in den Bauch.

Der Wind frischte auf, und Hakons Schiffe krängten. Sie lagen schwer im Wasser, und die Wellen schlugen über die Reling, aber niemand hatte Zeit, Wasser zu schöpfen. Die Schiffsbäuche knirschten und rieben aneinander, und die Enterhaken verfingen sich an den Seiten. Hakon Jarl hörte das Holz knacken und sah sich unruhig um. Zwei seiner eigenen Schiffe waren verwüstet, auf den anderen vieren kämpften seine Männer tapfer weiter. Aber die Christen hatten sie mit zwanzigbänkigen Langschiffen und hundertzwanzig Mann überfallen, und sie selbst zählten nicht mehr als sechzig. Der Jarl sah ein, dass der Kampf nur auf eine Weise ausgehen konnte. Er sah sich nach einem Fluchtweg um. Als Wikinger im Kampf zu sterben war ein ehrenhaftes Ende. Aber durch ein christliches Schwert in der Hand von Verrätern zu sterben? Da war es besser zu fliehen. Er drehte sich um, aber die Bucht war versperrt. Der Jarl spuckte zornig aus. Das Blut tropfte aus seiner Stirnwunde, und er hatte eine Stichwunde im Bein. Er musste sich mit Erik beraten. Sollten sie sich gefangen nehmen lassen oder bis zum letzten Mann kämpfen?

Ein kleiner, untersetzter Mann mit Elchlederkoller

griff ihn plötzlich von der Seite an. Hakon trat einen Schritt zurück, machte einen kräftigen Rundumhieb mit dem Schwert, und der Mann war noch kleiner. Hakon wischte das Blut von der Schwertklinge und zog sich zum Mast zurück. Er zögerte noch, denn er wollte sich nicht geschlagen geben. Doch in dem Moment wurde eine Lure geblasen, und ein großer, stattlicher Mann wurde am Bug des größten Drachenschiffes sichtbar. Er trug einen Helm, und unter fast weißen Augenbrauen funkelten seine hellblauen Augen scharf wie eine Messerspitze.

»Sieh dich um, Wikinger!«, brüllte er übers Wasser. »Ihr seid umzingelt! Lange habe ich auf diese Rache gewartet!« Er hob sein Schwert hoch über den Kopf.

Hakon hatte das Gefühl, die Stimme zu kennen, aber der Mann trug einen Helm, und seine Gesichtszüge waren kaum sichtbar.

»Du hast meine Schiffe verbrannt, jetzt verwüste ich deine«, höhnte der Behelmte weiter. Sein rotblondes Haar hing ihm wirr und nass in die Stirn. Hakon Jarl erstarrte. Jetzt begriff er. Es war Harald Sigurdson, Eriks Bruder, der Kreuzträger, der versucht hatte, die Macht in Birka zu übernehmen. Was tat er hier?

»Erinnerst du dich an die Schlacht von Tälje?«, fuhr Harald siegestrunken fort. »Ihr habt meine Flotte angesteckt, und ich kam nur knapp mit dem Leben davon. Aber deine Schiffe werde ich nicht niederbrennen, dazu bin ich zu schlau. Die brauche ich noch für einen Auftrag, der größer ist als das hier.«

Hakon Jarl wurde aschfahl im Gesicht. Seine Lippen bebten und seine Hand krampfte sich um den Schwertgriff. Harald, dieser Verräter, hatte seine eigenen Landsleute überfallen, und jetzt wollte er seinen Heereszug mit den erbeuteten Schiffen fortsetzen. Hakon wollte seine Männer antreiben, bis zum letzten Mann zu kämpfen. Aber er wusste auch, dass Harald jeden Mann, den er kriegen konnte, brauchen würde, um die Schiffe zu segeln. Die Mannschaft würde also nicht getötet werden, so lange sie noch von Nutzen war, und früher oder später würden sie sich vielleicht sogar befreien können. Es war besser, sich in Gefangenschaft zu begeben. Hakon Jarl ließ sein Schwert fallen, zum Zeichen, dass er sich geschlagen gab.

Bleiches Licht fiel in die Schankstube auf den gestampften Fußboden. Es war früh am Abend, und es waren noch keine Gäste gekommen. Estrid legte eine Tischplatte auf die Böcke und stellte zwei Bänke auf. In der Halle hatten sich fast jeden Abend die Gäste gedrängt, und sie benötigten zusätzliche Tische. In diesem Augenblick hörte Estrid ein Geräusch an der Tür und sah auf. Orfrim. Er kommt trotzdem, dachte sie froh und strich sich das Haar aus der Stirn. Hastig glättete sie ein paar Falten in ihrem Kleid und ging ihm entgegen. Sie hatte ihn seit einigen Tagen nicht mehr gesehen.

Als Issuchiyas Witwe ihm das Lagerhaus angeboten hatte, war er dorthin gezogen. Am Kai, wo sein Onkel seine Waren aufbewahrt hatte, gab es einen kleinen Nebenraum. Und beides, Kammer und Lager, hatte Orfrim übernommen. Dankbar war er mit all seinen Habseligkeiten ins Lagerhaus gezogen, und Estrid hatte sich gefragt, ob sie ihn trotzdem noch bei sich sehen würde. Vielleicht würde er nun auf dem Hof des Onkels essen und musste nicht mehr in ihr Schankhaus kommen.

Sie warf ihm einen scheuen Blick zu, und er sah sie an

und lächelte. Wie schön er ist, dachte sie. Sein Gesicht, die Art, wie er sich bewegte, die dunklen, eindringlichen Augen.

Er setzte sich auf die Bank in der Nähe der Kochstelle und winkte sie zu sich.

»Willkommen«, sagte sie lächelnd.

»Niemals würde ich woanders hingehen«, sagte er schnell. »Wie immer, ein Horn voll Met, bitte«, setzte er hinzu, und seine Augen leuchteten warm.

Estrid kehrte mit einem großen Horn und einer Kanne Met zurück, und Orfrim bat sie, sich zu setzen.

»Hier, ich will dir etwas zeigen«, sagte er aufgeregt und kramte in seinem Lederbeutel.

Vorsichtig holte er ein kleines Paket heraus, öffnete es und entfernte das Stroh, das zum Schutz herumgewickelt war. Dann stellte er etwas auf den Tisch. Als er aufsah, hatten seine Augen einen jungenhaften Glanz.

»Sieh her!«, sagte er und hob einen Trinkbecher. Das Licht, das durch das Glas fiel, strahlte rot, golden und grün. Es schimmerte und blinkte. Estrid sank auf die Bank und streckte hingerissen die Hand aus. Neckend zog er den Becher weg und gab ihn ihr dann lachend.

»Schön, nicht wahr?«, sagte er, und in seiner Stimme schwangen Kraft und Stolz.

Estrid sagte noch immer nichts, ihre Hände glitten erstaunt über das Glas.

»So schönes Glas, und stell dir vor, man kann sogar sehen, was man trinkt!«, rief sie entzückt aus.

»Glaubst du, ich könnte sie hier in Birka verkaufen?«, fragte er aufgeregt.

Estrid nahm den Trinkbecher und wog ihn prüfend in der Hand. Das Glas fühlte sich glatt und kalt an. Sie stellte es wieder ab und betrachtete Orfrim nachdenklich.

»Auf dem Markt werden sicher viele von dir kaufen«, erwiderte sie und betrachtete die Lichtreflexe auf dem Gefäß. »Und die reichen Kaufleute hier in Birka werden bestimmt diese Gläser auf ihren Tischen haben wollen.«

Orfrim griff nach dem Becher, und seine Hände berührten Estrids. Verwirrt zog sie ihre Hand zurück, bereute es aber fast sofort wieder.

Es wurde still, und sie verschränkte die Arme. Seine sanften, warmen Augen sahen sie wortlos an. Die Berührung war bestimmt nicht absichtlich gewesen, er hatte sie nur gestreift, als er den Becher hochheben wollte. Das war alles, sonst nichts, dachte sie.

»Wenn du willst«, sagte Estrid und räusperte sich, »kann ich mit deinen Bechern decken, wenn wir eine Feier haben. Aber was tue ich, wenn die Gäste das Glas zerschlagen?«

»Sie zum Zweikampf herausfordern«, sagte Orfrim und blickte sie belustigt an. Wieder fühlte sie seinen Blick. Verlegen schlug sie die Augen nieder.

»Schau«, sagte Orfrim aufgeräumt, nahm das Horn und schüttete den Inhalt in das Glas. Der Met glitzerte durch die durchsichtigen Wände. Er leerte den Becher in einem Zug und hielt ihn wieder gegen das Licht. Ohne das Getränk war das Glas wieder hell und klar, und Orfrims Augen strahlten vor Freude. Dann holte er ein zweites Paket hervor.

Vorsichtig wickelte er Leinenstoff und ein wenig Stroh von dem Gegenstand. Estrid entfuhr ein begeisterter Ausruf. In seiner Hand glitzerte ein prächtiger Trinkbecher, wie sie noch nie einen gesehen hatte. Er war zartgrün gefärbt, mit einem blauen Rand und mit zwei Vögeln auf einem Zweig verziert. Das Dekor war eingeschliffen und ausgeschmückt mit etwas, das aussah wie Emaille. Weißgoldene Fäden liefen um Hals und Bauch des Gefäßes herum.

»Aus dem Kalifat«, sagte Orfrim vergnügt. Estrid betrachtete hingerissen das Glas.

»Wunderschön«, stotterte sie überwältigt und entzückt.

Orfrim musterte sie neugierig. Ihr Gesicht strahlte. Ihm fiel auf, dass sie etwas Besonderes an sich hatte, auch wenn sie keine augenfällige Schönheit war. Auf eine seltsame Art war er von ihr eingenommen. Ihr Lächeln war schelmisch und verführerisch zugleich. Und sie war entschieden, wusste, was sie wollte. Das gefiel ihm. Plötzlich war ihm klar, dass er nicht nur wollte, dass sie sein Glas verkaufte, er wollte sie auch kennen lernen. Entschlossen beugte er sich vor und legte seine Hand auf ihre.

»Du würdest mich glücklich machen, wenn ich ein paar meiner Gläser hier in die Schankstube stellen dürfte. Und auch wenn du das nicht willst, möchte ich dir diese beiden Gläser hier schenken. Ich sehe in deinen Augen, dass du sie gerne hättest.«

Dieses Mal zog Estrid ihre Hand nicht zurück. Als er sie berührte, spürte sie eine heiße Flamme und sah ihn verwirrt an. Im nächsten Augenblick drückte er ihre Hand und stand auf. In der Tür drehte er sich um und lächelte. In ihrer Hand spürte sie noch immer die Wärme der seinen.

»Bier und Met in Gläser auszuschenken, die zerbrechen können, das kann nicht klug sein«, meinte Sigfrid mit einem müden Seufzen am Tag darauf. »Wir können uns schneiden. Und wenn die Kerle die Gläser an die Wand werfen, was machen wir dann?«

»Ihnen ein neues geben, was sonst«, antwortete Estrid trotzig. »Hör zu, wir können es doch einfach versuchen. Die Gläser sind schön. Du wirst sehen, die wohlhabenden Kaufleute werden hierher kommen, um etwas Neues auszuprobieren, und so werden wir selbst auch reich.«

»Aber wer gut gestellt ist, gibt sein Geld niemals unnötig aus, weißt du das nicht?«, wandte Sigfrid missmutig ein. »Von wem hast du die Gläser überhaupt bekommen? War es der Dunkle, der ein paar Mal hier war? Der mit den Augen, so schwarz wie Samt?«

»Ja, der war es«, antwortete Estrid mit gespielter Gleichgültigkeit und begann nervös, das Wandregal zu trocknen. An den Kanten klebte Met. »Sigfrid, ich glaube, dass die Gläser allen gefallen werden. Ich will doch nur, dass die Gäste sich wohl fühlen.«

»Ja, dann willst du auch die Fliegen unterm Dach aufspießen, alles zum Wohle der Gäste?«, sagte Sigfrid säuerlich. »Nein, die Trinkhörner taugen wunderbar, warum sollen wir das, was wir haben, für etwas Neues riskieren? Außerdem interessieren dich gar nicht die Gläser, sondern dieser Fremde. Ich habe schon gemerkt, wie du ihn ansiehst.«

Estrid kehrte ihr den Rücken, damit ihre Freundin nicht sehen konnte, wie rot sie wurde. Dann sagte sie schmollend:

»Ein schöner Mann allein hier in der Schankstube. Ich wäre wohl wirklich eine sonderbare Frau, wenn ich ihn nicht anschauen würde. Das solltest du auch tun, das belebt. Snemun ist schließlich auch nicht der Stattlichste hier auf der Insel. Und übrigens, dass es gut für uns läuft, heißt nicht, dass es nicht noch besser gehen könnte.«

Sigfrid warf Estrid einen müden Blick zu. Die Freundin war hart wie Granit, und wenn sie sich einmal etwas in den Kopf gesetzt hatte, dann war mit ihr nicht gut Kirschen essen. Na ja, mehr als kaputt gehen konnten die Gläser ja nicht.

»Gut, gut, du hast Recht. Lass es uns versuchen«, sagte Sigfrid und drückte Estrid.

»Aber wenn unsere Gäste dann nur noch aus Glasbechern trinken wollen, was machen wir dann?«

»Dann gehe ich auf Wikingfahrt ostwärts und hole noch mehr«, antwortete Estrid munter.

Die Frauen sahen sich an und lachten lauthals. Sicher kabbelten sie sich zwischendurch, aber das hielt ihre Freundschaft aus. Sie schätzten einander, und jede war schnell bereit, der anderen entgegenzukommen. Zwischen ihnen war eine Wärme und Offenheit entstanden, die selbst im Raum noch fühlbar war. Vielleicht fühlten sich ihre Gäste deshalb so wohl. Wer einmal den Weg in die Schankstube gefunden hatte, der kam meist wieder.

Als Estrid am Abend nach Hause ging, sang sie. Sie dachte darüber nach, was im Laufe des Tages geschehen war. Dann fahre ich ostwärts und hole mehr Gläser, hatte sie gesagt. Was für ein Gedanke. Was, wenn sie Orfrim dazu bringen könnte, mit ihr nach Aldeigjuborg zu reisen? Oder vielleicht konnte sie selbst dorthin reisen. Warum sollte sie dort nicht Handel treiben können? Ihre Webarbeiten und Wandbehänge hatten sich auf dem Wintermarkt gut verkauft, genau wie die Pelzmützen und Handschuhe, die sie vor einigen Wintern angefertigt hatte. In der Schankstube hatte sie so viel über andere

Länder gehört, dass sie neugierig geworden war. Irgendwann wollte sie selbst sehen, was jenseits all dessen lag, was sie kannte. Irgendwie würde sie immer einen Ausweg finden und nach Hause kommen. Und Rurik? Ja, ihn konnte sie mitnehmen. Schließlich wollte sie nicht auf Heerfahrt gehen. Sie schmunzelte über ihre eigenen Gedanken, Träume, die sich in ihrer Fantasie formten. Vielleicht eines Tages, irgendwann …

Die See war unruhig. Große, graue Wolken trieben über das Meer, und ein kräftiger Wind hielt die Besatzung auf. Sie waren zwei Tage gesegelt, aber die Schiffe schienen vergeblich gegen die widerspenstigen Meeresgötter anzukämpfen. Sie hatten noch immer kein Land erreicht, und an Bord herrschte eine trügerische Ruhe. An einigen der Schiffe grienten riesige Drachenköpfe, am Bug der breiten und bauchigen Kaufmannsschiffe wanden sich nur einfache geschnitzte Schlangen am Vordersteven. Hier auf den Knorren trug die Besatzung keine Waffen, und sie wurden von Männern bewacht, die ein Kreuz um den Hals und ein Schwert am Gürtel trugen. Die Schiffsflanken wiesen Spuren von Enterhaken auf, und Blut war im Bilgewasser. Die Augen der Gefangenen blickten leer und ohne Hoffnung.

»Wasser«, auf einem der Schiffe war plötzlich ein leises Wispern zu hören. Die schwache Stimme kam aus dem Lagerraum unter dem Halbdeck des größten Knorren. »Wasser!«, rief die Stimme etwas lauter.

Hakon Jarl horchte auf, die Stimme klang wie Eriks. Der Jarl zögerte und wartete, mehr zu hören, aber alles blieb still. Vorsichtig zog er sich zum Lager im Vorschiff zurück und schob einige Säcke beiseite. Es roch süß und würzig, und die Dunkelheit dort drinnen machte es schwer, etwas zu erkennen. Ein blonder Mann lag blutüberströmt halb schlafend auf ein paar Ballen.

»Erik, hörst du mich?«, flüsterte der Jarl bestürzt und beugte sich vor. Erik stöhnte und führte die Hand an die Wunde auf seiner Schulter. Langsam ließ er den Arm wieder sinken.

»Erik, ich bin es, Hakon. Hörst du mich?« Der Jarl öffnete seine Trinkflasche und ließ etwas Wasser auf die Lippen des Kameraden tropfen.

»Mehr«, murmelte Erik und streckte sich nach dem ledernen Beutel.

Hakons Gesicht erhellte sich. Endlich wachte der Freund auf, endlich kam er zu sich. Diesen Schelm konnte offenbar nichts umbringen.

Der Jarl hätte vor Freude am liebsten laut geschrien, aber er beherrschte sich. Stattdessen ließ er Erik aus der Lederflasche trinken. Sein Kamerad hatte eine Wunde an der Schulter und einen harten Schlag auf den Kopf abbekommen. Aber er war wieder aus der Bewusstlosigkeit erwacht. Alles würde wieder wie früher werden.

Als Hakon und seine Männer das Schiff nach der Schlacht aufgeräumt hatten, waren sie gezwungen gewesen, die Toten und Sterbenden über Bord zu werfen. Plötzlich hatte der Jarl Erik unter mehreren Körpern gefunden. Er hatte noch schwache Lebenszeichen gezeigt, und der Jarl hatte ihn im Lagerraum versteckt, geschützt durch ein paar Säcke. Ein abgebrochener Speer steckte noch in seiner Schulter und hatte die Blutung aufgehalten.

Vorsichtig hatte der Jarl die Speerspitze herausgezogen und Wasser über die Wunde gegossen. Dann hatte er sie mit einem Stück seines Leinenhemdes verbunden. Seitdem hatte er versucht, die Wunde sauber zu halten, und nach seinem Freund gesehen. Jetzt schien sich seine Mühe endlich auszuzahlen. Hakon Jarl holte ein Stück Brot hervor, tunkte es in Met und reichte es Erik.

»Hier«, sagte er und steckte ihm den Bissen in den Mund. Erik kaute ein paar Mal und spuckte aus.

»Abgestandener Met und ranziges Brot, pfui!«, zischte er und sank auf die Säcke zurück.

Hakon Jarl verzog seinen Mund zu einem Lächeln. Sein Freund war ganz der Alte. Dann konnte es nicht mehr lange dauern, bis er wieder auf den Beinen war. Erleichtert reichte Hakon ihm noch ein Stück Brot und etwas Fleisch.

»Iss jetzt!«

Erik kaute schweigend, während seine Augen ins Helle spähten. Langsam ließ er seinen Blick über das Schiff wandern. Plötzlich hielt er inne.

»Männer mit Kreuzen sind an Bord!«, platzte er heraus. Hakon nickte.

»Wir sind Gefangene«, sagte er müde.

»Gefangene?«

»Ja. Erinnerst du dich an die Nordmänner? Sie haben uns angegriffen, uns, ihre eigenen Landsleute«, berichtete er und gab Erik mehr zu trinken. »Die Schurken brauchen Schiffe und Silber für eine große Flotte. Die Wachen tuscheln, dass sie für einen großen Heereszug rüsten.«

Erik stöhnte. Jetzt erinnerte er sich; die Drachenschiffe, die ganz plötzlich angegriffen hatten, den gleißenden, flammenden Schmerz in seiner Schulter und der Mann, der auf ihn gefallen war. Es standen also Svear hinter dieser Schandtat, Kreuzträger!

Erik wollte aufstehen, die Wachen niederschlagen und sein Schiff zurückholen, aber die Verletzung in seiner Schulter hielt ihn zurück. Er wimmerte vor Zorn und Wut. Schon einmal war er von Seeräubern überfallen worden, schon einmal hatte er alles verloren, was er besaß. Und nun hatten sie ihn beinahe getötet.

»Sind es viele?«

»Mindestens hundert Mann.«

»Sind viele getötet worden?«

»Wir haben zwanzig der Unseren verloren. Sie sind nach Walhall geholt worden.«

»Zwanzig Mann? Bei allen Krähen Odins!« Erik fluchte.

»Ja, und fast wärst du einer von ihnen gewesen. Du lagst unter zwei Toten, und beinahe hätten wir dich über Bord geworfen. Aber ich habe gesehen, dass du lebst, und habe dich hier im Lagerraum versteckt.«

»Ein wenig Glück habe ich also doch gehabt«, sagte Erik schroff. »Nächstes Mal werde ich dir beistehen, das schwöre ich!« Er verstummte und sah sich auf dem Schiff um. »Können wir sie überwältigen?«, fragte er dann.

»Noch nicht«, sagte der Jarl leise.

»Wer ist ihr Anführer?«

Der Jarl wich Eriks Blick aus. Was sollte er antworten. Wenn er ihm erzählte, dass es Harald war, der sie besiegt hatte, würde Erik in wilder Raserei aufspringen und versuchen ihn zu töten. Doch so verwundet, wie er war, würde das schnell seinen eigenen Tod bedeuten. Nein, es war besser, wenn Erik die Wahrheit erst später erfuhr. Nicht jetzt.

»Der Anführer? Ja, das ist ein großer, blonder Geselle,

der schreit und befiehlt wie ein Wahnsinniger. Er wird noch früh genug hier an Bord kommen, dann wirst du ihn selbst sehen«, sagte der Jarl.

Erik schien mit der Antwort zufrieden zu sein und versank wieder in seine Gedanken.

»Wohin sind wir unterwegs?«

»Westwärts.«

»Westwärts, nach Bretland?«

»Wer das wüsste. Ja, nach Britannien oder Northumbrien vielleicht, ich weiß es nicht.«

Westwärts? Eriks Gedanken arbeiteten nur schleppend. Sie selbst waren auf dem Weg nach Osten gewesen. Wie sollten sie jetzt nach Birka kommen? Wann würde er Estrid wiedersehen? Und Toste ... Auch wenn der Junge nicht sein Sohn war, mochte er ihn sehr. Estrid, Toste und er selbst, sie waren eine Familie. Sie hatten zwei Winter lang unter einem Dach gelebt. Er musste wieder zu ihnen zurückkehren.

»Wir sind also Gefangene. Aber warum haben sie uns nicht getötet?«, fragte er matt.

»Sie brauchen Männer, um die Schiffe zu segeln. Aber wenn sie Mannschaften haben, die irgendwo warten, ja, dann brauchen sie uns nicht mehr. Es sei denn, wir würden zum christlichen Glauben übergehen natürlich, dann dürften wir vielleicht weiterleben.«

Für einen Moment wurde es still, und Erik ruhte mit halb geschlossenen Augen. Sein Atem ging schwer, und seine Arme hingen schlaff von seinen Schultern. Er schwieg, als wollte er das Gehörte erst richtig aufnehmen, bevor er etwas sagte.

»Lieber sterbe ich, als in die Dienste der Christen zu treten«, sagte er und schnitt eine Grimasse.

Der Jarl nickte zustimmend. Dann beugte er sich nach vorn und flüsterte: »Wir versuchen zu fliehen, sobald wir Land erreichen. Wenn sie uns nicht schon vorher getötet haben.«

»Mich tötet keiner«, knurrte Erik. »Aber warum wollen sie nach Westen?«

Der Jarl reichte ihm den letzten Fleischbissen und verschloss die Lederflasche.

»Die englische Küste ist schlecht verteidigt, und die Klöster sind mit Kostbarkeiten gefüllt. Wer eine Flotte rüsten will, kann dort reiche Beute machen.«

»Aber die Mönche sind Christen. Die können die Kreuzträger wohl kaum überfallen?«

»Nun ja, wer ausreichend stark im Glauben ist, findet immer einen Weg, sich zu rechtfertigen«, gab der Jarl grimmig zurück.

Der Schmerz machte Erik müde, und es fiel ihm immer schwerer, seine Gedanken zu ordnen. Der Jarl sah, dass sein Kamerad blass wurde, und fühlte besorgt mit der Hand seine Stirn. Sie war heiß.

»Erik, ruh dich aus. Du hast einen Speer in die Schulter bekommen, und die Wunde ist noch nicht verheilt. Wenn du dich noch ein wenig ruhig verhältst, kannst du den Arm bald wieder benutzen«, sagte er und deckte seinen Freund mit seinem Umhang zu. Erik tastete vorsichtig mit der gesunden Hand nach der Schulter.

»Es sind der linke Arm und die Schulter, die schmerzen«, stellte er fest. »Gut, ich schlage am besten mit rechts.«

»Ja, aber jetzt schlaf, im Augenblick kannst du weder fliehen noch kämpfen.«

Erik verzog den Mund und schloss die Augen.

»Auf eines kannst du dich verlassen, niemals werde ich ohne mein Silber gehen«, murmelte er.

Auf dem Weg zum Lagerhaus kam Estrid an der Brücke und am Haus von Ketil Bronzegießer vorbei. Sie verlangsamte ihren Schritt und ging zögerlich zu einem großen Haus mit einem prächtigen Tor hin zum Kai. Das Gebäude selbst unterschied sich nicht von den anderen Giebelhäusern am Hafen, nur die Tür mit den Holzschnitzereien war auffällig anders. Sie war nicht mit Schlangen und Drachenköpfen verziert, sondern hatte nur ein einfaches, strenges Muster. Estrid blieb am Türstock stehen. Hastig strich sie sich die Haare aus der Stirn und ordnete ihren Schal. Orfrim hatte sie gebeten zu kommen. Er wollte ihr seine Waren zeigen. Vielleicht würde sie für etwas Verwendung haben. Estrid senkte den Kopf, holte tief Luft und klopfte. Niemand öffnete. Sie lauschte einen Moment und versuchte es wieder, Stille. Zögernd drehte sie sich um, um zu gehen.

»Warte!«, Orfrim stand mit einem breiten Lächeln in der Tür. »Komm herein, ich habe geschlafen.«

Seine dunklen, halblangen Haare hingen ihm zerzaust über Stirn und Wangen, und Hemd und Kaftan waren zerknittert. Sein Gesicht war blass, er wirkte schlaftrunken. Estrid kicherte leise. In diesem Moment war er kein Kaufmann, er erinnerte vielmehr an einen kleinen Jungen. Aber nur für einen kurzen Augenblick. Als sie ihn wieder ansah, war sein Blick wach und seine Haltung aufrecht und männlich.

»Komm!«

Entschlossen legte er seinen Arm um ihre Schulter und führte sie ins Haus. Estrid spürte seine Berührung, und sie wollte diese Nähe bewahren. Verlegen richtete sie ihren Schal und trat ein.

Es war warm und feucht im Haus, und ein süßer Duft von Kräutern erfüllte den Raum. Truhen, Ballen und Tonnen stapelten sich an den Wänden, und auf dem Boden standen ungeöffnete Kästen. Weiter hinten befand sich eine Trennwand mit einer kleinen Holztür.

»Es sind auch noch Waren meines Onkels hier; Stoffe, Kräuter und Keramik. Was mir gehört, habe ich hinten bei mir gelagert.« Er nickte in Richtung Trennwand und sah sie freundlich an. Das dunkle Haar umrahmte sein Gesicht und gab ihm ein schönes, fremdartiges Aussehen. Estrid betrachtete das scharf geschnittene Gesicht mit dem dunklen, eindringlichen Blick. Seine Augen waren eine Quelle, ein dunkler See, der sie lockte. Einladend und gefährlich. Ihre Blicke trafen sich. Sie wollte etwas sagen, doch sie fand keine Worte. Mir scheint, dachte sie, er kann sehen, dass er Macht über mich hat. Und er ahnt es. Ihr Körper spannte sich, und verborgene Wünsche wurden zu einem heftigen Begehren.

Orfrim stand unbeweglich da, wartete und lächelte sie unsicher an. Er bemerkte den Blick in ihren Augen und sah, wie die Frau aus der Schankstube sich veränderte, wie ihre Augen zu glänzen begannen und ihre Wangen sich röteten. Was er hatte sagen wollen, verschwand, und er fühlte etwas Größeres und Stärkeres. Ihr Körper strahlte Hitze und Verführung aus, und er spürte eine rauschende Kraft, die ihn umströmte und umwirbelte. Und dennoch stand er still, ganz still.

Er wollte sie umarmen, küssen, ihren Körper fühlen, aber … Was würde geschehen, wenn er sich gehen ließ?

Er war fremd in der Stadt, allein unter Heiden, und er

kannte ihre Sitten und Bräuche nicht. Er konnte nicht, durfte nicht. Für einen Augenblick schienen beide in Gedanken versunken und sahen sich scheu an. Dann war es, als würden all ihre Befürchtungen auseinander fließen und nur noch Kraft und stille Verführung zurückbleiben.

Sanft nahm er ihre Hand und führte sie zur Trennwand. In der Holztür blieb er stehen und sah sie an. Ohne etwas zu sagen, zog er sie an sich.

Er küsste sie heftig und presste ihren Körper an seinen. Zitternd umarmten sie sich, hitzig öffneten sie der Glut und Lust ihre Lippen. Seine Hände tasteten nach ihrem Ausschnitt, sie ließ es geschehen und öffnete selbst die Fibeln. Ihre runde, feste Brust begegnete seiner Hand, und ihre Schultern waren weiß und nackt. Ihr Kleid fiel zu Boden, und er sah sie glücklich an. Er zog sie mit sich auf die Schlafbank. Nein, dachte sie, nein, das hier darf nicht geschehen, aber die Sehnsucht übermannte sie, und sie sank ihm entgegen. Ein Fremder, ich kenne ihn nicht, dachte Estrid, aber es war schon zu spät.

6

Ein Schmetterling flatterte zum Dach, zögerte im Giebel, ehe er sich dem Licht zuwandte und hinausflog. Estrid sah ihm nach und schloss die Augen. Es war so viel Zeit vergangen, seit sie sich das letzte Mal hingegeben hatte. Liebe, Begehren, Zärtlichkeit – wie hatte sie so lange ohne all das leben können? Die Einsamkeit lastete schwer auf Estrid, sie verstand nicht, wie sie damit zurechtgekommen war. Sie sehnte sich nach Nähe und Wärme, Liebe hatte sie erfasst.

Eine Hand berührte ihren Körper, Orfrim zog sie an sich. Sie schloss die Augen. Erik, dachte sie, du hättest niemals fortgehen dürfen, du bist zu lange fortgeblieben. Ich habe dich vermisst, mich einsam gefühlt. Als Orfrim ins Wirtshaus kam, habe ich es gewusst. Ich fühlte, ahnte, dass ich eines Tages zu ihm gehen würde. Sie betrachtete den Mann neben sich. Sein Körper war schlank, aber muskulös, seine Schultern waren breit, und seine Brust hatte eine leichte Grube in der Mitte. Sie hatte sich vorgestellt, dass er viele Haare auf Brust und Schultern haben müsste, aber seine Haut war glatt, olivbraun und fast unbehaart. Und er roch gut, dachte sie, wie die Kräuter im Lagerhaus. Ich will seinen Duft behalten, ich will ihn haben, ihn besitzen. Doch im nächsten Moment zweifelte sie, ein Teil in ihr sträubte sich gegen das Verlangen und wollte fort. Aber Orfrims Kraft war größer, und seine Nähe hielt sie zurück. Ich war es, die ihn aufgesucht hat, obwohl ich ihn hätte bitten können, ins Wirtshaus zu kommen, dachte sie. Ich muss mich nach ihm gesehnt haben. Wie sonst sollte ich hierher gekommen sein?

Orfrim beobachtete Estrid zärtlich lächelnd und streichelte sie sanft. Sie schmiegte sich an ihn, seine Haut war warm, und seine Augen glitzerten vor Lust und Wohlbehagen.

Vielleicht bin ich wahnsinnig, dachte sie, aber ... Er muss mich nur ansehen, und meine Gedanken gehorchen mir nicht mehr. Vom allerersten Moment an wusste ich es, ich hatte keine Wahl.

Orfrim nahm ihren Kopf in seine Hände.

»Du bist wunderbar«, flüsterte er und küsste Hals und Schulter, streichelte ihre Haut mit den Lippen. »Du bist so warm, so zärtlich, so weiblich. Sind alle Sveafrauen so?«

»Sind alle Männer im Gårdarik wie du?«, gab sie ihm scherzend zur Antwort. »Dann sollte ich vielleicht einmal dorthin reisen.«

Sie sah ihn schelmisch an, und er öffnete seine Arme. Lächelnd küsste er sie und hielt sie fest. Sie fühlte, wie kräftig er war. Das Verlangen überwältigte Estrid, und wieder genossen sie einander hitzig, und sie wünschte, es würde ewig andauern. Sie wollte nicht mehr denken, nur für immer bei ihm bleiben. Erst im Nachhall ihres Begehrens kehrten Unruhe und Zweifel zurück.

Sie zog sich zurück, legte den Kopf in den Nacken und blickte nachdenklich in seine Augen. Er war außer Atem und sagte nichts, aber seinem Blick sah sie an, dass er etwas sagen wollte. Etwas, das sie nicht hören wollte.

»Estrid, ich habe das nicht gewollt, wir sollten nicht …«, begann er leise.

Er brauchte eine Frau, das war richtig, aber Estrid? Er hatte gedacht, er könnte sie nach seinen Vorstellungen lenken, aber sie hatte ihn herausgefordert und verführt, bis er nicht mehr die Kraft gehabt hatte, ihr zu widerstehen. Besaß sie eine ungeahnte Macht, die gefährlich werden konnte, oder waren alle Frauen der Svear genauso stark, hingebungsvoll und frei? Er fühlte sich zu ihr hingezogen, zu dem Licht und der Wärme, die sie ausstrahlte. Für ihn war sie verlockend und reizend, er hatte sie begehrt und gebraucht.

»Ich mag dich sehr, aber …«, murmelte er unsicher.

»Denk nicht zuviel«, unterbrach Estrid ihn rasch. »Das ist nur beschwerlich.«

»Aber«, fuhr Orfrim unbeirrt fort, »ich bin fremd hier in der Stadt. Wenn uns jemand zusammen sieht, weckt das vielleicht böses Blut. Es könnte dir schaden. Vielleicht sollten wir uns nicht mehr sehen.«

»Was schert mich das Gerede der Leute?«, antwortete Estrid und legte sich näher zu ihm. Sie hielt ihm den Mund zu und wollte nichts mehr von all dem hören, was nicht möglich sein sollte.

»Estrid, verstehst du nicht, eines Tages fahre ich, und du bleibst allein zurück«, versuchte er weiter. »Ich mag dich, will dein Bestes, vielleicht …«

»So, du glaubst also, ich bleibe in Birka zurück«, erwiderte sie mit wachsamer Stimme. »So etwas weiß man nie. Und wenn du glaubst, dass du über mich bestimmen kannst, dann überschätzt du dich.« Provozierend kniff sie ihn in die Wangen.

»Aber wenn die Männer hier in Birka uns zusammen

sehen, glaubst du, dass sie dann noch meine Waren kaufen?«, sprach Orfrim weiter, ohne seine Zunge zu hüten.

Die Wärme verschwand aus Estrids Blick, und sie sah ihn kühl an. Lieben konnte er, aber am liebsten nur heimlich und nur so lange niemand schlecht darüber dachte. Oh, diese Männer, die alles haben, aber nie selbst etwas opfern wollten. Ansgar, Erik und jetzt Orfrim. Nein, nicht noch einmal! Nie wieder würde sie sich auf dieses Spiel einlassen. Dieser Mann aus Aldeigjuborg hatte eine Glut in ihr entfacht, die ihr die Lebenslust zurückgegeben hatte. Sie hatte nicht vor, jetzt auf ihn zu verzichten. Nein, sie würde auf Art der Frauen dafür sorgen, dass er nicht mehr ohne sie sein konnte. Mit List und Liebe würde sie ihn halten. Die Flamme durfte nicht verlöschen.

Ihre Lippen waren geöffnet, und ihre Augen funkelten, als sie sich über ihn beugte. Er war ganz nah, und sie spürte seine Hände auf ihrer nackten Haut. Er begehrte sie, wollte sie haben, jede Faser von ihm schien sie umschlingen zu wollen.

»Du und dein Handel«, flüsterte sie, die Lippen dicht an seinem Ohr. »Stell dir vor, ich kaufe alles, was du mitgebracht hast. Dann wirst du bald reich, hast du daran gedacht? Reich auf mancherlei Weise!«

Als er sie an sich zog, glitt sie flink aus seiner Umarmung. Dann stand sie auf und zog sich schnell an. Bevor er sie daran hindern konnte, war sie schon aus der Tür.

Dunkle Wellen wiegten das Schiff, das langsam über die Wellen glitt. Das Meer war ruhig, und dünne Wolken zogen über den unendlichen Sternenhimmel, der glitzerte und glimmte. Einige der Männer schliefen auf ihren Fellen, andere starrten in die Dunkelheit, als würden sie nach etwas Ausschau halten. Eine der Wachen hatte die Hand gehoben, als Zeichen zum Schweigen, die Männer am Segel warteten ab. Dann plötzlich wurde die Stille durchbrochen. Aus der Dunkelheit erschollen Schreie und Rufe, und ein Pfeilregen prasselte auf das Schiff herab. Hakon, der sich zum Schlafen in die Mitte des Schiffes gelegt hatte, war mit einem Schlag hellwach. Schnell robbte er zu Erik.

»Wir sind überfallen worden. Wach auf!«, rief der Jarl und schüttelte seinen Kameraden. Aber Erik war schon auf dem Sprung zu seinem Schwert.

»Der rechte Arm geht noch«, erklärte er sachlich, während er nach seiner Waffe suchte.

»Das ist schön, aber du hast kein Schwert«, unterbrach ihn der Jarl barsch. »Das ist im Kampf verloren gegangen. Du bist Gefangener, hast du das vergessen?«

»Und wenn schon«, knurrte Erik, aber dann stockte er, weil der Schmerz in seine Schulter schoss. Es brannte, schnitt und pochte in der Wunde. »Verflucht, was für ein Verhängnis. Ohne Waffen sind wir nicht besser dran, als die armseligsten Sklaven. Wir können uns nicht einmal verteidigen ...«

Weiter kam er nicht, da das Schiff, von einem gewaltigen Stoß getroffen, schwankte. Am Bug vertäuten Männer in Rüstung die Steven, und im nächsten Augenblick stürmte eine Horde Männer an Bord.

»Glaub ja nicht, dass dein Kreuz dir hilft, aber im besten Fall kommst du ja ins Himmelreich«, hörte Erik eine höhnische Stimme.

Dann ertönte ein Schrei und etwas Schweres polterte auf die Schiffsplanken.

»Der klang nicht, als käme er ins Himmelreich«, murmelte Erik trocken. »Und dem Gerede entnehme ich, dass die Kämpfer auf keinen Fall Christen sind.«

»Wenn wir Glück haben, sind es welche von uns«, meinte Hakon und schleppte Erik im Schutz der Ladung in die Mitte des Schiffes. »Sie sprechen beides, die Sprache der Dänen und der Svear.«

Der Lärm nahm zu. Speere flogen, und der Stahl der Schwertklingen rasselte und klirrte. Die Fremden schienen zu einer großen Flotte zu gehören, denn Angriff auf Angriff brach über das Schiff herein.

Einige von Hakon Jarls Männern wurden getroffen, und um sie herum fielen Krieger mit dem Kreuz auf der Rüstung tot zu Boden. Bald stürzten sie durch Schwerthiebe oder Kurzschwerter, bald traf sie eine Axt am Schädel oder sie gingen über Bord. Es schien, als wollten die Fremden das ganze Schiff auslöschen.

»Ich glaube, es sind Heiden. Wir müssen uns zu erkennen geben!«, sagte Erik angespannt. »Sonst könnte das unser Ende bedeuten, ohne dass wir auch nur ein Schwert hätten heben können.«

Der Jarl nickte, wartete eine kurze Kampfpause ab und bahnte sich einen Weg zum Heerführer.

Der Anführer der Fremden war ein großer, breiter Mann mit klotzigen Schultern und kräftigem Kinn. Seine Augenbrauen waren buschig und fast zusammengewachsen, darunter schimmerten braune, wache Augen. Unbewaffnet ging Hakon direkt auf den Hünen zu.

»Die Kreuzträger haben unsere Schiffe geraubt und uns gefangen genommen!«, schrie der Jarl und versuchte, den Lärm zu übertönen. »Befrei uns und gib uns Schwerter, damit wir auf deiner Seite kämpfen können. Wir sind auch Heiden.«

Der Hüne hielt inne und starrte Hakon erstaunt an.

»Heiden? Wieso sollte ich das glauben? Wer bist du?«, sagte er misstrauisch und hob sein Schwert.

»Hakon Jarl aus Kaupang«, antwortete der Nordmann und streckte seine Hand aus.

»Aus Kaupang? Was sagst du da?«, fragte der Hüne und schüttelte zweifelnd den Kopf. Langsam ließ er das Schwert sinken. »Sag nicht, du bist aus Kaupang …«

»Mein Hof liegt gleich vor dem Stadtwall. Ich besitze auch Grund am Fluss, die Jarlssöhne …«

Das Gesicht des Hünen verzog sich zu einem breiten Grinsen.

»Jaaa, die Jarlssöhne! Die kenne ich gut! Ich bin auch aus der Gegend. Wohne eine halbe Meile von der Stadt. Thorgrim Svedde ist mein Name. Und du bist also vom Jarlshof?«

Hakon nickte.

»Es sind zwar viele von uns dieser Tage draußen auf See, aber dass ich ausgerechnet dich hier treffe«, sagte der Hüne lachend und ergriff mit festem Druck die Hand des Jarls.

»Wir waren auf dem Weg nach Birka, als die Kreuzträger uns in der Flussmündung überfallen haben. Sie haben meine Schiffe mit Last und allem erbeutet«, erklärte der Jarl und schilderte kurz, was geschehen war.

»Das glaube ich gern. Diese Ratten haben sogar uns angefallen, noch dazu im Dunkeln«, sagte Thorgrim und schnitt eine Grimasse. »Sie lagen im Hinterhalt, als zwei meiner Spähschiffe kamen, aber sie ahnten nicht, dass ich den Rest der Flotte in meiner Nähe hatte. Als sie zum Angriff übergingen, haben wir sie überrascht und, wie du siehst: Gegen meine zwölf Schiffe kamen sie nicht an.«

Thorgrim Svedde lachte vergnügt und Hakon Jarl fiel in sein Lachen ein. Harald Sigurdson war selbst in eine Falle geraten. Jetzt würde dieser Verräter für seine Untaten büßen, und diesmal schien er besiegt. Der Kampf war fast zu Ende.

»Die Kreuzträger haben uns gefangen genommen und sechs meiner Schiffe gekapert«, setzte Hakon Jarl seinen Bericht fort. »Ich glaube, sie brauchen sie für einen größeren Heereszug.«

»Sechs der Schiffe gehören dir?«, fragte Thorgrim Svedde hastig und warf einen beunruhigten Blick auf See. »Möge Odin guter Laune sein, auf dass du sie unbeschadet zurückbekommmst.« Thorgrim sah sich um.

In einigen Vorschiffen wurde noch immer gekämpft, aber die meisten Schiffe waren bereits verwüstet. Drei der Drachen waren gerammt worden und sanken, und entfernt trieben drei beschädigte Schiffe im Wind. Männer waren nicht zu sehen. Seltsam, dachte Thorgrim, wenigstens ein paar meiner Männer sollten noch an Bord stehen, wenn der Kampf vorbei ist. Unvermittelt wurde es bedrohlich still.

»Seht!«, rief Hakon gellend. In der Dunkelheit leuchtete es hell, und ein Pfeilregen prasselte auf sie nieder.

»Brandpfeile!«, schrie Thorgrim erschrocken und riss einen Pfeil aus der Schiffswand. »Die wollen uns abfackeln, die Höllenhunde.«

Die Männer sprangen auf, um die Pfeile abzuschlagen, während andere versuchten, mit Wasser zu löschen.

»Ihr Anführer muss wahnsinnig sein. Seine eigenen Leute liegen noch in den Schiffen. Nicht alle sind tot, und jetzt bringt er sie selbst um!«, brach es aus Thorgrim von Abscheu erfüllt heraus.

»Er ist verrückt«, antwortete Hakon und zerrte einen Brandpfeil aus einer der Truhen. »Ich kenne ihn gut. Wir müssen ihn töten, bevor er noch größeren Schaden anrichten kann. Aber zuerst müssen wir unsere eigenen Schiffe retten.«

Die Männer bildeten Ketten, und Wassereimer wurden von Mann zu Mann gereicht. Einen Teil der Pfeile konnten sie abschlagen, andere mit Fellen ersticken. Wo das Feuer den Schiffsrumpf erfasst hatte, versuchten sie, mit Wasser zu löschen.

Nach einer Weile war es Thorgrim und seinen Männern gelungen, das Feuer auf seinem Schiff zu löschen, und auch einige der anderen Mannschaften waren mit den Brandherden fertig geworden. Aber nicht allen gelang dies, und vereinzelt schlugen große Flammen hoch. Hakon blickte grimmig auf die brennenden Schiffe.

Dichte Rauchwolken zogen über das Meer, und Männer in brennenden Kleidern stürzten sich in die Wellen. Funken flogen, Brandgeruch lag in der Luft, und bald übertönte das Tosen des Feuers alles andere.

Als Erik das Donnern der Flammen hörte, stand er auf und stolperte benebelt zur Schiffsseite. Aus allen Richtungen trieb Rauch heran, und seine Augen tränten. Unruhig spähte er in die Dunkelheit.

»Nein, nein!«, schrie er plötzlich und wurde blass vor Entsetzen.

»Das sind unsere Schiffe. Die Kreuzträger haben alles angesteckt, was uns gehört!« Erik war kurz davor, ins Wasser zu springen, aber Hakon Jarl packte ihn.

»Untersteh dich, du bist verletzt!«

»Aber unsere Schiffe, unsere Ladung, wir müssen löschen!«, keuchte Erik verzweifelt und versuchte sich loszureißen.

Aber niemand rührte sich. Die Hitze lag in Feuerzungen über dem Wasser, und Schiffskörper, Masten und Riggs brannten lichterloh. Es war nichts mehr zu tun. Das Feuer tobte, der Rauch wurde dichter und dunkler. Die Männer sahen mit weit aufgerissenen Augen zu, wie sich die Schiffe in riesige Feuerbälle verwandelten.

»Seht ihr das nicht?«, rief Erik plötzlich. »Nur ein paar der Schiffe brennen. Das ist eine List. Da, dort vorne, verschwinden die anderen in der Dunkelheit!«

Mehrere Steven schimmerten dunkel in der Nacht und verschwanden langsam.

»Wir müssen sie verfolgen!«, schrie er außer sich.

»Beruhige dich! Ich habe nicht vor, Schiffe oder Mannschaft verschwinden zu lassen. Wir werden sie bis ans Ende der Welt verfolgen«, erwiderte Thorgrim mit zusammengebissenen Zähnen. »Diese Ratten werden bis auf den letzten Mann vernichtet.«

Der Jarl ging nach achtern, um das Steuer zu übernehmen, und hielt plötzlich inne.

»Zur Hölle, habt ihr die Knorre dort drüben gesehen?«, rief er und deutete mit dem Arm aufs Wasser. »Unser Silber! Ein Teil der Silberlast ist dort verstaut. Bei Odins Raben, wir müssen rüberrudern und löschen!«

»Das geht nicht«, antwortete Thorgrim schroff und wies in Richtung des Schiffes. »Seht selbst!«

Die Männer blickten zu der brennenden Knorre hinüber. Mast und Rahstange waren schon niedergebrannt, Last und Schiffsseiten standen in Flammen. Das Schiff war von Rauch und Feuer umschlossen, und ein unangenehm stinkender Qualm trieb auf sie zu. Da leuchtete die Dunkelheit auf, und die Flammen wurden fast weiß. Etwas Helles, Glänzendes rann mittschiffs die Flanken herunter, dort, wo die Kisten gestanden hatten. Erik tobte, wie noch nie zuvor in seinem Leben.

»Das Silber!«, brüllte er. »Das Silber, wie kann …«

Er verstummte und starrte in die Dunkelheit. Schwarze Rauchwolken stiegen achtern empor. Ein weiß glühendes Rinnsal aus Metall berührte zischend das Wasser. Plötzlich wurde es still an Bord. Wie verhext starrten die Männer auf die schimmernde Wasseroberfläche. Das konnte nicht wahr sein. Das Rinnsal wuchs zu einem schimmernden, hellen Fluss.

Das Metall floss weiter, bevor das Schiff Schlagseite bekam, kenterte und sank. Das Silber war für immer verloren.

Ein lauer Spätsommerwind wehte, und auf dem Hügel stand das Gras trocken und hell. Die Weiden waren abgegrast, und auf den Feldern war die Ernte eingeholt. Manche Birke hatte schon gelbe Blätter, und die Beeren der Ebereschen leuchteten rot. Gautbert keuchte und blieb stehen, um Luft zu holen. Der Hügel hinauf zum Burgfelsen sah nicht steil aus, aber er zehrte an seinen Kräften. Er sah sich um. Die Insel, auf der die Stadt lag, war nicht groß, aber es gab Buchten, Felder, Steilhänge und Strände. Der Wall umgab die Stadt wie ein Halbmond, und die Häuser drängten sich darin zu einem dichten Gitter zusammen. Vor dem Stadttor standen nur wenige Gebäude. Ein paar große Langhäuser lagen friedlich auf dem Hügel, mit Aussicht auf den Fjord. In vielen von ihnen wohnten reiche Kaufleute. Über sie hatte Gautbert viel Gutes zu sagen. Sie glaubten an den Heiligen Geist, und viele hatten der Kirche Geld geschenkt.

Die Wärme trieb Gautbert den Schweiß auf die Stirn, und er strich sich ein paar nasse Strähnen aus dem Gesicht.

»Bist du sicher, dass es hier war, Nithard?«, fragte er erschöpft, an seinen Neffen gewandt.

»Ja, Hergeir sagte, das Labyrinth läge in der Nähe eines Moores auf einer Felsplatte in Richtung Meer«, antwortete sein Neffe und sah sich aufmerksam um. Er legte eine Hand hinter sein Ohr und lauschte.

»Still, ich höre etwas. Vielleicht liegt das Labyrinth auf der anderen Seite des Burgberges«, überlegte er und spähte aufgeregt zur Burg hinüber. Er sah nichts, aber von der Klippe, die etwas weiter entfernt lag, führte der Wind Gemurmel und Lachen mit sich.

»Ein Fruchtbarkeitsritus auf einem Felsplateau … die müssen verrückt sein, diese Heiden«, murrte Gautbert und beschleunigte seinen Schritt.

»Das ist vermutlich der Grund, warum Hergeir will, dass wir das sehen«, sagte Nithard erwartungsvoll. »Er sagte, wir müssten ihre Sitten kennen lernen, um sie mit unseren Predigten besser erreichen zu können.«

»Ja, ja«, ächzte der Bischof.

Nithard freute sich darauf, die Heiden bei einem ihrer uralten Rituale zu sehen. Die unterschiedlichen Vorstellungswelten der Menschen fesselten ihn. Mit Kriegern zu kämpfen oder die Erde zu pflügen, das gefiel ihm nicht, hingegen Männer und Frauen aller Arten zu begegnen, das mochte er sehr. Es war eine solche Freude, sich zu unterhalten und mit anderen Gedanken auszutauschen, und vielleicht war genau das der Grund gewesen, weshalb er Priester geworden war. Als sein Onkel ihn gefragt hatte, ob er mit nach Birka reisen wollte, hatte er keinen Augenblick gezögert. Jetzt würde er ein fremdes Volk mit anderen Gedanken und einer andersartigen Lebensweise als der seinen kennen lernen.

Die Männer querten den Burgberg und erreichten eine Lichtung. Die Stimmen und das Lachen wurden deutlicher.

Vor ihnen erstreckte sich ein großes Labyrinth. Sechzehn Steinreihen waren in einem mystischen Ringmuster auf den Boden gelegt. Zur Mitte hin bildeten die Steine kleinere Bögen, nach außen hin wurden sie größer und breiter. Durch die Steinreihen konnte man hindurchgehen. Einige von ihnen führten direkt in eine Sackgasse, andere in die Mitte des Labyrinthes. Aber das war es nicht, was dem Mönch eine Gänsehaut bereitete. Vor dem Labyrinth stand eine Gruppe nackter Jungfrauen, so unbekleidet, dass nicht einmal der Höchste etwas Nackteres hätte schaffen können.

»Lasst uns jetzt laufen und sehen, wer als Erstes auf den Brautstuhl kommt«, sagte eine blonde Jungfrau, und die Mädchen versammelten sich kichernd um den Eingang des Labyrinths. »Wer in eine Sackgasse läuft, hat seine Chance verspielt, dann darf die Nächste ihr Glück versuchen.«

Die Blonde, die jung, füllig und schön war und eine zarte Haut hatte, würde sicher nicht mehr lange Jungfrau bleiben. Sie kicherte erwartungsvoll. Die Mädchen nickten und schielten auf einen Gegenstand, den sie in ihrer Hand verborgen hielt.

»Für Frey und unser gemeinsames Glück!«, rief die Blonde, öffnete ihre Hand und warf ein Bündel Späne hoch. Wie ein Fächer entfalteten sie sich in der Luft, tanzten im Wind und sanken langsam zu Boden. Gespannt beugten sich die Mädchen vor, um zu sehen. Der längste Span zeigte auf ein junges, rundliches Mädchen mit Sommersprossen.

»Du fängst an!«, jubelten die anderen laut und traten ein paar Schritte zurück, um ihr Platz zu machen. Die Sommersprossige stellte sich an den Eingang des Labyrinths und betrachtete schweigend die ausgelegten Steine. Sie schien sich einen Plan zu überlegen, dem sie nachgehen wollte. Dann nahm sie ihren Weg auf. Ihre Schritte waren leicht, und ihre großen, schweren Brüste wippten auf und nieder. Nithard machte einen Schritt zurück. Sein Mund stand weit offen, und sein Herz schlug heftig.

»Mein Gott, was ist das?«, stöhnte er, und der Anblick der nackten Mädchen machte sich bemerkbar. Er versuchte den Blick zu senken, aber er konnte es nicht lassen, dennoch hinzuschielen. Dort hüpfte das Mädchen zwischen den Steinreihen, und ihre Brüste schienen noch stärker als zuvor zu wogen.

»Oh, oh!«, murmelte Nithard, feuerrot im Gesicht.

Die Sommersprossige zögerte.

»Weiter ins Labyrinth mit dir«, forderten die anderen.

»Und du darfst die Steine nicht berühren!«, schrie die Blonde.

Die Mädchen kicherten und lärmten und brachen schließlich in haltlose Heiterkeit aus. Ihre Freundin war in eine Sackgasse gerannt. Jetzt war die Blonde an der Reihe.

Vorsichtig trippelte sie mit kleinen Schritten auf die Mitte des Labyrinths zu, und Nithard, dem es schwer fiel, den Kopf gesenkt und die Augen geschlossen zu halten, schaute ihr neugierig nach. Eine so schöne Frau hatte er sein ganzes Leben noch nicht gesehen. Das Mädchen vor ihm hatte langes, offenes Haar, ein schönes Gesicht, feste Brüste und einen wunderbar runden, weichen Körper. Nithard schluckte und wurde dunkelrot.

»Beeil dich, jetzt sind wir dran!«, riefen die Mädchen munter, während Nithard der Schweiß ausbrach. Er musste fort von hier, ihnen den Rücken zuwenden, aber er konnte nicht. Sechs junge, nackte Jungfrauen auf einmal, nein so etwas würde sogar einen Halbblinden wieder sehend machen. Und diese Blonde! Nithard atmete heftig und spürte die Härte seiner Lüsternheit. Seine Lippen zitterten, und große Schweißperlen tropften ihm von der Oberlippe. Ein neues, starkes Gefühl stieg in ihm auf und überwältigte seinen Verstand. Seine Haut rötete sich, seine Augen glänzten, und sein ganzer Körper pochte und pulsierte. Plötzlich flimmerte es vor seinen Augen, und er musste sich an der Birke festhalten, um nicht umzufallen. Seine Nägel bohrten sich tief ins Holz, und er schloss die Augen. Wenn seine Arme nicht so kräftig und seine Treue zu Gott nicht so groß gewesen wären, hätte er seinen Umhang fallen lassen und wäre hinterhergestürmt. Aber noch war Gott mit ihm. Vorsichtig schlug er die Augen wieder auf und blinzelte zum Labyrinth.

»Mein Gott«, murmelte er, »mein Gott!«, und seine weit aufgerissenen Augen verschlangen die Blonde vom Kopf bis zur Ferse. Nithard fühlte, wie er sich auf diese Frau stürzen und sie in seine Arme schließen wollte. Er zitterte, sein Mund war ausgetrocknet. Er schnappte nach Luft wie ein Fisch auf dem Trockenen und konnte sich zu guter Letzt nicht mehr halten. Er musste, er musste einfach … Wie von Sinnen ließ er die Birke los und begann zu rennen.

»Bist du nicht mehr bei Trost, du Schwachkopf? Was machst du da!«, schrie Gautbert außer sich und brachte Nithard mit einem wohlgezielten Tritt in den Unterleib zu Fall. Gautbert starrte auf seinen Neffen, fluchte und rief den Teufel höchstpersönlich an. Er selbst hatte ja auch mit aufgerissenen Augen dagestanden, aber er verstand es wenigstens, Würde zu bewahren.

Die Mädchen, die etwas Schweres fallen gehört hatten, sahen erstaunt auf. Auf dem Boden lag ein stöhnender Mönch und hielt sich wichtige Dinge, und neben ihm stand ein zorniger Braunkittel mit geballten Fäusten. Erst wollten die Mädchen ängstlich davonlaufen, aber als sie den hübschen Jüngling mit Unterleibsschmerzen am Boden liegen sahen, begriffen sie, dass keine Eile vonnöten war. Stattdessen begannen sie zu kichern und auf ihn zu zeigen, und jedes Mal, wenn eine von ihnen in Lachen ausbrach, stimmten die anderen mit ein, und das Gelächter wollte kein Ende nehmen.

»Habt ihr die Mönche im Gebüsch gesehen?«, kicherte die Blonde.

»Lustig, wie sie den neuen Gott anbeten«, fiel die Sommersprossige ein.

»Hast du was gefunden?«, prustete eine Dritte und zeigte auf Nithard, der wimmernd seine Hände zwischen den Beinen vergrub.

Bischof Gautbert sah die nackten Frauenkörper vor sich, hörte ihr Gelächter, und sein Gesicht färbte sich dunkelrot. Nicht genug damit, dass Nithard ihre Mission entweiht hatte, jetzt machte dieses Weibsvolk ihn auch noch zum Gespött. Wie sollte es jetzt mit ihren Predigten und der Bekehrung der Menschen in Birka weitergehen? Nein, er musste etwas unternehmen, sofort. In seinem Eifer trat er ein zweites Mal nach seinem Neffen, diesmal, um ihn zum Aufstehen zu bewegen. Aber der heilige Fuß verfehlte sein Ziel, und die Mädchen wussten gar nicht wohin mit sich vor Freude, als sie begriffen, dass es Nithard an derselben gefährdeten Stelle getroffen hatte wie zuvor. Jetzt wanden sich die Mädchen in Lachkrämpfen, sprangen herum und hielten sich die Bäuche vor Lachen. Betreten sah Gautbert ein, dass er im Angesicht dieser kichernden Meute irgendwie versuchen musste, seine Würde zurückzugewinnen. Er war Bischof, und niemand durfte einen Mann der Kirche entehren.

»Im Namen Gottes, schweigt! Was maßt ihr euch an?«, rief er gebieterisch. »Eure heidnischen Riten können großes Unheil über euch bringen. Und bedeckt euch, Mädchen, ihr müsst Respekt und Ehrfurcht vor Gott zeigen.«

Das Murmeln und Lachen verebbte, und es wurde ganz still. Dann ergriff die Blonde das Wort.

»Nacktes Weibsvolk anzustarren, erweist ihr so eurem Gott Respekt?«, fragte sie barsch.

»Aber liebes Kind …«, entgegnete Gautbert erstaunt.

»Verschwindet!«, zischte die Blonde und sah ihn drohend an.

Gautbert verzog keine Miene. Er durfte jetzt nicht weichen, er musste bleiben, bis er die Mädchen auf seiner Seite hatte. Was würde es sonst wohl für ein Gerede in der Stadt geben? Die Blonde hatte sich ihren Freundinnen zugewandt, und leises Murmeln war zu hören.

Gautbert merkte, wie ihn eine schleichende Unsicherheit überkam, und Nithard, der wieder auf die Beine gekommen war, schielte verlegen zu den Mädchen hinüber. Völlig ungeniert standen sie da, wie Gott sie geschaffen hatte, und flüsterten miteinander, Gottes Statthaltern auf Erden verächtlich den Rücken zugekehrt. Was für eine Schande, was für eine Schmach! Und es war nicht einmal zu hören, was sie redeten, diese Gören, nur wieder ihr heiteres Kichern.

Bischof Gautbert, der es gewohnt war, dass man ihm beim leisesten Wink gehorchte, und der in den Gemeinden, in denen er gewirkt hatte, immer respektiert worden war, fühlte sich unbehaglich. Was standen die da und tuschelten? Und warum war er überhaupt hierhergekommen, er hätte sich das Labyrinth von Hergeir zeigen lassen sollen. Dann wären sie sicher nicht zu einem so schlecht gewählten Zeitpunkt wie diesem gekommen.

Plötzlich nahm die Blonde einen kleinen runden Stein aus dem Labyrinth auf und wiegte ihn neckend in der Hand. Die anderen Mädchen taten es ihr gleich. Gautbert und Nithard überkam großes Unbehagen, und sie sahen sich unsicher an.

»Jetzt!«, schrie die Blonde laut, und die Mädchen schleuderten ihre Steine gegen eine kleine, unscheinbare Erdhöhle bei den Birken. Dann drehten sie sich um und liefen davon.

Im nächsten Augenblick hörten Gautbert und Nithard ein zorniges Summen, und sie drehten sich um. Aus dem Erdloch stieg ein Schwarm aufgebrachter Wespen auf.

»Gott steh mir bei!«, schrie Gautbert in glühender Raserei und versuchte, springend den Wespen zu entkommen.

Nithard schrie noch schlimmer – ihm flogen die Insekten gleich unter den Umhang, just dahin, wo er gerade getreten worden war. Und während die Mädchen sich ein Stück entfernt auf die Schenkel schlugen und sich vor Vergnügen auf den Hügel fallen ließen, eilten Gautbert und Nithard hüpfend und hinkend in die Stadt zurück.

Wie anders alles geworden war. Ysja lüftete das Bettzeug, während sie immer wieder nach Toste sah. Er spielte und schwang lachend sein Holzschwert wie ein Erwachsener. Der Junge war wieder gesund und hatte sich gut eingelebt. Jetzt rief er nicht mehr nach Estrid, sondern nannte sie selbst Mama. Ysja lächelte. Eyvind war ihr großes Glück gewesen. Er hatte sie gerettet.

Eyvind war kein schöner Mann und schon ein wenig in die Jahre gekommen, aber sie hatte ihn schätzen gelernt. Er hatte schütteres Haar und eine gerade Nase, seine Haut war rau und unrein. Wenn er lächelte, schien sein Mund zu breit, und um das viel zu kräftige Kinn wuchs ein spärlicher, blonder Bart. Aber er war zuverlässig und beliebt, und seine Augen glänzten warm und freundlich. Am meisten aber schätzte sie seine Fürsorge für den Jungen. Ihm war es zu verdanken, dass Toste lebte. Der kleine Kerl hatte schon auf der Fähre nach Adelsö angefangen zu fiebern. Sie musste an den Tag denken, der so warm und schwül gewesen war. Gegen Abend war ein heftiger Wolkenbruch losgegangen und ein kalter, rauer Wind aufgekommen, und Toste hatte angefangen zu husten. Sie hatte ihn in ihren Schal gewickelt und sanft gewiegt, aber er war nicht zur Ruhe gekommen. Dann hatte er so laut und verlassen zu weinen begonnen, dass die anderen auf der Fähre verwundert in ihre Richtung geschaut hatten.

»Mama!«, hatte er geheult und sich nicht beruhigen lassen, obwohl sie ihn fest an sich gedrückt hielt. Auf seiner Stirn hatten Schweißperlen gestanden, und seine Haut war glühend heiß gewesen. Das Fieber stieg, und er lag röchelnd in ihrem Arm. Sie war außer sich vor Angst gewesen. Er durfte nicht krank werden, sie durfte ihn jetzt nicht verlieren. Verzweifelt hatte sie ihn an sich gedrückt, aber sein Atem war immer schwächer geworden. So sehr war sie damit beschäftigt gewesen, ihn zu trösten, dass sie nicht einmal gemerkt hatte, wie das Boot an Land gestoßen war. Und sie hatte ganz vergessen, dass sie losrennen musste, weil sie das Fährgeld nicht bezahlen konnte. Jetzt saß sie fest. Der Fährmann stierte sie zornig an und warf ihr Schimpfworte an den Kopf.

»Du bezahlst, eher lasse ich dich nicht an Land«, hatte er sie angezischt. Einer der Kaufleute an Bord, der die einsame Frau mit dem Knaben beobachtet hatte, wurde von Mitleid ergriffen.

»Der Junge ist krank, wir müssen ihm helfen«, hatte er festgestellt und Toste angesehen, der in ihren Schal gewickelt auf ihrem Arm saß.

Sie hatte den Kopf geschüttelt und keine Hilfe gewollt, vor lauter Angst, den Jungen zu zeigen.

»Nimm das«, hatte der Kaufmann gesagt und dem Fährmann das Geld für die Überfahrt gegeben. Dann hatte er Ysja an Land geholfen und ihren Arm nicht mehr losgelassen.

»Komm! Meine Mutter kennt die Kräuter. Als ich klein war, war ich mit ihr auf den Höfen, wenn sie Kranke heilte«, hatte er gesagt und Toste angesehen. »Ich kenne diese Krankheit. Wenn der Junge nicht bald Hilfe bekommt, wirst du ihn verlieren.« Ysja hatte versucht, sich loszureißen, aber der Griff um ihren Arm war nur noch fester geworden.

»Es ist ernst«, hatte der Kaufmann weiter gesagt. »Glaube mir!« Der Mann wusste, wovon er sprach. Ysja hatte es in seinen Augen sehen können und gezittert. Langsam hatte der Kaufmann seinen Griff gelockert und leise gesagt:

»Meine Mutter kann dir helfen.«

Da hatte Ysja stumm genickt und ihn ängstlich angesehen, immer noch voller Furcht, dass jemand den Jungen erkennen könnte. Aber jetzt hatte sie keine Wahl.

So war sie auf den Eyvindhof gekommen, eine halbe Meile von Adelsö entfernt. Sie hatten Toste Kräuter und Tropfen gegeben und ihn in warme Schafsfelle gebettet.

Drei Tage und drei Nächte hatte Ysja neben ihm gesessen, ihn gehalten und gewiegt. Immer wieder hatte sie seine Stirn befeuchtet und seine verschwitzten Felle gegen trockene ausgetauscht. Und immer, wenn er aus seinem Dämmerzustand aufgewacht war, hatte sie ihm zugeflüstert, ihn getröstet und mit ihm gesprochen.

Die Mutter des Kaufmanns hatte sie mit Kleidern und warmen Getränken versorgt, und am vierten Tag hatte Toste die Augen wieder aufgeschlagen.

»Mama!«, hatte er gerufen. »Toste will zu Mama ...«

Sie hatte ihn gestreichelt.

»Hier bin ich, Toste, deine Mutter«, hatte sie zärtlich geflüstert, aber der Junge weinte und ließ sich nicht trösten. Am fünften Tag schrie er weniger und beruhigte sich, wenn sie ihn in den Arm nahm. Wenn er wieder verwirrt und einsam nach seiner Mutter rief, umarmte sie ihn und drückte ihn fest an sich. Es gab nur sie, bei der er hätte Trost suchen können, und sie war seine Mutter. Nur sie. Als sie und Toste sieben Tage auf dem Hof gewesen waren, hatte er sie zum ersten Mal Mama gerufen. Es ging ihm von Tag zu Tag besser, und als er zum ersten Mal zeigte, dass er sie gern hatte, da weinte sie vor Freude. Das Fieber war verschwunden, und auch wenn er sich noch matt fühlte, waren seine Wangen wieder rosig geworden. Allmählich fing er an, auf dem Hofplatz zu spielen, Ysja war immer bei ihm und ließ ihn nicht aus den Augen. Einige Tage später wollte Eyvind mit ihr sprechen.

»Wohin seid ihr unterwegs?«, fragte er und sah Toste an, der bei der Feuerstelle spielte. Ysja legte ihre Näharbeit beiseite und sah ihn scheu an.

»Auf dem Weg, ja ...«, Ysja suchte nach Worten und blickte auf Toste. Obwohl sie auf die Frage vorbereitet gewesen war, wusste sie nicht, was sie darauf sagen sollte. Wenn sie erzählte, dass sie eine freigelassene Sklavin war, würde er vielleicht herausfinden, wer sie war. Es gab nicht viele, die die Freiheit wiedererlangt hatten. Sagte sie andererseits, dass sie eine Sklavin sei, würde er fragen, wie sie ihren Hof hatte verlassen können. Nein, sie konnte ihm nichts in dieser Richtung sagen. Sie musste bei der Unwahrheit bleiben.

»Wir kommen von Ekerö«, begann sie und wich seinem Blick aus. »Wir hatten Haus und Hof dort und handelten mit Honig und Eiderdaunen. Dann kam die Krankheit über unseren Hof, und mein Mann und die Kinder starben, alle bis auf Toste hier.« Sie hielt inne. Warum hatte sie Toste gesagt, seinen richtigen Namen? Es wäre besser gewesen, ihm einen neuen Namen zu geben, aber jetzt war es zu spät. Sie warf Eyvind einen scheuen Blick zu und fuhr fort: »Die Sklaven glaubten, die Pest wäre über uns hereingebrochen, und liefen davon. Auf einmal stand ich allein da. In meiner Not ging ich nach Birka, weil ich hoffte, dort Arbeit zu finden. Aber niemand wollte etwas von mir wissen, als sie hörten, was mit meiner Familie geschehen war. Schließlich wollte ich mich als Sklavin am Hof des Königs anbieten. Ich hatte die Hoffnung, dass die Sklaven dort es vielleicht besser haben als in der Stadt. Aber dann wurde Toste krank, und was dann geschah, wisst Ihr selbst.«

Ysja machte eine Pause und sah Eyvind forschend an. Nichts in seinem Gesicht wies darauf hin, dass er ihr misstraute. Vielleicht war ihre Geschichte tatsächlich glaubwürdig. Dass auf den Inseln Krankheiten wüteten, wussten alle. Manche meinten, die Missernten der letzten Jahre hätten Schuld daran, andere glaubten, dass die Schiffsratten das Unglück über sie gebracht hätten.

Eyvind und Ysja sahen einander an und sagten nichts. Toste saß auf dem Boden und spielte mit einer kleinen Keramikschale. Er füllte Glasperlen hinein und schüttete sie wieder aus. Sie beobachteten ihn schweigend. Eyvind sah wieder Ysja, dann Toste an. Wie verschieden sie sind, dachte er, als wären sie nicht miteinander verwandt. Aber der Junge bedeutet ihr soviel, wie nur das eigene Kind es vermag. Und er hatte beide lieb gewonnen.

»Sag, jetzt, da der Junge wieder gesund ist, willst du weiter zum Königshof?«

Toste schüttete die Perlen aus, dass sie über den Boden sprangen, und Ysja beugte sich hastig hinunter, um sie aufzulesen. Sie fühlte Eyvinds Blick und wusste nicht, was sie antworten sollte. Im selben Augenblick stieß Toste einen Schrei aus.

»Mama, Mama!«

»Komm zu mir«, sagte sie tröstend und hob ihn hoch. Aber Toste weinte und trat um sich und rief weiter nach seiner Mutter. Sie versuchte ihn zu beruhigen und warf Eyvind ein kurzes, bedauerndes Lächeln zu. Doch als ihre Blicke sich begegneten, erstarrte sie: Seine Augen waren dunkel und misstrauisch geworden.

7

Die Flut rauschte um den Bug, und die starke Strömung machte ihnen zu schaffen. Erst spät am Abend des folgenden Tages erreichten sie die Küste. Feuchter Nebel hing über dem Strand, und die Klippen erhoben sich bedrohlich und schwarz in der Dunkelheit. Ein dumpfes Unbehagen lag über der Landschaft.

Die Küste der Angeln und Pikten – so grimmig und einsam! Erik schüttelte den Kopf. Er war in düsterer Stimmung und fühlte sich müde und flau. Was sollte er hier? Er wollte nach Birka. Seine Schulter schmerzte, und schon bei der kleinsten Anstrengung geriet er außer Atem. Vielleicht hatte ihn alles mehr mitgenommen, als er geahnt hatte. Sie waren Haralds Schiffen westwärts gefolgt, aber hatten sie dann nahe der Küste im Nebel verloren. Erst hatte Erik über sein Pech geflucht und daran gezweifelt, dass Odin mit ihnen war, aber dann hatte er sich beruhigt. Die Schiffe lagen sicher irgendwo in der Nähe, und sobald der Nebel sich lichtete, würden sie sie finden. Dann mussten sie nur noch angreifen. Das Silber aus der Burg war vermutlich nicht nur auf ein einziges Schiff geladen worden, sondern musste auf mehrere verteilt worden sein. Das eine war den Flammen zum Opfer gefallen, aber die anderen? Wahrscheinlich hatte Harald selbst die Aufsicht über die Schätze, die er geraubt hatte, haben wollen und einen großen Teil des Silbers an Bord seines eigenen Schiffes geschafft.

Erik starrte auf die Küste. Der Nebel fühlte sich rau und feucht an, und die Kälte kroch unter seinen Lodenkittel. Harald, sein eigener Bruder, hatte sie überfallen. Erst hatte Erik nicht glauben wollen, was der Jarl ihm erzählte, und es hatte eine ganze Weile gedauert, ehe er begriffen hatte, dass es ernst war. Es war gut, dass Hakon ihm nicht schon früher von seinem Bruder erzählt hatte. Erik wäre außer sich geraten und hätte versucht, das Ungeheuer zu töten, aber nur mit einem Arm wäre Harald ihm weit überlegen gewesen. Dann wäre es übel ausgegangen.

»Wie lange willst du da noch stehen und träumen? Lass uns an Land gehen«, sagte der Jarl und zwinkerte ihm freundschaftlich zu.

»Schon gut«, murmelte Erik und glitt über die Reling in das knietiefe Wasser. Die Kälte kroch an seinen Hosenbeinen hoch, und er watete schnell zum Strand. Die Wellen schwappten an ihm hoch, und er wurde nass bis zum Bauch. Durchweicht, frierend und ohne Schiff, ohne Silber.

Erik fröstelte und schüttelte den Kopf. Was tat er hier an dieser gottverlassenen Küste. Würde er jemals wieder nach Birka zurückkehren? Dass es immer ihn erwischte, obwohl er doch als guter Heide den Göttern opferte. Wahrscheinlich gab es gar keine Götter, eine andere Antwort fiel ihm nicht ein. Was wäre, wenn er einfach aufhörte zu opfern? Dann würde er jedenfalls kein gutes Fleisch mehr verschwenden.

»Ich glaube, wir sollten hier unser Lager aufschlagen. Sowie es hell wird, fahren wir weiter. Es wird nicht lang dauern, bis wir Harald finden«, sagte der Jarl und drehte sich zu Erik. Der Freund nickte stumm, und sogar Thorgrim stimmte zu. Sie waren lange unterwegs gewesen und mussten sich ausruhen.

Thorgrim selbst bestimmte über zwölf Schiffsmannschaften. Hakon hatte nur noch zwanzig seiner Männer bei sich. Wie viele der anderen noch lebten, wusste er nicht. Einige waren im Kampf gefallen, andere waren noch immer Haralds Gefangene. Aber zusammen waren sie über zweihundert Mann. Mit einer solchen Manneskraft sollten sie Schiffe und Silber zurückholen können, sowie sie die Kreuzträger wiedergefunden hatten.

Während die Mannschaften die Boote klarmachten, breitete Erik unbeholfen ein Schafsfell in den Sand. Seine Schulter schmerzte noch immer, und er fror. Er schien Fieber zu haben. Müde sank er nieder. Es flimmerte vor seinen Augen, und er fühlte sich seltsam schwach. Seine Schulter pochte, und er hatte kein Gefühl mehr im Arm. Als er versuchte, sich auf die Unterarme zu stützen, fiel er kraftlos wieder auf den Boden. Sand staubte ihm ins Gesicht, und wieder versuchte er, sich aufzurappeln, aber jedes Mal, wenn er einen Anlauf unternahm, um sich aufzurichten, quoll gelblicher Eiter aus der Wunde auf seiner Schulter.

»Hakon …«, murmelte er, während ihm schwindelig wurde und weiße Schleier vor seine Augen zogen. »Hak …«

Mehr schaffte Erik nicht mehr, und eine heftige Übelkeit überkam ihn. Er schwebte und sank und verschwand in Bewusstlosigkeit.

Der Spätsommer dauerte an, und es gab nur wenig Pilze im Wald. Erst bei einem schweren Sturm mit dunklen Regenwolken war der Boden nass geworden und die Erde danach feucht geblieben. Das nasse Gras lag flachgedrückt auf den Weiden, und es tropfte von Büschen und Bäumen. Estrid und Sigfrid, die das Wirtshaus vormittags geschlossen hielten, waren nach Grönsö gerudert, um Pilze zu suchen. Sie waren früh aufgestanden. Regentropfen glänzten im Gestrüpp, und die Feuchtigkeit hatte die Wege aufgeweicht.

»Was sagst du? Die Mönche sind davongelaufen und die Wespen hinterher?« Estrids Lachen perlte im Wind, und sie sah Sigfrid belustigt an.

»Ja, und Tora, Egils blonde Tochter, du weißt schon, war scharfzüngig, das kannst du mir glauben. Sie hat es Gautbert so gegeben, dass ihm die Worte fehlten, und Nithard … Hilfe, das muss wehgetan haben! Aber diese Tonsuren sollten nicht hierher kommen und uns zu erzählen versuchen, wie wir zu leben haben«, sagte Sigfrid entschieden.

Die Frauen blieben an einer Espe stehen, und Sigfrid schob ein paar Zweige beiseite. Nahe am Stamm stand eine Gruppe glänzender, feiner Pilze.

»Weißt du, ich werde nicht schlau aus diesen Leuten, die sich berufen fühlen, über andere zu bestimmen«, sagte Estrid und half Sigfrid beim Pflücken. »Die Kaufleute im Norden haben ihre samischen Götter, aber sie haben nie versucht, uns zu bekehren. Und die Handelsleute aus dem Osten fasten und richten sich zum Gebet nach Mekka, aber sie lassen uns in Frieden. Die Kreuzträger dagegen …«

»Hast du diese Espenrotkappen gesehen!«, unterbrach Sigfrid sie und beugte sich hinunter. »Die werden sich gut braten lassen.«

»Ja, ja«, murmelte Estrid und schnitt schnell ein paar

Pilze mit ihrem Messer. Dann klopfte sie den Schmutz ab, der an ihrem Kleid hängen geblieben war, und wandte sich wieder an Sigfrid.

»Was mich am meisten ärgert, ist Gautberts und Nithards Gerede, wir Heidenfrauen hätten zuviel Macht. Was wollen die denn? Uns in die Kirche einsperren?«, klagte Estrid.

Sigfrid begann abwesend die Pilze zu putzen. Sie schnitt die größten mit dem Messer durch, um zu sehen, ob sie wurmstichig waren.

»Erinnerst du dich, wie Erik und Snemun gegen die Christen gekämpft haben?«, sagte sie dann. »Sie haben Ansgar lächerlich gemacht, und schließlich ist er abgereist.«

»Ja, wer ausgelacht wird, hat es schwer, seine Botschaft zu verbreiten«, sagte Estrid und musste bei dem Gedanken an damals lächeln. »Sag, wie lange sollen wir Gautbert und Nithard eigentlich gewähren lassen?«

Die Nachbarin zuckte die Schultern.

»Sie sagen, die Frau muss dem Mann gehorchen«, fuhr Estrid unverdrossen fort. »Und dann müssen wir beichten und unsere Sünden bekennen. Welche Sünden denn? Puh!«, Sie schlug kräftig mit den Armen aus.

Sigfrid bürstete Laub und Dreck von den Pilzen, und ihre grünen Augen veränderten sich.

Estrid betrachtete ihre Freundin schweigend und dachte nach. Dann sagte sie leise und nachdenklich:

»Sigfrid, warum sollen wir darauf warten, dass die anderen etwas tun? Warum denken wir uns nicht selbst etwas aus? Und zwar jetzt, bevor die Kirche die Männer auf ihre Seite zieht. Schneller als wir denken, stehen wir plötzlich ohne unsere Freiheit und unsere Schlüssel da.«

»Ja, das stimmt«, murmelte Sigfrid.

Estrid erhob sich und griff so heftig nach dem Korb mit den Pilzen, dass einige hinausfielen. Ein aufsässiger Glanz lag in ihren Augen.

»Sigfrid, weißt du, ich glaube, ich habe eine Idee.«

Erik kam in einem dunklen Raum zu sich, den er noch nie zuvor gesehen hatte. Es roch kalt und fremd, und er fror. Mühsam stützte er sich auf die Unterarme und sah sich um. Eine Frau stand, ihm den Rücken zugewandt, am Backofen, und hinten im Raum saß Hakon Jarl. Erik schloss die Augen. Ein Backofen, ein dunkler Raum, er war auf See, auf dem Weg nach Birka, nach Hause, zu Estrid und Toste. Bald würde er wieder da sein, bald würde er sie wiedersehen. Das Schiff schaukelte, seine Schulter zog und schmerzte und …

Wieder öffnete er die Augen. Er lauschte auf die Geräusche von Meer und Wellen, auf eine ferne Küste oder den Horizont. Aber das Bild des dunklen, feuchten Raumes war immer noch da.

»Er wacht auf«, klang die Stimme des Jarls entfernt aus dem Dunkel, und die Frau am Ofen drehte sich um. Sie hatte wache, lebhafte Augen und ein schönes Lächeln. Ihr rötliches Haar fiel über ihre Schultern, und ihre helle Haut und runden Formen gaben ihr ein weiches, weibliches Aussehen. Langsam kam sie auf ihn zu. In der Hand hielt sie einen Tonkrug. Vorsichtig beugte sie sich über ihn.

»Estrid«, fantasierte er und sah seine Frau vor sich. Verwirrt streckte er seine Hand nach ihr aus, und das Gesicht der Fremden kam näher. Sanft drückte sie ihn ins Bett zurück.

»Du musst still liegen«, sagte sie mit weicher Stimme und nahm seine Hand. Mühsam fasste er ihren Arm und versuchte sie an sich zu ziehen.

»Estrid«, murmelte er und drehte sein Gesicht zu ihr. Sie war bei ihm, endlich hatte er sie wieder. Er versuchte sich aufzusetzen und sie zu umarmen, aber die Fremde wehrte sich vorsichtig.

»Tennia, er wird sich bald erholen. Kümmer dich nicht um das, was er sagt, das Fieber hat ihn sehr mitgenommen«, sagte Hakon Jarl mit einem mitleidigen Blick auf den Kameraden. »Estrid ist seine Frau zu Hause in Birka. Sie leben unter einem Dach. Aber er hat eine Schwäche für alle Frauen. Er erfreut sich überhaupt an allem, der da«, setzte der Jarl mit einem Lächeln hinzu und ging zu seinem Freund.

»Erik, wir brauchen dich«, sagte er leise.

Aber Erik schien nicht zu hören. Tennia setzte sich vorsichtig auf sein Bett und kühlte seine Stirn. Ihre Hand lag noch immer in seiner. Sie war neugierig auf diesen Mann geworden, den sie in ihrem Haus aufgenommen hatte. Wer war er, dieser Wikinger, der von seiner Frau fantasierte? Prüfend fuhr sie über seine Schulter. Die Wunde hatte aufgehört zu eitern, und die Schwellung war zurückgegangen. Vielleicht, vielleicht war es ihr gelungen, ihn zu heilen. Ihre Hand zitterte, und unsicher betrachtete sie die Haut rund um die Verletzung. Wenn die Krankheit sich ausbreitete, würde es nicht einmal mehr helfen, den Arm abzusägen. Die Wunde lag so ungünstig, dass sich das Übel in die Achsel und den Rücken hinunter ausbreiten konnte, ohne dass sie das verhindern könnte, und dann … Nein, mochten ihre Fieber treibenden Kräuter und Salben Wirkung gezeigt haben.

»Ich verstehe das nicht«, fuhr der Jarl unruhig fort. »Ich hatte gedacht, es wäre nur eine Frage von Tagen, bis er sein Schwert wieder schwingen könnte, und plötzlich ist er einfach umgefallen. Wären wir nicht an Land gewesen, wäre er wohl gestorben.«

»Ja, er hatte schweres Fieber, und hier an der Küste wohnen nicht viele«, antwortete die Frau. »Aber hier draußen auf den Höfen sind wir heilkundig und haben gelernt, allein zurechtzukommen. Deshalb hast du Glück gehabt, dass wir dich so gut verstanden haben. Nicht alle sprechen die Sprache der Nordländer so gut wie wir, aber mein Onkel ist Kaufmann in Ribe, und von ihm habe ich viel gelernt.«

Tennia machte eine kurze Pause und sah Erik an. Sein lockiges Haar war verschwitzt, und er war blass wie ein Leintuch. Seine Augen waren geschlossen, die Wangen eingesunken, und er zitterte vor Kälte. Er hatte etwas Hilfloses an sich, und Wärme und Mitleid stiegen in ihr auf. Mit weichen, leichten Bewegungen trocknete sie seine Stirn und nahm wieder seine Hand.

»Mach dir keine Sorgen um deinen Freund«, sagte sie an den Jarl gewandt.

»Ich werde gut für ihn sorgen, bis er wieder ganz gesund ist.«

Hakon Jarl blickte sie dankbar an.

»Aber die anderen auf dem Hof, was sagen sie dazu, wenn du ihn hier hast?«, fragte er und blickte zu Erik.

»Das findet sich«, sagte sie ausweichend.

Sie würde mit ihrem Vater und den Leuten vom Hof sprechen. Erik war zwar ein Nordmann, aber sie mussten sich dennoch um ihn kümmern. Sonst würde er sterben. Mehrere Tage und Nächte hatte sie an seiner Seite gewacht, nach ihm gesehen und mit ihm gelitten und gehofft. Jetzt, da es so aussah, als würde er überleben, wollte sie ihm auch helfen, wieder gesund zu werden. Es war, als hätte sie das Bedürfnis, ihn kennen zu lernen. Nein, sie würde Erik nicht eher fortlassen, bis er wieder ganz auf den Beinen war.

Der Jarl stand auf und fing an, im Raum auf und ab zu wandern. Was sollte er tun? Harald Sigurdson war die Küste entlang verschwunden, und er selbst und Thorgrim lagen mit ihren Schiffen in der Bucht, von der aus sie an Land gegangen waren. Seit mehreren Tagen hielten sie sich dort versteckt und warteten darauf, dass Erik sich erholte. Hakon wollte erst weitersegeln, wenn er wusste, dass es seinem Freund wieder gut gehen würde, und Thorgrim hatte sich darauf eingelassen mitzuwarten. Doch die Männer begannen, ungeduldig zu werden. Sie waren es gewohnt zu kämpfen, und sie wollten ihre Kameraden rächen, die im Kampf gefallen waren. Der Jarl warf einen bekümmerten Blick auf Erik.

»Sag, wird es noch lange dauern, bis er wieder der Alte ist?«, fragte er und trat ans Bett. »Oder können wir ihn morgen auf unserem Schiff mitnehmen?«

»Nein, nein«, antwortete Tennia bestimmt. »Das wäre nicht ratsam, er braucht jetzt Ruhe.«

»Wie lange noch?«

»So etwas weiß man nie. Aber auch wenn er wieder gesund ist, wird es dauern, bis er wieder zu Kräften kommt.«

»Hm.« Hakon Jarl strich sich grübelnd über den Bart. Sie konnten nicht mehr länger warten, sonst würden sie alle Spuren, die zu Harald führten, verlieren. Er kramte an seinem Gürtel und zog einen Lederbeutel mit Geld hervor. Nachdenklich entnahm er ihm einige Münzen und legte sie auf den Tisch.

»Tennia, wir müssen weitersegeln. Wenn wir jetzt aufbrechen, können wir bis zum nächsten Vollmond zurück sein. Kannst du Erik so lange pflegen?«

Tennia starrte auf das Silber und bemerkte, dass mehrere unbeschnittene Münzen auf dem Tisch lagen. Bedächtig nahm sie sie in die Hand. Es war genug Silber, der Jarl war ein verlässlicher Mann und versuchte keine Finten. Abwesend drehte sie die Münzen hin und her und schwieg. Sie brauchte kein Silber. Sie würde sich auch ohne gern um Erik kümmern.

»Wohin beabsichtigt ihr zu segeln?«, fragte sie neugierig, während sie darüber nachdachte, ob sie das Geld annehmen sollte.

»Nach Norden, mehr kann ich nicht sagen. Aber du hast mein Wort, dass wir bald zurück sein werden«, antwortete der Jarl.

»Und wenn ihr Schiffbruch erleidet oder jemand euch tötet, was mache ich dann?«, fragte Tennia.

»Wir sind bald wieder da«, antwortete der Jarl beruhigend. »Und Erik, ja …« Hakon Jarl machte eine Pause und nickte in Richtung des Bettes. Sein Freund schlief jetzt, schnarchte leise. »Erik, ja, dieser Schelm findet sich immer zurecht. Wenn er wieder auf den Beinen ist, kann er dir auf dem Hof von Nutzen sein. Aber lass ihn nicht fort. Er muss hier bleiben und dir helfen, bis wir zurück sind.«

»Ich habe schon früher Verwundete gepflegt«, sagte sie nachdenklich. »Damit werde ich immer fertig. Aber ob ich ihn hier stillhalten kann, bis ihr zurück seid, das kann ich nicht versprechen.«

Der Jarl schmunzelte und erhob sich von der Bank. Mit entschlossenen Schritten ging er zur Tür.

Auf der Schwelle blieb er stehen.

»Erik hat die meiste Zeit fantasiert und geschlafen, aber dennoch scheinst du zu ahnen, wie er wirklich ist. Halte ihn hier auf dem Hof und nimm die Münzen. Du hast sie ehrlich verdient. Ohne dich wäre er gestorben.« Der Jarl verstummte und schien nicht gehen zu wollen. »Tennia«, setzte er wieder an. »Denk daran, dass ich große Stücke auf ihn halte.«

Die Frau sah den Jarl an und nickte.

»Ich werde auf ihn aufpassen, als wäre er mein eigenes Kind«, antwortete sie mit einem schwachen Lächeln.

Hakon wanderte mit schweren Schritten zum Strand. Während er ging, wuchs die Unruhe in ihm. Es gefiel ihm nicht, Erik in einem fremden Land bei Menschen zu lassen, die er nicht kannte. Der schönen Keltin konnte er wohl vertrauen, Erik schien ihr am Herzen zu liegen. Aber die anderen Bewohner des Hofes? Hakon wandte sich um und blickte lange zu dem alten Steinhaus hinüber. Wieder beschlich ihn dieses Unbehagen. Am liebsten hätte er Erik mitgenommen, aber er durfte das Leben seines Kameraden nicht aufs Spiel setzen. Und wenn sie jetzt nicht aufbrachen, würde Harald für immer verschwunden sein. Nein, er hatte keine Wahl. Er musste jetzt segeln, um sein Schiff und das Silber zurückzuholen, damit er und Erik heimkehren konnten.

Noch nie war Estrid in der kleinen Holzkirche gewesen. Auf dem Kirchhügel blieb sie stehen und betrachtete neugierig das Gebäude. Die Kirche war nicht groß. Sie war auf stehenden Pfählen gebaut, hatte ein steiles Dach, und über dem Eingang prangten prächtige Holzschnitzereien. Ein paar Ellen entfernt stand der Glockenturm mit der neuen Kirchenglocke. Estrid ging hinüber und blickte hoch. Sie hatte gehört, die Glocke wäre groß und stattlich, aber auch wenn ihre bronzene Oberfläche prächtig glänzte, fand sie, dass sie am ehesten einem umgestülpten Eimer ähnelte. Bei dem Gedanken musste sie kichern und fragte sich, wie viele Fibeln man wohl aus all dem Metall hätte fertigen können.

Während Estrid den Glockenturm umrundete, musste sie plötzlich wieder an Ansgar denken, der nach Birka gekommen war, um das Christentum zu predigen. Das war nun schon mehr als vier Winter her, und obwohl er selbst Birka längst wieder verlassen hatte, waren sein Glaube und sein Geist geblieben. Hergeir hatte ihm geholfen, die Kirche zu errichten, und der Häuptling hatte die Gemeinde am Leben erhalten, obwohl Birka während der ganzen Zeit keinen Priester gehabt hatte. Gautbert und Nithard wären ohne Hergeirs Veranlassung wohl auch nicht gekommen, grübelte sie weiter. Sie mochte Hergeir nicht, diesen kriecherischen, grauhaarigen, kleinen Mann. Er unterstützte die Christen in der Stadt, und auch die neue Lehre hatte mehr als einmal Zwietracht auf den Höfen gesät. Am schlimmsten war es, wenn der neue Glaube Familien spaltete. Vor drei Wintern hatten einige der Neugetauften sich bewaffnet, um die Macht in Birka zu übernehmen. Estrid dachte an Harald, Eriks Bruder. Dass er zu den Verschwörern gehört hatte, konnte sie einfach nicht begreifen. Und genauso wenig konnte sie verstehen, warum die Kreuzträger in einer Stadt herrschen wollten, in der das Volk mit seinen Asengöttern zufrieden war.

Ansgar war nicht soweit gegangen, den neuen Glauben

mit Gewalt durchsetzen zu wollen. Es waren Abtrünnige, die die Waffen ergriffen hatten. Und der Mönch war ins Frankenreich zurückgekehrt, als er eingesehen hatte, dass die meisten bei ihrem alten Glauben bleiben würden. Der neue Bischof Gautbert hingegen begnügte sich nicht damit zu versuchen, das Volk zum Christentum zu bekehren. Dieser aufgeblasene Mönch wollte Birkas Frauen beibringen, auf christliche und sittsame Art zu leben, und das, was Estrid gehört hatte, verhieß nichts Gutes. Eine Frau sollte ihr Leben lang im besten Fall nur einen einzigen Mann haben, und ihn musste sie auch erst heiraten. Danach musste sie in allen wichtigen Dingen erst ihren Mann befragen. Was für ein Einfall! Estrid schnaubte verächtlich und ging zurück zur Kirche. Was wussten diese Christen denn über das Leben einer heidnischen Frau? Nichts. Nein, diese Kreuzträger verdienten einen kräftigen Tritt in den Hintern.

Estrid holte tief Luft, richtete ihr Kopftuch und betrat die Kirche. Drinnen war es still und friedlich, eine andächtige Feierlichkeit lag über dem Raum. Vorn am Altar standen zwei Kerzenleuchter, darüber hing ein Wandteppich. Er stellte einen gekreuzigten Mann dar. Holzbänke waren in Reihen aufgestellt, und an der Querwand stand ein Beichtstuhl mit Seitenwänden und Vorhängen. Estrid ging langsamer und versuchte sich an das zu erinnern, was ihr die christlichen Kaufleute in der Schankstube erzählt hatten.

Im Beichtstuhl saß der Bischof hinter einem Holzgitter und nahm die Sündenbekenntnisse entgegen. Soweit sie gehört hatte, war die Beichte Bestandteil des Bußsakramentes, das die Sünden vergab. Gut, dann würde sie also von ihren Sünden berichten. Estrid musste lächeln.

Ein Wirtshaus zu betreiben, wie sie und Sigfrid es taten, war an sich schon Sünde genug, aber dieser Kreuzträger dort drinnen würde nun wahrhaft anderes zu hören bekommen, zu dem er Stellung beziehen sollte. Estrid zog den Vorhang beiseite, setzte sich auf die harte Bank und hob dann den Blick zum Gitterfenster.

»Vater, ich möchte beichten«, sagte sie mit fester Stimme. »Ich habe gesündigt.«

Bischof Gautbert merkte, dass er eine neue Stimme in seiner Gemeinde hatte, und beugte sich vor, um besser zu hören.

»Sooo?«

»Ja, ich habe gesündigt – schwer«, wiederholte sie, diesmal ängstlicher.

»Nun, mein Kind, wie konnte das geschehen?«

»Mein Körper lässt mir keine Ruhe. Das ist einfach so, Vater«, sagte Estrid mit verführerischem Tonfall. »Es ist so schlimm, Vater, ich bin genauso, wie es die Männer mit den Sklavinnen halten.«

Estrid senkte den Kopf.

»Oh?«, klang es hinter dem Gitter, und das Holz knarrte, als der Bischof sich bewegte.

Estrid hob wieder den Kopf und flüsterte sanft und vertrauensvoll:

»Die Liebe ist wie Rauch, Vater. Sie umgibt mich und verschlingt mich gleichsam. Ich kann nichts dagegen tun, aber … oh, ich genieße es!«, vertraute sie ihm an.

»Aber, mein Kind, du darfst nicht …«

»Bauer oder Spielmann, Kaufmann oder … Ja, die Lust hat keine Grenzen. Die Liebe ist ein Leiden, ohne das ich nicht sein kann. Ein Blick, eine Hand auf meiner Haut, ein prachtvoller Mann, ein fester Kör … Oh, Vater, Ihr habt wohl schon einen nackten Mann gesehen?« Estrid hielt inne, atemlos. Vielleicht musste sie ängstlicher und verzweifelter klingen, nicht so schrecklich lebhaft.

In der Stille hörte sie, wie Gautbert erschrocken nach Luft schnappte, und sie musste sich schnell den Schal vor den Mund halten, um nicht vor Lachen loszuprusten. Der Bischof rutschte unruhig hin und her.

»Du sollst nicht sündigen, sondern beten«, sagte er mit predigender Stimme.

»Aber zu sündigen bereitet mir solch unerhörte Freude, Vater. Dann kann es doch keine Sünde sein?«, fragte Estrid unschuldig. »Und Gebete können doch niemals so lustig sein. Ich meine, das kann sich doch wohl nicht gleich anfühlen, da bin ich mir sicher.«

Der Bischof räusperte sich angestrengt.

»So darfst du nicht denken.«

»Denken und denken. Gebete sind nur Gerede, aber ein Körper, Vater …«

»Aber, mein Kind, du musst Ehrfurcht vor Gott zeigen und …«

»Muss ich das? Gott hält wohl nicht viel von den Frauen? Warum sonst will er uns die Freude und Lust aus unserem Leben nehmen? Denn eins kann ich dem Bischof sagen: Unser Frey und unsere Freya sehen es gerne, wenn Frauen in Lust und Spaß leben«, fuhr Estrid unbeirrt fort. »Und wir Weiber wollen Kinder haben. Und die bekommt man nicht vom Beten.«

Die Kirchentür knarrte leise, und der Wind rauschte in den Büschen. Noch lauter war das heftige Atmen des Bischofs zu hören. Sein Atem roch sauer und rasselte schwer und keuchend. Sie stellte sich vor, wie er wie ein Fisch sein Maul aufriss und nach Luft schnappte.

»Aber«, stotterte der Bischof, »liebes Kind, weißt du …«

»Vater, hör zu«, unterbrach Estrid ihn knapp. »Ich will wie eine freie Frau leben. Nie werde ich hierher kommen und beichten. Nein, lieber ein guter Beischlaf als tausend heilige Worte!« Lügengeschichten hatte sie schon früher gedichtet, aber dieser Mann hinter dem Gitter reizte sie so sehr, dass sie schlimmere Dinge sagte, als sie vorgehabt hatte.

Es wurde still, und Estrid wollte aufstehen, um zu gehen. Da hörte sie, wie der Bischof gleichsam Anlauf nahm. Er beugte sich vor, und wieder spürte sie seinen sauren Atem.

»Aber, mein Kind, bedenke, was ich dir gesagt habe. Eine Frau soll nicht in Sünde leben. Glaube mir, Gott kann all deine Wünsche erfüllen. Sag, hast du nichts, wovon du träumst?«, fragte der Bischof, der wild entschlossen war, diese sündige Frau zu bekehren.

»Träume? Will der Bischof wissen, wovon ich träume?«, fragte Estrid erstaunt.

»Ja, sprich, mein Kind.«

»Nein«, sagte sie. »Meine Träume behalte ich für mich.«

»So fürchte dich nicht. Ein Traum ist keine Sünde.«

»Aber sie missfallen dem Bischof vielleicht.«

»Nein, meine Liebe. Ich bin hier, um zu helfen und zu stützen, und wenn du einen Traum hast, der dich plagt …«

»Nein, ich weiß nicht«, sagte Estrid zweideutig und zögerte.

»Lass mich nur hören«, fuhr Gautbert beflissen fort, und seine Stimme klang ungeduldig und neugierig. »Ich werde meine Zunge zügeln«, fügte er zur Sicherheit noch hinzu.

»Nun denn, Vater«, begann Estrid und zupfte ein wenig an ihrem Kopftuch. »Wie ich erzählte, habe ich schon viele Männer versucht. Es waren Kaufleute und Bauern, Spielleute und Hofbesitzer, aber … ja, ich habe einen großen Traum …«

»Erzähl davon, meine Liebe …«

»Na, Vater, wisst Ihr, ich habe solche Lust auf einen Bischof!«

Bei diesen Worten prustete Estrid los. Sie konnte nicht mehr. Glucksend vor Lachen rannte sie aus der Kirche. Sie lachte so sehr, dass ihr die Tränen kamen, und ihre Augen waren ganz rot, als sie ins Schankhaus zurückkehrte. Sigfrid sah sie erstaunt an, aber als Estrid von ihrem Erlebnis berichtete, mussten beide lachen. Wie sehr sie auch versuchten, wieder ernst zu werden, es ging nicht. Sie hielten sich den Mund zu, ballten die Hände, hielten sich den Bauch und kniffen sich in die Arme, aber ihr Lachen brodelte wie ein kochender Kessel. Schließlich nahmen sie zwei Hörner vom Regal, füllten sie mit Met und stießen auf Thor und Frey an. Aber schon nach dem ersten Schluck mussten sie wieder kichern, dass ihnen der Met wie Drachenfeuer aus dem Mund spritzte. Die Gäste wunderten sich, was los war, und sahen sie erstaunt an, aber Estrid winkte nur abwehrend mit beiden Händen. Erst nach einer ganzen Weile kamen sie wieder zu Verstand, und Estrid dachte daran, wie gemein sie gewesen war. Aber sie bereute es nicht. Gautbert bedrohte Birkas Frauen. Dann musste er auch für die Folgen einstehen und das eine oder andere aushalten.

So kam es, dass im folgenden Mondumgang eine Frau nach der anderen zu Gautbert in den Beichtstuhl wanderte. Es waren stolze Frauen, die Kopftücher trugen und Schlüssel an den Gürtel gebunden hatten. Sie alle bekannten ihre Sünden, und die Geschichten und Schamlosigkeiten, die der arme Gautbert zu hören bekam, fanden kein Ende. Jedes Mal, wenn er Gebete als Mittel zur Buße und Läuterung verordnete, widersprachen die Frauen ihm lautstark. Daran würden sie keine Freude finden, antworteten sie und verkündeten dem Bischof, dass sie zu ihrem alten Asenglauben zurückkehren würden. Einige gingen sogar so weit, den Bischof nach seinen eigenen Erfahrungen mit Bettspielen zu befragen, und die richtig Schlagfertigen fragten, ob er überhaupt an Frauen interessiert sei. Da wurde es still hinter dem Gitter, und Gautbert schwitzte in seinem Zorn. Eines Tages, als eine Frau mit schriller Stimme ihre zahlreichen Sünden bekannte, hatte Gautbert genug. Er stand auf, drohte mit der Faust und brüllte los. Dann sprang er schreiend aus dem Beichtstuhl, aber er kam nicht weit, bevor er dämlich glotzend stehen blieb. Die Frau, die gebeichtet hatte, war die Frau des Glöckners, die sich schon vor langem hatte taufen lassen. Gautbert litt, und es quälte ihn, dass die Frauen der Stadt sich über ihn lustig machten, aber auf der anderen Seite konnte er es niemandem verweigern, in die Kirche zu kommen, um seine Sünden zu bekennen. Woher sollte er wissen, ob es nicht jemand war, der ihn wirklich brauchte, eine wahre Christin? Nein, das hier bereitete ihm großes Kopfzerbrechen, und nachts lag er lange wach und dachte nach. Er brauchte eine List. Zu Anfang sollte er vielleicht nur die Vorteile der neuen Lehre predigen. Erst wenn alle bekehrt waren, würde er ihnen erzählen, was der neue Glaube mit sich brachte.

Als Gautbert diesen Entschluss gefasst hatte, wurde ihm leichter zu Mute. Birka musste christlich werden, vorher würde er die Insel nicht verlassen. Aber möglicherweise war es ein Fehler gewesen zu glauben, er und Nithard könnten das allein in die Tat umsetzen. Es war höchste Zeit geworden, Hergeir und die christliche Gemeinde um Hilfe zu bitten. Wenn das Predigen und fromme Reden nicht halfen, gab es sicher andere Mittel. Früher oder später würden die Heiden sich besiegt sehen.

8

Estrid hörte ein Geräusch an der Tür und drehte sich um. Orfrim! Ihre Wangen wurden heiß, und sie sah ihn hastig an. Sein Blick war warm und durchdringend, und er schien nur Augen für sie zu haben. Estrid blickte zu Boden, und ihre Hände zitterten. Ihn so nah zu wissen genügte, um unsicher zu werden. Lust und Verlangen stiegen in ihr auf und erschreckten sie fast. Es war, als sähe er nur sie und niemanden sonst, als gäbe es nur sie beide. Estrid blieb stehen und rührte sich nicht. Als er an ihr vorbeiging, berührte sein Körper ihren.

»Estrid, komm heute Abend zu mir«, murmelte er leise. Die Macht, die von ihm ausging, machte sie schwach, und sie atmete heftig.

Ja!, wollte sie antworten, sich neben ihn setzen und ihre Hand in seine schmiegen. Dennoch zögerte sie. Wenn sie ihm jetzt nachgab, würde er vielleicht bald über ihr Leben und ihre Gefühle bestimmen, wie er wollte, und sie würde sich sehnen und unglücklich ohne ihn sein. Sie sollte sich besser von ihm fern halten, so lange sie irgend konnte.

Seit ihrem Treffen im Lagerhaus hatte sie Sehnsucht verspürt. Sie wollte nicht denken, sich nur noch hingeben und sich in seiner Macht und Wärme verlieren. Das konnte jedoch gefährlich werden, ein Sturm, den sie nicht beherrschen, Folgen, die sie nicht überblicken konnte. Verwirrt sah sie ihn an, ihr Blick flackerte, ihre

Handflächen waren feucht. Sie musste ihm widerstehen. Den Gästen im Schankhaus würde es wahrscheinlich nicht gefallen, wenn sie sich mit einem Fremden einließ. Und die Kaufleute in Birka würden Orfrim vielleicht aus ihrem Handel ausschließen. Langsam strich sie sich ihr Kleid glatt, richtete sich auf und ging zu ihm.

»Etwas zu essen?«, fragte sie angestrengt, als hätten sie sich nie zuvor gesehen.

»Ich nehme, was da ist«, sagte er abwartend und nickte zum Kessel. »Und dann wie immer – ein Horn Met.«

Als sie zurückkehrte, bemerkte sie die Ungeduld in seinen Augen.

»Kommst du?«, fragte er drängend. »Du musst.«

Estrid wurde verschlossen.

»Ich weiß nicht, es wird spät werden heute Abend.«

»Ich warte.«

»Nein, nein!« Estrid schüttelte den Kopf.

Orfrims dunkler, warmer Blick erlosch enttäuscht, und er wandte sich ab. Er starrte vor sich hin, öffnete und schloss die Hände, ohne etwas zu sagen. Dann holte er tief Luft, streckte sich nach seinem Lederbeutel und blickte sie an.

»Hier«, sagte er und nahm einige Gläser heraus. »Ich hörte, ihr hättet heute Abend ein Fest.«

»Willst du, dass ich sie decke?«, fiel Estrid ihm ins Wort und musste lächeln. Nun sah er wieder so klein und jungenhaft aus, wie ein enttäuschter, kleiner Kerl, der nicht das bekommen hatte, was er wollte, und trotzdem versuchte, schneidig zu sein. Große Zärtlichkeit durchfuhr sie, und sie wollte ihn küssen, aber sie hielt sich zurück.

»Wie schön sie schimmern«, sagte sie und setzte sich

neben ihn. Die Gläser waren durchsichtig mit geschliffenen Mustern und ähnelten denen, die er ihr früher gegeben hatte.

»Orfrim, ich verspreche, den Tisch mit ihnen zu decken, aber was dann passiert, daran wage ich nicht einmal zu denken. Wenn sie sie zerschlagen …«

»Wir werden sehen«, antwortete er gelassen. »Wenn sie anfangen, Gläser zu werfen«, setzte er hinzu, und kleine Lachfältchen spielten um seine Augen, »werde ich dir wohl ein paar zusätzliche geben müssen, damit du zurückwerfen kannst.«

Estrid musste lachen, und als sie eins der Gläser nahm, stieß seine Hand gegen ihre, und die Berührung brannte auf ihrer Haut. Warum gehe ich heute Abend nicht zu ihm?, dachte sie. Das ist es doch, was ich will. Aber sie zweifelte und hielt ihre Gedanken zurück.

»Ich werde die Gläser hinstellen, dann werden wir sehen«, sagte sie zögernd.

»Ja, wir werden sehen«, wiederholte er, und es klang, als wäre er sicher, dass sie kommen würde.

Er glaubt, dass er mich lenken kann, dachte Estrid und verspürte einen leichten Unwillen in sich aufsteigen. Entschieden ließ sie Orfrim am Tisch allein, sah ihn essen und seinen Met austrinken und versuchte nicht, ihn aufzuhalten, als er gehen wollte. Aber sie vermisste ihn schon, als er das Schankhaus verließ.

Später am Abend quollen zehn kräftige Mannsbilder in die Schankstube. Es waren Bauern von den umliegenden Inseln, die zu Geschäften nach Birka gereist waren. Sie legten ihre Umhänge auf die Waffen und setzten sich. Erstaunt starrten sie auf den Tisch. Dort lag ein Leintuch auf der Tischplatte, und es war mit Krügen, Löffeln und

Bechern gedeckt. Estrid schielte unruhig auf die Gesellschaft, aber sie sagte nichts. Orfrim zuliebe hoffte sie, dass die Gläser den Gästen gefielen, doch jetzt bereute sie, alles hergerichtet zu haben, bevor sie gesehen hatte, welche Gäste kommen würden. Der Tisch war für Gotländer, Dänen oder Svear aus gutem Hause gedeckt. Aber diese bunte Schar, die sich gerade niedergelassen hatte …

Eine schwache Unruhe überkam sie, und sie ärgerte sich, dass sie nicht Sigfrid um Hilfe gebeten hatte.

»Eine Tischdecke wie beim König selbst. So eine Schänke habe ich ja noch nie gesehen«, polterte ein Mann, dem der Bart bis hinauf zu den Augen wucherte. »Und was ist das?«

Er nahm ein Glas und drückte es mit der Hand, als wäre es ein Laib Brot. Sofort betasteten auch die anderen Männer neugierig die Becher.

»Die hier muss man nicht in einem Zug leeren wie Hörner«, sagte Estrid freundlich.

»Und was nutzt einem das?«, merkte der Struppige an.

»Na, ihr kriegt weniger Bier in den Bart«, antwortete Estrid kurz und kniff den Mann scherzhaft in den Backenbart. Seine Kameraden lachten, und als Estrid rasch Met in ihre Becher füllte, wurde beeindrucktes Gemurmel laut. Prächtig glänzte der Trank hinter den Glaswänden.

»Trinkt jetzt und denkt daran, dass in den Bechern mehr drinnen ist, als in den gewöhnlichen Hörnern«, sagte sie lächelnd.

Sie beugten ihre Köpfe über die Becher, und prompt geriet den Männern die Nase zu tief ins Glas. Kleine Nasen, gerade Nasen, rote Nasen und andere ansehnliche Zinken vergrößerten sich hinter dem geschwungenen

Glas und gaben ein lustiges Bild. Lachend zeigten die Männer aufeinander, bevor sie die Köpfe nach hinten legten und tranken.

Estrid stellte Brot auf den Tisch, das sie in der Asche auf den Steinplatten gebacken hatte, und sein Duft breitete sich über dem Tisch aus. Hungrig tunkten die Männer es in den Met und schlürften gierig. Dann servierte Estrid Braten und Beinfleisch in großen Schalen, und erfreute Ausrufe schollen ihr entgegen. Das Fleisch war in gesalzenem Wasser gekocht worden und mit Zwiebel und Kresse gewürzt. Den Männern lief das Wasser im Mund zusammen, und sie griffen rasch nach dem Angerichteten. Als sie mit dem Fleisch fertig waren, trug Estrid Käse und getrocknete Wildäpfel auf. Die Männer hatten einen gewaltigen Appetit, und ganz gleich, was sie auftrug, es verschwand sofort. Zwischendurch schielte sie auf die Becher, aber sie waren den Göttern sei Dank noch unversehrt. Der eine oder andere schüttete seinen eigenen Birkensud ins Glas, und hie und da verschwand auch eine Prise Fliegenpilzpulver auf demselben Weg, aber die Stimmung blieb ausgelassen. Allmählich wurden die Reden der Männer doch eine Spur lustiger, und ihre Lügengeschichten über erlebte Heldentaten und die Rufe nach mehr Met wurden immer lauter. Die Stimmung stieg. Gerade als Estrid sich mit dem Gedanken, dass diese Gäste nicht schlimmer als andere waren, gemütlich hingesetzt hatte, schrie der Mann mit den struppigen Wangen plötzlich auf. Er sprang vom Tisch auf, und seine kleinen blauen Augen funkelten.

»Du nennst mich feige, Ochsenarsch? Das wirst du mir büßen!« Mit festem Griff zog er seinen dünnhaarigen Tischnachbarn von der Bank und schleuderte ihn durch den Raum. Wie ein Sack Saatgut schlug er gegen die Wand, dass alles, was auf dem Wandregal gestanden hatte, mit einem Knall auf ihn niederprasselte. Völlig wirr kam der Mann wieder auf die Beine und wankte zu seinem Umhang. Mit zitternden Händen suchte er nach seinem Schwert, mit hoch erhobener Waffe näherte er sich den Männern am Tisch. Das Gejohle erstarb, und abrupte Stille senkte sich über den Raum.

Estrid erkannte, was gleich geschehen würde, und schlich sich lautlos von hinten an ihn heran. Im nächsten Augenblick trat sie ihn mit aller Kraft in sein Hinterteil und fing sein Schwert elegant auf, als er fiel. Dann beugte sie sich über ihn und gab ihm einen flüchtigen Kuss auf die Wange.

»Du bist süß, wenn du dich ärgerst«, sagte sie milde und legte das Schwert fort. Die Männer ringsum brachen in dröhnendes Gelächter aus.

Der Dünnhaarige schnappte nach Luft und wurde leuchtend rot. Dann fing auch er an zu lachen und rief nach mehr Met. Schließlich sagte er:

»Bissig bist du, und Temperament hast du auch, aber ich mag dich. Du bist wie der Nachbarsjunge auf dem Eyvindhof zu Hause. Ihr habt dasselbe Gesicht, dasselbe Lachen, und Eure Streiche scheinen mir auch dieselben zu sein.«

Die Männer lachten, und niemand bemerkte den Schleier, der sich plötzlich vor Estrids Augen legte. Schwcigend schlug sie die Augen nieder und entfernte sich. Toste. Warum hatte sie den Jungen nicht behalten dürfen. Sie wollte schreien, und die Sehnsucht nach ihrem Kind kehrte mit Wucht zurück. Sie ballte die Hände, biss die Zähne zusammen und versuchte, die Tränen zurückzuhalten. Eine Weile stand sie zitternd im Dunkeln, wo niemand sie sehen konnte, den Kopf voll widersprüchlicher Gedanken. Wenn der Junge auf dem Eyvindhof an sie erinnerte, ähnelte er vielleicht auch Toste. Was, wenn er es wäre! Für einen Moment war der Gedanke lebendig und wirklich, aber sie schob ihn schnell beiseite. Toste war tot, er war ertrunken und sie musste aufhören zu hoffen oder sich einzubilden, dass er noch lebte.

Eine Schwertklinge sauste auf den Tisch, und Estrid wurde in die Wirklichkeit zurückgeholt. Der Mann mit dem Backenbart! Den hatte sie vergessen. Mit aller Kraft zwang sie ihre Düsterkeit fort und ging zu den Männern zurück.

»Schau, gib mir deine Waffe, dann bekommst du mehr Met«, sagte sie schmeichelnd und zwinkerte ihm zu. Widerwillig ließ er sich zähmen, und sie legte die Waffe flink unter die Umhänge am Eingang. Ihre Hände zitterten. Beim nächsten Fest musste sie zusehen, dass sie Hilfe hatte. Was hätte sie getan, wenn sie angefangen hätten, sich zu schlagen?

Die Männer blieben lange an diesem Abend, und Estrid schenkte mehr Met aus als je zuvor. Als sie die Kerle spät am Abend endlich aus dem Schankhaus gescheucht hatte, konnte sie zehn unbeschädigte Gläser zurück auf das Wandregal stellen. Glücklich dachte sie an Orfrims Freude, wenn er das erfuhr. Orfrim …

Sowie die Gäste gegangen waren, lenkte er wieder ihre Gedanken. Sie sah sein Gesicht vor sich und erinnerte sich an die Enttäuschung in seinen dunklen Augen, als sie sagte, dass sie nicht kommen würde. Nein, sie konnte ihn nicht zu nah an sich heranlassen, sie wollte nicht, dass er sie als Selbstverständlichkeit betrachtete. Und jetzt? Sie wollte so gern erzählen, was geschehen war. Orfrim sollte sich mit ihr freuen, warum sollte sie nicht zu ihm gehen? Aber Sigfrid wartete mit Rurik auf dem Hof. Sie musste heim.

Als sie aus dem Schankhaus trat, hatte es gerade aufgehört zu regnen, und sie ahnte, dass der Pfad hinauf zum Haus grau und lehmig sein würde. Sie stand in der Tür und blickte zweifelnd zum Hafen hinunter. Ihr Blick fiel auf einige Pechfackeln unten am Kai. Sie sahen einladend aus. Orfrim, dachte sie, und wusste es plötzlich. Sie zog sich den Umhang um die Schultern und sah sich um. Dann eilte sie hastig fort, zum Lagerhaus.

»Orfrim, du ahnst es nicht«, begann sie, sowie sie ihn in der Türöffnung sah. Aber er schwieg und hörte ihr nicht zu. Stattdessen strich er ihr das Haar aus dem Gesicht und küsste sie. Er legte seine Hände auf ihre Wangen und sah ihr tief in die Augen, als könnte er nicht glauben, dass sie es wirklich war.

»Liebste«, flüsterte er und zog sie ins Haus. »Ich habe dich vermisst.«

Estrid fühlte seine Arme auf ihrem Körper und ließ sich halten. Dann machte sie sich los und trat einen Schritt zurück.

»Orfrim, du hättest es sehen sollen«, sagte sie ausgelassen, aber er hörte sie nicht. Wieder schloss er sie in seine Arme. Er küsste sie auf Hals und Schultern, und eine Hitzewelle erfasste sie. Estrid sank auf ihn zu, fiebrig und glücklich, und sie lächelte, als sie seine Hände unter ihrem Kleid spürte. Sie vergaß, was sie sagen wollte, und plötzlich war er überall. Umhang und Schal fielen zu Boden, und sie lachte. Dann sank sie in die Knie und ließ ihn tun, was er wollte.

Der Herbstregen prasselte auf das Torfdach, und der Wind heulte Unheil verkündend um Haus und Hof. Wolkenfetzen trieben über den Himmel, und der Boden dampfte vor Feuchtigkeit und Nässe. Nur drinnen in den Häusern fanden die Bewohner der Höfe Schutz vor der Herbstkälte, und Bauern und Sklaven drängten sich um die Feuer. Im Snemunhof strahlte wohlige Wärme von der Feuerstelle. Alle saßen auf Bänken um das Feuer herum und lauschten dem Regen. Draußen im Stall schlug eine Tür, aber niemand rührte sich. Alle warteten darauf, dass der Regen aufhörte. Dann erst war die Zeit gekommen.

Nach alter Sitte opferten die Bewohner des Hofes gemeinsam. Mit dem Herbstopfer sollten die Götter milde gestimmt werden. Den Sommer über war es sehr trocken gewesen, was eine Missernte zur Folge gehabt hatte. Das Vieh sah elend und mager aus. Einige Kühe hatten die Euterseuche bekommen, und der Verwalter hatte die bedauernswerten Tiere schlachten müssen. Es war höchste Zeit, gemeinsam zu opfern und die Götter um eine bessere Ernte zu bitten.

Snemun blickte zur Tür. Stumm sah er zu, wie das Regenwasser durch den Türspalt rann und langsam auf den Boden heruntertropfte. Er musste dafür sorgen, dass der Spalt vor dem Winter abgedichtet wurde, es war so schon schwer genug, die Kälte draußen zu halten. Sigfrid saß schweigend da, und Estrid hielt Rurik zärtlich im Arm. Der kleine Kerl schnarchte leise. So, wie er tagsüber herumsprang, war es kein Wunder, dass er am Abend tief wie ein Stein schlief. Snemun lächelte. Er hatte den Kleinen lieb gewonnen. Rurik war oft auf dem Hof. Das gefiel Snemun. Er und Sigfrid hatten keinen Sohn, nur vier Töchter, die längst verheiratet waren und auf anderen

Höfen lebten. Rurik war für sie wie ein eigenes Kind geworden, und sie fühlten sich plötzlich wieder jung. Snemun betrachtete Estrid von der Seite. Seine Nachbarin hatte ihren Erstgeborenen verloren und war jetzt mit Rurik allein. Sie hatte es schwer gehabt, und dennoch gelang es ihr, fröhlich und offen zu allen zu sein. Die Arbeit in der Schankstube hatte ihr offenbar gut getan. Sie war eine starke und gesellige Frau, und auch wenn sie nicht schön war, hatte sie ein Aussehen, das den Männern gefiel. Aber dennoch war sie allein. Die letzten drei Winter hatte sie erst um Erik und dann um Toste getrauert und hatte wohl keine Kraft für etwas anderes gehabt, aber jetzt? Sigfrid hatte ihm von einem Kaufmann aus dem Gårdarik erzählt, der immer wieder ins Schankhaus kam und der seine Augen nicht von Estrid lassen konnte. Hatte sie Erik über diesem Mannsbild vergessen? Es wäre besser gewesen, wenn es ein anderer gewesen wäre. Die Kaufleute reisten fort, und viele kamen niemals wieder. Aber Erik, ja, Snemun glaubte, dass er zurückkehren würde. Auch wenn er lange fortblieb, er kam immer irgendwann nach Hause. Dann würde alles wieder so werden wie früher.

Snemun sah auf und merkte, dass es nicht mehr hereintropfte. Der Regen hatte aufgehört, und auch der Wind schien nachgelassen zu haben. Er stand auf und öffnete die Fensterluke. Das Wasser tropfte von Rinde und Holz, aber es regnete nicht mehr.

Er drehte sich um, nickte seiner Frau zu und sagte mit lauter Stimme: »Wir können gehen, es ist soweit.«

Auf dem Hof war es dunkel und still, nur der Wind strich in sanften Böen um das Haus. Die Götterstatuen hinter dem Stall glänzten, das Holz war schwarz vor Nässe. Odin, Thor, Frey. Snemun betrachtete sie nachdenklich. Diesen Göttern mussten sie opfern. Für Frieden und gute Ernte, für Fruchtbarkeit und gesunde Nachkommenschaft. Snemun gab Halvdan, einem Sklaven, ein Zeichen. Er ging zum Stall und kam mit Graumann, dem ältesten Lasttier des Hofs, zurück. Lange hatte das Tier ihnen allen gute Dienste geleistet, aber jetzt war es lahm und für niemanden mehr eine Freude. Das Pferd schnaubte und trampelte unruhig. Als ahnte es, was kommen würde. Das Pferd war einmal das beste des Hofs gewesen und hatte das Seine getan. Der Sklave nahm einen Dolch und stieß ihn tief in die Brust des Tieres. Das Pferd bäumte sich auf, warf sich hin und her, riss am Seil und rannte schließlich davon, während Blut seine Beine herablief. Schnaubend galoppierte es auf dem Hofplatz herum, bis es langsamer wurde und zu Boden sackte. Hilflos unternahm es ein paar Versuche, wieder aufzustehen, dann blieb es liegen.

Die Bewohner des Hofes fingen das noch warme Blut in tiefen Holzschalen auf und trugen sie zu den Götterstatuen. Dann nahm Snemun feierlich einen Reisigbesen und bespritzte die Götter in weiten, schwingenden Bewegungen mit dem Opferblut. Anschließend zerteilten sie das Pferd, und Sigfrid und Estrid kümmerten sich um das Fleisch. Die besten Stücke legten sie in den großen Kessel über der Kochstelle, die anderen legten sie zum Räuchern beiseite. Dann stellte Snemun den Pferdekopf auf einem Pfahl vor dem Haus auf. Jetzt konnten alle sehen, dass der Hof geopfert hatte. Drinnen in der Wohnhalle wurde das Fleisch mit Salz und Wacholder gewürzt, und es duftete über Tische und Bänke. Sigfrid trug die Schale zu Snemun, der schweigend die Zeichen über dem Opfermahl ausführte, bevor es auf den Tisch gestellt wurde. Sie setzten sich. Zuerst tranken sie auf Odin und kommende Siege, dann stießen alle auf den König an. Sie tranken auf Njörd und Frey und konnten endlich anfangen zu essen. Dieses Opfer auf dem Snemunhof war nichts im Vergleich zum Winteropfer und dem großen Opferfest, das der König ausrichtete. Das hier war ein Herbstopfer, das dem Hof Glück bringen sollte. In den dreißig Wintern, in denen Snemun den Hof geführt hatte, hatten sie die Götter immer auf ihrer Seite gehabt. So musste es auch bleiben.

Der Großbauer auf dem Snemunhof schnitt ein großes Stück Fleisch für Estrid ab, dann versorgte er sich selbst und Sigfrid. Pferdefleisch mochte er lieber als Hammel oder Geflügel, und er freute sich immer auf die Opferfeste. Zufrieden schnalzte er mit der Zunge und trieb sein Messer ins Fleisch. Da klopfte es an die Tür. Kein Nachbar würde während eines Opferfestes stören, es musste etwas Ernstes passiert sein. Snemun wischte sich das Fett vom Mund und stand hastig auf. Er schob die Riegel zurück und öffnete. Erstaunt trat er einen Schritt zurück. Dort draußen standen Gautbert und Nithard. Die Farbe wich aus Snemuns Gesicht, und die Narbe an seinem Mund verfärbte sich rot. Er räusperte sich und wollte sie abweisen, aber bevor er das Priestergesindel aufhalten konnte, waren sie schon in der Tür.

»Gottes Frieden!«, grüßte Gautbert herzlich und betrat den Raum, dicht gefolgt von Nithard. Er blieb stehen und blähte die Nasenflügel. »Es riecht gut hier drinnen«, bemerkte er erwartungsvoll.

Niemand sagte etwas.

»Einen schönen Hof habt Ihr«, fuhr Gautbert fort, während Nithard seinen Blick zum Tisch wandern ließ.

Plötzlich riss er die Augen auf. Drüben an der Querbank saß die Blonde, die er im Labyrinth gesehen hatte. Nithard wurde feuerrot.

»Der Bischof wünscht?«, fragte Snemun kurz und wandte sich an Gautbert.

»Wünschen? Ja, nur ein wenig Geplauder«, sagte Gautbert, ohne der Stimmung im Raum gewahr zu werden.

Snemun schluckte. In seinem Haus sollten alle willkommen sein, aber Tonsuren und gerade jetzt …

Sigfrid erkannte Snemuns Dilemma, stand auf und lächelte freundlich.

»Welche Ehre für uns, heute Abend Männer der Kirche bei uns zu haben«, sagte sie entgegenkommend. »Setzt euch.«

»Vielleicht können wir euch einen Happen Fleisch anbieten?«, rief Estrid dazwischen. »Schaut!«

Mit geübter Hand schöpfte sie ein paar Fleischstücke aus dem Topf, legte sie auf zwei Brote und reichte sie den Gästen. Dumpfes Schweigen legte sich über den Tisch, aber Gautbert und Nithard bemerkten nichts. Die Spannung ließ nach. Es wurde noch einmal auf Odin getrunken und die Gespräche kamen wieder in Gang. Nithard schielte zu der Blonden, Tora, ja, so hieß sie, das hatte er schon herausgefunden. Jetzt lächelte sie ihn an, reizend und verführerisch. Er sah schnell weg und merkte, dass seine Wangen glühten. Sie schürzte die Lippen auf eine Art, die ihn verunsicherte. Als würde sie ihn locken!

Er fühlte die Röte auf seinen Wangen und flocht rastlos seine Finger ineinander. Zusammen mit Gautbert hatte er das Evangelium gelesen und sich auf den Besuch vorbereitet, aber jetzt war alles fort, was er hatte sagen wollen. Gautbert hingegen fühlte sich sicher. Er hatte sich gedacht, wenn er einen Großbauern wie Snemun bekehren konnte, würden sich vielleicht die Bewohner des Hofes und andere Großbauern anschließen. Das wäre ein Sieg. Und es war wichtig, vom Teufel und der Götzenanbetung zu sprechen, und sie vor all dem Übel zu warnen, das ihnen zustoßen konnte, wenn sie sich nicht bekehren ließen. Je mehr Seelen er für seine Kirche retten konnte, desto glücklicher würden die Menschen werden. Davon war er überzeugt. Der Bischof befeuchtete seine Lippen und überdachte eilig, was er sagen würde. Just da ergriff Estrid das Wort.

»Schmeckt das Fleisch?«, fragte sie und stellte sich zwischen Gautbert und Nithard. »Es kommt ganz frisch aus dem Kessel ...«

Gautbert tunkte sein Brot in die Brühe und sah auf.

»Es schmeckt ganz ausgezeichnet, saftig und gut gewürzt. Sag, ist es euer eigenes Vieh?«

»Nein, das ist unser Grauer«, antwortete Estrid. »Also, Graumann.«

Snemun holte tief Luft, Sigfrid blieb mit offenem Mund sitzen, und die anderen wechselten schnelle Blicke. Eine stille Munterkeit breitete sich am Tisch aus.

»Grauer?«, fragte Nithard ungläubig.

»Ja, das Pferd war alt und lahm, also haben wir ihn zum Opfer genommen.«

Gautberts Gesicht wurde fahl, und Nithard hörte auf zu kauen.

»Pferdefle...?« Die Männer führten ihre Hände zum Mund und taten, als müssten sie sich räuspern. Dann ließen beide unauffällig etwas unter die Bank fallen.

»Pferdefleisch ist gut«, stellte Estrid fest. »Oder schmeckt es euch etwa nicht?«

»Nein, das nicht ... nur ...«

»Ach, ihr Opferverweigerer esst vielleicht gar kein Pferdefleisch? Aber dann probiert doch unsere Suppe«, fuhr Estrid fort.

Sie füllte zwei Schüsseln mit dampfender Fleischbrühe, und Gautbert und Nithard nahmen ihre Mahlzeit wieder auf.

»Das war gut«, sagte Gautbert nach einer Weile und trocknete sich freudig den Mund ab.

»Vortrefflicher Geschmack«, stimmte Nithard zu. »Eine hervorragende Hammelsuppe.«

»Nein, da ist auch der Graue dabei«, erklärte Estrid sachlich. Sigfrid warf ihr einen langen Blick zu, und die Leute vom Hof sahen sich schadenfroh an.

»Pferdesuppe?«

»Es ist hauptsächlich Fleischbrühe, aber wenn es euch nicht recht ist ...« Estrid stieg auf die Bank und nahm ein Stück geräuchertes Hammelfleisch vom Dachbalken. »Hier, nehmt das stattdessen.«

»Nein!« Snemun war aufgestanden, und seine Augen funkelten gefährlich. »Hier auf diesem Hof sind wir Heiden, und wenn euch unser Essen nicht schmeckt, dann geht und esst anderswo.« Er sank wieder auf die Bank zurück. Seine Narbe war leuchtend rot geworden. »So, und jetzt lasst uns in Frieden.«

»Wir wollten nicht stören, nein, nein, verzeiht«, erwiderte Gautbert, mitgenommen von der Feindseligkeit des Großbauern. »Wir kamen in bester Absicht und wollten nur ein wenig über den neuen Gott sprechen. Wir wollen euch beistehen und euch vor dem Unheil warnen, das euch alle durch des Teufels Hand töten kann. Opfern hilft nicht viel, aber hört, Gottes Sohn fordert keine Opfer, denn er selbst hat sich für uns alle geopfert. Betet zu ihm, und es wird euch wohl ergehen.« Gautbert hob sein Kruzifix.

»Schweig, verfluchter Teufelspriester!«, brüllte Snemun außer sich. »Komm mir nicht mit deinem schändlichen Gewäsch. Halt dich mit deinen Predigten an die Kirche und die Allmende. Raus aus meinem Haus!«

Gautbert hob abwehrend die Hände.

»Aber lieber Freund, lass nicht …«, versuchte der Bischof weiter und sah Snemun erschrocken an.

»Verschwindet, habe ich gesagt!«, schrie der Großbauer und riss Gautbert von der Bank.

Der Bischof schlug seine Hände weg, als hätte Snemun die Pest, und stolzierte zur Tür. Nithard stand auf und folgte ihm widerwillig. Seine Augen verharrten auf der Blonden, und er sah, wie ihre feuchten Lippen glänzten. Sein Blick fixierte das Gesicht des Mädchens, und er sah nicht einmal die Wand unmittelbar vor sich. Aber er spürte sie, als er mit dem Kopf gegen den Türpfosten schlug.

»Au«, murmelte er und wankte benommen und hungrig in die Herbstdunkelheit.

»Verdammte Wichtigtuer!«, fluchte Snemun und blickte ihnen lange nach. »Kommen in mein Haus und wollen predigen. Und ich dachte, es wäre etwas Schlimmes passiert.«

»Ja, aber du hättest nicht so hart zu ihnen sein müssen«, sagte Sigfrid schroff und sah ihren Mann missbilligend an. »Und du, Estrid, hast dich schändlich aufgeführt. Wie konntest du die Männer der Kirche so schmähen?« Snemun und Estrid wechselten erstaunte Blicke.

»Ihr seid zu weit gegangen«, fuhr Sigfrid ruhig fort. »Jeder einzelne soll seinen Glauben haben dürfen, ohne gedemütigt zu werden. Und denkt nach. Dieses Jahr hatten wir eine Missernte, und viele unserer Tiere sind gestorben. Vielleicht könnten wir die Hilfe mehrerer Götter brauchen. Vielleicht ist der Asenglauben nicht der einzig mögliche.« Ihre Worte waren durchdacht, und sie sprach langsam und deutlich. Snemun und Estrid blickten sich verwirrt an. Was war mit Sigfrid geschehen? Der neue Glaube hatte doch wohl nicht Einzug in ihr Haus gehalten?

König Björn saß zurückgelehnt in seinem Hochsitz und kratzte sich zerstreut im Ohr. Der Ohrlöffel aus Gold fühlte sich kalt an den Ohrenhaaren an, und der König grunzte missbilligend. Der Herbst war schon weit vorangeschritten, und bald würde der erste Schnee fallen. Kälte war das eine, die hasste er tief und innerlich, aber schlimmer als das war die kalte, raue Feuchtigkeit. Der König stand auf, legte mehr Scheite ins Feuer und sank auf den Hochsitz zurück. Da hörte er plötzlich schnelle Schritte vor der Tür, gefolgt von kräftigem Klopfen. Der König sah hoch.

»Komm rein!«, murmelte er und fingerte an seinem Ohrlöffel herum.

»Gunnar Snemun vom Snemunhof, Euer Gnaden«, vermeldete die Wache, die Hände stramm nach unten gestreckt.

»Aha, ja, ja. Schickt ihn herein!«, sagte der König.

Snemun, mit langem Lodenrock, Fellstiefeln und Mütze bekleidet, trat ein.

»Zu Euren Diensten, Euer Gnaden«, sagte er und verbeugte sich tief.

»Wie wahr, wie wahr«, antwortete der König vage, nicht zuletzt, weil er die Vereinbarung ganz vergessen hatte. Noch weniger wusste er, warum er nach dem Großbauern von Björkö hatte schicken lassen. Leicht verwirrt steckte er den Ohrlöffel ein und stand auf, um etwas zu trinken zu holen. Aus dem Eckschrank holte er seinen besten Fruchtwein.

»Lass mich dir meinen vornehmsten Trank anbieten«, sagte er freundlich, während er vergeblich versuchte, sich an Snemuns Anliegen zu erinnern. »Alles wohl?«, fragt er also und schenkte den Fruchtwein ein.

»Nein, Euer Gnaden, nicht alles. Ich sollte Euch von Gautbert und Nithard berichten und …«

»Ach das«, murmelte der König erleichtert.

»Als Ansgar hier war und predigte, wurde es sehr unruhig in Birka. Aber Gautbert und Nithard …«, setzte Snemun an.

»So, bereiten die Gesandten des Kaisers Verdruss?«, unterbrach ihn der König und gab Snemun ein Zeichen, sich zu setzen.

»Leider, Euer Gnaden, Ansgar reizte viele, aber Gautbert und Nithard bedrängen die Dorfbewohner zu Hause und reden vom Teufel und vom Jüngsten Gericht, dass die Menschen Angst bekommen.«

»Das ist schlimm«, murmelte der König.

»Sie wollen auch das Opfern verbieten und haben Hergeir in dieser Angelegenheit für sich gewonnen. Die Hofopfer müssen aufhören, und wir dürfen nicht länger den Pferdekopf vor unser Haus stellen.«

»Hergeir hat nicht das Recht, so etwas zu beschließen«, wandte der König ein.

Snemun wirkte erleichtert. Der König schien immer

noch daran interessiert zu sein, alles beim Alten zu belassen.

»Ich fürchte, es gibt noch mehr Beklagenswertes«, fuhr Snemun fort und nippte am Wein. »Die Priester wollen unsere Frauen unterdrücken.«

»Die Frauen unterdrücken? Wie soll das zugehen?«, platzte Seine Majestät aufgebracht heraus. »Das klingt sehr unbedacht.«

»Ja. Gautbert und Nithard sagen, dass eine Frau nur einen einzigen Mann bei sich haben darf, und das erst, wenn sie ihn geheiratet hat. Sonst ist sie eine Sünderin und muss bestraft werden. Sie predigen, dass ein Stelldichein nur allein zum Kinder machen dienen darf«, seufzte Snemun.

»Huh, was für eine Verrücktheit! Solche Irrlehren dürfen hier nicht gepredigt werden!«, rief der König und sprang von seinem Hochsitz auf.

»Nein, und darum brauchen wir Eure Hilfe, Euer Majestät.«

König Björn begann im Raum auf und ab zu gehen und murmelte leise Flüche vor sich hin. Jetzt hatte er sein Bestes gegeben, um freundlich zu den Gesandten des Kaisers zu sein, und dann dankten sie es ihm, indem sie versuchten, ihm die Weiber zu nehmen. Solcher Eigenmächtigkeit musste Einhalt geboten werden.

»Verstehst du das, Snemun? Hier kommen Leute in braunen Kutten und nehmen uns unsere Frauen und Götter. Und trotzdem gibt es viele, die ihnen glauben. Diese Christen haben schon Dänen, Sachsen und Angeln auf ihrer Seite. Ich verstehe es nicht.« Der König schüttelte den Kopf.

»Immer mehr kehren dem Asenglauben den Rücken,

und wenn wir nichts unternehmen, wird unser Land genauso christlich werden wie die anderen«, sagte Snemun nach einer Weile.

»In Birka soll Platz für alle Glaubenslehren sein«, sagte der König entschieden. »Ein bisschen Schwätzen dürfen sie ja, die Tonsuren, nur nicht zu viel. Und wenn sie versuchen, die Macht zu übernehmen, dann greifen wir zum Schwert. Fürchtet nichts, Snemun, solche Irrlehren werden hier nicht Fuß fassen. Wir sind Svear und Heiden, keine Christen.«

Snemun nickte, und seine Stimmung hellte sich auf. Er hatte gesagt, was ihn schon lange bedrückt hatte, jetzt war es am König, in dieser Sache zu handeln. Die Audienz war beendet, und Snemun stand auf und ging zur Tür.

»Lass mich wissen, wenn etwas geschieht, kein Ereignis ist mir zu gering«, sagte der König und hob sein Glas zum Abschied.

»Euer Majestät wird alles erfahren«, sagte Snemun, verbeugte sich tief und entfernte sich.

Als König Björn wieder allein war, ließ er sich den Fruchtwein schmecken. Snemun ist ein guter Mann, dachte er. Gut, zuverlässige Leute auf Björkö zu wissen. Aber Gautbert und Nithard, was sollte er mit ihnen machen? Und wenn es in Birka wieder zu Unruhen kam? Der König seufzte tief. Wenn die christlichen Kaufleute nicht wären, hätte er dieses Priestergesindel niemals in die Stadt geholt.

Schwere Wolken rollten über die Klippen und tränkten die Felder mit grauem, strömendem Regen. Am Fuße des Hügels duckte sich der Hof unter dem nassen Himmel, und das grüne Torfdach war durchweicht von Feuchtigkeit. Hinter den Mauern tropfte das Wasser die Wände herunter, und nicht einmal das Feuer des Herdes vermochte es zu trocknen. Erik bewegte sich unruhig und öffnete die Augen. Sein Hemd klebte kalt an seinem Körper, und er fröstelte. Verwirrt ließ er seinen Blick durch den Raum schweifen; vom Langfeuer in der Mitte des Bodens bis zu den Essensvorräten, den Bänken und den dunklen, feuchten Steinwänden. Das hier war keine Wohnhalle mit Holzpfosten und Lehm gefülltem Flechtwerk, sondern ein Steinhaus. Wo war er, was war geschehen? Jemand beugte sich über ihn und nahm seine Hand. Eine Frau mit weichem rundem Gesicht und wachen, lebhaften Augen lächelte ihn an und strich ihm vorsichtig das verschwitzte Haar aus der Stirn.

»Es geht dir besser«, flüsterte sie. »Steh auf!« Ihre Stimme war bestimmt, und Erik stützte sich matt auf seine Unterarme.

»Los, hoch mit dir!«, drängte die Frau wieder, und ihre Stimme hatte einen befehlenden Ton angenommen. Erik setzte sich auf, und alles verschwamm vor seinen Augen. Er versuchte aufzustehen, aber seine Beine versagten fast sofort.

»Du sollst aufstehen und gehen!«, befahl ihm die Stimme.

Seine Mundwinkel zuckten, und Erik lächelte matt. Schlimm, wie diese Frau krähte. Vorsichtig versuchte er, sich ein paar Schritte voranzutasten, langsam und unsicher, während er sich an der Wand abstützte.

»Gut, das Fieber ist überstanden, die Schulter geheilt, und jetzt kannst du gehen. Gib nicht auf. Noch ein paar Schritte!«

Die Frau mit den rötlichen Haaren sah ihn auffordernd an. Was für ein unerbittliches Weib, dachte Erik, aber er konnte nicht anders als tun, was sie sagte. Er würde ihr schon zeigen, dass er kein schwächlicher Milchbart war. Wankend tastete er sich durch den Raum, während sie ihren Arm um seine Hüfte gelegt hatte und ihn stützte. Zwei Runden schaffte er, dann sank er keuchend auf die Schlafbank zurück. Lächelnd drückte sie seine Hand, bevor sie ging, um etwas zu essen zu holen.

»Jetzt iss und trink, damit du morgen mehr schaffst«, sagte sie freundlich und reichte ihm ein Horn mit Bier.

»Je mehr Bier ich ins Horn bekomme, desto weiter kann ich gehen«, antwortete Erik trotzig.

»Ah, ja, aber so weit musst du noch gar nicht kommen«, wandte Tennia knapp ein. Erik musste lachen.

»Ich habe mir Sorgen um dich gemacht«, begann Tennia. »Aber ich habe für dich gebetet, und Gott ist mit uns.«

Erik blickte auf und sah die Freude in ihren Augen. Hatte es so schlimm um ihn gestanden? Neugierig betrachtete er die Frau vor sich. Sie erinnerte ihn an Estrid: hell, rundlich und Augen voller Wärme. Nur auf ihre Gebete konnte er verzichten. Er tastete nach seiner Schulter. Sie schmerzte nicht mehr.

»Du scheinst heilkundig zu sein. Werde ich jetzt wieder gesund?«

»Vorher gebe ich nicht auf. Du wirst wieder genauso stark werden wie früher, und morgen musst du länger laufen als heute.«

Erik lächelte sie dankbar an, doch dann wurde er des leeren Raumes gewahr. Unsicher sah er sich um.

»Aber … wo sind die anderen?«, fragte er, im plötzlichen Bewusstsein, dass irgendetwas nicht so war, wie es sein sollte.

»Ich weiß es nicht, aber sie werden bald zurückkommen und dich holen.«

»Sie … sie sind ohne mich gesegelt?«

»Der Jarl saß mehrere Tage neben dir, bevor er schließlich gezwungen war aufzubrechen. Er wollte nach Norden, aber er versprach, so schnell wie möglich zurückzukehren.«

Erik schüttelte erstaunt den Kopf. Er erinnerte sich an nichts. War er so krank gewesen? Tennia sah seine Verwirrung.

»Du wärst fast gestorben, aber du hast dich erholt, und bald wirst du wieder ganz gesund sein.«

»Dafür brauche ich mehr Bier, oder?«, antwortete Erik scherzend und hielt ihr das Horn hin.

»Oh, mehr als das«, hielt Tennia dagegen. »Du musst dich ausruhen und es ruhig angehen, nicht mehr wollen, als du schaffen kannst.«

»Aber ich muss den anderen folgen«, protestierte er.

»Ja, wenn du wieder gehen kannst.«

»Bier macht mich stark, musst du wissen«, gab Erik mit unschuldigem Glanz in den Augen zurück.

»Und um Bier zu bekommen, musst du tun, was ich sage«, antwortet Tennia und lächelte. Sie lachten beide.

Erik betrachtete sie. Sie war schön in ihrer Eigensinnigkeit und mindestens genauso entschieden und schlagfertig wie Estrid. Mit einem Mal fühlte er sich besser. Er bekam Essen und hatte ein Fell für die Nacht, und dazu noch eine Frau, die sich um ihn kümmerte. Bei allem Elend hatte er doch das Glück auf seiner Seite gehabt. Und Tennia, ja, es war angenehm, sie anzusehen, und wie sehr sie ihn an Estrid erinnerte! Erik schloss die Augen und sah seine Frau vor sich. Estrid war vermutlich wütend darüber, dass er so lange fortgeblieben war. Aber er würde sie schon besänftigen. Sie hatten es immer geschafft, ihren Kummer aus der Welt zu räumen, und bald würden sie wieder glücklich sein. Er drehte sich zu Tennia.

»Sei versichert, dass ich alles tun werde, was du sagst, um wieder auf die Beine zu kommen«, sagte er und lächelte sie an, denn er wusste, dass er so schnell wie möglich wieder stark genug werden musste, um die lange Fahrt heimwärts durchstehen zu können.

9

Das Gräberfeld lag verlassen da. Der Boden war reifbedeckt, und die Kristalle glitzerten in der fahlen Herbstsonne. Die Grabsteine glänzten im Licht wie eine Erinnerung an Kraft und Leben inmitten all der Toten. Für Gautbert schien das Grabfeld der Heiden Irrlehren und Zauberei zu atmen, und ihm war unwohl zu Mute. Unterhalb des Burgberges thronten mystische, dreiseitige Steinmonumente und große Steinsetzungen in Form von Schiffen. Die Nordmänner waren kundige Seefahrer und gute Schiffsbauer. Offenbar segelten sie noch im Tod. Die Glaubenslehren der Wikinger machten ihn ganz konfus. Die Heiden glaubten tatsächlich, der Tod wäre eine Freude, glaubten, dass die, die in der Schlacht fielen, zu Odin geholt wurden, wo sie gutes Essen, Met und schöne Walküren bekamen! Hier konnten die Gefallenen essen und trinken, so viel sie wollten, um sich dann am nächsten Tag, wenn sie ihren Rausch ausgeschlafen hatten, wieder mit klirrenden Schwertern ins Kampfgetümmel zu stürzen. Am Abend wurde ihnen erneut ein Festmahl aufgetragen, und so ging es in einem fort. Kein Wunder, dass diese Nordmänner keine Angst vor dem Sterben hatten. Ein Wikinger glaubte außerdem, dass er sein irdisches Leben mit auf die andere Seite nehmen konnte. Pferde, Waffen, Nahrung und Silber begleiteten ihn auf die Fähre in das andere Reich, und manchmal ließ er sich sogar zusammen mit einem Sklaven oder einer Sklavin begraben. Wie sollte es ihnen gelingen, ein Volk mit einem solchen Glauben zu bekehren? Wie sollte er, Gautbert, Gesandter der Kirche, vom Paradies im Himmel predigen, wenn diese Barbaren schon glaubten, dass sie es im folgenden Leben gut haben würden?

Der Bischof seufzte und fragte sich, wie Ansgar in dieser Sache wohl gepredigt hätte. Aber es war nicht nur schwer, sie von der neuen Lehre zu überzeugen. Hinzu kam sein Kummer mit dem boshaften Pack, das alles dafür tat, sie, die Männer der Kirche, lächerlich zu machen. Gautbert blieb an einem der Gräber stehen und wandte sich an Nithard.

»Schau dir diese Heidenhunde an, die ihre Toten verbrennen. Ansgar sagte, dass das Volk hier im Norden barbarisch sei. Das sind viel zu milde Worte. Ich halte sie für Wilde.«

Gautbert setzte sich murrend auf einen der Grabsteine. Nithard ließ sich neben ihm nieder und musste plötzlich an die Blonde denken. Wilde, nein, das war nicht richtig. Die Nordmänner waren das gleiche Volk wie das im Frankenreich, nur etwas größer gewachsen und heller. Ihr Glauben war anders, aber sonst schienen sich Kaufleute, Bauern und Handwerker genauso zu benehmen wie zu Hause.

»Wilde, nein, warum? König Björn hat uns freundlich empfangen, und es sind viele neue Gläubige zu unseren Versammlungen gekommen«, antwortete Nithard nach einer Weile. »Ich mag die Menschen hier in Birka.«

Er hatte gesehen, dass die Blonde bei zwei seiner Predigten in der Kirche gewesen war. Tora hatte ihn angesehen und freundlich gelächelt, als er auf den Hügel vor der Kirche getreten war, und er hatte sogar gewagt, sich eine

Weile mit ihr zu unterhalten. Zuweilen hatte sie den Blick gesenkt und rosige Wangen bekommen, wie es die Art der Frauen war, und die Störrischkeit, die sie im Labyrinth gezeigt hatte, war wie weggeblasen gewesen. Er wartete nur darauf, dass sie sich bald taufen lassen würde, und wenn er eine wie sie überzeugen konnte, würden sicher noch viele andere folgen. Nein, Gautbert hatte nicht die rechte Geduld. Wenn sie ihre Predigten einige Winter fortsetzten, würde bald ganz Birka christlich sein. Bischof Gautbert unterbrach seine Gedanken und sah ihn düster an.

»Nithard, verstehst du nicht? Die Menschen hier in Birka leben in Sünde, sie treiben ihre Scherze mit uns, und sie sind unzuverlässig und gewalttätig. Gerade heute sah ich einen Zweikampf auf der Allmende. Ein Riese schlug einem anderen den Kopf ab, und das Volk jubelte. Was für ein Pack!«

Gautbert schnaubte verächtlich. Nithard antwortete nicht. Hierzu war nicht viel zu sagen, auch wenn auf den Straßen im Reich des Kaisers die gleichen Handgemenge passierten. Auch zu Hause in Welanao und Osnabrück kam es vor, dass der eine oder andere im Streit vor einem Wirtshaus sein Leben lassen musste, aber niemand nannte den Raufbold deswegen einen Heiden.

»Die Heiden machen sich über uns lustig und versuchen unser Wirken zu verhindern«, fuhr der Bischof fort. »Diese Schankfrau und all die anderen Frauen, die bei mir gebeichtet haben, waren am schlimmsten. Sie kommen mit Lügen, und draußen vor dem Beichtstuhl winden sie sich vor Lachen.«

Jetzt konnte Nithard ein Lächeln nicht unterdrücken. Gautbert hatte ihm von all den Sünden erzählt, die die

Frauen ihm anvertraut hatten. Er selbst hätte es geradezu angenehm gefunden, dieser Art Beichte zu lauschen, aber Gautbert war über die Maßen verstimmt. Nithard hing seinen Gedanken nach. Unvorstellbar, dass die Asengläubigen einen Gott hatten, der sich an Lust und Vergnügungen erfreute, just an dem, was sein eigener Gott für die größte Sünde hielt. Das war das Schwierigste daran, Priester zu sein. Stets war er darum bemüht, so würdig aufzutreten, wie es sich für einen Mann der Kirche geziemte, der er nun einmal war, aber Frauen bereiteten ihm große Sorgen. Sie lockten ihn, und er fand es wahrlich nicht einfach, auf dem rechten Weg zu bleiben. Dass Tora ihn während seiner Predigten so eigenartig ansah, machte es auch nicht besser. Ihm schien es, als wäre sie nur seinetwegen gekommen. Wenn er sie ansah, fühlte er, wie ihm gleichsam ein ziehender Schmerz durch den Körper fuhr.

Was wäre, wenn …

Gautberts schneidende Stimme ließ ihn zusammenzucken.

»Die Leute hier in Birka leben ihr Leben in Sünde«, knurrte der Bischof.

»Soo?«, fragte Nithard und horchte auf.

»Ja, der Gerber, der einen guten Ausblick über den Brunnen und die Kaufbude nebenan hat, hatte das eine oder andere zu berichten. Sif Lenråde, die, der die Hütte gehört, ließ sich von Ansgar taufen und galt als wahre Christin. Nun ist ihr Mann seit über zwei Wintern auf Wikingfahrt, und indessen ist sie wie ausgewechselt.«

»Aha?«

»Ich glaube, sie und ihre Schwester verkaufen ihre Körper für Geld«, sagte Gautbert aufgebracht.

»Aber wie kann das sein? Die Nordmänner haben doch ihre Sklavinnen.«

»Schon, aber die Leute von den umliegenden Inseln, Kaufleute aus der Ferne und die, die keinen Hof haben, was weiß ich … Nun, der Gerber berichtete, dass sie die Männer in ihre Hütte holt, hinter einen Vorhang. Aber erst müssen sie eine Kleinigkeit bezahlen. Dann lockt sie sie, sich die Kleider auszuziehen, und bedient sie nach bestem Können. Wenn der Mann dann ganz mit sich beschäftigt ist, schleicht sich die Schwester hinein und nimmt seine Kleider fort, die bekommt er erst wieder, wenn er noch mehr bezahlt hat. Und je reicher der Mann ist, umso mehr muss er bezahlen.«

Gautbert seufzte.

Nithard verbarg ein Schmunzeln. Zwar hatte die Frau gesündigt, aber sie war auch ziemlich gerissen.

»Das Schlimmste«, fuhr Gautbert grimmig fort, »ist, dass alle wissen, was in der Kaufbude vor sich geht und dass sie getauft ist. Wenn wir sie nicht bestrafen, könnten andere es ihr gleichtun.«

»Ja, das ist wahr«, gab Nithard widerwillig zu.

»Genau!«, unterbrach Gautbert ihn und fuchtelte mit den Händen herum. »Darum muss sie ihren Fehltritt sühnen. Peitschenhiebe und Wasser, so werden solche Sünden bestraft. Eine Christin darf nicht auf heidnische Weise leben.«

»Nein, nein, ich rate davon ab. Wir sind im Land der Heiden, da können unsere Gesetze nicht gelten. Lass sie in Ruhe, Strafe wird die Leute nur von unserem Glauben abschrecken«, wandte Nithard entschieden ein. »Und denkt an die Kaufleute ohne Heim und Familie in Birka; irgendwo müssen sie auch Frauen treffen können.«

»Verteidigst du ein loses Weib wie die? Nein, das eine sage ich dir, Nithard. In unserer Gemeinde gelten unsere Sitten. Und es kann nur gut sein, den Heiden ein paar Manieren beizubringen. Ein Weib gehört zu seinem Mann, und alle anderen Liederlichkeiten müssen aufhören. Du wirst sehen, eines Tages kommen alle, Männer und Frauen, hierher, um uns für das zu danken, was wir für sie getan haben«, verkündete Gautbert mit schriller Stimme.

Nithard protestierte heftig.

»Wir müssen etwas tun, um das Volk für das Christentum zu gewinnen; wir können nicht die strafen, die gerade ihrem alten Glauben abgeschworen haben. Du gehst zu hart vor …«

»Davon verstehst du nichts. Genug geredet«, unterbrach Gautbert. »Ich werde Hergeir sofort unseren Entschluss mitteilen lassen.«

Nithard schüttelte resigniert den Kopf.

»Machst du so weiter, wird es böse enden, sehr böse«, sagte er verbissen. »Wir wollen das Volk für uns gewinnen, nicht gegen uns einnehmen, eines Tages wirst du vielleicht dafür bezahlen müssen!«

Aber sein Onkel hörte ihn nicht. Er dachte an Ansgar, der mit seiner beharrlichen Mission eine christliche Gemeinde in Birka aufgebaut hatte. Stark und mutig war er gewesen, der Mönch, in seinem Kampf für die neue Lehre. Darum musste er selbst als Bischof und kaiserlicher Gesandter die neue Gemeinde verteidigen. Niemand durfte niederreißen, was Ansgar errichtet hatte. Gautbert holte tief Luft und ließ den Blick über den Hügel schweifen.

Die Schiffsgräber standen stumm und kalt in der untergehenden Sonne und warfen lange Schatten. Einst war der Rauch des Scheiterhaufens von diesem Platz in den Himmel emporgestiegen. Nun war es hier still und friedlich. Nachdenklich stand er auf.

»Nithard, denk an Ansgar«, sagte er gebieterisch. »Er hat seine Aufgabe immer pflichtbewusst ausgeübt und durch sein untadeliges Leben viele für den christlichen Glauben gewonnen. Darum müssen auch wir diesem Weg folgen. Wir können nicht zulassen, dass die Unseren Gottes Gebote brechen. Die Frau muss bestraft werden!«

Nithard sagte nichts. Wenn Gautbert etwas durchzusetzen wünschte, konnte niemand etwas dagegen einwenden. Aber es gefiel Nithard nicht. Es konnte für sie beide gefährlich werden.

Als Hergeirs Männer ihre Bude betraten, empfing die vollbusige Krämerin Sif Lenråde sie mit einem einladenden Lächeln. Sie nahm an, dass die Männer in denselben Angelegenheiten kamen, wie so viele andere, und zeigte sich deshalb von ihrer besten Seite. Indessen, es zahlte sich diesmal nicht aus, denn die Männer packten sie am Arm und zogen sie aus der Hütte.

»Habt ihr keinen Anstand im Leib?«, klagte sie lautstark, denn grobe Männer hatte sie noch nie leiden können. Aber die Männer antworteten nicht, sondern sahen sie nur schroff an, als hätten sie noch ein Hühnchen mit ihr zu rupfen. Und das verstand sie erst recht nicht, denn sie war ihnen noch nie zuvor begegnet. »Ich kann meine Bude nicht allein lassen. Ich muss meinen Honig verkaufen«, protestierte sie schrill, als die Männer ihr verkündeten, dass sie mit ihnen mitkommen müsse.

Die beiden Wachen tauschten vielsagende Blicke aus

und dachten, dass sie eine Menge süßer Sachen hatte, die sie verkaufen konnte, aber dass Honig nicht dazu gehörte. Ohne auf ihr Gerede zu hören, banden sie ihr die Hände zusammen und führten sie unter großem Tumult zur Kirche. Dort wurde sie die ganze Nacht im Chor eingeschlossen, und am folgenden Morgen band man sie an einem Pfahl auf dem Kirchhügel fest. Sie fluchte und spuckte und rief den Teufel an, sie stieß alle Verwünschungen aus, die ihr einfielen, aber niemand kam ihr zu Hilfe. Als die Ersten zum Gottesdienst den Hügel hinaufkamen, war sie schon so heiser, dass kaum einer verstand, was sie sagte.

»Runter mit dem Umhang!«, befahl Hergeirs Wache, ein großer Kerl mit starrem Blick und kleinen Ohren. Aber Sif Lenråde, die angebunden war, rührte sich nicht.

»Hure, runter mit den Kleidern!«, schrie der Riese und riss ihr Umhang und Schal vom Leib. Der Stoff riss und fiel in Fetzen zu Boden. Die Krämerin zitterte in der Kälte, und ihre Haut leuchtete weiß durch das Hemd. Aber sie stand immer noch still.

»Ein paar Hiebe bringen dich vielleicht auf andere Gedanken«, knurrte die Wache und fesselte ihre Hände hoch über ihren Kopf. »Du verkaufst also Honig«, sagte er langsam und kam mit der Peitsche auf sie zu. »Hast du keine Ehre im Leib?«

»Doch, ich habe Ehre und Stolz. Niemals würde ich jemanden schlagen, der angebunden ist«, zischte sie höhnisch zur Antwort.

Bischof Gautbert wartete, bis sich der Kirchplatz mit Schaulustigen gefüllt hatte, bevor er vortrat und erklärte, welche Strafe die angebundene Frau erwartete.

»Wir müssen in Rechtgläubigkeit leben und Gott ehren«, sagte er schließlich und gab der Wache das Zeichen, um die Strafe zu vollziehen. Kurz betrachtete die Wache die Frau vor sich, dann hob er die Peitsche. Ein pfeifender Laut durchschnitt die Luft, gefolgt von einem Peitschenknall, der auf dem ganzen Kirchhügel zu hören war. Bei jedem Hieb platzte Haut auf ihrem Rücken auf, aber sie schrie nicht, sondern wimmerte nur. Fünfundzwanzig harte Schläge trafen sie, und die Wache rief ohne Unterlass Schmähworte. Schließlich goss er drei Eimer eiskalten Wassers über ihr aus. Die Zuschauer standen stumm davor, niemand wagte einzugreifen. Eine Frau für Unzucht auszupeitschen! Das war ihnen so fremd, dass sie es kaum glauben konnten. Und als die Versammelten endlich ihre Abscheu hinausschrien und vorstürmten, hing Sif Lenråde kraftlos am Pfahl, und ihr blutiger Leib zitterte.

Schließlich befreiten zwei Wachen sie von ihren Fesseln und trugen sie in einer Decke fort. Dumpfes Schweigen senkte sich über die Menschenmenge, und ein kalter Wind wehte über den Kirchhügel. Mehrere der Heidenfrauen sahen sich bestürzt an. Sie begriffen nicht, wie es möglich war, dass fremde Männer von der anderen Seite des Meeres im Reich der Svear eine arme, wehrlose Frau verprügelt hatten. Wofür? Sif Lenråde hatte nichts Böses getan. Die Frauen tauschten düstere Blicke, ihre Augen glühten, und sie ballten entschlossen ihre Fäuste. Diese Männer der Kirche mussten aufgehalten werden, bevor sie noch mehr Schaden anrichteten.

Gautbert nickte der Gemeinde zu und ging in die Kirche voran. Er war zufrieden. Die Menge hatte gemurmelt und sich bei jedem Peitschenhieb empört, und er war sicher, dass von nun an ein jeder daran gemahnt war, in

Rechtgläubigkeit zu leben und Gottes Gebote zu befolgen. Es ging nicht an, sich zur christlichen Lehre zu bekennen, um sich dann in den Taten wie ein Heide zu benehmen. Nein, ab jetzt würde eine andere Ordnung herrschen.

Nithard, der im Hintergrund stand, litt und sah beschämt zu Boden. Er schämte sich für Gautberts Eigenmächtigkeit, und die Frau tat ihm Leid. Auch ihm war das bestürzte Murmeln der Gemeinde nicht entgangen. Und er hatte den Zorn und Hass der Heidenfrauen gesehen. Er war sicher, dass einige Rache nehmen wollten.

Es hatte zu regnen begonnen. Dichter Schneeregen fiel vom Himmel auf den Hofplatz. Ysja zitterte und eilte in die Wohnhalle. Frierend stellte sie den Eimer ab. An diesem Morgen hatte sich eine dünne Eisschicht auf dem Wasser gebildet, und sie hatte erst ein Loch in die Oberfläche schlagen müssen, ehe sie den Eimer hatte füllen können. Wie kalt und rau die Natur war, wenn die Kälte kam. Im Sommer ging alles so leicht; die Welt war warm, grün und hell. Da gab es Hoffnung und frohe Gedanken, aber in der Dunkelheit des Herbstes und des Winters war alles viel beschwerlicher. Ysja schüttelte das Wasser von Haaren und Umhang und setzte sich ans Feuer. Dies war keine gute Zeit fortzugehen, weder zum Königshof noch zu anderen Anwesen. Da hatte sie es besser, wo sie war. Aber Eyvind hatte sie und Toste so seltsam angesehen. Wie lange würde sie es aushalten hier zu bleiben, wenn Eyvinds misstrauische Blicke auf ihr ruhten? Auf irgendeine Art musste sie sich seines Schweigens versichern. Kaum hatte sie den Gedanken zu Ende gedacht, wusste sie bereits die Antwort. Mehr als einmal hatte sie gemerkt, dass er ihr nachschaute. Sie musste so gut zu ihm sein, dass er nicht mehr ohne sie sein konnte. Dann würde er auch zu ihr stehen, wenn es darauf ankam. Ysja streckte ihren Rücken und stand auf. Leise trat sie an die Bank, wo Toste schlief. Seinetwillen war sie bereit, alles zu riskieren.

Schon am selben Abend zum Essen löste sie ihren Haarknoten, ließ ihr schwarzes Haar über die Schulter fallen, straffte ihr Kleid unter der Brust und wich Eyvinds Blicken nicht länger aus. Am nächsten Tag folgte sie ihm zu seiner Arbeit und blieb näher bei ihm als gewöhnlich. Als sie für eine Weile allein im Stall waren, sah er sie anders an als sonst, und sie lächelte offen und einladend. Im nächsten Moment fühlte sie seine Hände an ihrer Schulter.

»Ysja«, murmelte er, und sein Atem war heiß und nah. Sie drehte sich zu ihm, und er war über ihr, noch ehe er sie ausgezogen hatte. Kurz darauf spürte sie ihn in sich und wusste, dass seine Fragen nach dem Kind auf sich warten lassen würden.

Die Flut stürzte donnernd den Berg hinab. Der Schaum wirbelte, und weiß perlende Tropfen tanzten über Steine und Felsvorsprünge. Erik blieb stehen und sah dem tosenden Wasser nach. Dunkle Stromwirbel und weiße Wasserkaskaden; die mächtige Strömung zog ihn an. Es erinnerte ihn an das Meer und Schiffe im Sturm, und er freute sich.

Um ihn herum waren nackte, nasse Felsen, und hie und da leuchtete grünes, saftiges Gras auf. Bald schwebte grauer und weißer Nebel über allem, bald drängte der Wind die Feuchtigkeit fort und gab die Sicht auf das üppige Grün frei. Ein Naturschauspiel, so wundersam und schön, dass er es gerne mit jemandem geteilt hätte. Aber er war allein. Er hatte das Haus verlassen, ohne Tennia oder den Leuten vom Hof etwas zu sagen. Vielleicht weil er geahnt hatte, dass Tennia ihn niemals hätte gehen lassen. Nicht allein. Sie hätte ihn nur ermahnt und ihn gebeten zu warten.

Tennia, diese seltsame Frau, hatte ihn wieder gesund gemacht. Sie war warm, fürsorglich und geduldig, und er konnte nicht begreifen, warum sie so viel Kraft darauf verwendet hatte, ihn zu pflegen. Sicher, sie unterhielten sich gut und lachten viel zusammen, aber ihn auf dem Hof zu haben, war sehr schwer für sie. Außerdem hatte sie viele andere Dinge zu tun. Ihr Vater war tot und ihre Mutter mit den Jahren schwachsinnig geworden. Tag und Nacht musste sie nach der alten Frau sehen, und sie und ihr Bruder mussten sich allein um das Gesinde und den großen Besitz kümmern. Dennoch beklagte sie sich nicht, sondern hatte ein offenes und frohes Wesen. Ja, sie erinnerte ihn sehr an Estrid. Erik lächelte bei dem Gedanken. Wie kam es, dass er immer an Frauen geriet, die ihren eigenen Kopf hatten? Oder war es am Ende so, dass gerade das ihn anzog?

Erik ging näher ans Ufer, kletterte einen Abhang hinunter, bis zu einem kleinen Pfad, der sich oberhalb der Klamm entlangschlängelte. Dort unten donnerte das Wasser, und er fühlte kleine, nasse Wassertropfen auf seiner Haut. Einsam herumzuwandern machte ihn glücklich, und er fühlte sich so frei wie damals, als er sich als kleiner Junge zum ersten Mal vom Hof seiner Eltern fortgeschlichen hatte. Jetzt war er wieder allein, ohne dass ihn jemand ermahnte oder etwas von ihm wollte. Tennias Gesicht kam ihm wieder in den Sinn. Seit er dabei war, seine Gesundheit wiederzuerlangen, hatte er nicht mehr soviel an Estrid denken müssen. Tennia war die ganze Zeit an seiner Seite gewesen, hatte ihn gepflegt und sich um ihn gekümmert. So war er ihr jeden Tag ein wenig näher gekommen. Einmal hatte er sich sogar erdreistet, ihre Hand zu nehmen, aber da hatte sie sie fortgezogen. Fürchtete sie sich vielleicht vor Männern? Sie war nicht verheiratet, obwohl sie im richtigen Alter war. Plötzlich durchfuhr Erik das Bedürfnis, mehr über sie zu erfahren.

Der Nebel zog über den Berg. Jetzt fiel er und senkte sich über das strömende Wasser. Erst betrachtete er das prächtige Schauspiel, Wasserdampf, der hie und da in einem Regenbogen aufleuchtete. Aber dann wurde er mit einem Mal unsicher. Seine Landmarken waren in all dem Grau verschwunden. Unruhig spähte er in alle Himmelsrichtungen, aber dann beruhigte er sich. Bald würde der Nebel wieder fortgeweht.

Langsam folgte er dem Pfad abwärts. Das Rauschen des Wassers kam näher, stieg brausend und mächtig zu ihm hinauf. Er hatte die Stromschnellen schon früher gehört, das wilde Wasser, das gegen die Felsen schlug, und wenn er mit Tennia hier gewesen war, wollte er immer stehen bleiben und zuhören. Aber dieses Mal schien das Geräusch näher zu kommen. Das Wasser klang fremd und Angst einflößend.

Er sah sich um. Der Nebel schloss sich immer dichter um ihn, und das Dröhnen der Wassermassen klang plötzlich bedrohlich nah. Die Stromschnelle war reißend und gefährlich, die Steine glitschig und nass. Vorsichtig ging Erik auf die Bergwand zu, um einen Platz zu finden, wo er sich hinsetzen und warten konnte, bis der Nebel sich lichtete und er die Landmarken wieder sehen konnte. Ein Baum, ein Felsvorsprung, irgendwo würde er sicher Schutz finden. Er ging aufmerksam weiter, aber wieder wurde er unsicher. Er hatte das Gefühl, die Richtung zu verlieren, und trat zögernd einen Schritt zur Seite. Plötzlich gab der Boden nach. Der Pfad war voller Grus und lehmig, und Erik verlor das Gleichgewicht. Er ruderte mit den Armen, spreizte seine Finger zu Klauen und versuchte Halt zu finden. Aber er fand nichts und fiel, stürzte in das bodenlose Weiß und Grau. Seine Kehle schnürte sich zusammen, und er schrie. Sein Schrei wurde lauter, als er gegen die Felswand stieß, doch nur um den freien Fall fortzusetzen. Das Wasser kam näher, und das Tosen ertränkte seinen Hilferuf. Steine und Felsblöcke, Bäume und Blattwerk; die Felswände flimmerten vor seinen Augen, aber nichts bremste seinen Fall. Unter ihm tosten die Stromschnelle und das wirbelnde Wasser.

Hakon Jarl zog einen Ast beiseite und sah hinaus auf die Bucht. Hastig trat er einen Schritt zurück und versteckte sich hinter dem Baumstamm. Das konnte nicht wahr sein. So viele Kriegsschiffe hatte er noch nie zuvor gesehen. Es waren über vierzig, vielleicht noch mehr, wie war das möglich?

Unter den Schiffen, die auf den Strand gezogen worden waren, erkannte er einige seiner eigenen, und seine Gedanken wanderten zu den Männern an Bord. Mochten seine Leute noch am Leben sein. Die schlanken Schiffe schienen in gutem Zustand, und Harald Sigurdson würde Schiffe und Mannschaften sicher noch eine ganze Zeit brauchen. Hakon Jarl überlegte. Wie sollten er und Thorgrim Svedde jemals solch eine starke Flotte besiegen können? Mit einem Mal fühlte er sich ratlos. Wenn Erik nur da wäre. Jetzt hätte er die Hilfe seines Kameraden gebraucht. Der Jarl warf einen nachdenklichen Blick auf die Schiffe und zog sich zurück. Der Feind war übermächtig. Sie mussten ihn überlisten. Er und Thorgrim waren gezwungen, den richtigen Zeitpunkt abzuwarten. Aber augenblicklich hatten sie genug mit sich selbst zu tun. Ihre Vorräte gingen zur Neige, und sie mussten Nahrung für die Mannschaft beschaffen. Es war höchste Zeit, landeinwärts zu ziehen, um zu plündern.

Erneut suchte Tennia nach Erik auf dem Hof. Im Stall war er nicht, auch nicht draußen auf dem Feld. War er fortgegangen? Oder wollte er sich nur ein wenig umsehen? Aber dann wäre er doch längst wieder da. Seit dem Morgen hatte ihn niemand mehr auf dem Hofplatz gesehen. Vielleicht hatte er den Hof für immer verlassen? So ungeduldig wie dieser Mann war, war er vielleicht aufgebrochen, um den Jarl zu suchen. Aber das hätte er sie doch sicher wissen lassen? Außerdem lagen sein Schwert und sein Beutel noch in der Wohnhalle. Tennia kehrte zum Haus zurück. Ihr wurde schmerzhaft klar, dass der Augenblick nicht mehr fern war, an dem er sie verlassen würde. In der letzten Zeit hatte er immer öfter behauptet, er wäre gesund und müsste weiter, und sie hatte ihn nur mit großer Mühe zurückhalten können. Noch war er nicht kräftig genug, aber bald würde er sich wieder ganz erholt haben. Sie erschauerte bei dem Gedanken und merkte, dass sie ihn nicht fahren sehen wollte.

Tennia blickte noch einmal über den Hofplatz. Und

wenn er den Berg hinauf zur Stromschnelle gegangen war? Erik fischte gern, und sie waren einige Male zusammen dort hinaufgegangen. Sie zog ihren Schal enger um die Schultern. Vielleicht war es das Beste, wenn sie nach ihm suchte. Er konnte bei der Stromschnelle sein. Der Nebel hing tief über dem Berg, und möglicherweise fand er nicht nach Hause.

Sie eilte durch das Gatter, den Berg hinauf. Das Lärmen des Flusses wurde immer lauter, und eine schleichende Unruhe überkam sie. Hoffentlich hatte er nicht den Pfad am Wasser genommen. Bei Nässe war es dort gefährlich, und sie hatte ihn gewarnt. Sie beschleunigte ihren Schritt. Der Nebel stieg höher, rauchte, tanzte, sank und verdichtete sich wieder. Es war, als würde er von einer übernatürlichen Kraft gelenkt, einer Kraft, mit der es kein menschliches Wesen aufnehmen konnte.

Sie sah sich um. Kein Erik. Er war nicht auf der Lichtung, wo sie gesessen und geplaudert hatten, auch nicht unterhalb des Steilhangs, wo er sonst gefischt hatte. Dann musste er den Pfad genommen haben. Sie begann zu laufen. Kälte und Feuchtigkeit stachen in der Brust, und sie rang nach Luft. Die Sonne brach durch die Wolken, und der Nebel schimmerte und glänzte. Ein abgebrochener grüner Zweig ließ Tennia stehen bleiben, und sie ließ sich auf die Knie nieder. Es war jemand vor ihr hier gewesen, es waren Spuren im Lehm zu sehen. Lederschuhe, es konnten Eriks gewesen sein. Freude stieg in ihr auf, er musste hier in der Nähe sein. Erleichtert folgte sie den Abdrücken im Lehm. Dann hörte die Spur plötzlich auf. Auf dem Boden vor ihr war eine Rinne aus Grus und Lehm. Sie schnappte nach Luft, und ihr Blick wanderte zu dem weißen Wasser, hin zu dem donnernden Lärm unterhalb des Berges. Die Stromschnelle schleuderte ihren Schaum gegen den Abhang. Wie hoch der Wasserstand ist, dachte sie, die Bäume stehen schon fast im Wasser. Die Wirbel sehen so mächtig und wild aus, als wollten sie alles in einen tiefen, bodenlosen Brunnen ziehen.

»Erik!«, schrie sie, und ihr Herz schlug ihr bis zum Hals. »Erik!« Aber ihr Ruf prallte gegen die Felswand und wurde von dem reißenden Wasser verschluckt. Stolpernd lief sie weiter, bekam zitternd einen Baumstamm zu fassen und sah wieder hinunter. Oberhalb des wirbelnden Wassers, von einem Ast gehalten, lag ein lebloser Körper.

10

Erik gab keinerlei Lebenszeichen von sich. Sein Umhang hatte sich in den Ästen verhakt, sein Gesicht blickte zum Wasser hinab. Seine Kleider hatten zu reißen begonnen und würden nicht mehr lange halten.

Sowie Tennia ihn entdeckt hatte, verließ sie den gefährlichen Pfad und näherte sich der Stromschnelle aus der entgegengesetzten Richtung. Mit dem Rücken zum Berg tastete sie sich mit ausgebreiteten Händen die Felswand entlang, dann spähte sie wieder mit halbgeschlossenen Augen den steinigen Abhang hinunter. Als sie ihn endlich erreicht hatte, waren ihre Kleider zerfetzt und ihre Hände aufgerissen.

Atemlos drehte sie ihren Schal zu einem Strick und schlang ihn um Eriks Schulter. Unten toste der Fluss, und sie wusste, wenn es ihr nicht gelang, ihn zu tragen, würde das schäumende Wasser sie beide verschlingen. Sie knotete den Schal fest, legte ihren Arm um seine Taille und versuchte, ihn aus den Zweigen zu befreien. Langsam löste sie seine Kleider aus dem Blattwerk und begann, ihn denselben Weg zurückzuschleppen, den sie gekommen war. An jedem Baum und jedem größeren Stein ruhte sie sich aus und sah ihn besorgt an. Er war noch immer bewusstlos, aber er atmete.

Schließlich erreichte sie mit Erik den Weg. Ängstlich deckte sie ihn mit ihrem Umhang zu und lief, um Hilfe zu holen. Als sie mit Pferd und Karren zurückkam, war er wieder bei Bewusstsein. Er sah sie an und versuchte aufzustehen.

»Lieg still und rühr dich nicht«, ermahnte Tennia ihn und kniete sich neben ihn. »Du bist verletzt. Tu, was ich sage.« Dummkopf, dachte sie. Warum gehst du allein fort, fast wärst du für immer verschwunden. Und als dieser Gedanke sie traf, begriff sie, dass sie ihn lieb gewonnen hatte. Sie half ihm auf die Ladefläche, und vorsichtig gingen sie zum Hof zurück.

Als Erik sich wieder erholt hatte, hatte er die Sorgen bedauert, die er Tennia bereitet hatte, und sie um Verzeihung gebeten. Dann hatte er über seine eigene Dummheit gelacht, und sie hatte mitlachen müssen. Sie hatte seine Wunde verbunden und nach seinem verstauchten Fuß gesehen, und insgeheim hatte sie gedacht, dass er jetzt noch eine Weile bei ihr bleiben musste. Darüber freute sie sich, denn sie spürte, wie sehr sie ihn vermissen würde, wenn er wieder fuhr. Sie hatten etwas Warmes aus dem Kessel gegessen und reichlich Bier getrunken. Appetit und Durst jedenfalls waren ihm nicht abhanden gekommen, und das war ein gutes Zeichen.

Sie waren dicht beieinander am Feuer sitzen geblieben, und Erik hatte von seinem Zuhause in Birka und seinen Jahren auf Wikingfahrt erzählt. Tennia mochte es nicht, wenn er von Estrid erzählte, und bat ihn, stattdessen über sich selbst zu berichten. Und während der Abend in die Nacht überging, wurden sie immer vertrauter, und als sie lange über seine Mutter gesprochen hatten, die gestorben war, als er erst fünf war, über seinen Bruder und seinen gefühlskalten Vater, da begann auch sie, über sich und ihre Familie zu reden. Erik erfuhr, dass sie einen Verlobten gehabt hatte, der vor drei Wintern in einem schweren Sturm ums Leben gekommen war, und einen älteren Bruder, der in den Bergen erfroren war. Danach war sie mit ihrer Mutter, ihrem jüngeren Bruder und dem Gesinde auf dem Hof allein geblieben. Tennia hatte es ebenso schwer gehabt wie er, und vielleicht verstanden sie sich deshalb so gut.

Sie unterhielten sich lange in der Wärme des Holzfeuers, der Ernst wich, und sie wurden immer gelöster. Sie hatten eine große Gefahr überstanden, und in der Erleichterung konnten sie sich entspannen und miteinander scherzen. Zur Nacht hin machte sie ihm einen neuen Verband, und einen kurzen Augenblick verweilten ihre Finger auf seiner Brust. Er nahm ihre Hand und lächelte sie warm an. Nun rührte sie sich nicht mehr und zog sich nicht wieder zurück. Schweigend und ernst saß sie neben ihm, ganz erfüllt von Gefühlen. Sie durchlebte all das, was am Tage geschehen war; die unerhörte Angst und dann die Freude, als sie ihn wiedergefunden und sich versichert hatte, dass er noch lebte. Als sie ihn ansah, spürte sie eine seltsame Kraft, und sie merkte, wie sie rot wurde. Sie blieb länger als notwendig neben ihm sitzen, und erst als er schlief, ging sie schließlich, um sich selbst auszuruhen.

Sie kroch unter ihr Schaffell, schloss die Augen und versuchte zu schlafen. Noch lange starrte sie in den dunklen Raum, in das verlöschende Licht der Feuerstelle und ahnte die Glut unter der Asche. Immer wieder glitt ihr Blick zu Erik. Bald würde er fahren und nie zurückkehren. Das wäre das Beste, hatte sie noch am selben Morgen gedacht. Sie hatte Angst davor gehabt, sich zu sehr auf ihn einzulassen. Aber jetzt war plötzlich alles anders geworden. In dem Moment, als sie glaubte, ihn verloren zu haben, hatte sie einsehen müssen, wie viel er ihr bedeutete.

Die Nachtstunden ließen sie nicht zur Ruhe kommen. Schlaflos stand sie auf, schürte die Glut und legte Holz nach. Das Feuer flackerte auf, und im Lichtschein sah sie Eriks friedliches Gesicht. Ihre Augen glitten über sein ungebändigtes Haar, folgten seinen Wangen, der Stupsnase und dem lockigen, hellen Bart. Ihr Blick ruhte auf seinem Mund, und sie beobachtete seinen Atem: Er hatte etwas Jungenhaftes und Kindliches an sich. Plötzlich durchströmte sie eine überbordende Zärtlichkeit und Wärme. Er war ein Mann, stattlich, breitschultrig und ernst, aber zugleich menschlich und freimütig. Und er war fast immer fröhlich. An diesem Abend hatte er sogar mit ihr gescherzt, obwohl sein Fuß schmerzte und seine Wunde brannte. Wieder sah sie ihn vor sich: Die funkelnden Augen, seine Wärme und sein Schalk kamen ihr in den Sinn, und plötzlich wurde ihr klar: Sie konnte ihn nicht fahren lassen. Nein, sie musste ihn zurückhalten. Leise schlich sie zum Bett und setzte sich neben ihn.

Sie übermannte ein Gefühl, so stark, dass sie sich nicht länger zügeln konnte. Vorsichtig beugte sie sich über ihn und küsste ihn. Sie streichelte sein Gesicht mit ihren Lippen, und ihr Mund war weich wie Eiderdaunen. Erik wachte auf.

Tennia? Verwirrt fühlte er ihr Gesicht an seinem und schmeckte ihre Tränen. Tennia? Sie war so nah, und eine tiefe Sehnsucht und Wärme durchfuhr ihn. Im nächsten Augenblick zog er sie zu sich. Seine Arme suchten ihren Körper, und er streichelte sie sanft und vorsichtig. Seine Wunde schmerzte, aber das kümmerte ihn nicht. Er wollte sie haben, wollte sie besitzen.

Tennia spürte Eriks Kraft, und sie wusste, dass nichts sie noch länger aufhalten konnte. Ihr Kleid glitt bis zur Taille hinauf, und sie spürte seine Haut auf ihrer. Sie umarmte ihn heftig, rang nach Luft und war glücklich.

Die Nacht war kalt, und es zog durch Wände und Fensterluken. Weit entfernt erklang Geläut. Da war der Ton wieder. Estrid setzte sich hellwach auf der Schlafbank auf. Und noch einmal läutete die Glocke auf Hergeirs Grund. Würde sie denn nie schlafen dürfen? Immer öfter wurde sie von dieser lärmenden Erfindung geweckt, nur weil Gautbert und Nithard ihrer Gemeinde irgendetwas mitteilen wollten. Bald war es das Morgengeläut zur Auferstehung des Erlösers, dann läuteten sie zum Gottesdienst, Abendgebet oder einer Beerdigung. Als Ansgar in Birka missionierte, hatte er sich mit leisen Predigten begnügt. Aber diese Glocke war schlimmer als Thors Wagen oder alle Kuhglocken der Stadt zusammen.

Verärgert stand sie auf und richtete verschlafen die Morgenmahlzeit. Rurik schrie und beruhigte sich erst, als sie ihn gefüttert hatte. Mürrisch und unausgeschlafen löffelte sie ihre Grütze und versuchte nachzudenken. Das Läuten der Kirchenglocken ärgerte sie, aber es gab ernstere Sorgen. Im Schankhaus hatte sie gehört, dass mehrere Kaufleute sich hatten bekehren lassen, und es gab viel Gerede darüber. Die Männer sprachen davon, dass die Frauen in Birka zu große Freiheiten genossen. So etwas war ihnen weder in Dorestad noch in Haithabu begegnet, und sie sagten, dass es vielleicht besser wäre, wenn jemand anders als die Frau über die Schlüssel des Hofes regierte. Solche Macht würde die Frauen nur stur werden lassen, und das war nicht gut, predigten sie. Und wenn die

Frauen weniger zu bestimmen hatten, würden sie vielleicht auch nicht mehr so müde und zänkisch sein.

Am schlimmsten aber war, dass einige der Männer Gautbert dafür priesen, dass er Sif Lenråde hatte auspeitschen lassen. Wie konnte das möglich sein? Es hatte zwei Mondumläufe gedauert, bis die Wunden der armen Frau verheilt waren, und ihr Rücken war rot und fleckig von Narben. Estrid hatte einen solchen Zorn gefühlt, dass sie sich kaum zügeln konnte. Jemanden zu preisen, der über eine wehrlose Frau hergefallen war! Schließlich war Estrid so wütend geworden, dass sie die Männer hinausgeworfen und das Wirtshaus geschlossen hatte.

Seither machten alle Männer einen großen Bogen um Sif Lenrådes Bude, und kein Christ kaufte mehr ihren Honig. Sie selbst war wieder zum Asenglauben zurückgekehrt und verfluchte den Tag, an dem sie sich von Ansgar hatte taufen lassen. Das Gerede davon, den Frauen die Verantwortung über Heim und Hof zu nehmen, war wieder aufgekommen, und Estrid hatte begriffen, wie viel Ernst dahinter stand. Die Gespräche der Kaufleute machten ihr Angst. Diese Männer waren mächtig, und ihr Glaube konnte schnell auch der anderer werden. Es war höchste Zeit, etwas zu unternehmen.

Später am Tag sprach Estrid die Sache an. Sie und Sigfrid waren allein im Schankhaus und richteten alles für ein Fest her. Rurik schlief, tief eingekuschelt in sein Fell, müde und erschöpft, nachdem er den ganzen Morgen herumgetobt war. Er schnarchte und wachte nicht einmal vom Geklapper der Frauen am Tisch auf.

»Setz dich, ich will mit dir reden«, sagte Estrid und sank schwitzend auf eine Bank. »Willst du mir helfen, Sigfrid?«

»Das mache ich schon die ganze Zeit«, antwortete die Nachbarin lächelnd und setzte sich neben sie.

»Ja, aber diesmal müssen wir zu zweit sein, verstehst du«, erklärte Estrid.

»Wie bei so vielem anderen, oder wie?«, antwortete Sigfrid zweideutig.

Estrid schmunzelte und sagte dann:

»Das weiß ich wohl, aber hier geht es um die Kirche und die Mission.«

»Was auch sonst?«, murmelte die Nachbarin. »Das scheint dir zu Kopfe gestiegen zu sein.«

»Ja, aber Sif Lenrådes Strafe war eine Schändlichkeit, die ich nicht ertragen kann.«

»Nein, wer könnte das?«

»Aber genau deshalb müssen wir etwas tun.«

Estrid beugte sich dicht zu Sigfrid und flüsterte eifrig und lange.

»Du bist nicht gescheit!«, platzte die Nachbarin heraus, und ihr Mund stand sperrangelweit offen. »Hast du denn nicht daran gedacht, dass Hergeir von nun an solche bestraft, die sich gegen die Kirche auflehnen?« Zweifel stand in ihren Augen. »Es würde uns übel ergehen, wenn wir gesehen würden. Außerdem müssen wir Wirtsfrauen uns mit allen gut stellen. Wie soll es sonst mit unserem Schankhaus gehen?«

»Niemand wird dahinter kommen, dass wir es waren«, antwortete Estrid kurz. »Wir verkleiden uns als Männer. In Hosen, Umhang und Lederkappe wird uns niemand erkennen. Eriks Kleider liegen noch in der Truhe. Irgendeinen Nutzen müssen wir doch von ihm haben.«

Sigfrid horchte auf und hörte die Verbitterung in der

Stimme ihrer Freundin. Estrid hatte es schwer gehabt. Erst hatte Ansgar sie verleugnet, dann war Erik auf Wikingfahrt gegangen. Der Kummer über Toste jedoch quälte sie am meisten. Wann immer die Rede auf den Jungen kam, verstummte sie, und ihre Augen wurden traurig und verlassen. Oft zog sie sich in die Einsamkeit zurück, und manchmal hörte Sigfrid sie weinen. Es war schwer, Estrid die Hilfe zu verweigern, wenn sie darum bat. Sigfrid selbst hatte die Streitereien zwischen Heiden und Christen satt, aber Sif Lenrådes Strafe hatte auch sie aufgebracht, und vielleicht sollte sie Estrid trotz allem in dieser Sache unterstützen. Sie und die Freundin führten das Wirtshaus zusammen, und ihrer beider Leben war eng miteinander verwoben. Dann mussten sie einander auch beistehen.

Sigfrid saß eine Weile schweigend da, dann wandte sie sich zu Estrid und nickte müde.

»Estrid, du bekommst, was du willst, ich bin dabei«, sagte sie leise, »aber wir müssen sehr, sehr vorsichtig sein.«

Spät am Abend ließ Estrid Rurik auf dem Snemunhof zurück und ging mit Sigfrid zusammen zum Schankhaus. Aber noch bevor sie den Stadtwall erreicht hatten, bogen sie auf einen Pfad, der zum Burgberg führte. Sie schlichen in eine Felsspalte und sahen sich kurz um.

»Hier!«, flüsterte Estrid und gab Sigfrid ein Bündel Kleider. Schweigend nahm die Freundin die Sachen entgegen und begann sich anzuziehen. Eriks Hosen und Umhang waren zu groß für sie beide, und seine Lederschuhe mussten sie mit Stroh ausstopfen. Ihre Haare hingegen passten gut unter die Lederkappe, und mit

Ringfibeln und Spangen machten sie die Kleider passend. Estrid hatte Eriks Lodenhosen eingenäht, der Heftfaden kratzte an den Schenkeln. Auch sein Kittel war zu groß, aber sie krempelte die Ärmel auf. Kichernd sahen sich die beiden Frauen an. Dann machten sie ein paar wankende Schritte und schlenkerten die Arme, wie die Männer es taten, und niemand konnte sie für jemand anderen halten als Fischer oder Bauern. Schließlich steckten sie ihre Messer in den Gürtel und banden sich die Schwerter um. Nicht, dass sie sie brauchen würden, aber falls …

Schweigend begannen sie ihre Wanderung. Um sie herum war dunkle Nacht, schwarz wie Teer, und kein Mond war zu sehen. Aber sie kannten jeden einzelnen Pfad, jede Lichtung und jeden kleinen Felsen auf der Insel und fanden bald den Weg zu Hergeirs Grund. Als sie die Kirche erreicht hatten, kam der Mond hinter den Wolken hervor und leuchtete ihnen den Weg zum Glockenturm. Eine Eule rief durch die Nacht, der Wind säuselte schwach. Die beiden Frauen arbeiteten flink und verschwanden ebenso leise wie sie gekommen waren. Sacht trieb der Wind Wolken über das Himmelszelt, und alles war wieder so dunkel wie zuvor.

Der Hügel lag still im Mondenschein, in der Ferne heulte ein Fuchs. Das Feld war gepflügt, und der lehmige Boden glänzte feucht und grau in der Nacht. Der Wind kam vom Meer, und die Menschen in der Stadt kauerten um ihre Holzfeuer.

Auf einem Kaufmannshof gleich vor dem Stadttor schritt eine gebeugte Männergestalt nachdenklich auf und ab. Er war auf den Hofplatz hinausgetreten, um zu horchen. Langsam strich er sich über den Kopf, um den sich dünnes, graues Haar schmiegte. Hergeir blinzelte in die Dunkelheit, und seine stechenden Augen verzogen sich zu schmalen Schlitzen. Der Augenblick war gekommen. Die Nacht war dunkel, und die Kälte hielt die Leute in ihren Häusern. Etwas mehr Wind, und niemand würde sie hören. Dann konnten sie zuschlagen.

Hergeir sah zur Kirche hinüber, die er und Ansgar hatten errichten lassen. Der Mönch aus Corbie hatte zwar viele bekehrt, aber er war zu vorsichtig gewesen. Dieser Mann hatte nur gepredigt. Gautbert und Nithard verstanden sich besser aufs Fordern. Der Bischof und sein Priester fürchteten sich nicht einmal davor, die Heiden in ihren Häusern aufzusuchen. Wo es vonnöten war, sprachen sie freundliche Worte und erschreckten und drohten dort, wo solcherlei Rede mehr Wirkung zeigte. Dieses Mal hatte der Kaiser die rechten Männer ausgewählt; Christen, die mit Macht lenken und in kurzer Zeit die ganze Stadt bekehren wollten.

Der Häuptling fuhr sich wieder über den Kopf, und der Anflug eines Lächelns huschte über sein Gesicht. Wenn sie erst alle bekehrt hatten, dachte er, würde er selbst, Birkas Häuptling, die Macht übernehmen. Aber nicht nur über die Handelsstadt. Birka war ihm zu klein, er wollte über das ganze Reich herrschen. König Björn, der an seinem Asenglauben festhielt, nur ungern zur Waffe griff und die meiste Zeit bäuchlings auf seinen Konkubinen zubrachte, war nichts für die Svear. Sie brauchten einen starken und mächtigen König, der Christ war.

Ein Windstoß zauste das Feld und wirbelte die Büsche unterhalb der Terrasse auf. Hergeir wartete. Wieder schlug der Wind die Zweige spröde gegeneinander. Der Häuptling erhob sich und ging mit zielstrebigen Schritten zum Stall hinüber. Es war höchste Zeit, den Verwalter zu benachrichtigen und die Pferde zu satteln.

Sigfrid und Estrid erreichten wohlbehalten die Felsspalte, ohne dass sie jemand entdeckt hatte. Rasch zogen sie die Kleider aus und legten schweigend ihre eigenen Sachen an. Als Estrid die Fibeln einhaken wollte, hielt sie inne und blieb mit der Hand am Kleid stehen. Wachsam spähte sie in die Nacht.

»Still!«, flüsterte sie und packte Sigfrid am Arm. Sie zeigte hinüber zum Gräberfeld unterhalb des Berges, wo eine Gruppe schwarz gekleideter Reiter in Richtung Stadt vorbeiritt. Sie waren kaum zu hören, bewegten sich fast lautlos im Dunkeln.

»Ich sehe nichts«, zischte Sigfrid leise. Feuchte Wolken zogen über die Grabfelsen, in der Ferne heulte ein Wolf.

»Reiter«, wiederholte Estrid ungeduldig. »Siehst du nicht?«

»Vielleicht ist es nur die Feuchtigkeit«, sagte Sigfrid unsicher, aber sie verstummte sofort, als sie vier Reiter hinter den Grabhügeln entdeckte. Für einen kurzen Moment waren sie zu erahnen gewesen, doch dann wieder verschwunden. Die Grabhügel lagen wieder ruhig da. Sigfrid fasste Estrid am Arm.

»Komm! Wir müssen zurück zum Hof, bevor wir entdeckt werden.« Im selben Augenblick hörten sie ein Knacken, und Estrid zog Sigfrid hastig hinter einen Felsen. Sie spähte vorsichtig zum Weg.

Wenige Armlängen von ihnen entfernt trieb eine Gruppe Reiter ihre Pferde zu vollem Galopp an. Sie kamen auf sie zu. Estrid presste sich auf den Boden. Die

Pferde schnaubten, und Zaumzeug und Riemen knarrten und klirrten durch die Nacht. Schnell ritten die Reiter an ihnen vorbei, und der Geruch von Pferd und Stall schlug ihnen entgegen. Zitternd kamen die Frauen wieder auf die Füße.

»Das war knapp!«, keuchte Estrid.

»Ja, aber wer waren sie und was machen sie hier draußen in der Dunkelheit?«, fragte Sigfrid flüsternd.

»Nun, warum wählten wir selbst den Schutz der Nacht? Es braut sich etwas zusammen, etwas, von dem niemand etwas wissen soll«, antwortete Estrid nachdenklich.

»Aber wir wissen es«, sagte Sigfrid. »Hu, das hier gefällt mir nicht.«

»Nun, viel wissen wir nicht, aber wir können mehr herausfinden. Lass uns besonders starken Met im Schankhaus servieren«, schlug Estrid vor.

»Willst du uns beide umbringen?«, zischte Sigfrid aufgewühlt. »Überlass das den Männern, wir halten uns an das unsere. Sonst kann es uns schlecht ergehen.«

»Aber verstehst du nicht?«, entgegnete Estrid hitzig. »Was passiert, wenn die Kreuzträger rüsten? Vielleicht haben sie sich getroffen, vielleicht bereiten sie etwas vor. Snemun muss es erfahren.«

Sigfrid stand auf und sah sich um. Alles war wieder ruhig.

»Sprich du mit Snemun. Ich habe dieses böse Gerede über die Christen satt. Ich habe dir heute Abend beigestanden, aber das nächste Mal musst du allein spielen. Ich mag dich sehr, Estrid, aber ich kann dein Misstrauen gegen die Kirche nicht teilen. Der neue Gott wird wohl auch sein Gutes haben. Würden sonst so viele an ihn glauben? Lass uns beides tragen, Hammer und Kreuz, es wird uns nichts schaden.«

Estrid sah ihre Freundin bestürzt an. Was war mit Sigfrid geschehen? Sie war doch nicht dabei, über die neue Lehre zu grübeln? Sie konnten doch nicht verschweigen, was sie gesehen hatten.

»Hör zu«, sagte Estrid nach einer Weile. »Du bist eine kluge Frau, und du hast Recht, wenn du sagst, dass wir nicht gegen die kämpfen dürfen, die anders denken als wir. Aber ich habe Angst vor dem, was geschehen kann. Ich werde dich nicht mehr um Gefallen wie diesen bitten, aber lass mich mit Snemun reden.«

Sigfrid nickte.

»Erzähl es ihm, aber halte mich raus.«

Estrid lächelte und umarmte sie. Sigfrids Freundschaft bedeutete ihr viel. Was sie teilten, wollte sie nicht aufs Spiel setzen.

Am nächsten Morgen entdeckten die Kaufleute, die noch immer am Asenglauben festhielten, dass jemand bei ihnen auf dem Hof gewesen war. Auf den Opferplätzen standen die Statuen von Odin, Thor und Frey zwar noch aufrecht, aber auf zwei der Götterstatuen war ein Christuskreuz gemalt. Frey jedoch hatte niemand mit Pinsel und Farbe bedacht. Stattdessen hatte man ihm die stehende Männlichkeit abgeschlagen.

Wut und Zorn breitete sich auf den Höfen aus, aber es ließ sich kein Schuldiger benennen. Beunruhigte Nachbarn sahen sich schief und misstrauisch an. Wer war für diese Untat verantwortlich? Was würde als Nächstes geschehen?

Die Gemeinde hatte sich auf dem Kirchhügel versammelt und hielt nach den Kirchenmännern Ausschau. An diesem Tag hatte es noch nicht zum Gottesdienst geläutet, und alle warteten auf den Glöckner. Es ging auf die Morgenandacht zu, und es war höchste Zeit für die Priester sich einzufinden. Die Gemeinde scharrte ungeduldig mit den Füßen, es war kalt, und auf dem Kirchhügel lag Raureif. Ein kalter Wind pfiff um ihre Hosen, und die Kälte kroch durch die Kleider und Umhänge hindurch. Ein spitznasiger Mann schlug sich die Arme um den Leib, um warm zu werden, und murrte schlecht gelaunt vor sich hin, eine ältere Frau zurrte sich zitternd ihre Kleider enger um den Leib. Auf dem Hügel vor der Holzkirche warteten an die hundert Christen, und noch mehr waren auf dem Weg.

Estrid und Sigfrid standen ein Stück entfernt und betrachteten die, die den Hügel hinaufkamen. Dieses Mal waren es nicht nur die Bewohner der Stadt, die auf dem Weg zum Gottesdienst waren, sondern auch Besucher der umliegenden Inseln. Der Anblick der Neuankömmlinge beunruhigte Estrid. Der neue Glaube schien weiter verbreitet zu sein, als sie geahnt hatte.

Es dauerte noch eine ganze Weile, ehe Gautbert erschien. Er eilte hastig den Hügel hinauf, dicht gefolgt von Nithard und dem Glöckner. Die Männer hatten sich verspätet. Gautbert wartete, bis sein Atem sich wieder beruhigt hatte, und ergriff das Wort.

»Meine Freunde! Lasst uns noch einen Augenblick verweilen, bevor wir in die Kirche gehen. Der Glöckner wird uns erst zum Gottesdienst läuten.«

Der kleine, untersetzte Mann trat an die Kirchenglocke, und Gautbert und Nithard senkten ehrfürchtig ihre

Köpfe. Mit ernster Miene streckte sich der nicht eben groß gewachsene Mann nach dem Seil. Bei so vielen Versammelten wollte er die Glocke über die ganze Stadt erklingen lassen, über den Björköfjord, bis zum Königshof. Ein kräftiger und prachtvoller Ton sollte es werden, zu Ehren Gottes und zur Freude der Christen. Er musterte lächelnd die Versammelten, verneigte sich vor dem Bischof und seinem Priester und zog am Seil. Der Wind sang leise im Metall der Glocke, sonst blieb es still. Erstaunt sah er auf. Nichts war zu hören. Absolut nichts.

Die Gemeinde stierte und zitterte in der Kälte, doch niemand sagte etwas. Entschlossen griff der Glöckner erneut nach dem Seil und zog. Sehr kräftig. Die Blicke der Männer verdüsterten sich, und die Frauen holten hörbar Luft. Aufgebracht starrten sie auf die Glocke. Sie blieb still, so still wie ein schweigsamer Stummer. Dem Glöckner wurde es heiß und kalt, und rote Flecken traten auf seinen Hals. War etwas mit dem Glockenturm, oder hing das Seil schief? Er glotzte zum Glockenstuhl, aber mit dem Seil, das er in Händen hielt, war alles in Ordnung, und auch der Klöppel schien ganz zu sein. Er räusperte sich und zog noch einmal ordentlich an.

Nun war der Gesang der Vögel im Wald zu hören und das Rascheln der Kleider. Sogar sein eigener Atem war laut und deutlich zu vernehmen, aber die Kirchenglocke blieb stumm.

Rundherum setzte Gemurmel ein. Die Kaufleute an der Treppe murrten ungeduldig, eine Frau bekreuzigte sich, und eine andere versuchte, aufkeimende Heiterkeit zu unterdrücken. Gautberts Geduld schwand. Mit großen Schritten näherte er sich dem Glöckner.

»Nichtsnutz! Dich muss man wahrhaft nie zum

Schweigen bringen, aber die Glocke, die du läuten sollst, aus der bekommst du keinen Ton heraus!« Erbost riss er das Seil an sich und sagte mit Nachdruck:

»Lasst uns zum Gottesdienst läuten!« Dann holte er mit dem Arm aus und riss am Seil.

Der ganze Glockenturm wackelte und die Glocke … Ja, es rauschte in den Büschen, ein paar Hunde kläfften, und in der Ferne schrie ein Kind. Aber auf dem Kirchhügel blieb alles still. Gautbert lief puterrot an. Rasend vor Wut legte er seinen Kopf in den Nacken und verfolgte das Seil bis ins Dach des Glockenturms.

Der Glockenstuhl war in gutem Zustand, der Klöppel glänzte prächtig, und das Seil war auch nicht zerrissen. Aber, wie er sah, schien das Seil mit etwas zusammengebunden zu sein. Seine Augen weiteten sich, und er schnappte nach Luft. Jemand hatte es gewagt, den Klöppel festzubinden! Er fluchte laut und konnte keinen klaren Gedanken fassen. Dann zerrte er mit aller Gewalt am Seil, um den Klöppel loszubekommen. Es genügte, um die Aufhängung nachgeben zu lassen. Mit einem lauten Krachen donnerte die Glocke zu Boden.

»Ahhh«, keuchte die Menge und stürmte vor. Aufgeregtes Gemurmel und Geschnatter ertönte.

Wie das zugegangen war, wusste niemand, aber der Klöppel war mit einem Ochsenschwanz festgebunden. Gautbert rang nach Luft, und seine Halsader schwoll an. Wortlos drehte er sich um und blickte in Richtung Kirche. Dann gab er der Versammlung ein Zeichen, ihm zu folgen.

Nithard, der ein paar Armlängen entfernt gestanden und zugesehen hatte, schüttelte bekümmert und belustigt zugleich den Kopf. Er hatte versucht, Gautbert davor zu warnen, den neuen Glauben unter den Heiden zu erzwingen, aber sein Onkel hatte ihm nicht zugehört. Nun war er stattdessen zum Gespött der Leute geworden und hatte beinahe eine Glocke auf den Kopf bekommen. Wenn Gautbert sich nicht endlich bemühte zuzuhören, konnte seine Selbstgerechtigkeit für beide gefährlich werden.

Nach dem Gottesdienst ernannte Gautbert einen neuen Glöckner und hoffte, dass so alle bald vergessen hatten, was sich zugetragen hatte. Aber die, deren Götterstatuen zerstört worden waren, vergaßen nichts. Vielmehr dichteten sie Lieder über das Geschehene, und das mit großem Vergnügen. Seit diesem Tag sagten sie auch oft, wenn ein Ochse seinen Schwanz hob:

»Schau, das Rindvieh läutet zum Gottesdienst.«

Aber auch unter denen, die auf dem Kirchplatz gestanden hatten, fanden sich solche, die nichts vergaßen. Sie fanden, dass diese Gotteslästerung viel zu weit gegangen war. Zu Anfang waren die Veränderungen kaum merklich, aber dann wuchs die Gewissheit. In Birka war nichts mehr so, wie es gewesen war. Zwischen Heiden und Christen war ein tiefes Misstrauen entstanden.

Ein schneidender Wind blies über den Berg, und Regenböen peitschten gegen die Steinwände. An der kargen Küste duckte sich einsam das Kloster. Drinnen war es kalt und feucht. Der Mönch Alvard war schwer erkältet, aber dennoch war er nach dem Gottesdienst in der Kirche sitzen geblieben. Geduldig und sorgfältig trug er die Geschehnisse des Tages ins Kirchenbuch ein. Während des Gottesdienstes hatte er eine beunruhigende Nachricht bekommen. Eine Heerflotte war draußen vor der

Küste gesehen worden, und es war nicht die Harald Sigurdsons oder die der Christen gewesen. Auf den Segeln der Neuankömmlinge waren keine Kreuze erspäht worden, und ein Bauer hatte gesehen, wie die Mannschaften dem Meer Bier und Hammelfleisch geopfert hatten. Es konnten nur Heiden sein. Es war höchste Zeit, das Kirchensilber fortzuschaffen.

Der Mönch blickte zu den silbernen Kandelabern auf dem Altar. Groß und prächtig standen sie seit jeher dort, ohne je von Frevlern bedroht worden zu sein. Aber seit der große Wallfahrtsort der Christenheit, Lindisfarne, vor einem Mannesalter geschändet worden war, lebte das Land im Unfrieden. Damals, anno 793, waren Sturmwinde über die Insel gezogen, der Himmel war von riesigen Blitzen erleuchtet worden, und fliegende Drachen waren über der Erde gesehen worden. Kurz darauf brach die große Hungersnot aus, und die Nordmänner fielen über das Land her.

Die wilden Männer, die übers Meer gekommen waren, benahmen sich wie Wölfe. Sie töteten Lasttiere, Schafe und Ochsen genauso wie Priester, Mönche und Nonnen. Und als sie die Kirche in Lindisfarne erreichten, raubten sie die heiligen Schätze der Kirche und ließen alles verwüstet zurück. Alvard hatte schon als Kind aus Erzählungen davon gehört, und nun fragte er sich, ob jetzt die Reihe an sein eigenes Kloster gekommen war. Hastig stand er auf, nahm die beiden Silberkandelaber unter den Arm und ging hinaus. Er musste dafür sorgen, dass alles von Wert im Turm versteckt wurde. Vielleicht war es das Beste, wenn auch Priester und Nonnen dort Zuflucht suchten.

Er stapfte den Kirchhügel hinauf, schlug die Kapuze

seiner Kutte hoch, um sich vor dem Regen zu schützen, und sah hinauf zu dem hohen Steinbau. Das war seine eigene Idee gewesen. Seine Vorväter hatten einst einen hohen Steinturm zum Schutz vor Feinden errichten lassen. Nun hatte er einen noch höheren bauen lassen. Er ragte weit in den Himmel empor, und seine Tür lag erhöht über dem Boden. Dorthin gelangte man nur über eine Leiter, und es würde schwer werden, Hab und Gut und Silber so hoch hinaufzutragen. Auch Nahrung mitzunehmen würde mühsam werden, aber vielleicht war es das Beste, mit dem Schlimmsten zu rechnen. Er wollte nicht dasselbe Schicksal erleiden wie die Christen in Lindisfarne. Sie mussten sofort mit der Arbeit beginnen. Die Wikinger konnten jederzeit da sein.

Hakon Jarl und Thorgrim Svedde näherten sich vorsichtig der Anhöhe, auf der das Kloster liegen sollte. Es hieß, dass die Kirchenbauten in diesem Land wie große Geldkisten waren. Hier lagerten die Herrscher ihren Zehnten, hier verwahrten sie ihr Saatgut und die Steuern des Volkes, während das Vieh draußen auf den Weiden graste. Ein Kloster war nicht nur das Haus des Herrn. Es war eine einzige große Kaufbude, wo man sich einfach nur bedienen musste. Dass die Dinge sich so verhielten, beruhte darauf, dass die Christen eine hohe Meinung von ihrem Gott hatten. Der Heilige Geist erhörte nicht nur ihre Gebete, er bewachte auch ihre Klöster.

Hakon Jarl und Thorgrim hatten großen Spaß daran gehabt und an all die Kirchen gedacht, die die Nordmänner geplündert hatten. Nein, einen so unaufmerksamen Gott wollten sie nicht einmal haben, um ihre Lagerfeuer zu bewachen.

Leise näherten sie sich dem Klostergebäude, Thorgrim in einem Gefolge von dreißig Mann, Hakon in einem anderen. Trotz ihrer keilförmigen Schlachtordnung erwarteten sie nicht, auf großen Widerstand zu stoßen. Sie hatten gehört, dass die Mönche meistens flohen, und so ging es nur darum, die Vorräte auszuräumen. Hungrig wie sie waren, freuten sie sich auf Lamm und Hammelfleisch zum Abendessen. Wein und Bier würden sie sich sicher auch verschaffen können.

Als sie die Kuppe erreichten, erwarteten sie ein Kloster mit dicken Steinmauern. Stattdessen erblickten sie etwas Seltsames. Vor ihnen erhob sich ein hoher Turm. Er maß mindestens elf Armlängen, war aus Stein gebaut und wurde zur Spitze hin schmaler. Aber am verwirrendsten von allem war, dass der Turm nur kleine Löcher als Fensterluken und eine einzige kleine Tür mehrere Mann hoch über dem Boden hatte. Über dem Dach stieg eine dünne Rauchfahne auf. Die Männer blieben verdutzt stehen.

»Hast du das gesehen?« Hakon Jarl wandte sich an Thorgrim. »Was tun wir, wenn sie ihre Schätze mitgenommen haben?«

»So schlimm wird es schon nicht sein«, knurrte Thorgrim und gab seinen Männern ein Zeichen anzuhalten. »Wie sollen wir denn die Vögel da oben überwältigen? Von diesem Turm aus kann sich sogar ein triefäugiges altes Weib seiner Haut erwehren.«

»Na ja, vielleicht findet sich im Kloster etwas zu essen«, meinte der Jarl enttäuscht, er war sich sicher, dass die Mönche ihre Schätze mit in den Turm genommen hatten. Den Männern, die sich auf leichte Beute gefreut hatten, schwante das Schlimmste.

»Uns bleibt nur eins. Wir tun so, als würden wir aufgeben, und überfallen sie, wenn sie den Turm verlassen«, sagte der Jarl.

»Und das Essen?«, fragte Thorgrim jämmerlich.

»Sie können nicht alles mit in den Turm geschleppt haben. Es ist bestimmt noch etwas im Kloster. Wir begeben uns dorthin, sonst werden sie noch misstrauisch.«

Als die Männer die Klostermauern erreichten, sank die ohnehin schon angeschlagene Stimmung noch tiefer.

Das Vieh war losgemacht worden, die Tonnen mit Saatgut waren leer, und in den Fässern war weder viel Fisch noch Fleisch übrig geblieben. Thorgrim Sveddes Magen knurrte.

»Das war schlecht«, murmelte er, der immer üble Laune bekam, wenn er nichts zu essen hatte.

»Wir sollen wohl essen, was übrig ist«, sagte der Jarl lustlos und trat gegen ein altes Fässchen mit Grünkohl. »Teilen die Männer der Kirche nicht eigentlich mit den Hungrigen und Armen?«, setzte er säuerlich hinzu.

»Doch, aber vielleicht nicht unbedingt mit Feinden, die sie zu töten beabsichtigen und alles rauben wollen, was sie haben«, antwortete Thorgrim bissig.

Die Männer zogen sich zurück und versteckten sich hungrig und verfroren hinter den Felsen. Es begann zu regnen, und während die Tropfen fielen, grübelten alle angestrengt, wie sie die Mönche aus ihrem Turm locken konnten. Sollten sie trotz allem angreifen?

11

Die Mönche harrten im Turm aus. Als die Männer des Jarls nach zwei Tagen und zwei Nächten ihre Schwerter noch immer nicht gebraucht hatten, sank die Geduld der Wikinger. Sie waren überzeugt davon, dass dort oben Essen und Kostbarkeiten lagerten, und deshalb hatten sie auch wenig Lust, sich zwingen zu lassen, Regenwasser zu trinken und Kaninchen zum Essen zu jagen. Außerdem würden die Schätze kaum von selbst herunterkommen. Als der Jarl einsah, dass er die Ungeduld seiner Männer nicht länger zügeln konnte, beschloss er, den Turm zusammen mit Thorgrim und der Stärke von sechzig Mann zu stürmen. Aber zuerst wollte er die Kreuzträger herauslocken.

Nach Einbruch der Dunkelheit schlichen einige von Jarls Männern lautlos an den Turm. Es gelang ihnen, große Haufen von Reisig und Stroh an der Turmmauer aufzuschichten, und als sie sich wieder zurückgezogen hatten, schossen sie ihre Brandpfeile ab. Die oberste Schicht Stroh war zwar tüchtig durchnässt worden, aber das Reisig darunter war trocken wie Zunder. Sie brauchten nicht mehr als zwei Brandpfeile, um die Reisighaufen anzustecken. Bald kroch dichter Rauch die Turmmauern hinauf.

Aus dem Turm drangen Hymnen und Gesänge, aber der schöne Gesang wurde bald von schwerem Husten unterbrochen. Die Fensterluken wurden verschlossen,

Gemurmel und Scharren waren zu hören, dann war es wieder still.

»Gott schütze mich vor den Kreuzträgern«, sagte der Jarl schlecht gelaunt und blinzelte zum Turm hinauf. Mannhafte Feinde, die die Kampfeslust weckten, waren sie wahrlich nicht, diese Mönche. Einen heldenhaften Kampf Mann gegen Mann führten sie selten, und wenn sie nicht gerade beteten, schlossen sie sich ein oder nahmen die Beine in die Hand. Nein, dem zog er doch eine prächtige Seeschlacht vor, da wusste er, wie er sich zu benehmen hatte.

Der Rauch verhüllte den Turm, und alles blieb still, lachhaft und langweilig. Da riss Hakon der Geduldsfaden.

»In Stellung!«, rief er seinen Bogenschützen zu. Sie hatten kräftige Pfeile hergestellt, die um mehrere Daumennägel dicker waren als gewöhnlich. Außerdem hatten sie die Bogen und Sehnen verstärkt und die Pfeilspitzen so scharf geschliffen, dass sie damit einen Grashalm im Wasser hätten schneiden können. Die Männer spannten die Bogen und warteten auf das Zeichen.

Der Jarl zögerte noch einen Moment, dann blies er ein kurzes Signal mit der Kampflure. Die Männer zielten genau und schossen ihre Pfeile ab. Ein Teil prallte gegen die Steine und stürzte wie gerupfte Vögel zu Boden, andere bohrten sich ordentlich fest in die Steinritzen. Als genügend Pfeile aus dem Turm herausragten, nahm der Jarl erneut die Lure aus dem Gürtel. Da liefen die Kletterer voran, die leichtesten und gelenkigsten der Männer, und erklommen mit Hilfe der Pfeile die Turmwand. In schrittgroßem Abstand schlugen sie Eisenkeile in das Mauerwerk, für die, die ihnen folgten. Die nächste Gruppe befestigte Strickleitern an den Haken. Dann stürmte der Rest vorwärts.

Während Thorgrims Männer mit Pfeilen auf die Christen hinter den Fensterluken schossen, kletterten die Männer des Jarls an der Turmwand hoch. Sie träumten von Lammbraten und Hammelkeule mit Bier und sahen ihre Schiffe schon mit Silber beladen vor sich. Nur noch ein paar Schritte und dann …

Plötzlich verdunkelte sich der Himmel, ein greller Blitz zuckte, gefolgt von einem mächtigen Donnergrollen. Der pechschwarze Himmel öffnete sich für einen heftigen Sturzregen, der in Hagel überging. Noch bevor die Männer des Jarls die Tür oder die Fensterluken einschlagen konnten, waren sie von dem Wolkenbruch völlig durchnässt worden. Es war ein Regensturm, wie ihn keiner zuvor erlebt hatte. Seit vielen Mannesaltern war kein solcher Regen mehr über das Land der Angeln gekommen. Aber jetzt brach es los. Die Kletterer rutschten auf den Strickleitern aus, und auch Thorgrims Männer gerieten in große Schwierigkeiten. Im Regen weichten die Sehnen ihrer Bogen auf, und die Pfeile verfehlten ihr Ziel. Die Mönche und Nonnen, die auf Knien ihren Gott im Himmel angerufen hatten, schöpften neuen Mut.

Die Pfeile, die eben noch wie Wespen um sie herumgeschwirrt waren, schienen den Turm nicht länger zu treffen. Angeführt vom Mönch Alvard sprachen sie freudig ein Gebet und wagten dann, zwei Fensterluken zu öffnen. Erwartungsvoll spähten sie hinaus und sahen, wie die Pfeile der Wikinger wie Irrlichter in alle Richtungen flogen.

»Gott hat uns gerettet!«, rief Alvard. »Lasst uns diese Barbaren für alle Zeit in die Flucht schlagen!«

Kühn stießen die Christen Tür und Fenster auf, und Alvard rannte die Treppe hinunter. Unten auf dem Absatz kroch er in einen dunklen Gang und öffnete vier verborgene Luken in der Mauer. Viel zu spät entdeckten die Männer des Jarls, was nun auf sie zukam. Plötzlich tauchten Fässer, Eimer und Tonnen in den Maueröffnungen auf, und eifrige Hände begannen, sie hochzuheben und auszuschütten. Eimer um Eimer voller Kot wurden auf die Angreifer hinabgeschleudert, gefolgt von Met, Graupen, Nägeln und Lauge. Nach jedem Treffer war ein kurzes Dankesgebet zu hören, dann wurden neue Tonnen geleert.

»Gott ist mit uns!«, rief Alvard vergnügt und zielte immer besser.

Diejenigen unter Hakons Männern, die sich trotz der christlichen Verteidigung hinaufwagten, wurden von Gottes Wort und harten Schlägen mit Holzknüppeln und Kruzifixen am Kopf getroffen. Und obwohl es den geschicktesten Männern gelang, das Kruzifix zu packen, so dass Mönch und Kreuz aus dem Turm flogen, wuchs der Missmut. Die Nordmänner fanden, dass dies ein unwürdiger und schmählicher Kampf war, und fühlten sich als stolze Wikinger in ihrer Ehre bedroht. Als die boshaften Verteidiger auch noch begannen, Krähenfüße und brennenden Teer hinauszuschleudern, ermattete ihre Kampfeslust. Der Jarl hatte für sich entschieden, das Kloster zu überfallen, weil er Essen und Met für seine Männer brauchte – auch wenn er gehofft hatte, an ein wenig Silber zu kommen –, aber er hatte nicht vorgehabt, sich auf einen langwierigen Kampf mit diesem Christenpack einzulassen. Seine Männer wollte er für einen wichtigeren Auftrag schonen: Er musste seine Mannschaft befreien und seine Schiffe mit der Beute aus der Burg zurückerobern. Harald Sigurdson war sein Feind, nicht diese Mönche in ihrem Turm.

Die Schultern voller Met und Kot und mit einem zerbrochenen Kruzifix in der Schwertscheide gab der Jarl missmutig das Signal zum Rückzug. Zornig, schmutzig und durchweicht ließen die Männer von den Leitern ab, während Mönche und Nonnen in Jubel ausbrachen und ihnen Gottes Ermahnungen und Nägel um die Ohren schleuderten.

Noch ehe die Männer auf den Boden hinuntergeklettert waren, hörten sie ein neues, beunruhigendes Geräusch. Verwirrt drehten sie sich um. Unterhalb der kalten, grauen Wolken verdunkelte sich der Himmel in einem Schwarm von Pfeilen. Harald Sigurdson fiel aus dem Hinterhalt über sie her.

Es hatte über Nacht geschneit, und Estrid kämpfte sich mit Mühe bis zum Schankhaus durch. Vor dem Haus hielt sie inne. Der Wind hatte Schneewehen aufgetürmt, und sie sah, dass die Tür nicht aufgehen würde, ehe sie sie nicht freigeschaufelt hatte. Der Wind heulte noch immer und brannte auf den Wangen. Verfroren wickelte sie sich ihren Wollschal dicht um den Kopf und ging zum Hof, um eine Schaufel zu holen. Der Schnee lag tief, aber sie fand die Schaufel und konnte in ihren eigenen Fußspuren zurückgehen. Mit großen, schwungvollen Bewegungen räumte sie die Schneewehe beiseite und schaufelte einen Weg zur Straße frei. Als sie am Gatter angekommen war, hörte sie einen Juchzer, und ein kleines Kind sauste auf einem Schlitten den Hügel hinunter. Das Kind war noch nicht groß, ungefähr in Tostes Alter, und mit einem Mal spürte Estrid eine gewaltige Leere. Die Sehnsucht nach ihrem Sohn übermannte sie, und sie musste sich auf das Gatter stützen. Niemals würde sie ihn vergessen können; seine dunklen, warmen Augen, sein Lachen, seinen Ernst und seine Zuneigung. Ihre Schultern sanken nach unten und sie seufzte.

Sie hörte das Kind vor dem Gatter spielen. Der erste Schnee. Sie lächelte wehmütig und erinnerte sich daran, wie sie selbst mit Toste den Hügel hinuntergerutscht war. Lachend waren sie in voller Fahrt losgesaust. Und jetzt? Jetzt war der Schnee nur noch etwas Beschwerliches, etwas, das fortmusste, damit die Gäste zum Schankhaus kommen konnten. Es war schade, dass sie sich nicht mehr wie früher über den Winter freuen konnte. Vielleicht sollte sie Snemun um ein paar Skier bitten. Dann könnte sie auf die umliegenden Inseln fahren, wenn das Eis dick genug geworden war. Rurik könnte mitkommen, aber vielleicht war es auch besser, wenn er bei Sigfrid blieb. Obwohl es beschwerlicher für die Nachbarin geworden war, nach dem Kleinen zu sehen, wo ihre Gesundheit nachließ.

Niemand wusste, was ihr fehlte. Im Herbst waren die Schmerzen schleichend gekommen, und inzwischen spürte sie ständige Schmerzen im Nacken und in den Gliedern. Als es ihr immer schwerer fiel zu gehen, war sie schweigsam und grüblerisch geworden und sprach oft über den neuen Gott. Was mit ihrem Körper geschah, machte ihr Angst, und sie suchte Linderung in etwas, das außerhalb ihrer selbst lag. Sigfrids Krankheit hatte dazu geführt, dass Estrid all die schweren Arbeiten im Schankhaus übernommen hatte. Sie öffnete, stellte alles auf, machte sauber und schloss am Abend wieder ab. Ihre

Freundin hatte so viel für sie getan, dass sie dankbar war, ihr etwas davon zurückgeben zu können, aber zugleich sorgte sie sich um sie. Die Schmerzen hatten sie verändert. Von einem offenen, lebensfrohen und ungezwungenen Menschen war Sigfrid zu einer stillen und verzagten Frau und immer verschlossener geworden. Estrid hatte versucht, ihr auf alle möglichen Arten zu helfen, aber von ihrem freundschaftlichen Geplauder war nicht mehr viel übrig geblieben. Estrid vermisste das.

Die Stunden bei Orfrim im Lagerhaus behielt sie für sich. Aus irgendeinem Grund hatte sie von ihren Besuchen bei ihm nichts erzählt. Vielleicht, weil sie Angst hatte, dass Snemun es erfahren könnte. Er war Eriks bester Freund, und sie wusste nicht, wie er es aufnehmen würde. Und wenn Erik eines Tages zurückkam, wollte sie es sein, die als Erstes über das sprach, was geschehen war. Als sie Sigfrid ihr Geheimnis nach einiger Zeit dennoch anvertrauen wollte, erkannte sie, dass es zu spät war. Die Freundin, die sich früher darüber gefreut hätte, dass Estrid eine neue Liebe gefunden hatte, hätte es ihr übel genommen und ihr Vorwürfe gemacht.

Hüte dich vor dem Glücksritter, hatte Sigfrid einmal gemurmelt, als Orfrim sich im Wirtshaus gezeigt hatte, und das hatte genügt. Das Glück, das Estrid mit ihm erlebte, wollte sie sich nicht trüben lassen. Sie musste wieder Hoffnung schöpfen und für jemanden Liebe empfinden, dann würde sie auch alles andere bewältigen.

Orfrim? Ja, sie vermisste ihn, aber sie wollte ihn nicht zu oft aufsuchen. War sie nicht nach dem Fest dorthin gegangen, obwohl sie gesagt hatte, sie würde es nicht tun? Und so war es weitergegangen. Sie konnte es nicht lassen. Er hatte schon zuviel Macht über sie, und es machte ihr Angst, wenn sie spürte, wie wichtig er ihr geworden war. Wenn er ihr noch näher käme, würde sie vielleicht nicht mehr ohne ihn leben wollen. Und was würde geschehen, wenn Erik doch zurückkam?

Einen Moment betrachtete Estrid das Kind, das juchzend den Hügel hinuntersauste. Sie dachte an Rurik, der keinen Vater hatte, und Erik, der ihn noch nicht einmal gesehen hatte. Wie anders alles gekommen war. Sie lächelte schief und wandte sich wieder ihrer Arbeit zu. Dann warf sie den letzten Schnee auf einen Haufen und stellte die Holzschaufel erschöpft beiseite. Es war an der Zeit, ins Schankhaus zu gehen, anzufeuern und die Tische aufzustellen. Im Schuppen stapelte sie Feuerholz in einen Weidenkorb und wollte gerade ins Haus gehen, da spürte sie jemanden hinter sich. Sie drehte sich hastig um.

»Estrid!« Orfrim stand vor ihr, und sein weiter Kaftan flatterte. »Ich habe dich vermisst. Komm, dann helfe ich dir mit dem Feuerholz«, sagte er und stellte seinen Lederbeutel ab. Ihre Blicke trafen sich, und er bemerkte die Freude und Wärme in ihren Augen.

Sie öffnete die Tür zum Schankhaus und klopfte den Schnee von ihren Schuhen. Feuchte, kalte Luft schlug ihnen entgegen, und es roch süßlich nach Bier und Met. Orfrim stellte den Korb ab. Dann streckte er seine Arme nach ihr aus und zog sie fest an sich.

»Ich habe mich nach dir gesehnt«, murmelte er und küsste sie, und Estrid fragte sich, wie sie es so lange ohne ihn hatte aushalten können. Sie hatten sich einen halben Mondumlauf nicht mehr gesehen.

»Orfrim, warte«, presste sie hervor und glitt aus seiner Umarmung. »Das Feuer ... ich muss ...«

Sie kniete sich vor die Feuerstelle und blies Leben in die Glut. Lächelnd reichte er ihr das Holz. Geübt schichtete sie es auf, und als sie sich nach vorn reckte, rutschte ihr Kleid ein wenig auf die Seite und entblößte ihre Schulter. Stumm betrachtete er ihre zarte Haut und die weiche Rundung ihrer Schultern. Unsere heimlichen Treffen, dachte er. Ich kann ohne diese Begegnungen nicht mehr sein. Ein paar Tage ohne sie machen mich unglücklich. Warum habe ich sie nicht schon viel früher aufgesucht?

»Kümmerst du dich auch heute um Sigfrids Aufgaben?«, fragte er neugierig.

»Ja, sie hat solche Schmerzen, sie kann kaum gehen«, sagte Estrid und legte ein paar Stückchen Birkenrinde zwischen die Holzscheite. »Sie kommt nie, ehe die Halle nicht warm ist.«

»Schaffen wir das denn?«, fragte er scherzend, und mit einem Mal überkam sie wieder dieses überwältigende Begehren. Er trat dicht an sie heran. Seine Hände fanden ihren Weg, und der Schal glitt von ihren Schultern.

»Liebste«, murmelte er, und sie fühlte ihn ganz nah und stand zitternd auf. Er zog ihr Kleid aus, und die Flammen der Feuerstelle wärmten ihre nackten Schultern.

»Orfrim, wenn jemand kommt«, sagte sie matt, aber seine Hände waren überall, und er küsste ihre Arme und ihren Hals. »Orfrim«, seufzte sie, und ihre Stimme verlor an Kraft. »Nicht jetzt, nicht hier.« Aber als er sie auf den Tisch hob, versuchte sie nicht, ihn aufzuhalten. Dann funkelten ihre Augen. »Doch, genau jetzt und genau hier«, murmelte sie.

Ihre Begegnung war wie ein heftiger Sturm auf See. Besinnungslos gaben sie sich einander hin, verschlungen von einer Besessenheit, die fast beängstigend war. Vereint waren sie wie eine mächtige Böe, die alles andere unterwarf, und sie stiegen und sanken gemeinsam. Mit aller Macht drängten sie einander entgegen, und es gab nichts anderes mehr, nur noch sie selbst. Hinterher blieben sie stumm, erschöpft und berauscht liegen. Für einen Moment waren sie ganz still, dann hob Estrid den Kopf und sah zur Tür.

»Wir sind verrückt, stell dir vor, es wäre jemand gekommen«, sagte sie, noch immer außer Atem, Orfrims Kopf an ihrer Brust.

»Ja, dann wären sie noch öfter wiedergekommen«, antwortete er mit einem Lachen.

»Sollen wir, noch mal …«, scherzte Estrid, und sie sahen sich lächelnd an.

Eilig ordneten sie ihre Kleider, aber Orfrim ließ sie nicht los, sondern hockte sich vor ihr auf den Boden.

»Ich kann nicht ohne dich sein, du Dickkopf«, sagte er und betrachtete sie nachdenklich. »Wo bist du gewesen, ich habe so sehr auf dich gewartet.«

Estrid wandte den Blick ab, dann sah sie zu ihm auf.

»Ich hatte viel zu tun. Du hättest auch kommen können.«

»Ja, aber ich wollte wissen, ob du mich so sehr magst, dass du mich weiter besuchst. Warum hast du mich nicht gebeten zu kommen?«

»Hierher meinst du?«, sagte sie und lächelte. Dann wurde sie wieder ernst. Er hatte Recht. Sie hatte ihn nicht ermuntert. Sie hatte sehen wollen, ob er sie von sich aus aufsuchen würde, wenn sie nicht zu ihm kam. Aber warum musste sie es sich und ihm so schwer machen? Sie durfte nicht so große Angst vor dem Unbekannten und Unvorhersehbaren haben. Warum so viel denken, warum nicht einfach leben und das genießen, was sie hatte? Unglück hatte sie wahrhaft genug erlebt.

»Das ist wahr. Ich habe dich nicht gebeten zu kommen, aber ich habe mich gefreut, als du gekommen bist.« Er streichelte ihr über den Kopf, still und nachdenklich. »Es ist schwer, dich zu Hause zu treffen, mit Sigfrid und all dem Gesinde. Auf dem Snemunhof nebenan meinen sie immer noch, dass ich mit Erik zusammen bin.«

Orfrim sah sie an und nickte. Er wusste von Erik, dem Mann, mit dem sie das Dach geteilt hatte und der auf Wikingfahrt gezogen war. Aber er war nun wirklich lange genug fort gewesen, so dass sie sich einen anderen nehmen konnte, fand er. Sie waren ja nicht einmal verheiratet.

»Ich habe jeden einzelnen Tag darauf gewartet, dass du hierher ins Schankhaus kommen würdest«, fuhr Estrid fort. »Obwohl auch das nicht einfach ist. Wenn du dich hier zeigst, will ich dich sofort haben.«

Orfrim lachte, stand auf und nahm ihren Kopf in seine Hände.

»Und wenn ich dich sehe, was glaubst du wohl, was ich dann will?«, sagte er zärtlich. »Hier im Schankhaus merke ich nur, wie all die Kerle dich anstarren, und dann werde ich zornig. Nein, komm du zu mir. Ist es so denn nicht am einfachsten?«

»Einfach? Jemanden lieb zu haben ist niemals leicht. Das spürt man hier«, sagte sie mit einem Seufzen und legte ihre Hand auf die Brust.

Orfrim lächelte sie an und strich mit seiner Hand über

ihre. Dann lachten sie und blieben lange so stehen und hielten einander, bis Orfrim sich vorsichtig befreite.

»Es gibt noch etwas, das ich dich fragen wollte«, sagte er und sah sie ernst an.

»Und ich habe so vieles, das ich dich fragen will«, unterbrach Estrid ihn lebhaft. »Kannst du mir nicht mehr von dir erzählen, ja, und von deinem Vater, deiner Mutter und deinen Geschwistern? Deine Brüder zum Beispiel, ähneln sie dir?«

Orfrim betrachtete sie lächelnd und schüttelte den Kopf.

»Wenn ich dir erzähle, dass ich einen gleichaltrigen Bruder habe, der mir ähnelt, willst du ihn natürlich haben, also wage ich nicht, etwas zu sagen. Und meine Mutter und mein Vater … Ja, über sie gibt es nicht so viel zu berichten. Wir sind eine einfache Kaufmannsfamilie in Aldeigjuborg, und ich, ja, willst du wirklich mehr über mich wissen? Ich habe Angst, dich zu langweilen. Du hast schließlich gesagt, dass du die Männer satt hast, die nur von sich selbst reden. Außerdem ist es viel unterhaltsamer, von dir zu hören.«

»Findest du? Ja, aber …«

Er trat einen Schritt nach vorn, blickte ihr neckend in die Augen und brachte sie mit einem Kuss zum Schweigen.

»Nein«, fuhr er fort, ihr Gesicht ganz nah an seinem. »Dieses Mal habe ich nicht an uns gedacht, als ich dich etwas fragen wollte. Meine Gedanken betreffen dich. Willst du mir auf dem Markt helfen?«

»Auf dem Wintermarkt?«, Estrid wurde plötzlich unsicher. Orfrims vertraulicher, sanfter Tonfall hatte einen anderen Klang bekommen. Was wollte er mit dem Wintermarkt? Manchmal hatten Sigfrid und sie dort Waren verkauft, und früher, ehe Erik auf Wikingfahrt gezogen war, hatte sie ihm bei seinen Geschäften geholfen. Wollte sie wirklich zusammen mit Orfrim am Marktgeschehen teilnehmen? Er bemerkte ihr Zögern.

»Ich habe einen eigenen Marktstand und kümmere mich selbst um den Handel. Dabei brauchst du mir nicht zu helfen, aber, warte.«

Er lief hinaus in die Kälte und kehrte atemlos mit seinem Beutel zurück. Aufgeregt legte er ein Bündel auf den Tisch, kämpfte eine Weile mit dem Knoten und zog schließlich ein rotes Seidentuch daraus hervor.

Lachend legte er das Tuch um Estrid.

»Kannst du das nicht während der Markttage für mich tragen? Ich habe auch eines für Sigfrid. Vielleicht könnte sich jede von euch ein Kleid daraus nähen? Ihr würdet natürlich Wollkleider darunter tragen, damit ihr nicht friert«, setzte er hinzu, als er ihr erschrockenes Gesicht sah.

Estrid fühlte den kühlen, glatten Stoff zwischen den Fingern. Was würden die Männer in der Schankstube dazu sagen – und Sigfrid?

»Ich sollte das vielleicht nicht tun, aber … ach, solche wie du sollten keinen Handel treiben dürfen. Man bekommt direkt Lust, genau das zu tun, was du willst.«

»Das verheißt nur Gutes, und ich verspreche, dass du einen Teil des Gewinns erhältst«, sagte er begeistert.

»Nein, das tue ich nur um deinetwillen. Geschäfte mache ich mit anderen«, sagte Estrid schroff.

»Verzeih, so meinte ich es nicht.« Orfrims Stimme klang weich und reumütig. »Ich dachte, du würdest dich vielleicht freuen.«

Er hielt sie fest, drückte sie eng an sich und streichelte sie still. Aber seine Gedanken waren anderswo und sein Blick fern.

Hakon Jarl starrte angespannt auf das Wasser. Es begann bereits zu dämmern, und die Flut hatte noch nicht eingesetzt. Aber sie hatten keine Zeit zu warten, sie mussten rasch fort. Wenn sie die Schiffe auf Stangen setzten, würden sie weiter draußen die Segel hissen können. Dann konnten sie vielleicht entkommen.

Der Jarl fluchte leise. Harald Sigurdson hatte sie aus dem Hinterhalt angegriffen. Wie hatten sie in eine solche Falle geraten können? Sie beide, er selbst und Thorgrim Svedde, hatten gewusst, dass dieser Unhold überall entlang der Küste seine Leute hatte, und Harald Sigurdson war, wenn er überhaupt etwas war, ein Mann, der seine Feinde heimlich angriff. Dieses Mal war er mit hundert Mann über sie hergefallen. Der Jarl versuchte, die Erinnerung zu verscheuchen.

Viele seiner Männer hatten oben auf dem Turm einen Speer in den Rücken bekommen, und von jenen, die es die Strickleitern hinunter geschafft hatten, vermochten viele nicht einmal mehr ihre Schilde zu heben, ehe Haralds Männer sie niederschlugen. Der Jarl ballte die Fäuste vor Bitterkeit und Zorn. Das war der Augenblick gewesen, in dem er und Thorgrim gezwungen waren, eine Entscheidung zu treffen.

»Wir müssen fliehen«, hatte Thorgrim gekeucht, während er versuchte, sich den Feind vom Leib zu halten.

»Wir teilen uns in zwei keilförmige Gruppen auf und ziehen jede in eine andere Richtung«, hatte der Jarl geantwortet. Um ihn herum kämpften die Männer, und auf der Erde lagen Tote und Verletzte. »Auf diese Weise zersplittern wir Haralds Stärke«, fuhr er fort. »Dann treffen wir uns unten in der Bucht.«

»Dort wo Haralds Flotte liegt?«, antwortete Thorgrim zweifelnd.

»Ja. Harald muss uns mit fast all seinen Männern angegriffen haben, dann können nicht viele Wachen auf den Schiffen geblieben sein. Wenn wir schnell genug sind, können wir unsere Männer befreien, uns unsere Schiffe zurückholen und Segel setzen.«

Thorgrim lächelte über die Verschlagenheit des Jarls. An einem anderen Ort anzugreifen, während man selbst bedroht war, würde der Feind nicht erwarten. Sicher gingen sie ein großes Risiko ein, aber es konnte gelingen.

»Gut. Möge Odin mit uns sein. Ich ziehe mit meiner Gruppe zum Strand. Dort setzen wir Segel und kommen mit der ganzen Flotte in die Bucht. Meine Schiffe wird Harald niemals besiegen«, verkündete Thorgrim siegesgewiss.

Hakon Jarl und Thorgrim Svedde besiegelten ihre Entscheidung mit einem Handschlag und gaben ihren Männern ein Zeichen. Jetzt galt es, keine Zeit zu verlieren.

Auf einer Anhöhe unweit des Turmes bemerkte Harald Sigurdson plötzlich, dass sich die Krieger des Jarls zurückzogen. Sie flüchteten in zwei getrennten Gruppen. Der große Nordmann beobachtete, was geschah, und seine eisblauen Augen verengten sich zu schmalen Schlitzen. Seit drei Wintern hatte er sein Leben Angriffen und Hinterhalten gewidmet. Nun ahnte er eine List des Jarls. Harald überlegte schweigend, was zu tun war. Dann huschte ein zufriedenes Lächeln über sein Gesicht. Erst würden sie so tun, als würden sie beide Gruppen verfolgen, aber dann … Rasch hob er sein Schwert, dass alle es sehen konnten.

»Verfolgt sie!«, rief er und begann zu rennen.

Hinter sich sah der Jarl, dass Harald und seine Kämpfer sie einholten, und als die Verfolger näher gekommen waren, blieb er stehen und ging zur Verteidigung über. In diesem Kampf hatte er großen Erfolg, und die Reihen hinter ihnen lichteten sich. Siegestrunken hastete er mit seinen Männern weiter zur Bucht. Dort gelang es ihnen, die Wachen zu überraschen, und nach einem kurzen Kampf ereilte sie ihr Schicksal. Endlich war die Stunde gekommen, in der er seine Männer befreien und seine Schiffe zurückholen konnte, die so lange in Haralds Hand gewesen waren.

Die Gefangenen waren blass und schwach, aber es fehlte ihnen nicht viel. Sie empfingen den Jarl mit großer Freude und baten sofort um Waffen. Zusammen mit dem Jarl kämpften sie die letzten Verfolger nieder.

Als endlich alles vorbei war, ging Hakon Jarl, um seine Schiffe zu begutachten. Vier von ihnen schienen die Kämpfe unbeschadet überstanden zu haben und waren in gutem Zustand. Er betrachtete eingehend Rumpf, Rigg und Segel. Alles war gut gepflegt, und er lächelte zufrieden. Noch glücklicher wurde er, als er feststellte, dass die Ladung noch immer in den größten Knorren lagerte. In einem von ihnen fand er die Beute von der Burg, und fast das ganze Silber. Erleichtert befahl er seinen Männern, die Schiffe klar zu machen. Sobald Thorgrim ankäme, würden sie mit ihrer Beute in See stechen. Bis dahin hielten sie sich versteckt und warteten. Gegen Nachmittag kam eine Brise auf, aber Thorgrim fehlte noch immer. Als er auch am Abend noch nicht zurückgekehrt war, wurde der Jarl unruhig und machte sich mit einigen Männern auf die Suche. In der Dämmerung fand er die Toten.

Thorgrim und seine Männer hatten sich mannhaft verteidigt, sie waren schwer verwundet und hatten offenbar lange gekämpft, ehe sie gefallen waren. Nicht einer von ihnen war geflohen, sie hatten sich alle gewehrt und Widerstand geleistet, bis sie schließlich den Tod fanden. Thorgrim lag unten am Strand. Der Jarl entdeckte ihn mit einem Speer im Rücken. Sein Schädel war zertrümmert, und er hatte tiefe Stichwunden in Armen und Beinen. Bis zuletzt hatte er versucht zu verhindern, dass die Feinde seine Schiffe erreichten. Aber Harald Sigurdson hatte gesiegt und Thorgrims Flotte erobert.

Der Jarl sank auf die Knie und stöhnte laut. Sie waren in eine Falle getappt. Harald, das Ungeheuer, hatte ihn laufen lassen und hatte dann mit dem Großteil seiner Männer gegen Thorgrim gekämpft. Und dann? Mit einem Mal wurde der Jarl sich der Gefahr bewusst. Vielleicht lag Harald in einem nahen Hinterhalt, bereit, jeden Moment anzugreifen? Hakon Jarl stand hastig auf und sah sich um. Es war fast dunkel. Der Wind wehte strandwärts, und Kies knirschte in der Brandung. Drüben bei den Klippen flogen Vögel in den Nachthimmel auf. Alles schien ruhig. Noch war Ebbe. Vielleicht wollte Harald die Flut abwarten. Dann würden sie … Nein, sie hatten keine Zeit, die Toten zu begraben. Der Jarl musste sich selbst und seine Mannschaft retten, solange sie noch konnten.

Hakon Jarl gab seinen Männern ein Zeichen, ihm zu folgen, und sie eilten geduckt zur Bucht zurück. Er dachte an Thorgrim Svedde, der einmal sein Leben gerettet hatte. Nun war der Kamerad tot, ohne dass er selbst hatte eingreifen können. Wieder überkam ihn der Zorn.

Als sie den Strand erreicht hatten, befahl er seinen Männern, die Schiffe auf den Rudern hinauszuziehen. Sie hatten keine Zeit, das Hochwasser abzuwarten. Sie mussten weg, sofort.

Die Schiffe ließen sich schwer ziehen, und seine Männer waren erschöpft, als sie endlich die Wasserkante erreicht hatten. Ein fahler Mond schien zwischen Wolkenfetzen hervor, das Wasser war schwarz und die Strömung stark. Sie schoben die Boote hinaus, sprangen hinein und ruderten rasch in die Dunkelheit. Jeden Augenblick konnte Harald Sigurdson sie angreifen.

Die Sonne löste den schweren Regen ab, die Luft war frisch, und das Atmen fiel leicht. Das Gras war feucht, und alles war von einer zarten, durchsichtigen Klarheit erfüllt. Erik sah Tennia von der Seite an und legte ihr den Arm um die Schultern. Sie ruhten beide in der Eintracht und Stille, die zwischen ihnen herrschte. Es genügte, dem anderen nah zu sein.

Sie hatten Zuflucht in einem alten, aufgelassenen Hof auf den Klippen gesucht. Morsche graue Bretter hingen schräg auf den Erdboden der Wohnhalle, und die Schlafbänke waren verfallen. An der einen Querwand stand die Mauer noch, und auch ein Teil des Dachs war noch heil. Hierher schlichen sie, wenn sie ihre Ruhe vor den Blicken des Gesindes haben wollten. Er sah sie wieder an und lächelte.

»Wenn wir jetzt gehen, schaffen wir es noch vor dem nächsten Wolkenbruch nach Hause.«

»Regen, was ist das? Ich bin lieber mit dir zusammen«, antwortete Tennia, ihre Hand in seiner.

»Aha, zum Hof zurück willst du also nicht. Was willst

du denn?«, fragte Erik und küsste sie leicht auf die Wange.

»Sollte das so schwer zu raten sein? Wenn ein Mann eine Frau trifft, will er Essen haben, und wenn eine Frau einen Mann trifft, dann will sie ihn.«

»Und das soll ich dir glauben?«, protestierte Erik mit einem belustigten Glanz in den Augen. »Nein, so ist das: Wenn ein Mann eine Frau trifft, dann will er erst sie haben und dann das Essen.«

»Glaub, was du willst«, sagte sie lächelnd, und ihr Blick war hell und glänzend wie Sonnenstrahlen im Meer.

Erik schmunzelte und legte den Arm um ihre Taille.

Tennia, dachte er. Wie lieb er diese Frau gewonnen hatte. Es waren nicht nur ihre Heiterkeit, Zuneigung und Fürsorge, die ihn anzogen. Sie war frisch wie der Tau, unergründlich, und sie weckte seine Lust. Als hätte sie seine Gedanken erahnt, legte sie seine Hand auf ihren Ausschnitt.

»Wenn du wieder ganz gesund bist, wirst du mich dann verlassen und nie mehr zurückkehren?«, fragte sie plötzlich und führte seine Hand unter den Stoff. Ihre großen, schweren Brüste hoben sich unter seiner Handfläche, und er fühlte ihren Herzschlag. Er rührte sich nicht. Unter ihnen lagen die dunklen Felsen, und die Gezeitenströme rauschten stark und gefährlich. Es war, als würde alles um sie herum zu einer Bedrohung, die zerstören wollte, was sie hatten. Schweigend zog er Tennia näher an sich und fühlte die aufkeimende Angst, sie zu verlieren.

»Du bist mein, nur mein«, flüsterte er und küsste sie.

»Nein, antworte mir, ich will es wissen«, wiederholte sie und hielt ihn zurück. »Fährst du?«

»Tennia, dein Zuhause ist hier, meines auf der anderen Seite des Meeres. Lass uns jetzt leben. Mehr kann ich nicht versprechen«, sagte er und nahm ihr Gesicht in seine Hände. »In diesem Augenblick will ich nirgends sonst sein. Nur bei dir.«

Er küsste ihr Stirn und Wangen, liebkoste sie und wollte unter ihre Kleider.

»Du darfst mich nicht verlassen«, sagte sie leise und legte ihren Arm um seinen Hals.

Erik antwortete nicht, wollte nicht sprechen, aber Tennia fühlte, wie sein ganzes Wesen in Abwägung zu verharren schien. Er betrachtete sie zärtlich aus seinen hellgrauen Augen. Dann sah er sie befangen und scheu an, als wäre dies seine erste Begegnung mit einer Frau.

»Tennia, ich weiß nicht, wie ich jemals meiner Wege segeln soll«, seufzte er.

Sie sah den Ernst in seinen Augen und verstand. Sie bedeutete ihm ebensoviel, wie er ihr. Langsam öffnete sie das Band ihres Kleides und schmiegte sich an ihn. Niemand von ihnen sagte etwas, aber Tennia zeigte mit ihrem Körper und ihren Sinnen all das, was sie sagen wollte.

Sie mussten eingenickt sein, denn als Erik die Augen aufschlug, stand die Sonne tief am Himmel, und ein kalter Wind fuhr unter seinen Umhang. Seine Arme waren steif und seine Schulter schmerzte. Tennia hatte ihren Arm um seinen Bauch gelegt und atmete ruhig. Er setzte sich behutsam auf. Er blinzelte in die Brise und sog die frische, salzige Luft ein. Das Meer erstreckte sich unendlich weit vor ihm, und irgendwo dort draußen befanden sich die Schiffe des Jarls mit dem Silber. Ostwärts, nur ein paar Tage auf See von hier entfernt, lagen Kaupang,

Ribe, Grobin und Rostock. Nicht viel weiter musste er segeln, um Birka zu erreichen. Was wollte er? Sollte er fahren?

Mit einem Mal überkamen ihn die Gedanken an Estrid und Toste. Vermissten sie ihn? Hoffentlich kümmerte Sigfrid sich um Estrid. Sie brauchte ihre Freundschaft, und es würde ihre Einsamkeit lindern, so lange er fort war. Estrid, plötzlich fühlte er einen Stich in der Brust. Estrid? Was hatte er getan? Natürlich begehrte er Tennia, aber …

Er hörte ihren leisen, gleichmäßigen Atem und spürte, wie sie sich bewegte. Ihre Haut schimmerte durch den Stoff, ihr Kleid war noch immer offen. Er lächelte. In seiner Hitzigkeit hatte er fast den Stoff zerrissen. So groß war ihre Macht über ihn, dass er sich nicht mehr im Griff hatte. Tennia, ja, wie sollte er sie jemals verlassen können? Aber was war mit Estrid, seinem Zuhause und Toste?

Er hatte Estrid vermisst, seit er Birka verlassen hatte. Bis jetzt. Bis er Tennia getroffen hatte. Vielleicht war er nur zu lange von zu Hause fort gewesen. Ja, so war es wohl. Tennia war für ihn all das geworden, was er so lange entbehrt hatte. Und als sie zu ihm gekommen war, da hatte er nicht widerstehen können. Aber bald musste er sich entscheiden. Er konnte nicht beide bekommen.

Tennia streckte ihre Hand nach ihm aus, und er nahm sie. Er beugte sich zu ihr hinunter und küsste sie. Als sie wenig später aufbrachen, um zum Hof zurückzugehen, war er schweigsam und verschlossen. Sie gingen langsam und hielten sich an den Händen. Immer wieder blickte Erik hinaus aufs Meer und betrachtete den schweren Wellengang. Er stellte sich die Schiffe des Jarls vor, wie sie eines Tages zurückkehren würden. Große wollene Segel, die sich über dem Wasser blähten, schlanke Schiffsrümpfe und schäumende Bugwellen. Er schloss die Augen und öffnete sie wieder. Der Horizont schimmerte schmal und blaugrau, beleuchtet von der schrägen Nachmittagssonne. Jetzt war das Meer einsam, aber eines Tages …

Schweigend schritten sie den mit Gras bewachsenen Hügel oberhalb der Klippen hinauf, an einem Steilhang mit herabgestürzten Felsblöcken vorbei, und erreichten die andere Seite der Landzunge. Auf dem Weg hinauf zum Hof warf er einen Blick aufs Meer zurück. Plötzlich war der Horizont voller Segel. Dort, weit entfernt, näherten sich mehrere Schiffe. Sie waren flach und in der Klinkerbauweise errichtet, mit mächtigen Rahsegeln, und wurden nach Art der Nordmänner gelenkt. Schnell wandte er dem Meer wieder den Rücken, ohne Tennia etwas zu sagen.

12

Der dritte Tag des jährlichen Wintermarktes dämmerte, und es waren schon viele Menschen auf dem Eis. Aus der Ferne sahen die Buden und Marktstände wie ein farbenfrohes Gitter aus, und im Hintergrund stiegen die hellen Rauchfahnen der Stadt in den Himmel. Der Himmel war klar, und es schien ein herrlicher Tag zu werden. König Björn kam mit seinem Gefolge von Adelsö herübergeritten. Er hing seinen Gedanken nach, und sein feister Körper schaukelte schlaff auf dem Pferderücken. Zuweilen murmelte er halblaut etwas vor sich hin, als müsse er Wichtiges rekapitulieren. Die zehn Leibwachen, die die Launen des Königs gut kannten, ritten direkt hinter ihm und tauschten vielsagende Blicke. Seine Majestät dachte nach, da war es das Beste, geduldig abzuwarten und nur das zu tun, was einem geheißen wurde.

Der König grübelte über den Wettkampf, der den Wintermarkt beschließen sollte. Diesen Winter wollte er den Männern der Stadt und jenen des Kaisers zeigen, dass in Birka der Hervorragendste aller Märkte stattfand. Nicht nur die besten Waren wurden hier verkauft; in dieser Stadt konnten sich auch Kaufleute und Händler aus Ost und West heiter und ausgelassen begegnen. Inzwischen gab es so viele Märkte im Norden, dass man nicht sicher sein konnte, ob ein Händler wieder nach Birka kam, wenn er keinen guten Grund dazu hatte.

Also war es von größter Wichtigkeit, dafür zu sorgen,

dass die Kaufleute sich wohl fühlten. Das Pferd ging im Schritt, was dem König ausreichend Zeit zum Denken gab. Ihn plagte Kummer. Beunruhigende Nachrichten hatten den Königshof erreicht. Gunnar Snemun hatte erneut vor den Kreuzträgern gewarnt. Eine Gruppe der Neugetauften wollte die Ordnung der Dinge in Birka ändern. Sie strebten danach, dass der Asenglaube aufhörte und dass dem freien Leben der Frauen Einhalt geboten wurde. Ihrem Glauben zufolge war Gott der Allmächtige der Höchste, und deshalb sollten die Männer der Kirche die Stadt regieren. Der König seufzte so tief, dass sein Pferd zusammenfuhr, und es dauerte eine Weile, bis er es wieder beruhigt hatte.

Sie waren weit auf den Fjord hinausgekommen, und die Sonne, die versteckt hinter den Inseln gelegen hatte, ging über dem Burgberg auf. Es sah herrlich aus, draußen auf dem Eis glitzerten die Schneekristalle, und es war ganz still. Wären die Kreuzträger nicht gewesen, hätte der König sich sicher daran erfreut, aber der Gedanke an sie ließ ihm keine Ruhe. Er fand es seltsam, dass die Gottestreuen über die Frauen bestimmen wollten. Wenn man ihnen weniger Verantwortung überließ und ihre Macht einschränkte, musste schließlich jemand anderes ihre Pflichten übernehmen. Und wenn das freie Leben der Frauen beendet wurde, dann müssten doch nur die Männer dafür bezahlen. Wie konnte jemand solche Lehren vertreten? Und man stelle sich vor, Gautbert und Nithard hatten eine Kirchenstrafe mit Auspeitschen auf dem Kirchhügel vollzogen. Nein, solche Schändlichkeiten mussten aufhören. Wenn erst der Wintermarkt überstanden war, musste er zusehen, dass alles in Ordnung kam.

Als sie Björkö erreichten, hatte sich bereits eine Menschenmenge versammelt, und in der Katzenbucht drängten sich die Kaufleute zwischen den Buden. Der König fühlte sich viel unbeschwerter. Es schien ein geglückter Markt zu werden.

Die Händler, die von weither gekommen waren, feilschten mit den Großbauern der umliegenden Inseln. Im Netz aus Buden und Marktständen waren Perlenmacher zu sehen, Gießer, Kammschnitzer und Gerber, und überall scharten sich Frauen, Kinder und Sklaven. König Björn summte zufrieden vor sich hin. Auch diesen Winter schienen die Leute ihre Häuser gerne verlassen zu haben.

Gemächlich ritt er an den Marktständen vorbei. Wie gewöhnlich gab es viele Kaufleute, die Felle und Häute verkauften. Die meisten von ihnen boten Marder, Eichhörnchen, Fuchs und Feh feil. Die Felle waren buschig, dick und ohne Insektenstiche, Klauen und Pfoten waren abgetrennt. An einigen der Stände gab es auch fertige Pelze und Lederkappen, Ochsenhäute, gelohte Kuhhäute, Gürtel, Geschirre und Lederzügel, alles, was ein weit gereister Kaufmann sich nur wünschen konnte. Wie viele andere Märkte konnten sich daran messen? Auf der anderen Seite ging es nicht an, sich mit dem zufrieden zu geben, was alt und bekannt war. Wenn Birka überleben wollte, musste er neue Waren einführen und mit neuen Einfällen aufwarten. Das diesjährige Pferderennen war ein solches Ereignis. Das königliche Gefolge ritt an den Buden vorbei zum Strand hinunter, wo die Bewohner Birkas Eisen, Elchhorn und Eiderdaunen verkauften, und näherte sich den größten Buden für Silber, Schmuck und Schwertklingen. Dort blieb der König lange stehen und betrachtete die Waren. Welch eine Pracht! Von solchen Luxuswaren konnte er gar nicht genug bekommen. An Björkös südlichster Landzunge hielt der König sein Pferd an. Hier würde das Pferderennen stattfinden.

Der König grüßte die Pferdeknechte, und zusammen mit den Wachen prüfte er die Bahn. Sie war mit Wacholderzweigen abgesteckt, die in einer dunklen Reihe von Björkö hinüber nach Adelsö liefen. Der König ließ die Zügel nach, schlug dem Pferd die Fersen in die Flanken und probierte die Bahn aus. Erfreut stellte er fest, dass alles in bester Ordnung war und dass das Pferd guten Halt mit den Stollen fand. Ein vergnügtes Funkeln trat in seine Augen, und er konnte das Rennen schon vor sich sehen: das jubelnde Volk, Reiter, die ihre Pferde antrieben, die Spannung, wenn die Rivalen alles gaben, um als Erste anzukommen.

Von dem, was wirklich auf ihn zukam, ahnte er nichts.

Erik war wach und rührte sich nicht. Es war kalt und feucht und es dampfte, wenn er ausatmete. Tennia schlief friedlich auf der anderen Seite der Feuerstelle. Er konnte ihren ruhigen Atem hören. Sie lag zusammengerollt unter dem Schaffell, und sein Blick füllte sich mit Zärtlichkeit und Sehnsucht. Lange betrachtete er sie, und in seinem Inneren lag beides, Lust und Schmerz. Er stand lautlos auf und griff nach seinem Beutel. Sogar im Schlaf war Tennia schön, und ihr langes rötliches Haar lag wie eine Blumenwiese über dem Fell. Er kämpfte gegen den Drang, zu ihr zu gehen und sie zu küssen, zögerte, drehte sich schließlich um, öffnete die Tür und trat hinaus.

Ein kalter Wind fuhr ihm ins Gesicht, und er zog fröstelnd die Schultern hoch. Eine Weile betrachtete er die mondbeschienene Landschaft. Die Berge ragten bedrohlich in die Dunkelheit der Nacht empor, die Hügel lagen grau und Angst einflößend da. Er holte tief Luft und versuchte, sein Unbehagen abzuschütteln. Dann eilte er hinunter zum Strand. Wenn die Schiffe, die er gesichtet hatte, die von Hakon Jarl waren, mussten sie hinter den Klippen liegen. Der Jarl hatte sicher eine der seichten Buchten für das Nachtlager gewählt.

Erik begann zu rennen. Geduckt lief er zum Wasser. Tennia, dachte er, vergib mir. Vielleicht wirst du mich dafür hassen. Versuch mich zu vergessen, ich will dir nichts Böses. Glaub mir, ich liebe dich.

Seine Gedanken drehten sich im Kreis, und eine starke Kraft versuchte ihn zurückzuführen. Noch konnte er umkehren, noch konnte er sie umarmen, und sie müsste noch nicht einmal merken, dass er fort gewesen war.

Vielleicht ist es dennoch das Beste für uns beide, überlegte er. Ich hätte niemals bleiben können, und das wusstest du. Ich fliehe von dir, aber so wird es leichter zu vergessen. Wenn wir voneinander Abschied genommen hätten, hättest du mich für immer vermisst und über mich geweint. Jetzt kannst du mich verachten und hassen und vergessen wollen.

Erik versuchte, die Sehnsucht zu vertreiben, die ihn überrollte, und er verfluchte sich selbst und den Kummer, den er über sie beide hatte kommen lassen. Müde hastete er vorwärts, fiel in der Dunkelheit über Steine und Zweige, stand auf und lief weiter.

Er wusste nicht, wie lange er unterwegs gewesen war, als er endlich den salzigen Wind des Meeres spürte. Kurz darauf sah er die Strandbucht und die Wasserkante, die zwischen den Bäumen hindurchglitzerte, und ein großes, neues Gefühl bemächtigte sich seiner: das Meer, Freiheit und die Freude auf all das, was ihn zu Hause erwartete.

Orfrim hatte die Bude seines Onkels übernehmen dürfen, die auf der Ecke zwischen zwei Marktstraßen auf dem Eis lag. Viele Kaufleute hätten sich gewünscht, ihre Bude dort zu haben, und diejenigen, die schon oft in Birka gewesen waren, betrachteten Orfrim mit Neid. Doch obwohl so viele Menschen an seiner Bude vorbeikamen, verkaufte er nicht viel. Nach drei Tagen begann seine Hoffnung zu schwinden. Ein paar Gläser und Stoffe verkaufte er zu einem hohen Preis, aber mit den Kräutern und seinem Silber hatte er weniger Glück. Sigfrid dagegen, Estrids Freundin, die einen einfachen Stand am Rande des Marktes hatte, war fast alle ihre Stoffe und Webarbeiten losgeworden. Wieso hatte er mit seinen Waren aus dem Osten nicht mehr Erfolg?

Während er darüber nachdachte, verließ er seine Bude, um sich unter den anderen Marktständen umzusehen. Bald kam er zu dem Platz, wo Sklaven und Pferde angeboten wurden. Nachdem er in Aldeigjuborg mehrere Hengste besaß, blieb er bei den christlichen Pferdehändlern stehen und sah sich neugierig an, was sie zu verkaufen hatten.

Ein grobschlächtiger Mann mit stechendem Blick und riesigen Fäusten hatte wenig Zulauf bei seinem Geschäft. Seine Pferde waren mager und verwahrlost. Orfrim wunderte sich, wie man solche Pferde im Winter verkaufen konnte, wenn sie nicht genug Futter bekamen. Beklommen trat er zu einer dürren Stute und besah sich ihre Zähne. Die Miene des Pferdehändlers hellte sich auf, als er das Interesse des rusischen Kaufmanns bemerkte.

»Nur ein paar Dirhams, dann gehört sie dir«, sagte er lächelnd zu Orfrim.

»Nein, ich brauche kein Pferd, und eine solch träge Mähre kauft wohl niemand«, antwortete Orfrim und schüttelte den Kopf. »Aber glaub mir, ich habe ein Mittel dagegen.«

Der Pferdehändler sah ihn misstrauisch an.

»Diese Pferde hier sah ich schon am ersten Markttag, und nicht eines davon hast du in den drei Tagen verkaufen können«, fuhr Orfrim fort. »Jetzt fehlt nicht mehr viel und du musst sie wieder mit nach Hause nehmen.«

»Mir gelingt es immer, meine Tiere zu verkaufen«, wandte der Pferdehändler mürrisch ein.

»Ach, deinen Lügen glaube ich nicht, aber sieh her!«

Orfrim öffnete ein Ledertäschchen, das er am Gürtel hatte, und nahm etwas heraus, das stark und gut duftete. Dann ging er zu einem müden Pferd mit Senkrücken, das schon bessere Tage gesehen hatte. Er tätschelte ihm beruhigend den Hals und ging vorsichtig darum herum. Mit einer kurzen, schnellen Bewegung platzierte er die Kräuter unter dem Schweif des Tieres und warf sich dann schnell zur Seite. Noch bevor der Pferdehändler begriff, was geschah, kam Leben in das Pferd.

Es schnaubte, trat und spreizte seinen Schwanz zu einem hohen Bogen. Mit rollenden Augen riss und zerrte es an den Zügeln.

»Bist du nicht gescheit?«, sagte der Pferdehändler, und sein Gesicht verdüsterte sich. Zornig packte er Orfrim und schüttelte ihn heftig. Orfrim lachte.

»Sieh nur«, sagte er ruhig und deutete auf das Pferd. Das Tier zuckte in kurzen, heftigen Bewegungen, wandte den Kopf, wieherte und schlug unruhig mit dem Schwanz.

»Dieses Pferd wirst du bald verkauft haben, und jetzt rennt es schnell, das kannst du mir glauben«, fügte er hinzu.

Der Pferdehändler ließ die Arme fallen. Erstaunt starrte er die Stute an, er traute seinen Augen kaum. Dann blitzten seine Augen listig auf, und er beugte sich verschwörerisch zu Orfrim hinüber.

»Hast du mehr davon?«, fragte er leise.

»In meiner Bude kannst du alle Kräuter kaufen, die du brauchst«, antwortete Orfrim vergnügt.

So kam es, dass einer nach dem anderen sich auf den Weg zu Orfrims Bude machte. Und der russische Kaufmann lächelte, unterhielt sich freundlich und holte seine geheimen Kräuter hervor, während er zugleich auf die Gläser und Stoffe wies, die er anbot. Bald wussten die Kaufleute, dass in Orfrims Bude weit mehr zu bekommen war, als man von außen sehen konnte. Und die Klugen und Kundigen begriffen auch, dass sie mehr und bessere Kräuter als die anderen bekamen, wenn sie auch noch ein Glas dazu kauften. Orfrim konnte ihnen mit vielem behilflich sein.

Der Stall, in dem die Pferde standen, war gut bewacht. Üble Gerüchte erzählten von geheimnisvollen Zaubermitteln, die die Pferde schneller laufen ließen, und solcherlei Übeltaten durften das Pferderennen nicht verderben. Da der Wettkampf zwischen Christen und Heiden ausgefochten werden sollte, war es wichtig, dass alles mit rechten Dingen zuging. Viele der Großbauern fanden, dass es unklug war, verschiedene Glaubensrichtungen in einem Pferderennen gegeneinander antreten zu lassen. Andere freuten sich umso mehr darauf und meinten, dass das dem Wettkampf mehr Herzblut und Farbe verlieh. Warum nur auf die verschiedenen Pferde der Bauern und Händler setzen, wenn das Pferderennen auch ein Kampf zwischen Heiden und Christen sein konnte?

Hergeir, der Häuptling, hatte viel mit den Stallknechten und den Pferdehändlern der Stadt gesprochen, denn genau wie Gautbert und Nithard wusste er, wie wichtig es war, den Wettstreit zu gewinnen. Dabei hatte er von den seltsamen Kräutern gehört. Lange lauschte er den Berichten und strich sich eingehend und nachdenklich über die Glatze. Maische unter den Hafer zu mischen war seit langem verboten, aber niemand hatte etwas von Kräutern gesagt.

Auch Gunnar Snemun, der Anführer der Großbauern in Birka, sorgte sich über den bevorstehenden Lauf. Genau wie die anderen einflussreichen Männer der Stadt war er der Ansicht, dass die Heiden gewinnen mussten. Er hatte die Pferde gut füttern lassen und sie hart trainiert, aber trotz dieser Vorbereitung war er unruhig. Eines Tages hatte er einen der Gastgeber laut auflachen gehört, ein Johlen, das sofort verstummte, als er über die Schwelle getreten war. Das verhieß nichts Gutes. Snemun fühlte sich nicht wohl bei dem Gedanken und beschloss, Estrid aufzusuchen. Sie wusste oft guten Rat.

Estrid war gerade dabei zu schließen, als Snemun in die Schankstube trat. Sie lächelte froh, als sie ihn sah.

»Schön, dich zu sehen. Willst du etwas haben?« Snemun schüttelte den Kopf und begann stattdessen, Estrid dabei zu helfen, alles wegzustellen.

»Man hört seltsame Sachen über die Pferde der Christen«, sagte er nachdenklich und stellte eine Tischplatte an die Wand.

»Die Pferde? Darüber mach dir keine Sorgen. Die werden gewissenhaft bewacht.«

»Aber ich habe gehört, dass sie glänzende Augen und eine eigenartige Schwanzhaltung haben.«

Estrid setzte sich und sah nachdenklich zu, während Snemun den Tischbock beiseite räumte.

»Du meinst also, dass jemand mit den Pferden betrügen will, damit sie das Rennen gewinnen?«

»Ja, das meine ich«, bestätigte Snemun.

»Ist das nicht komisch«, sagte Estrid plötzlich und schmunzelte. »Alle denken an die Pferde und vergessen die Reiter.«

»Was meinst du?«, fragte Snemun neugierig.

»Tja, den Reiter will ich sehen, der ein Pferderennen ohne Pferd gewinnt, oder das Pferd, das ohne Reiter siegt.«

»Du sprichst in Rätseln«, murrte Snemun ungeduldig. Estrid antwortete nicht, aber ihr Blick war fern und ihre Augen glitzerten. Snemun blickte sie prüfend an, aber als sie nichts sagte, fuhr er fort:

»Ich glaube, Hergeir plant etwas. Wir müssen ihn daran hindern. Aber er bestraft jeden, der sich ihm in den Weg stellt, wir müssen also vorsichtig sein.«

Snemun ging zur Fensterluke, schloss sie und setzte sich neben Estrid. Vor mehreren Wintern war sie dabei gewesen, als sie König Björn gerettet hatten. Ohne ihre und Eriks Hilfe wäre der König umgebracht worden.

»Wenn Hergeir beabsichtigt, irgendwelche Schändlichkeiten zu begehen, dann wird er das büßen«, sagte

Estrid nach einer Weile, »und unbedacht werde ich nicht sein.«

»Erzähl. Was hast du im Sinn?«

»Vielleicht ist es das Beste, wenn du nichts darüber weißt.«

Snemun rutschte unruhig hin und her.

»Estrid, ich will es wissen.«

»Nein, es wäre nicht klug, einen der ersten Männer Birkas da mit hineinzuziehen. Du tust am besten daran, dich herauszuhalten.« Sie sah ihn nachdenklich an. »Aber du kannst dich auf mich verlassen, das verspreche ich.«

Snemun kratzte sich an der Narbe über seiner Oberlippe und sah sie an.

Wenn Estrid etwas sagte, tat sie das nicht ohne Grund. Vielleicht sollte er sich noch eine Weile gedulden.

»Ich will es sobald wie möglich wissen«, sagte er bestimmt.

»Du wirst der Erste sein, der es erfährt«, versprach sie und umarmte ihn kurz.

»So machen wir es«, lächelte Snemun. »Ich wusste, dass ich mich auf dich verlassen kann.«

Er empfand große Zuneigung für Estrid und wusste, dass sie ihr Bestes geben würde, um ihm beizustehen. Und er brauchte ihre Hilfe, nicht nur bei dem Pferderennen. Auch Sigfrid bereitete ihm großes Kopfzerbrechen. In der letzten Zeit hatte sie angefangen, so gut über die Christen zu sprechen, dass er fürchtete, sie an den neuen Glauben zu verlieren. Vielleicht konnte Estrid seine Frau von diesen Gedanken abbringen. Gelang es ihr, die Missetat aufzudecken, die die Christen planten, würde Sigfrid vielleicht verstehen, dass das Christentum nicht immer nur die weiße und unbesudelte Lehre war, für die es sich ausgab. Nein, so einfach ist das Leben nicht, dachte Snemun. Es geht nicht um unterschiedliche Götter und Lehren. Es ist nur eine Frage von guten und schlechten Menschen.

In dem Augenblick, als Estrid Snemun vom Betragen der Pferde hatte erzählen hören, war sie misstrauisch geworden. Ihre Gedanken waren zu Orfrim gewandert. Als sie das letzte Mal dort gewesen war, hatte sie bemerkt, dass er die Säcke mit den Gewürzen umgestellt hatte. Obwohl es schon spät war, beschloss sie, zum Lagerhaus zu gehen.

Sie polterte fest und lange gegen die Tür, und es dauerte eine Weile, bis er öffnete. Aber schließlich stand er schlaftrunken in der Tür.

»Estrid! Wenn du wüsstest, wie sehr ich dich vermisst habe«, sagte er, als er sie sah. Eilig schloss er die Tür und zog sie an sich. »Warum kommst du nicht zu meiner Bude?«, murmelte er ihr ins Ohr und hielt sie fest. Aber er gab ihr keine Zeit zu antworten. Seine Hand suchte sich einen Weg in ihre Kleider, und er küsste sie stürmisch. »Wie kannst du es wagen, ein Wollkleid zu tragen und nicht meine Seidenstoffe«, sagte er scherzend und hob ihr Kleid.

Estrid wand sich mit einem Lachen los.

»Du machst dir doch gar nichts aus den Kleidern, die ich trage. Du ziehst sie mir ja immer nur aus«, antwortete sie und ging zu den Säcken hinüber. Es roch intensiv, und ein Sack war geöffnet. »Sag, was sind das für heimliche Kräuter, die du in der ganzen Gegend verteilst?«, fragte sie und drehte sich um.

Eine leichte Röte breitete sich über sein Gesicht.

»Liebeskräuter!«, neckte er und ging zu ihr. Wieder spürte sie seine Nähe, und seine Hand brannte auf ihrer Haut. Im nächsten Augenblick hielt er sie in seinen Armen, und ihre Fragen lösten sich auf und verschwanden.

»Orfrim«, seufzte sie, und seine Hände waren warm und verführerisch. Sie sank hinter die Gewürzsäcke und zog ihn mit sich. »Komm!«, flüsterte sie, und er zögerte nicht.

Bald spürte sie ihn, und alles andere war weit fort und ohne Wert. Er hat Macht über mich, dachte sie. Ich liebe ihn und kann ihn nicht länger von mir fern halten.

In dieser Nacht blieb sie im Lagerhaus. Seine Worte und Liebkosungen verschlangen sie, und wäre Rurik nicht gewesen, wäre sie nie wieder fortgekommen. Einem Mann wie Orfrim war sie nie zuvor begegnet. Es war, als wäre er mehrere Männer zugleich. Sein Lachen und seine Freimütigkeit waren wie Eriks, seine Kraft und Ausstrahlung erinnerten sie an Ansgar. War das der Grund, warum er sie so glücklich machte? Hatte er deshalb solch einen Einfluss auf sie?

Auf dem Weg nach Hause durch die Gassen war sie trunken vor Freude, aber je weiter sie sich ihrem Zuhause näherte, umso unruhiger wurde sie. Sie konnten ihre Liebe nicht mehr lange verheimlichen. Und dann, was geschah dann? Sie versuchte, sich nicht darüber zu sorgen, und schob die Gedanken beiseite.

Nachdenklich drückte sie den Lederbeutel, den Orfrim ihr gegeben hatte. Darin lag ein Rindendöschen mit Kräutern, verschiedene Bündel getrockneter Pflanzen und knollige geheimnisvolle Gewürze. In der Nacht hatte Orfrim ihr viel über die merkwürdigen Dinge erzählt, die sie bewirken konnten. Der Ernst in ihrem Gesicht verflog, und sie schmunzelte vor sich hin.

Die Nacht über hatte es geschneit, aber gegen Morgen war der Himmel wieder aufgeklart. Der König blies seine Hände warm und summte zufrieden vor sich hin. Bei so guter Fernsicht würden viele das Pferderennen verfolgen können. Er zog sich eilig an und befahl den Wachen, die Pferde fertig zu machen. Dann brach er mit seinem Gefolge nach Birka auf.

Für diesen Tag hatte König Björn seinen dunkelbraunen Araberhengst gewählt, was er nur zu feierlichen Anlässen tat. Er hatte seine besten Sachen angelegt, den roten Umhang mit Goldstickereien und dazu die dunkelblauen Beinkleider. Um nicht zu frieren, trug er einen Marderpelz um den Hals und eine stattliche Hermelinmütze auf dem Kopf. Die Wachen trugen dunkelgrüne Mäntel mit Silberstickereien rund um die Ärmel, und auf ihren Köpfen glänzten Fuchspelzmützen.

Als das königliche Gefolge Birka erreichte, brach stürmischer Jubel aus, und wo immer er vorbeikam, rief das Volk ihm begeistert zu und applaudierte. An der Hütte des Königs wartete Hergeir mit seinem Gefolge, und sowie der König zu sehen war, ließ der Häuptling die Fanfare blasen und die Fahnen aufstellen. Dann empfing er den König würdevoll, half ihm abzusitzen und geleitete ihn die königliche Tribüne hinauf.

König Björn, der sich gern an Prunk und Pomp erfreute, strahlte über das ganze Gesicht. Entzückt blickte er über den Fjord und sah, dass entlang der ganzen Strecke Zuschauer standen, von Björkö bis nach Adelsö. Gerührt räusperte er sich und erhob seine Stimme.

»Beste Svear und Kaufleute aus Ost und West. Möget ihr reich entlohnt werden und euer Handel in Birka erfolgreich sein«, begann er seine Rede und nickte gnädig dem versammelten Volk zu. »Mein Wunsch ist es«, fuhr er fort, »Birka zum besten Handelsplatz für alle zu machen, und gemeinsam mit meinen Ratgebern habe ich darum beschlossen, von diesem Jahr an weniger Sold für die Marktstände zu verlangen.«

Hier wurde der König von Beifall und Jubel unterbrochen, und es dauerte eine ganze Weile, ehe er sich wieder Gehör verschaffen konnte. Dann fuhr er fort:

»Dieses Jahr werden wir uns darüber hinaus mit einem großen Pferderennen vergnügen. Die christlichen Reiter mit ihren besten Pferden, wir Heiden mit unseren«, sagte er vergnügt. »Es wird ein großes Kräftemessen geben und dem Sieger werde ich ein ansehnliches Fass Met und einen Lederbeutel voller Silber überreichen.«

Wieder wurde der König von Jubel unterbrochen, und zufrieden lauschte er den Freudenbekundungen des Volkes. Dann hob er beide Hände und ergriff wieder das Wort.

»Meine Freunde«, fuhr er fort. »Nun unterbrechen wir das Feilschen für das Pferderennen. Die Bahn führt von Birka nach Adelsö, und die Pferde müssen zwei Runden laufen. Möge jeder das Glück mit sich haben.« Mit diesen Worten trat der König von der Tribüne, bestieg sein Pferd und ritt zu einem bunten Seil, das zwischen zwei Pfähle gespannt war, die ins Eis gerammt worden waren.

Nach einer kurzen Fanfare wurden die tänzelnden Pferde aufs Eis geführt und vor dem königlichen Gefolge aufgereiht. Es war eine Freude, die stattlichen Rösser anzusehen. Alle Pferde hatten neues, glänzendes Zaumzeug, Sättel und Steigbügel. Um den Widerrist und unter dem Schwanz hindurch hatten man ihnen prächtige, rote Seidentücher gebunden. Die Christen hatten darüber hinaus die Mähnen ihrer Pferde geflochten, während die Heiden fanden, dass ihre Läufer, so wie sie waren, stattlich genug aussahen.

Die Zuschauer klatschten und jubelten, und als die Pferde vorbeischritten und allen gezeigt wurden, ließ König Björn aufs Neue die Fanfare blasen. Zwei Frauen in bodenlangen Kleidern traten vor, verneigten sich ehrfürchtig vor Seiner Majestät und reichten jedem einzelnen Reiter ein goldenes Horn. Der König wartete, bis jeder sein Horn erhalten hatte, und trank feierlich auf das Wohl aller und wünschte ihnen Glück und Erfolg.

Während die Heiden nur vorsichtig am Wein nippten, leerten die Christen ihre Hörner begierig bis auf den Grund. Nur selten bekamen sie in diesem Land etwas anderes als Met oder Bier, und der Wein war ungewöhnlich schmackhaft und würzig. Durstig tranken sie das Horn bis auf den letzten Tropfen aus.

Dann hoben die Wachen des Königs die Fahnen, und ein Troubadour mit zwölf Musikanten trat vor. Sie spielten Fidel, Leier und Trommeln, und das Volk sang aus vollem Hals mit. Erst nach sechs munteren Melodien war der König zufrieden, aber da hatte der Troubadour schon das Gefühl in den Fingern verloren, und eine Maultrommel war so kalt geworden, dass sie einem der Musiker am Mund festgefroren war. Fröstelnd zogen sich die Spielleute zurück und überließen den Pferden den Platz. Die Reiter saßen auf, die Menschenmenge wich zurück und jeder nahm seinen Platz an der Rennbahn ein. Schweigend und ernst ritten die Reiter an das Startseil. Die Fahnen knatterten im Wind, und die Wachen hoben ihre Luren. Das große Wettrennen konnte beginnen.

13

König Björn sah sich um, hob sein Schwert und ließ die Klinge in der Luft blitzen. Dann senkte er die Waffe mit Schwung. Das Startseil wurde weggezogen, und die Pferde liefen los. Im selben Augenblick zogen die Christen fest am Seidenband, das unter den Schwänzen der Pferde durchführte. Mit weit aufgerissenen Augen stellten die Tiere ihre Schwänze hoch und sprangen davon. Plötzlich gebärdeten sie sich wie verrückt. Ihre Schwänze standen in hohem Bogen ab, und nie zuvor hatte jemand im Reich der Svear Pferde so schnell laufen sehen. Die Stollen berührten kaum das Eis, und die Reiter lagen wie festgeklebt in ihren Sätteln. Die Heiden, die schneller gestartet waren, trieben ihre Tiere an, peitschten sie und gaben ihnen die Sporen, aber schon nach wenigen Augenblicken hatten die Christen sie alle überholt. Schnell trennten sie mehrere Pferdelängen, und obwohl die Heiden tapfer kämpften, fielen sie weiter zurück.

Ein enttäuschtes Raunen ging durch die Reihen der Asengläubigen, und der König, der als schlechter Verlierer bekannt war, fluchte und biss sich in den Bart. Die Christen hingegen, die sich um das Ziel versammelt hatten, stießen Freudenschreie aus, sangen und lachten, während die Pferde in Richtung Adelsö verschwanden. Der neue Gott war auf ihrer Seite, und jetzt konnten diese ungehobelten Barbaren selbst sehen, wie wenig Macht ihre eigenen Götter hatten.

Die Heiden ihrerseits glotzten, drohten mit den Fäusten und sprachen von Zauberei und dem Untergang der Welt.

Auf der großen Brücke unten am Hafen stand Snemun zusammen mit Sigfrid und Estrid. Als die Pferde der Christen davonsprangen, trat er angespannt von einem Fuß auf den anderen und sah Estrid fragend an.

»Und nun?«, fragte er unruhig.

»Ist das Rennen noch nicht entschieden«, lachte sie und sah ihn doppeldeutig an. Dann hob sie Rurik auf ihre Schultern und rief laut: »Gleich werdet ihr etwas erleben!«

Snemun wandte den Blick wieder zur Bahn. Die Reiter galoppierten mit fliegenden Umhängen vorbei. Die Hufe donnerten, die Flanken der Pferde glänzten, und die Beschläge blitzten auf. Rund um die ganze Bahn wehten Fahnen, Wimpel und Girlanden, und wenn die Christen nicht so weit in Führung gelegen hätten, wäre es ein prächtiges Fest gewesen. Jetzt war nur noch eine Runde zu reiten, und es würde schwer werden, den Vorsprung aufzuholen. Aber gerade da waren die Pferde der Christen plötzlich wie ausgewechselt.

Die Rösser, die eben noch wie besessen gelaufen waren, wurden plötzlich langsamer, und ihre Reiter, die das eigentlich verhindern sollten, schienen seltsam gleichgültig.

Diejenigen, die für die Christen waren, hielten sich erschrocken die Hände vor den Mund und begannen aufgeregt zu murmeln und miteinander zu tuscheln. Was war geschehen? Ihre Reiter benutzten weder Sporen noch Peitschen, und die Pferde liefen planlos herum, als suchten sie nach Gras.

Ein kleiner, sehniger Reiter, der Agur Brede hieß, hatte mehr Wein als alle anderen getrunken und lange den Lauf angeführt. Nun begann er sich ein wenig müde zu fühlen und darüber hinaus auch ein bisschen philosophisch. Was machte er auf einem Pferd? Warum musste er das arme Tier mit den Sporen quälen? Sollte er nicht viel lieber das Pferd springen lassen, wie es wollte? Ein behagliches Gefühl stieg in ihm auf, und er empfand einen so großen inneren Frieden, dass er sich am liebsten hinlegen und ausruhen wollte. Und da Agur ein sehr schüchterner Mann war, der wenig Glück bei den Frauen hatte, wanderten seine Gedanken zu seiner Mutter. Sie unterstützte ihn in allem und konnte hervorragendes Brot backen, und sie hatte sicher schon etwas Gutes für ihn vorbereitet.

»Mama, Mama«, lallte er sehnsüchtig, zog die Zügel an und mäßigte sein Pferd. Dann lenkte er es über das Seil und ritt nach Hause.

Auch die anderen Reiter, die viel vom Wein getrunken hatten, wurden von einer großen Mattigkeit ergriffen. Und wenn einer von ihnen sein Pferd doch antreiben wollte, dann stand er so neben sich, dass er nur sanfte Worte murmelte. Auch Ulf Scharfnase, der zu der kleinen christlichen Gemeinde Birkas gehörte, hatte nicht mehr Glück. Als sein Pferd den Schwanz aufgestellt hatte, war er beinahe hinuntergefallen, und jetzt, einige Augenblicke später, flog er in hohem Bogen über den Kopf des Pferdes, direkt ins Seil. Dort blieb er wie Leinzeug auf der Trockenleine hängen, bevor er benebelt aufs Eis stürzte. Dabei schlug er sich den Kopf so böse an, dass er das Bewusstsein verlor, und es dauerte zwei Tage, bis es jemandem gelang, ihn wieder zurückzuholen.

Der beste Reiter der Christen, Hallbjörn der Rote, war ein schöner Mann mit vielen Lachfalten, bekannt für seinen Erfolg bei den Frauen. Lange war er dem führenden Pferd dicht auf den Fersen gewesen und wollte gerade an ihm vorbeiziehen, als ihn eine seltsame Trägheit überkam. Es war, als klänge Musik in seinem Kopf, und sogleich begann er zu summen und sich hin und her zu wiegen. Er sah schöne Frauen vor sich, und seine Augen glänzten. Oh, Frauen, dachte er, hier bin ich auf einem ganz falschen Ritt. Kaum hatte er seinen Gedanken zu Ende gebracht, als ihn Wollust überkam, und die Erinnerung an Jungfrauen, Beischläferinnen und Sklavinnen zog an seinem inneren Auge vorbei. Fröhlich griff er eine unsittliche Weise auf und sang mit lauter Stimme weiter, woraufhin er geradewegs zu seiner letzten Liebhaberin ritt.

Die Heiden merkten zu ihrem Erstaunen, dass sie die Christen plötzlich einholten. Eineinhalb Runden lang hatten die Christen mit mehreren Pferdelängen geführt, aber nun schienen die meisten in großer Unordnung herumzutraben. Einige hatten die Bahn verlassen, andere wurden immer langsamer. Staunend ritten die Heiden im gestreckten Galopp an ihnen vorbei, während die christlichen Zuschauer fluchten und von Gottes Rache sprachen.

Die asengläubigen Bewohner Birkas hingegen jubelten und tanzten vor Vergnügen. Manche nahmen aus lauter Freude eine Prise Fliegenpilzpulver, andere sangen und dankten Thor, Frey, Odin, Balder und allen Asengöttern, deren Namen ihnen gerade in den Sinn kamen. Der König, der die ganze Nacht die Rede für den Sieger des Rennens vorbereitet hatte, sah bestürzt, wie sich unvermittelt das ganze Pferderennen vor seinen Augen gleichsam auflöste. Da gerieten Christenpferde ins Wanken, weil die Reiter vornüberkippten, und Wettkämpfer stürzten summend und singend aufs Eis. Auch die Reiter der Heiden, die sich erst darüber gefreut hatten zu gewinnen, konnten die Süße des Sieges nicht richtig auskosten, nachdem nicht ein einziger Kreuzträger ins Ziel kam.

Dort zupfte König Björn sich betreten am Bart und schielte auf das Metfass und den Lederbeutel mit dem Silber. Sollte er den Preis wirklich vergeben? Plötzlich wünschte er, er hätte das kleinere Fass und nur einen kleinen Lederbeutel Silber genommen, aber jetzt war es zu spät. König Björn seufzte, bedauerte sich selbst und wünschte, sich mit irgendetwas trösten zu können. In diesem Moment fiel sein Blick auf das Weinfässchen. Ein neugieriger Blick flackerte in seinen Augen. Die Wettkämpfer hatten nur wenig Wein in ihre Hörner bekommen, es war sicher noch eine ganze Menge des Trankes übrig. Das Volk schrie und johlte hinter dem Seil, und überall herrschte großer Tumult. Niemand schien den König zu bemerken. Hastig sah er sich um, hob das Fässchen mit beiden Händen, legte den Kopf nach hinten und trank. Dann fuhr er sich zufrieden mit der Hand über den Mund, rülpste wie ein ganzer Kerl und stieg auf die königliche Tribüne. Das Beste war wohl, wenn er zum Volk sprach und es bei dieser ganzen Aufregung beruhigte, dachte er, und danach war es sicher klug, den Preis zu übergeben.

Entschlossen gab er seinen Männern das Zeichen, die Lure zu blasen, aber das Volk schrie und prügelte sich, und die Wachen mussten mehrmals wieder ansetzen, bevor es endlich still wurde. Dann wandte sich der König an die Menge und hob die Hände, wie er es die Priester hatte tun sehen.

»Liebe Leute, sicher war dies ein seltsames Pferderennen, und mir scheint, als wäre nicht alles mit rechten Dingen zugegangen. Aber lasst uns deshalb einander nicht finster anstarren. Morgen bieten wir euch neue Aufgaben mit verschiedenen Spielen und viel Spaß«, begann er und lächelte, während er zugleich spürte, wie ihm ein klein wenig schwindelig wurde.

Im selben Moment versetzte ein Kreuzträger einem Heiden einen Hieb auf den Mund, dass seine Lippe aufplatzte, und unterhalb der königlichen Tribüne prügelten sich zwei Alte mit ihren Stöcken, dass die Holzsplitter nur so flogen. Aber der König merkte davon nichts, er spürte nur, wie alles in ihm zu Musik wurde, und er lächelte allen und jedem artig und nett zu. Die Wachen starrten Seine Majestät an und warteten auf den Befehl, den Radau zu beenden, aber der König lachte nur und breitete seine Arme aus, als wollte er sie alle umarmen.

»Meine lieben Kinder …«, nuschelte er und summte ein kleines Liedchen, während die Wachen in die Luren bliesen, um die Ordnung wiederherzustellen. Dann wankte er zum Geländer und blickte über die Menge. Jetzt war er seltsam wirr, und es fiel ihm schwer, sich zu artikulieren, aber ein starkes Gefühl von Mitmenschlichkeit wogte in ihm auf, und er musste einfach reden.

»Silber für alle!«, rief der König nobel und schaukelte freudig mit dem Körper.

Die Wachen senkten ihre Luren und machten große Augen, und der Sieger des Pferderennens blickte sich erschrocken um – aber er fing sich schnell. Hastig rief er nach seinen Freunden aus dem Gewinnerlager, und mit zwei Schritten waren sie vorn am Siegerpodest. Dort verbeugten sie sich vor dem König und taten so, als nähmen sie den Preis entgegen, woraufhin sie sich schnell davonmachten, Fass und Lederbeutel zwischen sich. König Björn nahm verschwommen wahr, dass sich jemand vor ihm verbeugte, und hob erfreut die Arme, um den Jubel des Volkes entgegenzunehmen. Dann taumelte er singend auf der Tribüne, bis die Wachen ihn endlich mitnahmen und Seine Majestät umsichtig in die königliche Hütte führten. Dort schlief der König sehr bald ein und träumte von lieblichen Frauen, während sein Volk sich draußen prügelte und beschimpfte.

Als Hergeir begriff, dass die Heiden den Preis mitgenommen hatten, wurde er so ärgerlich, dass er die Bahn verließ, während Gautbert und Nithard zum Himmel blickten und sich nicht einmal entschließen konnten, ein Gebet zu sprechen. Nithard ballte die Fäuste und fluchte lautstark, bis er sich erinnerte, dass er Tora treffen sollte. Sie hatten sich ab und zu auf dem Kirchhügel gesehen und jetzt, während der Markttage, wenn alle draußen auf dem Eis waren, hatten sie sich in einer alten Strandhütte auf der anderen Seite der Insel verabredet.

Nithard war sich sehr wohl bewusst, wie unangemessen es war, dorthin zu gehen, aber er konnte es einfach nicht bleiben lassen. Zum ersten Mal waren sie ungestört gewesen, und am Vortag hatte er sie sogar küssen können. Er freute sich bei dem Gedanken, und obwohl es kalt und feucht in der Hütte war, hoffte er, sie bald nackt sehen zu können. Auf jeden Fall würde er sie vielleicht ein wenig fühlen dürfen. Nithard bekam einen verträumten Glanz in den Augen und musste seine Gesichtszüge ordnen, ehe er sich an Gautbert wandte.

»Sehr unschön, das mit dem Pferderennen«, klagte er, »aber ja, es gibt nichts, was wir tun könnten. Nein«, sagte er hastig, »ich muss mich nun zurückziehen. Ich habe noch Wichtiges zu erledigen. Auf Wiedersehen.« Und schnell verschwand er in der Menge. Gautbert sah ihm mürrisch nach.

An den Brücken und auf dem Eis herrschte noch immer großer Tumult, und weiter entfernt übertönte Estrids fröhliche Stimme die der anderen.

»Habt ihr das gesehen?«, rief sie vergnügt und tanzte mit Rurik im Kreis. Der Junge klatschte und lachte, bis ihm die Luft wegblieb, und keiner von ihnen wollte aufhören zu feiern. Im selben Augenblick hörten sie Sigfrids schroffe Stimme.

»Ich kann mir nichts anderes vorstellen, als dass du deine Finger dort im Spiel gehabt hast«, sagte sie scharf. »Hast du noch immer nicht genug davon, die Leute zum Gespött zu machen?«

Ein Schatten flog über Estrids Gesicht, aber sie fasste sich schnell.

»Das können die Kreuzträger gut vertragen, so wie sie versucht haben, sich den Sieg zu erschwindeln.«

»Nicht die Christen«, erwiderte Sigfrid entschieden.

»Doch, da irrst du dich. Erinnerst du dich an die Seidentücher unter den Schwänzen der Pferde? Dort hatten die Christen Ingwer festgenäht. Wenn die Reiter am Band zogen, bekamen die Pferde das Gewürz dort hinten zu schmecken. Kein Wunder, dass sie liefen wie verrückt«, sagte Estrid mit munterer Stimme. »Als ich hörte, was die Christen vorhatten, wollte ich zuerst die List aufdecken. Aber dann sah ich ein, dass mit wilden Pferden und zahmen Reitern der Wettstreit doch noch gerecht würde, und gab darum etwas Rauschmittel in den Wein. Ich wusste, dass die Heiden nach alter Sitte nur einen kleinen Mund voll des Trankes nehmen, während die Christen einen ordentlichen Schluck davon trinken würden. Aber ich hatte nicht gedacht, dass sie gleich das ganze Horn leeren. So wurde das Ganze noch ein wenig komischer, als ich gedacht hatte«, fuhr sie fort und kicherte.

Sigfrid antwortete nicht, aber Snemun konnte sich ein Lächeln nicht verkneifen. Dann wurde er schnell wieder ernst. Was würden die weit gereisten Kaufleute zu diesem Spektakel sagen? Und die Christen, die verloren hatten und danach ausgelacht worden waren?

Erik war lange den Strand entlanggelaufen, als er den schwachen Geruch von Rauch wahrnahm. Nach einer Weile sah er ein Lagerfeuer und daneben einen schlafenden Mann. Das beruhigende Geräusch der schwappenden Wellen schien die Wache eingeschläfert zu haben. Erik schlich vorbei und spähte in die Dunkelheit. Er hatte Recht gehabt. Es war nicht Harald Sigurdson oder ein anderer Schurke, der sich hier sein Nachtlager bereitet hatte, nur Hakon Jarl würde einen Platz aussuchen, der so nah an der Wasserkante lag. Nach dem Überfall im Frankenreich war er vorsichtig geworden. Er wollte vom Nachtlager immer den kürzestmöglichen Fluchtweg haben. Jetzt lag er mit seinen Schiffen in der Bucht, gut versteckt hinter einem Felsvorsprung und Büschen. Jemand, der die Gewohnheiten des Jarls nicht kannte, würde das Lager hier nicht finden.

Erik entdeckte den schlafenden Kaufmann und lachte leise. Mit einem Mal verspürte er große Freude und Erleichterung. Der Jarl lebte. Freundschaftlich knuffte er ihn in die Seite.

»Hältst du nicht besser Wache, damit ich mich ungesehen anschleichen kann?«, zog Erik ihn auf und lachte über das ganze Gesicht.

Der Jarl fuhr hoch und tastete nach seinem Schwert.

»Deine Waffe ist hier«, sagte Erik lachend und hielt ihm das glänzende Schwert vor die Nase. »Ich habe es dir aus der Scheide gezogen, als du geschlafen hast. Gut für dich, dass ich dein Freund bin.«

Der Jarl starrte ihn an, auf einmal hellwach.

»Erik, du bist es. Den Göttern sei Dank, du lebst!«

Der Jarl stand auf, und die Männer umarmten einander. Beide waren gleichermaßen froh, den anderen lebendig wiederzusehen.

»Bist du geheilt?«, fragte der Jarl und setzte sich.

»Der Schmerz in der Schulter ist überstanden, aber zum Ausgleich hast du mir anderen Kummer beschert!«

»Soo?«

»Tennia war eine fabelhafte Frau …«

»Sag nicht, dass du dich in sie verliebt hast?«

»Und ob!«

Der Jarl grinste breit. Erik blieb sich treu. Die arme keltische Frau hatte erfahren dürfen, was Liebe zu diesem Mann bedeutete: aufflammende Leidenschaft, und plötzlich war er fort. Hakon Jarl zog eine Lederflasche aus dem Beutel und bot Erik etwas zu Trinken an.

»Dass du einen Schlag bei den Frauen hast, weiß ich, aber eine deiner Frauen solltest du irgendwann auch heiraten«, sagte er und sah seinen Freund forschend an.

»Vielleicht Estrid«, sagte Erik zögernd. »Tennia ähnelte ihr. Wahrscheinlich deshalb …«

»Kann ich mir vorstellen«, murmelte der Jarl und kramte in seinem Beutel. Er zog ein Stück getrocknetes Fleisch heraus und reichte es Erik.

»Hör zu«, sagte er dann. »Ich habe gute und schlechte Nachrichten für dich.«

Dann berichtete er von allem, was geschehen war; von den Mönchen im Turm und Thorgrim Sveddes Tod. Gelegentlich unterbrach Erik ihn mit einer Frage, aber als er vom Silber hörte, verstummte er und lauschte mit einem glücklichen Glanz in den Augen.

»Wir haben das Silber ergattert, aber Thorgrim Svedde und seine Männer, die uns draußen auf See gerettet haben, haben wir verloren«, schloss der Jarl.

»Dass Thorgrim sein Leben lassen musste, ist ein großer Verlust, er war ein guter Mann. Besser hätte Harald seinem Schicksal begegnen sollen«, sagte Erik grimmig.

»Ja, auch dieses Mal ist dein Bruder Harald uns entwischt. Wie kann der Heilige Geist einen solchen Schurken beschützen?«

»Es heißt, der neue Gott würde alle zu guten Menschen machen. Vielleicht glaubt er, dass es ihm mit Harald auch gelingt«, antwortete Erik und schnitt eine Grimasse.

»Dann sollte er sich beeilen. Der Hund hat Thorgrims Schiffe erbeutet und kann uns jederzeit eingeholt haben.«

»Könnten wir ihn denn nicht besiegen?«

Der Jarl schüttelte den Kopf.

»Nicht jetzt, er hat mehr Männer als wir, und er ist gut gerüstet. Jetzt ist es besser, ihm zu entkommen und ihn später mit bewaffneten Männern anzugreifen.«

Erik schwieg. Langsam zog er sein Schwert aus der

Scheide und steckte es nachdenklich wieder zurück. Sein Blick wanderte über die See.

»Du hast Recht, aber es widerstrebt mir, ihn laufen zu lassen, jetzt, wo wir so nah dran sind.«

»Du willst dich doch nicht von deinem eigenen Bruder töten lassen, nur weil er mehr Leute hat und besser gerüstet ist?«, hielt ihm der Jarl entgegen.

Erik schüttelte den Kopf.

»Und du hast eines nicht bedacht, Freund. Dieses Mal kehrst du als reicher Mann nach Birka zurück«, fuhr Hakon Jarl fort.

»Ja, ja, sicher«, murmelte Erik, und sein Gesicht hellte sich auf. »Ich frage mich gerade, was für ein Gefühl das sein wird, so zur Abwechslung.«

Als Erik und der Jarl Segel setzten und in See stachen, beobachtete ein breitschultriger, großer Mann mit eisblauen Augen sie aus der Ferne. Es war ihm nicht gelungen, die Schiffe rechtzeitig aufzuspüren, und er war zurückgefallen, aber das kümmerte ihn kaum. Mit Thorgrim Sveddes Drachenschiffen war seine Flotte so groß geworden, dass er alle Schiffe verwüsten und das Silber rauben konnte, das er brauchte. Deshalb würde er den Winter über ruhig an der Küste liegen bleiben, bis noch mehr Schiffe gerüstet waren. Dann beabsichtigte er, zuerst die friesische Küste und Dorestad zu plündern, bevor er, Harald Sigurdson, mit seiner Flotte Birka einnehmen würde.

Ysja war auf dem Weg nach draußen, als sie Eyvind entdeckte. Schon als sie ihn sah, ahnte sie, dass er ihr etwas Wichtiges zu sagen hatte. Meist waren seine Schritte rasch und bestimmt, jetzt ging er langsam und zögernd.

Er warf ihr einen bekümmerten Blick zu, und sobald er hereingekommen war, verriegelte er die Tür. Umständlich klopfte er sich den Schnee vom Umhang, bevor er sich setzte. Unruhig gab sie ihm ein Horn Met und wartete auf das, was er zu sagen hatte.

»Du kannst nicht auf dem Hof bleiben«, sagte er schließlich. »Meine Frau will dich nicht länger als Hausfrau haben. Sie will allein walten.«

»Du erwartest doch nicht, dass ich mitten im Winter fortgehe?«, antwortete Ysja, und Angst legte sich wie Raureif auf ihre Seele.

»Doch, das tue ich, aber ich will es nicht. Ich habe dich zu lieb gewonnen. Vielleicht ist das der Grund, warum meine Frau dich forthaben will. Aber, mach es, wie ich dir sage: Begib dich in Leibeigenschaft. Wenn du deinen Teil leistest, kannst du bleiben.«

Ysja fuhr zurück. Was sagte er da, Sklavin? Sollte sie wieder dorthin zurück, von wo sie sich endlich frei gemacht hatte? Ohne Macht und ohne Recht, für sich zu sprechen? Nein, nicht noch einmal. Zitternd sah sie ihn an, ihre Augen füllten sich mit Ohnmacht und Zorn.

»Wie soll ich Sklavin werden, nachdem ich einst einen eigenen Hof hatte und mein eigener Herr war?«, erwiderte sie aufgebracht. Bei der Lüge veränderte sich ihre Stimme, aber Eyvind bemerkte nichts.

»Verstehst du nicht?«, fuhr sie fort und wich seinem Blick aus. »Ich wäre gezwungen, mit den anderen Sklaven im Grubenhaus zu wohnen, und deine Frau hätte das Recht, mich zu schlagen.«

»Und Toste? Denk an ihn. Ihr braucht Essen und eine Bleibe, oder nicht? Und ich will dich jetzt nicht fortschicken müssen«, wandte Eyvind ein.

Ysja spürte, wie Angst sie packte. Eyvind meinte es ernst, und wenn sie jetzt vom Hof verjagt wurden, würden sie keine Nahrung mehr haben und vielleicht in einer leeren Scheune erfrieren. Sie sah ihn unruhig an. Eyvind schwieg eine Weile, dann fuhr er fort:

»Hör zu, dich als Sklavin auf dem Hof zu behalten ist das Einzige, was ich für dich tun kann, Ysja. Meine Frau will dich am liebsten sofort wegjagen.«

»Aber wenn ich Sklavin werde, muss auch Toste Sklave sein. Das kann ich ihm nicht antun«, sagte Ysja, immer verzweifelter.

»Was wäre denn auf dem Königshof geschehen?«, widersprach Eyvind. »Du warst auf dem Weg dorthin, um Sklavin zu werden. Hast du das vergessen?« Er rückte näher an sie heran.

»Aber die Sklaven dort haben es besser«, sagte sie wie gelähmt und bereute ihre frühere Lüge. Sie hätte nicht sagen müssen, dass sie auf dem Weg dorthin war, aber nun war es zu spät.

»Glaub mir«, fiel Eyvind ein. »Auch die Sklaven des Königs müssen hart arbeiten. Und weißt du nicht, dass es Könige gibt, die ihre Sklaven den Göttern opfern?«

Ysja sah ihn misstrauisch an. Dass Könige und manche Großbauern Sklaven opferten, hatte sie gehört, aber das geschah kaum häufiger als jedes neunte Jahr in Uppsala. Und auch dann opferten sie die nichtsnutzigen oder bestraften sie. Ysja schwieg und war plötzlich unsicher, was sie sagen sollte.

»Hör zu«, sagte Eyvind und legte seine Hand auf ihre. »Auf diesem Hof bist du sicher, und ich werde dafür sorgen, dass du es besser hast als die anderen Sklaven. Denk daran, dass ich dann dein Herr bin.«

Sie spürte, wie sich seine Hand über ihren Arm schob, unter das Trägerband.

»Meine Wahl besteht also darin, von hier fortgejagt oder Sklavin zu werden«, sagte sie müde.

»Ja, so ist es«, bestätigte Eyvind, und seine Hand lag drängend auf ihrer Haut.

»Aber Toste darf kein Sklave werden!«, rief sie unglücklich aus.

»Aber er ist doch dein Sohn, oder?«, sagte Eyvind leise. »Denn das ist er doch, auch wenn ihr euch nicht ähnlich seht?«

Ysja schluckte. Er wusste etwas, er musste es wissen, sonst hätte er das nicht gesagt. Ihre Hände zitterten, und sie wagte nicht, ihn anzusehen. Nein, sie durfte nicht schwach werden. Sie musste listig sein und einen anderen Ausweg finden.

»Übrigens verstehe ich den Jungen nicht. Manchmal ruft er nach Mama, obwohl du ihn im Arm hältst. Was meinst denn du dazu?«, fuhr Eyvind fort und beugte sich zu ihr.

»Toste war so verwirrt, als alle um ihn herum starben«, antwortete Ysja und entzog sich ihm. »Er dachte wohl, ich müsste auch sterben.«

»Aber ihr könnt bleiben. Werde Sklavin, Ysja. Dann könnt ihr endlich zur Ruhe kommen«, sagte er beharrlich und drückte sie fest an sich. Sein Atem war heiß, und sie fühlte seine Hand unter ihrem Kleid. Seine Hände tasteten sich vor, und er küsste und drückte ihre Brust.

Da entspannte sie sich und ließ es geschehen. Er begehrte sie und wollte sie, darum wollte er sie nicht fortschicken. Die Gewissheit machte sie stark. War es ihr einmal gelungen, ihn zu umgarnen, konnte sie ihn vielleicht auch noch weiter treiben. Sie legte den Arm um ihn und streichelte seinen Kopf und Nacken. Dann flüsterte sie ihm ins Ohr.

»Ich bleibe. Ich bleibe bei dir, nur nimm dich meiner und des Jungen an.«

»Das verspreche ich!«, keuchte er, und sie führte seine Hand zu ihrem Schoß. Jetzt wusste sie es. Eines Tages würde er ihr Weg zurück ins Leben sein. Eine Sklavin konnte frei werden, wenn sie sich mit ihrem Herrn verheiratete.

Während der Markttage vollzogen sich merkwürdige Dinge im Verborgenen. Mit Steinen beladene Schlitten wurden in den nördlichen Teil Björkös gezogen, nicht weit von Korshamn entfernt. Die Pferde zogen Kalkstein von Gotland, Gneis und Granit von den umliegenden Inseln herbei. Aber die großen Schlittenladungen aus dem Rheinland waren noch nicht da. Mit ihnen würden auch die erwarteten Steinmetze eintreffen. Bischof Gautbert war stolz auf seine Großtat. Er hatte alles in die Wege geleitet, und nur ein paar Pferdeknechte und Steinmetze waren in sein Vorhaben eingeweiht. Gelassen gab er Anweisung, wo die Steine abgeladen werden sollten, und die Männer taten, wie ihnen geheißen. Die großen Steinblöcke wurden nicht auf einen Haufen geworfen, sondern nach einem vorbestimmten Plan direkt auf den Boden gelegt. Wenn sich nur einer, der jemals in Britannien, Friesland oder im Frankenreich gewesen war, das Gebaute gründlich angesehen hätte, statt zum Pferderennen zu gehen, hätte er sofort gewusst, dass dies nicht der Hof eines Großbauern wurde. Das, was hier errichtet wurde, war ein mächtiges Haus für den Heiligen Geist. Das Fundament war aus Stein wie in den Kirchen im Süden und nicht nur aus einfachem Holz wie Hergeirs. Allerdings war es Gautbert nicht geglückt, genügend Steinblöcke für die Kirche zusammenzubekommen, und so wurden Wände und Dach aus Holz gebaut. Aber eines Tages würde es ihm gelingen und dann würde er der Erste sein, der eine Steinkirche im Reich der Svear errichtet hatte.

Als Bischof Gautbert Hergeir gesagt hatte, dass sie eine neue Kirche auf Björkö benötigten, war das kein leeres Gerede gewesen. Der Bischof sagtc nie etwas, das er nicht auch meinte. Und während die Heiden ihren Triumph im Pferderennen feierten, befasste sich Gautbert mit etwas, das um vieles größer und wichtiger war als das. Was war ein verlorenes Pferderennen gegen eine Kirche für den Heiligen Geist?

»Sieh, bald sind alle Steine abgeladen«, sagte er vergnügt und wandte sich an Nithard. Für diesen Tag war der letzte Schlitten geleert worden, und die Pferdeknechte waren auf dem Weg nach Hause.

»Ja, aber hättest du dich nicht doch mit Hergeir beraten sollen, bevor du den Platz für das Bauwerk bestimmt hast?«, antwortete Nithard zweifelnd.

Sicher hatte Gautbert die Männer reich dafür entlohnt, dass sie schwiegen, aber Nithard wusste, dass der Kirchenbau früher oder später dennoch bekannt werden würde.

»Du findest, ich sollte mich mit dem Häuptling beraten?«, sagte Gautbert aufgebracht. »Aber dies ist Gottes Werk. Der Kaiser hat diese Kirche für die christliche Gemeinde gewünscht. Da berät man sich nicht mit einem schlichten Häuptling, auch dann nicht, wenn er ein Christ ist.«

Nithard sog die kühle Luft ein und schüttelte den Kopf. Wieder und wieder hatte er den Bischof davor gewarnt, sich mit den Bewohnern Birkas zu überwerfen. Was würden sie sagen, wenn sie plötzlich eine neue Kirche entdeckten und die Sache nicht auf dem Thing beraten worden war?

»Es ist das Beste, den Häuptling auf unserer Seite zu haben, sonst kann das böse ausgehen«, beharrte Nithard entschieden.

»Hergeir selbst sehnt sich nach einer neuen Kirche.«

»Ja, aber den Platz haben wir ausgewählt, nicht das Volk in Birka. Wir hätten sie zu Rate ziehen müssen.«

»Du bist mir vielleicht ein Erbsenzähler. Sollen wir alles wieder herausreißen?«, fauchte Gautbert verärgert.

»Nein, das nicht, aber …«

»Dann schweig, Mann, wenn du nichts Besseres zu sagen hast.«

Gautbert hielt nichts von den übereifrigen Einwänden seines Neffen. Ganz gleich, was er in Angriff nahm, Nithard fand immer etwas, an dem er herumnörgeln konnte. Aber nicht, dass er selbst einen Traum hatte oder auf eigene Faust etwas unternahm. Nein, die, die am meisten jammerten, taten am wenigsten, so war es immer. Dem, was Gautbert hier in diesem fremden Land gelang, sollte man viel mehr mit Achtung begegnen. Die christliche Gemeinde hatte in kurzer Zeit viele neue Mitglieder gewonnen, nicht einmal Ansgar hatte solch einen Zulauf gehabt. Und wer, wenn nicht er, hätte so schnell Steine für den Kirchenbau beschaffen können? Oder Männer finden, die die Steine zur Kirche hinaufbeförderten?

Natürlich hatte das viel Silber gekostet, aber Kaiser

Ludwig der Fromme hatte ihm großzügige Geldmittel zur Verfügung gestellt. Er, der über das Frankenreich herrschte, hatte wahrhaft Vertrauen zu seinem Bischof im Norden, aber Nithard? Gautbert sah seinen Neffen gekränkt an, wandte ihm den Rücken zu und ging, um die Arbeit des Tages zu begutachten.

Stolz und aufrecht wanderte er zwischen den Steinblöcken umher und nahm sie genau in Augenschein. Seine Gedanken führten ihn zu Ansgar. Er wünschte, der große Missionar hätte ihn jetzt sehen können. Einst war Ansgar ein einfacher, armer Mönch gewesen, jetzt war er einer der bedeutendsten Männer der Kirche. Wenn einer verstehen konnte, wie hart sein Nachfolger arbeitete, dann Ansgar. Vor seinem inneren Auge sah Gautbert, wie es eines Tages einen Erzbischof in Birka geben würde, und wie alle auf Björkö und Adelsö bekehrt worden wären. Dann würde man ihn für all das, was er getan hatte, preisen. Ansgar hatte den rechten Weg gewiesen, und er selbst war in die Fußstapfen seines Meisters getreten.

Gautbert betrachtete den Steinboden. Er ließ eine mächtige Kirche in Form eines Kreuzes errichten, wie zu Hause, mit ausreichend Platz für eine große Gemeinde. Ja, die Versammlung, die beständig größer wurde, würde weiter wachsen. Was für ein Gedanke, wenn es ihm und Nithard gelänge, so viele zu bekehren. Aber der Heilige Geist war allen anderen Göttern überlegen, das sahen immer mehr ein. Gautbert glaubte auch, dass viele gekommen waren, um die Stellung der Frauen zu prüfen und in Frage zu stellen. Seine und Nithards Predigten hatten die Heiden zum Nachdenken gebracht, und auch wenn nicht viele in Birka laut darüber sprachen, wollten sie sich nicht mehr länger von ihren herrischen Frauen unterdrücken lassen. Der rechtmäßige Platz der Ehefrauen war bei den Kindern und im Haus, und in allen großen Entscheidungen, wie Handel, Eheschließungen und Geld, sollte das Wort des Mannes gelten, fand Gautbert. In ihrem Innersten wollten die Frauen es ebenso: Sie hatten sich in großen Gruppen der neuen Lehre angeschlossen, überlegte der Bischof. Sie waren froh darüber, keine schweren Entscheidungen mehr treffen zu müssen, und außerdem hatten sie jetzt einen Gott, bei dem sie Schutz suchen konnten. Vielleicht freuten sie sich auch auf den Tag, an dem es keine blutrünstigen Opfer und keine Blutrache mehr gab. Jedenfalls glaubte Gautbert das.

Viele Sklaven und Kaufleute hatten sich ebenfalls zu der Gemeinde gesellt. Sie wussten, dass es sich für sie lohnte, und hatten sich ohne Zögern taufen lassen. Die Sklaven träumten von der Freiheit, die Kaufleute hofften auf neue Reichtümer.

Der Beschluss der Kirche, dass Christen nur noch mit getauften Kaufleuten handeln durften, schien Wirkung zu zeigen. Die christlichen Händler hatten auf dem Wintermarkt mehr verkaufen können als die Heiden.

Bischof Gautbert lächelte zufrieden und fuhr mit der Hand über einen Steinblock. Die Oberfläche war rau, kalt und hart. Eines Tages gehörten all diese Steine zu seiner Kirche, dann würde Ansgar ihn zum kirchlichen Oberhaupt im Reich der Svear ausersehen.

»Hörst du nicht?« Nithards vorwurfsvolle Stimme holte ihn zurück in die Wirklichkeit. »Gautbert, ich glaube, du solltest mit Hergeir über die Kirche sprechen. Noch können wir die Steine fortschaffen, aber in ein oder zwei Tagen wird das nicht mehr gehen.«

»Haben wir noch nicht genug darüber geredet?«, zischte Gautbert als Antwort. »Ich bin es, der diese Kirche erbaut, und ich bezahle für die Steine und das Tagewerk. Im Übrigen hat Hergeir seine eigene Kirche, da muss er sich nicht auch noch um diese kümmern.« Gautbert schlug mit den Armen aus und drehte sich verärgert zu Nithard um. Im selben Moment stolperte er über einen Steinblock und war im Begriff zu fallen.

»Ein wenig über die eigene Nasenspitze hinauszublicken macht sich oft bezahlt«, murrte Nithard zweideutig. Gautbert tat, als hörte er nicht. Stattdessen sagte er:

»Lass uns zurück ins Kaufmannshaus gehen. Würde uns ein warmer Honigtrank jetzt nicht schmecken?«

»Geh du nur«, brummte Nithard. »Ich will eine Weile allein sein. Aber halte den Kessel warm, ich komme später.«

Gautbert nickte und entfernte sich. Nithards Stimmung war düster, und er verspürte keinerlei Verlangen, den Rest des Tages mit seinem Onkel zu verbringen. Stattdessen beschloss er, Tora aufzusuchen. Sie kümmerte sich so gut um ihn und konnte ihn immer trösten, und obwohl er sie bisher noch kaum hatte anfassen dürfen, hoffte er auf mehr. Jetzt sehnte er sich nach ihrer Gesellschaft. Er wollte das Unbehagen loswerden. An diesem Ort, den sie für ihre Kirche gewählt hatten, stimmte etwas nicht. Bäume und Büsche schienen gerodet worden zu sein, und einige der Steine lagen nicht an ihrem ursprünglichen Platz. Sie selbst hatten nur einige Sträucher und Büsche abschlagen müssen, um Platz für das Kirchengebäude zu schaffen. Wenn dieser Ort von jemandem in Ordnung gehalten wurde, dann konnte das nichts anderes heißen, als dass er gebraucht wurde.

14

Selten war es so fröhlich im Schankhaus zugegangen. Es knisterte und rauchte von der Feuerstelle, und der Dunst von Schweiß und Met zog sich durch den ganzen Raum.

»Mehr Met, mehr Met!«, keuchte ein rotwangiger Mann mit dicken Lippen.

»Mehr Kannen und größere Hörner!«, rief ein anderer, die Bewohner der Stadt feierten den Sieg der Heiden, und schon seit dem Nachmittag drängte sich das Volk in die Schänke.

»Es ist eine Schande, nicht betrunken zu sein«, lallte Einar Schwarzbart, Snemuns Freund. »Unser Herr will, dass ich mich betrinke. Das ist meine heilige Pflicht«, setzte er hinzu.

»Ah, ja, aber du bist Heide, vergiss das nicht. Und ich habe noch nie bemerkt, dass du Odins Hilfe brauchst, um dich zu betrinken«, sagte Mård Ohnebart mit einem Lachen. Er und Schwarzbart waren seit ihrer Kindheit gute Freunde, und wenn Schwarzbart groß und kräftig erschien, dann war Mård das Gegenteil davon. Er war klein und untersetzt, und über seinen glatten, leicht geröteten Wangen blinzelte ein Paar freundliche Augen.

»Wer will schon durstig bleiben«, antwortete Schwarzbart gut gelaunt, »und übrigens trinkst du tapfer mit.«

»Ja, aber ich trinke mit Würde und ohne eine Masse

Götter und das ganze Himmelszelt dabei anzurufen«, erwiderte Mård Ohnebart schnell.

Estrid ging vorbei und zwinkerte Mård zu.

»Ich frage mich, ob er den Unterschied zwischen tot sein und seinen Rausch ausschlafen bemerkt«, sagte sie und nickte in Schwarzbarts Richtung. Die Männer feixten und hielten ihr die Hörner zum Nachschenken hin.

Estrid leerte die Metkanne und ging an den Tischen entlang. Entgegen ihrer Gewohnheit hatte sie auch Met getrunken, und nachdem sie das erste Horn geleert hatte, fiel es ihr schwer, den Überblick zu behalten. Die Wirkung des Mets zeigte sich nicht so sehr nach außen, aber sie redete ungewöhnlich laut und mehr als sonst in drei Tagen. Aber dafür war sie auch bei bester Laune.

Orfrim saß mit den anderen in der Schänke und schielte in ihre Richtung. Wie schön sie an diesem Abend war. Wenn sie lachte, leuchtete sie und strahlte, und die Menschen um sie herum wurden von ihrer Freude angesteckt. Einst hatte er sie nur um des Gewinnes willen haben wollen, aber jetzt war seine Sehnsucht nach ihr größer. Als sie vorbeiging, strich er ihr kaum merklich übers Knie, und zwischen ihnen lag eine Spannung, die sogar die anderen bemerkten. Über die Tische wurden Blicke ausgetauscht, und Murmeln und Tuscheln wurden laut, aber sie selbst merkten davon nichts.

»Der arme König, nach dem Rennen wusste er gar nicht, was er mit all seinem Silber anfangen sollte«, sagte Estrid kichernd und blieb an Snemuns Tisch stehen. Beschwingt setzte sie sich. »Ihr hättet sein Gesicht sehen sollen, als nur die Pferde der Heiden ins Ziel kamen.«

»Aber wenn der König Metfass und Silber nicht hergegeben hätte, hätten alle gedacht, er wäre geizig«, sagte ein Mann mit langem, struppigem Backenbart. »Auch wenn unsere Pferde nicht gewonnen haben, waren sie doch schneller als die Heidenpferde. Mit anderen Reitern hätten wir Christen gewonnen.«

Estrid sah zu ihm hinüber und lächelte, als sie ihn erkannte. Es war derselbe Mann, der den mit den dünnen Haaren an die Wand geschleudert und sein Schwert gezogen hatte, an jenem Abend, als sie hier ein Fest gehabt hatten. Glücklicherweise schien er vergessen zu haben, dass sie ihn gedemütigt hatte. Einem Mann die Waffe abzunehmen war eine große Schmach. Aber sie war dazu gezwungen gewesen.

»Ja, auch wenn eure Pferde gut gelaufen sind, gewonnen habt ihr nicht. Aber dafür siegt ihr sicher das nächste Mal«, sagte sie besänftigend.

»Jetzt will König Björn Ballspiel und andere Spiele an den letzten Markttagen ausrichten, um die Unzufriedenen zu besänftigen. Hat er vergessen, dass der Handel eine ernste Angelegenheit ist?«, fiel Sigfrid mit einer müden Grimasse ein. Sie selbst fand, dass das ganze Pferderennen ein einziges großes Spektakel gewesen war, und konnte nicht verstehen, warum die Leute feiern wollten. Die Schlägerei unter den Zuschauern nach dem Rennen war schon schlimm genug gewesen. Und jetzt drängten sich Kreuzträger und Heiden im Schankhaus und redeten laut miteinander. Wenn das nur keinen Ärger gab.

»Ach, der König weiß, wie wichtig der Handel ist«, wandte Snemun ein und sah hinüber zu seiner Frau. »Mit den Spielen will er es zu einem geglückten Wintermarkt machen. Ihm ist wohl langweilig drüben im Königshof, da möchte er sich ein wenig Spaß gönnen. Vergnügungen, Wettkämpfe und Wurfspiele, was ist daran schlecht?«

»Wurfspiele«, schnappte Estrid auf. »Warum nicht? Lasst es uns gleich ausprobieren!«

Die Männer jubelten und lachten, und während die Gäste fröhlich lärmend die Tische beiseite räumten, holte Snemun einen Balg, den er sorgfältig zusammenrollte.

»Du da, wie heißt du?«, fragte Estrid und wandte sich an den Mann mit dem Backenbart. »Komm mit!«

»Ja, aber es wird schwer für die anderen, sich mit mir herumzuschlagen. Ich bin stark und flink. Ulv Wieselschnell nennt man mich zu Hause und das nicht ohne Grund.«

»Fein«, sagte Estrid lächelnd und stellte sich auf den Tisch. »Wer ist mit dabei?« Sie sah in den Raum.

»Ich habe eine Mannschaft hier«, rief Snemun und zeigte auf seine Freunde Einar Schwarzbart, Mård Ohnebart und auf Halvdan, den Verwalter des Snemunhofs.

»Gut. Ich biete Met für eine Woche für den, der das Fell gewinnt«, rief Estrid und lächelte.

»Met schmeckt meinem Rachen nicht, darum lass uns lieber Bier sagen«, entgegnete Ulv.

Seiner Antwort wurde mit Gemurmel und Lachen begegnet. Nichts war besser als ein Mann, der an sich selbst glaubte. So etwas verhieß einen guten Kampf.

»Gut gesprochen«, sagte Estrid munter und nahm das Fell.

»Dann beginnen wir. Snemun, du und deine Männer, ihr werft das Fell zwischen euch hin und her, und dann werden wir sehen, ob Ulv es fangen kann. Gelingt es ihm, tauschen wir, und ein anderer kann sich versuchen.

Derjenige, der das Fell am häufigsten schnappt, gewinnt.«

Die Männer nickten, und Ulv machte sich zum Sprung bereit. Seine Augen glänzten, seine Halsader schwoll an, und es sah aus, als würde er mit einem Satz aufspringen und das Fell an sich reißen. Ein alter Greis mit knochigen Händen hob seine Kappe und juchzte erwartungsvoll, und ein kleines, mageres altes Weib mit einer Warze auf dem Kinn klatschte vergnügt in die Hände. Estrid musterte den Raum, dann warf sie den Männern das Fell zu.

Snemun und seine Freunde fingen es und begannen sofort, es hin und her zu werfen. Wie ein Luchs war Ulv hinter ihnen her, und die Zuschauer, die ihm am nächsten standen, flüchteten sich auf die Bank.

»Spring, Kreuzträger!«, reizte Einar Schwarzbart.

»He, das kannst du besser, Ulv«, lachte Mård.

Und so machten sie weiter und warfen sich das Fell, unerreichbar für den Herausforderer, zu.

Ulv Wieselschnell, der für sein schwieriges Temperament bekannt war, wurde wütend.

»Gebt mir das Fell, oder ich spalte euch den Schädel von den Kopfläusen runter bis zu den Backenzähnen«, brüllte er, aber er erntete nur fröhliches Gelächter. Dann schleuderte Einar Schwarzbart das Fell im hohen Bogen über den Dachbalken hinüber zu Mård, der auf der anderen Seite der Feuerstelle stand. Elegant fing er es auf.

»Ihr feigen Ratten, was glaubt ihr, wie ich das Fell dort oben fangen soll? Mir ein Nest ins Dach bauen vielleicht?« Ulvs Ruf wurde mit großer Heiterkeit entgegengenommen, und die Stimmung stieg. In dem Lärm, der herrschte, vernahm niemand den Zorn in seiner Stimme. Und niemand sah, wie sein Blick sich verdüsterte. Plötzlich blieb Ulv stehen und starrte in den Raum.

»Das ist kein Spiel! Ihr verhöhnt mich als Christen!«, schrie er erbost. »Dann lasst uns stattdessen ein Wettziehen machen, dann zeige ich euch, welcher Gott der Stärkste ist.«

»Pass auf, hier wird es gleich Ärger geben«, warnte Sigfrid und knuffte Estrid in die Seite.

»Ach, lass die Männer nur machen«, antwortete sie fröhlich und fing geschickt das Fell.

Die Zuschauer murmelten begeistert. Jetzt würden sie mit dem Fell über dem Feuer ein Wettziehen veranstalten. Bei diesem Spiel konnte es zwar durchaus heiß hergehen, aber so etwas war immer lustig anzusehen. Snemun wählte Einar Schwarzbart. Er war zwar schon ein wenig in die Jahre gekommen, war aber dennoch groß und kräftig und für seine starken Fäuste bekannt. Mit ihm auf der anderen Seite der Feuerstelle würden sie das Wettziehen leicht gewinnen. Snemun richtete das Fell, und die Männer stellten sich jeder auf seiner Seite des Feuers auf. Derjenige, der den anderen zuerst ins Feuer gezogen hatte, hatte gewonnen. Estrid gab den Männern das Zeichen, sich bereit zu machen, dann schrie sie:

»Eins, zwei, drei, jetzt!«

Ulv zog das Fell sofort an sich. Einar Schwarzbart war nicht darauf vorbereitet gewesen und fiel vornüber. Im Fallen verhakte sich das Fell in seinem Gürtel, und noch ehe er wieder aufstehen konnte, hatte Ulv ihn ins Feuer gezogen.

Somit war das Wettziehen eigentlich zu Ende, aber Ulv stellte sich höhnisch lachend neben den Gefallenen und hinderte ihn am Aufstehen. Schwarzbart, der Schiffsplanken und Fugen geteert hatte, war voller Teerflecken. Seine Hosen fingen Feuer, und brüllend versuchte er vor den Flammen zu fliehen. Aber Ulv ließ nicht nach. Mit einem hastigen Ruck zog er Schwarzbart ins Feuer zurück. Und dieses Mal griffen die Flammen um sich.

Schwarzbarts Haare, Bart und Kleider brannten, und er schrie aus Leibeskräften. In Flammen gehüllt kam er wieder auf die Füße und warf sich zu Boden. Da griff Snemun ein. Mit zwei Schritten war er bei seinem Freund, warf seinen Umhang über ihn und versuchte, das Feuer zu ersticken. Estrid, die eilig ein Bierfässchen geholt hatte, schüttete den Inhalt über die beiden aus. Die Leute schrien und trampelten auf den Bänken, während Ulv Wieselschnell mit Schaum vor dem Mund mit dem versengten Fell um sich wedelte.

»Habe ich nicht gesagt, dass ich gewinnen würde?«, rief er schadenfroh aus. »Noch jemand, der ins Feuer will?«

Aber niemand kümmerte sich um ihn. Einar Schwarzbart war übel dran. Seine Hände waren verbrannt, Haare und Gesicht schweißgebadet. Auf seiner Brust war feuerrotes Fleisch zu sehen.

»Feuer macht keine Schönheit!«, rief Ulv wieder und wieder und sah den Gefallenen höhnisch an.

Da bekam Estrid genug und riss einen der Schilde von der Wand.

»Du Aas, willst du etwa Haus und Volk anzünden?«, schrie sie zornig und schlug den gewaltigen Schild hart gegen Ulvs Schädel. Der Schildbuckel traf ihn am Hinterkopf, und Ulv ging zu Boden.

»Auwei«, murmelte sie kleinlaut, den blutigen Schild in den Händen. Es war still in der Schankstube geworden. Dann war ein dumpfes Stöhnen zu hören, und Ulv kam wackelig auf die Beine. Er stand schwankend vor ihnen, das Blut rann in kleinen Rinnsalen von seinem Kopf.

»Das kann kein Mann dulden, und seid gewiss, ich komme wieder, um mich zu rächen«, sagte er heiser und ging mit unsicheren Schritten zur Tür. Seine Freunde schlossen sich an und verließen die Schankstube ohne ein Wort. Estrid sah ihnen lange nach. Zum ersten Mal in ihrem Leben hatte sie Angst, wirklich Angst.

Als Orfrim sie später am Abend bat, ihn ins Lagerhaus zu begleiten, war sie nicht schwer zu überreden. Verzweifelt hatte sie zugesehen, wie sich Spiel und Heiterkeit in Zorn verwandelten und wie Ulvs Tat gegen Schwarzbart zu bösem Gerede und aufflackerndem Zorn gegen die Christen geführt hatte. Zwar war sie selbst gegen die neue Lehre, aber Hass konnte sie nicht leiden, und Ulv Wieselschnells Gerede von Rache erschreckte sie. Dieser Mann machte keine leeren Drohungen. Eines Tages würde er sich rächen, aber wie und an wem konnte sie nicht wissen. Er würde doch nicht hinter ihr her sein?

Es war kalt und feucht, aber als Estrid das Lagerhaus betrat, fühlte sie sich schon besser. Orfrim hatte eingeheizt und die Halle gemütlich hergerichtet. Hinter der Trennwand hatte er Wandteppiche aufgehängt, und Polster und Felle lagen auf den Bänken. An der Querwand stand eine Truhe, in der Ecke ein stabiler Hocker.

In der Mitte des Raumes war eine kleine Kochstelle, in der die Glut unter der Asche glomm. Er legte sofort Brennholz nach, und als er Leben ins Feuer gebracht hatte, setzte er sich neben Estrid. Sie schmiegte sich an ihn und legte ihren Kopf auf seine Knie.

»Sorge dich nicht, morgen ist alles vergessen«, sagte er zärtlich und strich ihr sanft über den Kopf.

»Vergessen? Da kennst du die Wikinger schlecht. Schwarzbart hat sich schlimm verbrannt. Schneller als du ahnst werden die Leute anfangen, einander umzubringen. Mir gefällt das nicht. Am besten wird es sein, über die Sache mit den Gewürzen zu schweigen.« Sie sah ihn beunruhigt an. »Den Heiden wird es nicht gefallen, dass du den Christen Ingwer verkauft hast«, begann sie, »und die Christen ihrerseits werden wütend, wenn sie erfahren, dass es deine Kräuter waren, die ihre Reiter eingeschläfert haben.«

»Das ahnen sie sicher schon. Du hättest eben nicht so viel in den Wein geben müssen«, antwortete Orfrim, und seine dunklen Augen glitzerten schelmisch. Ein belustigtes Lächeln flog über Estrids Gesicht, dann wurde sie schnell wieder ernst.

»Ja, aber wenn die Leute ihren Verdacht bestätigt sehen, werden sie vielleicht versuchen, deinen Handel zu hintertreiben.«

»Was würde es ihnen nützen, mich zu hindern? Ich habe keinen großen Erfolg auf dem Markt gehabt. Wenn die Kräuter nicht gewesen wären, hätte ich in der Schankstube betteln gehen müssen. Viele Dirhams sind es nicht geworden. Ich hatte gedacht, mehr Glas und Seide zu verkaufen. Übrigens, warum hast du meine Seidenstoffe nicht getragen?« Er kniff sie leicht in die Wange.

»Wenn ich deine Stoffe getragen hätte, hätten alle gedacht, dass wir Mann und Frau sind. Und das sind wir nicht«, entgegnete Estrid kurz.

»Aber wir könnten es werden«, sagte Orfrim zärtlich und streichelte ihr über die Wange.

Estrid erstarrte. Was hatte er gesagt? Mann und Frau? Und Erik?

Die Gedanken rasten in ihrem Kopf, und sie wusste nicht, was sie antworten sollte. Sie sah zu ihm auf, und ihre Stimme war plötzlich belegt.

»Was hast du gesagt?«

»Ich habe mich gefragt, ob du meine Frau werden willst«, wiederholte er mit sicherer Stimme.

Estrid heiraten, warum nicht? Er hatte sie lieb, begehrte sie, und in ihrer Gesellschaft war alles hell und fröhlich. Obwohl sie sich in der letzten Zeit fast täglich gesehen hatten, konnte er nicht genug von ihr bekommen. Und als Muslim hatte er das Recht auf mehrere Ehefrauen.

Estrid lehnte ihren Kopf an seine Brust, aber sagte noch immer nichts. Langsam öffnete sie sein Hemd und liebkoste ihn. Ihre Küsse waren sanft und wie Sonne und Tau auf seiner Haut. Als er sich über sie beugte, hielt sie ihn fest.

»Meine Liebste«, murmelte er, »du antwortest nicht?«

Estrid richtete sich auf und sah ihn ernst an.

»Es ist so schwer. Willst du, dass ich hier in Birka deine Frau werde?«, fragte sie verwirrt.

»Ja, hier, im Gårdarik, in Ost und West, na, überall«, setzte er mit einem Lächeln hinzu.

Aber sie erwiderte seinen Blick nicht.

»Was ist los?«, fragte er unruhig und sah sie an.

»Ich weiß nicht, ich muss nach Hause«, sagte sie, ihre Stimme klang verwirrt und fern.

»Hör mir zu!«, sagte er heftig und hielt sie an den Schultern fest. »Ich meine es ernst«, drängte er. »Heirate mich jetzt, sonst suche ich mir eine andere.«

Estrid sah ihn erschrocken an. Ihr Blick veränderte sich und wurde dunkel und kalt wie ein Erdloch. Wortlos ordnete sie ihre Kleider und stand auf. In der Tür blieb sie stehen und betrachtete ihn. Dann trat sie in die Nacht hinaus.

Das Schankhaus war noch leer, Sigfrid stand auf einer der Bänke und war damit befasst, einen großen Wandbehang aufzuhängen. Sie hatte den ganzen Herbst und Winter über unermüdlich an ihm gewebt, und jetzt war er endlich fertig. Mit Garn und Kette war es ihr gelungen, unter einem roten Abendhimmel eine ganze Wikingerflotte in der Weite des Meeres zu formen. Die Schiffe hatten Schilde entlang der Reling befestigt und trugen Drachenköpfe an den Steven. In der ruhigen Wasseroberfläche spiegelten sich die leuchtenden Farben des Himmels.

»Erik könnte der Schiffer auf einem dieser Drachen sein«, sagte Sigfrid und stieg von der Bank. Nachdenklich trat sie einen Schritt zurück und betrachtete ihre Webarbeit.

»Erik ist tot oder hat in einem anderen Land eine andere Frau gefunden«, erwiderte Estrid und zuckte mit den Schultern. »Es ist mehr als drei Jahre her, dass er auf Wikingfahrt gezogen ist.« Abwesend blickte sie in den Raum. Ihre Gedanken waren bei Orfrim. Sie hatte ihn seit zwei Tagen nicht mehr gesehen und sehnte sich nach ihm. Aber …

»Mag sein, aber Erik, der Schelm, kommt sicher bald zurück. Dann musst du aufhören, zu Orfrim zu gehen.«

»Ach, du siehst nur, was du sehen willst«, sagte Estrid kurz. »Glaubst du, ich renne ihm hinterher?«

»Na, blind bin ich nicht. Denkst du, ich merke nicht,

wenn du dich heimlich dorthin schleichst? Und deine Augen leuchten. So verliebt wie jetzt habe ich dich nie zuvor gesehen, aber hüte dich. Er kann dich ins Unglück stürzen.«

»Du meinst also, allein wäre ich glücklicher?«, antwortete Estrid harsch. »Nein, du, es ist nicht, wie du glaubst. Orfrim ist kein Glücksucher. Er liebt mich, so ist es, und du sollst wissen, dass ich nicht ohne ihn sein kann«, sagte sie freimütig.

Estrid dachte daran, wie sehr es sie jedes Mal quälte, wenn sie ihn eine Zeit lang nicht gesehen hatte. So war es ihm auch gegangen. Sie liebten einander, sie brauchten einander. Wenn er nur mit seinen Forderungen aufhören würde. Sie seufzte.

Sigfrid drehte sich um und sah sie erstaunt an. Dann war es also wahr. Jetzt hatte sie Estrids Wort auf das, was sie schon lange ahnte. Orfrim hatte Estrid an sich gebunden, so fest, dass sie sich nicht mehr selbst retten konnte.

»Liebste, natürlich kannst du ohne ihn sein. Es ist nicht, wie du glaubst. Liebe brennt und verlischt, vergiss das nicht«, sagte Sigfrid ernst.

Estrid schüttelte langsam den Kopf und schwieg. Was wusste Sigfrid von Liebe? Konnte sie überhaupt verstehen, was es hieß, so von einem anderen Menschen gefangen zu sein? Wenn ohne die Nähe des anderen die ganze Seele in Aufruhr geriet, wenn das ganze Selbst rastlos und voll Unruhe war? Sie wusste es jetzt; das war es, was ihr mit Orfrim widerfahren war. In ihrem Wahn hatte sie geglaubt, ihn lieben zu können, ohne ihr Leben zu ändern. Aber jedes Mal, wenn sie den Weg zum Lagerhaus hinuntergegangen war, hatte sie es getan, weil sie nicht auf ihn verzichten konnte, weil es ihr nicht gelang, seiner Kraft zu widerstehen. So hatte er also Macht über sie gewonnen. Und sie hatte gewusst, dass mit dieser Macht die Forderungen kommen würden. Das war nun geschehen: »*Heirate mich, sonst suche ich mir eine andere.*« Und wenn sie sich mit ihm verheiratete? Was würde er dann verlangen?

Deshalb würde sie nicht mehr zu ihm gehen. Nein, er sollte gezwungen sein, sie aufzusuchen und ihre Liebe ohne Bedingungen zu genießen. Estrid betrachtete die Schiffe mit ihren geblähten Segeln auf dem Wandteppich. Sigfrid bemerkte ihr Schweigen und sah, wie die Freundin sich in ferne Gedanken verlor.

»Vielleicht überwältigt er dich, so schön und stattlich wie dieser Mann ist, aber hüte dich. Er ist Kaufmann, und die sind verführerisch, im Handel wie im Haus. Wenn du nicht ohne ihn sein kannst, dann genieße ihn, solange du kannst, aber was auch immer du tust, verheirate dich nicht mit ihm.«

Estrid blickte noch immer auf die Webarbeit.

»Sigfrid, versuche, mich zu verstehen«, sagte sie und drehte sich um. »Mit Erik wurde nie etwas aus der Hochzeit. Eines Tages verließ er Birka, und seitdem habe ich ihn nie wieder gesehen. Soll mir nun dasselbe mit Orfrim widerfahren?«

»Ein Mann aus dem Osten kann seine Frau verstoßen, wann immer es ihm gefällt, dort ist eine Ehe nichts, worauf man drängen sollte«, stellte Sigfrid nüchtern fest. »Er hat dich nicht etwa gefragt?«

Estrid wurde rot und blickte auf ihre Hände. Die Haut an ihren Daumennägeln war aufgerissen, und ihre Nägel waren abgekaut. Hätte sie nicht glücklich sein müssen, jetzt, wo er um ihre Liebe gebeten hatte? Nein, er hatte nicht darum gebeten, er hatte sie eingefordert und ihr gedroht, falls er nicht bekam, was er wollte. Sie seufzte und wich dem Blick ihrer Freundin aus.

»Doch«, sagte sie. »Er will mich heiraten.«

»Du bist nicht gescheit! Wo bist du da hineingeraten?«

»Das weiß man nie, bevor es zu spät ist«, sagte Estrid knapp. Die Nachbarin konnte ein Lachen nicht unterdrücken. Estrid brauchte keine Ermahnungen, tief drinnen wusste sie es schon selbst. Aber jetzt war Sigfrid neugierig geworden und wollte mehr wissen.

»Was hast du ihm geantwortet?«

»Nichts.«

»Nichts? Das war gut. Du, die du den christlichen Glauben nicht magst, weil er die Macht der Frauen einschränkt, gerade du solltest mit Orfrim über seine Religion sprechen. Hast du das getan?«

»Das Einzige, was ich ihn habe sagen hören, ist, dass das Frauenbild im Osten mit der Natur der Frau übereinstimmt.« Estrid musste lachen, als sie ihre eigenen Worte hörte, und Sigfrid fiel in ihr Gelächter mit ein.

»Ach was, jetzt wollen wir nicht mehr darüber reden. Ich will nicht mehr daran denken. Er macht mich schon schlaflos«, meinte Estrid abwehrend und trat einen Schritt zurück. Sie stolperte und ruderte mit den Armen, um nicht zu fallen. Dabei stieß sie an den Wandbehang, der mit einem dumpfen Knall zu Boden fiel. »Früh genug«, setzte Estrid mit Blick auf den Wandbehang hinzu. »Ja, früh genug fällt doch alles zusammen.«

Erst als der Markt vorüber war, entdeckte Snemun die Steine bei Korshamn. Es hatte zu schneien begonnen, und der Schnee war geführig. Er hatte sich Skier angeschnallt und war in den Buchten unterwegs, um die Reusen abzusuchen. Auf dem Rückweg, mit viel Fisch in seiner Hucke aus Birkenrinde, entdeckte er Schlittenspuren im Schnee. Sie gehörten nicht zu gewöhnlichen Kaufmannsschlitten, sondern schienen breiter und tiefer zu sein. Verwirrt folgte er der Spur nach Korshamn. Die Spur führte zum Opferplatz der Erdgöttin. Dort pflegten die Bewohner Birkas im Frühjahr zu opfern. Aber wer hatte sich jetzt dorthin begeben?

Als er dort eintraf, blieb er mit aufgerissenen Augen und offenem Mund stehen. Auf ihrem Opferplatz, den sie seit jeher benutzten, lag der Grundriss einer Kirche. Die Steine formten ein Langschiff, eine Sakristei und im Osten eine gebogene Mauer, vielleicht eine Apsis. Snemun spürte Zorn in sich aufwallen und packte energisch seinen Skistock. Das Blut rauschte in seinen Adern und sein Herz raste. Die Kreuzträger hatten den Opferplatz mit einer Kirche besudelt!

Snemun spürte keine Kälte mehr; in seinem Kopf kreisten die Gedanken. Überfälle, Auspeitschen, die Misshandlung Schwarzbarts im Schankhaus und jetzt das! Sie konnten die Christen nicht mehr länger mit friedlichen Mitteln fern halten. Er musste den König warnen. Gunnar Snemun warf einen letzten Blick auf die Steine und wandte sich dann hinaus auf den Fjord. Noch war es nicht dunkel geworden. Er holte tief Luft, presste die Lippen zusammen und stieß sich mit dem Stock ab. Noch würde er es bis zum Königshof schaffen.

Nach drei Tagen auf See erreichten der Jarl und sein Gefolge das Land der Dänen. Sie segelten nordwärts durch den Sund, folgten der Küste so nah wie möglich. Als sie sich den Sandbänken vor Skanör näherten, verschlechterte sich das Wetter, aber die Sicht war weiter klar.

Erik hielt das Steuer und betrachtete die lange Küste. Er erkannte die Sandbänke wieder, die Hügel und die offenen, windgepeitschten Strände. Nun hatten sie das offene Meer hinter sich gelassen, und sobald sie die Landspitze umrundet hatten, waren sie im Baltischen Meer. Dort, nördlich von Kalmar und Tälje, lag Birka. Dort wollten sie einen Teil ihrer Last verkaufen, und anschließend würde der Jarl mit seinen Schiffen nach Norwegen zurückkehren. Plötzlich stieg eine große Sehnsucht in ihm auf: Estrid und Toste! Bald würde er wieder bei den Seinen sein! Er war viel zu lange fort gewesen – das durfte nie wieder geschehen.

Natürlich konnte es sein, dass das Eis schon gekommen war, dann mussten sie umkehren. In diesem Fall würden sie in Kaupang an Land gehen. Die große Handelsstadt in Norwegen war die Heimat des Jarls, und er hatte versprochen, dass sie den Winter über bei ihm wohnen könnten. Genauso freigiebig und freundlich wie immer, dachte Erik und pries sein Glück, den Norweger kennen gelernt zu haben. Als ihm die Kälte ins Gesicht schlug und der Wind zunahm, ahnte er außerdem, dass es schwer werden würde, Birka noch zu erreichen. Vielleicht würde es doch noch eine Weile dauern, bevor er Estrid und Toste wiedersehen konnte.

»Es scheint wohl, dass du Gäste über den Winter bekommst«, sagte Erik an den Jarl gewandt. »Ich glaube, die Svear hat das Eis schon erreicht.«

»Du hast sicher Recht, aber lass es uns versuchen. Zu dieser Zeit wimmelt es dort von Kaufleuten, und wir könnten einen guten Preis für unser Silber bekommen.«

»Und das werden wir wahrhaft teuer verkaufen, so wie wir uns um diese Münzen prügeln mussten«, lachte Erik.

Auch wenn sie Birka vielleicht nicht vor der Eisschmelze erreichen würden, freute er sich. Unterwegs zu sein war sein ganzes Glück, und sich auf etwas Neues freuen zu können oder etwas wiederzusehen, das er vermisst hatte, machte ihn immer froh. Vielleicht lag darin seine Lebenskraft, das, was ihn nie zur Ruhe kommen ließ. Er rief sich in Erinnerung, wie er trotz seiner Liebe zu Estrid nach nur zwei Jahren als Kaufmann zu Hause in Birka rastlos geworden war. Nicht weil er ihrer überdrüssig geworden war – nein, diese Frau liebte er immer noch –, sondern weil er sich langweilte, wenn ein Tag dem anderen glich. Auch auf See freute er sich geradezu über einen Sturm nach langer Zeit mit schönem Wetter.

Ein Windstoß fegte übers Wasser und ließ ihn aufblicken. Die Wolken hingen schwer und bedrohlich am Himmel. Er sah sich nach den anderen Schiffen um, die mit geblähten Segeln rasch vorankamen.

Der Wind nahm zu, und bei Tagesanbruch drehte er. Für die vier Handelsfahrenden, die in Sichtweite voneinander fuhren, wurde es immer schwieriger, sich gegenseitig im Blick zu behalten. Der Jarl, der Erik auf seinem Schiff Gesellschaft leistete, machte ein ernstes Gesicht.

»Es ist besser, wenn ich auf meine Knorre zurückkehre. Falls es Sturm gibt, will ich mein eigenes Schiff lieber selbst steuern.«

Erik nickte, einverstanden. Er und der Jarl segelten oft zusammen, wenn das Wetter ruhig war. Sie fühlten sich wohl in der Gesellschaft des anderen und saßen gerne zusammen an der Steuerpinne und unterhielten sich. Aber sobald sie ein Unwetter ahnten, übernahm jeder das Kommando über seine eigene Mannschaft. Sie hatten Silber und andere Waren geladen und wollten bei widrigem Wetter selbst steuern.

Der Jarl blies in die Lure, und als seine Knorre sich gedreht hatte, sprang er an Bord. Dann hob er die Hand zum Gruß, rief ein paar Worte hinüber und übernahm die Ruderpinne. Dunkle Wolkenfelder türmten sich am Horizont auf, und der Wind kam in heftigen Böen. Ohne dass sie es verhindern konnten, trieben die Schiffe immer näher an Land. Bald tobte ein schlimmer Sturm.

Erik stand an der Steuerpinne, der Wind peitschte ihm ins Gesicht und große Brecher schlugen über die Reling.

»Refft das Segel«, keuchte er, und der Lodenstoff wurde zu einem flatternden Gewicht am Fuße der Rahstange zusammengezurrt.

Der Wind drehte und ließ die Wellen wachsen, und bei jedem neuen Brecher wurde Erik unruhiger. Auf dem Steven hatte sich schon Reif gebildet, und wenn sie nicht bald in Lee kamen, würde der ganze Schiffsrumpf vereisen. Und dann konnte ein solches Schiff nicht mehr länger über die Wellen reiten.

Es wurde immer schwieriger Kurs zu halten, und Erik fürchtete, dass sie in die heimtückischen Strömungen vor der Landzunge gerieten. Seine Hände waren eiskalt und steif, sein Gesicht schmerzte, und seine Kleider waren starr vor Kälte. Bisweilen fielen große Eiszapfen von der Rahstange, und bald war die ganze Reling mit Eis bedeckt. Unruhig sah er, was ihnen drohte. Wenn die Eisdecke dicker wurde, würde das Schiff untergehen, und in dem dunklen, kalten Wasser gab es nur den Tod.

15

Nach einer langen und schrecklichen Nacht kam die Morgendämmerung, und im Licht des neuen Tages schimmerte die Hoffnung. Vor ihnen lag die flache, windgepeitschte Küste Schonens. Wenn es ihnen gelang, die Landzunge zu umrunden und vor dem Festland in Lee zu kommen, würden sie in Kämparne an Land gehen können. Dort war sandiger Grund, und es würde keine große Mühe bereiten, die Schiffe an Land zu ziehen. Dann konnten sie weiterfahren, wenn der Wind abgeflaut war. Erik sah sich um. Direkt vor ihnen war das Schiff des Jarls zu erkennen, und achtern lagen die beiden anderen. Wie es ihnen gelungen war, in diesem Sturm zusammenzubleiben, war ihm ein Rätsel, aber der Jarl hatte gute Männer ausgesucht. Das Gewässer vor der Landzunge zählte zu den schwierigsten im ganzen Norden.

Die Wellen waren noch höher geworden, aber mit dem Wind von achtern schlugen nur wenige der Brecher über die Steven. Sie hatten die Küste fast erreicht, und der Wind flaute ab. Es schien, als hätten sie den Sturm überwunden. Die Männer, die seit zwei Tagen und Nächten weder gegessen noch geschlafen hatten, begannen sich darauf zu freuen, Land zu betreten.

Die Sonne kroch langsam über den Horizont, und die Wellen die eben noch dunkel und schwarz ausgesehen hatten, nahmen eine prächtige, dunkelblaue Farbe mit einem Schimmer von Rot und Gold an. Aber die Schönheit des Meeres war trügerisch.

Als sie sich den Sandbänken näherten, sahen sie die Strudel. Im nächsten Augenblick packte die Strömung die Schiffe. Erik sah, wie vor ihnen das Schiff des Jarls krängte, dann erreichte die Strömung auch sein eigenes. Die Steuerpinne gehorchte nicht mehr, und er konnte das Schiff nicht länger achtern gegen die Wellen halten. Wie eine große, unsichtbare Riesenhand warf das reißende Wasser die Schiffe zum Ufer hin.

»Die Strömung führt uns um die Sandbänke. Wenn wir es nur auf die andere Seite schaffen, dann werden wir damit fertig.«

Eriks Wangen hatten von der Kälte kleine Risse, und sein Bart war weiß vereist. Besorgt sah er in das schäumende Meer hinunter. Es spritzte und wirbelte um den Bug, und das Schiff wurde zwischen den Wellen gewaltig hin und her geworfen. Der Strand kam näher, und das Wasser wurde seichter. Trotz Kälte und Wind rann der Schweiß. Erik kannte das Meer schon sein ganzes Leben; wenn es ihm jetzt nicht gelang, das Schiff aufzuhalten, würde es an Land geschleudert und zerschellen. Auch die anderen Kaufmannsschiffe waren in den Stromwirbeln gefangen und trieben immer näher an den Strand.

»Wir müssen Thor opfern!«, schrie Vidar Steuermann, und sein Gesicht war starr und voller Angst. Die Sandbänke kamen näher. Im klaren Wasser sahen sie aus wie helle Felder über dem Grund, und hie und da brachen sich die Wellen über ihnen. Erik schätzte den Abstand.

»Die Ruder!«, brüllte er. »Macht euch an den Rudern bereit!«

Es würde schwer werden zu verhindern, dass die Schiffe auf Grund zu liefen, aber wenn sie noch näher herankamen, würde es ihnen vielleicht gelingen wegzurudern oder sich abzustoßen. Die Schiffe hilflos treiben zu lassen, das gefiel ihm nicht, und wenn sie trotz allem Schiffbruch erlitten, wusste er wenigstens, dass er alles getan hatte, was in seiner Macht stand.

»Rein mit dem Treibanker!«, brüllte er, und im nächsten Moment fuhr ein kräftiger Ruck durch das Schiff, dass das Achterschiff sich in den Wellen aufbäumte. Die Fahrt wurde gebremst, und Erik bekam wieder Kontrolle über sein Schiff.

Auch an Bord der anderen Schiffe versuchten die Männer mit Rudern und Treibanker zu entkommen, aber der Jarl war zu langsam in seinem Entschluss gewesen.

Sein Schiff steuerte direkt auf die Sandbank zu. Es krängte und wurde auf Grund geworfen, es schaukelte heftig, aber konnte sie überwinden. An der nächsten Sandbank lief es mit einem krachenden, schneidenden Laut auf Grund. Es war, als schrie es in Todesangst; ein lang gezogenes Jammern, bevor es wieder in tieferes Wasser kam. Gerade als die Männer dachten, die Gefahr sei vorbei, rammte das Schiff mit voller Kraft eine dritte Sandbank. Der Jarl verlor den Halt an der Ruderpinne und wurde über die Reling ins Wasser geschleudert. Er kam wieder an die Oberfläche, aber die nächste Welle hob den Schiffsrumpf hoch über seinen Kopf. Der Jarl sah, was geschah, und schrie auf. Verzweifelt versuchte er wegzuschwimmen, aber als das Schiff auf die Wasseroberfläche zurückfiel, traf der Kiel seinen Schädel und zertrümmerte ihn.

Wie sehr er den Geruch von Teer liebte. Orfrim blickte auf und sah, wie der schwarze Rauch sich gen Himmel wälzte. Brynolf der Schiffer hatte Hilfe gebraucht, um die Schiffe für den Frühling bereitzumachen, und Orfrim, der sein ganzes Leben auf dem Wolchow gerudert und gesegelt war, wusste, wie man Boote teerte und ausfugte. Der Schiffer, der ihn aus dem Gårdarik mitgenommen hatte, hatte ihm in so vielem geholfen, dass er im Gegenzug gern etwas für ihn tat. Außerdem mochte er den Geruch von Schiff und Meer. Die Arbeit an den Booten erinnerte ihn an Zuhause, auch wenn das ruhige und gemächliche Wasser des Wolchow mit Scharen von Mücken etwas anderes war als das Wasser vor Birka.

»Na, woran denkst du? Willst du abdichten oder nicht?« Brynolfs scharfe Stimme holte ihn in die Wirklichkeit zurück. Die teergetränkten Kuhhaare klebten, und er merkte, dass es schwer werden würde, sie wieder von den Händen zu entfernen. Er war so eifrig gewesen, dass er sich ganz verschmiert hatte.

»Dein Schiff wird schon fertig, mach dir keine Sorgen«, antwortete Orfrim lachend und begann mit dem Treibeisen Fugen zu schlagen.

Was für Schiffe sie bauten, diese Wikinger, dachte er. Sie verwendeten Kuhhaare, Schafswolle und Teer, damit dichteten sie die Zwischenräume zwischen den Planken ab. Kein Wunder, dass ihre Schiffe selten leckschlugen. Und die schlanken Schiffsplanken, die mit Weidenruten an den Spanten befestigt wurden, und die Klinkernägel, die aus einem einzigen Stück geschmiedet waren – all das war ein Wunder der Schiffsbaukunst. Die Svear waren ein Volk des Meeres. Ihre Schiffe hatten sich seit Menschengedenken auf Seen und Meeren bewährt.

»Du warst lange nicht mehr draußen zu sehen, Orfrim, weder im Hafen noch im Schankhaus. Hast du Sorgen? Geht es um die Geschäfte oder die Frauen?«, fragte Brynolf.

»Beides. Was sonst?«

»Ausgerechnet du, der du ein ganzes Handelslager mitsamt Lagerhaus mitbekommen hast, was die Geschäfte angeht. Du müsstest längst reich sein«, merkte der Schiffer an.

»Da hast du Recht, aber es sind Gerüchte im Umlauf, ich hätte den Reitern ihre Gewürze verkauft. Ja, du weißt ja, wie es beim Pferderennen zugegangen ist. Und dann hat Estrid die Reiter mit ihrem Gebräu fast umgebracht. Seitdem scheint niemand mehr mit mir handeln zu wollen.«

»Ach, wenn du nur deine Preise richtig setzt, dann verkaufst du auch«, wandte Brynolf ein. »Oder du musst darüber nachdenken, etwas anderes zu verkaufen.«

Es war eine Weile still, und nur das Schlagen des Hammers auf das Treibeisen war zu hören. Dann räusperte Brynolf sich, kroch unter dem Boot hervor und blinzelte in Orfrims Richtung.

»Sag, was ist eigentlich mit ihr, der Wirtin? Viele von uns dachten, du hättest sie ins Herz geschlossen.«

»Ja, sie war mir lieb«, murmelte Orfrim mit dem Gesicht zum Schiff.

»Aber warum nimmst du sie dann nicht zur Frau?«

»Das habe ich versucht, aber da wurde sie widerspenstig.«

»Soo? Dann vermisst sie Erik vielleicht immer noch?«

»Erik? Ja, von ihm hat sie erzählt, aber er ist ja schon eine Ewigkeit fort.«

»Aber Erik ist Ruriks Vater, und bedenke, das Nein einer Frau ist nicht immer ein Nein. So ist es doch sicher auch im Reich der Rus?«

»Dort wählen unsere Eltern für uns, und dann nehmen wir uns eine neue Frau.«

»Aber hier kannst du dir die Frau nicht einfach nehmen, sie muss auch ihre Zustimmung geben. Manchmal muss man sich auch um sie prügeln. Ich gebe dir den Rat, es noch mal mit der Wirtin zu versuchen, oder dich mit einer anderen Frau einzulassen.«

»Eine andere Frau?« Orfrim sah Brynolf nachdenklich an. »Kann ich … ich meine, ohne alle Männer gegen mich einzunehmen?«

»Ja, so lange sie nicht verheiratet ist. Nimm! Kümmer dich nicht um das, was die Kreuzträger predigen.« Brynolf lachte und zwinkerte Orfrim vielsagend zu. »Du solltest dich mit einer treffen, die ich kenne. Also, sag mir, willst du eine Beischläferin oder eine Sklavin?«

»Woran merke ich den Unterschied?«, fragte Orfrim lächelnd.

»Das musst du wohl ausprobieren«, feixte Brynolf. »Und das mit dem Handel kriegen wir auch in den Griff.«

Der Schiffer schlug Orfrim freundschaftlich auf den Rücken und kroch pfeifend unter das Boot. Dann streckte er noch einmal seinen Kopf heraus.

»Orfrim, hör mal, ich will auch diesen Sommer ins Gårdarik. Komm mit! Tausch hier auf dem Markt Pelze, Häute und Bernstein, und dann verkaufen wir dort alles wieder. Wenn wir zu zweit sind, können wir uns gegenseitig unterstützen.«

»Ich weiß nicht, darüber muss ich nachdenken«, entgegnete Orfrim zögernd. »Gerade jetzt brauche ich eine Frau. Vergiss das nicht.«

»Nein, du, wie könnte ich das je vergessen?«, antwortete Brynolf lachend.

Es war schummerig im Strohhaus, und die Wände waren dunkel vom Ruß. Mit großen, fließenden Bewegungen ließ Estrid den Reisigbesen durch den Raum fliegen. Obwohl sie nicht viele Gäste in der Schankstube gehabt hatte, lagen Essensreste, Holzspäne und Staub auf dem Boden. Estrid beneidete Snemun um seinen Bretterboden. Dort musste man nur ein paar Schöpfeimer mit Wasser und Birkenasche darüber schütten, und schon war alles sauber. Sie selbst musste Schmutz und Ungeziefer im Haus auflesen, in einen Melkeimer geben und alles hinaustragen. Und nicht genug, dass sie selbst ohnehin schon mehr als andere darauf achtete, dass es um sie herum ordentlich war – darüber hinaus spielte Rurik oft auf dem Boden, und da durfte nichts Gefährliches herumliegen.

Seit Tostes Tod sorgte sie sich mehr um Rurik. Tief drinnen nährte sie die Angst, dass auch ihm ein Unglück zustoßen könnte. Sie sah zu ihrem Jungen hinüber, der mit einem Kohlestück auf eine Holzplanke malte. Er hatte sich im Gesicht ganz schmutzig gemacht, und immer wieder kam er und zeigte ihr, was er gezeichnet hatte. Ihr Blick füllte sich mit Wärme. Er war ein Wirbelwind, ihr Sohn. Zweifellos war zu erkennen, dass Erik sein Vater war, dieselbe Freude und Rastlosigkeit. Und natürlich vermisste sie den Nichtsnutz von Vater immer noch, auch wenn der Kummer um Orfrim alles überschattete.

Estrid füllte den Eimer mit Abfall und leerte ihn hinter dem Haus aus. Dann ging sie zurück und setzte sich. Sie konnte sich nicht dazu aufraffen etwas anzufangen. Erik, Orfrim ... Diese Männer, die in ihrem Leben aufloderten und dann verschwanden. Warum? Orfrim, der sagte, dass er sie verlassen würde, wenn sie ihn nicht heiratete. Sie hatte das nicht ernst genommen. Im Gegenteil, sie war sich sicher gewesen, dass er bereute, was er gesagt hatte, und sie bald im Schankhaus aufsuchen würde. Aber Winter und Frühling vergingen und sie sah ihn nicht. Oftmals war sie auf dem Weg zum Lagerhaus gewesen und hatte es sich dann doch anders überlegt. Wenn sie zu ihm ging, würde er glauben, sie zu seinen Bedingungen gewonnen zu haben, und das wollte sie vermeiden. Nein, sie musste Geduld haben und warten. Früher oder später würde er schon zu ihr kommen.

So verging die Zeit und jedes Mal, wenn sich die Tür zum Schankhaus öffnete, war es jemand anderes, der eintrat, nicht Orfrim. Sie grämte sich in aller Stille und weinte oft, aber sie ließ es niemals jemanden sehen. Nicht einmal sich selbst wollte sie eingestehen, wie viel er ihr bedeutete. Manchmal wanderte sie auf der Insel herum und blickte übers Meer, dachte daran, wie oft sie in den ersten zwei Jahren, in denen Erik fort gewesen war, am Horizont nach seinem Schiff Ausschau gehalten hatte. Jetzt glaubte sie nicht mehr daran, dass er irgendwann zurückkommen würde. Stattdessen dachte sie an Toste, der ertrunken war. Wie konnten die Götter so grausam sein?

Der Meeresgott Ran hatte den Kleinen fortgeholt, ohne ihr etwas dafür wiederzugeben. Der Junge war nie gefunden worden, und so hatte sie nicht einmal ein Grab, das sie besuchen konnte. Sein Tod verwirrte sie.

Sie konnte sich nicht vorstellen, wie er den weiten Weg zum Wasser geschafft hatte. Und dort, an der Wasserkante, was war dort eigentlich geschehen? Wie oft hatte sie darüber nachgegrübelt. Zu ihrem ganzen Glück hatte sie Rurik. Sie blickte zu ihm und sah, dass er ganz in seine Zeichnung vertieft war. Eines Tages würde er nach seinem Vater fragen, dachte sie. Nicht nur sie brauchte einen Mann im Haus, auch Rurik würde danach verlangen.

Estrid holte ihre Spindel und setzte sich wieder. Aber sie hielt sie ruhig. Sie beobachtete Rurik, der mit schwingenden Bewegungen das Kohlestück auf dem Holz hin und her führte. Dann betrachtete er sein Werk und lachte. Estrid lächelte über seine Freude, und ihre Gedanken wanderten zu Orfrim. Würde sie mit ihm glücklich sein? Warum hatte sie nicht Ja gesagt, als er sie zur Frau nehmen wollte? Erst jetzt wurde ihr klar, dass das Alleinsein schwerer zu ertragen war als alles andere. Was hatte sie zu verlieren gehabt? Warum hatte sie gezögert? Wie sehr sie seine Wärme und sein Lachen vermisste, wie sehr sie sich nach seiner Nähe und seiner Umarmung sehnte. Sie hatten sich seit dem Abend, an dem er sie gebeten hatte, seine Frau zu werden, nicht mehr getroffen, und sie hatte ihn nicht einmal in der Stadt gesehen. Sie hatte gehört, dass er eine Bude am Lagerhaus eröffnet hatte, aber sie vermied es, dorthin zu gehen. Wie lange würde sie das noch durchhalten?

Heiraten? Warum wagte sie das nicht? Weil sie wusste, dass sie in seinen Händen machtlos sein würde? Dass sie mit einem Mal ihm gehören würde und er dann für alle Zeiten über sie bestimmen würde? Aber hatte sie es denn jetzt besser?

Estrid erhob sich, und die Spindel fiel zu Boden. Sie betrachtete die Felle auf den Bänken. Jetzt, nachdem sie den Rest der Halle sauber gemacht hatte, sollte sie sich ihrer annehmen. Sie sammelte die Felle zusammen und setzte sich mit ihnen auf die Bank. Sie legte sich ein zerschlissenes Schafsfell auf die Knie und untersuchte die Wolle. Mit einem tiefen Seufzer stellte sie fest, dass die Läuse, die sie vor ein paar Tagen losgeworden war, wieder zurückgekommen waren. Wenn ich das Fell unters Dach hänge, dann wundern sie sich sicher, wo ich wohl bin, die verfluchten Läuse, dachte sie müde und schüttelte das Fell über der Feuerstelle aus. Dann überlegte sie es sich anders und legte das Fell auf die Bank zurück. Das konnte warten, bald musste sie ins Schankhaus und Sigfrid ablösen.

Sie zog einen sauberen Leinenkittel an, ordnete die Fibeln und fuhr sich mit dem Kamm durchs Haar. Würde das wieder ein Nachmittag und Abend ohne Orfrim sein oder würde er endlich kommen? Sie sah hinüber zu Rurik. Was würde sie nur ohne dieses Kind machen? Wie hätte sie es ohne seine Liebe und Wärme ausgehalten? Aber sie wünschte sich mehr. Für einen kurzen Moment stellte sie sich Orfrim ganz nah bei sich vor, und ihr wurde heiß. Warum, dachte sie, kann ich ihn nicht einfach aufsuchen?

Widerwillig schlug Snemun den Weg zur Kirche ein. Neben ihm ging Sigfrid, langsam und mühselig. Sie war abgemagert, und ihre Beine und Hände schmerzten in den Gelenken. Bekümmert sah er sie an, seine treue Frau, die ihm in all den Jahren beigestanden hatte. Einst hatte sie genau wie er gegen die neue Lehre gekämpft, jetzt hatte die Krankheit sie verändert. Und als weder die eigenen

Götter, die Seherin der Stadt noch Kräuter ihr hatten helfen können, hatte sie sich dem Heiligen Geist zugewandt. Lange hatte Snemun gehofft, dass Estrid Sigfrid auf andere Gedanken bringen könnte, aber zugleich hatte er verstanden, dass der neue Gott Sigfrids letzte Hoffnung war. Resigniert hatte er zugesehen, wie sie, seine eigene Frau, die Taufe empfangen hatte.

Snemun verspürte eine dumpfe Sehnsucht nach der Vergangenheit, nach damals, als jeder in Ruhe und Frieden mit seinem eigenen Glauben auf Björkö lebte. Als Ansgar auf die Insel gekommen war, hatte er gefürchtet, dass die neue Lehre Familien und Sippen spalten würde. Jetzt hatte sich der neue Gott in sein eigenes Heim gedrängt. Snemun schielte nachdenklich zu seiner Frau. Sie hatten so lange zusammengelebt, dass sie nicht mehr ohne einander sein konnten, und jetzt musste er sie stützen. Wenn er sie in ihren Gottesgedanken in Ruhe ließ, würde sie vielleicht selbst zur Besinnung kommen, dachte er, aber eigentlich hatte er die Hoffnung lange aufgegeben. Und die Bekehrung seiner Frau und sein eigener Kampf gegen die Kirche ließen sich bald nicht mehr miteinander vereinbaren. Eines Tages würde er sich entscheiden müssen. Als sie den breitgetretenen Pfad zur Kirche hinaufgingen, ergriff er ihre Hand.

»Du sollst wissen, dass du mir mehr bedeutest, als irgendjemand sonst«, sagte er leise. »Versprich mir, dass du mich nicht für den Heiligen Geist verlässt.«

»Mein Herz gehört dir, Snemun, aber meine Liebe gilt dem neuen Gott. Der Heilige Geist ist gut zu uns. Er wird mich gesund machen.«

Snemun löste vorsichtig seine Hand. Jeden Tag schien sie sich ein Stück weiter von ihm zu entfernen. Dies geschah, während gleichzeitig der Missmut über Gautbert und Nithard wuchs und viele sie von der Insel vertreiben wollten. Mehrere der Großbauern hatten sich Hilfe suchend an ihn gewandt. Er, Gunnar Snemun, der damals versucht hatte, Ansgar daran zu hindern in Birka zu predigen, sollte den Aufstand führen.

Was sollte Snemun tun? Bis jetzt hatte er nur wenig Glück gehabt. Vor einigen Mondumläufen hatte er versucht, die Unterstützung des Königs zu erhalten, aber nicht einmal den Kirchenbau auf dem Opferplatz Birkas hatte König Björn verhindert. Als er gehört hatte, dass die Grundmauern bereits errichtet waren, wollte er sich nicht mehr gegen die Gesandten des Kaisers stellen. Stattdessen hatte er den Bewohnern Birkas sein eigenes Land für einen neuen Opferplatz überlassen. Als würde sich der Zorn auf diese Weise besänftigen lassen. Nein, nur noch eifernder verlangte das Volk, die Kreuzträger zu vertreiben und die Kirche zu zerstören. Gautbert und Nithard hatten schon gewusst, was sie taten, als sie die Grundmauern der Kirche aus Stein errichteten. Selbst wenn sie das Haus des fremden Gottes niederbrannten, die Grundmauern blieben stehen.

»Ist sie nicht schön?«, fragte Sigfrid und nickte zur Kirche hin. Snemun blickte zu dem großen Bauwerk hinüber, dessen Dach und Wände vom Regen blank gewaschen waren. Die Kirche war länglich, hatte ein gebrochenes Dach, eine Sakristei und eine runde Apsis. Widerwillig musste er zugeben, dass es ein recht stattliches Gebäude war. Wie auch immer ihnen das geglückt war, den Kreuzträgern.

»Doch, sicher ist sie schön«, murmelte Snemun, in Gedanken weit fort. Wie sollte er, der Anführer der Heiden, gegen die Christen sein, wenn die neue Lehre die einzige Hoffnung seiner Frau war?

Sie betraten die Kirche, und Snemun ließ den Blick durch den Raum schweifen. Ganz vorn stand ein einfacher Altar mit Kerzenleuchtern, an der Wand prangte die Holzskulptur eines Mannes am Kreuz. Entlang des Kirchenschiffes hingen Wandteppiche. Sigfrid nahm Snemun an der Hand. Die Kirche war fast voll besetzt, und sie mussten sich in die vorderste Bankreihe setzen.

Mit Unbehagen sank Snemun neben Sigfrid auf die Bank. Er hatte gehofft, ungesehen kommen zu können, aber in diesem Moment war ihm klar, dass am nächsten Tag alle wissen würden, dass er in der Kirche gewesen war.

Als sie saßen, entdeckte Snemun Tora, das Mädchen, das beim Herbstopfer bei ihnen gewesen war. Zu seinem Erstaunen stellte er fest, dass sogar sie, die die neue Lehre früher bekämpft hatte, sich hatte taufen lassen. Jetzt hatte sie die Hände gefaltet, den Blick fest auf den Altar gerichtet. Was hatte dieser neue Glaube, das dem alten fehlte?

Nithard eilte vorbei und gab Tora ein Zeichen. Sie stand hastig auf und folgte ihm in die Sakristei. Kurz darauf kehrte sie mit zwei Wachstafeln zurück, die sie an der Kanzel aufhängte. Dann ging sie erneut in die Sakristei. Die Gemeinde wartete. Jetzt sollte Nithard seine Predigt beginnen.

Nichts geschah. Jemand murmelte ein leises Gebet, andere rutschten unruhig auf den Bänken hin und her. Snemun verstummte angesichts der Würde, die die Versammlung zeigte – die einstigen Heiden, die früher herumzupoltern pflegten und laut gewesen waren, saßen nun fromm und still nebeneinander. Plötzlich klang eine helle Frauenstimme aus der Sakristei.

»Nithard, nicht …«

Dann war es wieder still. Kurz darauf drang ein etwas angestrengtes Flüstern zu den Versammelten.

»Nein, Lieber … Du musst deine Predigt beginnen. Sie warten da draußen auf dich …«

Jetzt horchte die Versammlung auf, und keiner wagte es, sich zu rühren oder etwas zu sagen. Es war so still, dass sogar das Zwitschern der Vögel vor der Kirche zu hören war.

»Tora, Liebste, warte nach dem Gottesdienst auf mich«, war Nithards flehende Stimme zu hören.

Die Antwort darauf war undeutlich, und nur die, die ganz vorn saßen, konnten sie hören. Aber dann wurde die Stimme wieder lauter.

»Nein, halt, nicht so, Geliebter. Nithard, was tust du … ohhh …«

Wieder blieb es eine Weile still, und die Gemeindemitglieder sahen einander verstohlen an. Jetzt war das Rascheln von Kleidern zu hören, gefolgt von halbersticktem Rufen und heftigem Atmen. Es klirrte, und eine ovale Fibel rutschte aus der Sakristei vor den Altar. Tora kam mit rosigen Wangen und glasigem Blick hervor. Als sie die Blicke der Gemeinde sah, richtete sie sich auf und ging mit würdigen Schritten zur ersten Bankreihe. Mit hocherhobenem Kopf sah sie über die Gemeinde, bevor sie sich auf die Bank setzte. In den Bankreihen hinter sich konnte sie verwundertes Raunen hören. Dann merkte sie es auch. Ihre Kleider waren in Unordnung geraten, und die eine Brust hing weiß und nackt aus ihrem Ausschnitt heraus.

Snemun stand auf und ging vor zum Altar. Dort bückte er sich und hob ihre Fibel auf. Mit einer leichten Verbeugung überreichte er ihr den Schmuck. Da breiteten sich Gekicher und leises Lachen aus.

Dann erschien Nithard. Er trug sein bodenlanges Gewand und machte ein frommes Gesicht. Mit langen, feierlichen Schritten ging er vor zum Altar und zog sein Zingulum wie einen langen Ringelschwanz hinter sich her.

Da gelang es auch dem Ernsthaftesten nicht länger, die Heiterkeit zu unterdrücken. Die ganze Gemeinde prustete und brüllte vor Lachen in die Stille.

Es war Zeit für das Frühlingsopfer. Die Birken standen in zartem Grün, und die Wiesenblumen dufteten verheißungsvoll. Nach dem harten Winter war Estrid blass und müde. Da Sigfrid oft bettlägerig war, war sie ihr keine große Hilfe im Schankhaus gewesen. Estrid war gezwungen, sich um das meiste selbst zu kümmern. Auch mit Rurik hatte sie mehr Kummer als früher, er war widerspenstig und trotzig geworden und hörte nicht mehr auf sie. Je drückender und schwerer ihr alles erschien, desto mehr dachte sie an Orfrim. Wenn sie seine Frau wurde, könnte sie der Einsamkeit entkommen. Früher war sie nur für kurze Zeitabschnitte ihres Lebens allein gewesen. Nun begann sie zu erahnen, wie es war, für immer einsam zu sein. Es war schlimmer, als sie sich jemals hatte vorstellen können. Nicht einmal in ihren dunkelsten Stunden hatte sie begriffen, wie Schwindel erregend schwarz und schmerzhaft das sein konnte. Während andere auf ihren Höfen lebten und von ihrer Sippe und Familie umgeben waren, war sie ganz und gar sich selbst überlassen. Die Sklaven waren natürlich da, aber die Nähe zu einem geliebten Mann fehlte ihr am meisten.

Allem zum Trotz beschloss sie, Orfrim aufzusuchen. Sie wollte mit ihm reden und hoffte, dass sie dort fortfahren konnten, wo sie einst aufgehört hatten. Ruhig würde sie ihm erklären, dass sie ihn haben wollte, aber dass sie die Hochzeit besser verschieben sollten. Noch war es ihr nicht gelungen, die Vergangenheit hinter sich zu lassen – Erik, der Verlust Tostes –, aber vielleicht bald.

An dem Tag, an dem sie zu ihm gehen wollte, zog Estrid eine frisch geplättete Leinentunika an und darüber das schönste Kleid, das sie besaß. Es war grün und hatte gemusterte Bordüren. Dazu trug sie einen Schal aus roter Seide, aus einem Stoff genäht, den sie von Orfrim bekommen hatte.

Ihre Fibeln waren blank geputzt, und zwischen die Träger hängte sie eine Kette aus Glasperlen. In diesen Kleidern fühlte sie sich stolz und schön. So würde sie ihm gefallen, das wusste sie.

An diesem Abend dauerte es lange, bis sie das Schankhaus für die Nacht schließen konnte, aber als sie endlich über den Kai zum Lagerhaus lief, verspürte sie Freude. Erwartungsvoll eilte sie weiter. Sowie er öffnete, würde sie ihn sofort um Verzeihung bitten und alles tun, um ihn froh zu stimmen. Aus der Schankstube hatte sie Brot, Hammelfleisch und eine Kanne Met mitgenommen. Wenn alles nichts half, dann würde ihn schließlich der Met fröhlich machen, und dann würde alles wieder wie früher. Er öffnete nicht, als sie an die Tür klopfte, doch als sie an den Riegel fasste, glitt die Tür langsam auf. Vorsichtig schob sie sie auf. Der vertraute Geruch des Lagerhauses schlug ihr entgegen, und sie schlich leise in den Raum. Sie wollte ihn überraschen. Geräuschlos zog sie ihren Umhang aus, damit ihr grünes Kleid mit dem Schmuck zu sehen war. Dann ging sie lächelnd zur Trennwand und schob die Tür auf.

16

Erst ahnte sie nichts. Sie sah Orfrim auf der Bank, nackt. Er war schön. Sie mochte seine Nacktheit, seine olivbraune Haut, seinen muskulösen Körper. Aber da war noch etwas anderes, Fremdes, Helles und Gerundetes. Da begriff sie. Das Gesicht des Mädchens war rund und gerötet, ihre Augen geschlossen. Ihr blondes Haar fiel ihr verschwitzt in die Stirn, ihre Schultern waren weich und nackt. Ihr blasser Körper war verdeckt, aber Estrid hatte genug gesehen.

Sie erstarrte, ihr Körper sackte zusammen, und sie ließ ihre Arme sinken. Eine abgrundtiefe Verzweiflung überkam sie, und Tränen stiegen ihr in die Augen. Orfrim, nein! Benommen taumelte sie rückwärts aus dem Raum, außerstande, einen klaren Gedanken zu fassen.

Die beiden hatten sie nicht bemerkt. Trauer und Enttäuschung verwandelten sich plötzlich in jähen, beängstigenden Zorn. Estrid war von Rachedurst erfüllt. All diese schönen Worte, die Wärme und seine süßen Liebkosungen. All das war offensichtlich nicht nur für sie gedacht, es gehörte auch anderen. Estrid biss sich auf die Lippe, bis es schmerzte, und sah sich im Lagerraum um. Dieses Scheusal, dieser … Sie schluckte und versuchte, die Tränen zu unterdrücken. Ihr Blick fiel auf die Reihe mit den Gewürzsäcken, die sich an der Wand entlang stapelten. Sie sah sie an und musste an Orfrims Erzählungen über die seltsamen Kräuter aus dem Osten denken. Wo, hatte er gesagt, bewahrte er die stärksten, schärfsten und wirkungsvollsten von ihnen auf? Leise schlich sie zu den kleinsten Säcken. Mit zitternden Händen zog sie ihr Messer hervor und schlitzte einige auf. Es kitzelte in der Nase, und sie musste ein Niesen unterdrücken, während sie die Gewürze in ihre Rockfalte schaufelte. Dann verstreute sie sie im Raum. Erst als der ganze Boden mit den Gewürzen bedeckt war, verließ sie das Lagerhaus.

Als das Frühlingsopfer abgehalten wurde, gab es keine Götterbilder mehr auf dem Eyvindhof. An einem dunklen Wintertag hatte Eyvind die Sklaven die alten Götterstatuen einreißen lassen. Als Eyvind erfahren hatte, dass die Christen mehr bei ihren eigenen Leuten kauften als bei den Heiden, war er nachdenklich geworden. Am besten war es, sich taufen zu lassen wie die Kaufleute, die weit herumkamen. Auch wenn er meist mit den Svear handelte, pflegten auch ausländische Kaufleute zu seinem Marktstand zu kommen. An diesem Wintermarkt waren es jedoch nicht viele gewesen.

Noch bevor das Eis aufgebrochen war, hatte er mit allen anderen auf dem Hof die Taufe empfangen. Es war besser, mit den herrschenden Kräften statt gegen sie zu leben, fand er, und Bischof Gautbert hatte seine Freude über die Entscheidung des Großbauern nicht verbergen können. Immer, wenn er mit seiner Familie und dem Gesinde vom Hof zur Kirche kam, wurde er freundlich und herzlich empfangen. Aber Ysja und Toste kamen nie mit nach Birka. Sie weigerte sich und schloss das Kind fest in ihre Arme, als fürchte sie, er könne es ihr fortnehmen.

»Ich bleibe hier«, zischte sie, und wenn er versuchte,

sie zu überreden, wurde sie störrisch und unnachgiebig. Dann sagte sie, entweder bliebe es, wie es war, oder sie würde ihn nicht mehr zu sich lassen. Widerstrebend ließ er ihr ihren Willen. Warum kam sie nicht mit ihm, obwohl sie sich hatte taufen lassen? Außerdem schien Ysja dem neuen Gott ergeben, er sah sie oft ins Gebet versunken. Dennoch …

Wenn sie sich seither miteinander unterhielten, sprach sie oft von Sünde und Vergebung, und mit der Zeit wurde sie immer verschlossener. Es war, als trüge sie etwas mit sich herum, das sie bedrückte.

Während des Frühlings begann Eyvind sie mit neuen Augen zu sehen. Er bemerkte, dass sie im Stall und draußen auf den Feldern hart arbeitete. Als Sklavin war sie ihm von größerem Nutzen als früher, und sie schien mit dieser Arbeit vertrauter zu sein als mit den Aufgaben im Haus, die seine Frau ihr früher aufgetragen hatte. So unbeholfen sie im Haushalt gewesen war, so rasch und geschickt war sie mit den Pflichten des Hofes. Verwirrt sann er darüber nach. War sie wirklich Herrin auf Ekerö gewesen, wie sie behauptete, oder war alles, was sie erzählte, gelogen? Eyvind zerbrach sich den Kopf, und je mehr er nachdachte, umso überzeugter war er. Ysja verheimlichte etwas.

Vorüberziehende Wolken verdunkelten die Sonne, und es wurde diesig. Snemun trat auf den Vorplatz hinaus, sog die feuchte Abendluft ein und blickte über das Meer. Kein Wind, alles war ruhig und still. Sie würden mit dem Ruderboot schnell vorankommen. Rasch zog er sich an, schlug den Weg zu Einar Schwarzbart und Mård Ohnebart ein, und zusammen eilten sie zum Strand hinunter.

Während der Nebel sich langsam über die Bucht senkte, ruderten sie fort.

»Verfluchte Kreuzträger«, schimpfte Schwarzbart und trocknete sich die Stirn mit dem Handrücken. Die Narben auf seiner Stirn und an den Händen waren flammend rot. Sogar Oberarme, Bauch und Rücken waren böse verletzt. Seit dem Tag, an dem er sich die schweren Verbrennungen im Kampf mit Ulv dem Geschmeidigen im Schankhaus zugezogen hatte, nährte er einen finsteren, unbändigen Hass gegen die Christen.

»Hüte deine Zunge, Freund. Auf glatter See ist alles zu hören, sogar wenn du in der Nase popelst«, wies Snemun ihn zurecht.

»Als ob ich das nicht wüsste«, erwiderte Einar Schwarzbart mürrisch und rollte sein Hemd über den Ellenbogen. »Sieh her«, sagte er starrköpfig. »Und genauso verbrannt bin ich auf Brust und Rücken.«

»Ja, aber halt doch den Mund!«, rief Snemun und warf einen unruhigen Blick an Land.

»Pah, wovor hast du Angst? Wir sind schließlich nur zum Fischen hier draußen.« Und um es ihm zu beweisen, zog er eine Angelschnur aus seiner Hucke. Sie war um ein Rundholz gewickelt und hatte Senker und Haken. Mit geschickten Händen befestigte er einen Köder und ließ die Schnur hinter dem Boot ins Wasser gleiten.

»Niemand außer einem Kreuzträger würde auf die Idee kommen, um diese Zeit zu fischen«, bemerkte Snemun mit einer Grimasse.

»Ach ja? Die können auch nach Sonnenuntergang noch anbeißen«, wandte Schwarzbart ein. »Snemun, ich erkenne dich nicht wieder. Du benimmst dich wie ein Milchbart. Was ist los mit dir?«

Gunnar Snemun schwieg, und er schwieg lange. Er sagte nichts, bis sie Helgö erreicht hatten und das Boot ans Ufer stieß. Auch da blieb er wortkarg.

»Leise«, flüsterte er und gab den Männern ein Zeichen, ihm zu folgen. Die hohen Berge der Insel ragten schwarz in die Dunkelheit, und er konnte die Mauern der Burg erahnen. Inzwischen war es fast ganz dunkel geworden. Ein heller Mond im Osten hob sich sacht am Himmelsgewölbe und erleuchtete ihnen den Weg. Unruhig warf er einen Blick über die Schulter, um sich zu vergewissern, dass ihnen niemand folgte. Ich werde zu alt, dachte er, früher hätte ich mich nicht so aufgeregt. Es scheint, als wären meine Tage gezählt. Die anderen hätten sich nicht an mich wenden dürfen. Sie hätten sich nach einem anderen Anführer umsehen sollen.

Orfrim hatte nicht bemerkt, dass Estrid ins Lagerhaus gekommen war. Das Mädchen, das er bei Brynolf kennen gelernt hatte, hatte ihm solche Freuden bereitet, dass er an diesem Abend sogar Essen und Trinken fast vergessen hätte. Aber im Morgengrauen waren beide eingeschlafen, und im Licht des nächsten Tages standen sie auf. Zärtlich sagte er ihr Lebewohl und machte sich für den Tag bereit. Während er sich ankleidete, hörte er sie auf dem Weg zur Tür niesen, und er hoffte, dass sie nicht krank wurde. Denn dieses Mädchen wollte er gern wiedersehen. Endlich hatte er eine Frau getroffen, die ihm Wärme und Freude geben konnte. Seit Estrid vor mehreren Mondumläufen gegangen war, hatte er für lange Zeit alle Lust auf Frauen verloren. Er fühlte sich im Stich gelassen und einsam und wagte nicht, einer anderen zu vertrauen. So nah waren Estrid und er sich gewesen und dennoch … Als er von Hochzeit gesprochen hatte, hatte sie ihn einfach verlassen. Er verstand das nicht. Nein, so etwas wollte er nicht noch einmal erleben. Und wenn Brynolf nicht gewesen wäre, hätte er vermutlich immer noch allein im Lagerhaus geschlafen und sich selbst bedauert. Aber jetzt, jetzt schienen die Tage wieder heller und erfreulicher zu werden.

Als er an der Feuerstelle saß und sein Essen zubereitete, verspürte er ein seltsames Kribbeln in der Nase. Es fühlte sich an, als müsse er nach Luft schnappen. Es kitzelte über alle Maßen, und er nieste, dass die Asche aus der Feuerstelle flog. Das Niesen wollte überhaupt nicht mehr aufhören, und je öfter er nieste, desto schlimmer wurde es. Da dachte er, dass das Mädchen vermutlich die Tür nicht richtig zugemacht hatte und dass ihm der Wind einen Streich spielte. Verwirrt stand er auf, um nachzusehen.

Als er ins Lagerhaus kam, enntdeckte er die Verwüstung. Über den ganzen Boden lagen schwarzer Pfeffer, weißer Pfeffer, Minze, Safran, Kreuzkümmel, Ingwer und roter Pfeffer verstreut. Irgendjemand hatte mit seinen östlichen Kostbarkeiten sogar die Wände bestäubt. Hustend und niesend versuchte er, die Gewürze aufzulesen. Wer konnte ihm so übel mitspielen wollen? War das eine Rache für das Pferderennen?

Er hielt sich ein Tuch vor den Mund, kehrte den Staub so gut zusammen wie möglich und schüttete mit tränenden Augen die Gewürze in die Säcke zurück. Da bemerkte er, dass der Stoff mit einem Messer aufgeschlitzt worden war. Erstaunt sank er in die Knie. Er kannte nur eine Person, die Beutel und Säcke auf diese Weise öffnete. Estrid!

Das Meer lag ruhig da, und eine schwache Abendbrise wehte über das Schiff. Erik hatte das Ruder Vidar Steuermann überlassen und stand selbst am Vordersteven. Gedankenverloren sah er zu, wie der Steven das Wasser teilte und die tanzenden Wirbel schäumten. Keine Welle glich der anderen. Das Meer war in dauernder Veränderung, prächtig und schön, aber auch heimtückisch, schrecklich und bedrohlich.

Wieder kam ihm der Tod des Jarls in den Sinn. Er war so plötzlich und unerwartet geschehen, dass Erik erst gar nicht begriffen hatte, was vor sich gegangen war. Zuerst war er von einem krampfartigen Zorn erfüllt gewesen, und in seiner Trauer und Verzweiflung war er mit allen Schiffen angelandet. Auf einer Sanddüne hatten sie den Jarl nach alter, überlieferter Sitte beerdigt. Erst am folgenden Tag hatten sie ihre Fahrt fortgesetzt. Erik trauerte um seinen Freund, der mehr als ein Verbündeter geworden war. Während der letzten Jahre hatten sie Seite an Seite gekämpft und gelebt. Jetzt war der Jarl, sein engster Freund, plötzlich nicht mehr da.

Erik hatte kurz gezögert und nicht gewusst, was er tun sollte, doch dann war ihm klar geworden, dass es das Beste war, mit der Nachricht nach Kaupang zu Hakon Jarls Hof zu fahren. Die Männer des Jarls, die dort zu Hause waren, wollten heim und nach ihren Höfen sehen, und da das Jahr schon weit vorangeschritten war, schien das eine kluge Entscheidung zu sein. So kam es, dass Erik und sein Gefolge nach Kaupang segelten, wo sie freundlich von den beiden Söhnen des Jarls aufgenommen wurden. Groß war die Trauer über den Tod des Vaters, und sie sprachen viel davon. Schließlich boten sie Erik und den Männern aus dem Sveareich an, den Winter über zu bleiben.

Als es auf den Frühling zuging, wurde es Zeit, wieder in See zu stechen. Von jenen, die dem Jarl treu gewesen waren, wollten fast alle Erik folgen, nachdem Hakon Jarls Frau ihm die Schiffe überlassen hatte. Sie sagte, dass das der Wille des Jarls gewesen wäre, aber die Wahrheit war, dass sie nicht auch noch ihre Söhne ans Meer verlieren wollte. So kam es, dass Erik Bernsteinhändler plötzlich die Schiffe besaß, von denen er so lange geträumt hatte. Im Gegenzug ließ er einen großen Teil des Silbers auf dem Jarlshof zurück und verteilte die Beute aus dem Frankenreich unter den Männern, die in Norwegen zurückblieben. Dann bereitete er seine Abfahrt vor. Als die Schiffe gerüstet waren und die ersten warmen Winde über den Fjord zogen, segelte Erik aus der Handelsstadt fort. Und er war glücklich. Jetzt konnte er auf Wikingfahrt gehen und in Ost und West handeln, ganz wie es ihm gefiel. Aber zuerst wollte er heim nach Birka. Der Jarl hatte ihm einmal gesagt, er müsse sich eine Frau nehmen. Inzwischen war er über dreißig Winter alt und hätte schon längst heiraten sollen. Ihm war klar geworden, dass er sich in Tennia verliebt hatte, weil sie Estrid ähnelte. Nach ihr sehnte er sich; Estrid, seine einzige Liebe, sie wollte er haben. Erik lächelte. Jetzt besaß er Güter, Silber und vier Schiffe. Wie würde er sie am besten überraschen können?

Estrid trat auf den Hofplatz und ließ ihren Blick über den Horizont schweifen. Bald würde die Sonne von dunkelgrauen Wolken abgelöst und alles würde nass, kalt und feucht werden. Es war einer dieser kalten und verregneten Sommer, in denen man die Pflichten des Tages frühmorgens verrichten musste, bevor der Mittagsregen kam. Selten waren die Tage, an denen die Sonne sich nicht hinter dunklen Wolken verbarg. Sie seufzte und beschloss zu buttern. Langsam querte sie den Platz und ging in den Schuppen, wo sie die durchgeseihte Milch vor zwei Tagen untergestellt hatte. Die Milch schimmerte matt in den flachen Holztrögen, und sie nahm sich einen nach dem anderen vor. Vorsichtig schöpfte sie den Rahm ab und füllte ihn ins Butterfass. Die Milch war lauwarm. Vielleicht würde sie es schaffen, fertigzubuttern, bis es Zeit war, Sigfrid im Schankhaus abzulösen.

Sie setzte sich auf einen Schemel im Schuppen und begann den Stößel im Milchfass auf und ab zu stoßen. Ihre kräftigen, fülligen Arme hielten den Stößel fest umschlossen, während sie arbeitete und mit ihren Gedanken nirgendwo war. Sie wollte so schnell wie möglich mit der Butter fertig werden, um mit Rurik zusammen sein zu können. Manchmal dachte sie, dass Sigfrid und die Haussklavin auf dem Snemunhof ihn öfter zu sehen bekamen als sie selbst.

Orfrim kam den Hügel hinauf und blieb auf dem Hofplatz stehen. Vor ihm lag ein Haus mit Strohdach und einem gekreuzten Giebel, direkt daneben zwei kleinere Gebäude. Er ging am Langhaus vorbei, das nach Teer roch, dann an den zwei Türen zum Abtritt, und blieb genau vor dem Schuppen stehen. Es war niemand zu sehen. Er spähte über den Hof, wich ein paar gackernden Hühnern aus und entdeckte eine schwarze Katze, die dösend in der Sonne lag. Die Katze hob den Kopf und betrachtete ihn zufrieden mit halb geschlossenen Augen. Orfrim schmunzelte. Wie friedlich es hier war, fast ganz still, bis auf ein dumpfes Klopfen aus dem Schuppen. Er trat an die Tür. Vielleicht war dort jemand, der ihm sagen konnte, wo Estrid war. Auf der Schwelle blieb er stehen. Eine große Wärme wallte in ihm auf, und seine Hände begannen zu zittern. Estrid! Wie hatte er sie gehen lassen können? Warum hatte er nichts getan, um sie zurückzuhalten? Hätte er nicht versuchen können, sie zu überreden, oder etwas unternehmen können, um sie für sich zu gewinnen? Stattdessen hatte er stolz und verletzt eine andere Frau aufgesucht.

Estrids lange Haare waren im Nacken zu einem Knoten geschlungen, und Hals und Schultern waren bloß. Sie schwitzte, und ihre Haut schien blass durch den Leinstoff. Der Stößel schlug rhythmisch gegen das Holzfass, und jedes Mal, wenn sie sich vorbeugte, konnte er einen Teil ihrer Brust sehen. Plötzlich überkam ihn das heftige Verlangen, sie zu umarmen. Leise schlich er sich hinter ihren Rücken. Er wollte ihren Nacken und ihre Wangen küssen, er wollte das Gewicht ihrer Brust in seinen Händen spüren. Und abermals wollte er sie besitzen.

»Ich sehe dich«, hörte er plötzlich Estrids scharfe Stimme.

»Ich habe dich vermisst.«

»Tatsächlich? Ich dachte, du verbringst deine Tage zwischen anderen Frauenschenkeln.«

»Dass ich ein Mann bin, kann ich nicht verleugnen, aber als ich dich bat, meine Frau zu werden, hast du mich verlassen.«

»Nein, ich sagte nur, ich müsse über das nachdenken, was du gesagt hast. Und auch wenn es eine Zeit dauerte, so bin ich doch zurückgekommen. Aber, nun ja, du schienst mir anderweitig beschäftigt.«

Am liebsten hätte Estrid den Anblick vergessen, als Orfrim mit … Sie blickte auf das Holzfass. Der Butterrahm war dabei zu klumpen. Bald würde sie den Butterklumpen herausnehmen und abspülen können, um ihn im Holztrog durchzukneten. Orfrim störte sie. Sie fühlte ihn hinter sich, nahm seinen Geruch wahr, seine Männlichkeit. Plötzlich war er sehr nah.

»Das ist wahr, Estrid, aber ich habe dich vermisst …«

Er streichelte ihre Schultern und beugte sich vor, um sie zu küssen. Sein Blick fiel auf klare Schweißtropfen auf ihrer Haut. Die Haut zwischen ihren Brüsten im Ausschnitt war feucht.

»Ich liebe dich, verstehst du das nicht?«, flüsterte er mit den Lippen an ihrem Haar.

»Das war schön gesprochen nach so langer Zeit. Meinst du mich oder eine andere?«

Orfrim fühlte sich plötzlich beschämt und verlegen. Er hatte erwartet, dass sie sich darüber freuen würde, ihn zu sehen, und er hatte gehofft …

»Estrid, Liebe, komm zu mir wie früher.« Sie sah auf, und ein Anflug von Wärme lag in ihren Augen.

»Du sagtest, ich sei nicht willkommen, wenn ich nicht deine Frau würde«, sagte sie und suchte seinen Blick. »Aber mich unter Zwang zu verheiraten gefällt mir nicht. Darum habe ich mich fern gehalten. Aber wenn du meinst, dass wir uns treffen sollen wie früher …« Ihre Stimme war weicher geworden, aber sie berührte ihn nicht und kam nicht näher, um ihn zu umarmen.

»Ja, das meine ich«, antwortete er bittend.

»Und dann?«

»Lass uns nicht nach vorne blicken, warum nicht einfach leben, wie wir es früher getan haben?«

»Wie kommt es, dass du unversehens so klug geworden bist?«

»Nun, ich hatte Zeit nachzudenken. Und es fällt mir schwer, dich zu entbehren.« Er legte seine Arme um ihre Schultern und legte sein Gesicht dicht an ihres. Sie schien besänftigt zu sein, ihr Körper war weniger starr. Plötzlich nahm sie seine Hand.

»Wenn ich wie früher zu dir kommen soll, dann solltest du zuerst das Weibsvolk fortschaffen.«

»Nur, wenn du in Zukunft keine Gewürze mehr in meinem Lagerhaus verstreust. Eine ganze Woche lang konnte ich kaum dort sein, und ich muss noch immer niesen.«

Estrid stand lachend auf. Dann sah sie Orfrim lange an, bevor sie zu ihm ging und die Arme um ihn schlang. Im nächsten Augenblick beugte er sich über sie, und die Sehnsucht, die sie so lange gespürt hatten, überwältigte sie beide. Leidenschaftlich umarmten sie einander, und wieder erlebte Estrid die unerhörte Kraft, die zwischen ihnen lag. Sie vergaß alles andere und wollte ihn küssen und lieben und ihn niemals wieder gehen lassen. Keuchend trat sie einen Schritt zurück, löste ihre Kleider und stand nackt vor ihm. Sie gehörte ihm, nur ihm.

Der Mann mit dem Backenbart hielt sich die Hand vor den Mund und rülpste laut. Dann streckte er sich nach der Metkanne. Estrid riss die Augen auf und wich zurück. Ulv Wieselschnell, er, der Einar Schwarzbart ins Feuer gezogen hatte, war zurückgekommen. Nun, sie hätte es wissen müssen, an diesem Abend waren die Männer der Kirche im Schankhaus, und er war schließlich Christ! Die Christen hatten um Öllampen auf dem Boden, Tischdecken, Gläser und Wein gebeten. Außerdem um Rindfleisch, Salat und Kresse. Den ganzen Tag über hatten sie und Sigfrid den Abend vorbereitet. Aber es waren auch noch andere Gäste in der Halle: der alte Mann und der Jüngling, die Brettspiele fertigten, sowie mehrere Handwerker und Kaufleute aus dem Hafen. Sigfrid und sie wollten das Schankhaus für alle offen halten. Doch sie war beunruhigt: Wenn es nur nicht wieder Ärger gab. Sie schielte zu Sigfrid hinüber.

Auch die Freundin hatte den Mann mit dem Backenbart bemerkt. Nun, diesmal verhielt er sich vielleicht ruhig. Sie gaben schließlich ein Fest, und es saßen größtenteils Christen in der Stube.

Männer und Frauen setzten sich an den Langtisch, und nach dem Tischgebet griffen sie ordentlich zu. Die Christen aßen mit gutem Appetit und unterhielten sich friedlich, und was auch immer man über die Kreuzträger sagen mochte, so fand Estrid, dass sie angenehme Gäste waren.

Der Abend verlief ruhig, aber in einem Moment des Schweigens, als die Versammelten tranken und in den Zähnen stocherten, passierte es: Mit einem Schlag flog die Tür auf, und ein blonder Mann mit Stupsnase sprang über die Schwelle. Ein Alter fasste sich erschrocken ans Herz, und Ulv Wieselschnell sprang auf und sah sich unruhig nach seinem Schwert um. Dann fiel ihm wieder ein, dass er getauft war, und widerwillig setzte er sich hin.

»Met für alle! Ich lade euch ein!«, rief der Blonde, und da wachten die Versammelten auf. War das nicht der Bernsteinhändler, wahrhaftig, war er doch wiedergekommen!

Sofort klangen Gläser und Hörner und Erik lachte froh. Er trug einen roten Kittel und grüne Hosen, und seine hellgrauen Augen funkelten vor Lachen. Sein Schwert hing im Gürtel, und über der Schulter trug er einen prächtigen Umhang mit einer silbernen Ringfibel. Sein Gesicht war braun gebrannt und munter, Augen und Mund waren von Lachfalten umringt. Schnell sah er sich im Raum um, entdeckte Estrid und war mit zwei Schritten neben ihr. Dann hob er sie hoch in die Luft und schwang sie lachend über seinen Kopf, bevor er sie wieder absetzte.

»Meine Liebste«, murmelte er und gab ihr einen festen, nassen Kuss. In der Schankstube wurde es still, nur ein Glas rollte langsam über den Tisch auf den Boden. Manche sahen sich in stillem Übereinkommen an. So war ihr Mann also zurückgekommen, aber was war nun mit dem muslimischen Kaufmann?

»Her mit dem Met, alles geht auf mich!«, rief Erik und sah sich freudestrahlend im Raum um. Glücklich nahm er Estrid bei der Hand und sah sie zärtlich an. »Wie fein es hier ist, ich bin stolz auf dich.«

Estrid starrte ihn an, erblasste und blickte wieder zu ihm. Bei Erik, sie hätte es wissen müssen, musste man mit allem rechnen. Jetzt stand er da und hielt ihre Hand, so fest als fürchtete er, sie könnte verschwinden.

»Komm mit zum Hafen«, flüsterte er ihr ins Ohr. »Komm!«

Estrid starrte immer noch sprachlos. Hier stand er, ihr Geliebter von früher, froh und munter, als wäre er nur ein paar Tage fort gewesen. Es schien, als wären ihm die drei Jahre unterwegs nicht bekommen. Sie schluckte und schluckte erneut.

»Komm jetzt, ich muss dir etwas zeigen!«, lockte er und küsste ihre Wange. »Du musst wissen, ich bin jetzt ein reicher Mann.«

Der Raum füllte sich mit Gemurmel. Die Männer um sie herum feixten und glotzten, und Sigfrid, die mittendrin stehen geblieben war, schnappte nach Luft wie ein Fisch auf dem Trockenen. Estrid rührte sich immer noch nicht und sagte nichts. Dann begannen ihre Adern auf der Stirn zu schwellen, und ihre Augen funkelten schwarz.

»Du Tölpel! Jetzt kommst du, nach drei Jahren, und glaubst, alles ist wie früher? Nein, du. Verschwinde und komm mir nie wieder unter die Augen!« Sie spuckte aus und fauchte, und ihre Stimme war scharf wie ein frisch geschliffenes Schwert. Erik sah sie verdutzt an.

»Drei Jahre? Ach was, vergiss es, das kann ich dir erklären. Freust du dich denn nicht, mich zu sehen?«, fragte er ausgelassen, legte ihr den Arm um die Hüfte und zog sie zur Tür. »Komm mit, dann wirst du sehen!«

Aber Estrid riss sich los, starrte ihn zornig an und trat ihm mit aller Kraft gegen das Schienbein. Im nächsten Augenblick fiel er kopfüber zu Boden.

17

Er saß auf dem Hochsitz, als sie die Wohnhalle betrat. Als er sie erblickte, funkelten seine Augen trotzig und eigensinnig auf. Sie blieb mit Rurik an der Hand auf der Schwelle stehen. Auf dem Boden lagen Stroh und Wacholderzweige. In der Herdstelle brannte Feuer, ohne zu qualmen, und es war warm und behaglich im Haus. Auf dem Tisch standen Getränke und das Abendessen. Er musste lange auf sie gewartet haben. »Das hier ist unser Zuhause, erinnerst du dich?«, sagte er, füllte ein Horn mit Met und reichte es ihr. Estrid lehnte sich gegen den Türpfosten.

»Du hättest nicht so lange fortbleiben dürfen«, sagte sie anklagend. »Dann, drei, vier Winter später, kommst du durch die Tür und glaubst, alles wäre wieder wie früher.«

»Ja, hier sieht noch alles aus wie früher«, unterbrach er sie und ließ den Blick durch den Raum schweifen. Seine Stimme war herausfordernd.

»Andere fahren im Frühling auf Wikingfahrt und kehren im Herbst heim, manche bleiben ein Jahr fort, aber du …«, fuhr Estrid fort.

»Ja, aber es lag nicht in meiner Hand. Ich war lange auf dem Weg. Wir sind überfallen worden, verloren Schiff und Gut – ja, es ist viel geschehen«, erklärte Erik.

»Das kannst du glauben«, sagte sie säuerlich.

»Erst war Harald auf dem Weg, Birka zu überfallen,

aber wir konnten seine Flotte zerschlagen«, erzählte Erik, nicht ohne Stolz in der Stimme. »Dann setzten wir unsere Fahrt ins Frankenreich fort und fuhren die Flüsse hinauf. Aber wir wurden von falschen Kaufleuten überfallen und mussten eine Festung belagern, um unsere Habe zurückzuholen. Dann …«

»Ja, ja, ich glaube dir, tatenlos wirst du nicht gewesen sein.«

»Dann gerieten wir in einen Hinterhalt, und ich blieb verwundet in Britannien …«

Estrid trat mit Rurik an der Hand an Erik heran.

»Hör zu, noch früh genug wirst du alles erzählen können, aber zuerst, meine ich, solltest du ihn begrüßen«, unterbrach sie ihn.

Als Rurik Erik erblickte, riss er sich los, rannte weg und versteckte sich hinter ein paar Fässern. Von dort beäugte er den Fremden misstrauisch, und nur mit großer Mühe gelang es Estrid, ihn hervorzulocken. Stolz legte sie ihm die Hand auf die Schulter.

»Kannst du sehen, wem er ähnelt?«

Erik musterte den Jungen mit großen Augen. Dann bemerkte er Estrids Blick. Die Farbe wich aus seinem Gesicht.

»Ist er …«

»Es hat ihn keiner auf die Knie gehoben«, fiel Estrid ihm ins Wort, »aber nachdem sein Vater auf Wikingfahrt war, habe ich selbst beschlossen, ihn zu behalten.«

»Du meinst …«, murmelte er und war ganz unvermittelt jungenhaft und unsicher. Estrid nickte stumm.

»Ja, er ist dein Sohn. Er wurde an dem Tag gezeugt, an dem du versprachst, nicht lange fortzubleiben.«

Erik starrte erst das Kind an, dann Estrid. Unbeholfen

drückte er sie und streckte seine Hände nach dem Jungen aus. Rurik wandte den Blick ab und wich ein paar Schritte zurück.

»Darf ich ihn halten?«, fragte Erik unsicher. Estrid lächelte bejahend, aber im selben Moment, in dem Erik Rurik an die Hand nahm, trotzte der Junge. Er schrie laut und gellend. Da hob Erik ihn spielerisch hoch über den Kopf und lachte, aber Rurik schrie weiter. Er hörte erst auf zu weinen, als Estrid ihn wieder in den Arm nahm.

»Er muss sich erst an dich gewöhnen«, tröstete Estrid. »Morgen kannst du mit ihm spielen.«

»Hast du seine Nase gesehen?«, stotterte Erik. »So sah ich als kleiner Junge aus.«

»Das glaube ich«, sagte Estrid, und ein Lächeln huschte über ihr Gesicht. »Du warst sicher auch genauso störrisch.«

Sie strich Rurik über die Haare und sah schweigend zu dem Mann, den sie einst geliebt und mit dem sie zusammengelebt hatte. So lange hatte sie auf ihn gewartet, und jetzt, als er endlich zurückgekehrt war, war er wie ein Fremder für sie. Es ist zu spät, Erik, es ist zu spät, dachte sie und setzte Rurik wieder auf den Boden. Sofort lief er zu den Fässern und fing an, zwischen den Holzgefäßen zu spielen. Estrid ging zum Tisch und setzte sich. Dort standen Brot, Salat, Hammelkeule und Eintopf. Er hatte sich um ihretwillen Mühe gegeben, und sie sollte sich darüber freuen. Aber dennoch, sie konnte nicht fröhlich sein.

»Erik, du bedeutest mir viel, aber glaube nicht, dass noch alles so ist, wie es war, als du fortgegangen bist«, sagte sie und suchte seinen Blick.

Er streckte seine Hand nach ihr aus.

»Estrid«, sagte er nur.

»Erik, einst gab es nur uns beide, aber jetzt nicht mehr.«

Er zog die Hand zurück und sah sie verwundert und betrübt an. Wie sehr er sich darauf gefreut hatte, nach Hause zu kommen, und sie begegnete ihm wie einem Fremden. Vielleicht musste er ihr Zeit geben, behutsam vorgehen. Aber früher oder später würde er sie zähmen. Er räusperte sich.

»Ich habe von Toste gehört«, sagte er dann. »Ich habe mich so gefreut, ihn wiederzusehen, und dann …«

»Er ist tot, ertrunken«, sagte sie tonlos. Tränen stiegen ihr in die Augen, und sie starrte auf die Tischplatte. »Wir haben sein Spielboot am Strand gefunden. Du weißt, das Holzboot, das du ihm geschnitzt hast. Aber Toste, ihn haben wir nie gefunden.«

Erik ging um den Tisch herum und setzte sich neben Estrid. Tröstend legte er seinen Arm um ihre Schultern. Für einen Moment ließ sie ihn dort liegen, aber dann stand sie auf.

»Ich bin so müde. Was mit Toste geschehen ist, darüber komme ich niemals hinweg, ich versuche es, aber …«

»Iss etwas, dann fühlst du dich besser.«

Erik schnitt zwei Scheiben von der Hammelkeule ab und reichte sie ihr. Zögernd nahm sie ein paar Bissen und legte das Fleisch weg.

»Vergib mir«, sagte sie leise. »Wir hätte nicht anfangen dürfen, von Toste zu sprechen. Vielleicht ist es das Beste, wenn ich schlafen gehe.«

»Liebe, iss doch …«

Sie legte das Hammelfleisch auf ein Stück Brot und begann zu essen, aber Erik sah, dass ihr der Appetit fehlte.

»Estrid, heute Abend esse ich für dich mit. Ich sehe,

dass du Ruhe brauchst«, sagte er und sah sie beunruhigt an.

Sie stand auf, strich ihm leicht über die Wange und legte sich auf die Schlafbank. Sie kann störrisch und abweisend sein, dachte er, aber irgendwann werde ich sie zurückbekommen.

Unter all den Drachen, Knorren, Schnecken und Ruderbooten des Sommers achtete niemand auf Eyvinds Schiff. Es war ein Kaufmannsschiff unter vielen, und er hatte es mit Kleidern, Honig und Eiderdaunen beladen. Früh am Morgen ging er in Birka an Land, um an den Landungsbrücken Handel zu treiben, und vielleicht wäre es ein Tag wie so viele andere geworden, wenn er nicht dafür gesorgt hätte, dass Toste ihn begleitete. Ysja hatte versucht, ihn daran zu hindern, doch das hatte in einem Handgemenge geendet. Er hatte ihr eine Ohrfeige gegeben und sie von dem Jungen getrennt. Dann hatte er den schreienden Toste mitgenommen. Der Junge war schon über fünf Winter alt geworden und musste endlich hinaus, um etwas zu lernen. Ysja hielt ihn immer unter Aufsicht, und außer den Aufgaben auf dem Hof hatte er kaum etwas gelernt. Wenn er nicht bald zu etwas anderem erzogen wurde, würde er zu nichts anderem als zum Sklaven taugen. Und Eyvind hatte erkannt, dass in dem Jungen mehr steckte. Toste war gescheit und wach, und darüber hinaus sah er hübsch aus. Er konnte beim Handeln von großem Nutzen sein. Aber wenn Eyvind gehofft hatte, dass der Junge ihm eine große Hilfe sein würde, so wurden seine Hoffnungen enttäuscht. Toste saß achtern und lächelte und schaute alle freundlich an, aber er tat nichts anderes als das, was ihm gesagt wurde. Die meiste Zeit saß er in Gedanken versunken und sah mit abwesendem Blick aufs Wasser, und es dauerte nicht lange, bis Eyvind es leid war, ihn im Boot zu haben.

»Nimm die Schlinge und komm mit ein paar Hechten zurück«, sagte er nach einer Weile und griff nach der Rute. »Hinter dem Kai bei den Erlen gibt es Hechte im Schilf. Du kannst mich von dort aus sehen, wenn du etwas von mir willst, dann kannst du winken.«

Toste stand erleichtert auf. Er mochte den Lärm und das Durcheinander auf der Brücke nicht. Er wollte Ruhe und Stille. Wenn Ysja ihn bat, Fische zum Abendessen zu fangen, war es auch immer friedlich. Er war richtig geschickt darin geworden. Fischen war überhaupt mit das Beste, was er kannte.

Toste kletterte vergnügt aus dem Boot, schlenderte über den Kai und gelangte auf einen Pfad hinunter zum Wasser. Der Duft von Holz und Wiesen lag in der Luft, und das Meer glitzerte einladend zwischen den Erlen. Ein sonderbarer Friede kam über ihn, und er tunkte spielerisch die Rute ins Gras. Auf der einen Seite lagen die Wiesen voller Heu und Wiesenblumen, auf der anderen glänzten die Steine im seichten Wasser. Im Schatten einer Erle blieb er stehen und blickte über eine kleine Bucht mit dichtem, hohem Schilf. Entschlossen schlich er zur Wasserkante und hielt nach einem Fisch Ausschau. Es war matschig und schlammig zwischen den Grasbüscheln, aber vielleicht gelang es ihm dennoch, einen Hecht in die Falle zu locken. Obwohl es schon spät war, gab es doch immer den einen oder anderen, der ein wenig länger zögerte, ehe er sich ins tiefere Wasser aufmachte.

Er ging in die Hocke und machte die Schlinge bereit. Nach einer Weile entdeckte er einen großen Hecht, führte vorsichtig die Schlinge über die Wasseroberfläche, senkte die Falle hinunter und zog sie ganz langsam über den Fisch. Als die Schlinge direkt hinter dem Kopf des Fisches lag, zog er fest und entschieden zu. Der Hecht zuckte, aber er saß fest. Triumphierend zog er den zappelnden Fisch aus dem Wasser.

Die Sonne stand hoch am Himmel, als er durstig und hungrig zur Brücke zurücklief. Die Rute wippte über seiner Schulter, und an einer Astgabel festgehakt trug er drei Hechte und einen Barsch. Er war stolz und zufrieden. Eyvind, der ihn oft misstrauisch ansah, sollte wahrhaft sehen, dass er zu etwas taugte.

Auf dem Kai stieß er mit der Rute gegen einen blonden Mann. Er war braungebrannt und stupsnasig, mit krausem Haar und Bart. Der Mann starrte ihn an und plötzlich verwandelte sich der Ausdruck in seinen Augen. Er sah erstaunt und erschrocken zugleich aus. Mit einer schnellen Bewegung streckte er seine Hand aus und versuchte Toste zu packen. Verängstigt nahm der Junge die Beine in die Hand und verschwand schnell in der Menschenmenge auf dem Kai. Er rannte, so schnell er konnte, stieß gegen Tonnen und Säcke und stieß die Passanten im Gedränge an. Erst als er das Boot erreicht hatte, fühlte er sich sicher. Eyvind blickte auf.

»Was ist denn, Junge?«

»Jemand ist hinter mir her!«

»Wer?«

»Ich weiß nicht, ein blonder Mann mit Bart hat versucht mich festzuhalten.«

»Kannst du ihn sehen?«

Toste spähte unruhig auf die Brücke.

»Nein, jetzt nicht mehr.«

»So, dann bleib jetzt bei mir im Boot. Hier bist du sicher. Zeig mir den Mann, falls du ihn irgendwo siehst!«

Toste nickte und setzte sich achtern. Lange spähte er an Land, aber der fremde Mann war nicht mehr zu sehen. Auf dem Weg heim zum Hof sagte Toste:

»Lieber Eyvind, ich habe Angst. Bitte, ich will nicht mehr in die Stadt.«

Eyvind sah ihn nachdenklich an. Wieder hatte er diese Ahnung, dass irgendetwas nicht stimmte. Eines Tages musste er Ysja zum Reden bringen.

Es war ein schöner, aber kalter Sommertag mit schwachem Wind. Der Himmel war wolkenlos, und es duftete nach Erde, Wiese und Büschen. Auf einem Pfad hinunter nach Grönsö gingen zwei Männer; Orfrim und Brynolf. Sie waren auf dem Weg um zuzusehen, wie Brynolfs ältester Sohn Egil sich im Schwimmen maß. Auch wenn Egil kein großer Kämpfer war, hielt er sich in Form, um, wenn seine Zeit gekommen war, auf Wikingfahrt ziehen zu können. Hochsprung, Stabhochsprung und Baumstammwerfen beherrschte er gut, und beim Schwimmen hatte er nur wenige ebenbürtige Gegner. Nun hatte ihn Bjarne, der Sohn des Bronzegießers, herausgefordert, und Brynolf wollte sehen, wie sein Sohn mit ihm fertig wurde.

Der Wind kam von Norden, so dass die Jungen nicht gegen Strömung und Wellen anschwimmen mussten. Außerdem war das Wasser sommerwarm. Aber dennoch war Brynolf unruhig. Es kam vor, dass die Kämpfenden sich gegenseitig über die Grenzen dessen trieben, was sie zu leisten im Stande waren.

Brynolf hatte Orfrim erzählt, wie das Kräftemessen ablief. Die Wettkämpfer schwammen vom Strand aus ins offene Wasser, um dann zu wenden und wieder zurückzuschwimmen. Aber derjenige, der zuerst wendete, hatte verloren. Darum konnte es passieren, dass es einem oder beiden der Schwimmer nicht mehr gelang, den Strand wieder zu erreichen. Wenn so etwas passieren sollte und Egil zu ertrinken drohte, wollte Brynolf sich ins Wasser stürzen und ihn retten. Seinen Sohn liebte er mehr als alles andere.

Brynolf und Orfrim beobachteten die Jungen, die sich bereit machten.

»Kannst du dir erklären, warum meine Geschäfte so schlecht gehen, Brynolf? Ich habe viele feine Waren und verkaufe nur so wenig«, sagte er müde.

»Dein Onkel musste lange schuften, ehe man begann, bei ihm zu kaufen, und damals gab es noch nicht so viele, die das Gebot der Kirche befolgten und nur mit Christen handelten. Du musst Geduld haben, Orfrim«, erwiderte Brynolf. »Inzwischen ist die christliche Gemeinde außerdem viel größer geworden, und es gibt mehr ausländische Kaufleute, die ihre Buden hier haben.«

»Das ist alles, meinst du?«, fragte Orfrim zweifelnd.

»Es kann sein, dass der eine oder andere dir deine Bude und die Waren, die du von deinem Onkel geerbt hast, neidet. Dann kaufen sie bei jemand anderem. Andere ärgert es vielleicht, dass du dich mit beiden gut stellen willst, mit Heiden und Christen«, antwortete Brynolf.

Orfrim hörte zu und warf hastige Blicke zum Strand. Die Schwimmer hatten alles bis auf die Hosen ausgezogen und waren auf dem Weg zum Ufer.

»Meinst du wirklich, sie schwimmen so weit hinaus wie möglich, bevor sie wenden?«, fragte er plötzlich, beunruhigt durch das, was Brynolf zuvor erzählt hatte.

»Ja, so ist es. Darum will ich in der Nähe sein. Mein Sohn ist schon immer sturer als tüchtig gewesen.«

Für einen Augenblick vergaß Orfrim seinen Handel und sah betreten zu den Schwimmern. Trieben die Wikinger sich gegenseitig in den Tod, nur um sich Mann gegen Mann zu messen? Wie konnte das sein? Waren ihre Sitten so grausam geworden, weil sie keine Angst vor dem Sterben hatten? Er sah hinter den Jungen her, die schwimmend in Richtung Grönsö verschwanden, und wandte sich wieder an Brynolf.

»Warum müsst ihr euch immer herausfordern, ihr Nordmänner?«, fragte er.

»So sind unsere Sitten. Aber im Kampf versuchen wir, Frauen und Kinder zu schonen, und wir kämpfen nicht mit Kaufleuten.«

»Ja, das weiß ich, und in Aldeigjuborg herrscht Eintracht zwischen den Kaufleuten aus Ost und West. Aber warum ist man dann mir gegenüber so ablehnend? Du hast einmal gesagt, du könntest mir helfen.«

»Mein Freund, der richtige Preis und die richtige Ware. Das ist das ganze Geheimnis. Natürlich kann ich dir beistehen«, sagte Brynolf und stieß Orfrim freundschaftlich in die Seite. »Erinnerst du dich, dass ich schöne und tüchtige Frauen dabei hatte, als wir aus dem Gårdarik fortsegelten?«

Orfrim nickte stumm.

»Im Sommer ist in Birka Sklavenmarkt. Die Großbauern der umliegenden Inseln brauchen Sklaven für ihre Höfe. Niemand zögert, einen guten Sklaven zu kaufen.«

»Nein, das stimmt, aber ich spreche von Gläsern und von meinen Gewürzen.«

»Orfrim, hör zu. Wenn sich eine Ware nicht gut verkauft, versucht man es mit einer anderen, nicht wahr?«, Brynolf feixte und ließ den Blick übers Wasser schweifen. Sein Sohn lag in Führung. »Hast du gesehen, Egil wird bestimmt gewinnen«, sagte er vergnügt.

»Ja, aber was geschieht, wenn er es nicht zurückschafft?«, fragte Orfrim unruhig.

»Es ist im Wettkampf wie im Handel: Man muss den richtigen Weg wählen, um sich zu messen, und dann alles geben, um zu gewinnen. Das macht Egil. Er gewinnt immer. Und das kann ich dir sagen«, fuhr Brynolf eifrig fort, »du wirst Erfolg haben, wenn du nur hart genug arbeitest und die richtigen Waren wählst. Sklavinnen verkaufen sich am besten, wie du weißt; die, die jung, schön und gesund sind. Ein junger, starker Sklave ist auch gut, für so einen kann man drei Felder bekommen.«

Orfrim strich sich nachdenklich über das Kinn.

»Es ist eine Sache, mit schönen Dingen aus dem Osten zu handeln, Sklaven eine ganz andere«, wandte er ein.

»Ja, aber glaubst du, ich hätte Schiff und Haus kaufen können, wenn ich nicht das verkauft hätte, was die Leute brauchen? Und weißt du, was mich am reichsten gemacht hat?«

»Ich ahne es«, murmelte Orfrim.

»Genau das, Sklaven und Pelze. Manchmal habe ich weißhäutige Frauen im Osten verkauft und bin mit Sklaven und Sklavinnen von dort zurückgekehrt, die ich dann hier in Birka auf dem Markt verkauft habe. Außerdem sind Sklavinnen eine angenehme Gesellschaft auf Reisen«, fügte Brynolf mit einem Lachen hinzu.

Orfrim schwieg. Die Rivalen waren weit hinausgeschwommen und nur noch als kleine helle Punkte im Wasser zu erkennen. Es sah gefährlich aus.

»Vergiss meine Worte nicht«, wiederholte Brynolf. »Ein Kaufmann, der nicht alles tut, um reich zu werden, wird nie Erfolg haben. Ich habe einen guten Rat für dich: Komm mit mir zurück nach Aldeigjuborg. Dort können wir flussaufwärts Handel treiben, und wenn wir davon genug haben, kehren wir nach Birka zurück und verkaufen alles.«

»Und werden reich«, fiel Orfrim lachend ein.

»Ganz genau, sehr reich!«

Die Männer lachten, und Brynolf streckte die Hand aus.

»Sind wir uns einig?«

»Lass mich darüber nachdenken«, sagte Orfrim.

»Sicher. Komm einfach zu mir, dann reden wir bei einem Horn weiter, ich glaube ...«, Brynolf brach mitten im Satz ab. »Was ist da los?«, fragte er unruhig mit Blick auf das Wasser. Er hatte die Schwimmer aus den Augen verloren. Doch, da war Egil ... aber Bjarne?

Brynolf und Orfrim eilten hinunter zum Strand. Egil war auf dem Rückweg, aber Bjarne war nicht mehr zu sehen. Die Männer wateten am Ufer entlang und blickten auf die Wellen. Kein Bjarne. Sie spähten lange, dann wussten sie. Der Sohn des Bronzegießers war ertrunken.

»Ich kann mich gar nicht getäuscht haben. Der Junge, den ich gesehen habe, war Toste!« Erik lief Estrid in den Schuppen nach. Ungeduldig sah er sie an, während sie den Trog mit Milch füllte und ihn auf das Regal stellte. Sie schob die Luke zu und drehte sich nachdenklich um.

»Ich wünschte, du hättest Recht, aber wir haben zwei Jahre lang nach ihm gesucht. Was lässt dich glauben, dass ausgerechnet du ihn plötzlich gefunden hast?«

»Es waren seine Augen, der Blick, dieses ernste Auftreten, das ihm eigen ist. Und die Art zu gehen. Dass er wie ein Sklave aussah und geschorenes Haar hatte, bedeutet gar nichts.«

»Aber Erik, denk doch nach. Hier in Birka gibt es viele Sklaven aus dem Frankenreich. Auch Ansgar war von dort. Dass ein Sklavenjunge Toste ähnelt, ist doch nicht verwunderlich.«

Erik schlug mit den Armen aus und folgte Estrid entgeistert zurück in die Wohnhalle.

»Erik, jetzt, da du wieder zu Hause bist, kannst du dich nicht darum kümmern, dass das Dach erneuert wird? Ich bin es leid, einen durchhängenden Dachstuhl und ein undichtes Strohdach zu haben«, fuhr Estrid fort und zeigte zum Dach hinauf.

»Ich spreche von Toste, Estrid. Wir müssen ihn finden. Sag, was du willst, aber er ist auch mein Kind.«

Estrid blieb unvermittelt stehen und stemmte die Hände in die Hüften.

»Mein Lieber, es tut mir weh, wenn du von Toste sprichst. Eine Frau kann viele Verluste verwinden, aber niemals den ihres Kindes. Und daran erinnert zu werden, das macht mich traurig. Lass uns nicht mehr über ihn sprechen. Er ist tot. An dem Tag, an dem du mir sagst, dass du ihn gefunden hast, an dem Tag werde ich zuhören, aber nicht früher. Und du hast jetzt Schiffe und Silber. Hast du noch nicht darüber nachgedacht, dir bald einen eigenen Hof zu kaufen?«

Erik, der ungeduldig und enttäuscht darüber war, dass Estrid ihm nicht zugehört hatte, wurde plötzlich blass. Wollte sie ihn hinauswerfen? Estrid sah seine Bestürzung.

»Ja, Erik, es ist soviel Zeit vergangen, seit wir unter einem Dach gelebt haben, dass ich mich daran gewöhnt habe, allein zu sein.«

Die Worte brannten in seinem Kopf, dann fühlte er, wie der Zorn in ihm aufstieg.

»Gewiss, ich war lange fort, aber vergiss nicht, dass ich für dich gesorgt habe, als du es schwer hattest«, sagte er aufgebracht. »Niemals hätte ich da geglaubt, dass du mich aus meinem eigenen Haus vertreiben wolltest. Es gehört mir, nicht dir. Hast du das vergessen?«

Wut wallte in ihm auf wie heiße Flammen, und bedrohlich ging er auf Estrid zu.

»Und vergiss nie, dass ich Ruriks Vater bin. Niemals wirst du bestimmen, wann ich das Haus verlasse. Eher gehst du selbst.«

Erik rauschte an Estrid vorbei und schlug die Tür hinter sich zu. Der Schlag war so heftig, dass Holzspäne auf den Boden fielen.

Erik ging zum Snemunhof. Die Vormittagssonne wärmte ihn, und er zog seinen Umhang aus. Es war warm und duftete nach Heu und Gülle. Auf dem Hofplatz nahm eine Schar Hühner vor seinen Füßen Reißaus, und er sah ihnen belustigt nach. Nachdenklich sog er die süße Luft ein und sah sich um. Alles war so, wie er es in Erinnerung hatte; die Wohnhalle, die Grubenhäuser und der Stall. Neben dem Stallgebäude beim Misthaufen lag eine Sau mit Ferkeln. Als er näher kam, stand sie unruhig auf, und die Ferkelchen purzelten zu allen Seiten von ihr hinunter. Es sah komisch aus, und er musste lachen. Dann holte er tief Luft und betrat die Wohnhalle.

Erik blieb am Türpfosten stehen. Er hatte es schon früher im Schankhaus bemerkt, aber jetzt sah er es noch deutlicher. Der Freund drüben auf dem Hochsitz hatte sich verändert.

Snemun, der stets Willen und Tatkraft ausgestrahlt hatte, wirkte beklommen. Er ließ den Kopf hängen, und sein Blick war müde. Seine Gestalt war gebeugt und grau, und seine frühere Stärke schien verblasst.

»Snemun, mein Freund!«, sagte Erik. Er ging zu ihm und umarmte seinen alten Verbündeten.

»Erik! Gut, dich wieder hier zu sehen!«, sagte Snemun, und sein Gesicht hellte sich auf. »Früher kamst du öfter. Du sollst wissen, dass ich deine Besuche hier vermisse, ja, alle unsere Gespräche. Und das nächste Mal, wenn du fährst, versprich, dass du nicht mehr so lange fortbleibst. Zum Schluss wissen wir ja nicht mehr, ob du noch lebst oder schon tot bist.«

»Nun ja, wie du weißt, hatte ich vor, nach einem Jahr zurückzukehren«, sagte Erik entschuldigend, »aber zeig mir den, der über sein Leben bestimmen kann. Und jetzt gibt es hier zu Hause viel zu tun. Ich war schon oft auf dem Weg hierher, das kannst du mir glauben.«

Er setzte sich und zog etwas Kleines hervor, das er im Umhang verborgen hatte.

»Hier, eine Freundschaftsgabe. Ich wollte es dir schon früher geben, aber ich wollte erst sicher sein, dass wir allein sind.«

Erik reichte ihm ein glänzendes Kurzschwert, verziert mit prächtigen Silberintarsien.

Snemun lächelte und nahm hingerissen die Waffe entgegen.

»Aber du wirst mir doch dieses Schwert nicht schenken wollen?«

»Vergiss nicht, dass ich inzwischen ein reicher Mann bin, und du warst mir immer der engste Freund von allen, die ich hier in Birka habe. Dir habe ich schon lange ein wertvolles Geschenk machen wollen.«

Snemun lächelte, und gerührt bat er Erik zu trinken. Während sie ein Horn Met nach dem anderen leerten, erzählte Erik ausgiebig von all dem, was sich auf seiner langen Wikingfahrt ereignet hatte. Als er berichtete, wie er und Hakon Jarl Haralds Flotte vor Tälje in Trümmer geschlagen hatten, unterbrach Snemun ihn.

»Weißt du, König Björns Späher berichteten, dass Hergeir sich mit Harald zusammengetan hat, um die Macht in Birka an sich zu reißen. Als du und der Jarl die Flotte besiegt habt, da waren ihre Pläne zunichte. Aber wer weiß, wann sie es wieder versuchen.«

»Vielleicht früher, als man glauben sollte. Harald war dabei, eine große neue Flotte zu rüsten. Ich dachte, dass er mich und Hakon Jarl verfolgen würde, als wir in See stachen, aber er ließ uns laufen. Das kann nur bedeuten, dass er etwas Größeres vorhat«, sagte Erik bekümmert. »Vielleicht plant er immer noch etwas mit Hergeir.«

Snemun nickte zustimmend.

»Ja, das kann sehr gut sein. Und hier in Birka verhandelt unser lieber Häuptling unterdessen mit diesem Priestergesindel. Er und Gautbert stacheln einander an, und keiner von ihnen wird zufrieden sein, ehe nicht ganz Birka bekehrt ist. Nur Nithard scheint noch Verstand zu haben. Mit ihm kann man jedenfalls reden.«

»Und wir, die wir alles unternommen haben, um Ansgar fortzuschaffen«, seufzte Erik niedergeschlagen. »Es ist, wie ich geahnt habe, Ansgar würde niemals zulassen, dass seine Mission vergeblich war. Er hat andere dazu gebracht, ihm zu folgen. Und als wäre das nicht genug, schickt er zwei Braunkutten hierher.«

»Die wollen Birka von einem Tag auf den anderen bekehren. Der Bischof ist gefährlich. Er wiegelt auf und herrscht hart nach seinem eigenen Kopf. Leider hat Nithard nicht genügend Kraft, um ihn zurückzuhalten.« Snemun machte eine kurze Pause und sah Erik bekümmert an, ehe er fortfuhr. »Letzten Herbst haben die Kreuzträger die Götterstatuen auf unseren Höfen mit Kreuzen besudelt. Schon da wollten einige der Großbauern die Christen vertreiben, aber erst jetzt ist es uns gelungen, uns zu einigen. Zusammen mit den Großbauern auf Helgö, Munsö und Ekerö haben wir einen Bund geschlossen, um sie zu verjagen.«

»Ist es wirklich so schlimm?«

»Ja, die Großbauern aus der Gegend haben diesen Winter weniger Waren verkauft als früher. Gemäß der Kirche dürfen die Christen nur noch mit Christen handeln, und viele befolgen dieses Gebot.«

»Niemals ziehe ich mir den weißen Taufkittel an, nur um des Handelns willen«, sagte Erik aufgebracht.

»Nein, und viele mit dir.«

»Also wollt ihr Gautbert und Nithard loswerden?«

»So ist unser Plan.«

»Wie soll euch das gelingen?«

»Nun, wir haben viel darüber nachgedacht, aber noch haben wir keine gute Lösung gefunden. Uns fehlt ein Mann wie du, und wir brauchen eine List, mit der wir sie loswerden.«

Erik musterte Snemun und grinste.

»Jaha, warum lassen wir sie nicht auf dem Weg zur Kirche in eine kleine Wolfsgrube fallen? In die Grube stellen wir große Holzstatuen von Odin, Thor und Frey, um sie willkommen zu heißen. Und erst wenn sie ihrer eigenen Lehre entsagt haben und zum Heidentum übergetreten sind, lassen wir eine Leiter hinunter, damit sie wieder heraufklettern können.«

Snemun lachte.

»Vielleicht nicht gerade genauso, aber irgendetwas in dieser Richtung.«

»Und es muss bald passieren, bevor Hergeir die Macht an sich reisst und Harald mit seiner Flotte angreift.«

»So ist es.«

Ein breites Lächeln huschte über Eriks Gesicht.

»Hast du eine Idee?«

»Ja, ich glaube schon.«

18

Die Sonne versank langsam über Gras und Wiesen, und die Mückenschwärme tanzten. Eine Kuh muhte, andere grasten friedlich auf dem Hügel. Eyvind verscheuchte verärgert eine Mücke und fluchte leise. Ysja hatte nicht auf seine Frage geantwortet, und er musste einen zweiten Anlauf nehmen.

»Ist Toste dein Kind?«, rief er mit schneidender Stimme.

Er war Ysja gefolgt, als sie zum Melken gegangen war, und hatte gehofft, in aller Ruhe mit ihr reden zu können. Aber sie wirkte grimmig, verschlossen und wenig gesprächig. Sie saß mit dem Rücken zu ihm, und ihm wurde klar, dass er seine Frage hätte stellen sollen, als er ihr ins Gesicht hatte sehen können. Dann hätte er vielleicht gemerkt, ob sie log. Jetzt war es zu spät. Er trat an sie heran und legte ihr die Hände auf die Schultern.

»Ist es wahr, dass du eine Familie hattest, die an der Pest gestorben ist? Und dass nur Toste und du überlebt haben?« Ysja molk weiter, ihre rauen Hände drückten die geschwollenen Zitzen. Ein leichter Schauer flog über ihr Gesicht, aber er sah davon nichts. Als sie sich zu ihm umwandte, war sie wieder ruhig und gesammelt.

»Ja, Toste ist mein Kind und niemandes sonst. Glaub mir, Eyvind, ich schwöre.«

»Aber als ich in der Stadt war, hat jemand das Kind wiedererkannt und ist ihm nachgelaufen.«

Ysjas Hände zitterten, aber nur für einen Moment. Dann richtete sie sich auf und sah ihn durchdringend an.

»Glaub mir. Toste ist ein gesunder und hübscher Junge. Viele würden ihn als Sklaven haben wollen. Du musst gut auf ihn aufpassen, wenn du nach Birka fährst, oder am besten lässt du ihn hier zu Hause. Sonst kann es passieren, dass uns jemand den Jungen fortnimmt.«

Ysja griff nach dem Eimer mit der warmen Milch und stand auf. Sie war verschwitzt, und ihre reine, helle Haut glänzte im Ausschnitt. Eyvind sah sie unsicher an. Warum hegte er dieses Misstrauen dem Jungen gegenüber? Wenn er mit seinen Fragen kam, reagierte sie schroff und wollte nichts mehr von ihm wissen. Konnte er denn nicht einfach schweigen? Plötzlich bekam er ein schlechtes Gewissen. Er setzte sich, biss sich auf die Lippe und sagte leise:

»Verzeih mir. Ich habe doch nur gefragt. Weißt du, ich habe den Jungen so lieb gewonnen, dass ich Angst bekommen habe, als der Fremde hinter ihm her war.«

Ysja merkte dem Tonfall seiner Stimme an, dass sie ihn überzeugt hatte. Sie drehte sich um und lächelte ihn einladend an. Dann strich sie sich die Haare aus dem Gesicht und beugte sich wieder über den Eimer. Er wollte ihr helfen und berührte dabei ihren Arm.

Die warme, feuchte Haut entfachte ein Feuer in seinem Kopf, und er vergaß, was er hatte sagen wollen. Sie merkte das und legte seine Hand auf ihren Ausschnitt.

»Komm!«, sagte er erregt und zog sie fort. Hastig sah er sich um. »Hier ist es weich«, murmelte er und streckte die Arme nach ihr aus.

Im nächsten Moment lag sie auf dem Rücken. Als er über sie sank, empfing sie ihn und schenkte ihm alle

Freuden, die sie zu schenken vermochte. Sie wusste, dass sie es tun musste, denn immer noch spürte sie in sich eine quälende Angst um Toste.

Es wurde Herbst, es wurde Winter, und Gautbert und Nithard predigten weiter in ihrer Kirche, denn es war niemandem geglückt, sie zu vertreiben. Kurz nach dem Mittwinteropfer hatten Erik und Snemun einen Hinterhalt geplant, aber sie wurden gezwungen, den ganzen Plan aufzugeben, als in der Stadt Gerüchte über ihr Vorhaben laut wurden. Deshalb waren die beiden übereingekommen, einige Zeit zu warten, damit der Verdacht nicht auf sie fiel. Dieses Mal hatten sie den König nicht auf ihrer Seite, und wenn etwas schief ging, konnte alles Erdenkliche geschehen. Snemun wollte außerdem ganz sicher sein, dass Sigfrid nichts davon ahnte. Er wusste, dass sie ihm niemals wieder die Tür öffnen würde, wenn sie herausfand, dass er sie in dieser Sache hintergangen hatte. Während Snemun zu Hause auf dem Hof den richtigen Zeitpunkt abwartete, war Erik mit seinen Schiffen in Kurland. Wieder kehrte er mit reicher Beute nach Birka zurück, zum ersten Mal schon nach kurzer Zeit. Es wurden viele Witze darüber gemacht, und im Schankhaus munkelten manche, dass er langsam gebrechlich wurde. Dass Erik eine gute Frau brauchte, darin waren sich alle einig, und dass er Estrid immer noch nicht geheiratet hatte, verwunderte viele. Andere, die die Wirtin auf dem Weg zum Lagerhaus gesehen hatten, sagten, dass sie sehr wohl eine Erklärung wussten, aber über eines stimmte man in jedem Fall überein: Die beiden gaben ein gutes Gesprächsthema ab. Inzwischen ging es sogar so weit, dass so mancher vorschlug, Wetten abzuschließen, welchen Mann Estrid wählen würde. Und viele wunderten sich darüber, dass Erik sich, der nun ein wohlhabender Mann war, bislang weder Haus noch Hof gekauft hatte. Was hätte besser sein können, um die Wirtin zurückzugewinnen?

Aber Erik blieb im Strohhaus. Seit dem Tag, als er mit Estrid in Streit geraten war, hatte sie ihn nicht mehr darum gebeten auszuziehen, und da er die Hoffnung nährte, dass sie sich eines Tages wieder besinnen würde, blieb er. Er erinnerte sich daran, dass ihre Liebe erst mit der Zeit gewachsen war. Darum war er sich sicher, dass sie eines Tages erkennen würde, dass sie nicht ohne ihn leben konnte. Außerdem war Sigfrid zu schwach geworden, um nach Rurik zu sehen, und so lange er im Haus war, hatte Estrid jemanden, der sich um das Kind kümmerte.

Rurik war ein lebhafter Junge. Erik erkannte sich selbst in dem Kleinen wieder und war ganz vernarrt in ihn. Obwohl er knapp vier Winter alt war, nahm Erik ihn überallhin mit. Er erzog den Jungen in seinem Sinn, und Rurik hatte sich schon im Rudern und Fischen versucht. Er war geschickt im Wasser, konnte schon schwimmen und darüber hinaus einige Knoten schlagen. Die ganze Zeit wollte er neue Dinge lernen, und er und Erik lachten viel zusammen. Aber Estrid hatte er noch immer nicht zurückgewonnen.

Sie lebten Seite an Seite nebeneinander, kamen sich jedoch nicht so nah wie Mann und Frau. Bisweilen wallte die Enttäuschung in ihm auf, aber er war fest entschlossen zu warten. Eines Tages würde sie zu ihm zurückkehren, davon war er überzeugt. So wie es jetzt war, schmerzte es ihn am meisten, wenn sie zum Hafen hinunterging. Er hatte gehört, dass sie einen russischen Kaufmann traf, aber sie selbst hatte ihm nichts davon gesagt. Mehr als einmal hatte er ihr folgen und Kleinholz aus dem Fremden machen wollen, sah allerdings widerwillig ein, dass er sie für immer verlieren würde, wenn das geschah. Er musste auf sie warten, Gewalt würde sie nur von ihm forttreiben. Im Zorn würde sie vielleicht sogar Rurik mit sich nehmen, und das würde er nicht ertragen. Nein, er biss die Zähne zusammen, ballte die Fäuste, fluchte und bedauerte sich, wenn ihn keiner hörte.

Es war eine schwere Zeit, und er quälte sich, weil er nicht zum Gespött der Leute in der Stadt werden wollte. Einmal, als die Wut wieder in Wallung geraten war, hatte er das Schwert von der Wand genommen und sich ins Schankhaus begeben. In jener Nacht wollte er Estrid folgen, wenn sie das Schankhaus geschlossen hatte, und sehen, wohin sie ging. Dann würde er die beiden überraschen und diesen Rus zum Zweikampf herausfordern. Das konnte nur auf eine Art enden …

Er wollte das nicht, aber es musste sein. Verbissen steckte er sein Schwert in die Scheide und lenkte seine Schritte zum Schankhaus. Als er über die Schwelle trat, sah er, wie Estrids Miene sich aufhellte, als sie ihn erblickte, und er dachte, dass er vielleicht trotz allem auf dem Weg war, sie zurückzugewinnen. Da bereute er seinen Plan und beschloss, weiter zu warten.

Manchmal wollte er fragen, wie nah sie und der Kaufmann sich standen, aber er wusste auch, dass er glücklicher war, wenn er das nicht wusste. Andererseits hatte er ihr auch nichts von Tennia erzählt. Wie hätte er ihr diese Liebe erklären sollen? So versuchte er sich zu zügeln und so zu tun, als wäre nichts, obwohl er unter

Estrids Abwesenheit litt und in finsteren Momenten seinem Rivalen nach dem Leben trachtete. Denn um Estrid zu gewinnen, musste er Geduld haben. Und irgendwann würde sie einsehen, dass es Erik war, der ihr mehr geben konnte als alle anderen. Nun besaß er Schiffe und Silber und musste nicht mehr so lange auf Wikingfahrt gehen. Sie musste gemerkt haben, dass er sich verändert hatte.

Als die Ungeduld dennoch in ihm wuchs, begann er zu überlegen, was er tun konnte, um sie umzustimmen. Silber, Schiffe und Geschenke halfen wenig. Er musste sich etwas anderes ausdenken. Schließlich fiel ihm ein, was ihm schon längst hätte klar sein müssen. Er würde nach Toste suchen. Möglicherweise war der Junge, den er an jenem Sommertag gesehen hatte, wirklich der Sohn, den sie verloren hatten. Tostes Körper war schließlich nie gefunden worden, und bei der Begegnung mit diesem Kerlchen hatte Erik ein seltsames Gefühl verspürt. Erik hatte von Kindern gehört, die von Fremden geraubt, als Sklaven verkauft wurden oder einfach verschwanden. Das konnte auch mit Toste geschehen sein.

Wenn es ihm gelang, den Jungen wieder zu finden, würde er Estrid für immer für sich gewinnen. Wenn es ihm missglückte, hatte er jedenfalls alles getan, was er konnte, um Klarheit zu schaffen. Und er wusste, dass Estrid das schätzen würde. Als das Eis trug und die Kälte sich wie ein Dach aus Frost über die Stadt senkte, schnürte sich Erik die Knochenkufen unter die Schuhe. Der Junge, den er gesehen hatte, wohnte nicht in Birka, soviel wusste er. Und in die Stadt kamen vor allem Großbauern aus der Gegend, die ihre Waren verkaufen wollten. Irgendwo auf einem der größeren Höfe auf Adelsö,

Ekerö oder Munsö musste er den dunkelhaarigen Sklaven mit dem gestutzten Haar finden können.

Auf dem Eis war es leicht für Erik, vorwärts zu kommen. Ohne jemandem davon zu erzählen, begann er zu suchen. Nicht einmal Snemun sagte er etwas über sein Vorhaben. Erst wollte er sicher sein. Schon bald würde er herausgefunden haben, ob es wirklich Toste war, den er gesehen hatte.

Spät am Nachmittag klopfte es an die Tür des Eyvindhofs. Draußen stand ein Mann mit Pelzkappe und hellem Bart, der Kufen unter dem Arm trug. Er bat darum, eintreten zu dürfen. Verwundert ließ Eyvind ihn ein und fragte, ob er eine Herberge suchte oder ob er einer der Männer war, die Leute für die christliche Gemeinde warben. Aber als der Fremde seine nassen Lederschuhe ausgezogen hatte und sich an der Kochstelle wärmte, erzählte er, dass er in einer ganz anderen Angelegenheit gekommen sei. Er schilderte, wie er die Höfe auf Munsö und Ekerö aufgesucht und nach seinem Jungen gefragt hatte. Das Kind war vor zwei Wintern verschwunden, aber an einem Tag im letzten Sommer glaubte er, ihn im Hafen gesehen zu haben. Seitdem habe er darüber nachgegrübelt und sich gefragt, ob der Junge noch lebte, weil Toste, so hieß er, niemals gefunden worden war.

»Toste?«, sagte Eyvind fragend und lächelte über den Namen. »So heißt einer unserer Sklaven hier. Seine Familie starb an einer Krankheit, nur die Mutter und der Junge haben überlebt.«

»Und sein Vater?«

»Er starb auch.«

»Ich verstehe«, erwiderte Erik vage und sah Eyvind

nachdenklich an. Er schwieg eine Weile und knüpfte da an, wo er geendet hatte: »Wir haben Toste nie gefunden, nur sein Spielzeugboot lag am Strand. Er kann ertrunken sein, aber seine Leiche wurde nie an Land gespült. Deshalb habe ich die Hoffnung, dass er vielleicht nur weggelaufen ist und jemand hat ihn gefunden, der sich um ihn kümmert.«

»Nein, unser Toste hier lebt bei seiner Mutter, er kann nicht euer Junge sein«, sagte Eyvind kurz.

Schweigen füllte den Raum, und Eyvinds Körper spannte sich. War dieser Mann auf der anderen Seite des Tisches der Vater des Jungen? Aber er ähnelte dem Kleinen nicht. Nein, es musste ein anderes Kind sein, nach dem er suchte.

»Wie sah dein Junge aus?«, fragte er mit Blick auf den Fremden.

»Nun, Toste war etwa vier Jahre alt, als er verschwand. Er war hübsch und ernst, hatte dunkle Augen und dunkles Haar, aber er konnte auch lachen und war meist guter Dinge«, sagte Erik und lächelte bei dem Gedanken daran.

Er betrachtete den Großbauern. Der hoch gewachsene, etwas in die Jahre gekommene Mann besaß einen großen Hof und musste viele Sklaven haben. Konnte Toste hier sein? Erik drehte das Horn in den Händen, leerte es und fühlte Wärme in seinem Körper aufsteigen. Dann beugte er sich über den Tisch:

»Als Toste klein war, habe ich ihn oft mit in den Hafen genommen, weil er die Schiffe sehen wollte. Er war auch mit mir fischen. Wir hatten viel Spaß zusammen. Dann ging ich auf Wikingfahrt und blieb lange fort. Jetzt vermisse ich ihn sehr, aber am schlimmsten ist es für

Estrid, meine Frau. Sie ist nicht mehr sie selbst seit dem Tag, an dem er verschwand.«

Erik verstummte und betrachtete den Mann vor sich. Wirkte er nicht mit einem Mal eine Spur feindselig und abweisend? Sah er nicht plötzlich kalt und misstrauisch aus, schien es nicht, als wünschte er in diesem Moment, Erik hätte niemals den Raum betreten? Erik war unbehaglich zu Mute. Er sammelte sich, beugte sich wieder über den Tisch und sagte:

»Wenn du von einem Sklaven hörst, der sechs Winter alt ist und an meinen Jungen erinnert, dann lass es mich wissen. Es könnte Toste sein, der Sohn, den wir verloren haben. Du bekommst drei Felder für den Sklaven, auch wenn er noch ein Kind ist. So viel bedeutet mir der Junge.«

Erik stand auf, die Augen fest auf den Bauern gerichtet. Es schien, als zeigten seine Worte Wirkung. Wusste er etwas, würde er sich sicher bald zu erkennen geben.

»Mein Haus liegt in Birka, bei dem Snemunhof, auf dem Hügel direkt außerhalb des Stadtwalls. Ich meine, falls du etwas hörst«, sagte Erik und stand auf. Dann zog er sich die Kappe über die Haare und ging zur Tür.

Eyvinds Hände zitterten, seine Lippen waren blass geworden. Dann war es doch wahr? Hatte Ysja ihn die ganze Zeit belogen? Er schluckte, ihm fehlten die Worte. Müde hob er den Kopf und sah Erik hinterher.

»Wenn ich etwas über einen Sklavenjungen höre, der euer Toste sein könnte, werde ich euch gern damit helfen«, sagte er leise. »Aber ich habe weder von einem Jungen gehört oder einen gesehen, der der Verschwundene sein könnte.«

Eyvind stand auf und streckte seine Hand zum Abschied aus. Als Erik seine Hand mit festem Handschlag nahm, fühlte sie sich weich und verschwitzt an. Verwirrt trat er durch die Tür. Er ahnte, dass dieser Mann mehr wusste, als er preisgeben wollte.

Ein angenehmer Essensduft hing im Raum, und Erik warf einen erwartungsvollen Blick auf den Tisch.

»Fisch?«

»Ja, in Laub gebratener Barsch«, sagte Estrid kurz und ging zur Herdstelle. Sie briet den Fisch in Blätter gewickelt zwischen heißen Steinen. Dennoch war sie schweigsam und empfindlich und ärgerte sich über Erik, der dort am Tisch saß. Er war lange zu Hause gewesen, aber übermäßig nützlich hatte er sich nicht gemacht. Das Dach war noch immer nicht gedeckt, und es kam nicht oft vor, dass er etwas tat, um ihr zu helfen. Meistens saß er im Schankhaus und prahlte mit seinen Abenteuern in fremden Ländern. Vor nicht allzu langer Zeit war er mit seinen Schiffen nach Kurland gesegelt. Da hatte er neue Abenteuer zu erzählen gehabt, aber was machte er sich aus ihr? Wenn er, selten genug, zu Hause war, saß er meist nur herum und redete über sich und seine Heldentaten, kaum, dass er sie fragte, wie es ihr ging. Manchmal hütete er Rurik, das war richtig, aber das war schließlich auch sein Sohn. Obwohl Erik nun Geld für Hof und Kaufmannshaus besaß, beharrte er darauf, im Strohhaus zu bleiben. Aber darin hatte er Recht. Sie konnte ihn nicht aus seinem eigenen Haus jagen, aus dem Haus, mit dem Snemun ihm einst beigestanden hatte. Viel mehr war er es, der sie vertreiben konnte. Aber nicht einmal das tat er. Zwischen ihnen war alles wie früher, nur dass sie nicht mehr wie Mann und Frau lebten. Und nun, wo er endlich Geld hatte, konnte er da nicht den Hof kaufen, von dem er so lange gesprochen hatte? Sie sah ihn aus den Augenwinkeln an.

Natürlich bedeutete er ihr viel. Sie hatte sich so sehr nach ihm gesehnt, als er auf Wikingfahrt war. Sie mochte es auch, wenn er Flöte spielte und sie nach dem Essen beisammen saßen und sich unterhielten. Die Freundschaft, die zwischen ihnen bestand, schätzte sie sehr. Doch es gab Orfrim in ihrem Leben, und Eriks Nähe zerrte an ihrer Geduld. Warum musste sie sich um ihn kümmern? Sie wohnten unter einem Dach, hatten aber nicht einmal mehr den Fellhandel gemeinsam wie früher. Und er war mit seinen eigenen Angelegenheiten beschäftigt. Oft verschwand er auf die anderen Inseln, ohne zu erzählen warum. Manchmal fühlte sie sich, als hätte sie zwei Schankstuben, eine daheim und eine im Hafen. Wo war dieses feine, liebevolle Gefühl geblieben, das es einmal zwischen ihr und Erik gegeben hatte? Ließ sie ihn nicht mehr an sich heran, weil er sie einst im Stich gelassen hatte? Oder war Orfrim der Grund? Estrids Augen nahmen einen verträumten Ausdruck an. Mit ihm war alles so anders. Er empfing sie mit Freude und Wärme. Wie er sie begrüßte! Er wollte stets wissen, wie sie sich fühlte, versuchte ihr behilflich zu sein, wenn sie Rat brauchte, und er drückte und küsste sie und sagte, dass sie das Beste war, was ihm je begegnet sei. Wie hart sie am Tag auch gearbeitet hatte, bei ihm fand sie Ruhe.

Darum hatte sie es sich zur Gewohnheit gemacht, abends nach der Mühsal des Tages, auf dem Heimweg am Lagerhaus vorbeizugehen. Und sie trat kaum durch die Tür, da war er schon über ihr, und sie genossen einander, wie es nur der kann, der jemanden liebt. Wenn sie heimwärts wanderte, war sie glücklich, denn bei ihm fühlte sie sich froh, schön und geliebt. Und es gab keinen Tag, an dem sie nichts zu reden oder zu lachen gehabt hätten. Nein, niemals hatte sie es bereut, zu ihm zurückgegangen zu sein. Sicher, sie hegte auch Wärme und Zuneigung für Erik, aber die Begegnungen mit Orfrim überstrahlten alles.

Estrid spürte ein Stechen im Oberarm und zuckte zusammen. Erik schnitzte an einem Holzstück, dass die Späne über den ganzen Boden flogen. Sie seufzte und bemerkte im selben Moment einen eigenartigen Gestank. Der Fisch! Den hatte sie ganz vergessen.

»Es gibt gerußten Barsch zu Mittag«, sagte sie zerknirscht und nahm den glühend heißen, dampfenden Fisch aus den Steinen.

Erik legte das Messer fort.

»Entschuldige«, sagte er, »wenn ich nicht so mit meinem Holz beschäftigt gewesen wäre, hätte ich den Fisch retten können.«

Estrid warf ihm einen anerkennenden Blick zu. Vielleicht war sie zu hart in ihren Gedanken. Immerhin hatte sie ihn einmal geliebt.

Der Hund bellte, als Erik über den Hang glitt, und er blieb sofort stehen. Schnell zog er ein Stück Blutwurst aus der Tasche und brachte die Bestie zum Schweigen. Erik wartete, zögerte hinter einem Karren hockend, aber niemand schien durch den Hund gewarnt zu sein. Vorsichtig ging er weiter, an Schuppen, Stall und Schmiede vorbei, und näherte sich dem Hauptgebäude. Weder der Hausherr noch das Gesinde waren zu sehen, vielleicht waren alle beim Gottesdienst. Er drückte gegen die Tür und merkte, dass sie nicht verschlossen war. Zögernd schob er sie auf und trat ein. Auf der Schwelle blieb er stehen und ließ seinen Blick durch den Raum schweifen. Keine Menschenseele war da. Er schlich an der Längswand entlang.

Das Haus, das Gautbert und Nithard gewählt hatten, war vornehmer als die Gebäude, in denen die Einwohner von Birka lebten. Die Halle war groß, mit eigener Herdstelle, und hinter einer Trennwand befanden sich Nebenräume für Gänse, Hühner und Schweine. Das Dach wurde von kräftigen Holzpfeilern getragen, die Bänke entlang der Längswände waren ausladend und breit. Dort lagen nicht die gewöhnlichen Schafsfelle, sondern das Priestervolk wärmte sich mit Marder, Biber und Grauwerk. An der Querwand standen vier Truhen mit glänzenden Beschlägen, und nicht weit davon war eine Luke im Boden. Obwohl er vorsichtig sein musste, konnte Erik seine Neugier nicht zügeln. Lautlos schlich er zu der Bodenluke, streckte seine Hand nach dem Eisenring aus, doch die Luke war verschlossen. Aber das Licht, das durch den Rauchabzug fiel, ließ Risse und Astlöcher in den Eichenbohlen erkennen. Erik legte sich auf den Bauch und spähte hindurch. Was er sah, ließ ihm den Atem stocken. Dort unten lagen Becher, Leuchter und Armreife aus Silber, in Leder gebundene Bücher, Münzen und Schmuck. Er murmelte verdrießlich vor sich hin. Not schienen sie nicht zu leiden, die Kreuzträger. Dennoch hatten sie um Geschenke für die Gemeinde gebeten und ihre Kollekte gesammelt.

Er hatte genug gesehen. Jetzt wusste er, dass es möglich war, den Hof zu umzingeln, Gautbert und Nithard gefangen zu nehmen und sie heimlich mit Schlitten auf dem Eis fortzubringen. Alles würde still vonstatten gehen, ohne dass das Gesinde wach wurde. Und wenn sie im Morgengrauen des nächsten Tages entdeckten, dass der Bischof und sein Priester verschwunden waren, würde das Kirchenpack schon tief in den dunklen Wäldern sein. Erik schmunzelte vergnügt. Dann hatte der Einfluss der Christen in Birka endlich ein Ende.

Nein, jetzt durfte er nicht länger zögern. Vom Bischof in dessen eigenem Haus ertappt zu werden wäre nicht eben ein Heldenstück. Noch einmal sah er sich im Raum um und prägte sich Türpfosten, Fensterluken und Dachstuhl ein. Dann ging er eilig zur Tür. Im selben Moment hörte er Stimmen auf dem Hofplatz. Einen Augenblick dachte er darüber nach zu verschwinden, aber dann sah er ein, dass es dafür zu spät war. Mit zwei Schritten war er bei den Truhen an der Querwand und hob die Deckel an. Zwei Truhen ließen sich nicht öffnen, eine war mit Kleidern gefüllt, aber in der vierten und größten war Platz. Darin lagen nur ein paar Zobelfelle und Schwertklingen auf dem Truhenboden. Die draußen kamen näher, und er hatte keine Zeit mehr nachzudenken. Er schlüpfte in die Truhe und schloss den Deckel. Ein leises Klicken ließ ihn das Schlimmste befürchten. Der Deckel war ins Schloss gefallen.

19

Erik legte sich in der Truhe zurecht. Gedämpft hörte er Nithards eifrige Stimme. »Tora, Liebe, endlich sind wir allein, und wir haben viel Zeit. Gautbert hält Beichte, und danach wird er Hergeir besuchen. Oh, wie habe ich mich nach diesem Moment gesehnt. Liebste, du musst keine Angst haben, ich werde vorsichtig sein, ich verspreche es. Sag, ist es das erste Mal für dich?«

»Nja …, aber Nithard, ist es nicht unklug, hier zu sein? Sollten wir nicht, ich meine, was, wenn jemand kommt …«

»Nein, gar nicht, mein Schatz, und du willst doch nicht draußen erfrieren, oder?«

»Nein, nein«, kicherte Tora.

»Na also, warte. Ich werde nur noch ein wenig Holz nachlegen, Liebste …«

Dann folgten Geräusche von Schritten und Holzscheiten, die ins Feuer gelegt wurden. Nach einer Weile knisterten Holz und Zweige, und Rauch drang in die Truhe. Erik war damit beschäftigt, einen gewaltigen Hustenanfall zu unterdrücken. Im Raum war es still geworden, gefährlich still. Dann folgte schamloses Gekicher, das Klirren der Fibeln und Nithards erfreuter Ausruf.

Ein Riemenbeschlag knallte auf den Boden, und der Raum füllte sich mit allerhand Geräuschen.

»Aber, ah!«, keuchte Tora.

»Ah, nein!«, brach Nithard hervor.

»Mein Gott!«, stöhnten beide.

In dem Moment wurden Schritte vor der Tür laut.

»Heiliger Christ!«, rief Nithard erschrocken und sprang auf. »Versteck dich!«

»Wo?«

»In der Truhe!«

Erik hörte, wie Truhenschlösser geöffnet und wieder geschlossen wurden und Schritte, die im Raum umherirrten.

»Welche Truhe? Da ist kein Platz«, jammerte Tora.

»Nimm die große in der Ecke, schnell«, trieb Nithard sie an.

»Aber die ist verschlossen.«

»Verschlossen? Liebe Güte!«, Nithard schob Tora vor sich her, zog den Schlüssel heraus und öffnete das Schloss. »Kriech hinein!«, zischte er und hob den Deckel, ohne hineinzusehen. Er war schon wieder auf dem Weg zur Bank, um die Felle zu ordnen.

»Nein, aber ...«, sagte Tora erschrocken mit einem verdatterten Blick auf das, was bereits darin lag. Doch in diesem Augenblick klapperte der Türriegel, und die Tür öffnete sich. So spürte Erik im nächsten Moment einen üppigen Frauenkörper über sich. Sie überwältigte ihn gleichsam von allen Seiten, und ein mächtiges Hinterteil drückte ihn platt auf den Truhenboden. Wie ein Sturmwind fuhr die Luft aus seiner Lunge, und er konnte kaum einatmen.

»Iiiihh«, quiekte Tora, als Erik sich blau vor Atemnot wand und drehte, um Luft zu bekommen. Endlich bekam er sein Gesicht frei und tat ein paar herrliche, tiefe Atemzüge.

»Pst«, wisperte Erik, als er wieder bei Atem war.

»Wenn du mich nicht verrätst, verrate ich dich auch nicht.«

Es war dunkel in der Truhe, und Tora sah nicht, wen sie unter sich hatte. Aber es war ein Mann, er hatte einen festen Körper und roch gut.

»Grmpf«, murmelte sie verwirrt.

Draußen vor der Truhe konnten sie hören, wie Gautbert sich den Schnee vom Umhang klopfte und den Raum betrat.

»Nithard, lieber Bruder, noch nie sind so viele zur Kirche gekommen wie heute. Und was für eine feine Predigt. Das müssen wir feiern.«

»Sicher«, antwortete Nithard lahm. »Aber ich habe noch einiges zu erledigen, ich bin leider schon auf dem Sprung. Morgen vielleicht?«

»Nein, nein, Bruder. Schau, hol du den Wein, ich kümmere mich um das Abendessen. Wir haben lange genug gefastet. Heute Abend wollen wir gut essen und trinken.«

»Aber …«

»Tu, was ich sage, mein lieber Neffe. Jetzt kommen Schmaus und Trank auf den Tisch!«

Tora und Erik entfuhr ein verzweifeltes Seufzen, und Erik, der zu wenig Platz in der Truhe hatte, legte müde seine Hände auf Toras Bauch.

»Ich kann sie nirgends sonst hinlegen«, murmelte er düster.

»Und ich kann mich nirgends sonst hinlegen«, flüsterte Tora.

Bald füllte sich der Raum mit den herrlichsten Düften. An der Feuerstelle klapperte Gautbert mit Kesseln, Spieß und Töpfen und summte dabei bald eine alte

Volksweise, bald blökte er voller Inbrunst einen Psalm. Es bestand kein Zweifel daran, dass Gautbert ganz groß feiern wollte. Erik, der seit dem Morgen nichts mehr gegessen hatte, hörte seinen Magen knurren, und Tora, die ein wenig Fett angesetzt hatte und immer gern und viel aß, litt ebenfalls schwere Qualen.

»Fleisch, Zwiebeln und Rüben, was meinst du, Bruder?«, rief Gautbert zufrieden. »Und dann könnten wir noch ein Stückchen von der geräucherten Hammelkeule nehmen. Hinterher stelle ich mir noch etwas Süßeres vor, vielleicht mit Honig. Wäre das nicht gut? Nithard, so steh doch nicht glotzend herum! Los, an den Herd und hilf mir mit den Pfannkuchen.«

»Wein, gib mir Wein«, wimmerte Nithard erbärmlich.

»Aber ja, Freund, ich werde das Fässchen holen. Was für ein guter Vorschlag. Inzwischen ist Hergeir geradezu vernarrt in dieses Getränk, musst du wissen«, sagte Gautbert ausgelassen.

»Was meinst du?«

»Na, ich habe Hergeir eingeladen.«

»Jetzt?«

»Aber lieber Bruder, du glaubst doch nicht, dass wir all dieses gute Essen allein aufessen?«

Nithard stöhnte, aber Gautbert hörte das nicht.

»Um den Leuten von Birka den Zehnten abzunehmen, brauchen wir Hergeirs Unterstützung. Deshalb, ja, ich dachte mir, es wäre gut, wenn er uns wohlgesonnen wäre«, fuhr Gautbert eifrig fort.

»Ja, aha, ja«, sagte Nithard mit hilflosem Blick.

»Ja, und dann die Geschenke, du weißt schon. Er bringt Wachen mit, so müssen wir sie ihm nicht hinübertragen.«

»Meinst du die Geschenke in der Truhe?«, sagte Nithard erschrocken. Gautbert antwortete nicht. Er hatte alle Hände voll damit zu tun, den Kessel zu halten, der umzukippen drohte. Nithard schielte unruhig zur Truhe. Oh, Gott im Himmel, hilf mir!, dachte er und wartete verzweifelt darauf, dass ihm etwas einfiel.

Drinnen in der Kiste lagen Erik und Tora in größter Pein. Sie konnten nur schwer atmen, und in den Fellen, die sich auf dem Boden der Kiste stapelten, waren Flöhe. Nach einer Weile juckte es alle beide überall, und es wurde immer schwieriger für sie, sich still zu verhalten. Tora war zwar leise, aber sie atmete schwer und bewegte sich die ganze Zeit auf und ab. Ohne darüber nachzudenken rieb sie sich an Erik, der nirgendwohin flüchten konnte und nicht ganz unempfänglich für derlei Einwirkungen war. Das merkte Tora.

»Na, aber, oh!«, entfuhr es ihr, und Erik musste ihr die Hand auf den Mund legen, um sie zum Schweigen zu bringen.

Als der Essensdunst sich wie eine fette, triefende Fleischbrühe im Raum ausgebreitet hatte, wurden wieder Schritte an der Tür laut.

»Willkommen, willkommen«, grüßte Gautbert schmeichlerisch, als Hergeir und seine beiden Wachen ins Haus traten.

Dann wurden schickliche Worte gewechselt, Liebenswürdigkeiten und Ehrerweisungen ausgetauscht, bevor die Männer sich setzten und die Weingläser erhoben.

»Ich habe Durst«, murmelte Erik leise.

»Was meinst du, was ich habe«, gab Tora säuerlich zurück.

Draußen erklang Gemurmel und Geklapper.

»Meine lieben Freunde, nehmt euch. Esst soviel ihr könnt, wir haben Essen für eine ganze Gemeinde«, lächelte Gautbert seine Gäste an.

»Und Nithard, der versprochen hatte, mich zum Essen einzuladen«, flüsterte Tora jammernd in der Truhe.

Aus der Entfernung konnte Erik Schlürfen, Schmatzen und laute Rülpser hören und dachte, dass er sich, wenn das hier überstanden war, nie wieder so auf das Essen stürzen würde. Essen sollte langsam genossen werden, wie der Anblick von Gold und Edelstein. Im Elend der Not wurde er philosophisch. Wie konnte es sein, dass Birkas höchster Führer nur ein paar Ellen entfernt mit den Gesandten des Kaisers speiste, während er selbst, von Flöhen gebissen und halb verhungert, auf dem Rücken in einer Kiste lag, mit einer kräftigen Frau über sich? Welcher Gott war dafür verantwortlich? Oder war es das, was man Schicksal nannte?

Das Abendessen schien nicht enden zu wollen, und die dünne Luft in der Truhe machte die beiden Eingeschlossenen immer schläfriger. Wir dürfen nicht einschlafen, dachte Erik, und legte seine Hände etwas höher, um sich wach zu halten.

Nithard litt und schwitzte, während er immer wieder zur Truhe hinüberschielte. Obwohl er eine Köstlichkeit nach der anderen auftrug, war er selbst seltsam appetitlos. Dafür trank er umso mehr und dachte an Fasten und Buße. Wenn nur das Essen bald überstanden wäre!

Aber Gautbert hatte noch lange nicht vor, die Mahlzeit zu beenden.

»Mehr Wein?«, fragte er den Häuptling freundlich, während seine Gedanken zum Geld wanderten. Wenn die christliche Gemeinde ihren Zehnten bekam, konnten er und Nithard die Gemeinde vergrößern und vielleicht sogar genug Silber zusammenbekommen, um eine Kirche auf Adelsö, Helgö oder einer der anderen Inseln zu bauen.

»Mehr Wein? Ja, danke. Welch wohlschmeckendes Getränk! Und wir im Norden kriegen nur Bier und Met zu trinken«, antwortete Hergeir und ließ sich einschenken.

»Ja, es ist schwer, einen Heiden zu finden, der am Weinglas nippt«, lächelte Gautbert kriecherisch und füllte das Horn bis zum Rand.

»Wir Nordmänner trinken unser Getreide lieber, als dass wir es essen«, gluckste Hergeir ausgelassen und leerte das Horn.

»In eurem Land bleibt kein Trank ungetrunken, nein.«

»Wie wahr, wie wahr. Wir hier im Norden müssen von den guten Sitten der Kirche lernen. Trunksucht tut keinem Gutes.« Hergeir lehnte sich zurück und rülpste leicht. Er fühlte sich ein wenig unpässlich. Sein Magen schien ihm in Unordnung geraten zu sein. Er war den vielen Wein nicht gewöhnt.

»Mit Hilfe der Kirche können wir viel erreichen, Herr Häuptling«, sagte der Bischof schlau. »Wenn wir nur genügend Geld hätten, könnten wir die verschiedenen Sitten und Gebräuche lehren, Religion und Latein, ja, vieles mehr. Von den Bewohnern Birkas den Zehnten zu nehmen wäre sicher eine Möglichkeit, die Mittel dafür zu bekommen.«

»Jaha, ja«, sagte Hergeir, plötzlich gelangweilt. »Nein, ihr Lieben, es war ein langer Tag. Lasst uns morgen darüber sprechen. Ach ja, und ihr sagtet etwas von Geschenken?«, fragte er auffordernd und blickte sich im Raum um. Die Übelkeit war schlimmer geworden. Am besten sah er zu, schnell nach Hause zu kommen, bevor etwas Schmähliches geschah.

»Die Geschenke, ja«, stimmte Gautbert zu und stand auf. Eine Spur enttäuscht sah er ein, dass er an diesem Abend mit dem Häuptling nicht mehr weiterkommen würde. Es war sicher das Klügste, das zu tun, was er wollte. Entschlossen ging er zu den Truhen. Erik und Tora hörten Schritte näher kommen und krümmten sich zusammen. Ängstlich hielten sie die Luft an.

»Hier, die große Truhe ist es«, sagte Gautbert stolz. »Hier haben wir alle Geschenke gesammelt. Lasst mich für Euch das Schloss öffnen.«

»Nein, nein«, wandte Hergeir ein und hob abwehrend die Hände. »Ihr Lieben, ich habe zwei starke Wachen bei mir. Am liebsten würde ich die Kiste mit auf meinen Hof nehmen und sie morgen öffnen.«

Nithard schnitt eine schiefe Grimasse, aber Gautbert verneigte sich tief.

»Wie der Häuptling wünscht.«

Hergeir pries das gute Essen und erhob sich vom Tisch.

»Meine Brüder«, lallte er und breitete seine Hände aus. »Welch erlesenes Mahl! Meinen wärmsten Dank! Und wieder habt ihr mir Geschenke gemacht. Eure Großzügigkeit müssen alle sehen. Darum habe ich beschlossen, die Truhe vor aller Augen zu öffnen. Dann werden alle sehen, was ihr, die Gesandten des Kaisers, uns verehrt habt.«

In der Kiste war lautes Luftholen zu hören.

»Ihr seid immer so wohlbedacht, Herr Häuptling«, erwiderte Gautbert.

»Nein, nein!«, rief Nithard erschrocken. »Betrachtet

die Geschenke doch lieber in Ruhe und Frieden, bevor …«

»Vielleicht so, vielleicht so«, unterbrach Hergeir ihn mit einem sehnsüchtigen Blick zur Tür. »Lasst uns morgen weitersprechen!« Er verbeugte sich gnädig, bekreuzigte sich und ging hinaus. Die Wachen folgten mit der Truhe.

»Puh, das nenn ich ein ansehnliches Geschenk«, keuchte eine der Wachen und schwankte unter dem Gewicht.

»Gottes Gaben können niemals groß genug sein«, antwortete Gautbert fromm und geleitete sie auf den Hofplatz hinaus.

Als die Wachen die Truhe auf den Hergeirhof verfrachtet hatten, konnte der Häuptling seine Neugier nicht länger zügeln. Aber gerade, als er verstohlen einen Blick in die Truhe werfen wollte, fiel ihm wieder ein, dass am folgenden Morgen König Björn zu Besuch kommen sollte. Die Truhe vor den Augen des Königs zu öffnen war eine noch bessere Idee. Als Häuptling wollte er gern Eindruck auf Seine Majestät machen. Den König mit eigenen Augen sehen zu lassen, welche Kostbarkeiten die Männer des Kaisers der Kirche in Birka schenkten, war wichtig. Dann würde er den Christen vielleicht geneigter gegenüberstehen. Folglich ließ Hergeir die Truhe neben dem Hochsitz stehen, wo er später den König empfangen würde. Wirr, aber zufrieden wankte der Häuptling zu Bett.

Erik und Tora, die hilflos alles Gesagte mit angehört hatten, versuchten, sobald alle eingeschlafen waren, das Schloss zu öffnen und sich fortzuschleichen. Aber jedes Mal, wenn sie vorsichtig den Deckel hoben und hinausspähten, bewegte sich jemand im Raum, und sie mussten sich schnell wieder zurückziehen. Ihre Augenlider wurden ihnen immer schwerer, das Atmen war mühsam, und das Letzte, woran Erik sich erinnerte, war, dass er seine Hände noch weiter hochgeschoben hatte. Risse und Astlöcher ließen nur wenig Luft hinein, und nach einer Weile fielen er und Tora in einen tiefen Schlaf.

Zu Hergeirs großem Ärger kam der König bereits sehr früh am nächsten Morgen, und der Häuptling hatte nicht einmal seine morgendlichen Verrichtungen erledigen können. Aber er raffte sich zu den üblichen Ehrbezeugungen auf, und die beiden Männer setzten sich zum Beratschlagen zusammen. Dem König war übles Gerede über Gautbert und Nithard zu Ohren gekommen, und nun fürchtete er, dass es zu Unruhen in der Stadt kommen könnte.

»So etwas wäre sehr, sehr schlimm«, sagte der König bekümmert.

»Aber Euer Majestät müssen wissen, dass die Gesandten großzügige und prächtige Leute sind«, antwortete Hergeir und nickte in Richtung Truhe. »Jetzt haben sie uns schon wieder Geschenke gemacht. Wenn wir uns gut um sie kümmern, kann die Kirche Birka sicher mit Geld beistehen.«

»Wer's glaubt«, sagte der König misstrauisch.

»Denkt daran, dass die Gesandten des Kaisers die neue Kirche bezahlt haben. Sie haben viel Silber, und wir sollten uns gut mit ihnen stellen. Das ist wichtig für das ganze Sveareich«, beharrte Hergeir.

»Ja, ja«, murrte der König, der es noch nie hatte leiden können, wenn Hergeir sich in Angelegenheiten des Landes einmischte. Der Häuptling war als Aufseher über Birka eingesetzt, aber mit dem Rest hatte er nur wenig zu tun. Der König stützte sein Gesicht in die Hände und schielte zur Truhe.

»Sag, welche Gaben haben Gautbert und Nithard uns dieses Mal verehrt? Silber und Psalmbücher wie früher?«

»Euer Majestät«, antwortete Hergeir scharf. »Denkt an die Gobelins, Silberleuchter und all die anderen Kostbarkeiten, die sie uns geschenkt haben. Und dieses Mal ist die Truhe wahrhaft schwer.«

»Dann ist wohl ein Kirchenstein darin«, murmelte der König.

Hergeir fühlte Zorn aufsteigen und wies zur Truhe.

»Euer Majestät, dort sind die Geschenke. Geht und seht selbst!«

König Björn hatte eine so kindliche Freude daran, Geschenke zu öffnen, dass er sofort aufstand. Nicht, weil er sich vom Geld der Kirche verführen lassen wollte, aber neugierig war er schon immer gewesen. Erwartungsvoll ging er zur Truhe und hob den Deckel.

»Oh«, rief er erstaunt aus, aber fasste sich schnell. »Ja, Hergeir, welch Reichtümer sie uns da wieder spendieren, diese Gesandten des Kaisers. Seht selbst!«

Hergeir schlang seinen Umhang in schmucke Falten und schritt würdevoll zur Truhe. Gewissenhaft strich er sich die grauen Haare aus der Stirn, bevor er triumphierend auf die Geschenke hinunterblickte.

Erst glaubte er, der Wein vom Vortag spiele ihm einen dummen Streich, dann fragte er sich, ob er träumte. Aber nein, er befühlte den Truhenrand, und der war wirklich. Und doch war diese Sache schwer zu begreifen:

Unten in der Kiste lag ein Frauenkörper mit bloßen Schultern und nackter Brust. Auf ihrem Busen ruhten zwei grobe Männerhände, und neben ihrem Haar war ein bärtiges Männergesicht zu sehen. Um die Schlafenden herum lagen Zobelfelle und Grauwerk, am Fußende zwei fränkische Schwerter. Gerade als Hergeir den Mund öffnen wollte, hört er jemanden an der Tür. Es war Nithard.

»Die Truhe«, sagte er hastig. »Die mit den Geschenken. Öffnet sie nicht, ich glaube, dass …«Atemlos stürzte er zur Truhe. Dann sah er den König und Hergeir neben dem aufgeschlagenen Deckel. Nithard schluckte, und sein Adamsapfel schaukelte wie der Schwimmer einer Angelschnur.

»Mein Gott«, stöhnte er entsetzt und wurde flammend rot, vom Hals bis in die Haarspitzen. Da wachte Tora auf.

Verschlafen und wirr durch die schlechte Luft in der Truhe, begriff sie nicht alles, was sie umgab. Aber eines sah sie: Nithards junges, schönes Gesicht.

»Oh, Nithard, Geliebter, komm zu mir«, stöhnte sie lustvoll und streckte ihre Arme aus, ganz erregt von einer Nacht so dicht bei einem Mann. Gleichzeitig war ihr nicht klar, was sich da unter ihr bewegte, wo Nithard ihr doch gegenüberstand.

Bei Toras Erwachen quietschte der König vor Vergnügen und musste sich setzen. Prustend und keuchend wie der Blasebalg eines Schmiedes schlug er sich vor Lachen auf die Schenkel. Die Wachen, denen es schon die ganze Zeit schwer gefallen war, ihre Heiterkeit zu unterdrücken, brachen ebenfalls in Gelächter aus. Wie eine polternde Woge schwappte das Lachen durch Hergeirs Wohnhalle, und alle fielen ausgelassen ein.

Von dem Lärm wachte auch Erik auf. Auch er war benebelt, aber er spürte etwas Rundes, Weiches und Weibliches über sich. Nicht dass er etwas gesehen hätte, aber ihm wurde schnell klar, was er da in Händen hielt. Und bekanntermaßen hindert der Verstand einen Mann nicht immer an dem, was er am besten kann, und so versuchte Erik zwischen Schlafen und Wachen zu tun, was ein Mann tun muss.

Da kam Leben in Tora.

Schnell sprang sie auf, gefolgt von Erik, der erregt hinter ihr aus der Truhe krabbelte. Als er auf die Beine gekommen war, starrte er, plötzlich hellwach, Hergeir und dann den König an. Dann strich er sich durch den Bart, blinzelte und sagte:

»Verzeiht, mir scheint, wir haben uns verlaufen. Wir waren auf dem Weg zur Kirche.«

Mit diesen Worten nahm er Tora bei der Hand und zog sie mit sich hinaus durch die Tür. Das Letzte, was er sah, war ein entgeisterter Blick von Nithard.

Snemun hatte Erik zum Bischofshof geschickt, um ihn auszukundschaften, und dann war der Lümmel mit Tora in einer Truhe gefunden worden. Fast wäre alles herausgekommen. Nein, Erik konnte die Verschwörung nicht anführen, das war zu gefährlich.

Der Großbauer schüttelte ratlos den Kopf und blickte über seinen Besitz. Die Landschaft wölbte sich weich unter der Schneedecke, und hie und da zeichneten sich Felsspalten und Einfriedungen als dunkle Schatten unter dem Schnee ab. Um Sigfrids willen hatte er einen anderen an seiner Stelle wählen wollen, der den Widerstand gegen die Christen anführen konnte. Lange hatte er Erik als seinen Nachfolger betrachtet, aber jetzt war Einar

Schwarzbart wohl die bessere Wahl. Wie Erik war er ein alter Freund, und seit dem Abend, an dem Ulv Wieselschnell ihn so übel zugerichtet hatte, hatte er seine ganze Kraft auf den Widerstand gegen die Kreuzträger verwendet. Snemun kam gut mit Schwarzbart aus, und auf diese Weise konnte er selbst dabei sein und hören, was sich zutrug, und vielleicht den einen oder anderen Rat geben. Aber selbst führen, nein, jetzt war Sigfrid, seine Frau, wichtiger als alles andere. Eine Zeit lang war es ihr so schlecht gegangen, dass er geglaubt hatte, sie würde nie wieder laufen können, aber jetzt ging es ihr viel besser, und manchmal konnte sie sich sogar ohne Stöcke vorwärts bewegen.

Sigfrid sprach unermüdlich davon, wie der neue Gott ihr geholfen hatte. Endlich hatte Gott der Allmächtige ihre Gebete erhört, und so wie er, der Höchste, schon früher vielen anderen geholfen hatte, war er nun auch zu ihr gekommen.

Natürlich glaubte Snemun nicht daran, aber er wollte seiner Frau ihre große Freude nicht nehmen. Geduldig hörte er ihren Reden über all das Gute zu, das von Gottes milder Majestät herrührte, und ihrer Ansicht, dass nur noch mehr dem neuen Glauben folgen mussten, damit Birka eine Stadt voller friedlicher Menschen würde, in der einem nichts Schlimmes widerfahren konnte.

Ihr Gerede ermüdete ihn, aber auf der anderen Seite war sie viel fröhlicher und heiterer. Wie durch ein Wunder hatte er seine Frau zurückbekommen, und auch wenn er selbst ihren neuen Glauben nicht teilte, vertrugen sie sich gut, da sie ihn mit ihren Gedanken in Ruhe ließ. Sie versuchte nicht, ihn zu bekehren, und verurteilte ihn auch nicht dafür, dass er einen anderen Glauben hatte. Aber nach all dem, was geschehen war, war es ihm unmöglich geworden, den Kampf gegen die Kreuzträger fortzuführen. Einst hatten er und Erik Ansgar vertrieben. Jetzt mussten andere weitermachen. Einar Schwarzbart war vielleicht nicht der beste Nachfolger, da er zuweilen ziemlich kopflos und hasserfüllt sein konnte, aber Snemun wollte auch keinen der Großbauern von den anderen Inseln als Anführer. Dann lieber Schwarzbart, der in Birka geboren war. Und Erik hatte schon eingesehen, dass er dieses Mal nicht der Richtige war. Wenn etwas schief ging, würden alle wissen, was los war. Einmal konnte man es vielleicht als Jux erklären, so, wie die Sache mit der Truhe, aber niemals würde ein solcher Streich öfter gelingen. Schon jetzt wurde überall über das geredet, was auf Hergeirs Hof geschehen war. Und obwohl Gautbert und Nithard versuchten, den Vorfall zu vertuschen, verbreiteten sich die Gerüchte wie ein Lauffeuer, und der, der am meisten dazu beitrug, war der König selbst. Vor allen und jedem hob er seinen Bierkrug, wischte sich den Schaum aus dem Bart und begann zu erzählen. So verliebt war er in diese Geschichte, dass er sich nicht damit begnügte, sie nur einmal zu erzählen. Sobald er fertig war, holte er tief Luft und erzählte sie gleich ein zweites Mal. Zeigte sich, dass noch immer alle lachten, wiederholte er sie zur Sicherheit noch ein drittes Mal. Aber in der christlichen Gemeinde wunderte man sich über die beiden, die in der Truhe entdeckt worden waren. Und ganz gleich, wie man versuchte, sich die Sache zu erklären, fand man nie eine Lösung. Wie hatte man Tora, die, wie alle wussten, ein Auge auf Nithard geworfen hatte, zusammen mit Erik in dieser Truhe finden können? Sicher war er ein Spaßvogel, der Schiffer, aber war es wirklich so, dass alles zusammen nur ein großes Schelmenstück gewesen war?

Unter den Heiden lachte man herzlich über das, was geschehen war, aber diejenigen, die Gautbert und Nithard außer Landes haben wollten, waren überhaupt nicht belustigt. Jetzt konnten sie das Priestergesindel kaum mehr mit Eriks Hilfe vom Bischofshof vertreiben, sondern mussten neue Pläne schmieden. Gautbert und Nithard mussten verschwinden, nur wie?

Björkö schlief im Silber des Mondes. Die Nacht war weit vorangeschritten. Ulv Wieselschnell spähte über die Insel und ließ den Blick über die Stadt schweifen. Alles war still. Die Zeit war günstig, den Plan in die Tat umzusetzen. Die Männer, die sich um ihn versammelt hatten, trugen dunkle Umhänge und Lederkappen, und sie würden schwer auszumachen sein. Nichts durfte misslingen. Sie hatten bis zum Morgengrauen Zeit. Dann, im ersten Licht der Dämmerung, würde der neue Gott Birka eingenommen haben.

Leise teilte er seine Männer in Gruppen auf und sagte jedem Einzelnen, was er zu tun hatte. Jetzt blieb ihm nur noch zu warten.

Er trat unruhig von einem Bein auf das andere und spähte zur Anhöhe hinüber. Wo waren Hergeir und seine Männer? Noch war es dunkel, aber wenn die Teerfackel auf dem Häuptlingshof angezündet wurde, war der Moment gekommen. Dann würden sie sich über die ganze Insel verteilen und seinen Willen, den Willen des Höchsten, erfüllen. Überall würden sie zuschlagen, innerhalb und außerhalb des Stadtwalls.

Lange hatten sie das geplant, Hergeir und Gautbert.

Nithard war gegen die Pläne gewesen, aber als Gautbert ihm gedroht hatte, ihn in seine Heimat zurückzuschicken, hatte er sich gefügt. Gautbert hatte Nithard gesagt, er solle sich nicht sorgen; der Herr sei mit ihnen.

Ulv Wieselschnell sah wieder auf die Stadt hinunter. Obwohl die Nächte noch immer sehr kalt waren, war der Schnee fast überall geschmolzen, nur auf den Nordseiten der Hügel lag er noch. Auf dem gefrorenen, nackten Boden würden sie kaum Spuren hinterlassen.

Hergeir trat auf die Terrasse, eine Teerfackel in der Hand. Er war stolz und glücklich. Wie lange hatten er und die Gesandten des Kaisers nicht schon darüber beraten. Die Christen mussten zeigen, wie stark sie waren. Ein für alle Mal mussten die Heiden einsehen, dass ihr Asenglauben der Vergangenheit angehörte. Vierundzwanzig Götter hatten sie, und vor Ansgars Mission hatte er selbst an all diese Götzen geglaubt. An wie vielen Opfern hatte er nicht teilgenommen, und wie viel Vieh und Feldfrüchte hatte er ihnen nicht dargebracht, ohne etwas dafür zu bekommen? Aber durch Ansgars Besuch in Birka hatte er sich bekehren lassen, und seitdem hatte er nur noch einen einzigen Gott. Mehr brauchte er nicht. Mit dem Papst und der Kirche hinter sich konnte er die Macht in Birka übernehmen. Er musste nur noch dafür sorgen, dass die ganze Stadt christianisiert wurde. Dann konnte er König Björn mit Hilfe der Christen vertreiben und die Führung des ganzen Sveareiches übernehmen.

Hergeir blickte in die Nacht hinaus. Im Hafen war das eine oder andere Licht zu sehen, sonst lag die Stadt im Dunkeln. Den neuen Glauben mit Macht und Überzeugung einzuführen konnte zu Anfang vielleicht Gezeter auslösen, aber eines Tages würden ihm alle dankbar sein für das, was er für Birka getan hatte.

Der Häuptling lächelte in sich hinein und hielt die Teerfackel in die Glut. Es knisterte im Holz, und die Fackel loderte auf.

20

Hinter Munsö und Adelsö schimmerte Björkö wie ein grauer Streifen aus Frost und Eis. Wolkenfetzen hingen schwer über dem Horizont, und die Luft stand still. In der Nacht hatte es heftig gestürmt, und jetzt war es, als ruhte sich der Wind aus, bevor er von neuem auffrischte. Eyvind sah Ysja grimmig an. Die Frau, die er so glühend begehrt hatte, schien nicht mehr länger schön. In dem Moment, in dem ihm klar geworden war, dass das Lügenweib ihm die Wahrheit verschwiegen hatte, hatte sie sich vor seinen Augen verwandelt und war hässlich und widerlich geworden. Er war tief enttäuscht, und nichts würde das wieder gutmachen können. Toste war nicht ihr Kind, er war ein armer Junge, den sie einer anderen fortgenommen hatte. Er warf ihr einen verächtlichen Blick zu. Schweigend setzte er sich in den Schlitten, hob die Peitsche und trieb das Pferd mit einem Schnalzen an. Die Fahrt übers Eis würde nicht lange dauern, dann endlich konnte er wieder Ruhe finden. Toste musste zurück in sein richtiges Zuhause.

Eyvind schielte zu Ysja. Als er sich selbst geprüft hatte, erkannte er, dass er sie schon lange verdächtigte. Aber er hatte die Wahrheit gefürchtet, und erst nachdem Erik Bernsteinhändler bei ihm gewesen war, hatte er Gewissheit gehabt. Der Junge war nicht Ysjas Kind. Offensichtlich war er der Junge, den der Händler und seine Frau in Birka nie wiedergefunden hatten.

Als Erik gegangen war, hatte Eyvind Ysja hart angefasst, aber sie hatte sich verteidigt und starrsinnig geleugnet. Er jedoch hatte sich nicht verführen lassen, sondern war immer wieder auf Toste zurückgekommen, und dann, eines Tages, war es ihm gelungen, die Wahrheit aus ihr herauszuzwingen. Sie hatte geweint, gefleht, sich gewunden und gebettelt, aber er war hart geblieben. Ganz gleich, wie sehr Toste ihm selbst ans Herz gewachsen war, der Junge musste nach Birka zurückgebracht werden.

Eyvind sah mit traurigem Blick über den Pferderücken. Ysja war seine Frau gewesen, und sie hatte ihm lange Zeit Lust und Freude geschenkt. All das hatte er mit einem Schlag verloren, und sein Leben war wieder grau und trist geworden. Jetzt saß sie schweigend und mit rot geweinten Augen neben ihm, aber er fühlte kein Mitleid. Nach Birka sollte sie, zurück zum Snemunhof. Leibeigen geborene Frau ... Kein Wunder, dass sie im Stall immer so flink und geschickt gewesen war, aber im Haushalt zwei linke Hände gehabt hatte.

Eyvind sog die schneidende Luft ein und trieb das Pferd an. Ysja und Toste waren auf dem Weg aus seinem Leben, und tief in seinem Innersten wollte er beide nicht verlieren. Aber zu dem, was er jetzt tat, war er gezwungen. Er konnte nicht ehrlos leben.

Toste merkte, dass Ysja weinte. Er saß ganz vorn und sah bald Ysja, bald Dumbla an, das Pferd, das er so mochte.

»Mama«, sagte er tröstend. »Sei nicht traurig. Schau doch, wie schnell Dumbla läuft.«

Ysja antwortete nicht, sie hatte keine Kraft mehr. Wieder und wieder hatte sie diesen Kampf mit sich selbst ausgefochten. Warum hatte sie es erzählt, warum hatte sie die Wahrheit nicht für sich behalten können? Ja, Eyvind hatte sie bedroht und geschlagen, was hätte sie da tun sollen. Als er ihr schließlich versprochen hatte, sie zu heiraten, was auch immer sie ihm erzählen würde, hatte sie müde und erschöpft nachgegeben. Da spielte es keine Rolle mehr, dachte sie, denn dann würden sie und der Junge gerettet sein. Aber Eyvind hatte nicht Wort gehalten. Er hatte sie getäuscht. Sein Reden von der Hochzeit hatte nur den Zweck gehabt, die Wahrheit aus ihr herauszulocken, und sie hätte es besser wissen müssen.

Sie ließen den Wald hinter sich zurück und steuerten auf den Strand zu. Die Eiskante hatte sich schon vom Ufer gelöst, aber Eyvind gelang es, Pferd und Schlitten auf das Eis zu führen, und er lenkte das Gespann auf den markierten Weg nach Birka. Noch war es möglich, auf diese Weise über den Fjord in die Stadt zu gelangen, aber das Eis war dunkler geworden, und wenn der Wind wechselte, würde es nicht mehr lange halten.

Sie fuhren schweigend weiter. Der Schlitten knirschte, und die Hufe schlugen da und dort auf kleine, glasklare Eisklumpen, die aufspritzten und gegen den Schlitten prallten. Als sie Adelsö fast erreicht hatten, begann es zu schneien. Leichte Flocken wirbelten durch die Luft und legten sich wie eine weiße Decke auf die Kleidung. Toste versuchte, die größten Schneeflocken zu fangen, und lachte vergnügt, wenn es ihm gelang. Aber Ysja schwieg noch immer. Sie hatte so viel geweint, dass sie nicht einmal mehr trauern konnte. Auch Eyvind hatte keine Lust zu reden. Sein Zorn und die Enttäuschung nagten an ihm. Er dachte daran, wie er immer wieder überlegt hatte, Ysja zu seiner Frau zu machen. Und jetzt …

Der Schnee wurde dichter, und der Wind frischte auf, aber noch waren die flachen Strände von Munsö und Adelsö zu sehen. Sogar Birka war zu erahnen, und es würde nicht mehr lange dauern, bis sie dort waren. Eyvind fragte sich, was Erik sagen würde und wie die Frau reagieren würde, die das Kind geboren hatte. Wenigstens ihnen würde er tiefe Freude bereiten.

Das Eis knackte, aber Eyvind kümmerte sich nicht darum. Die Zweige waren zuverlässige Wegweiser, und so lange er sich an den Weg hielt, gab es nichts zu befürchten. Nur Toste sah erschrocken aus.

»Du musst keine Angst haben, ich bin hier schon früher langgefahren«, sagte Eyvind beruhigend und tätschelte ihm den Kopf.

Eyvind trieb das Pferd an. Vielleicht war es doch das Beste, sich zu beeilen, damit sie noch bei Tageslicht ankamen, bevor Wind und Strömung, das Eis in Bewegung brachten.

Der Wind nahm zu. Als Björkös Brücken auftauchten und sie nur noch eine halbe Meile vor sich hatten, brach das Eis vor ihnen auf. Das grauschwarze Eis knackte dumpf, und das Pferd scheute. Eyvind hob die Peitsche, schrie auf und versuchte, das verängstigte Tier um das Eisloch herumzulenken, aber Dumbla warf erschrocken den Kopf hin und her und rührte sich nicht vom Fleck. Verärgert stieg Eyvind vom Schlitten. Er tätschelte ihm beruhigend den Hals, während er sich bemühte, Pferd und Schlitten rückwärts auf festes Eis zurückzuführen. Doch während Eyvind mit dem Pferd kämpfte, weitete sich der Spalt, und das dunkle, bedrohliche Wasser kam immer näher.

»Pass auf!«, schrie Ysja, aber er hörte sie nicht. Angespannt und verbissen führte er das Pferd rückwärts, während der Spalt wuchs und die Eisfläche um ihn herum aufbrach. Es wurde immer schwerer, Halt zu finden. Endlich gelang es Eyvind, Pferd und Schlitten auf festes Eis zu bringen, und er machte erleichtert ein paar Schritte zurück. Im selben Moment rutschte er zwischen zwei Eisschollen und fiel ins Wasser.

»Papa, Papa!«, schrie Toste verzweifelt.

»Eyvind!«, schrie Ysja erschrocken und schlug die Hände vor den Mund.

Eyvind kam an die Oberfläche, hielt sich an der Eiskante fest und versuchte, sich hinauszuziehen. Aber er war schon zu entkräftet und fiel keuchend ins Wasser zurück. Erneut griff er nach der Eiskante, aber seine Hände rutschten kraftlos ab. Die Kälte des dunklen, kalten Wassers überwältigte ihn wie ein heftiger Schmerz, und er schnappte nach Luft. Plötzlich bekam er Angst. Es war, als verließe ihn alle Kraft und als verlöre er die Kontrolle über seinen Körper. Einen Moment lag er ganz still, dann nahm er sich noch einmal zusammen. Mit kräftigen Tritten versuchte er, dem Wasser zu entkommen, aber die Eiskante war dünn und brüchig. Große Schollen pressten ihn gegen die Kante, und er konnte sich kaum mehr bewegen. Seine Hände waren steif, und seine Finger fanden keinen Halt. Seine Bewegungen wurden langsamer. Mit einer letzten Kraftanstrengung versuchte er, Brust und Arme auf die Eisfläche zu bringen, aber er tauchte wieder unter. Dieses Mal trieb eine große Scholle über ihn. Verzweifelt versuchte er, nach oben zu kommen, aber das Eis versperrte ihm den Weg. Eine grauenvolle Angst bemächtigte sich seiner, und er schlug besinnungslos gegen die Eisfläche. Die Kälte gefror seine Sinne, und er verstummte. Die Dunkelheit verschluckte ihn. Ihm wurde schwarz vor Augen, und er sank. Dann schloss sich Stille um ihn, und alles wurde hell und friedvoll.

Ysja starrte auf die Stelle, an der Eyvind verschwunden war. Sie hatte sein entsetztes Gesicht gesehen, den Blick voller Verzweiflung. Sie wagte sich nicht vor, aber Eyvind war stark, und sie glaubte, er würde bald wieder hochkommen. Sie starrte auf das schwarze Wasser. Alles blieb still. Die Oberfläche blieb glatt, und kleine Eisschollen trieben in dem offenen Spalt. In dem Moment begriff sie.

»Halt dich fest, Toste. Nicht hinsehen!«

Ihre Erstarrung wich. Sie mussten weg, weit weg vom Treibeis. Ysja zog die Zügel an, ihre Arme schmerzten, und der Schweiß tropfte trotz der Kälte. Es war höchste Zeit, sie mussten denselben Weg zurück, den sie gekommen waren. Dann endlich gehorchte Dumbla, und ihr gelang es, Pferd und Schlitten zu wenden. Sie ließ die Peitsche knallen, und schnell fuhren sie fort von den Schollen und dem dunklen, heimtückischen Wasser. Als sie in Sicherheit waren und wieder festen Boden unter den Füßen hatten, fiel es ihr ein. Sie war wieder frei. Niemand außer Eyvind wusste von ihrem Geheimnis um Toste. Ihre Augen funkelten. Jetzt gehörte Toste ihr, nur ihr.

Die Menschenmenge bewegte sich zum Hafen hinunter. Aus Straßen und Gassen strömte sie zusammen, wie eine riesige Welle. Es waren Männer, Frauen und Kinder, Kaufleute, Handwerker, Bauern und Sklaven. Aus dem Handwerkerviertel kamen sie, aus den Schankhäusern und Verkaufsbuden. Die Menschen waren still, aber zornig, und Entschlossenheit leuchtete aus ihren Augen.

Estrid hörte Geräusche vor dem Schankhaus und warf die Tür auf. Erschrocken zog sie sich zurück. So viele Leute hatte sie noch nie zuvor auf einmal gesehen, nicht einmal auf dem Weg zum Thing.

»Habt ihr das gesehen?«, murmelte sie hilflos und starrte auf die Straße.

Die Männer im Schankhaus hörten Schritte und standen hastig auf. Erik, der mit einem Bier am Tisch gesessen hatte, schwante nichts Gutes, und schnell sprang er auf die Füße.

»Feuer?«, fragte er entsetzt und sah der Menge nach, die die Straße hinunter verschwand. Dann erst bemerkte er, dass die meisten bewaffnet waren, manche mit Äxten und Sensen, andere mit Schwertern und Speeren.

»Nein, Aufruhr«, verbesserte er sich, und in seiner Stimme lagen Furcht und Erstaunen. Eilig ging er, um Schwert und Umhang zu holen. »Ich glaube, ich habe Schwarzbart gesehen.«

»Schwarzbart? Nein, Erik, geh nicht«, bat Estrid ihn unruhig, aber er drängte sich an ihr vorbei auf die Straße. Jetzt stellten sich auch die anderen an die Tür und betrachteten den Menschenauflauf.

»Sie wollen sich sicher rächen«, sagte Mård Ohnebart und wischte sich nachdenklich das Bier vom Kinn.

»Nach dem, was heute Nacht geschehen ist, ist das kein Wunder«, sagte Snemun und kratzte sich an der Narbe über seiner Oberlippe. »Angeblich findet sich kein Hof mehr, der seine Götterstatuen noch hat. Die Kreuzträger haben alle Asengötter zerstört, die sie finden konnten. Aber ich kann nicht glauben, dass Schwarzbart hinter diesem Aufstand steckt. Auf jeden Fall hat er nichts gesagt.«

»Bei Schwarzbart kann man nie wissen. Dem Mann

traue ich nicht«, sagte Estrid nachdenklich. »Aber stellt euch vor, dass niemand heute Nacht die Kreuzträger hat aufhalten können. Ich hätte nicht geglaubt, dass alle so tief schlafen wie ich. Die Schändung unserer Götter ist sicher von Hergeir oder Gautbert geplant, aber ich hätte wirklich gedacht, dass sie mehr Verstand im Kopf haben.«

»Ja, es sieht schlecht aus«, stimmte Snemun grimmig zu. »Keiner weiß, wo das noch endet. Ein Volk in Aufruhr ...« Eine Weile blieb er nachdenklich stehen und legte den Arm um Estrid. »Nein, ich bin zu unruhig. Es wird das Beste sein, wenn ich nachsehen gehe, was geschieht«, sagte er und eilte davon, um seine Waffen zu holen. Dann gürtete er sein Schwert um und verschwand. Die anderen folgten Snemun, und bald waren nur noch Estrid und Mård Ohnebart im Schankhaus.

»Sollen sie sich doch schlagen«, sagte sie resigniert. »Auch wenn ich nicht verstehe, warum diese Kreuzträger unsere Götter schänden mussten. Es scheint fast, als hätten sie den Aufruhr gewollt.«

»Sie sind wohl übermütig geworden«, sinnierte Mård und überlegte, ob er auch hinter den anderen her rennen sollte. »Es waren nicht eben viele von uns, die sich dagegen aufgelehnt haben, als sie ihre Kirche auf unserem alten Opferplatz gebaut haben. Jetzt glauben sie vielleicht, dass sie unsere Götterbilder auch zerschlagen dürfen.«

»Aber die Asengötter und den Opferplatz zu schänden! So etwas kann doch gar nicht ungerächt bleiben«, wandte Estrid ein. »Glaubst du, Hergeir steckt dahinter?«

»Eher als Gautbert und Nithard. Die Asengötter sind auf der ganzen Insel fast gleichzeitig zerschlagen oder umgestürzt worden. Das war eine geplante Tat. Und nur Hergeir hat diese Macht.«

»Vielleicht hat er Gautbert und Nithard zu Hilfe geholt«, überlegte Estrid.

»Ja, das kann natürlich sein«, stimmte Mård zu.

Weit entfernt hörten sie den Lärm und das Geschrei der Menschenmenge. Estrid wurde mulmig zu Mute.

»Es wird das Beste sein, wenn ich das Schankhaus schließe, bis wir sehen, wie es weitergeht. Es kann alles Mögliche geschehen«, sagte sie und sah sich unruhig um. Mård Ohnebart lauschte und nickte schließlich.

»Da hast du Recht. Ich helfe dir.«

Eilig verbarrikadierten Estrid und Mård die Außentür und legten den Eisenriegel vor. Dann hasteten sie durch den Hinterhof und von dort durch das Gatter auf die Straße. Unten am Hafen blieben sie stehen. Es war unmöglich weiterzukommen. Der Weg war mit Menschen versperrt.

Erik wurde in die Menge hineingesogen. Wie eine Lawine rollte sie weiter zum Bischofshof. Es lag etwas Bedrohliches und Gefährliches in der Luft. Die Menschen, die zu Anfang still und verbissen gewesen waren, schrien und brüllten jetzt. Vor dem Hof blieben sie stehen und riefen Schmähworte und Drohungen.

»Tod den Kreuzträgern!«

»Wir wollen Gautbert!«

»Gebt uns Gautbert!«

Die Menge klang immer bedrohlicher. Die Menschen, die sich versammelt hatten, stachelten einander gegenseitig an, und diejenigen, die Sensen und Waffen hatten, schwangen sie zornig durch die Luft.

»Komm raus, Gautbert, sonst schlagen wir die Tür ein!«, rief Einar Schwarzbart mit glühenden Augen.

»Holt auch diesen Nichtsnutz von Priester raus!«, schrie ein anderer. Nichts geschah. Gautbert und Nithard hatten sich eingeschlossen und hörten mit wachsender Angst den Lärm vor ihrer Tür. In atemlosem Schrecken knieten sie im Gebet.

»Kommt raus, ihr Männer der Kirche, sonst schneiden wir euch die Hälse durch!«, brüllte ein spitznasiger Mann und schlug mit dem Schwert gegen die Wand.

Erik hörte die Drohungen und dachte, dass es am besten gewesen wäre, wenn sie Gautbert und Nithard wie geplant fortgeschafft hätten. Aber nachdem Snemun Einar Schwarzbart zu seinem Nachfolger gemacht hatte, war nicht viel geschehen – es sei denn, er stand hinter diesem Aufruhr.

»Tötet Gautbert!«, schrie der Spitznasige und schlug erneut mit dem Schwert gegen die Wand.

»Hängt Hergeir!«, rief ein anderer aus.

Die Menge tobte immer hitziger, und Erik wurde gegen eine Hauswand gedrängt. Er befreite sich, und sein Blick fiel auf Snemun. Mühsam bahnte er sich einen Weg zu seinem Freund.

»Du bist es hoffentlich nicht, der hinter dieser Sache steckt?«, fragte er atemlos.

»Nein, nein, aber ich glaube, dass Schwarzbart das Volk aufgehetzt hat, und dass die Kreuzträger heute Nacht zugeschlagen haben, hat das Fass zum Überlaufen gebracht.«

Sie wurden von Gebrüll und lauten Rufen unterbrochen.

»Schlagt die Tür ein!«, hetzte ein kleiner Mann und schwang eine große Sense.

»Zündet sie an, die Christenteufel«, keuchte ein Älterer und drohte mit seinem Speer.

Erik packte Snemun fest an der Schulter.

»Alles Mögliche kann hier geschehen. Wir müssen etwas unternehmen!«

»Nicht jetzt, es ist zu spät. Das, was wir schon lange vorhatten, scheinen andere für uns zu erledigen. Jetzt müssen Gautbert und Nithard aus Birka fliehen.«

Erik schwieg, er war bleich, und seine Augen funkelten finster. Aufruhr in Birka. Das konnte nur böse enden. Plötzlich entdeckte er Einar Schwarzbart.

»Schau, Schwarzbart wiegelt das Volk auf. Snemun, auf dich hört er. Du musst ihn aufhalten!«

»Er ist jetzt der Anführer, und er weiß schon, was er tut. Er will das Priestervolk sicher nur gefangen nehmen. Vor ein paar Jahren hast du selbst auch noch alles getan, um die Kreuzträger loszuwerden.«

»Du und ich zusammen, ja, aber ein angestachelter Menschenauflauf ist etwas anderes …«

Er wurde von Lärm unterbrochen, als Einar Schwarzbart mit einer Gruppe bewaffneter Männer begann, an der Tür zu rütteln.

»Öffnet!«, schrien sie rasend.

Noch immer war von drinnen nichts zu hören. Konnte nicht einer von ihnen rauskommen und versuchen, zu der Menge zu sprechen, die Aufrührer zu beruhigen?, dachte Erik. Nur nicht das, nur nicht diese hasserfüllte Stimmung, die wuchs und immer schlimmer wurde. Dann sah er ein, dass auch das nicht helfen würde. Ganz gleich, wer sich jetzt zeigen würde, er hätte sofort einen Speer im Leib.

Einige begannen, Reisig und Holz zu sammeln und schichteten Äste und Zweige an der Hauswand auf. Mit schnellen Schritten war Erik bei ihnen und trat das Brennholz auseinander.

»Seid ihr nicht mehr bei Trost, wollt ihr die ganze Stadt anzünden?«, schrie er zornig. Schweiß durchnässte sein Hemd, und das Schwert scheuerte unter dem Umhang. Jetzt schien nichts mehr die Menge kontrollieren zu können, alle ließen ihrem Zorn freien Lauf. Plötzlich trugen zwei große, kräftige Männer einen Baumstamm herbei. Vorneweg ging Einar Schwarzbart.

»Jetzt schlagen wir die Tür ein«, keuchte er und wandte sich an die Menge. »Fasst mit an. Ein für alle Mal soll das Priesterpack jetzt erfahren, dass wir genug von ihnen haben.«

Die Männer schlugen sich um einen Platz am Baumstamm, und schnell hatten sie das gewaltige Holz in Bewegung versetzt. In einer schaukelnden Welle führten sie den schweren Stamm vor und zurück.

»Jetzt!«, schrie Schwarzbart, und die Männer rammten den Stamm gegen die Tür. Es knirschte in Schloss und Riegel, aber die Tür hielt. Noch einmal katapultierten die Männer das Holz in Bewegung, und im nächsten Augenblick knallte es mit einem schweren Schlag gegen die Tür. Dieses Mal gab sie nach, und die Männer stolperten über die Schwelle. Erik, der mitgezogen worden war, stand schnell auf und sah sich um. Er kannte sich sofort wieder aus. An der Querwand standen die Truhen, wo er mit Tora versteckt gewesen war. In der Ecke knieten Gautbert und Nithard.

»Fesselt die Teufel!«, schrie jemand, und Erik bekam ein Seil zu fassen. Im Handumdrehen war er bei Gautbert und fesselte ihm die Hände auf dem Rücken. Den Aufruhr jetzt aufzuhalten, daran war nicht zu denken. Wer das versuchte, würde mit Sicherheit gleich zusammen mit den Priestern umgebracht. Wenn sie hingegen Gautbert und Nithard gefangen nahmen, würde sich die Menge vielleicht beruhigen. Dann konnten sie die beiden am nächsten Tag unbeschadet mit dem Schiff fortbringen.

»Du hast unsere Asengötter geschändet«, sagte Erik anklagend zum Bischof und zurrte das Reep fest. »Was hast du dir dabei gedacht?«

»Ich war das nicht, also wir, es war Hergeir«, sagte Gautbert feige und sah ihn flehend an. »Ich habe versucht, ihn zur Besinnung zu bringen, aber …«

»Halt den Mund, Wühlmaus, du hast schon genug gepredigt«, zischte eine Frau mit Kopftuch. »Und halte deine Zunge für immer im Zaum! Nach Birka kommen und versuchen, uns Frauen die Macht zu nehmen. Pfui Schande!« Sie griff einen Scheit aus dem Korb mit dem Feuerholz und schlug nach ihm. Noch hatte sich niemand um Nithard gekümmert, denn Gautbert war derjenige, den die Leute am wenigsten leiden konnten. Aber jetzt, da Gautbert gefesselt war, richteten sich die Blicke der Leute auf den Priester.

»Da ist Nithard, fesselt auch ihn!«, rief ein sehniger Mann mit hasserfülltem Blick. »Auf diesen Heuchler können wir gut verzichten.«

»Tötet sie beide«, forderte Einar Schwarzbart. »So viel Übel haben sie mit sich gebracht.«

»Nein, zügelt euch!«, schrie Erik. »Wir zwingen sie, unsere Götterstatuen wieder aufzurichten. Danach schicken wir sie mit dem nächsten Handelsschiff fort. Sie haben Geld genug für Statuen und Heimreise, das habe ich selbst gesehen.«

Sowie Erik die Worte ausgesprochen hatte, bereute er sie schon, aber der Schaden war angerichtet. Wilder Tumult entstand, als die Leute begriffen, welche Reichtümer auf dem Hof aufbewahrt wurden. Schreiend rissen sie die Truhen auf und nahmen alles, was sie kriegen konnten, Kleider, Silber und Münzen. Dann dauerte es nicht mehr lange, bis jemand die Luke im Boden gefunden hatte.

»Besinnt euch!«, brüllte Erik verzweifelt und versuchte, den Lärm zu übertönen, aber nichts konnte den Mob aufhalten. Die Männer hatten ihre Äxte gehoben, und im nächsten Moment splitterte die Bodenklappe. Holzspäne flogen durch den Raum, und johlende Menschen stürzten sich auf die Öffnung. Gautbert und Nithard sahen der plündernden Menge hilflos zu. Münzen, Armreife, Hacksilber, Bücher, Felle; alles verschwand vor ihren Augen. Erik sah mit Abscheu zu. Die Kirche predigte gegen Gewalt und Barbarei, für Frieden und Freiheit. In einem Augenblick wie diesem verstand er die, die sich hatten bekehren lassen. Wie die erbärmlichsten Räuber gebärdeten sie sich, die Heiden, und er ertappte sich selbst dabei, dass er Mitleid für Gautbert und Nithard empfand.

Einar Schwarzbart hielt torkelnd seine Axt. Er hatte den Tag über viele Becher geleert und schwankte betrunken auf Gautbert zu.

»Siehst du meine Narben, Bischof? Das hat einer deiner Männer getan, weil ich an unseren Asengöttern festhalte. Wenn ihr Kreuzträger nicht hierher gekommen wärt, wäre das nie geschehen. Dann hätten wir hier in Birka in Frieden leben können. Aber jetzt! Seht, welches Unglück ihr über uns gebracht habt.« Seine Augen verengten sich zu schmalen Schlitzen, und er schwang bedrohlich seine Axt.

Gautbert zitterte, rollte mit den Augen und brachte kein Wort heraus.

»Gnade, verschont ihn!«, flehte Nithard verzweifelt.

Schwarzbart drehte sich zu dem Neffen und spuckte verächtlich aus.

»Und hier haben wir den Priester, der gegen die Sünde predigt und sich selbst ganz nach Behagen ein Weib nimmt. Tod einem solchen Heuchler.«

Er schwankte auf Nithard zu und hob die Axt zum Schlag.

»Nein, nein, verschont uns, wir werden fahren …«, stammelte Nithard mit aufgerissenen Augen, sein Körper starr vor Angst. Sein Blick flackerte, seine Hände zitterten, und der Schweiß stand ihm auf der Stirn. Wieder und wieder bekreuzigte er sich. Erik sprang auf und stellte sich zwischen Einar Schwarzbart und Nithard.

»Halt inne, Schwarzbart. Gautbert und Nithard fliehen aus Birka. Was mehr könnten wir uns wünschen? Lass uns im Schankhaus feiern!«, forderte er ihn auf.

Im nächsten Moment spürte er, wie er umgeworfen wurde. Ehe er wieder auf die Füße gekommen war, wurde der Raum von einem Furcht erregenden Schrei erfüllt, und Nithard sank zu Boden. Erik stand erschrocken auf und hastete zu ihm. Dann blieb er unvermittelt stehen. Eine Blutlache breitete sich um Nithards Kopf aus.

»Nithard, nein, nicht Nithard. Töte Gautbert stattdessen!«, schrie ein riesiger Mann mit Hass in den Augen und schritt bedrohlich auf den Bischof zu.

Erik wurde der Gefahr gewahr, drehte sich schnell um und warf sich dazwischen.

»Kommt zur Besinnung!«, brüllte er und zog sein Schwert. »Jedem, der näher kommt, schlage ich den Kopf ab.«

»Er ist tot«, war plötzlich eine gellende Frauenstimme

zu hören, gefolgt von furchtbarem Schluchzen. Tora, die sich ängstlich im Hintergrund gehalten hatte, hatte Nithard erblickt und kniete weinend an seiner Seite. Sie legte den Kopf auf seine Brust und schrie laut und herzzerreißend. Da wurde es ganz still, und die Menge verstummte. Bestürzt und verwirrt starrten sie den Toten an. Dann überkam sie die Gewissheit. Nithard war tot und Gautbert gefangen. Die Christen waren niedergeschlagen worden und würden ihnen keinen Schaden mehr zufügen. Das Volk hatte sich gerächt.

Langsam zog sich die Menge zurück. Einige gingen zögernd, andere verschwanden rasch mit dem, was sie geplündert hatten. Tora weinte noch immer an Nithards Seite. Erst als eine ältere Frau ihr den Arm um die Schultern legte und ruhig auf sie einredete, stand sie auf und ging zur Tür.

»Warum Nithard, warum nicht Gautbert?«, rief sie. »Es war Gautberts Schuld. Nithard wollte das nicht.«

Wieder brach sie in heftiges Schluchzen aus, und die ältere Frau stützte sie tröstend. Dann verließen sie zusammen den Raum. Noch lange war Toras lautes Klagen zu hören, bis ihre verzweifelte Stimme in den Straßen erstarb.

Im Haus blieben schließlich nur noch Erik, Einar Schwarzbart und Gautbert zurück. Schwarzbart wischte das Blut von der Axtklinge und maß Gautbert mit den Augen.

»Auch dich würde ich gern mit meiner Axt streicheln, du Ratte, aber ich werde gnädig sein. Ich werde dich schonen, damit du dem Kaiser berichten kannst, was geschehen ist. Sag ihm, dass dasselbe Schicksal alle ereilen wird, die er zu uns schickt. Bleibt ihr bei eurem Glauben, wir behalten unseren. Aber lasst Birka in Frieden!« Er beugte sich dicht zu Gautbert, und seine Augen funkelten. »Aber eine Erinnerung sollst du noch haben.«

Mit einer schnellen Bewegung ritzte er dem Bischof über den Hals und versetzte ihm einen Tritt, dass er umfiel. Dann ging er zu der eingeschlagenen Tür. Noch einmal drehte er sich um.

»Der Teufel soll dich und die Deinen holen!«, zischte er und trat hinaus. Aber bevor er sich entfernen konnte, bekam Erik ihn zu fassen und wand ihm die Axt aus der Hand.

»Du hättest Nithard nicht töten müssen, du Ungeheuer«, sagte Erik verbittert. »Was hast du damit gewonnen? Auf diese Weise bringst du nur Unglück über uns hier in Birka.«

Einar Schwarzbart machte sich los und riss die Axt wieder an sich.

»Nein, Erik, da irrst du dich. Der Tod ist die einzige Sprache, die diese Kreuzträger verstehen. Deshalb müssen wir jetzt grausam sein, sonst kommen sie zurück.«

Mit diesen Worten machte er sich eilig davon und verschwand die Straße hinunter. Erik machte sich nicht die Mühe, ihn aufzuhalten, sondern blieb still und nachdenklich stehen. Möglicherweise hatte er Recht, Schwarzbart, trotz allem. Nach dieser Sache würde es wohl lange dauern, bis sich wieder ein Priester nach Birka wagte.

Die Tür zur Kirche stand offen. Sie schlug im Wind und krachte dumpf gegen den Türstock. Estrid, die auf dem Weg nach Korshamn war, hörte das Geräusch und blieb stehen. Neugierig folgte sie dem Laut und blieb vor der

Tür stehen. Verwundert sah sie sich um. Jetzt, da Nithard tot und Gautbert aus Birka fortgejagt war, schienen sich die Mitglieder der christlichen Gemeinde nicht einmal mehr um das Haus ihres Gottes zu kümmern. Oder trauten sie sich nicht? Hatten sie Angst, demselben Schicksal zu begegnen wie Gautbert und Nithard?

Estrid linste durch die Tür, aber in der Dunkelheit konnte sie nichts erkennen. Zögerlich trat sie ein. Die Bänke standen noch da, aber die Altarleuchter und Wandbehänge waren fort. So gewaltsam war das Wirken der Christen in Birka beendet worden. Dieses Mal war es nicht gelungen, die Männer der Kirche mit Spott und Aufrufen zu vertreiben. Es hatte einen Aufruhr gebraucht. Und dann war Nithard, nicht Gautbert, getötet worden.

Dem Bischof, der Hergeirs Spielball gewesen war und sogar die Götterstatuen hatte umstürzen lassen, war es gelungen, ins Frankenreich zu fliehen, während Nithard, der sich immer im Hintergrund gehalten hatte, mit dem Leben hatte bezahlen müssen. Sicher, er hatte eine Schwäche für Frauen gehabt, aber das war doch keine Sünde. So etwas verdammte doch nur seine eigene Kirche. Wenn er sich an das Heidentum gehalten hätte, wäre er ein gern gesehener Mann gewesen.

Estrid ging die Bankreihen entlang bis zum Beichtstuhl. Sie erinnerte sich daran, wie sie dort gesessen und Gautbert gebeichtet hatte, während er bei allem, was sie ihm sagte, geächzt und gestöhnt hatte. Sie schmunzelte bei dem Gedanken. Nun war der Beichtstuhl zerschlagen und nur noch die Bänke und ein Teil des Vorhangs waren übrig. Ungezügelte Raserei hatte die Bewohner Birkas ergriffen. Es war, als hätte sich der Aufruhr schon lange vorher angestaut. Aber jetzt, da Gautbert geflohen und Nithard tot war, jetzt würde der Kaiser Birka aufgeben. Und König Björn hatte zum Volk gesprochen und gesagt, dass er Friede in seinem Reich haben wollte. Es würde sicher dauern, bis er wieder wagte, Missionare in seiner Stadt predigen zu lassen.

Estrid dachte daran, wie sehr sich die Stimmung verändert hatte. In der Schankstube wurde viel weniger gestritten, und es gab weniger Tumult. Als Kirche und Bischofshof geschändet worden und die Priester fort waren, schien das Volk zufrieden zu sein. Es war wieder ruhig in der Stadt. Natürlich hielt Hergeir weiterhin Zusammenkünfte in seiner Kirche ab, und in dem kleinen Holzgebäude drängten sich die, die sich noch trauten zu zeigen, dass sie den Asengöttern abgeschworen hatten. Aber die Neugetauften versuchten nicht mehr, vor allen anderen zu predigen. Sigfrid hielt an ihrem neuen Glauben fest. Die Freundin betete oft und ging immer noch zu der kleinen Holzkirche auf Hergeirs Grund. Darüber sprachen sie jedoch nie, sie und Sigfrid. Sie wussten gut, was die andere dachte, und es bedurfte keiner Worte. Sie wussten beide auch, dass niemand die andere überzeugen konnte, und in ihrer Freundschaft achteten sie einander unverändert.

Estrid freute sich darüber, dass Sigfrid endlich gesund geworden war. Jetzt war die Freundin wieder voller Lebensfreude. Seit wie durch ein Wunder ihre Schmerzen verschwunden waren, war sie freundlicher und demütiger als früher geworden. Das war der guten Stimmung im Schankhaus zuträglich, und die Gäste lachten und fühlten sich wohl wie früher. Darüber hinaus musste Estrid das Schankhaus nicht mehr allein öffnen und schließen, sondern es kam immer öfter vor, dass Sigfrid ihr zuzwinkerte und sagte:

»Geh du, heute schließe ich.«

Estrid freute sich von Herzen und fühlte sich, als hätte sie einen lieben Freund zurückgewonnen, den sie einst verloren hatte. Zweifellos hatten sie einen unterschiedlichen Glauben, aber eine Religion, die gut für manche ist, muss nicht notwendigerweise für alle richtig sein. So dachten sie, und darum vertrugen sie sich auch. Dennoch versuchten Missionare und Krieger weiter beharrlich, den anderen zu besiegen und zum eigenen Glauben zu zwingen. Estrid seufzte und fragte sich, warum das so sein musste, und dachte an ihre enge Vertrautheit mit Orfrim. Obwohl er aus einem fernen Land mit einem anderen Glauben kam, hatten sie ein gutes und inniges Verhältnis zueinander. Land, Glaube, Geschlecht, Familie. Nein, die Menschen waren es, die zählten.

Gerade als sie den Altar erreicht hatte, hörte sie ein Geräusch hinter sich. Beunruhigt blieb sie stehen. Dann erkannte sie die Schritte.

»Orfrim!«, platzte sie überrascht heraus und ging ihm entgegen. Er schlang die Arme um ihre Taille und küsste sie.

»Liebste«, murmelte er. »Was machst du hier? Komm hinaus in die Sonne.«

Sie lächelte ihn an und nahm seine Hand. Wäre sie in die Kirche gegangen, wenn die Tür nicht im Wind geschlagen hätte? Eigentlich war sie auf dem Weg zu Eriks Schiff gewesen, dass in Korshamn vor Anker lag. Rurik war mit Erik an Bord, und sie hatte ihn zum Abendessen nach Hause holen wollen. Jetzt traf sie stattdessen Orfrim. Sie drückte seine Hand.

»Ist das nicht schrecklich?«, sagte sie und blickte auf die Apsis und das Langschiff. »Warum mussten sie hier drinnen alles kurz und klein schlagen?« Orfrim ging zu dem, was einst ein Altar gewesen war, und sah sich um. Er hatte die Kirche gesehen, als sie neu war, und die Zerstörung erschreckte ihn.

»Stell dir vor, wir, die wir einen anderen Gott als Christen und Heiden haben, dürfen hier in Birka in Frieden leben. Aber ich frage mich, wie lange?« Er verstummte und drehte sich zu ihr. »Nein, komm, lass uns hinausgehen.«

Sie verließen die Kirche und setzten sich unterhalb des Stadtwalls, nicht weit vom Hafen. Vor ihnen glitzerte das Wasser, und schwacher Teergeruch wehte vom Strand zu ihnen hinauf. Ab und zu erklangen Hammerschläge von den Booten. Die Schiffe wurden für die Wikingfahrten des Sommers gerüstet.

Estrid fühlte Orfrims Arm um ihre Taille, und ein glückliches Lächeln flog über ihr Gesicht. Seit dem Tag, an dem sie zu ihm zurückgekommen war, hatten sie es gut zusammen gehabt, und er hatte sie nicht mehr darum gebeten, seine Frau zu werden. Sie hatten einander genossen und alles fortgedrängt, was ihr Glück hätte aufs Spiel setzen können.

Orfrim sah sie zärtlich an und strich ihr die Haare aus dem Gesicht. Sie war so schön, so anders als seine Frau zu Hause. Er saß da und sah sie eine Weile an, ehe er sich ein Herz fasste.

»Du hast dich sicher schon gefragt, wie lange ich in Birka bleiben will«, hob er an und blickte nachdenklich zu Boden. »Aber wie du weißt, geht mein Handel schlecht. Darum überlege ich, nach Aldeigjuborg zurückzukehren.« Er machte eine kurze Pause, um zu sehen, wie sie das aufnahm. Aber sie sah ihn nicht an, presste nur die Lippen zusammen und wich seinem Blick aus. Er holte tief Luft und fuhr fort: »Brynolf, der Schiffer, mit dem ich gekommen bin, erinnerst du dich? Er will nach Aldeigjuborg segeln. Er hat mich gebeten, mit ihm zu kommen und dort mit ihm zusammen Handel zu treiben. Du hast sicher gesehen, wie wohlhabend er ist. Vielleicht habe ich mehr Glück mit einem erfahrenen Kaufmann wie ihm.«

»Und was kann er dort finden, das du hier nicht findest?«, fragte sie mit Furcht in der Stimme. Würde sie ihn jetzt verlieren?

»In Aldeigjuborg gibt es viele Kaufleute aus Gotland und dem Sveareich. Zusammen können wir Waren zu einem guten Preis ergattern, die wir dann hier in Birka wieder verkaufen können. Estrid, für Brynolf ist es gut gelaufen, dann sollte auch ich Erfolg haben.«

»Auch dein Onkel war ein tüchtiger Geschäftsmann«, unterbrach Estrid ihn schroff. »Und ihm gelang es, in Birka zu handeln.«

Sie fröstelte, fühlte die Kälte tief innen, obwohl die Sonne schien, als wäre schon Sommer. Aber die Wärme erreichte sie nicht. Wenn Orfrim segelte, war sie wieder allein. Das durfte nicht geschehen. Sie zitterte vor Angst.

»Estrid, ich habe lange darüber nachgedacht«, fuhr Orfrim fort. »Ich will nicht ohne dich fahren. Kommst du mit mir?« Er sah sie liebevoll und fast bittend an. »Und, Estrid … ich – oder wir – kommen zurück. Bereiten wir uns jetzt im Frühsommer zur Abfahrt vor, können wir im nächsten Frühjahr zurück sein. Liebste, sag, dass du mit mir kommst.« Er zog sie fester an sich.

»Und Rurik? Ich weiß nicht, ob ich so lange von ihm fortbleiben kann.«

»Nimm ihn mit oder lass ihn bei Erik. Wir bleiben nicht für immer fort.«

»Und Erik?«

»Der Mann hat Schiffe und Silber. Er kommt gut zurecht.«

Orfrim küsste sie und hielt sie fest. Sie waren einander so nah gekommen und hatten so viel Freude zusammen, dass er jetzt nicht auf sie verzichten konnte. Er wollte sie zu seiner neuen Frau machen und sie bei sich im Gårdarik haben.

Sie schwiegen. Stumm betrachteten sie die Boote draußen auf dem Fjord. Eine Möwe schraubte sich kreischend in den Himmel, und an der Pfahlsperre setzte ein Kaufmannsschiff Segel. Der Wind war mild und lau. Orfrim fühlte, wie Estrid sich in seiner Umarmung bewegte und wie ihr Blut durch ihre Adern pulsierte. Mit einem Mal war es, als strömte eine ungeheure Wärme von ihr aus. Ihr Blick verwandelte sich, und ihre Augen glänzten. Dann leuchtete ihr Gesicht auf, in ihrem Blick standen Trotz, Lachen und Abenteuerlust.

»Ja, ich komme mit dir«, flüsterte sie.

Sein Gesicht begann zu strahlen, und er sah sie erleichtert und glücklich an. Er bemerkte, dass sie allein waren, und ihn konnte nichts mehr zurückhalten. Seine Lippen und seine Zunge waren plötzlich überall, und er legte Estrid vorsichtig auf den Boden.

»Hier und jetzt?«, kicherte sie.

»Ja, genau hier und jetzt«, lachte er. Und sie war weit offen für ihn und wünschte sich, dass sie sein Kind empfing.

Es war Abend geworden, und durch die offene Tür strömte der Duft von Laub und Erde. Erik saß still auf der Schlafbank, und Estrid war an der Kochstelle beschäftigt. Mit einem einzigen Satz, mit den gerade gesprochenen Worten, hatte sie alles in ihm zum Einsturz gebracht. Das Licht, das sie eben noch umgeben hatte, wurde zu einem finsteren Abgrund. Erik stand hitzig von der Bank auf. Hastig ging er zu ihr und packte sie an der Schulter. Seine Augen loderten vor Wut.

»Dieses Untier!«, zischte er und sah sie verzweifelt an. »Hat er dir so den Kopf verdreht? Ist es wahr, dass du mit diesem Glückssucher reisen willst? Er scheint dir Vernunft und Anstand geraubt zu haben. Hat er auch seinen Samen in dir gepflanzt?«, Erik schüttelte sie hart.

»Was sagst du da? Hüte deine Zunge«, unterbrach Estrid ihn verletzt und schlug seine Hände fort.

»Ostwärts, nach Aldeigjuborg, wollt ihr dorthin?«

»Ja, aber eine Fahrt, die kürzer wird als deine.«

»Und das glaubst du? Das ist kein Land für Frauen dort. Im Gårdarik hast du wenig zu bestimmen. Orfrim sagt, er sei ein Rus, aber denk daran, dass seine Familie aus Miklagård ist, nein, noch weiter aus dem Osten, aus Itil, der Handelsstadt.«

»Und woher weißt du das alles?«, fragte Estrid kurz angebunden.

»Das wissen alle«, sagte er ausweichend. »Hör zu, du bedeutest mir viel, und ich will nicht, dass du ins Unglück läufst. Ich bin die russischen Flüsse hinaufgereist und weiß, was dort geschehen kann.«

»Aber mir gönnst du das Abenteuer nicht? Nein, Erik, ich will jetzt reisen. Ich habe so viel von dem Land dort gehört und will die Gegenden, aus denen Orfrim kommt, sehen und kennen lernen, und nicht zuletzt will ich bei ihm sein. Noch nie war ich so glücklich wie jetzt, und das will ich genießen.«

»Du meinst also, mit uns wäre es nicht schön gewesen?«, entgegnete Erik gekränkt.

»Doch, dich habe ich geliebt, und du bedeutest mir noch immer viel. Aber alles ändert sich. Du und ich, das war einmal. Dann fuhrst du fort. Jetzt gibt es etwas anderes, das mir wichtig ist«, antwortete Estrid ernst.

»Wie Orfrim?«, fauchte Erik sie an und setzte sich wieder. Dann besann er sich, stand auf und nahm ein Horn von der Wand. Aufgebracht füllte er es bis zum Rand mit Met. Schweigend trank er einige Schlucke, bevor er wieder das Wort ergriff.

»Estrid, ich bin dein Freund, und du wohnst weiter im Strohhaus, oder nicht?«, fuhr er fort. »Hör mir zu. Schöne Worte zu sagen, dazu braucht es nicht viel. Auch nicht bei einer Frau auf dem Bauch zu liegen. Aber Ehrlichkeit, Fürsorglichkeit, Vertrauen und Zuneigung, das ist etwas anderes.«

»Ja, und das sagst du, der du mich mehrere Jahre allein gelassen hast? Nein, Erik, du willst vielleicht Gutes, aber du lebst nicht so, wie du lehrst, gar nicht.«

»Aber ich habe doch erklärt ...«, sagte Erik verzweifelt.

»Ja, eines der Jahre, aber die anderen? Hör zu, als du gefahren bist, wollte ich dich heiraten. Daraus wurde nichts. Aber jetzt sorge ich selbst so gut ich kann dafür, dass ich glücklich werde. Im nächsten Frühjahr bin ich zurück, und auf alles andere kannst du lange warten.«

Erik sah sie überrascht an.

»Dann werdet ihr nicht heiraten?«

»Es mag der Wunsch einer jeden Frau sein, Braut zu werden, aber die Männer werden davon nicht besser. Na ja, ich weiß nicht. Reisen ist eine Sache, Heiraten eine andere. Das weißt du wohl selbst.«

Eriks Augen funkelten auf, und seine Mundwinkel zuckten. Dann wurde er wieder ernst. Estrid hatte offenkundig nicht vor, sich zu verheiraten, dann war es vielleicht nicht so schlimm, wie er zunächst befürchtet hatte. Sich zu Orfrim zu schleichen war das eine, aber wenn sie mit ihm in sein Land fuhr, würde sie der Wirklichkeit begegnen. Dann konnte sie immer noch zurückkommen. Er sah sie forschend an.

»Estrid, fahr, aber Rurik darfst du nicht mitnehmen. Ihn behalte ich bei mir«, sagte Erik bestimmt.

»Willst du dich um Rurik kümmern?«, fragte Estrid zweifelnd, und die Worte trafen sie hart. »Ich weiß nicht ...«

»Ich bin sein Vater«, unterbrach Erik sie barsch. »Rurik ist hier sicherer. Und wenn ich Sigfrid eine Weile in der Schankstube helfe, während du fort bist, hast du Arbeit und ein Zuhause, wohin du zurückkehren kannst. Ich bin nicht gezwungen, in diesem Jahr auf Wikingfahrt zu gehen. Das Silber reicht noch lange, so dass Vidar Steuermann an meiner Stelle segeln kann.« Erik machte eine Pause und sah sie ernst an, ehe er fortfuhr. »Aber«, sagte er, »wenn du bis zum nächsten Herbst nicht zurückgekehrt bist, ist hier kein Platz mehr für dich. Dann musst du allein zurechtkommen.« Erik leerte sein Horn und sah sie stumm an.

Estrid schwieg. Würde Erik sich um Rurik kümmern? Konnte sie es wirklich so lange ohne ihn aushalten? Mit einem Mal fühlte sich ihr Entschluss schwer und drückend an. Aber hatte sie eigentlich eine andere Wahl? Sie konnte nicht ohne Orfrim sein. Sie wünschte sich so sehnlich, ihm nah zu sein. Und Erik hatte vielleicht Recht; es konnte gefährlich sein, den Jungen mitzunehmen. Vielleicht hatte Rurik es hier zu Hause besser.

»Ich gebe dir mein Wort, bis zum nächsten Herbst hier auf dem Hof zu bleiben, aber darüber hinaus werde ich dir nichts versprechen. Nur für Rurik werde ich immer Sorge tragen, das sollst du wissen«, sagte Erik und stand auf.

Er war jetzt ruhig, aber seine Augen glänzten noch immer dunkel und unglücklich. Estrid sah ihn nachdenklich an. Wollte er wirklich über ein Jahr auf sie warten? War das wirklich möglich? Plötzlich überkam sie das Bedürfnis, ihn aus lauter Freude zu umarmen. Wie großherzig und fürsorglich er war! Und er ließ sie nicht im Stich, wie sie befürchtet hatte. Vielleicht, weil er immer noch hoffte? Mit seinem Versprechen schenkte er ihr Sicherheit. Ging es schief in Aldeigjuborg, dann … Estrid lächelte glücklich.

»Oh, Erik«, jubelte sie und ging zu ihm. »Ich mag dich so sehr, ich weiß, du willst mir wohl. Aber denk daran, wenn ich sage, ich werde nicht so lange fort sein, dann meine ich es auch so. Ich könnte früher zurück sein, als du glaubst. Und vor allem nicht erst in ein paar Jahren.« Sie umarmte und küsste ihn und sah ihn voller Wärme an.

Auf Eriks Gesicht stahl sich ein breites Lächeln, und er ahnte die Zusammengehörigkeit, die es trotz allem noch zwischen ihnen gab. Dann versuchte er etwas zu sagen, doch seine Stimme versagte. Ein wenig verwirrt umarmte er sie und ging eilig zur Tür. Als er sich umwandte, sah er, dass sie ihm nachschaute.

Gedankenverloren lief er durch die Stadt, am Stadtwall vorbei zum Burgberg hinüber. Seine Haut brannte, und in ihm tosten widersprüchliche Gefühle. Estrid, würde er sie jemals wieder sehen? Er fühlte sich benommen und traurig, aber dennoch nährte ihn ein wachsendes Gefühl von Hoffnung. Früher oder später würde sie aus ihrem Irrtum erwachen. Die Reise ins Gårdarik würde sie schmerzhaft in die Wirklichkeit zurückholen.

Als er die Höhe erreicht hatte und sah, wie das Wasser zwischen den Wachtürmen glitzerte, dachte er an die Handelsstädte in Ost und West. Natürlich sehnte er sich danach. Aber er sah auch hinüber nach Munsö, wo der Eyvindhof lag. Was wäre, wenn Toste dort war? Noch gab er die Suche nicht auf; er hatte das sichere Gefühl, dass der Junge noch lebte. Eriks Gesicht hellte sich auf, und er lächelte. An dem Tag, an dem Estrid zurückkehrte, würde sie beide, Rurik und Toste, bei ihm im Strohhaus vorfinden.

Nachwort

Der historische Roman »Wikingersilber« schildert die Zeit nach 830, nachdem Ansgar Birka verlassen hatte. König Björn, Hergeir, Ansgars Nachfolger Gautbert und Nithard existierten wirklich; von dem, was sich in Birka zugetragen hat, wissen wir hingegen nicht viel. Zu den historischen Quellen zählen die Aufzeichnungen Adams von Bremen, verfasst um das Jahr 1070, sowie die Isländersagas. Für alle, die mehr über Birka in dieser Zeit wissen möchten, gibt es viel zu lesen:

Schamoni, Wilhelm (Hrsg.): Das Leben des heiligen Ansgar von seinem Nachfolger Rimbert, Patmos 1965.

Ibn Fadlan: Ibn-Foszlans und anderer Araber Berichte über die Russen älterer Zeit, Universität Frankfurt, Inst. f. Gesch. d. Arabisch-Islamischen Wiss., o. J.

Hansen, Konrad: Die Welt der Wikinger, Sabine Groenewold Verlage 2002.

Simek, Rudolf: Die Wikinger, C. H. Beck 2002.

Wahl, Mats: Die Leute von Birka. So lebten die Wikinger, Oetinger 2002.

Ich habe mich eingehend mit den archäologischen und historischen Quellen befasst und nach bestem Vermögen versucht, mich in die Zeit hineinzudenken.

Wikingergold

1

Aldeigjuborg, Gårdarik anno 838

Einige Sklaven trotteten müde die Hauptstraße entlang, begleitet von Leibwachen und Knappen. Die Hitze lag schwer über der Stadt, und jeder kühlende Windhauch war eine willkommene Abwechslung. Die Gesichter der Sklaven glänzten vor Schweiß, ihre Bewegungen waren langsam und gequält. Ihre Schritte wirbelten Sand auf, und Schmutz und Grus klebten an ihren Waden. Ein kleiner Junge blieb stehen, um den Sand aus seinen Schuhen zu schütteln, und bekam sofort einen Knuff in den Rücken. Die Sklaven waren aneinander gekettet, und die Wachen ließen nicht zu, dass einer zurückfiel. Die Gruppe war lange ohne Essen und Trinken gewandert, sie konnte nicht mehr.

Eine der Sklavinnen hatte eine Verletzung am Knöchel. Die Fußkette schnitt tief ins Fleisch, und Fliegen schwirrten um die Wunde. Aber die Frau schien davon nichts zu bemerken. Sie ging schleppend, aber aufrecht und beobachtete, was um sie herum geschah. Das dicke, blonde Haar fiel ihr bis über die Schultern, ihre blauen Augen blickten wach. Ihre Haltung verriet Entschlossenheit und Kraft. Sie wirkte wie eine Fremde unter all den anderen, eine Sklavin, die noch nicht begriffen hatte, was sie erwartete.

Die graue Schar verließ die Hauptstraße und bog in einen Weg, der hinunter zum Wasser führte. Kurz darauf erreichten sie eine schmale Brücke, auf deren Holzplanken die Fußketten klapperten. Auf der anderen Seite stand eine Gruppe Neugieriger und betrachtete die Sklaven. Einige der Sklavinnen versuchten schneller zu laufen, und die Schönsten duckten sich, um ihren Körper zu verbergen. Sie fürchteten die Blicke der Männer und wussten, was ihnen bevorstand, wenn sie zu viel von sich zeigten. Bisweilen sahen sie sich scheu um, schlugen den Blick aber sofort wieder nieder. Nur die Frau mit den blonden Haaren versteckte sich nicht. Sie sah sich um, als erwarte sie jemanden. Das dünne Leinen ihres Kleides schmiegte sich an ihren Körper. Ihre Brust war üppig, ihre Figur wohlgeformt. Dass sie zwei Kinder zur Welt gebracht hatte, war ihr nicht anzusehen.

Auf der anderen Seite des Flusses führten die Wachen die Gruppe auf einen Steg, der am Strand des Wolchow entlanglief. Hier lebten die Rus, Kaufmänner und Krieger aus dem Sveareich. Sie hatten ihre Häuser außerhalb der Festung gebaut, auf der anderen Seite des Ladogaflusses. Von dort aus konnten sie sowohl die Boote beobachten, die den Weg südwärts wählten, als auch alle sehen, die den Wolchow befuhren. Auf dem Handelsplatz tummelte sich viel fremdes Volk, und nur, wer den Überblick über die einlaufenden Schiffe hatte, konnte sein Gefolge versammeln, wenn Gefahr drohte.

Ein untersetzter Mann mit fetten Wülsten am Hals keuchte in der Hitze. Er trug einen langen Rock über weiten Hosen und wischte sich immer wieder mit seinen großen Händen den Schweiß aus dem Gesicht. Nachdenklich musterte er die Sklaven. Manchmal lächelte er, manchmal zog er die Augenbrauen hoch, als wäre er verärgert über das, was er sah. Doch plötzlich hellte sich sein Gesicht auf. Eine aufrechte Frau mit langem blondem Haar hatte sein Interesse geweckt. Ihr Gesicht war lebendig, nicht teilnahmslos und eingefallen, wie das der anderen, und ihr Schritt war weiblich und herausfordernd zugleich. Ihre weißen Arme schimmerten fest und rundlich durch ihr Kleid, und er ahnte das Gewicht ihrer Brüste unterhalb ihres Ausschnitts. Ein Lächeln flog über sein Gesicht, seine Finger spielten vergnügt mit seinem Geldbeutel. Mindestens drei Felder konnte er für sie bekommen, wenn nicht mehr. Aber zunächst würde er sich selbst um sie kümmern. Sklavinnen waren schließlich die einzige Ware, die man erst genießen und dann verkaufen konnte.

Der Kaufmann begann, eine schändliche Weise zu summen. Seine Gedanken wanderten zum Markt des folgenden Tages. Sein Schiff hatte sich zwar verspätet, aber er hatte seine Sklaven schließlich bekommen. Und dieses Mal schienen die Frauen ungewöhnlich schön zu sein. Aber er hatte seine Männer auch angehalten, nur das Beste zu bringen, was das Gårdarik zu bieten hatte. Gekauft oder geraubt, was scherte ihn das. Hauptsache, er bekam tüchtige Sklaven, die er selbst teuer verkaufen konnte. Obwohl er manchmal dachte, dass es einfacher wäre, mit Silber und Stoffen zu handeln, und wären die Sklavinnen nicht gewesen, er hätte den Pelzhandel fortgeführt, dem sein Vater sich verschrieben hatte. Weniger Mühsal und nicht die ständige Sorge, dass etwas passierte. Das Sklavenpack schien ständig über bösen Gedanken zu brüten, und obgleich sie keine Waffen tragen durften, gaben sie ihm ein Gefühl von Unsicherheit. Er hasste ihre düsteren Blicke, und tief in seinem Inneren fürchtete er, dass sie ihn eines Tages hinterrücks überfallen würden. Nicht dass ihm so etwas je widerfahren wäre, aber er war auch stets auf der Hut. Er setzte mehr Wachen ein als die anderen Kaufleute und war sparsam mit dem Essen. In erschöpftem Zustand hatten die Sklaven nicht genügend Kraft, sich gegen ihn zu erheben. Erst ein paar Tage bevor sie verkauft werden sollten, pflegte er ihnen reichlich Essen und Trinken zu geben. Das machte ihre Haut weicher und ließ ihre Augen glänzen, so dass er höhere Preise für sie bekam. Obwohl er seine Sklaven diesmal vermutlich auch so würde verkaufen können.

In den letzten Jahren waren viele Fremde nach Aldeigjuborg gekommen. Inzwischen gab es hier Handwerker und Bauern und deren Familien, Kaufleute und ihr bewaffnetes Gefolge. Alle brauchten Sklaven für ihre Höfe und Werkstätten. Ein neues Leben in einem fremden Land wie dem Gårdarik zu beginnen, erforderte Mut, Geschäftssinn und Arbeitskraft. Er versorgte die Zugereisten mit Sklaven. Aber die hellhäutigen Sklavinnen mit blondem Haar und weißer, zarter Haut verkaufte er am liebsten. Sie brachten mehr Geld als die anderen Sklaven. Die Kaufleute aus Serkland und Miklagård waren wie verrückt nach ihnen.

Die Augen des Kaufmanns leuchteten und sein Blick fiel wieder auf die blonde Sklavin. Sie sah gesund und kräftig aus, nur die Fußkette hatte sich in ihre Haut geschnitten. Er musste dafür sorgen, dass die Wunde nicht zu sehen war, dann würde er einen noch höheren Preis für sie erzielen.

Die Gruppe mit den Gefangenen näherte sich der Allmende, wo vor einigen Jahren das Festhaus der Rus errichtet worden war. Der Kaufmann nahm eine stramme Haltung ein und eilte einer der Wachen hinterher. Es war ein schlaksiger Mann mit Hakennase und gewaltigen Unterarmen, der Vorarbeiter, der ihm beim Sklavenhandel zu helfen pflegte.

»Drinnen warten Speis und Trank auf uns. Ich habe schon mit dem Gesinde gesprochen«, sagte der Kaufmann keuchend. »Aber sieh zu, dass die Sklaven auch etwas zu essen bekommen. Kümmere dich um sie, einige sehen sehr elend aus. Gib ihnen Fleisch und Met und lass sie ordentlich trinken, aber nicht zu viel.«

»Satt und zufrieden, so willst du sie haben, also wie immer«, antwortete die Wache verbindlich.

»Seinen guten Angewohnheiten bleibt man treu, oder nicht?«, sagte der Kaufmann und lachte. »Führ sie in die Scheune und kette sie fest.«

»In das Haus neben der Festhalle?«

»Ja, dann müssen wir das Essen nicht so weit tragen.«

»Und die Sklavinnen auch nicht«, warf die Wache ein.

Der Kaufmann lachte belustigt auf und kraulte sich mit seinen dicken Fingern den Bart. Er liebte die Feste an den großen Märkten. Da gab es Essen, Trinken und Frauen für alle, und die irdischen Güter verschmähte auch er selbst wahrlich nicht. Aber er pflegte zu teilen.

»Viele Weiber in dieser Gruppe«, merkte er mit Blick auf die Sklaven an.

»Wir hatten Glück auf unserem Heerzug in Kurland, außerdem haben wir noch ein paar junge frische Sklavinnen von einem muslimischen Händler gekauft.«

»Von einem Händler aus Serkland?«

»Ja, aus Itil. Er sagte, er habe tüchtige Leute anzubieten. Einige der Sklavinnen waren früher freie Frauen.«

»Die dort drüben, woher kommt sie?«, fragte der Kaufmann und deutete auf die Blonde.

»Die Sveafrau? Soweit ich gehört habe, ist sie aus Birka«, antwortete der Vorarbeiter. »Die haben wir auch bei dem Kaufmann aus Itil gekauft, aber wie sie Sklavin geworden ist, weiß ich nicht. Eine geborene Leibeigene ist sie jedenfalls nicht. Sie muss im Gårdarik gefangen worden sein.«

Der Kaufmann murmelte nachdenklich ein paar Worte, dann hellte sich seine Miene auf.

»Soso. Hm, solche Frauen enttäuschen keinen Mann. Schön und mit weichem Fleisch, die Haut wie Seide. Nicht so harte Eichenrinde.«

Die Männer lachten und tauschten viel sagende Blicke. Dann gingen sie, und der Kaufmann summte weiter seine Weise.

Kurz darauf erreichten sie eine Lichtung. Eine wogende, grüne Wiese breitete sich vor ihnen aus, an deren Ende die graue hölzerne Festhalle zu sehen war. Die Sonne schien auf das Torfdach und warf lange Schatten. Es war ein stattliches Gebäude, mindestens dreißig Fuß lang, und unweit davon befanden sich zwei Nebengebäude und ein grob gezimmertes Haus mit kleinen Gärten und Vorratsspeichern. Der Kaufmann schnaufte und ließ die Arme fallen. Endlich waren sie da. Sie hatten das Viertel der Waräger erreicht, den Ort, wo sich die Rus und die Familien aus dem Reich der Svear aufhielten. Er blickte über die flachen, verwitterten Häuser und die grünenden Gärten. Die Beeren waren reif, und die Bäume würden diesen Herbst viele Früchte tragen. Unten am Ufer waren ein paar schlanke Boote auf den Strand gezogen worden. Sie waren frisch geteert und wurden gerade gerüstet. Eine Gruppe Kinder spielte an der Wasserkante, und zwei Jungen sprangen lachend von der Brücke in den Fluss. Alles wirkte friedlich, wie zu Hause in Torsåker. Ein Anflug von Heimweh überkam ihn, und seine Schultern spannten sich.

Gern wäre er zu Hause geblieben, dort, wo er geboren war. Aber sein ältester Bruder hatte den Hof des Vaters geerbt, und Knecht zu werden, war ihm nicht sehr verlockend erschienen. Sie waren noch nie gut miteinander ausgekommen, und wie sollte das erst werden, wenn sein Bruder anfing, über den elterlichen Besitz zu bestimmen. Da hatte er sich lieber dafür entschieden, nach Osten zu ziehen, um andernorts eine Bleibe zu finden, und schon nach wenigen Jahren hatte ihm der Handel reichlich Geld beschert. Nein, sein Leben auf Wikingfahrt bereute er nicht. Die Slawen, Finnen und Balten, die auf der anderen Seite des Flusses wohnten, hatten keineswegs denselben Erfolg gehabt. Sicher waren sie gute Händler, aber die Besten waren zweifellos seine eigenen Landsmänner aus dem Sveareich und Gotland. Einige waren als Händler nach Aldeigjuborg gekommen, als Bauern und Handwerker, aber die meisten waren Kaufleute oder solche, die kämpften, plünderten und Sklaven nahmen. Harte und launische Kerle waren das, aber ohne sie wäre er niemals an seine Sklaven gekommen. Der Vorarbeiter unterbrach seine Gedanken.

»Wann sollen wir die Sklavinnen herbringen?«

»Ins Nebenhaus?«

»Nein, in die Festhalle.«

»Lass sie sich erst satt essen und ihren Durst löschen, bevor wir die Fußketten lösen«, antwortete der Kaufmann. In dem Moment fiel ihm die Blonde wieder ein, und er sah sich nach ihr um. Als sie seinen Blick bemerkte, wandte sie sich abrupt ab.

Eine Grille zirpte in der Nacht, Fackeln spiegelten sich im Wasser. Die Handelsstadt ruhte in einer trügerischen Stille. Es war wie die Ruhe im Auge des Sturms, kurz bevor alles von rasenden Winden kurz und klein geschlagen wird. Die dunklen, schwarzen Schatten draußen auf dem Fluss verkündeten Unheil: Umrisse von Schiffen. Lautlos näherten sie sich Dorestad, dem größten Handelsplatz des Kaisers im Norden. Es waren Dänen, die vom Meer kamen, Feinde, die in der Dunkelheit den Fluss hinaufgerudert waren. Kein Laut war an Bord zu hören, nur das schwache Knirschen der Ruderluken, wenn die Ruderblätter ins Wasser tauchten. Aus einer Gasse nahe der Uferstraße brach das krächzende Singen eines Betrunkenen die Stille. Er sang in einer fremden Sprache, und die Männer hatten Schwierigkeiten, ihn zu verstehen. Aber es war bekannt, dass es so klang, als hätten die Friesen Grütze im Mund, wenn sie sangen. Dieser arme betrunkene Teufel schien das ganze Grützefass geschluckt zu haben.

Leise glitten die Schiffe an das Flussufer, und die weit gereisten Seefahrer machten sich bereit, an Land zu gehen. Es war noch immer dunkel, aber im Mondlicht, das durch die Wolken schimmerte, erkannten sie die Stadt. Die Männer spähten an Land. Eine lange Straße folgte dem Flussbett, und weiter entfernt waren Palisaden und Wachtürme zu erkennen. Lagerhäuser waren in der Dunkelheit zu erahnen sowie Brücken und die Tore der Festung. Hier, an diesem Fluss, handelten die reichen Kaufleute mit ihren Waren. Sie nannten ihre Stadt »Emporium«, als wäre »Dorestad« nicht gut genug. Das war wohl zur Erinnerung an den Kaiser, Karl den Großen, der einst das Land regiert hatte. Nun war der große Herrscher seit langem tot, und sein Sohn und Nachfolger Ludwig der Fromme hatte nicht die Kraft und Ausstrahlung des Vaters. Das Frankenreich war geschwächt von den Streitereien der Bevölkerung, und wäre das Land nicht in solcher Unordnung gewesen, der Anführer der Dänen, Harald Sigurdson, hätte es niemals gewagt anzugreifen.

Der groß gewachsene Mann starrte an Land, während er leise die Uferböschung hinaufschlich. Wein, Schmuck, Keramik und Saatgut gab es dort in den Lagerhäusern, und in der Festung, wo die Kaufleute wohnten, würde er reichlich Silber finden. Er würde seine Schiffe mit den Kostbarkeiten beladen und mit vollen Lasträumen zurückkehren. Mit dem Geld aus der Beute wollte er eine noch größere Flotte rüsten und nach Birka aufbrechen. Diese Stadt wollte er zusammen mit seinen Männern erobern. Sobald er sie eingenommen hatte, würde er plündern, brandschatzen und endlich die Heiden verjagen. Das neue Birka würde ein Platz nur für Christen sein. Harald Sigurdson spannte seine Gesichtsmuskeln und seine hellen blauen Augen zogen sich zusammen. Er strebte nach Macht, und bald würde er Mannschaft und Schiffe zur Genüge haben, um das ganze Sveareich einzunehmen. Im Frankenreich hatte er schwer gewütet, und niemand hatte ihm eine Niederlage zufügen können. In seinem Besitz befanden sich nicht nur die besten fränkischen Schwerter, sondern auch die neuesten und hervorragendsten Zerstörungswaffen; Katapulte oder Wurfmaschinen, wie er sie nannte. Sie hatten bisher jeden Widerstand zerschlagen. Dorestad war zwar eine der größten Städte des Reichs, aber er hatte den Angriff genau geplant. Schon am Vortag hatte er seine Kundschafter in die Stadt geschickt, um den Überfall vorzubereiten. Sie hatten sich als Kaufleute verkleidet und waren die Handelsstraße am Fluss entlanggewandert, durch die Gassen gelaufen, und hatten sich so in die Befestigungsanlage Dorestads eingeschlichen. Auf Birkenrinden, die sie unter ihrer Tunika verborgen hatten, zeichneten sie Karten des Ortes. Am folgenden Tag ließ Harald einige seiner stärksten und tüchtigsten Männer zwei große Holzwagen auf einen Kahn laden. Sie liefen eine kleine Bucht flussabwärts an, nicht weit von der Festung, und schafften die Wagen an Land. Dort deckten sie sie mit Stroh ab, dass sie wie hohe Heuwagen aussahen, spannten zwei Ochsen davor und zogen die Fuhren zu einem nahe gelegenen Hof. Als sich die Bewohner des Hofes zeigten, gingen Haralds Männer zum Angriff über und schlugen sie nieder. Nur einige nahmen sie gefangen, um sich von ihnen führen zu lassen.

Der friesische Hof, der unterhalb der Festung lag, hatte mehrere kleinere Nebengebäude und eine große, geräumige Scheune. Dort rollten die Männer die Wagen hinein und setzten vor fremden Blicken geschützt in aller Ruhe die Wurfmaschinen zusammen. Schließlich rissen sie den Teil des Strohdachs ein, der zur Festung zeigte, und brachten die Maschinen in Stellung. Die Waffen wurden geladen. Die Männer spannten die fest geschnürten Taue an die Katapultarme und hakten sie am Riegel der Wagen ein. Außen an den gewaltigen Katapulten legten sie Steinkugeln in die Schalen und bedeckten sie mit Stroh. Als sie fertig waren, war keine Spur von den Wurfmaschinen zu sehen, sondern nur zwei Erhöhungen unter den goldgelben Halmen. Auch das Loch im Dach weckte kein Misstrauen. Es war gerade so groß, dass es aussah, als würde das Dach neu gedeckt. Niemand konnte ahnen, dass dort drinnen fürchterliche Wurfmaschinen verborgen waren, die Eisenstücke und Steinkugeln schleuderten, wie es keine andere Waffe vermochte. Bis jetzt war es Harald Sigurdson aus Birka gelungen, mit ihrer Hilfe vier Festungen einzunehmen. Er richtete sich auf und betrachtete erwartungsvoll die Stadt. Die Steinkugeln würden geradewegs durch die Befestigungsanlage schlagen, und die Menschen dahinter hatten keine Möglichkeit, sich zu verteidigen. Seine kalten, eisblauen Augen funkelten vor Vergnügen. Er hatte zehn Schiffe und zwanzig Mann in jedem Schiff. Das Schicksal der Bewohner Dorestads war bereits besiegelt.

Estrid fühlte die feuchten, harten Hände der Wache auf ihrem Rücken, als sie unsanft in die Scheune getrieben wurden. Die Fußkette spannte und schnitt sich tiefer in die Wunde an ihrem Knöchel. Zornig drehte sie sich um.

»Ich kann allein laufen«, zischte sie und schlug die Hände fort. Ihr blondes Haar fiel ihr ins Gesicht, er packte es und hielt sie daran fest.

»Hüte dich, Sklavin«, schnauzte er sie an und drückte sie gegen die Wand. Ein widerwärtiger, schmutziger Gestank schlug ihr entgegen, und sie wich aus. Ihre Kopfhaut schmerzte, und sie verzog den Mund. Sie musste aufpassen und ihre Zunge hüten. Aufsässig zu sein brachte sie nicht weiter. Sie war hilflos gefangen.

Wimmern und Fluchen waren überall im Raum zu hören, als die Sklaven an der Querwand festgekettet wurden. Wie das einfachste Vieh im Stall wurden sie gehalten, die Sklaven, und wieder wallte Zorn in Estrid auf. Ohne zu überlegen, spuckte sie der Wache direkt ins Gesicht. Zur Antwort versetzte der Mann ihr einen Schlag auf den Mund, und sie musste ihre gesamten Kräfte aufbringen, um nicht zurückzuschlagen. Nein, sie musste sich ruhig verhalten, sonst würde es noch schlimmer werden. Sie hatte sich einfach nicht damit abfinden können, gefangen zu sein, hatte noch immer nicht ganz begriffen, was geschehen war.

Aufgebrochen, betrogen und dann das. Einst hatte sie ein Wirtshaus in Birka geführt und war auf Wikingfahrt gen Osten gezogen wie so viele andere Svear. Und sie hatte ihre Träume gehabt, von Liebe, Silber und Erfolg. Und jetzt? Sie war Sklavin, und all das Abscheuliche, was um sie herum geschah, war Wirklichkeit. Ihre Wirklichkeit. Bald würden ihre Haare abgeschnitten, und der Bauer, der sie kaufte, würde das Recht haben, mit ihr zu tun, was immer er wollte. Wenn sie sich weigerte, konnte er sie töten. Sie würde nicht einmal ihr eigenes Grab bekommen. Warum nur hatte sie Birka verlassen, obwohl Erik Bernsteinhändler, der Mann, mit dem sie einst ihr Leben teilte, sie gewarnt hatte? Er war auch selbst schon ostwärts gefahren, und sie hätte auf ihn hören sollen, als er ihr abriet. Erik hatte ihr sogar verboten, ihr gemeinsames Kind mitzunehmen. Jetzt verstand sie ihn. Er hatte um ihr Leben und das des Kindes gefürchtet.

Estrid betrachtete die Kette, die sie an die Wand fesselte. Wie eine Verbrecherin wurde sie hier gehalten. Eine wachsende Ohnmacht mischte sich mit ihrem Zorn. Wann würde sie die Ihren wiedersehen? Würde sie je nach Birka zurückkehren? Und Erik … Wie lebte er ohne sie? Wie ging es ihm und dem Kind? Rurik war nun fünf Winter alt, ein anhänglicher und fröhlicher Junge. Dennoch hatte sie ihn verlassen, ja, sie beide. Und wenn sie keinen von ihnen mehr wiedersehen würde? Töricht und gedankenlos war sie gewesen. Oh, diese Abenteuerlust! Sie war stärker als sie selbst gewesen, wie eine Urkraft, die tief in ihr schlummerte. Als die Verlockungen des Unbekannten sie zusammen mit dem Begehren eines Fremden übermannten, hatte sie auf niemanden mehr gehört und war unerreichbar für kluge Worte gewesen. Estrid spürte das kalte Metall der Kette auf der Haut und seufzte. Leidenschaft und Liebe hatten sie gefangen genommen wie eine Krankheit, und sie war glücklich gewesen. Welche Freude jede Veränderung ihres Lebens mit sich gebracht hatte, seit sie endlich sein geworden war. So groß war seine Macht, dass sie, besessen von seiner Liebe, mit ihm gefahren war. Er hatte sie verführt, war das Fremde, das Spannende und Unbekannte gewesen. Das Unbekannte? Bitterkeit überschattete ihr Gesicht, und sie ließ ihre Arme sinken. Dieser Kaufmann, der in ihr Schankhaus in Birka gekommen war, war, ohne dass sie etwas davon geahnt hatte, ein Mann mit vielen Gesichtern gewesen. Sie hatte sich locken und verführen lassen. Als sie damals nach Aldeigjuborg gekommen war, war sie voller Zuversicht und Erwartung gewesen, bis …

Jetzt war sie Sklavin. Sklavin, das Eigentum eines anderen Menschen? Nein, sie konnte sich nicht damit abfinden. Ihre Hände zitterten, und ihr Körper bebte. Wie hatte es soweit kommen können? Diese Bestie, dieser böse Geist! Im Zorn ballte sie die Fäuste, bis die Haut über den Knöcheln weiß wurde. Es gab nur einen Ausweg. Sie musste fliehen.

Jemand stieß sie an, und sie drehte sich um.

»Das hier sieht böse aus«, sagte der dicke, untersetzte Kaufmann, den sie am Brückenkopf hatte warten sehen. Schweigend untersuchte er ihren Knöchel und nickte der Wache zu.

»Nimm die Fußkette ab und kette sie mit dem anderen Fuß an«, wies er ihn an. Dann zog er ein Stück Stoff hervor und wickelte es fest um die Wunde. Erstaunt begegnete sie seinem Blick. Er hatte sich um ihre Verletzung gekümmert. Aus Fürsorge? Nein, noch während sie den Gedanken dachte, verstand sie. Er kümmerte sich um sie, damit er sie verkaufen konnte, vielleicht schon auf dem Markt am nächsten Tag.

2

Es war später Nachmittag, als die alte Frau die Schreie vom Hof hörte. Aus der Wohnhalle drang Lärm, und sie sah Spuren von Wagenrädern und fremde Männer, die auf dem Hofplatz auf und ab gingen. Sie verlangsamte ihren Schritt und blieb stehen. Mit einem Mal witterte sie Gefahr, und eine innere Stimme riet ihr, sich fern zu halten. Waren es wieder Dänen, die Bestien, die den Hof im Vorjahr geplündert hatten? Die Furcht fühlte sich wie ein Geschwür in der Kehle an, und sie zog sich erschrocken zurück. Es musste etwas geschehen sein, während sie draußen die Ziegen gehütet hatte. Nach einem langen Tag auf den Wiesen war sie hungrig und durstig heimgekehrt. Und nun? Nein, sie musste fort. Leise rief sie nach den Tieren und eilte in den Wald zurück. Erst auf den offenen Wiesen auf der anderen Seite des Waldes blieb sie müde und verwirrt stehen. Sie musste die Dunkelheit abwarten, vorher wagte sie sich nicht nach Hause.

Als es dunkel geworden war, ließ sie die Ziegen draußen auf der Wiese und schlich vorsichtig zum Hof. Kein Mensch war zu sehen. In der Halle, der Scheune, selbst in den Nebengebäuden war alles leer. Keine Spur von dem Bauern und seiner Familie. Sogar die Tiere waren fort. Ratlos blieb sie stehen. Drinnen in der Wohnhalle war die Bodenluke aufgeklappt, und alle Wertgegenstände waren verschwunden. Es sah aus, als hätte eine Räuberbande den Hof geplündert, aber keine Zeit mehr gehabt, ihn in Brand zu setzen. Vielleicht waren sie mitten in ihrer Untat überrascht worden? Sie mussten die Bewohner des Hofes als Sklaven mitgenommen haben. Eine schmerzliche Verlassenheit überkam sie, und sie wusste nicht, was sie tun sollte. Einzig sie schien noch übrig zu sein.

Lange starrte sie ratlos vor sich hin, bis der Hunger sie schließlich zum Handeln trieb. Im Vorratshaus gab es noch genügend Nahrung. Sie musste etwas essen, um Kräfte zu sammeln. Dann würde sie entscheiden können, was zu tun war. Leise schlich sich die Alte über den Hofplatz in die Hütte. Sie sah sich um. Im Dach hingen geräucherte Würste und Brote, auf dem Boden standen Holzgefäße mit Fleisch und Fisch. Sie stellte sich auf die Zehenspitzen und nahm so viel sie konnte von der Stange, und sie versorgte sich reichlich mit gesalzenem Fleisch und Speck aus den Holzgefäßen. Fische mochte sie nicht besonders, also ließ sie sie liegen. Glücklicherweise hatte sie den Rindenkorb bei sich, den sie bis zum Rand füllte, und sie stopfte auch ihre Kleider voll. Am besten, man sorgt vor, dachte die Alte, denn sie wusste nicht, wann sie das nächste Mal etwas Nahrhaftes bekommen würde. Seltsam, grübelte sie, dass die Räuber sich nicht bedient hatten. Sie schienen keinen Proviant benötigt zu haben, bestimmt waren es Dänen gewesen, die nur auf Silber und Sklaven aus waren. Diese Barbaren, dass niemand sie ausrotten oder einfach von der Erdoberfläche fegen konnte!

Traurig setzte sich die Alte hin und begann zu essen. Sie aß soviel sie konnte, und als sie den Zapfen wohlbehalten aus dem Bierfass geschlagen hatte, nahm sie einen großen Schluck. In ihrer Verzweiflung tröstete sie sich mit Bier, während ihre Gedanken herumirrten und ihr Kopf immer schwerer wurde. Wohin sollte sie gehen, eine einsame alte Frau wie sie? Wer würde sie aufnehmen? Die Einsamkeit überkam sie wie ein furchtbarer Schmerz, und erst als der Trank zu wirken begann, fühlte sie sich besser. Sie leerte einen weiteren Krug, und bald wurde sie dösig. Schwindelig und schläfrig stand sie auf, um sich in der Wohnhalle hinzulegen, doch dann erinnerte sie sich erschrocken daran, was dort geschehen war. Stattdessen lenkte sie ihre Schritte zur Scheune. Dort drinnen war es warm, und in dem Stroh würde sie gut schlafen können. Wenn sie jemanden kommen hörte, dann musste sie nur ins Heu kriechen.

Die Alte öffnete die Tür, tastete sich in der Dunkelheit vor, kletterte ganz nach oben auf einen Strohhügel und legte sich hin. Auf einer der beiden Erhöhungen im Stroh machte sie sich eine kleine Grube und kroch hinein. Bald fiel sie in tiefen Schlaf.

Nachdem die Sklaven festgekettet waren, gingen die Wachen in die Festhalle und blieben eine Weile fort. Als sie zurückkamen, hatten sie Fleisch, Brot und Früchte dabei. Die Sklaven traten unruhig hin und her und blickten sehnsuchtsvoll zu den Schalen. Nach drei Tagen ohne Essen waren sie bereit, alles zu schlucken, was ihnen vorgesetzt wurde, und nun wurde ihnen gleich ein Festmahl geboten! Aber kaum hatten sie ihre Blicke auf das Essen geheftet, als die Tür wieder geöffnet wurde. Es waren Stimmen zu hören und ein mächtiges Poltern, dann tauchten zwei Wachen auf. Sie rollten ein großes Holzfass, das sie unter großem Lärm auf den Boden stellten. Sie schlugen den Zapfen aus dem Fass und füllten einen Schöpflöffel bis zum Rand. Dann ließen sie die Sklaven einen nach dem anderen trinken, bis sie keinen Durst mehr hatten.

Das Fass enthielt Nabid, und die Wachen wussten sehr gut, dass dieser berauschende Trank selbst den Elendesten freundlich stimmte. Außerdem machte er die Sklavinnen gefügig. Aber als die Männer zu Estrid kamen, nahm sie die Kelle zwar entgegen und tat, als würde sie trinken, aber sobald die Wachen ihr den Rücken zukehrten, spuckte sie das Gebräu aus. Nach Jahren als Schankfrau wusste sie, was Nabid für Folgen hatte. Sie musste Acht geben, dass sie bei klarem Verstand blieb. Früher oder später konnte sich das für sie lohnen.

Während die Sklaven tranken, sah sie sich forschend um. Das Nebenhaus, in das man sie gebracht hatte, roch muffig und wurde von hohen Pfosten gestützt, die beiderseits neben einer kleinen Feuerstelle in der Mitte des Raumes aufragten. Auf dem Boden lagen Stroh und ein paar dicke Balken. An den Wänden standen Langbänke, und an der gegenüberliegenden Querwand war ein Verschlag zu erkennen, der Platz für die Tiere bot. Es sieht aus wie auf den Höfen zu Hause, auf dem Land, dachte sie, dort, wo Federvieh und Schweine im Haus bleiben müssen, um sie vor Wölfen und Luchsen zu schützen. Aber im Augenblick waren die Tiere draußen. Vielleicht würden Hühner und Ferkel zur Nacht wieder hineinkommen, vielleicht wurden sie auch draußen gehalten, weil die Kaufleute Angst hatten, dass die Sklaven versuchen könnten, den Tieren den Hals umzudrehen.

Die Scheune war alt und verfallen, und Estrid suchte mit den Augen nach Türen, Dachluken oder Öffnungen in der Wand. Irgendwo musste sie doch hinausgelangen. Konnte sie die Tür öffnen und fliehen, wenn sie die Fußkette losgeworden war? Sie musterte den Riegel und sah, dass er breit und schwer war. Außerdem war die Tür bewacht. Sie ließ ihre Schultern sinken und fluchte leise. Und wenn sich alle Sklaven zusammentaten? Sie waren zwölf Frauen, acht Männer und zwei Kinder, die in Booten flussabwärts geschafft und dann in Aldeigjuborg an Land geführt worden waren. Jetzt standen sie hier alle zusammen, angebunden wie Vieh. Dass niemand um sich geschlagen und Widerstand geleistet hatte! Wenn es einem gelänge, sich loszumachen, konnte er die anderen befreien, und dann würden sie gemeinsam die Wachen niederschlagen.

Estrid zweifelte bei dem Gedanken und betrachtete ihre Mitgefangenen. Einige schienen aufgegeben zu haben, andere hatten schon zuviel aus der Kelle getrunken. Nein, wenn sie aus der Scheune gelangen wollte, musste sie auf sich selbst vertrauen. Diejenigen, die ihr ganzes Leben lang Sklaven gewesen waren, hatten schon vor langer Zeit aufgehört zu kämpfen. Aber die anderen, die Gefangenen? Mit einigen hatte sie gesprochen, und sie bemitleidete sie zutiefst. Die armen Iren aus Dublin waren schon mehrmals ge- und verkauft worden, und obwohl sie nun schon mehrere Jahre versklavt waren, weinten sie noch immer nach den Ihren. Mit den zierlichen Slawen mit den hohen Wangenknochen hatte sie nicht sprechen können. Sie unterhielten sich in einer Sprache, die sie nicht verstand, aber ihre Blicke verrieten einen so unendlichen Kummer, dass es ihr graute. Was hatten sie alles durchmachen müssen! Da wurde ihr plötzlich klar, dass sie wieder über die anderen dachte, als wären sie eine andere Gruppe oder ein anderes Volk. Sie war auch jetzt nicht in der Lage, ihr eigenes Unglück zu begreifen. Sie war eine von ihnen. Sklavin. Es war, als hielte sie all das, was geschehen war, so weit von sich, wie sie nur konnte. Der unfassbare Verrat, die Männer, die sie gefangen genommen und sie verkauft hatten … Die Bilder stiegen in ihr auf und zu ihrem Erstaunen merkte sie, dass sie weinte.

Sklavenhandel, damit konnte man reich werden. Der rusische Kaufmann, der an der Brücke gewartet hatte, hatte sicher nicht mehr als ein paar Felder für sie alle zusammen bezahlt. Aber auf dem Markt würde er seinerseits mindestens das Doppelte verlangen. So war er reich geworden, dieser Schurke. Der Handel mit Sklaven brachte mehr ein als alle anderen Waren, und wie viel würden die vor Geld strotzenden Kaufleute aus Bagdad und Miklagård wohl erst für sie bieten?

Die Kaufleute aus Itil und Miklagård nahmen gern blonde Sklavinnen. Wenn sie nur nicht von einem von ihnen gekauft wurde. Dann würde sie in ein fremdes Haus eingesperrt werden und das Tageslicht niemals wiedersehen. Verborgen hinter einem Schleier, bewacht von dem Kaufmann und seiner Familie, würde sie ihr Leben als Gefangene fristen und der Lust der Männer unterworfen sein. Nein, davon hatte sie genug gesehen.

Das durfte nicht geschehen. Niemals! Als eine der Wachen ihr ein Stück Brot und einen Bissen Fleisch hinhielt, wurde sie aus ihren Gedanken gerissen. Ausgehungert nahm sie das Essen und begann zu kauen. Es war lange her, dass man ihnen Nahrung gegeben hatte, und sie musste so viel essen, wie sie nur konnte. Das Fass mit dem Fleisch stand nicht weit von ihr, und als die Wache sich umdrehte, beugte sie sich vor und schnappte sich hastig ein Stück. Genauso schnell versteckte sie das Fleisch in ihren Kleidern. Wegzehrung, dachte sie. Was auch immer geschieht, ich muss fliehen.

Estrid musste eingenickt sein, denn als sie aufwachte, war es in der Scheune dämmrig geworden, das Essen war aufgegessen und das Metfass leer. Einige der Sklaven schliefen, und mehrere Sklavinnen waren nicht mehr zu sehen. Ihre Plätze mit den Ketten waren leer. Schlaftrunken setzte sie sich auf und versuchte zu denken. Der Erdboden war kühl, und sie fröstelte ein wenig. Sie stand auf, und ihr Blick fiel auf die Wache an der Tür. Er war kräftig und grobschlächtig, aber sein Körper war zusammengesunken und seine Augen glänzten. Offensichtlich hatte er zu viel Met getrunken. Als Gepolter vom Hofplatz herüberklang, richtete er sich auf, streckte sich und legte die Hand auf den Schwertknauf. Zwei Wachen traten ein. Estrid erkannte einen von ihnen wieder, den schlaksigen Wächter mit der Hakennase, der sie gegen die Wand gedrückt hatte.

»Da ist sie«, nickte er zu seinem Kameraden und kam auf sie zu.

»Der Kaufmann schickt nach dir«, lächelte er und löste die Kette um ihren Fuß. »Wir brauchen dich drüben in der Festhalle, verstehst du?«

Die Wache nahm sie an der Hand und führte sie zur Tür. Estrid ahnte nichts Gutes und riss sich los.

»Nein, nein, wage es nicht«, zischte er und packte ihr Handgelenk. Sein Gestank schlug ihr entgegen, und sie zog sich schaudernd zurück. Aber er folgte ihr, und sie sah die Gier in seinem Blick. Im nächsten Moment spürte sie seine groben Hände in ihrem Ausschnitt.

»Ich sollte dich zuerst selbst nehmen«, hörte sie ihn murmeln, aber er hielt sich zurück, als jemand von draußen rief.

»Was treibst du da drinnen, du Tölpel? Komm schon her mit dem Mädchen«, war eine strenge Stimme zu hören, und die Wache zog hastig seine Hände zurück.

»Glaub ja nicht, dass ich mit dir schon fertig bin«, zischte er ihr ins Ohr und trieb sie in die Festhalle. »Beizeiten nehme ich mir, was mir gehört.« Sie war widerspenstig, und das reizte ihn.

Als Estrid in die Halle kam, wurde sie von Johlen und lauten Männerstimmen empfangen. Ein riesiger Raum breitete sich vor ihr aus, und an einem Langtisch, der sich von einem Ende der Halle zum anderen erstreckte, saßen die Männer dicht an dicht. Sie erkannte den Kaufmann und einige seiner Wachen, aber es saßen auch Großbauern, Krieger und Händler dort. Prächtige Wandbehänge hingen vom Dach, auf dem Boden lagen Wacholder und Stroh. Einige Sklavinnen in bodenlangen Kleidern gingen mit Krügen und Schalen gefüllt mit Essen herum, an der Feuerstelle standen zwei Frauen und rührten in einem riesigen Kessel. Estrids Blick wanderte zum Tisch. Sie war noch immer hungrig. Dort standen Platten mit Hammelkeulen und Speck, und es gab Kannen voll Bier und Wein. Die grob gezimmerten Bänke waren schmierig, auf den Platten lagen abgenagte Knochen und Brotrinden. Das Abendessen schien schon weit vorangeschritten. Dann wurde ihr klar, was sie eigentlich schon die ganze Zeit gewusst hatte: Sie war nicht zum Essen in die Festhalle geführt worden. Die Wache lockerte den Griff und nickte dem Kaufmann zu.

Estrid ging unsicher ein paar Schritte in den Raum. Sie wusste, wie freie Männer sich mit Sklavinnen vergnügten, und wenn die Frauen am nächsten Tag verkauft werden sollten, nahmen sich die Männer, soviel sie konnten.

»Gleich hab ich dich auf meinem Spieß«, rief ein betrunkener, grober Kerl mit Hängebauch und griff nach ihr. Lachend stellte er seinen Krug ab. Das Bier spritzte, der Krug kippte um, und als er versuchte, ihn wieder aufzustellen, verlor er das Gleichgewicht und stürzte.

»Geschieht dir recht, du verlauster Hund«, murmelte Estrid und dachte im selben Moment, wie unterschiedlich die Nähe zu einem Mann sein konnte. Es konnte Zärtlichkeit sein, Begehren und grenzenlose Liebe. Und wie nahe lagen nicht auch Ekel und Abscheu, wenn dieselben Vertraulichkeiten unerwünscht waren? Nun war sie nicht zu ihrem eigenen Vergnügen in die Halle geführt worden.

Um sie herum brandete Gejohle, Lachen, und die Luft war schlecht. Ein Kerl sah sie lüstern an, und sie zog sich zur Wand zurück. Mit aufgerissenen Augen starrte sie in den Raum. Die Halle lag im Dunkeln, und sie versuchte einen sinnlosen Sprung, um sich in Sicherheit zu bringen. Ein rotbärtiger Mann brüllte los und machte das Hammerzeichen über sein Horn, ehe er trank, ein anderer glotzte großäugig zwei Kaufleute an, die sich mit einer Sklavin vergnügten. Die beiden Männer waren mächtig betrunken, und als einer von ihnen stolperte, sprang die Frau auf und floh in Richtung Wand. Die Männer versuchten, sie zu packen, aber ihre Hosen hingen wie Garnwinden um ihre Knie, und nach wenigen Schritten fielen sie zu Boden. Jubel wurde laut, und als sie wieder auf die Füße kamen, ergriff ein Gaukler das Wort und brachte ein Skål auf Frey und die Fruchtbarkeit aus.

Einen Moment glaubte Estrid, in Vergessenheit geraten zu sein, aber schon im nächsten Augenblick spürte sie, dass jemand sie von hinten packte. Sie erstarrte schaudernd und bekam keine Luft mehr. Sie konnte sich nicht mehr rühren. Ihre Lippen wurden weiß, ihre Zunge klebte und ihr ganzer Körper zitterte. Der Fremde grabschte nach ihrer Brust, und ein schwerer, schlaffer Körper drückte sich an ihren Leib. Hilflos spähte sie in den Raum, suchte nach einer nicht verriegelten Tür, einer offenen Fensterluke, aber sie entdeckte keinen Fluchtweg. Der Unbekannte hinter ihr legte seinen Arm um ihre Hüfte, und eine behaarte Hand suchte sich einen Weg in ihr Kleid. Estrid erschauerte und spannte alle Muskeln an. Sie versuchte sich loszureißen. Die Männer im Saal schienen alle kräftig betrunken zu sein, und die Wachen waren keineswegs nüchterner. Vielleicht gelang es ihr doch zu fliehen? Aber der Griff des Mannes wurde fester.

»Verträgst du vielleicht keine richtigen Männer?«, hörte sie eine belustigte Stimme. »Aber ich werde dich schon heiß machen. Eigentlich bist du viel zu gut zum Verkaufen.«

Estrid versuchte sich loszumachen, aber er hielt sie fest. Seine Hand tastete sich zu der Spalte zwischen ihren Brüsten und schloss sich um das weiße Fleisch. Dann drehte er sie zu sich um, und sie erkannte sofort, wer er war. Es war der rusische Kaufmann mit den fetten Wülsten am Hals, der, der an der Brücke gestanden und sie zur Festhalle geführt hatte. Er war der Händler, dem sie alle gehörten, und vermutlich würde er sie schon am nächsten Tag verkaufen. Aber jetzt wollte er sich erst einmal mit ihr vergnügen.

Estrid dachte an zu Hause. Wenn Erik und Rurik sie jetzt hätten sehen können. Sie wollte schreien, die ganze Halle zusammenbrüllen. Die Augen des Kaufmanns glänzten, und ein lüsternes Lächeln flog über sein Gesicht. Im nächsten Moment spürte sie seinen Mund auf den Lippen, seine Zunge suchte ihre. Von seinem Gesicht perlte der Schweiß, sein Atem stank, und er hatte ein Bein zwischen ihre gepresst. Furchtbarer Ekel überkam sie, und mit aller Kraft machte sie sich los. Dann trat sie gegen sein Schienbein.

»Du verfluchte Hexe, das wirst du mir büßen«, stöhnte er und packte sie wieder.

Fluchend zog er sie zur Wandbank und mit einer kräftigen Handbewegung drehte er sie auf den Rücken. Schon war er über ihr.

Estrid sträubte sich, aber er war zu stark und drückte sie hart auf die Bank. Er atmete in kurzen Stößen, und seine Hände waren wieder in ihren Kleidern. Estrid fühlte seinen großen, schweren Körper und versuchte sich zu wehren. Sie wand sich unter ihm, schlug nach ihm und stemmte ihre Hände gegen seine Brust. Da plötzlich lockerte er seinen Griff, holte Luft und sah sie belustigt an.

»Was für ein Jammer, dich zu verkaufen«, murmelte er. »Mit einer Färse wie dir kann man lange seinen Spaß haben.«

Der Kaufmann lachte leise und höhnisch, dann biss er sie in den Hals, riss ihr Kleid beiseite und entblößte ihre Brust. Gierig sog er den Anblick der weißen, weichen Haut ein, das Runde und Wogende, griff nach ihrer Brust und genoss die warme Schwere in seinen Händen.

»Dann verkauf mich eben nicht«, keuchte Estrid und kämpfte gegen den Drang, sich zu bedecken. Sie war nicht angekettet, er hatte sie von ihren Fesseln befreit, und vielleicht konnte sie Zeit gewinnen, wenn sie so tat, als gefiele ihr, was geschah. Sie hielt seinen Blick fest und schob seine Hände nicht fort. Stattdessen ließ sie ihn gewähren und hob prüfend ihre Hüfte.

»Dann verkauf mich doch nicht«, rief sie aus und bewegte sich unter ihm. »Ich bin zwar eine Sklavin, aber einen Mann mit deiner Kraft, den suchen wir Frauen.«

Der Kaufmann sah sie erstaunt an und lächelte dann. Er selbst fand, er sehe ganz stattlich aus, und auch wenn man seinem Fleisch das Alter ansah, hatte er doch diese Männlichkeit, nach der die Weiber trachteten. In seiner Jugend waren die Frauen verrückt nach ihm gewesen, das wusste er genau. Sie begehrten ihn, da war er sich sicher. Und die Augen der Hellhäutigen glänzten schließlich. Ihre Bewegungen waren eindeutig, und sie bezeugten wahrhaftig, dass er ihre Lust geweckt hatte. Im Nebel des Metrausches fühlte er sich plötzlich verwegen. Sie hatte Recht, vielleicht sollte er noch warten, sie zu verkaufen. Das sollte er sich wohl leisten können. Nun, er würde sehen, jetzt wollte er sie erst genießen.

»Sagst du Manneskraft?«, hauchte er in ihren Mund und seine Augen glänzten vor Begierde. Seine behaarten Hände glitten über ihren Körper, spielten und forschten. »Manneskraft«, rief der Kaufmann aus. »Ja, die Frauen pflegen nicht zu klagen«, lachte er.

»Ein Mann wie du kann sicher beides«, sagte Estrid angestrengt und versuchte, verbindlich zu klingen.

»Ja, ein guter Kaufmann bin ich, und mit meinem Schwert habe ich schon viele Todeshiebe geführt«, sagte er vertraulich, »aber die Süße des Lebens sind die Frauen.«

»Oh, aber ist es nicht das Silber, das am meisten lockt?«, versuchte Estrid abzulenken.

Das ganze Gewicht des Kaufmanns lag auf ihr, und sie hatte nicht genug Kraft, um sich herauszuwinden. Ebensowenig gelang es ihr, ihn fortzustoßen. Sie brachte kaum ein Wort heraus. Mit aller Kraft nahm sie einen neuen Anlauf:

»Aber nur, weil du viel Silber für mich bekommen kannst, musst du mich doch nicht sofort verkaufen, oder?«, sagte sie. »Manches kann man benutzen, und es wird dabei noch besser«, fügte sie viel sagend hinzu.

Der Kaufmann hielt plötzlich inne.

»Du bist mir vielleicht ein großmäuliges Weib. Nein, du, wann ich dich verkaufe, das entscheide ich. Es gibt viele Sklavinnen, und ich kann mir eine nehmen, wann immer ich will.«

»Aber eine gute Frucht ist besser als eine schlechte. Du wirst schon sehen«, sagte Estrid scherzend und zog seinen Kopf zu sich herunter. Dann öffnete sie ihren Mund, während sie gleichzeitig seinen Nacken und seine Brust liebkoste. Ihre Hände wanderten über seinen Körper, sie drückte sich fest an ihn und ließ eine Hand hinuntergleiten. Der Mann hatte eine haarige Brust und neckend flocht sie ihre Finger in seine Haare. Sanft wanderte ihre Hand weiter, während ihr Verstand angespannt war und ihre Gedanken arbeiteten. Sie hatte bemerkt, dass die Bank nahe bei der Tür stand. Wenn sie schnell war, konnte sie den Riegel vielleicht öffnen, bevor die Wache bemerkte, was geschah. Auf irgendeine Weise musste sie versuchen, sich von dem Kaufmann loszumachen und zu fliehen. Aber wie? Er war breit und schwerfällig, und seine Hände waren bereits tief in ihrem Kleid vergraben. Und nachdem er schon so weit gekommen war, war es sicher nicht in seinem Sinn, die Zeit mit Schmusen zu verbringen. Keuchend drückte er sie auf die Bank, und während er sie mit einer Hand festhielt, öffnete er mit der anderen seine Kleider. Dann drehte er sich über sie und versuchte in sie einzudringen.

»Nicht so, lass mich dir helfen«, sagte Estrid, während ihre Hand weiterwanderte. Als sie fand, was sie gesucht hatte, berührte sie ihn zart und sinnlich, bis er ganz außer sich war. Dann legte sie sich unter ihm zurecht und flüsterte: »Komm!« Aber sie ließ ihn nicht los und im selben Moment, in dem er eindringen wollte, drehte sie ihn um. Sie drehte so kräftig, als wäre es Wäsche, die sie auswrang, und nicht ein Mann, den sie in Händen hatte. Gleichzeitig warf sie sich mit aller Kraft zurück. Ihre Nägel bohrten sich fest, der Mann schrie und sie stürzten zu Boden.

Estrid war als Erste auf den Füßen, trat nach dem Gefallenen und sprang so schnell sie konnte zur Tür. Dort zerrte sie keuchend am Riegel, und bevor die Wache reagieren konnte, hatte sie die Tür aufgeschoben. Ohne sich umzusehen hastete sie zum Wasser. Sie haben meine Haare nicht gestutzt, niemand weiß, dass ich eine Sklavin bin, dachte sie. Aber wenn sie mich kriegen, töten sie mich.

3

Sie hatten sich zu lange am Strand aufgehalten. Gereizt gab Harald seinen Männern das Zeichen, sich zur Festung zu begeben. Der Überfall musste leise und schnell vonstatten gehen, sonst würden die Verteidiger gewarnt sein. Nur mit List und Tücke konnte eine Stadt wie Dorestad besiegt werden.

Harald versammelte seine Männer, um den Plan durchzugehen, und ein letztes Mal prüften sie die Karten der Befestigungsanlage. Zwanzig seiner Männer ließ er zurück, um die Schiffe zu bewachen, die anderen teilte er in mehrere Gefolge ein. Die Stärksten und Tüchtigsten wurden den Wurfmaschinen zugeteilt, die Übrigen bekamen den Befehl, sich aus verschiedenen Richtungen den Palisaden zu nähern. Die Flinksten versah er mit Seilen und Enterhaken, damit sie die Palisaden erklimmen konnten. Dann mussten die anderen ihnen nur noch folgen.

Harald betrachtete den Angriff wie eine gelungene Falkenjagd. Die Beute durfte die Gefahr erst erkennen, wenn es schon zu spät war. Er unterdrückte ein leises, zufriedenes Lachen. Mit seinem kühlen Verstand hatte er an alles gedacht, und er wusste, dass der Sieg ihm gehörte. Zweifellos würde das Volk in der Festung sich die Bärte versengen. Er musste nicht einmal die Lure als Angriffssignal blasen. Seine Männer waren so gut vorbereitet, dass jeder Einzelne wusste, was die anderen taten.

Erst wenn alle Abteilungen bereit waren, würde er die drei Teerfackeln anzünden. Das Signal zum Angriff.

Er sah sich unter seinen Männern um, Dänen, die er zu harten Kämpfern ausgebildet hatte. Nachdenklich musterte er die Waffen, Seile und Haken, und als er fertig war, nickte er und hob den Arm. Die Männer folgten ihm leise in die Dunkelheit zum Pfahlwerk.

Lautlos schlichen sie zwischen Bäumen und Büschen voran. Sie trugen Wurfspieße, Äxte und Schwerter, und ein schwacher, reibender Laut erklang, wenn die Pfeilköcher gegen ihre Rücken schlugen. Haralds Gefolge machte sich auf in Richtung Wurfmaschinen, die anderen zogen in die anderen Richtungen.

Der Mond hielt sich hinter dunklen Wolken verborgen, und die Männer konnten sich unsichtbar vorwärts schleichen. So näherten sie sich dem friesischen Hof.

Torleif der Schwarze, einer von jenen, die vorher bereits hier gewesen waren, gab Harald ein Zeichen, ihm zu folgen. Harald schloss dicht hinter ihm auf. Er hatte die Wurfmaschinen schon früher eingesetzt, aber nun würde er zum ersten Mal selbst dabei sein und die Schleudersteine loslassen. Jetzt konnte er sich die neuen Katapulte ganz aus der Nähe ansehen.

Die Männer eilten am Holzzaun vorbei auf den Hofplatz. Das Haus lag im Dunkeln, und nur die schwarze Silhouette des Daches war zu erkennen. Als der Mond sich für einen Augenblick zeigte, sah es fast gespenstisch aus. Das Torfdach zeichnete sich unregelmäßig und stachelig gegen den Himmel ab, und die Stille, die die Gebäude umgab, war beängstigend.

Die Männer legten sich auf den Boden und spähten abwartend über den leeren Hofplatz. Als sie sich vergewissert hatten, dass der Hof wirklich verlassen war, eilten sie zur Scheune hinüber. Keine Schatten, kein Laut und kein Rauch. Alles schien leer. Lautlos schlichen sie zu den abgedeckten Wagen und nahmen vorsichtig etwas Stroh von den Seilen. Mehr war nicht nötig, die Katapulte waren bereits geladen.

Die gezwirbelten Seile waren gespannt, und die runden Steine lagen in den Wurfschalen am Ende der Katapultarme unter dem Stroh verborgen bereit. Sie mussten nur noch schießen.

Wie durch ein Wunder schnarchte die Alte in dieser Nacht nicht. Ihr Atem ging ruhig und gleichmäßig, und niemand in der Scheune bemerkte sie. Die Alte schlief fest im Stroh und träumte einen tiefen Traum, in dem sie sich an ihre Jugend erinnerte. Gekleidet in ihr schönstes rotes Kleid traf sie einen jungen Mann am Brunnen. Niemals hatte sie jemand so hübsches gesehen; sein dunkles Haar, sein glänzender Blick und die braun gebrannten Arme, die in der Sonne glänzten. Als er ihr half, das Wasser hochzuziehen, beugte er sich vor, und ihre Blicke trafen sich. Ihre Arme trafen sich und die Berührung entfachte eine seltsame Wärme in ihr. Ein wenig durcheinander sah sie ihn an, und es schien ihr, als blicke er direkt in ihr Herz.

Als er den Eimer hochgeholt hatte, setzten sie sich neben den Brunnen und blieben dicht beieinander sitzen. Sie unterhielten sich vertraulich miteinander, und der Nachmittag war schon weit vorangeschritten, als ihr einfiel, dass sie längst auf dem Hof zurückerwartet wurde. Verwirrt stand sie auf, doch in diesem Moment nahm er ihre Hand und zog sie an sich. Noch immer erinnerte sie sich an das auflodernde Feuer und den Kuss, den er ihr gegeben hatte. In diesem Moment hätte sie sein werden können, wenn sie nicht von einem Bauern gestört worden wären. Sein Wagen stieß gegen einen Stein und das Heu, das er geladen hatte, stürzte genau neben ihnen herunter. Das Heu hatte sie bedeckt, und in der Dunkelheit zwischen den Halmen hatte der Jüngling sie wieder geküsst. Da erwachte die Alte. Ihr war, als bewegte sich etwas im Stroh. Erst dachte sie an den feschen jungen Mann, und ihre Wangen wurden ganz heiß und rot, aber dann wurde ihr die Wirklichkeit bewusst. In der Scheune war es ganz dunkel, und was geraschelt hatte, waren sicher Ratten gewesen. Enttäuscht schlug sie mit den Armen aus und schrie, um die Biester zu verjagen. Aber nichts geschah, bis es sich plötzlich heftig unter ihr bewegte. Im selben Moment fühlte sie einen gewaltigen Druck auf dem Brustkorb. Das Stroh flog in alle Richtungen davon und mit einem großen Krachen wurde sie in die Luft geschleudert. Ihr Kittel flatterte, und Speck, Würste und Brot purzelten aus ihren Kleidern.

Ehe sie sich versah, war sie schon auf Höhe der Baumwipfel. Das war zu viel für sie und sie verlor das Bewusstsein.

Hinter den Befestigungsmauern Dorestads waren die Wachen gerade an diesem Abend den Weinfässern außerordentlich zugetan gewesen. Zwar hatten sie die Festung bewacht, wie üblich, aber als alles ruhig schien und es schon spät war, hatten sie sich in einem der Wachtürme versammelt, um ein wenig zu plaudern. Weinkannen wurden geleert, und bald ließen sie sich über alles aus, von Saat und Ernte bis hin zu den Frauen. Die Kühnsten wagten sogar, herablassend über den Kaiser zu sprechen. Da fuhr der Jüngste von ihnen zusammen, ein pickeliger Jüngling von einem Hof in Flandern, und in seine Augen trat ein furchtsamer Ausdruck. Es war noch nicht lange her, dass er in Ludwigs Kriegsgefolge aufgenommen worden war und gelernt hatte, dass man den Kaiser nicht schmähen durfte. Als vorsichtiger Bauernsohn, der er war, war er sich sicher, dass das gefährlich werden konnte.

Vielleicht gab es Spione unter ihnen, dann lief man Gefahr, als Verräter gehenkt zu werden. Nein, in dieser abenteuerlichen Gesellschaft wollte er nicht sitzen bleiben, da war es besser, eine weitere Wachrunde zu gehen.

Er begann an der Holzbrücke innerhalb der Palisaden, dort wo sich die Bogenschützen aufhielten, und ging weiter, hinauf zu dem anderen Wachturm. Dort war es ruhig, und der Mann, der Wache hielt, wiegte schläfrig seinen Körper vor und zurück.

»Odd, kannst du nicht meinen Dienst übernehmen?«, begrüßte er ihn und sah den Ankömmling schlaftrunken an. Aber Odd antwortete nicht. Er hatte plötzlich drei Teerfackeln in der Dunkelheit entdeckt.

»Wer zündet denn um diese Zeit Teerfackeln an?«, fragte er unruhig an den Kameraden gewandt. Dieser aber hatte an diesem Abend Wein und Bier getrunken und fand es nicht sehr unterhaltsam, was dort draußen geschah.

»Das ist sicher nur einer, der nach seinem Weib sucht«, entgegnete er träge.

»Mit drei Teerfackeln?«

»Dann sucht er wahrscheinlich nach drei Frauenzimmern«, schlug die Wache vor. Er wollte schlafen und nicht von unwillkommenen Dingen dabei gestört werden. »Es sei denn, es sind drei Frauen, die nach einem Kerl suchen«, setzte er mit einem Feixen hinzu.

»Ach was«, zischte Odd unwirsch. »Das muss ein Signal gewesen sein!«

Aber die Wache grunzte nur und stimmte lallend ein kleines friesisches Liedchen an. Odd blickte unruhig hinaus zu den Zäunen und Feldern unter ihnen. Dort lag ein Hof mit mehreren Nebengebäuden, und am Wegesrand ... bewegte sich dort nicht etwas zwischen den Büschen? Doch, jetzt war er sicher. Er musste die anderen warnen. Odd beugte sich vor, um die Wache zu schütteln, aber da hörte er ein seltsames Geräusch.

Etwas Rundes, Dunkles flog auf die Festung zu und schlug genau vor den Palisaden ein, während ein seltsames Bündel über den Holzwall flog und an einem der Pfähle hängen blieb. Der Bauernsohn traute seinen Augen nicht.

»Da hängt ein altes Weib in den Palisaden«, sagte er verdattert.

»Aber sicher«, antwortete die Wache.

Dann hörten sie das Geräusch reißenden Stoffes, gefolgt von einem dumpfen Schlag.

»Jetzt ist sie runtergefallen«, sagte der Pickelige.

»Ja, nach oben kann sie ja auch schlecht fallen«, erwiderte die Wache.

»Sie ist sicher tot«, fuhr der Bauernsohn fort.

»Wird sie wohl sein«, erwiderte die Wache.

Einen kurzen Moment war es still, dann ergriff Odd wieder das Wort.

»Da hängt eine Wurst im Rocksaum«, sagte er erstaunt.

»Ach, das sind sicher die Schenkel«, kicherte die Wache.

Odd starrte. Die Alte bewegte sich. Benebelt versuchte sie sich aufzusetzen. Gerade als sie sich verwirrt an den Kopf fasste, ertönte ein ohrenbetäubendes Donnern, und eine Steinkugel zersplitterte die Palisade.

»Noch ein Weib«, grinste die Wache.

Da reichte es dem Bauernsohn Odd. Er riss das Signalhorn des Betrunkenen an sich und blies. Aber da war es zu spät. Der Lärm des Feindes hätte Tote wecken können, und die Bevölkerung war längst auf den Beinen.

Es war dunkel in dem Schuppen, und keiner der Männer hatte die schlafende Alte oben im Stroh bemerkt. Verdutzt sahen sie der schreienden Steinkugel nach und fragten sich, was da wohl weggeflogen war. Aber sie sahen nichts und nahmen ihre Arbeit an den Katapulten wieder auf. Wieder spannten sie die Taue, wieder luden sie die Schalen mit Steinkugeln oder Eisenstücken. Zwischendurch fluchten sie auf die plumpen Maschinen, aber als sie das Krachen und das Splittern des Pfahlwerks hörten, stieg ihre Laune. In einem Augenblick der Unruhe dachte Harald Sigurdson, dass er sich damit hätte begnügen sollen, die Lagerhäuser unten am Hafen zu plündern. Andererseits wusste er, dass Dinge wie Münzen, Silber, Waffen und andere Kostbarkeiten innerhalb der Befestigung aufbewahrt wurden. Darum hatte er auch davon abgesehen, die Wurfmaschinen mit Brandgeschossen zu beladen. Die Stadt musste ohne Feuer eingenommen werden.

Während Harald und seine Männer mit den Wurfmaschinen schossen, hatten die beiden anderen Abteilungen die Festung erreicht. Die eine Gruppe wurde von Bogenschützen angeführt, die andere von Männern mit Seilen und Eisenhaken. Helge Knochenlos hieß der Mann, der am geschicktesten mit dem Seil umging. Er war groß und dünn und hatte ein glattes Gesicht mit spärlichem Bartwuchs. Auch wenn er nicht über die Maßen männlich aussah, war er stärker als die meisten anderen. Die Männer nannten ihn scherzhaft Knochenlos, denn es hieß, in seinem Körper gäbe es nichts anderes als Knorpel und Muskeln, und nicht viele hatten einen Zweikampf mit ihm überlebt.

Leise schlug er den ersten Haken in das unterste Holz des Pfahlwerkes. Als er festsaß, kletterte er an den Seilknoten hoch und verankerte ein neues Eisen. So fuhr er fort, bis er sich über die Palisade schwingen konnte. Er stützte sich vorsichtig auf und sah sich um. Als er merkte, dass niemand da war, zog er zweimal am Seil, das Zeichen für die anderen, dass sie ihm folgen konnten. Es dauerte nicht lange, da stand die Abteilung in ihrer ganzen Stärke oben auf der Befestigungsanlage, dicht an die Palisaden gedrängt. Unter sich sahen sie kleine gezimmerte Häuser, Straßen und Gassen, und bei einem kleinen Platz standen ein Turm und eine Kirche. Helge Knochenlos fühlte sich voller Zuversicht. Die Bewohner Dorestads waren seit langem Christen, und genau wie die Angeln glaubten sie, dass Gott ihre Reichtümer bewachte. Deswegen hoben sie all ihre Schätze in den Kirchengebäuden auf. Und deswegen herrschte auch niemals Unsicherheit darüber, wohin man sich begeben sollte. Auf seinen Raubzügen nahm Helge Knochenlos immer den kürzesten Weg zur Kirche.

Auch auf der anderen Seite der Befestigungsanlage war das Glück auf Haralds Seite, und ohne dass er einen Einzigen seiner Männer verlor, gelangten sie über das Pfahlwerk. Doch dann trafen sie auf erbitterten Widerstand. Männer in Kettenhemden und mit Schwertern kamen ihnen auf der Holzbrücke entgegen. Die Nordmänner bildeten sofort eine Mauer aus den Schilden, die Wurfspieße und Pfeile der Verteidiger prallten gegen ihre Schildbuckel oder bohrten sich ins Holz. Jetzt näherten sich die Angreifer der Kirche aus zwei Richtungen, und Männer, Frauen und Kinder rannten voller Angst auf die Straßen. Als die Friesen die schwarzen Schilde der Dänen erkannten, flohen sie so schnell sie konnten. Die Wikinger waren gefürchtete Kämpfer, sie galten als unbesiegbar. Jeder wusste, dass die Heiden alle um sich herum niederstreckten, selbst wenn die Gegner in der Überzahl waren, und es hieß, dass sie sich nicht eher zufrieden gaben, als bis Kopf und Arme abgeschlagen waren. Und wenn es den Nordmännern erst gelungen war, in eine Festung einzudringen, dann plünderten und vergewaltigten sie ohne Halt. Sie töteten viele, die anderen nahmen sie als Sklaven, nein, es war besser zu fliehen.

Einige mutige Friesen boten den Dänen zwar Widerstand, aber diejenigen, die nicht von einem Wurfspieß durchbohrt wurden, fielen bald durch einen Axthieb oder ein Schwert. Und in der Dunkelheit versuchten die Frauen, heimlich in die Felder zu gelangen und sich im hohen Gras oder in den Heureitern zu verstecken. Nur dort konnten sie hoffen, den Unholden zu entkommen.

Oben im Turm wurden die betrunkenen Wachen sofort überwältigt, und Harald und seine Männer nahmen den Platz ohne große Verluste ein. Sie schlugen sich bis zu den Verstecken durch, wo sie gierig Münzen, Schmuck und Kirchensilber an sich rissen. Einige der Mönche flohen mit Reliquien, Kandelabern und Silberbechern, die sie unter ihren Kutten verbargen, und Helge Knochenlos spuckte verächtlich zwischen seinen Bartfransen aus und stellte fest, dass die höchsten Würdenträger meist die Ersten waren, die flohen.

Die Dänen hatten Jutesäcke bei sich, die sie mit allem voll stopften, was sie tragen konnten, und sie dann auf Karren und Wagen warfen. Einen Wagen, der mit Weinfässern beladen war, nahmen sie samt Pferd mit. Auf dem Altar in der Kirche lag eine prachtvolle Bibel mit einem Einband aus Silber und Gold. Helge Knochenlos, der starke Hände hatte, riss die Seiten heraus und steckte sich den kostbaren Einband ins Hemd. Obwohl er ihn schmerzhaft kratzte, fand er, dass das doch ein schöner Schmerz war. Aus dem Gold und Silber konnte man viele schöne Schmuckstücke machen.

Als Helge aus der Kirche eilte, erwartete ihn ein Friese mit erhobenem Morgenstern.

»Gott sieht dich!«, rief Knochenlos schroff, und als der Friese nach oben blickte, bekam er eine Wikingerfaust unters Kinn und stürzte.

Oben auf dem östlichen Wachturm war der pickelige Bauernsohn immer noch lebendig. Als er und die Wache mit ansahen, wie die Wikinger in die Stadt stürmten, machten sie sich bereit, dem Feind zu begegnen.

»Tötet die verlausten Hunde!«, lallte die Wache halb schlafend und zog das Schwert so heftig aus der Scheide, dass er umfiel. Dann rülpste der Mann einige Male lautstark und blieb liegen. Odd hingegen zitterte so sehr, dass er außer Gefecht gesetzt worden war. Seine Hände gehorchten ihm nicht länger, und weder Schwert noch Pfeil und Bogen konnte er noch halten. Jedes Mal, wenn eine Steinkugel in die Palisaden pfiff, kniete er vor Verzweiflung nieder, bekreuzigte sich, presste die Stirn auf den Boden und betete. So entdeckten die Dänen niemanden, als sie zum östlichen Verteidigungsturm hinaufsahen, und es regnete weder Wurfspieße noch Pfeile von dort. Sie dachten, dass dort oben wohl alle tot waren, und Odd konnte sich weiter ungestört seinen Gebeten widmen. Lange hörte er Schreie vom Marktplatz und splitterndes Holz, aber er wagte nicht aufzusehen. Erst als der Beschuss aufhörte, richtete er sich vorsichtig auf und blickte durch die breiten Risse in der Palisade.

Die Verteidiger, die immer noch Widerstand leisteten, schütteten Teer und ungelöschten Kalk über die Angreifer, aber die Dänen hielten ihre Schilde über den Kopf und ließen sich nicht aufhalten. In der Befestigungsanlage schlugen sie jeden nieder, der ihnen im Weg stand, und stürmten dann die Häuser, um zu plündern. Andere drängten sich in die Stuben und suchten nach Weibsvolk.

Odd fühlte plötzlich etwas an seinen Knien und zuckte zusammen. Eine magere, knochige Hand versuchte, seinen Rock zu fassen. Die dürre, kleine Greisin mit den weiten Röcken lebte noch. Wie war das möglich? Nach ihrer Reise durch die Luft schien sie nur ein wenig aus der Puste zu sein. Die Alte stöhnte jämmerlich und knetete ihren geprügelten Körper. Odd legte ihr rasch die Hand auf den Mund.

»Schhhh«, flüsterte er. »Keinen Laut. Die Dänen haben uns angegriffen. Wir müssen uns hier verstecken, dort unten werden wir erschlagen.«

Die Alte zitterte vor Schreck, und Odd legte beschützend den Arm um sie. So saßen sie oben im östlichen Turm, dicht aneinander gedrückt, während unter ihnen die Schlacht auf und ab wogte. Aber niemand schoss Pfeile, warf Speere oder fand es lohnenswert, den Turm zu stürmen. Sie hatten auch aufgehört, die Festung mit den Wurfmaschinen zu beschießen, nachdem genügend Löcher in den Palisaden waren. Jetzt waren Harald und seine Männer auf Silber und Frauen aus. Während die Sieger vollauf damit beschäftigt waren, ihre Säcke und die Wagen des Feindes mit Beute zu füllen, konnten Odd und die Alte unbehelligt das Geschehen beobachten.

Bier- und Weinfässer wurden auf den Marktplatz geschleppt, Essensvorräte geleert und schreckensstarre Frauen, die es nicht bis in die Felder geschafft hatten, wurden aus ihren Verstecken gezogen. Die Männer, die seit ihrer Abfahrt aus Britannien keine Frauen mehr gehabt hatten, wollten sie gefangen nehmen, aber davon sah Harald ab. Wenn sie sich nicht beeilten aus der Stadt zu kommen, konnte der Feind die Wurfmaschinen entdecken und ihnen den Weg zu den Schiffen abschneiden. Dieses Mal hatten sie auch keinen Platz für Sklavinnen an Bord. Schon bald, wenn sie Birka erreichten, würden sie sich das holen können, was sie hier verpasst hatten.

Als Harald sah, dass die Wagen gefüllt waren, gab er das Zeichen zum Abzug. Widerwillig ließen seine Männer die Frauen laufen und traten den Rückzug an, während Harald und seine Waffenträger zur Scheune zogen und hastig die Wurfmaschinen abbauten. Mühsam luden sie sie auf Karren und schafften sie zum Fluss hinunter, wo eine der anderen Abteilungen zugleich die wenigen Gegner aufhielt, die noch immer Widerstand boten. Schließlich verließen die Dänen die Stadt. So schnell wie sie gekommen waren, so schnell verschwanden sie wieder.

Als sie sich ein Stück von der Festung entfernt hatten, blickte Harald auf den geplünderten Marktflecken zurück. Von dem mächtigen Befestigungswerk war nicht viel übrig geblieben. Die Steinkugeln hatten Löcher in die Palisaden geschlagen, und nur der östliche Verteidigungsturm war der Zerstörung entgangen. Ein ziehender Schmerz des Entzückens durchfuhr seinen Körper, und er begann zu lachen. Immer lauter lachte er, bis seine Schultern bebten und sein Gesicht unkontrolliert zuckte.

Er hatte Dorestad besiegt, die mächtigste Stadt im Norden. Dann würde er auch Birka einnehmen können. Auch wenn die Stadt der Svear von Palisaden im Wasser und an Land von einem hohen Stadtwall mit Wachtürmen geschützt wurde. Auch der Burgberg, auf dem die Bewohner Birkas eine Festung errichtet hatten, würde schwer einzunehmen sein. Aber er wusste sehr gut, wo sich die Truppen der Stadt aufhielten, und auch wenn die Krieger dort die besten und geschicktesten im ganzen Reich der Svear waren, würden sie sie überlisten können. Er sah sich um. Am Horizont begann es hell zu werden. Sie mussten das Meer erreichen, bevor der Feind mit Heerbann und Signalfeuern die Küstenbevölkerung zum Gegenangriff versammelte. Mit eiligen Ruderschlägen verließen die Nordmänner den Fluss, und erst als die Schiffe mit vollen Segeln aufs Meer hinaussteuerten, ließ die Spannung nach. Die Männer begannen zu lachen und zu singen, und Harald Sigurdson stellte sich an den Vordersteven seines Drachenschiffes und hob ein Bierfass.

»Der Allmächtige war heute mit uns. Lasst uns ihm danken!«

Unter Jubel wurde das Fass herumgereicht, und während die Männer tranken, lächelte er. Seine Leute hatten sich als überlegene Krieger erwiesen, stark, ausdauernd und gehorsam. Es hatte mehrere Jahre gedauert, aber jetzt endlich hatte er genügend Schiffe und Männer, um Birka zu besiegen.

»Krieger und Freunde, hört her«, fuhr er fort. »Mit Leichtigkeit haben wir Dorestad geplündert. Jetzt gibt es keinen Grund mehr, länger zu warten. Noch ehe der Sommer vorüber ist, werden wir die Herrschaft in Birka übernommen haben!«

4

Im östlichen Wachturm hörte Odd, wie sich die Feinde zurückzogen. Als er sicher war, dass sich keiner von ihnen länger versteckt hielt, stand er vorsichtig auf. Erst da wurde er der Zerstörung gewahr und fühlte eine heftige Übelkeit in sich aufsteigen. Auf dem Marktplatz lagen etliche Tote, Säcke und Kisten waren aufgerissen und ausgeleert worden. Er holte ein paar Mal tief Luft und versuchte, seinen Schwindel abzuschütteln, dann half er der Alten auf die Füße. Umsichtig führte er sie die Treppe hinunter auf den Platz hinaus. Ein paar Frauen hatten sich aus ihren Verstecken gewagt und standen stumm da, ihre Kinder klammerten sich schluchzend an ihre Kleider. Ein älterer Mann lief quer über den Platz zu einem der Gefallenen, und einige der Kämpfer, die den Pfeilen der Dänen entkommen waren, liefen zu den Verwundeten. Verschreckt betrachtete Odd die Zerstörung.

Die Wachmannschaft war zerschlagen, und keiner seiner Kameraden hatte überlebt. Vor ihm lag die geplünderte Stadt. Ein Hund bellte einsam, und eine grau getigerte Katze lief schnell über den Platz und verschwand in einer der Gassen. Viele weinten, andere sprachen mit leisen Stimmen, sonst war es seltsam still. Die Alte stöhnte und jammerte bei jedem Schritt, den sie tat. Odd musste sich um die Alte kümmern und ihre Wunden verbinden. Sie war offenbar schwer verletzt, und ihr ganzer Körper schmerzte. Plötzlich verstummte sie und beugte sich nieder. Auf dem Boden lag eine Bibel. Sie hob sie auf und merkte, dass die Seiten fehlten. Nur der Einband mit dem Silber und den goldenen Einlegarbeiten war noch da. Sie wiegte ihn eine Weile in ihren Händen, dann trat ein Lächeln auf ihr Gesicht.

»Das hier ist unsere Rettung«, murmelte sie.

»Rettung?«

»Ja, weißt du, bisher war ich Hausmagd auf einem Hof draußen vor der Stadt, aber die Dänen haben meinen Bauern und sein ganzes Gesinde getötet. Das Einzige, was ich noch habe, sind meine Ziegen im Wald. Und dann finde ich das hier!«

Die Augen der Alten funkelten, als sie den Einband hochhielt.

»Sieh! Gott war gut zu mir. Dieser Schatz gibt mir Silber genug, um Gesinde zu dingen und Vieh für den Hof zu kaufen.«

Odd sah nachdenklich aus.

»Ja, aber das wird nicht leicht werden.«

»Dass ich den Hof nicht allein bestellen kann, das weiß ich wohl, aber du hast doch kaum vorgehabt, im Wachturm zu bleiben?«

Da lächelte der pickelige Jüngling zum ersten Mal an diesem Tag. Das Kämpfen lag ihm nicht im Blut, und was scherte er sich jetzt noch darum? Warum sollte er Krieger des Kaisers sein, wenn er einen friesischen Hof übernehmen konnte?

Von Adelsö aus erschienen die Schiffe vor Birka wie ein Netz aus Segeln und Masten. König Björn pflegte jeden Tag bis an die Landzunge zu gehen und den Ausblick zu genießen. Je mehr Schiffe, desto mehr Kaufleute waren in der Stadt, und sein Traum war es, Birka zum größten Handelsplatz des Nordens zu machen. Seinem Freund Erik Bernsteinhändler zufolge war ihm das schon gelungen, und der musste es wissen. Er war bereits gen Westen und gen Osten gesegelt und wusste, wovon er sprach. Trotzdem fiel es dem König schwer, ihm zu glauben.

»Sollen wir die Jagd beginnen, Euer Majestät?« Bue Schönhaar, einer der vertrautesten Knappen des Königs, betrat die Königsterrasse. »Die Jagdgesellschaft ist soweit, und die Falken sind bereit.«

Der König stand auf und blickte über den Hofplatz. Unterhalb der Terrasse waren die Männer schon auf ihre Pferde aufgesessen, die Hunde kläfften aufgeregt. Erik Bernsteinhändler sah hinauf, und der König warf seinem Verbündeten einen kurzen Blick zu.

Erik hatte Schwierigkeiten, sein Pferd still zu halten, sein Blick glühte. Der Freund schien ungeduldig wie immer zu sein. Der König schmunzelte und wandte sich an seine Jagdknappen.

»Die Männer scheinen bereit, so lasst uns denn beginnen«, sagte er und hob entschlossen die Hand. Die Wachen bliesen in die Luren, die Falkner warfen die Falken in die Luft, und die Hunde scheuchten mit wütendem Gebell die Vögel auf. Mit einem Mal war die Stille gebrochen, und das Jagdgefolge brach in vollem Galopp auf.

Erik folgte dem Falken mit dem Blick, sah, wie er sich gen Himmel erhob und dann herabstürzte. Da erst trieb er sein Pferd an und ritt hinterher. Es würde ein anstrengender Ritt durch Bäume und Büsche werden, und da konnte es leicht passieren, dass man den Vogel aus den Augen verlor. Erik mochte es am liebsten, wenn er wusste, wo beide, Falke und Beute, sich befanden, bevor er die Jagd begann.

Er sah den Vogel gleichsam in der Luft warten, bevor er im Sturzflug hinunterstieß. Im nächsten Moment ertönten durchdringende Vogelschreie und das Schlagen von Flügeln. Am Ufer entdeckte er den Kranich, der zu fliehen versuchte. Er gab dem Pferd die Sporen und stellte sich in die Steigbügel. Der wilde Ritt ging über Pfade, Wurzeln und rutschige Felsplatten, an Erlen und Gestrüpp entlang, vorbei an Hafen und Grabhügeln zum Strand. Dann erreichten die Vögel den Wald und es schien, als würde der Kranich entkommen. Aber über einer Lichtung, wo er deutlich gegen das helle Gras zu sehen war, schlug der Falke zu. Erik setzte ihm nach. Er musste den Kranich finden, ehe der Falke sich selbst seiner annahm. Natürlich war der Jagdfalke des Königs gut abgerichtet, aber es galt, rechtzeitig da zu sein. Einmal war er dabei gewesen, als ein Falke sich weigerte, seine Beute abzugeben, weil das Jagdgefolge zu spät gekommen war. Und zu seinem Falkner war dieser Vogel auch nicht mehr zurückgekehrt. Das war ein großer Verlust gewesen, und der Besitzer hatte Ersatz gefordert, sowohl für den Falken als auch für dessen Beute. Aber bei dem Gedanken an magere Kost und Käfig war es vielleicht auch kein Wunder, dass der Vogel die Freiheit gewählt hatte.

Eigentlich grenzte es eher an ein Wunder, dass man einem Jagdfalken beibringen konnte, seine Beute loszulassen.

Erik hörte Flügelschlagen und entdeckte den Falken. Er trieb sein Pferd an und duckte sich hinter der Mähne. Außer Atem glitt er vom Pferderücken und stolperte fast in seinem Eifer. Vorsichtig näherte er sich dem Raubvogel. Der beobachtete ihn mit seinem durchdringenden, scharfen Blick und hielt die Beute fest, aber als Erik ihn mit einem Fleischstück lockte, ließ er sie los. Im selben Moment hörte Erik die Reiter des Königs hinter sich. Sie hielten ihre Pferde an, und Erik stand auf.

»Kein schlechter Fang in dieser kurzen Zeit.«

Bue Schönhaar, der Jagdknappe des Königs, nickte.

»Frage mich, ob die Zuschauer überhaupt etwas sehen konnten, ehe die Jagd vorbei war«, überlegte er und sah in Richtung der königlichen Terrasse.

»Wer viel Blut sehen wollte, ist jedenfalls enttäuscht worden. Aber wir dürfen wohl noch mehr Falken losschicken, oder?«, schlug Erik vor.

»Ja? Meinst du? Verträgst du überhaupt so viel Blut, Milchbart?«, lachte der Knappe.

Erik wurde flammend rot und fühlte Zorn in sich aufsteigen. In einem Augenblick voller Grimm tastete seine Hand nach dem Schwert, aber im letzten Moment besann er sich. Er konnte nicht anfangen, sich mit einem der Männer des Königs zu schlagen, noch weniger konnte er ihn zum Zweikampf herausfordern. Aber der Ärger brannte. Seit dem Tag, an dem Estrid mit dem Kaufmann aus Aldeigjuborg aufgebrochen war und ihn mit Rurik zu Hause allein gelassen hatte, machten sich die Leute über ihn lustig. Was für ein Milchgesicht von einem Mann, der nicht um seine Frau kämpfte, sondern sie ostwärts ziehen ließ, höhnte so mancher. Andere gingen sogar so weit, dass sie ihn schmähten und ihn einen Kerl in Frauenkleidern nannten. Eriks Kiefermuskeln spannten sich. Wie sollte er jemals erklären können, dass die einzige Möglichkeit, Estrid zurückzubekommen, die war, sie fahren zu lassen? Er war selbst im Osten gewesen und wusste, dass eine Frau wie sie dort schnell auf Schwierigkeiten und Widerstand stieß, und dann würde sie sich nach ihm sehnen. Auf lange Sicht könnte sie niemals ohne ihr Kind leben. Darum hatte er darauf bestanden, dass Rurik bei ihm blieb. Das war der richtige Weg, sie zurückzugewinnen, dachte er.

Warum glaubten die Menschen immer, dass man Probleme am besten mit der Waffe löste? Wenn er Orfrim, den Kaufmann, herausgefordert hätte, hätte er sie niemals halten können. Denn so kampferprobt war er nun wahrlich, dass Orfrim den Tod gefunden hätte. Das hätte Estrid ihm niemals verziehen. Jetzt war er sicher, dass sie eines Tages nach Birka zurückkehren würde. So gut kannte er sie nach ihren vielen gemeinsamen Jahren. Aber als sie fuhr, hatte er nicht mit dem Hohn seiner Kameraden gerechnet. Schließlich war er ein reicher Kaufmann, der viele Siege in Ost und West errungen hatte. Und dann dieses verpestete Schimpfwort: Milchgesicht!

Erik spuckte auf den Boden und folgte den Reitern, die zum Königshof zurückkehrten. Früher oder später würde er den Bewohnern Birkas schon beweisen, was für ein guter Kämpfer er war. Und vielleicht war dieser Tag näher, als sie ahnten.

Erik hatte noch immer keine Gelegenheit gehabt, mit dem König über die Gerüchte zu sprechen, die er gehört hatte. Ein friesischer Kaufmann hatte erzählt, dass die Dänen Dorestad geplündert hatten. Das klang unheilvoll. Wenn das Gerede wahr war, bestand vielleicht auch die Gefahr, dass Birka angegriffen wurde. Dann musste er die Garnison rüsten und an der Verteidigung der Stadt teilnehmen. In Birka gab es viele reiche Kaufleute und viel Silber war hier versteckt, und auch wenn die Christen ganz und gar besiegt waren, konnte man vor Seeräubern dennoch nie sicher sein. Die Dänen hatten Birka schon früher bedroht, genau wie die Christen.

Erik erinnerte sich, wie er und Estrid erst vor ein paar Wintern gegen die Kreuzträger gekämpft hatten. Das war zu der Zeit gewesen, als Ansgar in der Stadt predigte. Einige seiner neuen Anhänger hatten die Macht in der Stadt übernehmen wollen. Damals war König Björn fast in einem Hinterhalt getötet worden, aber dank Eriks und Estrids Kriegslist war der Überfall misslungen. Seit diesem Tag waren der König und Erik Trinkbrüder, und oft jagten sie gemeinsam oder spielten Brettspiele.

Nach zwei Wintern in Birka war Ansgar nach Hamaburg-Bremen zurückgekehrt, und an seiner Stelle kamen Gautbert und sein Neffe Nithard. Aber auch sie hatten das Glück nicht auf ihrer Seite. Hartnäckig hatten sich die Heiden dem neuen Glauben widersetzt und schließlich den Hof der Priester angegriffen. Zu dieser Zeit, nicht lange nachdem die Bewohner Birkas den Hof geplündert hatten, war Estrid aufgebrochen. Erik fluchte. Er hätte sie zu seiner Frau machen sollen, wie er es vorgehabt hatte, schon beim Frühlingsopfer, bevor er auf Wikingfahrt gezogen war. Aber die Hochzeit hatte nicht stattgefunden, und dann war er so lange fortgeblieben auf seinem Weg gen Westen, dass sie sich in diesen Orfrim verliebt hatte. Als Erik dann als wohlhabender Mann zurückkehrte, mit der Absicht sie zu heiraten, war es zu spät gewesen.

Der Zeitpunkt seiner Heimkehr war so unglücklich getroffen, dass kein menschliches Wesen vernünftig mit ihr reden konnte. Sie war nicht verliebt, nein, sie war besessen von diesem überschwänglichen Fremdling, der sogar einen Eichenstamm dazu hätte bringen können, Purzelbäume zu schlagen, wenn er es nur versucht hätte.

Auf jeden Fall hatte Erik versprochen, ein Jahr auf sie zu warten. Nun war das Jahr fast vorüber, und er hatte noch nichts von ihr gehört. Würde sie trotz allem nicht zurückkommen? Ein Leben ohne Estrid? Aber er vermisste sie doch! Der Gedanke daran, dass sie ihr Leben mit diesem Kaufmann teilte, machte ihn grimmig und feindselig, und im vergangenen Jahr war seine Gesellschaft für niemanden eine Freude gewesen. Auch sein Versprechen, das Schankhaus zu übernehmen, bereute er. Im Schankraum hörte er tagtäglich die Gespräche der Kaufleute über ihren geglückten Handel in fremden Ländern, und all das Gerede machte ihn ganz niedergeschlagen. Lieber wäre er auf Wikingfahrt gegangen und hätte Handel getrieben als in einem Wirtshaus zu arbeiten. Außerdem hatte er hier das Gefühl, dass hinter seinem Rücken über ihn getuschelt wurde. Wäre das Versprechen, das er Estrid gegeben hatte, nicht gewesen, er wäre schon lange fort. Aber wenn sie bis zum Herbst nicht zurückkehrte, war er frei.

Zum Glück hatte er Rurik. Der Junge war fröhlich, lachte oft, und so klein er auch war, nahm Erik ihn überall mit. Manchmal fischten sie oder waren mit dem Boot draußen. Obwohl er nicht mehr als fünf Winter alt war, hatte Erik ihm das Schwimmen beigebracht.

Oft kümmerte sich Estrids Freundin Sigfrid um ihn, aber am liebsten war er im Schankhaus, wo er kleine Botengänge erledigte oder mit anderen Jungen auf dem Hof spielte. Rurik schien mehr Freude am Wirtshaus zu haben als er selbst. Die Schankstube zu führen, machte ihm keinen Spaß, jeden Tag dieselbe Arbeit zu verrichten, langweilte ihn ganz einfach. Nach mehreren Jahren auf Wikingfahrt besaß Erik nunmehr Silber und einige Schiffe. Was hätte er mit diesen Reichtümern nicht für Fahrten ausrichten können! Stattdessen lief er herum und servierte Bier. Es war, als würde er knietief durch Grütze und Harz waten. Nein, lieber Abenteuer und Herausforderungen in fremden Ländern, so etwas hielt ihn bei Laune.

Jetzt, da das Priestergesindel die Stadt verlassen hatte, gab es auch keine Christen mehr, gegen die man hätte kämpfen können. Eine kleine Gemeinde war alles, was von der kaiserlichen Mission in Birka übrig geblieben war, und Hergeir, Birkas Häuptling, schien ein frommer, milder Mann geworden zu sein. Nachdem der Hof der Priester geplündert worden war, schickte der Kaiser auch keine neuen Missionare mehr. Nordmänner verwüsteten die Küsten des Frankenreiches, und der Kaiser hatte genug damit zu tun, die Heiden in seinem eigenen Reich zu schlagen. Außerdem fanden sich vielleicht auch keine Mönche mehr, die die gefährliche Reise an das Ende der Welt wagten. So geschah nicht viel in Birka. Es wurde Sommer, Herbst, Winter und Frühling, und oben im Wachturm, draußen am Stadtwall, gähnten die Wachen und würfelten, statt nach Feinden Ausschau zu halten. In der Garnison unterhalb der Burg übten die Soldaten lustlos für Kämpfe und Gefechte, die niemals stattzufinden schienen.

Wie Erik war auch der König ein wenig gelangweilt, und im letzten Jahr hatte er nicht einmal mehr an den Falkenjagden teilgenommen, sondern nur noch von der königlichen Terrasse aus zugesehen. Im Königshof saß er meist nur da und träumte von Großtaten in fernen Ländern. Zusammen mit Erik schwadronierte er oft über große Pläne für die Zukunft, aber über das Träumen ging es nicht hinaus. Seit Seine Majestät im letzten Herbst seine Frau und sein Neugeborenes im Wochenbett verloren hatte, war er nicht wiederzuerkennen. Er redete viel, aber handelte nicht, und alles schien ihm gleichgültig zu sein.

Erik kannte den König seit dem Tag vor einigen Wintern, als er zum Königshof gerufen worden war. Erik hatte Ansgar an Bord seines Schiffes gehabt, als er nach Birka gesegelt war, und der König hatte alles über diesen Gesandten des Kaisers wissen wollen. Zu dieser Zeit hatte der König große Angst davor, dass die Christen die Macht übernahmen, und hatte deshalb Erik zu seinem Späher gemacht. So war es gekommen, dass Erik in den Kampf zwischen Heiden und Christen hineingezogen worden war, und bald war er König Björns Vertrauter geworden.

Erik hatte den König schätzen gelernt, und es bekümmerte ihn, dass er seine Nase inzwischen meist in einem Methorn stecken hatte. Noch dazu aß er wie ein Ochse und war so rund geworden, dass sein Bauch wie eine Kugel über dem Hosenbund thronte. Eines Tages hatte einer seiner Leibwächter gefragt, wer da beerdigt läge, aber da war der König sauer geworden, und die Wache hatte beinahe ihr Leben gelassen. Seit diesem Tag aß König Björn etwas weniger, und er hatte auch mit Kraftübungen begonnen, die er jeden Tag ausführte, es sei denn, sein Leiden setzte ihm zu. Seine Majestät hatte nämlich Krämpfe, und an trüben Tagen wurde er von einem anhaltenden Schmerz in den Gliedern gequält. Manchmal erhob er sich einen ganzen Tag nicht aus seinen Kissen, und es kam vor, dass Erik warten musste, bis der König angekleidet war, wenn er zu Besuch kam. Nicht einmal die Sklavinnen erfreuten ihn wie früher. Seine Lust hatte nachgelassen und seine Standhaftigkeit genauso. Schließlich hatte eine der Sklavinnen ihm etwas gesagt, das er nicht vergessen konnte.

»Es ist doch lustig mit den Männern«, hatte sie gesagt, »je weniger sie können, umso mehr wollen sie. Warum macht ihr denn nicht einfach etwas anderes?«

Nach dieser Sache lag der König eine Woche darnieder, und Erik machte sich große Sorgen um ihn. Schließlich schlug er dem König vor, ein paar neue Sklavinnen zu kaufen, der Sommermarkt war nicht mehr fern, und was konnte besser sein, als Sonne und Wärme mit neuen Sklavinnen willkommen zu heißen? Da zwirbelte der König seinen Bart, kratzte sich den Bauch und erhob sich von seinem Hochsitz. Seine Miene hellte sich zu einem glücklichen Lächeln auf.

»Mir fehlt nichts. Nein, sicher nicht. Ich habe nur ganz einfach zu lange dieselben Sklavinnen gehabt, das ist alles«, sagte er erleichtert und stieß darauf munter mit Bier und Met an. Zur Sicherheit holte er eine Kanne Fruchtwein hervor und leerte auch diese noch, ehe er seinem Verbündeten den Arm um die Schultern legte und vertraulich flüsterte:

»Dir werde ich auch eine Sklavin kaufen. Und dann gehen wir auf Wikingfahrt.«

Erik nickte zustimmend, und als die Burschen kurz darauf hineinkamen, um den Tisch abzuräumen, fanden sie den König im Hochsitz schnarchend und den Bernsteinhändler mit dem Kopf zwischen den Händen schlafend vor. Irgendetwas verriet ihnen, dass die Männer einen großen Beschluss gefasst haben mussten, aber sie wussten nicht genau, welchen.

Eriks Mundwinkel zuckten bei dem Gedanken daran, aber dann wurde er wieder ernst. Er überlegte, was der König über das, was in Dorestad geschehen war, sagen würde. Die Stadt lag nur wenige Tagesreisen von Birka entfernt. Welcher Ort würde als nächster geplündert werden? Birka? Hoffentlich nahm König Björn die Bedrohung ernst.

Erik ritt auf den Königshof, saß ab und übergab das Pferd einem der Knappen. Er ging nachdenklich zur Königsterrasse hinauf. Der König begrüßte ihn zwar herzlich, befand es aber nicht für nötig, die Füße von der Balustrade zu nehmen.

Gemeinsam sahen sie der letzten Falkenjagd zu, und als König Björn Fruchtwein holen ließ, schien es Erik an der Zeit zu reden.

»Mir ist erzählt worden, dass die Dänen Dorestad überfallen haben«, begann er.

»Wieder? Ja, ja, das ist eben eine reiche Handelsstadt«, erwiderte der König. »Obwohl Birka, das kannst du mir glauben, ja schöner und reicher ist.« Dann dachte er ein wenig nach und sah mit einem Mal bekümmert aus. »Glaubst du, dass diese Räuberbande nach Birka weiterzieht?«

»So ist es, Euer Majestät. Die Dänen werden sich nicht mit Dorestad begnügen. Sie werden bald auch Birka plündern wollen.«

»Birka? Warum denn? Wenn sie doch Dorestad schon ausgeräumt haben, brauchen sie kein Silber mehr.«

»Vielleicht nicht, aber Erfolg gebiert neue Träume. Die Menschen hier in Birka sind noch reicher als die, die in Dorestad leben.«

»Das ist wahr, aber haben die Kundschafter denn etwas zu berichten? Haben sie gesehen, wie Schiffe gerüstet wurden, oder haben sie eine Flotte auf See gesichtet?«

»Nein, noch nicht …« Erik zögerte mit der Antwort. Er musste sich eingestehen, dass er nicht viel mitzuteilen hatte. Kein Schiff war gesehen worden, nicht ein einziges Anzeichen. Dennoch hatte er dieses unbestimmte, nagende Gefühl.

»Weshalb grämst du dich dann, mein Freund?« Der König zwirbelte seinen Schnurrbart und kämmte mit den Fingern seinen Bart. Vielleicht sollte er ihn wieder schneiden lassen oder ihn anders kämmen als bislang. Frauen mochten Männer, die auf ihr Äußeres achteten. Er hatte einen Mann aus Norwegen getroffen, der einen gewachsten Schnurrbart gehabt hatte, der nach oben zeigte. Ob er das auch mal ausprobieren sollte?

»Ich glaube, die Dänen werden sich neue Plätze zum

Plündern suchen«, antwortete Erik. »Ich habe das im Gefühl, Euer Majestät. Meiner Meinung nach sollten wir das Pfahlwerk im Wasser und die Palisaden auf dem Burgberg verstärken.«

»Nur wegen eines Gefühls? Nein, Erik, ich habe zwar gehört, dass die Leute dich Milchbart nennen, aber du bist doch nicht auch noch unter die Seherinnen gegangen?«, lachte der König. »Nie zuvor ist es uns so gut gegangen hier in Birka wie jetzt, und wenn ich erst meine Sklavinnen habe, dann …«

Erik schwieg und erkannte, dass an diesem Tag niemand den König zum Zuhören bringen konnte. Seine Majestät legte Wert auf zuverlässige Informationen und gab nichts auf Gerüchte. Es war das Beste, wenn er sich erst mehr Wissen über das, was im Gange war, verschaffte, bevor er wieder mit dem König sprach.

»Nein, noch bin ich nicht unter die Seherinnen gegangen, aber lasst uns nach einer schicken. Sie kann uns vielleicht sagen, wie es mit der Stadt und den neuen Sklavinnen weitergeht.«

Der König grunzte vergnügt und beugte sich vor.

»Ja, aber vergiss die Stadt. Über die Sklavinnen will ich etwas hören.«

Erik nickte, hob sein Horn und trank es aus. Dann stand er auf und zeichnete schnell einen schönen Frauenkörper mit beiden Händen in die Luft. Darauf hob er die Hand zum Gruß und war fort.

Der König blieb auf seiner Terrasse sitzen und blickte ihm lange nach. Eine Seherin. Warum nicht? Sie konnte in die Zukunft sehen, und auf diese Weise konnte er sich auf das Bevorstehende vorbereiten. Sicher kannte sie auch irgendein kluges, altes Weib, das sich mit zuverlässigen Kräutern auskannte. Wenn mehrere neue Sklavinnen auf den Hof kamen, dann ... Einer neuerlichen Schmach wollte er nicht ausgesetzt sein. Seine Majestät nahm die Füße von der Balustrade, leerte die Weinkanne und rief seine Knappen. Es begann kühl zu werden, und er wollte in die Wärme des Königshofes zurück.

Auf der Bootsfahrt nach Björkö fiel Erik Toste ein, Estrids Erstgeborener. Er hatte den Knaben wie seinen eigenen Sohn geliebt, und sie hatten zu dritt zusammengelebt, bevor er auf Wikingfahrt gezogen war. Doch während er im Westen gewesen war, war der Junge verschwunden. Alle glaubten, dass Toste ertrunken war, obwohl Erik sicher war, den Jungen im Getümmel gesehen zu haben, als er wieder nach Birka zurückgekehrt war. Er war ihm nachgelaufen, hatte ihn aber aus den Augen verloren. Nach diesem Ereignis hatte er beschlossen, nach dem Kind zu suchen, und tief in seinem Innersten nährte er die große Hoffnung, ihn finden zu können. So lange das Eis trug, hatte er auf den Inseln der Umgebung nach ihm gesucht, aber nach einiger Zeit begann er die Zuversicht zu verlieren. Niemand hatte den Jungen gesehen, niemand hatte etwas gehört, und alle fanden sich damit ab, dass er ertrunken war. Aber jetzt, als ihm der Gedanke an die Seherin gekommen war, fiel ihm ein, was die Christen zu glauben pflegten.

Die Anhänger der neuen Lehre sagten, dass ein Kind, das nicht in einer Ehe geboren worden war, nach seinem Tod umgehen konnte. Ein Geist wurde. Und Estrid war nicht verheiratet gewesen, als sie Toste bekommen hatte! Obwohl der Junge seit über zwei Wintern tot war, hatten weder Christen noch Heiden seinen Schatten gesehen. Kein Lichtschein, keine Schatten, keine geheimnisvollen Rufe. Toste ging nicht um, er war in aller Stille verschwunden.

Eriks Miene hellte sich auf. Dass er nicht schon früher daran gedacht hatte. Das konnte nur eines bedeuten. Der Junge war nicht tot. Vielleicht hatte ihn jemand geraubt, um ihn zum Sklaven zu machen. So etwas war schon vorgekommen. Je länger Erik darüber nachdachte, umso überzeugter wurde er. Toste lebte. Noch war es nicht zu spät, ihn zu finden.

Estrid rannte keuchend den Hügel hinab. Atemnot schnürte ihr die Kehle zu, ihr Brustkorb schmerzte. Ein Boot! Sie musste ein Boot finden! Wenn sie nur auf den Fluss gelangte, würde sie ihre Verfolger, Kaufleute und Wachen, abschütteln können. Im Hintergrund hörte sie aufgeregte Stimmen, aber sie wagte es nicht, sich umzudrehen. Laufen, nur laufen, so schnell wie möglich, alles andere ist unwichtig, dachte sie. Auf dem Wolchow und Ladogafluss würde sie die Strömung gegen sich haben. Andererseits war die Strömung nicht sehr stark, und wenn sie einen kleinen, leichten Kahn finden könnte, würde sie es schaffen, flussaufwärts zu rudern.

Das Ufer war sumpfig, und sie versank im Schlamm. Hatte denn niemand irgendwo sein Boot hochgezogen? Es fand sich doch sonst immer eines am Strand. Verzweiflung stieg in ihr auf, und die Angst stach wie ein Messer. Ihre Lederschuhe waren durchnässt, der Matsch spritzte an ihr Kleid. Sie lief, als wären die Verfolger nur eine Armlänge hinter ihr, und ihr Blick suchte unruhig die Wasserkante ab. Nur ein einziges, gepriesenes Boot! Dort, am Ufer, entdeckte sie ein slawisches Boot. Sie gewann neue Kräfte und jetzt war es, als berührten ihre Füße nicht einmal mehr den Boden.

Die aufgeregten Stimmen und das Schreien wurden immer lauter, aber sie ließ den Lärm nicht an sich heran. Stattdessen warf sie sich nach vorne, löste das Tau und schob das Boot mit aller Kraft auf den Fluss. Der Rumpf schaukelte, und sie rutschte beinahe ab, aber dann gelang es ihr, den Körper über die Reling zu schieben und sich an Bord zu hieven.

Ihr erster Gedanke war, auf dem Boden liegen zu bleiben und auszuruhen, aber die Strömung würde sie in Richtung Strand treiben, wo die Rus ihr Quartier hatten. Sie musste mit aller Kraft rudern, um außer Sicht zu kommen. Erst dann war sie gerettet. Für den Moment. Aber sie würden sie weiter jagen, das wusste sie, denn der Kaufmann hatte geglaubt, einen guten Preis für sie erzielen zu können. Sie musste sich jetzt einen guten Vorsprung verschaffen, dann würde es für die Männer schwerer werden, sie zu finden.

Durchnässt und zitternd setzte sie sich auf die Ducht und begann zu rudern. Ihr Brustkorb hob sich schwer, und sie bekam kaum Luft. Der Laufschritt hatte an ihren Kräften gezehrt, und sie bekam keinen Druck auf die Ruder. Zorn, gemischt mit Trauer, stieg in ihr auf. Wenn sie sie fassten, würden sie sie töten, um andere vom Fliehen abzuhalten. Das hatte sie nicht gewollt. Niemals hätte sie sich träumen lassen, in einem solchen Alptraum zu stranden. Und es war der Mann, den sie geliebt und dem sie sich hingegeben hatte, der sie verraten hatte. Wenn er und ihre Fantasien und Träume nicht gewesen wären, dann …

Der Zorn verlieh ihr neue Kräfte, und der Kahn glitt schneller durch das Wasser. Sie versuchte, daran zu denken, dass jeder Ruderschlag sie weiter fortbrachte von dem Mann, den sie hasste, und ihre Stärke wuchs. Wie konnte ein Mensch so viele Gesichter haben?

Den ganzen Abend und die ganze Nacht ruderte Estrid, und in den hellen Dämmerungsstunden wanderten ihre Gedanken zu dem, was sie mitgemacht hatte. All das Böse und Schreckliche. Hätte sie schon früher erkennen müssen, was geschehen würde? Sie war erschöpft, und ihre Gedanken wurden wirr. Die Strömung des Wolchow änderte langsam die Richtung und wurde reißender. Der Kahn krängte, und die Geschwindigkeit des Bootes nahm zu, aber sie merkte davon nichts. Sie hatte zwar von dem Wasserfall und der reißenden Strömung gehört und auch davon, dass man in diesem Gewässer einen Lotsen brauchte, aber der Mangel an Schlaf und die Erlebnisse der letzten Tage gewannen die Oberhand. Estrids Kopf sank auf die Brust und es fiel ihr immer schwerer, die Ruder zu halten. Ich darf nicht schlafen, dachte sie. Ich muss an den Strand rudern. Sie ruderte wie in Trance und ihre Gedanken glitten weit weg. Unter dem Boot begann es zu rauschen und es zog unter dem Rumpf. Aber Estrid war nicht mehr im Jetzt. Erschöpft und wirr waren ihre Gedanken bei dem, was geschehen war, seit sie Birka verlassen hatte.

5

Hatte Orfrim sich verändert, oder bildete sie sich das nur ein? Ein guter Wind aus Südwest hatte sie durch die Schären über das Baltische Meer ins Gårdarik gebracht, und als sie sich der Newa näherten, schien er noch immer bester Laune zu sein. Die Mannschaft scherzte und lachte, und die Stimmung an Bord war gelöst, beinahe ausgelassen. Da war Orfrim der mitfühlende und gesprächige Mann gewesen, in den sie sich verliebt hatte, und es gab viel, worüber sie reden konnten. Aber eines Tages schien es ihr plötzlich, als entfernte er sich. Ohne dass sie verstand warum, schienen sich seine Augen nach innen zu richten und gleichsam schwarz zu werden, er wurde schweigsam und grüblerisch. Jeden Tag, den sie dem Gårdarik näher kamen, wirkte er abwesender.

Estrid wurde unsicher. Seine dunklen Augen wanderten oft aufs Meer hinaus, und wenn er sie ansah, war sein Blick forschend und verlegen. Hatte sie etwas getan oder gesagt, was sie nicht hätte tun oder sagen sollen? Oder beunruhigte ihn die Heimkehr? Vielleicht machte er sich Sorgen darüber, ob sie im Osten klarkommen würde?

So war es bestimmt; seine Gedanken drehten sich um ihr zukünftiges Leben in Aldeigjuborg. Schließlich brachte er eine Frau aus einem fremden Land mit, und sie waren nicht einmal verheiratet. Vielleicht bekümmerte ihn auch, wie sie von seiner Familie empfangen werden oder wie sie sich in dem neuen Land zurechtfinden würde? Sie musste lächeln. Orfrim war immer so mitfühlend und wollte stets ihr Bestes. Ja, denn was sie dazu gebracht hatte, sich dieser abenteuerlichen Liebe hinzugeben, war nicht so sehr seine Schönheit, sondern vielmehr seine Wärme und Fürsorge. Wenn sie niedergeschlagen war, versuchte er sie zu trösten, fror sie, brachte er ein warmes Tuch, und wenn sie unpässlich war, versuchte er sie mit warmen Tränken und Kräutern zu heilen. Es war seine liebevolle Fürsorge, die sie dazu gebracht hatte, ins Gårdarik zu reisen. Einem solchen Mann in der Liebe zu folgen, war kein großes Wagnis. Und endlich war sie ihren Gefühlen gefolgt, statt Sicherheit und Vorhersehbarkeit zu wählen.

Sie sah zu ihm hinüber, wie er dort auf seiner Seemannskiste saß.

»Orfrim, ich habe keine Angst vor dem, was in deinem Land auf uns wartet. Ob wir uns in Birka oder Aldeigjuborg begegnen, was spielt das für eine Rolle? Mit dir könnte ich in einem Erdloch hausen und dennoch glücklich sein«, sagte sie und streckte ihre Hand nach ihm aus. Er nahm sie und streichelte ihr leicht über die Wange.

»Sieh, dort«, sagte er. »Vor uns liegt der Ladoga. Es gibt auf der ganzen Welt keinen schöneren See. Auf ihm werden wir segeln, bis wir den Wolchow und Aldeigjuborg erreichen. Du wirst meine Stadt lieben, das verspreche ich dir. Sie ist so schön, dass ich sie dir schenken würde!«

Lachfältchen erschienen auf seinem ganzen Gesicht,

er beugte sich vor und küsste sie. Estrids Augen bekamen einen warmen Glanz. Nein, sie hatte sich geirrt, er war noch immer der Orfrim, den sie liebte. Schweigsamkeit und Schwermut hatten ihn verlassen, vielleicht hatte ihn nur etwas beunruhigt. Oder möglicherweise hatte sie es sich auch nur eingebildet, unsicher wie sie in dieser fremden Umgebung war. Nein, Orfrim gehörte ihr, und alle würden sie um ihn beneiden. Der, dem sie ostwärts gefolgt war, war ein reifer Mann, und Unsicherheit und Jugend lagen hinter ihm.

Sie sah ihn liebevoll an. Am liebsten mochte sie seine Augen, die ungezogen glitzerten oder dunkel und eindringlich brannten. Manchmal konnte sein Blick schwarz und hart werden, etwas, das sie erschreckte, aber dann lächelte er sie an und seine Augen bekamen ihr Leben zurück.

Estrid wurde es nie müde, mit ihm zusammen zu sein. Gemeinsam lachten sie und waren ernst, sie genossen ihre Körper und die Nähe des anderen. Zwischen ihnen bestand eine Anziehung, die fast schon beängstigend war, die ihnen tiefe, intensive Momente der Liebe bescherte. Dafür hatte sie Birka verlassen – denn sie wusste, dass man, um das Glück zu finden, manchmal auch das Gewohnte und Sichere aufs Spiel setzen musste. Wer niemals etwas wagte, wurde bitter und unglücklich. Nein, nie würde sie es bereuen, diese Reise gewagt zu haben, niemals. Was sie im Augenblick am meisten vermisste, war auch nicht ihr Zuhause, sondern die Momente der Zweisamkeit mit Orfrim. Sie waren schon so lange auf See gewesen, und das letzte Mal war schon viel zu lange her.

Sie waren mehr als einen halben Mond auf einem Schiff mit zwölf Mann Besatzung unterwegs. Sie gingen nicht an Land, sondern versuchten, an Bord zu schlafen, und wenn sie nicht gerade die Bärte oder Ellenbogen der anderen Männer ins Gesicht bekam, dann wachte sie von ihrem Schnarchen auf. Orfrim und sie waren beide gereizt durch den Mangel an Schlaf.

Vielleicht waren es die eigene Müdigkeit und die Sehnsucht nach Nähe, die sie sich so weit voneinander entfernt fühlen ließen. Eine Weile musste sie noch aushalten, aber dann!

Estrid drehte ihr Gesicht in den Wind und ließ ihre Haare frei wehen. Sie und Orfrim würden in Aldeigjuborg zusammen leben. Wie sehr sie sich darauf freute! Zunächst würden sie gezwungen sein, bei seiner Familie zu wohnen, aber so bald er konnte, würde er ein Haus für sie kaufen, das hatte er versprochen. Estrid schmunzelte. Der Wind zerzauste ihr Haar, aber das störte sie nicht. Schweigend betrachtete sie das dunkle, glitzernde Wasser und lauschte dem Knarren des Schiffsrumpfes. Sie schmeckte das Salz und den Geruch des Meeres und drehte sich glücklich zu Orfrim. Er lächelte sie an und kniff ihr schelmisch in die Wange.

»Au!«, protestierte sie.

»Ich werde verrückt ohne dich«, sagte er und küsste sie, als er glaubte, dass keiner sie sah. »Ich will dich. Ich kann nicht mehr warten, bis wir Land erreichen.«

»Das geht nicht«, sagte Estrid entschieden.

»Nein? Gib Acht!«, scherzte Orfrim.

»Jetzt, hier? Aber, dann gehst du ja über Bord«, lachte Estrid.

»Und du mit mir«, sagte Orfrim.

»Nein, du, ich nicht.«

Orfrim schüttelte belustigt den Kopf. Zwei Winter lang hatte er dieses Entzücken erfahren, das andere vielleicht niemals erleben durften. Mit Estrid war es, als würde alles heller, und alles, was schwarz und dunkel war, verwandelte sich in etwas Mögliches und Veränderliches. Niemals gerieten sie aneinander, stritten oder kabbelten sich. Sie hielten Frieden und konnten miteinander über alles sprechen. Dass es mit seinen früheren Frauen schief gegangen war, musste an ihnen gelegen haben, nicht an ihm. Aber wenn das, was zu Hause geschehen war, nicht gewesen wäre, wäre er vielleicht niemals nach Birka gelangt – und hätte Estrid nicht getroffen.

Er betrachtete ihr Haar, das im Wind wehte, üppig, blond und wild. Es war wie ein Bild ihrer selbst. Ihr Schankhaus, das sie gemeinsam mit ihrer Freundin Sigfrid betrieben hatte, war immer voll gewesen. Estrid verbreitete Behaglichkeit, und die Menschen in ihrer Umgebung fühlten sich wohl. Er sah zu ihr hinüber, und flammende Wollust trieb ihm die Farbe ins Gesicht. Wie sehr er sie begehrte, sie anbetete und tief in sich fürchtete, sie eines Tages zu verlieren …

Nur deshalb hatte er noch nicht gewagt, ihr alles zu erzählen …

Orfrim ließ seine Schultern sinken, und er fühlte sich schlecht. Nicht dass er ihr die Unwahrheit gesagt hätte, er hatte ihr nur nicht alles erzählt. Aber bald würde er sie es wissen lassen. Dann würde er ihr versichern, was er ihr schon so oft zuvor gesagt hatte: dass er sie liebte und für immer besitzen wollte.

Sicher, Estrid hatte ihm nur versprochen, für ein Jahr zu bleiben, danach wollte sie zu Rurik, ihrem Kind, zurückkehren. Erst dann würde sie über ihre Zukunft entscheiden. Aber so würde es nicht kommen. Sie gehörte ihm, und kein anderer durfte sie besitzen. Nie. Niemals.

Orfrim lächelte über Estrids Unwissenheit. Wie konnte sie glauben, dass ein Kaufmann aus dem Gårdarik eine Frau aus einem fremden Land mitnahm, um sie dann zurückfahren zu lassen? Dem heiligen Buch des Islams zufolge musste eine Frau dem Mann gehorchen und sein Willen herrschte, nicht ihrer. Jetzt gehörte sie ihm. Und was hatte er nicht für ein Wagnis auf sich genommen, eine Frau mitzubringen, die einem Volk mit Vielgötterei angehörte? Er konnte dafür von den Seinen zu Hause verstoßen werden. Das zeigte, wie viel sie ihm bedeutete. Natürlich würde er sie niemals heiraten, denn gemäß seiner Religion konnte er keine Ehe mit einer andersgläubigen Frau eingehen, aber er hatte das Recht, sie als Beischläferin zu behalten. Auf diese Weise konnten sie sich dennoch sehen und einander nahe sein. Vielleicht würde es zu Anfang schwer für sie sein, aber er hegte keinerlei Zweifel daran, dass sie sich ihm unterordnen würde. Sein Vater aus der Stadt Itil, an dem großen Meer im Osten gelegen, war einer von denen, die Mohammeds Lehre unter den Kaufmannsfamilien in Aldeigjuborg verbreiteten. Wenn sie erst von seinem Hintergrund erfuhr, würde sie sicher verstehen, dass er hier in der Stadt das strenge Leben leben musste, das von ihm erwartet wurde. Und dass nicht nur er selbst, sondern auch seine neue Frau den östlichen Sitten folgen musste.

Als sie den Fluss Newa hinter sich zurückgelassen hatten und auf dem Ladogasee segelten, konnte Estrid nicht mehr länger an sich halten. Sie hatte gehofft, dass Brynolf, der Schiffer, an Land gehen würde, so dass sie sich hinter einen Busch hocken konnte, aber er schien es viel zu eilig zu haben, das offene Wasser zu erreichen. Die Männer mussten sich auch nicht über die Reling hängen, um das Ihre zu verrichten. Höchstens bei Gegenwind konnten sie Schwierigkeiten bekommen.

Estrid ging nach vorn, wo sie vom Rahsegel geschützt ihr Kleid hochzog. Als niemand hinsah, neigte sie sich weit über die Reling hinaus, die Hände immer fest um die Relingkante. Sie hatte so lange an sich gehalten, dass dieser Moment reines Glück und Erleichterung war und sie bei dem Gedanken lachte. Ihr fiel auf, dass sie ihre übliche Blutung schon lange nicht mehr gehabt hatte. Sie war doch wohl nicht …? Vielleicht trug sie Orfrims Kind in sich! Der Gedanke ließ sie unaufmerksam werden, und als das Boot krängte, stürzte sie beinahe ins Wasser. Mit Mühe zog sie sich wieder hoch und balancierte einen Augenblick mit dem Po auf der Reling. Da riss ein Windstoß ihr Kleid hoch und legte ihr Geschlecht frei, ohne dass sie eine Möglichkeit hatte, sich zu bedecken. Für einen kurzen Augenblick sah jeder Mann an Bord genau das, was er am liebsten hatte sehen wollen, bis sie mit rotem Kopf ihr Kleid herunterziehen konnte. Sie wandte den Blick ab und tat, als wäre nichts geschehen, aber es war schon zu spät.

»Du meinst es gut mit uns!«, sagte Brynolf mit einem Grinsen und warf dem Freund einen viel sagenden Blick zu.

»Ein solcher Topf darf nicht trocken kochen«, bemerkte ein anderer.

Orfrim, der gesehen hatte, was geschehen war, sprang zornig auf und lief zu Estrid. Ohne ein Wort schlug er ihr hart ins Gesicht.

»Was erlaubst du dir?«, fauchte er mit zusammengebissenen Zähnen und sah sie drohend an. Estrid war stumm vor Schreck, und er schlug sie wieder.

»Versprich mir, dass das nie wieder geschieht. Versprich es!«

Dann wandte er sich ab und hielt sich die Hand vors Gesicht. Mit großen Schritten bahnte er sich seinen Weg nach achtern und setzte sich weit fort von ihr.

Estrid sah ihm mit verzerrtem Gesicht nach. Schweigend beugte sie sich über die Reling und wusch das Blut aus ihrem Gesicht. Erniedrigung stand in ihren Augen, steckte in ihrem Hals und brannte wie Flammen auf ihren Wangen. Er hatte sie vor allen Anwesenden geschlagen. Was war geschehen? Nie zuvor hatte er die Hand gegen sie erhoben. Sie sank auf den Schiffsboden, den Kopf zwischen den Händen. Eine unbestimmbare Unruhe schwoll in ihr an. War Orfrim nicht der Mann, für den sie ihn hielt?

In den darauf folgenden Tagen war Orfrim so wie immer, und Estrid kam mit sich überein, so zu tun, als wäre gar nichts geschehen. Er hatte sie niemals geschlagen, alles war nur ein Irrtum. Aber als sie auf dem Wolchow segelten und sich Aldeigjuborg näherten, verdunkelte sich sein Gemüt aufs Neue. Seine Augen wurden schwarz, und wieder war er ihr auf eine geheimnisvolle, beängstigende Art fern. Estrid wurde unruhig und erst spät am Nachmittag, als sie abwechselnd rudernd und segelnd durch eine unendlich weite Ebene fuhren, bekamen seine Augen ihren Glanz zurück.

»Sieh!«, rief er und zeigte an Land. »Aldeigjuborg, endlich!«

Estrid stand auf. Vor sich sah sie, wie die grüne, eintönige Landschaft sich verwandelte. Am Flussufer tauchten Gruppen von grauen Holzhäusern auf, umgeben von Bäumen und Büschen und weiter entfernt, oben auf einer Anhöhe, ahnte sie eine Palisade.

»Estrid, schau, ist das nicht schön? Und hier gibt es Rus, Slawen, Esten und Slowenen, ja, Menschen aus der ganzen Welt. Ihnen verkaufen wir aus dem Osten unser Silber.«

Wir aus dem Osten? Warum sagte er das? Entfernte er sich schon von ihr und Birka? Zögernd hob sie den Blick in Richtung Land. Dort lag sie, die Kaufmannsstadt der Rus und Slawen im Osten, Aldeigjuborg, die alte Stadt. Vor ihr teilte sich das rostbraune Wasser des Wolchow in zwei Flussarme. An dem einen Ufer waren Brücken und ein paar kleinere Boote an einer Schiffswerft zu sehen, am anderen badeten ein paar Jungen im flachen Wasser. Nicht weit davon schaukelten ein Kahn und ein Kaufmannsschiff auf und ab. An einem kleinen Steg weiter unten am Strand spülte eine Gruppe Frauen ihre Wäsche, und hinter ihnen erhob sich der Erdwall mit seinen Holzpalisaden. Die Landschaft war flach, aber ein betörendes Grün schickte sein zartes Licht über die Stadt und die Strände.

»Schau, ist das nicht ein Geschenk Allahs?«, sagte Orfrim glücklich und wandte sich an Estrid. Sein braun gebranntes Gesicht strahlte vor Freude, und er schluckte und schwieg für eine ganze Weile. »Nirgends sonst kannst du etwas so Großartiges sehen!«, fuhr er fort und drückte sie an sich.

Ihre Augen begegneten seinen und sie sah, dass sie wieder sanft und hell waren. Orfrim war wieder er selbst, zum Glück. Er musste geglaubt haben, dass sie im Begriff gewesen war, über Bord zu fallen, als sie auf der Reling saß, den Körper weit hinausgestreckt. Das musste der Grund gewesen sein, nur vor Schreck hatte er sie geschlagen.

»Deine Stadt ist nicht wie mein Zuhause in Birka, aber das Licht und das Grün sind das Schönste, was ich je gesehen habe«, sagte sie lächelnd.

Sogar Brynolf der Schiffer, den Orfrim vor vielen Wintern in Aldeigjuborg kennen gelernt hatte, lächelte. Sie nahmen das Bild der kleinen Stadt in sich auf, kosteten sie gleichsam, und ihre Augen glitzerten erwartungsvoll. Aber bald ergriff die Strömung das Boot, und sie mussten den Druck auf die Ruderblätter wieder verstärken.

»Gut, endlich an Land gehen zu können«, meinte ein Mann mit einer Haut so braun wie das Wasser des Flusses.

»Heute Abend wartet das Wirtshaus auf uns«, fügte ein anderer hinzu.

»Ach komm, sag doch, wie es ist, auf Frauen bist du aus«, fiel ein dritter ein.

Der Wind trug den Geruch von Tieren und gestampftem Humus herüber, und aus dem Pfahlwerk drangen die Geräusche der Stadt, knarrende Karren, Gemurmel und Lärm. Rufe, Lachen, Hundegebell, knirschende Brunnenschwengel und Wagen. Entfernt waren blökende Schafe zu hören, ein schreiendes Kind und Klirren aus einer Schmiede. Essensdunst stieg in den Himmel, senkte sich und trieb auf den Fluss hinaus. Aldeigjuborg, die Stadt der Rus und Slawen, hier würde Estrid mit Orfrim zusammen leben, und hier würden Brynolf und Orfrim ihren Handel treiben.

Estrids Gedanken wanderten zurück. Orfrims Kaufmannschaft in Birka war nicht sehr gut verlaufen, und Brynolf hatte ihn überredet, in den Osten zurückzureisen, um sein Silber dort zu verdienen. Mochte es dieses Mal glücken. Vielleicht konnte Orfrim hier den Grundstein für einen erfolgreichen Handel mit Glas, Stoff und Fellen legen und seine Kaufmannschaft nach Birka ausweiten, so dass er mit ihr zurückkehren konnte. Estrid träumte sich fort. Wenn sie ihm half, würde es vielleicht gehen. Sie stand schweigend da und verschränkte ihre Hände. Sie hatte schon vergessen, dass er sie geschlagen hatte.

In der Stadt entdeckten die Einwohner, dass sich ein fremdes Kaufmannsschiff langsam der Brücke näherte. Männer, Frauen und Kinder eilten hinunter zum Ufer und spähten auf die Mitte des Flusses. Dort war das Schiff mit dem festgezurrten Rahsegel zu sehen, die Männer auf ihren Plätzen an den Rudern. Sie machten sich zum Anlegen bereit.

Orfrim schielte unsicher an Land. War seine Familie dort, um ihn zu empfangen? Wäre es ihm nur gelungen, früher mit Estrid zu sprechen. Wenn er erst an Land ging, würden ihn alle erkennen, und innerhalb kürzester Zeit würden seine Frau und die Kinder wissen, dass er zurück war. Wie würden sie Estrid aufnehmen? Es war zwar sein Recht, mehrere Frauen und Geliebte zu haben, aber Olga, seine letzte Ehefrau, erwartete sicher nicht, dass er sich eine Frau aus dem Reich der Svear mitbrachte. Andererseits gedachte er, sie mit dem Versprechen zu beruhigen, seine Zeit zwischen ihnen aufzuteilen. An seine erste Frau Elena wollte er am liebsten gar nicht denken, sie hatte er schon lange zu vergessen versucht.

Eine Schar Kinder lief fröhlich johlend auf die Brücke, dicht gefolgt von ihren Müttern. Er sah sie genau an. Waren Boris und Nikita unter ihnen, die Söhne, die er von Elena hatte? Zehn und zwölf Jahre waren sie jetzt. Als er in ihrem Alter gewesen war, war er immer auf die Brücke gerannt, um zuzusehen, wenn die Kaufleute an Land gingen. Da. Ein dunkler, zerzauster Haarschopf und ein frohes Jungenlächeln zwischen all den anderen. Nikita! Sein Blick wanderte unruhig hinüber zu Estrid. Sie saß schweigend da und starrte den Jungen mit großen Augen an. Dann erkannte auch er, was sie selbst gerade gesehen hatte. Er und Nikita sahen sich so ähnlich, dass niemals jemand daran zweifeln konnte, dass sie Vater und Sohn waren.

Orfrim begegnete Estrids erstauntem Blick. Im nächsten Augenblick breitete sich ein glückliches Lachen auf dem Gesicht des Jungen aus, und sein Rufen war weit zu hören.

»Papa, Papa!«, rief er, und Orfrims Gesicht wurde heiß. Seine Frau Olga und das jüngste Kind Boris liefen direkt hinter ihm. Orfrim spürte Estrids unheilvollen Blick wie einen Bienenschwarm im Nacken.

König Björn zwirbelte seinen gewachsten Bart und betrachtete die Sklaven, die zu dem Platz schritten, wo die Versteigerung stattfinden sollte. Er bekam etwas Bienenwachs an die Finger, zog diskret sein Seidentüchlein heraus und wischte sich die Hände ab. Er hatte sich noch nicht an seinen neuen Mundschmuck gewöhnt und noch nicht herausgefunden, wie viel Wachs er nehmen musste. Drüben von der Sklavengruppe erklangen Rufe, und er sah auf.

Die Sklaven wurden von den Wachen zwischen den Marktständen vorwärts getrieben. Die Männer, Frauen und Kinder waren aneinander gekettet und sahen sich ängstlich um. Wer würde ihr nächster Bauer werden, und zu welchem Hof, in welches Land würden sie dieses Mal verkauft werden? Ihr Besitzer, ein schlaksiger, rotnasiger Mann in Lodenrock und bunten Hosen, hätte die Gruppe einen anderen Weg gehen lassen können, aber er wollte seine Sklaven allen zeigen. Auf diese Weise lockte er mehr Käufer zu seinen Versteigerungen und konnte die Gebote höher treiben.

Der Marktplatz war gut besucht, und Stimmen, Reden und Lachen erschollen zwischen den Ständen. Hier gab es im Frühsommer viel zu kaufen. Viele hatten den Winter mit Weben und Schnitzen zugebracht und freuten sich darauf, ihre Arbeit gegen ausländische Waren einzutauschen, andere wollten lieber Silber haben. Auf den Markständen der Hauptstraße lagen prächtig gewebte Wandbehänge, kunstvoll geschnitzte Holzschalen, Ketten und Armreife, weiter unten Richtung Ufer waren die Bewohner der umliegenden Inseln mit Fisch, Saatgut und Gemüse herbeigesegelt. König Björn, der beschlossen hatte, sich an diesem Tag unters Volk zu mischen, blieb vor den Tischen mit Schmuck und Glasperlen stehen. Schöne Dinge gefielen ihm, und er hatte schon lange darüber nachgedacht, die Schmiede und die Perlenwerkstatt zu Hause auf dem Königshof auszubauen. Ihm stand der Sinn vor allem nach feinen Fibeln aus Gold und Silber mit kunstfertig ausgearbeiteten Filigranarbeiten. Für diese Arbeit brauchte man scharfe Augen und flinke Hände, und die kleinen Sklavenkinder waren meist geschickt in solchen Dingen. Er selbst hatte mehrere in seiner Werkstatt, und er fand, dass es gut war, wenn sie sich nützlich machten, statt Unfug auszuhecken. Außerdem fanden die Sklavenkinder es oft lustig zu arbeiten. Auf einen erwachsenen Sklaven hingegen konnte man sich niemals verlassen, und auf eine Sklavin erst, nachdem man sie unterworfen hatte. Am besten, man schwängerte sie, dann kamen sie nicht weit.

Im selben Moment ertönte ein mächtiges Brummen, und der König fuhr herum. Seine Augen weiteten sich, und er schlug vor Staunen die Hand vor den Mund. Unmittelbar hinter ihm lief ein Tierbändiger mit einem großen Bären an der Kette. Es war ein gewaltiges Bärenmännchen, das ein langer, dürrer Mann gerade dazu gebracht hatte, auf den Hinterbeinen zu gehen. Das hier sah so drollig aus, dass er einfach lachen musste, und seine Fröhlichkeit wuchs, als es dem Tierbändiger gelang, den Bären Purzelbäume schlagen zu lassen.

König Björn, der oft Gaukler um sich hatte, war ihrer

in letzter Zeit überdrüssig geworden, weil sie fortwährend dieselben Kunststückchen aufführten. Lange hatte er darüber nachgedacht, was er dagegen unternehmen sollte, denn belustigen wollte er sich schließlich. Nun stand die Idee klar und rein vor ihm. Was für Späße auf ihn warteten, wenn er nur diesen Bären kaufen könnte! Seine Finger zwirbelten noch einmal ausführlich den Bart, worauf der König zur Tat schritt.

»Was für ein Bär! Lasst mich ihn kaufen«, sagte er eifrig, während er seinen Geldbeutel hervorzog und anfing, Münzen zu zählen.

Der Bärenbändiger sah ihn verwundert an.

»Und dich dazu«, fügte der König hinzu und legte dreißig glänzende Dirhams in die Hand des hageren Mannes. Der wurde blass, schluckte und sah den König unschlüssig an, während die Wachen Seiner Majestät viel sagende Blicke tauschten.

»Ich bin auf dem Weg nach Norden, um an einigen Aufführungen mitzuwirken. Ich kann die Fahrt jetzt nicht abbrechen«, antwortete der Bändiger verlegen und betrachtete sehnsüchtig die Münzen.

»Ach, wenn es weiter nichts ist«, sagte der König erleichtert, zog einen weiteren Beutel hervor und schüttete auch die Münzen daraus in die ausgestreckte Hand des Mannes. Dieses Mal lagen nicht nur Silber- sondern auch Goldmünzen in seiner Hand, und dem Bärenbändiger fehlten die Worte.

»Bleib für ein Jahr bei mir, dann kannst du weiterreisen«, fuhr der König eifrig fort. »Ich will zur Freude aller deinen Bären am Königshof haben. Und zum nächsten Markt bist du frei und kannst gehen, wohin du willst.«

Der Mann ließ seinen Blick stumm zwischen Seiner Majestät und dem Bären hin und her wandern. Hinter ihm räusperten sich die Wachen des Königs. Sollten jetzt etwa auch noch gefährliche Raubtiere an den Hof kommen, nur weil der König etwas zum Spielen haben wollte? Reichten all die Falken, Pfauen und Schoßhunde, die er seit dem Tod seiner Frau um sich versammelt hatte, nicht aus? Und wer sollte sich um den Bären kümmern, während der König im Reich herumreiste? Als hätte der König die Gedanken seiner Leibwache lesen können, drehte er sich um und sagte zu ihnen:

»Wenn ich zu den Höfen draußen im Reich reite, bleibt der Bär in eurer Obhut. Sorgt dafür, dass er ordentlich zu fressen bekommt, und behandelt ihn gut. An meinem Hof soll es nicht nur das beste Essen und die besten Männer des Sveareiches geben. Ich will, dass sich das Volk aus Ost und West bei mir belustigen kann und seinen Besuch in Erinnerung behält. Denkt nur, Bärentanz am Gauklerabend! Und Sklavinnen für alle und jeden. Sagt nicht, dass meine Gäste am Königshof nicht auf das Beste unterhalten werden.«

Die Wachen nickten höflich und blickten zu Boden, während dem König wieder einfiel, weshalb er den Markt eigentlich besuchte. Er wollte neue Sklavinnen kaufen. Schnell befahl er den Wachen, sich um den Bären zu kümmern, und setzte seinen Weg zur Versteigerung fort.

»Da freut man sich auf einen Abend mit neuen Sklavinnen und dann müssen wir uns um diese Bestie kümmern«, murrte einer der Wachmänner, der Godfred hieß.

»Als ob Jagdfalken und Papageien nicht Unterhaltung

genug wären. Die Spiellaunen Seiner Majestät ermüden mich«, befand sein Kamerad.

»Vielleicht sollten wir den Bären einfach loslassen, dann frisst er die anderen Tiere«, schlug Godfred vor.

»Und uns zum Nachtisch«, erwiderte sein Kamerad mit einer Grimasse.

Der Bärenbändiger sah sie mit gekränktem Blick an. »Mein Bär frisst Ameisen, Zweige und Beeren. Ihn kann man nicht einfach mit irgendwas abspeisen!«

Die Wachen tauschten rasche Blicke. Offenbar würden sie nicht nur mit dem Bären Ärger bekommen, sondern mit dem Bärenbändiger noch dazu.

Als der König zum Podest kam, hatte Kolbein Halte, der unangefochtene Häuptling des Marktes in Birka, die Versteigerung schon begonnen. Auf der hohen Plattform wurden die Sklaven vorgeführt, dann begann das Bieten. Die Männer verkauften sich schnell, aber als die Sklavinnen an der Reihe waren, wurde Stimmengewirr laut.

»Prachtmädel. Die da, die will ich haben«, sagte ein älterer Mann mit grauem Bart und zeigte auf eine junge Frau, knapp fünfzehn Winter alt. »Ja, ein tüchtiges Weib am Herd und eine, die mir im Stall helfen kann«, fügte er zur Sicherheit hinzu.

»Brot kann sie backen, Met kann sie brauen und Kühe kann sie melken, meinst du? Nein, so was kann ein altes Weib besser«, wandte seine Frau scharf ein. »Du nimmst eine ältere.«

Der Mann wich den Blicken seiner Frau aus, und als das Bieten begann, gab er das höchste Gebot ab.

»Bock«, zischte die Frau.

»Nein, Lammfleisch«, antwortete ihr Mann.

Danach dauerte es lange, ehe Mann und Frau wieder ein Wort miteinander wechselten.

Gegen Ende des Sklavenverkaufes wurde eine junge, schlanke Frau mit ovalem Gesicht, großen Augen und dunklem Haar auf das Podium geführt. Sie wandte sich von den Blicken aller ab und sah die ganze Zeit auf ihre Füße, als wollte sie ihr Gesicht nicht zeigen. So war nicht viel zu sehen von ihren Gesichtszügen, und ihr Körper wurde von einem wallenden Kleid verborgen. Die Fibeln waren aus einfachstem Eisen geschmiedet, sie trug weder Armreif noch Kette. Niemand begann zu feilschen, und als kein Gebot zu hören war, begann Kolbein Halte das Volk mit allen Mitteln zum Bieten zu bringen. Als auch das nichts half, ging er entschlossen zu der Frau hinüber, löste ihr Kleid und entblößte ihre Brust. Da verstummte das Gemurmel und ein Raunen ging durch die Versammelten. Sicher, die Frau sah blass und abgezehrt aus, aber an ihrer weiblichen Schönheit war nichts auszusetzen. Sogleich betrachteten die Männer sie mit lüsternen Blicken, riefen Schändlichkeiten, scherzten und lachten. So ermuntert packte Kolbein noch einmal fest zu und riss ihr Kleid hoch. In dem Augenblick ging König Björn vorbei. Er fuhr zusammen und glotzte mit aufgerissenen Augen. Was für eine Pracht! Seine sonst so eingeschlafenen Königsteile erwachten zu neuem Leben, und sein ganzer Körper begann zu kribbeln. Ohne nachzudenken hob er die Hand und schrie:

»Sie gehört mir – und drei Felder gebe ich für sie!«

»Mehr will ich hören«, antwortete Kolbein kühn.

Der König, der unmittelbar für das Mädchen entflammt war, wollte sich diesen reizenden Zufall nicht durch die Finger gehen lassen. Eilig löste er einen Beutel mit Geld vom Gürtel und sah nach, wie viel Silber er noch übrig hatte. Sein Blick fiel auf einen kleinen Silberbarren, den er von einem rusischen Kaufmann bekommen hatte.

Triumphierend hob er das Silber in die Luft.

»Überbietet das, wenn ihr könnt!«, sagte er stolz und hielt das glänzende Metall in die Höhe.

Füße scharrten am Boden, Husten und lautes Gemurmel ertönte, aber niemand wollte oder konnte mehr bezahlen. So viel hatte noch nie jemand für eine Sklavin bezahlt, nicht einmal für zwei. Vereinzeltes Lachen wurde laut, gefolgt von frechen Andeutungen, worauf Kolbein verstand, dass es langsam sehr schmählich für Seine Majestät zu werden drohte. Deshalb ergriff er hastig das Wort, um die Ehre des Königs zu retten.

»Euer Majestät will, wie ich sehe, auch ihren Sklavensohn kaufen«, sagte er verbindlich.

»Sicher«, sagte der König und wurde leuchtend rot. »So hatte ich es mir gedacht.«

Und dabei blieb es.

Als die Wachen des Königs später Seine Majestät nach Hause ruderten, sang er im Boot ein fröhliches Liedchen und klopfte dabei im Takt auf die Reling. Was hatte er heute doch für ein Glück gehabt! Mit sich brachte er nicht nur einen Bären und einen Bärenbändiger zum Königshof, sondern auch drei Sklavinnen. Darüber hinaus hatte er bei seinem Kauf noch einen Sklavenjungen bekommen, den er in seiner Werkstatt gut gebrauchen konnte. Das war ein gelungener Markt gewesen, und froh und ausgelassen beendete der König seinen Handel damit, seinen neuen Sklavinnen drei Paar goldene Fibeln zu schenken.

Als Erik Bernsteinhändler am Abend zu einer Partie Brettspiel zum Königshof hinüberruderte, konnte der König es nicht lassen, mit seinem großen Tag zu prahlen. Er fand gar nicht genug Worte für seine gelungenen Geschäfte, und sehr schnell kam das Gespräch auf seine neuen Sklavinnen.

»Soll ich sie rufen?«, fragte der König. »Ich habe sie schminken und mit den schönsten Kleidern kleiden lassen. Und ihr Schmuck schimmert wie Perlen im Himmel.«

»Sterne«, verbesserte Erik.

»Ja, du kannst dir nicht vorstellen, was für eine Augenweide sie sind«, zwitscherte der König vergnügt. »Außerdem glaube ich, sie mögen mich.«

»Aber sicher«, nickte Erik höflich zur Antwort, denn er hatte gelernt, dass man mit dem König taktvoll umgehen musste. Seine Majestät glaubte immer, dass alle Frauen ihn ebenso sehr mochten, wie er selbst sie begehrte, und in diesem Irrglauben ließ Erik ihn gern leben.

»Gleich wirst du es sehen«, rief der König und breitete seine Arme aus, als wollte er die ganze Welt umarmen. Im nächsten Augenblick reckte er sich und brüllte aus vollem Hals: »Tretet ein!«

Es war einen Moment still, dann wurde die Tür aufgeschlagen.

»Oh!« König Björn schnappte nach Luft.

Da stand sie, die Sklavin, für die er einen ganzen Silberbarren gegeben hatte. Ihre großen dunklen Augen waren, wenn das überhaupt möglich war, noch schöner als vorher, und sie lächelte scheu und unsicher. Ihre Wimpern waren geschwärzt, ihre runden Wangen schimmerten zartrosa und ihr kurzes, dunkles Haar war auf der Stirn in Locken gelegt worden. Sie war in feinstes Leinen gekleidet, darüber trug sie eine Tunika mit Gold- und Silberstickereien. Zwischen den glänzenden Brustfibeln hingen eine schwere Perlenkette und Glasperlen, und rote Karneole ruhten als leuchtender Schmuck auf ihrem hohen, weißen Busen. Der König hatte nicht einmal geahnt, dass es ein so schönes Wesen auf Erden gab, und er musste zweimal hinsehen, um sicherzugehen, dass sie wirklich vor ihm stand. Er hatte wahrhaftig erkannt, was kein anderer entdeckt hatte; dass hinter dem blassen Gesicht und dem zerrissenen Kittel eine ungewöhnliche Schönheit steckte. Und jetzt gehörte sie ihm.

»Na, was meinst du?«, sagte er belebt und drehte sich zu Erik um.

Der war verwirrt einen Schritt zurückgetreten. Was für eine Frau! Ihre Augen zogen ihn an, dunkel und schwarz wie ein Waldsee. Ihre Brust war voll, ihre Haut zart und ihr Mund weich und sinnlich. Die Schönheit ihres Körpers überwältigte ihn, und er dachte, dass es sie nicht wirklich gab – dass sie ein Trugbild sein musste. Es war als stünde die Geliebte seiner Jugend vor ihm, Jorunn. Die Frau, die einst seine Verlobte gewesen und jetzt tot war. Jorunn? Verwirrt betrachtete er sie, ohne ein Wort herauszubringen.

»Na?«, hakte der König nach.

»Eure Majestät hat schon immer ein gutes Auge für die richtigen Frauen gehabt«, sagte Erik angestrengt. Sein Blick wanderte wieder zu der Sklavin. Sie musste schon viele Männer gehabt haben, Erik fühlte ihre Sinnlichkeit und merkte, welchen Einfluss sie auf ihn ausübte. »Ja, dass du für sie viel Silber bezahlt hast, kann ich gut verstehen«, fügte er ein wenig abwesend hinzu.

»Ja, aber ihren Sklavenjungen habe ich auch genommen, verstehst du. Brauche Leute für die Werkstatt. Außerdem ist es für eine Mutter mit Kind schwerer wegzulaufen.«

»Sicher, sicher«, räumte Erik ein, den Blick auf die Sklavin gerichtet. Jetzt sah er es wieder, das Scheinbild von Jorunn. Fühlte er ihre Anwesenheit im Raum deshalb so stark?

»Ich habe sie Ingegerd genannt«, fuhr der König fort. »Kein gebräuchlicher Name für eine Sklavin, aber ich finde, sie sieht so fein aus.«

»Jaha, ja«, sagte Erik abwesend.

»Aber sie weigerte sich, auf den Namen zu hören, und so heißt sie doch weiter Ysja«, plapperte der König.

»Ich verstehe«, murmelte Erik zerstreut.

Seine Gedanken verharrten bei der Sklavin. Irgendwo in seinem Innersten meinte er, sie schon einmal gesehen zu haben. Aber wo? Oder kam es ihm nur so vor, weil sie ihn an Jorunn erinnerte?

6

Als Ysja vom Sklavenpodest heruntergeführt wurde, lächelte sie zum ersten Mal seit langer Zeit. Seit dem Tag, an dem ihr Bauer Eyvind ertrunken und sie mit Toste allein zum Eyvindhof zurückgeritten war, war ihr Leben nichts als unerträgliche Dunkelheit gewesen. Ohne Eyvinds Schutz war sie seiner kleinlichen und bösen Frau ausgeliefert gewesen. Die Hausherrin machte sie für den Tod ihres Mannes verantwortlich, und sie bestrafte sie für jeden noch so kleinen Verstoß. Auch Ysjas Junge, Toste, litt darunter. Auch ihn schlug und züchtigte die Frau ohne Grund. Wie oft hatte Ysja nicht an Flucht gedacht, aber sie war ständig unter Beobachtung, und sie und Toste hatten keinen Kontakt. Eine Frau flieht nicht ohne ihr Kind. So hatten sie es sich wohl ausgerechnet.

Die stille Rache an Ysja, der Sklavin, mit der Eyvind sich verheiraten wollte, ging weiter. Frühling, Sommer, Herbst und Winter vergingen, und es wurde wieder Frühling, ehe die Hausherrin es endlich leid war und sie verkaufen wollte. Wäre die Angst, dass sie und Toste an verschiedene Höfe verkauft werden könnten, nicht gewesen, hätte diese Entscheidung Ysja glücklich gemacht. Nun, dieses Mal waren die Götter mit ihr gewesen, und der König hatte sie beide gekauft. Sie und Toste durften auch in Zukunft zusammenbleiben.

Vor einigen Wintern war Ysja aus der Sklaverei befreit

worden. Aber das Schicksal hatte sie zum Eyvindhof geführt, wo sie wieder gezwungen worden war, Sklavin zu werden. Um Tostes willen hatte sie sich gefügt, damit die Wahrheit über das Kind nicht ans Licht kam – über das Kind, das nicht ihr leibliches war. Aber die Zeit als freie Frau hatte sie gelehrt, mit den Männern umzugehen. Sie wusste, wie sie sich anbieten musste – nicht zu viel, sonst schwand die Lust der Männer, aber auch nicht zu wenig, sonst schenkten sie ihr keine Aufmerksamkeit.

Ysja wusste um ihre Anziehung auf Männer, und sie hatte Kolbein Halte, dem Mann, der die Sklavenversteigerung abhalten würde, drei Nächte lang Liebesfreuden bereitet, damit er ihr im Gegenzug einen Gefallen tat. Sie hatte ihm gesagt, dass sie einen reichen Mann wollte, der für sie und das Kind sorgen konnte. Je wohlhabender, desto besser. Und Kolbein Halte hatte gelacht und geschworen, ihr zu helfen. In dem Augenblick, in dem der König auf der Sklavenversteigerung erschienen war, hatte er ihrem Wunsch entsprochen. Rasch hatte er sie aufs Podest geführt und ihre Reize enthüllt. Seiner Majestät Schwäche für Frauen war weithin bekannt, und mit dieser kleinen Überraschung war er sicher, sein Interesse wecken zu können. Der Plan glückte, und der König kaufte sie und das Kind.

Toste hatte er unbesehen genommen, und das war auch besser so, denn so übel, wie der Junge verprügelt worden war, war er kaum wiederzuerkennen. Der fröhliche und muntere Kerl von einst war dünn und schwach und hatte angefangen zu stottern. So elend ging es ihm, dass sie sogar um sein Leben fürchtete.

Darum hoffte sie, dass er auf dem Königshof viel zu essen bekommen und gut behandelt werden würde, bis er sich erholt hatte. Wenn sie den König nur um ihren Finger wickeln konnte, dann würde er sicher dafür sorgen, dass man sich gut um das Kind kümmerte. Einst war es ihr gelungen, Eyvind zu umgarnen, und sie hatte ihn beinahe dazu gebracht, sie zu heiraten. Mit dem König, der nun nicht unbedingt der schönste Mann im Svea-reich war, würde es sicher noch einfacher sein. Ein fetter Kerl mit gewachstem Bart … wer machte sich schon etwas aus so einem? Nein, König Björn würde sie bald um den Finger gewickelt haben, und wenn das gelungen war, würde sie versuchen, die Freiheit für sich und den Jungen wiederzuerlangen.

Ysja schielte zum König hinüber. Sie spürte noch immer eine nagende, zehrende Unruhe in sich. Zwar glaubten alle, dass Toste tot war, und er war gewachsen und dünner geworden. Mit seinen gestutzten Haaren sah er auch nicht mehr aus wie an dem Tag vor vier Wintern, als sie ihn aus dem Brunnen gerettet hatte. Aber der Königshof lag nicht weit von Birka entfernt. Konnte sie wirklich sicher sein, dass niemand ihn erkennen würde?

An dem Abend, als Ysja zum König geführt wurde, gekleidet und geschminkt wie nie zuvor, war ihr leicht zu Mute. Auch wenn sie immer noch Sklavin war, war ihr klar geworden, dass der König sie zu seinem eigenen Vergnügen gewählt hatte. Somit würde sie besser behandelt werden als die anderen Sklaven und vielleicht auch den Nachstellungen der Wachen entgehen. Der König hatte sie zwar Erik Bernsteinhändler vorgeführt, aber so wie man etwas zeigt, über das man sich freut und worauf man stolz ist, nicht wie etwas, das man mit dem anderen teilen will. Aber sie hatte sich vor den Blicken des Mannes verborgen, sowie sie ihn gesehen hatte. Sie kannte ihn von früher; sein blondes, zerzaustes Haar, die Lachfalten und die Stupsnase.

Wo hatte sie ihn gesehen? Auf dem Snemunhof, wo sie Sklavin gewesen war, oder irgendwo in Birka? Vielleicht auf dem Markt?

Sie merkte, dass er ihre Neugier geweckt hatte. Seine Gestalt gefiel ihr, die sichtbare Männlichkeit und Stärke, und da war noch etwas anderes. Wehmut? Verletzlichkeit? Mit einem Mal wurde ihr klar, dass sie ihn gern wiedersehen wollte. Dann besann sie sich, denn sie wusste, dass es gefährlich sein konnte, jemanden zu treffen, den sie von früher zu kennen glaubte. Was sie hinter sich gelassen hatte, sollte nicht wieder an den Tag gebracht werden. Sonst konnte sie den Jungen verlieren.

In der ersten Frühlingssonne standen die Fensterluken und Türen des Großbauernhofs offen, und Feuchtigkeit und Enge des Winters wurden hinausgeweht. Gedämpfte Stimmen drangen aus dem Haus, und alles schien ruhig und friedvoll. Dann wurde die Stille von einem gewaltigen Fluch gebrochen und Torvald Hjalte erschien in der Türöffnung. Der Großbauer aus Badelunda war berüchtigt für seine schlechte Laune, und nun war er offenbar noch ungehaltener als sonst.

»Verdammter Gaukler!«, fluchte er und spuckte auf

den Boden. »Wieder hat der König uns zum Narren gehalten.«

Hjalte stapfte zum Schuppen und ließ sich zornig auf die Bank fallen. Lange hatte er dem Gerede und dem fröhlichen Gelächter der Knechte zugehört, aber jetzt konnte er es nicht länger ertragen. Er hatte genug. Sie konnten den König unmöglich an der Macht lassen. Es war an der Zeit zu handeln.

Torvald Hjalte war kein ruhiger und friedvoller Mann, sondern wechselhaft wie das Wetter im Frühling, wenn das Opferfest der Erdgöttin bevorstand. Er war groß gewachsen und stattlich, mit breiten Schultern und viel zu kurzen Beinen. Seine Gesichtszüge waren schwer zu deuten, aber meist sprachen Schlauheit und Kraft aus ihnen. Sein Blick war durchdringend, seine Nase gerade und sein Mund klein und verkniffen, als dächte er schlecht über jeden und vertraute niemandem. Er sprach langsam und nachdenklich, und wenn er ärgerlich wurde, bekam seine Stimme einen heiseren Klang wie das Krächzen der Raben im Asenhain. Er hatte nicht viele Freunde, aber er war so reich, dass er dennoch viele Leute um sich hatte. Sie verstanden es, sich gut mit ihm zu stellen, und er entlohnte sie üppig für ihre Treue. Seine Reichtümer hatte er sich als erfolgreicher Krieger im Osten verschafft. Dort hatte er viele Jahre zugebracht, und er prahlte damit, bis nach Miklagård gesegelt zu sein. Er redete gern über die große Stadt und über geheimnisvolle Feuerwerfer, die Feindesschiffe angesteckt und das Meer in Brand gesetzt hatten. Torvald Hjalte aus Badelunda war in der Stadt des Kaisers gewesen und hatte die zehn Meter hohe Stadtmauer mit ihren unzähligen Wachtürmen gesehen, das Hippodrom und die mächtige Christenkirche Hagia Sophia – die so groß wie eine ganze Sveastadt war.

Wieder in der Heimat war es ihm schwer gefallen, sich mit den einfachen Holzhäusern und Höfen zu Hause zu begnügen. Es gab so viel Prunkvolles in anderen Reichen, und er begann an seiner alten Heidenwelt mit Opferfesten und schlichten Holzgötzen zu zweifeln. Als er dann hörte, dass der Kaiser aus dem Westen Mönche zum Predigen nach Birka gesandt hatte, freute er sich, denn er glaubte, dass neue Gedanken ins Sveareich gebracht und das Land angesehener machen würden. Er träumte von einem erweiterten Handel mit den Christen, von großen Kirchenbauten, prächtigen Skulpturen und neuen Lehren aus dem Frankenreich und Byzanz. Aber tatsächlich verjagten die Bewohner Birkas die Mönche und alles blieb beim Alten. Seit diesen Tagen war er immer schlechter auf König Björn und seinen Königshof zu sprechen gewesen. Dieser Nichtsnutz tat nicht viel Sinnvolles für sein Reich, und statt seinen König zu achten, lachte das Volk über ihn. Seine Majestät hielt Gauklereien ab und Pferderennen, feierte und steckte seine Nase ins Trinkhorn. Den Rest der Zeit verbrachte er über verschiedenen Sklavinnen. Und als wäre das nicht schon genug, hatte er auch noch begonnen, Federvieh und Schoßhunde zu sammeln.

Gerüchten zufolge habe er sich sogar einen Bären zugelegt und besäße einen Papageien, der Liebesgestöhne nachahmte, aber das war vermutlich nur böswillige Verleumdung.

Torvald Hjalte hatte mit den Großbauern der Gegend

gesprochen, und alle waren derselben Ansicht. König Björn war ein Unglück für das Reich. Es war höchste Zeit, ihn vom Thron zu stürzen. Jeden Augenblick konnten die Dänen das Reich angreifen, und Birka wurde permanent von Seeräubern bedroht. Da brauchte es einen mächtigen und angesehenen Mann, der das Land lenken konnte, und keinen Spaßvogel, über den die Leute nur lachten. Torvald Hjalte erhob sich von der Bank und ging in die Schmiede. Er blieb in der Tür stehen, den Blick auf die Blasebälge gerichtet, ehe er zu seinem Schmied trat.

»Meister«, sagte er dann, »ich möchte, dass du Speere, Schwerter und Äxte für alle Männer des Hofes schmiedest. Und die Schwerter sollen härter und schärfer sein als alle anderen Waffen des Reiches. Versprich mir das!«

Der Meisterschmied musterte ihn nachdenklich.

»So, so, wieder Zeit für einen Heerzug?«

»Nein, diesmal werden die Waffen hier im Sveareich gebraucht.«

König Björn saß zähneknirschend auf seinem Hochsitz und dachte nach. War das Aberglaube oder lag doch ein Körnchen Wahrheit darin? Er hatte gehört, dass man Kühe dazu zwingen konnte, am Abend nach Hause zu gehen, indem man ein Haar jedes einzelnen Tieres unter die Schwelle des Viehstalls legte. Dann konnte er vielleicht etwas Ähnliches mit den Sklavinnen versuchen. Wenn er ihnen eine Haarlocke oder zwei von ihren Köpfen schnitt und sie unter sein Bett legte, würden sie vielleicht zu ihm kommen, ohne dass er sie rufen musste.

Aber wie verhinderte er dann, dass alle gleichzeitig kamen?

Das Gesicht Seiner Majestät hellte sich bei diesem verrückten Gedanken auf, und er nahm noch einen Schluck Wein. Die Wahrheit war, dass er versucht hatte, seine Zähne mit Fruchtwein zu heilen, und nun schwappten die Gedanken in seinem Kopf wie Wellen hin und her. Außerdem war er ein wenig geknickt, denn die Sklavinnen hatten ihm nicht die Freuden bereiten können, die er sich erhofft hatte. Missmutig hatte er einige Gaukler rufen lassen, aber auch die hatten ihn nicht aufmuntern können. Da fiel ihm wieder ein, was Erik Bernsteinhändler gesagt hatte, nämlich, dass er eine Seherin aufsuchen sollte. Er grübelte lange darüber nach, ehe er schließlich beschloss, die beste Hellseherin der Gegend zu sich zu rufen. Vielleicht konnte sie ihn in beidem beraten, in Reichsangelegenheiten und im Liebesleben. So hoch geachtet wie diese Wahrsagerinnen waren, mussten sie schließlich irgendetwas können.

Einige Tage später warf sich der König in Schale und schmückte sich zur Sicherheit mit seinem Marderpelz und einem Umhang mit Goldstickereien. Zur Feier des Tages hatte er seine grünen Hosen angezogen, die mit einem Band unter den Knien gebunden wurden. In ihnen fühlte er sich immer außerordentlich männlich und auf diese Weise auch wohl. Ferner hatte er in der großen Halle neu gewebte Wandbehänge anbringen lassen, und auf dem Boden lag frischer Wacholderreisig. In der Feuerstelle prasselte ein Feuer aus Birkenholz, und es duftete gut und heimelig. Der König hatte sich an diesem Tag große Mühe gegeben, denn die Seherin Gudrid aus Tuna war auf dem Weg. König Björn hatte bereits die Nachricht erhalten, dass eine Frau im blauen Mantel mit einer Katze auf dem Bock auf den Waldwegen gesehen worden war, und er erwartete sie jeden Augenblick auf seinem Hof. Ruhelos scheuchte er Wachen und Sklavinnen aus der Halle und setzte sich auf den Hochsitz.

Gudrid war die Beste unter den Wahrsagerinnen des ganzen Sveareiches, und der König war sehr darauf bedacht, dass sie sich wohl fühlte. König Björn hatte sich nicht nur besonders gekleidet, an der Querwand gegenüber der Bank hatte er außerdem über seinen feinen Papageienkäfig ein schimmerndes rotes Tuch geworfen. Darin hielt er seinen Lieblingsvogel Freja, und es widerstrebte ihm ein wenig, ihn zu verstecken. Gold und Silber hatten schließlich viele große Männer, aber keiner besaß einen so farbenprächtigen Papagei. Der König war sehr stolz auf seinen Vogel. Er hatte ihn von einem Kaufmann aus dem Frankenreich bekommen, und mit diesem fremdartigen Tier fühlte er sich über viele andere mächtige Männer erhaben. So vernarrt war er in seinen Papagei, dass er ihn Tag und Nacht bei sich in der Königshalle hatte, und er versorgte ihn ganz allein. Er gab ihm reichlich Samen und Wasser mit ein paar Tropfen Fruchtwein und nachts legte er ein schwarzes Tuch über den Bauer, damit Freja einen gesunden, tiefen Schlaf hatte.

Tagsüber versuchte er ab und zu seinen Vogel dazu zu bringen, neue Worte von sich zu geben, aber er war eigensinnig und entschied meist selbst, was er sagen wollte und was nicht. Im Übrigen machte das Talent des Vogels, Geräusche nachzuahmen, den König ein wenig verlegen, denn es kam vor, dass der König vergaß, den Käfig zu verhängen, wenn er Sklavinnen bei sich hatte. Andererseits hatte er selbst viel Freude daran, dem Vogel zuzuhören, und er schlug sich vor Vergnügen auf die Schenkel über all die komischen Dinge, die dem Vogel einfielen. Eigentlich war es sein größter Wunsch, Freja in der Christenkirche drüben in Birka loszulassen, aber er wusste, dass das ein Traum bleiben musste. Ein König durfte sich schließlich nicht alles erlauben.

An diesem Abend hatte er sich bemüht, das Käfigtuch nicht zu vergessen, und zufrieden sah er zu dem roten Samt hinüber. Heute hatte er an alles gedacht und in einer Mischung aus Erwartung und kindlicher Freude blickte er dem Besuch der Wahrsagerin entgegen.

Fliehen, fliehen. Estrid ruderte, war kurz davor einzuschlafen, aber griff erneut nach den Rudern. Dann wurde sie plötzlich von der Ducht geschleudert, und eine Welle eiskalten Wassers schwappte über sie. Das Boot war auf Grund gelaufen und Wasser wurde hineingespült. War sie trotz allem eingenickt? Verwirrt dachte sie an die Wellen zu Hause auf dem Björköfjord und daran, wie sie fast mit dem großen Boot gekentert wäre. Dann spürte sie die Kälte des Wassers, das in ihre Kleider sickerte, spürte den Sog unter dem Kiel und hörte das Rauschen des Wasserfalls. Stromschnellen? Mit einem Mal war sie hellwach. Sie war auf der Flucht, vom Kaufmann und seinen Männern gejagt, und sie begriff, dass sie die berüchtigten Strömungen erreicht haben musste, einige Meilen von Aldeigjuborg entfernt. Hier pflegten die Kaufleute Lotsen anzuheuern, um die

Stromschnellen zu überwinden, und viele luden ihre Fracht ab und ließen sie an dem heimtückischen Gewässer vorbeitragen, um sie später wieder im Schiff zu verstauen. Um diese Jahreszeit stand das Wasser hoch, und die Strömungen waren noch unberechenbarer als sonst.

Estrid warf sich in die Ruder. Sie musste aus dem Flussbett herauskommen, musste versuchen, das Boot an Land zu steuern. Das Donnern des Wasserfalls kam immer näher, und während sie ruderte, wurde der Kahn in den Strudeln vor- und zurückgeworfen. Sie legte ihre ganze Kraft in die Ruder, aber das Boot tanzte gleichsam fort und folgte dem Strom. Noch einmal sammelte sie all ihre Kräfte, und für einen Augenblick schien es, als würde es ihr gelingen. Das Boot hielt inne, wiegte sich in den Wirbeln, ehe es aufs Neue flussabwärts schoss. Estrids Wangen glühten und ihre Arme wurden steif vor Anstrengung, doch gegen die starke Strömung konnte sie nichts ausrichten. Das Wasser war nicht tief; ob sie die Ruder bis auf den Grund des Flusses bringen und das Boot aus den verräterischen Wirbeln hinausstaken konnte? Völlig durchnässt und ausgekühlt stand sie auf, nahm ein Ruder fest in die Hände und versuchte sich abzustoßen.

Im nächsten Augenblick wurde das Boot gegen einen Felsen geworfen und zur Seite geschleudert, es schwang herum und schwamm weiter, achtern voraus. Die Strömung nahm zu, kaltes Wasser spritzte über die Reling, und es donnerte und rauschte rundherum. Der Fluss war mächtiger als sie, und es würde ihr niemals gelingen, das Boot ans Ufer zu steuern. Estrid erkannte das Unmögliche. Verzweifelt sah sie über das schäumende

Wasser und weinte ohnmächtig. Sie hatte es geschafft zu fliehen, aber dann hatte sie sich nicht an Land gewagt, um sich auszuruhen, und so war sie erschöpft eingenickt und stattdessen hier gelandet.

Der Kahn wurde immer schneller nach vorn getrieben, und das Tosen des Wasserfalls wurde immer lauter. Bald würde die Strömung das Boot zum Kentern bringen und sie unter die Wasseroberfläche ziehen. In den Strudeln würde sie auf Grund gesogen werden, langsam würden die Kräfte sie verlassen. Sie musste schnell handeln. Estrid balancierte breitbeinig im Boot, während sie nach etwas Ausschau hielt, wonach sie greifen konnte. Sie wollte nicht so enden, sie wollte nicht aufgeben. Sie musste nach Hause zu Erik und ihrem Kind. Niemand sollte sagen können, dass sie im Osten geblieben, dass sie wegen ihrer Eigensinnigkeit und Unbedachtheit in dem großen Land verschwunden war. Und all das, weil sie sich von einem fremden Kaufmann hatte verführen lassen.

Der Gedanke ließ ihren Zorn auflodern, und neue Kräfte durchströmten ihren Körper. Die Stromschnellen donnerten, die Wellen schäumten um Steine und Felsvorsprünge, aber sie hörte von alledem nichts. Vor sich sah sie, dass das Wasser seichter wurde, und unmittelbar daneben lag ein großer, flacher Stein, umgeben von Holz und aufgestauten Ästen. Eine große Erle hing über den Grund, und dahinter stürzte das Wasser jäh hinab. Das war die letzte Möglichkeit einer Rettung. Estrid warf sich aus dem Boot, spürte einen plötzlichen Schmerz in der Brust, und das Wasser strömte kalt und schonungslos über ihren Körper. Dann verlor sie das Bewusstsein.

Das mächtige Gefühl, als erfolgreicher Krieger nach Haithabu zu segeln, überkam ihn in dem Moment, als sein Schiff die Wellenbrecher zum Hafen passierte. Harald Sigurdson, Erik Bernsteinhändlers älterer Bruder, der Mann, der Dorestad geplündert hatte, ließ seinen Blick über den Anleger schweifen. Bald würden alle wissen, dass er, Harald Sigurdson, von seiner Heerfahrt zurückgekehrt war, mit Schiffen, die unter der Last der Beute fast zusammenbrachen.

Er hatte den Traum wahr gemacht, mit dem so viele Svear und Dänen aufwuchsen, einen Traum, den sie ihr Leben lang mit sich herumtrugen. Zu siegen und reiche Beute zu machen.

Er gehörte nun zu den Auserwählten. Wie viele würden ihm nicht den Erfolg neiden, und wie viele würden nicht um einen Schiffsplatz bei ihm ansuchen?

Harald dachte daran, wie viel glücklicher er geworden war, seit dem Tag, an dem er Birka verlassen hatte. Jetzt war er nicht länger der von den Heiden besiegte Taugenichts der neuen Lehre, wie ein paar Winter zuvor.

Nein, auf Wikingfahrt hatte er unverdrossen und mit großer Mühe neue Schiffe gerüstet und neue Mannschaften für seine Flotte gedungen, bis er mächtig und stark genug geworden war, um Dorestad zu besiegen, die größte Stadt der Franken im Norden. Hier in Haithabu, der Stadt der Feuerstätten, würde er neue Waffen schmieden lassen, seine Schiffe überholen, neue Mannschaften mustern und den Überfall auf seine frühere Heimatstadt Birka vorbereiten.

Während die Mannschaft an Land ging und die Schiffe entlud, spazierte Harald Sigurdson durch die Stadt.

Die Holzhäuser mit ihren kleinen Gärten waren von einem hohen Erdwall mit schweren Holzpalisaden umgeben, an drei Stellen war der Wall von Wachtürmen und schweren Stadttoren unterbrochen. Die Straßen, die zu den Brücken führten, verliefen gerade, innerhalb des Walls schlängelten sie sich an den Grundstücksgrenzen entlang. In einigen Vierteln drängten sich Töpfer, Hornschnitzer, Weber und Gießer, in anderen waren Schmiede und Schiffsbauer angesiedelt.

Harald Sigurdson schlich sich in eines der Häuser, von dem er gehört hatte, dass dort die Münzen Haithabus geprägt wurden. Er entdeckte die Münzstätte und sah mit gierigen Blicken zu, wie der Meister die Münzstempel in das Silber hämmerte. Die Münzen wurden aus runden Silberrohlingen geprägt, und während ein Teil mit Bildern versehen wurde, bekamen die anderen die Wörter Carolus oder Dorestad eingestempelt. Haralds Gedanken wanderten zu den Unmengen von Silber, das er geraubt hatte. Er fand, dass es noch lange nicht genug war. Lederbeutel gefüllt mit Goldmünzen, das war es, was er wollte. Wikingergold. Und wenn es ihm gelang, an das eingeschmolzene römische Gold zu gelangen, von dem er so viel gehört hatte, würde er echte Goldmünzen mit seinem Bild prägen lassen. Haralds kalte Augen glitzerten vor diebischer Freude.

Er setzte seine Wanderung am Strand entlang fort und besuchte zwei Schiffswerften, bevor er sich entschied, wo er seine größten Drachenschiffe würde rüsten lassen. Zufrieden kehrte er in die Stadt zurück und war tief in Gedanken versunken, als er plötzlich in einer kleinen

Bucht am Strand einen Steg bemerkte. Er wollte gerade vorbeigehen, doch da schrie ein Kind. Harald erblickte einen hellhäutigen Mann mit roten Haaren, der mit einem strampelnden Baby im Arm angelaufen kam.

Das Kind war noch klein, neugeboren, und sein Schreien klang schrill und markerschütternd. Aber der Mann machte keine Anstalten, es zu trösten. Der Rothaarige ging mit entschlossenem Schritt auf den Steg. Harald beobachtete ihn verwundert. Sollte der Knabe getauft werden, oder weshalb brachte der Mann ihn dorthin? Der Rothaarige legte sich auf den Steg und beugte sich über das Wasser. Im nächsten Augenblick sah Harald, wie der Kopf des Neugeborenen unter der Wasseroberfläche verschwand. Das Schreien verstummte, Blasen stiegen an die Oberfläche. Harald erstarrte, betrachtete mit aufgerissenen Augen das Geschehen. Der Mann zögerte noch einen Moment, ehe er den leblosen Körper wieder hochhob. Dann erhob er sich, das tote Kind in seinen Händen, drehte sich um und ging auf den Wald zu.

Harald ballte die Faust, zitternd vor Zorn. Das war Mord an einem Unschuldigen, nichts anderes als Kindsmord! In Haithabu ertränkten die Einwohner ihre unerwünschten Kinder, so war es Sitte. Auch in Birka töteten die Heiden ihre Kinder, nur setzte man die armen Seelen zu diesem Zweck dort im Wald aus. Dass Menschen so grausam sein konnten! Menschen, die solche Sitten hatten, hatten kein Recht zu leben. Diese Barbarei musste aufhören und das Christentum endlich siegen. Mit einem Mal wurde Harald klar, dass der Allmächtige ihn gerufen hatte. Es war Gottes Wunsch gewesen, dass er sah, was er eben gesehen hatte. Er, Harald Sigurdson, war auf dieser Erde nicht nur geboren worden, um die Botschaft des Herrn zu verbreiten, sondern auch um die heidnische Lehre mit all ihren barbarischen Bräuchen zu besiegen. Mit seinen Schiffen würde er den Widerstand der Heiden zerschlagen und der christlichen Lehre den Weg bereiten. Bald würde Birka fallen!

7

Der Mann bewegte sich so geschickt im Wald, dass es fast unmöglich war, ihn zu entdecken. Hie und da wich er Zweigen und Büschen aus, aber er tat es ebenso gewandt und lautlos wie die Tiere, die hier lebten. Er war breitschultrig und schlank, mit geducktem Oberkörper huschte er in schnellem wiegendem Gang vorwärts. Das Bündel aus Marderpelzen an seinem Gürtel verriet, dass er ein guter Jäger war, doch obwohl er seine Beute geschickt erlegte, konnte man ihn gleichwohl für einen Kaufmann halten. Seine Hände waren alles andere als grob, eher lang und schmal.

Der Mann hatte keine Kopfbedeckung und trug eine lange Tunika und einen Umhang, seine Hosen waren mit Riemen geschnürt. Sein Gesicht war freundlich, sein Blick aufmerksam und wach.

Gelegentlich sah er auf. Das Donnern der Stromschnelle umgab ihn wie eine Wand aus Geräuschen, der Pfad war weich und feucht, und die Wurzeln, die hie und da nackt über den ausgetretenen Boden liefen, glänzten blank. Einen Moment hielt er inne und holte Luft, während sein Blick hinaus zur Stromschnelle wanderte. Er hatte das Gefühl, etwas zu sehen, was vorher noch nicht dort gewesen war. Etwas, das nicht dorthin gehörte, drüben an der Uferböschung. Dann entdeckte er das gekenterte Boot.

Es lag kieloben im Stauwasser unterhalb des Wasserfalls, schien aber unbeschädigt. Er lauschte. Das kleine Schiff konnte ein Köder sein, eine Falle. Feindliche Stämme hielten sich in dieser Gegend auf, und wenn er ins Wasser hinausging, würde er sich möglicherweise Speeren und Pfeilen aussetzen. Die Marderpelze an seinem Gürtel waren wertvoll und konnten viel Silber einbringen. Ragnar Weitfahrer, ein Rus aus dem Reich der Svear, suchte prüfend mit den Augen das Flussufer ab, ob irgendetwas die Nähe von Menschen verriet. Ein paar Vögel zwitscherten, und der Morgentau tropfte sacht vom Laub, sonst war alles still. Kein Vogel flog auf, kein Tier floh zwischen die Bäume. Vielleicht zeugte das Boot von einem Unglück, von einem Kaufmann, der auf dem Fluss gekentert war. In diesem Fall war der Mann vermutlich tot. Die Strömung und die eisige Kälte waren nichts für menschliche Geschöpfe. Wer einmal ins Wasser gefallen war, überlebte meist nicht.

Ragnar Weitfahrer fühlte sich unbehaglich in seiner Haut und sah zum Boot hinüber. Was war, wenn noch jemand darin lag? Vorsichtig ging er ans Ufer, wartete noch einen Augenblick und watete dann eilig ins Wasser. Die Kälte schnitt ihm in die Beine, und er keuchte laut. Aber er erreichte das Boot und zog es mit festem Griff um den Steven ans Ufer. Er drückte eine Seite herunter und versuchte das Boot umzudrehen. Beim dritten Versuch gelang es. Der Kahn war leer. Kein Gepäck, keine Beutekäfige – weder Angelgerät noch Schöpfer. Verwundert zog er das Boot ans Ufer und kippte das Wasser aus. Jemand musste in diesem Schiff gewesen sein.

Entschlossen begann er flussaufwärts zu gehen. Irgendwo in der Nähe des Wasserfalls musste das Unglück geschehen sein. Er hielt sich dicht an der Uferböschung, achtete sorgfältig darauf, nicht in Schlamm und Schilf zu versinken, und duckte sich unter die Laubzweige. Er fand keine Spuren unterhalb des Tobels und setzte seinen Weg fort. Hinter einem Felsen entdeckte er etwas. Es sah aus wie ein Stoffballen oder ein großes Tuch, das auf der Wasseroberfläche trieb. Vielleicht war es eine Ladung Felle oder Stoffe? Aber Kaufleute pflegten in Gruppen zu reisen, um sich gegenseitig helfen zu können, und wenn jemand Schiffbruch erlitt, unternahm man alles, um Boot und Ladung zu bergen. Ein einsames Boot? Wer nahm dieses Risiko auf sich? Nur ein Dummkopf würde sich allein flussabwärts begeben. Ragnar Weitfahrer ging näher. Der Stoff schien ins Wasser zu hängen und ... Jetzt erkannte er es, es war eine Tunika oder ein Kleiderstoff. Er erschrak. Am Strand lag eine Frau.

Sie lag bäuchlings an der Uferböschung, die Hände über dem Kopf, als hätte sie versucht, nach etwas zu greifen. Ihr dickes, blondes Haar wogte im Wasser, und ihre Arme waren flammend rot vor Kälte. Es schien, als hätte sie sich mit letzter Kraft an Land gerettet. Er beschleunigte seinen Schritt und als er ganz nah war, blieb er stehen. Noch einmal lauschte er auf verdächtige Geräusche, dann näherte er sich vorsichtig.

Die Frau hatte Prellungen an den Armen, die Haut an Händen und Armbeugen war aufgeschürft. Aber die Wunden waren nicht tief. Beunruhigt beugte er sich über sie und stellte zu seiner Erleichterung fest, dass sie atmete. Aber sie lag zu nah am Wasser, und immer wieder strömte kaltes Flusswasser über sie hinweg. Es hatte den Sand unter ihr fortgespült, und wenn sie noch lange dort gelegen wäre, wäre sie vermutlich zurück ins Wasser geglitten.

Entschlossen beugte er sich hinunter, packte die Frau und hob sie hoch. Sie war nicht schwer. Er trug sie zu einer sonnigen Felsplatte, legte sie behutsam nieder, wusch ihr Gesicht mit einem feuchten Ledertuch und schüttelte sie an den Schultern, um sie aufzuwecken. Aber sie war weit fort in einer Welt, die außerhalb der seinen lag. Wer war sie? Er wischte ihr das Blut von den Händen und von einer Wunde an ihrem Knöchel und ließ seinen Blick über ihren Körper gleiten. Sie schien nicht ernsthaft verletzt zu sein, war aber dennoch bewusstlos. Möglicherweise war sie am Kopf verletzt.

Er betrachtete sie unruhig und neugierig zugleich. Sie war nicht schön, aber auch nicht hässlich. Ihre Haut war jung und glatt, ihr Gesicht anmutig und ihre Nase ein wenig sommersprossig. Ihr fester weicher Körper verhieß Weiblichkeit, und er ahnte, dass viele Männer sie begehrten. Ein friedlicher Ausdruck lag auf ihrem Gesicht, und sie atmete ruhig. Aber sie musste aufwachen. Er gab ihr einen leichten Klaps auf die Wange. Sie rührte sich nicht. Unruhig befühlte er ihre Stirn, und als seine Hand über ihre Haut glitt, merkte er, wie kalt sie war. Sie musste länger im Wasser gelegen haben, als er geglaubt hatte.

Eilig zog er ihr die nassen Kleider aus und warf sich die Tunika von den Schultern. Vorsichtig breitete er sie über die Frau und legte sich dicht zu ihr. Der Umhang allein würde nicht helfen, er musste ihr auch seine eigene Körperwärme geben, sonst würde sie nicht wieder zu sich kommen. Und während die Sonne sie wärmte, drückte er seinen warmen nackten Oberkörper an ihren. Zuerst zuckte er zusammen, kalt wie sie war, und wollte zurückweichen, aber dann besann er sich und blieb liegen. Ihr unterkühlter Körper ließ ihn zittern, und es dauerte eine Weile, bis er spürte, dass sie wärmer wurde. Als die Wärme zu ihr zurückkehrte und ihre Haut zart und schön wurde, nahm er sie auch als Frau wahr. Ihr Körper war weich und sinnlich. Plötzlich überkam ihn die Lust, ihren Hals und ihre Schultern zu küssen, und die Berührung wurde zu etwas anderem, als er gedacht hatte. Er rang mit der Lust sie zu umarmen und zog sich zurück, verwirrt und verlegen zugleich. In diesem Augenblick bewegte sich die Frau.

Sie gab einen schwachen, jammernden Laut von sich und schlug die Augen auf. Vorsichtig drehte er sie auf den Rücken, beugte sich über ihr Gesicht und lauschte. Sie rang nach Luft und versuchte zu sprechen, doch obwohl ihre Lippen sich bewegten, konnte er nichts verstehen. Sie war noch immer kalt, aber er wagte es nicht länger, sie zu wärmen. Stattdessen löste er das Bündel mit den Marderfellen, das er bei sich gehabt hatte, und deckte sie damit zu. Dass er nicht schon früher an die Pelze gedacht hatte!

Er beobachtete die Frau gespannt. Langsam kam wieder Farbe in ihr Gesicht, und sie schien das Bewusstsein wiederzuerlangen. Er lag ganz still, und während er neben ihr ruhte und darauf wartete, dass sie aufwachte, begriff er, dass er Lust auf sie bekommen hatte.

Die Dämmerung hatte sich über den Königshof gesenkt, als der König endlich das Geräusch von Pferdehufen hörte. Ein Wagen rollte auf den Hofplatz und kurz darauf wurden Schritte vor der Tür laut. Dann trat Gudrid die Seherin ein. Die Wachen führten sie würdevoll zum König, und vor Seiner Majestät angelangt, bat sie sofort um einen eigenen Hochsitz, bedeckt mit einem weichen Kissen aus Hühnerfedern.

König Björn nickte und Gudrid erhielt sofort, was sie verlangt hatte. Nie zuvor hatte er eine so mächtige und große Frau gesehen und nahm andächtig ihre Erscheinung in sich auf.

Gudrid war in einen blauen Umhang gekleidet, verziert mit den prächtigsten Steinen. Außerdem trug sie eine Kette aus Glasperlen und einen schweren Hut aus Lammfell, gefüttert mit Katzenpelz. Um die Taille hatte sie einen Gürtel mit Zunderschwamm und einen Beutel mit Zaubermitteln gebunden, und unter dem Umhang waren ihre Schuhe aus Kalbsleder zu erkennen, mit Riemen und goldenen Knöpfen versehen. Die langen, schmalen Hände hatte sie mit weiß gefütterten Katzenfellhandschuhen bedeckt.

»Es ist mir eine Ehre, hier bei Eurer Majestät auf dem Königshof empfangen zu werden«, sagte sie mit tiefer Stimme und schenkte dem König ein würdiges Lächeln. Sie saß stolz und aufrecht, und ihr langes, schwarzes Haar fiel in kunstvollen Flechten über ihren Rücken. Ihr Gesicht war blass. »Ich soll Euer Majestät wahrsagen«, fuhr sie fort. »Gebt mir etwas Ziegenmilch und dann ein Herz von jeder Tierart, die Ihr hier auf dem Hof habt.«

König Björn zuckte zusammen und musste unmittelbar an seinen Gauklerbären und den Papageien denken. Errötend wich er ihrem Blick aus und schwindelte ein wenig:

»Wir werden Euch sogleich die Mahlzeit zubereiten lassen, und darin werdet Ihr die Herzen der allerbesten Tiere des Hofes finden. Sie werden Euch große Kraft verleihen.«

Gudrid beugte den Kopf als Antwort und zog einen Löffel und ein abgebrochenes Messer mit knöchernem Schaft aus ihrem mitgebrachten Marderfellbeutel. Dann verharrte sie reglos, bis die Hausmagd des Hofes die Milch und die Speisen brachte. Der König schwieg ebenfalls und zwirbelte seinen Bart so oft herum, dass er mehr einem Krähenbein als einem Schmuck glich, aber endlich hob Gudrid die leere Schale, um zu zeigen, dass sie fertig gegessen hatte. Sie räusperte sich.

»Heute habe ich keine Frauen bei mir, die für mich das magische Lied singen«, erklärte sie, »deshalb tue ich es selbst.«

Der König, der nicht wusste, was das bedeutete, lächelte und legte in Erwartung des Gesanges den Kopf in den Nacken. Im nächsten Augenblick durchschnitt ein gellender Schrei den Raum. Seine Majestät fuhr zusammen, sprang aus dem Hochsitz auf und sah sich erschrocken um. Dann bemerkte er, dass Gudrid gleichsam in sich versunken war, ihren Körper langsam wiegte und die schauerlichsten Laute ausstieß. Es war der Wildnisschrei der Schamanen, die Töne waren so hoch, dass der Papagei, der seinen Schlaf hinter dem Samttuch genossen hatte, aufwachte. Hellwach trillerte er laut in seinem Käfig, aber Gudrid, die in ihren eigenen Gesang eingehüllt war, merkte nichts, und als sie endlich aufhörte, war der Papagei wieder eingeschlafen.

Nach dem Zaubergesang stand Gudrid auf, nahm auf dem mannshohen Seherfelsen Platz, den der König hatte aufstellen lassen, und setzte dort ihren Zauber fort.

Nun rief sie die Dinge im Verborgenen an, indem sie Gesänge zur Geisterbeschwörung anstimmte, und nachdem sie eine ganze Weile immer denselben Ton gesungen hatte, begann sie mit dem Körper vor und zurück zu schaukeln.

»Im Sommer werden die Feldfrüchte auf den Äckern verfaulen und es wird in der ganzen Gegend Missernten geben«, sagte sie heiser. »Aber ich sehe noch mehr Dunkel. Es gibt Männer hier, die das Land führen wollen«, fuhr sie fort. »Euer Majestät muss sich um die Unterstützung des Volkes bemühen.«

Der König blickte sie entsetzt an.

»Ist großes Unglück zu erwarten?«, stammelte er.

Die Seherin schaukelte ihren Körper und fuhr fort:

»Birka wird von Seeräubern heimgesucht, und vom Volk der Dänen kann ein Angriff erwartet werden.«

Jetzt wurde der König sehr unruhig.

»Aber die Christen sind besiegt«, widersprach er schwach.

»Das hat keine Bedeutung. Wer Macht haben will, wechselt den Glauben, wann immer es ihm dienlich ist«, predigte Gudrid.

»Aber wann geschieht all das?«, fragte der König erschrocken und ihm wurde mulmig.

»Mit einem Angriff vom Meer ist jederzeit zu rechnen, aber weder Zaubergesänge noch Opferspäne können mir helfen, Genaueres vorherzusagen. In diesem oder dem nächsten Herbst, ich kann es nicht deutlicher erkennen.«

Gudrid fasste sich vor Anstrengung an die Stirn, schloss die Augen und schwieg.

»Aber, was ist mit den anderen«, keuchte der König, »mit denen, die das Sveareich führen wollen? Werden sie wirklich versuchen, die Macht an sich zu reißen?«

»Solche Männer gibt es immer«, mahnte die Hellseherin. »Aber mach ihnen reiche Geschenke, dann werden sie dir wohlgesonnen sein. Reite mit deinem Gefolge durchs Land und besuche die Höfe der wichtigen Männer. Wen man gut kennt und mit wem man sich beratschlagt hat, den lässt man nicht so leicht im Stich.«

König Björn sank in seinem Hochsitz zurück und legte die Stirn in Falten. Es stimmte, er war nicht gewillt gewesen, den Königshof zu verlassen. Er musste die großen Männer des Reiches öfter besuchen. Sogleich entspannte er sich. Wie gut, dass er eine Seherin befragt hatte. Jetzt konnte er noch rechtzeitig zur Tat schreiten. Und wenn er Birkas Verteidigung rüstete, ehe der Feind sich näherte, konnte sein Ansehen nur steigen.

Der König faltete die Hände über dem Bauch und fühlte seinen Seelenfrieden zurückkehren. Jetzt wusste er, was zu tun war. Außerdem fand er, dass der Rat der Seherin sehr klug gewesen war, und es überkam ihn große Lust, sie nach persönlichen Dingen zu befragen. Entschlossen und ein wenig verlegen beugte er sich im Hochsitz vor.

»Wie es sich mit dem Reich verhält, das weiß ich nun

nach Euren Weissagungen, doch habe ich noch eine andere Frage.« Der König befeuchtete seine Lippen und fuhr mehrmals mit der Zunge über die Unterlippe, ehe er sich endlich traute, damit herauszukommen. »Mein Haar ist ergraut, ein wenig Bauchspeck hat sich mit den Jahren angesammelt, und dazu bin ich auch nicht mehr so jung ... aber, ja, junge Frauen gefallen mir so ...« Hier hustete der König und räusperte sich ein paar Mal, bevor er das Wort wieder ergriff. »Ja, Jungfrauen sind der Schatz des Lebens für uns Männer, und nun frage ich mich, ob Gudrid glaubt, dass ich auch weiterhin so großes Glück mit den Frauen haben werde?«

Die Seherin setzte sich kerzengerade auf ihr Hühnerdaunenkissen und sah den König streng an.

»Alte Mannsbilder wie Euer Majestät sollten junge Mädchen in Frieden lassen«, sagte sie barsch.

Und noch ehe der König antworten konnte, ertönte plötzlich ein wohlbekanntes Geräusch. Laute Liebesseufzer erfüllten den Raum.

»Ahhhohhh!«, klang es vom Käfig unter dem roten Samt, gefolgt von einem kurzen Triller.

»Die Liebe«, setzte Gudrid betreten an, »muss man schützen wie die wertvollsten Kostbarkeiten.«

»Schwanz!«, unterbrach der Papagei.

Gudrid zuckte zusammen.

Der König sprang vom Hochsitz auf und begann diskret nach dem schwarzen Käfigtuch zu suchen.

»Aber ein Mann ist mit Gelüsten geschaffen«, widersprach er und versuchte den Vogel zu übertönen. »Wie eine Biene müssen wir von Blüte zu Blüte fliegen und sie bestäuben.«

»Ich kann kaum sehen, wie der König zwischen Blumen umher fliegt«, antwortete Gudrid.

»Welche Turtelbrüstchen«, trillerte der Papagei.

Gudrids Blick flackerte.

»Mein geliebtes Kussmündchen!«, fügte Freja fröhlich hinzu.

Die Hellseherin musterte den König argwöhnisch.

»Schwanz, Schwanz«, krähte Freja weiter.

Mit zwei Schritten war Seine Majestät beim Käfig und schüttelte ihn.

»Der ist zu klein und steht nicht!«, antwortete Freja rachlustig und flog von der Stange auf.

Jetzt wurde der König leuchtend rot. Bei allen Raben Odins, was war in den Vogel gefahren? Das Federvieh sang, obwohl er roten Samt über den Bauer gelegt hatte. Warum nur hatte er sich nicht an das schwarze Tuch gehalten?

»Ah, jetzt komme ich, jetzt komme ich!«, krächzte Freja laut, ehe es dem König endlich gelang, den Käfig mit dem schwarzen Tuch abzudecken. Es wurde still, sehr still. Der König sah zu Boden und an seinem Hals leuchteten flammendrote Flecken.

»Wie mir scheint, benötigt Euer Majestät keinen Rat in Liebesdingen«, sagte Gudrid trocken. »Aber möglicherweise Liebeskräuter.«

Mit diesen Worten stieg Gudrid vom Seherfelsen hinunter, raffte den blauen Umhang um ihren Körper und schritt hinaus. Die Katze lief ihr miauend hinterher.

Sie ließ sich sofort zu ihrem Wagen bringen. König Björn sah ihr lange nach. Was sie über die Politik gesagt hatte, glaubte er, aber er bereute es, dass er sie nach den

Frauen gefragt hatte. Und Freja musste den ganzen nächsten Tag ohne Futter unter dem schwarzen Tuch sitzen. Erst am folgenden Morgen bekam sie wieder Sesamsamen und eine Opferschale voll Wasser. Aber keinen Fruchtwein.

Frühling und Frühsommer waren so warm gewesen, wie seit langem nicht mehr, und Wiesen- und Feldblumen leuchteten in der Sonne. Auf den Koppeln und Feldern wiegten sich bunte Blumen und in den Wäldern duftete es nach Sommer. Wenn das Wetter hielt, würden Gerste und Roggen die beste Ernte seit vielen Jahren einbringen, wenn jetzt auch noch ein wenig Regen fiel.

Auf dem Königshof hatte Ysja sich gut eingelebt, und der Hausmagd fiel auf, dass die Sklavin große Tüchtigkeit im Haushalt zeigte. Außerdem kam sie gut mit den Tieren zurecht und kannte sich mit Pflanzen aus. Verblüfft über die Fertigkeiten der jungen Frau betraute die Hausmagd die Sklavin mit neuen und schwereren Aufgaben, während ihr Vertrauen in das verschlossene Mädchen wuchs. So kam es, dass Ysja den Auftrag erhielt, Blumen zum Färben zu sammeln. Die Wolle des Frühjahrs sollte in leuchtende Kleider verwandelt werden, und da König Björn eitel war und fortwährend nach Neuem verlangte, mit dem er sich schmücken konnte, mussten die Frauen auf dem Königshof, so oft es sich einrichten ließ, die Schafe scheren, Wolle spinnen und Stoffe färben.

Die Sklavin wusste, wo sie Birkenblätter und Hasel sammeln konnte, und sie wusste auch, wo Rainfarn, Färberkamille und Flockenblumen wuchsen. Die Hausmagd bat Ysja sogar, draußen auf den Inseln Färberwaid zu pflücken, denn seit der König den blauen Umhang der Hellseherin gesehen hatte, wünschte er sich Hosen in derselben Farbe. Außerdem wollte er Rot, um sich darin zu kleiden, wenn er zu großen Festmahlen lud. Aber Ysja musste noch warten, bis sie Blätter zum Rotfärben sammeln konnte, noch waren die Blaubeeren nicht reif.

An diesem Morgen, als sie mit ihrem Korb durch die Ländereien des Königshofes streifte, dachte sie viel über Seine Majestät nach. Viel Vergnügen bereitete ihr dieser Umgang nicht, auch wenn sie ihr Bestes tat, um ihm zu schmeicheln und ihm die größten Liebesfreuden zuteil werden zu lassen. Und sie liebkoste ihn nicht nur, fast jeden Tag hörte sie ihm geduldig zu, wenn er sein Herz erleichtern wollte.

Manchmal musste sie eine ganze Nacht nur dasitzen und seinen Erzählungen über die Abenteuer vergangener Tage lauschen, und sie musste sich anstrengen, um aufmerksam auszusehen und nicht zu gähnen. Er vergaß, dass er oftmals dieselbe Geschichte wieder und wieder erzählte, aber da sie ihn nicht enttäuschen wollte, ließ sie ihn gewähren. Denn auch wenn der König einen um den Verstand bringen konnte, war er ein weichherziger Mann, der sich große Mühe gab, damit es ihr gut ging, und das musste belohnt werden. Nur manchmal verlor Ysja beinahe die Geduld, so wie an jenem Tag, als sie zwei Läuse in seinem gewachsten Bart fand. Da waren ihr die Liebesworte schwer gefallen, und am Tag darauf hatte sie ihn überredet, die große Haarpracht abzuschneiden. Als er sich über diesen Vorschlag beklagte, entgegnete sie nur, sie liebe es, ihn zu küssen, und wolle am liebsten mehr von seinen warmen, sinnlichen Lippen spüren. Da der König alles Gute glaubte, was man über ihn sagte, ließ er sich sämtliche Haare von der Oberlippe schneiden und achtete zugleich darauf, die Länge aller Haare zu kürzen, um männlicher auszusehen. Auch wenn das Haareschneiden Seiner Majestät Vergnügen bereitete, hatte es doch kaum Auswirkungen auf seine Männlichkeit, und Ysja musste sich damit trösten, dass sie wenigstens die Mundläuse losgeworden war. Obwohl sie eigentlich nicht klagen durfte. In kurzer Zeit hatte sie das Vertrauen des Königs und der Hausmagd gewonnen, und dafür, dass sie Sklavin war, hatte sie großes Glück gehabt. Und doch ... Bevor sie noch einmal gezwungen worden war, Sklavin zu werden, war sie eine freie Frau gewesen.

Auf dem Königshof erging es ihr natürlich besser als jemals auf dem Eyvindhof, aber sie fürchtete immer noch um Toste. Er sah so blass und kränklich aus. Sie schlich mit etwas Essen zu ihm, so oft sie konnte, aber er wurde nicht kräftiger. Der Junge war mager, eingefallen und schwach und sagte nicht viel. In ihren dunkelsten Momenten fürchtete sie, dass er verkauft oder geradewegs geopfert werden würde. Sie musste versuchen, Toste und sich rechtzeitig frei zu bekommen, bevor ihnen etwas Furchtbares zustieß. Und Ysja wusste, was dazu erforderlich war. Sie musste sich mit einem freien Mann verheiraten, nur so konnte sie der Sklaverei entkommen. Und dieser Mann musste sie so sehr lieben, dass er sie einer freien Frau mit Mitgift, Geschlecht und Familie vorzog. Noch war sie eine junge Frau in der Blüte ihrer Jahre, und noch konnte ihr dies gelingen. Aber Eile war geboten. Die Bediensteten vom Hof begannen schon, sich über Toste zu beklagen.

Ein warmer Sommerwind blies ihr ins Gesicht, als sie in Gedanken versunken über die Wiesen lief. Da und dort fiel ihr Blick auf eine Pflanze, und sie bückte sich und sammelte die Blumen in ihre Hucke aus Birkenrinde. Wenn Toste nicht gewesen wäre, hätte sie diesen Tag vielleicht genossen, aber die Sorge verdunkelte ihre Sinne. Glücklicherweise war König Björn zu den Großbauern des Reichs geritten, so dass sie ein paar Tage für sich sein konnte. Er hatte gesagt, dass er beabsichtigte, andere Teile des Reiches zu besuchen und erst am Abend des zweiten oder dritten Tages zurückkehren würde. Nun waren drei Tage vergangen und sie hoffte, dass er nach seiner Rückkehr so erschöpft sein würde, dass er sofort zu Bett ging. Andernfalls wollte sie sagen, sie sei krank. Zum ersten Mal seit langem hatte sie Frieden und Ruhe genossen und Zeit für sich gehabt. Und diese Zeit wollte sie ausdehnen, so lange es ging.

Als Erik hörte, dass Seine Majestät am Königshof zurückerwartet wurde, beschloss er, ihn aufzusuchen. Er hatte dringliche Dinge zu berichten. Als er auf den großen Höfen um Badelunda herum nach Toste gesucht hatte, hatte er Unheil verkündende Gerüchte gehört. Der Großbauer Torvald Hjalte hatte Männer um sich geschart und war dabei zu rüsten. Erst hatte Erik dem boshaften Gerede keinen Glauben geschenkt, aber dann hatte er auf einem Hof in einem der Nebengebäude die blanken Speere und Äxte gesehen. Es waren neu geschmiedete Waffen, die noch nicht benutzt worden waren. Dann war vielleicht doch etwas an den Gerüchten, die besagten, dass unzufriedene Großbauern den König stürzen wollten. Auf beinahe jedem Hof hatte Erik Klagen gehört. Die Bauern ereiferten sich über den schwachen Führer, der nichts anderes als ein schlichter Gaukler war, und einen solchen Herrscher konnte das Reich nicht brauchen; nicht, wenn der Feind Dorestad niederbrannte und das Meer von Seeräubern wimmelte. Das Volk brauchte in diesen ungewissen Zeiten einen mächtigen Krieger, keinen Schelm.

Erik wurde wütend. Einen besseren und friedlicheren Machthaber als Seine Majestät hatten die Svear seit vielen Menschenaltern nicht mehr gehabt, und dass sich sein Widerwillen gegen Waffen nun gegen ihn richten sollte, das konnte Erik nicht begreifen. Einem König, der sich um Frieden bemühte, sollte dafür gehuldigt werden.

Schon am Morgen, als Erik entgegen seiner Gewohnheit früh aufwachte, ging er zum Steg hinunter und brachte das Boot in Ordnung. Er hatte keine Lust, das Rahsegel zu hissen, sondern beschloss zu rudern. Es würde dauern, bis der König zurückkehrte. Ohne Hast machte er das Boot los und ruderte gemächlich aus dem Hafen. Er tauchte die Ruderblätter ruhig ein und betrachtete das Spiel der Libellen auf dem Wasser.

Das Zwitschern der Singvögel trieb weit auf den Fjord hinaus, und das Geräusch der Ruder war auch am Ufer noch zu hören. Erik blickte nachdenklich auf die Stadt. Nun war Estrid seit fast einem Jahr fort. Wenn sie bis zum Herbst nicht zurückkam, war er ein freier Mann und konnte tun, was ihm gefiel. So hatten sie es vereinbart. Dann musste er nicht länger auf sie warten, und sie hatte versprochen nichts zu sagen, wenn er sich eine andere Frau suchte. Aber wollte er das? Wünschte er sich nicht, seine Estrid zu behalten? Was wäre, wenn sie nicht zurückkam, wenn sie in ein neues Leben verschwand, das ihn nichts anging? Das wollte er nicht. Doch sie waren so lange voneinander getrennt gewesen, vielleicht zu lange. Die Erinnerungen an sie waren schwächer geworden, und auch wenn er oft eine Sehnsucht verspürte, er konnte ihr Bild nicht mehr wachrufen. Auch die Wollust und Wärme ihrer Umarmungen überkamen ihn nicht mehr wie früher. Die Frau, die er so lange vermisst hatte und die er sogar heiraten wollte, war nicht länger dieselbe. Bald musste sie zurückkommen, sonst würde er sie wegen einer anderen vergessen.

Sein Leben war eintöniger ohne Estrid geworden. Es war, als wäre ein Teil von ihm verdorrt und müsste wieder zum Leben erweckt werden. Aber würde er dieselbe Liebe erfahren, wenn sie wiederkam, oder hatte sie das Gute, was zwischen ihnen gewesen war, für immer zerstört? Er wusste nur, dass ihn die Einsamkeit langweilte und quälte. Wenn Rurik und das Versprechen, das er ihr gegeben hatte, nicht gewesen wären, er wäre schon lange auf Wikingfahrt gezogen.

Ja, was hatte er in diesem Jahr, seit sie fort war, eigentlich getan? Mit Sigfrid im Schankhaus gearbeitet, nach Rurik gesehen, mit dem König gesprochen und zuweilen seinem alten Freund Snemun geholfen, Sigfrids Mann. Aber tief in seinem Innern war er unzufrieden mit sich selbst, denn was er getan hatte, war nichts, was er selbst gewählt hatte. Er war ein Werkzeug der anderen. Und dann das Gerede über den Milchbart. Nein, er konnte es nicht mehr hören. Als Erik das Schilf unterhalb des Königshofes erreicht hatte, nahm er seine Angelschnur, befestigte einen Köder und warf sie aus. Sofort biss einer an. So fuhr er fort, bis er einen Eimer voll kleiner Fische hatte. Er ruderte tiefer ins Schilf hinein, und als er das Bootshaus hinter sich gelassen hatte, nahm er eine dickere Schnur, und die kleinen Fische, die er eben gefangen hatte, dienten ihm nun als Köder.

Es war noch immer früh am Morgen, und Erik musste nicht lange warten, bis etwas anbiss. Ein großer Hecht hing am Haken, und er musste ziehen und wieder nachgeben, ehe er ihn so nah am Boot hatte, dass er ihn an Bord holen konnte. Erik fischte noch eine Weile, und als er drei Barsche und zwei prächtige Hechte gefangen hatte, beschloss er, an Land zu rudern. Er musste sich einen Köcher aus Zweigen flechten, um seinen Fang tragen zu können. Zufrieden zog er das Boot an Land, ließ die Fische im Bilgewasser des Achterschiffs zurück und schlenderte den Strand entlang. Es roch nach warmem Tang und Sommer, und ein lauer Wind wehte vom Meer. Die Sonne, die über die Baumwipfel stieg, war sengend heiß. Nach einer Weile begann er zu schwitzen und zog seine Tunika aus. Als er eine Felsplatte auf einer sonnenbeschienenen Lichtung erblickte, vergaß er die Fische. Er ging hinüber, legte sich hin, schloss die Augen und genoss die Wärme der Sonnenstrahlen auf seinem Körper. Nach einer Weile versank er in einen trägen Halbschlaf.

Er hatte keine Ahnung, wie lange er so gelegen hatte, als er plötzlich Geräusche und Stimmen vom See hörte. Er setzte sich auf und sah hinunter zum Ufer. Zwischen ein paar Erlen hindurch erspähte er etwas im Wasser. Eine junge Frau mit dunklen Haaren schwamm ein wenig vom Strand entfernt. Hinter ihr näherte sich ein Boot mit zwei Männern, und es schien, als versuchte sie, ihnen zu entkommen. Die Männer lehnten sich über die Reling und paddelten mit den Rudern, während sie scherzten und lachten und ihr etwas zuriefen.

Erik konnte nicht hören, was sie sagten, aber das höhnische Gelächter scholl laut und deutlich zu ihm herüber. Erik stand auf und rannte zum Strand hinunter. Jetzt hatten die Männer die Frau eingeholt und obwohl sie schrie und sich wehrte, zogen sie sie ins Boot. Die Sonne schien auf ihren nackten Körper, der sich im Gegenlicht in einer anmutigen Silhouette zeigte. Erik erkannte die Dunkelhaarige plötzlich und schnappte nach Luft. Es war Ysja, die Sklavin des Königs. Sie schlug um sich, schrie und spuckte und versuchte, sich zu befreien.

»Jetzt halt sie doch fest«, krakeelte der ältere der beiden Männer.

»Das ist nicht so einfach. Sie tritt«, entgegnete der Jüngere. »Au, und kratzen kann sie auch, die Meerkatze«, stöhnte er und fasste sich an den Arm. Im nächsten Moment spuckte sie ihm ins Gesicht, und er fluchte.

»So, du willst also nicht, du Hexe. Aber wir werden dich schon auf andere Gedanken bringen«, zischte er und drehte ihren Arm nach hinten. »Hierher mit dem Tampen«, rief er seinem Kameraden zu.

Erik beobachtete, wie die Männer mit Ysja rangen, aber sie standen so, dass er nicht richtig sehen konnte, was geschah. Dann hörte er Gelächter und ihren verzweifelten Schrei. Die Männer waren zur Rahe am Mast gegangen. Doch das Segel war noch immer zusammengezurrt. Die Männer waren dabei, die Rahe zu hissen, ohne das Lodensegel herunterzulassen. Erik stand ratlos da, dann begriff er. Sie hatten Ysja an der Rahstange festgebunden und waren auf bestem Wege, sie am Mast zu hissen.

Mehr musste Erik nicht sehen. Mit wenigen Schritten war er am Ufer und warf sich ins Wasser. Die Männer hatten ihn nicht bemerkt und waren vollauf damit beschäftigt, die arme Sklavin zu verspotten, und hissten und fierten abwechselnd das Tau. Erik nahm sein Messer aus dem Gürtel und näherte sich schwimmend dem Boot von achtern. Er bekam das Steuerruder zu fassen und zog sich vorsichtig hoch. Das Boot schaukelte, aber die Männer reagierten nicht. Sie achteten nur auf Ysja. Erik schlich sich vor zum Mast.

»Was bildet ihr euch ein? Fiert sie herunter!«, brüllte er und baute sich breitbeinig vor ihnen auf.

»Beruhige dich, wir ärgern das Sklavenstück nur ein bisschen, das wird sie gefügiger machen«, lachte der ältere der Männer und schlug Erik freundschaftlich auf die Schulter. »Komm mit, du, die ist gut, das kannst du uns glauben!«

»Fiert sie runter!«, schrie Erik außer sich vor Zorn. »Ihr seid verrückt, jemanden an die Rahe zu binden … So etwas macht man weder mit Tier noch Mensch.«

Er fuchtelte mit dem Messer. Sie waren zu zweit und

er allein, aber sein Zorn und seine Kraft ließ sie gehorchen. Langsam gaben sie dem Tau nach.

»Los, runter mit ihr!«

Ysja war splitternackt, das Seil schnitt in ihre Haut. Die Rahstange knirschte und knarrte unter ihrem Gewicht, als sie langsam zum Boden gelassen wurde.

»Macht sie los«, mahnte Erik. »Euch sollte man beide opfern.«

»Ach, beruhige dich, sie ist doch nur eine Sklavin. Das ist kein Grund, sich so aufzuregen«, murrte der Jüngere der beiden, der sauer darüber war, dass sie bei ihrem Schabernack gestört worden waren. Missmutig machte er einen Versuch, Erik von hinten anzugreifen, aber der Ältere hielt ihn mit einem scharfen Blick zurück. Er hatte Erik erkannt und wusste, dass er ein Vertrauter des Königs war. Ihm war klar, dass es das Beste war, sich zurückzuziehen. Sie hatten Pech gehabt und waren gesehen worden, das war alles. Auf eine blutige Wunde nur wegen einer Sklavin, darauf hatte er keine Lust.

Mürrisch lieferte er beide, Erik und die Dunkelhaarige, am Strand ab und steuerte das Boot auf den Fjord zurück. Er fluchte darüber, dass sie sich nicht zuerst mit der Sklavin verlustiert und sie dann mit der Rahe gehisst hatten.

Als Ysja wieder in ihre Kleider geschlüpft war und ihre Hucke mit den Haselblättern und Flechten gegriffen hatte, ging sie hinüber zu Erik, der sich gesetzt hatte, um auf sie zu warten.

»Danke«, murmelte sie. »Es war dumm von mir, dort hinauszuschwimmen, aber es war so warm und ich habe niemanden gesehen.«

»Du solltest wohl in Frieden baden dürfen. Diese Schweine!«, antwortete Erik.

»Du hast mich gerettet.«

»Darüber bin ich froh. Wie kommt man nur auf solche Ideen. Ich verstehe das nicht.«

»Sklaven sind keine Menschen, weißt du das nicht?«

Ysja blieb ein Stück entfernt von ihm stehen. Erik wandte sich zu ihr um und sah, wie die Sonne in ihr anmutiges, rundes Gesicht und auf die von Mücken zerstochenen Oberarme schien. Ihre Haut war glatt und mit kleinen, feinen Flaumhärchen bedeckt, ihre tief liegenden dunklen Augen blickten kummervoll. Plötzlich tat sie ihm Leid. Arme Frau. Hatte sie so etwas schon früher erlebt? Draußen auf dem Fjord war das Boot mit den beiden Männern auf dem Weg nach Birka zu sehen. Er hatte sie verjagt, aber was wäre, wenn sie es wieder versuchen würden?

»Hab keine Angst, sie kommen nicht zurück«, sagte er in einem ungeschickten Versuch, sie zu trösten. »Übrigens, ich kenne dich vom Königshof, der König hat viel von dir erzählt.«

Ysja errötete verunsichert. Erik Bernsteinhändler. Es war nicht gut, gerade ihm so zu begegnen, er konnte sie als die frühere Sklavin vom Snemunhof wiedererkennen. Wenn Toste nicht gewesen wäre, würde sie vielleicht noch immer dort arbeiten. Für einen Augenblick sah sie den Jungen vor sich im Brunnen, leblos und im Begriff zu ertrinken. Aber sie hatte ihn gerettet und hatte ihn an Stelle ihres eigenen, missgebildeten Kindes zu sich genommen, das im Wald ausgesetzt worden war. Mit Toste in ihren Schal gewickelt, war sie vom Snemunhof geflohen und nicht mehr zurückgekehrt. Aber jetzt hatte das Schicksal sie nach Adelsö auf den Königshof geführt, unweit von Birka. Wenn Erik sie nur nicht von früher erkannte.

»Setz dich«, forderte Erik sie auf und zeigte auf den Platz neben sich auf der Felsplatte. »Das, was geschehen ist … ich meine, sind Männer oft so grausam zu dir?«

»Einige sind es, andere nicht, aber ich wehre mich. Ich kann kratzen und beißen, aber manchmal geht es übel aus, dann bekommt man Prügel. Das Einzige, worauf ein Sklave hoffen kann, ist einen guten Herrn zu bekommen.«

»Wie den König?«

»Ja, er ist ein guter Mann.«

Sie schwiegen.

»Sind die Blumen für dich?«, fuhr Erik mit einem Blick auf die Hucke fort. Er hatte nichts vor und redete gern mit ihr.

»Die Blumen? Nein, sie sind zum Färben, für König Björns neue Kleider …«

Erik lachte.

»Soll Seine Majestät neue Kleider haben? Schon wieder?«

»Wieder? Kommt das öfter vor?«

Ysja konnte es nicht lassen zu fragen. Wie gern wollte sie hier neben ihm sitzen, sich unterhalten, lachen und getröstet werden nach dem, was geschehen war. Aber sie wagte es nicht. Sie und Toste waren am selben Tag verschwunden. Wenn er sie erkannte, würde er vielleicht anfangen zu fragen. Aber er gefiel ihr. Als Erik Ysja auf dem Königshof gesehen hatte, war sein Blick an ihr hängen geblieben, neugierig und ein wenig zweideutig.

Er machte sie neugierig.

»König Björn tut alles, um stattlich zu wirken«, sagte Erik lächelnd.

Ysja kicherte und setzte sich zögerlich ein Stückchen entfernt hin. Er lächelte sie freundlich an und streckte seine Hand aus.

»Tut das nicht weh von dem Seil?«, fragte er und berührte die roten Striemen auf ihrem Unterarm.

»Nein, nein«, stotterte sie und zog den Arm zurück. Aber warum war sie so abweisend, er war nur freundlich gewesen. Ach, wäre sie nur eine freie Frau, die nichts zu verbergen hatte. Dann, vielleicht ... Sie beherrschte sich. Warum diese Gedanken? Sie musterte Erik von der Seite. Er war kein übles Mannsbild und auch sein Körper gefiel ihr, das merkte sie jetzt. Als sie ihm bei König Björn begegnet war, da hatte sie sein Lachen und sein offenes Wesen gemocht. Er hatte etwas Jungenhaftes an sich und einen Hauch von Wehmut im Gesicht. Sie fragte sich, warum. Wie kam es, dass er zu Hause war und nicht auf Wikingfahrt, um sich zu prügeln, wie so viele andere?

»Übrigens, was glaubst du, wird der König zu dem sagen, was geschehen ist?«, sagte er, nahm einen Grashalm und begann, ihn um seinen Finger zu wickeln.

»Das Beste ist, er erfährt es nie.«

»Aber die Männer gehören bestraft.«

»Für das? Nein, vergiss nicht, dass ich eine Sklavin bin. Sie hätten mich verprügeln, ja, töten können, ohne bestraft zu werden.«

»Doch, eine Geldstrafe hätten sie bekommen.«

»Nur wenn ich gestorben wäre, aber das Silber hätte mein Herr bekommen. Ich wäre nicht reich dadurch geworden.«

Erik blickte auf und merkte die Bitterkeit in ihrer Stimme.

»Ich werde nichts erzählen, wenn es das ist, was du willst.«

»Das wäre das Beste.«

Erik sah sie nachdenklich an. Sie war von diesen Männern misshandelt worden, und doch konnte sie sich weder rächen noch eine Wiedergutmachung für das Geschehene erhalten. Dass so etwas geschehen durfte. Mochte sie auch nur eine Sklavin sein, aber dennoch. Unvorstellbar, so ausgeliefert zu leben!

Hastig glitt sein Blick über ihren Körper. Sie war schön, ja, sie hatte ein besseres Schicksal verdient als nach Lust und Laune ge- und verkauft zu werden. Was wollte der König mit ihr tun? Würde er Ysja behalten oder vielleicht an einen Kaufmann aus einem anderen Land verkaufen, wie er mit den Sklavinnen zu verfahren pflegte, derer er überdrüssig geworden war?

Erik fand keinen der beiden Gedanken ansprechend, und als er darüber nachdachte, kam er zu dem Schluss, dass das mit ihm selbst zusammenhing. Ohne dass er etwas dagegen tun konnte, begann er, sie zu begehren.

Ysja hatte seinen Blick gesehen und dachte daran, dass König Björn sie und Toste für immer aus dem Königshof hinauswerfen würde, wenn er erfuhr, dass sie sich anderen Männern hingab. Sie durfte sich durch nichts verführen lassen, das gefährlich für sie werden konnte. Röte stieg in ihre Wangen, und sie senkte den Blick. Ein Mann, den sie selbst wählte, einen Mann, den sie selbst haben wollte, würde sie das jemals erleben? Nein, sie durfte nicht zu lange zögern.

Sie stand auf und streckte sich nach ihrer Hucke.

»Danke, nochmals Dank«, sagte sie schnell. »Ich muss gehen, die Hausmagd wartet auf mich.«

Sie log und sie wusste, dass er es ihr angesehen hatte. Verwirrt lächelte sie ihn kurz an, schulterte die Hucke und verschwand in Richtung Königshof.

8

Die Geräusche des Waldes kamen und gingen. Estrid hörte das Donnern einer Stromschnelle, den Wind in den Bäumen und etwas, das atmete. Der Boden schwankte, und im Nebel sah sie ein Gesicht über sich. Sie strengte ihre Augen an, um besser sehen zu können. Jemand kniete neben ihr. Sie schloss die Augen, wünschte sich weit fort, wollte nicht wieder in Gefangenschaft sein, aber als sie die Augen aufschlug, war das Männergesicht noch da. Sie erstarrte und machte sich bereit zu fliehen. Hatten die Männer sie einholen können? Mit einer kräftigen Bewegung schlug sie nach der Gestalt vor sich und versuchte sich aufzurichten. Aber ihr Körper gehorchte nicht und sie sank auf den Boden zurück. Im nächsten Augenblick spürte sie, wie jemand ihre Handgelenke umfasste und sie festhielt.

»Verschwinde, du Wahnsinniger«, schrie sie und versuchte, den Unbekannten zu beißen.

»So, du bist also eine Sveafrau«, sagte der Mann ruhig, ohne seinen Griff zu lockern. »Du musst dich ausruhen, fast hätte Ran dich zu sich geholt.«

Estrid sah auf, hörte ihre eigene Sprache und bemerkte, dass der Mann einen Thorshammer um den Hals trug. Ein Rus aus dem Reich der Svear?

»Dann lass mich doch los!«, erwiderte sie schroff, und er tat, wie ihm geheißen.

Sie musterte ihn erstaunt und rieb ihre Handgelenke.

Dann versuchte sie erneut aufzustehen, doch ihr wurde schwindelig. Der Fremde stützte sie, setzte sich neben sie, und plötzlich waren sie sich ganz nah. Ihre Blicke trafen sich. Seine Züge waren markant und sein dunkles Haar fiel weich um sein Gesicht. Seine Augen hatten einen lebhaften Glanz und waren so blau wie der Himmel, sein Mund war nicht zu groß und nicht zu klein. Sein Oberkörper schimmerte wie Tau im Sonnenlicht, seine Hände waren zart und wohlgeformt.

Er merkte, dass sie ihn anstarrte, aber er war sich der männlichen Ausstrahlung, die ihn umgab, nicht bewusst. Estrid empfand seine Nähe so stark, dass sie darin zu versinken drohte. Wer war dieser Fremde und warum überwältigte er sie so? Sie wagte kaum ihn anzusehen.

Sie blieben schweigend sitzen, und als sie den Blick wieder hob, bemerkte sie, dass er sie so eindringlich betrachtete, dass sie die Augen sofort wieder niederschlug. Es schien, als nähme er ihr Bild in sich auf, wie sie seines aufgenommen hatte, und sie dachte, dass es das Beste war zu gehen, bevor irgendetwas geschah. Sie wehrte sich gegen ihn, wollte sich von einem Fremden nicht so beeinflussen lassen. Sie war auf der Flucht, sie durfte niemandem trauen.

»Ich habe das verlassene Boot unterhalb des Wasserfalls gesehen und begriffen, dass etwas passiert sein musste. Aber es hat eine Weile gedauert, bis ich dich gefunden habe«, begann er.

Er hatte sich also aufgemacht, um zu sehen, ob er jemanden retten konnte? Ihr Gemüt hellte sich auf. Er kümmerte sich um sie und hegte keine bösen Hintergedanken. Dass sie fast ums Leben gekommen war, begriff sie erst jetzt. Wenn sie sich nicht aus dem Boot geworfen hätte, wäre sie verloren gewesen. Estrid holte tief Luft.

»Danke«, sagte sie eine Spur verlegen. »Du musst mich wohl gerettet haben.«

»Du hast dich selbst ans Ufer gerettet, aber vielleicht wärst du wieder ins Wasser gerutscht, wenn ich dich nicht gefunden hätte.«

Estrid schwieg, ihr Körper schmerzte. Aber vor allem war sie benommen und verwirrt. Sie wusste nicht, was sie sagen sollte, war sich noch immer unsicher, was dieser Fremde wollte.

»Woher kommst du?«, fragte er. »Obwohl, vielleicht sollte ich dich fragen, wohin du willst, denn irgendwohin wolltest du wohl, oder?«

Estrid sehnte sich danach, all das Geschehene jemandem anzuvertrauen, aber sie wagte es nicht. Warum sollte sie es diesem Mann erzählen? Er konnte von jemandem gedungen sein.

Er hatte zwar Marderfelle bei sich, aber wenn er Kaufmann war, kaufte oder verkaufte er vielleicht auch Sklaven.

Als hätte er ihre Gedanken gelesen, verschwand die Freundlichkeit aus seinem Gesicht, und er sagte mit einem schiefen Lächeln: »Ich weiß, dass ich ein Fremder für dich bin, und du kannst Böses von mir denken. Aber geh wohin du willst, du musst hier nicht mit mir sitzen. Geh schon!«

Das schöne sonnengebräunte Gesicht war plötzlich ernst, und ihr war klar, dass er wirklich meinte, was er sagte. Obwohl Estrid vorsichtig sein musste, vielleicht sogar Angst vor ihm haben sollte, blieb sie sitzen. Eine sonderbare Kraft hielt sie zurück. Sie spürte, dass sein Blick auf ihr ruhte, und sie wich ihm aus. Plötzlich wurde sie ihres fast unbekleideten Körpers gewahr und des Stoffes, der um ihre Taille geschlungen war. Eine Tunika? Verblüfft sah sie ihn an und seine Augen lachten.

»Du warst so durchgefroren, dass ich dir deine durchnässten Kleider ausziehen musste«, erklärte er. »Deshalb hast du meine Tunika bekommen. Allerdings verspürte ich keine große Lust, im Gegenzug deine Kleider anzuziehen.« Er strich sich über seine nackten Schultern.

»Und wenn du selbst keine Lust auf meine Kleider hattest, kannst du mir dann sagen, wo sie sind?«, sagte sie, leicht angespannt.

Er nickte und zeigte auf ein nasses Bündel direkt hinter ihnen.

»Ich hätte sie zum Trocknen aufhängen sollen, aber es stand nicht sehr gut um dich.«

»Schlimm?«

»Ja.«

Nun wurde Estrid neugierig.

»Was hast du dann getan?«

»Nun ja, ich habe versucht, dich zu wärmen«, sagte er ohne nachzudenken.

»Mich wärmen?«

»Ja, du warst kalt.«

»Ich sehe kein Feuer«, wandte Estrid ein.

»Nein, aber ich selbst war warm«, entgegnete er eine Spur verschämt und sah auf seine Hände. Sie betrachtete ihn ungläubig, aber als sie seinen jungenhaften, genierten Blick bemerkte, brach sie in Gelächter aus.

»Aha, du hast dich also neben mich gelegt? Mir scheint, du hast dir große Mühe gegeben, mich ins Leben zurückzuholen.«

»Ja, ich konnte nicht widerstehen.«

»Estrid. Ich heiße Estrid und komme aus Birka«, sagte sie plötzlich, um abzulenken und die seltsame Stimmung zwischen ihnen zu brechen. Sie streckte die Hand aus.

»Dann bist du aus dem Sveareich, ja, das dachte ich mir. Ich selbst bin Kaufmann aus Torslunda, Ragnar Weitfahrer nennt man mich.« Er drückte ihre Hand. »Ich treibe Handel mit den Slawen, aber statt die Felle von Jägern zu kaufen, jage ich selbst. Das bringt mehr Silber ein, und hier gibt es viel Wild. Außerdem gefällt es mir, durch Wald und Wiesen zu streifen.«

Estrid musste an Erik denken, den neugierigen und kühnen Wagehals, mit dem sie in Birka zusammengelebt hatte; auch er ging oft jagen. War dieser Mann auch ein Abenteurer, einer, der das Leben stets als Herausforderung betrachtete und niemals Ruhe fand?

»Was hat dich hierher ins Gårdarik geführt?«, fragte sie, und ihre Augen wanderten wieder zu ihm.

»Vieles«, antwortete er ausweichend. »Ich werde dir später davon erzählen, aber erst sollten wir etwas essen. Du musst hungrig sein.« Er stand auf und holte seinen Lederbeutel. Er nahm ein Stück getrocknetes Fleisch und etwas Brot heraus und reichte es ihr, dann nahm er sich selbst zu essen. Sie aßen schweigend. Beide waren erschöpft.

»Du siehst müde aus«, sagte er nach einer Weile und holte seinen Umhang. »Leg dich hin und ruh dich aus, ich passe so lange auf dich auf.« Estrid schüttelte den Kopf.

»Nein, ich muss weiter, hier kann ich nicht bleiben.«

Aber sie machte keine Anstalten aufzustehen, sondern blieb sitzen, und bald sank ihr der Kopf auf die Brust, und sie war viel zu müde, um das zu verhindern.

Er lächelte, als er das sah, legte sie dann vorsichtig auf den Boden und deckte sie mit seinem Umhang zu. Dann setzte er sich neben sie. Er brachte es nicht fertig, sie allein zu lassen, und er hatte keine Eile.

Leise stand er auf, nahm das Bündel mit ihren nassen Kleidern und hängte Tunika und Kleid über ein paar Zweige. Plötzlich dachte er wieder an den Anblick ihrer weißen Haut im Ausschnitt. Sie hatte vor Kälte gezittert und seine Gedanken waren nur darum gekreist, wie er sie retten konnte. Doch nun stand ihm das Bild einer vollkommenen Frau klar und deutlich vor Augen, und sein Blick wanderte wieder zu ihr hinüber. Wie schön sie ist, dachte er, und ihm wurde bewusst, dass er viel zu lange keine Frau mehr gehabt hatte.

Toste warf einen Blick durch die Tür. Draußen fiel ein heftiger Regen und widerwillig beschloss er, noch eine Weile in der Schmiede zu bleiben. Hier drinnen rauchte und qualmte es, und er wünschte sich frische Luft. Die Arbeit in der Werkstatt des Königs war schwer. Das Hämmern der Schläge gegen den Amboss, der Qualm, wenn das Metall in die Gussformen geschüttet wurde, die Stimmen und das Husten der Männer schwollen zu Geräuschkaskaden um ihn herum an. In seinen Ohren hallten der Lärm und das Klingen von Metall wider,

Schimpfworte und Ermahnungen und unzählige Stimmen. Manchmal wollte Toste den Blasebalg loslassen, sich verstecken und am liebsten gar nichts mehr hören. Was auch immer er tat, er machte es verkehrt. Er gab sein Bestes, um den Aufforderungen des Meisters zu folgen, und versuchte immer, Zangen und Hammer bereitzuhalten sowie alles andere, was der Schmied von ihm verlangte. Dennoch ging alles schief, und er wurde ausgeschimpft. Entweder goss er zu langsam oder der Rauch hatte die falsche Farbe oder der Guss misslang. Dann bekam er die Schuld. Aber er wollte nicht aufgeben, irgendwann würde er es ihnen zeigen.

»Du Faulpelz!« Plötzlich donnerte ein Schlag gegen seinen Schädel, und er wollte laut aufschreien.

»Versuch nicht, bei der Arbeit abzuhauen. Komm und hilf mir hier!« Der Meisterschmied zog ihn zu sich zur Bank und gab ihm den Schleifstein. »Ich will, dass du die Kanten von diesem Beschlag glättest.«

Plötzlich wurde Toste zornig. Immerzu diese eintönigen Arbeiten. Fertig gegossene Beschläge schleifen, das machte keinen Spaß.

»Ich will auch lernen, wie man schmiedet, nicht nur feilen, hämmern und Laufbursche sein«, entgegnete er bockig.

Der Meisterschmied kippte den Bronzebeschlag auf die Bank, drückte ihm den Schleifstein in die Hand und sagte: »Oh, du willst also etwas. Vielleicht bist du doch nicht so jämmerlich wie du aussiehst.« Dann ging er.

Toste sah ihm erstaunt nach. Das hatte fast wie Anerkennung geklungen.

Sie waren sechs Mann in der Schmiede, zwei Erwachsene und vier Sklaven. Er selbst war der Jüngste von allen, und egal, was zu tun war, schrie man nach ihm. Wenn niemand etwas sagte, dann war das meist ein Zeichen dafür, dass er alles richtig gemacht hatte, aber ein Lob hörte er nie. Und er litt darunter, dass er nie das Licht oder den Himmel draußen zu sehen bekam. Nur selten machten sie eine Pause, und er schaffte es kaum aus der Tür, ehe er zurückgerufen wurde.

Toste wusste, dass er als Sklave des Königs der Svear froh und stolz sein sollte. Ein guter Schmied wurde von allen geschätzt und geachtet, und man glaubte, dass er geradezu magische Kräfte besaß. Viele hätten gern Arbeit an Ofen und Esse gehabt. Aber Toste litt, denn er trug Bilder von etwas anderem in sich, die Erinnerung an etwas Helles und Fröhliches. Er sah sich selbst den Wald durchstreifen oder am Wasser entlangschlendern und dem Wind lauschen, den Vögeln und dem Wellenschlag des Meeres am Strand. Das hatte er einst getan, als er froh und sorglos gewesen war. Seitdem war etwas geschehen, aber seine Erinnerungen waren undeutlich und lückenhaft. Nur eines fiel ihm oft wieder ein: das schreckliche Bild des Pferdes und des Schlittens an der Eiskante und Onkel Eyvinds vergeblicher Kampf in dem kalten Wasser. Ysja hatte geweint, das Pferd hatte gescheut, und als sie zum Eyvindhof zurückgekommen waren, hatte die Herrin sie geschlagen und geschrien, dass alles ihre Schuld war. Seit dem Tag hatte die Herrin sie beide gehasst und sie für alles bestraft, das anders war, als sie es sich gedacht hatte.

Schließlich hatte sie ihren Anblick nicht mehr ertragen können und beschlossen, sie zu verkaufen.

Als der König sie dann gekauft hatte, hatte Ysja gejubelt, denn sie hatte gehofft, dass man auf dem Königshof gut für sie sorgen würde. Sicher hatte vieles sich zum Besseren gewendet. Seine Mutter war nicht mehr so ausgezehrt, hatte Farbe bekommen, und er konnte sie sogar lachen hören. Aber er selbst …

Als wäre der Hohn der Schmiede noch nicht genug, quälte ihn auch der Rauch. Niemals Licht und frische Luft zu bekommen, niemals frei zu atmen, ohne dass die Kehle sich zusammenschnürte. Die Sonne nicht zu sehen, weder Vögel noch Himmel. Toste litt, aber er klagte nicht. Wenn Ysja zufrieden schien, verschwieg er sein Unglück. Stattdessen magerte er ab, wurde verschlossen und wortkarg. Er wurde rasch müde, schaffte weniger, und bald fing das Gerede an.

Was nützte ihnen der Junge? Warum sollten sie sich mit einem solchen Taugenichts herumschlagen, wenn es doch flinke Schmiedeknechte gab, die nichts lieber wollten, als helfen? War es nicht besser ohne ihn, er war ohnehin meist im Weg. Toste merkte, dass hinter seinem Rücken geflüstert wurde, und er ahnte das Schlimmste. Er wusste, dass er kämpfen und härter werden musste, sonst würde er vielleicht geopfert werden.

Die Feuchtigkeit des Wolchow stieg zum Strand hinauf und kroch langsam unter den Umhang. Estrid wurde wach und setzte sich verwirrt auf. Wo war sie, warum hatte es schon zu dämmern begonnen? Dann hörte sie jemanden hinter sich, und Angst durchfuhr sie. Ihr Blick flackerte zum Wald, auf der Suche nach einem Fluchtweg.

»Estrid?«

Sie wandte den Kopf und ihre Unruhe wich. Es war Ragnar Weitfahrer, der Mann, der sie aus dem Fluss gerettet hatte.

»Du hast geschlafen, ich glaube, du hattest es nötig. Wie fühlst du dich?«, fragte er freundlich.

»Gut.«

Sie fuhr sich mit der Hand übers Gesicht und schüttelte ihr Haar. Blond und üppig fiel es über ihre Schultern, und als sie an sich heruntersah, bemerkte sie wieder den fremden Stoff, der durch die Strähnen schimmerte. Eine grüne Tunika?

»Meine Kleider, wo sind meine Kleider?«, fragte sie und ihr wurde klar, dass sie bis auf das weite, grüne Tuch nackt war. Auch ihm musste das aufgefallen sein, denn er sah zur Seite, als wollte er nicht, dass sie seinen Blick bemerkte.

»Ich habe deine Kleider zum Trocknen aufgehängt. Wenn ich sie dir gebe, könnte ich dann meine Tunika zurückbekommen? Es sei denn, du willst sie behalten«, sagte er und lächelte.

»Nein, dann behältst du am Ende noch mein Kleid«, antwortete Estrid, und ihre Augen glitzerten.

Beide mussten lachen und eine plötzliche Wärme umfing sie. Sie schielte zu ihm hinüber, und die Schönheit seines Körpers verwirrte sie. Estrid versuchte, den Blick abzuwenden, doch es gelang ihr nicht. Dann fiel ihr Orfrim ein und das, was geschehen war, und schnell schlug sie die Augen nieder.

Ragnar Weitfahrer, der für einen Augenblick die Vertraulichkeit gespürt hatte, bemerkte die Kühle und war enttäuscht. Vor zwei Wintern hatte er seine Schiffsmannschaft verlassen und seitdem allein gelebt. Aber nun, als er so dicht bei Estrid gewesen war, da hatte er eine neue Sehnsucht nach Nähe verspürt. Es war möglich, dass er sich das nur einbildete, aber er hatte eine Kraft, eine Art von Wärme zwischen ihnen wahrgenommen. Und jetzt saß sie da, das Gesicht abgewandt.

»Ich glaube«, sagte er nach einer Weile, »es ist das Beste, wenn wir über Nacht hier bleiben. Es ist schon spät. Ich habe das Boot an Land gezogen, und es kann uns als Schutz dienen. Morgen kannst du entscheiden, was du tun willst.«

»Nein, ich muss gehen. Ich muss weiter«, beharrte Estrid.

»Bis es dunkel wird, kommst du nicht mehr weit. Wenn ich schon einen ganzen Tag auf dich Acht gegeben habe, kann ich dich auch noch eine Nacht bewachen«, sagte er bestimmt.

Estrid sah sich um. Sie musste fliehen, so weit weg von Aldeigjuborg wie möglich. Konnte sie einem Mann trauen, den sie nicht kannte, den sie nie zuvor gesehen hatte? Aber er schien um sie besorgt zu sein ... Dennoch, sie musste fort, wie müde sie auch sein mochte. Ihr Blick wanderte zu ihm. Er hatte ihr nichts Böses getan und nur ihr Bestes gewollt, aber ...

Estrid stand auf und machte prüfend ein paar Schritte auf den Felsen zu. Würde sie es schaffen, die Flucht fortzusetzen? Ihr Knöchel schmerzte, und sie fühlte sich noch immer ein wenig schwindelig. Entmutigt blieb sie stehen. Es wäre nicht klug, im Dunkeln weiterzueilen. Wenn sie ohnmächtig würde? Vielleicht sollte sie doch noch ein wenig ruhen, ehe sie aufbrach? Ragnar Weitfahrer betrachtete sie abwartend.

»Wir können zur Nacht ein Feuer anzünden und von dem essen, was ich noch im Beutel habe. Morgen bist du kräftig genug, um weiterzugehen«, schlug er vor. »Es ist nicht gut, sich mit Werwölfen herumzuschlagen, wenn es dunkel ist. Hier wimmelt es nur so von ihnen.«

Er lächelte sie kurz an.

»Werwölfe, ja, aber woher weißt du, dass ich kein Waldweiblein bin?«

»Das weiß ich nicht, aber bis morgen werde ich es schon herausgefunden haben.«

Als es dunkel wurde, machten sie Feuer, und Ragnar Weitfahrer und die Frau, die vor einem Kaufmann und seinen Männern aus Aldeigjuborg geflohen war, schlugen ihr Lager in einer Höhle einige Ellen vom Fluss entfernt auf. Obwohl sie den Kahn vom Strand hochgezogen und abgedeckt hatten, fürchtete Estrid, dass er entdeckt werden und die Verfolger auf ihre Spur bringen könnte. Das Versteck zwischen den Felsspalten schien sicherer zu sein. Eine Weile unterhielten sich die beiden leise, dann breitete sich Schweigen zwischen ihnen aus. Kurz bevor Estrid in den Schlaf fiel, schloss sie den Umhang dicht um ihren Körper und drehte Ragnar den Rücken zu. Er bemerkte das, und für einen Moment wollte er ihr den Umhang am liebsten vom Leib reißen, aber er besann sich. Sie musste sich ausruhen, und er würde in der Gewissheit einschlafen, dass er sie am nächsten Tag neben sich finden würde.

Als er aufwachte, war Estrid verschwunden. Ihre Tunika war fort, und er sah ihre Fußspur, die zum Fluss hinunterführte. Beunruhigt ging er ihr nach. Er entdeckte sie am Ufer, als sie gerade aus dem Wasser kam. Ihr Haar war nass, und Tropfen glänzten auf ihrer Haut. Sie zog ihre Tunika an und blieb dem Fluss zugewandt stehen. Die Sonne schien durch den Leinenstoff und ihr Körper zeichnete sich verlockend darunter ab. Über ihrer vollen Brust spannte sich der Stoff. Dann musste sie seinen Blick gespürt haben, denn plötzlich ging sie in die Hocke und schlang die Arme um ihren Körper. Zögernd ging er zu ihr. Ihr Blick begegnete seinem, und er sah Verwunderung. Dann änderte sich ihr Gesichtsausdruck, und als sie ihn erkannte, lächelte sie ihm zu.

»Hallo«, sagte sie scheu.

»War es kalt?«, fragte er, denn ihm fiel nichts Besseres ein.

Sie nickte, und er setzte sich. Schweigend kramte er in seinem Beutel und reichte ihr ein Stück Brot. Während sie aß, sagte er nicht viel. Die Gedanken tosten in seinem Kopf. Bald sprachen ihre Augen mit ihm, bald verschloss sie sich, und er hatte Angst, sie zu vertreiben. Er musste ihr Vertrauen gewinnen, erst dann konnte er sie überreden, ihm zu folgen. Er mochte ihre Gesellschaft und wünschte sich, dass sie ihn begleitete. Und wenn sie aufstand und einfach von ihm fortging? Seine Kiefermuskeln arbeiteten, und er rang mit sich selbst und all dem Widersprüchlichen in sich. Ihr Duft schlug ihm entgegen, und er wollte sie an sich ziehen, aber er beherrschte sich.

»Du solltest nicht allein reisen, das kann gefährlich werden«, sagte er schließlich.

Er zerkrümelte sein Brotstück in der Hand und musterte sie unruhig. Da wurde ihm auf einmal klar, dass er nicht die Absicht hatte, sie allein zurückzulassen. Entschlossen fasste er sie an der Schulter, um ihr etwas zu sagen, und in diesem Augenblick hätte sie aufstehen und ihres Weges gehen können. Aber sie tat es nicht, sie wartete. Er blieb sitzen und vergaß, was er hatte sagen wollen. Er sah ihr schönes Gesicht mit den hellen Wimpern und entdeckte einen neuen Glanz in ihren Augen. Jetzt war sie nicht mehr zögerlich. Sie atmete in ruhigen gleichmäßigen Zügen, und ihr Gesicht war offen und freundlich. Unsicher beugte er sich vor, um sie zu küssen. Nur einen kleinen Kuss, mehr nicht. Er wollte ihr zeigen, dass er sie gern hatte. Aber plötzlich wurden die Jahre der Sehnsucht nach Nähe zu viel, und er verwandelte sich. Estrid sah, wie sich sein Gesicht veränderte, und mit einem Mal wurde ihr klar, dass sie allein waren, ganz allein.

Es wurde Abend, und es wurde kalt über den Feldern des Königs. Erik streifte auf den Ländereien umher, während er über das nachgrübelte, was er auf den Höfen erfahren hatte. Eine Verschwörung gegen König Björn? Das war schwer zu glauben, aber er hatte die zweideutigen Reden selbst gehört, die verschlagenen Blicke bemerkt und die neu geschmiedeten Waffen draußen auf den Höfen gesehen. Aber was hatte der König Böses getan? Nichts, viel mehr war es doch so, dass die Großbauern selbst das Reich lenken wollten. Sie wollten Macht. Wie war es möglich, dass so viele danach strebten? Als ob es ein Vergnügen wäre, über andere zu bestimmen! Erik verstand das nicht, er war froh, sein eigenes Leben zu leben und kümmerte sich nicht um das anderer. Nur wenn Menschen kamen und ihm etwas aufzwingen wollten, wurde er zornig und wehrte sich. So wie gegen die Männer der Kirche, Ansgar, Gautbert und Nithard. Wie viel Zwist hatten sie nicht über die Höfe gebracht! Glücklicherweise hatte man schon lange nichts mehr von den Kreuzträgern gehört, und er dachte, dass nun Ruhe und Frieden in der Stadt einkehren würden. Aber dann hatte Erik erfahren, dass die Dänen Dorestad geplündert hatten, und dass dieser Schurke Torvald Hjalte eine Verschwörung gegen König Björn vorbereitete. Wenn der König doch nur schon da wäre, Erik musste mit ihm reden. Es galt, wichtige Reichsangelegenheiten zu erörtern, aber er musste einräumen, dass er auch über andere Dinge sprechen wollte.

Er wollte mehr von Ysja hören, der dunklen Sklavin. Wer war sie und woher kam sie? Sie schien anders zu sein, als die gewöhnlichen Sklavinnen, sie hatte etwas an sich, das er nicht ergründen konnte, etwas, das nach außen drang und ihn verstörte. Sie hatte ihn neugierig gemacht.

Die Wachen grüßten lachend, als sie Erik erkannten, der auf die Königsterrasse trat, und während sie auf den König warteten, leerten sie gemeinsam ein Fässchen Bier. Erik erzählte von seinen Abenteuern in Britannien und dem Frankenreich, und als der König endlich auf den Hofplatz ritt, war Erik wieder fröhlich und heiter zu Mute. Die Miene Seiner Majestät hellte sich auf, als er den Freund erblickte, und er schleuderte seinen Umhang mit einer großen Geste von sich.

»Puuh«, stöhnte der König.

»Was?«, fragte Erik.

»Diese großmäuligen Bauern. Sie winseln und klagen schlimmer als alte Weiber und glauben, dass sie das Land besser lenken können als ich. Aber dafür braucht es fähige Leute.« Er setzte sich.

»Beim Thing höre ich ihnen zu, und wir beratschlagen uns dort, aber bei allem, was das Ausland betrifft, kommt es auf mich an. Das wissen sie sehr gut. Und trotzdem … Nein, lasst uns von etwas anderem reden. Wo ist Ysja?«

Eriks Schultern sanken. Einen ganzen Tag hatte er auf den König gewartet, um die Verschwörung mit ihm zu besprechen, aber soeben musste er einsehen, dass es an diesem Abend schwer werden würde, den König zum Zuhören zu bewegen.

»Ysja? Die Wachen sagen, sie sei krank.«

»Krank?«

Der König wurde still und jegliche Freude schwand aus seinem Blick.

»Aber Euer Majestät können sich doch eine andere Sklavin nehmen«, versuchte Erik zu trösten.

»Keine ist wie Ysja«, jammerte der König. »Sie ist nicht wie die anderen. Stell dir vor, sich zu wagen, sich dem König zu widersetzen! Ich durfte sie nicht einmal umbenennen. Verstehst du, für Frauen mit Haaren auf den Zähnen habe ich eine Schwäche.«

»Ja, ja, aber hör zu, ich habe wichtige Nachrichten«, sagte Erik und senkte die Stimme. »Es wäre besser, die Wachen hinauszuschicken.«

Der König blickte auf. Jetzt, wo er Ysja nicht sehen konnte, wollte er nur noch ins Bett. Schlafen. Oder vielleicht noch ins Badehaus gehen. Er hielt sich die Hand vor den Mund und gähnte herzhaft.

»Erik, können wir nicht morgen weitersprechen?«

»Nein«, antwortete der Freund gereizt.

Widerwillig wies der König den Wachen die Tür, schenkte sich etwas Fruchtwein ein und lehnte sich im Hochsitz zurück.

»Naa?«, murrte er.

»Es heißt, die Großbauern aus der Gegend wollen Euer Majestät der Macht berauben«, begann Erik.

»Das kann ich nicht glauben«, antwortete der König. »Ich habe jeden mächtigen Mann in der Umgebung besucht, und alle schienen gleichermaßen erfreut, mich zu sehen. Außerdem habe ich ihnen Geschenke gemacht. Auf böses Gerede sollte man nichts geben.«

»Aber ich habe selbst gesehen, wie sie auf den Höfen Waffen schmieden«, wandte Erik ein. »Euer Majestät sollte vielleicht eine Palisade unterhalb des Königshofes errichten lassen.«

»Eine Palisade? Niemals. Alle sollen sich hier willkommen fühlen.«

»Aber Torvald Hjalte rüstet ...«

»Hjalte aus Badelunda? Dieser Tölpel hat mehr Silber bekommen als jeder andere und sollte ergeben genug sein. Nur weil er in Miklagård war, glaubt er, ihm gehöre das ganze Sveareich. Nein, hinter dieser Christenwühlmaus steckt mehr Geschwätz als Stärke.«

»Aber ich habe die Waffen gesehen ...«

»Der Kerl kann nicht mal ein Rasiermesser halten. Den fürchte ich nicht.«

»Aber es gibt andere Männer ...«

»Gewinsel und Weibergewäsch von Großbauern? Nein, hör nicht auf so etwas. Reiche Leute jammern immer, also vergiss es. Doch an dem Tag, an dem du hörst, dass die Wenden oder Dänen auf dem Weg sind, verspreche ich zu rüsten. Aber Krähen mit Adlerschwingen … puuh!«

Der König streckte sich nach der Kanne mit Fruchtwein und leerte sie bis auf den Grund. Erik schwieg und sah ihn an. Es war, wie er vermutet hatte, an diesem Abend würde der König auf niemanden hören. Am besten, er kam am nächsten Tag wieder. Er erhob sich.

»Krähen mit Adlerschwingen, gerade die sind gefährlich«, sagte er auf dem Weg nach draußen.

»Ja, ja, man darf niemandem trauen, aber dann wird das Leben schrecklich öde«, lallte der König. »Nein, jetzt vergessen wir das. Erik, heute Abend werde ich nach der langen Reise baden. Die Sklaven machen Feuer im Badehaus, und ich werde die Sklavinnen bitten, mich sauber zu schrubben.«

Der König lachte vor Vergnügen auf. »Sag, willst du nicht auch gewaschen werden, du?«

Erik schüttelte den Kopf. Er konnte sich vorstellen, was dort im Badehaus vor sich gehen würde, wenn der König noch ein paar Kannen mit Fruchtwein getrunken hatte. Mit den Sklavinnen durfte er allein schmusen. Erik wollte den Respekt vor Seiner Majestät wahren.

Das Licht sickerte durch die Baumkronen, und der Wind wehte mild über den Berg. In der Ferne rauschte die Stromschnelle.

»Estrid!«

Ragnar Weitfahrer beugte sich hinunter und nahm vorsichtig ihr Gesicht in seine Hände. Er streichelte ihre Wangen. Ihre Haut war noch feucht, und das Wasser tropfte aus den Haarsträhnen auf ihre Stirn.

»Du bist schön«, murmelte er.

»Nein, nicht so, was tust du?«, stammelte sie, als sie seine Lippen auf ihren spürte.

»Aber«, murmelte er.

»Nein!«, wiederholte sie und wandte sich ab. Hastig stand er auf und sah sie verwirrt an. Dann drehte er sich um und lief mit schnellen Schritten in den Wald.

Estrid blieb benommen sitzen. Was war zwischen ihnen geschehen? Seine Lippen hatten ihre gestreift, und sie hatte Angst verspürt. Dann hatte er innegehalten. Aber sie hatte sehen können, wie sich die Zärtlichkeit in seinen Augen in Zorn verwandelte. Estrid wurde unruhig. Er würde doch zurückkommen? Er musste zurückkommen!

Um sie herum ragte Wald empor, schweigend und fremd. Wohin war er gegangen? Estrid fuhr sich mit den Händen übers Gesicht und schloss die Augen. Ich warte, dachte sie, ich muss warten. Er will mir nichts Böses, er … Ich war es, die … Sie schlang die Arme um die Knie und wiegte ihren Körper hin und her. Er gefällt mir, und doch habe ich ihn fortgestoßen.

Estrid wusste nicht, wie lange sie so gesessen hatte, als sie ihn plötzlich zwischen den Bäumen entdeckte. Ragnar! Was für ein Glück, er war zurück. Er setzte sich neben sie.

»Vergib mir!«, sagte er und seine Augen waren ernst. »Ich wollte dich nicht erschrecken. Ich wollte dich in Frieden lassen, aber, ja …« Er sah sie ängstlich, fast jungenhaft, an.

Sie lächelte, und die Unsicherheit, die sie gefühlt hatte, wich. Er schien genauso überrumpelt wie sie, fast erstaunt darüber, dass er es gewagt hatte, sich ihr zu nähern.

»Du musst nicht um Verzeihung bitten. Ich hatte es nur nicht erwartet, ich habe plötzlich Angst bekommen.«

»Dann bist du nicht böse?«, fragte er.

»Böse?« Sie schüttelte den Kopf. »Böse auf dich? Nein, erst rettest du mein Leben und dann …« Sie zögerte. Eigentlich hatten ihr seine Nähe und die Berührung seiner Hände in ihrem Gesicht gefallen. Plötzlich wurde Estrid rot und wusste nicht, was sie sagen sollte. »Warum sollte ich böse sein?«, wiederholte sie. »Ich mag dich doch.«

Er sah sie erleichtert an.

»Wir kennen uns nicht, und doch, es kommt mir vor, als ob ich …« Er suchte nach Worten und nahm ihre Hand in seine. »Manchmal muss man sich vielleicht nicht so gut kennen, damit es glückt. Ein anderes Mal geschieht es, dass man glaubt, man wäre vertraut mit jemandem und doch geht alles schief.«

Estrid blickte ihn forschend an und fragte sich, was hinter seinen Worten liegen mochte. Dieser Mann, den sie gerade erst getroffen hatte, was hatte er erlebt?

»Ja, das ist wohl richtig, aber …« Sie stand auf. »Ragnar, wir haben viel zu reden, aber wir müssen auch weiter. Komm!« Sie streckte die Hand nach ihm aus.

Ragnar wäre am liebsten so mit Estrid sitzen geblieben, aber er merkte, dass sie sich entschieden hatte. Er griff ihre Hand, stand auf und klopfte sich etwas Moos von den Kleidern.

»Dann werden wir uns auf den Weg machen«, murmelte er und nahm seinen Beutel, ein wenig enttäuscht darüber, dass Estrid ihr Gespräch nicht fortsetzen wollte. Als sie alles zusammengesammelt hatten und ihre Wanderung wieder aufnahmen, suchte sie wieder nach seiner Hand.

»Ja, ein Mensch ist nicht immer der, den man zu kennen glaubt, da hast du Recht«, sagte Estrid nachdenklich. »Manchmal verstehe ich nicht, wie man so blind sein kann.«

Ragnar betrachtete sie und dachte, dass sie vielleicht etwas erlebt hatte, über das sie nicht gern sprach. Möglich, dass ihr Schicksal seinem eigenen ähnelte. Als er damals glaubte, die Liebe gefunden zu haben, entdeckte er, dass die Frau an seiner Seite eine ganz andere war. Schließlich hatte sie ihn fortgejagt. Nein, er war vor ihr geflohen – hatte sich einen Schiffsplatz nach Osten gesucht. Und in Aldeigjuborg war er seiner eigenen Wege gegangen. Die Enttäuschung saß so tief, dass er gar nicht erst versucht hatte, sich nach einer anderen Frau umzusehen, nicht einmal aus den Mädchen im Hafen hatte er sich etwas gemacht.

Stattdessen hatte er sich mit der Einsamkeit des Waldes begnügt – auch wenn er ab und zu die Nähe einer Frau vermisst hatte. In der Begegnung mit Estrid schien es, als wäre etwas in ihm erwacht, eine Sehnsucht, eine enorme Kraft, und fast hätte ihn dieses Gefühl überwältigt. Er sah sie an, und in seinem Blick lagen Zärtlichkeit und Begehren.

Was hatte sie gesagt, dass ein Mensch nicht immer der war, den man zu kennen glaubte? Das wusste er nur zu gut.

»Du scheinst an etwas zu nagen, das du am liebsten vergessen würdest«, sagte Ragnar vorsichtig und drückte ihre Hand. »Ich höre gern zu, wenn du es erzählen willst.« Er machte eine kurze Pause, und als sie nicht antwortete, fuhr er fort. »Ich selbst bin vor einem zänkischen Weib von zu Hause geflohen. Ich wollte lieber ins Gårdarik segeln und Silber bekommen.«

Estrid musste schmunzeln. Das klang ganz nach Erik. Immer fort zu neuen Abenteuern, weil er glaubte, dann würde sich alles lösen. Zog sie diese Sorte Mann an oder wie kam es, dass sie hier mit ihm war? Auf der anderen Seite war sie eigentlich genauso. War nicht auch sie fortgegangen und hatte zu Hause alles zurückgelassen?

Sie sah ihn an und wusste, dass er hören wollte, was sie von ihrem Leben zu erzählen hatte. Und sicher, sie hätte sich gern an seine Schulter gelehnt und ihm alles anvertraut, was geschehen war. …

»Dann hast du also deine Frau zu Hause verlassen«, begann sie. »Ich selbst folgte einem Fremden und ließ mein Kind und seinen Vater zurück. Ich war überwältigt von Liebe und ganz ohne Sinn und Verstand. Mir scheint, die Liebe sitzt im Körper und nicht im Geist.«

»Ja, das kommt mir bekannt vor«, sagte Ragnar Weitfahrer mit einem Lachen.

Estrid blieb stehen und betrachtete ihn schweigend. Es dauerte eine Weile, aber dann entschied sie sich.

»Ich werde dir erzählen, was geschehen ist, doch es braucht Zeit, alles zu berichten«, begann sie, »aber ich werde nichts verschweigen.«

»Die Wahrheit ist das höchste Gut«, sagte Ragnar Weitfahrer ernst. »Nun lass hören.«

Estrid hielt inne. Er klang so drängend. Plötzlich schlugen ihre Gedanken um und sie zweifelte. Konnte sie ihm wirklich trauen?

9

Estrid kamen die Bäume plötzlich dunkel und bedrohlich vor, und der Wald kroch gleichsam näher. Sie durfte sich jetzt nicht einschüchtern lassen, sie musste die Schatten der Vergangenheit abwerfen.

»Setzen wir uns«, sagte Ragnar.

Estrid nickte und setzte sich neben ihn. Sie lächelte unsicher, holte tief Luft und begann zu erzählen.

»Manchmal geschieht etwas, das nicht geschehen dürfte«, sagte sie und wurde aschfahl im Gesicht. Mit unbehaglicher Deutlichkeit trat ihr der Tag vor Augen, an dem sie den Jungen auf der Brücke in Aldeigjuborg gesehen hatte. Das dunkle, zerzauste Haar und sein freudestrahlender Blick, als er Orfrim entgegenlief …

»Schau, er ähnelt dir«, sagte sie erstaunt, als das Boot an den Steg stieß. Doch sie ahnte es. Als sie den Ernst in seinem Gesicht bemerkte, verstand sie. Der Junge war sein Sohn.

Orfrim antwortete nicht, vielleicht tat er, als hörte er sie nicht, und als sie seinem Blick folgte, sah sie, dass er eine junge, magere Frau ansah, die einen Knaben an der Hand hielt.

»Papa, Papa«, hörte sie den Kleinen rufen, der sich losriss und mit ausgestreckten Armen angerannt kam. Der kleine Kerl und der Junge mit den dunklen, zerzausten Haaren erreichten Orfrim fast gleichzeitig. Sie umarmten einander und es schien, als wäre sie, die Frau aus dem fremden Land, überhaupt nicht anwesend. Nach einer endlosen Weile machte sich Orfrim von den Seinen los, sagte etwas zu ihnen und nickte in Estrids Richtung. Dann ging er zu ihr und sein angespanntes Gesicht und seine entschlossenen Schritte verrieten seinen Ernst.

»Liebste, sei nicht böse, es gibt so vieles, was ich dir erzählen wollte«, begann er und blickte sie flehend an. »Aber ich wollte es hier im Gårdarik tun, in meinem eigenen Land, der Stadt meiner Kindheit, damit du mich verstehst. Du siehst, ich habe eine Familie, aber dich liebe ich mehr als alle anderen. Glaub mir, ich habe nur nicht gewagt, über alles zu reden. Ich hatte solche Angst, dich zu verlieren.«

Estrids Lippen wurden weiß, ihr Körper zitterte und ihre Knie gaben nach. Verwirrt taumelte sie rückwärts, stützte sich auf die Reling, beugte sich darüber und erbrach sich. Die Übelkeit kam in Schüben über sie, ihr Magen rumorte und ihr ganzer Körper schmerzte. Wie hatte Orfrim ihr das antun können? Er hatte wohl von seiner Religion erzählt, von Beischläferinnen und mehreren Ehefrauen, aber niemals hatte er so etwas von seinem eigenen Leben offenbart. Die ganze Zeit hatte es nur sie und ihn gegeben. Sonst wäre sie ihm nicht gefolgt. Niemals! Rurik und Erik fielen ihr ein, und sie dachte, dass sie sofort zurückkehren musste.

»Vergib mir!« Sie fühlte einen Arm um ihre Schulter, und Orfrim beugte sich über sie. »Ich liebe dich, nur dich, glaub mir, du musst mir Zeit geben. Ich konnte mein Leben in Aldeigjuborg nicht ändern, als ich in Birka wohnte. Ich war gezwungen, erst hierher zurückzukehren. Wie hätte ich alles regeln sollen? Aber das werde ich jetzt tun, damit wir zwei, du und ich, zusammen leben können.«

Er strich über ihre Schulter und versuchte, sie an sich zu ziehen.

»Du hättest etwas sagen können. Du hättest mich warnen können«, entgegnete Estrid verzweifelt. Ihre Stimme bebte, sie hatte keine Kraft, um zu schreien. Er hatte sie belogen, er hatte sie getäuscht, und diesen Mann hatte sie geliebt.

»Hör mir zu!«, bat er. »Hätte ich erzählt, dass ich verheiratet bin, wärst du niemals mit mir gekommen. Verstehst du nicht? Ich liebe dich. Das war die einzige Möglichkeit, wie ich glaubte, dich halten zu können.«

»Und was hast du sonst vor mir geheim gehalten?«, fragte sie schroff. Der plötzliche Gefühlssturm hatte an ihren Kräften gezehrt, aber jetzt verwandelte sich die abgrundtiefe Enttäuschung in Zorn.

»Estrid, was willst du? Willst du, dass ich mein altes Leben um deinetwillen aufgebe, ohne für die zu sorgen, die einst die Meinen waren? Es wird nur uns beide geben, das verspreche ich, aber erst muss ich mich darum kümmern, alles für die anderen zu regeln.«

Sie horchte auf. Damit hatte er Recht, darin lagen Vernunft und Fürsorge, aber wenn sie doch nur geahnt hätte, wenn sie nur gewusst hätte. Sie fühlte sich so verraten.

»Estrid, Liebe, ich brauche dich jetzt, ich sehne mich so sehr nach dir …«

»Du hast eine seltsame Art, das zu zeigen.«

Orfrim schwieg und streichelte sanft ihren Nacken.

Jedenfalls hatte sie ihn weder getreten noch angespuckt, und seine Hände durften auf ihren Schultern ruhen.

»Meine Geliebte«, versuchte er es wieder, »wie enttäuscht du auch sein magst, du kannst nicht an Bord bleiben. Du musst an Land. In dieser Stadt kann eine Frau nicht allein durch die Straßen irren. Komm mit uns!«

Estrid blickte ihn aus dunklen Augen misstrauisch an.

»Was auch geschieht, ich werde dich immer lieben, Estrid«, sagte Orfrim leise und nahm seine Hände von ihren Schultern.

»Und deine Frau und deine Kinder? Vielleicht hast du ja noch mehr Frauen, von denen du mir zu erzählen vergessen hast?«, antwortete Estrid schroff.

»Meine Frau Olga habe ich nicht selbst gewählt. Meine Familie hat sie für mich ausersehen. Verstehst du nicht, du bist die Einzige, die ich je geliebt habe. Und doch verurteilst du mich. Kannst du dich nicht gedulden? Alles wird gut werden!« Er schmiegte seine Wange an ihre. »Schon heute Abend«, flüsterte er, »werde ich bei dir sein. Endlich.«

Estrid antwortete nicht. Sie stand einfach da und ließ Worte und Zärtlichkeiten an sich abprallen, als gingen sie sie nichts an. Was gab es für sie zu tun? Was sollte sie unternehmen?

»Wir müssen abladen. Kannst du auf den Steg gehen?«, hörte sie die gebieterische Stimme Brynolfs, des Schiffers, und hinter ihr begannen die Männer die Kisten zu heben. Es wurde spät, und sie musste irgendwo schlafen, auf dem Schiff konnte sie nicht bleiben.

Estrid atmete tief durch, hob den Kopf und musterte das Ufer. Wenn sie schon so weit ins Gårdarik gefahren war, sollte sie wenigstens die Stadt gesehen haben, ehe sie sich einen Schiffsplatz für den Heimweg suchte. Aber wie sollte sie einen bekommen? Die Kaufleute waren auf dem Weg nach Süden, nach Serkland, nicht viele zogen um diese Zeit westwärts. Estrid strich sich hastig mit der Hand über ihr Gesicht, ihr Blick flackerte. Die Reise und Orfrims Worte hatten sie müde gemacht. Das war nicht der Augenblick, um Entscheidungen zu treffen.

Wortlos ging sie von Bord. Sie roch Salz und Schmutz und hatte plötzlich das Bedürfnis, sich zu waschen. Tief aus ihrem Innern schöpfte sie Kraft. Schweigend nickte sie Orfrim zu und auf unerklärliche Weise gelang es ihr, auch die Frau und die Jungen freundlich anzulächeln, die ihr entgegenkamen. Beherrscht ging sie mit Orfrim zu seinem Haus.

Beim Abendessen aß Estrid mit Mühe und hätte am liebsten allen am Tisch das Essen ins Gesicht gespuckt. Sie war erleichtert, als sie endlich ein Bett und ein Fell für die Nacht bekam und sich zurückziehen konnte, um nachzudenken.

Am Abend kam Orfrim zu ihr, wie er gesagt hatte. Und er beugte sich über sie und nahm sie, wie ein Mann es tut, wenn er lange keine Frau gehabt hatte. Er merkte nicht, dass sie sich vor ihm verschloss, wie eine Blume ihre Blüte am Abend schließt. Danach lag sie lange wach und starrte in die helle Nacht. Sie weinte nicht, aber sie wimmerte leise. Erst als die Morgendämmerung kam, fiel sie erschöpft in den Schlaf. Tief in ihrer Seele ließen ihr die Gedanken an Orfrim und das ungeborene Kind keine Ruhe. Sie war runder geworden und seit einigen Tagen war ihr morgens übel.

Jetzt war sie sicher, dass sie mit seinem Kind schwanger war. Sein Kind, nicht Eriks. Was sollte sie tun? Wenn sie nur ausgeschlafen aufwachen könnte, denn der Beschluss, den sie fassen musste, konnte nicht warten.

Am Morgen begegnete sie Olgas dunklen Augen, finster vor Zorn und Hass. In der Halle tobten die beiden Kinder, Boris und Nikita, und es roch muffig und nach Schweiß. Alle sprachen eine Sprache, die sie nicht verstand, und bisweilen hielten sie inne und sahen sie verwundert an. Sie und Olga konnten sich nicht miteinander unterhalten, aber das Unausgesprochene war deutlich genug. Auch Olga hatte nichts gewusst, und in diesem Haus wollte sie allein bestimmen. Noch weniger wünschte sie, sich um eine fremde Frau zu kümmern, mit der sie nicht einmal reden konnte. Nur widerwillig bot sie ihr etwas zu essen an.

Estrids Blick wanderte durch den Raum. Das Gebäude war anders als zu Hause, hatte grob behauene Rundhölzer und war mit Erdgeschoss und Dachboden errichtet. An der einen Querwand gab es eine Feuerstelle und entlang der Längsseite des Hauses standen Bänke. Ein rustikaler Hocker lag in einer Ecke, neben der Tür hatte Olga einen großen Webstuhl. Im Übrigen wirkte der Raum kalt und ungemütlich. Estrid tröstete sich damit, dass sie wenigstens ihre Schlafstatt nicht mit den anderen teilen musste, sie durfte auf dem Dachboden schlafen.

Trotz Orfrims Warnung schlich Estrid sich hinaus. An der Gartentür glitt sie beinahe auf dem feuchten Lehm aus, aber ihre Hand bekam den Türpfosten zu fassen. Sie bemerkte, dass er vermodert war. Dass niemand ihn richtet, wunderte sie sich.

Sie sah sich um. Orfrims Haus unterschied sich nicht sehr von den anderen. Erst als Estrid es genauer betrachtete, entdeckte sie, dass es blasser und grauer war als die anderen und Feuchtigkeitsschäden an den Eckhölzern hatte. Orfrim hatte offensichtlich niemanden, der nach dem Rechten sah, wenn er fort war.

Eigentlich hatte sie nicht vorgehabt so weit zu gehen, doch die Neugier trieb sie immer weiter. Die grauen Holzhäuser an der Straße standen so dicht wie eine Mauer aus Holz, und jedes war von einem kleinen eingezäunten Stück Land umgeben. Darin wuchsen Apfelbäume und Kräuter und sie hörte das Kakeln und Grunzen von Hühnern und Schweinen. Sie begegnete zwei älteren Männern, die Wasser trugen, und einem kleinen Jungen, der pfeifend einen Karren mit Kuhdung hinter sich herzog. Die Männer hatten Bärte und trugen weite Pluderhosen, die unter den Knien geschnürt waren. Estrid dachte, dass soviel Stoff bei Wind ziemlich ungünstig sein musste, und kicherte bei dem Gedanken. Aber als sie aufsah, bemerkte sie den fragenden Blick der Männer und ging ihnen aus dem Weg. Im selben Moment fiel ihr auf, dass sie noch keine einzige Frau gesehen hatte. Wo steckten sie? Saßen sie drinnen und webten oder waren sie draußen auf den Feldern?

Estrid lief weiter, bis sie an eine Querstraße kam. Als sie den kleinen Weg hinunterblickte, sah sie die Befestigung der Stadt, den grasbewachsenen Erdwall und die Holzpalisaden, die einem mächtigen, von Gotteshand geschützten Gebäude glichen. In der Ferne glitzerte der Fluss.

Sie wurde kühner und eilte die schmale, gewundene Straße hinunter. Dann teilte sich der Weg und sie zögerte. Sie wählte keinen der beiden, sondern schlug einen schmalen Pfad ein, der auf den Erdwall zuführte. Als sie oben auf dem Kamm angekommen war, sah sie den Wolchow und ein großes Gräberfeld mit hohen Hügeln direkt vor sich, und weiter entfernt die grüne, wilde Ebene. Unter ihr im Westen fiel der Hügel steil ab und tief unten strömte der dunkle Ladogafluss. Ein kleiner Weg führte über eine Holzbrücke ans andere Ufer, und dort erspähte sie Häuser, die sie an ihre Heimat erinnerten. Auf den ausgetretenen Wegen waren Männer und Frauen zu sehen, die Heufuhren und Karren zogen. Dann erinnerte sie sich an Orfrims Worte an diesem Morgen:

»Auf der anderen Seite des Flusses liegt das Viertel der Rus, dort leben Svear und Goten. Bald werden wir dorthin ziehen, damit du dich mehr zu Hause fühlst. Dort musst du auch keinen Schleier tragen. Aber hier auf unserer Seite leben die Kaufleute aus dem Kalifat, und sie sind Frauen wie dich nicht gewohnt.« Dann hatte er eine kurze Pause gemacht und etwas hervorgeholt, was er in den Händen verborgen gehalten hatte. »Und deshalb, Liebste – damit dir nichts Schlimmes widerfährt –, ist es das Beste, wenn du das hier trägst.«

Er hatte ihr einen breiten Schleier hingehalten, und sie hatte das Tuch zornig zu Boden geschleudert.

»Glaub nicht, dass ich so etwas tragen werde!«

»Sei nicht so widerspenstig«, hatte er erwidert, sich schweigend gebückt, den Schal ausgeschüttelt und ihn ihr um Kopf und Schulter gelegt.

»Wir ziehen bald um. Das hier ist nicht für immer.«

Estrid befühlte den Stoff. Schließlich hatte sie eingesehen, dass es das Klügste war, diesen abscheulichen Schleier zu tragen. Sie dachte, dass Orfrim seine Familie umso schneller verlassen würde, wenn sie es ihm recht machte. Dann würden sie zusammen ein neues Leben im Viertel der Rus auf der anderen Seite des Flusses beginnen. Sehnsüchtig blickte sie auf den rusischen Stadtteil. Dort schien die Stadt prächtiger und schöner zu sein, und in diesen Vierteln würde sie sich sicher zurechtfinden. Sie würde Menschen treffen, die ihre Sprache sprachen, und sie würde Olga loswerden und all das, was zu Orfrims altem Leben gehörte.

Als Estrid zurückkehrte, stand Olga an der Feuerstelle, den Rücken ihr zugewandt, und tat, als hörte sie sie nicht kommen. Aber als Estrid die Arme ausstreckte, um Boris und Nikita zu begrüßen, zischte sie sie an. Eine Flut von Worten verließ ihren zusammengekniffenen Mund, und in diesem Moment war Estrid froh, dass sie sie nicht verstand. Je eher ich hier herauskomme, umso besser, dachte sie, und beim Abendessen sprach sie das Thema an. Doch als Estrid den Umzug erwähnte, wurde Orfrim schroff und sein Blick verdüsterte sich. Da kehrte die Unruhe zurück. Warum war er so?

Sie verstand seine wechselhafte Laune nicht. Als er erfahren hatte, dass sie ohne seine Erlaubnis aus dem Haus gegangen war, hatte er sie geschlagen, und nach dem Abendessen war er nicht zu ihr nach oben gekommen wie am Abend zuvor. Stattdessen hatte sie gehört, wie er zu Olga gegangen war.

Estrid erinnerte sich an die Erniedrigung und ihre tiefe Verzweiflung. Sollte sie all das nun Ragnar erzählen? Er schien ihre Unruhe zu spüren, setzte sich neben sie und strich ihr über die Wange. Er betrachtete sie stumm.

»Estrid, was bekümmert dich so sehr? Vielleicht wird alles leichter, wenn du es mich wissen lässt?«

Sie seufzte und wollte aufstehen.

»Wohin willst du?«

Estrid schwieg. Ja, wohin wollte sie? Sie konnte nicht einfach geradewegs in den Wald laufen. Heim nach Birka wollte sie, das war richtig, aber wie sollte sie dorthin kommen? Wenn sie nach Aldeigjuborg zurückkehrte, bestand die Gefahr, dass sie wieder gefangen wurde. Sie musste warten, bis der Markt vorüber war und die Kaufleute weiterzogen. Aber hier im Wald konnte sie nicht bleiben.

»Ich bin auf dem Weg nach Holmgård«, log sie, alles was sie von dieser Stadt wusste, hatte sie von Orfrim gehört. Auch von dort fuhren Schiffe nach Birka. Der kleine Marktflecken lag auf einer Insel, einige Wochen Segelreise von Aldeigjuborg entfernt. Dort lebten Slawen, aber auch Rus und Kaufleute auf dem Weg nach Serkland und Miklagård. Manche Kaufleute fuhren auch in die andere Richtung, nach Norden zu den Handelsstädten Wolin, Grobin und Seeburg. Einige von ihnen segelten bis nach Birka. Vielleicht konnte sie auf diese Weise nach Hause zurückkehren.

»Nach Holmgård? Da komme ich mit«, sagte Ragnar Weitfahrer hastig. »Ich verkaufe dort immer Zobel und Marderfelle. Dort bezahlen sie besser als in Aldeigjuborg. Dann können wir uns doch zusammentun?«

Ragnar Weitfahrer hatte zwar vorgehabt, nach Aldeigjuborg zurückzugehen, aber es war tatsächlich so, dass er weiter südlich bessere Preise für seine Waren bekam, und er konnte mit Estrid zusammenbleiben. Er wollte sie jetzt nicht verlassen. Außerdem war es gefährlich für sie, in dieser fremden Umgebung allein zu wandern.

»Du auch?« Estrid sah ihn ungläubig an. Wollte er sie trotz allem in eine Falle locken? Nein, als sie in sein offenes, freundliches Gesicht sah, erkannte sie seine Aufrichtigkeit. Was sollte sie auch allein draußen im Wald, sie hatte von Güten, Slowenen und Vepsen gehört. Was konnte ihr nicht alles zustoßen, wenn sie ihnen begegnete? In einer Umgebung, die sie nicht kannte, allein auf der Flucht zu sein, war gefährlich; ebenso wie sich mit einem Mann zusammenzutun, den man gerade erst kennen gelernt hatte. Aber … Sie fühlte etwas zwischen ihnen, eine Nähe und Vertrautheit. Das hätte sie nicht gefühlt, wenn er Böses im Sinn gehabt hätte. Und wenn es so wäre, dann hätte er ihr schon längst schaden können. Estrid schielte zu ihm. Entweder fasste sie Vertrauen zu ihm oder sie musste ihn jetzt verlassen. Das Brot mit jemandem zu teilen, an dem man zweifelte, das ging nicht. Nichts im Leben war geborgen und sicher, am allerwenigsten das, von dem man dachte, es wäre für immer unbedroht. Und war sie nicht in Ragnar Weitfahrers Gesellschaft sicherer als ohne ihn? Sie sah ihn an, ihre Augen funkelten.

»Dann lass uns zusammen nach Holmgård gehen«, sagte sie leise. Seine Miene hellte sich auf, und er beugte sich zu ihr. Als er ihr Lächeln sah, fasste er Mut und nahm ihre Hände in seine.

»Danke, Estrid«, sagte er. »Du machst mich so froh.« Und sie wartete, dass er seine Hände zu sich zurückziehen würde, doch er tat es nicht.

Sie hätte sie selbst wegnehmen oder ihn darum bitten können, aber sie rührte sich nicht. Mit einem Mal fühlte sie, dass sie ihn so nah bei sich haben wollte, dass sie hier sitzen bleiben sollten. Ohne wirklich darüber nachzudenken, beugte sie sich vor und kam ihm näher. Aber als er sie so ernst musterte, da sah sie plötzlich nicht mehr ihn, sondern Orfrim vor sich. Ihre Gesichtszüge verhärteten sich und sie erstarrte.

Die Schatten wurden länger, und bald reichten die Sonnenstrahlen nicht mehr bis zur Erde. Feuchtigkeit stieg von den Wiesen auf, und ein schwacher Abendnebel zog über den Hofplatz. Der Nebel wurde dichter, die Geräusche gedämpfter. Der Tag kam zur Ruhe. Drinnen im Königshof war es friedlich und still. Das Abendessen war beendet, das Gesinde hatte den Tisch abgedeckt und die Tischplatten an die Wand gehängt.

Die Wachen und Sklaven hatten sich zurückgezogen. Nur die besten Männer des Königs, die Wache hielten, saßen noch in der Halle. Sie gähnten kräftig und ahnten, dass es noch lange dauern würde, ehe Seine Majestät sich zur Nachtruhe begab.

Der König hatte im Badehaus anfeuern und drei seiner schönsten Sklavinnen rufen lassen. Dann, das wussten sie, würde es spät werden. Er hatte unglücklich ausgesehen, seit er die Nachricht erhalten hatte, dass Ysja krank war, und erst, als er zum Badehaus hinübergelaufen war, wo die drei Sklavinnen warteten, hatte sich seine Miene aufgehellt und er war wieder er selbst gewesen. Auf dem Königshof verfielen die Wachen in tiefes Seufzen. Frauen machten den König so launisch, und sie wussten nie, woran sie waren.

In der Nähe junger Frauenkörper pflegte Seine Majestät all seine Würde zu vergessen, und die Wachen hatten große Mühe damit, auf ihren Herrn aufzupassen. Aber um die verzagten Gedanken, die in der Halle herrschten, scherte der König sich wenig.

Im Badehaus dampften die Frauenkörper glänzend in der Wärme, und König Björn sang froh und munter mit lauter Stimme. Während eine der Sklavinnen seinen schmerzgebeugten Nacken massierte, kniff er vergnügt in alles und jedes, was er erreichen konnte. Bald hatte er sie ganz vergessen, die Großbauern und Ysja.

Auf dem Waldweg von Badelunda hinunter nach Ed und weiter westlich nach Adelsö ertönte das Geräusch von Hufen. Pferde schnaubten, Steine und Zweige stoben vom Weg auf. Torvald Hjalte ritt an der Spitze einer Gruppe bewaffneter Reiter, die ihre Rösser antrieben, bis die Tiere im Dämmerlicht glänzten und ihnen der Schaum vor dem Maul stand. Die Männer, die durch den Wald ritten, kamen von den größten Höfen der Gegend. Sie waren mit Schwertern und Speeren bewaffnet, in ihren Gürteln steckten Äxte und Messer. Aber das Gewicht der Waffen beschwerte sie kaum, denn sie hatten schon viele Schlachten erlebt und waren erfahrene Kämpfer. Wer seine Waffen mit ihnen maß, kam selten mit dem Leben davon.

Die kleine Schar Krieger war auf dem Weg zum Königshof, wo sie noch rechtzeitig ankommen wollten vor Einbruch der Dunkelheit. Sie wollten die Gegend absuchen, bevor sie losschlugen, denn sie waren Männer, die alles bedachten, ehe sie etwas in Angriff nahmen. An diesem Tag jedoch verspäteten sie sich wegen der beiden Wagen, die sie mit sich führten. In den Fuhrwerken aufgestapelt fanden sich reiche Geschenke für König Björn.

»Mit Schmeicheleien und Geschenken kommt man weit«, hatte Torvald Hjalte gesagt. »Erst schmeicheln wir ihm, dann überreichen wir die Geschenke und dann, ja, sobald er in die Falle getappt ist, schlagen wir ihm den Kopf ab.«

Aber die Last auf den Wagen war schwer und neigte sich so sehr zur Seite, dass die Männer zweimal gezwungen waren, stehen zu bleiben und neue Seile um die Ladung zu schlingen. Die Reiter stießen Flüche aus und fragten sich, ob Hjalte seinen Plan wirklich ordentlich durchdacht hatte, aber keiner wagte es, etwas zu sagen, denn mit diesem Mann war nicht gut Kirschen essen, wenn er zornig wurde.

Unter den Geschenken befanden sich auch zwei große Holzstatuen, eine von Odin, die andere von Frey. Viele der Reiter, die erst vor kurzem zu der neuen Lehre übergetreten und noch ein wenig unsicher mit dem christlichen Gott waren, beunruhigte es, wie schlecht die Statuen behandelt wurden. Was wäre, wenn die alten Götter sich rächten? Man konnte ja nicht wirklich sicher sein bei Göttern, die so lange Zeit über einen geherrscht hatten.

Es war später Nachmittag geworden, als die Männer Adelsö endlich erreichten und auf die Ländereien des Königs ritten. In der Ferne schimmerten der Hafen, ein paar mächtige Grabhügel und schließlich der Königshof.

Die Männer zügelten ihre Pferde.

Die Häuserreihe vor ihnen war mindestens achtzig Ellen lang, die Dächer mit Stroh und Birkenrinde gedeckt. Kunstvoll geschnitzte Pfeiler trugen das schwere Dach, das Eichentor hatte einen überdachten Eingang mit einem schrägen Dach darüber. Auf dem Hofplatz gab es Schmieden, Schuppen und Vorratsspeicher und unten am Wasser waren Bootshäuser zu erkennen. Torvald Hjalte hielt sein Pferd an und gab den Männern ein Zeichen, stehen zu bleiben. Dann drehte er sich im Sattel um und sagte:

»Ich will, dass mir vier Mann in den Königshof folgen, ihr anderen versteckt euch hier. Erst wenn ich dreimal in die Rindenlure geblasen habe, greifen wir an. Ich muss vorher sicher sein, dass wir die Wachen überrumpeln, sonst kann das unseren Tod bedeuten.«

Die Männer nickten stumm.

»Außerdem müssen wir wissen, dass der König tot ist, ehe wir den Hof anzünden. Sonst kann er in dem Qualm entkommen. Also hütet eure Köcher mit den Brandpfeilen, bis ich euch das Zeichen gebe.«

Wieder senkten die Männer ihre Köpfe auf die Brust zum Zeichen, dass sie verstanden hatten. Wie lange schon hatten sie gewünscht, diesen heidnischen Gaukler von König zu stürzen. Was Ansgar und seinen Nachfolgern nicht gelungen war, würden sie in dieser Nacht zu Ende bringen. Lange hatten sie davon geträumt, den Königshof niederzubrennen, jetzt war es soweit.

Die Reiter saßen ab und banden ihre Pferde fest, während die Männer auf den Wagen Hjalte folgten. Der Großbauer ritt an der Spitze, als sie die Gespanne auf den Hofplatz lenkten. An der königlichen Terrasse machte er Halt und saß ab. Dann gab er seinen Männern das Zeichen, sich bereitzumachen, ging mit entschiedenem Schritt zur Eichentür und klopfte kräftig an.

10

Eine kleine Luke öffnete sich und eine Nase wurde hinausgestreckt. Dahinter tauchte ein strenges Gesicht mit markanten Zügen auf.

»Wen sucht ihr?«

»Seine Majestät.«

»Er ist nicht hier.«

»Aber wir haben ein dringendes Anliegen.«

»Mag sein, aber das hat er auch.«

Bei diesen Worten trat die Schamesröte auf die Wangen der Wache, denn im Lügen war er noch nie gut gewesen.

»Wir haben Geschenke für den König bei uns.«

»Schade, denn Seine Majestät ist nicht hier.«

»Es wird unseren Geschenken schaden, wenn sie hier draußen stehen bleiben. Es wäre besser, wenn wir sie hineintragen könnten.«

»König Björn ist sehr beschäftigt«, fuhr die Wache fort und dachte, dass wenigstens das wahr war. »Er hat sehr wichtige Dinge zu erledigen und wird erst spät zurückerwartet. Morgen wird er euch sicher empfangen.«

In diesem Augenblick trug ein Windstoß Gelächter und Frauenstimmen vom See herauf. Die Wache sah erschrocken in Richtung Badehaus, hustete verstohlen und hoffte, dass der Fremde nichts gehört hatte. Er fröstelte. Es war windig geworden, das Wetter schien launisch zu sein an diesem Abend.

»Manches können wir nicht mit uns zurücknehmen,

und das Silber wagen wir nicht bis morgen hierzulassen«, sagte Torvald Hjalte schlau und schob seine Hand zwischen die Luke, als die Wache sie schließen wollte.

Bei dem Wort Silber hielt der Mann hinter der Tür inne. Der König würde wohl kaum böse werden, wenn er die Männer ihre Geschenke hineintragen ließ?

Bue Schönhaar, so wurde die Wache genannt, beugte sich zur Luke und erwiderte: »Wartet einen Moment!«

Darauf folgten Schritte, Flüstern und das Gerassel von Waffen. Hjalte wurde unsicher, aber jetzt war es zu spät, das Weite zu suchen. Am besten, sie warteten. Wieder erklang Gemurmel und die Tür wurde einen Spaltbreit geöffnet. Drinnen war eine Gruppe bewaffneter Wachen zu sehen.

»Ihr müsst uns eure Waffen geben«, sagte Bue Schönhaar barsch.

»Unsere Waffen?«

»Ja! Tritt über niemandes Schwelle / bevor du gespäht und geschaut hast, / bevor du gespäht und gespürt hast; / denn ungewiss ist es zu wissen, / wo Feinde sitzen / dort auf den Bänken der Halle«, deklamierte Schönhaar, der immer Dichter hatte werden wollen. »Kennt ihr nicht den Gesang des Höchsten? Wachsamkeit hat noch niemandem geschadet. Achtsam soll derjenige sein, der zu einem Unbekannten über die Schwelle tritt oder die Tür einem Fremden öffnet. Wir Wachen müssen jeden genau durchsuchen, der die Halle des Königs betritt. Darum legt eure Waffen unter eure Umhänge auf die Terrasse.«

Nun war Torvald Hjalte nicht unvorbereitet auf diese Aufforderung, sondern alles verlief so, wie er es vorausgesehen hatte. Mit einem verschlagenen Lächeln legte er sein Schwert unter seinen Mantel und bedeutete seinen Männern, das Gleiche zu tun. Draußen auf der Königsterrasse war das Klirren von Metall zu hören, als Schwerter und Speere aufeinander gelegt wurden, dann wurde es still. Vorsichtig wurde das Tor ganz geöffnet. Die Wachen traten hinaus, die Schwerter erhoben, aber sie ließen sie sinken, als sie die Waffen unter den Umhängen auf dem Boden herausragen sahen. Schnell zählten sie Männer und Schwerter, und zur Sicherheit legten sie noch zwei Wandbehänge des Königs auf den Waffenhaufen. Die sechs Wachen musterten die Männer auf der Terrasse, und im selben Moment zerriss ein lauter Knall die Stille. Ein Blitz teilte den Himmel und sofort grollte der Donner.

»Thor scheint heute Abend ungnädig zu sein. Vielleicht könnten wir selbst mit einigen der Geschenke hineinkommen?«, beharrte Torvald Hjalte und zeigte auf die Holzfiguren. »Odin, Thor und Frey haben wir im Garten des Königs gesehen, aber diese beiden Götterstatuen sind für den Opferraum. Es wäre ein Jammer, wenn sie vom Regen zerstört würden. Und das Silber wird in den Taschen nass.«

Hjalte hielt seinen Geldbeutel in die Höhe und ließ ihn vor Bue Schönhaars Nase hin und her pendeln. Ein zweiter Blitz fuhr durch den Himmel, gefolgt von Donnergrollen und schweren Regentropfen. Eine Wand aus schwarzem Regen war in der Ferne über den Feldern zu sehen und schien schnell näher zu kommen. Ein scharfer Wind drückte das Gras zu Boden und kündigte einen Wolkenbruch an. Die Wachen, denen weder der Gedanke gefiel, selbst zwei schwere Holzstatuen hineinzutragen oder dort draußen auf der Terrasse stehen zu bleiben und nass zu werden, gaben nach.

»Na, dann geht schon. Tretet ein!«, grunzte Bue Schönhaar und schlug die Tür auf. »Wie ich sehe, könnt ihr genauso gut drinnen sein.« Schönhaar und die Wachen, die sich immer langweilten, wenn sie auf den König warteten, freuten sich, Gesellschaft zu bekommen. Zugleich machten sie sich Gedanken um den König. Er würde doch nicht die ganze Nacht im Badehaus bleiben? Und wenn er nur mit einem Trockentuch bekleidet hereinkam wie damals, als der Fruchtwein ungewöhnlich stark gewesen war? Wenn sie dem König wenigstens eine Botschaft zukommen lassen könnten, um ihn wegen des Besuchs vorwarnen zu können.

Bue bat die Männer, am Feuer Platz zu nehmen, und rief zwei der Mägde.

»Bier und Met für die Gäste!«, befahl er barsch, plötzlich Herr im Hause.

»Für das Badehaus auch?«, fragte das jüngere der Mädchen unschuldig.

»Nein, der König hat viel zu tun«, entfuhr es Bue Schönhaar viel zu schnell.

Ein wachsamer Blick trat in Torvald Hjaltes Augen. Soo, dort befand sich der König? Dann war nicht viel Manneskraft erforderlich. Kein Schlagabtausch, kein Blutvergießen. Sie mussten nur die Tür blockieren und das Haus anstecken. Seine Augen blitzten auf, und ein höhnisches Lächeln spielte um seinen Mund. Ohne Mühe war ihm der König in die Falle gegangen.

In der Badestube hatte König Björn weder die Wagen noch die Pferde gehört. Er war vollauf mit sich beschäftigt, weil die Sklavinnen hart mit ihm umsprangen. Sie kitzelten ihn unter den Fußsohlen, putzten ihm die Ohren, kraulten ihn unter den Armen und kniffen ein wenig hier und ein wenig da. Er stöhnte, prustete und wand sich vor Lachen, und zwischendurch kam er schon gar nicht mehr zum Luftholen.

König Björn war erst spät ins Badehaus gekommen, und auf diese Weise wurde ihm eine andere Art Vergnügungen zuteil, als er gedacht hatte. Er hätte es besser wissen müssen und die drei Sklavinnen nicht so lange allein lassen dürfen, aber jetzt war es zu spät. Als sie auf den König warteten, hatten sich die drei Schönen abgesprochen und ein hinterlistiges Netz gesponnen. Diese Frauen hatten selten ihren Frieden oder ungestörte Nachtruhe, da der König ständig hinter ihnen her war. Jetzt sahen sie eine Gelegenheit, seine Liebeslust ein wenig abzukühlen.

»Ist das nicht schön?«, kicherten sie und kitzelten ihn, so viel sie konnten. Seine Majestät wand sich und gluckste vor Heiterkeit, bis seine Wangen glühten. Gerade als er sich von diesen Späßen erholt hatte, den nackten Schönheiten seinen lüsternen Blick zuwarf und glaubte, zur Tat schreiten zu können, rotteten sich die Sklavinnen aufs Neue zusammen. Wieder kitzelten sie, fingerten und kniffen, bis er so atemlos war, dass er seine Pläne auf Eis legen musste. Erschöpft setzte er sich auf.

»Wie ihr euch aufführt, Mädchen«, stieß er mühsam hervor, aber da legten die Sklavinnen nur die Köpfe schief, griffen nach dem Birkenreisig und kitzelten ihn damit unter dem Kinn.

»Lasst uns baden«, schlug der König matt vor und zupfte sich ein paar Blätter aus dem Bart.

»Nein, erst wollen wir Euer Majestät einen Kranz aus Birkenreisig winden, damit er richtig stattlich aussieht«, antworteten die drei wie aus einem Mund. Der König, der stets darauf bedacht war, elegant gekleidet zu sein, fand Gefallen an der Idee, fügte sich und blieb sitzen, während die Sklavinnen Blätter und Reisig zu einem prächtigen Kopfschmuck banden.

»Ist es nicht etwas heiß hier drinnen?«, schnaufte der König nach einer Weile.

»Oh, nein«, zwitscherten die Sklavinnen und legten neues Holz aufs Feuer. Die Bänke, die nass und klebrig von Blättern und Reisig waren, brannten an den Pobacken, aber die Sklavinnen hatten einen Eimer mit kaltem Wasser neben der Wand versteckt und hatten keinen Kummer damit. Der König dagegen …

»Puuh!«, ächzte Seine Majestät.

»Was hat er nur«, antworteten die Sklavinnen frech.

Aber dem König fiel es schrecklich schwer zu atmen, und seine Haut färbte sich von Rosa zu Rot, während sein Schweiß über seinen Körper perlte.

»Es scheint mir recht warm«, versuchte er es wieder und stieg von der obersten Bank herunter. »Wollen wir uns nicht abkühlen?«

»Nein, nicht doch!«, fanden die Sklavinnen und gossen mehr Wasser auf die Steine.

Der Dampf breitete sich im Raum aus und hüllte sie in weißen Nebel. Jetzt wurde es mächtig heiß für König

Björn, der die Lust auf Frauen zu verlieren begann. Sein Leben war ihm kostbarer.

»Lasst uns baden, Mädchen. Kommt schon!«, keuchte er atemlos und wankte noch eine Bank tiefer.

»Nicht ohne Birkenreiser, Euer Majestät«, beharrten die Sklavinnen. »Der König kann nicht so ungeschützt hinauslaufen.«

Und ehe König Björn sie daran hindern konnte, hatten sie ihn hinten und vorn mit Birkenreisig bekleidet. So ausgestattet und mit dem Kranz auf dem Kopf sah er vielmehr wie ein Wassergeist als wie ein König aus, und die drei Sklavinnen mussten sich die Hände vor den Mund halten, um ihre Heiterkeit zu verbergen. Jetzt hatte Seine Majestät genug.

»Hilfe, kaltes Wasser! Nein, Eis!«, brüllte er und warf sich gegen die Tür. »Nehmt Euch in Acht, ihr Wildschweine, Rehe und Gespenster, hier komme ich!«, rief er in einem letzten Versuch schneidig zu sein und rannte zum See.

Der hellrote Körper Seiner Majestät dampfte, und wie er in vollem Lauf den Hügel hinunterrannte, hinaus auf den Steg, um sich schließlich mit einem Schrei ins Wasser zu werfen, ähnelte er am ehesten einem protzig geschmückten Schwein.

Torvald Hjaltes Männer, die im Wald versteckt lagen, hörten das gewaltige Geschrei und erstarrten in großem Staunen. Seit einigen Wintern glaubten sowohl Torvald Hjalte als auch seine Männer mehr an Jesus Christus als an Geister, aber jetzt wurden sie unsicher. Eine rote, dampfende Gestalt bewegte sich zwischen den Büschen und stieß wilde Schreie aus, und die Männer sahen sich erschrocken an. Kaltes Grausen kroch ihnen den Rücken hinauf, und sie wurden bleich.

»Gespenster!«, flüsterte einer.

»Nein, das waren sicher Kobolde«, schlug ein anderer vor.

»Vielleicht ein Omen?«, überlegte ein dritter.

War der Schrei vielleicht ein Signal? Nein, Hjalte würde in die Lure blasen. Aber im nächsten Augenblick erklangen dumpfe Stöße aus einer Birkenlure. Es waren drei Signale, gefolgt von drei weiteren. Die Männer standen sofort auf. Lautlos nahmen sie ihre Waffen und schlichen zum Königshof.

Das kalte Wasser weckte den König auf. Spuckend und prustend kam er aus dem See und versuchte das Birkenreisig von seinem Körper zu streifen. Es war inzwischen dunkel geworden, und nur der Mond schien, aber der König erkannte, dass er in diesem Augenblick eher einer Birke, denn dem Herrscher des Reiches ähnelte. Das kalte Wasser hatte ihn darüber hinaus durchaus ein wenig zornig gemacht.

Was hatten die Sklavinnen sich erlaubt! Wie hatte das passieren können? Nein, Seine Majestät war über die Maßen ergrimmt darüber, dass er sich auf diese Weise hatte entehren lassen. Nun gedachte er wahrhaftig ins Badehaus zu gehen und sie zurechtzuweisen, diese Mädchen. Welch ein Glück, das niemand ihn gesehen hatte! Vor dem Badehaus riss sich der König rasch das restliche Birkenlaub vom Leib und wickelte sich in das Badetuch, das am Eingang hing. Dann öffnete er die Tür und trat ein. Drinnen war es dunkel, und es dampfte, und die Sklavinnen bemerkten ihn nicht.

Sie hatten eine Birkenlure entdeckt und vergnügten sich damit, immer wieder hineinzublasen. Drei Signale, worauf sie drei weitere folgen ließen. Dann plapperten und kicherten sie, und unweigerlich musste er mit anhören, was sie sagten.

»Mit dem König das Lager zu teilen ist in etwa so spannend wie Grütze kochen«, prustete die jüngste von ihnen.

»Nein, wie Läuse pflücken«, fand die älteste und erfahrenste Sklavin.

»Na, also, Läuse spürt man wenigstens«, kicherte die Dritte und alle brachen in johlendes Gelächter aus. Jetzt wurde Seiner Majestät klar, dass die Frauen ihre Scherze mit ihm getrieben hatten, und aufgebracht ballte er die Fäuste. Da entdeckte er den Eimer mit kaltem Wasser.

Wortlos hob er ihn hoch und goss das eiskalte Wasser über die Sklavinnen.

»Vertrocknete Weiber!«, schrie er, stürzte hinaus und schlug die Tür zu. In das Badetuch gewickelt steuerte er mit aufgeregten Schritten auf den Königshof zu. Was für ein Pack, diese Sklavinnen! Nein, verkaufen würde er sie. Den ganzen Weg zum Königshof schnaubte und fluchte er, hochrot vor Zorn. Jetzt wollte er in die Wärme der Halle, sich seinen schönen Königsumhang anziehen und ein Horn Met hinunterschütten. Er kannte nichts Besseres, um sich zu beruhigen, wenn er seine gute Laune verloren hatte.

Mit großen Schritten nahm er die Treppe, wunderte

sich über einen Haufen aus Waffen und Wandbehängen draußen auf der Terrasse, aber dachte nicht weiter darüber nach. Dann griff er energisch nach der Klinke und riss die Tür auf.

Das Treffen mit dem König hatte Erik enttäuscht. Die Leichtfertigkeit Seiner Majestät war gefährlich, und Erik dachte, dass es am besten war, ihn am nächsten Tag erneut aufzusuchen. Aber als er hinausging, sah er, dass das Wetter umgeschlagen hatte und ein Gewitter über dem Fjord heraufzog. Er beschloss zu bleiben. Ihm war die Idee gekommen, mit den Wachen zu sprechen. Vielleicht konnten sie den König zum Zuhören bewegen. Andernfalls war die Gefahr groß, dass König Björn die Gewalt über die aufrührerischen Häuptlinge der Gegend verlor.

Auf dem Weg zum Nebenhaus, in dem die Wachen wohnten, standen ein paar kleine, niedrige Häuser. Dort lebten die Sklaven, und plötzlich fiel ihm auf, dass er nur wenig mit ihnen zu tun gehabt hatte, obwohl er so oft beim König gewesen war. Sie bauten Häuser, hüteten Schweine und Ziegen oder misteten die Ställe aus, aber wo sie sich aufhielten, war Erik selten. In die Schmiede oder in die Werkstätten pflegte er auch nicht zu gehen. Er kam nicht oft mit Sklaven ins Gespräch. Nur die Mädchen des Königs kannte er gut, die, die Bier und Met und Essen brachten.

Seine Gedanken wanderten zu Ysja. Wo war sie? Die Wachen hatten gesagt, sie sei krank, vielleicht hielt sie sich fern, nach dem, was geschehen war. Die Misshandlungen hatten ihr wohl schwerer zugesetzt, als sie hatte zugeben wollen. Erik beschloss, nach ihr zu sehen. Vielleicht brauchte sie Hilfe. Entschlossen ging er zu einem der Grubenhäuser und klopfte an die Tür.

Drinnen verstummten die Stimmen, und die Tür wurde geöffnet. Gestank von Schweiß, feuchtem Loden und armen Leuten schlug ihm entgegen, und als er den Schmutz und das Ungeziefer sah, dachte er, dass sie ganz sicher nicht hier wohnte. Nein, sagte die Alte, die geöffnet hatte und wies auf ein neu gezimmertes Haus, ein Stück entfernt.

»Dort wohnt die neueste Beischläferin des Königs«, sagte sie schroff und verzog den Mund. »So lieb hat er das Mädchen, dass er für sie und ihren Sohn sogar ein Haus hat zimmern lassen. Bald bringt sie ihn sicher auch noch um all sein Gold«, fügte die Alte hinzu und spuckte verächtlich aus. Erik sah ihren verletzten Blick, fragte nicht weiter und ging zu dem Wohnhaus.

Als er näher kam, sah er, dass die Tür offen stand. Drinnen erkannte er Ysja, die mit Birkenreisern fegte. Es roch nach Wacholder und Humus, und er trat ein. Beim Geräusch seiner Schritte fuhr sie zusammen.

»Hab keine Angst, ich bin es nur«, sagte Erik ruhig.

Ysja hielt inne. Toste war mit den anderen Sklavenjungen Zunder sammeln. Sie waren draußen im Wald, und sie wusste nicht, wann sie zurückkommen würden. Unruhig spähte sie zur Tür. Erik durfte Toste nicht sehen. Niemals durfte das geschehen. Aber was sollte sie jetzt mit dem Bernsteinhändler tun? Sie konnten nicht in der Wohnhalle bleiben.

»Die Wachen sagten, du seiest krank.«

»Krank? Nein, mir geht es gut«, sagte Ysja und lächelte. »Das habe ich nur gesagt, um meinen Frieden zu haben. Nur weil ich dieses feine Haus für mich und Toste bekommen habe, glaubt der König, er könne ohne Unterlass über mich verfügen.«

»Toste?« Erik wurde ernst. »So hieß mein Stiefsohn. Aber er ist vor vielen Wintern verschwunden.« Er verstummte und wurde traurig. »Alle glauben, dass er tot ist, aber eines Tages werde ich ihn finden. Ich weiß, dass er lebt. Immer wieder suche ich draußen auf den Inseln nach ihm.«

»Ja?«

Ysja fröstelte und ihre Nackenmuskeln spannten sich. Warum hatte sie Toste erwähnt? Der Name war ihr herausgerutscht, bevor sie sich hatte beherrschen können. Jetzt musste sie sich etwas einfallen lassen, Erik durfte nichts ahnen, durfte keinen Verdacht schöpfen. Sie musste ihn irreführen. Wenn sie diesen Birkamann doch nur von sich fern halten könnte. Sie musste. Er hatte sie auf dem Boot gerettet, und sie sollte ihm Dankbarkeit zeigen, aber sie durften nicht miteinander ins Gespräch kommen, damit sie sich nicht noch einmal versehentlich verriet. Toste, das Kind, das sie aus dem Brunnen gerettet hatte, hatte bei ihm und seiner Frau gelebt … Der Knabe war sein Stiefsohn, ja, das Kind nach dem er gesucht hatte. Ysjas Blick wanderte wieder zum Hügel, und sie fürchtete jeden Augenblick, der Junge könnte plötzlich auftauchen.

Sie musste mit Erik fort. Ysja legte den Reisigbesen zur Seite.

»Ja, also hier wohnen wir, Feuerstelle, Bänke und Erdboden«, sagte sie angespannt. »Es qualmt nicht, und wir haben einen besseren Platz als die anderen Sklaven auf dem Hof, aber noch besser wäre es, wenn wir frei wären.« Sie sah ihn scheu an und fuhr fort: »Nein, ich muss hinaus in den Stall, eines der Pferde wird bald fohlen.«

Erik bemerkte Ysjas schrille Stimme und dachte, dass sie in Sorge um das Pferd war. Es war wohl das Beste, wenn er sie begleitete.

Sie gingen hinaus, und Ysja ließ die Tür offen stehen. So würde sie wissen, wann Toste nach Hause gekommen war, und konnte das Haus meiden. Er machte sie immer hinter sich zu. Ysja und Erik gingen schweigend zum Stallgebäude. Und beide fühlten, dass sich ein unsichtbares Netz zwischen ihnen spann. Ysja wusste, dass er ein freier Mann war und mit ihr machen konnte, was er wollte, aber er tat es nicht.

Er schien sie als Mensch zu betrachten, nicht als Sklavin, die man kaufen und wieder verkaufen konnte. Doch in seiner Nähe würde sie nur schwer verbergen können, was er nicht wissen durfte. Es war besser, ihn von sich fern zu halten.

Ysja ging durch die Stalltür, und als sie sich bückte, erhaschte Erik einen Blick auf ihre weichen, runden Schultern unter ihrer Tunika. Sie stießen aneinander, und für einen Moment fühlte er ihren Körper an seinem. Sie wechselten einen kurzen Blick, und Ysja lächelte verlegen.

»Dort«, sagte sie dann und zeigte auf eine braune trächtige Stute mit langer Mähne, die in ihrem Verschlag stand. Zwar würde die Stute bald fohlen, aber offensichtlich nicht mehr an diesem Abend. Das Pferd wieherte, schüttelte die Mähne und knuffte Ysja in die Seite.

»Ich glaube, das dauert noch«, bemerkte Erik. »Heute Abend dürfte kaum etwas geschehen.«

»Vielleicht nicht, aber man kann nie wissen.«

Erik schien sich mit Pferden auszukennen, die Stute würde auch in den nächsten Tagen nicht fohlen. Ysja sah sich um. Der Mann zog sie an. Merkte er das? Sie fuhr dem Pferd über den Hals und sprach leise mit ihm, während sie nachdachte. Wenn Erik der Herrscher über das Sveareich gewesen wäre, hätte sie seine Sklavin sein können. Aber König Björn! Ysja schielte verwirrt in Eriks Richtung.

»Ich glaube nicht, dass du dir heute Abend Sorgen um die Stute machen musst«, beruhigte er sie und legte freundschaftlich seinen Arm um ihren Rücken. Er spürte die Hitze ihrer Haut unter dem Leinenstoff und zog hastig seinen Arm zurück. Nein, nicht die Sklavin des Königs, jede andere Frau, aber nicht sie! »Dann gehen wir wohl zurück zum Haus, hm?«, sagte er und räusperte sich.

»Ja, ich weiß nicht. Kann ich dir irgendwie helfen?«, fragte Ysja unschlüssig.

»Ein Unwetter braut sich zusammen, da will ich nur ungern über den Fjord rudern. Dann fielen mir die Beeren und Pflanzen ein, die du gepflückt hast, und ich dachte, dass du vielleicht etwas anzubieten hättest.«

Erik hakte die Daumen in seinen Gürtel, sah ihr in die Augen und begriff mit einem Mal, dass es etwas anderes gewesen war, das ihn den Weg zum Grubenhaus hatte einschlagen lassen. Ysjas Körper, ihre Haut und ihre nackten Schultern standen ihm immer noch als lebendiges Bild vor Augen. Er hatte sie vor den Männern im

Boot geschützt, aber da war er unempfänglich gewesen für das, was er sah. Jetzt hatte er wissen wollen, wie es ihr erging nach dem, was geschehen war, aber eigentlich hatte er sie nur wiedersehen wollen.

»Essen?«, fragte Ysja verwirrt. Sollte sie ihm eine Mahlzeit zubereiten? Das hatte er gedacht? Sicher hätte das ein Spaß werden können, sie hätten sich bestimmt gut unterhalten und zusammen lachen können. Aber sie wusste nicht, ob sie es wagte. Jemals. Sie dachte an Toste. Erik durfte ihm niemals hier begegnen. Es war zwar viele Jahre her, seitdem er den Knaben das letzte Mal gesehen hatte, und Toste hatte sich seither sehr verändert. Erik war auch nicht der leibliche Vater des Jungen, aber … Ysja seufzte in ihrer Ratlosigkeit. Was sollte sie tun? Konnte sie sagen, dass Toste, den sie liebte wie ihren eigenen Sohn, eigentlich jemand anderem gehörte? Dass sie sich nur um ihn gekümmert hatte, seit seine Mutter an einer schweren Krankheit gestorben war? Das war eine gute Lüge. Jemand anders hatte ihn entführt, es musste ja nicht sie gewesen sein. Niemand hatte gesehen, wie sie Toste aus dem Brunnen gezogen hatte, und Eyvind, der Einzige, der herausgefunden hatte, wie die Dinge lagen, war tot. Wenn ihr eine glaubwürdige Geschichte einfiele, ohne dass Erik Verdacht schöpfte, müsste sie nicht länger versuchen, ihn fern zu halten. Und Erik würde sie vielleicht noch mehr lieben können, wenn sie es war, die sich des Jungen angenommen hatte. Aber was würde dann aus Toste werden? Erik würde natürlich seinen Sohn zurückholen wollen, und dann lief sie Gefahr, ihn vielleicht doch zu verlieren. Die Gedanken wirbelten in ihrem Kopf, und ihre Hände flochten Muster in die Mähne des Pferdes. Wenn sie nur eine Möglichkeit fände, beide zu behalten, Erik und den Jungen!

Schweigend gingen sie zum Haus zurück, und als sie den Hügel erreichten, sah Ysja, dass die Tür geschlossen war. Unvermittelt blieb sie stehen. Toste war zurück. Jetzt musste sie Erik von ihrem Haus fortlocken.

»Komm«, sagte sie leise. »Ich will dir etwas im Bootshaus zeigen. Der König hat mir gesagt, dass du der Schiffer bist, der Ansgar hierher gebracht hat.«

Erik nickte.

»Ja, Fehler machen wir alle.«

»Erinnerst du dich an das Schiff, das die große Kirchenglocke nach Birka gebracht hat?«

Natürlich erinnerte sich Erik an den breiten Knorren, der den Fjord entlanggesegelt war, ächzend unter seiner gewaltigen Last. Ansgar hatte der neuen Gemeinde der Stadt eine Kirchenglocke geschickt. Diesen Anblick würde er nie vergessen – wie sie glänzte und schimmerte, diese Glocke.

»Die Glocke, ja, an die erinnere ich mich«, sagte er.

»Vergiss die Kirchenglocke und versuche, dich an das Schiff zu erinnern. An Bord waren zwei kleinere Schiffe. Als die Franken zurückkehrten, ließen sie eines davon zurück. König Björn hatte den Franken so reiche Geschenke gemacht, dass das Boot keinen Platz mehr fand.«

»Und du meinst, dass dieses Boot noch da ist?«

»Ja, König Björn hat mir davon erzählt. Komm, ich zeige es dir!«

Ysja zog Erik hastig mit sich zum Bootshaus. »Siehst

du«, flüsterte sie, als sie die Tür aufgeschoben hatten, »ist das nicht schön?«

Im schummrigen Licht war die Silhouette eines schmalen, kleinen Schiffs zu erkennen. Erik ging näher. Das Boot war wohlgeformt und hatte breite, dünne Planken. Es schien leicht zu rudern zu sein. Das würde er gut gebrauchen können, um Netze auszubringen. Warum hatte der König nichts davon erzählt? Erik ging um den Schiffsbauch herum, fuhr mit der Hand über die Reling und fühlte das fein verarbeitete Holz. Es war ein fast sinnliches Gefühl.

»Hier«, sagte er und streckte sich nach Ysjas Hand aus. »Fühl!«, Lächelnd führte er ihre Hand über das Holz, aber als er die Wärme ihrer Haut spürte, veränderte sich sein Wesen. Die Berührung wurde zu einem Kraftfeld zwischen ihnen. Im Dunklen ahnte er ihre Brust und die weichen Rundungen ihrer Hüfte. Ihre Stimme erreichte ihn aus weiter Ferne und doch war sie ganz nah.

Unter Aufbietung all seiner Kraft ließ er sie los und ging weiter ins Bootshaus hinein. Verwirrt hielt er inne, bevor er sich wieder ihr zuwandte. Aber sie war nicht mehr dort, sie hatte sich auf die Bank gesetzt. Seine Augen weiteten sich. Ihr bodenlanges Kleid war hochgezogen und das Band ihres Trägers aufgeknotet.

11

Erik starrte Ysja auf der Bank an, überrascht und verwirrt. Er zögerte, doch dann spürte er die Lust in seinem Körper. So lang war er ohne Frau gewesen, und nun wurde er zu ihr gezogen wie eine Welle zum Strand. Sie musste das gemerkt und seine Lust gespürt haben.

Das Begehren pochte in seinen Adern, alles andere wurde blass und verschwand. Ysja beobachtete ihn aus halb geschlossenen Augen, merkte, dass er das tat, was sie wollte. Als er dort drüben an der Reling ihre Hand genommen und sie die Spannung zwischen ihnen gespürt hatte, hatte sie es plötzlich klar und deutlich vor sich gesehen. Wenn sie Eriks Lust wecken konnte, so gewaltig, dass er nicht mehr ohne sie sein konnte, würde sie ihn dann dazu bringen, sich mit ihr zu verheiraten? Dann würde er Toste niemals zurückholen. Dann würde der Sohn ihnen beiden gehören. Mit einem Mal schien alles so einfach, und sie verstand nicht, warum sie nicht schon früher darauf gekommen war. Ysja lehnte sich zurück.

»Komm!«, flüsterte sie und ließ das Kleid fallen. Erik befeuchtete seine Lippen, musterte ihre Gestalt und ging zögernd auf sie zu. Sie zog ihre Tunika über den Kopf. Erik schluckte. Vergessen waren Jorunn und Estrid, vergessen war die Treue zum König. Niemand würde es erfahren.

Erik öffnete seine Kleider, und alle Hemmungen waren verschwunden. Dann hörte er plötzlich ein fremdes Geräusch. Es klang wie Töne aus einer Lure. Gleich darauf folgten Lärm und Waffenrasseln. Er erwachte aus seinem Taumel. Wenn das die Großbauern waren! Er nestelte an seinen Kleidern und stolperte auf dem Weg durch die Tür fast über seine Schärpe.

»Verzeih«, murmelte er und stürmte hinaus. Im nächsten Moment war er verschwunden.

König Björn fröstelte ein wenig in seinem Badetuch und er fluchte, als er die ersten Regentropfen bemerkte. Schnell ins Haus! Die Tür klemmte und er bekam sie nicht gleich beim ersten Versuch auf. Da zog er, so fest er konnte, und sie flog mit einem solchen Schlag auf, dass sie an die Wand prallte, das Handtuch des Königs löste sich und fiel. Einen kurzen Augenblick stand der König nackt da, bevor er sich bückte, um das Badetuch aufzuheben. In diesem Augenblick flog ein Schwung Speere über seinen Kopf, gefolgt von schrillen Schreien auf der Terrasse. Hinter ihm stürzten Männer in großem Durcheinander zu Boden.

Der König zuckte erschrocken zusammen und stolperte über die Umhänge vor der Tür. Als er fiel, spürte er den harten Stahl unter dem Kleiderstoff und begriff, dass Besucher im Königshof waren, die man dazu gezwungen hatte, die Waffen abzulegen. Aber wer hatte dann die Speere geworfen? Unter dem Stoff lag ein Haufen Waffen, und plötzlich hatte der König wieder einen kühlen Kopf. Schnell griff er einen Schild, ein großes, zweischneidiges Schwert und warf sich einen der Umhänge um. Dann schritt er Ehrfurcht gebietend über die Schwelle.

Der Anblick, der sich ihm bot, ließ ihn erzittern. In der Mitte des Raumes brannte ein Ring aus Öllampen, darin thronten zwei riesenhafte Statuen von Odin und Frey. Rundherum wogte der Kampf zwischen seinen Wachen und mehreren fremden Männern. Mit aufgerissenen Augen sah der König, wie einer der Fremden Speer und Schwert aus einer der Holzstatuen zog, und begriff zu seinem Entsetzen, dass es sich um Waffenverstecke handelte. So einfach hatten sich seine göttergebenen Wachen also hereinlegen lassen. Kaum hatte der König seinen Gedanken zu Ende gedacht, hörte er ein unerklärliches Poltern hinter sich. Hastig warf er sich zu Boden. Im selben Augenblick zischten Langspieße an seinem Kopf vorbei in die Halle. Speere aus allen Richtungen, der Feind schien überall zu sein!

Torvald Hjaltes Männer, die sich im Wald versteckt hatten, hatten die Birkenlure gehört und geglaubt, dass dies das Signal zum Angriff war. Aber als sie angreifen wollten, waren sie von Speeren getroffen worden, die dem König gegolten hatten. Viele fanden den Tod, doch die, die davongekommen waren, versuchten nun zurückzuschlagen. Die Speere, die in die Halle flogen, trafen dieses Mal jedoch weder den König noch seine Wachen, sondern mehrere ihrer eigenen Männer. Seine Majestät und seine Leibwache waren noch immer unversehrt.

Torvald Hjalte, der sich stets für einen großen Kämpfer gehalten hatte, brüllte aufgebracht und sah seine Ehre bitter geschmäht. Was war das? Es schien, dass seine Männer sich hauptsächlich gegenseitig umbrachten. Das war eine Schmach, mit der er bis in alle Zeiten würde leben müssen. Einzig wenn es ihm gelang, den König zu stürzen, würde er sein Ansehen retten können. Entschlossen stürzte Hjalte sich mit hoch erhobenem Schwert unter die Kämpfenden. Wo war Seine Majestät? Geschrei und Gebrüll hallten durch den Raum und Schwerter blitzten, aber nirgends konnte er einen untersetzten Mann im Königsmantel finden. Torvald Hjalte sah sich um, aber er entdeckte den König nicht. Die Wachen jedoch hatten Seine Majestät erblickt, der, barfuß und in einen weiten Umhang gehüllt, sein Schwert bald in den einen, bald in den anderen Kerl steckte und schrie:

»Wachen, lasst uns den Raben Blut zu trinken geben!«

Als König Björn über die Schwelle getreten war und begriffen hatte, dass fremde Männer sich in einen Hinterhalt gelegt hatten, war etwas Sonderbares mit ihm geschehen. Eine fürchterliche Raserei hatte ihn ergriffen, und er brüllte wie eine waidwunde Elchkuh. Er stürzte sich geradewegs in den Kampf. Bei jedem Schwerthieb wuchs sein Zorn, und wenn er keine Hiebe austeilte, biss er in den Rand seines Schildes und spuckte die Eichenspäne aus. Diese Ungeheuer hatten ihn stürzen wollen, so etwas konnte er nicht dulden. In seinem Blick funkelte Rache, und er kochte vor Wut.

Funken flogen um den Stahl, und seine Schwerthiebe spalteten die Schilde der Feinde. König Björn, der dafür bekannt war, dass er Blut und Abscheulichkeiten nur schlecht vertrug, war wie verwandelt. Die Enttäuschung über die Einfältigkeit der Wachen und das Gespött der Sklavinnen hatten sich mit dem glühenden Zorn über den Verrat der Großbauern vermengt. Er hätte auf Erik hören sollen, der hatte ihn gewarnt. König Björn fühlte sich jetzt stärker als Thor und zum ersten Mal in seinem Leben hatte er keine Angst. Um ihn herum fielen die Männer, und obgleich der König von einem Hieb in die Wade und in den Arm getroffen wurde, spürte er keinen Schmerz. Seine Majestät kämpfte in glühender Raserei und wich vor nichts und niemandem zurück.

Hjaltes Männer schwitzten hinter ihren Schilden und trauten ihren Augen nicht. Da, da war der König! Vor sich hatten sie keinen Krieger, dessen Attacken, Schläge und Finten vorhersehbar waren, sondern ihnen stürmte ein barfüßiges Geschöpf entgegen, mit Umhang und Handtuch bekleidet, hoch erhobenen Schwertes Schwüre und Schimpfwörter brüllend. Der Arm, der das Schwert führte, flog wie ein Dreschflegel durch die Luft, der andere schwang den Schild vor und zurück, als wäre er eine Schaukel.

»Tod euch, ihr Schurken, möget ihr in der dunkelsten Hölle schmoren«, rief der König. Plötzlich hielt er inne. Sein Blick war auf Torvald Hjalte gefallen. Seine Augenbrauen zogen sich zusammen, seine Augen verengten sich zu blutunterlaufenen Schlitzen. Jetzt drangen keine Worte mehr aus dem Mund des Königs. Stattdessen stieß er ein Zischen aus, einen Laut, wie niemand ihn je zuvor gehört hatte. Er stürmte vorwärts und schlug seinen Schildbuckel in das Gesicht des Verräters. Mit blutender Stirn versuchte Hjalte die folgenden Schwerthiebe zu parieren, aber zu seinem Erstaunen stellte er fest, dass der König stark und gewandt zugleich war. Dass er von dem Gerücht umgeben war, er ginge jedem Blutvergießen am liebsten aus dem Wege, schien jedenfalls nicht zu bedeuten, dass er auch ein Stümper am Schwert war. Ganz im Gegenteil. Bevor Torvald Hjalte den König niederstrecken konnte, war Seine Majestät schon wieder über ihm. Die Schwertklinge blitzte, die Männer schwitzten. Verwirrt blieb Torvald Hjalte mit dem Schwert in der Hand stehen, unfähig zu entscheiden, wohin und wie er seinen Hieb richten sollte.

In diesem Moment tat König Björn etwas Seltsames. Er machte eine Rolle rückwärts, kam wieder auf die Füße, warf sich nach vorn und schwang sein Schwert zwischen Hjaltes Beinen auf und ab. Der, auf so etwas überhaupt nicht vorbereitet, konnte den Hieb nicht mehr abwehren. Er stieß einen Furcht erregenden Schrei aus, einen Schrei, der als tiefer Bass begann und in ein helles Falsett überging, ehe er erstarb.

Dann war von Hjaltes Männlichkeit nicht mehr viel übrig, und als er starb, blickten seine Augen noch immer erstaunt.

Als Torvald Hjalte gefallen war, wurde erschrockenes Gemurmel laut, und die Kampfeslust unter den Großbauern sank jäh. Der König selbst, der ein wenig Zeit zum Luftholen bekommen hatte, eilte zum Hochsitz und begann, die Armlehnen aufzuschlitzen und daran zu reißen. Die Männer starrten. Da löste der König die Lehnen und zog etwas aus dem Versteck hervor.

»Hier!«, rief er. »Hier bewahre ich Silber und Gold für euch auf, es sei denn, ihr wollt mich immer noch stürzen.« Er hielt eine Hand voll Silbermünzen hoch. »Blut Silber vorzuziehen, zeugt von geringem Verstand. Denn damit kann man keinen Handel treiben.« Der König machte eine Pause und zog ein paar Schmuckstücke und Silberbarren hervor. »Ihr mögt mit bewaffnetem Gefolge gekommen sein, aber meine Männer sind zahlreicher, und bald wird meine ganze Leibwache hier sein. Ihr habt die Wahl. Durch das Schwert zu sterben oder mir Treue zu geloben, indem ihr dies als Geschenk annehmt.«

Mit einer großen Geste schleuderte der König Silber und Schmuck auf den Boden und setzte sich mit verschränkten Armen in den Hochsitz und wartete, was geschehen würde. Stille breitete sich aus. Hjaltes Männer wechselten verwunderte Blicke, traten von einem Fuß auf den anderen und musterten gierig die Geschenke, die auf dem Boden verstreut lagen. Dann begannen die Männer nacheinander ihre Schwerter zurück in die Scheide zu stecken und sie senkten die Köpfe. Sie murmelten Bedauern und Entschuldigungen und fielen vor Seiner Majestät auf die Knie. Vor dem Hochsitz sagten alle wie aus einem Mund, dass sie, so wie der König an diesem Abend gekämpft hatte, erkannten, dass er keineswegs der handlungsunfähige Waffenträger war, von dem Hjalte gesprochen hatte. Vielmehr habe er sich als starker und flinker Mann erwiesen, der nur das Beste für seine Untertanen wolle. Wer könnte das Reich besser führen an dem Tag, an dem der Feind Birka angriff? Mit gesenkten Häuptern nahmen die Großbauern die Geschenke entgegen, verbeugten sich vor Seiner Majestät und entfernten sich eilig. Und so beschämt und verwirrt waren diese Großköpfe, dass sie gerade noch daran dachten, ihre Toten und Verwundeten beim Aufbruch mitzunehmen. Erst als die Männer auf ihren Höfen angekommen waren, bemerkten sie, dass sie die Holzstatuen und ihre Wagen mit den Geschenken beim König vergessen hatten. Aber da niemand unter ihnen war, der es wagte einzuräumen, dass sie von König Björn besiegt worden waren, blieben sowohl die Holzstatuen als auch die Geschenke auf dem Königshof zurück. Und nachdem mehr Silber in den Wagen war, als König Björn den Großbauern überlassen hatte, ging Seine Majestät mit Ehre und Reichtümern aus dem Überfall hervor.

Im Kampf hatte er nur zwei Wachen verloren und war selbst leicht verletzt worden. Da sowohl seine Wade als auch sein Arm von Sklavinnen gepflegt wurden, quälten ihn auch die Wunden nicht nennenswert. Und vor allem – er hatte fast ohne fremde Hilfe gekämpft. Als Erik hereingestürmt kam, waren die Kämpfe schon beendet, und erstaunt konnte sein Verbündeter das Schwert zurück in die Scheide stecken. Seit diesem Tag prahlte der König mehr als gewöhnlich, und am glücklichsten war er, wenn er die Narben der Schwerthiebe zeigen durfte. Einen ganzen Mondumgang lang sang er, spielte Brettspiele und trank Fruchtwein, und als der Mond sich erneuerte, kaufte er drei neue Sklavinnen. Die, die ihn im Badehaus verhöhnt hatten, schenkte er einem muslimischen Kaufmann und bekam dafür eine frisch geraubte dunkle Frau aus dem Mohrenland.

Jedoch schämte sich König Björn dafür, dass er nicht zugehört hatte, als Erik versuchte, ihn zu warnen, und er war fest entschlossen sich zu bessern. Da Erik ihn auch vor der Bedrohung durch die Dänen, die Dorestad geplündert hatten, warnte, entschied Seine Majestät Birkas Verteidigung aufzurüsten. Respekt einflößend befahl er seinen Männern, Burg und Palisaden zu verstärken, die Garnisonen zu überholen, neue Waffen anzuschaffen und alle Verteidigungsanlagen und die Palisaden draußen vor dem Hafen in Stand zu setzen. Ohne es zu ahnen, hatte er einen sehr wichtigen Beschluss für das Reich getroffen.

Ein leichter Wind führte den Geruch von Wald und Humus mit sich. Ein Zweig wurde auf den Boden geweht, ein paar Vögel flogen erschrocken auf. Entfernt war das Bellen eines Rehbocks zu hören, und bis auf die Geräusche des Waldes war es still. Als Estrid und Ragnar das Flussufer erreichten, blieben sie stehen und sahen sich um. Alles schien ruhig. Zwischen den Bäumen sahen sie den Kahn am Ufer. Ragnar untersuchte das Boot. Niemand hatte es angerührt. Kein Moos war von den Felsen gerissen und das Gras stand aufrecht. Niemand war hier gewesen.

»Dann können wir laden. Wir sollten uns beeilen«, entschied Ragnar und drehte sich zu Estrid um. Sie antwortete nicht, aber half ihm, das Boot anzuschieben. Als Ragnar gerade seinen Beutel hineinwerfen wollte, hielt sie ihn auf.

»Nein«, sagte sie plötzlich. »Das ist zu gefährlich. Lass uns nicht das Boot nehmen, es ist besser, wenn wir zu Fuß gehen.«

»Aber auf dem Fluss kommen wir schneller und leichter voran.«

»Mag sein, aber das hilft uns nicht, wenn wir nicht auch durchkommen.«

»Es gibt nichts zu fürchten«, widersprach er. »Ich bin bei dir. Komm jetzt.«

Aber Estrid rührte sich nicht.

»Magst du mich?«, fragte sie plötzlich.

»Hast du das nicht gemerkt?«

»Willst du mit mir nach Holmgård gehen?«

»So haben wir uns geeinigt. Ich fahre nicht ohne dich.«

»Vertraust du mir?«

»Wie ich sage, ich kann mir nicht vorstellen, ohne dich zu fahren, und auch wenn ich dich nicht gut kenne, glaube ich nur Gutes von dir.«

»Versprichst du mir, mich nicht zu verlassen, auch wenn ich etwas tue, das dir vielleicht nicht gefällt?«

»Du sprichst in Rätseln. Sag es mir.«

»Das werde ich, aber erst ...«

Sie zog das Kopftuch heraus, das sie in ihre Tunika gewickelt trug, schüttelte es aus und warf es ins Wasser. Dann schob sie hastig das Boot hinaus. Aber sie hielt es nicht am Steven fest, wie er erwartet hatte, und ehe er eingreifen konnte, hatte sie das Boot der Strömung überlassen. Ragnar Weitfahrer sah hilflos zu, bevor er begriff, was geschehen würde. Da lief er mit großen Schritten ins Wasser, um das Boot zu retten. Aber die Strömung hatte den Kahn gepackt und ihn ins Flussbett hinausgetragen, wo er in den Wasserwirbeln schaukelte und krängte. Ragnar wagte nicht, weiter hinauszuwaten. Durchnässt und aufgebracht kehrte er ans Ufer zurück.

»Bist du von Sinnen? Sollen wir nach Holmgård schwimmen?«

Estrid nahm seine Hand und versuchte ihn zu beruhigen.

»Verzeih«, sagte sie, »aber ich musste das tun. Es könnte uns beiden das Leben gerettet haben. Ich habe nichts gesagt, denn sonst hättest du mich daran hindern können.«

»Hätte ich das? Was meinst du?«

Ragnar Weitfahrer sah sie missbilligend an, plötzlich argwöhnisch. Wer war sie, diese Frau? Hatte er sich geirrt? Sie war ihm so ehrlich und treu erschienen, die Art Mensch, der man sofort vertraut. Und dann das? Er war enttäuscht.

»Wir sind jetzt zu zweit, wir müssen miteinander reden über das, was wir tun wollen und warum. Sonst können wir nie Vertraute werden. Sonst werden wir Feinde sein, ehe diese Fahrt vorüber ist«, sagte er grimmig.

»Du hast Recht«, gab Estrid ein wenig beschämt zu. »Aber ich hatte Angst, Angst um uns beide. Ein rusischer Kaufmann und seine Männer jagen mich, und sie hätten den Kahn erkannt. Sie hätten uns töten können. Jetzt wird das Boot in den Stromschnellen zerschlagen, bald werden sie es finden, mit dem Kopftuch. Dann werden sie denken, dass ich ertrunken bin. Erst wenn sie glauben, dass ich tot bin, werde ich Frieden finden.«

Ragnar Weitfahrer sah sie erschrocken an.

»Was ist es, das du vor mir geheim hältst?«

»Ich werde es dir erzählen, das verspreche ich dir, aber es ist nicht leicht für mich.«

Sein Ärger verflog, er streichelte ihre Hand und zog sie an sich.

»Jetzt warte ich nicht länger. Ich folge dir nicht einen Schritt weiter, bis du mir nicht alles erzählt hast«, sagte er milde. Er betrachtete sie beunruhigt. »Estrid, was ist geschehen?«

»Komm«, antwortete sie. »Wir können hier nicht länger bleiben, wir müssen weiter. Aber ich verspreche dir, ich werde dir alles erzählen!«

Dann beugte sie sich vor und küsste ihn schnell auf die Wange, als wollte sie sich vergewissern, dass er sie nicht im Stich lassen würde. Von ganzem Herzen wünschte sie sich, dass Ragnar Weitfahrer ein Mann war, dem sie vertrauen konnte. Ein Mann, der sie niemals verraten würde.

»Weißt du«, begann sie, während sie durch den Wald gingen. »Alles schien so gut mit Orfrim, dem Kaufmann, dem ich nach Osten gefolgt bin. Aber ich hatte mich geirrt.«

Dann erzählte sie Ragnar alles, was bei der Überfahrt und der Ankunft in Aldeigjuborg geschehen war. Als sie von Olga und Orfrims Familie berichtete, brach ihre Stimme.

»Ich glaubte, dass Orfrim so bald wie möglich nach unserer Ankunft mit mir ins Viertel der Rus ziehen würde, aber nach einiger Zeit begann er wieder, zu seiner Frau Olga zu gehen, und nichts änderte sich. Da begann ich zu ahnen, dass er mich vielleicht getäuscht hatte.«

»Hatte er das denn?«

Estrid machte eine Pause und deutete Ragnar Weitfahrer, dass sie sich setzen musste. Etwas scheuerte in ihrem Schuh. Sie setzten sich auf den Boden, und als

Estrid ihren Schuh wieder angezogen hatte, lehnte sie erschöpft ihren Kopf an seine Schulter.

Ragnar Weitfahrer strich ihr sanft übers Haar, und sie beruhigte sich.

Dann seufzte sie tief und mit einem Mal schien alles, was geschehen war, wieder Wirklichkeit zu werden, und Estrid war wieder in Aldeigjuborg …

Es roch nach dunklem Brot und Wurzelsuppe. Estrid trat über die Schwelle und bückte sich tief, um sich nicht den Kopf an dem niedrigen Türstock anzuschlagen. Aber sie stolperte und stieß sich die Stirn. Ihr Korb mit Löwenzahn fiel zu Boden.

»Pass doch auf«, ertönte Orfrims Stimme. »Und überhaupt, was willst du mit dem ganzen Löwenzahn?«

»Ich wollte Wein machen, damit wir etwas Gutes zu trinken bekommen. Olga und den Kindern würde das vielleicht auch gefallen«, erklärte sie.

»Wein? Hast du den Verstand verloren? So etwas trinken wir nicht.« Er sah sie vorwurfsvoll an.

Estrid starrte auf den umgekippten Korb und begann schweigend, den Löwenzahn aufzusammeln. In Birka hatte Orfrim sehr wohl getrunken, alles, Bier, Met und Wein.

Warum hatte er sich so verändert?

Mit einem tiefen Seufzen sammelte sie die letzten Blätter ein und ging mit ihnen zum Abfallhaufen. Ihre ganze Arbeit war umsonst gewesen.

Als sie wieder hereinkam, hatten Olga, Orfrim und die Kinder sich zum Essen gesetzt. Auf dem Tisch lagen zwei große Brote neben Schalen mit Rosinen und Walnüssen, aus einem großen Tonkrug duftete es nach Honig. Honig, mit dem sie zu Hause geizten, bekam sie hier reichlich, und er schmeckte gut zusammen mit dem dunklen sauren Brot. Aber sie vermisste das dünne Brot und den Käse ihrer Heimat.

Olga ordnete ihr Tuch und holte die Sauermilch. Ohne sich um Estrid zu kümmern, schob sie den Kindern die Schale hin und drehte sich wieder um. Als Boris und Nikita genommen hatten, was sie wollten, stellte sie das Gefäß in die Mitte des Tisches und schnitt sich ein Stück Brot ab.

Sie könnte wenigstens so tun, als wäre sie freundlich, dachte Estrid verärgert und streckte sich nach dem Brot.

Sie versuchte, etwas in der fremden Sprache zu sagen, aber niemand antwortete und sie aßen schweigend weiter. Ab und zu starrte Olga sie an, aber sie sagte kein Wort. Schließlich war Estrids Geduld am Ende und sie wandte sich an Orfrim.

»Ich habe es satt. Das Haus stinkt, du bist immer fort und Olga will mich hier nicht haben. Du hast mich ins Gårdarik gebracht, dann musst du dich auch um mich kümmern. Zeig mir die Stadt, nimm mich mit zum Markt. Hier halte ich es nicht länger aus. Ich will in unser neues Zuhause ziehen, jetzt.«

Orfrim sah sie gereizt an.

»Wir werden umziehen, aber es dauert seine Zeit, in Aldeigjuborg ein Haus zu kaufen. Du musst Geduld haben. Aber so lange wir hier wohnen, musst du unseren Sitten folgen. Du kannst nicht hinausgehen, wie du es gewohnt bist. Hier in unserem Viertel dürfen Frauen sich nur in Gesellschaft ihrer Väter oder Brüder zeigen. Und du hast keine Familie hier.«

»Aber das wusstest du, bevor du mich hierher gebracht hast. Warum hast du mir nichts gesagt?«

»Das habe ich, aber du hast nicht zugehört.«

»Du lügst. Und du weißt, dass ich nur im Viertel der Rus leben kann wie zu Hause. Ich bin es leid, eingesperrt zu sein, und wenn wir nicht dorthin ziehen, werde ich heimkehren.«

»Ja, versuch es nur«, lachte er, aber fasste sich dann. Er beugte sich vor. »Estrid, ich verspreche dir, wir werden umziehen. In der Zwischenzeit musst du Geduld haben und unseren Glauben zu verstehen versuchen.«

»Das tue ich, so gut ich kann.«

Er tat, als hörte er die Bitterkeit in ihrer Stimme nicht, nahm ihre Hand in seine beiden und sah sie ernst an.

»Weißt du, hier in Aldeigjuborg gibt es viele verschiedene Menschen. Du kannst Rus, Vepsen, Slawen und Kaufleute aus Itil und Miklagård treffen. Ein Teil der Menschen glaubt an einen Gott im Himmelreich, andere an mehrere verschiedene Herrscher. Manche von jenen, die hier leben, haben viele Götter. Zum Beispiel diejenigen, die in der Festung auf der anderen Seite des Flusses leben.« Er machte eine kurze Pause und betrachtete sie. Alles war so neu, er musste sie dazu bringen zu verstehen. »Weißt du«, fuhr er fort, »sie haben einen Gott für den Winter, einen für den Sommer, einen für den Regen, einen für den Wind, einen für die Bäume und sogar verschiedene Götter für Nacht, Wasser, Erde und den Tod. Dann gibt es einen anderen Volksschlag, der Schlangen, Fische, Kraniche und anderes merkwürdiges Getier anbetet. Meinst du nicht selbst auch, dass all das Irrlehren sind?«

»Ja, Schlangen und Kraniche anzubeten, das klingt wie eine große Torheit«, gab Estrid zu. »Aber …«

»Ja, sieh selbst. Verstehst du meinen Glauben nicht? Allah steht über all dem. Auch dein Heidenglauben dort im Sveareich ist eine große Irrlehre. Du solltest denselben Gott haben wie ich. Du kannst nicht länger an Odin, Thor und Frey glauben.«

»Aber das sind die Götter der Svear«, widersprach Estrid gekränkt. »Odin steht uns im Kampf bei, ohne Thor kann niemand sein, und Frey und Freya brauchen wir um der Ernte und der Fruchtbarkeit willen. Ich kann sie nicht verwerfen.«

»Aber verstehst du nicht? Ihr Svea widmet euch auch der Götzenverehrung«, lachte Orfrim. »Heidenglauben. Darum versuchen die Christen, euch zu bekehren. Aber ich glaube nicht an das, was Ansgar und die Gesandten des Kaisers predigen. Für mich ist Allah der Höchste.«

Estrid schwieg, ihr Hals wurde flammend rot. Niemals hatte Orfrim sich in Birka um Religion geschert. Warum hatte er jetzt davon angefangen? Und er hatte auch gesagt, sie müsse zu beten anfangen, sowohl zum Sonnenaufgang als auch zum Sonnenuntergang, mehrmals am Tag.

»Du hast dich verändert, Orfrim. Warum all dieses Gerede über verschiedene Lehren? Können wir nicht leben wie früher?«, flehte Estrid.

Olga sah die beiden missbilligend an, und Orfrim drehte sich zu ihr um und sagte etwas. Seine Frau lächelte, stand auf und schlang sich den Schleier um den Kopf und verließ mit den Kindern den Tisch.

»Es ist wahr, Estrid, mein Glaube ist hier in Aldeigjuborg wichtiger für mich, als er es jemals in Birka war. Aber mein Vater stammte aus Itil am Schwarzen Meer, und er lebte im muslimischen Teil der Stadt«, fuhr Orfrim fort. »Dort gab es eine Moschee, und er hielt dort die Freitagsgottesdienste ab. Die Moschee, hatte auch ein schönes Minarett und mehrere Gebetsrufer. Er liebte all das, und als er hierher zog, wollte er seinen Glauben hier verbreiten. Als sein Sohn musste ich leben wie er.«

»Hier gibt es doch viele verschiedene Völker, und alle sind glücklich mit ihrem Glauben«, wandte Estrid ein. »Warum ihnen nicht ihr Leben lassen, statt eine Lehre aus dem Serkland zu verbreiten?«

»Die Menschen brauchen einen Gott, der allein herrscht. Das ist am besten für alle. Auch wenn wir hier noch nicht so viele Muslime sind, wir werden mehr.«

»Aber glaube nicht, dass du mich bekehren kannst«, fauchte Estrid ihn an. Sie bemerkte, wie seine Augen schwarz wurden. Sie schienen dunkel und bedrohlich, dann hellten sie sich wieder auf. Estrid schwieg, und sie sahen einander abwartend an. Er fuhr mit der Hand über die Tischplatte und zerkrümelte ein Stückchen Brot. Dann fuhr er fort:

»Liebste, ich verstehe, dass dir all das sehr fremd vorkommen muss, aber du wirst dich daran gewöhnen.«

»Vielleicht, aber nur, wenn wir zu den Rus auf die andere Seite des Flusses ziehen«, antwortete Estrid trotzig. »Und zwar jetzt.«

Orfrim sah ihre entschlossene Miene und musste lächeln. Jetzt war Estrid wieder so unvernünftig eigensinnig. Er beugte sich vor und küsste sie auf die Wange.

»Estrid, vergib mir«, sagte er. »Ich habe soviel mit

Olga und den Kindern zu tun, dass ich dich ganz vernachlässigt habe. Komm, gehen wir hinaus, damit du siehst, wie schön es hier ist.«

Er reichte ihr die Hand. Estrid sah auf. Orfrim musste ihre Gedanken gelesen haben, und wieder einmal kam er ihr zuvor. Gerade als sie kurz davor war, in Tränen auszubrechen und in ihrer Verzweiflung auf die Straße hinauszustürzen, hatte er seinen Fehler eingesehen und wollte ihn wieder gutmachen. Jetzt sah er sie liebevoll an.

Es war wohl auch für ihn nicht leicht, mit jemandem aus einem anderen Land hier zu leben. Vielleicht sollte sie sich zügeln und versuchen, mehr Geduld zu zeigen?

Die Straße mit den niedrigen, grauen Häusern war friedlich; noch feucht vom leichten Regen des Morgens. Sie mussten ein paar Fahrrinnen und Pfützen ausweichen, aber Richtung Stadt war die Straße trocken. Hier pflegten die Märkte stattzufinden, und alte Körbe, Essensreste und welkes Gemüse lagen überall verstreut. Aber Estrid bekam weder Schmuck noch Stoffe zu sehen, denn die Buden waren geschlossen. Die Schiffe wurden erst am nächsten Tag erwartet.

Die Sonne schien und wärmte sie, aber sie verstärkte auch den Gestank von Dreck und Abfall. Ein Mann mit Stock ging an ihnen vorbei, gebückt, schlecht gekleidet und mit leicht hinkendem Gang. Estrid nahm Orfrims Hand. Der Mann sah abscheulich aus.

»Nicht alle haben als Kaufleute Erfolg. Man muss hart arbeiten, sonst kann es böse enden«, sagte Orfrim mit einem Nicken zu dem Buckligen. »Darum schufte ich so viel und kümmere mich um meine Geschäfte.«

»Und bist so selten zu Hause«, fiel Estrid ihm ins Wort.

»Ja, denn ich kenne eine Frau, die wünscht ein eigenes Haus«, entgegnete er und drückte ihre Hand.

»Aber bald wirst du doch Silber genug haben?«

»Ja, sehr bald«, beruhigte er sie. »Komm! Jetzt werde ich dir zeigen, wo wir wohnen werden.«

Guter Dinge folgte Estrid ihm über die Holzbrücke ins Viertel der Rus auf die andere Seite des Flusses. Orfrim legte den Arm um sie.

»Hier ist es fast wie in Birka, nicht wahr?«

»Und ob!« Sie lächelte ihn glücklich an.

Sie folgten einem schmalen, mit Planken belegten Weg, gesäumt von gezimmerten Häusern, ganz ähnlich denen in Birka. Nach einer Weile erreichten sie einen schmalen Querweg, der zum Flussufer hinunterführte.

»Die Werft«, sagte Orfrim und zeigte zum Fluss.

»Können wir nicht dorthin gehen?«

»Doch, aber erst will ich dir das hier zeigen.«

Er bog auf einen kleinen Pfad, der in die entgegengesetzte Richtung führte, umrundete ein großes Holzgebäude und lief mit raschen Schritten zu einer kleinen Gruppe niedriger Häuser. Sie lagen etwas erhöht, und Wasser glitzerte zwischen den Bäumen.

Die Häuser hatten Mansardendächer und kleine Fensterluken und waren von kleinen Gärten mit prächtigen Obstbäumen umgeben. Es waren Hühnerkäfige, Holzstapel und Gemüsebeete zu sehen.

»Na, was meinst du?«

»Genau wie zu Hause«, jubelte Estrid. »Können wir nicht hineingehen?«

»Nein, nicht jetzt, später. Morgen.«

»Warum morgen?«, fragte Estrid enttäuscht.

»Gerade jetzt gibt es soviel anderes, das ich dir zeigen will.«

Dann zog er sie mit sich in eine neue Querstraße Richtung Fluss.

Am Strand teerten vier Männer ein paar Kähne, während zwei größere Schiffe neue Böden bekamen. Estrid wollte hinuntergehen und mit den Männern sprechen. Aber Orfrim hinderte sie daran.

»Später, ich verspreche es.«

Er ging mit Estrid das Flussufer entlang, schlenderte hinüber auf die Straße der Rus, zeigte auf Apfelbäume und Blumen in den Gärten und nahm sie an der Hand, als sie zu den Grabhügeln direkt hinter der Bebauung gingen.

»Von hier hat man eine gute Aussicht«, sagte er, und sie blickten über den dunklen Fluss und die Ebene, die sich auf der anderen Seite erstreckte. »Gibt es keine Felsen und Berge hier?«, fragte Estrid verwundert.

»Nicht hier, aber die Bäume und Pflanzen sind dieselben wie bei dir zu Hause im Reich der Svear.«

Estrid begann sich besser zu fühlen. Der Mann an ihrer Seite war der Orfrim, den sie von früher kannte. Alles schien gut, jetzt wo sie allein waren. So würde es auch werden, wenn sie erst hierher gezogen waren. Plötzlich ließ er ihre Hand los und verschwand den Hügel hinunter.

»Komm mit!«, rief er und winkte sie zu einem Hügel mit den schönsten Blüten. Er pflückte einen Arm voll Blumen, die er ihr lächelnd überreichte, und seine Augen funkelten und lachten, wie sie es von zu Hause gewohnt war. Estrid war glücklich, denn Orfrim gehörte wieder ihr und sie kannte die Blumen. Schlüsselblumen, Schafgarbe und Margeriten. Sie roch daran, und sie dufteten nach Wiese und Sommer.

»Liebste«, murmelte er und zog sie ins Gras. Als sie fühlte, wie er sich unter ihren Kleidern vorwärts tastete, schlang sie die Arme um seinen Körper und küsste ihn. Estrid schmiegte sich fest an ihn. Er streichelte sie und als sie ihn spürte, führte sie ihn, glücklich vor Lust. Mit einem Mal fühlte sie sich, als hätte sie ihn noch nie so geliebt wie jetzt, und ihre Gefühle wurden leidenschaftlicher. Sie gab sich hin, und sie umarmten einander heftig. Nichts von all dem Bösen, das sie durchgemacht hatte, hatte jemals stattgefunden, es gab nur sie und Orfrim, und sie waren wieder Liebende in Birka.

Keuchend kamen sie einander entgegen, dann sank Estrid erschöpft unter ihm zusammen. Ein wohliger Frieden erfüllte sie.

»Oh, Orfrim, bald können wir es jeden Tag so haben. Ich habe solche Sehnsucht.«

»Ja, wir ziehen bald um.«

»Dann kann das Kind hier auf den Wiesen spielen und unten im Fluss baden«, fuhr Estrid fort.

»Das Kind?« Orfrim erstarrte, aber Estrid merkte es nicht.

»Stell dir vor, ich glaube, das Kind wird deine dunklen Augen und deine schöne Haut haben.«

Orfrim setzte sich auf und runzelte die Stirn.

»Ein Kind? Nein, ich habe schon zwei. Wir werden keine Kinder haben!«

»Doch, Liebster, noch ein paar Mondumgänge, und du

wirst spüren, wie es sich bewegt.« Sie legte seine Hand auf ihren nackten Bauch. Heftig zog er sie weg.

»Was meinst du? Du wirst ein Kind bekommen? Das Kind ist nicht von mir. Du warst bei einem anderen Mann, du Heidenhündin!«, schrie er und hob die Hand, um sie zu schlagen. »Und glaube nicht, dass ich mich mit einer götzenanbetenden Frau wie dir verheiraten werde. Niemals!«

Der Schlag traf sie auf der Wange, und Estrid fuhr zusammen. Sie verstand nicht. Ihre Haut brannte und ihr Auge tränte. Eben noch hatten sie sich geliebt und plötzlich hatte er sie wieder geschlagen! Sie begann zu schluchzen.

Orfrim sah ihre Verzweiflung und beherrschte sich. Reumütig beugte er sich zu ihr und nahm ihren Kopf in seine Hände.

»Liebste, verzeih mir«, murmelte er. »Ich wollte das nicht, ich hatte plötzlich Angst.«

»Angst?«

»Ja, dass dir etwas zustößt, wenn du gebierst, und auch, dass ich das Essen für zwei Familien verdienen muss.«

»Aber ich kann arbeiten, du musst dich nicht bekümmern.«

»Nein, hier in Aldeigjuborg muss ich allein für dich sorgen, verstehst du das nicht?«

»Nein, das verstehe ich nicht.«

Er murmelte eine Antwort, die sie nicht hörte, stand auf und half ihr auf die Füße. Sie klopften Erde und Gras von ihren Kleidern und gingen heimwärts. Estrid schwieg, dachte an all das, was sie vor wenigen Augenblicken geträumt hatte. Jetzt war das nichts als ein Wahn, fort. Sie verstand Orfrim nicht mehr. Er hatte sich so sehr verändert, dass sie nicht länger wusste, wer er war. Der lange Kaftan ließ ihn wie einen Fremden aussehen, und sie fand, dass er das auch war. Hier in Aldeigjuborg war er ein anderer geworden. Jetzt begriff sie, wie einfältig sie gewesen war. Nie würde er mit ihr auf die andere Seite des Flusses ziehen. Niemals. Sie hatte ihn verloren.

Als sie den Brunnenplatz querten, sahen sie einen Menschenauflauf dort, wo Olga und sie Wasser holten. Die aufgebrachte Masse schrie und tobte. Estrid drängte sich vor und dicht am Brunnen entdeckte sie eine junge, schöne Frau, die auf dem Boden kniete, die Hände auf dem Rücken gefesselt. Männer in bodenlangen Mänteln drohten mit den Fäusten und fluchten, verschleierte Frauen riefen gehässig mit heiseren Stimmen. Ein Mann mit langem Bart und Kaftan las aus einem Buch, zeigte auf die Frau und rezitierte etwas mit lauter Stimme. Die junge Frau sollte offensichtlich bestraft werden.

Estrid stieß Orfrim in die Seite und bat ihn, für sie zu übersetzen, doch er blickte starr geradeaus. Plötzlich begann die Menschenmenge, sich der Frau mit Steinen in den Händen zu nähern. Estrid griff nach Orfrims Arm, aber er tat, als merke er es nicht. Im nächsten Augenblick hörte sie einen Schrei und sah, wie die Ersten Steine nach der Frau warfen.

»Halte sie auf, sie bringen sie um!«

»Ja, aber das ist ihre Strafe«, erwiderte er ruhig.

Als Estrid seine kühle, gleichgültige Stimme hörte, zerbrach etwas in ihr. Sie riss sich los, lief auf die Frau zu und versuchte, das Seil von ihren Handgelenken zu lösen. Wenn die Ärmste nur die Hände frei bekam, könnte sie sich befreien und fortlaufen. Aber das Seil saß zu fest, und Estrid wurde von einem Stein in die Seite getroffen. Starrsinnig zerrte sie weiter an dem Seil, aber als ein Stein sie im Rücken traf, und ein anderer ihr eine Wunde in die Schulter schlug, musste sie aufgeben. Benommen taumelte sie zurück zu Orfrim.

»Sie töten sie!«, schrie sie aufgebracht, aber er antwortete nicht. Stattdessen packte er sie an ihrem Kleid und zog sie mit sich. Kaum waren sie durch die Tür gekommen, begann er, sie wieder zu schlagen.

»Du hast mich entehrt, du Plage!«, brüllte er und schlug besinnungslos zu. Die Schläge hagelten auf ihren Körper und ihr Gesicht schmerzte. Verzweifelt versuchte sie, das Schlimmste mit den Armen abzuwehren.

»Orfrim, hör auf!«, stammelte sie. »Hör auf!«

»Ich habe das Recht dich zu verprügeln, und am liebsten würde ich dich einsperren«, schrie er zur Antwort.

In dem Moment hatte Estrid genug. Als seine Hand sich das nächste Mal näherte, gelang es ihr, sie zu fassen, und sie biss zu, mit aller Kraft. Er brüllte vor Schmerz und trat einen Schritt zurück. Dann schien er auf einmal zu verstehen, was er getan hatte. Er sah sie verzweifelt an.

»Estrid, vergib mir, ich wusste nicht, was ich tue.« Er streckte bittend seine Hände nach ihr aus, aber Estrid zog sich erschrocken zurück.

»Liebste, verzeih. Die Frau hat ihre verdiente Strafe bekommen. Du hast mich vor allen zum Gespött gemacht. Ich musste an meine Ehre denken.«

»Ehre? Was kümmerst du dich darum? Wer einen anderen Menschen steinigt, verdient keinen Respekt.«

»Aber sie ist verheiratet und war mit anderen Männern zusammen«, sagte er aufgebracht.

»So wie du«, fauchte Estrid höhnisch. »Zwei Jahre lang war ich deine Frau, ohne ein Wort darüber zu verlieren, dass du verheiratet warst. Dann hast du mich hierher gebracht und gesagt, wir beide würden zusammen leben. Obwohl du eine Familie hast. Aber du wirst nicht bestraft, du bist ein freier Mann!«

All das Freundliche, das sie an diesem Tag erlebt hatte, war fort, und sie war außer sich vor Enttäuschung.

Mit zwei Schritten war sie bei ihm und zerkratzte ihm das Gesicht. Orfrim zuckte zusammen und wollte sich gerade auf sie stürzen, als die Kinder hereinkamen.

Er beherrschte sich und verließ den Raum. In der Dämmerung aßen sie stumm ihr Mahl. Estrid würdigte Orfrim keines Blickes.

Als er später zu ihr kam, hatte sie keine Angst mehr, denn wenn er sich abends zeigte, wollte er alles wieder gutmachen. Zu spät bemerkte sie seinen dunklen, starren Blick. Mit ein paar harten Schlägen schickte er sie zu Boden, wo sie liegen blieb.

In der Nacht bekam sie heftige Blutungen und am folgenden Tag verlor sie ihr Kind.

Olga half ihr, die Blutung zu stillen, und zum ersten Mal ahnte Estrid so etwas wie Menschlichkeit hinter den strengen, verschlossenen Zügen. Sie dachte, dass auch Olga es wohl nicht leicht mit Orfrim haben konnte.

»Und so endete alles?«, fragte Ragnar, nachdem er ihrem Bericht gelauscht hatte. »Hast du nicht geahnt, dass er gewalttätig werden könnte?«, fuhr er fort.

»Nein. In Birka hat er alles getan, damit ich es gut hatte, er kümmerte sich um mich, war liebevoll und sagte immer das, was ich hören wollte. Einfach bei ihm zu sein, war mein größtes Glück. Um uns herum wurde alles lebendig und fröhlich und schließlich konnte ich nicht mehr ohne ihn sein. Darum bin ich mit ihm gegangen.«

Ragnar Weitfahrer zog Estrid an sich und hielt sie fest im Arm.

»Du musst mir nicht mehr erzählen, ich sehe, wie schwer es für dich ist«, sagte er tröstend.

»Ja, es tut weh, aber schlimmer ist wohl die Enttäuschung. Wenn man etwas erwartet und alles kommt ganz anders. Dann erst wird man wirklich unglücklich«, überlegte Estrid.

»Mit Orfrim hattest du offenbar Donnergrollen und Ragnarök zugleich.«

Estrid lächelte schwach und versuchte, ihre Tränen zurückzuhalten.

»Nein, ich darf nicht weinen«, sagte sie dann. »Er ist es nicht wert. Vielmehr sollte ich einen Fluch auf ihn legen.«

Ragnar Weitfahrer schmunzelte.

»Ja, so lange es nur um ihn geht …«

Estrid fühlte seine Wärme.

»Komm jetzt«, sagte er und reichte ihr die Hand. »Vielleicht ist es das Beste, wenn wir weitergehen. Wir müssen weit fort von Orfrim und all dem, was er dir angetan hat.« Estrid nahm seine Hand und erhob sich.

»Fast hätte ich den Kopf verloren, aber es war schön, all das zu erzählen. Jetzt fühle ich mich besser.«

Sie behielt seine Hand in ihrer, als sie die Wanderung

fortsetzten. Vor ihnen schlängelte sich der Weg zwischen Kiefern und Felsblöcken entlang, der Boden war von Tieren und Wanderern ausgetreten.

»Ich habe gehört, dass es an einer der Lotsenstellen Boote und ein Wirtshaus gibt. Vielleicht können wir dort ein Boot bekommen. Orfrim hat mir davon erzählt.«

»Ja, und dem Mann kann man schließlich vertrauen«, entgegnete Ragnar mit einer Grimasse. »Naja, ich kenne diese Lotsenstelle, und wenn wir nicht vom Weg abkommen, müssten wir noch vor Einbruch der Dämmerung dort sein. Aber Estrid, bevor wir sie erreichen, musst du mir sagen ...«

»Jaa?«

»Nun hast du mir von Orfrim erzählt, aber wer ist hinter dir her? Ich meine, wie sieht er aus? Wer ist Freund und wer ist Feind? Ich muss es wissen, sonst kann ich dich nicht beschützen.«

»Du wirst es erfahren«, sagte Estrid ausweichend, »aber gib mir etwas Zeit ...« Einfältig und gutgläubig bin ich zur Genüge gewesen. Eine Sklavin wie ich ist drei Felder wert, dachte sie. Ragnar würde eine Menge Silber für mich bekommen, er müsste mich nur einem rusischen Kaufmann überreichen. Nein, ich muss vorsichtig sein. Ich warte noch damit, alles zu erzählen. Vielleicht in Holmgård. Dort kann ich Hilfe finden, aber hier im Wald bin ich ausgeliefert.

Und so wurde Estrid wieder einsilbig, widerwillig, denn sie hatte angefangen, Ragnar lieb zu gewinnen.

Am Abend erreichten sie eine der Lotsenstellen. Kleinere Holzhäuser lagen auf einem Hügel, und am Flussufer, wo sich das Flussbett zu einem kleinen Rinnsal verengte, waren mehrere Boote vertäut. Ein Bauer mit Pferd und Wagen bot interessierten Mannschaften Schlepphilfe an, andere zogen ihre Boote auf Rollen. Aus einem der Häuser stieg Rauch aus der Dachöffnung, und es roch nach Fisch.

»Hier können wir sicher um einen Schiffsplatz bitten«, sagte Estrid.

»Wir leihen uns besser ein Boot. Mit einem Marderpelz können wir ein Boot und einen Lotsen bezahlen und bekommen darüber hinaus Essen und einen Schlafplatz.«

»Ja, können wir das denn?«

»Ja, du bist nicht mehr allein, Estrid, sieh her!« Ragnar hielt ein Bündel Pelze hoch. »Bald sind wir in Holmgård.«

Estrid blickte ihn erleichtert an. Ihr Körper tat weh, der Knöchel schmerzte und hatte angefangen zu bluten. Sie war todmüde und hatte sich Sorgen um den morgigen Tag gemacht, aber er hatte schon an alles gedacht. Sie drückte seine Hand.

»Und hier bekommen wir Essen und ein Fell für die Nacht?«

»Ich denke schon.«

Sie gingen ins Wirtshaus, und erst als Estrid sah, dass dort niemand war, den sie wiedererkannte, entspannte sie sich. Sie aßen und tranken, und für die Nacht erhielten sie einen Schlafplatz in einem der Nebengebäude. Estrid dachte, dass sie soweit von Aldeigjuborg fort war, dass sie keine Angst haben musste, und dennoch gefiel es ihr nicht, eine ganze Nacht im Wirtshaus zu bleiben. Im Wald hatte sie sich sicherer gefühlt.

Sie sah sich mehrmals unruhig um und bat Ragnar, niemanden ins Vertrauen zu ziehen. Aber Ragnar lächelte zärtlich und versicherte ihr, dass er die ganze Nacht über sie wachen würde. Als er schließlich aufstand und zu den Männern ins Wirtshaus ging, schlief sie tief und merkte nicht, dass er sie verließ.

Am Morgen war er wieder an ihrer Seite wie am Abend zuvor. Sie fand, er rieche nach Schweiß und Met, aber dachte, dass es wohl nur Einbildung war. Und als sie das Nebenhaus verließen, bemerkte sie nicht, dass dort ein kleiner, untersetzter Kaufmann mit fetten Wülsten um den Hals stand und wartete. Sein Blick verharrte bei Estrid.

12

Mit entschlossenen Schritten ging Erik auf Adelsö die Brücke entlang. König Björn war erneut aufgebrochen, um die Großbauern des Reichs zu besuchen, und Ysja musste irgendwo auf seinen Ländereien sein. Erik sah sich um. Seit dem Abend im Bootshaus wurde er von dem starken Verlangen getrieben, sie wieder zu treffen. Alle guten Vorsätze, sie zu vergessen, waren wie weggeblasen. In seinem Kopf gab es nur noch einen einzigen Gedanken. Er musste sie haben, alles andere war unwichtig. Der Abend im Bootshaus – das Unvollendete – hatte ein solches Begehren in ihm geweckt, und seither hatte er keine Ruhe mehr gefunden.

Zehn Monde war er Estrid treu gewesen, jetzt konnte er nicht länger. Die Sehnsucht nach einer Frau war zu groß, und in der Begegnung mit Ysja hatte er gefunden, was er vermisst hatte. Ihre Sinnlichkeit war eine betäubende Kraft, die er nicht beherrschen konnte. Doch wo war sie? Erik blickte über die Wiesen. Einige Männer mähten mit großen Sensen das Gras, und eine Gruppe Frauen mit Rechen folgte ihnen unter Rufen und Lachen. Keine Ysja. Dann war sie wohl im Stall oder holte Wasser am Brunnen. Einen Augenblick zögerte er. Er war dabei, sich an eine einfache Sklavin zu verlieren; an eine, die nach Gutdünken ihres Herrn geprügelt oder getötet werden konnte, eine Frau ohne Stammbaum und Familie. Außerdem war sie Eigentum des Königs. Musste er sich nicht besinnen? Wenn er sich noch ein wenig geduldete, würde Estrid zurückkommen.

Er blieb auf dem Hofplatz stehen. Ysja gehörte nicht ihm, sondern König Björn. Ohne sich Vorwürfe zu machen, war er auf dem besten Wege, seinem Verlangen nachzugeben, fern aller Gedanken an die Folgen. Für einen Moment erwog er umzukehren, aber dann ging er weiter zum Stall. Er konnte es nicht lassen, er musste sie wiedersehen! Als er das Stallgebäude erreicht hatte, sprang er beinahe über die Schwelle. Mit schnellen Schritten ging er zwischen den Verschlägen hindurch. Es war warm und roch würzig nach Tieren und Stroh. Dann blieb er atemlos stehen. Dort war sie! Und sie war ebenso schön und begehrenswert, wie er sie in Erinnerung hatte.

»Ysja, komm!«, sagte er nur und gab ihr ein Zeichen, ihm zu folgen. Entschieden ging er den Pfad zum Bootshaus hinunter und drehte sich nicht einmal um, um sicherzugehen, dass sie ihm folgte. Sie waren allein im Bootshaus und tauschten wortlose Blicke. Mehr war nicht nötig. Im nächsten Moment war er bei ihr. Seine Heftigkeit war fast beängstigend, und bald war sie nur noch Frau unter seinen Händen. Ungeschickt rissen sie einander die Kleider vom Leib, und Ysja empfing ihn, fast ohnmächtig vor Glück. Als er in sie eindrang, schlang sie die Arme um seinen Hals und küsste ihn, als wolle sie ihn nie wieder gehen lassen.

Aber es kam anders, als sie gedacht hatte.

Kaum hatte sie ihn empfangen, war es schon vorbei, und enttäuscht fühlte sie sich wieder als Sklavin, benutzt und ausgenützt. Enttäuscht wandte sie sich ab.

Aber Erik blieb bei ihr und verließ sie nicht wie die anderen. Vielmehr schien er ein wenig beschämt und streichelte sie verlegen.

»Ich war zu gierig«, sagte er hilflos. Sie sah ihn an und fühlte sich schon besser. Er machte sich etwas aus ihr.

»Weißt du, ich wollte dich schon im Bootshaus, nein, schon das erste Mal, als ich dich gesehen habe«, lächelte er.

»Das habe ich gefühlt, ich wollte dich auch«, gab sie leise zurück. »Du hast mich vor diesen Männern im Boot gerettet. Seit diesem Tag habe ich an niemanden als an dich gedacht.«

Er lachte, beugte sich über ihr Gesicht und küsste sie.

»Aber du musst viele Männer gehabt haben.«

»Ich verliebe mich nicht, wenn Männer mich benutzen.«

»Und der Mann, der der Vater deines Kindes ist, hast du ihn nie geliebt?«

»Wie viele Sklavinnen, glaubst du, lieben den Vater ihres Kindes? Du scheinst nicht zu begreifen, wie es ist, Sklave zu sein.«

»Vielleicht nicht, aber nach dem, was im Boot geschehen ist, habe ich begonnen nachzudenken.«

»Ja, was dort geschehen ist, war nicht nur schlecht. Wäre das nicht gewesen, du hättest mich vielleicht nie bemerkt.« Sie lächelte ihn an.

»Oh, doch, früher als du denkst«, sagte Erik. »Dich übersieht man nicht.«

Er streichelte ihre Wange, und seine Hand folgte ihrem Hals zu den nackten Schultern. Ihre Brust war groß und schwer und wogte ihm gleichsam entgegen. Er streichelte die warme, milchige Haut und verstand nicht, wie er früher von ihr hatte lassen können. Jetzt wünschte er, mit ihr hier bleiben zu können, sich zu unterhalten, sie besser kennen zu lernen. In ihrer Nähe war er gefangen wie in einem Regenbogen des Begehrens, und er verlor den Boden unter den Füßen.

Ysja drückte sich an ihn und genoss den Mann, der von ihrem ganzen Wesen gefesselt zu sein schien. Erst hatte sie nur vorgehabt, ihn zu täuschen, aber jetzt wusste sie, dass sie sich in ihn verliebt hatte.

»Ich habe dich sehr gern«, murmelte sie. »Du bist nicht wie die anderen.«

Er lachte auf.

»Nicht? Du hast also gehört, dass man mich Milchbart nennt?«

»Milchbart? Du? Nein, das kann ich nicht glauben. Du bist genauso wenig bartlos wie ich riesig«, sie kicherte bei dem Gedanken. Seine Miene hellte sich auf.

»Ja, mit dem Schwert kann ich umgehen und Schiffe und Silber habe ich auch.«

»Und doch wirkst du nicht richtig glücklich. Gibt es etwas, das du vermisst?«

»Dich«, sagte er neckend.

»Ach was, Sklavinnen vermisst niemand. Warum bist du nicht auf Wikingfahrt?«

»Meine Frau ist im Osten, und ich habe versprochen, ihren Platz in der Schankstube einzunehmen, bis sie zurückkommt.«

»Aha, und deshalb nennen sie dich Milchbart?«

Erik nickte.

»Wann kommt sie denn zurück?«

»Im Herbst.«

»Schon?«, Ysja versuchte, ihre Enttäuschung zu verbergen. »Liebst du sie noch?«

Erik zögerte mit der Antwort. Tat er das? Er konnte es nicht sicher sagen. Jetzt gab es nur Ysja, nur sie, diese anmutige Frau. Er streichelte sie und fühlte die Schwere ihrer Brust in seinen Handflächen. Sagte dann: »Ich weiß es nicht. Dem, den man liebt, nicht nahe zu sein, ist schlecht für die Liebe. Sicher mögen wir uns, wir sind Freunde und haben mehrere Winter unter einem Dach gelebt, aber … ja …« Er vergaß, was er sagen wollte, als er spürte, wie sie sich unter ihm bewegte.

Sie öffnete ihm ihren Mund, und er merkte, wie ihre Bewegungen fordernder und hitziger wurden.

»Was tust du da?«

Aber er bekam keine Antwort, denn ihre Lippen pressten sich fest auf seine. Sie umschloss ihn mit ihrer Wärme und schenkte ihm all die Freuden, die ein Mann sich wünschen konnte. Dieses Mal wurde sie nicht enttäuscht.

Fast sofort hatte Ragnar Weitfahrer das Gefühl, dass jemand sie anstarrte. Dann entdeckte er den dicken, untersetzten Mann mit dem fetten Nacken. Ragnar erkannte ihn. Als er am Abend nicht hatte schlafen können, hatte er Estrid allein gelassen und war in die Schankstube gegangen. Dort hatte er den Mann gesehen, der sich mit anderen Händlern unterhielt. Sie hatten viel getrunken und veranstalteten einen solchen Radau, dass er schließlich neugierig geworden und zu ihrem Tisch gegangen war. Dort hatten sie ihm auf den

Rücken geklopft, ihm Met angeboten und von Bagdad und Miklagård erzählt.

Ragnar Weitfahrer dachte an seine Felle und hörte sich nach Preisen um, aber sie sprachen hauptsächlich von Silber und Sklavinnen. Ab und zu wurde ein Krug mit Nabid am Tisch herumgereicht, und Ragnar Weitfahrer beobachtete, dass der Dicke reichlich davon trank. Vielleicht war ihm langweilig. Der Mann schien einer der reichen Kaufleute auf dem Weg nach Miklagård zu sein, einer von denen, die mit Stoffen, Silber und Sklaven reich geworden waren und alles besaßen. Um Freude im Leben zu finden, suchten sie den Rausch oder taten seltsame und verbotene Dinge. Nabid war ein starkes Getränk, und Ragnar kostete nur einen Mund voll.

Es hieß, der Rausch wäre so stark, dass Körper und Verstand sich trennten. Ragnar hatte gehört, dass man Sklavinnen, die mit ihrem Herrn beerdigt werden sollten, diesen Trank einflößte. Dann wurden sie gefügig und folgten ihrem Herrn bereitwillig in die andere Welt.

Die Männer am Tisch hatten viel zu erzählen, und Ragnar blieb bei ihnen sitzen und hörte zu. Nach mehreren Hörnern Met löste sich auch seine Zunge und er wurde redselig. Obwohl es gar nicht seine Absicht gewesen war, kam die Rede auf ihn und die schöne Frau, die er im Wald getroffen hatte.

»So?«, sagte der Fette und lauschte aufmerksam. »Eine Frau aus dem Wald?«

»Ja, über solchen Schmuck stolpert man nicht alle Tage.«

»Und wo hast du sie jetzt gelassen?«, fragte der Kaufmann und beugte sich vor. Schweißperlen glänzten auf seinem fetten Nacken und er sah Ragnar zuvorkommend an. Den Eifer und den lauernden, forschenden Blick dahinter bemerkte Ragnar nicht.

»Eine Frau wie sie, ja, unter dem Fell natürlich«, antwortete Ragnar scherzend und stand auf. »Nein, liebe Leute, es ist spät. Ich brauche meinen Schlaf.« Er hob die Hand und kehrte zu Estrid zurück. Als er sich schlafen gelegt hatte, dachte er eine Weile über die Männer nach, die er im Schankhaus getroffen hatte. Für einen Moment bereute er seine Gesprächigkeit am Tisch, aber dann tröstete er sich damit, dass die Kerle am nächsten Tag noch so sinnlos betrunken sein würden, dass sie liegen bleiben und ihren Rausch ausschlafen mussten.

Als Ragnar den Kaufmann erblickte, war er vor allem darüber erstaunt, dass er schon auf den Beinen war. Dann überlegte er, mit Estrid zu ihm hinüberzugehen und ein paar Worte zu wechseln, aber als er bemerkte, wie der Mann nach Estrid schielte, wurde er plötzlich misstrauisch.

»Dreh dich nicht um«, sagte Ragnar hastig zu Estrid, schob seinen Arm unter ihren und zog sie zur Seite. »Einer der Kaufmänner starrt dich an. Kennst du ihn? Ich sage dir, wenn er in die andere Richtung schaut.«

Estrid witterte sofort die Gefahr. Hatten sie sie eingeholt? Sie befeuchtete ihre Lippen und schluckte, aber ihr Mund blieb trocken.

»Jetzt!«, flüsterte Ragnar, und Estrid warf einen kurzen Blick über die Schulter.

Wie war das möglich? Das war der Kaufmann, der in

Aldeigjuborg auf sie gewartet hatte, der fette Rus, der sich mit ihr hatte vergnügen wollen. Was tat er hier? Hatte man den gestrandeten Kahn und ihr Kopftuch nicht gefunden? Oder war er hinter jemand anderem her? Estrid wagte es nicht, noch einmal in die Richtung des Rus zu sehen. Wie dumm war es gewesen, sich bewohntem Gebiet zu nähern, sie hätte es besser wissen müssen. Warum war sie nicht ihrem Instinkt gefolgt und im Wald geblieben? Wenn der Kaufmann sie jetzt zu fassen bekam, würde er sie verkaufen oder töten.

»Dieser Mann ist gefährlich. Wir müssen fliehen«, sagte Estrid leise.

»Aber er hat Schiff und Pferde. Es wird schwer werden, ihm zu entkommen.«

»Wir müssen.«

»Aber …?«

»Kannst du ihn nicht niederschlagen oder ihn zum Zweikampf herausfordern?«

Estrid schielte vorsichtig zu dem Kaufmann hinüber. Jetzt stand er an einem der Schiffe und unterhielt sich. Offensichtlich hatte er sowohl Wachen als auch Ruderer bei sich.

»Zweikampf? Er hat mich nicht beleidigt, und mit einem Fremden die Waffen zu kreuzen, der seine Freunde um sich hat, hieße, sein Schicksal herausfordern. Wenn er etwas tut, kann ich dich verteidigen.«

Estrid schwieg. Ragnar Weitfahrer konnte ihr nicht helfen. Nicht einmal wenn er ein achtbeiniges Pferd und Sigurd Fafnirstöters Schwert in der Scheide gehabt hätte, hätte er sie retten können. Der Kaufmann hatte treue Wachen und war viel zu mächtig. Sie musste sich selbst etwas einfallen lassen. Sie dachte nach und ballte ihre Hände so fest, dass es wehtat.

Dann wandte sie sich an Ragnar.

»Hast du einen Fuchspelz?«, fragte sie plötzlich.

»Ja, aber Marderpelz ist feiner.«

»Gib mir den Fuchspelz, das ist genau das, was ich brauche.«

Verwundert suchte Ragnar in seinem Fellbündel und fand zwei dichte Fuchspelze. Einen gab er Estrid.

»Hast du einen Kamm?«, fragte sie weiter.

»Einen Kamm? Ja …«

»Dann gib ihn mir!«

»Treibst du deine Späße mit mir? Ich dachte, du hast Angst und brauchst meine Hilfe.«

»Die brauche ich auch, aber erst will ich ihn in den Wald locken.«

»Hast du den Verstand verloren?«

Sie schüttelte den Kopf, stellte sich auf die Zehenspitzen und flüsterte ihm etwas ins Ohr. Und sie redete hartnäckig auf ihn ein, bis er sie gehen ließ. Estrid machte sich auf in den Wald.

Ragnar blickte ihr unruhig nach, nahm sein Kurzschwert, prüfte die Klinge und steckte es zurück in die Scheide. Er öffnete seinen Beutel und tat, als suchte er etwas darin, während sein Blick hinüber zum Kaufmann wanderte. Doch, natürlich behielt der Dicke Estrid im Auge. Ragnar fluchte über seine Geschwätzigkeit, warum hatte er das Mädchen erwähnt, das er im Wald getroffen hatte?

Sobald Estrid in Richtung Waldrand fortging, unterbrach der Kaufmann sein Gespräch mit den Schiffskameraden und folgte ihr. Ragnar ließ es geschehen, ängstlich und unruhig. Was glaubte sie, wer sie war, Estrid? Bildete sie sich ein, stark und klug genug zu sein, um mit diesem Fettwanst allein fertig zu werden? Er war zwar dick, aber er war auch kräftig. Und das Gebräu am Vorabend war kein klares Quellwasser gewesen. Unter der Wirkung des Rausches konnte er noch gefährlicher sein. Nein, Ragnar konnte das nicht untätig mit ansehen. Als der Fremde sich so weit entfernt hatte, dass er nicht mehr sehen konnte, ob ihm jemand folgte, hob Ragnar seinen Beutel auf und ging ihm nach.

Sobald Estrid den Waldrand erreicht hatte, begann sie zu rennen. Sie lief zum Wasser hinunter, wo der Fluss einen kleinen See an der Seite eines Flussarmes bildete, und blieb erst stehen, als sie einen alten, hohlen Baumstamm erreichte. Dort riss sie einen Arm voll Rinde und verrottetes Holz ab, dann hastete sie weiter.

Am Flussufer ging sie an einer feuchten Stelle auf die Knie und begann nach Lehm zu graben. Sie hatte Glück und stieß schnell auf die zähe graue Masse, die sie sorgfältig auf die Rückseite ihres Kleides strich. Dann band sie sich den Stoff wieder um und legte sich rücklings auf die Rinde und das vermoderte Holz. Wie sie gehofft hatte, blieb der Großteil davon in dem Lehm kleben, und sie stand vorsichtig wieder auf. Sie erspähte einen Schimmer ihres Spiegelbildes im Wasser und lächelte. Von hinten ähnelte sie eher einem Waldweiblein als einer Sveafrau. Und das war genau das, was sie beabsichtigt hatte.

Eilig wusch sie sich die Hände, richtete Tunika und Kleid, band sich den Fuchspelz um und stieg auf eine große Steinplatte am Wasser. Bald würde der Kaufmann sie eingeholt haben, aber sie war bereit. Schließlich nahm sie den Kamm und begann, ihr langes blondes Haar zu kämmen. Während sie dort saß, begann sie mit heller und klarer Stimme zu singen. Statt sich zu verstecken, würde sie ihn zu sich locken, den fetten Rus. Es war ihr einmal gelungen, sich aus seinem Griff zu befreien und zu fliehen. Und das gedachte sie zu wiederholen.

Das Roheisen hing in Stangen an den Wänden, auf den Bänken lagen Speerspitzen und Schwertklingen. Messer, Pfeilspitzen und Äxte standen aufgereiht an einer der Querwände, und der ganze Raum war schwarz von Ruß. Die schweißglänzenden Oberkörper der Männer waren als dunkle Schatten am Feuer zu sehen. Nie zuvor hatte man in der Schmiede so hart gearbeitet, niemals zuvor hatten sie so viel zu tun gehabt. König Björn hatte eingesehen, dass es nicht reichte, Birkas Verteidigungsanlagen auszubauen, es wurden mehr Waffen benötigt. Er würde seine Feinde nicht schlagen können, wenn er seine Krieger nicht ausreichend bewaffnete.

Erschöpfte und schmutzige Schmiede brüllten Schimpfworte, während sich die Sklaven an Ambossen und Essen quälten. Jetzt hatten sie nicht länger Zeit für Feinarbeiten an Gold und Schmuck, und man schaffte es auch nicht mehr, kunstvolle Silberintarsien für die Äxte zu fertigen. Was gebraucht wurde, waren harte Schwerter, die keinem Schlag wichen, und Äxte mit Schneiden aus Funken sprühendem Eisen. Jede Hilfe wurde gebraucht und auch Toste lernte zu schmieden. Es war ihm bereits gelungen, ein Messer anzufertigen, und heimlich hatte er angefangen, an einer Schnalle für Ysja zu arbeiten. Er wollte sie ihr für ihre neue Schärpe schmieden, ein Geschenk, das ihr bestimmt gefallen würde. Aber so ein Schmuckstück zu fertigen, war schwierig, und die Schnalle wurde ein wenig schief. Er schwitzte und hustete in dem Rauch, aber er gab nicht auf. Jetzt, wo er schmieden durfte, ertrug er die Arbeit in der Werkstatt besser, aber der Rauch war eine Qual und sein Atem ging schleppend und pfeifend. Manchmal keuchte er abends im Liegen.

Ysja sah, wie der Junge sich quälte, und sie wusste, dass es besser wäre, wenn er von der Werkstatt fortkam, bevor er noch mehr leiden musste. Doch wie sollte sie das anstellen, ohne dass der Junge verkauft oder geopfert wurde? Außerdem war er in der Werkstatt vor den Augen anderer verborgen, aber wenn er anfing, im Stall oder draußen auf dem Feld zu arbeiten, würden ihn mehr Menschen bemerken. Dann würde es vielleicht Einwohner aus Birka geben, die Toste erkannten.

Ysja machte sich Sorgen und immer deutlicher wurde ihr klar, dass ihr die Zeit davonlief. Sie musste Erik dazu bringen, sie zu heiraten, dann erst würden sie und Toste frei sein.

Der rusische Kaufmann kratzte sich die Fettwülste im Nacken, während er der fliehenden Frau nachsah. Doch, sicher war sie das, die Hexe, die ihm an dem Abend in Aldeigjuborg fortgelaufen war. Niemals würde er sie vergessen, so wie sie ihn erniedrigt hatte. Nach dem, was geschehen war, hatte er seinen Männern sofort befohlen, ihr zu folgen, aber die Hexe hatte einen zu großen Vorsprung gehabt, und sie hatten sie verloren. Seit diesem Tag hatte er sie in seinen Gedanken gejagt, und als der Markt in Aldeigjuborg vorüber war, hatte er beschlossen, selbst nach ihr zu suchen. Die Männer hatten ihn ausgelacht, und er musste seine Ehre zurückgewinnen. Seine Rache auf diese Weise herauszufordern! Er würde ihr den Rücken aufschlitzen und ihr die Lunge herausreißen, dabei zusehen, wie diese Sklavenfärse sich quälte. Aber erst würde er sie sich holen und sie benutzen, bis er ihrer überdrüssig wurde. Als er von seinen Männern gehört hatte, dass ein Kahn auf dem Ladogafluss verschwunden war, hatte er sich schon gedacht, dass das Biest damit geflohen war. Da hatte er sich im Stillen gefreut, denn er wusste, dass sie niemals weiter als bis zur Lotsenstelle kommen konnte – wenn sie nicht schon unterwegs in den Stromschnellen verschwand.

Deshalb hatte er sich eiligst an die Stelle begeben, wo das Flussbett schmaler wurde und die Schiffe auf Rollen gesetzt werden mussten. An der Lotsenstelle gab es ein Wirtshaus, und er wusste, dass sie früher oder später dort vorbeikommen musste. Um sicherzugehen, dass er sie nicht verpasste, hatte er den Meldestab herumgehen lassen. Wenn jemand eine Frau mit langen blonden Haaren und einer Wunde am Knöchel sah, würde er es erfahren. Aber er hatte nicht einmal nach ihr suchen müssen. Der Rus, der von der Frau erzählte, die er im Wald gefunden hatte, hatte alle Zweifel ausgeräumt. Sie musste es sein, seine alte Sklavin. Wie ein Luchs, der seiner Beute auflauert, hatte er das Haus den ganzen Morgen bewacht und einen Moment abgewartet, den sie allein sein würde. Es brauchte nicht viel, sie musste nur ein paar Ellen allein ums Haus herumgehen. Das würde ihm schon genügen, um sie einzufangen. Und alles würde so schnell gehen, dass niemand ahnen würde, wohin sie gegangen war. Aber jetzt musste er nicht einmal vorsichtig sein. Die Hexe war einsam auf dem Weg in den Wald. Dass sie das wagte!

Der Kaufmann richtete seinen Umhang, damit er den Schwertarm frei bewegen konnte, sah sich hastig um und folgte Estrid. Sein Kopf brummte und er schwitzte, bereute, dass er am Vorabend so viel getrunken hatte. Aber dieses Mal hatte er dafür gesorgt, dass er ein Seil dabei hatte. So würde es trotzdem klappen.

Sie erreichten die Bäume, und er verlor seine Sklavin aus dem Blick. Plötzlich fühlte er sich ganz schwindelig und dachte, dass er auf den Nabid am Abend vorher besser verzichtet hätte, aber er tröstete sich damit, dass er schon mit schlimmeren Katern als diesem fertig geworden war. Unschlüssig irrte er herum, bis er sie plötzlich nahe dem Wasser entdeckte.

Sie saß ihm zugewandt da, ihr Haar fiel weich über die Schultern. Sie konnte ihn nicht gesehen haben, denn sie sang, und während liebliche Melodien übers Wasser getragen wurden, kämmte sie ihr Haar mit langsamen Bewegungen. Ihre Stimme war anziehend hell und klar und ihre Brust hob und senkte sich verführerisch, wenn sie Atem holte. Er blieb ergriffen stehen und spürte plötzlich, wie er steif wurde. Es war, als hätte sie ihn in ihrer Macht, und er fühlte, dass er sich nicht mehr im Griff hatte.

Benommen stürzte er auf sie zu, und als er näher kam, lächelte sie einladend. Erkannte sie ihn nicht? Müsste sie nicht ängstlich sein? Wieder überkam ihn der Schwindel. Fast schien sie unwirklich, und für einen kurzen Augenblick zweifelte er. Das war doch die Sklavin, die er in den Wald hatte gehen sehen? Doch, dort saß sie und verwirrt bemerkte er, dass sie von ihrem Felsen aufstand und ihre Hand nach ihm ausstreckte. Obwohl sie ihm die Hand entgegenhielt, zog sie sich doch zugleich zurück. Nur eine Spur, so wenig, dass es ihm nicht sofort auffiel, denn ihr Blick war voller Sehnsucht, dass er nichts anderes mehr wahrnahm.

Nie zuvor hatte er ein so schönes weibliches Geschöpf gesehen, nie zuvor hatte er sich so gefesselt gefühlt.

Ihr Haar war hell, fast weiß, und ihre Haut glänzte wie das Silber des Mondes. Der feuchte, halb geöffnete Mund war ihm zugewandt, und sie hatte ihr Kleid am Ausschnitt geöffnet. Ihre Augen glitzerten und die milchweiße Brust wölbte sich anmutig lockend. Der Kaufmann befeuchtete seine Lippen und fühlte sein Herz in der Brust pochen. Seine Wangen glühten und die Hand, mit der er das Seil hielt, war klebrig vor Schweiß. Es spannte in seinem Schritt, seine Männlichkeit schmerzte und in seiner Hitze wollte er sich auf sie stürzen und sie bezwingen.

»Komm!«, lockte sie und nickte scherzend in Richtung Wald, während sie rückwärts den Pfad hinaufging.

Bald näherten sie sich einer kleinen Lichtung zwischen den Bäumen, und dort begann sie wieder zu singen. Ihr Gesang war leise und ruhig. Ihr Gesicht strahlte Anmut und Wärme aus, und seine Gedanken an Rache verließen ihn. Jetzt würde sie ihm gehören und nichts anderes hatte in seinen Gedanken Platz.

Einen kurzen Moment kam ihm der Gedanke, dass sie ihn nicht so verführen würde, wenn sie ihn wiedererkannt und gewusst hätte, dass er sie jagte – dann hätte sie fliehen müssen. Aber sein Blick fiel wieder auf sie und seine Gedanken verflogen. Nie zuvor hatte er ein schöneres Wesen auf Erden gesehen. Wieder packte ihn die Lust, und er war wie verwandelt.

»Folge mir«, wisperte sie wieder. Seine Augen klebten an ihrem Körper, und er streckte die Hände aus, um sie zu berühren. Er wollte in ihr sein und konnte nicht länger warten. Aber kaum war er so nah, dass er ihren Atem hören konnte, entzog sie sich wieder.

Sie wandten dem Fluss den Rücken und gelangten tiefer und tiefer in den Wald. Willenlos folgte er ihr und wenn er glaubte, sie fassen zu können, glitt sie wieder fort. Schließlich erreichten sie eine ungemähte Wiese.

»Hier«, lockte sie. »Endlich!« Ihr Lachen sang im Wind, und er konnte sie kaum einholen. Je verrückter sie ihn machte, desto schwerer wurde es für ihn, sie zu fassen zu kriegen.

Sie näherte sich mit schelmischer Miene und ihre Augen glänzten wie Hexengold. Jetzt war sie nah genug, jetzt würde er sie packen. Siegessicher setzte er seinen Fuß vor und streckte die Arme aus, um sie zu fangen, wenn sie fiel. Aber da schien es, als wäre die Midgardschlange freigekommen. Erst hörte er ein grässliches Zischen, dann einen schrillen Schrei, der sein Blut gefrieren ließ. Es war so gellend und haarsträubend, dass er erschrocken zurückwich. Und da er den Fuß ausgestreckt hatte, verlor er das Gleichgewicht und stürzte. Bevor er wieder auf die Füße kommen konnte, drehte sich die Frau um, und er erstarrte.

Ihr Rücken war hohl und verrottet wie ein Baumstamm, und zwischen ihren Füßen war ein Fuchsschwanz zu sehen. Er stieß einen entsetzlichen Schrei aus. In seiner Erregung hatte er sich täuschen lassen. Das hier war nicht seine Sklavin, das war ein Waldweib, das ihn in den Wald und ins Verderben gelockt hatte.

Die Dämmerung senkte sich über Birka, und in der Schankstube rollten Lachsalven über die Tische. Es roch nach Bier und Met, die Stimmung war ausgelassen, und der Geräuschpegel stieg. Ein paar Kabbeleien, zwei Auswärtige maßen sich im Armdrücken. Nur am Tisch hinten an der Querwand war es ganz still. Erik Bernsteinhändler stand mit der Metkanne in der Hand da und schnappte nach Luft. Entsetzen stand ihm in den Augen und er starrte Schwarzbart an, als hätte der davon gesprochen, dass Odin selbst den Raum betreten würde.

»Was sagst du da?«, stieß Erik hervor. »Ist das die Wahrheit, der König will sich mit der Sklavin verheiraten?«

Ohne, dass Erik es bemerkte, rann der Met aus der Kanne und tropfte die Tischplatte hinunter.

»Hör mal, du Tölpel, pass auf deine Kanne auf«,

fauchte ein dürrer Kerl mit beißendem Atem. »Meinen Met will ich anständig serviert bekommen.«

Erik murmelte eine Entschuldigung und wischte den Met mit der Handfläche vom Tisch. Schwarzbart wollte ihn vielleicht nur reizen, der Mann konnte spöttisch und launenhaft sein. Vielleicht war es auch nur eine seiner üblichen Geschichten. Einar Schwarzbart war ein Meister der Lüge. Wenn König Björn sich mit Ysja verheiraten wollte, hätte er das doch erzählt?

Erik ging mehr Met holen und stieß auf dem Rückweg abwesend gegen eine Bank.

»Diese Sklavin und König Björn, das glaube ich nicht«, fuhr er fort. »Hast du keine bessere Geschichte zu erzählen?« Ein Freund aus Kindertagen oder nicht, mit den Jahren war es für Erik immer schwerer geworden, den Kameraden zu ertragen. Einar Schwarzbart wusste alles besser und hörte nie auf andere. Am schlimmsten aber war der Mord an Ansgars Nachfolger, das war feige und wahnsinnig gewesen, auch wenn Einar Schwarzbart das Gegenteil behauptete.

»Ich lüge nicht, das ist die Wahrheit«, antwortete Schwarzbart beleidigt. »Einer der Sklaven auf Adelsö hat es mir erzählt.«

Erik setzte sich auf die Bank. Nein, das musste ein Irrtum sein, das durfte einfach nicht wahr sein. Den ganzen Sommer über hatten er und Ysja sich heimlich fortgeschlichen, die Umarmung des anderen genossen und sich so nach dem anderen gesehnt, dass sie schon im Augenblick des Abschieds die Zeit bis zum nächsten Treffen betrauerten.

Nicht nur Erik war wie besessen, es schien, als wären

beide von einer großen Liebe zueinander heimgesucht worden. Das konnte nicht zu Ende sein, er konnte jetzt nicht auf sie verzichten. Niemals. Heimlich König Björns Sklavin zu treffen, war schlimm genug, und wenn der König das herausfand, würden sie dafür büßen. Aber wenn König Björn sie heiratete, konnte kein anderer Ysja mehr nahe kommen. Dann konnten sie mit dem Leben bezahlen, wenn sie sich weiterhin trafen. Was Schwarzbart da erzählte, durfte nicht wahr sein.

»Was fehlt Seiner Majestät, dass er sich mit einer Sklavin zu verheiraten beabsichtigt?«, murmelte Erik und schaute zur Seite.

Schwarzbart kraulte seinen Bart und nahm einen Schluck Met.

»Tja, Ysja muss ihm den Kopf verdreht haben. Besser wäre es, wenn er die Tochter eines Großbauern nähme oder eine Frau aus dem Gårdarik. Seine Sklavinnen kann er trotzdem gebrauchen, wie er will. Nein, ich verstehe es nicht.«

»Er will sie wohl für sich allein haben«, seufzte Erik düster. Abwesend hörte er dem Lachen und Lärmen der Gäste zu. Was war in den König gefahren? Erik hatte gehofft, dass König Björn ihrer überdrüssig werden würde, wie so vieler anderer seiner Sklavinnen. Dann hätte er sie vielleicht übernehmen können. Und jetzt das!

»Wann soll die Hochzeit stattfinden?«, fragte Erik und tat unbeteiligt.

»Vor der Schlachtung und dem Herbstopfer hat man mir gesagt«, antwortete Schwarzbart. »Der König stellt sich ein stattliches Festmahl vor.«

Erik stand auf und nahm ein paar leergetrunkene Hörner vom Tisch. Bis dahin würden mehr als zwei Mondumgänge verstreichen. Noch war Zeit zu handeln. Aber was sollte er tun?

13

König Björn knetete seine Hände vor Vergnügen. Jetzt hatte er dafür gesorgt, dass jeder einzelne Verwalter, Hausknecht, Sklave, jede Sklavin und jede Hausmagd mit den Vorbereitungen für die Hochzeit beschäftigt war. Nie zuvor hatte der Königshof sich so gerüstet wie jetzt. Bei seinen früheren Beilagern hatte es zahlreiche Fässer mit Met und Bier gegeben, und die Tische hatten sich unter den Speisen gebogen, aber diese Hochzeit sollte prächtiger als alle anderen werden. Dieses Mal würde er sich mit einer Sklavin verheiraten, und um all das Gerede zu beenden, sie wäre seiner nicht würdig, würde er das Fest von Neu- bis Vollmond stattfinden lassen, Ysja wie eine Königin kleiden und mit ihr an den Gästen vorbeireiten, wie es sich für einen ordentlichen Brautlauf gehörte, um sie allen zu zeigen.

Für das stattliche Gastmahl hatte er sich bemüht, alle Großbauern von Adelsö, Munsö und Ekerö einzuladen, weit gereiste Männer aus Ed und Skålhamra sowie sämtliche Hofbesitzer aus Birka. Außerdem hatte er die besten Gaukler des Reiches, Jongleure, Seher, Musikanten und Skalden gebeten zu kommen. Eine Weile hatte der König sogar überlegt, farbenprächtige Berserker in Bärenfellröcken auftreten zu lassen. Männer, die mit ihren Schwertern kämpften und mit den Zähnen knirschten, dass ihnen der Schaum vor dem Mund stand, aber als er näher über die Sache nachdachte, sah er ein, dass das Risiko doch zu groß war. Was passierte, wenn die Hünen anfingen, in ihre Schilde zu beißen und die Gäste anzugreifen? Das konnte böse enden. Nein, da war es besser, sich an den Bärenbändiger zu halten und den Bären allerhand Kunststückchen vorführen zu lassen. Vielleicht konnte der König sogar selbst ein kleines Liedchen vortragen.

Schließlich hatte König Björn sich eingehend im Spiegel betrachtet und überlegt, wie er jünger und schöner aussehen konnte. Nach langem Zögern hatte er sich für die rote Farbe entschieden, die zum Färben seines neuen Umhangs benutzt worden war. Nachdem er die Tür sorgfältig hinter sich geschlossen hatte, tauchte Seine Majestät vorsichtig ein paar Haarsträhnen in die Flüssigkeit. Er wurde mutiger und färbte sich seinen ganzen Schopf. Zwar hatte er keine richtige Mähne mehr auf dem Kopf, aber das, was er noch hatte, leuchtete nun flammend rot. Er selbst fand, dass er mit dieser Haarfarbe sehr stattlich und kühn aussah. Die Wachen hingegen fragten sich, was wohl mit ihm geschehen war, und als sie ihn aus der Nähe sahen, gingen ihre Gedanken in Richtung Karotten. Aber niemand wagte etwas zu sagen und ihm die Laune zu verderben, so dass der König seine neue Haarfarbe bis zum Hochzeitstag behielt. Aus der Ferne sah es nun aus, als trüge Seine Majestät einen großen Feuerball auf dem Kopf, und manch einer wurde unruhig und erkannte ein Omen darin.

Das Boot glitt langsam über den Fluss. Das Wasser hatte eine starke Strömung, und es galt, mit den Ruderblättern dagegenzuhalten. Plötzlich rutschte Ragnar ab, und

Wasser spritzte über die Reling. Estrid wachte auf und fuhr sich verschlafen mit der Hand übers Gesicht. Sie war ganz nass. Verwirrt setzte sie sich auf.

»Entschuldige!«, sagte Ragnar Weitfahrer und grinste fröhlich. »Wir rudern ans Ufer, dann kannst du deine Kleider trocknen. Weißt du, dass du den ganzen Morgen geschlafen hast?«

»Habe ich?«

»Ja, du scheinst gestern deine ganze Kraft verbraucht zu haben. Es strengt wohl an, einen Kaufmann in den Wald zu locken.«

Estrid begann zu kichern und erinnerte sich an die Irrfahrt des Kaufmanns im Wald.

»Dass du dich getraut hast, so dreist zu sein! Er hätte dich töten können.«

»Ach was, mich doch nicht, aber denk nur, wie er sich hat täuschen lassen.«

»Eben! Aber wenn nicht, stell dir vor …«

»Ja, aber du warst nicht weit …«

»Wenn etwas geschehen wäre, hätte ich dir geholfen, aber trotzdem. Es hätte zu spät sein können.«

Das Boot glitt ans Ufer hinter eine Sandbank, wo sie Windschatten fanden.

»So, jetzt können wir eine Rast machen.«

»Warst du besorgt?«, fragte Estrid.

»Besorgt? Ich hatte Todesangst!« Er setzte sich auf die Ducht ihr gegenüber.

»Ich frage mich, ob dieser Kaufmann noch immer im Wald umherirrt«, fuhr Estrid mit funkelnden Augen fort.

»Das tut er sicher, so wie du ihn in die Irre geführt hast.« Ragnar musste lächeln. »Aber ich bin die ganze

Nacht gerudert, jetzt dürfte uns keiner mehr finden. Das ist ein gutes Boot, was wir da bekommen haben.«

Estrid ließ ihren Blick über das Flussufer schweifen. Rundherum wuchsen Büsche und Gräser, sie mussten weit gekommen sein.

»Ich dachte, wenn der Kaufmann uns Späher hinterherschickt, wäre es gut, einen ordentlichen Vorsprung zu haben«, fuhr er fort.

»Ja, wenn er jemals zurückgefunden hat«, sagte Estrid und kicherte wieder. »Du hättest ihn sehen sollen! Als er das Waldweib erblickte, floh er, als wäre ein Wolf hinter ihm her.«

»Dabei warst du das, und das war nicht minder gefährlich.«

Ragnar und Estrid tauschten warme Blicke und mussten lachen. Dann stand Ragnar auf und gab Estrid einen leichten Kuss auf die Wange. Ohne nachzudenken, griff sie nach seiner Hand und legte sie auf ihre Wange.

»Danke«, murmelte sie. »Du warst es, der mir Mut gegeben hat.«

Er streichelte ihre Wange, zärtlich und nachdenklich. Sie hätte seine Hand fortstoßen können, aber sie ließ ihn gewähren, und als er sich vorbeugte, kam ihr Mund seinem entgegen. Er küsste sie vorsichtig, fast als schmecke er sie, und sie war weich und warm in seiner Umarmung.

»Oh, Estrid«, murmelte er und sein Verlangen wuchs. Behutsam streichelte er sie am Hals und an den Schultern und ließ seine Hände in ihren Ausschnitt gleiten. Er umschloss ihre Brust und dachte, dass sie ihn aufhalten würde, aber sie legte ihren Kopf in den Nacken und ließ es geschehen. Er wurde mutiger, hob ihre Tunika und wagte sich weiter hinunter. Sie küsste ihn und streichelte sanft seinen Nacken. Estrid begegnete ihren Gefühlen mit Freude. Trotz allem, was sie durchlitten hatte, hatte offenbar kein Übel ihren Körper verwelken lassen können. Ragnar hatte sie dazu gebracht zu begehren und zu genießen, obwohl sie geglaubt hatte, dass dies nie wieder geschehen könnte. Und sie gab diesem Mann nach, den sie gerade erst getroffen hatte, und erwiderte seine Küsse, als hätte sie es schon immer getan und als wollte sie nie mehr damit aufhören.

Sie sanken in ihrem Boot nieder, sie öffnete sich ihm und wünschte nichts anderes, als seinen Körper auf ihrem zu spüren. Sie entfloh in diese Nähe und wollte noch einmal an das Gute glauben. Ragnar fühlte das und vergaß alles andere. In diesem Moment gab es nur sie und ihn. Wohin auch immer sie unterwegs war, er würde sie nie wieder loslassen. Er drang in sie ein und war glücklich.

Heftig atmend sanken sie aufeinander zu, kamen zur Ruhe und wurden still.

Lange blieben sie so in ihrer Umarmung liegen, während die Woge der Verzückung langsam verklang.

»Was ist geschehen?«, sagte sie verwundert.

»Das fragst du mich?«

»Es gibt keinen anderen hier zum Fragen«, sagte sie mit einem leisen Lachen, und er küsste sie.

»Das ist Schicksal, ich meine, dass es so mit uns gehen soll. Ich habe es schon geahnt, als ich dich zum ersten Mal unten am Strand gesehen habe«, sagte er benommen.

»Ich habe wohl auch gewusst, dass es so enden könnte, aber zu Anfang wagte ich nicht, dem nachzugeben. Du siehst ja ... Du gefällst mir.«

Er stützte sich auf die Ellenbogen und sah sie belustigt an.

»Und du gefällst mir.«

Wieder umarmten sie einander und küssten sich, als wäre dies ihre letzte Begegnung und als wüssten sie nicht, ob sie sich je wiedersehen würden. Schließlich nahm Estrid Ragnars Gesicht in ihre Hände und flüsterte zärtlich:

»Liebster, waren wir nicht auf dem Weg nach Holmgård?«

»Doch, das hier ist nur eine Ruhepause.«

»Das hier nennst du Ruhe?«

»Ein Nickerchen vielleicht?«

Sie sahen einander an und kicherten wie Kinder. Schließlich half er ihr auf, und sie ordneten ihre Kleider.

»Holmgård, dann machen wir uns wohl auf den Weg dorthin.«

Er setzte sich auf die Ducht, tauchte die Ruder ins Wasser und zog kräftig durch. Nichts geschah.

»Du«, sagte Estrid mit einem belustigten Glitzern in den Augen. »Meinst du nicht, wir sollten das Boot erst hinausschieben?«

Er sah sie an und lachte. Sie begann zu hoffen, dass dieser Mann sie nicht enttäuschen würde.

Ysja ließ ihre Hände sinken und konnte die Tränen nicht länger zurückhalten. Alles schien nach ihren Wünschen zu gehen, und zum ersten Mal in ihrem Leben war sie glücklich gewesen, aber dann war etwas geschehen, das alles verändert hatte. König Björn hatte entschieden, sich mit ihr zu verheiraten.

Erst hatte sie geglaubt, er würde sich einen Spaß mit ihr erlauben, aber dann hatte sie zu ihrem Entsetzen begriffen, dass es ihm ernst war. Seine letzte Frau war im Wochenbett gestorben, und unter den Töchtern der Großbauern wollte er sich keine Frau suchen, nicht nach dem Überfall auf den Königshof. Stattdessen hatte er sie erwählt. Eine Hochzeit mit dem König war sicher das, von dem viele Sklavinnen träumten; Reichtum, Pracht und Speis und Trank im Überfluss. Aber Ysja hatte etwas anderes erlebt, etwas, das viel mehr bedeutete: Liebe. Was sie mit Erik erlebte, war ihr noch nie zuvor widerfahren, ein Glück, an dessen Existenz sie nicht geglaubt hatte, ein Gefühl, größer als alles andere. Sie war wie besessen. Ihre Annäherung, die zu Beginn nichts anderes war, als die Absicht, ihn zu täuschen, hatte sich in etwas verwandelt, das sie nicht hatte vorhersehen können.

Den ganzen Sommer hatte sie nur für ihre gemeinsamen Stunden gelebt und sie hatte ihn jeden Augenblick vermisst, in dem sie nicht beieinander waren. Alles um sie herum erinnerte Ysja an ihn und ihre Gedanken waren immer bei ihm. Er war gut und liebevoll, und in ihrer Umarmung meinte sie zu fühlen, dass sie ihm ernsthaft etwas bedeutete. Sie war sicher, dass auch er sich in sie verliebt hatte, und sie sah ihre gemeinsame Zukunft vor sich.

Seine Frau war nicht zurückgekehrt, und Ysja hatte begonnen zu glauben, dass Erik sie zur Frau nehmen würde. Es würde nur sie und ihn geben, und zum ersten Mal in ihrem Leben würde sie richtig glücklich sein dürfen.

Nach all dem Schlechten, was ihr widerfahren war, würde sie endlich mit einem Mann zusammenleben, den sie liebte. Und niemand konnte ihr Toste fortnehmen, sie würden gemeinsam für ihn sorgen. So wäre es sicher gekommen, wenn König Björn nicht gewesen wäre!

Von dem Moment an, in dem sie seine Frau wurde, konnte sie Erik nicht mehr treffen. Und was würde aus Toste werden? Bei Missernten konnte ein König seinen eigenen Sohn opfern, so etwas war schon vorgekommen. Und wenn der Alte starb, würde sie vielleicht gezwungen, ihm ins Grab zu folgen. Als Ysja all das begriff, ging sie auf den Hofplatz und schrie ihre Verzweiflung hinaus. Sie fühlte sich, als müsse sie sterben und als würde ihre Freude für immer begraben. Das unvergleichliche Glück und die Begeisterung, die sie mit Erik geteilt hatte, sie würde sie nie mehr erleben.

In den Nächten lag sie wach, ihr Kopf schmerzte und ihr Gesicht war verschwollen von den Tränen. Die Traurigkeit drückte sie zu Boden, und langsam begann sie sich zu verändern. Der Kummer schuf eine neue Kraft, eine Kraft, die böse und gefährlich war. Ihr Wesen verdüsterte sich, ihre Lippen wurden schmal und ihre Augen verengten sich. Sie wurde bitter, antwortete kaum auf Ansprache und mied jeden, der ihr nahe kam. Nein, die Hochzeit durfte nicht stattfinden, sie musste es verhindern. Wie etwas Unausweichliches setzte sich der Gedanke in ihrem Kopf fest. Das Glück, von dem sie gekostet hatte, das sie für ihre Zukunft geahnt hatte, wollte sie um keinen Preis verlieren. Nichts würde sie jetzt aufhalten.

Als ihr die Idee das erste Mal kam, verwarf sie sie.

Aber sie keimte weiter in ihr, und je eifriger die Reden des Königs über die Hochzeit und ihr gemeinsames Leben wurden, umso sicherer wurde sie. Niemals würde sie seine Frau werden, und sie selbst musste dafür sorgen, dass die Hochzeit nicht stattfand.

Einige Wochen später, als der Entschluss in ihr gereift war, schlich sie sich in den königlichen Stall, nachdem die anderen Sklaven zur Ruhe gegangen waren. In der Hand hielt sie eine Schnalle mit einer Nadel, die so fest wie eine Ringfibel und deren Spitze scharf wie ein Schwert war. Lange hatte sie sie heimlich geschärft, jetzt war sie endlich fertig. Sie gab den Pferden Wasser und Futter und verbarg die Schnalle im Sattel des Königs. Niemand würde beim Satteln des Pferdes etwas merken, denn die Schnalle war im Leder unter dem Holz festgenäht. Aber sobald der König aufsaß und sein Gewicht den Sattel hinunterdrückte, würde die Nadel sich in den Rücken des Pferdes bohren. Das Pferd würde scheuen, und je verzweifelter der König versuchen würde, sich im Sattel zu halten, desto tiefer würde die Nadel eindringen. Seine Majestät war in die Jahre gekommen, und viel mehr würde nicht nötig sein … Rache leuchtete aus ihren Augen. Ysja hegte keine Gewissensbisse. Lange Zeit hatte der König sie zu seinem eigenen Vergnügen benutzt, jetzt ertrug sie ihn nicht länger. Nichts durfte sie daran hindern, Erik zu gewinnen, nichts. Der König oder Estrid, ganz gleich, wer sich ihr in den Weg stellte. Erik gehörte ihr. Ysja ging so leise wie sie gekommen war aus dem Stall. Der Mond nahm ab und dunkle Wolken bedeckten den Himmel.

Das Wasser des Flusses war kalt, aber die Strömung war nicht besonders stark, und mit jedem Ruderschlag kamen sie Holmgård näher. Von Zeit zu Zeit half Estrid zu rudern, bisweilen ruhte sie sich auf der Achterducht aus. Sie betrachtete Ragnar und lächelte ihn zärtlich an. Er würde sie niemals so enttäuschen wie Orfrim. Nein, der Mann, der sie aus dem Fluss gerettet hatte, war warmherzig und offen, ja, ehrlich, und er hatte keine Scheu vor Worten und Versprechen. Estrid musterte sein Gesicht und seine Muskeln, die unter seiner Tunika arbeiteten. Mit einem Mal verspürte sie Liebe und Freude. Dass sie einem wie ihm begegnet war, wie war das möglich?

Die Sonne stand hoch am Himmel, und sie mussten schon seit langem unterwegs sein. Ragnar hatte das Rudern übernommen, denn er fand, dass sie sich ausruhen sollte. Natürlich war sie müde, aber sie hatte keine Lust, von ihm entfernt zu schlafen. Sie wollte auf der Achterducht sitzen, ihn ansehen und seine Nähe genießen. Wie veränderlich doch alles war. Noch vor wenigen Monden hatte sie die Hoffnungslosigkeit wie ein Alptraum bedrückt. Danach verfolgten sie Entsetzen und Angst. Dass sie Orfrim nicht früher verlassen hatte! Dass sie so lange bei ihm und seiner Familie geblieben war! Vielleicht wäre sie immer noch da, wenn das alte, graue Holzhaus nicht gewesen wäre. Der Speicher.

Estrid lehnte sich zurück und schloss die Augen. Sie war wieder in Aldeigjuborg. Zwei Mondumgänge waren vergangen, seit Orfrim sie geschlagen und sie die furchtbare Blutung bekommen hatte, bei der sie ihr Kind verlor.

In der ganzen Zeit hatte sie sich in einer dunklen Leere befunden, teilnahmslos und kraftlos. Es war so weit gekommen, dass Orfrim nicht einmal mehr so tat, als würden sie ins Viertel der Rus ziehen, sondern behauptete, dass sie bleiben mussten, wo sie waren. Manchmal war er der zärtliche, fürsorgliche Mann, den sie in Birka kennen gelernt hatte, doch dann verdunkelte sich sein Wesen ohne Vorwarnung, er wurde unzugänglich und machte ihr Angst. Es schien ihr das Klügste, ihm alles recht zu machen und zu tun, was er verlangte, denn wenn sie Wünsche äußerte, war die Luft zwischen ihnen wie vergiftet, und die Tage wurden unerträglich. Auch Olga war ihr keine Hilfe – im Gegenteil –, in ihrer Verlassenheit musste sie auch noch die Kälte und Verachtung dieser Frau ertragen. Um ihres Überlebens willen wurde Estrid zum Schweigen gezwungen, zu einem inneren Kräftesammeln vor dem Aufbruch, von dem sie wusste, dass er kommen musste. Sie wartete nur auf den Tag, an dem sie Aldeigjuborg verlassen und zurück nach Birka reisen konnte. Aber sie wagte nicht, ihre Gedanken jemandem anzuvertrauen, und wenn sie zum Fluss hinunterging und nach einer Fahrt westwärts fragte, war sie sehr vorsichtig.

Eines Tages, als sie hörte, dass eine Gruppe Kaufleute den Dnjepr flussaufwärts unterwegs war, lebte sie auf. Diese Schiffe konnten auf dem Weg nach Haithabu oder Birka sein. Die Hoffnung machte sie fröhlicher, und ihr wurde leichter ums Herz. Das Leben mit der Familie in dem grauen, schäbigen Haus an der Hauptstraße war nicht für immer, es gab einen Ausweg. Orfrim bemerkte ihre Verwandlung, sie gefiel ihm, und er wollte wieder bei ihr sein. Aufgeräumt nahm er Estrid mit auf den Besitz seiner Eltern im Osten der Stadt und führte sie herum. Hier besaßen sie Wiesen, Vieh, Weideland und einige Vorratsspeicher. Durch die Ländereien floss ein Bach.

Von dem langen Spaziergang in der Sonne wurde es Estrid warm und sie ging an den Bach hinunter, um sich abzukühlen. Sie hatte ihr Kleid und die Lederschuhe abgelegt, als sie plötzlich seine Arme um ihren Körper fühlte. Wortlos zog er sie ins Gras. Sie sträubte sich erst, aber dann ließ sie es geschehen, denn sie dachte, es würde ihn milde stimmen. Aber ihre Kleider gerieten in Unordnung und sie wurde nass und lehmig.

»Musstest du mich geradewegs ins Gras ziehen, hätten wir nicht in den Speicher dort drüben gehen können?«, klagte sie und deutete auf ein Holzhaus, ein Stückchen entfernt.

Orfrim versteinerte, und sein Blick verdunkelte sich. Estrid begriff sofort, dass sie etwas gesagt hatte, das sie besser für sich behalten hätte.

»Das ist der Speicher meines Vaters. Er ist verriegelt, vergiss ihn«, entgegnete er unwirsch. Dann zog er sie hastig fort. Aber der Speicher im Wald beschäftigte sie. Warum war Orfrim nicht bereit gewesen, mit ihr dorthin zu gehen? Sie begann darüber nachzudenken, ob dort etwas Wertvolles aufbewahrt wurde, vielleicht etwas, das ihr für die Abreise von Nutzen sein konnte? Die Erntezeit war nah, und bald wurden die ersten Schiffe im Reich der Svear erwartet. Doch sie besaß weder Silber noch Geld. Und welcher Schiffer würde sie an

Bord nehmen, wenn sie nicht bezahlen konnte? Aber wenn in dem Speicher Pelze lagen oder etwas anderes, das sie gebrauchen konnte? Vielleicht konnte sie dort auch heimlich ihre Sachen lagern, bevor sie sich zu den Booten fortschlich. Denn Orfrim durfte von ihren Plänen nichts ahnen. Wenn er herausfand, dass sie nach Hause zurückkehren wollte, würde er alles tun, um sie aufzuhalten.

Als Estrid ihn am Abend nach dem Speicher fragte, wich Orfrim ihrem Blick aus und begann von etwas anderem zu sprechen. Das genügte. Hätte er einfach geantwortet, dass dort altes Saatgut lagerte oder sein Vater den Speicher einer anderen Familie vermietet hatte, hätte sie sich vermutlich damit zufrieden gegeben. Aber das Gefühl, dass er etwas verheimlichte, machte sie neugierig. Sie beschloss, baldmöglichst dorthin zurückzukehren.

Dann kam der Tag des Marktes, an dem Orfrim und Brynolf vom Morgengrauen bis zum Abend dem Handel nachgingen, das Haus wurde leer zurückgelassen. Dieses Mal lehnte Estrid es ab, zu den Buden mitzukommen. Sie fühle sich unpässlich und müsse sich ausruhen, meinte sie.

Als alle gegangen waren, schlich sie sich vorsichtig aus dem Haus. Nicht heute, aber bald reise ich, dachte sie. Wenn ich nur einen Schiffsplatz finde. Zuversichtlich beschleunigte sie ihren Schritt und zog ihren Schleier fester um sich, so dass nur noch die Augen zu sehen waren. Niemand durfte sie erkennen.

Hastig ging sie durch den Wald und sah sich immer

wieder um, um sicher zu sein, dass niemand ihr folgte. Es war nicht schwer, den Pfad zu finden, und als die Sonne am höchsten stand, erreichte sie den Speicher. Es duftete nach Blumen und Sommer. Ein leichter Wind strich durch das Gras, sonst war es still. Estrid wollte zwischen den Holzbalken hindurchspähen, aber sie hielt verblüfft inne. Der Speicher hatte keine einfachen Wände, sondern war aus kräftigen Balken gebaut, die von der Innenseite mit Brettern verkleidet waren, und nirgends waren Ritzen oder Astlöcher in den Wänden zu finden, durch die sie hätte hineinschauen können. Auch die Tür war sorgfältig abgedichtet. Wer machte sich solche Mühe mit einer Tür für einen einfachen Vorratsspeicher? Dieses Gebäude war nicht für Flachs, Saatgut oder die Mahd vorgesehen, darin befand sich etwas, das niemand sehen durfte.

Prüfend griff sie nach der Türklinke, aber sie war wie erwartet verriegelt. Doch Estrid gab noch nicht auf. Als sie um das Haus gegangen war, hatte sie frische Spuren auf dem Boden entdeckt. Das Moos auf den Steinen war abgetreten, Wurzeln abgeschabt und Zweige gebrochen. Jemand war hier gewesen. Entschlossen klopfte sie an die Tür. Kein Laut war zu hören. Sie versuchte es wieder und legte ihr Ohr an das Holz und lauschte. Erst war es still, dann hörte sie ein leises Wimmern. Estrid holte tief Luft, ihr schwante nichts Gutes und sie wich ein paar Schritte zurück. Das war nicht das Winseln eines Tieres, das Jammern kam von einem Menschen. Jemand wurde hier gefangen gehalten. Estrid suchte nach einer Möglichkeit, in den Speicher zu gelangen. Ihr Messer war ihr dabei eine große Hilfe. An einer Stelle standen zwei faulige Balken nebeneinander, und sie bohrte vorsichtig ein Loch. Bevor sie weitere Schritte unternahm, wollte sie sehen, was dort drinnen war.

Die Sonne wärmte ihren Rücken, sie hätte den Tag genießen und sich dem Frieden und der Stille hingeben können. Und doch forderte sie ihr Schicksal heraus. Estrid zögerte einen Moment, dann beugte sie sich vor und blickte durch das Loch.

Es dauerte eine Weile, bis sich ihre Augen an die Dunkelheit gewöhnt hatten, aber dann sah sie sie. Auf einem Strohballen saß eine abgemagerte Frau. Ihr Haar war dunkel und verfilzt, ihre Haut blass und ihre Kleider zerschlissen. Sie wiegte ihren Körper vor und zurück, während ihr Kopf unruhig zuckte. Ihr Blick wurde von dem Lichtstrahl gefangen, der durch das Loch in der Wand fiel, aber noch schien sie die Fremde draußen nicht entdeckt zu haben.

Estrid konnte ihren Augen nicht trauen. Die arme Frau war hier gefangen. Aber warum? War sie eine Sklavin, die verkauft werden sollte, oder jemand, der von anderen fern gehalten werden musste? Estrid musste sich sammeln, ehe sie aufs Neue durch das Loch blickte. Jetzt war die Gefangene aufgestanden und zu der Wand gegangen. Und Estrid verstand das einzige Wort, das sie sagte:

»Essen!«

Noch hatte Estrid nichts von dem gegessen, was sie mitgenommen hatte, aber wenn sie ihr Essen der Frau überließ, würde bald herauskommen, dass jemand hier gewesen war. Und was Estrid gesehen hatte, war nicht für die Augen anderer bestimmt. Sie bereute ihren Einfall, den Speicher zu untersuchen. Aber sie konnte die Eingesperrte nicht einfach zurücklassen. Die Frau brauchte Hilfe. Entschlossen vergrößerte Estrid die Öffnung im Holz. Ohne zu verraten, wer sie war, stopfte sie ihre Wegzehrung hindurch und deckte das Loch sorgfältig ab.

Am folgenden Tag, als Orfrim und seine Familie zum Markt zurückgekehrt waren, schlich Estrid sich wieder zu dem Speicher. Als sie sicher war, dass sich niemand in der Nähe befand, nahm sie die Holzstücke von der Öffnung und sah hinein. Langsam gewöhnten sich ihre Augen an die Dunkelheit. Jetzt erkannte sie, dass die Magere eine junge, groß gewachsene Frau war, die einmal sehr schön gewesen sein musste. Ihr Gesicht war blass, die Wangenknochen hoch und ihr Mund schmal. Die Augen unter den schwarzen Brauen glühten wie Kohle.

Estrid dachte, dass dies keine in Sklaverei geborene Frau sein konnte, denn dazu waren ihre Haut zu weiß und ihre Hände zu schmal, aber wer war sie dann? Es war unklug zu fragen, doch sie konnte sich nicht beherrschen.

»Wer bist du?«, fragte sie stockend in der Sprache des Landes und hoffte, dass die Frau sie verstand. Die Unbekannte trat an die Öffnung.

»Elena«, flüsterte sie. »Rette mich, bring mich von hier fort!«

»Aber …«, stammelte Estrid.

»Ich werde hier gefangen gehalten, weil ich meine Sippe und meine Familie entehrt habe. Aber für das, was geschehen ist, konnte ich nichts. Sei barmherzig, nimm mich mit!«

Die Frau sprach langsam, und Estrid verstand mit Mühe, was die Fremde sagte.

»Wer tut dir so etwas an?«, flüsterte sie durch das Loch in der Wand. Die Frau antwortete nicht, Tränen erstickten ihre Stimme. Dann holte sie tief Luft und versuchte zu erzählen.

»Mein Mann«, schluchzte sie. »Er war es! Aber Boris und Nikita ... Was ist mit meinen Kindern geschehen?«

Bei den Worten duckte Estrid sich, als hätte sie jemand geschlagen. Boris und Nikita? Eine schreckliche Ahnung beschlich sie. Sie verstand nicht richtig, aber ihr dämmerte die Wahrheit – eine Wahrheit, die sie nicht kennen wollte. Aber sie musste weiterfragen.

»Wer hält dich gefangen?«

»Orfrim, mein Mann. Er hat mich eingesperrt, ehe er nach Birka aufbrach. Erst wurde ich auf dem Boden in seinem Haus festgehalten, und als er zurückkam, ließ er mich hierher bringen.«

Hatte er seine Frau auf den Dachboden gesperrt? Dorthin, wo sie selbst wohnte? Estrid fröstelte. Nein, sie musste sich verhört haben, das war ein Irrtum. Aber die Namen flimmerten vor ihren Augen. Elena war der Name von Orfrims erster Frau, ihre Kinder hießen Boris und Nikita. Das konnte kein Zufall sein. Jetzt wurde ihr klar, warum Orfrim nie über Elena sprechen wollte. Estrid sank auf die Knie und zitterte am ganzen Körper.

»Er hat mich mit einem anderen Mann gesehen«, fuhr Elena fort. »Aber ich hatte keine Schuld. Einer seiner Freunde hat mir Gewalt angetan, als ich allein war. Orfrim behauptete, dass ich Schande über ihn gebracht und dass er seine Ehre verloren hätte. Ich versuchte, ihm alles zu erklären, aber er glaubte mir nicht. Dann sperrte er mich ein. Manchmal bekomme ich nicht einmal Essen.«

Die Frau sagte die Wahrheit, daran gab es keinen Zweifel. Hatte Orfrim nicht auch ihr gedroht und sie sogar geschlagen? Orfrim schien ein Mann mit zwei Gesichtern zu sein, und jetzt hatte sie verstanden, dass er sogar gefährlich sein konnte. Estrid erschauerte und begriff, dass sie selbst in großer Gefahr schwebte.

»Deinen Kindern geht es gut«, flüsterte sie in den Speicher. »Halte aus!« Dann verschloss sie das Loch und verschwand eilig.

Am nächsten Morgen saß sie wie gewöhnlich auf der Bank und aß ihr Frühstück. Niemand merkte, dass sie sich heimlich Fleisch und Brot einsteckte. Mit keiner Miene verriet sie, dass sie an diesem Morgen fortgehen wollte von Orfrim und seiner Familie, um nie wieder zurückzukehren. Als Orfrim das Haus verließ, betrachtete sie ihn nachdenklich. Es war das letzte Mal, dass sie ihn sehen würde. Dieser Mann, der sie so geblendet hatte, den sie mit all ihren Sinnen angebetet und geliebt hatte, war nun nicht mehr schön und stattlich. Sie fühlte nur noch Abscheu ihm gegenüber.

Am Abend hatte sie eine von Orfrims Truhen aufgebrochen und sich mit Eichhörnchenfellen und Dirhams für die Reise versorgt. Der Moment war gekommen.

Sie hatte von einer Gruppe Svear gehört, die aus Miklagård zurückkehrten und auf dem Weg nach Westen waren. Orfrims Silber würde sicher für die Überfahrt reichen. Estrid sah sich ein letztes Mal im Haus um und fühlte keine Reue. Nun konnte sie endlich alle verlassen. Sie hatte alles vorbereitet, nur eine Sache blieb ihr noch zu tun. Ruhig wartete sie, bis sie allein im Haus war. Dann nahm sie Orfrims Axt und schlich hinaus. Estrid schlang das Tuch eng um ihren Kopf und eilte hastig in den Wald.

Als sie den Speicher erreichte, nahm sie das Holzstück von dem Loch und rief nach Elena. So angespannt war sie, dass sie nicht bemerkte, dass das Holz nicht mehr so lag, wie sie es am Tag zuvor zurückgelassen hatte.

Auch dass die Luke in der Tür verschoben war, sah sie nicht. Vielleicht hätte sie all das erkannt, wenn sie mit ihren Gedanken nicht schon weit weg gewesen wäre und die Zeit nicht gedrängt hätte. Elena sollte nur die Axt bekommen. Mit der würde sie sich aus dem Speicher befreien können, während Estrid selbst auf dem Fluss in Sicherheit war.

»Hier!«, flüsterte Estrid und kniete sich vor die Öffnung. Sie erhielt keine Antwort, schob dennoch die Axt in den Speicher. Im nächsten Augenblick fühlte sie eine schwere Hand auf ihrer Schulter und hörte eine Stimme, die ihr bekannt vorkam. Als sie sich umdrehte, blickte sie in Brynolfs steinernes, ausdrucksloses Gesicht.

»Hätte ich mir denken können, dass du das warst«, sagte er grimmig und bog ihr die Arme auf den Rücken. Dann wandte er sich einem zweiten Mann zu. »Orfrim, hier hast du sie!«

14

Niemals würde Estrid seinen Blick vergessen. Die dunklen Augen triumphierten in einer Mischung aus Hohn, Freude und Verachtung. Es war ihm gelungen, ihre Pläne zu durchkreuzen, sie gehörte ihm, und er konnte mit ihr tun, was er wollte. Sie war ihm gefährlich geworden, denn sie hatte das gesehen, was er geheim gehalten hatte. Mit eisiger Klarheit erkannte sie, was sie erwartete. Er würde ihr schaden, vielleicht würde er sie töten. Orfrim zitterte und tobte, diesen Verrat konnte er nicht dulden. Er begann, blind auf Estrid einzuschlagen.

»Du Heuchlerin, du Heidenhündin! Du wolltest mich verlassen!« Estrid zuckte zusammen und hielt sich schützend die Hände vors Gesicht. Brynolf sprang dazwischen.

»Orfrim, sie wollte nur helfen. Verurteile sie nicht zu hart.«

»Nein, sie soll sterben. Ich werde sie im Fluss ertränken.«

»Besinne dich, Orfrim, einst hast du Estrid angebetet. Du kannst sie nicht töten, sie hat dir nichts Böses getan.«

»Hat sie nicht? Sie hat mich entehrt. Sie soll mir aus den Augen.«

Estrid hörte die Worte, aber sie verstand sie nicht. Sollte das Orfrim sein, der Mann, den sie so geliebt hatte, dass sie ihr eigenes Kind zurückgelassen hatte? Das durfte nicht wahr sein. Wie hatte sie sich so täuschen können.

»Verkauf sie doch, aber töte sie nicht!«, versuchte Brynolf.

»Niemals. Sie soll sterben.«

»Orfrim, du hast die Wahl. Entweder wir verkaufen sie oder ich werde nie wieder mit dir Handel treiben. Estrid ist eine gute Sveafrau, du kannst dich nicht so an ihr vergreifen. Verkauf sie beide, Elena auch.«

Orfrim schwieg.

Während die Männer sich stritten, hielt Estrid nach einem Fluchtweg Ausschau. Sie musste fort von diesen Männern, die über ihr Schicksal bestimmen wollten. Als Brynolf seinen Griff um ihre Arme erneuern wollte, biss sie ihn in die Seite und riss sich los. Ihr Umhang glitt zu Boden, und sie hörte, wie der Stoff riss, aber sie kam frei und rannte los. Noch nie war sie so schnell gelaufen. Ihr Kleid flatterte bei jedem Schritt, und Zweige und Äste zerschrammten ihre Schenkel. Sie war flink, aber die Männer verfolgten sie, und sie wollte den Weg über den Bach abkürzen.

Gerade, als sie springen wollte, stolperte sie und fiel, und ihre Verfolger drückten sie zu Boden.

Orfrim musterte die Frau, die er so geliebt hatte. Er hätte es besser wissen müssen, als zu glauben, mit einer wie ihr leben zu können. Eine Frau aus einem Volk mit Vielgötterei verdiente nicht zu leben. Wie hatte er sich so täuschen lassen können? Er sah in ihr verschmutztes, angstvolles Gesicht und spürte nur Verachtung.

»Nun, wie willst du es halten, Orfrim? Ich habe schon

früher versucht, dich zu überzeugen. Der Sklavenhandel kann dich reich machen, und der Markt dauert noch ein paar Tage. Jetzt würdest du beide loswerden können, Estrid und Elena.«

»Eine treulose Frau wie sie verdient das Leben nicht. Aber du hast Recht, Silber ist besser als nichts. Wir verkaufen sie!«

Estrid traute ihren Ohren kaum. Bevor sie Orfrim ostwärts gefolgt war, hatten ihr alle Unglück verheißen, und vielleicht hätte sie eingesehen, dass es nicht gut gehen würde, aber niemals, niemals hätte sie sich das vorstellen können. Zorn flammte in ihr auf, sie hob den Kopf und spuckte ihm ins Gesicht.

Estrid blickte über den Fluss und wandte sich an Ragnar. Jetzt hatte sie alles erzählt. Als sie mit geschlossenen Augen auf der Achterducht saß, hatte sie zu weinen angefangen, und Ragnar wollte sie trösten. Schließlich hatte sie sich entschieden zu berichten, was geschehen war, obwohl sie eigentlich warten wollte, bis sie Holmgård erreicht hatten. Aber sie hatte Vertrauen zu ihm gefasst und glaubte nicht länger, dass er ihr Böses wollte. Misstrauisch zu sein war eine schlechte und zerstörerische Kraft. Man musste auch hoffen und an das Gute glauben können. Und dafür hatte sie sich entschieden.

»Das ist es also, was du durchgemacht hast«, sagte Ragnar bestürzt. »Dass es solche Menschen gibt, ich verstehe das nicht.«

»Nein, blind und einfältig war ich, dass ich in diesem Sumpf gelandet bin«, erwiderte Estrid und sah ihn erschöpft an. »Dann werfe ich mich stattdessen sofort in deine Arme.« Sie lächelte zaghaft. »Aber ich glaube an dich, du darfst mich jetzt nicht verlassen. Einen Verrat ertrage ich vielleicht, aber mehr verkrafte ich nicht.« Ragnar legte die Ruder ins Boot, setzte sich neben Estrid auf die Achterducht und küsste sie.

»Ich liebe dich, weißt du das?«

Der König war so beschäftigt, dass er keine Zeit hatte, Ysja oder eine andere seiner Sklavinnen zu sehen. Die Einladung zu dem großen Festmahl war mit dem Meldestab auf allen Höfen herumgegangen, und die Vorbereitungen auf dem Königshof waren in vollem Gange. Erfreut schlenderte König Björn über seine Ländereien und mischte sich in alles ein. Hopfen sollte gepflückt und Bier gebraut werden, Butter musste gestoßen, Käse zubereitet und Met in große Fässer gefüllt werden. Nicht dass er viel darüber gewusst hätte, wie all das vonstatten ging, aber er bemühte sich möglichst kundig auszusehen, wenn er seine Befehle gab. Dann kam das Festessen: Lamm, Wildschweinbraten, gegrillte Lachskoteletts, Schneehuhn, Steckrüben und in der Glut gegarte Barsche und Hechte mussten vorbereitet werden. Dazu wollte er seine Gäste mit Köstlichkeiten wie Früchten, Beeren, Honigkuchen und echtem Haselnusskuchen, getränkt mit Weißwein, bewirten. Als wäre die Arbeit mit Speisen und Trank noch nicht genug, war der König der Ansicht, dass auch eine ganze Reihe Tische und Bänke noch fehlten. Möbel, die die Leute des Hofes in aller Eile fertig stellen mussten. Außerdem war der König gezwungen, die Wachen auf die Prozession von der Brücke zum Königshof und auf die bevorstehende Hochzeitszeremonie vorzubereiten sowie ihnen neue Fanfaren beizubringen. Außerdem gab es Sporen, Sättel und anderes Zaumzeug für den Brautlauf. Die Schlafplätze für die weit gereisten Gäste mussten bereitet werden und über all dem Kopfzerbrechen verlor der König mehrere Pfund an Gewicht. Dagegen hatte der König nun wirklich nichts einzuwenden, denn das Verjüngungsmittel aus einer Mischung von Kräutern, Menstruationsblut und Katzenurin hatte überhaupt keine Wirkung gezeigt, und nun sah er plötzlich wie von selbst jünger und schöner aus. Zum ersten Mal seit vielen Jahren konnte er all seine Kleider anziehen, ohne dass ein einziges Stück platzte. Aber worüber der König sich am meisten freute, war das Programm, das er zur Unterhaltung seiner Gäste vorbereitet hatte. Zum Fest hatte er nicht nur Jongleure, Musikanten, Taschenspieler und Gaukler eingeladen, auch der Bärenbändiger hatte seinem Petz neue Kunststücke beigebracht. Der Bär, den Seine Majestät liebevoll Großvater nannte, war zwei Monde lang fleißig dressiert worden, und jeden Tag, der verging, wurde das Tier geschickter. Seine Majestät war strahlender Laune, und während er laut ein paar der unanständigsten Opferlieder sang, leuchtete sein gefärbtes Haar wie ein beständiger Sonnenuntergang.

Nach allen erdenklichen Vorbereitungen war das meiste nun vollbracht. König Björn wartete nur noch darauf, dass der Mond sich erneuern würde, damit die Hochzeit stattfinden konnte.

Ein breitschultriger Nordmann mit blondem Haar und Augen, so blau wie das Eis des Meeres, ging die Brücke auf und ab. Immer wieder rieb er sich die Augen und gähnte herzhaft, denn viel Schlaf hatte er in dieser Nacht nicht bekommen. Die Bewohner Haithabus hatten von Sonnenauf- bis Sonnenuntergang gesungen und gejohlt, und er hatte kein Auge zugetan. Doch die Schiffe waren gerüstet, die Mannschaften gedungen und die Wurfmaschinen ausgebessert und mit Schweinefett geschmiert. Nichts hielt sie auf, sie waren bereit, die Segel zu setzen. Harald Sigurdson blickte über den Hafen und zählte seine Schiffe. Zwanzig gehörten ihm selbst, und die Dänen besaßen neun Drachen. Es waren einige Zwanzigbänker, zwei Vierzigbänker und ein so stattliches Schiff darunter, wie er es nie zuvor gesehen hatte. Dieses Schiff hatte sechzig Mann an den Rudern und war so schön, dass er es eigentlich nicht in der Schlacht einsetzen wollte. Andererseits würde der Anblick des Drachenkopfes jeden Feind abschrecken. Ja, die Bewohner Birkas würden schon die Beine in die Hand nehmen, wenn sie erst die makellose Flotte draußen auf dem Fjord entdecken würden, denn so viele Schiffe hatten Birka nie zuvor bedroht.

Ein siegessicheres höhnisches Lächeln zog über Haralds Gesicht. Nicht genug, dass er mit neunundzwanzig Schiffen segelte – wenn etwas schief ging, hatte er noch andere Überraschungen parat …

In Haithabu war er auf eine seltsame Schar von Kriegern getroffen. Es waren Walküren aus Kurland, die gezwungen waren, die Vorräte ihrer Stadt aufzufüllen. Jetzt waren diese weiblichen Krieger auf dem Rückweg über die Ostsee, mit Fellen und Honig bis hin zu fränkischen Waffen beladen. Frauen, die mit Speer und Schwert kämpften? Selbst Harald fiel es schwer, sich so etwas vorzustellen, aber er hatte gehört, dass es Mädchen gab, die zum Waffengebrauch erzogen wurden. Die Kelten im Westen waren dafür bekannt, diese Kriegerinnen einzusetzen, und im Waräger Meer vor Grobin sprachen die Seefahrer von einer ganzen Insel voll streitbarer Amazonen. Obwohl das vielleicht nur Aberglaube und Spinnerei war, sicher war Harald sich nicht. Eine ganze Insel nur mit Frauen, das klang nach einer Sage! Aber dass er selbst Walküren gedungen hatte, hatte seinen Grund. Wie Harald wusste, hatte der König der Svear eine Schwäche für Weiber, und so dachte er, dass ihm diese streitbaren Frauen vielleicht dienlich sein konnten. Denn wenn König Björn Frauen sah, dachte er kaum an Krieg, sondern an ganz andere Dinge, und diese kampfeslustigen Jungfrauen konnten Harald vielleicht helfen, den Königshof einzunehmen. So hatte er die Walküren gebeten, sich seinem Heer anzuschließen, und tief geschmeichelt hatten sie entschieden, mit ihren beiden Schiffen mitzusegeln. Als der Morgen des nächsten Tages dämmerte, ruderte eine mächtige Flotte aus dem Hafen. So viele Schiffe waren noch nie vor Haithabu gesichtet worden. Hinter der Pfahlsperre zogen die Männer die Ruder ein und setzten Segel. Jetzt waren es nur wenige Tage auf See bis Birka.

Erst war Erik mit Rurik auf dem Snemunhof gewesen und hatte nach den Schafen gesehen, dann waren sie an den Strand gegangen, um zu fischen. Rurik hatte einen Hecht und drei große Barsche gefangen und war überglücklich. Der Junge war ein lebhaftes Kerlchen und ähnelte Erik in allem. Er hatte nicht nur sein blond gelocktes, widerspenstiges Haar und seine Stupsnase geerbt, auch die Abenteuerlust und die Ungeduld hatten sie gemein. Aber die Augen hatte er von Estrid, genau wie ihre Wärme und Fürsorglichkeit. Erik setzte sich und sah zu, wie Rurik versuchte, die Fische zu putzen. Erik hatte ihm beigebracht, nie einen Fisch herauszuziehen, wenn er ihn nicht auch selbst putzte, und der Knabe tat alles, um seinem Vater zu imponieren. Rurik glitt geschickt mit dem Messer über die Schuppen, öffnete den Fischbauch und nahm die Eingeweide heraus. Auf die grüne Galle achtete er besonders, denn sie durfte nicht kaputtgehen, und als er alle Innereien unbeschädigt herausgeholt hatte, strahlte er übers ganze Gesicht.

»Schau!«, rief er stolz. »Kein einziger ist kaputtgegangen!«

Erik lachte und zerzauste ihm die Haare.

»Du bist geschickt, Junge, ich bin stolz auf dich.« Vergnügt wandte Rurik sich wieder den Fischen zu, während Erik ihn nachdenklich betrachtete. Er lernt schnell, der Knabe, dachte er, und Zärtlichkeit wallte in ihm auf. Dass Estrid dieses wunderbare Kind für diesen zungenfertigen Fremdling verlassen hatte! Und nun schien es, als würde sie nicht wieder zurückkommen, denn sie ließ auf sich warten. Vielleicht war es tatsächlich so, dass sie in diesem Kaufmann ihre Liebe gefunden hatte?

Dass sie noch nicht wieder da war, konnte bedeuten, dass alles gut für die beiden gegangen war, sonst wäre sie mit dem erstbesten Schiff zurückgekommen. Wenn nicht etwas Ernstes geschehen war. Und ihm kam der Gedanke, dass er Estrid noch vor nicht allzu langer Zeit heiraten wollte, und zusammen wären sie drei eine Familie gewesen. Dann würden sie jetzt vielleicht zusammen hier sitzen. Aber aus der Hochzeit war nichts geworden – Orfrim kam dazwischen.

Lange hatte er nicht verstehen können, was in Estrid gefahren war, dass sie ihn und das Kind hatte verlassen können. Erst jetzt hatte auch ihn dieses seltsame Fieber gepackt. Er war wie verzaubert von Ysja. Eine eigenartige Verwirrung befiel Verstand und Körper. Nichts anderes fand in seinen Gedanken Platz: Schiffe, Essen, Trinken, das Dach über dem Kopf – all das wurde mit einem Mal unwichtig. Manchmal war er zu nichts mehr zu gebrauchen, bis er mit ihr zusammen sein konnte, und hinterher dauerte es nicht lange, bis er sich wieder genauso fühlte. Seit dem Moment im Bootshaus drehte sich alles nur um Ysja, und er musste sich zwingen, sich mit anderem zu beschäftigen. Vielleicht sollte er dennoch nicht traurig sein über den Beschluss des Königs, sie zu heiraten, vielleicht war es so vorherbestimmt? Obgleich solche Gedanken ihm in diesem Moment nicht halfen. Er wusste nicht, wie er ohne sie zurechtkommen sollte. Sie hatte solche Macht über ihn gewonnen, dass er nicht nur König Björn verraten, sondern auch sein Versprechen Estrid gegenüber gebrochen hatte. Fast beängstigend war sie, diese unerhörte Kraft, die ihn so schwach machte. War es Liebe? Begierde? Oder vielleicht beides zugleich? So etwas musste auch Estrid widerfahren sein, als sie ihn verließ, um Orfrim zu folgen. Vielleicht war es keine Kraft, sondern ein übernatürliches Wesen, das all das lenkte?

Eriks Blick wanderte zu Rurik zurück. Konnte eine solche Besessenheit Glück mit sich bringen oder war es nur ein Rausch, der blendete, bevor er zum Unglück für alle wurde? Erik stand auf, nahm einen der Barsche und begann Rurik beim Putzen zu helfen. Nein, diese Gedanken führten zu nichts, er versuchte sich nur zu trösten. Er musste sich Ysja aus dem Kopf schlagen. Wenn er sich nur zwingen konnte, an etwas anderes zu denken! Er könnte einen letzten Versuch unternehmen, Toste zu finden. Er würde alles tun, was in seiner Macht stand.

Erik betrachtete Rurik. Toste war vier Winter alt gewesen, als er verschwand, fast im selben Alter wie Rurik jetzt. Wenn Toste lebte, musste er folglich acht Winter alt sein. Bei dem Gedanken lächelte Erik.

Wie viel Freude er an einem Sohn in diesem Alter haben konnte. Er durfte die Suche nicht aufgeben, und Rurik war inzwischen so groß geworden, dass er ihn sogar mitnehmen konnte. Als Erik die letzten Male auf den Höfen gewesen war, hatte er hauptsächlich mit den Erwachsenen gesprochen. Wie einfältig das gewesen war. Dabei wussten Kinder wahrscheinlich vieles, von dem Erwachsene keine Ahnung hatten. Da konnte Rurik ihm hilfreich sein. Erik legte den Barsch hin.

»Rurik, willst du mich begleiten? Wir wollen mit dem Boot hinaus«, sagte er.

»Im Segelboot?«

Erik nickte.

Rurik stieß einen Freudenschrei aus und warf sich in Eriks Arme.

»Jaa!«, rief er. »Segeln wir los?«

»Sofort!«, lachte Erik.

Die Wohnhalle bot freie Sicht über den Fluss. Wenn die Sonne auf dem Wasser glitzerte, war die Stimmung fast so wie zu Hause. Estrid blickte gedankenverloren auf den stillen, rostbraunen Wolchow, ihren Heimweg. Aber wann würde sie fahren?

Sie pustete ein paar Samenkörner von der Handmühle. Das Mahlen ging langsam voran. Der Holzgriff war zu klein, und der Stein ließ sich nur schwer drehen, aber vielleicht war sie mit ihren Gedanken auch nur weit weg.

»Was ist los?« Ragnar sah sie an und schob eine Strähne aus ihrer Stirn. Sie blickte auf.

»Ich denke an all das, was geschehen ist – an Orfrim, der mich töten wollte. In die Unterwelt, in die allertiefste Unterwelt soll er, das Ungeheuer. Und die Vorstellung, dass ich für diesen Mann mein eigenes Kind zurückgelassen habe.«

Estrid verstummte und betrachtete mit zusammengepressten Lippen den Fluss. Der Wolchow floss gemächlich dahin, und jenseits der Landzunge legten Fischer ihre Netze aus. Das erste Blau der Dämmerung senkte sich auf den Fluss, und die feuchte Luft wob zarte Schleier über die Hügel. Holmgård war ein schöner Ort, und Estrid hätte sich sicher gut zurechtgefunden, wenn sie in der Gegend geboren worden wäre. Aber ihr Zuhause war Birka, die Stadt in der ihr Kind lebte. Sie sehnte sich danach, Erik und Rurik wiederzusehen. Endlich war sie in Sicherheit und musste keine Angst mehr haben, aber dennoch … Die Sehnsucht nach dem, was ihre Heimat war, wuchs. Estrid sah Ragnar an.

Seit zwei Monden war sie mit ihm in Holmgård, und er hatte sie nicht enttäuscht. Sie war glücklich mit ihm. Das auflodernde Feuer zwischen ihnen schien einen tieferen Grund gehabt zu haben, als sie hatte ahnen können. Sie fühlten sich wohl miteinander. Was zwischen ihnen war, verdichtete und festigte sich. Beständig. In der letzten Zeit hatte sie sich bei dem Gedanken ertappt, dass es schwer werden würde, ihn zu verlassen.

Nach der Flucht hatten sie Holmgård erreicht, wo ein Verwandter Ragnar Weitfahrers wohnte. Seit ihrer Ankunft hatten sie in einer kleinen Stube für sich auf dem Hof wohnen dürfen, und vielleicht war das die glücklichste Zeit, die Estrid je erlebt hatte. Aber ganz gleichgültig, wie sorglos sie mit ihm war, sie fand vor Heimweh keine Ruhe. Jetzt war der Herbst gekommen, und sie wollte die Heimreise nicht länger aufschieben.

Sie musste zurückkehren, nach Hause fahren zu Erik und Rurik. Erik würde nicht warten, und was immer er auch tun würde, sie wusste, er würde ihr Kind mitnehmen. Estrid quälte sich. Erik war Ruriks Vater, und sie sehnte sich so nach ihrem Kind. Aber wie sollte sie ohne Ragnar auskommen?

Sie hatte ihn eine ganze Weile betrachtet, und er ahnte, dass sie etwas bedrückte. Es war nicht nur Orfrim, es war etwas anderes. Schließlich sagte er:

»Du bist nicht hier bei mir, du bist in Gedanken woanders, ich kann es fühlen.« Er legte sein Holzstück beiseite und ergriff ihre Hand. Er saß auf der Treppe zur Stube und schnitzte Kienhölzer für den Winter. Sie brauchten schon früh Licht, denn die Tage waren rasch kürzer geworden.

Estrid sah ihn an.

»Ich denke an die Meinen zu Hause. Daran, dass ich

zurückkehren sollte.« Sie stand auf, schlang die Arme um seinen Hals und küsste ihn. In ihrer Liebesbekundung lagen Traurigkeit und Verzweiflung. »Weißt du«, fuhr sie fort, »es ist so, dass du mir sehr viel bedeutest. Viele Schiffe sind bereits westwärts gesegelt, aber ich bin bei dir geblieben. Doch nun ist der Herbst gekommen, und ich muss fahren.«

»Bist du gezwungen?«

»Sonst verliere ich meinen Sohn und mein Zuhause.«

»Aber du kannst hier ein neues Zuhause bekommen, und ich werde dir viele Söhne schenken.« Ragnar drückte sie fest an sich und zog sie auf seinen Schoß. »Ich ertrage es nicht, wenn du mich verlässt, verstehst du das nicht?«

Estrid spürte seine Furcht.

Schweigend und eng umschlungen blieben sie sitzen, sahen auf den Fluss hinaus, bis es dunkel wurde. Schließlich stand Estrid ungelenk und verfroren auf und ging ins Haus. Auf der Schwelle blieb sie stehen und sah ihm in die Augen.

»Bedeute ich dir etwas?«

»Ja.«

»Liebst du mich?«

»Ja.«

Er trat zu ihr und küsste sie. Aber Estrid löste sich aus seiner Umarmung.

»Ragnar«, sagte sie und ihr Gesicht war ernst, »ich will, dass du mit mir nach Birka kommst.«

Der Tag des Neumondes stand bevor, und die Vermählung des Königs nahte. Die Gäste kamen zur Hochzeit gesegelt, Großbauern, Gesinde, Kaufleute und Handwerker. Unzählige Knorren, Fischerboote, Ruderboote und Drachenschiffe schienen den ganzen Fjord zu bedecken. Eine königliche Hochzeit war ein Ereignis, an dem nicht viele in ihrem Leben teilzunehmen Gelegenheit hatten, und die Stimmung war heiter und gelöst. In dem Trubel kenterte eines der Boote, und während die durchnässte Besatzung im Wasser versuchte, den Kiel wieder nach unten zu bringen, klatschten die Zuschauer vergnügt in die Hände.

»Wollt ihr euch jetzt waschen?«, riefen die Versammelten frech. »Fällt euch das nicht ein bisschen spät ein?«

Die Männer im Wasser grunzten verächtlich und ließen zur Feier des Tages sogar ihre Schwerter stecken.

Auch zahlreiche Frauen standen am Hafen. Sie spotteten und verzogen den Mund, weil der König eine Sklavin heiraten wollte, aber in Wahrheit hätten diese Bauerntöchter am liebsten selbst den König geheiratet.

Nun mussten sie sich mit einem prächtigen Fest begnügen.

Draußen vor dem Königshof hatten die Knappen Grillgruben für die Spieße gegraben und Gestrüpp und Büsche gerodet, damit alle Gäste Platz fanden, und glücklicherweise war es ein warmer, sonniger Herbsttag. Sie konnten unter dem »Himmelsdach« sitzen, wie der König es bestimmt hatte. Dann konnten Jongleure und Troubadoure auf der Königsterrasse auftreten, und niemandem würde ihre Kunst entgehen.

Der Platz war mit Zweigen, die Tische mit Decken

und Blumen geschmückt, und überall waren Bier- und Metfässer aufgestellt worden. An den Spießen klang das Knistern der Feuer, und die Geladenen konnten unten an den Brücken den würzigen Duft von Wildschwein und Braten bereits riechen.

Jedes Mal, wenn ein Boot anlegte, bliesen die Knappen eine Fanfare, und die Sklavinnen des Königs empfingen die Gäste in bodenlangen Kleidern mit Met.

Der König hatte eine Schwäche für Prozessionen und hatte in aller Heimlichkeit beschlossen, mit Ysja vom Hafen zum Hofplatz hinaufzureiten, wo die Zeremonie stattfinden sollte. Ysja, die lange Zeit versucht hatte, den König zu überreden, sein Pferd zu satteln und sie auf einen Ausritt in den Wald zu begleiten, schluckte entsetzt. So hatte sie sich das nicht vorgestellt. Ein scheuendes Pferd im Wald ohne Zeugen war ein Unglück im Verborgenen, aber hier war die gesamte Hochzeitsgesellschaft anwesend und konnte sehen, was sich ereignete. Was würde geschehen, wenn die geschliffene Schnalle im Sattel gefunden wurde?

Doch die Knappen warteten. Es gab nichts, was sie tun konnte. Jetzt war der Augenblick gekommen. Wollte sie den Tod des Königs wirklich? Eine Zeit lang, als die Enttäuschung am größten gewesen war und sie in tiefster Finsternis gelebt hatte, hatte sie ihn in die andere Welt gewünscht, aber jetzt … Ysja spürte, wie ihr der Schweiß ausbrach. Konnte sie noch etwas tun, ehe es zu spät war?

In dem Augenblick wurde das Stimmengewirr um sie herum von einer feierlichen Fanfare unterbrochen. Die Prozession sollte beginnen. Ysja schwindelte. Sie liebte

Erik, wollte ihn mehr als alles andere, aber … Ratlos stand sie da, während ihr Blick zum Sattel des Königs glitt. Ihre Lippen zitterten, und in ihre Augen trat ein ferner Glanz. Doch sie würde die Schnalle lassen, wo sie war. Vielleicht würde sie ihr zuletzt doch helfen?

15

Erik stand draußen auf der Brücke und sah grimmig zum Brautpaar hinüber. Ein König konnte sich aller Dinge bemächtigen, warum musste er ausgerechnet die Frau nehmen, die er lieb gewonnen hatte? Noch dazu hatte der König ihn gebeten, bei dem Fest dabei zu sein. Ohne ihn wäre die Hochzeit nicht das Fest, das er sich wünsche, hatte Seine Majestät gesagt. Erik schnitt eine Grimasse und trat gegen einen Stein am Widerlager der Brücke. Erik drehte sich um und begann zum Hofplatz hinaufzugehen. Wie hatte Ysja solche Macht über ihn bekommen können? Wenn sie nicht zusammen waren, überlegte er ohne Unterlass, wie er es anstellen sollte, sie baldmöglichst wiederzusehen. Dann stolperte er geistesabwesend in der Schankstube herum, brachte denen Met, die Bier bestellt hatten, und kam mit Fruchtwein zu jenen, die Speisen haben wollten. Es war, als gehörten Körper und Verstand nicht länger zusammen, und Sigfrid war kurz davor, die Geduld zu verlieren. Sie schimpfte und fragte ihn, was los war, aber da sie und Estrid enge Freundinnen waren, schwieg Erik. Estrid konnte noch zurückkehren, und dann wollte er ihr alles selbst erklären, bevor sie das Gerede anderer hörte. Aber was sollte er ihr sagen? Dass er wegen Ysja Sinn und Verstand verloren hatte und an nichts anderes als an sie denken konnte? Dass er sogar darüber nachgedacht hatte, diese Frau zu heiraten? Nein, er musste sie sich endlich aus dem Kopf schlagen und sich an ein Leben ohne sie gewöhnen. Ysja konnte niemals die Seine werden. Von nun an gehörte sie einem anderen.

Schritte rissen Erik aus seinen Gedanken. Die Knappen stellten sich am Brückenkopf auf. Sie hoben die Luren und bliesen eine kurze und eine lange Fanfare, worauf vierzig Jungfrauen in bunte Trachten gekleidet herbeieilten und sich entlang des Weges zum Hofplatz aufstellten. In den Händen hielten sie Blumen und weiße Tücher aus Seide, ein Symbol, das dem Brautpaar Glück verhieß. Erik wandte den Blick ab, dieses Schauspiel war mehr, als er ertragen konnte.

Ysja und König Björn standen neben den Pferden, bereit zum Aufsitzen. Er winkte allen fröhlich zu. Das Glück strömte gleichsam aus seinem ganzen Körper, und auf einmal gönnte Erik ihm diese Freude. Zu Beginn des Winters war das Herz Seiner Majestät so düster geworden, dass Erik sich große Sorgen um ihn gemacht hatte, doch jetzt war er wieder er selbst.

Die Knappen bliesen erneut eine Fanfare, und eine Horde Kinder in blauen Kleidern bildete einen Kreis um die Gäste. Dann stimmten sie ein Lied an und tanzten zum Hofplatz. Es war höchste Zeit für die Feierlichkeiten auf der Königsterrasse geworden.

»Ysja, meine Geliebte, komm«, forderte der König seine Braut auf, verbeugte sich tief und reichte seiner Auserwählten die Hand. »Es ist soweit, sie erwarten uns.«

Aufgeräumt führte er sie zu einem der Pferde und sah sie liebevoll an. Da merkte er, dass sie sich verändert hatte. Sie zitterte, und ihre Hand war kalt. Dass die junge Sklavin an einem solch bedeutsamen Tag ein wenig angespannt war, verstand er gut. Doch ihr Blick schien unaufhörlich zum Sattel seines Pferdes zu wandern, und er spürte, dass sie etwas beunruhigte. Das rührte ihn zutiefst, denn am Morgen noch hatte er über Rückenschmerzen geklagt, und nun fragte sie sich natürlich, ob er den kurzen Ritt zur Königsterrasse bewältigen konnte.

»Meine Liebe!«, rief er aus. »Alles wird gut. Nun steig auf!« Und er musste den Atem anhalten. Wie schön sie war! Die Schminke um ihre großen, dunklen Augen und das frisch gefärbte rote Haar ließen sie noch hübscher aussehen als zuvor. Ihre weiße Leinentunika, der gelbe Rock mit den Goldstickereien und der Goldreif, den sie um den Arm trug, ließ sie gleichsam leuchten, und der König dachte hingerissen, dass sie einem schimmernden Gobelin glich. Er pfiff vor Entzücken. Nun würde Ysja die Seine werden, seine vertrauteste und liebste Frau. Was für ein Tag! Eifrig half er ihr aufs Pferd, küsste sie leicht auf die Wange und ging zufrieden zu seinem eigenen Pferd.

»Euer Majestät«, sagte der Knappe und reichte ihm die Zügel.

König Björn nahm sie entgegen und wollte gerade aufsitzen, als ihm der Gedanke kam, dass Ysja vielleicht nicht wollte, dass er ritt. Wenn es einen Knacks in seinem Rücken gab und er sie dann beim Beilager nicht glücklich machen konnte! Jetzt begriff er, warum sie so beklommen aussah. Das Risiko wollte er natürlich nicht eingehen.

»Nein«, sagte der König an den Knappen gewandt.

»Ysja soll allein zum Hofplatz reiten. Ich will, dass alle sehen, was für eine schöne Braut ich gewählt habe. Ich selbst beabsichtige, mein Pferd zu führen.«

Der Knappe starrte ihn erstaunt an. An diesem Tag, an dem der König heiratete und Ysja zu einer freien Frau erhob, wollte er offenbar, dass nur sie und niemand sonst glänzte. Edel gedacht, fand der Knappe, aber er schüttelte den Kopf, als der König ihm die Zügel wiedergeben wollte.

»Wenn Eure Majestät das Pferd führen wollen, ist es vielleicht besser, die Zügel zu behalten.«

Die Musikanten stimmten ein neues Lied an, und das Gefolge setzte sich in Bewegung. Ysja, die steif und aufrecht im Sattel saß, hatte nichts von dem Entschluss des Königs, das Pferd zu führen, gehört, und als sie ihn nicht neben sich sah, dachte sie, er wäre schon gestürzt. Sie holte tief Luft und blickte starr geradeaus, bis sie den Mut fasste und sich umdrehte. Aber nein, der König ging hinter ihr, führte sein Pferd und verbeugte sich unaufhörlich winkend vor seinem Volk. Eine Mischung aus Erleichterung und Enttäuschung schoss in ihren Kopf, und ihre verschwitzten Hände umklammerten die Zügel. Der König war der Falle entkommen.

Als das Brautpaar die laubgeschmückte Terrasse erreichte, jubelte die Menge, und der Gode, Priester der Vanen und Asen, der die beiden vermählen sollte, senkte den Kopf in respektvollem Gruß.

Ysja hatte keine Mitgift, darum hatte der König entschieden, seinerseits kein Muntgeld abzulegen. Aber in seiner großen Liebe hatte er ihr den breiten, goldenen Armreif geschenkt, den sie am Oberarm trug. So besaß

Ysja nun beides, Fingerring und Armreif, aus dem kostbaren Metall, während die Frauen der Großbauern nur vergoldete Bronzefibeln oder Silberschmuck trugen. Ysja war wahrlich eine Frau, die man vorzeigen konnte.

»Heute sollt ihr zwei euch zu Freyas großer Freude vermählen. Mögen sie und alle Götter Asgards mit euch sein«, begann der Gode feierlich und betrachtete das Brautpaar mit ernster Miene.

»Möge Freya euch beistehen und brünstig sein.«

Der König blickte zu Boden, und die Großbauern und ihre Frauen hielten sich die Hände vor den Mund und versuchten, ihr Lachen zu verbergen. Der Gode sah sie erstaunt an, dann fiel ihm auf, was er gesagt hatte. Mit rotem Kopf verbesserte er sich:

»Mit Frey als Zeugen werde ich euch jetzt verbinden«, versuchte er es aufs Neue, worauf er der Braut hastig einen silbernen Thorshammer umlegte. Er nahm Ysjas Hand und legte sie in die des Königs. Der Gode bemerkte ihre großen, dunklen Augen. Sie waren unsagbar schön, aber sie schienen auch einen Quell der Kälte zu hüten. Er starrte sie kurz verwundert an und legte seine Hand auf die des Brautpaares. Die Trauzeugen des Königs und seine engsten Knappen traten vor und taten dasselbe. Der Gode nickte, dann zog jeder von ihnen seine Hand wieder zurück. Die Knappen bliesen eine Fanfare, und damit war die Zeremonie beendet. Es war Zeit, sich an die Tische zu setzen.

Auf dem Weg zur Festtafel holte Snemun Erik ein und stieß ihn in die Seite. Seine Stirn war gerunzelt.

»Die Braut, erkennst du sie nicht?«, begann er. »Das ist meine alte Sklavin.«

»Ysja?«

»Ja, ich glaube, dass sie das Mädchen ist, das ich auf dem Hof hatte.«

»Nein, Ysja kommt von Munsö.«

»Ich mag ja viele Sklavinnen gehabt haben, aber so schlecht ist mein Gedächtnis nicht. Siehst du nicht: die Art, wie sie sich bewegt, ihre Schritte, die Haltung. Das alles ist mir wohl bekannt. Und ihre Augen, die vergisst man nicht. Sie sind schön und verlockend wie Hexengold, aber sie können ebenso hart und kalt blicken.«

Erik musterte Ysja. Als er ihr das erste Mal begegnet war, hatte er auch das Gefühl, sie schon einmal gesehen zu haben. Auf eine seltsame Weise war sie ihm nie fremd gewesen, sondern vertraut. Jetzt stand sie neben dem König, hatte aber das Gesicht abgewandt, als wagte sie nicht, in seine Richtung zu blicken. Ihre halblangen Haare waren mit Gold- und Silberfäden geschmückt, ihre Haut schimmerte hell und verführerisch. Ihre Brust hob und senkte sich mit jedem Atemzug, und Erik merkte, wie er steif wurde. Er konnte sich ihrer Kraft nicht entziehen. War sie wirklich Snemuns Sklavin gewesen?

»Ysja schien mir auch von früher vertraut zu sein«, sagte Erik an den Freund gewandt. »Aber dann erkannte ich, dass sie Jorunn ähnelte, meiner Verlobten.«

»Jorunn? Ja, vielleicht hast du Recht. Aber dieser Blick. Siehst du nicht? Armer König. Sie wirkt so berechnend und kalt.«

»Ysja, kalt, nein du, das ist das Letzte, was man über …« Erik schluckte. Fast hätte er sich versprochen, aber Snemun schien nichts gemerkt zu haben.

»Diese Sklavin weicht den Blicken des Volkes aus, und sie sieht den König ohne Wärme an«, fuhr er fort.

»Vielleicht liebt sie ihn nicht«, sagte Erik vorsichtig.

»Ja, das ist verständlich.«

»Wer als Sklave lebt, muss wohl hart und verschlossen werden, um zu überleben.«

Snemun horchte erstaunt auf.

»Alle Achtung, wie du dich um sie sorgst. Sie ist doch nur eine Sklavin!«

Erik merkte, wie er errötete, aber in diesem Moment stieg der König auf die Terrasse und breitete feierlich die Arme aus, eine Geste, die er von Ansgar übernommen hatte, als er in Birka weilte.

»Meine Freunde, zu Tisch, zu Tisch, und lasst es euch schmecken. Hier gibt es Speis und Trank für alle!«, rief er und deutete in Richtung der Tische.

»Ja, dann setzen wir uns wohl«, fiel Snemun ein. »Endlich gibt es etwas zu essen, ich bin schon ganz ausgehungert. Aber diese Sklavin geht mir nicht aus dem Kopf. Ein Horn Met darauf, dass sie nicht die ist, für die sie sich ausgibt.«

Erik sah seinen Freund unsicher an. Was meinte Snemun? Und wenn Ysja nicht die war, für die er sie hielt, wer war sie dann?

Der Himmel war sternenklar, und der Mond stieg ruhig aus dem Meer. Die Luft war trocken, und der kühle Nachtwind trug den Geruch von Tang und Meer mit sich. Harald Sigurdson, Heerführer der Flotte aus Haithabu, stand am Vordersteven seines Schiffes und blickte nach vorn. Jetzt sollte der Mond ihnen den Weg weisen, dann würde sich die Fahrt nicht verzögern, und sie mussten kein Nachtlager aufschlagen. Wenn das klare Wetter anhielt, würden sie Birka in zwei Tagen erreichen.

Sie hatten das Land der Wenden verlassen, waren an der Küste des Dänenreiches und Schonens vorbeigesegelt und hatten das Baltische Meer und die Schären vor dem Land der Svear erreicht. Zwar trug Harald die Verantwortung für viele Schiffe, aber er kannte das Gewässer gut und hatte keine Furcht. Mit seinem Wissen über die Untiefen, Landzungen und Schären der Gegend glaubte er, die ganze Flotte nach Birka und Björkö manövrieren zu können, ohne dass ein Schiff auf Grund lief. Vor Tälje mussten sie nach Nordwest steuern, dann hatten sie Birka bald erreicht. Dieses Jahr schien die Wärme länger als gewöhnlich anzuhalten, und noch hatte er keine Anzeichen für einen Wetterumschwung bemerkt. Seine Mannschaft war den Herbststürmen entkommen, das war von großem Nutzen. Der Heilige Geist war mit ihm, und alles war ihm gut von den Händen gegangen. Aber so war auch Er, der Allmächtige, den alten Holzgötzen überlegen, den heidnischen Abgöttern, die von Gewalt und dem Geruch nach Blut umgeben waren. Haralds eindringliche Gebete zu dem neuen Gott schienen ihnen schon Glück gebracht zu haben, und bald würde der neue Glaube auch den Bewohnern Birkas zuteil werden. Wenn die Stadt bekehrt war, würde Gott der Allmächtige sie alle schützen.

An Bord war Gemurmel und Gelächter zu hören, und alle schienen guter Laune zu sein. Die Männer, die bei der Plünderung von Dorestad dabei gewesen waren, übertrumpften einander mit grässlichen Geschichten von alten Großtaten und freuten sich auf reiche Beute; und die Dänen, die zu lange an Land gewesen waren, ohne ihr Schwert zu gebrauchen, sehnten sich danach, die Heiden dieser reichen Kaufmannsstadt in die Schranken zu weisen. Zwar gab es Männer unter ihnen, die schon einmal dort gewesen waren, aber Birkas Verteidigung war schwer zu besiegen, und sie hatten mit leeren Händen zurückkehren müssen. Aber mit so vielen gut gerüsteten Schiffen und Mannschaften konnte es gar nicht anders als glücklich für sie enden. Und so sangen die Dänen und fühlten sich dem Sieg nahe. Bald würden die Schwerter sprechen!

Harald blickte auf das Meer, genoss den Fahrtwind im Gesicht und den Wellengang. So lange schon hatte er sich für diese Begegnung gerüstet – für die Rache an König Björn und seinen Verbündeten. Dann würde er auch Erik begegnen, seinem Bruder, dem er schon lange den Tod wünschte. Viele Winter waren vergangen, seit der Bernsteinhändler die Flotte des Bruders vor Tälje vernichtet hatte, eine Schmach, die zu rächen Harald geschworen hatte.

Harald erfreute sich an dem Anblick der vielzähligen Schiffe. Die Rahsegel spannten sich im Wind, die Schiffsrümpfe ritten über die Wellen, und um die Buge spritzte der Schaum. Gleichauf pflügten sie durchs Wasser, nur die Schiffe der Walküren hielten nicht ganz die Richtung.

Sie segelten ihre beiden Schiffe nach ihrem eigenen Kopf, und Harald kaute auf seinem Vollbart herum und fragte sich, ob er es bereuen würde, sie gedungen zu haben. Bald segelten sie unter lautem Frauenlachen an ihm vorbei, bald fielen sie so weit zurück, dass er sie fast aus den Augen verlor. Bisweilen waren sie ganz still und sagten nicht viel, dann wieder erscholl ihr Gekicher weit über das Meer. Mit ihrer Anführerin, Astrid Mannszunge, tat er sich besonders schwer. Diese Frau hatte Haare über der Oberlippe, eine tiefe Bassstimme und fluchte oft und gern. Sie war groß, hatte kluge blaue Augen und trug ihr langes, rot gefärbtes Haar zu einem dicken Zopf zusammengebunden unter ihrem Lederhelm. Ihre Oberarme waren kräftig und ihr üppiger, wogender Busen schien mir schwer unter das Kettenhemd zu passen. Außerdem war sie rund und ihre Haut verlockend zart. Am schlimmsten war es, dass sie einen derart scharfen Ton anschlug, dass niemand wagte, ihr zu widersprechen, und zu seiner Verwunderung hatte Harald sich dabei ertappt, dass er ihr gehorchte. Nun ja, er hatte Gerüchte gehört, dass sie geschickter zuschlug als ein Mann, und wenn sie nur ihr entsetzliches Lachen für sich behielt, würde es ihm schon gelingen, mit ihr auszukommen. Er war sicher, dass sie und ihre Mitschwestern ihm von großem Nutzen sein konnten. Während er selbst die Männer übernehmen und Birkas Burg angreifen würde, wollte er die Walküren direkt nach Adelsö in den Königshof schicken.

Er lachte leise und spöttisch. Er sah sie schon vor sich: Walküren in Kettenhemden, die zu König Björn hereinrauschten. Vermutlich würde Seine Majestät vor Entsetzen Bart und Bauchfett verlieren.

Harald und seine Männer segelten die ganze Nacht, und als die Inseln im Morgengrauen immer zahlreicher und Grün und Schilf immer dichter wurden, wusste er, dass es nicht mehr weit war. Bald würde er alle zur Beratung versammeln und die Schlachtordnung bestimmen, und um Mitternacht würden sie zum Angriff übergehen. Seine Augen leuchteten. Endlich würde Birka fallen.

Lange stand er im Vorschiff und sog den Duft von Salz und Meer ein, während die Schiffe mit vollen Segeln in einen schmalen Sund steuerten. Wolken waren am Himmel aufgezogen, und auf dem Meer kräuselten sich dunkle Wellen. Der Wind frischte auf, dichter Regen setzte ein und erschwerte die Sicht. Aber Harald ließ weder die Segel reffen, noch Wachen aufstellen. Das hier war sein Heimatgewässer, er kannte es gut.

Die Kälte kroch unter seine Kleider, und er begann zu frieren. Erschöpft ging er nach achtern zurück, um das Steuer zu übernehmen.

»Pass auf!«, hallte plötzlich Astrid Mannszunges Stimme durch den Wind, und im nächsten Moment ertönte ein knirschender Laut vom Kiel. Erst dachte Harald an Treibholz, aber dann wurde das Geräusch immer lauter und das Schiff krängte. Er fiel vornüber, als das Boot aufsetzte. Felsen schlugen gegen Holz, Holz brach, und Masten und Rahstangen fielen ins Wasser.

Alles war in Aufruhr, der Wind heulte, Männer schrien.

Die Flotte war direkt auf eine mächtige Steinsperre zugesegelt, und in der Dunkelheit waren fast alle Schiffe auf Pfähle und Steine aufgelaufen. Einzig Astrid Mannszunge und ihre Walküren hatten oben am Mast Wache gehalten und deshalb rechtzeitig ausweichen können. Schnell holten sie die Segel ein, tauchten die Ruder ins Wasser und streckten ihre Hände nach den Männern aus, die über Bord gegangen waren. Als Astrid sich Haralds Schiff näherte, lehnte sie sich über die Reling und bemerkte mit ihrer dumpfen Stimme:

»Ich dachte, du siehst das Hindernis, du standest ja am Vordersteven. Sonst hätte ich dich natürlich früher gewarnt. Aber es stimmt, das Segeln in diesen Gewässern erfordert Übung.«

Als Braut, Bräutigam und das Brautgefolge sich gesetzt hatten, ließen sich auch Erik und Snemun nieder. Sehnsüchtig blickten sie auf die Tröge. Auf verzierten Silbertabletts waren Wildschweinbraten, gebratener Hering und Lammfleisch angerichtet, und auf großen Platten aus Ton gab es Schneehuhn, Kräuterhähnchen und Eierkuchen sowie in der Glut gegarten Barsch. Drüben in den Grillgruben briet das Fleisch. Der Duft zog zu den Gästen, die schon lange an den Brücken gewartet hatten, und ihnen lief das Wasser im Mund zusammen.

»Da seid ihr ja«, erklang eine vertraute Stimme, und Einar Schwarzbart bahnte sich einen Weg zu ihnen. Er war schon leicht betrunken, und sein Atem erinnerte an alten Fisch. Erik wandte sich von ihm ab und sah sich nach einem anderen Platz um, aber es war zu spät.

»Soso, jetzt verlierst du also das Mädchen, nach dem du so geschielt hast. Ich habe euch unten am Strand gesehen«, sagte Schwarzbart ihm geradewegs ins Gesicht. »Ich verstehe, dass du das Weibsvolk vermisst, aber euch hat man über den ganzen Fjord gehört.«

Ertappt senkte Erik den Blick und plötzlich fehlten ihm die Worte. Dann fasste er sich:

»Nachdem ich sämtliche Hausmägde des Königs probiert hatte, fand ich, es wäre an der Zeit für eine Sklavin.

Aber mit dir kann ich mich nicht messen, du nimmst dir die Frauen wie andere ihr Brot.« Mit seiner Antwort hoffte Erik, Zweifel zu säen. Schwarzbart erzählte oft wilde Geschichten, und man konnte dem, was er sagte, nicht immer Glauben schenken. Vermutlich glaubte ihm auch jetzt niemand.

»Schöne Frauen habe ich genossen wie Honig, das ist wahr, aber ich bin klug genug, die Finger von den Sklavinnen des Königs zu lassen«, erwiderte Schwarzbart schroff und nickte in Ysjas Richtung.

»Und seine Hausmägde?«, gab Erik zurück. »Wie gefielen dir die?«

Snemun sah Erik verwundert an. Worüber zankten sie sich? Hatte Erik die Sklavin des Königs genossen?

Das Gespräch wurde von König Björn unterbrochen, der so heftig aufstand, dass ihm der Met ins Gesicht schwappte.

»Liebe Freunde, so glücklich macht es mich, euch hier zu sehen«, begann er mit gerührter Stimme und gab den Knappen ein Zeichen, in die Luren zu blasen. Sie hoben die Rinden zum Himmel und eine kurze Fanfare erklang. Einige Sklavinnen, die die Essensplatten hereintragen wollten, blieben stehen. Vier Jongleure sprangen auf die Bühne und warfen sich Bälle und Fackeln zu, bis dem König so schwindelig wurde, dass er sich setzen musste. Es entstand eine Pause und alle hofften, sich aus den Trögen bedienen zu dürfen, aber im nächsten Augenblick stürmte ein kleiner, schmächtiger Gaukler auf die Terrasse. Er machte einen Kopfstand, schlug Purzelbäume, hüpfte ein wenig hierhin und dorthin und endete schließlich mit einem Rückwärtssalto.

Nun applaudierten alle höflich, und endlich trugen die Sklavinnen die Speisen auf. Die Gäste streckten sich gierig nach den Platten, aber gerade als sie mit ihren Messern zustechen wollten, betrat der Troubadour des Königs die Bühne. Er hatte eine Reihe romantischer Weisen eingeübt, die er pflichtbewusst mit Tränen in den Augen vortrug, und nach jedem Beifall entschied er sich, noch ein Lied zu singen. Aber plötzlich hörte er auf, doch da stand der König auf, um eine Rede zu halten.

»Willkommen, meine Freunde«, ergriff er glücklich das Wort und versuchte sich zu erinnern, was er hatte sagen wollen.

»Essen!«, zischte Erik und hoffte, dass der König es hörte, was er vielleicht auch getan hätte, wenn das laute und plötzliche Brummen nicht gewesen wäre, das über den Hofplatz grollte. Großvater, der Zögling des Bärenbändigers, hatte sich von der Kette losgerissen und tanzte in seiner Sehnsucht nach Gesellschaft zur Königsterrasse hinauf. Auf den Hinterbeinen ging er zu einem der Tröge mit Wildschweinbraten, schnupperte erfreut und öffnete sein Maul. Das gut gewürzte Fleisch verschwand verblüffend schnell, und desgleichen taten Lammbraten, Hühnchen und Lachs. Mit Entsetzen sahen die hungrigen Gäste, wie Leckerbissen um Leckerbissen im Bärenmagen verschwanden, als handelte es sich um kleine Insekten. Der Bärenbändiger befahl ihn streng zu seinem Platz hinter der Königsterrasse, denn sein Auftritt war noch nicht an der Reihe, doch bevor er den Bären wieder an die Kette legen konnte, trottete Großvater weiter. Der stark gewürzte Wildschweinbraten hatte ihn durstig gemacht, und er hatte Met gewittert. Brummend schaukelte er zu einem der Metfässer, riss das Maul auf und trank. Ehe jemand begriff, wie es zugegangen war, war es leer und so sauber ausgeschleckt, als wäre es nie gefüllt worden. Ein enttäuschtes Raunen ging durch die Gesellschaft.

Der König lächelte Großvater nachsichtig an und nahm dann einen neuen Anlauf.

»Liebe Gäste, es ist mir eine Freude, euch hier zu sehen«, sprach er mit lauter Stimme. »Seid willkommen, und ich hoffe, dass Essen wird euch schmecken.« Im Hintergrund genehmigte Großvater sich noch eine Speckschwarte.

»Auf meiner Hochzeit heute«, fuhr der König fort, aber da verstummte er, denn der Bär hatte ein paar Schritte nach vorn gemacht und hob ihn hoch. Jetzt konnte der König keine Rede mehr halten, denn Großvater hatte den königlichen Atem gewittert. Met und Fruchtwein, was für eine Oase lieblicher Düfte!

Der Bär schleckte dem König Wangen und Bart sauber und trottete schließlich fort. Der König, der nicht auf den Kopf gefallen war, wenn es darauf ankam, stand galant auf und verbeugte sich vor der Menge, als wäre die Vorstellung eingeübt gewesen.

Zu ihrer großen Freude stellten die Gäste fest, dass der Bär den König endlich zum Schweigen gebracht hatte, und Stimmengewirr wurde an den Tischen laut. Die Sklavinnen trugen das Essen auf, in den Grillgruben spritzte und duftete das Fett, und die Stimmung stieg.

Erik schielte immer wieder zu Ysja hinüber und bemerkte, dass ihr Blick so finster war wie nie zuvor, und er dachte, dass auch sie außer sich vor Verzweiflung sein musste. Er konnte sich jederzeit eine andere Frau suchen, doch sie war für immer an den König gefesselt. Aber dass Snemun sie zu kennen glaubte! Erik fiel auf, wie wenig er eigentlich über Ysja wusste. Ihre gemeinsame Zeit war gestohlene Zeit, und das Verlangen war wichtiger als das Reden gewesen. Hinterher hatten sie nie gewagt, lange beieinander zu bleiben, aus Angst, jemand könnte sie entdecken.

Eine Liebe im Verborgenen konnte nur zum Scheitern verurteilt sein, dachte Erik. Vermutlich hatte sich die Wirklichkeit mit den Wünschen und Träumen vermischt. War es denkbar, dass Ysja nicht die Frau war, für die er sie hielt? Und warum war er nie ihrem Sohn begegnet?

Der Junge war acht Winter alt, und Erik hatte ihr versichert, dass er ihn mögen würde, aber da hatte Ysja ihn nur merkwürdig angesehen und ein Treffen mit dem Jungen hatte es nie gegeben. Doch er musste aufhören, an Ysja zu denken, versuchen, sie zu vergessen, sonst würde alles um ihn herum düster werden.

Mit gespielter Fröhlichkeit nahm er sein Horn, wandte sich an Schwarzbart und sagte:

»Hör mal, du Gaukler, kannst du nicht noch mehr von deinen Geschichten erzählen? Noch haben wir nicht alle gehört, oder?«

»Wahre oder unwahre?«

»Nun, so wahr wie die, die du über mich erzählt hast«, entgegnete Erik mit einem breiten Grinsen.

»Habt ihr von der Frau auf Ekerö gehört?«, fragte Schwarzbart, der den Brocken sofort schluckte. »Die,

die so wütend auf ihren Mann war, dass sie zu einer Legende in der Gegend wurde?«

»Nein, lass hören!«, erklang es einhellig aus den Mündern der Gäste am Tisch.

Schwarzbart feixte, legte sein Brot zur Seite und nahm einen großen Schluck Met.

»Wisst ihr«, sagte er und machte eine bedeutsame Pause, bis er sicher war, dass alle zuhörten. »Das war eine Frau, könnt ihr glauben, sie nörgelte immerzu, und alles was sie androhte, tat sie auch.«

»Na, und wie?«, fragte Erik.

»Sie sagte zu ihrem Mann, wenn er betrunken nach Hause käme, würde sie ihn anspucken. Und wenn er ihr an die Brust fasste, wenn alle es sehen konnten, würde sie ihn schlagen.«

»Und das tat sie?«

»Ja, geradewegs ins Gesicht, so dass der Mann zornig wurde und sich eine andere Frau nahm. Da sagte sie ihm, dass sie sich scheiden lassen würde, wenn sie ihn mit einer anderen Frau erwischte, und die Hälfte von allem mitnähme, was sie besaßen. Auch ihren Teil des Hauses.«

»Das Haus?«, wunderte sich eine Frau mit Kopftuch. »Wie soll das zugehen?«

»Ja, du …«, Schwarzbart blinzelte und senkte die Stimme. »Ihr Mann, versteht ihr, war ein richtiger Spaßvogel, ein fröhlicher, munterer, schön und schlagfertig dazu, und er hatte Frauen wie andere Läuse.«

»Gute Grütze im Topf«, murmelte einer der Großbauern neidisch.

»Hurenbock«, meinte die Frau mit Kopftuch.

»Genießer«, seufzte die Alte daneben.

»Nun, was ist dann geschehen?«, fragte Erik weiter.

»Ja, schließlich ertappte sie ihn eines Tages mit einem Weib mitten auf dem Boden neben der Feuerstelle«, fuhr Schwarzbart fort.

»Das war gewagt«, fand Erik.

»Da stürmte die Frau zum Nachbarshof und schleppte den Nachbarn als Zeugen herbei. ›Jetzt scheide ich mich von dir, du Bock‹, sagte sie, ›und das wirst du bereuen.‹«

»Na, tat er das denn?«

Jetzt wurde es still, und erst nachdem Schwarzbart mit einem neuen Horn Met genötigt worden war, fuhr er fort:

»Tja, der Mann lachte nur, nahm seinen Ranzen und sagte, dass er erst wieder nach Hause käme, wenn sie sich beruhigt habe. Denn harte Worte und Weibergewinsel ertrage er nicht. Und damit ging er.«

»Was geschah dann?«

»Ihr hättet sein Gesicht sehen sollen, als er zurückkam!«

»Nun?«

»Sie hatte das halbe Haus mitgenommen, das Weib hat es in der Mitte durchgeteilt.«

»Das halbe Haus? Ach was, du machst dich über uns lustig, Schwarzbart!«

»Keineswegs«, erwiderte er beleidigt. »Die Frau hielt auch dieses Mal Wort. Sie hatte den Verwalter und ein paar tüchtige Sklaven dazu gebracht, für sie das Haus zu durchtrennen. Doch damit nicht genug«, fuhr er fort, »sie nahm den besten Teil mit, den mit der Halle und

Feuerstelle. Nur den Hochsitz und den Verschlag für die Tiere ließ sie zurück.«

Große Heiterkeit breitete sich am Tisch aus.

»Da seht ihr selbst, Schwarzbarts Geschichten sind wirklich gut. Ich fand schon immer, er hätte Skalde werden sollen«, bemerkte Erik mit lauter Stimme und hob das Horn für ein Skål.

»Ja, aber die Geschichte ist wahr. Ihren Teil des Hauses hat sie auf dem Hof ihrer Eltern wieder aufgebaut«, wandte Schwarzbart ein.

»Ja doch, wir glauben dir«, lachten die Männer und hoben ihr Horn.

Dann legten sie die Köpfe in den Nacken und tranken und bedienten sich von den Essensplatten.

Fettige Hände streckten sich nach Wildschweinbraten und Blutwurst, und auch wenn alle die Lammkoteletts und Schweineschwarten vermissten, die Großvater in sich hineingestopft hatte, gab es noch viele andere Köstlichkeiten zu genießen. Kaum hatten die Gäste den ersten Bissen im Mund, wurden sie wieder vom König unterbrochen.

»Meine Freunde«, brüllte er schwankend. »Nicht alle konnten die Braut sehen, und darum werden wir den Brautlauf reiten. Kommt herauf auf die Königsterrasse, damit ihr gut sehen könnt. Nach dem Lauf werden wir mit dem Festmahl fortfahren.«

Widerwillig verließen die Gäste die Tische und gingen auf die Terrasse.

Da sie das Beilager erst in einigen Stunden einnehmen durften und der König nicht wollte, dass die Stimmung nachließ, hatte er gedacht, dass dies der rechte Moment war, seine Braut zu zeigen. Er und Ysja würden vor die Terrasse und auf die Ländereien hinausreiten, so dass jeder die Gelegenheit bekam, ihnen Glück zu wünschen. In Wahrheit hatte Seine Majestät sich die ganze Zeit auf diesen Moment gefreut, so stolz war er auf Ysja. Endlich würden alle sehen, was für eine prächtige Braut er erwählt hatte. Eifrig gab er den Knappen Zeichen, die Pferde vorzuführen, und streckte seine Hand nach Ysja aus.

»Liebe, wie ich mich auf diesen Augenblick gefreut habe. Jetzt sollen alle sehen, dass wir Mann und Frau sind.«

»Ja«, antwortete Ysja tonlos und sah dabei nicht ihn an, sondern das Pferd mit dem herrlichen Königssattel.

16

Die Knappen führten die Pferde herbei, und die Gäste rundherum glotzten neugierig. Applaus und Jubel brachen los. Der König verbeugte sich, Ysja machte einen Knicks und eine ganze Weile standen sie oben auf dem Hügel und nahmen die Huldigung des Volkes entgegen. Der Knappe Bue Schönhaar machte sich bereit, dem König auf den Pferderücken zu helfen.

»Nein, Ysja soll zuerst in den Sattel«, protestierte Seine Majestät.

»Eine Sklavin?«, zischte Schönhaar dem König ins Ohr.

»Na gut, einverstanden«, antwortete der König freimütig, denn er wollte nicht stur erscheinen. Er legte die Hand auf den Sattelknauf, während sein Knappe die Hände unter den königlichen Fuß wölbte. Dann gab Schönhaar Seiner Majestät einen kräftigen Schubs, so dass er in die Höhe fuhr und schwungvoll im Sattel landete. Die Schnalle, die länger als einen Mondumlauf in dem Leder verborgen gelegen hatte, schlitzte es auf und sprang heraus. Es war, als schlüge das Böse selbst sein Schwert in das Pferd. Mit einem grässlichen Schrei scheute es, nahm die Zügel zwischen die Zähne, senkte den Kopf und schlug mit den Hinterläufen aus, so dass König Björn, der krampfhaft versuchte, sich in der Mähne festzuhalten, in weitem Bogen über den Pferdekopf geschleudert wurde und auf dem Hügel landete.

Das Pferd wieherte und schnaubte.

»Pass auf!«, brüllte Bue Schönhaar, aber es war schon zu spät. Ehe er sich versah und ohne dass jemand hätte eingreifen können, trafen die Hufe Ysja am Kopf. Das Pferd bäumte sich noch einmal auf und galoppierte über den Platz, während die Sklavin in ihrem Brautkleid leblos zu Boden sank.

Der Wind frischte auf, und einige Schiffe saßen auf der Sperre fest. Taue und Holz schlugen und rieben aneinander, und verunsicherte Männerstimmen schollen über das Wasser. Harald Sigurdson starrte unruhig nach vorn, nach achtern und wieder nach vorn. Was wäre, wenn Männer hier im Hinterhalt lagen? Eine Steinsperre von zweihundert Stadien zwischen Schären, Inseln und Grund musste bewacht werden. Er spähte ans Ufer, um zu sehen, ob sich jemand hinter den Bäumen an Land verbarg. Er wusste, dass der Feind jederzeit angreifen konnte. Aber alles blieb ruhig.

Mit hitzigen Befehlen trieb er seine Männer an, die Schiffe freizumachen, und das Blut in seinen Adern begann zu kochen. Er hatte schlecht Ausschau gehalten und seine ganze Flotte ins Verderben geschickt, eine Schmach, die nicht so schnell vergessen sein würde. Und mitten in all dem Elend erklang Astrid Mannszunges sonore Stimme.

Weder ihr Schiff noch das ihrer Mitschwestern war in die Falle geraten, denn sie hatten die Sperre rechtzeitig gesehen, und jetzt mischten sie sich in alles ein. Wenn Astrid wenigstens ihre Zunge im Zaum halten würde, aber sie plapperte, als könnte jedes Wort ihr letztes sein.

Ohne dass jemand sie darum gebeten hatte, gaben sie und ihre Walküren gute Ratschläge und fischten heldenhaft die Männer aus dem Wasser. Und so schnell und geschickt waren sie, dass sie alle gerettet hatten, ehe Harald selbst etwas unternehmen konnte. Dann versuchten sie, ohne seinen Befehl abzuwarten, die aufgelaufenen Schiffe freizubekommen. Bald forderten sie die Besatzung auf, einen Teil der Last über Bord zu werfen, um das Schiff leichter zu machen, bald warfen sie den Männern Taue und Trosse zu und versuchten, sie freizuschleppen. Wenn auch das nichts half, ließ Astrid Mannszunge das Beiboot zu Wasser und ruderte zu dem festgefahrenen Schiff, wo sie lautstark neue Anweisungen gab. Bevor Harald sie aufhalten konnte, hatte sie sich am Vordersteven seines Schiffes aufgebaut und brüllte, die Hände in die Seiten gestemmt:

»Springt von Seite zu Seite, Männer, dann bringt ihr das Schiff zum Schaukeln!«

Die Männer sprangen, und viele Schiffe glitten auf diese Weise von den Steinen herunter. Zum Schluss blieb nur ein Schiff übrig, das hoch und trocken stand. Es war Haralds eigenes.

»Nimm das Tau hier, Harald, dann ziehen wir dich von achtern frei«, forderte Astrid Mannszunge ihn auf.

Rasch befahl sie ihren neun stärksten Mitschwestern zuzupacken. Sie legten ihre Kettenhemden, Schwertscheiden, Umhänge und Kleider ab, um im Wasser schneller voranzukommen. Sie sprangen mit nichts als ihren leinenen Tuniken ins Meer und schwammen zu Haralds Schiff. Sie verteilten sich zu beiden Seiten des Stevens und stemmten ihre Körper gegen den Rumpf.

»Jetzt packt zu!«, schrie Astrid mit ihrer donnernden Stimme, und alle Walküren setzten die Schultern an. Sie spannten ihre Muskeln, hoben das Vorschiff an und warfen das Boot zur Seite. Mit leichten Blessuren gelang es diesen Walküren, das Schiff im ersten Versuch flottzumachen. Mit Jubel zollten sie ihrem Einsatz Beifall, bevor sie kichernd zu ihren Booten zurückkehrten.

»Das war das«, sagte Astrid Mannszunge zu Harald, als sie an ihm vorbeischwamm, dann zog sie ihre Leinentunika bis zur Hüfte hoch und kletterte auf ihr Schiff. Während das Wasser von ihren Haaren und Kleidern tropfte, stand sie im Vorschiff und achtete darauf, dass all ihre Mitschwestern wohlbehalten hochkamen. Dann wandte sie sich wieder an Harald.

»So, dann können wir jetzt weitersegeln!«

Nicht genug damit, dass der König auf den Rücken und das Becken gefallen war, auch seinen Kopf hatte er sich im Fall übel gestoßen. Verwirrt kam er wieder auf die Füße, und war so benommen, dass er überhaupt nicht begriff, was geschehen war. Noch weniger wusste er, was er hier draußen auf dem Hofplatz wollte, wo die Gäste doch am Langtisch saßen. Seine Majestät betastete verlegen seinen Kopf. Snemun und Erik, die zu ihm gerannt waren, um ihm zu helfen, scheuchte der König verwirrt fort, denn wegen ein paar blauer Flecken wollte er nicht verhätschelt werden.

»Zu Tisch, zu Tisch, meine Freunde«, forderte er die Gäste auf, während er die lieblichen Essensgerüche einsog, die vom Hofplatz herüberdrangen. Er hatte so viele Reden gehalten, dass er noch gar nicht zum Essen gekommen war, und jetzt übermannte ihn der Hunger mit aller Macht. Bei dem würzigen Duft nach gebratenem Fleisch und süßem Met kräuselten sich seine borstigen Nasenhaare vor Behagen. Eine Spur unsicher im Gang wankte Seine Majestät erwartungsvoll zu seinem Platz am Langtisch zurück. Er hatte keine Erinnerung an das, was geschehen war.

Die anderen blieben zurück und kümmerten sich um Ysja. Die Sklavin atmete, aber sie lag völlig regungslos da. Erschrocken kniete sich Erik an ihre Seite. Sie durfte nicht sterben!

»Ysja«, rief er, aber sie antwortete nicht. Er schüttelte sie heftig und schlug ihr auf die Wangen, aber sie rührte sich nicht.

»Blutegel«, schrie er. »Wir brauchen Blutegel.«

»Nein, ein gutes Horn Met und sie kommt gleich wieder zu sich«, sagte Snemun nüchtern. »Ich kenne die da, sie ist wahrlich eine gute Gauklerin.«

Erik hörte und hörte doch nicht. Verzweifelt glitten seine Hände über ihr Gesicht, und er hob ihre Augenlider. Doch was er sah, ließ seinen Körper versteinern. Ihr Blick war tot und ausdruckslos.

»Es geht ihr schlecht. Sie braucht sofort Hilfe«, sagte er verzweifelt.

»Ach, so gefährlich wird es schon nicht sein«, wandte Snemun ein und versetzte ihr einen Tritt mit dem Fuß.

»Was fällt dir ein, bist du verrückt?«, schrie Erik außer sich.

»Weißt du«, fuhr Snemun ungerührt fort, »es ist, wie ich glaubte. Wo ich sie aus der Nähe sehe, bin ich mir sicher.«

»Merkst du nicht, dass sie uns stirbt?«, brüllte Erik, und einige der Wachen eilten herbei.

»Sie stirbt schon nicht«, erwiderte Snemun kalt, »sie kann jeden täuschen. Ysja war die Sklavin auf meinem Hof, von der ich erzählte habe. Sie ist eines Tages vor vier Jahren verschwunden.«

»Deine Sklavin?«

»Ja, sie lief an dem Tag fort, an dem Toste verschwand. Wir haben sie zuerst nicht vermisst, denn sie ließ alles, was sie besaß, im Grubenhaus zurück. Aber das hatte sie getan, um uns in die Irre zu führen, und als wir das endlich begriffen, war es zu spät, um nach ihr zu suchen.«

»Bist du sicher?«, sagte Erik mit einer Stimme voller Zweifel. Ysja lag bleich und leblos vor ihm, und er wollte Snemuns Worte nicht glauben. »Ysja kommt von Munsö, und sie hat einen Sohn von acht Wintern«, hielt er dagegen. »Du irrst dich sicher, deine Sklavin hatte doch wohl kein Kind?«

»Nein, sie hat zwar ein Kind zur Welt gebracht, aber es war missgebildet, darum ließ ich es im Wald aussetzen.«

»Da siehst du. Ysja hat einen Sohn, du musst sie mit jemand anderem verwechseln.«

Erik fühlte sich ruhiger und nahm Ysjas Hand. Das Blut pulsierte am Handgelenk. Sie lebte – mochte Thor mit ihr sein! –, bald wachte sie sicher auf.

Snemun antwortete nicht, sondern beugte sich neben Ysja nieder, zog ihr Kleid und die Tunika ein Stück zur Seite, und entblößte ihre Schultern. Dann sagte er:

»Ja, das dachte ich mir, sieh selbst«, murmelte er.

»Hier siehst du ihr Muttermal. Ich habe mich nicht geirrt.«

Snemun zeigte auf einen braunschwarzen Fleck auf ihrer linken Schulter. Eriks Mund öffnete und schloss sich wieder, und er starrte fassungslos auf das Mal, das er so oft liebkost, gestreichelt und geküsst hatte.

Dann hatte Snemun Recht, Ysja war nicht die, für die er sie gehalten hatte, und sie hatte ihn die ganze Zeit getäuscht. Ein kühler Wind durchfuhr ihn, und er fröstelte. Als er aufstand, musste er sich auf seinen Freund stützen.

»Wenn sie vor vier Wintern kein Kind hatte, dann kann sie heute keinen Sohn von acht Wintern haben«, stammelte Erik verwirrt.

»Sie hat ja vieles geschafft, aber das würde nicht einmal ihr gelingen. Nein, dieser Sohn ist ganz sicher nicht ihrer.« Die Männer wurden von lauten Stimmen unterbrochen. Bue Schönhaar und eine Schar Knappen hatten das Pferd eingefangen und kamen mit dem Tier zurück.

Sein Fell glänzte an den Lenden vor Schweiß, seine Augen irrten groß und schwarz umher. Während Schönhaar sich um Zaumzeug und Sattel kümmerte, versuchte der Stallmeister, das Pferd zu beruhigen. Es blutete. Rinnsale von Blut liefen vom Rücken die Lenden hinunter. Verwundert untersuchte der Stallmeister, woher das Blut kam. Wo der Sattel aufgelegen hatte, war eine tiefe Wunde, als hätte sich etwas ins Fleisch gebohrt.

»Merkwürdig«, sagte er erstaunt und drehte sich zu Bue Schönhaar. Der hatte sich schon abgewandt und schulterte den Sattel, um ihn in den Stall zu tragen. Plötzlich schrie er vor Schmerz auf.

»Bei Odins Raben«, fluchte er und legte ihn wieder auf den Boden. Dann tastete er nach seiner Schulter. Blut klebte an seiner Handfläche. Er drehte den Sattel um. Da war etwas. Er entdeckte ein Loch im Leder und tastete vorsichtig weiter. Er erspürte etwas Hartes, Spitzes und zog es mit Daumen und Zeigefinger aus dem Sattel.

»Eine Schnalle«, murmelte er verblüfft. »Ein schlecht geschmiedeter Riemenbeschlag, aber schärfer geschliffen als eine Schwertschneide. Eine schlaue Übeltat. Es sieht aus, als hätte jemand versucht, den König umzubringen!«

Toste saß im Hafen, am Ende vom Steg, und blickte ins Wasser hinunter. Um die Pfähle herum wimmelte es von kleinen Fischen, und Barsche und Ukeleis tummelten sich im Seegras. Weiter Richtung Ufer, zwischen den Tangarmen auf dem Grund, entdeckte er einen Hecht. Wenn er ein Seil auswarf, würde er ihn sicher fangen können. Aus der Ferne drangen Stimmen und Lachen vom Fest des Königs an sein Ohr, und er wollte auch dort sein statt allein auf dem Steg. Obwohl König Björn den Schmieden wegen der Hochzeit drei Tage freigegeben hatte, hatte Ysja ihm gesagt, dass ein Gastmahl nichts für Sklavenkinder sei. Er war gezwungen gewesen, ihr zu versprechen, sich vom Festplatz fern zu halten, so lange das Fest andauerte, und das verwirrte ihn. Der König hatte schließlich gesagt, dass alle willkommen waren. Aber Ysja hatte ihm Prügel angedroht, wenn er nicht tat, was sie sagte, und da Toste daran gewöhnt war, allein umherzustreunen, dachte er, dass er sich auch so vergnügen konnte.

Am Vormittag hatte er mit anderen Sklavenkindern das Brautpaar angeschaut, und nach der Zeremonie waren sie zum Sklaventisch gegangen und hatten sich mit Speisen versorgt. Hin und wieder warf er einen Blick hinüber zu Ysja. Sie saß schön und strahlend am Tisch, aber sie sah ihn nicht.

Zusammen mit den anderen Kindern betrachtete er die Festlichkeiten aus der Ferne und folgte ihnen dann zur Bucht, um zu baden. Sie schwammen um die Wette, lachten und lärmten, bis die Kälte sie aus dem Wasser trieb und sie sich erschöpft ins Gras legten. Da merkte Toste, dass er lieber allein sein wollte.

Leise schlich er sich in den Wald und streunte ziellos umher. Er sog die Gerüche des Waldes ein, beobachtete Rehe und Eichhörnchen, lauschte den Vögeln und betrachtete die Schmetterlinge auf den offenen Lichtungen. Was würde geschehen, wenn Ysja den König heiratete? Würde er der Schmiede entkommen und Knappe am Königshof werden? Das wünschte er sich, denn ein guter Schmied war er nicht, und die Schnalle, die er für Ysja gefertigt hatte, war robust, aber sie war schief und krumm und nicht besonders schön. Nein, da wollte er lieber Lieder auswendig lernen wie die Troubadoure, ja, vielleicht würde ihm jemand zeigen, wie man Flöte und Laute spielte. Er hatte Musik aus der Ferne gehört, aber noch nie selbst ein Instrument versuchen können. Jetzt würde sich all das ändern.

Beschwingt lenkte er seinen Schritt zum Hafen hinunter. Dort würde er die Fische im Wasser beobachten können und vielleicht Musik vom Hofplatz hören und auf diese Weise wenigstens aus der Ferne am Fest teilnehmen können. Während er den kleinen Fischen zwischen den Pfählen zusah, hing er seinen Gedanken nach. Spät am Nachmittag saß er immer noch dort, als plötzlich aufgeregte Stimmen vom Hof zu ihm herüberdrangen, aber er nahm keine Notiz von dem Lärm.

Und in all der Aufregung dachte auch niemand an den Jungen. Am Abend legte er sich wie gewöhnlich auf die Bank zum Schlafen, und da er wusste, dass das Fest die ganze Nacht andauern würde, vermisste er seine Mutter nicht. Ysja würde noch früh genug zu ihm zurückkommen, und dann würde er alles über sein neues Leben erfahren. Zufrieden fiel er in einen tiefen Schlaf.

Das Hochzeitsfest wurde nicht unterbrochen, denn der König war noch immer nicht ganz zu sich gekommen und hatte noch nicht überrissen, was geschehen war, und die Wachen glaubten, dass Ysja bald aufwachen würde. Sie erklärten ihre Abwesenheit damit, dass sie Kopfschmerzen hatte und Ruhe brauchte, und das Beilager ließ auf sich warten, weil der König Rückenschmerzen hatte und sich schonen musste. Aber da König Björn allen, die es hören wollten, verkündete, dass diese Hochzeit mehrere Tage währen sollte, beunruhigte sich niemand. So lange die Hochzeitsgäste Essen und Trinken bekamen, waren sie zufrieden, und etwas so Unterhaltsames wie das Beilager war ein Ereignis, auf das man sich gerne freute.

Viele Gäste, die von weither gekommen waren, hatten viel zu erzählen, und sie unterhielten sich selbst und andere damit, von ihren Heldentaten in fremden Ländern zu berichten. Andere dichteten Lieder, tranken und sangen, und wieder andere waren so dreist, mit ihrem Mädchen in den Schuppen zu verschwinden. Dass weder der König noch Ysja an diesem Abend von sich Reden machten, schien niemanden zu verwundern, und der Bärenbändiger führte seinen Bären an der Kette herum und ließ ihn hie und da Purzelbäume schlagen oder die Schwerstbetrunkenen forttragen. Dann drehte er eine weitere Runde, und Großvater hielt den Gästen eine Schale hin, damit sie Silber hineinlegten.

Zwischenzeitlich wurde der König wieder klar im Kopf und fragte nach Ysja. Da beruhigten ihn die Wachen und versicherten, sie sei gerade auf dem Weg. Das musste Seine Majestät sofort mit einem Horn Met feiern, das er mit großen Schlucken leerte, und schon vergaß er sie wieder. Aber drinnen im Königshof brannten Öllampen und Bue Schönhaar und Erik wachten an ihrer Bettstatt.

Ysja war nicht mehr zu Bewusstsein gekommen, und obwohl Seher und Heiler, Zauberkundige und Aderlasser herbeigeholt worden waren, ging es ihr nicht besser. Ihr Kopf schwoll an und wurde blau, wo die Hufe ihn getroffen hatten. Nicht einmal die Blutegel halfen. Erik wachte über sie und versuchte, sie zum Reden zu bringen, jedoch ohne Erfolg.

Ysja starb am dritten Tag. Sie glitt in die andere Welt, ohne sich jemandem anvertrauen zu können. Erik wandte das Gesicht ab, damit niemand seine Tränen sah, und als der König die Nachricht erhielt, konnte er überhaupt nicht fassen, was geschehen war. Er schüttelte den Kopf, brüllte, schrie und stieß Schimpfworte aus. Darauf verbot er allen, über das Geschehene zu sprechen, und stürmte auf den Hofplatz. Er glaubte, Ysja würde bald wieder ins Leben zurückkehren, wenn das Fest nur weiterging, und er tat, als wäre nichts gewesen. Als der König selbst nichts sagte, wollte auch keiner der anderen den Gästen die Nachricht überbringen, denn alle warteten auf König Björns Worte.

Der König trauerte, aber um keinen Preis wollte er das jemanden wissen lassen. Sein Kopf war wieder klar und er erkannte, dass Freya der Hochzeit nicht zugestimmt hatte und es deshalb so schlimm geendet hatte. Er hatte den Zorn der Götter auf sich gezogen und er wollte verhindern, dass sein Volk dies herausfand. Viel zu viele christliche Großbauern waren um die Tische versammelt, und sie konnten den Vorfall an die große Glocke hängen. Die Gefahr war zu groß, dass das Gerede aufkam, er wäre alt geworden und die Götter hielten ihre Hand nicht länger über ihn, nein, es war das Beste, das stattliche Fest weitergehen zu lassen. Noch früh genug würden es alle erfahren, aber zu einem Zeitpunkt, der wohl gewählt war, und erst, nachdem er selbst herausgefunden hatte, was geschehen war. Sobald alle schlafen, frage ich Erik, dachte er.

Die Männer hatten sich in den Königshof zurückgezogen. Die Öllampen flackerten in der Halle, ein paar Fliegen surrten eigensinnig um die Metflecken auf dem Tisch und das harzige Brennholz knisterte im Feuer und sprühte Funken.

»Hier ist sie«, sagte Erik und gab dem König die Schnalle. »Wir haben sie im königlichen Sattel gefunden.«

König Björn war noch immer benommen, seine Glieder schmerzten, und er war niedergeschlagen. Beim Anblick der Schnalle wurde er noch blasser.

»Eine Schnalle im Sattel?« Er befühlte sie und rief dann aus: »Aber die ist ja geschliffen. Scharf wie ein Messer.«

Erik nickte.

»Ja, und ein Schurke hat sie im Sattel versteckt.«

Der König fuhr zusammen, sein Blick flackerte und sein Gesicht zuckte.

»Was sagst du da! Wer würde mir so etwas antun?«

Erik zögerte und aus tiefster Seele enttäuscht sagte er:

»Ich kenne diese Schnalle, sie gehörte Ysja.«

»Ysja? Aber woher weißt du das?«

»Ich erkenne sie wieder. Ihr Sohn Toste hat sie ihr geschmiedet, sie hat sie mir gezeigt. Und ich weiß, was Ysja bei sich zu tragen pflegte. Die Frau, die du heiraten wolltest, bedeutete auch mir sehr viel.«

Erik wollte sein Verhältnis mit Ysja nicht länger verheimlichen, er musste sagen, wie es war.

Dann würde der König vielleicht weniger trauern. Und früher oder später würde er die Wahrheit ohnehin erfahren.

»Du hast mir oft deine Sklavinnen angeboten, doch ich habe stets verzichtet«, fuhr Erik fort. »Aber Ysja erinnerte mich an Jorunn, meine Verlobte, die vor einigen Wintern starb. Vielleicht war das der Grund, warum sie eine solche Macht über mich bekommen konnte. Ich versuchte, mich von ihr fern zu halten, aber schließlich, ja, wurde sie mein.«

Es wurde still, und Erik fürchtete die Antwort des Königs.

»Dein? Aber sie habe ich dir nicht angeboten. Du weißt doch, wie …«

Seine Stimme stockte.

»Ich weiß«, fiel Erik ein. »Du hast sie angebetet, und ich versuchte zu widerstehen, aber es gelang mir nicht.«

»Du, von allen!?«

König Björn sprang auf. Sein Gesicht war blutrot und er brüllte:

»Du, du Untier, was hast du noch zu verbergen?«

»Nichts, das ist schon schlimm genug. Nach der Hochzeit wollte ich Ysja entsagen, das hatte ich mir geschworen. Und doch habe ich noch mehr zu berichten. Sie hat uns beide getäuscht. Ysja stammte nicht von Munsö, wie sie sagte, sie war nicht die, für die sie sich ausgab. Vor vier Wintern lief sie vom Snemunhof fort. Dort war sie Sklavin.«

Erik machte eine Pause und hielt die Schnalle hoch, dass der König sie sehen konnte.

»Und siehst du diese Schnalle hier, zu einer Waffe geschliffen? Verstehst du, dass sie dahinter steckt?«

Der König nahm Erik die Schnalle aus der Hand und hielt sie ins Licht. Sein Gesicht war aschfahl.

»Ysjas Schnalle, bist du sicher?«

»Ja, es ist die Schnalle, die Toste ihr geschmiedet hat, sie hat sie geschliffen und in den Sattel gesteckt.«

»Das könnte auch jemand anders getan haben.«

»Nein, sie trug diesen Riemenbeschlag immer bei sich, und wen außer Ysja hast du nach eigenem Gutdünken in den Stall gehen lassen?«

»Aber ein anderer Sklave könnte …«

»Niemals hätte Ysja es gewagt, einem Dritten so etwas anzuvertrauen. Außerdem hatte sie keine Vertrauten.«

Die beiden Männer schwiegen.

Wer war sie, diese geheimnisvolle Frau, die sie so lieb gewonnen hatten? Und wie hatten sie sich so in die Irre führen lassen können? König Björn nahm wieder auf seinem Hochsitz Platz.

»Dann wollte Ysja mir schaden«, murmelte er traurig. Seine Augen glänzten und seine Hände zitterten. »Aber warum? Ich verstehe das nicht, ich habe alles für sie getan«, rief er aus. »Wem außer mir hat sie etwas angetan?«

Eriks eigener Schmerz war Müdigkeit und Zorn gewichen und plötzlich merkte er, dass er Mitleid mit dem König empfand. Er trat vor die Bank mit den hohen, verzierten Lehnen und legte seine Hände auf die Schultern des Königs.

»Es tut mir sehr Leid für dich, für uns beide, aber vielleicht war es so am besten.«

»Und ich glaubte, sie hätte mich gern«, seufzte der König.

»Sie hat uns beiden den Kopf verdreht. Wer unehrliche Absichten hegt, dem gelingt so etwas.«

»Das stimmt, und dennoch …«

»Aber ich begreife nicht, warum sie die Schnalle in den Sattel gesteckt hat, ich weiß, dass sie dich gern hatte«, sagte Erik tröstend.

Der Blick des Königs verdunkelte sich und seine Stimme wurde schroff.

»Hier glaubt man sich von Verbündeten umgeben, und dann geschieht so etwas. Und du, wie konntest du sie mir nehmen, obwohl du wusstest, wie viel sie mir bedeutet?«

»Ich wollte das nicht, aber ihre Kraft war zu groß. Ich hatte allen Verstand und jede Vernunft verloren. Vergib mir.«

Der König schüttelte den Kopf, schloss und öffnete die Hände. Dann lachte er plötzlich auf, laut und schallend.

»Vernunft, ja, das ist wahr. Meine hat sie mir auch geraubt. Ich werde niemals klug aus den Frauen. Sie sind so wechselhaft wie das Aprilwetter.«

Der König wandte sich an Erik, sein Blick hatte sich aufgehellt.

»Eigentlich sollte ich dich zum Zweikampf herausfordern oder dich für alle Zeiten vom Königshof verweisen, aber lass uns über diese Sache nicht Feinde werden. Das ist Ysja nicht wert. Sie hat mich auch verblendet, ich kann dich verstehen. Und du hast mir die Wahrheit gesagt, das ehrt dich.«

Der Wind hatte nachgelassen, und aus der Ferne klangen die Geräusche der Nacht. Der König hatte nach dem Schenk geschickt, und nun tranken die Männer schweigend und nachdenklich ihren Fruchtwein. Sie trauerten beide, aber sie fühlten sich auch erleichtert. Nach einer Weile stand Erik auf, ging zum Tisch und ergriff die Schnalle. Langsam drehte er sie zwischen den Fingern. Plötzlich blickte er auf.

»Der Junge«, platzte er heraus. »Der Sohn ist nicht ihrer.« Mit einem Mal wurde er ganz aufgeregt. »Ysja verschwand am selben Tag vom Snemunhof wie Toste. Und das war vor vier Wintern, als er vier Jahre alt war.«

»Ja?«, der König sah ihn fragend an.

»Ysja war außerdem immer sehr darauf bedacht, dass ich ihm nicht begegne.«

»Ich verstehe nicht …«

»Nicht einmal bei der Hochzeit durfte Toste dabei sein.« Eriks Worte kamen zögerlich. »Auch mein Toste wäre dieses Jahr acht Winter alt geworden.«

»Ja, aber er ist doch tot, ertrunken.«

»Nein, ich glaube nicht daran, niemand hat ihn gefunden, und sein Wiedergänger ist nie umgegangen. Ich weiß, dass er lebt.«

»So beruhige dich doch …«

»Verstehst du nicht? Ysja war nicht Tostes Mutter, und dieser Junge ist genau so alt, wie mein Sohn jetzt sein würde. Und sie sind am selben Tag verschwunden.«

»Hm«, der König strich sich über den Bart. »Ich beginne zu verstehen. Wer einmal Böses tut, tut immer Böses. Du meinst, dass sie Toste geraubt haben könnte?«

»Genau das.«

»Den Sklavenjungen? Den in der Schmiede?«

»Ja, das muss er sein. Aber wo ist er jetzt?«

»Sie haben heute nach ihm gesucht, aber keiner weiß, wo er sich aufhält.«

»Nein, sag das nicht!«, Eriks Stimme wurde schrill. »Hilf mir, wir müssen ihn finden!«

17

Besinnungslos lief Toste geradewegs in den Wald. Gestrüpp und Zweige zerschrammten seine Beine und Arme, aber er lief einfach weiter. Tränen strömten seine Wangen hinab. Er dachte nicht einmal darüber nach, wohin er rannte, er floh wie ein verängstigtes Tier. Manchmal stieß er gegen Baumstämme, mitunter musste er über Gräben springen, sich an umgestürzten Bäumen und Wurzeln vorbeischlängeln, aber nichts konnte ihn aufhalten. Erst als er über einen Felsen stolperte und sich das Knie aufschlug, schluchzte er und blieb liegen. Der Meisterschmied hatte ihm gesagt, dass Ysja tot, dass seine Mutter in die andere Welt verschwunden war. Ein Pferdehuf hatte sie am Kopf getroffen, und es war so schnell gegangen, dass sie nicht einmal mehr Angst bekommen konnte. Ihr Tod war ohne Qualen gekommen, aber jetzt war er allein. Ganz allein.

Toste setzte sich mühsam auf, wischte das feuchte Moos von seinen Hosen und schlang die Arme um die Knie. Wieder wanderten seine Gedanken zu dem, was geschehen war. Erst hatte er den Schmied angeschrien und auf ihn eingeschlagen, hatte nicht geglaubt, was er sagte, aber als Ysja in die Schmiede getragen worden war und er sie selbst gesehen hatte, hatte er zu zweifeln begonnen. Doch dann entschied er sich: Sie schlief nur, bald würde sie aufwachen, da war er sicher. Er sank an ihrer Seite nieder und weigerte sich, ihre Bettstatt zu verlassen. Zum Schluss hatte der Schmied ihn hinaus auf den Hügel gezwungen, und als er wieder hineingehen wollte, hatte der große, grobe Mann in der Tür gestanden und ihn daran gehindert.

»Du musst warten. Erst muss der König die Hochzeit absagen«, hatte er gesagt. »Dann kannst du reinkommen und dich von ihr verabschieden.« Da wollte Toste nichts mehr hören, sie war doch gar nicht tot! Und er riss sich vom Meisterschmied los und rannte davon. Warum sollte Toste ihm vertrauen? Diesem grobschlächtigen Eisenbändiger, der nie mit seiner Arbeit in der Werkstatt zufrieden gewesen war, der fortwährend fluchte und ihn verspottete. Nein, der Meisterschmied sagte nicht die Wahrheit, er log! Bald würde Ysja sich erholen, alles andere war nichts als eine böse Lüge!

Toste stand auf, versuchte sich auf das verletzte Bein zu stellen. Es schmerzte leicht. Der Stoff seiner Hosen scheuerte gegen die Wunde, aber er lief weiter, wenn auch langsamer.

Gegen Abend erreichte er einen kleinen Bach und beugte sich hinunter, formte seine Hände zu einer Schale und trank. Das Wasser kühlte angenehm, und er fühlte sich ein wenig besser. Aber er war müde. Seine Schenkel hatten tiefe Kratzer im Wald abbekommen, seine Füße taten weh. Er blieb am Bachbett sitzen, brach einen Zweig ab und begann damit auf die Wasseroberfläche zu schlagen, dass sich Ringe bildeten, die immer größer wurden und zu immer flächigeren Mustern wuchsen. Wenn er nun nach Hause zurückkehrte, würde er zur Nacht in der Sklavenhalle sein. Dort würde Ysja sicher auf ihn warten. Und sobald sie am nächsten

Morgen erwachten, würde er sie bitten, ihn zum Schmied zu begleiten. Dann würde der Meisterschmied selbst sehen können, wie sehr er sich geirrt hatte.

Sofort war Toste leichter ums Herz, er bohrte den Zweig auf den Grund des Baches und wirbelte Schlamm auf. Das Wasser wurde trüb, aber er hatte keine kleinen Fische aufgescheucht. Er wurde der Sache überdrüssig, stand auf und trocknete sich die Hände an der Hose ab. Nein, es war besser, er ging zurück. Er war hungrig und Ysja hatte ihm sicher schon das Essen bereitet.

Toste machte sich auf den Weg, aber er fand sich nicht mehr zurecht. Woher war er gekommen? Einen ganzen Tag lang war er gewandert, und so weit fort vom Königshof war er noch nie gewesen. Er musste im Kreis gelaufen sein. Ratlos ging er ein Stück, kehrte um und begann wieder von vorn. Wald und Boden um ihn herum schienen dieselbe Farbe zu haben, dieselben grauen, grünen und braunen Abstufungen überall. Zweige, Felsplatten und Wurzeln flossen gleichsam ineinander. Wenn er dem Fluss folgte, würde er vielleicht vorwärts kommen. Er wusste, dass Bäche in größere Wasserläufe oder Seen mündeten. Dieser hier führte sicher irgendwo auf der Insel ins Meer, und von dort würde er nach Hause finden. Ja, so würde er es machen, er würde dem Bach folgen.

Langsam begann er, das Bachbett entlangzuwandern, folgte dem flachen, sumpfigen Ufer, wich Haselbüschen und Erlen aus, musste um Felsen herumklettern, aber er verließ den schwarzen, gewundenen Wasserlauf nicht. Es wurde kälter, die Dämmerung senkte sich mit ihrem blauen Licht, Feuchtigkeit stieg vom Boden auf, und bald suchte sich die Kälte einen Weg in seine Kleider.

Beißend kroch sie unter Hosen und Rock, klammerte sich an ihm fest und kühlte ihn aus. Er begann zu frieren, dachte, dass er längst zu Hause sein müsste.

Müdigkeit überfiel ihn, und immer öfter musste er sich setzen und sich ausruhen. Es war ganz dunkel geworden, und seine Angst wuchs. Nie war er so spät alleine draußen im Wald gewesen, und die Geräusche der Nacht erschreckten ihn. Er biss die Zähne zusammen und blickte himmelwärts zu den Baumkronen, suchte einen Wegweiser in dem Dunkel, aber der Mond war neu und gab nicht genügend Licht.

Was wäre, wenn es Bären im Wald gab? Seine Mundwinkel bebten, und ein Schauern durchfuhr den dünnen, zarten Kinderkörper. Toste setzte verängstigt seinen Weg fort.

Plötzlich glaubte er einen grauen Schatten zu sehen, der zwischen den Bäumen verschwand. Ein Wolf? Nein. Kobolde? Er schauderte. Diese unterirdischen Wesen konnten einem Krankheiten anhexen. Er begann zu rennen und machte einen großen Umweg um den Platz, wo der Schatten verschwunden war. Heim, murmelte er, heim zu Ysja.

Er war böse auf sie gewesen, hatte geschimpft und getobt und mit seinen Fäusten auf sie eingetrommelt, weil sie ihn nicht zum Hochzeitsfest gehen lassen wollte. Jetzt tat es ihm Leid, und er würde sie um Verzeihung bitten, wenn er sie nur wiedersehen durfte. Toste lief schneller, aber er konnte die Ställe noch nicht riechen und er hörte auch keine Stimmen vom Königshof.

Auch am folgenden Tag lief Toste. Er verließ den Bach, denn der schien ihn nicht in die richtige Richtung zu führen, änderte seine Meinung, aber fand ihn nicht wieder. Es regnete, und der Stoff seiner Hosen klebte ihm an den Beinen. Er war durchnässt, seine Kleider waren zerrissen und seine Schuhe kaputt, aber er blieb nicht stehen. Er ging, er schleppte sich voran, müde und völlig erschöpft. Schließlich taumelte er, sank zu Boden und stand wieder auf. Am Abend entdeckte er eine Wurzel, an der er schon einmal vorbeigekommen war, und begriff, dass er immer nur im Kreis lief. Dann fand er den Bach wieder und legte sich erschöpft zwischen zwei Felsplatten. Ich will nur einen Moment verschnaufen, dachte er, nicht schlafen, nur ein bisschen ruhen. Und die Kälte kroch über den mageren Jungenkörper.

Hoffentlich frischte der Wind nicht auf. Harald Sigurdson stand am Vordersteven und spähte gen Himmel. Mit dem nasskalten Nebel wurde er schon fertig, aber wenn der Wind stärker wurde, würde es schwer, die Schiffe für einen gemeinsamen Angriff zu versammeln. Noch war es ruhig, aber einige der Schiffe waren beim Auflaufen beschädigt worden, und er musste ins Lee kommen und sie überholen. Aber er musste schnell sein. Es roch nach Feuer, und er fürchtete, dass die Signalfeuer entzündet worden waren. Ihr Auflaufen auf die Sperre konnte nicht unbemerkt geblieben sein. Sein Gesicht zuckte nervös, wie immer wenn er angespannt war, und sein Blick wanderte zu den Schilden an den Schiffsseiten. Der Angriff musste so bald wie möglich stattfinden, um den Feind zu überraschen, denn diesmal war er auf sich allein gestellt. Hergeir, der Häuptling, der früher sein Verbündeter gewesen war, war mit den Jahren fromm und bußfertig geworden und schien seit einiger Zeit nichts anderes zu tun, als zu beten. Auf diesen Mann konnte man sich nicht mehr verlassen.

Harald hatte gehört, dass Hergeir so christlich geworden war, dass er den Gedanken, das Christentum mit Gewalt einzuführen, ganz aufgegeben hatte. Nunmehr predigte er nur Frieden und Einvernehmen und er fand, wer einer anderen Lehre angehörte, sollte im Geiste überzeugt und nicht mit der Macht der Waffen gezwungen werden. Als Harald zuerst von Hergeirs Wortbruch gehört hatte, war er rot angelaufen und hatte sein Schwert hart in den Schiffsrumpf gestoßen. Einst hatten er und Hergeir geschworen, gemeinsam ganz Birka zu bekehren, jetzt hatte sein Verbündeter ihn im Stich gelassen, und er musste alles allein entscheiden. Nur gut, dass er so viele Männer angeheuert und so zahlreiche Schiffe gerüstet hatte!

Wenn nur König Björn keine weiteren Sperren ins Wasser hatte bauen lassen. Zweihundert Stadien Steine und Holz quer durch den Sund, wer hätte das vorhersehen sollen? Und Gott gebe, dass er nicht noch die Burg verstärkt, neue Drachenschiffe gebaut und sein Volk bewaffnet hatte. Dann konnte das Unterfangen böse enden. Andererseits, Harald hatte seine Katapulte und eine große Flotte, wie sie niemand zuvor im Reich der Svear gesehen hatte. Außerdem beabsichtigte er, die Walküren einzusetzen.

Er hatte ihre beiden Schiffe Kurs auf Adelsö und König Björns Königshof nehmen lassen. Mit List und Tücke sollte es ihnen gelingen, den König zu überwältigen. Und Astrid Mannszunge hatte sich die Haare über der Oberlippe gekratzt, ihr Gemüt hatte sich aufgehellt und sie war zufrieden darüber, solches Vertrauen zu genießen. Denn seit Harald sie in seinem maßlosen Zorn Kröte genannt hatte, war sie noch eigensinniger gewesen als sonst, doch nun schien alles vergessen zu sein. Sie hatte geradezu glücklich ausgesehen, als sie mit ihrem Schiff davonsegelte. Wie es für die Frauen gehen würde, wusste er nicht, aber die Wachen würden sie sicher ablenken. Dann konnte er unbemerkt nach Birka gelangen. Seine Augen verengten sich zu schmalen Schlitzen, und er lächelte höhnisch. Astrid Mannszunge und ihre Walküren … endlich hatte er Verwendung für sie gefunden.

Es war früher Morgen, und Birka schlummerte noch. Das Meer war glatt und ruhig, Häuser und Straßen spiegelten sich in der dunklen Wasseroberfläche. Die Sonne ging langsam auf, aber noch hatte sie den Burgberg nicht erreicht. Der Erdwall wirkte dunkel und bedrohlich, und die spitzen Holzpalisaden mit den Wachtürmen wirkten kalt und feindlich.

Auch die Pfahlreihe, die in einem großen Bogen im Wasser die Stadt umringte, sah Furcht einflößend wie große Reißzähne aus, und bei dem Anblick wurde es Ragnar Weitfahrer mulmig.

»Es scheint, als wäre ich hier nicht willkommen und als sollte ich nicht an Land gehen«, sagte er unsicher. »Wäre es nicht besser, wenn du allein gehst und mit den Deinen sprichst und ich nachkomme?«

Estrid ließ das Ruderblatt im Wasser ruhen und sah Ragnar an. Sie waren mit einem kleinen Handelsschiff aus dem Osten hergesegelt, und auf Munsö hatten sie ein Boot leihen können. Estrid hatte nicht die Geduld aufgebracht, auf den Fährmann zu warten, sie wollte sofort nach Hause.

»Ich habe mich so danach gesehnt, hier mit dir an Land zu gehen«, begann sie. »Ich dachte, wir könnten durch die Stadt spazieren, bevor jemand erwacht, nur du und ich. Aber ich habe wohl mehr geträumt als gedacht. Das kann für dich kein Vergnügen sein. Du hast Recht, es ist am besten, wenn ich erst alles mit Erik kläre.«

»So ist es wohl. Aber auch ich habe, glaube ich, nicht genug nachgedacht. Möglicherweise wird es seine Zeit brauchen, bis du mir nach Torslunda folgen kannst.«

»Ja, aber du wartest doch?« Estrid blickte ihn unruhig an.

»Bin ich nicht den ganzen Weg mit dir nach Birka gekommen, obwohl es eigentlich meine Absicht war, länger im Gårdarik zu bleiben?« Ragnar lächelte sie an.

»Doch, aber was hättest du tun sollen? Du glaubtest doch nicht, dass ich ohne dich nach Torslunda gehen würde?« Estrid ergriff seine Hand. Schweigend betrachteten sie die Häuser und Straßen, die das Morgenlicht zu erhellen begann, und Ragnar dachte, dass er trotz allem bei Estrid bleiben sollte. Aber er konnte seinen Hof nicht den Ratten überlassen, früher oder später musste er zurück. Dann würde er Estrid mitnehmen. Die Zeit, die sie gemeinsam verbracht hatten, war so unbeschwert gewesen. Niemals hatten sie harte Worte gewechselt, nein, sie hatten stets Freude daran, dem anderen nah zu sein, zusammen zu arbeiten und Dinge gemeinsam zu erleben. Nicht einmal jetzt, als die Anspannung wuchs, je näher sie Birka kamen, hatten sie Meinungsverschiedenheiten gehabt. Estrid würde mit Erik reden, und sie hatte versprochen, ihm zu sagen, dass sie jetzt mit Ragnar Weitfahrer aus Torslunda leben wollte. Aber sie wollte Rurik bei sich haben, denn er war ihr Kind, und ohne ihn konnte sie nicht sein. Es war der größte Fehler ihres Lebens gewesen, den Jungen zu verlassen, aber nun würde sie alles wieder in Ordnung bringen.

Ragnar schielte zu der Frau hinüber, die er liebte und die immer an seiner Seite gewesen war seit dem Tag, an dem er sie am Fluss gefunden hatte. Nie hätte er geahnt, dass die erste Begegnung zu etwas so Tiefem und Wertvollem wie ihrer Liebe führen könnte. Dass sie ihm so wichtig geworden war!

»Ragnar!« Plötzlich fühlte er, wie ihre Hand ihn streichelte, und als er den Blick hob, sah er in ihre hellen, glitzernden Augen. Ihm wurde warm ums Herz, als er sie so sah, als loderte eine Flamme durch seinen Körper. »Ragnar, setz mich an der Brücke ab, dann gehe ich zuerst zu Erik. Vielleicht dauert es nicht so lange. Vielleicht ist er froh über meinen Entschluss. Dann komme ich mit Rurik zu dir zurück. So ungeduldig wie Erik ist, hat er sich sicher eine neue Frau gesucht, sowie ich mit dem Schiff hinter der ersten Landzunge verschwunden war.«

Sie zeigte nach Grönsö hinüber und lachte auf, verstummte und ertappte sich im selben Moment dabei, dass ihr dieser Gedanke nicht gefiel. Erik mit einer neuen Frau? Hatte er sein Versprechen wirklich nicht gehalten? Und Ragnar Weitfahrer auf der Achterducht sah nachdenklich aus. Sie hatte es so leicht dahingesagt, eine Angelegenheit, die sich schnell und problemlos ordnen ließ. Aber so war das Leben nicht, sie irrte sich. Wahrscheinlich würde er eine ganze Weile auf sie warten müssen. Aber er sagte nichts, sondern schwieg.

Die Sonne stieg höher, hinein in den beginnenden Dunst. Hähne krähten in den Hofgärten, und eine Gruppe Sklaven war zu sehen, die aus dem Haus traten, auf dem Weg zum Melken. Bald begannen Fuhrwerke und Karren über die Holzplanken zu klappern. In der Ferne waren die Wachen auf den Türmen zu erkennen.

»Nein«, sagte Estrid plötzlich. »Ich will noch nicht an Land. Wir sind die ganze Nacht gerudert, und ich bin müde. Ich weiß nicht, was ich sage, wenn Erik ärgerlich wird und nicht einverstanden ist. Das bewältige ich nicht, nicht jetzt.«

»Sondern?«

»Wir rudern stattdessen nach Grönsö und ruhen uns dort aus. Dann verspreche ich, Erik aufzusuchen. Aber lang wird die Pause nicht werden, ich sehne mich so nach Rurik.«

»Nun haben wir mehr als einen Mondumlauf Zeit gehabt, deine Heimkehr zu planen, und trotzdem ist es uns nicht einmal gelungen zu entscheiden, wie wir es machen sollen.«

Sie sahen einander an und lachten. Dann wendete Estrid das Boot in Richtung Grönsö und legte wieder Kraft in die Ruderschläge. Sie ruderte mit entschlossenen Zügen und während sie über den Fjord blickte, dachte sie nach. Was war in sie gefahren? Sie hatte Ragnar den ganzen weiten Weg nach Birka gelockt und war so sicher gewesen, dass sie es so wollte. Nie wieder Eriks Ungeduld und Abenteuerlust, nie mehr würde sie allein und verlassen zurückbleiben, wenn er auf Wikingfahrt ging. Mit Ragnar Weitfahrer würde so etwas nicht geschehen, mit ihm würde sie ihren Frieden finden. Von ihm bekam sie Zärtlichkeit und Liebe, und er war immer eine Quelle der Freude. Darum hatte sie sich entschieden, für immer mit ihm zu leben. Die Fürsorge und Zärtlichkeit zwischen ihnen schien endlos zu sein. Es war nicht das stürmische Begehren wie mit Orfrim und auch nicht die warme Freundschaft, die zwischen ihr und Erik bestand. Bei Ragnar Weitfahrer war es, als vereinigte sich beides, Freundschaft und Liebe.

Schon in Holmgård hatte sie ihre Entscheidung getroffen. Es war ihr plötzlich ganz selbstverständlich vorgekommen, und er hatte lachend zu ihr gesagt, dass er natürlich mit nach Birka käme, und dann führen sie vielleicht weiter nach Torslunda, denn er beabsichtige, sie zur Frau zu nehmen. Es hatte sich so richtig angefühlt, und sie waren so glücklich gewesen. Aber jetzt? Als sie Birka aus dem Meer auftauchen sah, Luft und Licht geatmet und gespürt hatte, beschlich sie der erste leise Zweifel. War es das, was sie wollte? Wollte sie die Stadt verlassen, um weit entfernt auf einem großen Hof mit Ragnar Weitfahrer zu leben?

Der Kiel schrammte über den Grund, und Ragnar half Estrid aus dem Boot. Zusammen zogen sie es ans Ufer. Es begann feucht zu werden, in der Ferne türmten sich hohe Regenwolken auf.

»Manchmal rudere ich hierher. Grönsö ist herrlich

und liegt so nahe der Stadt, und dennoch kann man hier ganz ungestört sein«, sagte Estrid und blickte an Land.

»Ungestört?«, rief Ragnar mit belustigtem Blick aus, fasste sie um die Hüfte und zog sie an sich. Sie kicherte und löste sich aus seiner Umarmung, aber er hielt sie fest. Seine Lippen suchten ihre und der Griff um ihren Körper wurde fordernder.

»Nicht hier«, presste sie hervor, aber sein Mund brachte sie zum Schweigen.

Er küsste ihre Lippen und ihr Gesicht und wurde immer fordernder. Im nächsten Augenblick fanden seine Hände den Weg unter den Leinenstoff. Wie weich und warm seine Hände waren; seine Berührungen ließen ihren Körper erschauern. Ihr Atem ging schneller, und sie fühlte die Hitze wachsen. Es ist lange her, dachte sie, und ich sehne mich danach. Als fürchteten sie, dass etwas Böses geschehen würde, drückten sie sich eng aneinander und sanken auf den Boden. Am Strand begegneten sie sich in einem gewaltigen Rausch und besaßen einander vollkommen, und Estrid wünschte, dass ihre Umarmung niemals endete.

Toste wurde von fremden Stimmen geweckt. Sie klangen gedämpft, wurden lauter, und als er die Augen wieder aufschlug, standen zwei Männer über ihn gebeugt. Noch halb im Schlaf erahnte er diese Menschen nur, aber er wusste nicht, wo er sich befand oder wer die Fremden waren.

Dann erkannte er plötzlich eine der Stimmen, die sprachen.

»Hier ist der Junge«, sagte der Meisterschmied und

schob ein paar Zweige beiseite. Toste wich zurück, jeder seiner Muskeln war angespannt. Würde er jetzt Prügel bekommen? Ängstlich sah er sich nach einem Fluchtweg um.

»Toste!«

Ein blonder Mann kniete sich neben ihn und musterte ihn verwundert.

»Bist du es, bist du es wirklich?«, stieß er hervor, und in seiner Stimme mischten sich Staunen und Zweifel. Dann stand er plötzlich auf und schrie es hinaus: »Das ist Toste. Toste lebt!«

Der Fremde legte Tostes Arme um seinen Hals und hob ihn hoch, als wäre er ein kleiner Junge. Lachend setzte er ihn wieder ab.

»Toste, ich bin es, Erik. Erkennst du mich nicht mehr?«

Der Junge blickte den Fremden fragend an. Der stupsnasige Mann sah freundlich aus, hatte lockiges Haar und sein Gesicht war braun gebrannt und wettergegerbt. Sein Blick war fest, seine Haare standen wirr um den Kopf und in seinem kurzen, hellen Bart steckten ein paar Tannennadeln. Seine Hände waren grob und breit wie Mahlsteine, und wenn er lächelte, erschien eine große Lachfalte über seiner Nase.

Toste betrachtete reglos den Mann vor sich. Wer war er, und warum war er zusammen mit dem Schmied gekommen? Dann fiel ihm wieder ein, was geschehen war. Der Meisterschmied hatte ihm erzählt, dass seine Mutter tot war. Trotzig drehte er sich zu diesem böswilligen Lügner um.

»Mama lebt«, sagte er kurz. Weiter kam er nicht, denn

seine Augen füllten sich mit Tränen und die Worte blieben ihm im Hals stecken. Erik sah den Knaben hilflos an, dann legte er freundschaftlich seine Hand auf Tostes Arm.

»Ich weiß, es ist schwer für dich.«

»Nein!«, schrie Toste gellend, schlug sich die Hände vors Gesicht und schüttelte verzweifelt den Kopf. Erik versuchte, ihn an sich zu ziehen und ihn zu trösten, aber er schrie und schlug sich frei.

»Mama ist zu Hause! Sie hat versprochen zurückzukommen und …«

In dem Moment riss dem Meisterschmied der Geduldsfaden, er bückte sich und schlug Toste ins Gesicht.

»Hör doch, Junge, verstehst du nicht, was wir sagen? Deine Mutter ist tot.«

»Es war wohl kaum nötig, den Jungen zu schlagen«, sagte Erik mit unüberhörbarem Zorn in der Stimme. Dann wandte er sich wieder an Toste. »Es ist nicht alles so furchtbar, wie du glaubst. Komm, dann gehen wir nach Hause.«

Das Kind weinte jetzt hemmungslos, Tränen liefen seine Wangen hinunter, und es schluchzte, dass es kaum Luft bekam.

»Erinnerst du dich an mich?« Erik versuchte es wieder. »Kennst du noch das Strohhaus und den Hof auf der anderen Seite des Fjordes?«

Toste schüttelte den Kopf.

»Denk daran, wie wir zusammen mit dem Boot zum Fischen gefahren sind …«

Toste sagte noch immer nichts, aber das Weinen hatte nachgelassen. Er erkennt mich nicht, dachte Erik.

Aber er ist es, und ich habe die ganze Zeit Recht gehabt. Toste lebt und er ist hier. Wenn ich ihn nur erst nach Birka mitnehme, dann wird er sich anfangen zu erinnern.

Obwohl Toste ihn nicht erkannte, wollte Erik seine Freude herausschreien. Sein Traum, dass der Junge eines Tages zurückkommen würde, war in Erfüllung gegangen, und er war sicher, dass der Knabe sich früher oder später wieder erinnern würde.

In diesem Moment flogen seine Gedanken zu Estrid, und er wünschte, sie wäre bei ihm und könnte seine Freude teilen. Wie glücklich sie darüber gewesen wäre, ihren Sohn wiederzuhaben! Bei diesem Gedanken wurde ihm klar, welche Freude es wäre, sie wiederzusehen. Als seine Besessenheit von Ysja am größten gewesen war, hatte er nicht einmal mehr an Estrid gedacht.

»Wir müssen ihn mitnehmen«, entschied der Meisterschmied ruhig und nickte zu Toste. »Er beruhigt sich schon noch.«

»Stell dir vor, vier Jahre lang war er verschwunden, und alle glaubten, er sei tot. Dabei war es Ysja, die sich um ihn gekümmert hat.«

»Woher weißt du das?«, fragte der Schmied.

»So muss es gewesen sein. Sie lief am selben Tag vom Snemunhof fort, als Toste verschwand. Da war er vier Winter alt und heute ist er acht. Ysja war kinderlos. In vier Jahren kann sie keinen Jungen von acht bekommen haben. Das einzige Kind, das sie geboren hat, wurde im Wald ausgesetzt.«

»Und so hat sie Toste an dessen Stelle genommen?«

»Ja, so muss es zugegangen sein.«

»Er ist ein grüblerischer Gesell, dieser Junge«, sagte

der Schmied. »Ich habe mich oft darüber gewundert. Und er ist nicht eben geschickt mit den Händen, scheint lieber für sich zu sein und zu denken. Aber er fischt gern.«

»Das habe ich ihm beigebracht.«

»Wenn das so ist, nimm ihn mit ins Boot, vielleicht erinnert er sich dann, wer du bist.«

»Da hast du Recht.«

Die Männer begannen zum Königshof zurückzuwandern, Toste zwischen sich. Er war klamm und durchgefroren und wunderte sich über das Gespräch der Männer. Sollte er den Fremden wirklich von früher kennen, den mit den Lachfalten über der Nasenwurzel und der freundlichen Stimme? Hatte dieser Mann ihn das Fischen gelehrt? Toste grübelte. Aber er war müde und hungrig, wollte nur noch zum Königshof zurück und wollte, dass Ysja zu Hause auf ihn wartete.

Sie erreichten das Grubenhaus am späten Nachmittag, und die Frau, die einst den Mund verzogen und sich über Ysja beschwert hatte, glotzte ungläubig, als Erik und der Meisterschmied mit Toste vorbeigingen. Als sie die Halle erreichten, rannte Toste zur Tür und öffnete sie eifrig, doch dann blieb er auf der Schwelle stehen. Seine Unterlippe zitterte, als er sich umsah. Niemand war da. Erik kniete sich vor ihn, ließ den Jungen in den Hemdenärmel schnauben und strich ihm sacht übers Gesicht.

»Ysja ist tot, aber ich habe mit dem König gesprochen«, sagte er müde. »Du kannst mit mir nach Birka kommen. Und du musst auch nie mehr in der Schmiede arbeiten.«

Toste hörte nicht, er riss sich los und rannte in den Raum.

»Mama, wo ist meine Mama?«

Er schrie und trat in seiner Verzweiflung gegen die Bänke. Erik wartete, bis der Junge sich wieder beruhigt hatte. Dann nahm er die Hand des Knaben und ging mit ihm zur Schmiede. Toste sollte Ysja ein letztes Mal sehen, bevor sie beerdigt wurde.

Erst dann würde Erik wieder versuchen, sich dem Jungen zu nähern. Und er musste ihm sagen, dass Ysja niemals seine Mutter gewesen war.

Der Wind kam vom Wasser und kleine Wellen gurgelten im Kies.

»Vielleicht solltest du jetzt gehen«, sagte Ragnar und streichelte Estrids Wange.

Sie lagen noch immer in ihrer Umarmung, als wollten sie sich aneinander festhalten, um die Nähe zwischen ihnen nicht zu zerstören. Beide scheuten sich vor einer Entscheidung, als hätten sie Angst, dass sie zum Schluss doch scheitern könnten.

»Ja«, sagte sie und seufzte schwer.

»Reist du weiter nach Torslunda?«

»Nein, ich habe nicht vor, dich hier allein zurückzulassen und ohne dich heimzukehren. Ich werde ins Schankhaus gehen, dann können wir uns treffen, wenn die Zeit dafür gekommen ist.«

Estrid schenkte ihm ein zärtliches Lächeln. Wie verständnisvoll er war, so ruhig und klug. Kein Wunder, dass es ihr in seiner Nähe gut ging.

»Ich hoffe, es wird schon morgen so weit sein«, sagte

sie, aber sie spürte sofort, dass das, was sie sagte, falsch klang. Wie sollte sie ihr Leben mit Erik so schnell ordnen können?

»Estrid, du musst dich nicht beeilen. Ich kann verstehen, wenn es seine Zeit braucht.«

»Dann übermorgen?«, antwortete Estrid in einem Versuch heiter zu wirken. Aber auch das klang irgendwie falsch. Erik und Rurik – sie sehnte sich nach ihnen; aber sie hatte auch Angst. Was geschah, wenn Erik sich weigerte, den Jungen fortzugeben? Was sollte dann werden?

»Sag keinen Tag, Estrid. Du musst mit dem, was du tust, zufrieden sein, es muss sich richtig anfühlen.«

»Wie gut, dass du genug Silber hast. Dann kannst du mehrere Tage, nein, Monde, im Schankhaus bleiben«, sagte Estrid in einem neuerlichen Versuch, ihre Unruhe zu vertreiben.

Mit einem Mal war er gekommen, der Zweifel … er hatte ihre Sinne heimgesucht und sie bedrängt, als sie sich der Heimat näherte, und sie konnte nichts dagegen tun. Was wusste sie von Erik und Rurik, ja, was wusste sie von der Zukunft? Estrid streichelte Ragnar über die Wange.

Einen kurzen Augenblick wollte sie ihm sagen, dass sie ihn liebte, aber die Worte wollten nicht gelingen.

Stattdessen sagte sie:

»Ich bin so glücklich mit dir. Versprich, dass du auf mich wartest!«

»Ich bin da, wo du bist, und wenn du mit Erik übereingekommen bist, können wir wieder zusammen sein. Nicht nur in Torslunda, ich möchte, dass du auch mit mir ins Gårdarik kommst.«

»Ins Gårdarik?«

»Ja, nach Holmgård und Miklagård, wo ich meinen Handel treibe. Wir müssen zusammen reisen und uns nahe sein. Immer. Ich liebe dich so sehr.«

Das Gårdarik? Estrid verstummte, glitt aus seiner Umarmung und stand auf. Und Rurik? Sie strich die Falten aus ihrem Kleid, richtete sich das Haar und sah auf das Wasser hinaus. Ganz gleich, was sie tun würde, es würde schwer. Dieses Mal musste sie sorgfältig nachdenken.

Erst als Toste Ysja noch einmal gesehen hatte, begann er zu verstehen. Ihr Gesicht sah aus, als würde sie schlafen, aber sie war so seltsam still und stumm. Ihre Gestalt war dünn und zerbrechlich und alles, was sie gewesen war, war gleichsam verschwunden.

Erik schielte scheu zu ihm hinüber. Toste weinte nicht mehr, aber er reagierte auch nicht auf Ansprache. Wortlos verließen sie die Schmiede. Zumindest weigert er sich nicht, mit mir zu kommen, dachte Erik und versuchte sich zu trösten. Wenn wir nach Hause kommen, kennt er sich vielleicht wieder aus. Auch er vermisste Ysja. Sie war gut zu ihm gewesen, und sie waren glücklich zusammen gewesen. Obwohl sie etwas so Verwerfliches getan hatte, konnte er auch das sehen, was im Verborgenen lag. Ihr Leben als Sklavin hatte böse und schwarze Seiten in ihr genährt, und als schließlich ihr einziges Kind ausgesetzt wurde, um im Wald zu sterben, war ihr alles zu viel geworden. Sie nahm Toste zu sich, und er wurde ihr Trost, linderte ihre Trauer. Erik fragte sich, ob sie ihm all das hatte sagen wollen, an dem Tag, an dem sie sich endlich geborgen gefühlt hätte. Vielleicht war das der Grund, warum sie so oft gescherzt hatte, er müsse sie heiraten, denn vorher hätte sie es wohl nicht gewagt, etwas zu erzählen.

Die Dämmerung brach herein, und Erik und Toste wanderten schweigend zum Hafen hinunter. Das Fest war abgebrochen worden und sämtliche Hochzeitsgäste hatten Adelsö verlassen. Zwei der königlichen Schiffe lagen jenseits der Pfahlsperre vor Anker, zwei schlanke Kriegsschiffe schaukelten leise an einer der Brücken.

Wie seltsam sich alles gefügt hatte, der plötzliche Umschwung von Freude zu Trauerbotschaft, von Ausgelassenheit zu Ernst. So war das Leben, dachte er, unvorhersehbar, manchmal unerklärlich. Erik bemitleidete den König. Lange hatte er versucht, Heldenmut zu zeigen und das Fest nicht abzubrechen, aber schließlich war er dazu gezwungen gewesen. Er konnte die Schwermut nicht länger verbergen. Erik wusste, wie er litt. Nicht genug damit, dass er seine Frau verloren hatte, da war auch noch die versteckte Schnalle in seinem Sattel. Wie enttäuscht und verraten musste er sich fühlen! Er hatte Ysja wirklich angebetet.

Eriks Gedanken gingen zu der Spange, die im Sattel verborgen gewesen war. Wie war sie dorthin gelangt? Und wenn Ysja die Schuldige war, warum hatte sie das getan? War es ein Versuch, den König außer Gefecht zu setzen und die Hochzeit zu verhindern? Der König hätte dabei sterben können.

Erik erinnerte sich, wie sie über die Hochzeit geklagt und gejammert hatte. Mit Erik als Mann hätte sie einen

Vater für den Jungen gehabt, und niemand hätte ihr Toste nehmen können. Der König hingegen konnte mit seinen Sklaven tun, was er wollte, er konnte sie verkaufen oder sie opfern. Hatte sie davor Angst gehabt? Einst hatte Ysja Toste haben wollen, und sie hatte nicht gezögert, ihn seiner Mutter zu nehmen. So war sie also im Stande gewesen, Verzweiflungstaten zu begehen.

Aber – und darüber wunderte er sich – wie war es möglich, dass er eine falsche Frau so heiß begehrt hatte? Waren es ihre Kraft und Ausstrahlung, oder war er zu lange ohne Liebe gewesen? Er ahnte es nicht und war wütend auf sich selbst. Trotz aller Trübsal war er doch froh darüber, dem König die Wahrheit erzählt zu haben. Nur so hatten sie wieder Vertrauen zueinander fassen können, und nur so konnte ihre Freundschaft fortleben. Aber ihm war auch bewusst, dass so etwas nie wieder geschehen durfte.

In ihrer Bestürzung über Ysjas Tod schienen sich die Männer näher gekommen zu sein, und in der Trauer waren sie einander eine Hilfe geworden. Der König hatte Erik sogar unterstützt und dem Meisterschmied befohlen, bei der Suche nach Toste zu helfen. Ferner hatte der König gesagt, ganz gleich, ob das Kind Toste war oder nicht, könne Erik sich um ihn kümmern. Vielleicht war das König Björns Art zu zeigen, dass die Freundschaft zwischen ihnen weiterbestehen würde.

Erik und Toste hatten die Brücke erreicht. Erik fühlte die feuchte, kleine Hand in seiner, und Freude und Zärtlichkeit wallten in ihm auf. Dass er den Jungen endlich gefunden hatte! Es war so unwirklich und kaum vorstellbar. Er war mächtig gewachsen und kaum wiederzuerkennen, nur die dunklen, schönen Augen leuchteten wie früher. Aber dünn und mager war er geworden und ganz blass und grau im Gesicht. Und wie sehr ihn seine Schwermut bedrücken musste.

Erik dachte daran, wie verzweifelt sie nach ihm gesucht hatten. Zwei Tage und zwei Nächte war er verschwunden gewesen, bis sie ihn endlich in der Felsspalte am Bach entdeckt hatten. Toste war gern in der Nähe des Wassers, und Erik hatte gehofft, ihn zu finden, wenn sie an den Stränden und Wasserläufen entlang suchten. Und schließlich war es ihnen gelungen.

Als Erik den schlafenden Knaben gesehen hatte, war ein Sturm in ihm losgebrochen. Doch, es war Toste. Wie war das möglich!? Erik drückte die weiche, schwitzige Jungenhand. Gleich morgen werde ich mit ihm hinausrudern, dachte er. Dann erinnert er sich vielleicht.

Draußen auf der Brücke machte Erik das Boot los und Toste kletterte hinein, noch immer schweigend und in sich gekehrt. Aber als sie ein Stück auf den Fjord hinausgerudert waren, beugte er sich hinunter und nahm ein paar kleine Fische in die Hand, die Erik achtern liegen hatte. Der Junge hielt sie eine Weile fest und warf sie dann den Möwen zu. Sie schrien und schlugen sich um die Beute, und zum ersten Mal konnte Erik ein schwaches Lächeln in Tostes Gesicht erahnen.

Es war bereits dunkel geworden, als sie Hand in Hand zum Strohhaus hinaufeilten. Eriks Gedanken kreisten um Toste, und die Begegnung zwischen ihm und Rurik stand bevor. Sigfrid hatte sich um Rurik gekümmert, so lange er auf Adelsö gewesen war. Am nächsten Morgen würde er sie aufsuchen. Das würde eine Überraschung werden! Dann wollte er Toste durch die Stadt führen und sehen, ob er sich wieder auskannte. Jetzt war es zu dunkel.

Erik blieb vor dem Strohhaus stehen und zeigte dem Jungen ein paar hell leuchtende Sterne, ehe er die Tür öffnete und hineinging. Erstaunt blieb er auf der Schwelle stehen. Der festgestampfte Erdboden war mit Wacholder bedeckt und Birkenhölzer brannten in der Feuerstelle. Die Felle waren gebürstet und auf den Bänken ausgelegt, im Kessel kochte eine Suppe. Jemand war da gewesen.

18

Erik ging hinein, setzte sich und dachte, dass Sigfrid vielleicht auf ihrem Heimweg am Strohhaus vorbeigekommen war. Während er auf Adelsö gewesen war, hatte sie nach dem Haus gesehen, und vielleicht hatte sie ihn draußen auf dem Fjord erkannt und ihn überraschen wollen.

»Komm, wir wollen etwas essen«, sagte Erik und wandte sich zu Toste.

Aber der Junge antwortete nicht, sondern ging schweigend auf und ab. Gedankenverloren musterte er die Truhen, den groben Holzhocker und die Bänke, hob die Felle hoch und fuhr mit der Handfläche über den leeren Webstuhl. Sein Gesicht war ernst, in seinen Augen lag ein nachdenklicher Glanz. Besser, ich lasse ihm Zeit, sich an den Raum zu gewöhnen, dachte Erik. Aber warum sagte er nichts, erkannte er denn gar nichts wieder?

Niedergeschlagen trat Erik ans Wandregal und nahm zwei Löffel herunter. Dann stieg er auf die Bank und angelte ein Brot von der Stange unter dem Dach. Er stellte die große Schale auf den Tisch und ging zum Kessel, rührte mit der Kelle um und probierte. Es war Fleischsuppe, die, die er immer im Haus zu haben pflegte.

Erik deckte einen Platz für Toste am Tisch und begann selbst zu essen. Irgendwann würde der Junge wohl auch etwas haben wollen. Es duftete würzig nach Wacholder, und das leise Knistern des Feuers war heimelig und behaglich. Toste hatte sich auf Eriks Hocker gesetzt und betrachtete mürrisch den Raum. Nach einer Weile wurde Erik ungeduldig.

»Aber du musst doch hungrig sein, Junge?«, fragte er leicht gereizt. Doch Toste schüttelte den Kopf, immer noch stumm und unnahbar. Ich muss dem Jungen Zeit geben, dachte Erik. Sei vorsichtig, überstürze nichts, versuch es!

Er aß selbst und während er die Suppe in sich hineinschlürfte, wunderte er sich darüber, dass, wer auch immer im Haus gewesen war, nicht zurückkam. Immer wenn Sigfrid hereinschaute, wenn er nicht da war, kam sie später noch einmal wieder. Er ging auf den Hofplatz hinaus, sah sich um, aber er entdeckte nichts. Das Wetter hatte sich verschlechtert. Schwere Regenwolken jagten über den Himmel, und feuchter Nebel hing kalt und beißend über dem Hofplatz. Es lag Unruhe in der Luft. Vielleicht sollte er das Boot besser vertäuen, aber gerade jetzt musste das warten. Toste war wichtiger, er wollte ihn jetzt nicht allein lassen.

Erik ging wieder in die Wohnhalle und versuchte, Toste zum Essen zu bewegen, aber der Junge schüttelte den Kopf und nahm nicht einmal den Brotbissen an, den Erik ihm reichte. Enttäuscht stützte er den Kopf in die Hände. Viele Jahre hatte er nach Toste gesucht und als er ihn endlich gefunden hatte, wollte der Junge ihn nicht mehr erkennen. Erik aß schweigend weiter, als plötzlich Geräusche über den Hofplatz drangen. Es klang wie entfernte Frauenstimmen und ein helles Lachen. Sigfrid ist mit Rurik auf dem Weg nach Hause, dachte er. Wie überrascht sie sein würde, Toste hier zu sehen. Aber als die

Stimmen näherkamen, begriff er plötzlich, und das Brot blieb ihm fast im Hals stecken. War das wirklich wahr? Eine der Stimmen war Estrids. Seine Frau war zurückgekommen!

Astrid Mannszunge kniff die Augen zusammen, um besser sehen zu können, während die Finger der einen Hand unaufhörlich über die Haare an ihrer Oberlippe fuhren. Wo war der Königshof? Er musste dort vorn im Dunst liegen. Sie beugte sich so weit vor, dass ihr das Bugwasser gegen Rock und Kettenhemd spritzte. Jetzt sah sie ihn! Ein achtzig Fuß langes Langhaus war hinter der Pfahlsperre über dem Hafen zu erkennen. Am Strand lagen ein paar Bootshäuser, weiter oben wurde das lange, schmale Gebäude mit Strohdach, Eckpfeilern und einer großen Terrasse sichtbar. So nahe wäre sie dem König der Svear niemals gekommen, wenn Harald Sigurdson nicht gewesen wäre. Er hatte ihr so viel Schönes erzählt, über all das, was sie hier erleben würde, und er sagte, dass er der neue Herrscher der Stadt werden würde, wenn sie die Schlacht gegen Birka gewannen, und dann würden sie und ihre Walküren Teil seiner Leibwache werden. Jetzt hatte sie von Harald den Auftrag erhalten, zu versuchen, alles über die Verteidigung der Stadt auszukundschaften. Und wenn der Zufall es wolle, hatte er gesagt, wäre es gut, wenn sie Seine Majestät gefangen nehmen könnten.

Astrid Mannszunge war stolz auf diesen ehrenvollen Auftrag und meinte, nun endlich Genugtuung zu erfahren. Vorher war es ihr so vorgekommen, als hätte Harald ihre Arbeit überhaupt nicht zu schätzen gewusst, etwa als sie die Drachenschiffe wieder flottgemacht hatte, denn er hatte geflucht und sich wie toll gebärdet. Ganze zwanzig Krieger hatten sie aus dem Wasser gerettet und wie viele Schiffe sie freibekommen hatten! Die größte Heldentat war ihrer Meinung nach die, wie es ihren Mitschwestern gelungen war, Haralds Vierzigbänker vom Grund zu ziehen. Da hatte sie große Worte erwartet, aber Harald hatte vor allem erzürnt ausgesehen und sie Mannweib und Kröte genannt. In dem Moment hatte sie überlegt, nach Hause zu segeln, aber dann schien er es zu bereuen und hatte sie um Verzeihung gebeten. Und nun hatte sie den Auftrag für den Königshof erhalten.

»Deine List und Geschicklichkeit können wir gut gebrauchen«, hatte er gesagt, »es wäre dumm, jemanden wie dich nicht einzusetzen.«

Da war sie weich geworden, und nachdem sie sich beratschlagt hatten, hatten sie sich darauf geeinigt, dass sie und die Walküren sich des Königs am Hof annehmen würden. Sie und Gunnhild Zirpschnabel, die Anführerin des anderen Schiffes, sollten den König so in die Irre führen, dass er nicht einmal auf die Idee kam, die Wachen zu rufen. Harald hatte ihnen beiden geschmeichelt und versichert, dass ihre weibliche Erscheinung mehr Wirbel unter den Feinden verursachen würde als hundert Wurfspeere. Und, fuhr er fort, wenn sie glaubten, mit Küssen mehr zu erreichen als mit Kämpfen, sollten sie auch diese Waffe nutzen, so groß sei ihre Schönheit.

Astrid Mannszunge, die an solche Reden nicht gewöhnt war, strich sich das Haar auf ganz weibliche Art unter den Lederhelm und fiel in Gedanken. Dann setzte sie ihr Schwert neben den Fuß, schwang es mit voller Kraft durch die Luft und steckte die Waffe dann elegant in die Scheide zurück. Vielleicht hatte Harald trotz allem Recht. Sie waren beides, gute Frauen und gute Krieger, und das würden sie sich zu Nutze machen. So weiteten sie die Ausschnitte der Tuniken unter ihren Kettenhemden, schminkten sich und bürsteten ihr Haar. Außerdem übte Astrid sich heimlich darin, die Zunge langsam über die Lippen zu führen und sie zu befeuchten, wie sie es andere Frauen hatte tun sehen. Seit sie am Vordersteven ihres Schiffes gestanden und gesehen hatte, wie der Königshof aus dem Nebel aufgetaucht war, hatte sie fleißig geübt. Dann straffte sie sich, gürtete sich das Schwert um die Taille, griff nach Pfeilköcher und Axt und streckte sich nach dem Wurfspeer.

»Liebe Walküren«, sagte sie, »wartet nun hier, bis wir euch ein Zeichen geben.«

Ein helles zustimmendes Gemurmel war unter den Verbündeten zu hören, denn alle waren einverstanden mit dem, was geschehen sollte. Dann kletterten Astrid Mannszunge und Gunnhild Zirpschnabel ins Beiboot und ruderten an Land, während die schlanken Kriegsschiffe draußen vor der Pfahlsperre liegen blieben.

Es wurde langsam dunkel, und die Wachen dachten nicht weiter an das kleine Boot, das sachte in den Hafen glitt. Der König hatte versprochen, sie mit Fruchtwein und Sklavinnen zu versorgen, und an einem solchen Abend kümmerten sie sich am liebsten gar nicht um ein Ruderboot, das in den Hafen kam. So gelangten die beiden Walküren an Land, ohne dass sie jemand aufhielt, und zufrieden zogen sie ihr Boot auf den Strand. Sie freuten sich darauf, ihre Waffen einzusetzen, ja, alle Waffen.

Seit die Hochzeitsgäste abgereist waren, hatte der König seinen Kummer in Met und Fruchtwein ertränkt. Nicht so sehr, dass er sich sinnlos betrank, aber doch so, dass die Wachen ungeheuer unruhig wurden. Meistens saß er zusammengesunken in seinem Hochsitz, seinen Schoßhund im Arm, und summte Klagelieder vor sich hin, und nur manchmal schloss er die Augen, legte den Kopf zurück und lauschte belustigt seinem Papagei. Dann konnte es sein, dass seine Augen glitzerten und ein kleines Lächeln über seinem Kinnbart sichtbar wurde. Aber das Übliche war, dass er schwer seufzte und von den alten Zeiten murmelte. In einem Versuch, Seine Majestät zu trösten, hatte einer der Knappen ihm ein zahmes Robbenbaby geschenkt, was sich jedoch bei näherer Betrachtung als wenig durchdacht erwies. Der König vergaß ganz, das Reich zu führen, und thronte stattdessen mit einem Eimer voller Fische zwischen den Lehnen seines Hochsitzes und fütterte das Tier. Wenn der Papagei eifersüchtig krächzte und der Schoßhund böse bellte, konnte es sehr schwierig werden, seiner Stimme dort drinnen Gehör zu verschaffen. Deshalb holte einer der Wachen die Robbe eines Nachts in sein Boot und ruderte weit aufs Meer hinaus. Erst danach kehrte wieder Ruhe im Königshof ein.

Dann schien es, als hätte der König genug von den Trauerzeiten. Er schleuderte das Trinkhorn fort, rief seine Ratgeber zusammen und begann, kommende Märkte zu planen. Er beschloss, hinüber nach Björkö zu segeln, um zu sehen, wie die Arbeit an der Befestigungsanlage fortschritt. Da er der König war, musste er zeigen, wie sehr er darauf achtete, die Stadt verteidigen zu können, und er hatte auch nicht vor, das Ziel aufzugeben, Birka zur größten Handelsstadt der Heiden im Norden zu machen.

Vor der Hochzeit hatte er sich an Erik gewandt, damit er die Verteidigungsmaßnahmen der Stadt überwachte, und dann hatte er damit begonnen, seine Leibwache auszubilden, die schon weithin für ihr Geschick mit Speer und Schwert bekannt war. Nach einer genauen Prüfung der Verteidigungsanlagen auf der anderen Seite des Fjords kehrte er zufrieden und stolz zurück. Die Anlagen der Stadt waren mit Erfolg gerüstet worden, und er platzte fast vor Lust, davon erzählen zu dürfen. Wenn doch nur die Berater nicht wären, die ihm geboten hatten zu schweigen! Wie gern wollte er der ganzen Welt verkünden, was er getan hatte! Aber er musste wohl still halten, oder auf jeden Fall genau abwägen, mit wem er sprach.

Eines Abends, als das sternenklare Wetter von Dunst und schweren Regenwolken abgelöst worden war, pochte es vorsichtig an das Tor. Der König scheuchte den Schoßhund vom Tisch und lauschte. Es klang wie ein sanftes, widerhallendes Klopfen. Wie das einer Frau. Aber um diese Zeit erwartete er keinen Besuch. Ysja war tot, die Frauen der Großbauern waren heimgesegelt, und von den Sklavinnen hatte er gerade genug, ja, seit der Hochzeit hatte er seinen Frieden haben wollen. Nun ja, er musste wohl öffnen. Müde bat der König seinen Leibwächter, die Tür zu öffnen. Der tat wie ihm geheißen und wich dann erstaunt ein paar Schritte zurück. »Gute Güte!«, platzte er heraus.

Erik horchte noch einmal. Nein, er konnte sich nicht irren, die Frauenstimme gehörte Estrid, und jetzt hörte er auch Sigfrid und Rurik. Verwirrt stand Erik auf, fühlte die Freude in sich aufsteigen. Estrid war wieder da, endlich, und sie schien ohne Orfrim heimgekehrt zu sein. Jedenfalls hörte er keine Männerstimme. Hatte sie den Kaufmann verlassen und war allein zurückgekommen? Die Tür öffnete sich, und sie stand mit Rurik im Arm auf der Schwelle.

»Estrid!«, stotterte er und breitete ungeschickt die Arme aus. Doch, natürlich war sie es, aber sie hatte sich verändert. Ihr Gesicht war nicht mehr so glatt und rund wie früher, und ihre Wangenknochen traten deutlicher hervor. Sie schien ernst und war dünn geworden, aber ihre Augen funkelten und ihr Blick war fest und entschieden wie immer. Sie lächelte ihn an, und obwohl sie ein Stück entfernt stand, spürte er ihre Wärme.

»Hier!« Sie reichte Rurik zu Sigfrid hinüber und stürmte auf ihn zu.

»Oh, Erik!«, rief sie und warf sich ihm um den Hals. Sie umarmte ihn ganz fest und legte den Kopf an seine Schulter. Er fühlte Nässe durch den Stoff und merkte, dass sie weinte. Etwas Schreckliches musste ihr widerfahren sein, denn sie hatte sonst nicht sehr nah am Wasser gebaut. Sie standen schweigend da, hielten einander unbeholfen fest und ihnen beiden fehlten die Worte. Es gab so viel zu erzählen, und es war, als wüsste keiner von ihnen recht, wer beginnen sollte.

»Dass du doch noch zurückgekommen bist«, sagte Erik schließlich mit Wärme und Erleichterung in der Stimme. »Es gibt viele Frauen, aber keine wie dich.«

Estrid sah ihm lächelnd in die Augen, fuhr mit der Hand über sein Gesicht und drückte ihn wieder.

»Ja, na dann«, sagte Sigfrid, blinzelte Erik verschwörerisch zu und drehte sich zur Tür, »dann sehen wir uns morgen.«

Erik nickte stumm. Estrid! Es war so verwirrend. Noch war er nicht über all das hinweggekommen, was mit Ysja und Toste geschehen war, und nun das.

»Danke für das Essen. Das warst doch du?«, sagte er ein wenig hilflos und nickte in Richtung Kessel. Dann verstummte er, aus den Augenwinkeln hatte er Toste erblickt.

»Estrid, schau, wer zu uns zurückgekommen ist!«

Aber sie hörte ihn nicht. Estrid hatte den Jungen entdeckt und sich sofort aus Eriks Umarmung gelöst. Einen Moment hielt sie inne, dann machte sie langsam ein paar Schritte auf ihn zu. Sie starrte ihn an, und ihr Mund öffnete und schloss sich, ohne einen Laut hervorzubringen.

»Toste«, sagte sie kaum hörbar. »Bist du es, bist du es wirklich??«

Mit schnellen Schritten war sie beim Hocker und nahm ihren Sohn auf den Arm. Toste wandte den Kopf ab.

»Aber, Liebling, erkennst du mich denn nicht mehr?«

Der Junge wollte hinunter, machte sich schwer und glitt aus ihrem Arm.

»Aber Toste, ich bin es, Estrid, deine Mutter.«

Die Freude in ihrer Stimme hatte sich gedämpft, und

sie sah ihn ängstlich an. Erik trat zu ihr und legte ihr den Arm um die Schulter.

»Toste war vier Winter lang verschwunden. Er erkennt auch mich nicht mehr, und seine Mutter ist erst vor ein paar Tagen gestorben.«

»Mutter? Was meinst du?«

»Erinnerst du dich an die Sklavin vom Snemunhof? Ysja, die verschwunden ist? Sie hat Toste damals vor vier Wintern mit sich genommen und sich seitdem um ihn gekümmert. Ich und der Meisterschmied haben ihn erst heute Morgen gefunden. Toste glaubt, dass Ysja seine Mutter ist, und kennt sich auch hier nicht mehr aus. Wir müssen Geduld haben.«

»Nein, ich nicht«, sagte Estrid bestimmt, ging zu ihrem Jungen und kniete sich neben ihn. Er blieb sitzen, wich nicht zurück, aber er betrachtete sie verwundert. Fröhlich begann sie ein Lied für ihn zu singen, das sie ihm immer vorgesungen hatte, als er klein war. Aber er sah nicht sie an, sondern Rurik, der in der Tür stehen geblieben war. Die Kinder blickten sich erstaunt an. Rurik, der sich geweigert hatte, Estrid außer Sichtweite gehen zu lassen, seit sie heimgekommen war, betrachtete das andere Kind verwirrt. Was war los? Estrid schien sich um niemand anderes mehr zu scheren als um diesen fremden Jungen.

»Mama«, sagte Rurik mit wimmernder Stimme und wollte wieder auf ihren Arm.

»Ja, gleich, mein Liebling, hör zu!«

Und wieder begann sie zu singen.

»Still!«, sagte Toste plötzlich mit lauter Stimme. Erik und Estrid sahen sich fragend an.

»Erik, steh nicht da, hol deine Flöte! Vielleicht erkennt er eines deiner Lieder wieder«, rief Estrid.

Erik eilte zur Truhe, öffnete das Schloss und nahm seine Flöte heraus. Dann gab er sie Toste zum Befühlen in die Hand. Danach blies Erik einige Töne. Tostes Miene hellte sich auf, und seine Augen wurden groß und neugierig. Er fuhr mit den Fingern über das Holz.

»Spiel doch, versuch es«, forderte Erik ihn auf, aber Toste lachte verlegen und gab die Flöte zurück. Erik nahm sie in die Hand, überlegte einen Moment und begann dann einige Lieder zu spielen, die Toste gehört hatte, als er klein war. Erik spielte ein Lied nach dem anderen, und Toste folgte ihm aufmerksam mit dem Blick. Dann lächelte er und streckte die Hand aus. Jetzt wollte er auch probieren. Durch den Raum hallten ein paar kurze, falsche Töne, und er setzte die Flöte wieder ab und begann zu lachen. Rurik sah ihn erst fragend an, aber dann stimmte er in das Lachen mit ein. Toste drehte die Flöte in der Hand und untersuchte sie, aber er zeigte auf keine Weise, dass er sie oder einen von ihnen im Raum erkannte. Noch immer schien ihm alles fremd zu sein.

Estrid nahm Rurik auf den Arm. Sie wiegte ihn, nachdenklich, betreten und traurig inmitten der Freude, die sie gerade gefühlt hatte. Dann sah sie bald Toste, bald Erik an. Und plötzlich fiel ihr Blick auf die offene Truhe. Hastig eilte sie hinüber, bückte sich und nahm etwas heraus: Tostes altes Spielzeugboot, das Erik geschnitzt hatte und das sie damals eigentlich fortwerfen wollte, um sich nicht mehr erinnern zu müssen. Toste hatte das Boot an dem Tag, an dem er verschwunden war, in der

Hand gehabt, und als sie und Sigfrid es am Strand gefunden hatten, hatten sie geglaubt, dass er ertrunken war. In Estrid hatte das Boot schreckliche Erinnerungen wachgerufen, und sie hatte es in der Truhe versteckt. Aber jetzt?

»Erik, schau, vielleicht hilft ihm das hier, sich zu erinnern.« Estrid setzte sich neben Toste und reichte ihm schweigend sein altes Spielzeug. Der Junge vergaß die Flöte und starrte das hölzerne Boot an, das Estrid in der Hand hielt. Erstaunt griff er danach. Er drehte es und fuhr langsam mit den Fingern über das Holz. Staunen trat auf sein Gesicht, und er betrachtete den Mann und die Frau neben sich.

»Mein Boot«, stammelte er, »das ist mein Boot!«

So etwas hatte der König noch nie zuvor gesehen. Zwei Frauen, bekleidet mit Lederhelmen, Kettenhemden und kurzen Elchlederröcken, standen auf der Königsterrasse. Ihre Augen waren blau geschminkt, ihre Lippen glänzten rot und ihre Knie und Knöchel leuchteten weiß und glatt. Ihre Schwerter steckten in der Scheide und um die Taille waren Pfeilköcher gebunden. In den Händen hielt jede von ihnen einen langen Speer.

»Legt die Waffen nieder«, grunzte die Leibwache. »Niemand betritt die Halle bewaffnet.«

Astrid Mannszunge und Gunnhild Zirpschnabel nickten, legten ihre Speere auf die Erde und nahmen die Schwerter ab. Die Umhänge, die sie kleidsam über der Schulter trugen, deckten sie bereitwillig über ihre Waffen.

»Zufrieden?«, fragte Astrid Mannszunge mit ihrem

lauten Bass, worauf sich der König erschrocken hinter einen der Pfosten des Hochsitzes zurückzog.

Die Leibwache nickte und führte die Frauen in den Raum. Mit gespielter Würde traten sie vor den König.

»Astrid Mannszunge«, sagte Astrid und streckte ihre Pranke aus.

»Gunnhild Zirpschnabel«, ergänzte Gunnhild und reichte dem König ihre etwas anmutigere Hand. Ansonsten war auch sie ein prachtvolles Weib, groß und breitschultrig, begabt im Ringen und die geschmeidigste und stärkste der Walküren. Indessen war sie bei einem reizbaren und alles überschattenden Vater aufgewachsen, weshalb ihre Stimme so dünn und schüchtern geworden war, dass man kaum hörte, was sie sagte. Diese jämmerliche, kleine Stimme hatte ihr den Namen Zirpschnabel eingebracht, und wie sehr sie sich auch bemühte, sie wurde den Beinamen einfach nicht los.

»So, Walküren auf dem Königshof, das ist mir eine große Ehre«, sagte der König und ging sofort zu seinem Schenk, um Fruchtwein zu holen. Er wählte einen echten rheinischen Wein, holte seine feinsten Hörner hervor – die mit den magischen Runen – und reichte sie den Frauen. »Willkommen, willkommen«, sagte er freundlich, hob sein Horn, und erst als beide Walküren ausgetrunken hatten, fuhr er mit seiner Rede fort.

»Na, und nun erzählt, was euch an meinen Königshof führt.«

Die Walküren wechselten hastige Blicke. Dass sie ihre Waffen hatten ablegen müssen, bekümmerte sie wenig. Sie hatten sich von Kindesbeinen an im Nahkampf geübt und ihre reptilschnellen Ringergriffe waren weithin bekannt. Diese Fertigkeit konnte ihnen nützlich sein, wenn sie die Gelegenheit bekamen. Aber erst mussten sie ein paar Informationen beschaffen. Harald wollte alles über Birkas Verteidigung wissen.

»Welch herrliche Königshalle«, begann Astrid Mannszunge verzückt und betrachtete die Gobelins an den Wänden. »Diese Wandbehänge müssen aus dem Reich der Chasaren stammen«, setzte sie mit Kennermiene hinzu und zeigte auf zwei große Webarbeiten mit gestickten Mustern aus Gold- und Silberfäden.

Der König hielt die Luft an, und sein Gesicht nahm einen erstaunten Ausdruck an. Diesen Wandschmuck hatte er von einem chasarischen Kaufmann bekommen, und das hatte sie erkannt, die Walküre im Kettenhemd. Sie dort, Astrid Mannszunge, schien nicht dumm zu sein. Unter Moschusochsen war sie gewiss nicht geboren!

Astrid wanderte in der Halle umher und betrachtete mit Interesse Schmuck und Möbel des Königs, worauf sie sich auf den Hocker setzte, der dem Hochsitz am nächsten stand.

»Hübsche Schnitzereien an den Hochsitzpfosten«, bemerkte sie und betrachtete die Drachenschlingen, die das Holz zierten. »Euer Majestät haben einen guten Geschmack.« Dann lehnte sie sich zurück und schwang auf Art der Männer das eine Bein über das andere. Zufrieden sah sie zu, wie Seine Majestät ihr Fruchtwein nachschenkte, und als er näher kam, spreizte sie die Beine ein ganz klein wenig.

König Björn hob die Augenbrauen.

»Gunnhild und ich sind Walküren aus Kurland«, fuhr Astrid fort, die ebenso wie Gunnhild mit der Sprache der

Svear vertraut war. »Wir sind mit zwei Schiffen gekommen und haben zusammen im Land der Dänen und der Wenden gekämpft. Aber nun sind Gunnhild und ich es leid, mit Frauen ein Gefolge zu bilden, wir wollen zusammen mit starken Männern kämpfen.« Astrid fuhr sacht mit ihrer Zunge über die Lippen, auf diese feuchte Art und Weise, die sie sich gerade angewöhnt hatte, und sah den König ernst an.

»So? Ich dachte, Walküren kämpfen am liebsten mit Frauen?«

»Wir nicht! Im Gegenteil, wir sind es leid, dass uns alle verspotten. Viele stattliche Männer finden, dass wir lieber das Webschwert als das Eisen führen und uns unter den Feind legen sollten, statt ihn niederzustrecken«, fuhr Astrid grimmig fort. »Solches Gerede haben wir satt. Deshalb sind wir Frauen gezwungen, Walküren auf unseren eigenen Schiffen zu sein und gemeinsam zu kämpfen. Dann glauben wir, dass es niemand wagt, über uns zu lachen, aber nur wenig haben wir damit gewonnen. Viele lachen nur noch mehr. Daher kommt es, dass wir uns nicht mehr zusammen mit unseren Schwestern schlagen wollen, Gunnhild und ich. Wir wollen neben Männern kämpfen.«

»Ich verstehe«, sagte der König teilnahmsvoll.

»Darum«, sagte Astrid, »hofften wir, dass Euer Majestät uns vielleicht in seinen Dienst nehmen würde. Dann könnte uns niemand mehr verhöhnen.«

König Björn musterte die beiden Frauen. Sie gefiel ihm, diese Astrid Schlangenzunge – oder wie sie auch heißen mochte –, und seine Augen konnten sich kaum von Gunnhild losreißen. Die Walküre war eine schöne

Frau in der Blüte der Jahre. Ihre Glieder schienen weiß und weich und ihre Haut zart und warm. Der König befeuchtete seine Lippen, nahm einen Schluck Fruchtwein und sank tief in seinen Hochsitz. Ein Jammer, dass eine wie Gunnhild kämpfen sollte. Mit ihrem bloßen Anblick konnte sie mehr Männer zähmen als mit dem Schwert. Sie einfach nur im Lederrock ohne Helm kämpfen zu lassen, würde große Verwirrung unter den Feinden hervorrufen. Das würde man dann eine heimtückische Kriegslist nennen.

Astrid Schlangen ... nein, Mannszunge, oder? Mochte sein, dass diese Frau nicht ganz so schön war, und ihr Körper und ihre Sprache waren ein wenig derb. Außerdem schienen ihre Brüste nicht unbedingt von der Sorte zu sein, die die Schönheit des Körpers erhöhten, sondern sahen eher so aus, als müsste sie sie über die Schultern werfen, wenn sie rannte. Aber ihre Gesinnung kam ihm rechtschaffen und gut vor, und sie wusste offenbar viel vom Leben. Dass sie seinen Wandschmuck zu würdigen wusste!

»Würden Euer Majestät uns in seine Dienste nehmen?«, wiederholte Astrid Mannszunge, als der König nicht antwortete.

»Was könnt ihr denn?«, fragte der König, um Zeit zu gewinnen. Sofort bekam er Antwort. Erst trug Astrid Mannszunge alles vor, was sie konnte, dann berichtete Gunnhild Zirpschnabel von ihren Fähigkeiten mit Speer und Schwert. Anschließend tauschten sich die beiden darüber aus, wie viele Männer sie zur Strecke gebracht hatten, aber als der König recht vergnügt dreinblickte, schärfte Astrid Mannszunge die Stimme und sagte:

»Wir haben sie mit dem Schwert niedergestreckt. Und sie sind gestorben.«

»Jaha, ja«, sagte der König und wurde rot, nahm sein Messer aus der Lederscheide und reichte es Astrid. »Na, kannst du das Auge des Bärenfells dort drüben an der Wand treffen?«, fragte er und zeigte auf ein großes Bärenfell am anderen Ende der Wohnhalle.

»Das dort?«

Der König nickte.

Astrid Mannszunge nahm das Messer des Königs, drehte sich mit dem Rücken zum Fell und schleuderte die Waffe in hohem Bogen über die Schulter. Die lange Messerschneide schlug mit gewaltiger Kraft in die Wand und bohrte sich tief in das Auge des Tieres. Astrid Mannszunge wischte sich etwas Messerschmiere von der Schulter und wandte sich wieder an den König.

»Noch etwas?«

Seine Majestät schüttelte den Kopf und bat die Walküren, in ihrem Bericht fortzufahren. Die Frauen erzählten, dass sie schiffskundige Leute waren, die mit zwei schlanken Schnecken, zwanzigbänkigen Kriegsschiffen, hergesegelt waren und sich entschlossen hatten, den König aufzusuchen, als sie hörten, dass er als der berühmteste Kämpfer des Reiches verehrt wurde.

»Wir wollen nur mit den Besten und Erfolgreichsten in den Krieg ziehen«, schloss Astrid Mannszunge.

König Björn fühlte die Wärme, als die Röte in seine Wangen stieg, schlug verlegen die Augen nieder, widersprach jedoch nicht. Er war nachdenklich geworden. Noch nie hatte er Frauen in seine Dienste gestellt, aber vielleicht würde er sie gebrauchen können.

»Aber wenn ich euch dinge, wie sollt ihr mir helfen können, Birka zu verteidigen?«, fragte er.

»Ja, darüber können wir sprechen, wenn Euer Majestät dargelegt hat, wie er die Verteidigung Birkas aufgebaut hat«, sagte Astrid Mannszunge listig.

»Die Verteidigung der Stadt«, rief der König aus und schenkte den Walküren Wein ein. »Ja, wisst ihr, darauf habe ich große Mühe verwendet.«

»Ich sehe, Euer Majestät scheint ein kluger Mann zu sein«, schmeichelte Astrid.

»Ich habe, wie es sich trifft, gerade erst die Verteidigung der Stadt überholt«, sagte der König und hustete leicht, wie er es immer tat, wenn er nervös war.

»Neue Zeiten erfordern neues Denken. Ein Mann in meiner Stellung muss dem Feind zuvorkommen, muss rüsten und darf sich nie überraschen lassen.«

»Der König hat die Fähigkeit, in die Zukunft zu blicken?«, fiel Astrid ihm bewundernd ins Wort.

»Als Herrscher muss man das.«

»Aber wie hat Euer Majestät gerüstet? Es muss schwierig sein, eine ganze Stadt zu verteidigen? Braucht es mehr als die Leibwache?«

»Oh ja!«, rief der König. »Ohne verstärkte Bastionen, gut ausgebildete Wachen und neu geschmiedete Waffen könnten die Dänen Birka in Grund und Boden brennen. Darum habe ich das sorgfältig überprüft.«

»Das war wohlbedacht in diesen Zeiten«, sagte Astrid Mannszunge eine Spur enttäuscht, denn ihr wurde plötzlich klar, dass es schwer werden würde, die Stadt einzunehmen. »Aber, wie haben Euer Majestät das mit der Verteidigung angestellt, ja, in den Einzelheiten?«

»Tja, ich will euch nicht langweilen, aber jetzt werdet ihr etwas hören«, sagte der König vergnügt.

Es würde doch nichts machen, wenn diese Walküren etwas erfuhren? Seine Ratgeber würden ihm das sicher nicht verübeln. Er senkte die Stimme.

»Nun, zuerst habe ich den Verteidigungswall verstärken lassen, er ist jetzt höher«, sagte er, und seine Stimme hatte einen warmen, vertraulichen Klang angenommen. »Wir haben den Erdwall mit großen Steinblöcken ausgebaut und die Palisaden mit dickerem Holz verbreitert. Außerdem haben wir inzwischen mehr Wachtürme, und ferner habe ich Vorratshäuser in der Burg errichten lassen. Wenn die Bewohner Birkas Zuflucht suchen müssen, wird es dort Essen geben, das lange reichen wird.«

»Eure Majestät denkt an alles«, sagte Astrid Mannszunge und nickte aufmunternd.

»Dazu«, fuhr der König fort, »habe ich die Verteidigungssperren im Wasser verstärkt und die Wachen mit neuen Speeren, Schwertern und Bogen ausgestattet.«

»Langjährige Erfahrung muss hinter solcher Weitsicht liegen.«

»Ja, mit Feinden habe ich auch früher schon gekämpft.«

»Und immer gewonnen?«

»Verloren habe ich nicht.«

»Es würde uns natürlich eine große Ehre sein, mit einem so weisen und umsichtigen Mann, wie Ihr einer seid, zu kämpfen.«

Astrid nahm das Bein vom Knie und schaukelte ganz leicht mit ihren Hüften, wie sie es die schönen Frauen hatte tun sehen.

Die Augen des Königs leuchteten und er begann, sogar Astrid Mannszunge schön zu finden.

»Ihr meint also, es wäre eine Ehre, mit einem weitsichtigen Mann wie mir zu kämpfen? Ich verstehe, man sollte nicht immer beim Alten verharren, man muss nach vorn blicken«, sagte der König stolz.

»Ja, man sagte uns, dass Ihr, Euer Majestät, der Zeit voraus seid, und jetzt erkennen wir, dass diese Worte der Wahrheit entsprechen.«

»Dann wisst ihr bereits davon?« Der König stand beschwingt auf und streckte den Frauen seine Hand entgegen. »Natürlich will ich euch in meiner Leibwache haben, aber seid ihr auch stark genug?«, fragte er.

»Und ob!«, erwiderte Astrid, erhob sich von ihrem Hocker und krempelte die Ärmel ihrer Elchledertunika auf. Ihr Unterarm strotzte vor Muskeln.

»Vielleicht will der König Armdrücken?«, sagte sie bereitwillig.

»Nein, nein, so meinte ich das natürlich nicht«, sagte König Björn abwehrend.

»Nun, wir werden Euer Majestät nicht enttäuschen«, versicherte Astrid und zog ihre Tunika wieder herunter. »Wir haben viel, für das wir kämpfen wollen.«

»Mit Odin für Birka«, sagte der König ernst.

»Nein, für Euch und Birka!«, tranken Gunnhild und Astrid ihm zu.

Vergnügt betrachtete König Björn die Walküren. Nun dachte er, dass beide schön waren und einen klugen Kopf hatten. Besonders Astrid Mannszunges Bassstimme fand er sehr angenehm. Und vielleicht würden die Abende mit Frauen in der Leibwache auch lustiger werden? Die Walküren schienen spannende Weiber zu sein. Sicher konnten sie Hneftafl, Schach und andere Brettspiele spielen und sie würden ihn bestimmt mit Erzählungen von seltsamen Heerzügen unterhalten. Mit ihnen in seiner Nähe würde er sich weniger einsam fühlen.

»Meine bewaffneten Mädchen«, sagte er freudig. »Von dieser Stunde an nehme ich euch in meinen Dienst.«

Astrid Mannszunge und Gunnhild Zirpschnabel klatschten vor Freude in die Hände, umarmten einander und wandten sich dann wieder an den König.

»Darüber sind wir glücklich, aber nun müssen wir zurück und es unseren Mannschaften mitteilen. Wir müssen neue Heerführer auswählen und unsere Kisten mitnehmen. Was sollen wir mit unseren Schiffen tun?«

»Ihr Lieben, ich werde euch andere Schiffe zu lenken geben. Ihr scheint mir ein tüchtiges Volk zu sein.«

Astrid und Gunnhild sahen einander erstaunt an. Würden sie vom König neue Schiffe bekommen? Harald Sigurdson behandelte sie höhnisch und von oben herab, aber König Björn sprach mit Würde und Respekt und konnte sich sogar vorstellen, ihnen Schiffe anzuvertrauen. Seine Majestät hatte ihnen das Gefühl gegeben, ebenbürtig zu sein. Mit einem Mal begannen sie zu zweifeln und konnten sich nicht mehr vorstellen, ihn gefangen zu nehmen. Mussten sie Harald treu sein?

Es waren zwei verwirrte und nachdenkliche Walküren, die eine Weile später den König verließen und den Hügel hinuntergingen. Als sie außer Hörweite gekommen waren, sagte Astrid jämmerlich:

»Ich kann nichts dafür, aber ich finde …«, beherrschte sich aber sofort. Sie hörten Lärm vom Wasser und sahen dichte Rauchwolken in den Himmel steigen. Die Signalfeuer brannten. Der Heerbann war verkündet und die Svear eilten aus ihren Häusern, um gegen den herannahenden Feind zu kämpfen. Laut klangen die Luren vom Berg herüber. Harald Sigurdsons Flotte war gesichtet worden.

19

Hinter dem Meer erhob sich der Burgberg, und die Morgensonne beschien die Silhouette der Stadt. Nebel lag schwer auf den Hausdächern, der Wind, der nachts geweht hatte, war abgeflaut. Sie würden gezwungen sein, das letzte Stück zum Strand zu rudern, aber noch zögerte Harald Sigurdson, den Befehl zu geben. Schweigend starrte er an Land. Birka, die Stadt seiner Kindheit und Sitz der Heiden im Norden. Wie oft hatte er sich hierher zurückgewünscht, aber nicht als Kaufmann, sondern als Herrscher der Stadt. Jetzt war der Augenblick endlich gekommen. Sein Gesicht zuckte, seine Augen flackerten und seine Hand umklammerte das Steuerruder.

Seit sie sich aus der Sperre befreien konnten und die Schiffe überholt hatten, waren sie mit kräftigem Rückenwind und geblähten Segeln vorangekommen. So hatten sie einen Großteil von der Zeit wieder aufgeholt, die sie verloren hatten. Was ihm früher misslungen war, schien nach vielen Mühen überstanden zu sein – aber er war auch auf die Knie gefallen und hatte zu Gott gebetet. Er fühlte es tief in seinem Innersten, Jesu Christ war mit ihm. Dennoch, und das erstaunte ihn, fühlte er keine wirkliche Ruhe, er fühlte Angst, als wäre dies der erste Überfall seines Lebens. Vielleicht, weil er so viel von sich selbst dort hineingelegt hatte, seine Seele, seinen Glauben, ja, alles, wofür er viele Jahre lang gelebt hatte.

Schon seit er die Stadt vor mehr als fünf Wintern verlassen hatte, hatte er darüber nachgedacht, wie er Birka plündern und einnehmen könnte. Und wie viel hatte er nicht gekämpft und geopfert, um den Tag zu erleben, an dem die Heiden besiegt sein würden und die Stadt erobert sein würde. Nun waren es nur noch wenige Augenblicke …

Er drehte sich um und blickte über die größte Ansammlung von Schiffen, die jemals in diesem Fahrwasser gesegelt war. Drachenschiffe, die wie grauschwarze Schatten im Nebel auftauchten. König Björns Krieger waren gut ausgebildet, die besten im ganzen Sveareich; dieses Mal würde er erbittertem Widerstand begegnen. Harald sog die Lungen voll Luft, streckte sich und überließ das Steuerruder seiner Wache Torleif dem Schwarzen. Dann ging er ein letztes Mal im Geiste alles durch; die Krieger standen schon im Vorschiff bereit, die Wurfspeere erhoben, und achtern warteten die Bogenschützen mit ihren Pfeilen. Wenn ihnen Feindesschiffe auf dem Wasser begegneten, dann würde er sie mit Enterhaken entern, sonst wollte er zwischen Stadt und Burgberg an Land gehen und sofort angreifen. Ein leichtes Lächeln durchbrach den Ernst in seinem Gesicht, als sein Blick auf die prahmähnlichen Knorren mit den Wurfmaschinen fiel. Dass es ihm gelungen war, diese Waffe übers Meer zu bringen! Wie bestürzt die Krieger oben auf der Burg sein würden! Niemals würde sich Birkas Verteidigungsanlage damit messen können. So siegesgewiss war er diesmal, dass er es sogar so eingerichtet hatte, dass er ein leeres Schiff nur für die Beute mit sich führte. Harald beugte sich über die Reling, schöpfte mit den Händen

Wasser und benetzte sein Gesicht. Während er sich die Wassertropfen wieder aus dem Gesicht strich, kreisten seine Gedanken um das, was geschehen sollte. Nein, ihm fiel nichts mehr ein, er hatte an alles gedacht. Die einzige Enttäuschung bestand darin, dass sie schon entdeckt worden waren. Als er die Landzunge umrundet hatte und in den Björköfjord eingesegelt war, hatte er bemerkt, dass die Signalfeuer brannten. Nun, die Feuer waren dennoch zu spät gezündet worden. Die Bewohner Birkas würden es nicht mehr schaffen sich zu sammeln. Er wusste wahrhaftig, wie lange das dauern konnte. Nein, niemand konnte den Überfall jetzt noch aufhalten. Harald hob seinen langen Speer und flink holten die Männer die Segel ein.

Sogleich wurde das Heulen des Windes in Mast und Stag vom gedämpften, kraftvollen Ruderschlag der Männer abgelöst. Dreißig Schiffe waren auf dem Weg nach Birka – nun fehlten nur noch Astrid Mannszunge und ihre Walküren. Sie würden Harald entgegenkommen und ihm von Birkas Verteidigung berichten; ob es neue Vorkehrungen gab, die der König hatte treffen lassen, oder sogar neue Kampfwaffen. Vielleicht war es ihnen sogar gelungen, den König zu überwältigen. So schnell und geschickt wie Astrid Mannszunge war, hatte sie vermutlich schon den ganzen Königshof gefangen genommen – mit Weidevieh und allem. Er lachte leise bei dem Gedanken und schärfte dann den Blick nach vorn. Seltsam, er sah sie nicht, weder das ihre noch Gunnhilds Schiff. Hatten sie sich verspätet oder, möge Gott sie davor schützen, waren sie selbst gefangen worden?

Harald fluchte über diesen Rückschlag, zögerte und

überlegte, was sie wohl Wichtiges zu berichten gehabt hätten. Er blieb noch eine Weile mit seinen Schiffen unruhig liegen, denn die Zeit drängte. Aber die Frauen tauchten nicht auf, und nach und nach wurde ihm klar, dass er sich ohne sie behelfen musste. Der Heerbann war verkündet, die Signalfeuer brannten. Er musste sofort angreifen.

Einen ganzen Tag und eine ganze Nacht hatten Estrid und Erik im Strohhaus geredet. Rurik war in der Halle herumgerannt, ohne einen von ihnen auch nur für einen Augenblick allein zu lassen, und auch Toste blieb in ihrer Nähe, obwohl er mit seinen Gedanken weit fort zu sein schien. Estrid hatte in der Wohnhalle gewirkt, Teig in dem großen Brottrog geknetet, und die Kinder hatten geholfen, so gut sie konnten. Sie rollten den Teig für die Brotlaibe aus, während Erik Feuerholz machte und dafür sorgte, dass das Feuer nicht ausging. Toste sagte nicht viel, aber er erklärte sich ihnen auch ohne Worte, als hätte er begriffen, dass er trotz allem hier zu Hause war, auch wenn es sich eigenartig und ungewohnt anfühlte. Aber die Gedanken an das, was geschehen war, ließen ihn nicht los. Er trauerte stumm und mit zusammengebissenen Zähnen.

Estrid blickte in sein schönes, verschlossenes Gesicht. Er tat ihr Leid, und ihr ganzes Wesen wurde von Zärtlichkeit erfüllt. Was hatte er in diesen vier Jahren nicht alles durchgemacht, ein ganzes langes Leben für ein Kind. Sie wollte es wissen, wünschte, dass er erzählen würde, aber sie wollte ihn nicht mit Fragen bedrängen. Wenn er selbst Lust dazu hatte, würde er anfangen zu berichten. Jetzt mussten sie sich gut um ihn kümmern, damit er spürte, wie lieb sie ihn hatten, dann würde er mit der Zeit wieder Vertrauen zu ihnen gewinnen. Sie mussten einfach Geduld haben.

»Ich frage mich, was der Arme erlebt hat«, sagte Estrid spät am Abend, als beide Jungen schliefen. Oben unter dem Dach hingen die Brote an Stöcken aufgereiht, und auf den Bänken standen zwei große Tröge mit Teig. Noch war sie nicht fertig. Sie strich sich den Teig von den Fingern und sah Erik an.

»Weißt du etwas, über das, was geschehen ist?«

»Ja, und es ist das Beste, wenn du jetzt alles erfährst.«

»Das klingt unheilvoll.«

»Leicht wird es nicht, alles zu erzählen ...«

Erik stand auf, holte ein Stück getrocknetes Wacholderholz, das er in der Truhe an der Wand aufbewahrte, und kehrte an den Tisch zurück. Das krumm gewachsene Wacholderstück hatte einen breiten Knorren, den er schnitzen wollte. Es sollte ein schöner Holzlöffel mit verziertem Griff werden, so etwas gefiel Estrid.

»Estrid, weißt du«, begann er, »als du mit Orfrim weggefahren bist und Rurik zurückgelassen hast, da konnte ich nicht begreifen, wie du so etwas tun konntest. Aber jetzt verstehe ich es.«

»Du sprichst in Rätseln ...«

»Ja, aber ich werde es dir erklären.«

Und so begann Erik von seiner Einsamkeit zu erzählen, als Estrid fort war, wie er Milchbart genannt worden war und wie schwer es ihm gefallen war, sich im Schankhaus zurechtzufinden. Dann bekannte er, was geschehen war, als er Ysja begegnete, der Sklavin des Königs. Er verheimlichte nichts und sagte, dass er sich über sich selbst schämte, aber er versuchte zu erklären, dass er von ihr wie besessen gewesen war. Dass Ysja eine arglistige und verschlagene Frau war, hatten weder er noch der König bemerkt, das hatten sie erst nach ihrem Tod herausgefunden. Und nicht alles an ihr war böse gewesen, ihre Wärme und ihr gutmütiges Wesen hatten viele getäuscht und Toste trauerte um sie; denn er dachte noch immer, dass sie seine Mutter war.

Estrid formte runde Brote in ihren Handflächen oder teilte den Teig in flache Brotlaibe. Von Zeit zu Zeit legte sie einen Laib mit Loch auf den Eisenspaten und hielt ihn über die Feuerstelle, bis der ganze Raum von dem angenehmen, lieblichen Duft erfüllt wurde. Ihre Bewegungen waren rasch und geübt, und sie hörte Erik zu, ohne ihn zu unterbrechen. Dann hatte er also auch erlebt, wie es war, von einem anderen Menschen besessen zu sein, dachte sie. In einen anderen Menschen gleichsam hineingezogen zu werden wie in einen gewaltigen, wirbelnden Strudel, wo alles nur noch Gefühl und Durcheinander war, ein Elfenreigen, der einen lenkte und blind machte. Als er erzählte, sah er so traurig aus, dass sie schließlich nicht anders konnte, als zu ihm zu gehen und ihn zu umarmen. Sie tröstete ihn und strich ihm sanft über die Wange.

»Mein armer Erik«, murmelte sie wieder und wieder. Als er seinen Bericht beendet hatte, lächelte sie ihn an und blickte ihm lange ins Gesicht. »Jetzt verstehst du also. Dass auch du so etwas erlebt hast!«

Sie ergriff seine Hand, streichelte sie nachdenklich

und spürte die Last dessen, was sie selbst zu berichten hatte. Aber sie wich aus und sagte stattdessen:

»Ich weiß nicht, ob du geglaubt hast, dass ich böse würde, aber was du mir eben erzählt hast … ja, es fühlt sich an, als würde es uns näher zusammenbringen.«

Erik blickte hoch und seine Miene hellte sich auf.

»Ja, du hast Recht, so ist es wohl.«

Sie saßen schweigend in Gedanken versunken nebeneinander, dann legte Erik das Holzstück beiseite und steckte das Messer in die Scheide zurück.

»Aber du sagst nichts, Estrid, du erzählst nichts von dir selbst?« Sie sah die Neugier in seinen Augen, das Fragen, aber auch die Sorge. Nun schilderte Estrid alles, was sie im Gårdarik erlebt hatte: Orfrims Verrat und die Flucht aus Aldeigjuborg. Dann geriet ihre Erzählung ins Stocken. Estrid wusste nicht, wie sie von Ragnar Weitfahrer erzählen sollte. Sollte sie Erik jetzt damit bedrängen. Und was sollte sie überhaupt sagen, ja, was wollte sie eigentlich? Sie würde mit Ragnar nach Torslunda ziehen und Rurik mitnehmen – so waren sie in Holmgård übereingekommen – aber nun war sie hier, zu Hause im Strohhaus mit ihrer alten Liebe Erik, während ihre beiden Kinder Rurik und Toste auf den Bänken unter ihren Fellen lagen und schliefen.

Plötzlich war alles anders, und sie fühlte, dass die Kinder sie brauchten, dass sie sie jetzt nicht im Stich lassen konnte. Und Ragnar? Er war ihre Liebe, und sie liebte ihn mit warmem Vertrauen und ihrer ganzen Hingabe. Nach allem, was sie miteinander erlebt hatten, gehörten sie zusammen, und seit sie Erik im Schankhaus verlassen hatte, dachte sie an ihn, sehnte sich und fragte sich, wann sie ihn endlich wiedersehen konnte. Aber jetzt? Ihr Blick fiel auf die Kinder unter den Schlaffellen und auf Eriks klare, offene Gesichtszüge. Mit einem Mal schien ihr Herz wie ein gesprungener Krug. Ragnar? Erik? Sie betrachtete Erik mitfühlend, sie durfte nicht länger zögern, sie musste ihm sagen, wie es war. Die Vertraulichkeit zwischen ihnen war immer da gewesen, sie wollte sie nicht zerstören.

Zögernd begann sie zu erzählen, ihre Stimme war dünner und die Worte strömten langsamer als gewöhnlich. Als sie von Ragnar erzählte, erlosch das Licht in Eriks Augen. Gerade mit Hoffnung und dem Trost einer neuen Zukunft erfüllt, wurden sie vor Bitterkeit stumpf und grau. Als Estrid das sah, verstummte sie und legte den Arm um ihn. Niemals hatte sie Erik so erbärmlich gesehen, und plötzlich konnte sie nicht mehr. Sie fing an zu weinen, und unter Tränen umarmten sie einander ohne Worte, sie fühlten nur noch.

Erst als Brandgeruch den Raum erfüllte, wurden sie der Gegenwart wieder gewahr. Erik stand hastig auf und schleuderte den Eisenspaten vom Feuer.

Sie lächelten sich an, und Estrid ging mit den verbrannten Broten auf den Hofplatz hinaus. Dort warf sie sie in hohem Bogen fort, dass sie auf die Erde prallten und den Hügel hinunterrollten. Natürlich liebte sie Erik noch, dass sie das hatte vergessen können, dass sie all das Gute, das sie zusammen gehabt hatten, so gering geachtet hatte …

Sie hielt gedankenverloren auf halbem Weg ins Haus hinein inne, die Arme über der Brust verschränkt. Es war nicht einfach, es war nicht so, wie sie gedacht hatte. Traurig hob sie den Blick über das Wasser, um Kraft zu sammeln. Wollte sie Erik wirklich verlassen?

Dort draußen war die Nacht in die Morgendämmerung übergegangen, und sie fühlte, wie ihre Gedanken immer träger wurden, wie die Müdigkeit sie einholte. Es würde wohl besser sein, morgen weiterzureden, dachte sie, und wollte zurückgehen. Aber dann blieb sie abrupt stehen. Ihre Augen hatten draußen auf dem Wasser etwas Merkwürdiges entdeckt. Im Licht der Morgendämmerung war es, als bewegte sich das ganze Meer. Vom einen bis zum anderen Ende des Björköfjordes schien die Wasseroberfläche mit großen Schiffen bedeckt zu sein. Sie holte tief Luft und rannte ins Haus zurück.

»Erik!«, rief sie. »Sieh nur, das ist unglaublich!« Und sie stürmte wieder hinaus, dicht von ihm gefolgt.

Die Schiffe waren zwar teilweise in Nebel gehüllt, aber es sah nach einer mächtigen Flotte aus.

»Nun sind sie doch gekommen«, murmelte Erik erschrocken und wich ein paar Schritte zurück. Er schloss die Augen, als hoffe er, die Schiffe wären verschwunden, wenn er wieder hinsah, aber die Boote mit ihren Greifen und Drachen an den Steven und den schwarzen Schilden an der Reling entlang waren noch da. Und sie waren näher gekommen.

»Das sind Dänen«, sagte er entsetzt. »Es müssen dieselben gewesen sein, die Dorestad niedergebrannt haben, und jetzt sind sie nach Birka gekommen. Das habe ich gefürchtet.«

»Ja, das verstehe ich«, sagte Estrid mit einem hilflosen Blick auf die Schiffe. Ein leichtes Lächeln flog über

Eriks Gesicht, aber es verschwand ebenso schnell wieder.

»Nun werden Odins Raben viel Blut zu trinken bekommen«, sagte er verbissen. »Mag sein, dass der König Birkas Verteidigung verstärkt hat, aber wie sollen wir dagegen ankommen?«

Er knirschte mit den Zähnen und trat unruhig von einem Bein aufs andere. Vor ihnen wurde Feuer um Feuer auf den Inseln angezündet. Die Signalfeuer brannten, die Schiffe waren keine Sinnestäuschung. Der Feind war auf dem Weg nach Birka.

»Aber Erik, siehst du nicht, der Meldestab ist herumgegangen, der Heerbann wurde verkündet und Verstärkung ist unterwegs«, sagte Estrid hoffnungsvoll. »Mit Feinden sind wir schon früher fertig geworden. Erinnerst du dich nicht daran, als die Christen dem König auflauerten und es uns gelungen ist, den ganzen Feindespulk durcheinander zu bringen?«

»Doch, aber das war eine Gruppe Reiter, diesmal haben wir es mit einer ganzen Heerflotte zu tun.«

»Uns wird einfach wieder etwas einfallen!« Estrid ging zu Erik und umarmte ihn.

»Ich muss jetzt fortreiten«, stieß er hervor. »Ich bin der Mann des Königs in Birka, der Burgherr, der die Verteidigung oben von der Festung führen soll.«

»Mag sein, aber ohne List werden wir nicht gewinnen. Der Feind muss überrumpelt werden.«

Noch ein Lächeln huschte über Eriks Gesicht. Estrid war ganz die Alte, sie gab nicht so leicht auf. Birka wurde von der größten Flotte, die man je gesehen hatte, bedroht, und sie glaubte, dass ihnen beiden irgendeine Tücke einfallen könnte, die den Bewohnern Birkas zum Sieg verhelfen würde. Eine seltsame Frau war sie. Die anderen Sklavinnen in Aldeigjuborg waren inzwischen vermutlich ins bulgarische Reich oder nach Bagdad verkauft, aber nicht Estrid, sie hatte sich befreien können. Und nun glaubte sie, dass sie gemeinsam etwas ausrichten konnten – gegen eine ganze Heerflotte! Bezaubernde Estrid! Wie hatte er sie vergessen können, diese wunderbare Frau, die allem um sich herum Farbe verlieh? Schlagartig wurde ihm klar, dass er in seiner Enttäuschung über ihre Liebe zu Orfrim all das, was gut und schön gewesen war, fortgeschoben hatte, alles, was ihn einst dazu gebracht hatte, sie zur Frau nehmen zu wollen. Und als ihm dieser Gedanken kam, beschloss er, dass er Estrid nie wieder fortlassen würde, wenn er lebend aus diesem Kampf zurückkehrte. Niemals wieder!

»Du sagtest List, aber die Zeit drängt«, antwortete Erik und ging zum Haus zurück.

»Glaub mir, ich habe eine Idee, und ich werde dich nicht enttäuschen«, entgegnete Estrid, und während Erik sich für die Schlacht rüstete und das Pferd sattelte, erklärte sie ihm, was sie tun wollte.

»Ich sollte dir verbieten, das Haus zu verlassen, aber ich weiß, dass das vergebens wäre«, sagte Erik feixend und saß auf. »Wir machen es so, wie du gesagt hast, und ich verspreche, dir zu helfen.« Er sah sie voller Wärme an, gab dem Pferd die Sporen und ritt davon.

»Nein, warte!«, rief Estrid und rannte ihm nach. »Du hast das hier vergessen.« Und dann streckte sie sich und küsste ihn. Verlegen nahm er seinen Wurfspeer entgegen.

Nun tönten die Birkenluren über die Stadt, und die Bewohner Birkas rannten schreckerfüllt auf die Straße. Sie wussten, was ihnen bevorstand. Wenn es ihnen nicht gelang, die Stadt zu verteidigen, würde Birka brennen und sie selbst getötet oder als Sklaven verschleppt werden. Angst und Furcht trieben sie auf die Gassen, aber dort warteten schon die Männer des Königs, bereit, die Führung zu übernehmen. Während Frauen, Kinder und Alte zum schützenden Burgwall geführt wurden, teilten sie die gerüsteten Männer in Gruppen auf.

Manchen wurde befohlen, den Männern der Garnison oben auf der Burg zu helfen, andere blieben in Birka zurück, um sich um die Verteidigung der Stadt zu kümmern. Die besonders gut ausgebildeten Wachen mit langjähriger Kriegserfahrung nahmen Bogen, Wurfspeer, Axt und Schild und stürmten hinunter zum Hafen. Unten an den Brücken schickte Einar Schwarzbart die besten Seefahrer hinaus, um sich den Feindesschiffen draußen vor der Pfahlsperre entgegenzustellen; er selbst ruderte mit zwölf Drachenschiffen auf die andere Seite des Burgberges. Wenn etwas schief ging, würde er bereitliegen und den Dänen in den Rücken fallen. Bald wurden auch die Schiffe des Königs aus Adelsö erwartet. König Björn wusste, wo der Fjord flach war und wo sich die geheimen Sperren im Wasser befanden, und konnte dort hindurchgelangen, wo andere auf Grund liefen.

Wohl nie zuvor hatte sich die Verteidigung der Stadt so schnell versammelt, aber sie waren auch alle gut aufeinander eingespielt. Snemun, nunmehr Schultheiß der Stadt, hatte die Planung eingehalten. An dem Tag, an dem der König beschloss, Birkas Kampfbereitschaft zu stärken, hatte er Snemun und Erik zu sich gerufen, um sich mit ihnen zu beratschlagen. Zuerst einigten sich die drei Männer darauf, dass alle Bewohner Birkas ausgebildet werden mussten, um ihre Stadt zu verteidigen. So war jeder waffentaugliche Mann, Freier wie Sklave, gerüstet und kannte seinen Platz in den verschiedenen Abteilungen. Nun musste Snemun das ganze Szenario überwachen.

Diejenigen, die der Verteidigung der Stadt zugeteilt waren, gingen um die Häuser und in den Gassen in Stellung, ein Teil des Fußvolkes bildete Ketten bis zum Strand hinunter, um den Brandwachen zu helfen. Fässer, Ledereimer und andere Gefäße wurden mit Wasser gefüllt, die Kette entlanggereicht, und oben auf den Häusern standen Wachen und leerten Eimer für Eimer auf die Dächer. Zum Schluss tropfte es von Torf und Stroh, und die Dachstühle trieften vor Nässe. Auf jedem Dach wurde ein Mann postiert, um Brandpfeile abzuwehren, während ein anderer mit gefüllten Wassereimern daneben stand.

Noch vor wenigen Monden hätte niemand geglaubt, dass so etwas möglich war, aber jetzt, kurz nachdem die Signalfeuer angezündet worden waren, war Birkas gesamte Verteidigung in Stellung gegangen. Auf dem Weg zum Burgberg hatte Erik Snemun sogar benachrichtigen können, dass Leiterwagen, Seile, Weidenruten, Sensen und Sicheln für die Burg gebraucht wurden, alles dem Befehl des Königs folgend. Da Erik als Mann des Königs bekannt war, verbreitete Snemun die Aufforderung in den Straßen, und bald bewegte sich eine Horde von Menschen, Tieren und Wagen zum Burgberg.

Als Erik das sah, konnte er sich ein Lächeln nicht verkneifen. Wenn die Leute wüssten, dachte er, dass dieser Plan nicht vom König stammte, sondern von Estrid.

Rasch wies er den Bogenschützen und den Männern mit den Speeren Plätze hinter der Brüstung an, während er immer wieder nach Estrid Ausschau hielt. Möge ihr nichts zustoßen, dachte er, aber sie sollte in der großen Menschenmenge auf dem Weg zur Burg geschützt sein. Dann sah er, wie sie durch das Königstor eilte, zusammen mit Sigfrid und den Kindern. Erleichtert fuhr er damit fort, das Heer zu versammeln.

Estrid sah sich um. Mit den Kindern im Schutz des Burgwalles konnte sie aufatmen, und sofort wanderten ihre Gedanken zu Ragnar. Sie hatte ihn nicht mehr gesehen, seit sie zum Strohhaus zurückgekehrt war, und in der großen Aufregung hatte sie unten in der Stadt nicht nach ihm suchen können. Und wo war Erik? Er müsste oben auf dem Burgwall sein. Erik und Ragnar, die beiden Männer, die ihr am meisten auf dieser Welt bedeuteten, waren in einem Augenblick wie diesem nicht bei ihr. Sie ballte die Hände und sah unruhig auf das Meer hinaus. Die Feindesschiffe lagen schon unmittelbar vor der Sperre. So viele Schiffe und bewaffnete Männer hatte sie noch nie zuvor gesehen. Mit einem Mal bekam sie Angst. Das war kein Spiel, und es waren auch keine schönen Schiffe, deren Anblick man genießen konnte. Auf dem Wasser segelten Feinde, die zerstören und plündern wollten. Sie drückte Rurik noch fester an sich und hielt Tostes Hand.

Über den Lärm erklangen die Laute zweier Kampfluren und kurz darauf prasselte eine Schar Pfeile auf die Stadt nieder. Die Pfeile verdunkelten zunächst den Himmel, dann sausten sie herab und ergossen sich über die Krieger unten am Hafen. Die Männer hoben ihre Schilde über die Köpfe und wehrten die Pfeile ab, aber einige von ihnen schrien auf und taumelten zu Boden. Würde einer von ihnen das hier überleben?

Als Harald Sigurdson sich Björkö näherte, entdeckte er, dass große Teile der Verteidigung bereits Position bezogen hatten. Er sah Schiffe, die den Hafen verließen, kampfbereite Männer, die Schutzburgen in den Straßen unten am Kai besetzten, und Tiere und Menschen, die zur Burg hinaufeilten. Oben auf dem Burgwall glaubte er außerdem Bogenschützen zu erkennen, und vor der Garnison konnte er gerüstete Männer und Pferde ausmachen. Wie konnte das sein? Die ganze Stadt schien auf den Beinen zu sein und die Häuser verlassen zu haben, und das in kürzerer Zeit, als er es je zuvor erlebt hatte. Was war geschehen? Hatte ihn jemand verraten? Plötzlich war Harald ratlos und verfluchte seine Selbstgefälligkeit und Einfalt. Das hatte er nicht erwartet, und warum hatten die Walküren ihn nicht gewarnt? Wo waren sie jetzt? Wie hatte er so töricht sein können, Astrid Mannszunge mit dem Auftrag, den Königshof auszukundschaften, zu betrauen? Hatte sie nicht schon vorher bewiesen, dass sie ihren eigenen Weg ging, ungeachtet jeglicher Befehle? Kein Wikingerhäuptling, kein Odin und nicht einmal der Heilige Geist konnte eine wie sie lenken. Dass solche Weiber geboren werden durften! Jetzt hatte er sich schon verspätet und außerdem die Möglichkeit verpasst, die Schiffe des Königs vor Adelsö aufzuhalten. Er lief Gefahr, dass ihm bewaffnetes Volk in den Rücken fiel. Harald verzerrte sein Gesicht vor Zorn. Nun galt es keine Zeit zu verlieren, er musste sofort angreifen.

Erzürnt blies er drei harte Stöße in die Rindenlure. Die Schützen auf den dreißigbänkigen Schiffen stellten sich auf, spannten die Bogen und schossen ihre Pfeile ab. Zahlreiche Männer fielen an den Brücken und sogleich beruhigte Harald sich. Er war stärker als die Wachen des Königs und alle Bewohner Birkas, das durfte er nicht vergessen. Es war zwar schade, dass er den Feind nicht hatte überrumpeln können, aber die Schlacht war keineswegs verloren. Außerdem hatte er die Wurfmaschinen. Sie waren bereits geladen, und sowie diese Katapulte auf den Schiffen verankert waren, konnte er zu schießen beginnen. Er wartete einen Moment ab. Dann hob er entschlossen seinen Speer zum Zeichen. Ein paar Schleudersteine gegen die Burg würden den Widerstandsgeist der Bewohner Birkas zu brechen verstehen.

Die Signalfeuer loderten hell, und große Rauchwolken trieben über das Wasser. Von der anderen Seite des Fjordes drang Lärm herüber, und vor Birka drängten sich die Schiffe der großen Heerflotte. Astrid Mannszunge und Gunnhild Zirpschnabel blieben mit großen Augen und verdrossener Miene auf der Königsterrasse stehen. Eben noch hätten sie den König gefangen nehmen, über den Fjord nach Björkö segeln und Harald alles über die Verteidigung der Stadt berichten können. Aber dann hatten sie gezögert, und nun war es zu spät. Harald hatte angegriffen. Und hier auf Adelsö konnten sie nichts unternehmen, plötzlich waren überall Horden von Wachen aufgetaucht.

»Was für eine Flotte! Ich hoffe, den Göttern hat das Opfer gefallen, sonst weiß keiner, wie das hier enden wird!«, sagte der König atemlos, das Kettenhemd halb über den Kopf gezogen. »Früher als wir geahnt haben, ist der Feind nach Birka gekommen, und das so schnell, dass ich euch nicht mit Schiffen unterstützen kann. Am besten nehmt ihr eure eigenen. Wir können jedes Schiff für unsere Verteidigung gebrauchen.« König Björn gelang es, das Kettenhemd anzuziehen, gürtete sein Schwert und steckte die Kurzaxt in den Gürtel. »Siegen wir, werdet ihr wie alle anderen reich belohnt.« Er begann zum Hafen hinunterzurennen, hielt inne und rief über die Schulter zurück: »Dort drüben ist mein Stallmeister Bue Schönhaar, meine rechte Hand. Folgt ihm!«

Er zeigte auf einen groß gewachsenen Mann mit rotem Schild, der mit einer Gruppe von Kriegern auf dem Hofplatz stand. Im nächsten Augenblick war Seine Majestät verschwunden. Astrid Mannszunge und Gunnhild Zirpschnabel sahen ihm lange nach.

»Dieser Vogel ist uns entwischt«, murrte Astrid Mannszunge grimmig. Schweigend sahen die Walküren zu, wie sich die Strände um den Hafen gleichsam erhoben und lebendig wurden.

Überall wurden die Schiffe des Königs aus Bootshäusern und Verstecken gezogen, gerüstete Wachen stürmten hervor und schoben die kampfbereiten Drachen ins Wasser.

»Das geht so schnell, als wären sie gewarnt worden«, sagte Gunnhild betreten.

»Oder das ist ein Teil der neuen Verteidigung, von der der König gesprochen hat. Denk doch, wir hätten nur die Hand ausstrecken und ihn gefangen zu nehmen brauchen!«

»Wir haben zu lange gezögert.«

»Ich dachte, dass wir noch Zeit für ein Horn Met mit Seiner Majestät hätten. Wie hätten wir ihm sonst die Geheimnisse entlocken sollen?«, widersprach Astrid.

Astrid Mannszunge und Gunnhild Zirpschnabel hoben nachdenklich ihre Umhänge auf, gürteten ihre Schwerter und Äxte und nahmen ihre Speere. Erst da merkten sie, dass fast alle Schiffe losgesegelt waren.

»Die Männer des Königs sind flinker, als wir geglaubt haben, schau! Hätten wir den König gefangen genommen, wären wir tot gewesen, noch ehe wir den Hafen erreicht hätten«, überlegte Gunnhild.

»Das mag sein, aber jetzt haben wir Harald nicht mehr warnen können«, seufzte Astrid. »Alles, was wir über die Verteidigung Birkas wissen, ist jetzt nutzlos, und selbst wenn wir Haralds Männer einholen, wissen wir nicht, in welcher Abteilung wir kämpfen sollen.«

»Das ist wahr.«

»Auch wenn wir auf Haralds Seite kämpfen und er gewinnt, wird uns keine Ehre zuteil«, fuhr Astrid gedankenverloren fort.

»Er wird sagen, dass wir seine ganze Flotte gefährdet haben, wird uns verhöhnen, ja, alle Unverschämtheiten der Welt werden über uns hereinbrechen.«

»So, wie er geflucht und gebrüllt hat, als wir ihm geholfen haben, dürfte er jetzt kaum milder sein«, räumte Gunnhild ein. »Dabei habe ich mich so auf einen prächtigen Kampf gefreut.«

»Na«, riss Astrid sich zusammen, »erinnere dich, dass König Björn uns gerade angeheuert hat. Kämpfen können wir schon, wenn wir wollen, nur eben nicht in Haralds Heer.«

»Nicht?«, fauchte Gunnhild. »Aber wir gehören doch seiner Flotte an, und hätten wir den König gefangen genommen, wären wir beide gepriesen worden. Du hättest ja nicht so lange mit Seiner Majestät plaudern müssen. Du hast gezögert, weil du dabei warst, dein Herz an den Svearkönig zu verlieren, ich habe es dir genau angesehen.«

»An den König? Ich? Nein, wahrlich, dich hat er angestarrt. Deshalb hat er so lange mit der Antwort gezögert. Alles ist dein Fehler!«

»Das ist nicht wahr!«

»Halt!« Astrid hob abwehrend die Hände. »Es bringt nichts, wenn wir uns deshalb streiten. Wir sind Walküren geworden, um zu kämpfen, nicht um zu zanken, oder?«

Gunnhild nickte mürrisch.

»Hör zu, die Schiffe des Königs nähern sich Harald von achtern. Gleichzeitig haben die Bewohner Birkas eine bewaffnete Verteidigung oben auf der Burg. Wenn wir lebend aus dieser Schlacht herauskommen wollen, ist es das Klügste, wenn wir uns mit dem König zusammentun.«

»Das ist wahr.«

»Und er scheint mir ein besserer Mann als Harald zu

sein«, fuhr Astrid fort. »Harald hat es uns nicht einmal gedankt, als wir ihn aus der Sperre gerettet haben. Stattdessen hat er mich eine Kröte genannt, ich habe es genau gehört.«

»Was für eine Schmach!«, sagte Gunnhild teilnahmsvoll. »So etwas würde König Björn niemals sagen.«

»Da siehst du, du hast doch eine Schwäche für ihn.«

Astrid und Gunnhild wurden von einem riesigen, bewaffneten Mann mit rotem Schild, silberner Ringfibel und vergoldetem Schwertgriff unterbrochen.

»Mein Name ist Bue Schönhaar. Der König sagt, dass er euch gedungen hat.«

Der Mann streckte seine Hand zum Gruß aus.

»So ist es«, räumte Astrid ein.

»Wir müssen jetzt segeln. Bald wird der Feind an Land gehen, und wir müssen ihm in den Rücken fallen, ehe er die Burg erreicht. Dabei benötigen wir eure Hilfe.«

Astrid und Gunnhild hörten aufmerksam zu.

»Ich habe eure Boote an der Brücke gesehen«, fuhr Bue Schönhaar freundlich fort. »Ihr scheint gute Seglerinnen zu sein, und schönere Schiffe als eure Schnecken habe ich noch nirgends gesehen. Aber soviel ich weiß – Walküre wird schließlich auch nicht jede Beliebige.«

Gunnhild sah plötzlich ganz stolz aus, und Astrid errötete unter ihrem Lederhelm. Solche Schmeicheleien hatten sie bisher nicht gehört, und man war ihnen mit Respekt begegnet!

Zum ersten Mal seit sehr langer Zeit fühlte Astrid Mannszunge eine liebliche Wärme in sich und fast geriet sie ins Träumen.

Dann riss sie sich zusammen, und als sie Bue Schönhaar antwortete, war ihre tiefe Stimme heller als gewöhnlich:

»Dann lasst uns segeln. Jetzt werden wir dem Feind einheizen.«

21

Drinnen in der Burg erklangen fürchterliche Schreie, als die ersten Schleudersteine vom Himmel fielen und in den Wall einschlugen. Erde und Holzsplitter spritzten, und die, die sich drinnen duckten, malten sich aus, was geschehen wäre, wenn der Stein innerhalb der Palisaden gelandet wäre. Der Burgwall war zwar breit, aber nur zwei Mann hoch, und die Holzpalisaden waren nicht gegen solch gewaltige Steine errichtet worden. Wie konnte der Feind so große Steinblöcke schleudern? Hatte er die Riesen des Waldes gedungen oder besaß er geheime Waffen? Die Einwohner Birkas kauerten sich hinter dem Wall zusammen, und manch einer opferte Odin, während ein Seher und eine Seherin Formeln murmelten und Opferspäne warfen. Plötzlich ertönte Eriks Stimme über dem Lärm.

»Mehr Schützen an die Brüstung, wir brauchen alle, die wir kriegen können!«

Der König hatte Erik den Befehl über die Männer der Garnison oben auf der Burg gegeben, und auch wenn manche fanden, der König habe einen allzu bartlosen Mann dafür ausersehen, entschieden sie sich doch zu gehorchen. Erik Bernsteinhändler hatte erfolgreich in Ost und West gekämpft, und die Älteren wussten noch, dass er ein Mann war, der mehr konnte, als es den Anschein hatte.

Erik rannte eilig den Burgwall entlang und überwachte die Schützen. Mehrere Bogenschützen gingen in Stellung, Männer gruppierten sich zu Schildburgen und Krieger bildeten in großen Scharen mächtige Abteilungen. Ferner standen dreißig Mann in Gefechtsstellung am Tor, um zu verhindern, dass der Feind so weit vordringen konnte. Aber zusammengenommen zählten die Männer Birkas hier oben nicht mehr als vierhundert Mann, auf den Drachenschiffen waren es fast doppelt so viele. Einen Augenblick lang überlegte Erik, ob sich Harald Sigurdson unter den Angreifern befand, der Bruder, der einst sein Leben bedroht hatte. Vor vielen Wintern hatte Harald seine Schiffe in einer Seeschlacht vor Tälje verloren, aber Gerüchte besagten, er habe eine neue Flotte aufgebaut. Wie Erik gehört hatte, war er es gewesen, der den Angriff auf Dorestad, die große Handelsstadt der Christen im Frankenreich, angeführt hatte, und das erstaunte ihn nicht. Obwohl dieses Ungeheuer sich als Vertreter Jesu Christi und der neuen Lehre sah, hatte er die Stadt verwüstet und geplündert. Dass dort Christen lebten, schien ihn wenig gekümmert zu haben, Harald Sigurdson diente niemandem, nur sich selbst. Der raue Gesell war ein grausamer Mann, der mit bloßen Händen tötete und für den Plündern und Zerstörung ein Vergnügen waren. Erik verstand nicht, wie sie, obwohl sie als Brüder auf demselben Hof aufgewachsen waren, so verschieden sein konnten, aber schon als Kind hatte er seinen älteren Bruder nicht leiden können.

Erik blickte über die Burg, die größte und mächtigste im ganzen Sveareich. Hinter den verstärkten Verteidigungswällen fand Birkas gesamte Bevölkerung Platz sowie Vorratsgebäude, Ställe und die komplette Waffenausrüstung der Stadt. Die gewaltige Verteidigungsburg mit Mauerwerk und Palisaden aus starker Eiche war über siebenhundert Ellen lang, sechs Ellen hoch und sechzig Ellen breit. Darüber hinaus hatte der König eine Brüstung auf den Wall bauen lassen und dahinter einen breiten Gang für die Bogenschützen. Dort waren sie geschützt und konnten dennoch ihre Pfeile abschießen. Das Gewicht seines Lederkollers lag schwer auf Eriks Brust. Wenn nur diese Schleudersteine nicht gewesen wären. Jetzt war die ganze Palisade bedroht. Er schauderte, doch dann biss er die Zähne zusammen.

»Bogenschützen, in Stellung! Erste und Zweite Abteilung, macht euch mit den Speeren bereit!«, befahl er und hob das Zeichen des Königs. Trotz des schwachen Windes war der Wimpel hoch über der Burg gut zu erkennen, und jeder in der feindlichen Flotte konnte sehen, dass die Männer des Königs versammelt waren. Erik schwitzte der Morgenkühle zum Trotz und die Haare unter seinem Lederhelm klebten am Kopf. Er wusste nicht, ob es die Anspannung oder der eilige Ritt zum Strand gewesen war. Aber tief in seinem Innern verspürte er Angst. Natürlich hatte er schon früher Heerzüge angeführt und gekämpft, aber noch nie hatte er die Verantwortung über die Verteidigung einer ganzen Stadt gehabt. Und dann diese entsetzlichen Schleudersteine! In der Schankstube hatte er gehört, dass kräftige Katapultmaschinen Löcher in die Palisaden Dorestads geschlagen und die Festung geschwächt hatten. Waren diese Waffen den ganzen Weg nach Birka transportiert worden? Das konnte unmöglich die Tat eines Menschen sein!

Als Erik die Westseite des Burgwalls erreichte, stieß er mit Estrid zusammen. Sie hatte die Kinder bei Sigfrid gelassen und war an den Leiterwagen beschäftigt.

»Wie geht es?«, fragte er sie gespannt und warf einen hastigen Blick auf die Wagen.

»Es fehlen noch einige.«

»Sensenwagen – von einer solchen Erfindung habe ich noch nie gehört«, sagte er erwartungsvoll und belustigt zugleich.

»Gut, denn nur mit Überraschungen überrumpelt man den Feind«, antwortete Estrid mit ruhiger Selbstverständlichkeit in der Stimme. »Wenn sie direkt unter uns sind, schlagen wir zu.«

Sie blickte zu den Karren, die in gleichen Abständen oben auf dem Verteidigungswall aufgereiht standen. Von dort aus mussten sie nur noch den Hügel hinuntergeschoben werden. Die, die fertig waren, wurden unter Mahd und Laubzweigen versteckt, und die anderen sahen nicht so aus, als wären sie von Bedeutung.

»Das nenne ich einen üblen Geruch«, sagte Erik plötzlich. »Was ist das?«

»Ich sagte doch, Überrumpelung ist das Wichtigste im Kampf. Ein Teil der Wagen ist mit Dung beladen. Du wirst schon sehen, wie bitter dieses Schiffsvolk seinen Angriff bereuen wird.« Estrid kicherte, doch dann wurde sie wieder ernst. »Aber das hier werden schreckliche Waffen, ich möchte nicht dort unten sein.«

Erik konnte unter all dem Laub nicht viel sehen, aber er dachte, dass die Bewohner Birkas auf diese Weise noch etwas anderes außer Bogenschützen und bewaffneten Männern hatten, selbst wenn der Feind mit Wurfmaschinen aufwartete. Und mit einem Mal fühlte er sich gestärkt für die bevorstehende Begegnung. Estrid hatte wirklich die Fähigkeit, anderen Kraft und Mut einzuflößen! Als er den Burgwall entlang an ihr vorbeiging, konnte er nicht anders, als seine Hand auszustrecken und ihr über die Wange zu streichen.

Plötzlich erklangen Schlachtrufe und Lärm am Fuße des Hügels. Ein paar Schiffe hatten angelegt, und die Mannschaften waren hinauf zur Burg unterwegs, unterstützt von Bogenschützen. Mochte keiner ihrer Pfeile die Kinder treffen, ängstigte Estrid sich, aber sie tröstete sich damit, dass Sigfrid alles dafür tat, um sie zu schützen.

Estrid eilte zu den übrigen Leiterwagen. Noch fehlten die Letzten, dann konnte sie zu den Kindern zurückkehren.

»Auf den Dung hätte der König ruhig verzichten können. Man wird ganz benommen von dem Gestank«, sagte einer der Männer an den Wagen.

»Ich fürchte, das ist nicht ganz die Schuld des Königs«, murmelte Estrid und eilte weiter.

Dicht am Burgwall und so weit vom Königstor entfernt wie möglich, entdeckte sie Sigfrid mit den Kindern. Gute, wunderbare Sigfrid, auf sie konnte man sich immer verlassen. Aber wo war Ragnar?

Sie hatte ihn nicht bei den anderen auf dem Weg den Berg hinauf gesehen und auch nicht bei der Garnison, wo die Wachen des Königs bereitlagen. Er war hoffentlich nicht unten in der Stadt geblieben, das war zu gefährlich. Aber er war schließlich klug und vernünftig. Er würde mit seinem Schicksal schon fertig werden. Er musste es schaffen!

Estrid erreichte das Ende des Walles. Nun waren sämtliche Karren fertig. Sie pfiff laut auf zwei Fingern, der schrille Laut übertönte den Lärm. Als sie sah, dass Erik den Speer mit dem Zeichen des Königs hob, wusste sie, dass er sie gehört hatte. Jetzt konnte sie nur noch warten.

Vor der Burg lud Harald zum zweiten Mal die Katapulte und gab den Männern das Zeichen, den Wurfarm auf den östlichen Teil des Königstors zu richten. Dort musste der Wall am schwächsten sein, und er wollte die Öffnung vergrößern. Mit boshafter Begeisterung gab er den Männern das Signal zu schießen. Es pfiff in den Tauen, die gewaltigen Steine schossen in die Luft, und bald schlugen sie mit Furcht erregendem Krach in den Wall. Die Geschosse hatten das Tor verfehlt. Harald stieß wilde Flüche aus und deutete den Männern, es erneut zu versuchen. Die Katapulte wurden von zwei breiten Knorren abgefeuert, die in Ufernähe verankert lagen. Vielleicht hatten die Schiffe geschwoit? Haralds Männer luden wieder, und sogleich flogen die nächsten Steine zur Burg. Immer mehr schlugen im Wall ein, und an einigen Stellen splitterten die Palisaden. Aber das Königstor blieb unbeschädigt. Diejenigen, die in der Burg Zuflucht gesucht hatten, waren starr vor Schreck, und die Kinder weinten laut. Der Schrecken dieser unbekannten Waffe machte auch die Bogenschützen unsicher. Viele zogen sich von dem gefährdeten Wall zurück.

Auf dem Wasser begegnete der König einigen der dänischen Schiffe, und mit Hilfe der Enterhaken machte er an den Feindesschiffen fest. Die Drachen mussten abgeräumt werden, sonst würde es schwer werden, an Land zu gelangen. Mannhaft stellte er sich mit erhobenem Schwert bereit und schlug und stach in blinder Raserei um sich. Die Dänen waren gekommen, um seine Stadt zu plündern, Tod solchen Barbaren! Aber diese Dänen waren geschickte Kämpfer, und es gab großes Blutvergießen unter seinen Männern, sogar ihn selbst traf ein Hieb über der Schulter. Hätte er sich nicht just in dem Moment vorgebeugt, sein Schwertarm wäre glatt abgetrennt worden, aber so war die Wunde nicht so schlimm und er konnte den Kampf fortsetzen.

Der König und seine Getreuen schlugen sich Schiffsraum für Schiffsraum vorwärts, und bald färbten sich Spanten und Deck rot. Der Anführer der Dänen fiel und viele mit ihm, und als schließlich die Steuermänner der beiden größten Seepferde den Tod fanden, gelang es dem König, sich nach vorn durchzuschlagen. An Björkös nordwestlicher Landzunge konnte er an Land gehen, und während er mit seinen Männern zum Strand watete, entdeckte er plötzlich Bue Schönhaar und die Walküren. Ihre Schnecken näherten sich dem Land, und er sah die kampfbereiten Walküren am Steven bereitstehen. Ein Haufen weiblicher Krieger! Der König machte große Augen und bereute fast, dass er sie gedungen hatte. Nicht weil er glaubte, dass sie ihm nicht von Nutzen sein würden, sondern weil er plötzlich fürchtete, ihnen könnte etwas zustoßen. Astrid Mannszunge war vielleicht niemand, den man auf den ersten Blick schön nennen konnte, aber sie strahlte Ruhe, Furchtlosigkeit und Geborgenheit aus – so wie er als kleiner Junge seine Mutter erlebt hatte. Und Gunnhild, ja, sie war beides, schön und stark. Ihre kräftige Gestalt, ihr helles Gesicht und die zarte, weibliche Stimme hatten solchen Eindruck auf ihn gemacht, dass sich nicht leugnen ließ, dass er sich gern öfter mit ihr unterhalten würde.

König Björn näherte sich Birka von Nordwest, und mit Einar Schwarzbarts Schiffen auf der anderen Seite der Burg und Erik, der den Feind von oben vom Wall aus bekämpfte, sollte es ihnen gelingen, die Dänen zu umzingeln und zu schlagen. Aber es würde ein harter Kampf werden, denn diese Männer aus dem Land der Dänen waren erfahrene Krieger und sie waren viel zahlreicher als sie selbst. Um zu siegen, musste der König sie im Zweikampf Mann gegen Mann kampfunfähig machen. Aber König Björn hatte sogar daran gedacht und sah zu seiner Freude, dass er endlich Verwendung für seine Berserker hatte; eine ungebärdige Sippe, mit der er auf dem Königshof viel Scherereien gehabt hatte. Wenn sie nicht kämpfen durften, wurden sie schwermütig und rissen Steine und Bäume aus und erschlugen manchmal irgendeinen armen Kerl, der ihnen über den Weg lief. Jetzt konnte er sie endlich für das gebrauchen, wozu sie taugten.

»Gebt nun Odins Raben Blut zu trinken!«, forderte er sie auf und hob seinen Speer. Er hatte seine Berserker in zwei Gefolge von je zwölf Mann aufgeteilt, angeführt von dem Hünen Ljot und dem Riesen Torvald Schrecken. Seine Majestät blickte ein wenig ängstlich in ihre Richtung, denn er hatte ihnen mehr von dem weißen Fliegenpilz gegeben als gewöhnlich, und er fürchtete, dass ihre Raserei jeden Moment ausbrechen könnte. Wenn sie ihren Anfall vor dem Kampf bekamen, konnte sich ihr Zorn gut und gern auch gegen tote Dinge richten und dann waren sie zu nichts mehr nütze. Am besten man behandelte diese Männer wie Bluthunde – man lenkte sie zu den Eindringlingen, um sie im richtigen Augenblick loszulassen. König Björn warf einen unruhigen Blick auf den stattlichen, haarigen Berserker Torvald Schrecken. Er hatte schon begonnen zu grunzen und zu brüllen und war im Begriff, sich ins Wasser zu stürzen. Kaum hatten die Wachen ihn dazu gebracht, sich wieder Richtung Land zu wenden, brach er in den Berserkergang aus. Ohne zu warten, bis Seine Majestät die Königslure erklingen ließ, stürmte er an Land, zerrte einen jungen Baum mitsamt Wurzeln aus der Erde und schwang ihn bedrohlich, während er auf König Björn zusteuerte.

»Nicht mich, die Feinde da drüben«, schrie der König erschrocken und zeigte zum Strand, wo die Dänen anlegten. Aber Torvald Schrecken hatte Geschmack am Holz gefunden. Ungestüm riss er zwei Erlen aus, eine Eberesche, einen Busch und eine kleine, knorrige Eiche, ehe der Berserker Ljot ihn endlich beruhigen konnte, indem er ihm einen Schild zu beißen gab.

»Das war knapp. Vielleicht hätte ich Torvald Schrecken besser zu Hause gelassen«, beklagte sich der König bei seinem vertrautesten Knappen.

»Ach was, wenn er Schiffe hebt wie Bäume, dann wird es schon gut gehen.«

»Ein Glück, dass es auf Björkö hauptsächlich Gestrüpp gibt«, murmelte der König kaum hörbar.

Als sich Bue Schönhaar und die Walküren Birka näherten, entdeckten sie, dass große Horden von Dänen die

Schiffe verlassen hatten und auf dem Weg zur Burg waren. Nur achtzig Wachen waren bei den Drachen zurückgelassen worden.

»Das scheint mir ein glücklicher Zufall zu sein«, sagte Astrid Mannszunge und steuerte auf Bue Schönhaar zu. »Sie haben wenig Wachen. Wir sollten die Gelegenheit nutzen und ihre Schiffe zerstören.«

»Nein, wir sind nur sechzig Mann. Das kann schief gehen. Wir können uns anderswo besser nützlich machen«, wandte Bue ein. Aber wenn er glaubte, Astrid damit besänftigt zu haben, dann irrte er sich. Wieder ertönte Astrid Mannszunges donnernde Stimme.

»Wir könnten sie einschließen«, sagte sie geschäftig.

»Der König hat wohl andere Pläne im Sinn«, antwortete Bue Schönhaar geduldig. »Meine Order ist, ihm zu folgen.«

Nun verhielt es sich so, dass Astrid abgesehen davon, dass sie sehr ungeduldig war, gelegentlich auch von Übermut gepackt wurde. »Tu das, Bue, folge du dem König«, erwiderte sie schnell. »Das hier erledige ich allein.«

Noch ehe Bue Schönhaar etwas dagegen unternehmen konnte, hatte sie Schwert und Kettenhemd abgelegt und sich in die Wogen gestürzt. Sowie sie wieder auftauchte, klemmte sie sich ihr Messer zwischen die Zähne und gab den anderen energische Zeichen, weiter in Richtung Land zu rudern. Niemand sollte sie entdecken. Bue Schönhaar fand, dass es ein Jammer war, so schnell eine gute Kriegerin zu verlieren, aber er konnte nichts unternehmen und ruderte mit den anderen zum Strand.

Im Wasser verlor Astrid Mannszunge keine Zeit. Sie, die für gewöhnlich polterte wie eine leere Tonne, wenn sie den Mund auftat, glitt lautlos von Schiff zu Schiff, das Messer in der Hand. Am Steuerruder tauchte sie fast unhörbar unter und durchtrennte die Ankertrosse einige Ellen unter der Wasseroberfläche. Niemand ahnte, was geschehen würde.

Als sie die Taue von zwanzig Schiffen gekappt hatte, entdeckte sie plötzlich zwei prahmähnliche Handelsschiffe, die mit vier festen Trossen auf dem Grund verankert waren. Es waren breite Schiffe mit flachen Decks, beide hatten seltsame Wagen an Bord. Von unten sahen sie aus wie gewaltige Brücken auf Rädern, aber von Zeit zu Zeit erklangen Kommandorufe und ein langer Holzarm mit einem schalenförmigen Ende sprang über der Vorrichtung hoch. Dann begriff sie. Mit den Schalen wurden große Steine und Eisenstücke geschleudert!

Astrid staunte, aber dann flammte Zorn in ihr auf. Der Feind benutzte gewaltige Katapultmaschinen, die Steine auf die armen Menschen oben in der Burg schleuderten. Was war das für ein Kampf? Das hier war kein würdiges Klingenwechseln, bei dem der Beste siegte und lebenslanges Üben mit Speer und Schwert den Ausschlag gab. Nein, das hier war eine Schande, ja, Betrug! Der schwächste Weichling konnte aus einer solchen Schlacht als Sieger hervorgehen, wenn er nur diese heimtückische Maschine einsetzte. Das widersprach allem, was Astrid Mannszunge für ehrenvoll hielt, und sie kümmerte sich nicht länger darum, dass sie entdeckt werden konnte. Lautlos tauchte sie, kappte die dicken Trossen und schwamm davon. Erst weit von den Schiffen entfernt wagte sie es, wieder an die Oberfläche zu kommen. Sie spähte in alle Richtungen und stellte fest, dass niemand sie gesehen hatte. Ohne sich zu verraten, kehrte sie leise zu ihrem Schiff zurück, stemmte sich über die Reling und zog ihre Rüstung wieder an. Wären die tropfenden Haare nicht gewesen und hätte sie ihre Nase nicht hochgezogen, wäre niemand auf den Gedanken gekommen, dass sie überhaupt im Wasser gewesen war.

Der Morgennebel lag noch über Küste und Meer, der Wind wehte schwach. So kam es, dass zunächst niemand bemerkte, was geschehen war. Nur oben auf der Burg fiel den Bewohnern Birkas auf, dass etwas vorgefallen sein musste, denn nun trafen die Steine nicht mehr den Wall oder die Palisaden, sondern schlugen große Löcher in den Hügel, donnerten gegen Felsen oder fielen in hohem Bogen ins Wasser. Sie schöpften in der Festung neuen Mut, und die Verteidiger wagten sich wieder auf die Brüstung. Die seltsamen Wurfmaschinen schienen dem Feind nicht länger zu gehorchen, so dass die Svear in den Zweikampf ziehen konnten und Mann gegen Mann kämpften. Darin waren sie geübt, und das beherrschten sie ausgezeichnet.

Am Fuße des Berges unterhalb der Burg versammelte Harald Sigurdson seine Männer. Einige seiner Krieger fehlten, sie hatten im Kampf unten am Strand den Tod gefunden, aber dennoch, der größte Teil seines Heeres war kampfbereit. Mit kurzen, schnellen Befehlen erklärte er ihnen, was sie zu tun hatten, und während sechs

Mannschaften abkommandiert wurden, die Männer auszuschalten, die in der Stadt zurückgeblieben waren, stellte er den Rest seiner Männer zu Abteilungen von je fünfzig Mann zusammen. Mit dieser Horde fähiger Kämpfer wollte er die Burg angreifen.

»Folgt mir!«, schrie er und hob das Zeichen. Die Männer trugen volle Rüstung, einige von ihnen außerdem Leitern und Eisenhaken. Die Bogenschützen ihrerseits waren sowohl mit gewöhnlichen Pfeilen als auch mit Brandpfeilen ausgestattet, und während Abteilung für Abteilung den Berg hinaufzog, spannten die Schützen ihre Bogen und ließen Pfeile über die Burg regnen.

Der Kaufmann Ragnar Weitfahrer hatte zwei Tage lang im Schankhaus gewartet, als plötzlich Lärm und Tumult um ihn herum ausbrachen. Er wurde von gellenden Hornstößen geweckt, taumelte aus seinem Bett und stürmte zusammen mit den anderen Kaufleuten hinaus, um zu sehen, was geschehen war. So weit das Auge reichte, loderten die Flammen der Signalfeuer gen Himmel, und überall rannten Männer, Frauen und Kinder schreiend und lärmend auf die Straßen. Er blieb ratlos stehen. Der Feind war bereit, Birka anzugreifen, und er wusste nicht, wo Estrid war. Er hatte kein Rüstzeug und keine Waffen außer sein Schwert, und sein Messer trug er auch nicht bei sich. Plötzlich spürte er einen Stoß im Rücken und ein älterer Mann mit harschem Blick schrie:

»Lauf hinauf zur Burg! Wir brauchen jeden Mann! Das hier ist die größte Flotte, die Birka jemals angegriffen hat!«

Mit einem Mal wurde Ragnar klar, was bevorstand. Er hastete in den Schankraum, griff sein Schwert, packte seine Sachen in den Beutel und rannte hinaus. Dann schloss er sich der Menschenschar an, die zum Burgwall zog. Dort würde er wenigstens Schutz finden, und vielleicht war auch Estrid dort.

Als er durch das Königstor trat, hielt er sofort nach ihr Ausschau, aber in dem Getümmel sah er sie nicht. Er suchte nach ihr, versuchte sich einen Weg durch das Gedränge zu bahnen, ging auf den Wall hinauf, um sich einen Überblick zu verschaffen, aber vergebens. Wo war Estrid? Immer mehr Menschen drängten sich in den Wall hinein, und Ragnar wurde immer weiter nach hinten und immer weiter vom Königstor fortgedrängt. Schließlich stand er ganz oben auf dem Burgberg und sah die Menschen wie eine bunte, wogende Masse unter sich. Aber Estrid entdeckte er nicht. Stattdessen erkannte er etwas anderes: die ersten Brandpfeile. Ohne zu zögern bahnte er sich einen Weg und stürmte nach vorn zur Brüstung, laute Warnrufe schreiend, er rannte die ganze Palisade entlang und warnte alle. Dann postierte er sich auf dem Wall mit seinem Schwert. Mochte sein, dass er nicht gerüstet und nicht zum Schlagabtausch mit dem Feind geeignet war, aber zum Abschlagen der Brandpfeile taugte sein Schwert allemal.

Der König war erfolgreich zum Hafen und den Brücken gelangt, als er plötzlich einen entsetzlichen, abgrundtiefen Schrei von Torvald Schrecken hörte. Der große Berserker war von enormer Raserei gepackt, und das war das Zeichen für die anderen. Das Fliegenpilzpulver schien auf einen Schlag bei allen zu wirken, und der König war genötigt einzugreifen, um seine eigenen Wachen zu beruhigen.

»Ihr Lieben, das ist nicht gefährlich, sie schnappen nur ein wenig Luft.«

Aber ehe das Wahnsinnsgebrüll verstummte, begannen die gereizten Bärenfellröcke auf die Treppen loszugehen, die zum Wasser führten. Ein riesengroßer Stein nach dem anderen wurde ins Meer geschleudert, und der König sah hilflos zu, wie Brücke für Brücke ihre Verankerung verlor. Erst nach zehn Stößen in die Lure begannen die Berserker, sich stattdessen der Stadt und dem Feind zuzuwenden.

Dort hatten sich die Dänen in den Straßen vorwärts gekämpft und angefangen zu plündern, überzeugt, dass der Sieg nahe war. Aber da ging König Björn zum Angriff über. Mit lauten Kommandorufen teilte er seine Berserker in zwei Gruppen ein, aber nachdem Seine Majestät dieses Mal vierundzwanzig Kämpfer statt der üblichen zwölf dabei hatte, war das kein einfaches Unterfangen. Torvald Schrecken und seine Freunde sahen den König nur achselzuckend an und stürmten dann in großer Unordnung fauchend und schreiend durch die Straßen.

»Nein, zahm sind sie nicht«, sagte der König in leichter Untertreibung zu Kettil dem Weißen, seinem Steuermann.

»Nein, Ragnarök ist nichts dagegen«, erwiderte der tonlos und sah düster zu, wie die Bärenfellröcke Eichenplanken aus dem Holzbelag der Straße rissen. Unter lautem Geheul schwangen sie die Planken über ihren Köpfen, als wären es Holzscheite, und die Krieger des Königs zogen sich erschrocken zurück. Die Berserker folgten ihnen.

»Nein, nach vorne!«, befahl der König barsch und hob sein Zeichen, aber die Fliegenpilzmänner schienen nicht zu hören.

»Hätten zwei Berserker nicht gereicht, Euer Majestät? Vierundzwanzig scheinen mir zweiundzwanzig zu viel«, murrte Kettil der Weiße bleich.

»Duckt euch!«, schrie der König und im nächsten Augenblick sausten Holzplanken durch die Luft und schlugen in die Hauswand neben ihnen ein.

»Es regnet aber kräftig heute«, sagte der König in einem Versuch zu scherzen, »und Zahnstocher waren das eben auch nicht.«

Aber in dieser Situation hatte niemand Lust zu lachen, denn jetzt wüteten die Berserker zwischen den Häusern wie Sturmböen, und Straßen und Gassen entvölkerten sich rasch.

Als die Wachen des Königs unter großen Mühen den Brunnen und den kleinen Platz erreicht hatten, trafen sie auf den Feind in einer mächtigen Schildburg von mindestens hundert Mann. Die Berserker, denen es langsam langweilig wurde, Holz zu schleudern, stießen Jubelschreie aus und zückten ihre Schwerter. Die Schildburg wich zurück, und der König, der ein heftiges Gefecht erwartet hatte, bekam nicht viel davon zu sehen.

Die Berserker schleuderten ihre Waffen gegen jeden gerüsteten Dänen, Schwertklingen trafen sich und das Eisen blitzte auf, aber der Ausgang war überall derselbe. Diejenigen, die weder Arm noch Bein abgeschlagen bekamen, verloren ihren Kopf, und da sie gerade in Fahrt waren, wurde auch die eine oder andere Brandwache einen Kopf kürzer gemacht.

Torvald Schrecken, der den Haufen anführte, war jedoch an diesem Tag von einem seltsamen Wahn befallen. Weder Holz noch Schwertkampf schienen genug, sondern erst, als er die Brunnenstange erblickte, war es, als fände er endlich Erfüllung. Mit zwei Schritten war er an der Stange, riss sie mit gewaltiger Kraft aus der Erde und schleppte sie samt Hebelarm und Eimer davon.

Erst später, als er durstig wurde, bereute er seine Tat, aber da war die Brunnenstange gebrochen und der Eimer flachgedrückt. Der König sah die Zerstörung und fand, dass das der merkwürdigste Zusammenstoß war, den er je erlebt hatte, aber er freute sich dennoch mächtig. Denn obwohl der Feind weit in der Überzahl gewesen war, waren er und seine Wachen als Sieger aus diesem Kampf hervorgegangen. Das war nur wegen der Berserker möglich gewesen, und sobald die Schlacht vorüber war, wollte er ihnen dafür danken. Tief in seinem Innersten wusste er jedoch nicht, ob er es wagen würde, sie noch öfter einzusetzen, denn was hätte nicht alles geschehen können, wenn es schief gegangen wäre.

Auf dem Weg aus der Stadt fand der König Torvald Schrecken wieder, der eine Weile verschwunden gewesen war. Der Wahnsinn hatte von ihm abgelassen, und er lag schlafend auf einem Stein, der raue Granit diente ihm als Kopfkissen. Der König musste zwei Mann abstellen, um ihn zum Schiff zu tragen, und während er ihm nachsah, überlegte er, ob Schrecken vielleicht besser als Gaukler Verwendung finden sollte. Wenngleich er dann wirklich weniger Fliegenpilzpulver bekommen musste.

Wieder ordnete der König seine Männer, dieses Mal, um sich zur Burg hinaufzubegeben. Aber gerade, als er seine Horde versammelt hatte, erblickte er Bue Schönhaar und die Walküren. Das Gesicht des Königs hellte sich auf. Mit dieser Verstärkung würde er den Dänen vielleicht in den Rücken fallen und sie ein für alle Mal besiegen können. Aber ehe er in die Königslure blasen konnte, hörten sie den entsetzten Schrei.

»Es brennt, die Burg brennt!«

21

Hohe Flammen schlugen himmelwärts, und rauchschwere Wolken trieben über das Meer. Es sah aus, als wütete das Feuer in der Garnison im Westen, direkt unterhalb der Burg, und es fehlte nicht viel, dann stand die ganze Palisade in Flammen. Seine Majestät blieb mit seinem Heer vor dem Stadttor stehen, während er nachsann. Innerlich dankte er Odin, dem Gott des Krieges, denn der Große hatte den Wind fern gehalten, sonst hätte das Feuer auf die Burg und die Vorratshäuser übergegriffen. Dann hätten die Menschen nicht mehr fliehen können. Jetzt konnten die Verteidiger vielleicht mit den kleineren Brandherden an der Palisade fertig werden, denn dort oben gab es Brandwachen und reichlich Wasser.

Aber es wäre gut, wenn er mit der Verstärkung vorwärts kommen und den Feind vertreiben könnte, ehe das Feuer sich ausbreitete. Wenn die Flammen überhand nahmen, konnten die Dänen die Festung einnehmen und anschließend in die Stadt zurückkehren, um zu plündern und zu brandschatzen.

Der König hatte keine Zeit zu verlieren. Er musste sofort mit seinen Männern hinauf zur Burg.

»Zum Angriff!«, schrie er und hob seinen Speer. Die Männer in den Abteilungen fassten ihre Schilde, und nach zwei kurzen Stößen in die Königslure setzten sie sich in Bewegung. Astrid Mannszunge und ihre Schar zogen sofort in die andere Richtung los, aber als der König ihnen hinterherbrüllte, blieben sie verblüfft stehen und ordneten sich in die Reihe ein.

Auf dem Burgwall zogen dicke Rauchwolken über die Kämpfenden. Ragnar Weitfahrer hieb kräftig auf jeden Brandpfeil ein, aber es gelang ihm nicht, alle abzuschlagen. Es schien, als hätten die Dänen einen unendlichen Vorrat davon, und sowie ein Pfeil gelöscht worden war, kamen mehrere neue. Immer mehr Männer verließen ihre Plätze auf der Brüstung und eilten herbei, um zu löschen – und genau darauf hatte Harald Sigurdson gewartet.

Wenn der Burgwall ausreichend geschwächt war, würden er und seine Männer die Festung stürmen.

Erik fluchte, als er entdeckte, dass die Garnison unterhalb der Burg Feuer gefangen hatte. Die Flammen trieben Rauch in seine Augen, und es wurde immer schwieriger, etwas zu erkennen. Obwohl er alles von Steinen über ungelöschten Kalk und Teer bis hin zu Krähenfüßen gegen die Dänen beordert hatte, waren diese Schurken in so großen Scharen gekommen, dass sie nicht aufzuhalten waren. Jetzt marschierten sie dort unten im Rauch, auf dem Weg hinauf zur Festung. Erik spähte unruhig den Hügel hinab. Sie waren weitaus zahlreicher als die Männer auf der Burg, und sie mussten rechtzeitig aufgehalten werden. Standen sie erst oben auf dem Wall, würden sie sie nicht mehr abwehren können.

Erik rannte schnell einen der Wachtürme hinauf, um sich einen Überblick zu verschaffen. Die Bogenschützen, die Männer mit den Speeren und die mit den Kalkfässern schufteten und schwitzten noch immer, aber keiner von ihnen schien stark genug, um den Feind zu schlagen. Er warf einen hastigen Blick auf den Fuß des Hügels und fasste einen Entschluss. Es war höchste Zeit geworden, die geheime Waffe einzusetzen. Flink lief er im Turm wieder herunter und eilte zum Burgwall, wo er Estrid zuletzt gesehen hatte. Als er dort angekommen war, wo die Karren standen, hörte er sie.

»Es sieht schlecht aus«, sagte sie auf einem der Sensenwagen stehend und sprang hinunter. Sie hatte Gras und Laub in ihren Haaren, ihr Kleid und ihre Hände waren schmutzig.

»Hel und Odins Raben diesen Brandpfeilen. Wenn wir nichts unternehmen, werden wir alle sterben!«

»Wir müssen die Karren losmachen.«

»Ja, genau das dachte ich gerade. Du wirst sehen, sie retten uns.«

Sie lächelten sich kurz an, dann blies Erik die vier Stöße in die Rindenlure, die sie als Signal verabredet hatten.

Eilig rissen sie Laubzweige und Gras von den Fahrzeugen, und plötzlich standen die merkwürdigsten Gebilde da, die die Bewohner Birkas zusammenzucken ließen. Die neuen Angriffswaffen sahen aus wie seltsame Untiere aus der finstersten Unterwelt, und in dem Qualm glichen die Sensen und Sicheln grotesken Fühlern und Klauen. Erik fuhr sich bei diesem Anblick mit der Hand über die Stirn und fragte sich, zu welchem Spektakel er sich hatte überreden lassen.

»Ja, du, wenn nicht an etwas anderem, dann wird der

Feind wenigstens vor Schreck sterben«, sagte er trocken und wandte sich an Estrid.

»Glaubst du? Nein, sie werden vor Lachen sterben«, antwortete sie ruhig.

Mitten in der ganzen Gefahr konnte Erik sich ein Lächeln nicht verbeißen. Dann brüllte er mit lauter Stimme:

»Schiebt die Monster den Hügel hinunter!« Gemeinsam mit Estrid und zwei Wachen schob er den ersten Sensenwagen an. Plötzlich war es, als geriete alles ins Stocken. Vom Burgwall aus verfolgten die Verteidiger mit großen Augen, wie die gewaltigen Sensenwagen den Hang hinabrasten. Sie lärmten und polterten lauter als das Donnern des Feuers.

Auf der Hochebene bei der Garnison ahnte niemand, was im Gange war. Dort hatten Harald Sigurdsons Männer sich in Abteilungen und Schildburgen versammelt, um die Festung zu stürmen. Aber noch hatten sie nicht zum Angriff übergehen können. Der Rauch umgab sie in dunklen Wolken, und die Bogenschützen warteten darauf, die Pfeile im Bogen bereit, dass die Sicht besser wurde. Erst dann wollten sie ihre Pfeile auf die Befestigung abschießen und angreifen.

Harald stand mit gespanntem Bogen da, als er ein merkwürdiges Geräusch hörte, doch er konnte nichts erkennen. Das fremde Geräusch kam näher, es klang wie das Rasseln und Klappern eines alten Jochs. Das Poltern wurde lauter, und er begann sich unbehaglich zu fühlen. Sein Gesicht spannte sich, seine Mundwinkel zuckten und sein Blick flackerte unruhig. Dann plötzlich erblickte er etwas Großes, Furchteinflößendes, das auf ihn zugestürzt kam, etwas, das der Unterwelt entsprungen zu sein schien. Der Anblick war so seltsam, dass er reglos starrte, statt die Beine in die Hand zu nehmen. Zu spät erkannte er die Gefahr; die scharfen Sensen ganz vorn und die Sicheln, die am Untergestell der Wagen befestigt waren. Er stieß einen Warnschrei aus und versuchte, sich zur Seite zu werfen, aber das entsetzliche Ding traf ihn in die Seite und er stürzte. Noch ehe er wieder aufstehen konnte, bohrte sich die scharfe Klinge der Sichel in seinen Körper und schlitzte ihn auf.

Immer mehr Sensenwagen donnerten den Berg hinunter. Einige stießen gegen Felsbrocken oder Büsche und kippten um, andere mähten alles nieder, was ihnen in den Weg kam. Die Krieger waren von Rauch umgeben und konnten nicht absehen, was ihnen dort entgegenkam. Als sie die Leiterwagen schließlich erblickten und zu fliehen versuchten, da war es zu spät.

Die Männer wurden nacheinander zu Boden gerafft, niedergestreckt oder aufgeschlitzt – brüllend vor Schmerz. Und während die, die getroffen wurden, ihre Pein hinausschrien, zogen sich die anderen entsetzt zurück. Erst waren es nur einige in den vordersten Gefolgen, die die Reihen brachen, dann immer mehr. Und als die Schlachtordnung aufgelöst war, standen Haralds Männer allein da, ungeschützt vor den Pfeilen der Verteidiger.

Erik beobachtete das Schauspiel und schickte die besten Zweikämpfer des Königs hinunter zum Feind. Mit lauten Schlachtrufen und erhobenen Waffen stürzten sie aus der Burg. Auf Felsplatten und Hängen trafen sich die Kämpfenden, und nun waren Haralds Truppen übel dran. Die Männer Birkas waren im Zweikampf geübt, und mit dem Schwert vor sich trieben sie die Dänen fort zum Strand.

Auf dem Burgwall merkten die Verteidiger, dass die Pfeile der Feinde immer seltener flogen. Ermutigt schoben sie einen Karren nach dem anderen an und die, die fast schon aufgegeben hatten, schöpften neuen Mut. Die Bogenschützen gingen in Stellung, und Schild an Schild zogen Scharen bewaffneter Krieger den Hang hinunter, die Speere erhoben. Zur gleichen Zeit näherte sich das Heer des Königs aus der anderen Richtung.

Plötzlich waren Harald Sigurdsons Männer eingekreist. Schwertklingen blitzten, Äxte wirbelten und schlugen zu, während schwere Wurfspeere aus der Luft niedersausten. Viele Dänen fanden auf diese Weise den Tod, und als sich das Gerücht verbreitete, dass Harald Sigurdson gefallen war, schienen auch die letzten standhaften Krieger genug zu haben. In großer Unordnung zogen sie sich zu ihren Schiffen zurück.

Doch nun, da der Rauch und der Nebel der Dämmerung sich lichteten und die erste Morgenbrise über das Wasser wehte, entdeckten sie, was sie vorher nicht bemerkt hatten. Lange hatten ihre Schiffe ruhig auf dem spiegelglatten Wasser gelegen, aber in dem leichten Wind begannen sie sich langsam vom Strand zu entfernen. Da an diesem Morgen ablandiger Wind herrschte, wurden die großen, stattlichen Drachenschiffe immer weiter vom Ufer fortgetrieben – lautlos und still, wie von einer unsichtbaren Macht getragen.

Die Seepferde der Dänen, die fest am Grund verankert gewesen waren, trieben nun im Wind, und die wenigen Männer, die als Wachen zurückgeblieben waren, konnten sie nicht aufhalten. Und als sie verzweifelt die Ankertrosse einholten, um die Anker erneut auszuwerfen, sahen sie, was ihnen vorher entgangen war. Die Trossen waren gekappt.

Die Feinde starrten auf die See und begriffen nicht sofort, was dort geschah, aber dann packte sie die Angst. Die letzten Abteilungen lösten sich auf, und die Männer stürzten sich in den Fjord. Obwohl die besten Schwimmer unter ihnen die Drachen erreichten und die Männer retten konnten, die noch im Wasser waren, gab es viele, die aufgeben mussten.

Kraftlos sanken sie auf den Grund des Fjordes und ertranken.

Als die Feinde die Flucht ergriffen, breitete sich Übermut unter den Bewohnern Birkas aus. Unter lauten Schlachtrufen stürmten sie den Burgwall hinab, um die Dänen zu verfolgen. Da fiel der unbedachte Schuss. Der Pfeil, der Erik traf, war nicht der zielgerichtete Treffer eines Bogenschützen, sondern ein Brandpfeil, in Panik abgeschossen. Erik glaubte die Schlacht bereits überstanden und war nicht mehr auf der Hut. Er sah den Pfeil nicht einmal kommen.

In vollem Lauf, den Schild vor sich und die Axt erhoben, spürte er plötzlich einen stechenden Schmerz im Oberschenkel. Ihm blieb die Luft weg, und er geriet ins Wanken, dann fiel er zu Boden. Er wand sich aus seinem Umhang und konnte das Feuer mit dem Stoff löschen, aber dann verließen ihn seine Kräfte. Zwischen Licht und Dunkel schwebend, verlor er das Bewusstsein, während sich der Stein unter ihm rot färbte vor Blut.

Estrid sah, wie er schwankte, ein paar Schritte stolperte und fiel. Ohne an die Gefahr zu denken, stürmte sie ihm nach und sank bestürzt neben ihm auf die Knie. Sein Umhang war blutgetränkt. Ein Pfeil hatte sich in seinen Schenkel gebohrt. Vor einem Moment hatte sie ihm noch zugerufen, er solle in der Burg bleiben, aber als die Dänen flohen, hatte er sich an die Spitze der Abteilung gestellt und war ihnen hinterhergeeilt. Jetzt lag er stumm und leblos am Boden.

»Erik!«, rief sie und umarmte ihn. Sie wollte ihn schütteln, vor Zorn und Verzweiflung zugleich.

Die Signalfeuer verglommen zu Asche, die Rauchwolken wurden dünner und verschwanden. Der Feind hatte Birka verlassen, und Siegesjubel war in der Stadt und im ganzen Sveareich zu hören. In den Schankhäusern und auf den Straßen, in Kaufmannshäusern und im Königshof trank man Met und dichtete Lieder. Überall hob man sein Horn auf König Björn, der hoch geachtet wurde. Dass er eine Walküre dazu gebracht hatte, die Ankertrossen der feindlichen Schiffe zu kappen, gab Anlass zu zahlreichen Scherzen, und auch den Sensenwagen wurde viel Aufmerksamkeit zuteil.

Obwohl der König verlegen wurde, wenn die Rede darauf kam, denn diese Listigkeiten hatte er sich nicht selbst ausgedacht. Sein gesenkter Kopf jedoch war eine kleidsame Bescheidenheit, und sein Volk jubelte und klatschte laut. Da sagte Seine Majestät, dass er lange darüber nachgedacht hatte, den Feind mit neuen Erfindungen zu überrumpeln, und das entsprach schließlich trotz allem der Wahrheit. Außerdem hatte er die Weitsicht besessen, Birkas Verteidigung zu stärken, lange bevor der

Feind gesichtet wurde. Nur große Männer konnten so in die Zukunft blicken und nur ihnen konnte so etwas gelingen. Also fand er, dass er Berühmtheit verdiente, auch wenn der Sieg über die Dänen nicht unmittelbar einzig seiner eigenen Tüchtigkeit zu verdanken war. Deshalb hatte er auch einen Skalden ausersehen, der ein Lied über ihn dichten und Verse darüber schreiben sollte, wie dieser große Sieg errungen worden war. Jedoch hatte er, um sein Gewissen zu beruhigen, den Dichter gebeten, eine Zeile über Astrid Mannszunge einzuflechten.

Er grübelte, ob auch den Berserkern gehuldigt werden sollte, schließlich hatten sie die Dänen besiegt, die begonnen hatten, die Stadt zu plündern, aber auf der anderen Seite war er nicht vollkommen zufrieden mit ihrem Einsatz. Viele Bäume waren entwurzelt, die Widerlager der Brücken zerstört worden, und obwohl er zwanzig flinke Männer beauftragt hatte, die Planken auf die Straßen zurückzulegen, klafften dort immer noch große Löcher im Holzbelag. Denn auch wenn Torvald Schrecken und seine Männer die Planken nicht in den Fjord geschleudert oder sie zum Fechten verwendet hatten, hatten sie sie doch mit großer Kraft gegen Menschen und Hauswände geworfen, so dass mehr Späne als Scheite übrig geblieben waren. Da auf Björkö nur ein paar wenige Bäume wuchsen, mussten seine Knappen auf die anderen Inseln rudern, etliche Eichenstämme fällen und sie zu unzähligen neuen Planken schlagen, ehe die Straßen wieder zu gebrauchen waren.

Darüber hinaus lag ein Körnchen Wahrheit in dem, was Gunnhild Zirpschnabel sagte: Astrid Mannszunge war im Begriff, ihr Herz an den König zu verlieren. Nicht weil er breitschultrig und stattlich gewesen wäre oder schön anzusehen, aber mitunter zeigte er eine Art Hilflosigkeit, die Muttergefühle in ihr nährte. Und als diese Empfindungen aufkamen, begann sie allem zum Trotz zu finden, dass er sehr niedlich war; auch wenn seine rote Haarfarbe ihr überhaupt nicht zusagte. Als der König nun prahlte, wie Männer es eben tun, da schlug sie sich nicht auf das Kettenhemd, um mit lauter Stimme zu verkünden, dass es wahrhaft nicht der König sondern sie gewesen war, die die Trossen der Feinde gekappt hatte. Nein, sie hatte bei ihm in der Königshalle sanft gelächelt, wie Frauen es tun, und hatte ihn ob seiner Findigkeit gepriesen. Der König, der begriff, dass Astrid Mannszunge auf diese Weise seine Ehre retten wollte, wurde mild und warf ihr viel sagende, dankbare Blicke zu. Und mit einem Mal fand er nicht nur ihre tiefe Bassstimme schön, sondern sie schien ihm fast ebenso hübsch wie Gunnhild zu sein. Der König wurde so fröhlich, dass er vom Tisch aufstand, das Methorn in der Hand, und ein Fest von drei Tagen für Freie und Sklaven im ganzen Sveareich ausrief. Dann schickte er fünf Knappen in den Erdkeller, auf dass sie allen Fruchtwein brachten, den sie finden konnten, denn nun schien ihm das Leben wieder schön und hell. Allerdings vermisste er Erik und sandte einen Boten nach ihm. Noch immer hatte er nicht erfahren, was geschehen war.

Im Strohhaus brannte das Feuer in der Herdstelle, und eine Öllampe erhellte die Bank, auf der Erik lag. Die Kinder waren bei Sigfrid, während Estrid über ihn wachte. Unverdrossen saß sie dicht neben ihm, folgte jedem seiner Atemzüge, sprach zu ihm, trocknete seine Stirn und hielt seine Hand. Hätte sie ihn nicht fallen gesehen, wäre er wohl schon in Walhall. Sie spürte wieder die Angst und das Entsetzen, die sie beherrscht hatten, ehe sie sich zusammenriss und seine Wunde verband. Danach hatte sie sofort dafür gesorgt, dass er nach Hause getragen wurde. Gleichzeitig hatte sie nach Turid schicken lassen, der besten Heilerin Birkas, die mit Scharfgarbe und Blutwurz herbeigeeilt war, die sie dem Bewusstlosen dort auf der Bank verabreicht hatte.

Ohne den Oberschenkelmuskel zu verletzen entfernte sie vorsichtig den Pfeil, tränkte die Wunde mit Urin und legte einen Verband aus Laub und Wegerich an. Dann wickelte sie ein breites Leinentuch um sein Bein. Die ganze Zeit über war Eriks Stöhnen zu hören, er wand sich und murmelte unzusammenhängend vor sich hin.

»Ich werde ihm etwas Hopfensud geben, das wird ihn beruhigen«, erklärte die Heilerin anschließend, und Estrid erhob sich mit verschwollenen Augen und Eriks Blut auf dem Kleid. Während sie unruhig in der Wohnhalle auf und ab schritt, wachte Turid an seinem Bett. Aber Estrid fand keine Ruhe und schließlich erhob sich Turid, legte ihr die Hand auf die Schulter und sagte: »Ängstige dich nicht. Alles wird gut werden. Wenn er sich ruhig halten kann, wird die Wunde nach einem Mond geheilt sein.«

»Aber er war doch fast tot, als ich ihn gefunden habe!«, wandte Estrid ein. »Und siehst du nicht, er ist doch kaum bei Sinnen! Er kann doch nicht so plötzlich gesund werden?«

»Die Ohnmacht kam wohl eher vom Anblick des Blutes als von der Wunde. Das kann bei Männern manchmal vorkommen.«

»Ach so«, sagte Estrid betreten. »Aber er hatte immerhin einen heimtückischen Pfeil im Schenkel.«

»Das ist wahr, aber die Wunde ist nur oberflächlich. Ich glaube, er hat sich erschrocken, dass er überhaupt getroffen wurde. Die Hose ist schlimmer dran.«

»Wirklich?«, klang es schwach von der Bank herüber. »Ein Mann kann an einer kleinen Wunde sterben, das kann eine Hose niemals.«

Erik war wieder zu sich gekommen, zwar noch benebelt, aber was die Frauen gesagt hatten, hatte er doch gehört. Estrid stürzte zur Bank und schlang die Arme um ihn.

»Oh, Erik, du Schelm. Ich glaubte, du würdest sterben!« Sie hielt ihn fest und küsste immer wieder sein Gesicht. »Turid hatte Recht, die Wunde war vermutlich nicht sehr gefährlich. Oh, ich …«

»Aber du weißt doch, ich überlebe immer.«

Erik sah zu ihr auf mit zärtlichem und warmem Blick. Turid lächelte den beiden zu, tätschelte Estrid die Wange und gab ihr einen Lederbeutel mit Salben und Kräutern.

»Nimm das, dann kannst du dich selbst um ihn kümmern. Mich braucht er nicht mehr.« Sie stand auf und Estrid begleitete sie zur Tür.

»Ist das wahr? Wird er damit fertig werden?«, fragte sie beunruhigt.

»Du musst nur die Wunde sauber halten, damit sie sich nicht entzündet. Das ist alles«, antwortete Turid. »Er ist ein zäher und kräftiger Bursche.«

»Zäh und kräftig? Das klingt, als wäre ich aus alter Grütze gemacht«, klang es von der Bettstatt.

Die Frauen sahen sich an und lachten. Schmunzelnd öffnete Turid die Tür, zwinkerte Estrid zu und ging hinaus.

Estrid blieb auf der Schwelle stehen und sah sie den Hügel hinabeilen. Erik würde überleben, er würde nicht sterben, wie sie gefürchtet hatte!

Sie ging zur Feuerstelle und tat, als rührte sie in der Glut, während ihr die Tränen langsam die Wangen hinunterliefen. Eine tiefe Dankbarkeit erfüllte sie, und mit einem Mal fühlte sie sich erschöpft und wollte sich nur noch ausruhen. Sie begann zu weinen und fragte sich, ob sie genauso geweint hätte, wenn sie gedacht hätte, Ragnar sei tot, und sie ihn dann doch zurückbekommen hätte.

Aber Ragnar war nicht tot. Er hatte nach ihr geschickt und berichtet, dass er unversehrt war und sie im Schankhaus erwartete …

»Harald hat sein Schicksal erlitten. Hast du das gesehen?«, hörte sie Erik plötzlich sagen.

»Nein, aber ich weiß es, alle reden davon.«

»Ich hatte mich zwar darauf gefreut, mit ihm die Klingen zu kreuzen und ihn mit dem Schwert niederzustrecken, aber das war auch ein prächtiges Ende. Das Ungeheuer wurde von einem Sensenwagen getötet, und er kommt nicht nach Walhall. Nicht einmal in den Himmel.«

»Nein, nach dieser Schmach landet er wohl in der Unterwelt, oder noch tiefer unten. Das ist eine feine Vorstellung.« Estrid ging langsam zur Bank hinüber und betrachtete ihn lächelnd. »Turid hatte wohl Recht, du kannst keine schwere Verletzung haben, wenn du hier liegen und über solche Dinge nachdenken kannst.«

»Aber was, wenn nicht das, sollte in meinen Gedanken sein, Estrid? Denk doch, endlich ist er tot, dieser Schlimmste aller Schurken. Vergiss nicht, dass er versucht hat, mich zu töten.«

»Ich weiß, niemandem habe ich so sehr den Tod gewünscht wie ihm. Zweimal hat er versucht, Birka zu erobern, aber jetzt ist er fort und vielleicht haben wir nun endlich Ruhe.«

Sie sank neben ihm auf die Bank, nahm seine Hand in ihre und streichelte sie.

»Du Nichtsnutz, warum bist du nicht im Burgwall geblieben? Du hättest sterben können.«

»Ja, aber ein Mann des Königs kann sich nicht vor der Gefahr verkriechen. Und wir haben den Feind in die Flucht geschlagen.«

»Ja ...«, sie seufzte. »Gut, dass der Pfeil nur den Schenkel getroffen hat. Ich glaubte, ich hätte dich verloren.«

»Mich doch nicht.« Sie betrachtete ihn schweigend und dachte, wie groß ihre Angst gewesen war, als sie Erik am Boden hatte liegen sehen, und wie sie in diesem Augenblick begriffen hatte, dass er ihr so viel mehr bedeutete, als sie geahnt hatte. Mehrere Monde lang hatte ihr Herz nur Ragnar gehört, aber jetzt, nach ein paar Tagen mit Erik und den Kindern, hatte sich vieles geändert. Erik und sie gehörten zusammen. Es war so; ganz gleich, wie sehr sie sich an andere verloren, das, was sie verband, war mächtiger, ja, größer und stärker als alles andere. Als hätte er ihre Gedanken gelesen, fragte er:

»Wie ist es deinem Jäger aus Miklagård ergangen, hat er überlebt?«

Estrid wich seinem Blick aus, blickte nachdenklich auf ihre gefalteten Hände und sagte dann:

»Ja, er lebt und ist noch im Schankhaus. Er will, dass ich Birka verlasse und mit ihm nach Torslunda gehe. Dass ich später mit ihm auf Handelsfahrt gen Osten ziehe, ja, sogar bis nach Miklagård.«

»Ist das wahr? Er auch?«, stöhnte Erik.

»Ja, und er will jetzt fahren.«

»Jetzt? Aber Toste und Rurik?«

»Eben«, sagte sie müde. »Und dich kann ich ja auch nicht mitnehmen!«

»Was hast du ihm also geantwortet?«

»Ich habe noch nicht geantwortet.«

»Was wirst du ihm also sagen?«

»Dass ich ihn liebe, aber auch dich.«

Erik stützte sich auf und sah sie an.

»Du liebst mich, trotz Ysja und all dem, was gewesen ist?«

»Ich habe dich nicht besser behandelt als du mich.«

»Das ist wahr.«

Noch immer hielten sie sich an den Händen, aber sie schwiegen. Erik sah, dass Estrid geweint hatte.

»Was willst du jetzt tun?«, fragte er nach einer Weile, ungeduldig und zugleich voller Angst vor ihrer Antwort.

Estrid beugte sich vor und strich ihm über die Wange.

»Willst du mich haben, obwohl ich bin, wie ich bin?«, fragte sie.

»Ja, wenn du mich willst, obwohl ich bin, wie ich bin.«

Ihre Augen begannen zu glitzern, und sie fuhr fort:

»Und du willst mich, obgleich ich mein Herz an andere Männer verloren hatte?«

»Geschehen ist geschehen, aber in Zukunft wird es anders sein.«

»Ja, und glaube nicht, dass ich dich zu anderen Weibern ziehen lasse«, antwortete Estrid.

Er lachte, zog ihren Kopf zu sich herunter und küsste sie.

»Denk jetzt gründlich nach, wollen wir es so, ich meine, wieder zusammenleben?«, fragte er dann.

Estrid sah ihn nachdenklich an. Dann ging sie zur Feuerstelle und stocherte wieder in der Glut, lief vor der Querwand auf und ab und kam zurück. Sie blieb vor Erik stehen.

»Es ist schwer für uns, unser Wesen zu ändern, aber wir können entscheiden, was wir wollen, und versuchen, danach zu leben.«

»Ja, und dieses Mal beabsichtige ich, mich um dich zu schlagen, ich überlasse dich keinem anderen.«

»Das hast du das letzte Mal nicht getan.«

»Nein, denn da hätte ich dich ganz verloren. Indem ich dich mit Orfrim fahren ließ, hoffte ich, dass du eines Tages zurückkehren würdest.«

Estrid lachte auf, laut und hell, und sah ihn lächelnd an.

»Weißt du, ich glaube, du hattest Recht. So wusste ich die ganze Zeit, dass ich zurückkommen kann.«

»Und Ragnar?«

»Er war gut zu mir, und wir waren glücklich zusammen. Und ich liebe ihn, auch das ist wahr.« Sie machte eine kleine Pause, und ihr Blick wanderte durch den

Raum. »Darum, Erik, habe ich dieses Mal sorgfältig nachgedacht. Ich will meine Liebe zu Ragnar nicht aufgeben, ohne etwas dafür zu bekommen. Wenn du und ich zusammenleben wollen, dürfen wir uns nicht mehr von anderen verwirren lassen. Und was gewesen ist, müssen wir hinter uns lassen – auch wenn es weh tut. Wenn du mich willst, dann bleibe ich hier in Birka bei dir und den Kindern, aber dann musst du dir die Beischläferinnen für Walhall aufheben.«

Erik sank auf die Bettstatt und der Schmerz in seinem Schenkel ließ nach. Er hatte Estrid nicht verloren, sie war da, und das war eine so große und unerwartete Freude, dass er nicht wagte daran zu glauben. Er entgegnete:

»Das verspreche ich dir, keine anderen Frauen, aber ehe du dich entscheidest, will ich, dass du eine Sache für mich tust.«

»Ja?«

»Geh zu Ragnar Weitfahrer. Sprich mit ihm und vergewissere dich, dass dein Entschluss der richtige ist. Erst wenn du das weißt, kannst du zufrieden mit dir selbst und dem Leben, das du dann wählst, sein.« Er sah sie ernst an und fuhr fort: »Ich warte. Wie du siehst, komme ich nicht weit.«

»Aber ich kann dich jetzt nicht allein lassen! Du bist doch krank.«

»Mir fehlt nichts. Hast du Turid nicht gehört? Es ist nur der Anblick von Blut, den ich nicht vertrage.«

Seine Augen strahlten, und die Farbe war in sein Gesicht zurückgekehrt.

»Je eher wir das klären, desto besser, verstehst du das nicht?«

Sie nickte, beugte sich vor und küsste ihn. Aber sie setzte sich nicht. Der Gedanke an Ragnar beunruhigte sie.

»Du hast Recht, aber ich werde dich nicht allein lassen. Ich bitte Sigfrid, mit den Kindern herüberzukommen.«

Erik strich ihr ein wenig ungeschickt über die Wange. Estrid spürte, wie schwer es ihr fiel, ihn zu verlassen und nur zögernd ging sie zur Tür, schob den Riegel zurück und trat hinaus.

Erst ging sie zum Snemunhof, und nachdem sie mit Sigfrid gesprochen hatte, lief sie weiter zum Schankhaus. Ihre Gedanken waren bei Ragnar.

Ganz anders wird das Leben, ganz anders, als man es sich vorgestellt hat, dachte sie. Dass das, was noch vor wenigen Monden ganz selbstverständlich für mich war, sich jetzt so anders anfühlt. Und während sie nachdachte, verlangsamte sie ihren Schritt.

Sie entdeckte Ragnar an einem Tisch im Wirtshaus. Seine Augen waren traurig und ernst, und sie ahnte, dass er schon zu wissen glaubte, was sie sagen würde. Langsam und nachdenklich leerte er sein Bier, während er ihr zuhörte. Schließlich antwortete er:

»Estrid, ich habe das befürchtet. Schon auf Grönsö wurde mir klar, wie es ist. Du warst mir nah und doch weit weg. Dann hörte ich, dass Toste gefunden worden war. Ich verstehe, dass dies nicht der rechte Moment ist, zu kämpfen, um dich zurückzubekommen.« Er sah sie düster an. »Aber«, fuhr er fort, »ich gebe nicht auf. Ich liebe dich und eines Tages komme ich wieder.«

Würde er zurückkehren? Estrid sah ihn vorsichtig an. Natürlich konnte er das tun, aber jetzt hatte sie sich entschieden. Sie lehnte sich vor.

»Ragnar, ich liebe dich und das weißt du, aber hier in Birka ist mein Zuhause.«

Seine Augen verloren ihren Glanz, und ein Zucken fuhr über sein Gesicht. Er versuchte zu lächeln, aber sein Lächeln war voller Schmerz. Dann stand er auf. Und sie wusste, dass er nun fortging, aber sie unternahm keinen Versuch, ihm zu folgen.

Noch lange blieb sie am Tisch sitzen und dachte darüber nach, wie schwer es war, dem, den man liebt, so weh zu tun. Und doch, sie hätte nicht anders handeln können. Ihre Gedanken wanderten zu Erik und den Kindern, und ihre Stimmung hellte sich auf. Der Weg zum Schankhaus war schwer und bedrückend gewesen, aber als sie am Abend zurückging, waren ihre Schritte wieder leicht. Zum Schluss rannte sie fast nach Hause.

Als sich die Nacht über den Fjord senkte, schliefen die Menschen im Strohhaus nicht, und auch nicht drüben im Königshof. Bei König Björn saß Astrid Mannszunge in einer dünnen, ausgeschnittenen Leinentunika, das eine Bein über das andere geschlagen, und spielte ein Brettspiel mit Seiner Majestät. Der König bot Fruchtwein an und schielte immer zerstreuter auf das Brett, und mit immer größerem Interesse weiter hinauf. Denn Astrid Mannszunge hatte gelernt, dass die Spalte zwischen den Brüsten besser zu sehen war, wenn man sich vorbeugte, und so neigte sie ihren Oberkörper unermüdlich vor, wann immer sie ihre Spielfigur bewegte. Da sah der König, dass er, was ihre Reize betraf, geirrt haben musste, und er befeuchtete die Lippen, fuhr mit den Fingern über seinen neuen Backenbart und fand mit einem Mal, dass das Leben gar nicht so übel war.

Nachwort

Wikingergold ist in erster Linie eine lebendige Lügengeschichte. Dass ich für die Arbeit daran die schriftlichen und archäologischen Quellen studiert habe, die es gibt, steht dazu jedoch keineswegs im Widerspruch. Ausländische Chronisten beschreiben die Verwüstungen der Wikinger in Europa, Adam von Bremen erzählt von Heiden und Walküren im Norden, und archäologische Ausgrabungen in Birka zeugen von feindlichen Überfällen vom Meer.

All das waren mir gute Inspirationsquellen für WIKINGERGOLD, der eigenständigen Fortsetzung der Romane WIKINGERBLUT und WIKINGERSILBER.

Wer mehr über die Zeit der Wikinger erfahren möchte, kann BOKEN OM VIKINGERNAR (Das Buch der Wikinger) lesen, in dem ich einen großen Teil der heutigen Erkenntnisse über dieses Thema gesammelt habe.

Stockholm, 27. Juni 1999
Catharina Sundberg

Danke

all euch lieben Menschen, die ihr mir auf unterschiedlichste Weise bei diesem Buch geholfen habt:

Danke an Henrik Andersson, Ann Fjellström, Kerstin Fägerblad, Anita Kratz, Gunilla Lindblad, Gabriele Prenzlau-Enander, Elsa Rehnlund, Karin und Carl Tersmeden und Eva Rylander.

Ein großes Dankeschön auch meiner Lektorin Lena Sandfridsson für die immer wieder inspirierende und gute Zusammenarbeit.